全本全注全译丛书

中华经典名著

王兴芬◎译注

# 唐语林 上

中华书局

**图书在版编目(CIP)数据**

唐语林/王兴芬译注. —北京:中华书局,2025.1. —(中华经典名著全本全注全译丛书). —ISBN 978-7-101-16987-4

Ⅰ.I242.1

中国国家版本馆 CIP 数据核字第 2024DS4030 号

| | |
|---|---|
| 书　　名 | 唐语林(全二册) |
| 译 注 者 | 王兴芬 |
| 丛 书 名 | 中华经典名著全本全注全译丛书 |
| 责任编辑 | 胡香玉　刘树林 |
| 装帧设计 | 毛　淳 |
| 责任印制 | 韩馨雨 |
| 出版发行 | 中华书局 |
| | (北京市丰台区太平桥西里 38 号　100073) |
| | http://www.zhbc.com.cn |
| | E-mail:zhbc@zhbc.com.cn |
| 印　　刷 | 北京盛通印刷股份有限公司 |
| 版　　次 | 2025 年 1 月第 1 版 |
| | 2025 年 1 月第 1 次印刷 |
| 规　　格 | 开本/880×1230 毫米　1/32 |
| | 印张 48⅜　字数 1100 千字 |
| 印　　数 | 1-10000 册 |
| 国际书号 | ISBN 978-7-101-16987-4 |
| 定　　价 | 130.00 元 |

# 总目

## 上册

## 下册

# 目录

## 上册

# 前言

## 一

　　《唐语林》是北宋文人王谠编撰的一部记录唐人轶事杂说及唐代典章制度、民情风俗等的文言小说。

　　王谠，字正甫，祖籍并州太原（今山西太原），曾祖父王审钧时迁居京兆长安（今陕西西安）。王谠是宋初开国名将王全斌的四世孙。据《宋史·王全斌传》记载，王全斌"轻财重士，不求声誉，宽厚容众，军旅乐为之用"。王全斌后官至武宁军节度使。王全斌的孙子王凯即王谠祖父也是一名武将，"治军有纪律，善抚循士卒，平居与均饮食，至临阵援枹鼓，毅然不少假。故士卒畏信，战无不力，前后与敌遇，未尝挫衄"（《宋史·王凯传》），曾任武胜军节度观察留后、侍卫亲军马军副都指挥使等，卒赠彰武军节度使，谥庄恪。王谠的父亲王彭，字大年，也是一名武将，据苏轼《王大年哀词》，王彭"少时从父讨贼甘陵，搏战城下，所部斩七十余级，手射杀二人，而奏功不赏"。曾任凤翔府都监。由此可见，王谠出生在家世显赫的武将之家。只是从文献记载来看，王谠本人在政治上并没有太大的建树，其生平所任国子监丞、少府监丞、东都排岸司等职，均系其岳父吕大防任职宰相时的安排和提携。王谠的生卒年，史料没有确切的记载，据周勋初《唐语林校证·前言》，王谠"大约死于崇宁、大观年间,享年当在六、七十岁"。

　　王谠之父王彭虽是一名武将,但颇知文章,据苏轼《王大年哀词》记载,王彭"博学精练,书无所不通"。宋仁宗嘉祐年间,苏轼任大理评事兼凤翔府节度判官,王彭为凤翔府监军,二人由此成为同僚,"居相邻,日相从也",可见二人交情很深。王彭在文学方面深受苏轼影响,苏轼说王彭"尤喜予文,每为出一篇,辄抚掌欢然终日",而苏轼对佛学的喜爱则来自王彭的引导,"予始未知佛法,君为言大略,皆推见至隐以自证耳,使人不疑。予之喜佛书,盖自君发之"。除此之外,王谠的从兄王诜也与苏轼是志同道合患难与共的挚友。据《宋史·王凯传》记载:"缄子诜,字晋卿,能诗善画,尚蜀国长公主,官至留后。"王诜与苏轼是如何相识的,缺乏史料记载,但王诜琴棋书画诗词无所不通,据苏轼《宝绘堂记》一文记载,王诜"被服礼仪,学问诗书,常与寒士角",或许是二人相同的爱好让他们成了至交,《苏轼文集》中就有多篇文章记载了二人在一起写诗作画的逸事,兹不具述。

　　王谠虽在仕途上很不得志,但受其父王彭及从兄王诜的影响,能书善画,很有文才,也曾跟随苏轼学习,苏轼《王大年哀词》即曰:"其子谠,以文学议论有闻于世,亦从予游。予既悲君之不遇,而喜有其子。"王谠在文学方面的成就,就是他编撰了《唐语林》。文学之外,王谠也擅长书法和绘画,苏轼就曾为王谠的书法作品题跋:"王正甫、石才翁对韩公草书。公言:'二子一似向马行头吹笛。'座客皆不晓。公为解之:'若非妙手,不敢向马行头吹也。'熙宁元年十二月晦书。"(《书王石草书》)由此可见,他的书法作品受到韩琦和苏轼的夸奖和认可,被称作"妙手"。苏轼不但高度评价王谠的书法,对他的绘画也赞赏有加:"仆素不喜酒,观正父《醉士图》,以甚畏执杯持耳翁也。子瞻书。"(《跋醉道士图》)一般认为,这段题跋中的正父当即正甫,即如陈亮字同甫被称作同父。由此也可见出苏轼对王谠绘画作品的赏识。

　　关于王谠编撰《唐语林》的原因,从相关文献记载来看,首先是受

《世说新语》以及宋代孔平仲《续世说》等书影响的结果。《世说新语》是南朝宋刘义庆主持编纂的一部反映汉末魏晋名士言行轶事的志人小说，全书共分三十六门。孔平仲的《续世说》模仿《世说新语》的体例，主要记载南北朝至唐五代的朝野轶事。全书共分三十八门，与《世说新语》相比，少了"豪爽"一门，多出了"直谏""邪谄""奸佞"三门。相比之下，王谠的《唐语林》也模仿《世说新语》和《续世说》的体例，只是规模更大，全书共分五十二门，少了"捷悟"一门，多出了"嗜好""俚俗""记事""任察""谀佞""威望""忠义""慰悦""汲引""委属""砭谈""僭乱""动植""书画""杂物""残忍""计策"十七门。

作为采辑旧文之作，刘义庆《世说新语》对所采录书目没有明确记载，但刘孝标在为《世说新语》作注时，"随文施注，所引经史杂著四百余种，诗赋杂文七十余种，可谓弘富"（余嘉锡《世说新语笺疏·周祖谟〈前言〉》）。孔平仲的《续世说》内容多选自李延寿的《南史》《北史》、刘昫的《旧唐书》以及薛居正的《旧五代史》等史书，也兼取前代的笔记小说。王谠的《唐语林》则综采五十种书的内容（见《原序目》）。王谠对这些典籍中的相关内容分门别类进行了整理，"依照其所出的原文，参照各种文献中的记载，再加上蒐辑而得的佚文，重新加以编排"（周勋初《唐语林校证·前言》），最终完成了《唐语林》的编撰。正因为如此，明代齐之鸾《唐语林序》就称赞王谠的《唐语林》"笔舌翩翩，意兴悠寄，神奇爽媚，非苦非烦，譬之石中片玉，沙中遗金，缟中尺素，戴中禁脔，沟中牺尊，青黄之断，要不可以常品视之"。

除上述二书之外，《唐语林》的成书也深受赵令畤《侯鲭录》一书的影响，周勋初认为："与《唐语林》比较，二者体例不同，……但《侯鲭录》和《唐语林》中吸收了很多同源的材料，而且二书都不注明出处。有些条目，仅见此二书。……后人虽然很难判断二人著书时是否通过声气，但可推知这两本性质相近的书却是同一学术环境中的产物。"（《唐语林校证·前言》）周先生之所以认为《侯鲭录》和《唐语林》是同一学术环境中的产物,是因为赵令畤和王谠都是苏轼周围的文人,《续世说》的作者孔平仲也是苏门学士之一,他们和苏轼的关系均较为密切。笔者认为,王谠《唐语林》的成书应该是受到《世说新语》《续世说》以及《侯鲭录》等书影响的结果。

其次,《唐语林》的成书也与苏轼的影响密不可分。《唐语林》是王谠综采五十种书中的材料分门别类编撰而成,书中记述了唐代的官廷琐事、文人轶事、民情风俗、名物制度以及典故考辨等。苏轼作为历代公认的大文豪,学识渊博,在诗、文、词、赋、笔记小说以及绘画、书法等方面都有极高的造诣,"平生斟酌经传,贯穿子史,下至小说、杂记、佛经、道书、古诗、方言,莫不必究,故虽天地之造化,古今之兴替,风俗之消长,与夫山川、草木、禽兽、麟介、昆虫之属,亦皆洞其机而贯其妙,积而为胸中之文,不啻如长江大河,汪洋闳肆,变化万状"(《苏轼诗集·王十朋序》)。就笔记小说而言,有《东坡志林》《仇池笔记》两种。对于苏门学士王谠来说,苏轼在多个领域所表现的巨大成就和广阔的视野,很难不影响到他。笔者认为,《唐语林》的成书在体例上模仿了《世说新语》《续世说》等书,但在内容选择上,主要受到苏轼广博的学识、经世济民的思想情怀、刚正不阿的道德情操、超然自适的生活意趣以及幽默诙谐的乐观态度等多方面因素的影响。

再次,《唐语林》的成书,也是处在北宋末年激烈党争背景之下的王谠个人道德意识及人生价值的体现。王谠生活在北宋末年宋徽宗统治时期,这一时期也是党争异常激烈的时代。众所周知,北宋末年的新旧党争始于宋神宗起用王安石进行变法改革,当时因改革力度太大,遭到朝中保守派大臣的强烈反对,由此,新旧两党激烈倾轧,轮番掌权,长期的党争导致了士人的对立,激化了社会各方面的矛盾,也加大了北宋末年的政治危机。这一时期,很多大臣都被卷入新旧党争的漩涡之中,苏轼便是其中之一。苏轼因与变法派主张不合,遭受排挤而请求外调,并对新法实施过程中出现的诸多流弊进行了批评和讽谏。苏轼的这一做法引发了变法派的报复，他们为弹劾苏轼，制造了震惊朝野的"乌台诗案"，苏轼最终被贬黄州，与苏轼有着密切交往的驸马都尉王诜也"坐累远谪"。

除王诜、苏轼等被贬外，王谠的岳父、曾任宰相的吕大防也因元祐党争被贬为秘书监，绍圣四年（1097）更是再贬舒州团练副使，并最终病逝于虔州信丰（今江西信丰）。在这样的背景下，与苏轼、王诜及吕大防均有着密切关系的王谠，当时的处境可想而知。王谠继承了父亲王彭"涵咏书诗，议论慨然"的文士传统，也是一名心怀济世思想的知识分子，因此，北宋后期复杂多变的政治环境也让身处官场、官小位卑的王谠认真思考，如何在保全身家性命的前提下，尽到一个知识分子救国家于危亡的责任，以履行儒家思想中士人的基本使命。李时人在《关于中国小说史上仿作和续书问题的思考》一文中说："如果说每一部杰出的小说都扎根于产生它的那个时代深厚的文化土壤中，那么它的产生必然要受到时代普遍思想意识、社会心理的制约。"笔者以为，面对激烈的新旧党争，作为王诜从弟、又具有宰相吕大防女婿的身份、并与苏轼有着密切往来的王谠，他模仿《世说新语》《续世说》等书对《唐语林》一书的编辑，应该与北宋后期复杂多变的政治环境、社会思潮以及王谠本人的思想道德观念有着极大的关系，"《唐语林》的出现似乎也是王谠政治路上未能更上层楼时所做的另一种选择，因官小位卑他无法有立德、立功的成就表现，所以试图以'立言'的方式彰显自我的道德精神与个人价值"（钟国卿《王谠唐语林的编纂意图及其文化意义阐说》），而这应该也是《唐语林》成书的又一重要原因。

## 二

由于王谠《唐语林》原书很早就散佚了，目前流传的《唐语林》共八卷，编次的情况很特殊，周勋初《唐语林校证·前言》中说，《唐语林》"前四卷中，从'德行'到'贤媛'十八门，还保留着王谠原书的本来面貌,后面的四卷,则是《四库全书》馆臣利用《永乐大典》散入各韵部的条文,汇编而成的了。实则此书散佚的部分不止占全书篇幅的一半。根据此书最早刻本,即齐之鸾所刻残本来看,'贤媛'之前的文字,原来只占三卷或两卷,那么佚去的部分,就有可能多达九卷,至少也有五卷"。

从内容上来看,《唐语林》涉及有唐一代不同历史时期各类人物的言行轶事、宫廷杂事、民情风俗、典章制度以及对名物故实的陈述和考辨等。《唐语林》中记录最多的是帝王和大臣的言行轶事,其中有五百多条涉及帝王,除去那些作为背景和时代标志的条目,共有四百多条是以帝王为主要记述内容的,而以大唐王朝众多帝王串联起来的各类事件和各色人物,反映的就是整个王朝兴起、兴盛、衰落以至覆亡的全过程。

唐高祖、唐太宗、唐高宗、武则天乃至唐玄宗前期,是唐王朝逐渐繁盛的时期,虽然各朝仍有种种弊政,但这一时期不论是帝王,还是广大朝臣百官,都普遍具有励精图治、积极进取的精神,表现了王朝上升期的恢宏气象。在唐太宗李世民到唐玄宗李隆基几代君主的励精图治之下,大唐王朝逐渐走向鼎盛,出现了"贞观之治""永徽之治""开元盛世"等百姓安阜的盛景。特别是唐玄宗开元年间,社会经济空前繁荣,"天下大治,河清海晏,物殷俗阜……财物山积,不可胜较。四方丰稔,百姓殷富"(《开天传信记》)。面对圣明的君主,士人普遍具有积极入世的态度。这一时期的帝王大多善于纳谏,知人善任,朝臣们也大都知无不言,言无不尽。唐高祖朝的孙伏伽,唐太宗朝的张玄素、唐俭、魏徵,唐高宗朝的谷那律、张行成,武则天朝的李昭德,唐玄宗朝的倪若水等都是敢犯颜直谏的忠臣,他们或劝谏帝王停止修建宫殿,阻止奢侈之风(第65条张玄素谏太宗),或劝谏帝王罢猎(第58条唐俭谏太宗,第62条谷那律谏高宗),或劝谏帝王不要任人唯亲,以免招来祸患(第57条李昭德谏止武则天重用武承嗣)等,都表现了唐代初年政治清明、君臣和乐的盛世景象。在这一时期,最为人称道的是唐太宗和魏徵之间的君臣趣事。魏徵一生对唐太宗的朝政治理有很大的贡献,《唐语林》记载了他对唐太宗的多次进谏（第54条、61条、67条等）。正因为如此，魏徵去世后，唐太宗"亲临恸哭，废朝五日"（《旧唐书·魏徵传》），他甚至把善于进谏的魏徵比作自己的一面镜子："夫以铜为镜，可以正衣冠；以古为镜，可以知兴替；以人为镜，可以明得失。朕常保此三镜，以防己过。今魏徵殂逝，遂亡一镜矣。"（《旧唐书·魏徵传》）《唐语林》第574条也有同样的记载，不再详述。

唐高宗即位初期，秉承太宗的"贞观"之风，潜心接受大臣的劝谏，朝政很是清明。后来随着武则天逐渐把持朝政，为排除异己，也曾一度行大肆杀戮之事，《唐语林》第636条就记载了武则天排除异己逐渐掌握朝政的过程："及得志，威福并作，高宗举动必为掣肘，高宗不胜其忿……密诏上官仪废之……左右驰告则天，则天遽诉。诏草犹在，高宗恐有怨怼，待之如初……则天遂诛仪及伏胜等，并赐太子忠死。自此政归武后，天子拱手而已。"虽然武则天对那些阻止她执掌政权的朝臣及皇亲大开杀戒，但在治理朝政方面，还是能够知人善任，善于纳谏。如她接受娄师德的进谏，任狄仁杰为宰相（第350条），虽然她宠爱张易之、张昌宗二人，却并不因为他们的诬陷而随意斩杀朝臣（第338、339条等）。作为大唐王朝在位时间最长的皇帝，唐玄宗朝后期虽然发生了安史之乱，但玄宗在位前期，也曾是一位励精图治、用心政事的贤明君主，他拨乱反正，任用姚崇、宋璟等贤相，广开纳谏之路，任人唯贤，开创了盛极一时的开元盛世。《唐语林》中也有多条记述了玄宗的多才多艺和贤德英明，天才俊发的李白就高度评价了唐玄宗对贤才的录用："陛下任人，如淘沙取金，剖石采玉，皆得其精粹。"（第410条）

与帝王的励精图治、贤德圣明相辅相成的，是这一时期文人士大夫积极向上的乐观态度。他们大多胸怀大志，才气横溢；他们饱读诗书，满腹经纶，渴望步入仕途，实现治国平天下的理想和抱负。唐太宗朝的房玄龄、魏徵、张玄素、褚遂良、李勣，高宗武则天朝的魏元忠、张说、狄仁杰，唐玄宗朝的张九龄、姚崇、宋璟等就是这一时期文人的代表。《唐语林》中以大量的笔墨褒扬了他们的懿行，体现了大唐王朝上升期在一众开明君主的引领之下，朝臣们强烈的参与意识和对国家民族强烈的使命感。

安史之乱后，唐王朝无可挽回地走向衰落，唐肃宗、唐代宗、唐德宗、唐宪宗等几位帝王也曾试图中兴，如唐宪宗在位前期任用杜黄裳、李吉甫等人整顿科举、修订律令，加强财政管理，平定多地藩镇叛乱，收复淄青十二州，暂时消除了代宗以来藩镇跋扈的局面。但这一时期的帝王普遍没有了前期君主任人唯贤的美德，唐玄宗晚年任用杨国忠、李林甫等祸乱朝政、妒贤嫉能之人。唐代宗"惑释氏业报轻重之说，政事多托于宰相，而元载专权乱国，事以货成。及常衮为相，虽贿赂不行，而介僻自专，升降多失其人"（第289条）。唐德宗任用"杨炎、卢杞为宰相，皆奸邪用事，树立朋党，以至天子播迁，宗社几覆"（第779条）。唐顺宗利用王叔文集团想要兴利除弊，终因触犯宦官和节度使的利益而被迫禅位。这一时期对民众的压榨也更为严酷，如《唐语林》第815条就记载："顺宗时，五坊鹰犬恣横，州县不能制。多于民间张置罘，或有误伤一鸟雀者，必多得金帛乃止，时谓'供奉鸟雀'。"

面对日渐衰落的国运，中唐时期的广大朝臣由对盛唐气象的追求一变而成了对王朝中兴的渴望。郭子仪是当之无愧的中兴名将，安史之乱中他率军勤王，接连收复安史叛军占领的河北、河东以及二京，并最终平定了叛乱。唐代宗宝应年间他再次平定了河中兵变，广德年间吐蕃、回纥入侵，长安沦陷，又是郭子仪出任关内副元帅，收复长安。永泰年间，他再一次击退吐蕃的入侵。郭子仪对维护安史之乱爆发后唐王朝的政治安定和延续起到了关键的作用。《旧唐书·郭子仪传》中称赞他"天下以其身为安危者殆二十年""再造王室，勋高一代"。《唐语林》中也有多条关于郭子仪逸事的记述：有郭子仪匡复二京后，代宗赏赐他九花虬马的记述（第727条）；也有郭子仪"虽度量廓落，然而有陶侃之僻，动无废物"（第728条）的记载；更有他在听到筑者"数十年来，京城达官家墙皆是某筑，只见人改换，墙皆见在"的回答后，"遂入奏其事，因固请老"

（第729条）等，都表现了他的或战功卓著、或廓落节俭、或豁然顿悟。历仕唐德宗、唐顺宗、唐宪宗、唐穆宗、唐敬宗、唐文宗六朝的裴度，也是中兴之臣的代表。裴度一生出镇拜相长达二十多年，辅佐唐宪宗实现元和中兴，他重用李光颜、李愬等名将，引荐李德裕、李宗闵、韩愈等名士，被时人敬重，甚至将他比作平定安史之乱的功臣郭子仪。《旧唐书·裴度传》就说裴度"时威望德业，侔于郭子仪，出入中外，以身系国之安危、时之轻重者二十年。凡命将相，无贤不肖，皆推度为首，其为士君子爱重也如此"。《唐语林》第818条至820条分别记述他平定淮西战乱，为保护一位女仆丢失的盒子而耽误了科举考试，以及为因救他而被杀的仆人写祭文悼念等事，都表现了他有勇有谋、不爱钱财、善良仁慈、宽容大度等优秀品质和长者风范。除此之外，《唐语林》也记述了颜真卿、刘禹锡、韩愈、白居易等人的逸事，面对日渐黑暗腐朽的社会现实，他们或上书皇帝批判弊政；或在写诗论文中抨击贪赃枉法、徇私舞弊的朝臣，怀念大唐强盛时期如日中天的辉煌，表现对圣君贤臣的渴望和仰慕；或率领军队平定藩镇的叛乱及外族的入侵等，都通过各自的方式为唐王朝的中兴尽心竭力，不再详述。

　　考察《唐语林》对晚唐社会的描述，我们发现，不论是唐穆宗、唐文宗、唐武宗、唐宣宗、唐懿宗、唐僖宗及唐昭宗等几位帝王，还是这一时期的广大朝臣，都被一种末日的临近感所笼罩。宪宗元和十五年（820），宦官杀死宪宗，拥立穆宗即位，王朝的大权从此落入宦官的手中。穆宗之后，唐文宗、唐武宗、唐宣宗、唐懿宗等均为宦官拥立。这一时期，宦官手握重权干预朝政，藩镇割据愈加严重，帝王的权力日渐被消解，他们中的很多人因此变得昏聩无道，人身安全也毫无保障，致使朝廷危机加重、政局混乱不堪。唐穆宗、唐敬宗在位期间不理朝政，纵情享乐，毫无节制。如《唐语林》第858条即写敬宗不听朝臣劝阻，执意游赏骊山之事。唐穆宗、唐武宗、唐宣宗都如宪宗皇帝一般热衷长生不死，均因长期服食金石之药，毒发身亡。唐文宗为铲除宦官势力，重用李训、郑注等人发动甘露之变（第860条），事败被宦官软禁，郁郁而死。唐武宗、唐宣宗、唐昭宗等帝王在位期间也曾有志于割除弊政，澄清吏治，发展经济，但无奈大唐王朝气数已尽，无力回天。《唐语林》中有很多条目记述了这一时期帝王昏聩、藩镇割据、宦官专政、权臣残暴等的乱象，如第910条写唐宣宗对容貌极美的乐姬先宠后杀的残酷和无情。第953条写唐宣宗驾崩，"内官定策立懿宗，入中书商议"之事，其中夏侯孜"三十年前，外大臣得与禁中事；三十年以来，外大臣固不得知。但是李氏子孙，内大臣立定，外大臣即北面事之，安有是非之说"的陈词，典型生动地展现了晚唐社会朝廷之上宦官操纵废立大权的现状。第896条则写李德裕在和裴璟的随意谈话中便决定了当朝两位官员的命运，表现了他的独断专行。第895条写因为宰相李德裕和宦官仇士良之间的恩怨致使年轻且才能出众的尚书郎李胶终因连坐而获罪，出任峡内郡丞一事。晚唐时期，最能表现朝政腐败的是开始于宪宗朝、结束于宣宗朝将近四十年的牛李党争，和官僚集团与宦官之间的争权夺利的斗争。《唐语林》中很多条目也记述了晚唐激烈的权力之争以及这一大的社会背景之下文武百官的众生相。如第893、894条写李党失势，李德裕被贬崖州，并在贬所去世的悲凉，其中就有朝臣对李德裕或怨恨不满、或背信弃义、或感念恩德等的描写。

晚唐时期的士人也普遍表现出了对自己命运无法掌握的悲哀，甘露之变后的宦官乱朝、牛李党争等大大挫伤了士人的积极性。唐宣宗以后，君昏臣庸、宦官专政、军阀割据，士人基本上找不到政治舞台去建功立业，稍有作为还会被诬陷甚至杀头，如唐宣宗大中年间，李琢平定作乱的宣州都将康全泰反被弹劾（第950条）；宣宗时吴居中因得到皇帝的丰厚恩赏而遭人诬陷被杀（第952条）；唐懿宗时期的宰相路岩玩弄权术、买卖官职以及心胸狭隘的他对朝臣的打击报复（第971、972、979等条）等都是这方面的反映。特别是唐昭宗、唐哀宗时期，权臣朱全忠为清除异己，他先是指使蒋玄晖了昭宗诸子，并制造了震惊朝野的"白马驿之祸"，连宰相独孤损、裴枢、崔远等人也未能幸免，"六月，戊子朔，敕裴枢、独孤损、崔远、陆扆、王溥、赵崇、王赞等并所在赐自尽。时全忠聚枢等及朝士贬官者三十余人于白马驿，一夕尽杀之，投尸于河"（《资治通鉴·唐纪·昭宗天祐二年》）。在这种恐怖局势的笼罩之下，这一时期隐逸之风大起，《唐语林·栖逸》就是对唐代僧人、道士以及隐居不仕的文人士大夫逸闻趣事的记述。

总的来说，"因为《唐语林》一书承接的是《世说新语》的传统，偏重人事，注重情致，很少涉及鬼神变幻，不以铺张杂博取胜"（《唐语林校证·前言》），因此，书中对唐王朝各个历史时期帝王、大臣等各阶层人物以及各类事件的描述，真实地反映了大唐王朝兴起、兴盛、衰落以至覆亡的全过程，对于研究唐代的文学和历史等都具有非常重要的价值。特别是王谠在编撰过程中所援引的五十多种书目，更使得《唐语林》具有了重要的辑佚价值和校勘价值，周勋初就说："《唐语林》援用过的五十种书，有些虽然流传了下来，但差不多每一种都有残阙，而这差不多又都可用《唐语林》来加以补正。……尤其可贵的是，《唐语林》中还保存着《补国史》《戎幕闲谈》《续贞陵遗事》等书中的大段文字，传奇小说《刘幽求传》的残文和《王贵妃传》的全文。这或许是其他典籍中都已残佚而仅见于《唐语林》中的材料，于此也可看到此书的可贵了。"

## 三

《唐语林》中也有很多条目是对唐王朝典章制度、民情风俗、名物故实等的陈述和辨析。

典章制度是对国家基本的政治、法律、文化等各种制度的总称，主要包括政治制度、经济制度、军事制度、考试制度、官吏选拔、职官管理、行政监察等多个领域。《唐语林》中对唐代典章制度的记述，最引人注目的就是唐代的科举制度。科举制度虽然创立于隋代，但在唐代才得到极大的推广和完善。唐朝使科举制度成为全国范围内广泛进行的人才选拔制度，使得大量的庶人子弟由此进入仕途，打破了世家贵族对官场的垄断，很大程度上缓和了社会矛盾，也为唐朝社会的发展注入了新的活力。《唐语林》中记述了自隋朝以来科举考试科目的变化和发展（第1027条等），陈述了各个科目的考试方式和考试规则（第1028条等），并对唐中宗神龙元年（705）以来主持科举考试的主考官姓名和他们主持科考的次数进行了详细的罗列（第1031条）。由于科举考试是唐代士人、特别是平民子弟进入官场实现人生价值最主要的途径，因此，对于那些由科举及第而成就功业的个人和家族，唐人普遍表现出极大的羡慕和敬仰。《唐语林》"企羡"门中就有很多条记述了唐代士人对科举登第的向往以及对有多人进士及第家族的仰慕，如唐宣宗对进士的爱羡及其"乡贡进士李道龙"的自称（第541条），薛元超对身边亲友诉说没能进士及第的遗憾（第563条），冯宿之子及冯家叔侄兄弟连年进士及第、登宏词科的盛极无比（第538条），范阳卢氏家族九十年时间里一百一十六人进士登第的荣耀（第561条）等。

除此之外，《唐语林》中也记述了唐王朝不同历史阶段科考的具体状况。可以看到，在初、盛唐时期，主考官大都能遵守科举法规，为国家选拔杰出的人才，韦澳《解送进士明经不分等第榜文》一文就对元和之前的科场风气有着鲜明的溢美之辞："当开元、天宝之间，始专用明经、进士，及贞元、元和之际，又益以荐送相高。当时务尚切磋，不分党甲，绝侥幸请托之路，有推贤让能之风。"《唐语林》对初、盛唐时期的科场之风也多有记载，如第311条写唐特任京兆府科考主试官时的秉直公正，不徇私情。第321条写刘允章知贡举时不惧权贵选拔录用人才的刚正品格等。然而，到中、晚唐时期，随着唐王朝的日渐衰败，藩镇割据、宦官专权、科举舞弊之风也逐渐显现，科举考试被士人看作是人生得意、追名逐利的场所。《唐语林》第987条中，许棠就对自己科举考试登第前后截然不同的精神状态进行了描述："往者未成事，年渐衰暮，行卷达官门下，身疲且重，上马极难。自喜得第来筋骨轻健，揽辔升降，犹愈于少年。则知一名，乃孤进之还丹。"韦澳《解送进士明经不分等第榜文》一文在肯定

元和之前科场风气的同时,也记述了中唐以后特别是唐宣宗时期科场的种种不正之风:

> 近日以来,前规顿改。互争强弱,多务奔驰。定高卑于下第之初,决可否于差肩之日。曾非考核,尽系经营。奥学雄文,例舍于贞方寒素;增年矫貌,尽取于党比群强。虽中选者曾不足云,而争名者益炽其事。

从上述"曾非考核,尽系经营"等句就可以看出科场请托之风的盛行。据史料记载,当时请托的手段也多种多样,"贵者以势托,富者以财托,亲故者以情托"(清徐松《登科记考》),加之这一时期手握政治实权的豪门大族、王公贵戚相互勾结,完全操控了科举取士之权,因此,登第之人中有很多是没有实际才学的豪门贵戚子弟,品学兼优的寒门士子及第者则越来越少。在这种情势之下,主持科举考试的主考官也没有了初、盛唐时期为国家选拔杰出人才的使命感,他们朋比为奸,大肆收受贿赂,并根据个人的主观情绪随意决定士子的前程。正因为如此,科举士子在拜谒主考官时便极力攀附,以求得到重用:

> 春官氏每岁选升进士三十人,以备将相之佐。是日,自状元已下,同诣座主宅。座主立于庭。一一而进曰:"某外氏某家。"或曰"甥",或曰"弟"。又曰:"某大外氏某家。"又曰:"外大外氏某家。"或曰"重表弟",或曰"表甥孙"。又有同宗座主宜为侄,而反为叔。言叙既毕,拜礼得申。(第1030条)

可以看到,唐代科举制度从初、盛唐时期为国家选拔杰出人才的主要阵地,到唐末成为权臣操纵、士人追逐名利的场所,与大唐王朝从强盛到衰败的趋势正相一致。

科举制度之外,《唐语林》也记述了唐代职官制度及其他规章制度的形成和发展,如唐代节度使的由来和发展(第1009条)、唐代各类御史的名称及职责(第1006条)、唐代各部郎官的职责(第800条)、旧时度支衙门各级官员的职责(第802条)、九卿之官署"棘卿"的由来(第1000

条)、"投匦处"的由来和发展(第639、640条)、待漏院的设立(第845条)等,不再详述。

《唐语林》中还有很多条目记述了唐代的民风民俗。其中较多的是对唐代社会丧葬习俗的记述:如对墓碑的考证(第1013条),对墓碑上圆孔由来的记述(第1014条)等。最突出的则是对一些不符合礼仪的服丧方式的记述,如第1020条在追述《礼记》中相关丧葬习俗的基础上,对唐代社会不合礼仪的除丧服时间的陈述。第1021条对亲人去世大殓后着丧服礼仪的记述:"三日成服,圣人之制,世有至五日者,非也。"第1022条则通过例举《世说新语》《晋书·桓玄传》、沈约《答庾光禄书》、颜之推《颜氏家训》等书中有关忌日的相关记述,说明了唐代社会因父母及其他亲属去世而请求休假不符合古代礼仪制度。特别是第1017条和第1018条,前者是对始于唐明皇时期到后来逐渐奢华的路祭风俗的记述:

> 明皇朝,海内殷赡,送葬者或当冲设祭,张施帏幕,有假花、假果、粉人、粉帐之属。然大不过方丈,室高不逾数尺,识者犹或非之。丧乱以来,此风大扇,祭盘帐幕,高至九十尺,用床三、四百张,雕镌饰画,穷极技巧,馔具牲牢,复居其外。大历中,太原节度辛云京葬日,诸道节度使使人修祭。范阳祭盘最为高大,刻木为尉迟鄂公与突厥斗将之戏,机关动作,不异于生。

后者则是对唐代民间丧葬情况的陈述:"俗间凶疏,本叙时序朔望,以表远感之怀,此合于情理。至有叙经斋七日,此出释教,不当形于书疏。"可以看到,《唐语林》从多个方面全面记述了唐代社会的丧葬习俗,具有重要的史料价值。

丧葬习俗之外,《唐语林》也记述了盛行于唐代的蹴鞠(第693条)、拔河(第694条)、走索(第695条)、博戏(第1025条)等娱乐活动,另有一些条目则记述了唐代海上贸易的繁荣(第1043、1044条等)以及长安东、西两市商业往来的兴盛(第768条)等。特别是对唐末一些流行于民间的风俗如酒席上所行酒令、士人服色，以及妇女流行的发髻等的描述，隐晦地预示了唐末社会动乱的征兆：

> 唐末饮席之间，多以"上行杯""望远行"、拽盏为主，"下次据"副之。既而僖宗西行，后方镇多为下位者所据，此其验也。（第995条）

> 唐末士人之衣色尚黑，故有紫绿，有墨紫。迨兵起，士庶之衣俱皂，此其谶也。（第996条）

> 唐末妇人梳髻，谓"拔丛"；以乱发为胎，垂障于目。解者云："群众之计，目睹其乱发也。"（第997条）

也有一些条目通过中晚唐不同时期长安社会风俗的变化，展示了士人心态的变化：

> 长安风俗：贞元侈于游宴，其后或侈于书法、图画，或侈于博奕，或侈于卜咒，或侈于服食，各有自也。（第814条）

可以看到，处在这样一个一味衰败、不可救药的时代，文人士大夫此前昂扬向上、壮阔豪迈的情怀没有了，代之而起的是他们中的很多人或沉溺于声色游乐，或借助神仙方术来预言，或寄托他们对社会现实及个人命运的担忧。

除典章制度、民情风俗之外，《唐语林》中还有对大量名物故实的解释和辨析。其中有对物品由来的解释，如对林邑所献火齐珠来源的解释（第1049条），对称作"冷子"的轻纱名称由来的解释（第1048条），对"风炉子"命名由来的解释（第1050条）等；也有对一些词语的辨析，如第204条刘禹锡对司马墙的解读，第205条对《诗经》中"肥泉"的阐释，第210条韦绚对"五夜"的解释，第223条对医书中"劳薪"一词的辨析，第228条对芍药之名及其药性的解读等等。《唐语林》中对名物的解释很多时候还会与民间传说或民间习俗相联系：

> 建安郡建安县有大勤墟，中有石，无大小悉如砚形。旧说此墟人有好学而于义理不能疾晓，常自咎顽愚，每盛夏烈暑，乃肉袒以自

负。后因雷雨，空中有人谓曰："念尔恳诚，吾令尔墟内石大小俱成砚，苟用者，义理速解，以旌尔志。"雨止视之，果然。今俗谓之"孔砚"。（第1047条）

七夕者，七月七日夜。《荆楚岁时记》云："七夕，妇人穿七孔针，设瓜果于庭以乞巧。"今人乃以七月六日夜为之，至明晓望于彩缕，以冀织女遗丝，乃是七"晓"，非"夕"也。又取六夜穿七窍针，益谬矣。今贵家或连二宵陈乞巧之具，此不过苟悦童稚而已。（第1061条）

上述两条中，前一条中"孔砚"的说法源于一个勤奋励志的传说故事，后一条中对"七夕"的解说则与民风民俗相联系。

综上所述，《唐语林》对唐代典章制度、民情风俗以及名物故实等的记述和辨析，对研究唐代社会的政治、文化、民俗、文学艺术等都具有非常重要的价值。正如周勋初《唐语林校证》前言所说："因为唐代修史之风很盛，所以这一时期的笔记小说对历史事件的记叙也就更为重视。这类书籍提供了不少有价值的原始资料……至于一些记载典章制度或社会风习的文字，则可提供许多解剖唐代社会组织的实际知识，认识唐代社会的许多不同侧面，扩展后人的眼界，这无疑是有很大价值的。"《四库全书总目·〈唐语林〉提要》对此也有很高的评价，认为"是书虽仿《世说》，而所纪典章故实，嘉言懿行，多与正史相发明。视刘义庆之专尚清谈者不同。且所采诸书，存者已少。其裒集之功，尤不可没"。

# 四

《唐语林》现存最早的版本是明代嘉靖二年（1523）桐城齐之鸾刊刻的《唐语林》残本二卷。齐之鸾在给该书所作的《序》中说："予所得本多谬，稍尝正之，而县吏剧俗，莫能详也……不能意晓者，并令阙疑承误，以俟善本。"《四库全书总目·〈唐语林〉提要》亦曰："惟武英殿书库所藏，有明嘉靖初桐城齐之鸾所刻残本，分为上、下二卷，自'德行'至

'贤媛'止十八门。前有之鸾自序,称所得非善本,其字画漫漶,篇次错乱,几不可读。"由此可见,《唐语林》自明代以来就已经没有全本。据周勋初考证,此书"与士礼居藏旧抄本三卷同。其内容为武英殿聚珍本一至四卷"(《唐语林校证·前言》)。对于这本书前半部分流传较多,后半部分流传较少的原因,周勋初亦有独到的见解,他通过对《唐语林》最早的刻本齐之鸾本及本书佚文进行分析后认为:"《唐语林》一书的前面部分,流传的抄本较多,所以后人能够据以刻出;后面的部分,流传的抄本较少,年代早如《中兴馆阁书目》,著录者已是后半残佚之本,可见《唐语林》这书很早就出现脱落的情况,后代更是难得见到完整的抄本,所以齐之鸾只能以残本付梓,而自明末之后,目录书上也已看不到足本的记载了。追本穷源,只能说王谠著书时本来没有整理出一种定本,又不能将一种完整的抄本及时刻出,这才出现了后来的种种混乱现象。"(《唐语林校证·前言》)

　　武英殿聚珍本《唐语林》是四库馆臣在齐之鸾残本的基础上,将《永乐大典》中分散保存于各韵部的《唐语林》内容整理出来,编辑为《唐语林》后半部分形成的一个本子。《四库全书总目·〈唐语林〉提要》对《唐语林》历代著录及武英殿聚珍本《唐语林》的成书有着详细的陈述:

　　　　《唐语林》八卷,宋王谠撰。陈振孙《书录解题》云:"长安王谠正甫以唐小说五十家,仿《世说》分门三十五,又益十七门,为五十二门。"晁公武《郡斋读书志》云:"未详撰人。效《世说》体分门记唐世名言,新增'嗜好'等十七门,余皆仍旧。"马端临《经籍考》引陈氏之言,入小说家。又引晁氏之言入杂家。两门互见,实一书也。惟陈氏作八卷,晁氏作十卷,其数不合,然陈氏又云《馆阁书目》十一卷,阙记事以下十五门,另一本亦止八卷,而门目皆不阙,盖传写分并,故两本不同耳……惜其刊本久佚,故明谢肇淛《五杂组》引杨慎语,谓"《语林》罕传,人亦鲜知"。惟武英殿书库所藏,有明嘉靖初桐城齐之鸾所刻残本,分为上下二卷……今以《永

乐大典》所载参互校订,删其重复,增多四百余条,又得原序目一
篇,载所采书名及门类总目,当日体例尚可考见其梗概……惟是
《永乐大典》各条散于诸韵之下,其本来门目,难以臆求,谨略以时
代为次,补于刻本之后,无时代者又后之,共为四卷。又刻本上下二
卷,篇页过繁,今每卷各析为二,仍为八卷,以还其旧。

由此可见,"从今本《唐语林》的成书来说,《四库全书》馆臣完成了最后
一道工序,把这部散佚了几百年的书重新编纂起来,这个功劳是不可埋
没的"(《唐语林校证·前言》)。但这个本子存在的问题也是显而易见
的,正如《四库全书总目》所说:"此书久无校本,讹脱甚众,文义往往难
通,谨取新、旧《唐书》及诸家说部,一一详为勘正,其必不可知者,则姑
仍原本,庶不失阙疑之义焉。"聚珍本《唐语林》在后世被反复刊刻,其
中比较著名的就有《墨海金壶》本、《惜阴轩丛书》本、《守山阁丛书》本
等,除此之外,还有福建藩署、江西官书局、广雅书局覆刻本等多种。

目前《唐语林》较好的整理本是周勋初的《唐语林校证》,此本以聚
珍本《唐语林》为底本,同时参照《守山阁丛书》本、齐之鸾本、《永乐大
典》本、《历代小史》本,以及宋元时期文人的总集、别集、笔记等进行校
勘,对《唐语林》中的所有条目都追根溯源,对照原书,逐条进行校雠和
考核,订正了聚珍本中书名混乱、分类不当等诸多问题。《唐语林校证》
的出版,获得了学界的高度认可,程千帆先生就曾称赞"此举是救活了
一本死书"。

本书以《守山阁丛书》本为底本,择优参校其他版本及相关典籍,并
吸纳了部分周勋初先生的校勘成果。本书参照周勋初先生《唐语林校
证》的编排方式,对书中条目加以排序并对部分条目的顺序进行了调整,
对所有条目的出处进行了溯源,能找到原始出处的加以说明,失考者则
不出注。书的最后,辑录了周先生《唐语林校证辑佚》二十三条。感谢
周先生的开创性工作,才使得本书得以站在巨人的肩膀上,给读者提供

了一种较为可靠的普及性读本。注释方面,本书在注释疑难字词和对生僻字注音的基础上,对文本内容中出现的历史人物、历史典故、名物制度及民风民俗等也进行了注解和疏通。译文方面,本书在忠实文本原意的基础上,尽可能力求文字明白顺畅。

唐山幼儿师范高等专科学校的张洁宇老师在文本的输入和校译等方面做了大量的工作,在此表示感谢。

由于本人学力所限,书中存在的不足之处,祈请方家不吝指正!

王兴芬

2024年11月于兰州

# 原序目

《国史补》《补国史》《因话录》《谈宾录》《齐集》《幽闲鼓吹》《尚书故实》《松窗录》《庐陵官下记》《次柳氏旧闻》《桂苑谈丛》《纪闻谈》《东观奏记》《贞陵遗事》《续贞陵遗事》《常侍言旨》《传载》《云谿友议》《开天传信记》《戎幕闲谈》《明皇杂录》《异闻集》《大唐说纂》《刊误》《卢氏杂说》《剧谈录》《玉泉笔端》《金华子杂编》《皮氏见闻》《大唐新语》《刘公嘉话》《羯鼓录》《芝田录》《资暇集》《杜阳杂编》《本事诗》《玉堂闲话》《中朝故事》《北梦琐言》《唐会要》《柳氏叙训》《魏郑公故事》《国朝传记》《会昌解颐》《洛中记异》《乾𦠆子》《闻奇录》《贾氏谈录》《虬髯客传》《封氏闻见记》案：王谠采五十家小说成书。而《永乐大典》所载原书名目，自《国史补》至《贾氏谈录》凡四十八家。《文献通考》及唐宋史志皆著于录，惟《齐集》一种无考，疑有脱误。又书中多引《封演闻见记》，而《虬须客传》一篇全载原文，似所阙即此二家，今为补入，以还五十家之旧。

右小说五十家，正甫取其尤要者编之，分为五十二门，具目录于后：

德行　言语　政事　文学　方正　雅量　识鉴　赏誉
品藻　箴规　夙慧　豪爽　容止　自新　企羡　伤逝
栖逸　贤媛　术解　巧艺　宠礼　任诞　简傲　排调　轻
诋　假谲　黜免　俭啬　侈汰　忿狷　谗险　尤悔　纰漏
惑溺　仇隙　嗜好　俚俗　记事　任察　谀佞　威望
忠义　慰悦　汲引　委属　砭谈　僭乱　动植　书画　杂
物　残忍　计策

右正甫集五十家之说，分为五十二门，其上三十五门出
《世说》，下十七门正甫所续，总号《唐语林》云。

**【译文】**

《国史补》《补国史》《因话录》《谈宾录》《齐集》《幽闲鼓吹》《尚书
故实》《松窗录》《庐陵官下记》《次柳氏旧闻》《桂苑谈丛》《纪闻谈》《东
观奏记》《贞陵遗事》《续贞陵遗事》《常侍言旨》《传载》《云谿友议》《开
天传信记》《戎幕闲谈》《明皇杂录》《异闻集》《大唐说纂》《刊误》《卢氏
杂说》《剧谈录》《玉泉笔端》《金华子杂编》《皮氏见闻》《大唐新语》《刘
公嘉话》《羯鼓录》《芝田录》《资暇集》《杜阳杂编》《本事诗》《玉堂闲
话》《中朝故事》《北梦琐言》《唐会要》《柳氏叙训》《魏郑公故事》《国朝
传记》《会昌解颐》《洛中记异》《乾𦠿子》《闻奇录》《贾氏谈录》《虬髯客
传》《封氏闻见记》案：王谠采录五十家小说编撰成书。而《永乐大典》所载原书
名目，自《国史补》至《贾氏谈录》总共四十八家。《文献通考》及唐宋史志都有著录，
只有《齐集》一种无考，疑有脱误。又书中多引《封演闻见记》，而《虬须客传》一篇
全载原文，似乎所阙即此二家，今加以补入，以还五十家之旧面目。

以上小说五十家，正甫（王谠字）取其重要的加以编撰，分为五十二
门，列目录于后：

|   | 德行 | 言语 | 政事 | 文学 | 方正 | 雅量 | 识鉴 | 赏誉 | 品藻 | 箴 |
| 规 | 凤慧 | 豪爽 | 容止 | 自新 | 企羡 | 伤逝 | 栖逸 | 贤媛 | 术解 | 巧 |
| 艺 | 宠礼 | 任诞 | 简傲 | 排调 | 轻诋 | 假谲 | 黜免 | 俭啬 | 侈汰 | 忿 |
| 狷 | 谗险 | 尤悔 | 纰漏 | 惑溺 | 仇陈 | 嗜好 | 俚俗 | 记事 | 任察 | 谏 |
| 佞 | 威望 | 忠义 | 慰悦 | 汲引 | 委属 | 砭谈 | 僭乱 | 动植 | 书画 | 杂 |
| 物 | 残忍 | 计策 |   |   |   |   |   |   |   |   |

以上正甫集五十家之说，分为五十二门，其上三十五门出自《世说》，下十七门是正甫所续，总称《唐语林》。

# 卷一

## 【题解】

《唐语林》卷一记述的内容包括"德行"门、"言语"门的全部以及"政事"门的一部分共一百三十三条故事。

"德行"门共四十三条，是对帝王和大臣道德和品行的赞颂。就帝王而言，"德行"门主要记述帝王的仁爱孝悌。其中有表现孝亲的，如居丧期间严格要求自己的德宗（第11条），因思念宪宗而"涕泗交下"、修建报圣寺的宣宗（第27、28条）等；也有表现兄弟之间敦睦友爱的，如第5条写玄宗对兄弟的关爱："玄宗……常思作长枕大被，与同起卧。诸王或有疾，上辗转终日不能食。……上于东都起五王宅，又于上都创花萼楼，益与诸王会聚。"第26条讲述宣宗的天资友爱，敦睦兄弟，大中元年（847）宣宗"作雍和殿于十六宅……诸王无少长，悉预坐。……诸王或有疾，斥去戏乐，即其卧内，躬自抚之，忧形于色"；还有表现作为父亲对子女的关爱和教育的，如第6条表现玄宗对肃宗的关爱：肃宗在东官时，遭李林甫构陷，"鬓发斑白""庭宇不洒扫，而乐器屏弃，尘埃积其上……乃诏力士，令京兆尹亟选人间女子颀长洁白者五人，将以赐太子"。第29条表现宣宗对万寿公主的教诲等。

就大臣而言，"德行"门记载的内容主要表现在以下几个方面：第一，表现大臣正直、不贪财色的高尚品德。主要表现在第10、14、16、17、

36等条中,分别记述了李勉、杜佑、高利、李约、崔枢等受人之托,救人于急难并完整归还所托之财的美好品德。第二,表现大臣的孝悌仁爱之心。如第22条写刘敦儒至孝,常被患病的母亲杖鞭见血的故事,表现了对在世的父母的孝顺。对于逝去的父母的孝,"德行"门也多有记载,路随因与逝去的父亲相貌相似,终身不照镜(第24条);王咸遭丧除服几年后不食酒肉,在众人的劝导之下捧肉,却落泪不食而离席(第35条)。除此之外,还有表现对兄嫂及后辈的照顾和呵护的,裴武侍奉寡嫂,抚养甥侄,不辞辛苦(第20条);元鲁山因家贫自乳兄子(第42条);李勣侍奉生病的姐姐(第39条)等都是这方面的表现。第三,对大臣良好家学和家风的记述。其中有对沈传师父子分别修撰《建中实录》《宪宗实录》的记述(第21条),有表现杜黄裳夫人节俭的(第13条),有讲述李晟督促女儿回家照顾生病的婆婆的(第12条),也有记述朱正谏家族以孝义著称而门标六阙的(第41条)等,都表现了良好的家学家风。

"言语"门共四十一条,与《世说新语》"言语"门主要表现魏晋士人日常生活中的对话,充分展示这一时期名士高远的人格、精深的学养、风趣的辩论以及鲜明的个性不同,《唐语林》"言语"门最主要的内容是表现大臣们以天下为己任的尽忠直谏。初盛唐时期的文人整体传达出一种自强不息、奋发向上的积极进取精神,他们向往报效国家,忠于君主,由此出现了很多敢于尽忠直谏的大臣。最有名的当属唐太宗时期的魏徵,"言语"门第54条、第61条、第67条等记述的都是魏徵直言极谏的故事。除此之外,高祖朝的孙伏伽,太宗朝的张玄素、唐俭,高宗朝的谷那律、张行成,武则天朝的李昭德等都是敢于犯颜直谏的忠臣,他们或劝谏帝王停止修建宫殿,阻止奢侈之风(第65条张玄素谏太宗),或劝谏帝王罢猎(第58条唐俭谏太宗,第62条谷那律谏高宗),都表现了唐代初年政治清明、君臣和乐的盛世景象。除大臣的谏言之外,"言语"门也有不少故事表现了唐朝士人在政治、生活、为人处世等方面的言论和观点,如杜佑和范希朝不同的处世态度(第44条),尹慎与李长荣两个家族嫁女择婿的不同标准（第82条），以及高郢对"王言不可存于私家"原则的坚守（第72条）和他致仕之词的独特（第73条）等。"言语"门还有不少内容反映了唐朝士人的治学观点，如郑细对《易比》的解说（第77条），王涯对《太玄经》的研究（第78条），高郢之子高定对《周易》八卦的推演以及对《尚书·汤誓》的独特理解（第79条）等。

　　"政事"门共四十九条，主要表现唐朝君臣处理政治事务的能力。具体而言，帝王方面，主要体现的是帝王选拔任用官员的情况和政治主张。如第90条写玄宗惩罚唐崇及许小客事，表现他厌恶官员利用职务之便推荐关系亲密之人的立场和观点；第105条写德宗对地方长官的精心挑选；第106条写宪宗任用高崇文讨伐刘辟叛乱的史实，体现了他的深谋远虑；第129条写唐宣宗对宰相的任命；第125条写唐宣宗给自己的舅舅郑光"厚赐金帛，不复更委方镇"的故事等，都表现了唐代各朝帝王任用人才的大致情况。除此之外，"政事"门也记述了帝王对其他政务的处理，如唐高祖赦免剽劫之人从而反思自己执政疏漏（第85条）；唐宪宗关心百姓疾苦，为人宽厚仁慈（第107条、109条）；唐宣宗接受臣下进谏，追回已任命官员委任状（第128条）等。

　　帝王之外，"政事"门的很多故事也体现了对大臣行政能力的赞颂，如敢于惩治恶少、豪酋、女巫的刘栖楚、韩滉以及狄仁杰之子狄惟谦等（第116条、第104条、第121条），巧用计谋破案的李德裕和擅长刑讯的张九龄（第113条、第97条），长于理财而又深谋远虑的刘晏（第103条），同心协力处理政事、辅佐皇上的贤相姚崇和宋璟（第88条）；能够秉公判案的颜真卿（第92条）；勤政爱民、政绩卓著、深得民众爱戴的阎伯玙、姚崇、张延赏（第101条、第89条、第98条）；不畏豪强拆除公主水磨的李栖筠、崔沔（第100条）等等。值得注意的是，"政事"门在高度赞颂帝王、大臣处理政务能力的同时，其中的一些故事也涉及了部分在官场上或有二心、或行为败坏的官吏形象，如具有二心的朱克融（第112条），靠妻父向皇上请应进士举的王如泚（第96条）等。

总的来看,《唐语林》卷一记述的故事或表现帝王、大臣美好的道德和品行,或表现正直之臣的抗颜直谏,或赞颂帝王、大臣处理政务的能力和政治主张,大多充满了积极向上的精神力量。

# 德行

1.文中子①,隋末隐于白牛溪,著"王氏六经"②。北面受学者皆时伟人③,国初多居佐命之列④。自贞观后⑤,三百年间号称至治,而"王氏六经"卒不传。至元和初⑥,刘禹锡撰《宣州观察使王赟碑》⑦,盛称文中子能昭明王道⑧,以大中立言⑨,游其门者皆天下俊杰;自余士大夫拟议及史册⑩,未有言文中子者。

**【注释】**

①文中子:本条采录自《贾氏谈录》。文中子,即王通,字仲淹,绛州龙门(今山西河津)人。隋朝名儒,思想家。隋文帝时,曾举秀才高第,任蜀郡司户司佐、蜀王侍读等职。后因向隋文帝献太平十二策不被采用,遂东归乡里,居白牛溪,以著作讲学为业。唐代著名政治家房玄龄、杜如晦,文人薛收等皆出其门。卒后门人私谥为文中子。著有"王氏六经",至唐代已散佚。另有《文中子说》(又称《中说》),据传系王通和门人的问答笔记,体例仿《论语》成书。

②"王氏六经":亦称"续六经",指王通的六部著作:《续书》《续诗》《元经》《礼论》《乐论》《赞易》。

③北面:面向北。古代臣子面向北方朝见天子,故以北面代指臣子的地位。《周礼·夏官司马下·司士》:"正朝仪之位,辨其贵贱之

等。王南乡，三公北面东上。"后世将卑幼拜尊长亦称为"北面"。此处谓拜人为师，行弟子敬师之礼。

④佐命：指辅佐帝王创业的功臣。

⑤贞观：唐太宗年号（627—649）。

⑥元和：唐宪宗年号（806—820）。

⑦刘禹锡：字梦得，自称"家本荥上，籍占洛阳"。中唐著名的文学家、哲学家。唐德宗贞元九年（793）进士及第，又登博学宏词科。初佐淮南杜佑为书记。杜佑入朝为相，刘禹锡亦迁监察御史。唐顺宗即位后，刘禹锡参与永贞革新，擢屯田员外郎、判度支。革新失败后，屡遭贬谪。唐文宗时累迁太子宾客、分司东都，世称刘宾客。刘禹锡诗、文俱佳，与白居易并称"刘白"，与柳宗元并称"刘柳"。

⑧昭明：使显明。王道：儒家提出的一种以仁义治天下的政治主张。《尚书·洪范》："无偏无党，王道荡荡。"

⑨大中：指无过与不及的中正之道。《周易·大有》："柔得尊位大中，而上下应之，曰大有。"王弼注："处尊以柔，居中以大。"

⑩自余：其余，以外，此外。拟议：揣度议论。

## 【译文】

文中子王通，隋代末年隐居在白牛溪，著作"王氏六经"。拜王通为师的都是当时政绩卓著、受人尊敬的人，这些人在唐朝建国之初都位居辅佐帝王创业的功臣之列。唐代从唐太宗贞观年间开始，此后的三百年号称安定昌盛的盛世，但王通所著的"王氏六经"最终没有流传下来。到宪宗元和初年，刘禹锡写了一篇《宣州观察使王赞碑》，盛赞王通能够让君主以仁义治天下的政治主张得以彰显，从而建立以中正之道为核心的政治学说，跟随他游学的都是当时天下才智杰出的人；其余士大夫们相关讨论和历史记录，却没有谈论王通的。

2.姚崇每与儿孙会集①,曰:"外甥自非疏,但别姓耳。"遣与儿侄连名②。

【注释】

①姚崇:本名元崇,字元之,陕州硖石(今河南三门峡陕州区)人。与房玄龄、杜如晦、宋璟并称唐朝"四大贤相",曾任武后、睿宗、玄宗三朝宰相。初以门荫入仕,后应下笔成章制举,授濮州司仓参军。武则天时,擢夏官侍郎、同平章事。唐中宗神龙元年(705)协助张柬之发动神龙革命,迫使武则天还位于唐中宗,受封梁县侯。唐玄宗即位,拜兵部尚书、同平章事,迁中书令,封梁国公。卒后谥号文献。

②连名:指同姓弟兄的名字两个字中使用同一个字。

【译文】

姚崇经常和儿孙聚会,他说:"外甥本来不是疏远的亲戚,只是姓氏不同而已。"他让外甥和自己的儿子、侄子的名字连名。

3.玄宗重午日①,赐丞相钟乳②。宋璟命子弟将此付医人合炼③,对曰:"上之所赐,必当珍异,付其家,必遭窃换。"璟曰:"持诚示信,尚惧见猜,以猜示人,其可得乎?尔勿以此待人。"

【注释】

①玄宗重午日:本条采录自《芝田录》。玄宗,即唐玄宗李隆基,唐睿宗李旦之子,母昭成顺圣皇后窦氏。初封楚王,八岁改封临淄郡王。精音律,通历象,善书法和骑射。延和元年(712)即位,是唐朝在位时间最长的皇帝。唐玄宗在位前期注意拨乱反正,任用

姚崇、宋璟等贤相，励精图治，开创了唐代有名的开元盛世；在位后期逐渐怠慢朝政，宠信奸臣李林甫、杨国忠等，宠爱杨贵妃，加上政策的失误和重用胡人安禄山等，导致了后来长达八年的安史之乱。天宝十五载（756）太子李亨即位，尊其为太上皇。死后葬泰陵（在今陕西蒲城东北），庙号玄宗，谥至道大圣大明孝皇帝。重午日，农历五月五日，即端午节。

②钟乳：即钟乳石，为碳酸盐岩地区洞穴内在漫长历史和特定地质条件下形成的碳酸钙沉淀物的总称，形如钟乳，故称。中医用为药材，具有温肺、助阳、平喘、制酸等功效。

③宋璟：邢州南和（今河北邢台南和区）人。唐高宗调露年间举进士。武周时累迁凤阁舍人，转左台御史中丞。睿宗景云元年（710）拜相，任吏部尚书、同中书门下三品，兼太子右庶子，加银青光禄大夫。唐玄宗开元四年（716）召为刑部尚书，不久拜吏部尚书兼黄门监，代姚崇为相，累封广平郡公。开元二十一年（733）以老致仕，退居洛阳。卒赠太尉，谥号文贞。

**【译文】**

唐玄宗重视端午节，赐给丞相宋璟钟乳石。宋璟命子弟将这块钟乳石交给医人，让和其他几种矿石放在一起进行合炼，子弟回答说："皇上赏赐的东西，必定珍贵而稀罕，放在他家一定会被盗窃或用假物替换。"宋璟说："拿着诚心去表现诚信，尚且害怕被猜疑，更何况以猜疑之心对待别人，又能得到什么呢？你们千万不要用猜疑之心对待别人。"


4.开元、天宝之间①，传家法者②：崔沔之家学，崔均之家法③。


**【注释】**

①开元、天宝之间：本条采录自《大唐传载》。开元，唐玄宗年号

（713—741）。天宝，唐玄宗年号（742—756）。

② 家法：治家的礼法。

③ 崔沔之家学，崔均之家法：据《元和姓纂》《新唐书·宰相世系表》及汉唐各代《墓志汇编》，崔沔、崔均均出自世家大族博陵崔氏，崔沔系二房崔弘峻一支，崔均则为大房崔公牧一支。自汉代以来崔氏一族就具有浓厚的儒学传统，《后汉书·崔骃传》载，崔骃"年十三能通《诗》《易》《春秋》，博学有伟才，尽通古今训诂百家之言，善属文"。其子崔瑗"锐志好学，尽传其父志"。至唐代，博陵崔氏一族仍"世以礼法为闻家"（《新唐书·崔祐甫传》），崔沔之孙崔植"博通经史，于《易》尤邃"（《新唐书·崔植传》），崔日用从子崔良佐也"治《诗》《易》《书》《春秋》，撰《演范》《忘象》《浑天》等论数十篇"（《新唐书·崔元翰传》，崔元翰为崔良佐之子）。这种子承父业、世代相传的传统，奠定了博陵崔氏良好的家学家法。崔沔，原作"崔丐"，据齐之鸾本改。字善冲，京兆长安（今陕西西安）人。进士出身，殿试第一。起仕陆浑主簿。睿宗时任虞部郎中、检校御史中丞。玄宗开元年间任太子左庶子、中书侍郎，因与中书令张说意见不同，出任魏州刺史。再入为秘书监、太子宾客，主张祭祀、丧仪应节俭，多被采纳。《旧唐书·崔祐甫传》记载："父沔，黄门侍郎，谥曰孝公。家以清俭礼法，为士流之则。"家学，家族世代相传之学。崔均，博陵（郡治今河北定县）人。崔元受之子。举进士，第辟诸侯府。

**【译文】**

开元、天宝年间，传承治家礼法的有：崔沔家族世代相传的家学，崔均家族治家的法规。

5.玄宗诸王友爱特甚①，常思作长枕大被，与同起卧。诸王或有疾，上辗转终日不能食②。左右开喻进膳③，上曰：

"弟兄,吾之手足。手足不理,吾身废矣,何暇更思寝食?"
上于东都起五王宅④,又于上都创花萼楼⑤,益与诸王会聚。
或讲经义,赋诗饮酒,欢笑戏谑,未尝猜忌。

【注释】

①玄宗诸王友爱特甚:本条采录自《开天传信记》。玄宗诸王,指睿
　宗诸子,分别是长子成器、次子成义、三子隆基、四子隆范、五子隆
　业、六子隆悌。

②辗转:翻来覆去的样子。《诗经·陈风·泽陂》:"寤寐无为,辗转
　伏枕。"朱熹集传:"辗转伏枕,卧而不寐,思之深且久也。"

③开喻:亦作"开谕"。启发解说,劝告。

④东都:即洛阳。

⑤上都:即长安。创花萼楼:齐之鸾本作"制花萼相辉之楼"。

【译文】

　　唐玄宗与兄弟几人非常友好亲爱,他经常想着做一个长长的枕头,
一床很大的被子,大家一起起床一起就寝。兄弟中如果有人生病了,玄
宗就会整天翻来覆去睡不着觉,吃不下饭。身边的人劝说玄宗吃饭,玄
宗说:"弟弟和兄长是我的手足。手足不舒服,我的身体就残废了,哪里
还有时间再想睡觉和吃饭?"玄宗在东都洛阳建造了五王宅,又在长安修
建了花萼楼,以便于和几个王爷聚会。他们在一起有的时候讲解经籍的
义理,有的时候喝酒吟诗,幽默轻松地开玩笑,从来不会猜疑嫉妒。

　　6.肃宗在东宫①,为林甫所构②,势几危者数矣。鬓发
班白③。入朝,上见之恻然④,曰:"汝归院,吾当幸。"及上
到宫中,庭宇不洒扫,而乐器屏弃,尘埃积其上。左右使令
亦无妓女。上为之动色,顾谓力士曰⑤:"太子居处如此,将

军盍使我知乎⑥?"〔原注〕⑦上在禁中不呼力士名,呼为"将军"。力士奏曰:"臣尝欲言,太子不许,云'无勤上念'⑧。"乃诏力士,令京兆尹亟选人间女子颀长洁白者五人⑨,将以赐太子。力士趋出庭下,复奏曰:"臣宣旨京兆尹阅女子,人间嚣然⑩,而朝廷好言事者得以为口实。臣伏见掖庭中⑪,故衣冠以事没入其家者,宜可备选。"上大悦,使力士诏掖庭,令按籍阅视,得五人以赐太子,而章敬吴皇后在选中⑫,后生代宗皇帝。

**【注释】**

① 肃宗在东宫:本条采录自《次柳氏旧闻》。肃宗,李亨,唐玄宗之子,母元献皇后杨氏。开元二十六年(738)立为太子,至德元载(756)至宝应元年(762)在位。死后葬建陵(在今陕西礼泉东北),庙号肃宗,谥文明武德大圣大宣孝皇帝。

② 林甫:即李林甫。唐玄宗朝的奸相,出身皇族,善音律,无才学,好钻营。初为宫廷侍卫,后因趋附玄宗宠妃武惠妃,擢为黄门侍郎。开元二十三年(735)拜礼部尚书、同中书门下三品,旋封晋国公,权势甚盛。李林甫为人忌刻阴险,同时为相的张九龄、李适之等皆被他排挤罢相。因其素与杨国忠有隙,死后被杨国忠唆使安禄山诬告谋反,遭削官改葬,抄没家产。构:诬陷,陷害。按,李林甫为巩固权力,与武惠妃合谋立惠妃之子寿王李瑁为太子,他们构陷太子李瑛及鄂王、光王兄弟,致使玄宗"卒用其言,杀三子,天下冤之"(《新唐书·李林甫传》)。李亨被立为太子后,"林甫恨谋不行,且畏祸"(《新唐书·李林甫传》),多次设计陷害太子,终因玄宗"吾儿在内,安得与外人相闻,此妄耳"(《新唐书·李林甫传》)之语而未能得逞。

③班白:花白。班,通"斑"。

④恻然:哀怜的样子。

⑤力士:即高力士,本名冯元一,高州良德(今广东高州东北)人。唐玄宗朝的宦官。他幼年入宫,被高延福收为养子,故改名高力士。后因协助唐玄宗平定韦后之乱,深得玄宗信任。玄宗开元、天宝年间,先后任右监门卫将军、知内侍省事,累授骠骑大将军,封渤海郡公。卒后追赠扬州大都督,陪葬于泰陵。

⑥盍:文言副词。何不,为什么。

⑦原注:后边注文在原书中为正文。

⑧无勤上念:不要劳累皇上惦念。勤,劳累,劳苦。

⑨者:原阙,据齐之鸾本、《历代小史》本校补。

⑩嚣然:扰攘不宁的样子。

⑪伏见:古代在下者对己见的谦辞。掖庭:亦作"掖廷"。宫中旁舍,嫔妃居住的地方

⑫章敬吴皇后:唐肃宗李亨的皇后,唐代宗李豫、和政公主的生母,濮州濮阳(今河南濮阳)人。

## 【译文】

唐肃宗在东宫当太子时,遭到李林甫的诬陷,很多次形势非常危急。肃宗为此心力交瘁,须发花白。肃宗上朝时,玄宗见到他可怜他,说:"你回去吧,我会去东宫。"等到玄宗到东宫,看到东宫房舍无人打扫,乐器也被废弃,上面积了厚厚的尘土,太子身边没有可供娱乐表演的歌妓。玄宗被太子的处境所触动,回头对高力士说:"太子的生活处境都这样了,将军你为什么不让我知道呢?"[原注]玄宗在宫中不直呼高力士的名字,称呼他为"将军"。高力士禀奏说:"我曾经想要禀告,但太子不允许,他说'不要劳动皇上惦念'。"于是玄宗下诏高力士,让京兆尹紧急挑选民间身材高挑、皮肤白皙的女子五人,把她们赏赐给太子。高力士快步走到庭下,再一次禀奏玄宗说:"如果臣宣旨让京兆尹挑选民间的女子,必然会让民

间扰攘不宁，也会让朝廷喜欢说闲话的人抓住话柄。我觉得掖庭中，以前的官员因为犯罪被抄家没籍，他们的家眷作为奴婢被送进宫来的女子中，应该可以挑选。"玄宗非常高兴，命令高力士给掖庭下诏，让他们按照簿籍检阅视察，挑选出五人，赏赐给了太子，唐肃宗的章敬吴皇后就在被选的五个人中间，后来她生下了唐代宗李豫。

7.肃宗为太子①，尝侍膳②。尚食置熟俎③，有羊臂臑④。上顾太子，使太子割。肃宗既割，余污漫刃，以饼洁之。上熟视不怿⑤。肃宗徐举饼啖之，上大悦。谓太子曰："福当如是爱惜⑥。"

### 【注释】

①肃宗为太子：本条采录自《次柳氏旧闻》。

②侍膳：陪侍尊长吃饭。

③尚食：官署名。尚食局的省称。掌管帝王膳食。此处指宫官中的尚食，为宫廷中的女官。《旧唐书·职官志》："尚食之职，掌供膳羞品齐之数，总司膳、司酝、司药、司馔四司之官署。"俎（zǔ）：古代割肉用的砧板。多木质，也有青铜铸的，方形，两端有足。

④臂臑（nào）：牲畜前体的中、下部。

⑤熟视：注目细看。不怿（yì）：不高兴。怿，欢喜，高兴。

⑥福当如是爱惜：就应当像这样珍惜福气。

### 【译文】

唐肃宗还是太子的时候，曾经陪侍唐玄宗吃饭。尚食放置熟肉在砧板上，其中有羊的前腿。玄宗看着太子，让他来割肉。肃宗割完肉后，割肉的刀上沾满了油污，他用饼将刀上的油擦干净。玄宗注目细看，很不高兴。肃宗缓缓拿起饼子把它吃了，玄宗非常高兴。他对太子说："就应该像这样珍惜福气。"

8.玄宗西幸①，车驾将自延秋门出②，杨国忠请由左藏库西③，上从之。望见千余人持火以俟驾。上驻跸曰④："何用此？"国忠对曰："请焚库积，无为盗守。"上敛容曰⑤："盗至若不得此，必厚敛于人⑥。不如与之，无重困吾民也。"命彻火炬而后行⑦。闻者皆感激流涕，迭相语曰⑧："吾君爱人如是，福未艾也⑨。虽太王去豳⑩，何以过于此也。"

**【注释】**

①玄宗西幸：本条采录自《次柳氏旧闻》。西幸，指唐玄宗在安史之乱中逃亡蜀地。

②延秋门：唐都长安禁苑西门，故址在今陕西西安西郊汉城路北端一带。唐玄宗天宝十四载（755）冬天，安禄山起兵叛乱。次年（756）六月，唐玄宗即由延秋门出长安，赴蜀避难。

③杨国忠：原名杨钊，蒲州永乐（今山西永济东南）人。唐玄宗宠妃杨玉环族兄。早年嗜赌好酒，为亲族鄙视。天宝初年，因杨贵妃有宠，遂入朝为官，累迁监察御史、御史中丞，甚得玄宗信任，赐今名。曾身兼四十余职。任相期间，两次派兵攻打南诏，损兵折将，专权误国，败坏朝纲。与安禄山互相倾轧，水火不容，终致安史之乱的发生。天宝十五载（756）随唐玄宗逃往蜀地，在马嵬驿兵变中被乱兵所杀。左藏库：古代国库之一，以其在左方，故称。晋有左右藏令，属少府。北齐、隋属太府寺。唐代左藏库掌管钱帛、杂彩、天下赋调。

④驻跸（bì）：指帝王后妃出行时沿途暂留暂住。

⑤敛容：收起笑容，脸色变得严肃。

⑥厚敛：重敛财物。亦指征收重税。

⑦彻：撤除，撤去。

⑧迭相语：即反复谈论。迭，屡次，反复。

⑨未艾：未尽，未止。《诗经·小雅·庭燎》："夜如何其，夜未艾。"

⑩太王：周文王之祖古公亶父的尊号。周人本居豳，自古公亶父始迁居岐山之下，定国号曰周，自此兴盛，故武王克殷，追尊为太王。去豳（bīn）：离开豳地。豳，其地在今陕西彬州东旬邑境内。

**【译文】**

唐玄宗向西逃亡，车驾要从延秋门出去，杨国忠请求从左藏库西面出，玄宗应允了。出去就看见有一千多人拿着火把等待车驾。玄宗停下车驾说："为什么这样做？"杨国忠回答说："请求皇上焚烧该仓库的库存物资，不要留给盗贼。"玄宗严肃地说："盗贼来了如果不能从仓库得到东西，必定从百姓身上重敛财物。不如给他们，不能让我的子民深受穷困。"下令撤去火把然后离开。听说这件事的人都感激涕零，大家互相不断地谈论道："我们的皇上如此爱惜百姓，福泽没有结束。即使周太王离开豳地时，他的仁慈也没有超过皇上。"

9.玄宗西幸归①，入斜谷②，天尚早，烟雾甚晦。知顿使、给事中封倜于野中得新熟酒一壶③，跪献于马首数四，上不为之举。倜惧，乃注以他器，自引一，满于上前。上曰："卿以我为疑耶？始吾即位之初，尝饮大醉，损一人，吾悼之，因以为戒。迨今四十余年，未尝甘酒味。"指力士及近侍者曰："此皆知之，非给卿也④！"

**【注释】**

①玄宗西幸归：本条采录自《次柳氏旧闻》。

②斜谷：山谷名。在今陕西眉县西南。谷有二口，南曰褒，北曰斜，故亦称褒斜谷。两旁山势峻险，扼关陕而控川蜀，古来为兵家必

争之地。三国蜀汉建兴十二年（234），诸葛亮率大兵由斜谷出伐魏，即此。

③知顿使：职官名。唐时设置，也称置顿使。掌皇帝出巡时布置安排中途食宿之所，一般是临时的差遣，多由皇帝信任的大臣担任。知，原阙，据原书补。给事中：职官名。属门下省，掌侍从皇帝，读署奏抄，驳正违失，分判省事。秦朝始置。封偶：当为韦偶。唐玄宗时期官员，韦见素之子。曾任给事中。新熟酒：新酿成的酒。

④绐（dài）：欺骗。

**【译文】**

唐玄宗西避蜀地回来，进入斜谷，当时天还早，山中烟雾缭绕很昏暗。知顿使、给事中韦偶在乡间得到了一壶新酿的酒，他数次在玄宗的马前下跪奉献，玄宗没有因为他多次进献而端起酒杯。韦偶心生恐惧，他将酒倒进其他器物自己喝了一杯，然后又斟满一杯进献到玄宗面前。玄宗说："你以为我怀疑你给我进献的酒吗？我刚登上皇位不久，曾经喝酒喝到大醉，结果喝死了一个人，我为了悼念他，从那以后就戒酒了。到今天已经四十多年了，没有再品尝过酒的味道。"他指着高力士和身边的侍者说："我不喝酒的事他们都知道，不是欺骗你。"

10.天宝中①，有一书生旅次宋州②。时李汧公勉年少贫苦③，与此书生同店。而不旬日，书生疾作，遂至不救。临绝，语公曰："某家住洪州④，将于北都求官⑤，于此得疾且死，其命也。"因出囊金百两遗公，曰："某之仆使无知有此，足下为我毕死事，余金奉之。"李公许为办事。及礼毕，置金于墓中而同葬焉。后数年，公尉开封⑥。书生兄弟赍洪州牒来⑦，累路寻生行止⑧。至宋州，知李为主丧事，专诣开封,请金之所在。公请假至墓所,出金以付焉。

**【注释】**

①天宝中:本条采录自《大唐传载》。

②旅次:旅途中暂住的地方。次,停留的地方。宋州:州名。隋开皇十六年(596)置。治睢阳(后改宋城,今河南商丘南)。

③李汧(qiān)公勉:即李勉,字玄卿,陇西成纪(今甘肃秦安)人。唐宗室。性情淡泊,居官廉洁。历仕唐玄宗、唐肃宗、唐代宗、唐德宗四朝。安史之乱时,从肃宗至灵武,任监察御史,迁司膳员外郎。唐代宗时历任京兆尹、广州刺史兼岭南节度观察使等,封汧国公,故称李汧公。德宗时曾任宰相,后以太子太师辞官。

④洪州:州名。隋开皇九年(589)置,治豫章(唐改南昌,今属江西)。唐时有东南都会之称,江南西道采访使、节度使先后治此。

⑤北都:武周长寿元年(692),因并州是武氏故里,建为北都,在今山西太原西南晋源镇一带。唐中宗神龙元年(705)罢。

⑥尉开封:任开封县尉。《新唐书·李勉传》:"(勉)始调开封尉。"县治在今河南开封。

⑦赍(jī):拿着,带着。牒(dié):公文的一种,通常指由官方颁发的证明某事的文件。

⑧累路:指沿途。行止:行踪。

**【译文】**

天宝年间,有一位书生旅途中暂住宋州。当时汧国公李勉年轻家境贫寒,和这个书生住在同一家旅店。不到十天,书生生了病,以致无法医治。临死的时候,书生对汧国公李勉说:"我家住在洪州,准备去北都寻求官职,在这里得了病就要死了,这是我的宿命。"于是拿出行囊里的一百两黄金给李勉,并说:"我的仆人不知道我有这么多财物,您用来给我办理丧事,剩下的就送给您了。"李勉答应书生为他办理丧事。等到葬礼结束，李勉将黄金放到书生的墓中和他葬在了一起。几年以后，李勉任开封县尉。书生的兄弟拿着文书从洪州出发，沿途寻找书生的行踪。到达宋州才知道是李勉给他办理的丧事，于是专门到开封拜访李勉，并询问黄金的下落。李勉请假到书生的墓地，挖出黄金交给了他的哥哥。

11.德宗初即位①，深尚礼法。谅闇中②，召诸王食马齿羹③，不设盐、酪④。皇姨有寡居者，时节入宫⑤，妆饰稍过，上见之极不悦。异日如礼，乃加敬焉。

【注释】

①德宗初即位：本条采录自《因话录·官部》。德宗，指唐德宗李适，唐代宗李豫长子。大历十四年（779）即位后，思革旧弊，罢四方贡献，放五坊鹰犬，出宫女百余人。建中元年（780）用宰相杨炎建议，废租庸调用两税法。建中四年（783）泾原兵变，仓皇逃往奉天。次年，李怀光又叛，再逃往梁州。后赖李晟等力战，收复京城。死后葬崇陵（在今陕西泾阳西北），庙号德宗，谥神武孝文皇帝。

②谅闇（ān）：借指居丧。多用于皇帝。

③诸王：原作"朝士"，据齐之鸾本、《历代小史》本改。马齿羹：即用马齿苋熬成的汤羹。马齿苋是一年生草本植物，可入药，亦可食用。

④酪：乳酪。

⑤时节：四时的节日。《吕氏春秋·孟夏纪》："敬祭之术，时节为务。"高诱注："四时之节。"

【译文】

唐德宗即位之初，非常崇尚礼仪法度。居丧期间，他召集诸王吃用马齿苋熬成的汤羹，汤羹中不加盐和乳酪。皇姨中有一位丧偶后独居，节日进宫时，妆饰稍过奢华，德宗见了非常不高兴。隔天她的穿着符合礼仪时，唐德宗就以礼相待。

12.崔吏部枢夫人<sup>①</sup>，太尉西平王晟之女也<sup>②</sup>。晟生日，中堂大宴。方食，有小婢附崔氏妇耳语，久之，崔氏妇颔之而去。有顷复来。晟曰："何事？"女对曰："大家昨夜小不安适<sup>③</sup>，使人往候。"晟怒曰："我不幸有此女。大奇事！汝为人妇，岂有阿家病，不检校汤药，而与父作生日？"遽遣走檐子归<sup>④</sup>，身亦续至崔氏家问疾，且拜请教训子不至。晟治家整肃，贵贱皆不许时世妆梳<sup>⑤</sup>。勋臣之家，称"西平礼法"<sup>⑥</sup>。

**【注释】**

①崔吏部枢夫人：本条采录自《因话录·商部》。崔吏部枢，即崔枢，清河（今河北清河西北）人。据《旧唐书·顺宗本纪》记载，贞元二十一年（805），顺宗以中书舍人崔枢为太子侍读。宪宗元和五年（810），崔枢迁礼部侍郎，知贡举。历刑部、吏部二侍郎，官终秘书监。

②太尉西平王晟：即李晟，字良器，洮州临潭（今甘肃临潭）人。唐朝中期名将。十八岁从王忠嗣讨吐蕃，号称万人敌，累迁左羽林军大将军，击党项有功授太常卿。唐代宗、唐德宗时屡建军功，德宗兴元元年（784）因平定朱泚之乱有功封西平郡王。贞元三年（787）加拜太尉兼中书令。卒后赠太师，谥曰忠武。

③大家：古代妻子对丈夫母亲的称呼，亦称"阿家"，又称"姑"。

④檐子：肩舆之类。出现于唐代初年，是用四人或二人肩挑的乘舆，乘者只带帷帽遮脸，不用帷幕遮身。唐刘肃《大唐新语·厘革》："只坐檐子，过于轻率，深矢礼容。"

⑤时世妆：即入时或时髦的装饰打扮。

⑥西平礼法:《旧唐书·李晟传》称李晟"理家以严称,诸子侄非晨昏不得谒见,言不及公事"。由于他对家人要求严格,故时人称为"西平礼法"。

【译文】

吏部侍郎崔枢的夫人,是太尉西平郡王李晟的女儿。李晟生日,在中堂举行宴会。正在吃饭的时候,有一个年轻的婢女附在崔枢夫人的耳边说了很久,崔枢夫人向她点点头就离开了。不久又回来了。李晟问:"有什么事吗?"女儿回答说:"我的婆婆昨天晚上身体不舒服,我派人回去服侍了。"李晟发怒说:"我不幸有你这样的女儿。真是太奇怪了!你作为人妇,怎么能婆婆生病了,不在家查验汤药,却在这里给自己的父亲庆祝生日?"立即让她乘坐檐子回去,李晟自己随后也去崔枢家慰问疾病,并且向亲家道歉没有教训好女儿。李晟治家严格,家里的人不论身份高低都不许有时尚流行的装束和打扮。功臣之家都称为"西平礼法"。

13.李师古跋扈①,惮杜黄裳为相②,未敢失礼,乃寄钱物百万,并毡车一乘。使者未敢进,乃于宅门伺候③。有肩舆自宅出,从婢二人,青衣褴褛④。问:"何人?"曰:"相公夫人。"使者遽归以告,师古乃止。

【注释】

①李师古跋扈:本条采录自《幽闲鼓吹》。李师古,唐朝蕃将,高丽人,检校司徒李纳之子。德宗贞元十年(794)进检校礼部尚书。十三年(797)加检校尚书右仆射。十六年(800)加同平章事。二十年(804)德宗驾崩,李师古以义成节度使李元素名义伪作遗诏,发兵攻掠州县,因顺宗即位乃止。累加检校司徒兼侍中。卒赠太傅。

②杜黄裳：字尊素，京兆万年（今陕西西安）人。杜绾之子。进士
及第，又中博学宏词科，累迁侍御史。德宗贞元末为太常卿。唐
宪宗时用为宰相，力主讨伐西川节度副使刘辟之叛，并举荐高崇
文为将，为宪宗采纳，后又主张削弱藩镇势力。宪宗元和二年
（807）以检校司空为河中晋绛节度使，封邠国公。卒后赠司徒，
谥曰宣献。

③伺候：守候观望。

④褴褛：指衣服破烂，不整洁。

**【译文】**

李师古专横暴戾，但对作为宰相的杜黄裳却很忌惮，不敢无礼，他
派人给杜黄裳送去百万财物，和一辆毡车。派去送东西的人没敢立即送
进去，而是在杜黄裳家门外观望。这时有一顶肩舆从杜黄裳家出来，随
从的是两个穿着破旧黑色衣服的婢女。他问旁边的人："轿子里是什么
人。"回答说："是宰相夫人。"奉命办事的人赶紧回去将这一情况告诉了
李师古，李师古就放弃了贿赂杜黄裳的想法。

14. 杜太保宣简公①，大历中有故人遗黄金百两；后三
年②，为淮南节度使，其子来投，公取其黄金还之，缄封如故③。

**【注释】**

①杜太保宣简公：本条采录自《大唐传载》。宣简公，当为安简公。
《旧唐书》《新唐书》之《杜佑传》均称"谥曰安简"。"宣"乃"安"
字之误。杜佑，字君卿，京兆万年（今陕西西安）人。初以门荫入
仕，补济南郡参军、剡县丞。代宗时，历任工部郎中、抚州刺史、容
管经略使。德宗时，杨炎为宰相，征入朝，历工部、金部郎中，并充
水陆转运使，改度支郎中，兼和籴等使。后出为苏州刺史、淮南节
度使等。德宗贞元十九年（803）入朝为相。卒后追赠太傅，谥号

安简。杜佑为官六十年,历玄、肃、代、德、顺、宪六朝。以三十五年功力撰成的史学巨著《通典》二百卷,为现存第一部记载中国历代典章制度沿革的通史著作。

②三:原书此字下尚有一"十"字,当据补。杜佑任淮南节度使时已在唐德宗贞元年间。唐代宗大历年起于766年,迄于779年。唐德宗贞元年起于785年,迄于805年。

③缄封:封口,封闭。

**【译文】**

大历年间,有一位老朋友送给杜佑黄金百两;三十年后杜佑任淮南节度使,老朋友的儿子来投靠,杜佑取出黄金还给了他,黄金的封口还是原来的样子。

15.检校刑部郎中程皓①,性周慎②,不谈人短。每于侪类中见人有所訾③,未曾应对,候其言毕,徐为辩曰:"此皆众人妄传,其实不尔。"更说其人美事。曾于广坐被人酗骂④,席上愕然⑤,皓徐起避之,曰:"彼人醉耳,何可与言。"

**【注释】**

①检校刑部郎中程皓:本条采录自《封氏闻见记·掩恶》。程皓,唐朝官吏,玄宗朝曾任太常博士。

②周慎:周密谨慎。

③侪(chái)类:同辈,同类的人。訾(zǐ):诽谤,指责。

④酗骂:酒醉骂人。

⑤愕然:惊讶的样子。

**【译文】**

检校刑部郎中程皓生性周密谨慎,从不谈论别人的短处。每次看见同僚中有人在背后指责别人时，他从不插话，等到指责结束后，程皓才会慢条斯理地替他人辩解，并说："这些都是大家没有根据的传言，真实的情况不是这样的。"接着再说这个人的一些好事。程皓曾经在众人聚集的场所被喝醉酒的人责骂，在座的人都非常惊讶，程皓慢慢地站起来避开责骂他的人说："这个人喝醉了，怎么能和他计较呢。"

16.高利自濠州改楚州①。时江淮米贵，职田每年得粳米直数千贯②。准例：替人五月五日以前到者③，得职田。利欲以让前人，发州④，所在故为淹泊⑤，过限数日然后到州，士子称焉。

【注释】

①高利自濠州改楚州：本条采录自《封氏闻见记·推让》。高利，唐朝官吏，生平不详。濠州，州名。隋文帝开皇二年（582）改西楚州为濠州，治钟离县（今安徽凤阳临淮关西）。改，调任。楚州，州名。南朝梁置。治所在垫江（今重庆）。

②职田：亦称"职分田"或者"职公田"。指古代政府按官职品级授予官吏作为俸禄的土地。始于西晋。唐朝职田只授给给事官。职田为国家掌握的公田，不属官吏私人所有，只以收获物或部分收获物充作俸禄的一部分。

③替人：接替的人。

④发州：原书作"发濠州"，当据改。

⑤淹泊：停留，滞留。

【译文】

高利从濠州调任楚州。当时江淮一带的米价格很高，楚州的职田每年获得的粳米可值几千贯。依据惯例，接替的官吏如果五月五日以前到任就可以得到当年职田所产的粳米。高利想把它让给前任官吏，从濠州出发时，他一路故意拖延，超过限期几天后才到达楚州，当时的士子都赞扬他的行为。

17. 兵部李约员外尝江行<sup>①</sup>，与一商胡舟楫相次<sup>②</sup>。商胡病，因邀相见，以二女托之，皆绝色也。又与一珠，约悉唯唯。及商胡死，财宝钜万<sup>③</sup>，约悉籍其数送官，而以二女求配。始殓商胡<sup>④</sup>，约自以夜光唅之<sup>⑤</sup>，人莫知也。后死商胡有亲属来理资财，约请官司发掘检之<sup>⑥</sup>，夜光果在。其密行皆此类也<sup>⑦</sup>。

**【注释】**

①兵部李约员外尝江行：本条采录自《尚书故实》。李约，字存博，郡望陇西（治今甘肃成纪）。李唐宗室。德宗贞元十五年（799）至元和二年（807）间为浙西观察从事，后官至兵部员外郎。约尚节义，工诗文，善音乐，精楷隶，好黄老。《新唐书·艺文志》"李约《东杓引谱》一卷"下注曰："勉子，兵部员外郎。"

②商胡：古称来中国经商的胡人，多指波斯、阿拉伯商人。相次：亦作"相伙"，依为次第，相继。《周礼·冬官·考工记》："画缋之事，杂五色……青与白相次也，赤与黑相次也，玄与黄相次也。"郑玄注："此言画缋六色所象，及布采之第次。"

③钜万：形容为数极多。

④胡：原阙，据齐之鸾本、《历代小史》本补。

⑤夜光：即夜光珠，亦称夜明珠。唅（hàn）：亦作"琀"，古时埋葬死者前放在其口中的珠、玉等。

⑥司：原作"可"，据《历代小史》本改。

⑦密行：佛教语。小乘指持戒严密的修行，大乘指蕴善于内而不外
　著的修行。

【译文】

　　兵部员外郎李约曾经坐船在长江游行，与一位胡商的船前后行驶。
胡商生病了，于是邀请李约到他的船上见面，商胡把自己的两个女儿托
付给了李约，他的两个女儿都长得异常美丽。胡商还交给李约一颗珠
子，李约全都答应了。等到胡商去世，船上的财货和宝物非常多，李约将
全部财物如数送交给官府，并给他的两个女儿寻求配偶。起初装殓胡商
时，李约将胡商交给他的珠子放到了胡商的口中，没有人知道这件事。
后来去世胡商的亲属来打理他的财物，李约请求官府挖开胡商的墓查
验，珠子果然在商胡的口中。他的善行都像这样。

　　18.仆射柳元公家行为士大夫仪表①。居大官，奉继亲
薛夫人之孝②，凡事不异布衣时。薛夫人左右仆使，至有以
小字呼公者。性严重，居外下辈常惕惧③。在薛夫人之侧，
未尝以严颜色待家人，恂恂如小子弟④。敦睦内外，当世无
比。宗族穷苦无告，因公而存立者甚众。在方镇⑤，子弟有
事他适，所经境内，人不知之。族子应规为水部员外郎⑥，
求公为市宅，公不与。潜语所亲曰："柳应规以儒素进身⑦，
始入省，便造新宅，殊不若且税居之为善也⑧。"及水部没⑨，
公抚视孤幼，恩意加厚，特为置居处，诸子皆与身名。族孙
立疾病，以儿女托；公廉察鄂州⑩，嫁其孤女，虽箱箧刀尺微
物，悉手自阅视以付之。公出自清河崔氏，继外族薛氏。前
后与舅能、从同时领方镇⑪，居省闼⑫；又与薛氏舅苹同时为
观察使，妻父韩仆射同时居大僚⑬：未尝敢以爵位自高，减卑

下之敬。其行己如此。

**【注释】**

①仆射柳元公家行为士大夫仪表：本条采录自《因话录·商部》。仆
射柳元公，即柳公绰，字宽之，小字起之，京兆华原（今陕西铜川耀
州区）人。柳公权之兄。为人庄重严谨，严守礼法，才略过人。德
宗贞元元年（785）应制举，中贤良方正、直言极谏科，任秘书省校
书郎。宪宗元和二年（807）与裴度同任剑南西川判官，不久入京
为吏部郎中。至穆宗长庆元年（821），历任京兆尹，刑部、兵部侍
郎，御史大夫等。后因而得罪宦官集团，出任襄州刺史、山南东道
节度使、邠州刺史、太原尹、河东节度使等。柳公绰于唐敬宗时被
授为检校右仆射，谥元，故称其为"仆射柳元公"。

②继亲：后母。

③惕惧：戒惧。《吕氏春秋·慎大览》："汤乃惕惧，忧天下之不宁，欲
令伊尹往视旷夏。"

④恂恂：温顺恭谨的样子。《论语·乡党》："孔子于乡党，恂恂如也，
似不能言者。"陆德明释文："恂恂，温恭之貌。"

⑤方镇：指掌握兵权、镇守一方的军事长官。如晋持节都督，唐观察
使、节度使、经略等。

⑥应规：即柳应规，柳公绰族子，宪宗元和中兼殿中侍御史。元和七
年（812）为太常博士。后官至水部员外郎。

⑦儒素：儒生，儒术。

⑧税居：租赁房屋。

⑨水部：即柳应规，因其官至水部员外郎，故称。

⑩鄂州：州名。隋开皇九年（589）改郢州为鄂州，治所在江夏（今
湖北武汉武昌）。

⑪能、从：即崔能、崔从。《旧唐书·柳公绰传》记载："为吏部侍郎，

与舅左丞崔从同省,人士荣之。"《新唐书·崔从传》记载:"从字子乂,少孤贫,与兄能偕隐太原山中。"《新唐书·崔能传》记载:"繇将作监授岭南节度使,与从皆秉节居镇,世传为荣。卒年六十八,赠礼部尚书。"

⑫省闼:唐尚书省的别称。崔从为尚书省左丞,所以称"居省闼"。

⑬妻父韩仆射:即韩皋。柳公绰之子为柳仲郢。《新唐书·柳仲郢传》:"母韩,即皋女也。"大僚:大官职。《尚书·多方》:"迪简在王庭,尚尔事,有服在大僚。"

**【译文】**

　　仆射柳公绰在家的行为举止是读书人的表率。他身居高官,侍奉继母薛夫人竭尽孝道,所做的事情和做官前相比,没有两样。薛夫人身边的仆人,甚至有用小名来称呼他的。柳公绰性格严肃持重,在外时,下属常怀戒惧之心。在薛夫人身边时,他从来没有用严厉的脸色对待家里的人,温顺恭谨如同家里的小辈。家庭内外亲善和睦,当时没有谁家能够和他家相比。家族中生活穷困而无处告求,由柳公绰接济得以生存的人有很多。他在方镇任职时,家中的后辈有事到别处去,经过他管辖的区域,没有人知道这些后辈的身份。同族的后辈柳应规任水部员外郎时,请求柳公绰替他购买住宅,柳公绰没有同意。他暗中对关系亲近的人说:"柳应规以儒生身份出仕做官,刚刚进入尚书省,就建造新宅,远没有暂且租赁房屋居住好。"等到柳应规去世,柳公绰抚养照看他年幼的孩子,情意深厚,还特地为他们置办住所,应规的几个儿子都取得了良好的声誉。族孙柳立得了重病,临终时把儿女托付给了柳公绰;柳公绰到鄂州任观察使时,为柳立的女儿择婿出嫁,即使是箱子、剪刀、尺子之类的小东西,他全部亲自检查后才作为嫁妆送出。柳公绰的生母为清河崔氏,继母是薛氏。他前后和舅舅崔能、崔从同为镇守地方的军事长官,又同在尚书省为官;又和薛氏舅舅薛苹同为观察使;与妻子的父亲韩仆射同时担任高官;但他从来不敢凭借官位抬高自己,减少对人的谦卑恭敬。

他的立身行事就是这样。

19.元和已后①,大僚睦亲旧者,前辈有司徒郑公②,中间有杨詹事凭、柳元公③,其后李相国武都公宗闵④。

**【注释】**

①元和已后:本条采录自《因话录•商部》。

②司徒郑公:指郑馀庆,字居业,郑州荥阳(今河南荥阳)人。大历进士,德宗时任翰林学士,迁工部侍郎,知吏部选事。贞元十四年(798)拜中书侍郎、同平章事,后坐事贬为郴州司马。顺宗即位,征拜尚书左丞。宪宗立,复拜相。后罢为太子宾客、国子祭酒、吏部尚书。历任山南西道凤翔节度使、尚书左仆射兼太子少师,封荥阳郡公。四朝居官,刚正廉洁。死后家无余财,穆宗命给一月俸料以助丧事。《新唐书•郑馀庆传》记载:"馀庆少砥砺,行己完洁,仕四朝,其禄悉赒所亲,或济人急,而自奉粗狭,至官府,乃开肆广大,常语人曰:'禄不及亲友而侈仆妾者,吾鄙之。'大抵中外姻嫁,其礼献皆亲阅之。后生内谒,必引见,谆谆教以经义,务成就儒学。"

③杨詹事凭:即杨凭,字虚受,一字嗣仁,虢州弘农(今河南灵宝)人。杨凭擅长诗文,唐代宗大历年间与弟弟杨凝、杨凌同中进士,时称"三杨"。尚气节,重然诺,与穆质、许孟容、李睟相友善,时人称慕。累迁起居舍人,左司员外郎,礼部、兵部郎中,太常卿,湖南江西观察使。入为左散骑常侍、刑部侍郎。宪宗元和四年(809)拜京兆尹。后被御史中丞李夷简弹劾,贬临贺县尉。官终太子詹事。

④李相国武都公宗闵:即李宗闵,字损之,陇西成纪(今甘肃秦安)人。唐高祖十三子郑王李元懿之后,"牛李党争"中牛党的领袖。

唐德宗贞元二十一年（805）进士及第，宪宗元和四年（809）与
牛僧孺同登贤良方正科。文宗大和三年（829）入相，引牛僧孺同
知政事。七年与德裕同为宰相，以同平章事任兴元尹、山南西道
节度使。李训、郑注用事，贬潮州司户参军。开成初擢杭州刺史、
东都留守。武宗即位，刘稹叛，坐贬漳州长史，长流封州。宣宗
立，徙郴州司马，死于贬所。

**【译文】**

唐宪宗元和年间以后，高官中与亲戚及故交旧友关系和睦的，前辈
中有司徒郑公郑馀庆，中间有詹事杨凭、元公柳公绰，后辈中有相国武都
公李宗闵。

20.裴尚书武①，奉寡嫂，抚甥侄，为中表所称②。尚书
卒后，工部夫人崔氏话其仁，辄流涕。工部名佶③，有清德，
武之长兄也。兄弟皆为八座④。自丞相耀卿至工部子泰
章⑤，四世入南北省⑥。群从居显列者不可胜书⑦。泰章后
亦为尚书。

**【注释】**

①裴尚书武：本条采录自《因话录·商部》。裴尚书武，即裴武，唐
　朝官吏。据《新唐书·裴垍传》："京兆少尹裴武使王承宗还，得
　德、棣二州，已而地不入。"可知元和年间裴武曾任京兆少尹。

②中表：本人与姑母、舅父或姨母儿女的关系，称"中表"。姑母的
　儿女称"表""外"，舅父或姨母的儿女称"中""内"。

③工部名佶：即裴佶，字弘正。幼能属文，唐代宗大历五年（770）进
　士及第，初授蓝田尉。德宗朝拜拾遗，历补阙、驾部兵部郎中、谏议
　大夫等职。

④八座:亦作"八坐"。封建王朝八种高级官员的尊称。历朝制度
　　不一,所指不同。东汉以六曹尚书、尚书令、仆射为"八座";三国
　　魏以五曹尚书、尚书令、尚书左右仆射为"八座";晋以尚书令、尚
　　书仆射、六尚书为"八座";隋以尚书令,左、右仆射及六部尚书为
　　"八座";唐代的"八座"则是尚书左仆射、尚书右仆射及尚书省吏
　　部、户部、礼部、兵部、刑部、工部尚书之总名。

⑤丞相耀卿:即裴耀卿,字焕之,绛州稷山(今山西稷山)人。宁州
　　刺史裴守真之子。幼年即中童子举,历任秘书正字、相王府典签、
　　国子主簿、长安令、宣州刺史、户部侍郎、京兆尹等。唐玄宗开元二
　　十一年(733)授为黄门侍郎、同中书门下平章事,充任江淮、河南
　　转运使。主持漕运。后转任侍中。开元二十四年(736)改任尚书
　　左丞相,封赵城侯。天宝元年(742)改任尚书右仆射,不久转任
　　左仆射。卒赠太子太傅,谥曰文献。工部子泰章:即裴侁之子裴泰
　　章,曾任散骑常侍、工部尚书等职。

⑥南北省:南省与北省的合称。南省是尚书省的别称,因唐朝尚书
　　省在大明宫之南,故称。北省是门下省、中书省别称,与尚书省称
　　南省相对。

⑦群从:指堂兄弟及诸子侄。显列:指高位。不可胜书:不是用文字
　　所能写完的。形容要写的事情很多。

**【译文】**

　　尚书裴武奉养寡嫂,抚养甥侄,被远近亲戚所称颂。裴尚书去世后,工部尚书的夫人崔氏说起裴武的仁德,就流下泪来。工部尚书名叫裴侁,品行高洁,是裴武的长兄。裴家兄弟都是尚书一类的高官。从丞相裴耀卿到工部尚书裴侁的儿子裴泰章,四代人在南北省做官。堂兄弟及诸子侄位居高官的人不是用文字所能写完的。裴泰章后来也任工部尚书。

21.沈吏部传师①,性和易,不从流俗,不矫亢②。观察

三郡③,去镇无余蓄。京城居处隘陋,不加一椽。所辟宾僚,无非名士。身没之后,家至贫苦。二子继业,并致时名,又以报施不妄④。其父礼部员外郎既济⑤,撰《建中实录》,见称于时。公亦为史官,及出领湖南、江西,奉诏在镇修《宪宗实录》,当时荣之⑥。

**【注释】**

①沈吏部传师:本条采录自《因话录·商部》。沈吏部传师,即沈传师,字子言,苏州吴(今江苏苏州)人。有才行,工《春秋》,精楷书。德宗贞元末进士,为礼部侍郎权德舆门生。又登制科乙第,授太子校书郎。后累官至吏部侍郎。卒赠尚书。为人恬退无竞,吏治严明,参与编撰《宪宗实录》。

②矫亢:亦作"矫抗",与众违异,以示高尚。

③观察:官名。观察使的省称。

④又:齐之鸾本、《历代小史》本作"人"。报施:亦作"报嗣"。语出《左传·僖公二十四年》:"报者倦矣,施者未厌。"杜预注:"施,功劳也,有劳则望报过甚。"后因以"报施"谓报答、赐予。不妄:不随便行事。

⑤礼部员外郎既济:即沈既济。博通群籍,经学该明,尤工史笔。唐德宗时受宰相杨炎赏识,荐为左拾遗、史官修撰。曾上疏非议吴竞撰国史为则天本纪之做法,奏罢中书、门下分置待诏官之计划。杨炎得罪,坐贬处州司户参军。后复入朝,官终礼部员外郎。撰有《建中实录》,为时所称。

⑥"公亦为史官"几句:《旧唐书·沈传师传》记载:"初,传师父既济撰《建中实录》十卷,为时所称。传师在史馆,预修《宪宗实录》未成,廉察湖南,特诏赍一分史稿,成于理所。有子枢、询,皆

登进士第。"荣，称誉，赞誉。

**【译文】**

　　吏部侍郎沈传师性情温和平易，不盲从社会上流行的风气和习惯，也不会与众违异以示高尚。他曾出任三郡的观察使，离开任所的时候没有多余的积蓄。京城的住所也狭小简陋，但他没有增加过一根椽子。他所招募的宾客幕僚，无不是当时名望很高的人。沈传师去世以后，他的家人生活非常贫苦。两个儿子继承了他的品德，在当时都具有很高的声望，人们认为这是上天对沈家德行的厚报。沈传师的父亲是礼部员外郎沈既济，著有《建中实录》，在当时受到人们的称赞。沈传师也曾任史官，在出任湖南、江西观察使时，奉皇帝之命在任所撰修了《宪宗实录》，当时人都称誉他。

　　22.刘敦儒事亲以孝闻①。亲心绪不理②，每鞭之见血，则一日悦畅。敦儒常敛衣受杖③，曾不变容。宪宗朝旌表门间④。又赵郡李公道枢⑤，先夫人卢氏性严，事亦类此。道枢名声已闻，又在班列⑥，宾至门，往往值其受杖。

**【注释】**

①刘敦儒事亲以孝闻：本条采录自《因话录·商部》。刘敦儒，唐朝官吏，客居东都（今河南洛阳），祖籍彭城（今江苏徐州）。刘知几曾孙，事母至孝，名于当时。唐宪宗元和年间被任为左龙武军兵曹参军，分管东都事务。官终起居郎。

②心绪不理：心情不顺。

③敛衣：使衣衫整齐有序。表示恭敬。

④宪宗朝旌表门间：《新唐书·刘敦儒传》记载："母病狂易，非笞掠人不能安，左右皆亡去，敦儒日侍疾，体常流血，母乃能下食，敦儒

怡然不为隐痛。留守韦夏卿表其行，诏标阙于闾。"旌表门闾，亦
称"旌闾"，旧时朝廷对所谓忠孝之人赐给门匾，挂于门庭之上，
或树立牌坊以示表彰。

⑤赵郡李公道枢：即李道枢。唐敬宗时为侍御史。文宗开成二年（837）
任河南少尹，与白居易等修禊洛滨。四年（839）自苏州刺史迁浙
东观察使，不久去世。

⑥班列：指朝廷或朝官。

**【译文】**

刘敦儒因为侍奉双亲孝顺而名闻当世。他的母亲心里不痛快，经常
拿鞭子抽打他以致身体流血，这样才会一整天愉悦欢畅。刘敦儒经常恭
敬地接受母亲的鞭杖，从来没有惊恐或发怒。唐宪宗时，朝廷给他家赐
匾，挂于门庭之上以示表彰。另有赵郡人李道枢的亡母卢氏性情也苛刻
严格，对待李道枢也是如此。当时李道枢已有名誉声望，又在朝廷做官，
宾客到他家拜访，常常看到他正在接受母亲的鞭杖。

23.荥阳郑还古①，俊才嗜学，性孝友。初家青、齐间②，
值李师道叛命③，扶老亲归洛，与其弟自舁肩舆④，晨暮奔追，
两肩皆疮。妻柳氏，仆射元公之女，有妇道。弟齐古，好博
戏赌钱⑤，还古帑中恣其所用⑥，齐古得之辄尽。还古每出
行，必封管籥付家人⑦，曰："留待二十九郎⑧，傥博⑨，勿使别
取债息，为恶人所陷也。"弟感其言，为之稍节。有堂弟善觜
栗⑩，投许昌军为健儿⑪。还古使使召之，自与洗沐，同榻而
寝，因致书方镇，求补他职。竟以刚躁喜持论，不容于时。

**【注释】**

①荥（xíng）阳郑还古：本条采录自《因话录·商部》。荥阳，郡名。

三国魏置,治荥阳(今属河南)。寻罢。晋复置。北齐改名成皋郡。隋大业初复改郑州为荥阳郡,唐改为郑州。郑还古,自号谷神子。唐宪宗元和中登进士第,曾为河北从事,遭谤,贬为吉州掾。终国子监博士。

②青、齐:指青州、齐州。唐辖境均在今山东境内。

③李师道:唐朝蕃将,平卢淄青节度使李纳次子,李师古异母弟。初为密州知州。宪宗元和元年(806),师古卒,被拥立为平卢节度使,寻加检校工部尚书,又加检校司空。元和十年(815),朝廷平蔡,师道外奉王命,阴结亡叛,拟纳三州。宪宗下诏削其官,诏诸军进讨。十四年(819)被部将刘悟所杀。

④舁(yú):共同抬东西。

⑤博戏:中国古代民间一种赌输赢、角胜负的游戏。

⑥帑(tǎng):古代收藏钱财的府库。《说文》:"帑,金币所藏也。"

⑦封:用加盖印章的纸条贴在门、箱或其他容器的口上以防开启。
管籥(yuè):即钥匙。

⑧二十九郎:即郑齐古,在兄弟辈排行第二十九,故称。

⑨傥:如果,假使。

⑩觱(bì)栗:即觱篥,古代的一种管乐器,以竹为管,有九孔,又称"笳管""头管"。本出西域龟兹,后传入内地,为隋唐燕乐及唐宋教坊乐的重要乐器。

⑪健儿:唐代士兵的一种。唐代诸军镇置有健儿,长住边军者,政府给以种种优待。

**【译文】**

荥阳的郑还古才智卓越非常好学,他孝顺父母,关爱兄弟。当初郑还古家住在齐州和青州之间,时值李师道叛乱,郑还古护持年老的父母回归洛阳,他和弟弟抬着父母乘坐的肩舆,从早到晚一路奔走,两个肩膀都生疮溃烂了。郑还古的妻子柳氏,是仆射柳元公的女儿,她恪守妇道。

郑还古的弟弟郑齐古,喜欢玩博戏赌钱,郑还古府库的钱随便他拿去赌博,郑齐古拿到钱后就全部输光了。郑还古每次外出,都会将钥匙封好后交给家人,并说:"放在这里等二十九郎,如果他赌博了,千万不要让他去借附有利息的债务,被坏人陷害。"郑齐古听到哥哥的话后非常感动,也因此稍有节制。郑还古有一位堂弟喜欢吹觱栗,曾投身到许昌军中做了一名健儿。郑还古派人把他叫回来,亲自为他沐浴,一起同床就寝,还给军镇长官写信,请求填补其他职位的缺额。但郑还古最终还是因为刚强急躁又喜欢发表自己的观点,而不被时人所接纳。

24. 路相随幼孤[①]。其母问:"汝识汝父否?"曰:"不识。"曰:"正如汝面。"随号绝久之,终身不照镜。李卫公慕其淳笃[②],结为亲家,以女适路氏[③]。

**【注释】**

①路相随幼孤:本条采录自《芝田录》。路相随,即路随,字南式,魏州阳平(今山东莘县)人。路泌之子。举明经第。历迁左补阙、侍讲学士。敬宗立,拜中书舍人、翰林学士。文宗太和二年(828)以中书侍郎同中书门下平章事,监修国史。七年(833)表上史官所修《宪宗实录》《穆宗实录》。后出为镇海军节度使,道病卒,谥曰贞。

②李卫公:即李德裕,字文饶,赵郡赞皇(今河北赞皇)人。李吉甫次子,牛李党争中李党的领袖。历任中书舍人、浙西观察使、兵部尚书、剑南西川节度使等职。文宗大和七年(833)拜相。八年(834)郑注、李训用事,出为兴元节度使、镇海军节度使,旋受诬,贬太子宾客,再贬袁州刺史。武宗即位后入朝为相,因政绩显赫,被封卫国公。宣宗即位后忌惮其位高权重,贬为崖州司户。

③以女适路氏:《旧唐书·路随传》《新唐书·路随传》均记载路随

终身不照镜事，然不载李卫公以女适路家事。适，旧指女子出嫁。

**【译文】**

宰相路随幼时丧父。后来母亲问他："你记得你父亲吗？"路随回答说："不记得了。"他母亲说："和你的脸完全一样。"路随为此痛哭了很久，终其一生没有再照过镜子。李德裕仰慕他品行质朴厚重，和他结为了儿女亲家，把自己的女儿嫁给了路家。

25.孙侍郎毅在翰林①，父为太子詹事，分司东都。毅因春时游宴欢，忽念温凊②，进状乞省觐③。其词曰："'陟彼岵兮'，孰不瞻父？④'方寸乱矣'，何以事君？⑤"自内廷径出⑥。时皆称之。至华阴⑦，拜河南尹。

**【注释】**

①孙侍郎毅（jué）：即孙毅。曾任侍郎、守京兆府鄠县主簿，直弘文馆。

②温凊（qìng）：冬温夏凊的省称。冬天温被使暖，夏天扇席使凉。多指侍奉父母之礼。

③进状：指进呈陈述事实的文书。《新唐书·百官志》："中书门下五品以上及诸司长官，谢于正衙，复进状谢于侧门。"省觐：探望父母或其他尊长。

④陟（zhì）彼岵（hù）兮，孰不瞻父：二句化用《诗经·魏风·陟岵》诗中的"陟彼岵兮，瞻望父兮"二句而来。这是一首征人思念亲人之作。《毛序》曰："《陟岵》，孝子行役，思念父母也。国迫而数侵削，役乎大国，父母兄弟离散，而作是诗也。"

⑤方寸乱矣，何以事君：二句出自晋袁宏《后汉纪·孝献皇帝纪》："今失老母，方寸乱矣。无益于事，请从此辞。"

⑥内廷：内朝。对外廷而言。

⑦华阴:县名。西汉置,属弘农郡。故治在今陕西华阴东北。三国迄唐因之。

**【译文】**

侍郎孙毅在翰林任职,他的父亲时任太子詹事,在洛阳任职。孙毅因为春天时嬉游宴饮玩得高兴,忽然想念父母,于是就递交了文书请求探望父母。他在文书中说:"登上那没有草木的山岗,怎么能不去看望父亲? 心情烦乱了,怎么能够侍奉国君?"然后从内朝径自走出。当时人们都称赞他。到了华阴县,被拜为河南尹。

26.宣宗天资友爱①,敦睦兄弟。大中元年,作雍和殿于十六宅②,数临幸,诸王无少长,悉预坐。乐陈百戏③,抵暮而罢。诸王或有疾,斥去戏乐,即其卧内,躬自抚之,忧形于色。

**【注释】**

①宣宗:即唐宣宗李忱。会昌六年(846)为宦官马元贽等拥立。即位后,改武宗之政,罢李德裕党,重用牛僧孺党。恢复并增建佛寺,诛杀道士赵归真等人。任用裴休,改善漕运。对外击败吐蕃,收复河湟。宣宗晚年好方士神仙之术,祈求长寿。大中十三年(859)因服药致死。葬贞陵(在今陕西泾阳西北),庙号宣宗,谥圣武献文孝皇帝。

②十六宅:唐代诸王共同居住的第宅。亦称十六王宅。位于长安外郭城朱雀大街东第五街街东,北起第一坊。玄宗开元年间,因庆王等十六王子分院居于此,故名。武宗、宣宗皆由中官从十六宅迎立登位。昭宗时,韩建围十六宅,尽杀诸王,宅遂废。《资治通鉴·唐纪·昭宗乾宁四年》:"建乃与知枢密刘季述矫制发兵围十六宅……建拥通、沂、睦、济、韶、彭、韩、陈、覃、延、丹十一王至石隄谷,尽杀之。"

③百戏：古代乐舞杂技表演的总称。秦汉时已有，汉代又称"角抵戏"。南北朝后亦称"散乐"。

【译文】

唐宣宗生来友好亲爱，与兄弟亲善和睦。大中元年，他在众王居住的十六宅中建造了一座雍和殿，并多次亲临。他让宅中诸王不论年龄大小，全都入座。让乐队陈列表演各种乐舞杂技，直到天黑才结束。众王中有人生病了，宣宗就会让戏乐杂技离开，到病人的住所亲自慰问，内心的忧虑全都表现在脸上。

27.宣宗郊天前一日①，谒太庙②。至宪宗室③，捧斝而入④，涕泗交下⑤。左右观者莫能仰视。

【注释】

①郊天：帝王祭天称郊天。《礼记·郊特牲》："周之始郊日以至。"汉郑玄注："郊天之月而日至，鲁礼也……鲁以无冬至，祭天于圆丘之事，是以建子之月郊天，示先有事也。"

②太庙：古时帝王的祖庙。

③宪宗：即唐宪宗李纯。贞元二十一年（805）立为太子。在位期间修订律令，整顿科举，减省官员，加强财政管理。又听从杜黄裳的建议，以法度制裁藩镇。至元和十四年（819）收复淄青十二州，使代宗广德以来的藩镇跋扈局面暂时得以缓解，史称"元和中兴"。李纯晚年迷信方士，求长生，服金丹，性格暴躁，宦官常常获罪被杀，人人自危，终被宦官所害。葬景陵（在今陕西蒲城西北），庙号宪宗，谥圣神章武孝皇帝。

④斝（jiǎ）：古代青铜制的酒器。圆口，三足。

⑤涕泗交下：眼泪鼻涕一起流下。形容痛哭的样子。

【译文】

唐宣宗祭天的前一日,到太庙去祭拜祖先。来到宪宗的祭室,他双手捧着酒器斝进到室内,眼泪和鼻涕一起流下,哭得非常伤心。宣宗身边看到的人也都很伤心,没有一个能抬头看他。

28.宣宗尝出内府钱帛建报圣寺①,大为堂殿,金碧圬墁之丽②,近所未有。堂曰介福之堂③,宪宗御像在焉。堂之北曰虔思殿,上休憩所也。每由复道至寺④。凡进荐于介福者,虽甚微细,必手自题缄⑤。

【注释】

①内府:唐代内侍省内府局的省称。掌宫中宝藏给纳。《新唐书·百官志》:"内府局……掌中藏宝货给纳之数,及供灯烛、汤沐、张设。"

②金碧:金黄和碧绿的颜色。圬墁(màn):涂饰墙壁,粉刷。

③介福:大福。《周易·晋》:"受兹介福,于其王母。"高亨注:"盖谓王母嘉其功劳,锡之爵禄,爵禄即大福也。"

④复道:楼阁间或山岩险要处悬空而架的通道。也称阁道。《史记·秦始皇本纪》:"秦每破诸侯,写放其官室,作之咸阳北阪上,南临渭,自雍门以东至泾渭,殿屋复道周阁相属。"

⑤题缄:指在书信函件封皮上题写受件人的姓名、官衔。

【译文】

唐宣宗曾经从内府拿钱帛修建报圣寺,他大修寺中的宫殿厅堂,用金黄和碧绿的颜色涂饰墙壁使宫室显得非常华丽,近世都不曾有过。殿堂名叫介福之堂,其中放有唐宪宗的御像。堂北面的殿叫虔思殿,是宣宗休息的地方。他每次都是从复道来报圣寺的。凡是进献到介福堂的供品,即使非常微细,宣宗也一定要亲手书写题缄。

29.万寿公主①,宣宗之女。上在藩时,主尤钟爱。及下嫁②,武德禁中旧仪③,车舆有白金为饰者,及呈进,上曰:"我方以俭化天下,宜从近戚始。"乃命以铜制。主既行,每进见,上常诲曰:"无轻待夫,无干预时事。"又降御札勖励④,其末曰:"苟违吾戒,当有太平、安乐之祸⑤。汝其勉之!"故十五年间戚属缩然⑥,如山东衣冠之法⑦。

**【注释】**

①万寿公主:本条与下第30条原合为一条,本书据周勋初《校证》分列为两条。

②下嫁:指地位高的女子嫁给地位低的男子。古代特指帝王之女出嫁。《诗经·召南·何彼秾矣·序》:"虽则王姬,亦下嫁于诸侯。"

③武德:唐高祖李渊的年号(618—626)。禁中:也作"禁内",封建帝王所居的宫苑,因不许人随便进出,故称。旧仪:指古礼。

④御札:帝王的书札,手诏。勖(xù)励:勉励。

⑤太平:指太平公主。唐高宗李治和武则天的小女儿。因极受父兄及其母武则天宠爱,养成了专横跋扈的性格。唐中宗神龙元年(705)参与神龙政变,诛杀张易之、张昌宗兄弟,恢复唐朝国号,加号镇国太平公主。唐中宗去世后,联合李隆基发动唐隆政变,拥立唐睿宗。唐玄宗先天二年(713),涉嫌发动谋变被赐死家中。安乐:即安乐公主。唐中宗李显的女儿,母亲为韦皇后。初适武三思的儿子武崇训。中宗复位,韦皇后与武三思私通,把持朝政,安乐公主也恃势骄横,纳贿授官。后因合谋毒死中宗,拥立韦后临朝被杀。

⑥戚属:亲属,亲戚。缩然:戒惧的样子。

⑦山东衣冠之法:指崤山或华山以东的门阀士族所遵循的家学家

规。山东,古地区名。通称崤山或华山以东为山东,与当时关东含义相同。衣冠,泛指衣着、穿戴。此处代指士大夫。

**【译文】**

万寿公主是唐宣宗的女儿。宣宗还是藩王的时候就非常疼爱她。后来公主出嫁,按照唐朝建国之初宫内的旧礼,车轿中有用白金作装饰的,等到呈送上去,宣宗看了说:"我刚刚以节俭教化天下的百姓,节俭应该从我身边的近亲开始。"于是命人换成了用铜作为装饰的车子。公主出嫁以后,每次进宫觐见,宣宗经常教导公主说:"不要用轻视的态度对待你的丈夫,不要干预国家大事。"他还亲自写诏书勉励公主,诏书最后说:"如果违背了我的忠告,一定会招来像太平公主和安乐公主那样的灾祸。希望你努力!"正是因为如此,十五年间,宣宗身边的亲属人人戒惧,他们都如山东的门阀士族那样守法。


30.宣宗时①,前进士于琮选尚永福公主②,连拜秘书、擢校书郎、右拾遗③,赐绯④;左补阙,赐紫⑤。事忽中止。丞相上审圣旨,上曰:"此女子,朕近与会食⑥,对朕辄折匕箸⑦。性情如此,恐不可为士大夫妻。"寻改琮尚广德公主,亦上次女也。


**【注释】**

①宣宗时:本条采录自《东观奏记》。

②前进士:唐代称及第而尚未授官的进士为"前进士"。唐李肇《国史补》:"投刺谓之乡贡,得第谓之前进士。"于琮:字礼用,唐河南(今河南洛阳)人。户部侍郎于敖之子。进士及第,尚宣宗之女广德公主,拜驸马都尉。咸通八年(867)授中书侍郎平章事,累迁至尚书右仆射。后被外放为山南东道节度使,再贬绍州

刺史。唐僖宗即位，于琮被召回，历任太子少傅、尚书左仆射等
职。黄巢攻陷长安，于琮因不屈而遇害。选尚：被选中与公主匹
配，指作为公主的配偶。

③拜秘书，擢校书郎：此二句原书作"拜秘书省校书郎"，当据改。

④赐绯：赐给绯色的官服。唐朝五品以上官公服为绯色，有时皇帝
特加赐绯，以示恩宠。唐朝僧人也常受此种待遇。绯，红色。

⑤赐紫：赐给紫色的官服。唐时三品以上官公服为紫色，官位不及
而有大功，或为皇帝所宠爱者，特加赐紫，以示尊崇。

⑥会食：相聚进食。

⑦匕箸：食具，指羹匙和筷子。

**【译文】**

　　唐宣宗时，前进士于琮被选中作为永福公主的配偶，紧接着他被拜
为秘书省校书郎、右拾遗，并赐给绯色的官服；又被任命为左补阙，赐给
紫色的官服。他和永福公主的婚事突然中途就停止了。丞相去询问圣
上的意图，宣宗说："这个女孩子，我最近和她一起吃饭，当着我的面就折
断了羹匙和筷子。她的性格这个样子，恐怕做不了士大夫的妻子。"不
久就改于琮作为广德公主的配偶，广德公主也是宣宗的二女儿。

　　31.博陵崔倕①，缌麻亲三世同爨②。贞元已来，言家法
者以倕为首。倕生六子，一为宰相，五为要官。太常卿邠③，
太原尹郸④，外壶尚书郎郾⑤，廷尉郁⑥，执金吾鄯⑦，左仆射
平章事郸⑧。［原注］郾及郸，五知贡举⑨，得士百四十八人。兄弟
亦同居光德里一宅。宣宗尝叹曰："崔郸家门孝友，可为士
族之法矣。"郸尝构小斋于别寝⑩，御书赐额曰"德星堂"⑪。

**【注释】**

①博陵崔倕：本条采录自《贾氏谈录》。博陵，郡名。北魏改博陵国置。故治在今河北安平。隋朝开皇初废。大业及唐天宝、至德时又曾改定州为博陵郡。崔倕，其家三世同堂，为当时之表率。又献赋于肃宗，以文才官至吏部侍郎。

②缌（sī）麻亲三世同爨（cuàn）：是说崔家是三代人在一起生活的大家族。缌麻，古代的丧服名。五服中最轻的一种，孝服用细麻布制成，服期三个月。服丧范围包括高祖父母，曾伯叔祖父母，族伯叔父母，族兄弟及未嫁族姊妹，外姓中为表兄弟，岳父母等。《仪礼·丧服》："缌麻三月者。"同爨，指同居共炊。《礼记·檀弓上》："或曰：'同爨缌。'"孔颖达疏："既同爨而食，合有缌麻之亲。"

③邠：即崔倕长子崔邠，字处仁。进士及第，又登贤良方正制举。唐德宗贞元年间历任拾遗、补阙，屡上疏论裴延龄之奸。在内职七年，官至中书舍人。后屡任礼部及吏部侍郎、太常卿。沉稳缜密，清廉节俭，深得皇帝器重，谥号文简。

④酆：即崔倕次子崔酆。

⑤外壸（kǔn）：《南部新书》作"外台"。唐朝至德以后，受理刑狱的御史大夫、中书、门下三司监院官带御史衔的号称外台，后来按察使等官亦称外台。郾：即崔倕第三子崔郾，字广略。进士及第，起仕集贤殿校书郎，迁吏部员外郎。宪宗元和十三年（818）任礼仪详定判官，吏部郎中，整理刊定朝廷礼仪。唐敬宗继位，迁侍讲学士、礼部侍郎。撰有《诸经纂要》十卷。谥号德。

⑥郇（xún）：即崔倕第四子崔郇。进士及第，授廷尉。

⑦鄯：即崔倕第五子崔鄯。少有文学，进士及第。宪宗元和年间授监察御史。唐文宗大和年间累迁太子詹事、左金吾大将军。

⑧郸：即崔倕第六子崔郸。进士及第。官历监察御史、考功郎中、翰

林学士、中书舍人、工部侍郎兼集贤院学士、兵部侍郎、吏部侍郎。文宗开成二年（837）出镇，四年（839）入为太常卿同中书门下平章事。寻加中书侍郎、银青光禄大夫。与李德裕素善，在相位累年，以太子少保卒。

⑨知贡举：唐宋时特派主持进士考试的大臣。

⑩别寝：其他寝室。

⑪德星堂：《新唐书·崔郸传》记载："居光德里，构便斋，宣宗闻而叹曰：'郸一门孝友，可为士族法。'因题曰'德星堂'。后京兆民即其里为'德星社'云。"

**【译文】**

博陵崔倕，他的家族三代人在一起共同生活。唐德宗贞元以来，谈到治家的礼法则首推崔倕。崔倕生了六个儿子，其中一个任宰相，其他五个都官居重要的职位。长子崔邠为太常卿，次子崔鄿为太原尹，第三子崔郾为尚书郎，第四子崔郇为廷尉，第五子崔郓曾任左金吾大将军，第六子崔郸任左仆射同平章事。[原注]崔郾和崔郸五次主持科举考试，选中进士一百四十八人。他们兄弟六人也同住在光德里的一个宅第。唐宣宗曾经感叹说："崔郸家族的人事父母孝顺，对兄弟友爱，可以作为士族效仿的榜样。"崔郸曾在自己的卧室外建了一间小屋，宣宗亲笔题写匾额"德星堂"赐给他。

32.大中年①，丞郎宴席②。蒋公伸在座③，忽酌一杯，言曰："座上有孝于家，忠于国，名重于时者，饮此爵④。"众无敢举。李孝公景让起引饮之⑤，蒋以为然。

**【注释】**

①大中年：本条采录自《卢氏杂说》。

②丞郎：唐尚书省左右丞与六部侍郎的总称。尚书也称丞郎。

③蒋公伸：即蒋伸，字大直，常州义兴（今江苏宜兴）人。登进士第，历佐使府。唐宣宗大中初入朝，为右补阙、史馆修撰，转中书舍人，召入翰林学士。大中九年（855）为承旨学士。十年（856）转兵部侍郎。大中末为中书侍郎、同平章事。懿宗咸通二年（861）出为河中节度使，徙宣武军。七年（866）迁太子太傅，致仕。卒赠太尉。

④爵：原阙，据齐之鸾本、《历代小史》本校补。

⑤李孝公景让：即李景让，字后己，太原文水（今山西文水）人。性方毅有守，素有大志，事亲以孝闻。唐宪宗元和十年（815）进士，历任尚书郎、商州刺史、中书舍人、吏部尚书等职。授乐和李公、酒泉县开国子、酒泉县男等爵。卒谥曰孝。

**【译文】**

唐宣宗大中年间，丞郎们在一起参加宴席。蒋伸也在座，忽然他斟满一杯酒，说："在座的人中在家孝顺父母，对国家忠心耿耿，在当代名望高的，喝了这杯酒。"没有人敢端起这杯酒。李景让站起来端起酒杯喝了杯中的酒，蒋伸认为李景让就是这样的一个人。

33.李尚书蠙性仁爱[①]，厚于中外亲戚[②]，时推为首。尝为一簿，遍记内外宗族姓名，及其所居郡县，置于左右。历官南曹[③]。牧守及选人相知者赴所任[④]，常阅籍以嘱之。

**【注释】**

①李尚书蠙（pín）：即李蠙，字懿山。唐宣宗时官仓部郎中，唐懿宗咸通年间任户部侍郎、检校兵部尚书、潞州大都督府长史，充昭义军节度观察处置等使。

②中外：指中表之亲。

③南曹：指掌选院的吏部员外郎。唐高宗总章二年（669）置，因办

公地点在曹选街之南,故谓南曹。《唐会要·尚书省诸司中》:"南曹起于总章二年,司列少常伯李敬元奏置。"

④牧守:地方州郡长官。州官称牧,郡官称守。此处泛指地方长官。

**【译文】**

尚书李蟾性格宽仁慈爱,对家族内外的亲属都很厚待,是当时在这方面做得最好的人。他曾经造了一个册子,全部记下家族内外亲属的姓名,以及他们所居住的郡县,并经常带在身边。李蟾曾任南曹。州郡的长官以及选拔出来和他知心的人去任所任职,李蟾经常查阅籍簿叮嘱他们照顾自己的亲属。

34.东川韦有翼尚书自判盐铁①,镇梓潼②,有重名③。平生不饮酒,不务欢笑,为家讳"平"故也④。案⑤:此句难解,亦有脱误。

**【注释】**

①东川韦有翼尚书自判盐铁:本条采录自《芝田录》。东川,唐方镇名,剑南东川的省称。唐肃宗至德二载(757)析剑南道东部置。治所梓州(今四川三台)。韦有翼,唐文宗开成中官补阙,历户部郎中。唐武宗会昌五年(845)自安州刺史徙睦州刺史。唐宣宗大中三年(849)官御史中丞,九年(855)自兵部侍郎、诸道盐铁转运使出为梓州刺史、剑南东川节度副大使。

②梓潼:天宝元年(742),梓州改称梓潼郡。乾元元年(758)又称梓州。治今四川三台。

③重名:盛名。指很高的名位。

④家讳:旧谓父祖的名讳。与"国讳"相对,也叫"私讳"。《礼记·曲礼上》:"君所无私讳。"东汉郑玄注:"谓臣言于君前,不辟家讳,尊无二。"平:《类说·芝田录》作"乐"。当以"乐"为是。

⑤案：此案语原阙，据周勋初《校证》补。当为《四库全书》馆臣
所加。

**【译文】**

东川节度使韦有翼由盐铁判官转任镇守梓潼，在当时有很高的名
望。他终生不喝酒，也不喜欢笑，因为家讳是"平"的缘故。案：这句话难
以理解，怀疑有文字的脱漏和错误。

35.王咸少监①，旧族之后②。少入仕，遭丧，服除数
年③，不饮食酒肉。后因会聚，人劝勉之，咸捧肉欲啗，泪
下盈盘，竟不食而离席，一坐为憯怛④。后有人传于独孤公
者⑤，慕其独行，遂聘其女。

**【注释】**

①王咸：唐朝人，生平未详。

②旧族：指旧时有名望的家族。《国语·晋语》："昭旧族，爱亲戚。"
韦昭注："旧族，旧臣有功者之族。"

③服除：守丧期满。

④憯怛（cǎn dá）：忧伤，悲痛。《庄子·盗跖》："惨怛之疾，恬愉之
安，不监于体。"

⑤独孤公：唐朝人，生平未详。

**【译文】**

少监王咸是旧时有名望家族的后人。他年轻的时候入仕做官，家有
丧事，守丧期满后的几年他都不饮酒不吃肉。后来由于聚会，在座的人
都劝他喝酒吃肉，王咸捧着肉准备要吃的时候，眼泪流下来滴满了整个
盘子，他最终也没有吃就离开了席位，在座的人都感到难过。后来有人
将这件事情对独孤公说了，独孤公仰慕他的德行，于是让自己的儿子和

他的女儿定了亲。

36.崔枢应进士，客居汴半岁①，与海贾同止②。其人得疾既笃，谓崔曰："荷君见顾③，不以外夷见忽④。今疾势不起。番人重土殡⑤，脱殁⑥，君能终始之否?"崔许之。曰："某有一珠价万缗⑦，得之能蹈火赴水，实至宝也。敢以奉君。"崔受之，曰："吾一进士，巡州邑以自给，奈何忽蓄异宝?"伺无人，置于枢中，瘗于阡陌⑧。后一年，崔游丐亳州⑨，闻番人有自南来寻故夫，并勘珠所在，陈于公府，且言珠必崔秀才所有也，乃于亳来追捕。崔曰："倪宛叇不为盗所发⑩，珠必无他。"遂剖棺得其珠。沛帅王彦谟奇其节⑪，欲命为幕，崔不肯。明年登第，竟主文柄⑫，有清名。

**【注释】**

①汴：即汴州。北周宣帝改梁州置。治所浚仪县（今河南开封西北）。唐玄宗天宝元年（742）改名为陈留郡。乾元元年（758）复为汴州。

②海贾：海外的客商。

③荷：承蒙。常用于书信中表示感谢或客气。

④外夷：外族，外国人。

⑤番人：异族人，外国人。

⑥脱殁：倘若死去。脱，倘若。

⑦缗（mín）：这里指成串的铜钱，一千文为一缗。

⑧瘗（yì）：埋葬，埋藏。

⑨游丐：行乞。此处指游历。亳州：州名。北周末改南兖州置，治小黄县（隋改名谯县，今安徽亳州）。隋大业初改为谯郡。唐武德、乾元初复为亳州。

⑩窀穸（zhūn xī）：墓穴。

⑪王彦谟：唐朝人，生平不详。据《登科记考·武宗会昌二年》"崔枢"下，此处王彦谟当为王彦威。

⑫文柄：主持考试、评定文章、录取文士的权柄。

**【译文】**

崔枢去参加科举考试，在汴州的旅舍住了半年，和一位海外的客商同住。后来海商得了病很严重，他对崔枢说："承蒙您的照顾，没有因为我是外族人就轻视我。现在我病重好不了了。我们番人注重土葬，倘若我死了，您能帮我善后并土葬我吗？"崔枢答应了他的要求。海商说："我有一颗珠子，价值万缗，得到它就可以解决你以后生活中的任何困难，确实是极其珍贵的宝物。我现在把它送给您。"崔枢接受了珠子，说："我一旦中了进士，巡视州郡邑县所得的俸禄足以养活自己，忽然储藏这样神异的宝物干什么？"看到周围没人，崔枢将珠子放到了海商的灵柩之中，并将灵柩埋葬在了田间的小路旁。一年以后，崔枢游历亳州，听说有一个番人从南方来寻找去世的丈夫，并调查珠子的下落，她到官府告状，并说那颗珠子一定被崔枢据为己有了，于是官府派人来亳州追捕崔枢。崔枢说："倘若墓穴没有被盗贼发掘，珠子一定还在那里。"于是剖开墓穴找到了那颗珠子。沛帅王彦谟听到这件事惊异崔枢的气节，想任命他为幕僚，崔枢没有答应。第二年崔枢就考取了进士，最终他主持文士考选，具有清美的声誉。

37.懿宗器度深厚①，形貌瑰玮②，仁孝出于天性。郑太后崩③，而蔬菜同士人之礼。公卿奉慰④，无不感泣。

**【注释】**

①懿宗器度深厚：本条采录自《杜阳杂编》。此条原书分为两条，分别叙述懿宗和宣宗事，王谠误将其合二为一。懿宗，即唐懿宗李

濯,本名李温,唐宣宗李忱长子。唐懿宗在位期间游宴无度,怠于
政事。听任宦官擅权,所用宰相韦保衡等亦非人才。骄奢淫逸,
朝政混乱,导致浙东、安南、徐州、四川相继发生动乱,民不聊生。
咸通十四年(873)驾崩。葬简陵(在今陕西富平西北),庙号懿
宗,谥睿文昭圣恭惠孝皇帝。

②瑰玮:指形貌魁梧美好。

③郑太后:指孝明皇后郑氏。生宣宗。

④奉慰:唐、宋礼制,逢帝、后忌辰,百官列班进名拜慰天子或皇太
后,称"奉慰"。

**【译文】**

　　唐懿宗器度宽厚,外形相貌魁梧美好,天性仁爱孝顺。郑太后驾崩,
宣宗吃素食,服丧之礼和士人相同。三公九卿列班进名拜慰,无不感动
落泪。

　　38.沈颜游钟陵①,自章江入剑池②,过临川③。时天旱,
水将涸。阻风,泊小渚④。获败碑⑤,字存者十七八,乃抚州刺
史颜鲁公之文⑥,即临川所沉碑也⑦。其文多载鲁公之德业。

**【注释】**

①沈颜:唐末五代人,字可铸,苏州吴县(今江苏苏州)人,一说湖州
德清(今浙江德清)人。沈颜少有辞藻,性闲淡,不乐世利。唐昭
宗天复初年进士及第,授校书郎。唐末乱离奔湖南,不久归吴,历
官淮南巡官、礼仪使、兵部郎中、知制诰,累迁翰林学士。为文精
速,时称"下水船"。著有《聱书》《陵阳集》。钟陵:即钟山。

②章江:赣江的古称,亦作章水、赣水,在今江西境内。剑池:在江西
丰城西南三十里。相传为晋雷焕得龙泉、太阿二剑处。

③临川:县名。原为临汝县。隋文帝开皇九年(589),改临汝为临

川县。历为抚州、临川郡治所。故治在今江西抚州临川区。

④渚：水中的小块陆地。

⑤败碑：即残损的石碑。

⑥颜鲁公：即颜真卿，字清臣，京兆万年（今陕西西安）人。唐代著名的书法家。颜师古五世从孙。唐玄宗开元二十二年（734）登进士第，历任监察御史、殿中侍御史。后因得罪权臣杨国忠，被贬为平原太守。肃宗即位，授工部尚书。至德二载（757）授宪部（工部）尚书、御史大夫。因刚正耿直，恪尽职守，为元载、杨炎、卢杞所忌，出为外州刺史、长史。代宗时迁尚书左丞，封鲁郡公，人称颜鲁公。唐德宗兴元元年（784）被版将李希烈缢杀。

⑦沉碑：本指杜预的记功碑。语出《晋书·杜预传》："预好为后世名，常言'高岸为谷，深谷为陵'，刻石为二碑，纪其勋绩，一沉万山之下，一立岘山之上，曰：'焉知此后不为陵谷乎！'"此处指记录颜真卿功德的石碑。

**【译文】**

沈颜乘船游历钟山，从江西的赣江到剑池，经过临川。当时天气干旱，赣江临近枯水期。因为受到大风的阻隔，沈颜将船临时停靠在江中的小块陆地上。在那里沈颜发现了一块残损的石碑，碑上留存的文字有十分之七八，竟然是抚州刺史颜真卿书写的文字，是记录他在临川任上功德的石碑。碑上的文字记载的多是颜真卿的功德和业绩。

39.李英公为仆射①，其姊病，必亲为粥，火燃，辄焚及其髭。姊曰："仆妾甚多，何为自苦若是？"勣曰："岂为无人耶！顾姊年与勣皆老，欲久为姊粥，复可得乎？"

**【注释】**

①李英公为仆射：本条采录自《隋唐嘉话》。李勣与姊事，《资治通

鉴·唐纪·高宗总章二年》记载为："其姊尝病,勣已为仆射,亲
为之煮粥。"李英公,即李勣,原名徐世勣,字懋功,曹州离狐(今
山东东明)人。早年投身瓦岗军,后随李密降唐,一生历仕唐高
祖、唐太宗、唐高宗三朝,深得朝廷信任。他出将入相,功勋卓著,
为凌烟阁二十四功臣之一,历任兵部尚书、同中书门下三品、司
空、太子太师等职,累封英国公。卒赠太尉,陪葬昭陵。

**【译文】**

李勣任仆射,他的姐姐病了,李勣必定亲自为姐姐煮粥,火烧起来,
就烧到了他嘴上边的胡子。姐姐说:"奴仆婢妾很多,为什么要这样自己
受苦?"李勣说:"难道是因为没有人吗?我顾念姐姐和我一样年纪都老
了,想要长久给姐姐煮粥,还能做得到吗?"

40.皇甫文备①,武后时酷吏②。与徐大理有功论狱③,
诬徐党逆人,奏成其罪,武后特出之。无何,文备为人所告,
有功讯之在宽。或曰:"彼曩将陷公于死,今公反欲出之,何
也?"徐曰:"尔所言者私怨,我所守者公法,安可以私害公
也。"

**【注释】**

①皇甫文备:本条采录自《隋唐嘉话》。皇甫文备,弱冠以明法登
　第。武则天载初元年(689)迁秋官郎中。丁忧后,起为司刑少
　卿。他屡按制狱,陷害大臣,以苛暴著名。约死于武周末年。唐
　中宗即位后,追夺其官爵。唐玄宗开元初年定为酷吏。

②武后:即武则天,并州文水(今山西文水)人。中国历史上唯一的
　女皇帝。十四岁入官,初为唐太宗才人。唐高宗时封昭仪,永徽
　六年(655)封为皇后。上元元年(674)加号"天后",与高宗并

称"二圣"。载初元年（689）废睿宗，自称圣神皇帝，改国号为周，改元天授，史称武周。武则天在位前期明察善断，知人善任，又奖励农桑，改革吏治，同时大肆杀害唐朝宗室；晚年崇信佛教，豪奢专断，颇多弊政。神龙元年（705）张柬之等拥中宗复位，上尊号为则天大圣皇帝。死后去帝号，称则天大圣皇后。

③徐大理有功：即徐有功，名弘敏，以字行，洛州偃师（今河南洛阳偃师区）人。青年时举明经登第，历任蒲州司法参军、司刑司丞、秋官郎中、司刑少卿等职。持法宽平，刚正不阿，与酷吏周兴、来俊臣等针锋相对，避免了不少冤假错案，受到武则天的敬重和当时人的称赞。卒赠司刑卿。中宗即位，追赠越州刺史。大理，官名。掌刑狱之事。

**【译文】**

皇甫文备是武则天时期的酷吏。他跟徐有功议论案件，诬陷徐有功偏私叛逆之人，上奏成功并将其定罪，武则天特别赦免了徐有功。不久，皇甫文备被人告发，徐有功以宽松之法审讯他。有人说："他先前诬陷你，想要置你于死地，现在你反而想要放了他，这是为什么呢？"徐有功说："你所说的那是私人之间的怨恨，我所坚守的是司法的公正，怎么能因为个人的恩怨去为害司法的公正呢？"

41.朱正谏敬则①，代著孝义，自宇文周至唐②，并令旌表③，门标六阙④。

**【注释】**

①朱正谏敬则：本条采录自《隋唐嘉话》。朱正谏敬则，即朱敬则，字少连，亳州永城（今河南永城）人。早年以辞学知名。唐高宗时授洹水尉。曾上疏武则天，陈述往代治国之得失。长安三年（703）累迁正谏大夫，寻同凤阁鸾台平章事，兼修国史，与吴兢、

刘知几等修撰《唐书》八十卷。神龙元年（705）出为郑州刺史。次年遭诬奏，贬为庐州刺史，数月，还乡里。卒谥曰元。著有《十代兴亡论》《五等论》。

②宇文周：即南北朝时期的北周。因皇室姓宇文，故称。

③旌表：表彰。多指官府为忠孝节义之人立碑或赐匾额予以表彰。

④门标六阙：门口树立的楼阙就有六座。《旧唐书·朱敬则传》记载："代以孝义称，自周至唐，三代旌表，门标六阙，州党美之。"阙，古代仕宦之家门前所树用以旌表的建筑物。

**【译文】**

正谏大夫朱敬则，他家世代以行孝重义著称，从北周到唐朝，都得到了官府的表彰，门前树立的楼阙就有六座。

## 42.元鲁山自乳兄子①，两乳湩流②，能食，其乳方止。

**【注释】**

①元鲁山自乳兄子：本条采录自《国史补·鲁山乳兄子》。此事《新唐书·元德秀传》记载为："初，兄子襁褓丧亲，无资得乳媪，德秀自乳之，数日湩流，能食乃止。"元鲁山，即元德秀，字紫芝，河南（今河南洛阳）人。少孤，侍母孝。唐玄宗开元二十一年（733）进士及第，曾任邢州南和县尉、龙武录事参军、鲁山令，后世因称"元鲁山"。任职期满后隐居陆浑，以琴酒文咏自娱，门弟子云集。元鲁山学识渊博，为政清廉，名重当时。自乳，自己喂奶。

②湩（dòng）：乳汁。

**【译文】**

元鲁山自己给哥哥的儿子喂奶，两个乳头都流下了乳汁，直到小孩子能吃东西了，他的乳汁才不流了。

43.长安中争为碑志①,若市贾然②。大官薨,其门如市,至有喧竞构致③,不由丧家者④。裴均之子求铭于韦相⑤,许缣万匹⑥,贯之曰:"宁饿不苟⑦。"

**【注释】**

①长安中争为碑志:本条采录自《国史补·韦相拒碑志》。碑志,为褒扬死者功德而立的墓志铭。

②市贾:买卖。

③喧竞:喧闹相争。构致:聚集招致。

④不由:不能自主。丧家:指有丧事的人家。

⑤裴均:字君齐,绛州闻喜(今山西闻喜)人。唐代宗大历中登明经第,初为诸暨县尉,迁膳部郎中。唐德宗贞元十九年(803)为荆南节度使。唐宪宗元和三年(808)入为尚书右仆射,判度支。后拜相,为山南东道节度使,累封郇国公。《新唐书》本传说裴均"以财交权倖,任将相凡十余年,荒纵无法度"。韦相:即韦贯之,本名韦纯,避宪宗讳,遂以字名。韦肇之子。唐德宗建中四年(783)登进士第,贞元元年(785)中贤良方正、能直言极谏科。历仕德、顺、宪三朝,初为长安县丞、监察御史、右补阙,宪宗元和间转礼部员外郎,擢尚书右丞同平章事。后罢为太子詹事,分司东都。穆宗即位,改河南尹。卒谥贞,后更谥文。

⑥缣(jiān):细密的绢。

⑦不苟:不随便,不马虎。《周礼·地官·大司徒》:"一曰,以祀礼教敬,则民不苟。"贾公彦疏:"不苟且也。"

**【译文】**

唐代长安人争着为别人写墓志铭,好像做买卖一样。高官去世之后,家门口就像市场一样,那些写墓志铭的人聚集在一起喧闹相争,有丧事的人家完全不能自主。裴均的儿子到宰相韦贯之那里请求他写墓志铭,并许给他一万匹细绢作为报酬,韦贯之说:"我宁可挨饿也绝不苟且。"

# 言语

44.杜司徒常言①:"处世无立敌。"范仆射常言②:"丈夫中年能损嗜欲③,未有不贵达者。"

**【注释】**

①杜司徒:即杜佑,因其唐宪宗时进拜司徒,故称。

②范仆射:周勋初认为可能是范希朝。范希朝,字致君,河中虞乡(今山西永济)人。唐中期名将,勇猛有谋,屡立战功,治军严整。历任宁州刺史、振武军节度使、检校礼部尚书、右金吾卫大将军等职。宪宗元和初年为朔方灵盐节度使,召沙陀部举族万人自甘州归附,用以为兵,颇立战功。元和四年(809)迁河东节度使。以太子太保致仕。卒后谥忠武,改谥宣武。

③嗜欲:嗜好和欲望。多指贪图身体感官方面享受的欲望。

**【译文】**

杜佑曾说:"与世人相处不要让别人成为自己的仇人。"范仆射曾说:"男子到中年能够减少身体感官方面享受的欲望,没有不显贵的。"

45.陈子云①:"代宗时②,有术士曰唐若山③,饵芝术④,咽气导引⑤,寿不逾八十。郭尚父立勋业⑥,出入将相,穷奢极侈⑦,寿邻九十。"

**【注释】**

①陈子:生平未详。

②代宗：即唐代宗李豫，唐肃宗李亨长子。十五岁封广平王。肃宗即位灵武后，任天下兵马元帅，与郭子仪等收复两京。宝应元年（762）即位，在位期间诛杀权宦李辅国、鱼朝恩及宰相元载，改革漕运、盐价、粮价等，任用杨绾为相，致力于社会安定，发展生产。驾崩后葬元陵（在今陕西富平西北檀山之上），庙号代宗，谥睿文孝武皇帝。

③唐若山：唐先天中官尚书郎。开元中出为润州刺史，颇有政绩，远近称之。好方术、长生之道，俸禄所入，尽以买药。

④饵：服食，吃。芝术（zhú）：药草名。指灵芝、白术一类强身健体、传说能令人长生不老的药物。

⑤咽气：服气。道家修养之法。东汉王充《论衡·道虚》："阴阳之气，不能饱人；人或咽气，气满腹胀，不能厌饱。"导引：古医家、道家的养生术。指呼吸俯仰，屈伸手足，使血气流通，促进身体健康。

⑥郭尚父：即郭子仪，华州郑县（今陕西渭南华州区）人。早年以武举高第入仕从军。累官至天德军使兼九原太守。安史之乱爆发，郭子仪任朔方节度使，率军勤王，收复河北、河东，拜兵部尚书、同中书门下平章事。肃宗至德二载（757），因收复两京有功加司徒，封代国公，又进位中书令。后因兵败追责失去兵权。代宗广德元年（763）吐蕃、回纥入侵，长安失陷，郭子仪再度被启用，出任关内副元帅，收复长安。德宗即位后，尊为"尚父"，进位太尉兼中书令。病逝赠太师，谥号忠武，陪葬于建陵。

⑦穷奢极侈：极端奢侈，尽情享受。形容挥霍浪费，荒淫腐化。

## 【译文】

陈子说："代宗时，有一位方术之士叫唐若山，他服食芝术，又行服气、导气引体等修养之术，寿命也没有超过八十岁。郭子仪建立功业，在朝廷内外为将为相，生活极端奢侈、尽情享受，寿命却临近九十岁。"

46.兴元中①,有僧曰法钦②。以其道高,居径山③,时人谓之径山长者。房孺复之为杭州也④,方欲决重狱⑤,因诣钦,以理求之,曰:"今有犯禁,且狱成⑥,于至人活之与杀之孰是?"钦曰:"活之则慈悲⑦,杀之则解脱。"

**【注释】**

①兴元:唐德宗李适年号(784)。

②法钦:亦称道钦,本姓朱,吴郡昆山(今江苏昆山)人。二十八岁出家,依鹤林寺玄素禅师习牛头禅法。后居杭州径山,四方来参学者甚众。大历三年(768)诏至京师,代宗礼遇优隆,赐号"国一"。后辞归本山。

③径山:即径山寺,在今浙江余杭西。径山寺始建于唐玄宗天宝年间,与杭州的灵隐寺、净慈寺,宁波的天童寺、阿育王寺,并称为"禅院五山"。

④房孺复:河南(今河南洛阳)人。房琯子。七八岁能属文,长大后性情狂疏傲慢,任情纵欲。代宗大历十年(775)为淮南节度使陈少游从事。德宗贞元元年(785)为浙西节度使韩滉从事。后又任杭州刺史、连州司马、辰州刺史、容管经略使等。

⑤重狱:重大的诉讼案件。

⑥狱成:司法俗语,指刑事案件审判结束,犯罪事实成立。《隋书·刑法志》:"狱成将杀者,书其姓名及其罪于奉,而杀之市。唯皇族与有爵者隐狱。"

⑦慈悲:本为佛教用语。称给予人安乐叫慈,拔除人的痛苦叫悲。后用慈悲泛指对人的慈爱和怜悯。

**【译文】**

唐德宗兴元年间,有一位高僧名叫法钦。他因为修为高,居住在径山寺，因此当时的人称他为径山长者。房孺复到杭州任职，正好需要判决一个重大的诉讼案件，于是就去拜访法钦，请他以佛理判断此事，说："现在有人违反禁令，而且案件已经判决，对于这个人让他活下来和杀了他，哪种做法正确？"法钦说："让他活着就是对他的同情和怜悯，杀了他就是解除了他的烦恼和束缚。"

47.陈子曰："卫公之战伐①，无兵也。杜员外咏歌②，无诗也。张长史草圣③，无书也。"

**【注释】**

①卫公：指李靖，本名药师，雍州三原（今陕西三原）人。李靖善于用兵，长于谋略。初仕隋朝，晋阳起兵后，转而效力唐朝。武德二年（619）随李世民征讨王世充，因功授开府。四年（621）任行军总管，率军击败萧铣，平定江汉地区，因功授上柱国，封永康县公。唐太宗贞观三年（629）率兵一举消灭东突厥，因功拜尚书右仆射，成为宰相，封代国公。贞观九年（635）统军西破吐谷浑。后改封卫国公，世称李卫公。为凌烟阁二十四功臣之一。卒赠司徒、并州都督，陪葬昭陵，谥曰景武。

②杜员外：即杜审言，字必简，祖籍襄阳（今属湖北），迁居巩县（今河南巩义）。唐高宗咸亨元年（670）登进士第，授隰城尉。累转洛阳丞。后坐事贬为吉州司户参军。武则天时期历任著作郎、膳部员外郎等职，后因与张易之兄弟来往，配流岭南。不久召回任国子监主簿、修文馆直学士等。杜审言擅长诗书，与李峤、崔融、苏味道并称为"文章四友"。

③张长史：指张旭，字伯高，苏州吴县（今江苏苏州）人。初为常熟尉，后官金吾长史，故世称"张长史"。张旭善草书，嗜酒。每醉后号呼狂走，索笔挥洒，或以头濡墨而书，变化无穷，若有神助，

时人号为"张颠"。与怀素并称"颠张醉素",与贺知章、张若虚、包融并称"吴中四士",与贺知章、李白、李适之、李琎、崔宗之、苏晋、焦遂为友,世称"饮中八仙"。时人将其草书与李白的诗、裴旻的剑舞并称"三绝"。

**【译文】**

陈子说:"李靖长于征战,但不拘于兵法。杜审言善于吟咏歌颂,但不拘于诗法。张旭擅长草书,但不拘于书法。"

48.太宗止一树下①,颇嘉之,宇文士及从而颂美之②,不容于口③。帝正色曰:"魏徵常劝我远佞人,我不悟佞人为谁,意疑汝而未明也④,今乃果然。"士及叩头谢曰:"南衙群官面折廷争⑤,陛下常不能举首。今臣幸在左右,若不少顺从⑥,陛下虽贵为天子,亦何聊乎?"意复解。

**【注释】**

①太宗止一树下:本条采录自《隋唐嘉话》。太宗,即唐太宗李世民,唐高祖李渊次子。武德元年(618)封秦王,为尚书令。九年(626)六月发动"玄武门之变",八月即皇帝位。在位期间虚心纳谏,对内文治天下,厉行节约,劝课农桑,开创"贞观之治";对外开疆拓土,攻灭东突厥,征服高昌、龟兹和吐谷浑,重创高句丽,设立安西四镇,与北方地区各民族融洽相处,获"天可汗"尊号,为唐朝后来一百多年的盛世局面奠定了重要的基础。死后葬昭陵(在今陕西礼泉东北),庙号太宗,谥文皇帝。止,原书为"尝止"。

②宇文士及:雍州长安(今陕西西安)人。隋朝左卫大将军宇文述之子。初因父勋封新城县公,后娶隋炀帝之女南阳公主,迁尚辇奉御,随幸江都。唐高祖武德二年(619)归唐,随从李世民征战四

方,颇有战功,拜中书侍郎,封郢国公,擢任中书侍郎、太子詹事。唐太宗即位后拜中书令,历任凉州都督、蒲州刺史、右卫大将军、金紫光禄大夫等职,深受太宗宠幸。卒赠左卫大将军,陪葬昭陵。

③不容于口:犹言赞不绝口。

④意疑:怀疑。

⑤南衙:唐代官署名。因中书、门下、尚书三省及诸寺监均在宫城之南的皇城内,故称南衙,又称"南司""南牙",也泛指朝官。面折廷争:是指在朝廷上直言进谏,据理力争。《史记·吕太后本纪》:"于今面折廷争,臣不如君;夫全社稷,定刘氏之后,君亦不如臣。"面折,当面指责别人的过失。廷争,在朝廷上争论。指直言敢谏。

⑥不少:指毫无。《史记·伯夷列传》:"余以所闻由、光义至高,其文辞不少概见,何哉?"

**【译文】**

唐太宗李世民曾经到一棵树下,夸赞这棵树长得好,宇文士及也顺着唐太宗的意思赞美这棵树,并且是赞不绝口。唐太宗表情严肃地说:"魏徵经常规劝我远离善于花言巧语、阿谀奉承的小人,我没有觉察这种小人是谁,怀疑你但没有明确的证据,现在看来确实是这样。"宇文士及跪下磕头谢罪说:"朝廷的大臣每天直言进谏,据理力争,以致陛下您经常都抬不起头。今天我有幸陪伴在您身边,如果还是和在朝堂上一样不顺从您的意愿,陛下您即使贵为天子,那还有什么意思呢?"唐太宗严肃的表情重新舒展开了。


49.武卫将军秦叔宝①,晚年常多疾病。每谓人曰:"吾少长戎马,经百余战,计前后出血,不啻数斛②,何能无疾乎?"

**【注释】**

①武卫将军秦叔宝：本条采录自《隋唐嘉话》。秦叔宝，即秦琼，字
　叔宝，齐州历城（今山东济南）人。隋末唐初的名将。初仕隋朝，
　后投奔瓦岗起义军领袖李密，瓦岗败亡后，与程咬金等人一起投
　奔李渊、李世民父子，后跟随秦王李世民南征北战，屡立战功，拜
　左武卫大将军，封翼国公，名列"凌烟阁二十四功臣"。死后陪葬
　昭陵，改封胡国公。

②不啻：不只，不止，不仅仅。斛：古量器名。作量词用时，十斗为
　一斛。

**【译文】**

　　武卫大将军秦叔宝晚年经常生病。他经常跟人说："我年轻的时候
长期从军征战，经历了一百多场战斗，算起来前前后后在战斗中流的血
不止几斛，怎么能不生病呢？"


　　50.太宗将致樱桃于酅公①，[原注]②隋后封为酅公。称
"奉"则似尊，言"赐"又似卑。及问之虞监③。监曰："昔梁
帝遗齐巴陵王称'饷'④。"遂从之。


**【注释】**

①太宗将致樱桃于酅公：本条采录自《隋唐嘉话》。酅公，指唐代对
　隋朝皇室后人的封号，享有"二王三恪"之礼节。

②原注：此注当为刘𫗧自注。

③虞监：指虞世南，字伯施，越州余姚（今浙江余姚）人。隋朝内史
　侍郎虞世基之弟。历仕陈、隋二代，官拜秘书郎、起居舍人。隋亡
　后，依附夏王窦建德，李世民灭窦建德，引虞世南为秦王府参军、
　记室参军、弘文馆学士，与房玄龄等共掌文翰，成为"十八学士"
　之一。贞观年间，历任著作郎、秘书监等职，封永兴县公，故世称

虞永兴、虞秘监。虞世南性情刚烈，直言敢谏，深得李世民敬重，名列"凌烟阁二十四功臣"。卒赠礼部尚书，陪葬昭陵，谥文懿。虞世南善书法，与欧阳询、褚遂良并称"初唐三大家"。

④梁帝：《太平广记》引文作"梁武帝"。齐巴陵王：即南朝梁对南朝齐皇室的封号，梁武帝先封齐和帝为巴陵王，迁居姑熟，后派人杀了齐和帝，另立萧宝义为巴陵王。饷：赠送。

## 【译文】

唐太宗准备给隋朝的皇室后人送点樱桃，[原注]隋朝之后封为酅公。称"奉"好像对方过于尊贵，说"赐"又显得对方有点低贱。于是就问秘书监虞世南。虞世南说："早前梁武帝送东西给南朝齐的巴陵王时用'饷'。"唐太宗听从了虞世南的建议。

51.太宗之征辽也①，作飞梯②，临其城。有应募为梯首者，城中矢射如雨，竟为先登。英公指谓中书舍人许敬宗曰③："此人岂不大健？"敬宗曰："健即大健，要是未解思量④。"帝闻，特罢之。

## 【注释】

①太宗之征辽也：本条采录自《隋唐嘉话》。

②飞梯：古代攻城用的长梯。

③许敬宗：字延族，杭州新城（今浙江杭州）人。隋朝礼部侍郎许善心之子。隋大业间中秀才，后任淮阳郡司法书佐等职。其父被杀后投奔瓦岗军，李密兵败后归附唐朝。唐太宗贞观年间历任中书舍人、给事中监修国史、检校黄门侍郎、检校礼部尚书等职，因预修实录有功，封高阳县男。贞观十九年（645）拜相，以太子左庶子参掌机要，加银青光禄大夫。唐高宗永徽五年（654）因支持

武则天为后受到重用。显庆二年（657）再次拜相，加光禄大夫头衔，次年任太子少师，加同东西台三品。

④思量：考虑。

【译文】

唐太宗征辽，制作了攻城用的长梯搭在敌国的城墙之上。有一个响应招募首先登梯的人，城中的箭像雨点一样射来，应募者竟然最先登上了城墙。英国公李勣指着那个人对中书舍人许敬宗说："这个人难道不是特别健壮吗？"许敬宗说："健壮是非常健壮，主要是不懂得思考。"唐太宗听到后，就罢免了那个应募的人。

52.司稼卿梁孝仁①，高宗时造蓬莱宫②，诸庭院列树白杨③。将军契苾何力④，铁勒之渠率也⑤，于宫中纵观⑥。孝仁指白杨曰："此木易长，三数年间，宫中可荫影。"何力一无所应，但诵古人诗云："白杨多悲风，萧萧愁杀人。"意此是冢墓间木⑦，非宫室所宜种。孝仁遂令拔去，更种梧桐。

【注释】

①司稼卿梁孝仁：本条采录自《隋唐嘉话》。梁孝仁，《新唐书·契苾何力传》作"梁修仁"，云："始，龙朔中，司稼少卿梁修仁新作大明宫，植白杨于廷。"

②高宗：即唐高宗李治。母为长孙皇后。贞观五年（631）封晋王。十七年（643）立为皇太子。二十三年（649）即帝位。高宗即位之初勤于政事，继续推行太宗制定的各项政治经济制度，因此"百姓阜安，有贞观之遗风"，史称"永徽之治"。显庆五年（660）以后，因健康状况不佳，武则天开始干预朝政。晚年败于吐蕃，罢安西四镇。辛葬乾陵（在今陕西乾县西北梁山之上），庙号高宗，

谥天皇大帝。蓬莱宫：指大明宫。

③列树：成行地种植。

④契苾何力：复姓契苾，名何力。本为契苾部可汗，后率部归唐，授左领军卫将军。唐太宗贞观年间，曾参与灭高昌国，攻打吐谷浑、龟兹、西突厥等战争，迁左骁卫大将军。后随司空李勣征服高丽，加号镇军大将军等，册封凉国公。死后陪葬昭陵。谥曰烈。

⑤渠率：大帅，首领。旧时多指地方或敌国的首领。渠，大。

⑥纵观：恣意观看。

⑦间：原阙，据齐之鸾本补。

**【译文】**

司稼卿梁孝仁在唐高宗时监造大明宫，他让人在宫中各个庭院成行地种上白杨树。大将军契苾何力曾是铁勒部族的首领，他和梁孝仁在宫中随意游观。梁孝仁指着白杨树说："这种树容易长大，三年多宫中就可以形成树阴。"何力没有回答梁孝仁的话，只是吟诵了古人的两句诗说："白杨多悲风，萧萧愁杀人。"意思是说这是种在坟墓间的树木，并不适宜在皇宫中栽种。于是梁孝仁让人拔去白杨，改为栽种梧桐树。

53.昆明池者①，汉武帝所置②。蒲鱼之利，京师赖之。中宗朝③，安乐公主请之，帝曰："前代以来不以与人，此则不可。"主不悦，因役人徒别凿，号曰定昆池。既成，中宗往观，令公卿赋诗。李黄门日知诗曰④："但愿暂思居者逸，无使时传作者劳。"及睿宗即位⑤，谓之曰："当时朕亦不敢言。非卿忠正，何能若是！"寻迁侍中。

**【注释】**

①昆明池者：本条采录自《隋唐嘉话》。昆明池，古池名。汉武帝元

狩三年（前120）为操练水军而开凿。池周四十里，广三百三十二顷。宋以后湮没。《汉书·武帝纪》："（元狩三年春）发谪吏穿昆明池。"颜师古注引臣瓒曰："《西南夷传》有越巂、昆明国，有滇池，方三百里。汉使求身毒国，而为昆明所闭。今欲伐之，故作昆明池象之，以习水战，在长安西南，周回四十里。"

② 汉武帝：即刘彻，汉景帝刘启之子。在位期间，对内致力于加强皇权，设置中朝，削弱三公权力；同时改革币制，推行盐铁官营等制度，并实行"罢黜百家，独尊儒术"的文化政策。对外连年用兵，派卫青、霍去病等将领多次出击匈奴，迫使匈奴远徙漠北。建元三年至元鼎二年（前138—前115），派张骞等出使西域大月氏、乌孙、安息等国，加强与西域各国友好联系和经济文化交流。但他迷信神仙，热衷于封禅和郊祀，挥霍无度，致使阶级矛盾日益加深，农民起义频繁。

③ 中宗：即唐中宗李显，唐高宗李治之子，母亲是武则天。先后两次当政（683—684年，705—710年）。永隆元年（680）封为太子。即位不久即被武太后废为庐陵王，徙于房州。神龙元年（705），宰相张柬之等趁武则天病重，发动政变拥立李显复位。在位期间怠于政事，恣意淫乐。被韦后、安乐公主合谋毒死。葬定陵（在今陕西富平北），庙号中宗，谥孝和皇帝。

④ 李黄门日知：即李日知，郑州（今河南荥阳）人。进士及第。武则天天授年间任司刑丞。唐中宗神龙初任给事中，寻加朝散大夫，累迁至黄门侍郎。唐睿宗景云元年（710）升任同中书门下平章事，次年进拜侍中。唐玄宗先天元年（712）免除宰相，转任刑部尚书。后退归田园，不事产业，多引宾客，与之相聚为乐。李日知廉洁奉公，事母至孝。

⑤ 睿宗：即唐睿宗李旦，唐高宗李治和武则天之子，唐中宗李显同母弟。李旦始封殷王，旋改豫王。武则天废中宗后，被册立为帝，但

不得干政。景龙四年(710),其子临淄王李隆基联合太平公主杀韦后,拥立为帝。延和元年(712)传位于隆基。死后葬桥陵(在今陕西蒲城西北丰山之上)。庙号睿宗,谥大圣贞皇帝,后改谥玄真大圣大兴孝皇帝。

**【译文】**

昆明池是西汉武帝所建。所产蒲鱼之利,是首都民众依靠的生活来源。唐中宗李显在位的时候,安乐公主请求将昆明池给她,中宗说:"昆明池自前代以来从来没有给予哪一个人,这个要求我不能答应。"公主不高兴,于是差人另选地方凿池,并将池命名为定昆池。定昆池凿成之后,唐中宗前往观看,并命令陪同的官员吟诗作赋。黄门侍郎李日知作诗说:"但愿暂思居者逸,无使时传作者劳。"等到唐睿宗即位,睿宗对李日知说:"当时我都不敢说话。如果不是你忠诚正直,怎么能作出这样的诗!"不久就升任李日知为侍中。

54.魏徵陈古今理体<sup>①</sup>,言太平可致,太宗纳其言。封德彝难之曰<sup>②</sup>:"三代以后,人渐浇讹<sup>③</sup>,故秦任法律,汉杂霸道<sup>④</sup>,皆欲理而不能,岂能理而不欲?徵书生,若信其虚论,必乱国家。"徵语之曰:"五帝三王<sup>⑤</sup>,不易人而理,行帝道则帝<sup>⑥</sup>,行王道则王<sup>⑦</sup>,在其所化而已。考之载籍<sup>⑧</sup>,可得而知。昔黄帝虽与蚩尤战<sup>⑨</sup>,既胜之后,便致太平。四夷乱德<sup>⑩</sup>,颛顼征之<sup>⑪</sup>,既克之后,不失其理。桀为乱德<sup>⑫</sup>,汤放之<sup>⑬</sup>;纣无道<sup>⑭</sup>,武王伐之<sup>⑮</sup>,而俱致太平。若言人渐浇讹,不返朴素,至今应为鬼魅,宁可得而教化耶?"德彝无以难之。徵薨,太宗御制碑文并御书。后为人所谗,敕令踣之<sup>⑯</sup>。及征辽不如意,深自悔恨,乃曰:"魏徵若在,不使我有此举也。"既渡,驰驿以少牢祭之<sup>⑰</sup>,复立碑焉。

## 【注释】

①魏徵陈古今理体:本条采录自《大唐新语·匡赞》。魏徵,字玄成,魏州曲城(今河北馆陶)人。早年参加瓦岗起义。唐高祖武德元年(618)归降唐朝,授太子洗马,辅佐隐太子李建成。李世民即位后授谏议大夫、检校尚书左丞、秘书监、左光禄大夫、太子太师等职,封郑国公。魏徵直言敢谏,辅佐唐太宗共创"贞观之治",名列"凌烟阁二十四功臣"第四位。卒赠司空、相州都督,谥曰文贞。理体:治政之体要。

②封德彝:本名封伦,字德彝,观州蓨(今河北景县)人。隋朝通州刺史封子绣之子。隋炀帝时期,受内史侍郎虞世基器重,狼狈为奸,致使朝政日坏。江都之变后,追随宇文化及,宇文化及败亡后归顺唐朝,深得李渊信任,拜内侍舍人,迁侍郎兼内史令,进封赵国公。太宗即位,拜尚书右仆射,实封六百户。卒赠司空,谥曰明,后改谥曰为缪。

③浇讹:浮薄诈伪。

④霸道:与王道相对,指君主凭借武力、权势对国家进行统治,春秋时争霸各诸侯国多执行这种治国之策。《荀子·王制》:"故明其不并之行,信其友敌之道,天下无王霸主,则常胜矣。是知霸道者也。"

⑤五帝:通常指黄帝、颛顼、帝喾、唐尧、虞舜。三王:通常指夏禹、商汤、周文王。

⑥帝道:指理想的帝王治国之道。《庄子·天道》:"天道运而无所积,故万物成;帝道运而无所积,故天下归。"

⑦王道:古代儒家宣传的君主以仁义治理天下的政策,与霸道相对。《尚书·洪范》:"无偏无党,王道荡荡。"

⑧载籍：书籍，典籍。

⑨黄帝：古代传说中的上古帝王。蚩尤：传说中中国上古时期九黎部落联盟的酋长，有兄弟八十一人，个个本领非凡，骁勇善战。传说蚩尤曾与炎帝大战，大败炎帝。于是炎帝和黄帝联合共敌蚩尤，蚩尤率众兄弟与黄帝在涿鹿展开激战，最后被炎黄部族击败。

⑩四夷：我国古代对华夏族以外四方各民族的泛称，即东夷、南蛮、北狄和西戎的合称，亦泛指外族，外国。

⑪颛顼（zhuān xū）：古代传说中的上古帝王，号高阳氏。相传为黄帝之孙，昌意之子，居于帝丘。

⑫桀：即夏桀，夏朝的末代君主，中国古代历史上有名的暴君。统治期间，荒淫无度，暴虐无道，诸侯不朝。

⑬汤：即成汤，子姓，名履，又名天乙，商朝的开国君主。商汤统治期间，阶级矛盾缓和，政权稳定，国力日盛。《诗经·商颂·殷武》："昔有成汤，自彼氐羌，莫敢不来享，莫敢不来王。"

⑭纣：即帝辛，子姓，名受。商朝的末代君主，帝乙少子，中国古代历史上有名的暴君，世称纣、商纣王等。统治期间沉湎酒色，穷兵黩武，重刑厚敛，从根本上动摇了商王朝的统治基础。牧野之战，商军被周武王率领的军队击败，纣王身死国灭。

⑮武王：即周武王，姓姬，名发，西周王朝的开国君主。联合诸侯进攻商纣王的行在朝歌，殷商大败，纣王自焚于鹿台，殷商灭亡。周王朝建立，定都镐京。武王在位期间，继承父志，重用太公望、周公旦、召公奭等人治理国家，周朝日益强盛。

⑯踣（bó）：仆倒。

⑰驰驿：驾乘驿马疾行。少牢：指旧时祭礼的牺牲，牛羊豕俱用叫太牢，只用羊豕二牲叫少牢。

【译文】

魏徵陈述从古到今治政的体要，并说社会安定太平是可以做到的，唐太宗接受了他的观点。封德彝反驳魏徵说:"夏、商、周三代以后,世人逐渐浮薄诈伪,所以秦国任用刑法、律令治世,汉朝杂用霸道进行统治,都是想要治理好天下但均没能做到,哪里有能治理好却不想治理的呢?魏徵就是一介书生,如果相信他浮夸空谈的议论,一定会扰乱国家。"魏徵对封德彝说:"古代的五帝三王,并没有更换国人而把他们治理得很好,施行帝道就能成就帝业,施行王道就能成就王业,关键在于他们是如何实行治理和教化的。考证典籍就可以知道。上古时期黄帝虽然与蚩尤作战,但取得胜利之后,就使社会安定和平了。周边的少数民族道德败坏,颛顼就去征讨他们,战胜他们之后,仍不失为治世。夏桀败坏社会道德,商汤就流放了他;商纣王使社会政治纷乱,周武王就去讨伐他,取得胜利后他们都使社会得以和平安定。如果说三代以后的人们逐渐浮薄诈伪,没有返璞归真的话,那么,到现在应该都成了鬼怪,怎么对他们实行教化呢?"封德彝没有办法反驳他。魏徵去世以后,唐太宗亲自撰写碑文并书写刊刻。后来魏徵被人诬陷,唐太宗下令推倒了那块碑。到唐太宗征辽,战事不顺,就对自己的行为深感懊悔,他说:"魏徵如果还活着,不会让我做这件事。"唐军渡过辽水后,唐太宗命人乘驿马飞奔到魏徵墓前以少牢之礼祭祀他,并重新立起了那块碑。

55.太宗尝临轩谓侍臣曰①:"朕非不能恣情为乐,常每励心苦节②,卑宫菲食者③,正为苍生尔。我为人主,兼行将相事,岂不是夺公等名?昔汉高得萧、曹、韩、彭④,天下宁宴⑤;舜、禹、殷、周得稷、契、伊、吕⑥,四海乂安⑦。此事朕并兼用之。"给事中张行成谏曰⑧:"有隋失道,天下沸腾⑨。陛下拨乱反正⑩,拯生人于涂炭⑪,何禹、汤所能拟?陛下圣德含光,规模宏远⑫,虽文、武之烈,实无以加⑬。何用临朝对众,与之校量⑭?将谓天下已定,不藉其力⑮,复以万乘至尊⑯，与臣下争功。臣备员近枢⑰，非敢知献替事⑱，辄陈狂直⑲，伏待菹醢⑳。"太宗深纳之，俄迁侍中。

**【注释】**

①太宗尝临轩谓侍臣曰：本条采录自《大唐新语·匡赞》。临轩，皇帝不坐正殿而御前殿。殿前堂陛之间近檐处两边有槛楯，如车之轩，故称。

②苦节：指过分节俭，坚守节操。

③卑宫菲食：指开明君主不事享受、励精图治。卑宫，住卑下的宫殿。菲食，吃简单的饭食。《论语·泰伯》："禹，吾无间然矣！菲饮食，而致孝乎鬼神；恶衣服，而致美乎黻冕；卑宫室，而尽力乎沟洫。"

④萧、曹、韩、彭：指萧何、曹参、韩信、彭越。四人均为西汉的开国功臣。

⑤宁宴：安定。

⑥舜、禹、殷、周：《旧唐书·张行成传》作"舜、禹、汤、武"。指虞舜、夏禹、商汤、周武王四位古代君主。稷、契、伊、吕：分别指虞舜、夏禹、商汤、周武王四位古代君主的辅弼重臣。稷，传说中周人的始祖，能植百谷。契，传说中商的祖先，帝喾之子，舜时佐禹治水有功，任司徒，封于商。伊，即伊尹，商汤大臣，名伊，尹是官名。吕，即太望公吕尚，姓姜，字子牙，助周武王灭殷，封齐侯。

⑦四海乂安：指天下太平。乂，安定。

⑧张行成：字德立，定州义丰（今河北安国）人。隋末以察举入仕，授为员外郎。唐太宗时累迁给事中，后转刑部侍郎、太子少詹事。贞观二十三年（649）迁侍中，兼刑部尚书，封北平县公。唐高宗时卒于尚书省。

⑨沸腾：比喻社会动乱。

⑩拨乱反正：消除混乱的局面，恢复正常秩序。拨，治理。反，返，回复。《公羊传·哀公十四年》："拨乱世，反诸正，莫近诸《春秋》。"

⑪生人：即生民，老百姓。唐代为避唐太宗李世民讳，"民"统作"人"。

⑫规模：指人物的才具气概。宏远：远大，深远。

⑬虽文、武之烈，实无以加：《大唐新语》作"然文、武之烈，未尝无将相"。烈，功绩，业绩。

⑭校量：较量，计较。

⑮藉：依靠，凭借。

⑯万乘：指天子。周制，天子地方千里，出兵车万乘，诸侯地方百里，出兵车千乘，故称天子为"万乘"。至尊：指至高无上的帝位。

⑰备员：凑数，充数。谓居官有职无权或无所作为。近枢：指接近皇帝的中央政权的枢要职位。张行成当时任给事中，掌管读署奏抄，故称近枢。

⑱献替："献可替否"的省语。指臣对君进献可行的计策，建议废止不可做的事。《左传·昭公二十年》："君所谓可而有否焉，臣献其否以成其可。君所谓否而有可焉，臣献其可以去其否。"

⑲狂直：疏狂率直。文中指轻狂的言论。

⑳菹醢（zū hǎi）：古代把人剁成肉酱的酷刑。后亦用以泛指处死。醢，肉酱。

## 【译文】

唐太宗曾经来到前殿听政，他对身边的侍臣说："我不是不能尽情享乐，之所以经常尽心用力坚守节操，自奉节俭的原因，正是为了天下的百姓。我身为一国之君，却要兼管将相的各项工作，这难道不是要夺走你们这些人的名分吗？以前汉高祖刘邦得到萧何、曹参、韩信、彭越等文臣武将的辅助，使得天下太平；虞舜、夏禹、商汤、周武王分别得到了后稷、契、伊尹、吕尚的辅佐，使得天下安定。这些帝王将相所做的我一个人全都做到了。"给事中张行成进谏说："从前隋炀帝昏庸无道，导致天下动乱不安。现在陛下您消除了混乱不安的局面，使得社会秩序得以恢复正常，您拯救天下百姓于水火之中，夏禹、商汤怎么能和您相比？陛下您圣德光耀，才具气概宏大深远，但是以周文王、武王的功业，未尝没有将相辅佐。您哪里还需要每日上朝处理政事，过问诸位大臣们能够处理的事情？大臣们会认为您已经安定了天下，不需要再依靠他们的力量，又借助至高无上的身份，来和大臣们争夺功劳呢！我只是陛下身边凑数的小臣，不知道哪些事可行哪些事不可行，就擅自谈论了这些轻狂的言论，还请陛下治罪。"唐太宗全都采纳了他的建议，不久就升任他为侍中。

56.高宗朝①，晋州地震②，雄雄有声③，经旬不止。高宗以问张行成，行成对曰："陛下本封于晋，今晋州地震，不有征应④，岂使然哉⑤！夫地，阴也，宜安静，而乃屡动。自古祸生宫掖⑥，衅起宗亲者⑦，非一朝一夕，或恐诸王、公主谒见频烦⑧，乘间伺隙；复恐女谒用事⑨，臣下阴谋。陛下宜深思虑，兼修德以杜未萌。"高宗深纳之。

**【注释】**

①高宗朝：本条采录自《大唐新语·匡赞》。

②晋州：唐高祖武德元年（618）以平阳郡改置，治临汾县（今山西临汾西南）。

③雄雄：形容声音宏大。

④征应：指证验，应验。

⑤然：原书作"徒然"。

⑥宫掖：指皇宫。

⑦衅（xìn）起：亦作"起衅"，挑起事端，挑起冲突。

⑧频烦：指频繁，多次。

⑨女谒用事：指宫中受宠的女子干预朝政。女谒，谓通过宫中嬖宠

的女子干求请托。

**【译文】**

唐高宗在位时,晋州地区发生了地震,声音非常宏大,经过了十多天还没有停下来。唐高宗就这件事来询问张行成,张行成回答说:"陛下您原本封为晋王,现在晋州地震,找不到征应之事,难道就仅仅是地震吗?地象征着阴,应该安静,但现在大地却多次摇动。从古至今,祸乱出自后宫,事端起自皇室宗亲,这些动乱不是一朝一夕就产生的,有时恐怕是诸王、公主表面上频繁进见请安,实际上却是乘着进见的机会钻空子;又恐怕是宫中受宠的嫔妃干预朝政,一些大臣图谋不轨。陛下您应该仔细考虑一下,同时修养自己的德行,以防患于未然。"唐高宗接受了他的建议。

57.则天以武承嗣为左丞相①。李昭德奏曰②:"不知陛下委承嗣重权,何也?"则天曰:"我子侄,委以心腹耳。"昭德曰:"若以姑侄之亲,何如父子?何如母子?"则天曰:"不如也。"昭德曰:"父子、母子尚有逼夺,何诸姑所能容?使其有便可乘,宝位其能安乎?且陛下之子,受何福庆③,而委重权于侄手?事之去矣!"则天惧曰:"我未思也。"即日罢承嗣政事④。

**【注释】**

①则天以武承嗣为左丞相:本条采录自《大唐新语·匡赞》。武承嗣,字奉先,并州文水(今山西文水)人。武则天侄子。袭祖爵周国公。光宅元年(684)由礼部尚书升为太常卿、同凤阁鸾台平章事,参预国政。载初元年(689)迁文昌左相,后封魏王。欲尽诛唐宗室诸王及大臣中不附己者,并要求则天立他为皇太子,遭狄仁杰、岑长倩等反对。

②李昭德奏曰:《资治通鉴·唐纪·则天后长寿元年》记载为:"夏官侍郎李昭德密言于太后曰。"李昭德,雍州长安(今陕西西安)人。殿中侍御史李乾祐之子。举明经入仕,累官御史中丞。武周时授凤阁侍郎,同凤阁鸾台平章事,成为宰相。延载元年(694)迁检校内史。李昭德打击酷吏,抑制武氏诸王,力保李唐皇室皇位的继承权。后遭酷吏来俊臣及皇甫文备的诬陷,与来俊臣同日而诛,时人冤之。

③且陛下之子,受何福庆:原书作"且陛下为天子,陛下之姑受何福庆",当据改。且,原阙,据齐之鸾本补。

④政事:指宰相之职。唐有政事堂,为宰相议事之所。

【译文】

武则天将自己的侄子武承嗣任命为左丞相。李昭德上奏说:"不知陛下把重权交给武承嗣,是什么原因?"武则天说:"武承嗣是我的侄子,把他当作心腹罢了。"李昭德说:"如果用姑姑和侄子之间的亲情与父子之间、母子之间的亲情比,哪种更亲?"武则天说:"姑侄之间的亲情比不上父子、母子之间的亲情。"李昭德说:"父子、母子之间尚且还有威逼篡夺的事,更何况姑侄之间,又怎么能相互包容呢?假如让他有了可乘的机会,您的皇位还能安全吗?况且陛下贵为天子,陛下的姑母享受到什么福分了吗?现在却要把重权交到侄子的手里?将要危险了!"武则天大为惊惧,她说:"我没有考虑到这其中的厉害。"当天就罢免了武承嗣的宰相职位。

58.太宗射猛兽于苑内①,有群豕突出林中,太宗引弓射之,四发,殪四豕②。有一雄豕直来冲马,吏部尚书唐俭下马搏之③。太宗拔剑断豕,顾而笑曰:"天策长史④,不见上将击贼耶⑤,何惧之甚?"俭对曰:"汉祖以马上得之⑥,不以马上理之。陛下以神武定四方,岂复逞雄心于一兽⑦?"太宗善之,因命罢猎。

**【注释】**

①太宗射猛兽于苑内:本条采录自《大唐新语·规谏》。苑,指帝王游乐打猎的地方。此处当指洛阳苑。据《唐会要》记载,贞观十一年(637)十月,唐太宗射猛兽于洛阳苑。

②殪(yì):杀死。

③唐俭:字茂约,并州晋阳(今山西晋阳)人。隋朝戎州刺史唐鉴之子。唐高祖武德初年进内史舍人,迁中书侍郎、散骑常侍。独孤怀恩谋反,俭告高祖,谋反被镇压,进俭为天策府长史,封莒国公。唐太宗贞观初年奉命出使突厥,配合大将军李靖进军,生擒颉利可汗,名列"凌烟阁二十四功臣"。卒赠开府仪同三司、并州都督,陪葬昭陵,谥曰襄。

④天策长史:指唐俭。《资治通鉴·唐纪·太宗贞观十一年》"天策长史不见上将击贼邪"句下,胡三省注曰:"武德中,帝开天策上将府,以唐俭为长史。"

⑤上将:指天策上将,李世民自称。《资治通鉴·唐纪·高祖武德四年》:"上以秦王功大,前代官皆不足以称之,特置天策上将,位在王公上。冬,十月,以世民为天策上将……仍开天策府,置官属。"

⑥汉祖:即汉高祖刘邦,西汉的开国皇帝。

⑦逞雄:指显示自己雄壮有力。

**【译文】**

唐太宗李世民在洛阳苑射猎猛兽,有一群野猪突然从树林中窜出,唐太宗拉开弓射击,连发四箭,射杀了四头猪。有一头雄猪直奔唐太宗坐骑而来,吏部尚书唐俭下马与野猪搏斗。唐太宗拔剑砍杀了野猪,回头笑着对唐俭说:"天策长史,没见过天策上将我在战场上杀贼吗?为什么这么害怕呢?"唐俭回答说:"汉高祖刘邦是在马上打的天下,却不在马上治理天下。陛下您凭着英明威武平定天下,难道还要在一头野兽面前呈雄示威吗?"唐太宗认为他说的很有道理,于是下令停止狩猎。

59.太宗言"尚书令史多受赂者"①,乃密遣左右以物遗之,司门令史果受绢一匹②。太宗将杀之,裴矩谏曰③:"陛下以物试之,遽行极法④,诱人陷罪,非'道德、齐礼'之义⑤。"乃免。

**【注释】**

①太宗言"尚书令史多受赂者":本条采录自《大唐新语·规谏》。太宗言,《大唐新语》作"太宗有人言"。据文意,当指太宗时有人说。尚书令史,唐代尚书省及尚书省诸司令史的总称。唐朝尚书为六部长官,令史为各台、省、院、部的低级官员。

②司门令史:唐官吏名。唐制刑部司门司设令史六人。为低级事务员。

③裴矩:本名裴世矩,字弘大,河东闻喜(今山西闻喜)人。北齐太子舍人裴讷之子。北齐时任司州兵曹。进入北周投靠随国公杨坚。隋朝建立,授内史侍郎、吏部侍郎等职。武德四年(621)归顺唐朝,玄武门之变后,奉命劝谕东宫兵马,授民部尚书,深受唐太宗推崇。《新唐书》本传称他"精明不忘,多识故事,见重于时"。

④遽(jù):匆忙,急。极法:犹极刑,死刑。

⑤非'道德、齐礼'之义:《资治通鉴·唐纪·高祖武德九年》记载为:"恐非所谓'道之以德,齐之以礼'。"胡三省注曰:"引《论语》孔子之言。"道德、齐礼,即以道德和礼教对人进行教育。《论语·为政》:"道之以德,齐之以礼。"道,引导。也作"导德齐礼"。

**【译文】**

唐太宗时,听人说"尚书令史很多人都接受贿赂",就暗地里派身边的人拿东西送给这些官员,有位司门令史果然收受了一匹绢。唐太宗准备杀了他,裴矩进谏说:"陛下您让人拿东西试探他,又要急匆匆地处死,用这种方式诱导人犯罪,恐怕不符合用道德和礼法对人进行教育的准则。"于是,唐太宗就赦免了这位司门令史的死罪。

60.张玄素①,贞观初,太宗闻其名,召见,访以理道②。玄素曰:"臣观自古以来,未有如隋室丧乱之甚,岂非其君自专,其法日乱?向使君虚受于上③,臣弼违于下④,岂至于此!且万乘之主,欲使自专庶务⑤,日断十事而有五条不中者,何况万务乎?以日继月,以至累年,乖谬既多⑥,不亡何待?陛下若近鉴危亡⑦,日慎一日,尧舜之道,何以加之!"太宗深纳之。

**【注释】**

①张玄素:本条采录自《大唐新语·规谏》。张玄素,本名张朴,字玄素,蒲州虞乡(今山西永济虞乡镇)人。初仕于隋,授景城护曹。秦王李世民平定窦建德后,授景州录事参军。唐太宗即位后,授侍御史,迁给事中,直言进谏,极言得失。后迁太子少詹事,辅佐皇太子李承乾,太子被废后,坐罪免职。唐太宗贞观十八年(644)迁潮、邓二州刺史。唐高宗即位加授银青光禄大夫。

②理道:理政之道,治国之道。

③虚受:虚心接受。《周易·咸》:"山上有泽,咸。君子以虚受人。"孔颖达疏:"君子以虚受人者,君子法此《咸》卦,下山上泽,故能空虚其怀,不自有实,受纳于物,无所弃遗。"

④弼违:指纠正过失。《尚书·益稷》:"予违,汝弼。"孔传:"我违道,汝当以义辅正我。"弼,纠正。

⑤自专：自作主张，独断专行。庶务：各种政务，各种事务。

⑥乖谬：荒谬。

⑦近鉴危亡：是说把危亡之道引为教训。近，接近，靠近，引申为接
　　受。鉴，可以作为警戒或引为教训的事。

**【译文】**

　　贞观初年，唐太宗听说张玄素很有声名，就召见他，向他询问理政之道。张玄素说："我看从古到今，没有像隋朝那样动乱的局面，这难道不是隋朝的皇帝独断专行，隋朝的法令日渐走向混乱的结果吗？假使隋朝上有国君的虚心纳谏，下有大臣不断地纠正过失，哪里会到这个地步呢！况且作为一个大国的君主，想要让自己独断各种政务，每天决断的十件事中就有五件处理不当，更何况日理万机呢？日积月累，以至于积攒数年，荒谬悖理的事就越来越多，怎么能不亡国呢？陛下您如果能把隋朝亡国的史实作为警戒，每天都很谨慎，那么唐尧、虞舜的治国之道，怎么能实现不了呢！"唐太宗诚恳地接纳了他的劝谏。

　　61.太宗幸九成宫①，还京，有宫人憩沣川县官舍②。俄而李靖、王珪至③，县官移宫人于别所而舍靖、珪。太宗闻之，怒曰："威福岂由靖等④？何为礼靖等而轻我宫人！"即令按验沣川官属⑤。魏徵谏曰："靖等，陛下心膂大臣⑥；宫人，皇后贱隶。论其委任⑦，事理不同。又靖等出外，官吏访阙廷法式⑧；朝觐⑨，陛下问人疾苦⑩。靖等自当与官吏相见，官吏不可不谒。至于宫人，供养之外，不合参承⑪。若以此罪，恐不益德音⑫，骇天下耳目。"太宗曰："公言是。"遂舍不问。

## 【注释】

①太宗幸九成宫：本条采录自《大唐新语·规谏》。九成宫，唐宫名。在唐关内道岐州麟游县（今陕西麟游）西五里。本为隋仁寿宫，为文帝杨坚避暑之地。隋末废弃。唐太宗贞观五年（631）修复，以所在山有九重，更名九成宫。高宗永徽二年（651）改称万年宫。乾封二年（667）复称九成宫。

②沣川县：即扶风县，唐高祖武德三年（620）析岐山县地置，因沣水而得名。唐太宗贞观八年（634）改为扶风县。故治即今陕西扶风。官舍：指专门用以接待来往官员的宾馆。

③王珪：字叔玠，太原祁（今山西祁县）人，世居岐州郿县（今陕西眉县）。王僧辩之孙。唐初四大名相之一。隋文帝开皇十三年（593）入秘书内省，授太常奉礼郎。入唐为太子李建成中舍人、太子中允。太宗即位，历任谏议大夫、黄门侍郎等职，封永宁郡公。

④威福：语出《尚书·洪范》："惟辟作福，惟辟作威。"孔颖达疏："惟君作福得专赏人也，惟君作威得专罚人也。"原指统治者的赏罚之权，后多谓当权者妄自尊大，恃势弄权。

⑤按验：指查验。

⑥心膂（lǚ）：心腹，亲信的人。膂，脊梁骨。《尚书·君牙》："今命尔予翼，作股肱心膂。"

⑦委任：托付，交托。

⑧阙廷：宫廷，也指朝廷。

⑨朝觐：指臣子拜见君主。

⑩陛下问人疾苦：此句当为"陛下问人间疾苦"。《新唐书·魏徵传》："归来，陛下问人间疾苦。"

⑪参承：参见问候。

⑫德音：好名声。《诗经·豳风·狼跋》："公孙硕肤，德音不瑕。"朱熹集传："德音，犹令闻也。"

**【译文】**

唐太宗行幸九成宫,回到京城,有一个宫人住在沔川县专门接待来往官员的宾馆。不久李靖和王珪来到了沔川县,县里的官吏就将宫人移到别的住所,让李靖和王珪住进了宾馆。唐太宗听到这件事,发怒道:"难道就任由李靖等人妄自尊大,恃势弄权吗?沔川县的官吏又怎么能如此礼遇李靖等人而轻视我的宫人?"当即下令查办沔川县相关的官吏。魏徵劝谏说:"李靖等人,是辅佐陛下您的亲信得力之人;宫人只是皇后的役隶。如果要论他们所担当的职责,事项是不一样的。加之李靖等人出京城去地方巡查,当地的官吏就应该向他们讨教朝廷的法度,等他们回朝觐见,陛下您就会向他们询问民间百姓的疾苦。因此,李靖等人自然应当和当地官吏相见,官吏也不能不去拜谒他们。至于宫人,在把她们供奉安置好之外,不应该去参见问候。如果因为这件事就治罪,恐怕有损于陛下的好名声,也会让天下之人感到震惊。"唐太宗说:"你说的对。"于是丢开不再追问。

62.谷那律①,贞观中为谏议大夫,褚遂良呼为"九经库"②。永徽中③,尝从猎,途中遇雨。高宗问:"油衣若为得不漏④?"对曰:"能以瓦为之,不漏也。"意不为畋猎。高宗深赏焉,赐帛二百匹。

**【注释】**

①谷那律:本条采录自《大唐新语·规谏》。谷那律,复姓谷那,魏州昌乐(今河南南乐)人。唐太宗贞观中,历任国子博士、谏议大夫兼弘文馆学士。博通群经,褚遂良称其为"九经库",曾预撰《五经正义》。

②褚遂良:字登善,杭州钱塘(今浙江杭州)人。弘文馆学士褚亮之

子。唐朝宰相、政治家、书法家。博学多才，精通文史，尤工书法。隋末任通事舍人。入唐后，历任起居郎、谏议大夫、黄门侍郎、中书令等职。唐太宗贞观二十三年（649），与司空长孙无忌同受遗诏辅政。高宗继位后，升任尚书右仆射，册封河南郡公，世称"褚河南"。后因反对册立武则天为后被贬，卒于任上，谥号文忠。

③永徽中：《资治通鉴·唐纪·高宗永徽元年》九月癸亥叙此事，《考异》曰："《旧书·那律传》云：尝从太宗出猎，在途遇雨，有此语，意欲太宗不为畋猎。太宗悦，赐帛二百段。《唐录》《政要》高宗出猎有此月日，《唐统纪》亦在此年，今从之。"

④油衣：指用桐油涂制而成的雨衣。若为：怎样做。

**【译文】**

谷那律在贞观年间任谏议大夫，因其博通群经被褚遂良称为"九经库"。永徽年间，谷那律曾随从高宗外出打猎，中途遭遇大雨。高宗问他："雨衣怎样做可以不漏雨？"谷那律回答说："用瓦来做雨衣，就不会漏雨。"意思是回到房中不要出去打猎。唐高宗很赏识他的话，赐给他布帛两百匹。

63.武德初①，万年县法曹孙伏伽三上表，以事谏②。其一曰："陛下贵为天子，富有天下，凡曰蒐狩③，须顺四时。陛下即位之明日，有献鹞雏者，此乃前朝之弊风④，少年之事务，何意今日行之？又闻相国参军卢牟子献琵琶⑤，长安县丞张安道献弓箭⑥，并蒙赏赉⑦。但'普天之下⑧，率土之滨，莫非王臣'。陛下有所欲，何求不得，岂少此物乎？"其二曰："百戏散乐⑨，本非正声⑩，此谓淫风⑪，不可不改。"其三曰："太子诸王左右群寮，不可不择。愿陛下纳选贤才，以为寮友，则克安磐石⑫，永固维城矣⑬。"高祖览之，悦，赐帛百匹,遂拜为侍御史。

**【注释】**

①武德初:本条采录自《大唐新语·极谏》。

②万年县法曹孙伏伽三上表,以事谏:原书作"万年县法曹孙伏伽上表,以三事谏"。《旧唐书》《新唐书》之《孙伏伽传》均言以三事上谏。法曹,官名。法曹参军事的简称。西汉公府有贼曹掾之置,掌刑法。历代均有法曹。隋初改为法曹行参军。唐朝诸王、都督、都护、使府称法曹参军事,掌刑狱、捕盗贼之事。孙伏伽,贝州武城(今山东武城)人。唐初大臣,以善谏著称。隋大业末年任万年县法曹参军,审理刑狱,督捕奸盗,颇有政绩。入唐,于唐高祖武德五年(622)参加科举,状元及第。唐太宗即位后,历任大理少卿、刑部郎中、大理寺卿。太宗尝马射,上书谏止,出为陕州刺史。高宗永徽五年(654)以年老致仕。

③蒐(sōu)狩:即打猎。古代春猎谓蒐,冬猎谓狩。

④弊风:不良的风尚。

⑤卢牟子:曾任相国参军。

⑥张安道:武德年间曾任长安县丞。

⑦赏赉(lài):赏赐。

⑧普天之下:原书下有"莫非王土"一句,当据补。语出《诗经·小雅·北山》。

⑨百戏散乐:指民间乐舞。《旧唐书·音乐志》:"散乐者,历代有之,非部伍之声,俳优歌舞杂奏……总名百戏。"百戏与散乐为同义词。

⑩正声:纯正的乐声。

⑪淫风:耽于逸乐的风习。

⑫磐石:厚而大的石头。比喻稳定坚固。

⑬维城:连城以卫国。语出《诗经·大雅·板》:"惟德惟宁,宗子维城。"这里借指皇子或皇室宗族。

**【译文】**

武德初年,万年县法曹孙伏伽,就三件事上呈奏表进谏。第一件事说:"陛下您贵为天子,富有天下,凡是狩猎之事,必须顺应四季的时令。陛下您登上帝位的第二天,就有人向您进献幼鹞,这是前朝遗留下来的不良风气,年轻时候做的事,为什么在今天做出来了? 还听说相国参军卢牟子进献了琵琶,长安县丞张安道进献了弓箭,他们都受到了陛下的赏赐。只是前人说'普天之下,莫非王土,率土之滨,莫非王臣'。陛下您想要的,还有什么是得不到的? 您所欠缺的,难道就是这些东西吗?"第二件事说:"百戏散乐这些民间乐舞,根本就不是纯正的乐声,这就是耽于逸乐的坏风习,不能不改。"第三件事说:"太子和诸王身边的百官,不能不认真地挑选。希望陛下您招纳挑选贤德的人才,作为他们的僚友,这样国家就能够安定坚固,永保皇室宗族稳定。"唐高祖看了孙伏伽的上表,很高兴,赐给他一百匹的绸缎,并任命他为侍御史。

64.武德四年①,王世充平后②,其行台仆射苏世长以汉南归顺③,高祖责其后服。世长稽首曰:"自古帝王受命,为逐鹿之喻④,一人得之,万夫敛手⑤。岂有猎鹿之后⑥,忿同猎之徒,问争肉之罪也?"高祖与之有旧,遂笑而释之。后从猎于高陵⑦,是日大获,陈禽于旌门⑧。高祖顾谓群臣曰:"今日畋,乐乎?"世长对曰:"陛下废万几⑨,事畋猎,不满十旬,未为大乐。"高祖色变,既而笑曰:"狂态发耶?"对曰:"为臣私计则狂,为陛下国计则忠矣。"尝侍宴披香殿,酒酣,奏曰:"此殿隋炀帝之所作耶? 何雕丽之若是也!"高祖曰:"卿好谏似直,其心实诈。岂不知此殿是吾所造,何须诡疑是炀帝<sup>⑩</sup>？"对曰："臣实不知。但见倾宫、鹿台<sup>⑪</sup>，琉璃之瓦，并非帝王节用之所为也。若是陛下所造，诚非所宜。臣昔在武功，幸当陪侍。见陛下宅宇才蔽风霜，当此时亦以为足。今因隋之侈，人不堪命，数归有道，而陛下得之，实谓惩其奢淫，不忘俭约。今于隋宫之内，又加雕饰，欲拨其乱，宁可得乎？"高祖每优容之。前后匡谏讽刺，多所宏益。

**【注释】**

①武德四年：本条采录自《大唐新语·极谏》。

②王世充：字行满，本姓支，先祖为西域胡人，父支颓耨于隋时徙居新丰，父死，随母改嫁霸城王粲，改姓王。少读经史，尤好兵法。隋炀帝时官至江都郡丞。隋末，王世充废隋主杨侗，自立称帝，国号郑。唐高祖武德四年（621），秦王李世民攻破洛阳，王世充败降，郑亡。后免死流放蜀地，途中被仇人所杀。

③苏世长：雍州武功（今陕西武功）人。隋文帝时任长安令，大业中为都水少监。入唐，初任玉山屯监，后迁谏议大夫，曾谏止李渊去武功围猎，以免践扰百姓。贞观初年奉命出使突厥，不辱使命，后出任巴州刺史，赴任途中乘舟落水而亡，追赠雍州刺史。

④逐鹿：典出《史记·淮阴侯列传》："秦失其鹿，天下共逐之，于是高材疾足者先得焉。"裴骃集解引张晏曰："以鹿喻帝位也。"后因以"逐鹿"喻指争夺天下统治权。

⑤敛手：缩手。不能恣意妄为。

⑥猎：原书作"获"，当据改。

⑦高陵：县名。治今陕西西安高陵区。

⑧旌门：古代帝王出行，张帷幕为行宫，宫前树旌旗为门，称旌门。《周礼·天官·掌舍》："为帷宫，设旌门。"唐贾公彦疏："食息之

时,则张帷为官,树立旌旗以表门。"

⑨万几:语出《尚书·皋陶谟》:"无教逸欲有邦,兢兢业业,一日二日万几。"孔传:"几,微也,言当戒惧万事之微。"后因以"万几"指帝王日常处理的纷繁的政务。

⑩诡疑:佯装不知而有意发的疑问。

⑪倾宫、鹿台:指官殿巍峨华贵,雕饰奢侈。倾宫,巍峨的宫殿。望之似欲倾坠,故称。鹿台,古台名。在今河南鹤壁。殷纣王所筑。大三里,高千尺。

## 【译文】

武德四年,王世充及其势力被平息后,他手下担任行台仆射的苏世长以汉南归顺了唐朝,唐高祖斥责他归顺太迟。苏世长叩首说:"自古以来帝王受天命争夺天下,被比喻为逐鹿之争,一人获鹿,其他人就缩手不再妄为。哪里有获鹿之后,还怨恨和他一起逐鹿的人,并追究他争食鹿肉的罪责呢?"唐高祖和他有旧交情,于是笑着将他放了。后来苏世长随从唐高祖到高陵打猎,这天猎获的猎物非常多,猎物被陈列在行宫的旌门前。唐高祖回头对群臣说:"今天打猎,大家高兴吗?"苏世长回答说:"陛下您扔下需要处理的纷繁政务,专门出来打猎,不满一百天,不会太高兴。"高祖脸色一变,一会儿又笑着说:"你那轻狂的姿态又发作了吗?"苏世长回答说:"如果我是为自己的私利打算就是轻狂,如果是为陛下您的国家谋算就是忠诚。"苏世长曾在披香殿陪侍高祖进餐,酒喝到正高兴的时候,他问高祖说:"这座宫殿是隋炀帝建造的吧? 为什么会雕饰华丽到如此程度!"高祖说:"你喜欢进谏,看似耿直,内心实则狡诈。难道你不知道这座宫殿是我建造的吗? 何必佯装不知道而故意发问说是隋炀帝呢?"苏世长回答说:"臣确实不知道。我只看见宫殿巍峨华贵,琉璃作瓦,觉得不是帝王爱民节用应该做的。如果真是陛下您所建造,确实不是太合适。我过去在武功时,有幸能够陪伴侍候您。见您当时的住宅仅仅能够遮蔽风霜,当时您也感到很满足。如今因为隋朝的荒淫奢侈,老百姓不堪忍受,天下注定要归顺有道的明君,因而陛下您得到了天下,这其实上天在惩治隋朝的奢侈荒淫,让人们不要忘了勤俭节约的风气。现在隋朝的宫殿里面,又增加了许多雕饰,想要拨乱反正,难道还能办到吗?"唐高祖经常宽容他。苏世长一生匡正谏诤,讥刺讽喻,对朝政大有好处。

65.张玄素为给事中①。贞观初,修洛阳宫以备巡幸②,上书极谏,太宗善之,赐彩三百匹。魏徵叹曰:"张公论事,遂有回天之力③。可谓仁人之言,其利溥哉④!"

**【注释】**

①张玄素为给事中:本条采录自《大唐新语·极谏》。

②洛阳宫:唐东都宫城。隋大业时置。唐高祖武德四年(621)平王世充于洛阳,故宫城遂废。太宗贞观六年(632)复治,并改称洛阳宫。故址在今河南洛阳隋唐故城中。

③回天之力:原指劝阻君主错误行为的能力。后用以比喻战胜困难或扭转局势的巨大力量。《新唐书·张玄素传》:"张公论事,有回天之力。"

④溥:大,广大。

**【译文】**

张玄素任给事中。贞观初年,唐太宗下令修缮洛阳宫以备巡幸,他上书极力劝谏,太宗觉得他说得好,赐给他彩缎三百匹。魏徵感叹道:"张公陈论国事,有挽回危局的巨大力量。真可以说是仁德之人的话,它的好处太大了!"

66.太宗将幸九成宫①,马周上疏谏曰②:"伏见明敕③,

以二月二日幸九成宫④。臣窃惟太上皇春秋已高,陛下宜朝夕侍膳,晨昏起居。今所幸宫,去京三百余里,銮舆动轫⑤,俄经旬日,非可朝发暮至;脱上皇或思感,欲即见陛下者,将何逮之?且车驾今行,本意避暑,则上皇尚留热处,而陛下自逐凉处,温清之道,臣切不安。"太宗称善。

**【注释】**

①太宗将幸九成宫:本条采录自《大唐新语·极谏》。

②马周:字宾王,博州茌平县(今山东聊城茌平区)人。后入长安,为中郎将常何家客。唐高祖武德年间补任博州助教。唐太宗贞观五年(631),代常何上书,劝谏以隋亡为鉴,轻徭薄赋,反对世封制,为太宗所赏识,授监察御史,后累官至中书令。

③明敕:明白地训示或告诫。

④二月二日:《唐会要》记载此事发生于贞观六年三月十五日,《资治通鉴》记载为贞观六年正月。

⑤銮舆动轫:銮驾开动。指天子出行。銮舆,天子车驾。轫,用来阻止车轮滚动的木头。

**【译文】**

　　唐太宗将要行幸九成宫,马周上疏进谏说:"我见陛下下诏,将于二月二日行幸九成宫。臣私下认为太上皇年事已高,陛下您应该早晚侍候他的饮食起居。现在您所行幸的九成宫,距离京城三百多里,您一旦启程出行,少说也得十多天,不是可以朝发夕至的;倘若太上皇有时想念陛下,想要马上见到陛下的话,您将如何赶得回来?况且现在您出行,本来的意图就是避暑,而太上皇还留在炎热的地方,可是陛下您却自顾找寻凉爽的地方,没有尽到侍奉父母的温清之礼,臣深深地感到不安。"唐太宗很赞赏他的建议。

67.房玄龄与高士廉偕行<sup>①</sup>，遇少府少监窦德素<sup>②</sup>。问之曰："北门近来有何营造<sup>③</sup>？"德素以闻。太宗谓玄龄、士廉曰："卿但知南衙事，我北门小小营造<sup>④</sup>，何妨卿事？"玄龄等拜谢。魏徵进曰："臣不解陛下责，亦不解玄龄等谢。既任大臣，即陛下股肱耳目<sup>⑤</sup>，所营造何容不知？责其访问官司，臣所不解。陛下所为若是，当助陛下成之；所为若非，当奏罢之：此乃事君之道。玄龄等所问无罪而陛下责之，玄龄等不识所守，臣实不喻<sup>⑥</sup>。"太宗深纳之。

**【注释】**

①房玄龄与高士廉偕行：本条采录自《大唐新语·极谏》。房玄龄，名乔，字玄龄，齐州临淄（今山东淄博）人。工书能文，博览经史。十八岁举进士，隋末任隰城县尉。晋阳起兵后投靠秦王李世民。唐太宗即位后拜中书令。累迁尚书左仆射，监修国史。与杜如晦等同为唐太宗时重要宰相，名列"凌烟阁二十四功臣"。在职期间，夙夜勤强，明达吏治。后封梁国公。曾受诏重撰《晋书》。卒赠太尉、并州都督，谥曰文昭，陪葬昭陵。高士廉：本名高俭，以字行，渤海郡蓨县（今河北景县）人。高敬德之子，唐太宗文德皇后舅父。初仕隋朝任治礼郎。武德五年（622）归顺唐朝，授雍州治中。唐太宗即位，拜侍中，转益州大都督府长史，入为吏部尚书，进封许国公。贞观十二年（638）拜尚书右仆射。卒后谥号文献，陪葬昭陵，图形凌烟阁。

②窦德素：扶风平陵（今陕西咸阳西北）人。窦德明之弟，唐太宗十九女兰陵公主驸马窦怀悊之父。贞观年间曾任银青光禄大夫、上柱国、少府少监等职。

③营造：指建筑工程及器械制作等事宜。

④卿但知南衙事,我北门小小营造:《资治通鉴·唐纪·太宗贞观十
　五年》记载此事,胡三省注曰:"唐正牙在南,故曰南牙,玄武门在
　北,曰北门。"南衙,唐代三省等政府机构设在皇城南,故称南衙。
⑤股肱耳目:旧指鼎力辅佐帝王的大臣。后也用以比喻十分亲近且
　办事得力的人。股,大腿。肱,手臂。
⑥喻:明白。

**【译文】**

　　房玄龄与高士廉一起行走,遇到了少府少监窦德素。问他说:"北门
近来有什么建筑工程?"窦德素将房玄龄、高士廉的话告诉了唐太宗。太
宗对房玄龄、高士廉说:"你们只要管好南衙的事就可以了,我在北门有
一个小小的建筑工程,妨碍你们什么事了?"房玄龄等人跪拜道歉。魏
徵进谏说:"我不能理解陛下您对他们的责问,也不理解房玄龄等人的道
歉。既然任命为大臣,就是鼎力辅佐陛下您的得力助手,建造的工程怎
么就不能让他们知道?责问他们向主管官吏询问,我不能理解。陛下您
做的如果是对的,他们就应当协助您完成;如果您做的是错的,就应当奏
请罢除,这才是侍奉君主的正确方法。房玄龄等人询问官吏没有罪过而
陛下却责问他们,房玄龄等人不知道坚守自己的职责,臣实在不明白这
其中的原因。"太宗赞同并接纳了他的话。


　　68.总章中①,高宗将幸凉州②。时陇右虚耗③,议者以
为非便。高宗闻之,召五品以上,谓曰:"帝王五载一巡狩,
群后四朝④,此盖常礼。朕欲暂幸凉州,乃闻中外咸谓非
宜。"宰臣以下莫有对者⑤。详刑大夫来公敏进曰⑥:"陛下
巡幸凉州,宣王略⑦,求之故实⑧,未虚令典。但随时度事,
臣下窃有所疑。高丽虽平,余寇尚梗;西道经略⑨,兵犹未
停。且陇右诸州,人户少寡,供偫车驾⑩,备拟稍阙⑪。臣闻

中外实有窃议。"高宗曰:"既有此言,我止度陇,存问故老,蒐狩即还。"遂下诏停西幸,擢公敏为黄门侍郎⑫。

**【注释】**

①总章中:本条采录自《大唐新语·极谏》。据《唐会要》《资治通鉴》,高宗幸凉州事发生于总章二年(669)。总章,唐高宗李治年号(668—670)。

②凉州:治所在今甘肃武威。

③陇右:即陇右道。唐太宗贞观年间置,为唐代十道之一,因在陇山之西(右)而得名。贞观至开元中,其区域东抵陇山,西逾流沙而达今中亚地区,南接剑南道,北限大漠。玄宗开元二十一年(733),又分天下为十五道,陇右道犹存。采访使驻鄯州(今青海海东乐都区)。

④群后四朝:诸侯四年朝拜天子一次。

⑤宰臣:帝王的重臣,宰相。

⑥详刑大夫:官名。即大理正。唐高宗龙朔二年(662)改为详刑大夫,咸亨元年(670)复旧。唐大理寺置二人,掌参议刑狱、详正科条之事,凡断罪不当者,以法纠正之。来公敏:唐高宗时大臣,曾任详刑大夫。

⑦王略:王道,帝业。

⑧故实:有参考或有借鉴意义的旧事。

⑨经略:经营治理。《左传·昭公七年》:"天子经略,诸侯正封,古之制也。"杜预注:"经营天下,略有四海,故曰经略。"

⑩供侍(zhì):指款待,招待。

⑪备拟:防备,准备。

⑫黄门侍郎:又称黄门郎,秦代初置,任职于宫门内的郎官,因宫禁之门为黄色,故称。掌侍从皇帝,传达诏命,兼掌机密文字。《唐

会要·省号·门下侍郎》:"龙朔二年,改为东台侍郎。咸亨元年,改为黄门侍郎。垂拱元年二月二日,改为鸾台侍郎。神龙元年,复为黄门侍郎。天宝元年二月二十日,改为门下侍郎。乾元元年,改为黄门侍郎。大历二年四月,复为门下侍郎。其年九月,升为正三品。"

**【译文】**

总章年间,唐高宗准备行幸凉州。当时陇右道财政虚空,商议的大臣都认为不便巡幸。唐高宗听到后,召集五品以上的官员对他们说:"皇帝五年要巡狩一次,诸侯四年朝拜一次天子,这是惯常的礼仪吧。我想要巡视一下凉州,就听见朝廷内外的大臣都说不应该去。"宰相以下的大臣没有人能回答。详刑大夫来公敏进谏说:"陛下您巡幸凉州,想要向当地百姓宣扬王道,查考旧事,并不违背朝廷典章。但是也应该随着时势的变化考虑事情,朝臣们私下都有所疑虑。高丽国现在虽然平定了,但残余的敌寇还在作乱;西部正在经营治理之中,战事还没有停止。更何况陇右道各州,人口稀少,实在缺乏招待您的财力。我听说朝廷内外的官员确实私下在议论这件事。"高宗说:"既然有这样的议论,我就不去陇右了,出去慰问一下旧臣,打打猎就回来。"于是下诏停止巡幸凉州,并提拔来公敏为黄门侍郎。

69.德宗既贬卢杞①,然常思之。后欲稍迁,朝臣恐惧,皆有谏疏。上问李沔公曰:"卢杞何处奸邪?"对曰:"陛下不知,此所以为奸邪也。"

**【注释】**

①德宗既贬卢杞:本条采录自《国史补·卢杞为奸邪》。卢杞,字子良,滑州灵昌(今河南滑县西南)人。卢怀镇孙。以门荫入仕,累迁虢州刺史。唐德宗建中二年(781)授御史中丞、京畿观察使,

拜门下侍郎、同平章事。及为相，妒贤忌能，陷害杨炎、颜真卿等。建中三年（782）以筹措军需为名，聚敛财货，长安百姓为之罢市。建中四年（783）为避朱泚之乱，随德宗逃往奉天。后罢相，被贬新州司马，后改任澧州别驾。

**【译文】**

唐德宗已经贬黜了卢杞，但却经常想念他。后来德宗想要慢慢提拔卢杞，朝廷的大臣都很惊慌恐惧，大家纷纷上疏劝谏。德宗问李泌公："卢杞什么地方奸诈邪恶了？"李泌公回答说："正是因为陛下您不知道，这才是他奸诈邪恶之处。"

70.马司徒之孙始生①，德宗名之曰"继祖"②，笑曰："此有二意。"谓以索系祖也③。

**【注释】**

①马司徒之孙始生：本条采录自《国史补·命马继祖名》。马司徒，即马燧，字洵美，汝州郏城（今河南郏县）人。唐朝中期名将。沉勇多智略，尤善兵法。安史之乱时，马燧力劝范阳留守贾循倒戈，事泄逃脱，历任赵城尉、秘书少监，兼殿中侍御史等官。唐代宗大历十一年（776），与淮西节度使李忠臣联合讨平汴州李灵曜的叛乱，迁河东节度使。德宗建中二年（781）入朝，加检校兵部尚书，仍还太原。贞元元年（785），与浑瑊等联兵，平定李怀光叛乱。贞元三年（787），请与吐蕃结盟，遭吐蕃伏兵袭击，诏削兵权。卒后，赠太傅，谥曰庄武。

②继祖：即马继祖，为马燧次子马畅之子。

③谓以索系祖也：马燧历仕唐玄宗、唐代宗、唐德宗三朝，是德宗朝三大名将之一，他先后平定李灵曜、田悦和李怀光的叛乱，被封为北平郡王，功绩卓著。此条中"继祖""谓以索系祖也"之言实含

有德宗对外姓王马燧的顾忌、约束之意。

【译文】

　　马燧的孙子刚出生，德宗给他起名叫"继祖"，笑着说："这个名字还有第二个意思。"就是用绳索拴住祖父的意思。

　　71.陆长源以旧德为宣武行军司马①，韩愈为巡官②。或讥年辈相悬，周愿曰③："大虫老鼠④，俱为十二相属，何怪之有。"旬日传于长安中。

【注释】

①陆长源以旧德为宣武行军司马：本条采录自《国史补·韩陆同史幕》。陆长源，字泳之，吴县（今江苏苏州）人。唐朝大臣、书法家。初以门荫入仕，历任都官郎中、万年县令、汝州刺史等。唐德宗贞元十二年（796）授检校礼部尚书、宣武军行军司马，主掌汴州政事。贞元十五年（799）任宣武军留后，同年军中哗变，陆长源遇害，追赠尚书右仆射。旧德，谓先人的德泽，往日的恩德。宣武，即宣武军，唐五代方镇名。唐德宗建中二年（781）置，治所在宋州（今河南商丘南）。兴元元年（784）徙治汴州（今河南开封）。五代梁还治宋州。行军司马，唐朝在元帅、都统、节度使等官之下，均有设置，掌军籍符伍、号令印信，是最重要的军事行政官员，其实权在本府副长官之上。

②韩愈：字退之，河南河阳（今河南孟州）人，后徙河北昌黎，世称"韩昌黎""昌黎先生"。唐代大臣、文学家。少好学，能诗文。二十五岁登进士第，先后任汴州观察推官、四门博士、监察御史、山阳令、国子博士、刑部侍郎等职。唐宪宗元和十四年（819）因谏迎佛骨事，贬潮州司马。穆宗即位被召回京师，历任国子祭酒、兵部侍郎、吏部侍郎等职。卒赠礼部尚书，谥号文，世称"韩文公"。

巡官：官名。唐时节度、观察、团练、防御使僚属，位居判官、推官之次。

③周愿：汝南（今属河南）人。唐代宗大历八、九年（773、774）在湖州，预撰《韵海镜源》。德宗贞元三年（787）为岭南节度从事，十年（794）为滑州节度从事。宪宗元和中任工部员外郎，穆宗长庆元年（821）改任衡州刺史。

④大虫：指老虎。

**【译文】**

陆长源因为先人的德泽被任命为宣武行军司马，韩愈为巡官。有人讥笑两个人年龄辈分相差悬殊，周愿说："老虎和老鼠，都属十二生肖，有什么好奇怪的？"十日之中这句话就传遍了整个长安城。

72.高贞公郢为中书舍人九年①，家无制草②。或曰："前辈有制集，焚之何也③？"答曰："王言不可存于私家④。"

**【注释】**

①高贞公郢为中书舍人九年：本条采录自《国史补·高郢焚制草》。高贞公郢，即高郢，字公楚，渤海蓨县（今河北景县）人。九岁通《春秋》，能属文。代宗宝应初登进士第，又举茂才异行科。为官谨慎廉洁，奉公守法。先后为郭子仪、李怀光、马燧幕员，屡有匡正之功。后为礼部侍郎，贡选清正。德宗贞元十九年（803）擢银青光禄大夫，授中书侍郎、同中书门下平章事。以尚书右仆射致仕。卒赠太子太保，谥曰贞。中书舍人，官名。三国曹魏始置，西晋沿置，东晋合通事、舍人为一，称中书通事舍人，掌呈奏案章。梁代去"通事"二字，称中书舍人，掌诏诰及呈奏之事。隋称内史舍人，唐初沿其称，后改称中书舍人，掌侍奉进奏，参议表章，凡诏旨制敕，玺书册命，皆掌起草，既下，则署行。

②制草：诏令的文稿。

③前辈有制集，焚之何也：是说前辈有将起草的制稿保留下来编入
　文集的，为什么要烧了它们？《旧唐书·高郢传》此二句作："前辈
　皆留制集，公焚之何也？"《新唐书·高郢传》作"或劝盍如前人
　传制集者"。

④王言：君王的言语、诏诰。

【译文】

　高郢任中书舍人九年，家里没有有关诏令的文稿。有人说："前辈家
中都藏有诏令的集子，为什么要烧了它们？"高郢回答说："君王的言语、
诏诰不可以留存在私人家中。"

　　73.高贞公致仕①，制云②："以年致政③，抑有前闻；近代
寡廉④，罕由斯道。"是时杜司徒年过七十⑤，无意请老。裴
晋公为舍人⑥，以此讥之。

【注释】

①高贞公致仕：本条采录自《国史补·高郢致仕制》。致仕，辞官归
　居。即退休。唐制：诸职事官年七十、五品以上致仕，各给半禄。

②制：指皇帝发布的制诰、法令。

③致政：归还政事。指官吏将执政的权柄归还给君主。《礼记·王
　制》："五十而爵，六十不亲学，七十致政。"郑玄注："还君事。"

④寡廉：不廉洁。

⑤杜司徒：杜佑，《旧唐书·杜佑传》记载："宪宗优礼之，不名。常
　呼司徒。"

⑥裴晋公：即裴度，字中立，河东闻喜（今山西闻喜）人。唐德宗贞
　元五年（789）进士。唐宪宗时累迁御史中丞。因支持宪宗削藩，
　在宰相武元衡遇刺身亡后升为宰相。元和十二年（817）亲自出

镇,督统诸将平定淮西之乱,以功封晋国公,世称"裴晋公"。裴度为相二十余年,辅佐宪宗实现"元和中兴"。他荐引李德裕、韩愈等名士,重用李光颜、李愬等名将。史称其"出入中外,以身系国之安危、时之轻重者二十年",被时人比作郭子仪。卒赠太傅,谥曰文忠。

**【译文】**

高郢告老辞官,皇帝的诏书上说:"到一定年龄就将执政的权柄交还给君主,只在前代听说过;近代以来廉洁的人少了,就极少有人这样做了。"当时杜佑已年过七十,还没有告老辞官的意思。裴度时任起居舍人,就用这件事来讥讽他。

74.宪宗忽问①:"京兆尹几员②?"李相吉甫对曰③:"京兆三员。一员大尹④,二员少尹⑤。"人以为善对⑥。

**【注释】**

①宪宗忽问:本条采录自《国史补·宪宗问京尹》。

②京兆尹:官名。秦置内史,掌治京师。汉景帝时分为左右内史。汉武帝太初元年(前104)改称右内史为京兆尹,与左冯翊、右扶风合称为三辅。唐玄宗开元元年(713)改雍州称京兆府,以亲王为雍州牧,改雍州长史为京兆尹。并增置少尹,以理府事。

③李相吉甫:即李吉甫,字弘宪,赵郡(今河北赵县)人。唐御史大夫李栖筠之子,宰相李德裕之父。早年以门荫入仕。德宗贞元初年任太常博士,后被陆贽贬为明州长史。宪宗时以考功郎中知制诰,入为翰林学士,迁中书舍人。元和二年(807)杜黄裳罢相,吉甫以中书侍郎同中书门下平章事。以讨李琦功封赞皇县侯、赵国公。后因窦群弹劾被罢相,出为淮南节度使。元和六年(811)复以前官还京秉政。时淮西吴元济擅立,自请往召吴元济,德宗不

许。不久暴疾卒,赠司空,谥曰忠懿。

④大尹:王莽始建国元年(9),改郡太守为大尹。唐代用以为府尹
　　的别称。《汉书·王莽传》:"改郡太守曰大尹。"《新唐书·百官
　　志·外官》:"京兆、河南……两府之政,以尹主之。"

⑤少尹:官名。尹的副职。唐初,京兆等府置治中,后改称司马,又
　　改称少尹,为府之副长官。

⑥人以为善对:李吉甫是宪宗朝的重臣,曾先后两次拜相,并辅佐宪
　　宗开创了"元和中兴"。《新唐书·李吉甫传》言:"吉甫当国,经
　　综政事,众职咸治。引荐贤士大夫,爱善无遗。褒忠臣后,以起义
　　烈。"本条中"人以为善对"之语既体现了李吉甫回答君主问话
　　的睿智,也反映了作为宰相的他对各地官职设置情况的熟悉。

【译文】

唐宪宗忽然问:"京兆尹有几人?"宰相李吉甫回答说:"京兆有三
员。一员大尹,两员少尹。"当时的人都认为李吉甫善于应对。


75.衢州人余长安①,父叔二人为同郡方金所杀。长安
八岁自誓,十七乃复仇。大理断死。刺史元锡奏②:"余氏一
家,遇横死者实二平人③,蒙显戮者乃一孝子④。"引《公羊
传》"父不受诛,子得复仇"之义⑤。时裴垍为宰相⑥,李刑
部鄘为有司⑦,事竟不行。老儒薛伯高遗锡书⑧:"大司寇是
俗吏⑨,执政柄乃小生⑩,余氏子宜其死矣!"


【注释】

①衢州人余长安:本条采录自《国史补·余长安复仇》。衢州,州
　　名。唐高祖武德四年(621)置,治信安县(咸通中改名西安,今
　　浙江衢州),以境内有三衢山得名。余长安,唐人,生平未详。

②元锡：字君贶，河南人。元挹子。宪宗元和中，历衢、婺、苏三州刺史，所至咸有政绩。十年（815）迁福建观察使。十四年（819）任宣州刺史、宣歙池观察。除秘书监分司，贬壁州刺史。官终淄王傅。

③横死：指遭受意外灾祸而死亡。

④显戮：明正典刑，依法处决。《尚书·泰誓》："功多有厚赏，不迪有显戮。"

⑤父不受诛，子得复仇：《公羊传·定公四年》原文作："父不受诛，子复仇可也。"意思是父亲罪不当杀，儿子复仇是可以的。

⑥裴垍（jì）：字弘中，绛州闻喜（今山西闻喜）人。唐朝中后期名相。二十岁时中进士，举贤良极谏科对策第一，历任监察御史、殿中侍御史、考功员外郎等职。唐宪宗继位后，拜为考功郎中、知制诰兼充翰林学士。元和三年（808）因举人不当，罢为户部侍郎。宪宗知垍好直，信任弥厚。九月，拜为中书侍郎，同平章事。四年（809）加集贤院大学士、监修国史。卒赠太子少傅。

⑦李刑部鄘：即李鄘，字建侯，鄂州江夏（今湖北武汉）人。唐代宗大历年间登进士第。唐宪宗元和初任京兆尹，整顿京师治安。出任凤翔、陇右节度使，一改神策武将任此职之弊端。五年（810）任扬州大都督府长史、淮南节度使。十二年（817）升任门下侍郎、同平章事，坚辞不就。改任户部尚书。终太子少傅，谥号肃。李鄘在宪宗时以河东节度使为刑部尚书，故称李刑部鄘。

⑧薛伯高：名景晦，以字行，河东（今山西永济）人。以儒学著称。唐宪宗元和初官至刑部郎中，九年（814）改任道州刺史。在道州任职期间除秽去邪，敷和于下，除淫祠，斥毁异亭神祠，同时推行儒家文化。柳宗元称其"好读书，号为长者"。《太平御览》引文"薛伯高"作"薛伯皋"。

⑨大司寇：官名。亦称司寇。掌管刑狱、纠察等事。《周礼·秋官·司

寇》：“大司寇之职，掌建邦之三典，以佐王刑邦国，诘四方。一曰，刑新国用轻典；二曰，刑平国用中典；三曰，刑乱国用重典。”

⑩政柄：犹政权。小生：指新学后进者。

【译文】

　　衢州人余长安的父亲和叔父被同郡人方金所杀。当时余长安八岁，他发誓要报仇，等到十七岁就为父亲和叔父报了仇。掌管刑狱案件审理的大理判他死刑。刺史元锡上奏说：“余氏一家，遭遇意外事故被害的确实是两个普通人，那个被明正典刑要处死的却是一个有孝心的人。”他引用的是《公羊传》中“如果父亲罪不当杀，儿子复仇是可以的”这句话的意思，为余长安求免。当时裴垍任宰相，刑部尚书李鄘是相关官员，这件事最终没有办成。以儒学著称的老先生薛伯高给元锡写信说：“大司寇是才智凡庸的官吏，执掌政权的是新学后进，余氏子自会被判死刑！”

　　76.宪宗问赵相宗儒曰①：“人言卿在荆门，球场草生，何也？”对曰：“罪诚有之。虽然，草生不妨球子②。”上为之笑。

【注释】

①宪宗问赵相宗儒曰：本条采录自《国史补·球场草生对》。赵相宗儒，即赵宗儒，字秉文，邓州穰县（今河南邓州）人。唐代宗时登进士第，初授弘文馆校书郎，补陆浑主簿，征拜右拾遗，充翰林学士。德宗贞元六年（790）进给事中。贞元十二年（796）以本官同中书门下平章事，两年后罢相。宪宗时官拜吏部尚书。敬宗时任检校右仆射。宝历元年（825）迁太子太保。文宗大和四年（830）拜检校司空。卒赠司徒，谥号昭。

②草生不妨球子：是说长满草的球场不妨碍踢球。据《新唐书·赵宗儒传》，赵宗儒为官期间，曾因“屏居慎静”“以懦不职”两次被罢黜，又曰其“以文学历将相，位任崇剧，然无仪矩，以治生琐碎

失名"。此句当是就赵宗儒为官缺乏仪矩、怯懦谨慎而言。

**【译文】**

　　唐宪宗问宰相赵宗儒:"听人说你在荆门的时候球场上长满了草,这是为什么啊?"赵宗儒回答说:"这确实是臣的罪过。虽然这样,长了草也不妨碍踢球。"宪宗听了大笑。

　　77.郑阳武绲常言欲为《易比》①,以三百八十四爻各比人事②。又云:"仁义之有庄周③,犹禅律之有维摩诘④,欲图画之,未能也。"

**【注释】**

①郑阳武绲常言欲为《易比》:本条采录自《国史补·郑阳武易比》。郑阳武绲,即郑绲,字文明,郑州荥阳(今河南荥阳)人。池州刺史郑羡之子。好学,善属文。擢进士宏词高第,授秘书省校书郎、鄠县尉。历任补阙、起居郎、司勋员外郎、知制诰。唐宪宗即位,拜门下侍郎、同平章事,历任东都留守、兵部尚书、河中节度使。唐文宗即位,入为御史大夫、检校左仆射,兼太子少保。卒赠司空,谥号曰宣。

②爻:《周易》中组成卦的符号。"—"为阳爻,"--"为阴爻。每三爻合成一卦,可得八卦;两卦(六爻)相重则得六十四卦。六十四卦中,每卦六爻,各不相同,故卦的变化,取决于爻的变化。

③仁义:原书作"元义"。为是。"元"通"玄",避清讳而改。庄周:一般指庄子,战国时期宋国蒙人。道家学派的代表人物,与老子并称"老庄"。最早提出的"内圣外王"思想对儒家影响深远。庄子洞悉易理,指出《易》以道阴阳",其"三籁"思想与《周易》三才之道相合。

④禅律：佛教语。禅宗和律宗的并称。维摩诘：意译为"净名"或
　　"无垢称"。佛经中人名。据《维摩诘经》，维摩诘和释迦牟尼同
　　时，是毘耶离城中的一位大乘居士。尝以称病为由，向释迦遣来
　　问讯的舍利弗和文殊师利等宣扬教义。后常用以泛指修大乘佛
　　法的居士。

**【译文】**

　郑絪经常说要创作《易比》，用三百八十四爻一一指称人间世事。
又说："义理玄妙精深之人有庄子，就好像禅宗和律宗之中有维摩诘一
样，想要图画出来，没能做到。"

### 78.王相涯注《太玄》①，常取以卜，自言所中多于《易》筮②。

**【注释】**

①王相涯注《太玄》：本条采录自《国史补·王相注太玄》。王相
　　涯，即王涯，字广津，太原祁（今山西祁县）人。唐德宗贞元八年
　　（792）擢进士，又举宏辞。宪宗元和时，累官中书侍郎，同中书门
　　下平章事。穆宗立，出为剑南东川节度使。文宗大和七年（833）
　　同平章事，封代国公。大和九年（835）在甘露之变中，被禁军斩
　　杀。《太玄》，即《太玄经》，西汉扬雄所撰，也称《扬子太玄经》。
　　该书以"玄"为解释天地万物之准则，运用阴阳、五行思想及天文
　　历法知识，以占卜的形式，描绘了一个世界图示，提出"夫作者贵
　　其有循而体自然也""质干在乎自然，华藻在乎人事"等观点。
②《易》筮：即按《易》理卜筮。

**【译文】**

　宰相王涯注解扬雄的《太玄经》，常拿《太玄经》用来占卜，他自己
说用《太玄经》占卜应验的比根据《易》理卜筮的要多。

79.高贞公之子定①,通王氏《易》。为图,合八出以画八卦。上圆下方,合则为重,转则为演②。七转为六十四卦,六甲八节备焉③。著《外传》二十二篇。定,小字董二,时人多以小字称。初年七岁,读《尚书》至《汤誓》,问父曰:"奈何以臣伐君?"父答曰:"应天顺人④。"又问曰:"用命赏于祖,不用命戮于社⑤,岂是顺人?"父不能答。年二十三,为京兆府参军卒。

**【注释】**

①高贞公之子定:本条采录自《国史补·高定易外传》。高贞公之子定,即高定。高郢之子。早慧,官至京兆参军。精通《王氏易》,作《易图》,著《易外传》二十二篇。

②转:改变方向、位置、形势、情况等。演:推演。

③六甲:指由天干、地支配合中六个带"甲"的日子,即甲子、甲寅、甲辰、甲午、甲申、甲戌。《汉书·食货志上》:"八岁入小学,学六甲五方书计之事,始知室家长幼之节。"王先谦补注引顾炎武曰:"六甲者,四时六十甲子之类。"八节:每年立春、春分、立夏、夏至、立秋、秋分、立冬、冬至八节气称"八节"。

④应天顺人:顺应天命,合乎人心。语出《周易·革》:"天地革而四时成。汤武革命,顺乎天而应乎人。"

⑤用命赏于祖,不用命戮于社:语出《尚书·甘誓》:"用命赏于祖,弗用命戮于社。"社,古代把土神和祭土神的地方、日子和祭礼都叫社。

**【译文】**

高郢的儿子高定精通王氏《易》学。他作卦图,结合出现的八种情况来画八卦。上面成圆下面成方,合在一起就是重,改变方向、位置就是推演。经过七次推演就形成六十四卦,六甲和八节都在其中。著有《易外传》二十二篇。高定小名叫董二,当时人多用小名称呼他。高定刚七岁的时候就读《尚书》,读到《汤誓》篇时,问父亲高郢说:"商汤怎么能凭着臣子的身份去讨伐国君?"父亲回答说:"商汤这样做是顺应上天的意志,合乎下民的要求。"高定又问:"《尚书·甘誓》中说执行命令的,就在祖先的神主前颁行赏赐;不执行命令的,就要在土地神的神位前给予惩罚,难道这是合乎下民的要求吗?"父亲不能回答。高定二十三岁卒于京兆府参军任上。

80.李直方尝第果实①,若贡士者②。以绿李为首,楞梨为二,樱桃为三,柑为四,蒲桃为五。或荐荔枝,曰:"寄举之首。"又问:"栗如之何?"曰:"最有实事③,不出八、九。"始范晔以诸香品时辈④,侯味虚撰《百官本草》⑤,皆此类也。

**【注释】**

①李直方尝第果实:本条采录自《国史补·第果实进士》。李直方,唐宗室后裔。德宗贞元元年(785)登贤良方正、能言极谏科。曾官左司员外郎。二十一年(805)自韶州刺史移赣州刺史。宪宗元和四年(809)任司勋郎中。十三年(818)为太常少卿。第,次第,次序。

②贡士:古代诸侯贡献给天子的才学之士称贡士。《礼记·射义》:"诸侯岁献贡士于天子。"孔颖达疏:"诸侯三年一贡士于天子也。"唐朝称经州县考核选送入京参加科举考试的生徒为贡士。

③实事:切实有益的事。

④范晔:字蔚宗,顺阳(今河南内乡西南)人。东晋豫章太守范宁之孙,南朝宋著名史学家、文学家。善为文章,能隶书,晓音律。晋

末，州辟主簿，不就。元嘉九年（432）因得罪权臣贬为宣城太守，
开始撰写《后汉书》。元嘉二十二年（445），拥戴彭城王刘义康
即位，事败被杀。

⑤侯味虚：绛州（今山西绛县）人。累官员外郎，曾获罪，为杜景佺
推而释之。武周时期任夏官郎中，万岁通天元年（696）统兵讨契
丹，因出师不利被斩。

**【译文】**

李直方曾经给水果排序，就像地方向朝廷荐举人才时排序一样。他
将绿李排在首位，楞梨为第二，樱桃是第三，柑是第四，蒲桃是第五。有
人推荐荔枝，李直方说："荔枝当为寄举水果中的首位。"又有人问他：
"栗子怎么样？"回答说："这是最有益的果实，排序不出第八、第九。"当
初南朝宋时期的范晔就曾经用各种香料品评当时有名的人物，侯味虚也
曾撰写《百官本草》，都是这样的行为。


81. 宋济老于词场①，举止可笑。尝试赋，误失官韵②，
乃抚膺曰③："宋五又坦率矣④！"因此大著。后礼部上甲乙
名，德宗先问："宋五坦率否？"


**【注释】**

①宋济老于词场：本条采录自《国史补·宋五又坦率》。宋济，排行
　第五，时人称其为"宋五"。唐代宗大历末年隐居青城山读书，德
　宗贞元中屡试不第。或言其曾居长安西明寺读书，德宗微行见
　之，称其大坦率，后见礼部放榜无济名，即曰"宋五又坦率"。词
　场，科场。

②官韵：古代科举考试官定韵书中所定的韵。如宋代《礼部韵略》、
　明代《洪武正韵》等，当时考试均以此为诗赋押韵的标准。宋计
　有功《唐诗纪事·温庭筠》："庭筠才思艳丽，工于小赋，每入试，

　　押官韵作赋,凡八叉手而八韵成,时号'温八叉'。"

③抚膺:捶打或抚摩胸口。表示惋惜、哀叹或悲愤等。

④坦率:粗疏,疏忽。

**【译文】**

　　宋济长期出入科场,行为举止引人发笑。他曾经在考试时写赋,弄错了官定韵书中所定的韵,于是拍打着胸口说:"宋五又疏忽了!"因此出名了。后来礼部的官员上呈科考的名册,德宗还没看就问:"宋五疏忽了吗?"

　　82.伊慎每求族望以嫁子①,李长荣则求时名以嫁子②,皆自署为判官③。奏言:"臣不敢学交质阋上④。"德宗从之。

**【注释】**

①伊慎每求族望以嫁子:本条采录自《国史补·伊李署子婿》。伊慎,字寡悔,兖州(今属山东)人。唐中期名将,勇武刚毅,善骑射。精通《春秋》《战国策》、天官、五行书,初任折冲都尉,旋得曹王李皋提拔,为大将,从讨李希烈,因功授安、黄州节度使,封南充郡王。后讨吴少诚,率本镇及邻近各镇兵,独当一面,屡破吴军。授奉义军节度使、检校右仆射。旋入朝任金吾卫大将军。因行贿求节镇,被贬右卫将军。后复为检校右仆射,兼右卫上将军。族望,有声望的名门大族。

②李长荣:即李元淳,字遂,本名长荣,德宗特赐名元淳。安史之乱时,元淳十六岁,即从军平叛,因功授试右金吾将军衔,升任兵马使。后因平李希烈谋反有功,封祁连郡王,食邑三千户,加上柱国兼御史中丞。贞元四年(788)授河阳三城怀州都团练使,兼御史大夫。次年任怀州刺史,加管内营田使。后历任昭义军节度使等。时名:指当时的声名或声望。

③判官:唐代官名。狭义指诸使判官,自玄宗朝开元以降,采访使、节度使、观察使、经略使、招讨使、防御使、团练使、支度使、营田使等等皆置判官。《唐六典·尚书吏部》:"凡别敕差使,事务繁剧要重者给判官二人,每判官并使及副使各给典二人。"广义泛指使府参佐(或称幕僚、从事)。《唐会要·诸使杂录》上:"(贞元)四年二月敕,诸道幕府判官及诸军将,比奏改官,例多超越。"

④臣不敢学交质罔上:是说臣不敢效仿古代列国互相派人为质的行为来欺骗君主。伊慎、李长荣均为唐中期名将,都曾多次参预平叛,功勋显赫。伊慎被封南充郡王,李长荣被封祁连郡王。本条中"皆自署为判官""臣不敢学交质罔上"等语均体现了在藩政割据、朝政日非的混乱时局之下,作为外姓王的他们忠于君主、国家,以臣道自守的高尚品德。交质,谓古代列国互相派人为质,作为守信的保证。《左传·隐公三年》:"故周郑交质,王子狐为质于郑,郑公子忽为质于周。"罔上,欺骗君上。

**【译文】**

伊慎常寻求名门大族嫁女儿,李元淳则寻求当时有声名有威望的人家嫁女儿,都把女婿任命为判官。给皇帝的奏疏上说:"臣不敢学古代列国互派人质的做法欺骗君上。"德宗听任他们这么做。


83.李德裕太尉未出学院①,盛有词藻,而不乐应举②。吉甫相,俾亲表勉之③。卫公曰:"好驴马不入行。"由是以品子叙官也④。


**【注释】**

①李德裕太尉未出学院:本条采录自《北梦琐言·李太尉请修狄梁公庙事》。学院,犹学校。

②应举:参加科举考试。

③俾：使，把。亲表：亲戚。

④品子：品官子弟。唐朝对官员子孙以门荫入仕者的称呼。《新唐书·选举志》："凡用荫，一品子，正七品上；二品子，正七品下；三品子，从七品上；从三品子，从七品下；正四品子，正八品上；从四品子，正八品下；正五品子，从八品上；从五品及国公子，从八品下。"叙官：排列官员的次序。

**【译文】**

李德裕太尉当初还在学校的时候，擅长写文章，文辞工巧华丽，但他不喜欢参加科举考试。李吉甫当了宰相，让亲戚劝他参加科考。卫公说："出众的驴马是不会进入普通行列的。"因此李德裕以门荫入仕。

84. 李吉甫为相①，以武相元衡同列②，事多不叶③。每退，公词色不怿④。掌武启白曰⑤："此出之何难！"乃请修狄梁公庙⑥。于是武相渐求出镇⑦，智计已闻于早成矣⑧。

**【注释】**

①李吉甫为相：本条采录自《北梦琐言·李太尉请修狄梁公庙事》。

②武相元衡：即武元衡，字伯苍，河南缑氏（今河南洛阳偃师区）人。武则天从曾孙，殿中侍御史武就之子。德宗建中四年（783）进士及第，初授华原县令，后迁比部员外郎。贞元十二年（796）任御史中丞。宪宗立，复拜中丞，进户部侍郎。元和二年（807）正月拜门下侍郎同平章事。十月，以使相出为剑南西川节度使。八年（813）征还，复入相。力主用兵平淮西吴元济。十年（815）六月被李师道派刺客暗杀，追赠司徒，谥忠愍。

③不叶：同"不协"，指不一致，不和。

④词色：指话语表情。

⑤掌武：唐、宋时期对太尉的别称。此处指李德裕。启白：陈述，禀告。

⑥狄梁公：指唐朝名臣狄仁杰。狄仁杰死后追封梁国公，故称。按，据傅璇琮考证，武元衡与李吉甫同在相位时，政见相同；武元衡出镇西川，是宪宗倚重他治理刘辟乱后的巴蜀；元衡离任后，李吉甫屡次建议应使其复居相位。《北梦琐言》所谓李、武同列，"事多不叶"，纯属子虚。且用吹捧狄仁杰的手段攻击武元衡的，是令狐楚。

⑦出镇：出任地方长官。

⑧智计：智谋，计谋。早成：指人的身心早熟。亦谓年少功成名就。

**【译文】**

李吉甫任宰相，与宰相武元衡同时在朝辅政，在很多事情上二人政见不和。每次退朝，李吉甫言语和神态都不高兴。太尉李德裕禀告说："这种情况你让武元衡外出任职有什么困难呢？"李吉甫就请求修缮狄仁杰的庙祠。这个时候武元衡也逐渐请求出任地方长官，李德裕的智谋在年少时就已经闻名了。

# 政事上

85.高祖时①，严甘罗，武功人。剽劫②，为吏所拘。上谓曰："汝何为作贼？"对曰："饥寒交切，所以为盗。"上曰："吾为汝君，使汝穷乏，吾之罪也。"赦之。

**【注释】**

①高祖时：本条与《唐会要·君上慎恤》所叙事相同，文字稍有出入。高祖，即唐高祖李渊，陇西成纪（今甘肃秦安）人。大唐王朝的建立者。祖父李虎，西魏八柱国之一，北周时追封唐国公。李渊七岁袭封唐国公。隋初补千牛备身。大业中历任谯、陇、岐三州刺史，荥阳、楼烦二郡太守，太原留守等职。十三年（617）攻

占长安,立代王杨侑为天子(即恭帝),改元义宁。次年五月,废杨侑自立,改元武德,建立唐朝。武德九年(626)玄武门之变后被迫退位,称太上皇。死后葬于献陵(在今陕西三原东),庙号高祖,谥大武皇帝,尊号神尧大圣大光孝皇帝。

②剽劫:抢劫,劫掠。

**【译文】**

唐高祖时期,有个叫严甘罗的武功人,因为抢劫被官府缉拿。唐高祖问他说:"你为什么要做贼?"严甘罗回答说:"因为饥寒交迫,所以做强盗。"唐高祖说:"我是你的君主,却让你贫穷,这是我的罪过。"于是就赦免了他。

86.太宗亲录囚徒①,死者二百九十人②,令来年秋就刑。及期毕至,悉原之③。

**【注释】**

①录(lù):省察,甄别。

②死者二百九十人:齐之鸾本此句上尚有一"归"字,当据补。归死,自首认罪,愿接受死刑。

③原:赦免。

**【译文】**

唐太宗亲自甄别囚徒,其中自首认罪接受死刑的有二百九十人,按令到明年秋天将被处决。等到明年秋天罪犯都到了之后,太宗全部赦免了他们的死刑。

87.岑文本谓人曰①:"吾见马周论事多矣!援引事类②,扬榷古今③,举要删芜,会文切理④。一字不可加,亦不可减。听之靡靡⑤，令人忘倦。昔之苏、张、终、贾⑥，正应尔耳。"案⑦：此条宜列《言语》。原书分门未当，多有类此。

【注释】

①岑文本谓人曰：本条采录自《大唐新语·知微》。岑文本，字景仁，南阳棘阳（今河南南阳）人，后迁居江陵（今属湖北）。性沉敏，有姿仪，博通经史，善属文，工飞白书。唐太宗贞观元年（627）授秘书郎，因上《籍田颂》《三元颂》，擢迁中书舍人。后升任中书侍郎，掌管机要和诰命，参与撰写《周书》，受封江陵县子。累迁中书令，参知政事。贞观十九年（645）从太宗征辽东，卒于途中，赠侍中、广州都督，谥号为宪，陪葬昭陵。

②援引事类：指文章中引用古事故实以类比事理。南朝梁刘勰《文心雕龙·事类》："事类者，盖文章之外，据事以类义，援古以证今者也。"

③扬摧（què）：约略，举其大概。

④会文：指行文。《旧唐书·马周传》："援引事类，扬摧古今，举要删芜，会文切理，一字不可加，一言不可减。"

⑤靡靡：娓娓动听的样子。

⑥苏、张、终、贾：指苏秦、张仪、终军、贾谊。四人均善于辞令。

⑦案：据周勋初《校证》，此案语为《四库全书》馆臣所加。

【译文】

岑文本对人说："我看马周论述政事很多了！他援引同类之事，略举古今，列举要点，删去繁杂，行文切合事理。一个字也加不进去，一个字也不能删减。听起来娓娓动听，让人忘记疲倦。过去的苏秦、张仪、终军、贾谊，他们也是如此。"案：这条应该列在《言语》。原书区分门类不恰当，这种情况很多。

88.姚崇引宋璟为御史中丞①,顷之入相②。宋善守法③,故能持天下之政;姚善应变,故能成天下之务。二人执性不同④,同归于道;协心翼赞⑤,以致于治。

**【注释】**

①姚崇引宋璟为御史中丞:本条采录自《大唐新语·匡赞》。引,举荐。御史中丞,职官名。秦及西汉为汉御史大夫主要属官,在殿中兰台职掌图籍秘书,外督部(州)刺史,内领侍御史,受公卿章奏,监察百官。东汉御史中丞为御史台主,权位极重,号称宪台,与尚书令、司隶校尉合称"三独坐"。魏晋以后历代均沿置。唐朝御史中丞,正四品下,为御史台的副长官,权势显赫,有时出侍郎、左右丞之上。唐中叶以后,御史中丞常为观察使及大州刺史的加衔,并演成定制。

②入相:当宰相。

③宋善守法:《资治通鉴·唐纪·玄宗开元四年》记载为:"崇善应变成务,璟善守法持正。"守法,掌守法令,遵循法规。《管子·任法》:"故曰:有生法,有守法,有法于法。生法者,君也;守法者,臣也;法于法者,民也。"

④执性:犹秉性。

⑤协心翼赞:指同心辅佐。翼赞,辅助,辅佐。

**【译文】**

姚崇举荐宋璟任御史中丞,不久宋璟做了宰相。宋璟擅长掌守法令,所以能够操持好国家的政事;姚崇善于随机应变,所以能够成就国家的大事。他们两个人秉性不尽相同,但办事的效果却是一样的;二人同心协力辅佐皇帝,使得国家安定太平。

89.姚元之牧荆州①。受代日②,民吏泣拥遮道不使去。

马鞭、镫，民皆藏留之。上闻，赐诏褒之。

**【注释】**

①姚元之牧荆州：本条采录自《开元天宝遗事·截镫留鞭》。姚元
之，即姚崇。《旧唐书·姚崇传》记载："时突厥叱利元崇构逆，则
天不欲元崇与之同名，乃改为元之。"牧，古代州的长官。此处用
为动词，任……地方的长官。荆州，州名。别名江陵郡。本隋朝
南郡。唐高祖武德初为萧铣所据。四年（621）平萧铣，改南郡为
荆州。治所在江陵县（今湖北江陵）。

②受代：古时谓官吏任满由新官代替为受代。

**【译文】**

姚崇任荆州的地方长官。任满离开荆州的时候，当地的老百姓和大
小官吏都围着他哭泣，并堵在路上不让他离开。马鞭、马镫也都被民众
藏起来了。皇上听到这件事，颁赐诏书褒奖了姚崇。

90.玄宗宴蕃客①。唐崇句当音声②，先述国家盛德，次
序朝廷欢娱，又赞扬四方慕义，言甚明辨。上极欢。崇因长
入人许小客求教坊判官③，久之未敢奏。一日过崇曰："今日
崔公甚蚬斗④，欲为弟奏请，沉吟未敢。"崇谓小客有所欲，
乃赠绢两束。后数日，上凭小客肩，行永巷中⑤。小客曰：
"臣请奏事。"上乃推去之，问曰："何事？"对曰："臣所奏坊
中事耳。"小客方言唐崇，上遽曰⑥："欲得教坊判官也？"小
客蹈舞曰⑦："真圣明，未奏即知。"上曰："前宴蕃客日，崇辞
气分明，我固赏之，判官何虑不得？汝出报，令明日玄武门
来。"小客归以语崇，崇蹈舞欢跃。上密敕北军曰⑧："唐崇

来，可驰马践杀之。"明日，不果杀。乃敕教坊使范安及曰："唐崇何等，敢干请小客奏事⑨？可决杖⑩，递出五百里外。小客更不须令来。"

**【注释】**

①蕃客：或作"番客""蕃商"。唐宋时对入华的外商、侨民的泛称。

②句当：办理，掌管。音声：唐代内教坊音声的省称，盖台上念白、说书。

③因：凭借，依靠。长入：指常在皇帝左右供奉的乐工。唐崔令钦《教坊记》："诸家散乐，呼天子为'崖公'，以欢喜为'蚬斗'，以每日长在至尊左右为'长入'。"

④崖公：唐代散乐艺人对皇帝的别称。蚬（xiàn）斗：唐时宫廷乐坊隐语，意指欢快、高兴。

⑤永巷：宫中长巷。

⑥遽：立即，赶快。

⑦蹈舞：犹舞蹈。臣下朝贺时对皇帝表示敬意的一种仪节。

⑧北军：本指汉朝卫戍京师的屯兵。因营垒在未央及长乐宫之北，故名。唐朝专指皇帝的北衙禁军。

⑨干请：请托。

⑩决杖：处以杖刑。用大荆条或棍棒抽击人的背、臀或腿部。

**【译文】**

唐玄宗宴请外国客人。唐崇表演念白，他先陈述国家深厚的恩德，再叙说朝廷的欢乐，接着又赞扬了四方的倾慕仁义，言辞很是清楚清晰。玄宗非常高兴。唐崇通过每天在玄宗左右供奉的乐工许小客，想奏求玄宗让他做教坊的判官，许小客好长时间都不敢奏报。有一天，许小客去拜访唐崇，对他说："今天皇上很高兴，我准备为小弟你向皇上奏请，但迟疑了很久没敢奏报。"唐崇以为许小客想要点好处，就赠送了他两束丝绢。过了几天,玄宗靠着许小客的肩膀在宫中的长巷散步。小客说:"臣有事向皇上奏报。"玄宗推开他,问道:"啥事?"许小客回答说:"我所奏请的,是教坊中的事。"许小客正要说唐崇,玄宗立即说:"是唐崇想要做教坊判官的事吗?"小客向玄宗蹈舞祝贺说:"皇上您太圣明了,我还没有奏报您就知道。"玄宗说:"前几天宴请外国客人,唐崇言辞清楚,我本来要奖赏他的,教坊判官的职位有什么担心得不到呢? 你出去告诉他,让他明天到玄武门来。"许小客回去将玄宗的话告诉了唐崇,唐崇高兴得手舞足蹈,欢呼雀跃。玄宗密令北衙禁军说:"唐崇来了,可以驱马疾行踩杀他。"第二天,北衙禁军没能杀了唐崇。玄宗就命令教坊使范安及说:"唐崇算什么东西,竟然敢求许小客向我奏事? 可以处以杖刑,将他发配到距离京城五百里以外的地方。许小客更是不用再来了。"

91.散乐①,呼天子为"崖公",以欢为"蚬斗",以每日在至尊左右为"长入"。

**【注释】**

①散乐:本条采录自《教坊记》。本条与上条原合为一条,今依原书分列为两条。散乐,乐舞名。原指周朝的民间乐舞。南北朝以后,与"百戏"同义。《周礼·春官·旄人》:"掌教舞散乐、舞夷乐。"郑玄注:"散乐,野人为乐之善者,若今黄门倡矣。"《旧唐书·音乐志》:"散乐者,历代有之,非部伍之声,俳优歌舞杂奏……总名百戏。"此处指散乐艺人。

**【译文】**

散乐艺人称呼皇帝为"崖公",称皇帝高兴为"蚬斗",称每天在皇帝身边供奉的乐工为"长入"。

92.颜鲁公真卿为监察御史①,充河西、陇右军试覆屯交兵马使。五原旱②,有冤狱,决乃雨,郡人呼"御史雨"。

**【注释】**

①颜鲁公真卿为监察御史:本条采录自《大唐传载》。监察御史,官
　名。隋文帝开皇二年(582),改检校御史为监察御史。唐朝设监
　察御史十五人,正八品下。掌管监察百官、巡视郡县、纠正刑狱、
　肃整朝仪等事务。《新唐书·百官志》:"监察御史十五人,正八品
　下。掌分察百僚,巡按州县,狱讼、军戎、祭祀、营作、太府出纳皆
　莅焉;知朝堂左右厢及百司纲目。"

②五原:郡名。隋大业初置。治今陕西定边。后废。旱:原阙,据齐
　之鸾本、《历代小史》本补。

**【译文】**

颜真卿为监察御史,充任河西、陇右军的试覆屯交兵马使。当时五
原大旱,有桩冤案,颜真卿判决后天就下雨了,当地人称这是"御史雨"。

　93.玄宗御勤政楼大酺①,纵士庶观看百戏②,人物喧
咽③,金吾卫士指遏不得④。上谓力士曰:"吾以海内丰稔⑤,
四方无事,故盛为宴乐,与万姓同欢,不谓众人喧闹若此。
汝有何计止之?"力士曰:"臣不能止也。请召严安之处分
打场⑥,以臣所见⑦,必有可观⑧。"上从之。安之周行广场,
以手板画地,示众曰:"逾此者必死!"是以终日酺宴,咸指
其画曰:"严公界境⑨。"无人敢犯者。

**【注释】**

①玄宗御勤政楼大酺:本条采录自《开天传信记》。勤政楼,全名
　"勤政务本楼",位于唐都长安兴庆宫宫城内西南角,唐玄宗开元

八年（720）建，后又经几度扩建修葺，是唐玄宗在南内兴庆宫处理朝政的主要场所。凡改元、大赦、受俘等重大活动，都在此举行。又是逢重要节日皇帝与百官欢宴赏乐之所。故址在今陕西西安兴庆宫公园内。大酺，古代封建帝王为表示欢庆特许民间举行的大会饮。

②纵：放任，不拘束。士庶：士人和普通百姓。亦泛指人民、百姓。百戏：古代乐舞杂技表演的总称。

③嗔咽：众多盛大的样子。

④金吾卫士：掌管皇帝禁卫、扈从等的兵士。

⑤丰稔（rěn）：丰熟，富足。

⑥严安之：唐玄宗开元中为河南丞。性毒虐，笞罚人畏其不死，故人吏慑惧。处分：安排，处理。打场：维持广场秩序。

⑦所见：所持的看法，见解。

⑧可观：指达到较高的程度。

⑨界境：疆界。

**【译文】**

唐玄宗驾临勤政楼宴饮庆祝，任由百姓前来观看乐舞杂技表演，人特别多，拥挤不堪，金吾卫士都无法维持秩序。玄宗对高力士说："我因为天下富足，四方边境没有战事，所以举行盛大的宴饮乐舞，和百姓共享欢乐，没想到大家喧哗吵闹到如此地步。你有什么计谋能制止这种混乱。"高力士说："臣不能制止。请陛下召严安之来处理并维持广场秩序，据臣的了解，一定会有效果。"玄宗采纳了高力士的建议。严安之来了之后，绕行广场一周，并用手板在地上画了线，他指着画线给大家看，并说："越过画线的一定是死罪！"因此整天的宴饮庆祝活动，大家都指着所画的线说："这是严公定的疆界。"没有一个人敢越过画线。

94.玄宗所幸美人①，忽中夜梦见人召去②，纵酒密会，极欢尽意,醉厌而归③。觉来流汗倦怠④,忽忽不乐,因言于上。上曰:"此术人所为也⑤。汝若复往,但随时以物记之⑥,必验。"其夕熟寐,飘然又往。美人半醉,见石砚在前席,密以手文印于曲房屏风上⑦。寤而具启。上乃潜令人诣宫观求之,果于东明观中得其屏风⑧,手文尚在,所居道流已潜遁矣。

**【注释】**

①玄宗所幸美人:本条采录自《开天传信记》。

②中夜:半夜。

③厌:满足。

④觉来:醒过来。倦怠:疲乏困倦。

⑤术人:指以占卜、星相等为职业的人。

⑥随时:原书作"随宜"。

⑦曲房:内室,密室。

⑧东明观:唐高宗显庆年间敕建的一所皇家宫观,位于长安城外普宁坊。

**【译文】**

唐玄宗宠爱的一位美人,忽然半夜梦见有人召唤她出去,在外面她没有节制地饮酒,和别人幽会,极尽欢乐之情,酒足尽兴之后才回来。美人醒来后浑身流汗疲乏困倦,一副失意的样子,很不高兴,于是就将梦境告诉了玄宗。玄宗说:"这是方术之人所做。你如果再一次去,只要在方便的时候在那里的东西上做个标记就行了,我一定查验。"那天傍晚美人熟睡,飘飘忽忽地又去了。等到喝得半醉,她看到前席有个石制的砚台,就偷偷地在内室的屏风上印上了自己的手印。醒来后美人详细禀告给了玄宗。玄宗于是秘密派人到各个宫观查找手印,果然在东明观中找到了那个屏风,美人的手印还在,住在那里的道士早就潜逃了。

95.开元中<sup>①</sup>，山东蝗。姚元崇奏请遣使分捕<sup>②</sup>。上曰："蝗虫，天灾也，由朕不德而致焉。卿请捕之，无乃违天乎？"崇曰：《大田》之诗'秉畀炎火'者<sup>③</sup>，捕蝗之术也。古人行之于前，陛下用之于后。行之所以安农除害，国之大事也，陛下熟思之！"上曰："事既古，用可救时，朕之心也。"遂行之。是时中外咸以为不可，上谓左右曰："与贤相讨论已定。捕蝗之事，敢议者死。"自是所司结奏，捕蝗十分去四<sup>④</sup>。

**【注释】**

①开元中：本条采录自《开天传信记》。

②姚元崇：即姚崇，本名元崇，武则天时突厥叱利元崇叛乱，武则天不欲元崇与之同名，改为"元之"。唐玄宗时期又因避"开元"年号，改名为"崇"。

③秉畀（bì）炎火：谓将田中的害虫捉去烧掉。语出《诗经·小雅·大田》："田祖有神，秉畀炎火。"郑玄笺："田祖之神不受此害，持之付与炎火，使自消亡。"朱熹集传："故愿田祖之神，为我持此四虫，而付之炎火之中也。"

④捕蝗十分去四：原书此句作："捕蝗虫凡百余万石。时无饥馑，天下赖焉。"《旧唐书·姚崇传》则曰："获蝗一十四万石，投汴渠流下者不可胜纪。"

**【译文】**

唐玄宗开元年间，山东出现了蝗灾。姚元崇奏请玄宗派遣使者分头捕杀。玄宗说："蝗虫是天灾，这种天灾的出现是由于我缺乏德行而导致的。现在你请求捕杀它们，是不是违背了天道？"姚元崇说："《诗经》中的《大田》有'秉畀炎火'之句，说的是捕杀蝗虫的方法。古人很早以前就用过了，陛下您是在他们后面使用这种方法的。这样做的原因是要除去灾害让百姓安宁,这是国家的大事,陛下您细致周密地考虑一下!"玄宗说:"这种事情既然古代已有,用古人的方法可以匡救时弊,这也是我内心的想法。"于是就命令捕杀蝗虫。这个时候朝廷内外的许多官员都认为不可以这样做,玄宗对身边的大臣说:"我与宰相已经讨论决定了。捕杀蝗虫的事,有再敢议论的人就是死刑。"此后主管的官吏总结奏报,捕杀了蝗虫总数的十分之四。

96.进士王如泚者①,妻公以伎术供奉②,玄宗欲与改官③,拜谢而请曰:"臣女婿王如泚见应进士举,伏望圣恩回授④,乞一及第⑤。"上许之,宣付礼部宜与及第⑥。侍郎李昕以谂执政⑦,右相曰⑧:"王如泚文章堪及第否?"昕曰:"与亦得。"右相曰:"若尔,未可与之。明经、进士,国家取材之地。若圣恩优异,差可与官⑨。今以及第与之,将何以观材?"即自奏闻。居二日,如泚宾朋谦贺,车骑盈门。忽中书门下牒礼部⑩:"王如泚可依例考试。"闻之罔然自失⑪。

**【注释】**

①进士王如泚者:本条采录自《封氏闻见记·贡举》。王如泚,唐人,生平未详。

②伎术:指星相占卜等方伎术数。

③改官:古代官员晋升调任的一种制度。

④回授:收回官秩另授别人。

⑤及第:古时科举考中称及第。因为列榜有甲乙次第之分,故名。通常亦以"第"简称考试中式,以不第、未第称考试未被取中。隋唐科举考试分为秀才、明经、进士诸科,列榜亦有甲乙次第。

⑥宣付:指将皇帝的诏令交付外廷官署办理。

⑦李昧（wěi）：唐朝宗室。玄宗天宝初年任兵部员外郎、兵部郎中。九载（750）以中书舍人知贡举，迁礼部侍郎。十载（751）为户部侍郎，知朔方留后。天宝末贬景城司马。安史乱起，以众归颜真卿守平原。十五载（756）景城陷，投河死。执政：掌管国家政事的人。

⑧右相：唐高宗龙朔二年（662），玄宗天宝元年（742）两度改中书令为右相。旋复旧名。

⑨差可：犹尚可。勉强可以。

⑩忽中书门下牒礼部：原书作"忽中书下牒礼部"，当据之删"门"字。下牒乃中书省事，与门下省无关。

⑪罔然：心中若有所失的样子。

**【译文】**

有一个叫王如泚的进士，他的岳父凭借技艺方术侍奉唐玄宗，玄宗想要给王如泚的岳父升个官职，他拜谢并请求说："我的女婿王如泚正在参加进士科考试，希望皇上将给我的恩典给予他，让他科举中选。"玄宗答应了他，传圣旨吩咐礼部让王如泚科举中选。侍郎李昧征询执政的意见，右相问："王如泚文章能够在科举中中选吗？"李昧回答："让他中选也可以。"右相说："如果这样，不可以直接给他。明经、进士科，是国家选拔人才的重要途径。如果皇上要特别优待，勉强可以给他一个官职。现在直接让他中选，将来还怎么考察人才呢？"于是亲自向玄宗奏报。过了两天，王如泚请客祝贺，门口停满了车马。忽然中书省下文书到礼部说："王如泚可以依照条例参加考试。"王如泚听了心中若有所失。

97.张九龄累历刑狱之司①，无不察。每有公事，胥吏未敢讯劾②，先禀于九龄。召囚面讯曲直③，口占案牍④，无轻重，皆引服⑤。

**【注释】**

①张九龄累历刑狱之司：本条采录自《开元天宝遗事·口案》。张九龄，字子寿，一名博物，韶州曲江（今广东韶关西南）人。人称"张曲江"。聪明敏捷，善于属文。唐中宗景龙初年进士及第，曾任校书郎、秘书少监、中书侍郎等职。唐玄宗即位，迁右补阙，得到宰相张说奖拔，拜中书舍人。开元二十一年（733）拜相。后改任中书令监修国史，加金紫光禄大夫，封始兴县伯。卒赠司徒、荆州大都督，谥号文献。张九龄富有胆识和远见，忠耿尽职，秉公守则，直言敢谏，选贤任能，是开元盛世的最后名相。刑狱之司，泛指掌管刑狱的官职。

②胥吏：唐时在官府中办理文书的小吏。讯劾（hé）：审理判罪。

③面讯：当面审讯。曲直：是非，有理无理。

④口占：谓口授其词，由他人书写。案牍：指官府文书。

⑤引服：亦作"引伏"，认罪，服罪。

**【译文】**

张九龄多次任掌管刑狱的官员，所有的案宗没有不了解的。每一次有案件，小官吏从来不敢审理判罪，都是先禀告张九龄。张九龄就会召来囚犯当面审讯是非曲直，然后口头陈述文书，不管是犯重罪还是轻罪的人，都伏法认罪。

98.张延赏为河南尹①，官吏有过，未曾屈辱。所犯既频，不可容者，但谢遣之。先自下拜②，立与之辞，即令郡官祖送③。由是寮属敬惮④，各修饬⑤，河南大治。

**【注释】**

①张延赏为河南尹：本条采录自《封氏闻见记·礼遣》。张延赏，本名宝符，蒲州猗氏（今山西临猗）人。唐朝宰相、中书令张嘉贞之

子。肃宗时，累官至太原少尹、兼行军司马、北都副留守。代宗大历二年（767）迁河南尹、诸道营田副使，政尚简约，疏浚河渠，数年间流民渐归。后历任淮南、荆南、剑南西川节度使。德宗贞元元年（785）任宰相，因与李晟不和，罢其兵权，颇为时议所非。又以裁减官员过多，颇遭人怨。旋卒，诏赠太保，谥曰肃。

②下拜：语出《左传·僖公九年》："王使宰孔赐齐侯胙，曰：'天子有事于文、武，使孔赐伯舅胙。'齐侯将下拜。"杨伯峻注："下拜者，降于两阶之间，北面再拜稽首……此为当时臣对君之礼。"后指跪下而拜。

③祖送：犹饯行。《文选·〈荆轲歌〉序》："燕太子丹使荆轲刺秦王，丹祖送于易水上。"张铣注："祖者，将祭道以相送。"

④敬惮：敬畏。

⑤修饬：谓行为端正谨严，不违礼义。

**【译文】**

张延赏任河南尹，官吏中有犯错误的，也未曾折辱他们。对那些多次犯错，没有办法容忍的官员，张延赏也只是辞谢遣散他们。张延赏会自己先下拜，然后站起来和他辞别，并让郡中的官员饯行送别。由于这个原因，他下属的官吏都很敬畏他，各自努力让自己的行为端正不违背礼法，由此河南社会安定，经济繁荣。

99.德宗时，李纳陆梁①，上表欲进钱五百万。上怒谓丞相曰："朕岂藉进奉②！"崔文公曰③："陛下欲知真伪不难，但诏纳便以回赐三军，即其情露矣。纳若遵诏，是陛下恩给三军；纳若不从，是其树怨于军中也。"上曰："赐之何名？"祐甫曰："两河用军已来，天平功居多④，朝廷未及优赏。"上以为然。诏至，纳惭恚⑤，构疾而终⑥。

## 【注释】

①李纳：高丽人。平卢淄青节度使李正己之子。初以门荫入仕，起家奉礼郎。代宗时历任中丞兼侍御史，淄、青、曹等州刺史，行军司马，御史大夫等职。德宗建中二年（781）勾结朱滔，击败刘洽，自称齐王。兴元元年（784）归顺朝廷，授检校工部尚书，复平卢节帅，赐铁券，又同中书门下平章事，封陇西郡王。因平李希烈叛乱，加检校司空，进检校司徒。卒赠太傅。陆梁：横行无阻。

②进奉：指进献的财物。

③崔文公：即崔祐甫，字贻孙，京兆长安（今陕西西安）人。中书侍郎崔沔之子。玄宗天宝年间进士及第，早年历任寿安县尉、起居舍人、司勋员外郎等职。唐代宗时累官至中书舍人。唐德宗继位，拜门下侍郎同平章事，后改中书侍郎。祐甫为相时，荐拔人才，推为至公。卒赠太傅，赐谥文贞。

④天平功居多：时李纳为平卢军节度、淄青等州观察使，率天平军破李希烈叛军于陈州，故平定李希烈以李纳居功最多。天平，指天平军。

⑤惭恚（huì）：羞惭怨恨，羞惭愤怒。

⑥构疾：因……而形成疾病。

## 【译文】

　　唐德宗时，李纳横行霸道，他上表德宗想要进奉钱五百万。德宗生气地对丞相说："我难道能指望李纳进献的财物？"崔祐甫说："陛下您想要知道李纳进献财物的真假不难，只要下诏让李纳将准备进奉的财物回赐给军队，他的真实想法立刻就会暴露。李纳如果遵从诏令，这就是陛下您恩赐给军队的；李纳如果不遵从诏令，这样他就会与军队结怨。"德宗说："以什么名头赏赐？"崔祐甫说："两河地区用兵以来，天平军的功劳占大多数，朝廷还没来得及厚加赏赐。"德宗认为崔祐甫的话是对的。接到诏令，李纳既羞惭又愤怒，因此而生病，不久就去世了。

100.广德二年春三月,敕工部侍郎李栖筠、京兆少尹崔沔拆公主水碾硙十所①,通白渠支渠②,溉公私田,岁收稻二百万斛,京城赖之。常年命官皆不果敢③,二人不避强御④,故用之。

**【注释】**

①李栖筠:初名卓,字贞一,赵郡(今河北赵县)人。唐朝中期名臣,宰相李吉甫之父,太尉李德裕祖父。唐玄宗天宝七载(748)进士及第,授缑氏县主簿。唐肃宗李亨即位,擢殿中侍御史、给事中、工部侍郎。唐代宗即位,迁苏州刺史,兼御史中丞、浙西团练观察使。代宗大历七年(772),入为御史大夫兼京畿节度使,有"赞皇公""李西台"之称。卒赠吏部尚书、司徒,谥曰文献。水碾硙(wèi):即水碾磨。利用水力带动旋转压碎研细谷物的器具。具有碾和磨的双重功能,是一种复合器具。

②白渠:古渠名。在今陕西中部。自谷口(今陕西礼泉西北)南流至栎阳(今陕西西安),注入渭水。渠长约二百里,因汉武帝太始二年(前95)由白公建议开凿,故名白渠。唐时分为太白、中白、南白三渠,总称三白渠。《汉书·沟洫志》:"太始二年,赵中大夫白公复奏穿渠。引泾水,首起谷口,尾入栎阳,注渭中,袤二百里,溉田四千五百余顷,因名曰白渠。"

③常年:往年,昔年。命官:受朝廷任命的官吏。

④强御:行为横暴有权势者。

**【译文】**

唐代宗广德二年春三月,诏令工部侍郎李栖筠、京兆少尹崔沔拆除了公主的十座水磨,开通了白渠的支渠,用来浇灌公田和私田,每年收获稻谷二百万斛,京城全靠这些粮食。往年朝廷任命的官吏都不果决勇敢,李栖筠和崔沔两人不畏豪强,所以代宗才任用他们。

101.阎伯玙<sup>①</sup>,袁州刺史。时征役繁重,袁州特为残破,伯玙专以惠化招抚<sup>②</sup>,逃亡皆复。邻境慕德,襁负而来<sup>③</sup>。数年之间,渔商阗凑<sup>④</sup>,州境大理。及改抚州,百姓相率而随之,伯玙未行,或已有先发。伯玙于所在江津见航,问之,皆云"从袁州来,随使君往抚州"。前后相继,吏不能止,其见爱如此。到职一年,抚州复治。代宗闻之,征拜户部侍郎<sup>⑤</sup>,未至,卒。

**【注释】**

①阎伯玙:本条采录自《封氏闻见记·惠化》。阎伯玙,洺州广平(今河北永年)人。唐玄宗开元二十一年(733)进士及第,任华州郑县尉。二十六年(738)入翰林学士院。天宝中,历仕司封员外郎、吏部郎中、起居舍人。因支持崔昌所上之《五行应运历》而得罪杨国忠,贬为涪川尉。后转为袁州刺史。代宗广德二年(764)改授婺州刺史兼本州团练守捉使。永泰元年(765)授刑部侍郎,因病逝而未到任。

②惠化:恩惠和教化。招抚:招安,使归附。

③襁负:用襁褓背着(婴儿)。

④阗凑:大量聚集。

⑤征拜:征召授官。

**【译文】**

阎伯玙任袁州刺史。当时赋税和徭役繁杂而沉重,袁州最为残损破败,伯玙就用恩惠和教化招抚,逃亡在外的百姓都回来了。邻近州郡的百姓仰慕德化,也都拖家带口来到袁州。几年之间,捕鱼的、经商的人们大量聚集,袁州境内社会安定,经济繁荣。等到阎伯玙改任抚州,袁州百姓相继跟随他前往抚州,伯玙还没动身,有人已经先他一步出发。伯玙在沿途江边的渡口看到行船,问船上的人,都说"从袁州来,跟随长官前往抚州"。从袁州前往抚州的百姓前后相接,当地的官员也没办法禁止,伯玙被百姓爱戴就是这样。伯玙到抚州任职一年,抚州也得到大治。唐代宗听到后,征召伯玙任户部侍郎,还没到任就去世了。

102.李封为延陵令<sup>①</sup>,吏人有罪,不加杖罚,但令裹碧头巾以辱之。随所犯轻重,以日数为等级,日满乃释。吴人着此服出入,州乡以为大耻<sup>②</sup>,皆相劝励无敢犯<sup>③</sup>,赋税常先诸县<sup>④</sup>。既去官,竟不捶一人。

**【注释】**

①李封为延陵令:本条采录自《封氏闻见记·奇政》。李封,唐玄宗天宝年间兵部侍郎李岩从侄,曾任左补阙、侍御史。延陵,县名,属润州,治所在今江苏丹阳西南。

②州乡:泛指乡里。

③劝励:激励,勉励。

④赋税:田赋和捐税的合称。以土地为课征对象的称田赋,以户、丁、资财等为课征对象的为税。

**【译文】**

李封任延陵令,官吏和庶民有犯罪的,不施杖刑,只是命令犯罪的人裹上青绿色的头巾来羞辱他。按照他们所犯罪的轻重,用天数作为量刑的等级,天数满了就解除。吴地的人穿着这样的服饰出入,乡里人认为是很大的耻辱,都相互激励不敢犯法,缴纳赋税也常常早于其他各县。到最后离职,李封没有用鞭杖捶打过一个人。

103.刘晏为诸道盐铁转运使①。时军旅未宁，西蕃入寇，国用空竭，始于扬州造转运船②，每以十只为一纲③，载江南谷麦，自淮、泗入汴，抵河阴④，每船载一千石。扬州遣军将押至河阴之门，填阙一千石⑤，转相受给，达太仓⑥，十运无失，即授优劳官⑦。汴水至黄河迅急，将吏典主⑧，数运之后，无不发白者。晏初议造船，每一船用钱百万。或曰："今国用方乏，宜减其费，五十万犹多矣。"晏曰："不然。大国不可以小道理。凡所创置，须谋经久。船场既兴，即其间执事者非一⑨，当有赢余及众人⑩。使私用无窘，即官物坚固，若始谋便朘削⑪，安能长久？数十年后，必有以物料太丰减之者。减半，犹可也；若复减，则不能用。船场既堕，国计亦圮矣⑫。"乃置十场于扬子县，专知官十人⑬，竞自营办。后五十余岁，果有计其余，减五百千者，是时犹可给。至咸通末，院官杜侍御又以一千石船，分造五百石船两舸，用木廉薄⑭。又执事人吴尧卿为扬子县官⑮，变盐铁之制，令商人纳榷⑯，所送物料，皆计折纳⑰，勘廉每船板、钉、灰、油、炭多少而给之⑱。物复剩长。军将十家，即时委弊⑲。

**【注释】**

①刘晏：字士安，曹州南华（今山东东明）人。唐代经济改革家、理财家。七岁举神童，授秘书省正字。唐玄宗天宝中举贤良方正，补温县令。肃宗上元初，任户部侍郎，兼京兆尹，度支、盐铁等使。后贬通州刺史。代宗宝应二年（763）擢为吏部尚书、同平章事，领度支盐铁转运租庸使。不久罢相，仍领江淮等道转运、租庸、盐铁、常平等使。大历后迁吏部尚书。前后理财二十年，使安史乱

后府库耗竭旧貌改观。德宗立，又加关内河东三川转运、盐铁及诸道青苗使。后为杨炎构陷而死，时人冤之。

②造：原阙，据齐之鸾本补。

③纲：用作量词。批。

④河阴：县名。唐玄宗开元二十二年（734）置。故治在今河南郑州西北。

⑤填阙：填补缺漏。

⑥太仓：古代京城储积粮食的大仓。

⑦即授优劳官：《资治通鉴·唐纪·德宗建中元年》记载为"授优劳，官其人"。优劳，嘉奖慰劳。

⑧典主：掌管，统理。

⑨执事：从事工作，主管其事。《周礼·天官·大宰》："九曰闲民，无常职，转移执事。"郑玄注引郑司农云："闲民，谓无事业者，转移为人执事，若今佣赁也。"

⑩赢余：盈余，余剩。

⑪朘（juān）削：缩减，剥削。语出《汉书·董仲舒传》："民日削月朘。"

⑫圮（pǐ）：毁坏，倒塌。

⑬专知官：专任或主持管理某一工作的官员。

⑭廉薄：少而劣。

⑮吴尧卿：懿宗咸通末年任扬州巡院知院官兼榷粜使，后因贪污下狱。

⑯纳榷：交纳赋税。

⑰折纳：亦称"科折"。唐政府征收赋税的一种办法。有以物折物、以物折钱、以钱折物三类，各类折纳比例，示其物、钱好恶而定。

⑱勘廉：核对考察。

⑲委弊：犹凋敝。委，通"萎"。

【译文】

刘晏任各道的盐铁转运使。当时战事未平，吐蕃入侵，国家的经费空虚,开始在扬州制造运输的船只,每十只为一批,运载江南地区的稻谷和小麦,从淮河、泗水进入汴水,抵达河阴县,每只船装载货物一千石。扬州派遣军将将船押送到河阴县界,再填补一千石的缺漏,相互交接,最后送达京师储谷的大仓。只要运送十次没有闪失,就会给予嘉奖,并授予官位。汴水到黄河段水流湍急,掌管船运的官员在运送数次之后,头发没有不变白的。刘晏初议制造船只,每一只船的费用是一百万。有人说:"现在正是国家经费贫乏的时候,应该减少造船的费用,五十万也有点多了。"刘晏说:"不是这样。大国不能用小道来治理。凡是有所建置,一定要谋划久远。造船的场所已经兴建,船场中主管造船的官员不是一个人,应当有多余的财物给大家。让他们个人的用费不窘迫,这样公家的东西才会坚固。如果一开始谋划就缩减费用,造出来的船只怎么能够用得长久?几十年以后,一定会有因为物料太多而缩减经费的人。费用减去一半还可以;如果再缩减,制造的船就不能用了。如果船场荒废了,国家的方针大计也就毁坏了。"于是在扬子县创建了十个船场,主管船场事务的官员十人,让他们竞相操持办理。五十多年以后,果真有计算其多余财物,缩减费用到五十万的人,这个时候还可以支撑。到咸通末年,院官杜侍御用造一千石船只的费用,分造两只五百石的船,使用的木料就少而且粗劣。又有掌管造船事务的吴尧卿到扬子县任职,他改变了盐铁制度,让商人缴纳赋税,根据所送的物品材料,全都按折纳法计算,并核对考察每只船所用木板、铁钉、灰土、油料、木炭的多少按实际供应。物品材料还有长余。军队管理十家船场后,很快就凋敝了。

104.韩晋公镇浙西地①,痛行捶挞②,人皆股慄。时德宗幸梁、洋③,众心遽惑④,公控领十五部人不动摇⑤,而遍惩里胥⑥。或有诘者,云:"里胥闻⑦盖或问其故而云,答之之语也⑧。擒贼不获,惧死而逃,哨聚其类⑨,曰:'我辈进退皆死,何如死中求生乎?'乃挠村劫县,浸蔓滋多。且里胥者,皆乡县豪吏⑩,族系相依。杖煞一番老而狡黠者⑪,其后补署⑪,悉用年少,惜身保家,不敢为恶矣。今上在外,不欲更有小寇以挠上心。"其旨如此。其里胥不杖死者,必恐为乱,乃置浙东营吏,俾掌军籍,衣以紫服,皆乐为之,潜除酋豪⑬,人不觉也。又痛断屠牛者⑭,皆暴尸连日。谓人曰:"草贼非屠牛酾酒⑮,不成结构之计⑯。深其罪,所以绝其谋耳。"当此际,贼皆失图⑰。

**【注释】**

① 韩晋公:即韩滉,字太冲,京兆长安(今陕西西安)人。太子少师韩休之子,唐朝画家、宰相。少好学,初以门荫解褐左威卫骑曹参军。唐肃宗时,历任青州节度邓景山判官、员外郎等职。代宗大历六年(771)任户部侍郎判度支,与刘晏分领诸道财赋。大历十二年(777)因霖雨损田事,出任晋州刺史。后拜润州刺史、镇海节度使。德宗贞元元年(785)拜检校左仆射、同平章事。贞元二年(786)封晋国公,不久后去世,诏赠太傅,谥号忠肃。镇浙西地:《新唐书·韩滉传》曰:"迁浙江东、西观察使,寻检校礼部尚书,为镇海军节度使。"

② 捶挞:杖击,鞭打。

③ 德宗幸梁、洋:指"泾原兵变"爆发后,叛军占据长安,德宗出逃奉天和梁州。梁、洋,原作"梁、许",据齐之鸾本改。梁、洋在今河南的开封、商丘一带。

④ 遽(jù)惑:惊慌疑惑。

⑤ 部:地区。古代监察或行政区域名。动摇:指有所动作。

⑥ 里胥:指里长。

⑦闻:原作"耳",据齐之鸾本改。

⑧盖或问其故而云,答之之语也:据周勋初《校证》,此注当是王谠所加。

⑨哨聚:召唤在一起,纠合。多指图谋不轨。

⑩乡县:故乡所在之县。亦泛指家乡。

⑪杖煞:亦作"杖杀",即杖毙,是一种用杖击处死罪犯的行刑方式。一番:一种,一类。

⑫补署:补任官职。

⑬酋豪:土豪。

⑭痛断:严厉判决。

⑮草贼:旧时对起义农民的蔑称。酾(shāi)酒:滤酒,斟酒。

⑯结构:勾结。

⑰失图:失去主意。

**【译文】**

　　韩晋公镇守浙西地区时,动不动就施用杖击鞭打的惩治措施,人们都非常恐惧。当时唐德宗避难梁、洋等地,大家心里惊慌疑惑,韩晋公管控的十五个地区没有什么动作,却到处惩治管理乡里事务的里长。有人责问韩晋公,韩晋公说:"里长听说大概这是有人问其中的缘由,回答他的话语。抓窃贼没有抓到,害怕被处死就逃跑了,他还招聚众人图谋不轨,说:'我们这些人逃和不逃都是死,为什么不能死中求生呢?'于是就搅扰村民,抢劫县城,并逐渐蔓延到更多地方。况且这些里长,都是在当地任职的豪强,他们族系之间互相依靠。杖杀这些年老而狡猾的里长,后面补任官职,都用年轻人,这些人爱惜生命,保护家族家业,不敢作恶。现在皇上在外,我不想再让小小的贼寇扰乱皇上的心情。"韩晋公的想法就是这样。这些里长中没有被杖毙的人,必定惊恐害怕而作乱,于是韩晋公将这些人安置在浙东的军营当小吏,让他们掌管军队的名册,穿紫色的衣服,他们都很高兴,然后暗地里除掉他们中的头目,他们没有察觉。再严厉判决屠杀耕牛的人，将他们的尸体接连几日暴露在外。并对人们说："这些草寇不是宰杀耕牛下酒吃，而是勾结谋划造反不成功。重判他们，是为了破坏他们的计谋。"到这个时候，盗贼都失去了主意。

105.德宗躬亲庶政①，中外除授皆自揽②。监察里行浙东观察判官赵儋特授高陵县令③，裴尚书武亦自鄜坊监宰栎阳④，二人同制⑤。后数日，因游苑中，有执役者⑥，上问"何处人"？云是"高陵百姓"。上曰："汝是高陵人也，我近为汝拣得一好长官，知否？"儋，贞元六年进士及第，又制策登科⑦。

**【注释】**

①德宗躬亲庶政：本条采录自《因话录·宫部》。庶政，各种政务。

②除授：拜官授职。

③监察里行：官名，监察御史里行的省称。资浅不够御史资格的官员，破格提拔而为御史时，带"里行"之名。唐杜佑《通典·职官·御史台》："又有监察御史里行者，太宗置，自马周始焉。"赵儋：德宗贞元六年（790）进士及第，贞元十七年（801）官校书郎，曾为崔氏所撰《显庆登科记》作序，并言唐代科举始于"武德五年"，是目前为止所能看到的有关唐代科举开始时间的最早记载。特授：超越常规授职。

④鄜（fū）坊：唐、五代方镇名。渭北鄜坊的简称。唐肃宗上元元年（760）置渭北鄜坊节度使，简称渭北或鄜坊节度使，治坊州（今陕西黄陵），领鄜、坊、丹、延四州。德宗建中四年（783）徙治鄜州（今陕西富县）。僖宗中和二年（882）号为保大军，此后所领仅鄜、坊、翟三州。五代仅鄜、坊二州。北宋初废。栎阳：县名。唐高祖武德元年（618）改万年县置。治今西安临潼东北。

⑤制：帝王的命令。也指法令。

⑥执役：服役的人，工作人员。

⑦制策：皇帝有事书之于策（竹简）以问臣下，称为"制策"。后为科举考试所采用，成为国家取士的科目之一。登科：科举时代称考中进士为登科，也叫及第。

**【译文】**

唐德宗亲自处理各种政务，朝廷内外官员的拜官授职他都亲自操持。监察御史里行、浙东观察判官赵修被超越常规授予高陵县县令的职位，尚书裴武也从渭北鄜坊任上监宰栎阳，德宗是同时发布他们的任命诏令的。后来过了几天，德宗在皇宫的花园中游赏，那里有一个工作人员，德宗问："你是哪里人？"回答说是"高陵百姓"。德宗说："你是高陵人，我最近给你们高陵挑选了一位好长官，你知道吗？"赵修贞元六年考中进士，后又荣登制策科。


106.韦皋薨①，行军司马刘辟知留后②，率将士逼监军使③，请奏命辟为帅，以徇军情。旋举兵扼鹿头关下蜀④，蜀帅李康弃城走⑤。上敕宰臣选将讨伐。杜黄裳曰："保义节度使刘澭、武成节度使高崇文⑥，皆刚毅忠勇可用。"上曰："二人谁为优？"黄裳曰："刘澭自涿州拔城归阙⑦，扶老携幼，万人就路，饮食舒惨⑧，与众共之。居不设乐，动拘法令，峻严整肃，人望而畏。付以专征，必著勋绩。"〔原注〕⑨澭，济之弟。济继怤镇幽州，澭任瀛州刺史，与济有隙，济欲害之，母氏潜报澭，澭乃誓拔所部归阙。不由驿路而行，秋毫不犯。朝廷优遇，乃割凤翔府普润、麟游等县为行秦州。以普润为理所，保义为军号，拜澭行秦州刺史，充保义军节度使。所领将士营于此。澭镇普润七年，后镇泾原。上曰："卿选刘澭，甚得其人，然卿虑亦未尽。澶驭众严肃,固是良将。性本倔强,与济不叶[10],危急归命,河朔气度尚在[11]。常闻郁郁扼腕[12],恨不得名藩,应有深意。若征伐有功,须令镇西川以为宠。况全蜀重地,数十年间,硕德名臣[13],方可寄任[14]。澶生长幽燕[15],只知卢龙节制[16],不识朝廷宪章。向者幽系幕吏,杖杀县令,皆河朔规矩,我亦为之容贷[17]。若使镇西川,是自掇心腹疾[18]。不如崇文,久将亲军,宽和得众,用兵沉审。"乃命为西川行营节度使[19]。

**【注释】**

①韦皋薨:本条采录自《国史补》。韦皋,字城武,京兆万年(陕西西安)人。韦元礼七世孙,韦贲之子。唐代中期名臣。代宗初为建陵挽郎,调补华州参军,累授使府监察御史。德宗建中四年(783)因平定朱泚叛乱以功擢陇州刺史、奉义军节度使,兴元元年(784)入为左金吾卫大将军。贞元元年(785)出任成都尹、剑南西川节度使,在蜀二十一年,和南诏,拒吐蕃,以功加检校司徒、兼中书令,封南康郡王。卒赠太师,谥曰忠武。

②刘辟:字太初。唐德宗贞元初年擢进士宏词科,佐韦皋西川幕,累官至御史中丞、支度副使。皋卒,辟主后务,遂授检校工部尚书,充剑南西川节度使。后益凶悖,出不臣之言,求都统三川,欲以所善卢文若节度东川。宪宗元和元年(806)举兵攻陷梓州,不久为高崇文所败,槛送京师斩首。留后:官名。唐朝节度使或出征,或入朝,或死而未有代者,皆置知留后事。其后,遂以留后为称,亦名节度留后。

③监军使:职官名。由皇帝特派监督方镇将帅的差遣,唐初以御史监军,玄宗朝以后以宦官为监军使,有直达奏劾大权,至得诛杀节度使。

④鹿头关:关隘名。亦名鹿头城、鹿头栅、鹿头门关。唐置。故址在今四川德阳东北的鹿头山上。宪宗元和元年(806),高崇文讨刘辟,破鹿头关,遂入成都。

⑤李康:唐宗室。德宗贞元中为剑南东川节度行军司马。十八年(802)迁节度使。刘辟反,诏高崇文进讨,康为犄角应接,兵败被俘。崇文克梓州,辟乃归康求雪己罪。崇文以康败军失守,斩之。城:原阙,据齐之鸾本补。

⑥刘澭:《旧唐书·刘怦传》附《刘澭传》作"濋"。幽州昌平(今北京)人。幽州节度使刘怦之子,初为瀛洲刺史。德宗时拜秦州刺史。宪宗元和元年(806)升任保义节度使,累封彭城郡公。治军严整,轻财爱士,颇得人心。元和二年(807)因病重辞官,卒于入朝途中,赠尚书右仆射。高崇文:幽州(今北京一带)人,祖籍渤海蓚县(今河北景县)。唐朝名将。少从平卢军。唐德宗时随韩全义镇守长武城,累官金吾将军。会吐番寇宁州,率兵大破之,因功封渤海郡王。宪宗元和元年(806)诏为检校工部尚书、左神策行营节度使,因平定刘辟叛乱有功,进检校司空、西川节度副大使、南平郡王,兼成都尹,并刻石纪功于鹿头山。元和二年(807)诏同中书门下平章事、邠州刺史、邠宁庆三州节度使,充京西都统。卒赠司徒,谥威武。

⑦归阙:归回朝廷。

⑧舒惨:语出《文选·西京赋》:"夫人在阳时则舒,在阴时则惨。"薛综注:"阳谓春夏,阴谓秋冬。"李善注引《春秋繁露》:"春之言犹偆也,偆者,喜乐之貌也。秋之言犹湫也,湫者,忧悲之状也。"后因以"舒惨"为表示"苦乐""好坏""阴晴""丰歉"等两个对立概念并举的词语。

⑨原注:本条原注当为林恩自注。

⑩不叶:即不协。叶,同"协",和谐。

⑪河朔气度：河朔指黄河以北广大地区，当时河朔三镇（成德、卢龙、魏博）是割据势力最强的藩镇，所谓河朔气度即指此。

⑫扼腕：用一只手握住另一只手腕，表示振奋、惋惜、愤慨等情绪。

⑬硕德：指大德之人。

⑭寄任：指托付重任。

⑮幽燕：古称今河北北部及辽宁一带。此处唐以前属幽州，战国时属燕国，故称。

⑯卢龙节制：指卢龙军的节度法制。卢龙军为幽州节度使所统帅的军队。德宗初年在今北京及河北北部一带，朱滔据此反叛。朱滔死后，刘怦代之；怦死，刘济代之。

⑰容贷：宽恕，饶恕。

⑱心腹疾：亦作"心腹之疾"，指体内致命的疾病。比喻严重的隐患。

⑲行营节度使：即行营使，唐朝设置。凡为某种特定军事意图而派出的野战部队称为行军，或称行营。其统兵长官唐初称"总管"，统率数支行军的称"大总管"，大总管有带使持节与不带的区别，带使持节者后来就称为"行营节度使"。

**【译文】**

韦皋去世之后，行军司马刘辟为节度留后，他率领将士逼迫监军使，让他奏明朝廷任命刘辟为帅，以顺从军心。不久刘辟起兵控制鹿头关并攻下蜀地，蜀地的统帅李康弃城而逃。皇上命令宰相选拔将领讨伐刘辟。杜黄裳说："保义节度使刘澭、武成节度使高崇文，两个人都刚强坚毅，忠诚勇敢，可以为用。"皇上说："这两个人谁更优秀？"杜黄裳说："刘澭从涿州夺取城池回归朝廷的时候，当地的百姓扶老携幼，一万多人来到路上为他送行，刘澭和百姓一起吃喝，同甘共苦。刘澭平日里从不设酒作乐，遵从法令，严峻整肃，人们看着都心生畏惧。如果将征讨的任务交付给他，一定会有显著的功绩。"[原注]刘澭是刘济的弟弟。刘济接任刘怦镇守幽州，刘澭任瀛洲刺史，与刘济有嫌隙，刘济想要加害于他，刘济的母亲偷偷告诉了刘澭,刘澭才发誓率领他所统帅的军队归顺朝廷。刘澭率军不经由驿道行进,沿途纪律严明,不侵犯老百姓的利益。朝廷给他们优厚的待遇,分割凤翔府下属的普润、麟游等县为行秦州。以普润县作为行秦州的治所,以保义作为军队的番号,官拜刘澭为行秦州刺史,并充任保义军节度使。他所统领共十个营寨的兵卒也都驻扎于此。刘澭镇守普润七年后,徙镇泾原。皇上说:"你推选刘澭,他确实是合适的人选,然而你的考虑还是不全面。刘澭统率部下令人敬畏,确实是能征善战的将领。但他性格本来就强硬直傲,不易屈服,因为与刘济不和,在危急时刻归顺朝廷,他在藩镇时的强大气度还在。我常听说刘澭心情沉闷愤慨,遗憾自己没能得到地方重镇,应该是有很深的用意。如果他出兵讨伐取得功绩,必须让他镇守西川之地作为对他的恩宠。何况整个蜀地是非常重要的地方,几十年间,只有大德之人和有名的贤臣才可以托付。刘澭出生成长在幽燕之地,只知道卢龙军的节度法制,不知道朝廷的典章制度。以前他在幽州地区囚禁属吏,杖杀县令,遵行的都是河朔之地的规矩,我也宽恕了他的这些行为。如果让刘澭镇守西川,这就是自己给自己制造隐患。不像高崇文,他长期领兵,亲近士卒,宽厚谦和深得众心,用兵也沉稳谨慎。"于是,皇上就任命高崇文为西川行营节度使。

　　崇文下剑门,长子曰晖,不当矢石,将斩之以励。师次绵州,斩梓州节度使李康,疏康擅离征镇[1],不为拒敌。[原注]当时议者云:康任怀州刺史,收杀武陟尉,即崇文判官宋君平之父,崇文乘此事为之报仇[2]。入成都日,有若闲暇,命节级将吏[3],凡军府事无巨细,一取韦皋故事。一应为辟协从者,但自首并不问。韦皋参佐房式、韦乾度、独孤密、符载、郂士美[4],[原注]本名犯文宗庙讳。皆即论荐[5]。馆驿巡官沈衍、段文昌[6],辟迫令刺按,礼同上介[7],亦接诸公后谒。崇文谓文昌曰："公必为将相，未敢奉荐。"叱起沈衍，令枭首于驿门外⑧。举酒与诸公尽欢，俳优请为刘辟责买戏⑨，崇文曰："辟是大臣谋反，非鼠窃狗盗⑩。国家自有刑法，安得下人辄为戏弄？"杖优者，皆令戍边。[原注]房式除给事中，韦乾度除兵部郎中，独孤密除起居郎，郗士美除太常博士，符载除秘书郎，并未到阙而命下⑪。

## 【注释】

①康：原阙，据齐之鸾本补。征镇：魏晋以来将军、大将军的称号，监临军事，守卫地方。这里指征镇统辖的地区或人民。

②崇文乘此事为之报仇：《资治通鉴·唐纪·宪宗元和元年》《考异》引《补国史》曰："刘辟举兵下东蜀，连帅李康弃城奔走。崇文下剑阁日，长子曰晖不当矢石，欲戮之以励众。师次绵州，斩李康。疏康擅离征镇，不为拒敌。"注曰："当时议论云，康任怀州刺史日，杖杀武陟尉，即崇文判官宋君平之父，乘此事为之复仇。"司马光下按语曰："……《补国史》又不知（李康）被擒事，而云弃城走。此皆得于传闻，不可为据。"

③节级：低级武职官员。将吏：武将、文官。

④房式：据《旧唐书·房式传》记载，房式在韦皋时任云南节度使。韦皋去世，刘辟反版，房式被迫留驻。因惧怕刘辟，常于座中夸赞刘辟美德，故同陷于贼者皆恶之。高崇文至成都，房式轻罪，崇文宽礼之。韦乾度、独孤密、符载：唐人，生平均不详。郗士美：《旧唐书》作"郗士美"。据《旧唐书·郗士美传》记载，郗士美仅在德宗贞元十八年（802）前曾任黔州刺史、黔中经略招讨观察盐铁等使，又出为鄂州观察使。本传中没有郗士美贞元末元和初在蜀中韦皋或刘辟幕中任职的记载，疑此有误。

⑤论荐：选拔推荐。

⑥巡官：官名。唐朝节度使、观察使、团练使、支度使等属下，皆置有巡官，掌巡察事务。沈衍：唐人，生平事迹不详。段文昌：字墨卿，一字景初，祖籍西河（今四川境内），世居荆州（治今湖北江陵）。段成式之父。少有文名。宪宗元和年间，历任登封尉、左补阙、翰林学士、知制诰。十五年（820）任中书侍郎、平章事。穆宗长庆元年（821）请辞宰相职，被任为剑南西川节度使。善治辖境。南诏内扰，文昌派使喻之，即平。文宗大和年间历任淮南节度使、荆南节度使等。卒于任所。

⑦上介：指军政长官的高级助理。

⑧叱起沈衍，令枭首于驿门外：《资治通鉴·唐纪·宪宗元和元年》《考异》引林恩《补国史》曰："衍与段文昌，辟逼令判案，礼同上介，亦接诸公候谒。崇文目段公曰：'公必为将相，未敢奉荐。'揖起。沈衍令枭首标于驿门。二人诛赏之异，未晓其意何如也。"

⑨俳优：指古代以乐舞谐戏为业的艺人。

⑩鼠窃狗盗：亦作"鼠窃狗偷"。比喻小偷小盗或小规模的抢掠骚扰。

⑪阙：原作"谒"，据齐之鸾本改。

**【译文】**

崇文攻下剑门，他的长子高晖，因作战怯懦，将被斩首以振奋士气。大军临时驻扎在绵州，高崇文斩杀了梓州节度使李康，并上奏章说他擅自离开自己所管辖的区域，没有能够抗拒敌军。[原注]当时议论的人说：李康任怀州刺史，拘捕杀死了武陟尉，这个武陟尉就是高崇文的判官宋君平的父亲，高崇文乘这件事情给他报仇了。高崇文进入成都的日子里，如果有空闲的时间，他就命令军队中的大小文武官员，所有军府中的事情不分大小，都遵从韦皋旧日的制度。所有被刘辟胁迫的人，只要主动投案的都不再过问。韦皋的部下房式、韦乾度、独孤密、符载、郗士美，[原注]本来的名字触犯了文宗父祖的名讳。都被选拔推荐。驿站旅馆的巡官沈衍、段文昌，刘辟强令他们处理政务,像对待军政长官的高级助理一样礼遇他们,也跟在诸公之后拜谒。高崇文对段文昌说:"你一定会成为将帅和丞相,我不敢接受你的拜谒。"他怒叱沈衍让他起来,命令在驿馆的门外将他斩首示众。高崇文举杯和大家一起尽情欢乐,表演乐舞俳艺的艺人请求表演刘辟责成购买实际却是空手套白狼的戏,崇文说:"刘辟是大臣图谋造反,不是小偷小摸。朝廷自然有严刑峻法,怎得让下人做戏嘲弄呢?"他杖责了艺人,并命令他们戍守边境。[原注]房式官拜给事中,韦乾度任兵部郎中,独孤密除授起居郎,郗士美除授太常博士,符载除授秘书郎,这些人都没有到京城,朝廷的诏命就下达了。

　　刘辟就擒,得侍妾二人,皆殊色,监军使请进上。崇文曰:"谬当重寄①,初收大藩②,且要境内肃清,万姓复业,以宽圣虑。进美妇人,作狐魅天子意,崇文此生不为也。"遂命配鳏处将校③。[原注]上闻之,语内臣曰:"崇文得殊色,不进来,又不自留,是忠直也,是田舍人也。"三年为蜀帅,惠化大行。不事威仪,礼贤接士。身与子弟车服玩用无金玉之饰。一朝谓监军从事曰:"崇文,河北一健儿,偶然际会,累立战功,国家酬奖亦极矣。西川是宰相回翔地④,崇文叨居已久,岂宜自安?但得为节制边镇⑤,死于王事,诚愿足矣。"乃陈让请邠宁⑥,以至于卒。

### 【注释】

①重寄:委以重任,重大的托付。

②大藩:古代指比较重要的州郡一级的行政区。

③鳏处:犹鳏居,谓独身无妻室。

④回翔:指任职或施展才干。按,刘辟之乱被平后,持续了尽半个世

纪的西川节度使继任危机得以解决。元和二年（807），宰相武元衡出任西川节度使，正式拉开文官镇蜀的序幕，剑南西川也因此在中晚唐被誉为"宰相回翔"之地。但从时间上看，高崇文不应有此言。

⑤节制：指挥，管辖。

⑥陈让：陈辞谦让。邠宁：唐朝方镇名。唐肃宗乾元二年（759）置。治所邠州（今陕西彬州）。领邠、宁、庆、泾、原、鄜、坊、丹、延九州。上元元年（760）析去鄜、坊、丹、延四州。代宗大历三年（768）罢镇。十四年（779）复置，仅领邠、宁、庆三州之地。宣宗大中五年（851）增领武州。僖宗光启元年（885）改为静难军节度使。管区相当今陕西永寿以北、甘肃陇东地区。

## 【译文】

刘辟被捉后，还擒获了他的两个侍妾，都是非常美丽的女子，朝廷派来的监军使者请求将她们进献给皇上。高崇文说："我担当如此重任，刚刚收复州郡，还要清除州郡内的余孽，让百姓恢复生产，来宽慰皇上的忧虑。进献美女，这种魅惑皇上心意的事，崇文这辈子也不会做的。"立即命令把她们许配给无妻室的将官和校官。[原注]皇上听到这件事，跟宦官说："高崇文得到漂亮的女子，没有向我进献，也没有自己留着，这是忠诚正直的表现，是朴实的农家人。"高崇文在蜀地做统帅三年，他的政绩和教化大为推行。高崇文不讲究仪容举止，礼遇贤者接纳有才德的人。他自己和子侄辈的车马服饰以及玩赏用具都没有用金玉装饰的。一天早晨他对监军从事说："我就是河北地区一个健儿，偶然中得到机会，屡立战功，朝廷给我的奖赏也达到顶点了。西川是宰相施展才干的地方，崇文住在这里已经很久了，怎么能够自我安心呢？我只想被任命管辖边镇，能够为皇上差遣的事务而死，确实就心满意足了。"于是他陈辞谦让请求调任邠宁之地，在那里任职一直到去世。

107.宪宗宽仁大度<sup>①</sup>，不妄喜怒。便殿与宰臣论政事<sup>②</sup>，容貌恭肃<sup>③</sup>。延英入阁<sup>④</sup>，未尝不以天下忧乐为意。四方进女乐皆不纳。谓左右曰："嫔御已多<sup>⑤</sup>，一旬之中资费盈万，岂可更剥肤取髓<sup>⑥</sup>，强娱耳目！"其俭德忧民如此。

**【注释】**

①宪宗宽仁大度：本条采录自《杜阳杂编》。

②便殿：即别殿，别于正殿而言，为古时帝王休息消闲之处。

③恭肃：恭敬严肃。

④延英入阁：延英，即延英殿。唐都长安大明宫便殿之一，建于唐贞观中。自唐代宗大历十四年（779）六月起，延英殿成为皇帝召见宰臣、商讨政事的主要殿堂，称作"延英召对"，也作"延英入阁"。开始仅限于宰辅，后逐渐扩大到众臣。《唐六典·尚书·工部》："宣政之左曰东上阁，右曰西上阁，次西曰延英门，其内之左曰延英殿。"

⑤嫔御：指古代帝王、诸侯的侍妾与宫女。

⑥剥肤取髓：剥人皮肤，取人骨髓。比喻极其残酷地压榨和剥削。

**【译文】**

唐宪宗为人宽厚，心胸豁达，从不随便高兴或愤怒。他在正殿以外的别殿与重臣商议政事，面容恭敬严肃。在延英殿召集大臣商议国事，从来都是以天下老百姓的忧愁和欢乐为念。全国各地进献的乐舞伎他都不接纳。宪宗对身边的大臣说："皇宫里的侍妾和宫女已经很多了，十天的费用就超过一万，怎么能够再压榨百姓，增加娱乐耳目的东西呢？"宪宗俭朴的品德和对人民疾苦的关心就是这样。

108.吴元济乱淮西<sup>①</sup>，以宰相裴度为元帅，召对于内殿②,曰:"蔡贼称兵③,昨晚择帅甚难④。天子用将帅,如造大船以越沧海,其功既多,其成也大,一日万里,无所不留;若乘一苇而蹈洪流⑤,即其功也寡,其覆也速。朕今托卿以摧狂寇,可谓一日万里矣。"度曰:"臣虽不才,敢以死效命。"因泣下沾衿,上亦为之动容。

**【注释】**

①吴元济乱淮西:本条采录自《杜阳杂编》。吴元济,沧州清池(今河北沧州东南)人。唐藩镇割据将领,淮西节度使吴少阳之子。初任协律郎,迁监察御史,摄蔡州刺史。吴少阳去世后,吴元济自领军务,勾结河北诸镇叛乱,成为朝廷心腹大患。元和十二年(817),随唐邓节度使李愬雪夜袭击蔡州,俘获吴元济,送京斩首。淮西,泛指淮河上游一带,位于今安徽北部、河南东部。

②召对:指帝王召见大臣令其回答有关政事等方面的问题。

③蔡贼:指蔡州的吴元济。

④昨晚:原书作"朕于",当据改。

⑤一苇:语出《诗经·卫风·河广》:"谁谓河广,一苇杭之。"唐孔颖达疏:"言一苇者,谓一束也,可以浮之水上而渡,若桴栰然,非一根苇也。"后遂以"一苇"作为小船的代称。

**【译文】**

吴元济在淮西举兵叛乱,宪宗以宰相裴度为统帅,并在内殿召见他商议平叛之事,宪宗说:"吴元济在蔡州发动战争,我感觉挑选统帅很是困难。帝王任用将帅,就好像建造一艘大船跨越大海一样,用的功夫多,成功的机会也就大,每天行驶一万里,没有什么地方不能停留;如果乘着一条小船渡洪流,成功的希望也小,而小船倾覆得也很快。我现在托付你去挫败疯狂的贼寇,就是我所说的一天行驶一万里的大船。"裴度说:

"我虽然没有才能,但我愿意以死报答朝廷的恩情。"裴度因此泪下打湿了衣衿,宪宗也被他的话语所感动。

109.宪宗时①,权长孺知盐福建院②。赃败,有司上其狱,崔相群救曰③:"此德舆族子④。"上曰:"德舆不合有子弟犯赃。使德舆自犯,朕且不赦。"后知其母老,免死,杖一百,流康州⑤。

**【注释】**

①宪宗时:本条采录自《因话录·官部》。

②盐:当为"盐铁"。《旧唐书·崔群传》记载:"盐铁福建院官权长孺坐赃,诏付京兆府决杀,长孺母刘氏求哀于宰相,群因入对言之。宪宗愍其母耄年,乃曰:'朕将屈法赦长孺何如?'群曰:'陛下仁恻即赦之,当速令中使宣谕。如待正敕,即无及也。'长孺竟得免死长流。"权长孺,权德舆族子。据《旧唐书·崔群传》记载,宪宗元和十四年(819),权长孺坐赃流放,卒于康州。

③崔相群:即崔群,字敦诗。德宗贞元八年(792)进士及第,十年(794)中贤良方正能言极谏科,授秘书省校书郎。宪宗即位,拜翰林学士,迁礼部侍郎、知贡举。元和十二年(817)拜中书侍郎、同平章事。因反对皇甫镈为相,出为湖南观察使。穆宗即位,征拜吏部侍郎,数日改御史大夫,后出任徐州节度使,被节度副使王智兴驱逐,入为秘书监,分司东都。文宗时,官至吏部尚书,封清河县公。卒赠司空。

④德舆:即权德舆,字载之,天水略阳(今甘肃秦安)人,后徙居润州丹徒(今江苏镇江)。权皋之子。德宗时任太常博士,迁起居舍人兼知制诰。贞元十七年(801)以本官中书舍人知礼部贡举,凡

三岁，号称得人。宪宗时任兵部侍郎，迁太常卿，元和五年（810）
征为礼部尚书、平章事，后因与宰相李吉甫、李绛政见不合罢相，历
任东都留守、太常卿、检校刑部尚书等职。卒赠左仆射，谥号为文。
⑤康州：唐高祖武德四年（621）分端州之端溪县置，九年（626）废。
太宗贞观十二年（638）复置。治端溪县（今广东德庆）。

**【译文】**

唐宪宗时，权长孺任职盐铁福建院。他贪赃枉法的事情败露了，
主管官员向上级呈送他的案件，崔群为救他，说："权长孺是权德舆的族
子。"宪宗说："权德舆不应该有贪赃枉法的后辈。就是权德舆自己犯法
了，我也不会赦免他。"后来宪宗知道权长孺的母亲年龄大了，就免去了
他的死刑，打了他一百杖，流放到了康州。


110.宣平郑相之铨衡也①，选人相贺得其入铨②。刘禹
锡弟某为郑铨注潮州尉，一唱，唯唯而出③。郑呼之却回。
郑曰："如此所试，场中无五六人；一唱便受，亦无五六人。
此而不奖，何以铨衡？ 公要何官，去家稳便④？"曰："家住常
州。"乃注武进县尉。选人翕然⑤，畏而爱之。及后作相，选
官又称第一，宜其有后于鲁也⑥。


**【注释】**

①宣平郑相之铨衡也：本条采录自《刘宾客嘉话录》。宣平郑相，
　《太平广记》以为是郑馀庆，陶敏整理本《刘宾客嘉话录》，考证认
　为当指郑珣瑜。铨衡，指主管选拔官吏的职位。亦指主管选拔官
　吏的部门之长。
②其入：原书作"入其"，当据改。
③唯唯：指恭敬的应答声。

④稳便：恰当，方便，稳妥。

⑤翕然：一致的样子。

⑥有后于鲁：语出《左传·桓公二年》："臧孙达其有后于鲁乎！君违，不忘谏之以德。"杜预注："僖伯谏隐观鱼，其子哀伯谏桓纳鼎。积善之家必有余庆，故曰其有后于鲁。"此指郑珣瑜相德宗，其子郑覃相文宗、郑朗相宣宗事，均见两《唐书》本传。郑珣瑜，字元伯，郑州荥泽（今河南荥泽南）人。以讽谏主文科高第，授大理评事，为万年尉。崔祐甫为相，擢左补阙，出为泾原帅府判官。入拜侍御史、刑部员外郎。德宗贞元二年（786）进饶州刺史，入为谏议大夫，四迁吏部侍郎。又进门下侍郎、同中书门下平章事。顺宗立，迁吏部尚书。卒赠尚书左仆射。

**【译文】**

　　宣平郑相曾任主管选拔官吏的职位，被选中的人相互道贺得以进入选拔之列。刘禹锡的弟弟被郑相量才授官潮州尉，宣布之后，刘禹锡的弟弟恭敬地应答后就向外走。郑相把他叫了回来。郑相说："像你这样的考试成绩，全场不到五六个人；一宣布就接受，全场也没有五六个人能做到。有这样品质的人如果不奖励，还怎么选拔官吏？你想要什么官职，离家近比较方便的可以吗？"回答说："我家住在常州。"于是就授予武进县尉。被选中的人都敬畏并爱戴他。等到后来做了宰相，选拔官吏又被称颂为第一，他的后代确实应该长享高位。

　　111.又陈讽、张复元各注畿县尉①。请换县，允之。既而张却请不换，郑榜子引张②，才入门，报已定，不可改。时人服之。

**【注释】**

①又陈讽、张复元各注畿县尉：本条采录自《刘宾客嘉话录》。陈

讽，唐德宗贞元十年（794）甲戌科状元及第，十一年（795）复举博学宏词科。贞元末任监察御史，历畿县尉。宪宗元和十三年（818）任吏部郎中。张复元，德宗贞元九年（793）登进士第，复举博学宏词科。贞元十六年（800）在秘书正字任。畿县，旧称京都近旁的县份。《新唐书·百官志》："畿县令各一人……丞一人。"

②榜子：文书名。用大字手写的一种经阁门司通进奏闻皇帝的文书。有谒告榜子（请假条）、奏事榜子、承旨出差回京师禀报榜子等等。宋孔平仲《孔氏谈苑·奏事非表状谓之榜子》："唐人奏事非表非状者，谓之榜子，亦曰录子，今谓之札子。"

**【译文】**

后来又有陈讽、张复元二人都被任命为畿县尉。两个人均请求更换县地，郑相应允了他们。不久张复元撤回申请不想更换了，郑相在榜子中荐举了张复元，张复元刚进门，郑相告诉他已经决定，不能再更改。当时人都很信服他。


112.相国晋公裴度出镇兴元①，因入觐，值范阳节度使朱克融囚春衣使奏曰②："使者傲，赐衣恶，军士皆无衣，兼请之③。又闻车驾幸东都，请以丁匠五千④，先理宫寝。"敬宗召公问，公对曰："克融凶骏者⑤，此将灭之征也。欲挫之，则曰：'所遣工役当令供侍，速行也。'若欲缓之，则发一诏曰：'闻中官慢易⑥，俟归，当痛责之。春服，所司之制⑦，我已罪之也。瀍洛之幸⑧，职司所供，固不烦士卒也。三军请衣，吾无所爱，但非征役例。'"克融却出使，宴赂命回，乃赍瑞宝以献。不数月，克融果死。

**【注释】**

①兴元：即兴元府。唐朝府名。亦名"梁州"，别称"汉中郡"。唐高祖武德元年（618）改隋朝汉川郡为梁州。治所南郑县（今陕西汉中）。德宗兴元元年（784）升为兴元府，职官设置，一切同京兆、河南二府，一直到唐末都没有改变。

②朱克融：幽州昌平（今北京昌平西南）人。朱泚重孙。本为卢龙节度使刘总偏将。后刘总入朝，朱克融被遣赴京师。长庆元年（821）随新任节度使张弘靖还幽州。不久幽州军乱，囚张弘靖，推朱克融统领军务。

③请：拜访。《说文》："请，谒也。"

④丁匠：夫役和工匠。

⑤骀（ái）：愚笨。

⑥中官：指官内、朝内之官。后多指宦官。慢易：怠忽，轻慢。

⑦所司：有司。指主管的官吏。

⑧瀍（chán）洛：瀍水和洛水。此处指东都洛阳。此处敬宗"幸东都"，东都洛阳位于瀍水、洛水的交汇处，因称。

**【译文】**

　　宰相裴度要外出镇守兴元府，于是入朝谒见皇帝，正好碰上范阳节度使朱克融囚禁了朝廷派去发放春服的使者，并奏报说："这个使者非常傲慢，赏赐的衣服很粗劣，士卒都没有衣服穿，还要去拜访他。又听说皇上将要巡幸东都洛阳，请求允许我让夫役和工匠五千人先行修整宫殿和皇上休息的地方。"唐敬宗召见裴度并就此事向他询问，裴度回答说："朱克融是残暴愚笨之人，这样做是将要身亡的征兆。要想挫败他，就说：'派遣的工匠和役夫会安排使用的，让他们快出发吧。'如果想要缓和，就发一道诏令说："听说朝廷内官轻慢，等回到皇宫，必当狠狠地指责他的过失。主管春服的相关官吏，我已经治他的罪了。至于我巡幸洛阳的事情，是有关部门的职责，本来就不用劳烦士卒。军队请求春衣，我没有什么吝惜的，但这不符合征役的规则。"朱克融释放了使者，设宴款待他并赠送财物，让他回归朝廷，还拿祥瑞的宝物让使者进献给敬宗。没过几个月，朱克融果然死了。

113.李卫公镇浙西①，甘露僧知主事者诉交代常住什物为前主僧隐没金若干两②。引证前数年皆递相交割传领③，文籍分明④。且初上之时交领分两既明，交割之日不见其金。引虑之际⑤，公疑其未尽，微以意揣之。僧乃曰："居寺者乐于知事，前后主之者，积年以来空交分两文书，其实无金矣。群僧以某孤立⑥，不杂辈流⑦，欲由此挤之。"因流涕言其冤状。公曰："此非难也。"俯仰之间⑧，曰："吾得之矣。"乃立召兜子数乘⑨，命关连僧入对事。咸遣坐檐子⑩，下帘，指挥门下，不令相对。命取黄泥，各令模交付下次金样，以凭证据。僧既不知形状，竟模不成。数辈等皆伏罪。

**【注释】**

①李卫公镇浙西：本条采录自《桂苑丛谈·太尉朱崖辩狱》。李卫公，即李德裕，因其被封卫国公，故称。浙西，唐方镇名。浙江西道的简称。唐肃宗乾元元年（758）置，次年废。德宗贞元元年（785）复置，初治润州（今江苏镇江），末年移治杭州（今属浙江）。

②知主事者：此处指管理寺庙日常事务的僧人。知，主持，管理。常住：僧、道称寺舍、田地、什物等为常住物，简称常住。什物：指日常应用的衣物及其他零碎用品。

③数年皆递相交割：原书此句"年"作"辈"，"皆"下有"有"字，当据补。交割，谓办理移交时双方交代有关事项，结清手续。

④文籍：文簿账册。

⑤引虑：命囚犯接受询问，录其罪状及决狱情况。虑，通"录"。《资治通鉴·后唐纪·后唐明宗天成二年》："庚午，初令天下长吏每旬亲引虑系囚。"胡三省注："引虑系囚，即《汉书》所谓录囚徒也。自唐以来，率曰虑囚。考之先儒音义，虑亦读为录。"

⑥孤立：自立，无所依傍或联系。

⑦辈流：同辈人。

⑧俯仰之间：一低头一抬头的工夫。形容时间极短。

⑨兜子：中国古代的一种交通工具，指只有坐位而没有轿厢的便轿。亦称"兜轿""兜笼""山轿""便轿"等。

⑩檐子：肩舆之类。唐初盛行，用竿抬，无屏障。

## 【译文】

李德裕镇守浙江西道，甘露寺管理寺内日常事务的僧人控告前任主管，说他移交寺内固定资产及其他日常居住所用衣物和零碎用品时隐匿了黄金若干两。这位僧人还提供证据说前几任都是通过相互交接承传领受的，文簿账册写得很清楚。况且刚刚上任时交接的财物分量是清楚的，等到办理移交结清手续时黄金就不见了。在传讯囚犯，录其罪状的时候，李德裕怀疑这个案件还有不清楚的地方，于是通过隐蔽的方式去探测僧人真实的想法。僧人这才说："住在寺里的人都喜欢主管寺内事务，在我前后主管寺内日常事务的人，多年以来交付的公文都是凭空书写的，真实的情况是根本就没有黄金。众僧因我自立，不和他们同流合污，所以他们想要用这件事来排挤我。"于是被囚禁的僧人流着眼泪诉说了自己蒙冤的具体情况。李德裕说："这不是什么难事。"很快，他就对僧人说："我有办法了。"于是立即找来了几乘便轿，命令去接与此事有牵连的僧人对质。都让他们乘坐檐子，都放下帘子，并指示手下的人，不让这些僧人面对面交谈。命人取来黄泥，让每一个和尚捏出各自经手交接过的黄金的模型，以便作为证据。这些僧人既然不知道黄金的形状，就捏不出黄金的模型。最后，这些僧人都伏法认罪了。

114.宝历中①,亳州云出圣水②,服之愈宿疾③,亦无一差者。自洛已来及江西数十郡④,人争施金贷之衣服以饮焉。获利千万,人转相惑。李德裕在浙西,命于大市集人⑤,置釜取其水,设司取猪肉五斤煮⑥,云:"若圣水也,肉当如故。"逡巡熟烂⑦。自此人心稍定,妖者寻而败露。

【注释】

①宝历中:本条采录自《大唐传载》。宝历,唐敬宗李湛年号(825—827)。

②亳州:州名。北周末改南兖州置,治小黄县(隋改名谯县,今安徽亳州)。隋大业初改为谯郡。唐武德、乾元初复为亳州。圣水:指宗教信徒及民间迷信用以降福、驱邪、治病的水。

③宿疾:久治不愈的疾病,旧病。

④数十:原书作"十"。

⑤大市:古时指午后设立的集市。因到市的人多,故称。《周礼·地官·司市》:"大市日昃而市,百族为主;朝市朝时而市,商贾为主;夕市夕时而市,贩夫贩妇为主。"贾公彦疏:"向市人多,而称大市。"后亦泛指大的集市。

⑥设司:原书作"于市司",当据改。市司,古代管理市场的官员。

⑦逡巡:顷刻,极短时间。

【译文】

唐敬宗宝历年间,亳州地区盛传出产用以降福、驱邪、治病的圣水,喝圣水能够治好久治不愈的疾病,没有一个不好的。从洛阳到江西数十郡,人们争相施舍黄金和衣服,以求能够喝到圣水。管理圣水的人盈利上千万,人们开始感到疑惑。李德裕当时在浙江西道,他命人在大集召集民众,架置一口锅取来圣水,从市场管理员那里拿来五斤猪肉放到水中煮,说:"如果是圣水,肉应该和原来一样。"很快肉就熟烂了。从此民心才逐渐稳定,作妖的人不久也就败露了。

115.敬宗时[①],吏部郎韦顗[②],宰相忠贞公见素之孙[③],大历中刑部员外郎袭灵昌公益之子[④],孝友贞重。未丱角[⑤],继踵大衅[⑥],成长谢事[⑦],终身抱戚。及释褐[⑧],命服里衣不释绢素[⑨]。博览群书,不为讽咏。嗜学强记,自筮仕至夕拜[⑩],秉笔记录,不暂废辍。士流出身,内外扬历,行能所立,其材何适,必广询搜载于别录。武臣谋将,毅勇忠廉,可将千人,可将万人,可攻可守,无不博记其姓名。州县征赋重轻,物产繁阙,凋残富庶,风俗里路,山川险易,兵甲强弱,无不备详。山泽利害,国用经费,凡曰能吏,与之较量济物泽人、除苛静理之术,蔚为吏师。外国所习,边疆控扼,曾经历者,无不与之论。洞晓天文数术,阴阳《易》象,四方灾沴[⑪],朝廷休宁,无不先知。

**【注释】**

①敬宗:即唐敬宗李湛,唐穆宗之子。初封景王。长庆二年(822)立为太子,四年(824)即位。在位期间日事游宴、击鞠、奏乐,赏赐宦官、乐人,亲昵群小,大臣罕得进见,致使朝政混乱。终被宦官刘克明和击球军将苏佐明等杀死。葬庄陵(在今陕西三原西北),庙号敬宗,谥睿武昭愍孝皇帝。

②韦顗:字周仁,京兆万年(今陕西西安)人。韦见素孙。幼孤,嗜学,善持论,有清誉。少以门荫补千牛备身,历任鄠县尉、万年尉、补阙,累迁给事中。穆宗长庆四年(824)任户部侍郎,官终吏部

侍郎。任谏职时，对时政多有裨讽。著《易蕴解》，推演潜亢终始
之义，甚有奥旨。

③忠贞公见素：即韦见素，字会微。进士及第，初授相王府参军，历
任河南府仓曹、大理寺丞，迁谏议大夫、给事中、检校尚书工部侍
郎等职。天宝十三载（754）升任兵部尚书、同中书门下平章事。
安史乱后，从玄宗入蜀，进左相，封邠国公。后奉命赴灵武辅佐
唐肃宗，迁尚书左仆射，罢知政事。改太子太师。后以足疾致仕。
卒赠司空，谥曰忠贞。

④灵昌公益：即韦颎之父韦益，唐代宗大历中任刑部员外郎，袭封灵
昌公。

⑤丱（guàn）角：指未成年。角，古代未成年的人，头顶两侧束发为
髻，状如牛角，故称角。

⑥继踵：接踵，前后相接。大衅：大事端，大祸乱。

⑦谢事：辞去官职，免除俗事。

⑧释褐：指脱去平民衣服。比喻始任官职。

⑨命服：原指周天子赐给元士及上公九种不同命爵的衣服。后泛指
官员及其配偶按等级所穿的制服。绢素：未曾染色的白绢。

⑩筮仕：古人出任做官前，先占卜问吉凶。后指初出做官。《左
传·闵公元年》：“初，毕万筮仕于晋，遇屯之比。”夕拜：亦作“夕
郎”，黄门侍郎的别称。东汉应劭《汉官仪》：“黄门侍郎，每日暮，
向青琐门拜，谓之夕郎。”唐朝指给事中。

⑪灾沴（lì）：指自然灾害。

## 【译文】

　　唐敬宗时的吏部侍郎韦颎，是宰相忠贞公韦见素的孙子，代宗大历
年间刑部员外郎袭封灵昌公的韦益的儿子，韦颎孝顺友爱，忠贞严肃。
他还未成年就遭遇大祸，在长大成人的过程中从不过问俗事，终其一生
心怀忧伤。等到韦颎开始做官，穿在官服里面的从来都是未曾染色的白

绢。韦颛博览群书，从来不做讽诵吟咏之事。他好学，记忆力强，从开始做官到任给事中，一直都是执笔记录听到的话或者发生的事，从不停辍搁置。对于那些读书人早期的经历或身份，他们在朝廷内外做官的经历，他们的行为能力以及立身之本，他们的才能适合什么地方，一定会广泛征求和听取意见，搜罗并分别记载。武官和有谋略的将领，忠毅英勇和忠君廉洁的将领，能率领一千人的将领，能统帅一万人的将领，可以攻取也可以防守的将领，韦颛无不广泛记录他们的姓名。州县所征赋税的轻重，出产的物品的繁盛和短缺，人口的零落衰败还是众多，民风民俗和闾里道路，高山河流的险阻与平坦，武器军备的强大与弱小，没有不周备详尽的。山林与川泽的收益和祸患，国家经常支出的费用，凡是被认为能干的官吏，就和他们较量救济润泽百姓本领的高低、消除苛政以清净之道治理的办法，韦颛能力出众，足以成为官吏的老师。外国的习俗，对边疆地区的把守，曾经经历过的人，没有不和他讨论的。他洞悉天文和方术之学，阴阳五行学说和《易》象，天下的自然灾害，朝廷的安宁，没有不事先知道的。

丞相裴公垍、韦公贯之、李公绛、崔公群、萧公俛①，皆布衣旧②，继登台衮③。每有朝廷重事，庙谋未决者④，必资于韦公。及敷奏施行⑤，咸称折中⑥。或尹京推镇⑦，衔命难理之邦，命属未定其人⑧，咨于韦。韦曰："某宽和通简，某刚劲峻急，某恤物利人，某残刻执滞，某明于辨博，某练达刑书，某可以任繁剧⑨，某可以辑凋瘵⑩。"裨赞朝略⑪，未尝有私。性沉厚容纳，进退情理，而士大夫亲昵交友，莫能知者。五丞相敬服，以为龟镜⑫，相顾而叹曰："吾辈五人智虑，自昏及晓筹度事，不逮韦公欬唾之间⑬。房、杜、姚、宋⑭，相业著于简书，吾恨不得亲承规矩。韦公之才，但恐房、杜、姚、宋,不相远也。"

## 【注释】

①李公绛:即李绛,字深之,赵郡赞皇(今河北赞皇)人。唐德宗贞元八年(792)登进士第,又登博学宏词科。唐德宗贞元末年任监察御史。唐宪宗元和二年(807)授翰林学士。元和六年(811)升任中书侍郎、同平章事。穆宗、敬宗时,两任东都留守,拜尚书左仆射。唐文宗时任兴元尹、山南西道节度使,封赵郡开国公。大和四年(830)山南兵变,李绛为乱军所害,册赠司徒,谥曰贞。萧公俛:即萧俛,字思谦。唐德宗贞元七年(791)举进士,复登贤良方正科,拜右拾遗。宪宗元和末得宰相皇甫镈推荐,授御史中丞。穆宗继立,拜中书侍郎、平章事。任宰相期间,疾恶如仇,每任一官必多方考察,逶迤时日,时论称赏。敬宗宝历二年(826)以太子少保分司东都。文宗即位不久,准其致仕。为避亲友请谒之烦,归居济源别墅。

②布衣:指平民百姓。

③台衮(gǔn):三公宰相之位。

④庙谋:犹言"庙策""庙算"。指朝廷对国家大事的计谋。古代兴师作战之前,通常要在庙堂里商议谋划,分析战争的利害得失,制定作战方略。这一过程就叫作"庙算"。

⑤敷奏:呈奏,向君上报告。

⑥折中:调节使适中。

⑦尹京:唐时京兆府尹别称。

⑧命属未定其人:原作"金属未之定其人",且"定"字下有案语曰:"案此句疑有脱误。"本书据《历代小史》本校改。

⑨繁剧:指繁重的事务。

⑩凋瘵(zhài):指困穷之民或衰败之象。

⑪裨赞：指辅助。

⑫龟镜：龟可卜吉凶，镜能别美丑，因用以比喻可供人对照学习的榜样或引以为戒的教训。

⑬欸（kài）唾：形容不费力气或时间短暂。

⑭房、杜、姚、宋：指房玄龄、杜如晦、姚崇、宋璟四位唐朝名相。

**【译文】**

　　丞相裴垍、韦贯之、李绛、崔群、萧俛在平民时就是好友，后来相继登上台辅之位。每每朝中有重大的事情，朝廷谋划不能决定的，一定到韦颜那里寻求帮助。等到呈奏君主付诸实施，大家都称赞是最适中的方法。对于京畿长官和节度使，接受命令去镇守难以治理的地方，委命的人选还没有定下来，就向韦颜咨询。韦颜说："某某人宽厚谦和，不拘礼节；某某人雄健有力气，性情严酷；某某人怜惜百姓，有利于他人；某某人凶残狠毒，固执执着；某某人学识渊博；某某人熟悉通达法律条文；某某人可以委任繁重的事务；某某人可以救济困穷之民扭转衰败之象。"他辅助朝政，从来都没有私心。韦颜性格深沉稳重，包容受纳，无论进退都在情理之中，但那些士大夫及关系亲密的朋友，却没有了解他的人。丞相裴垍、韦贯之、李绛、崔群、萧俛五人对韦颜敬重佩服，把他作为学习的榜样，他们互相看着感叹说："我们这五个人的智谋，从黄昏到天亮谋划的事，还赶不上韦公片刻之间的思虑。房玄龄、杜如晦、姚崇、宋璟，他们宏大的功业著录在文书之中，我们都很遗憾不能亲身传承他们的法度。韦公的才干，恐怕和房玄龄、杜如晦、姚崇、宋璟相差不大了。"

　　116.刘桂州栖楚为京兆尹①，号令严明，诛罚不避权势。先是京城恶少及屠沽商贩多系名诸军②，干犯府县法令③，有罪即逃入军中，无由追捕。刘公为尹，一皆穷治④。有匿军中名目，自称百姓者，罪之。坊市奸偷宿猾屏迹⑤。

尝有儒生入市，市内有一军人，乘醉误突生驴过，旁诸少年
噪曰："痴男子，尚敢近衣冠也！⑥"与属吏言，不伤气，未尝
叱责一官人。常谓府县官曰："诸公各自了本分公事⑦，晴天
美景，恣意游赏，勿致拘束。"

**【注释】**

①刘桂州栖楚为京兆尹：本条采录自《因话录·商部》。刘桂州栖
　楚，即刘栖楚，字善保。宪宗元和中历官镇州小史、邓州司仓参
　军。穆宗长庆初年，王承宗荐于李逢吉，擢右拾遗。四年（824）
　任起居舍人，迁谏议大夫。敬宗宝历元年（825）任刑部侍郎，十
　一月拜京兆尹。文宗大和元年（827）出为桂管观察使，九月卒。

②屠沽：宰杀牲畜和买卖酒浆，也指以屠牲沽酒为业者。

③干犯：干扰侵犯，触犯。

④穷治：彻底查办。

⑤奸偷：指为非作歹，偷盗财物。宿猾：老奸巨猾之人，巨恶。屏迹：
　避匿，敛迹。

⑥痴男子，尚敢近衣冠也：《新唐书·刘栖楚传》记载："改京兆尹，
　峻诛罚，不避权豪。先是，诸恶少窜名北军，凌藉衣冠，有罪则
　逃军中，无敢捕。栖楚一切穷治，不阅旬，宿奸老蠹为敛迹。一
　日，军士乘醉有所凌突，诸少年从旁噪曰：'痴男子，不记头上尹
　邪？'"

⑦了本分公事：指做好职责内的事。

**【译文】**

　　刘栖楚任京兆尹，号令严明，责罚不避让权柄和势力。在此之前京
城中品行恶劣的年轻人和以屠牲沽酒为业的人，还有经商的小贩等，大
多把名字挂在各个军队中，违反府县的法律和政令，一旦犯罪就逃到军
队中，没有办法追查搜捕。刘栖楚任京兆尹后，全部彻底查办。有隐匿

军中,自称是平民百姓的人,就治他们的罪。街市上为非作歹偷盗财物的奸猾之人都隐匿不见了。曾经有一个儒生去集市,集市上有一个军人,乘着酒醉误撞了儒生和他的毛驴就走了,旁边的一众少年大喊大叫说:"愚笨的小子,你还敢靠近绅士!"刘栖楚跟手下的官吏说话,不会轻易发怒,从来没有大声呵斥过任何一个官员。他经常对府县的官员说:"各位各自做好自己职责内的事,晴朗的天空,美丽的景色,你们随意游玩观赏,不要受约束。"

117.权实子范①,为殿中侍御史、知巡②。有小吏从市求取,事发,笞十数。他日复有如此者,白于台长③,杖背十五。同列疑其罪同罚异④。权对曰:"前吏所取者,名属左军⑤,台之威令不振久矣,百司尚有不禀奉者,况凭禁军之势耶!彼受贿于此辈,犹是抑豪强,可以矜减。后吏则挟台之威以恐百姓,杖背犹为至轻。

**【注释】**

①权实子范:本条采录自《因话录·商部》。权实,唐人,生平未详。范,即权范,唐人,权实之子,曾任殿中侍御史,掌巡察。

②知巡:唐代左、右知巡省称,由殿中侍御史兼,掌西、东京城内巡察不法事。《旧唐书·职官志》:"殿中侍御史六人……凡两京城内,则分知左、右巡,各察其所巡之内有不法之事。"

③台长:唐代指御史台的长官。一般指御史大夫。

④同列:同僚。

⑤左军:即左神策军。神策军为禁军,分为左右军,常由宦官统领。

**【译文】**

权实的儿子权范任殿中侍御史,掌巡察。有一个小吏在市场上勒索钱财,事发后,权范命令用竹板打了他十下。过了几天,又有人犯了同样的罪,禀报给御史大夫,御史大夫命令用杖打他后背十五下。同僚提出异议,认为这两个人犯的罪相同但处罚却不一样。权范回答说:"上次抓到的那个勒索财物的小官吏,在名分上属于左军,御史台的政令不严已经很久了,各个官署尚且有不听从的人,更何况依仗禁军势力的人呢?他们收受这些人的贿赂,还算是压制豪强,可以减轻刑罚。后面这个犯法的小吏则是仗着御史台的威风来恐吓平民百姓,行杖刑已经算是最轻的惩罚。"

118.张杰夫前自襄州从事至京①,失马,台中三院多亲友②,为求马价。同列或有隙,不肯署字,权范独先署,谓众曰:"某向不与张熟,但闻其在穷丧马,正当求禄求知之际,不可使徒行。且一千何足为轻重③?"

**【注释】**

①张杰夫前自襄州从事至京:本条采录自《因话录·商部》。与上条原合为一条,今据齐之鸾本分列成两条。张杰夫,南阳(今属河南)人。进士及第。从事,官名。汉刺史佐吏,如别驾、治中等皆称为从事史。汉以后三公及州郡长官皆自辟僚属,多以从事为称。

②三院:唐制,御史台设三院:台院,置侍御史;殿院,置殿中侍御史;察院,置监察御史。《新唐书·百官志》:"御史台,大夫一人……中丞为之贰。其属有三院,一曰台院,侍御史隶焉;二曰殿院,殿中侍御史隶焉;三曰察院,监察御史隶焉。"

③且一千何足为轻重:原书为:"且一缗何足为轻重?若使小生荐所不知之人,实不从众署状。"一千,即一缗。古人为了方便用钱,将钱穿成串,一般每串一千文铜钱。何足,哪里值得。轻重,谓

左右、影响事物。《韩非子·人主》：“所谓威者，擅权势而轻重者也。”陈奇猷集释：“轻重者，谓能左右其事，彼以为轻则轻，彼以为重则重也。”

## 【译文】

张杰夫此前从襄州从事任上来到京城，走失了马，御史台中有不少人是他的亲友，替他寻求买马的钱。同僚中有人和张杰夫有仇隙，不愿意签名，权范不只最先签名，他还对大家说：“我向来和张杰夫不熟悉，只是听说他在经济困难的时候走失了马，这个时候正是他求取俸禄寻求知遇的时候，不能让他步行。况且一千文铜钱有什么要紧呢？”

119.开成中①，李石作相兼度支②。一日早朝中箭③，遂出镇江陵。自此诏宰相坐檐子，出入令金吾以三千人宿直④。李卫公复相⑤，判云：“在具瞻之地⑥，自有国容⑦。居无事之时，何劳武备？所送并停。”[原注]⑧李卫公初入相是大和七年，居李石之前，卫兵不因李事。记之者有误。

## 【注释】

①开成：唐文宗李昂年号（836—840）。

②李石：字中玉，陇西（今属甘肃）人。唐朝宗室，襄邑恭王李神符五世孙。宪宗元和年间进士及第。早年入李听幕府，任节度从事。元和年间历任工部郎中、给事中、户部侍郎等职。文宗大和九年（835）后为朝议大夫、同平章事。开成元年（836）加中书侍郎、领盐铁转运使。后辞相，出为荆南节度使。武宗会昌年间，加检校司空、平章事、河东节度观察等使、检校司徒、东都留守，以太子少保分司卒。诏赠尚书右仆射。

③一日早朝中箭：《新唐书·李石传》记载：“三年正月，将朝，骑至

亲仁里,狙盗发,射石伤,马逸,盗邀斫之坊门,绝马尾,乃得脱。天子骇愕,遣使者慰抚,赐良药。始命六军卫士二十人从宰相。"

④令金吾以三千人宿直:《旧唐书·李石传》称"因差六军兵士三十人卫从宰相"。《新唐书·李石传》则作"六军卫士二十人从宰相"。此处"千"当为"十"之误。金吾,古官名。负责皇帝大臣警卫、仪仗以及徼循京师、掌管治安的武职官员。其名称、体制、权限历代多有不同。汉有执金吾,唐宋以后有金吾卫、金吾将军、金吾校尉等。宿直,指夜间值班。这里指值班护卫。

⑤李卫公:指李德裕。武宗会昌四年(844),李德裕进封卫国公,故名李卫公。

⑥具瞻:语出《诗经·小雅·节南山》:"赫赫师尹,民具尔瞻。"是说尹氏为大师,位尊显贵,一举一动为天下人所注视。后以"具瞻"表示高官(一般指三公)。

⑦国容:国家的礼制仪节。

⑧原注:据周勋初《校证》,这是王谠所加之注。

【译文】

唐文宗开成年间,李石任宰相兼判度支事。一天早晨上朝时被箭射中,于是外出镇守江陵。从此之后皇帝下诏宰相上朝乘坐檐子,并命令宰相出入时,由金吾卫派三十人轮流值班护卫。李德裕再次担任宰相后,他评判说:"宰辅重臣居住的地方,自有国家的礼制仪节。现在是没有战事的时候,怎么能够劳累国家的武装力量?所有这些全部停止。"[原注]卫国公李德裕初入朝任宰相是唐文宗太和七年,在李石任宰相之前,派卫兵护卫宰相不是因为李石中箭之事。这件事的记述有错误。

120.武宗将赐杜悰之子无逸衣①,所司条列其目衫色奉进。上曰:"不可赐白衣。又其年幼未有官,不可假以服色②。但赐青衣无衫可也。"

**【注释】**

①武宗将赐杜悰之子无逸衣:本条采录自《因话录·官部》。武宗,
即唐武宗李炎,原名李瀍,唐穆宗李恒之子。初封颍王。文宗卒,
宦官仇士良、鱼弘志矫诏废太子李成美,迎其即帝位。在位期间,
倚重宰相李德裕澄清吏治,发展经济,有志于革除积弊。同时致
力于削弱宦官、藩镇和僧侣、地主的势力,使唐朝一度呈现中兴
局面,史称"会昌中兴"。李炎长期服食长生丹药,于会昌六年
(846)驾崩,葬端陵(在今陕西三原东),庙号武宗,谥至道昭肃
孝皇帝。杜悰,字永裕,京兆万年(今陕西长安)人。司徒杜佑之
孙,诗人杜牧从兄。初以门荫三迁太子司议郎。元和九年(814)
迎娶唐宪宗之女岐阳公主,加驸马都尉,授殿中少监。文宗大和
年间任凤翔陇右节度、忠武军节度使、兵部尚书。武宗会昌中拜
中书侍郎、同平章事。宣宗大中初出镇西川。懿宗朝累加太子太
傅,册封邠国公。杜悰虽出入将相,而厚自奉养,未尝荐达幽隐。
时号"秃角犀"。

②假:给予,授予。

**【译文】**

　　唐武宗要赐给杜悰的儿子杜无逸衣服,主管服装的官员分条列出衣
服的名目和颜色进呈给武宗。武宗说:"不能赏赐白色的衣服。又因为
他年纪小还没有做官,不能给他有颜色的衣服。只赐给他无衫的青色便
服就可以了。"


　　121.会昌中①,晋阳令狄惟谦②,梁公之后③,善为政。
州境亢阳④,涉春夏,数百里水泉耗竭。祷于晋祠者数旬,无
应。有女巫郭者,攻符术厌胜之道⑤。有监军携至京师,因
缘出入宫掖⑥,其后归,遂号"天师"。天既久不雨,境内莫

知所为，皆曰："若得天师至晋祠，则旱不足忧矣。"惟谦请于主帅，曰："灾厉流行⑦，甿庶焦灼⑧。若非天师一救，万姓恐无聊生。"于是主帅亲自为请，巫者许之。惟谦具幡盖，迎自私室，躬为控马⑨。既至祠所，盛设供帐饮馔。自旦及夕，立于庭下，如此者两日。语惟谦曰："为尔飞符于上帝，请雨三日，雨当足矣。"观者云集。三夕，雨不降。又曰："此土灾沴，亦由县令无德。为尔再请，七日当有雨。"惟谦引罪于己，奉之愈恭。及期又无应，郭乃骤索马入州宅。惟谦曰："天师已为百姓此来，更乞祈祷。"勃然怒骂曰："庸琐官人，不知礼！天时未肯下雨，留我复奚为？"惟谦谢曰："明日排比相送。"

【注释】

①会昌中：本条采录自《剧谈录·狄惟谦请雨》。会昌，唐武宗李炎年号（841—846）。

②晋阳：县名。治所在今山西太原。狄惟谦：唐人，生平不详。

③梁公：指狄仁杰，武则天时宰相，唐睿宗时追封梁国公，故称梁公。

④亢阳：指旱灾。

⑤符术厌胜：即符厌，指道士巫师符咒厌胜的法术。

⑥官掖：皇宫，宫室。

⑦灾厉：亦作"灾疠"，指水、火、荒旱等所造成的祸害。

⑧甿（méng）庶：百姓。

⑨控马：驾驭马匹。

【译文】

唐武宗会昌年间，晋阳令狄惟谦，是梁公狄仁杰的后人，擅长处理政事。州境干旱，经过春天和夏天，方圆几百里水泉的水都枯竭了。人们在晋阳县的祠堂求雨几十天,天也没有下雨。有一个姓郭的女巫,专门从事符咒厌胜的法术。有一个监军把她带到京城,得以进出皇宫,后来她从京城回来就号称"天师"。天已经很久没有下雨了,境内没有人知道怎么做,大家都说:"如果能让天师到晋阳县的祠堂,那么现在的干旱就不值得忧虑了。"狄惟谦向主帅请求,说:"旱灾流行,百姓焦躁忧虑。如果不让天师来救济,老百姓恐怕没有办法生活了。"于是主帅亲自去请,姓郭的巫师答应前来。狄惟谦准备了幡幢华盖,到巫师的宅第迎接,并亲自为她驾驭马匹。到了晋阳县祠堂,惟谦为巫师安排起居和饮食,盛情款待。姓郭的巫师从早到晚站在庭院之中,像这样整整两天。她对狄惟谦说:"为你把祈雨的符咒呈送给天帝了,请了三天的雨,应该足够了。"当时聚集观看求雨的人非常多。三天过去了,没有下雨。巫师又说:"这个地方的自然灾害,也是由于县令的无德造成的。我再为你请一次,七天之后就会下雨。"狄惟谦把罪过都揽到自己身上,对她愈发恭敬。等到七天以后,天还是没有下雨。姓郭的巫师突然向狄惟谦索要马匹要回她在州郡的宅第。惟谦说:"天师为了百姓已经来到这里了,请求你再求一次雨。"巫师勃然大怒,她骂狄惟谦说:"你这个才能平庸不识大体的小官,一点都不懂礼数!天这个时候不愿意下雨,再留我有什么用?"惟谦说:"明天我安排送你走。"

迟明①,郭将归,肴醴一无所设②。坐于堂上,大怒。惟谦曰:"左道女子,妖惑日久,当须此毙,焉敢言归?"叱左右曳于神堂前,杖背二十,投于潭水。祠后有山极高,遂令设席焚香,端笏立于其上③。阖县骇云:"长官打杀天师。"驰走者纷纭。祠上忽有云如车盖,覆惟谦。逡巡四合,雷震数声,甘泽大澍数尺④。于是士民自山顶拥惟谦而下。州将初责以专杀巫者⑤,既而嘉其精诚有感,与监军表言其事,制书褒曰⑥："狄惟谦剧邑良才⑦,忠臣华胄。睹此天厉,将殚下民,当请祷于晋祠,类投巫于邺县。曝山椒之畏景⑧,事等焚躯⑨;起天际之油云,法同剪爪⑩。遂使旱风潜息⑪,甘泽施流。昊天犹鉴于克诚,余志岂忘于褒善。特颁朱绂⑫,俾耀铜章。勿替令名,更昭殊绩。"赐章服⑬,并钱五十万。后历绛、隰二州刺史,所治皆有名称⑭。

【注释】

①迟明:黎明,天快亮的时候。

②肴醴(lǐ):犹酒肴。

③笏(hù):指笏板。古代大臣上朝时手中所拿的狭长板子,按品第分别用玉、象牙或竹制成。

④澍(shù):雨水润泽。

⑤专杀:擅自杀人。

⑥制书:古代皇帝命令的一种。东汉蔡邕《独断》:"其(皇帝)命令:一曰策书,二曰制书,三曰诏书,四曰戒书。"

⑦剧邑:政务繁剧的郡县。

⑧山椒:山顶。畏景:夏天的阳光。

⑨事等焚躯:《后汉书·谅辅传》载,谅辅仕郡为五官掾。"时夏大旱,太守自出祈祷山川,连日而无所降。辅乃自暴庭中,慷慨咒曰:'……辅今敢自祈请,若至日中不雨,乞以身塞无状,'于是积薪柴聚茭茅以自环,构火其旁,将自焚焉。未及日中时,而天云晦合,须臾澍雨,一郡沾润。"

⑩法同剪爪:《艺文类聚·帝王部二》载:"汤自伐桀后,大旱七年。殷史卜曰:'当以人祷。'汤曰:'吾所为请雨者民也。若必以人祷,吾请自当。'遂斋戒剪发断爪,以己为牲,祷于桑林之社。言未已

而大雨，方数千里。"

⑪潜息：谓无形中止息。

⑫朱绂（fú）：古代礼服上的红色蔽膝。后多借指官服。

⑬章服：以图文为等级标志的礼服。据《夏书》，古以日月、星辰、山龙、华虫、宗彝、藻火、粉米、黼黻、希绣等为古天子冕服十二章。每图为一章，天子十二章，群臣按品级以九、七、五、三章递降。《新唐书·车服志》："百官赏绯、紫，必兼鱼袋，谓之章服。"

⑭名称：名声。

## 【译文】

天快亮的时候，郭天师准备回家，发现没有给她安排酒肴。她坐在堂上，非常生气。惟谦说："你这个邪门旁道的女人，妖言惑众很长时间了，应当在此时杀了你，怎么还敢说回去。"他命令身边的人将这个巫师拖到神堂前，在她的背上施杖刑二十下，然后把她扔到了潭水之中。祠堂后面有一座山非常高，惟谦命人在山上铺设坐席，并供上香火，他则双手捧着笏板站在席上。全县的人听到惟谦杀了巫师都非常惊骇，说："县令打杀了天师。"大家纷纷奔走相告。这时祠堂上面忽然聚集了像车盖一样的乌云，正好覆在惟谦的头顶。很快乌云从四面聚合，几声雷声过后，甘霖倾泻而下，浸润地下几尺。这个时候，当地百姓从山顶簇拥着惟谦下山。州郡的长官起初还叱责惟谦擅自打杀了巫师，后来就嘉奖他，说他的真心诚意感动了上天，并与监军一起向皇上上书言明惟谦的事迹。皇上下诏褒奖他说："狄惟谦是政务繁重的地方官员中本领高强的杰出人才，是忠臣贵胄。看这天灾，将要使百姓灭绝，这个时候惟谦请巫师在晋祠祈雨，又像西门豹在邺县投巫一样将女巫扔进水里。他将自己暴露在山顶夏天的阳光之下，他这样做和谅辅欲自焚来求雨一样伟大；他的这种举动使得天边的浓云升起并降下大雨，就像商汤剪发断爪求雨而感动上天一样。从而使旱灾在无形中止息，甘霖在大地上流淌。老天尚能洞鉴惟谦的忠诚，我又怎么能够忘了褒奖他。特地颁发红色的官服,以便让铜制官印更显耀。不要泯灭了他的好名声,而要更加显扬这特出的功绩。"赏赐给惟谦礼服,并赐给他钱五十万。惟谦后来历任绛州、隰州刺史,在任期间都有好的名声。

122.卢元公钧镇北都①,推官李璋幕中饮酒醉②,决主酒军职衙前虞候③。明日,元公出赴行香④,其徒百八十人横街见公,论无小推巡决得衙前虞候例。元公命收禁责状⑤。至衙,命李推官所决者更决配外镇,其余虞候各罚金。内外不测。璋惶恐,衣公服求见。公问:"何事公服?请十郎袴衫麻鞋相见⑥。"璋欲引咎,公语皆不及。临去,曰:"十郎不决衙前虞候,只决所由⑦。假使错误,亦不可纵。况太原边镇,无故二百虞候横拦节度使,须当挫之。"璋后为尚书右丞。

**【注释】**

①卢元公钧:即卢钧,字子和,祖籍幽州范阳(今河北涿州),后徙居京兆蓝田(今陕西蓝田)。唐宪宗元和四年(809)进士。又以书判拔萃,累佐节度使幕。文宗大和五年(831)迁左补阙,后历任吏部郎中、常州刺史、岭南节度使、潞州大都督府长史、户部尚书等。宣宗即位,改吏部尚书,授宣武节度使。迁检校司空,封范阳郡公,节度河东。大中五年(851)召为左仆射。十一年,以检校司徒同平章事、兴元尹,充山南西道节度使。懿宗咸通初以太保致仕。卢钧做官以仁恕至诚为治,所治之地皆有政绩。

②推官:官名。唐代使府僚佐推官的省称。唐前期采访使置推官,节度使府于玄宗朝始置推官。其后观察使、团练使均置推官,职掌推勾狱讼。李璋:李绛之子。进士及第,后为卢钧从事,官终宣歙观察使。

③虞候:官名。西魏时始置。隋朝为东宫禁卫官。唐后期有都虞候,掌军中执法之事。

④行香:原是礼拜神佛的一种仪式,始于南北朝。起初,常以燃香熏手,或以香末散行。唐以后则斋主持香炉巡行道场,或仪导以出街。

⑤责状:施行刑罚。

⑥十郎:指李璋。李璋在家族排行第十,故称十郎。袴衫麻鞋:指家常穿的衣服。

⑦所由:犹言有关官吏。因事必经由其手,故称。

**【译文】**

卢钧镇守北都时,推官李璋在幕府中喝醉酒后,处罚了主管酒的军官衙前虞候。第二天,卢钧外出行香,衙前虞候一百八十多人堵塞在街道上要见卢元公,并陈说没有小小的推官处罚衙前虞候的先例。卢元公命令拘禁这些虞候并进行处罚。到了衙司,他命令将那个被李推官处罚的人改判发配到北都以外的地方,剩下的虞候每个人被判缴纳一定的罚金。所有的人都没有预料到事情会是这样。李璋惊慌恐惧,穿着官服就来拜见卢钧。卢钧问:"什么事让你穿着官服来见我?请十郎穿上在家常穿的衣服再来见我。"李璋想要把过失归到自己身上,卢公就是不说和此事相关的话。李璋将要离开的时候,卢钧说:"十郎你处罚的不是衙前虞候,只是处罚了所由官。即使处罚错了,也不能纵容他们。况且太原为边境地区的要塞重镇,不能无缘由让二百虞候堵塞在街道阻拦节度使,应当打压他们。"李璋后来任尚书右丞。

123.卢公镇太原,同日补左右都押衙①。其牒置案前阶上,补右者先自探之,展见"右"字,却摺于阶上②,退身致词云:"在军门几十年,前后主办,未尝败绩。伏蒙右补,情有嫌郁,谨未敢受。"公曰:"君近前。君知军中无年劳,知有拔卒为将否？君不同蔡袭③，有功朝廷，合议超宠。"其人未逊。公复召前，并排衙大校悉前④，曰："君怏恨右补都衙军⑤，不见卢钧耶？"军中见节使自呼姓名，皆悚然。"卢钧进士出身，历中外五十年，岂不消中书一顿饭？临年暮齿，亦是得一裹香纸，合如何？"于是牙中感泣⑥，领拜谢而去。蔡受左都押衙，即日表荐为上将军，寻建幢，节镇湖南⑦。

**【注释】**

①都押衙：官名。唐朝节度使所属武职，置二人时，则分称左、右都押衙，掌衙内外众事。

②却摺（zhé）：指退还折子。摺，折子。

③蔡袭：唐代后期将领，沉勇好奇谋，曾任湖南观察使。

④大校：军官名。

⑤怏（yàng）恨：怨恨。

⑥牙中：亦称"牙中军"，即牙兵，州郡长官的亲兵。牙，后多作"衙"。

⑦节镇：指节度使。

**【译文】**

卢钧镇守太原，在同一天补官左右都押衙。任命的文书放在案几前面的台阶上，补右都押衙的人先自己探查文书，展开折子看见一个"右"字，他把折子放回台阶上，后退几步并陈词说："我在军营几十年，前前后后主持办理了很多事情，从来没有失利过。现在承蒙您的提拔，让我补右都押衙，从情理上来说我不满意，心里也很烦闷，我不能接受。"卢公说："你到我跟前来。你知道军队中任职不考察年数和劳绩，知道有提拔士卒为将军的事例吗？你和蔡袭不一样，蔡袭对朝廷有功，大家共同商议特别提拔他。"这个人还是没有退让。卢公再次把他召到面前，并让排衙大校全部上前,卢公说:"你怨恨补官右都衙军,就没有看到卢钧吗?"军中的人听见节度使直呼自己的姓名,都很害怕。"我卢钧进士出身,在朝廷内外为官五十年,难道就抵不上中书令的一顿饭吗?如今年近暮龄,外出做官也只是得到一包香纸钱,又该如何?"这时牙兵感动得流下了眼泪,他接受了右都押衙的职位,恭敬地致谢后就离开了。蔡袭被任命为左都押衙,当天卢公就上表举荐他为上将军,不久建造了旗帜仪帐,任命为湖南节度使。

124.武宗好神仙。道士赵归真者①,出入禁中,自言数百岁,上颇敬之。与道士刘元靖力排释士②,上惑其说,遂有废寺之诏。宣宗即位,流归真于岭南,戮元靖于市。

**【注释】**

①赵归真:荆州(今属湖北)人。精通铅汞之术。武宗曾召入禁中筑望仙台。又于禁中主持飞升修炼,耗用大量白银。会昌五年(845)与刘元靖等排毁佛教。宣宗即位后被杖杀。据《旧唐书·武宗纪》载,开成五年(840)九月,武宗初即位,便召道士赵归真等八十一人入禁中,修金箓道场,武宗到三殿,"于九天坛亲受法箓"。

②刘元靖:武昌(今属湖北)人。从道士王道宗受正一箓。入南岳,凿石穴以居,绝粒炼气。唐敬宗曾召问长生术,寻放归。武宗会昌元年(841)封银青光禄大夫,充崇玄馆学士,赐号"广成先生",于禁中修法箓。五年与道士赵归真等排毁佛教。宣宗即位被杀。士:齐之鸾本作"氏",当据改。

**【译文】**

唐武宗喜好神仙之术。道士赵归真经常出入皇宫,自己说他已经几百岁了,武宗很是敬重他。赵归真与道士刘元靖竭力排挤佛教,武宗受到他们二人的蛊惑，就下了废除寺庙的诏令。唐宣宗即位后，把赵归真流放到了岭南，在街市杀了刘元靖。

125.宣宗性至孝①，奉养郑太后于大明宫②，不为别宫。舅郑光为平卢、河中两镇节度使③。大中七年，自河中来朝。上询其政事，光不知文字，对皆鄙俚④。上命留光奉朝谒⑤。后以光生计为忧，乃厚赐金帛，不复更委方镇⑥。

**【注释】**

①宣宗性至孝：本条采录自《东观奏记》。

②郑太后：即孝明皇后郑氏，一说姓朱氏，润州丹阳（今江苏镇江）人。生唐宣宗、安平公主。

③郑光：孝明皇后之弟，宣宗之舅。宣宗即位，累迁平卢军节度使，又移河中、凤翔二节度，赐鄠、云阳二县田。曾诏除其租赋两年，宰相进言，宣宗方追回前诏。后任右卫大将军兼太子太保。卒赠司空。

④鄙俚：粗俗，浅陋。

⑤朝谒：入朝觐见。

⑥方镇：唐代节度使的便称。

**【译文】**

唐宣宗非常孝顺，在大明宫侍候赡养他的母亲郑太后，没有为她安排其他宫室。他的舅舅郑光为平卢、河中两镇的节度使。大中七年，郑光从河中来朝。宣宗询问他政务，郑光毫无文采，回答都粗俗浅陋。宣宗命令留郑光让他奉命入朝觐见。后来因为担心郑光的生活用度，就赐给他丰厚的黄金和缯帛，没有再让他任掌握兵权、镇守一方的军事长官。

126.宣宗微行至德观①,有女道士盛服浓妆者,赫怒归宫②,立召左街功德使宋叔康③,令尽逐去,别选男子二人,住持其观。

**【注释】**

①宣宗微行至德观:本条采录自《东观奏记》。至德观,始建于隋文帝开皇六年(586),是隋文帝为女冠孟静素所立,位于长安兴道坊西南角。隋文帝立国初,大兴佛教,征召天下高僧名道入京,孟静素应征入京,文帝为其修至德观居住,孟静素在此与公卿文士讲道论经,吸引无数文人前来问道。唐代仍有女冠居住。

②赫怒:盛怒。《诗经·大雅·皇矣》:"王赫斯怒。"

③左街功德使:官名,亦称"左街大功德使",唐德宗贞元四年(788)崇玄馆罢大学士后置,与右街大功德使总领僧、尼之籍及功役。唐宪宗元和二年(807)又以道士、女冠隶之。会昌二年(842)以僧、尼改隶吏部主客司,六年复隶左、右街大功德使。宋叔康:生平经历不详。

**【译文】**

唐宣宗隐匿身份私访至德观,有一个女道士穿着华丽的服饰,化着浓妆,宣宗盛怒回宫,立刻召来左街功德使宋叔康,命令他将至德观中的女道士全部驱逐出去,另外选两个男道士,让他们负责掌管至德观。

127.武宗于大明筑望仙台①,其势中天②。宣宗即位,杀道士赵归真③,而罢望仙台院。大中八年,复命葺之。右补阙陈嘏已下面论其事④,立罢之,以其院为文思院。

**【注释】**

①武宗于大明筑望仙台:本条采录自《东观奏记》。

②中天:犹参天。《文选·西都赋》:"树中天之华阙,丰冠山之朱堂。"李周翰注:"中天,言高及天半。"

③宣宗即位,杀道士赵归真:《资治通鉴·唐纪·武宗会昌六年》曰:"杖杀道士赵归真等数人,流罗浮山人轩辕集于岭南。"

④陈嘏(gǔ):字锡之。唐开成三年(838)进士。嘏天资聪颖,勤奋好学,以词赋擅名,尤工篆隶。宣宗尝善其所制《霓裳羽衣曲》,以为琬琰之器。官终刑部郎中。

**【译文】**

唐武宗在大明宫修建望仙台,这个台气势雄伟,其高参天。唐宣宗即位后,杀了道士赵归真,废除了望仙台院。大中八年,唐宣宗又命人修缮望仙台。右补阙陈嘏和其下属官员当着宣宗的面评论这件事,宣宗立刻停止了修缮,把望仙台院改为文思院。


128.宣宗能纳谏①。李璲除岭南节度②,已命中使颁旄节矣③,给事中萧倣封还诏书④。上正听乐,不暇别差中使,谓伶人曰:"汝可就李璲宅,却唤使来。"旄节及璲门而返。刘潼自郑州刺史除桂州观察⑤,右谏议大夫郑裔绰上疏言不可⑥。中使至郑,赐告身已数日⑦,亦命追还。


**【注释】**

①宣宗能纳谏:本条采录自《东观奏记》。

②李璲:唐人,生平经历不详。

③中使:宫中派出的使者。多指宦官。旄节:古代使臣所持的符节。用作信物。《史记·秦始皇本纪》:"衣服旄旌节旗皆上黑。"唐张

守节正义曰：“旄节者，编毛为之，以象竹节，《汉书》云‘苏武执节在匈奴牧羊，节毛尽落’是也。”

④萧倣：字思道，祖籍南兰陵（今江苏常州）。唐文宗大和元年（827）进士及第。宣宗大中年间任谏议大夫、给事中等职。懿宗咸通初年迁左散骑常侍。为官强直忠正，直言敢谏。懿宗荒怠政事，萧倣上疏劝止。四年（863）知礼部贡举，旋因科场事，贬蕲州刺史。后累官滑州刺史，充义成军节度、郑滑颍观察处置等使。因政绩卓著加刑部尚书。咸通十四年（873）拜相。累迁中书、门下二侍郎，兼户部、兵部尚书。迁左右仆射，改司空、弘文馆大学士，封兰陵郡开国侯。

⑤刘潼：字子固，曹州南华（今山东东明）人。御史大夫刘暹之孙。擢进士第，累迁祠部郎中。唐宣宗大中初讨党项羌人时为供军使。历京兆少尹，擢谏议大夫，出为朔方、灵武节度使。大中十一年（857）因供给戍边兵粮不及时，贬郑州刺史。不久改湖南观察使，拜昭义节度使，又移河南、西川两镇节度。在西川时，诏抚南诏，守边有功，加检校尚书右仆射。卒赠司空。

⑥郑裔绰：郑州荥泽（今河南郑州）人。郑覃子。以门荫进，初授渭南尉。直弘文馆，累迁谏议大夫。宣宗朝为给事中，因直言忤旨，贬商州刺史。后由秘书监迁浙东观察使，终太子少保。《新唐书·郑裔绰传》记载：“直弘文馆，累迁谏议大夫。宣宗初，刘潼繇郑州刺史授桂管观察使，裔绰固争：‘潼被责未久，不宜付廉察。’帝已遣使者颁诏，追罢之。”

⑦告身：委任官员的文凭。《通典·选举》载唐代选补官员之制云：“各给以符而印其上，谓之告身，其文曰尚书吏部告身之印。自出身之人至于公卿皆给之。武官则受于兵部。”

## 【译文】

唐宣宗能够接受臣下的进谏。李璲官拜岭南节度使，已经命宫中的使者去给他颁赐节度使符节,给事中萧倣缄封退还了诏令。当时唐宣宗正在听乐,没有时间差遣别的使者,就对伶人说:"你可以去李瓘的宅邸,叫回宫中派出的使者。"带着节度使符节的使者到李瓘宅邸的门口就被叫返回了。刘潼从郑州刺史升任桂州观察使,右谏议大夫郑裔绰上疏说刘潼不能胜任。宫中派出的使者到达郑州,朝廷赐给刘潼委任状已经好几天了,宣宗也命令追回。

129.宣宗命相<sup>①</sup>,一出于己。尝诏枢密院<sup>②</sup>,兵部侍郎判度支萧邺可同中书门下平章事<sup>③</sup>,仰指挥学士院降麻处分<sup>④</sup>。枢密使王归长、马公儒以邺先判度支<sup>⑤</sup>,再审圣旨,未审下落,抑或仍旧?上疑左右党萧,乃诏翰林院,户部侍郎判户部事崔慎由可工部尚书平章事<sup>⑥</sup>,落下判户部<sup>⑦</sup>。

**【注释】**

①宣宗命相:本条采录自《东观奏记》。

②枢密院:官署名。始设于唐玄宗开元年间。五代后梁时,改称崇政院,后唐复旧称。

③萧邺:字启之。唐宣宗、唐懿宗时期大臣。进士出身。唐宣宗大中年间拜中书舍人,迁户部侍郎、判本司,以工部尚书同中书门下平章事。懿宗初罢为荆南节度使,仍平章事,进检校尚书左仆射,徙剑南西川。南诏内侵,不能制,下迁检校右仆射、山南西道观察使。历户部、吏部二尚书,拜右仆射。还,以平章事节度河东。同中书门下平章事:官名。简称"同平章事"。唐初,三省长官为宰相,他官参与宰相事者则另加官号,同中书门下平章事便是一种。后成为宰相的正式名号。一般来说,任用资历较浅的官员为宰相,加同平章事,资历较深者加同中书门下三品,后逐渐只用同平

章事名号。三省长官不加此号即不是宰相,不能入政事堂办公。

④仰:旧时公文中上级命令下级的惯用词,意为切望。学士院:官署名。亦称翰林学士院。唐初常命名儒学士起草诏令,无名号。玄宗时置翰林待诏,批答表疏,应和文章,又选文学之士为翰林供奉,与集贤院学士分掌制诏书敕。唐玄宗开元二十六年(738)改翰林供奉为学士,别置学士院,专掌草拟皇帝诏敕。其后选用益重,号为"内相"。降麻:唐宋任免将相,用黄、白麻纸写诏书,宣告于朝廷,谓之"降麻"。也称宣麻。处分:处理,处置。

⑤王归长、马公儒:二人均为唐宣宗时枢密使。宣宗因服长生不老之药致死,王归长、马公儒等人谋立宣宗第三子李滋未果,唐懿宗即位后被杀。

⑥崔慎由:字敬止,清河武城(今山东武城)人。唐文宗大和初年进士及第,又登贤良方正制科。宣宗时官至工部侍郎、同中书门下平章事。与萧邺有隙,邺辅政,被贬任东川节度使。唐懿宗咸通初年转华州刺史,加河中节度使。以吏部尚书请老,分司东都。卒赠司空,谥曰贞。

⑦落下:免去。

**【译文】**

唐宣宗任命宰相,全部由自己决定。他曾经下诏枢密院,兵部侍郎判度支萧邺可以担任宰相,让指挥学士院起草诏令处理这件事情。枢密使王归长、马公儒因为萧邺先前任判度支,两次审查皇帝的诏令,也没有明白是免去判度支,还是照前不变?宣宗怀疑身边人是萧邺的党羽,于是下诏翰林院,户部侍郎判户部事崔慎由可任工部尚书平章事,免去判户部职位。


130.故事①:京兆尹在私第,但奇日入府②,偶日入递院③。崔郢为京兆尹④,囚徒逸狱⑤,始命造京兆尹廨宅⑥,京兆尹不得离府。宣宗以崔罕、郢併败官⑦，面召翰林学士韦澳授之⑧，便令赴任。上赐度支钱二万贯，令造府宅。澳公正方严，吏不敢欺。委长安县尉李信主其事⑨，造成廨宇，极一时壮丽，尚有羡缗却进⑩，澳连书信两上下考⑪。

**【注释】**

①故事：本条采录自《东观奏记》。故事，旧日的办事制度。

②奇日：单日。

③递院：指负责传输各种文书的机构。黄正建《走进日常》一书认为，递院应该是唐后期"递"的系统中的一环。

④崔郢：博陵安平（今河北安平）人。崔玄暐曾孙。文宗开成年间任监察御史。宣宗朝历朝议大夫、权知京兆尹、濮王傅，分司东都。

⑤逸狱：逃离监狱。

⑥廨（xiè）：官署，旧时官吏办公处所的统称。

⑦宣宗以崔罕、郢併败官：《资治通鉴·唐纪·宣宗大中四年》《考异》曰："《贞陵遗事》《东观奏记》皆曰：'帝以崔罕、崔郢并败官，面除澳京兆尹。'按《大中制集》，澳代罕，郢代澳，云罕、郢并败官，误也。"崔罕，崔准兄。累官度支郎中。宣宗大中年间为给事中，擢京兆尹。因杖杀内园巡官，于大中十年（856）贬湖南观察使。败官，败坏官。谓居官不法。

⑧韦澳：字子斐，京兆万年（今陕西西安）人。韦贯之子。文宗大和六年（832）擢进士第，又登博学鸿词科。生性耿介，寡欲，登第后十年中未能得授官职。宣宗召充翰林学士承旨，每有邦国大事，无不召见，所论多从之。懿宗即位，迁检校户部尚书兼平卢节度观察使。后入朝任户部侍郎，转吏部侍郎。铨综平允，不受请托，为执政所恶，出为邠州刺史、邠宁节度使。咸通三年（862）以秘

书监分司东都。后授户部侍郎,以疾不就而卒。谥曰贞。

⑨李信:唐宣宗时人,曾任长安县尉。

⑩羡缗:即羡钱,指多余的钱,常指赋税的盈余。缗,指成串的铜钱,每串一千文。

⑪澳连书信两上下考:是说韦澳接连两次考定李信的功绩为上下级。上下考,指对唐代文武百官德才政绩的考核。据《新唐书·百官志》记载,唐朝的吏部设有专门考核文武百官德才、政绩的官员——考功郎中、考功员外郎,考功标准共分三等九级,第一级为"上上"。此处韦澳考核李信为"上下",当为第三级。

**【译文】**

旧日的制度:京兆尹在自己私人所置的住所办公,只在单日去官署,双日去递院。崔郢为京兆尹时,有囚犯越狱,朝廷开始命令建造京兆尹的官署,规定京兆尹不得离开官府。唐宣宗因为崔罕、崔郢二人居官不法,当面授予翰林学士韦澳京兆尹之职,并命他即刻上任。皇上赐度支钱两万贯,命令建造京兆尹的官署。韦澳公平正直,方正严肃,官吏不敢欺瞒。他委任长安县的县尉李信主持建造,京兆尹的官署建成后,在当时极其宏壮美丽,且还有盈余的钱退回来。韦澳接连两次考定李信的德才功绩为第三级,即上下级。

131.京兆府进士、明经解送①,设殊、次、平等三级,以甄行能,其后挠于权势而不行。宣宗时,韦澳为尹,榜曰:"礼部旧格②,本无等第;京府解送,不当区分。今年所送省进士、明经等,并以纳策试前后为定③,更不分等第之限。"词科本以京兆等第为梯级④。建中二年,崔元翰、崔敖、崔备三人⑤,府元、府副、第三人⑥;于邵知贡举⑦,依次放及第,盖推崇艺实不能易也。自文学道丧⑧,朋党弊兴,纷竞既多,澳虽愤浇弊而革之⑨，然人亦惜其故事之废。

## 【注释】

①京兆府进士、明经解送：本条采录自《东观奏记》。原书此句句首
　有"先是"二字。明经，古代选举官员的科目。汉代以明经射策
　取士。隋炀帝置明经、进士二科，以经义取者为明经，以诗赋取者
　为进士。解送，选送。

②旧格：指旧的规章、条文。

③策试：唐朝科举试士用对策，称策试。

④词科：即博学宏词科，也称宏词或宏博。是科举考试制科之一种，
　唐玄宗开元年间始设，主要选拔学问渊博，文辞清丽，能草拟朝廷
　日常文稿的人才。宋代又为宏词科、词学兼茂科、博学宏词科的
　通称。清代则专指博学鸿词科。

⑤崔元翰：名鹏，字以行，博陵（今河北定州）人。博通经史，工诗
　文，唐德宗建中二年（781）登进士第一名。三年（782）中博学
　宏词科，四年（783）中直言极谏科，授校书郎，出为义成节度从
　事。兴元元年（784）改河东节度掌书记。贞元二年（786）入朝
　为太常博士，迁礼部员外郎。七年（791）转职方员外郎、知制诰。
　八年（792）冬迁比部郎中。崔敖：博陵（今河北定州）人。唐德
　宗建中二年（781）考中辛酉科进士第二名，官授太常博士。崔
　备：许州鄢陵（今河南鄢陵）人。唐德宗建中二年（781）登进士
　第。贞元十二年（796）前后为监察御史。宪宗元和二年（807）
　西川节度使武元衡辟为支度判官。后入朝为起居舍人，迁礼部员
　外郎。七年（812）迁工部郎中。八年（813）兼集贤院学士。十
　一年（816）在谏议大夫任。

⑥府元、府副：此处指科举时府试的第一名和第二名。

⑦于邵：字相门，京兆万年（今陕西西安）人。玄宗天宝末进士及

第。以书判超绝,补崇文馆校书郎。后以谏议大夫知制诰,进礼
部侍郎。朝廷大典,必出其手。德宗贞元初年为太子宾客。与宰
相陆贽不和,出为杭州刺史。后贬衢州别驾。后徙居江州,不久
病卒。贡举:指科举考试。

⑧文学:指儒家学说。《韩非子·六反》:"学道立方,离法之民也,而
世尊之曰文学之士。"

⑨浇弊:指浮薄败坏。

**【译文】**

此前,京兆府对进士、明经的选送,设置了突出、居其次、一般三个
等级,用来区别考生的品行和才能,后来由于居于高位的有权势之人的
阻碍就没有再实行。唐宣宗时期,韦澳任京兆尹,他张贴文告说:"礼部
旧有的规章、条文中本来就没有等级次第;京兆府在推选时,也不应当区
别。今年送省的进士、明经等,全部以接受策试的前后顺序来确定,不再
区分等级次第的界限。"博学宏词科原本以京兆府所确定的等级次第进
行分批、分阶段引荐。唐德宗建中二年,崔元翰、崔敖、崔备三人,分别考
中第一名、第二名、第三名;当时于邵主管科举考试,他按照次序推送考试
中选的人,大概就是推崇敬佩人的才能,而不能更换的。自从儒道沦丧,朋
党弊害兴起,纷起竞进的现象越来越多,韦澳虽然愤怒于这些浮薄败坏的
风气并努力进行变革,但人们还是痛惜他对旧日制度的废除。

132.牛丛任拾遗、补阙五年①,多论事,上密记之。后
自司勋员外郎为睦州刺史,入谢,上命至轩砌②,问曰:"卿
顷任谏官,颇能举职,今忽为远郡,得非宰臣以前事为惩
否?"丛曰:"新制:未任刺史、县令,不得任近侍官③。宰臣
以是奖擢④,非嫌忌也。"上曰:"赐紫。"丛谢毕,前曰:"臣
所衣绯衣是刺史借服⑤,不审陛下便赐臣紫,为复别有进

止？"上遽曰："且赐绯。"上慎重名器，未尝容易，服章之赐，一朝无滥邀者⑥。

**【注释】**

①牛丛任拾遗、补阙五年：本条采录自《东观奏记》。牛丛，字表龄，安定鹑觚（今甘肃灵台）人。牛僧孺之子，牛蔚之弟。文宗开成二年（837）进士及第。宣宗时任补阙，数言事，为宣宗赏识，迁司勋员外郎。大中八年（854）出为睦州刺史。后任司勋、户部两郎中。懿宗咸通十四年（873）拜剑南西川节度使。僖宗避乱入蜀，授太常卿，后随僖宗还京，拜吏部尚书。光启二年（886），嗣襄王李煴叛乱，牛丛避地太原，寻卒。

②轩砌：指殿堂前的台阶。

③近侍官：指在皇帝周围供职的官员。

④奖擢：犹奖拔。

⑤借服：中国古代的一种服饰制度。指未达到某一品级而被特许穿这一级别的服色。

⑥"上慎重名器"几句：原为下第133条文字，本书据齐之鸾本、《历代小史》本列于本条。名器，指名号与车服仪制。《左传·成公二年》："唯器与名，不可以假人，君之所司也。"杜预注："器，车服；名，爵号。"服章，古代表示官吏身份品秩的服饰。《左传·宣公十二年》："君子小人，物有服章。"杜预注："尊卑别也。"

**【译文】**

　　牛丛任职拾遗、补阙五年，多次评论时政，皇上慎密地记住了这些。后来牛丛从司勋员外郎调任睦州刺史，他进宫拜谢皇上，皇上让他到殿堂前的台阶，问他说："你不久前任谏官之职，很是尽职，现在忽然调派去边远地区，莫非是宰相因为你以前直谏的事惩罚你？"牛丛说："新订立的制度：没有担任过刺史、县令的官员，不能在皇帝身边任职。宰相这是奖赏提拔我,不是猜忌。"皇上说:"赏赐你紫色的官服。"牛丛谢恩之后,上前对皇上说:"我现在穿的红色官服已经是刺史的服色,属于借服了,没有想到陛下您又赏赐我紫色的官服,这是因为陛下您还有另外的意旨吗?"皇上急忙说:"还是赐红色的。"皇上对官员的名号和车服仪制非常谨慎,从来不会轻易改变,对于代表官员身份服饰的赏赐,整个宣宗朝都没有随意求取的人。

　　133.李藩自司勋郎中知制诰①,衣绿如故。郑裔绰自给事以论驳杨汉公忤旨②,出商州刺史,始赐绯。沈珣自礼部侍郎为浙东观察③,方赐紫。苗恪自司勋员外郎除洛阳县令④,蓝衫赴任。裴处权自司封郎中出河南少尹⑤,到任,本府奏荐赐绯,给事中崔罕驳还。手诏褒之,曰:"有不当,卿能驳还,职业既修,朕何所虑?"

**【注释】**

①李藩自司勋郎中知制诰:本条采录自《东观奏记》。此句"李"上原有"于时"二字,据齐之鸾本、《历代小史》本删。李藩,字叔翰,赵郡高邑(今河北高邑)人。湖南观察使李承之子。四十多岁时由节度使幕僚起家,宪宗时拜门下侍郎、同平章事。元和六年(811)罢相,任太子詹事。谥号贞简。知制诰,官名,唐置。掌起草诰命。唐初以中书舍人为之,掌外制。其后改由翰林学士任此官,专掌内命,其他官员任此职者称为外制。其权颇重,号称内相。

②杨汉公:字用乂,虢州弘农(今河南灵宝)人。文宗大和八年(834)进士及第,又书判拔萃。初为李绛从事,累迁户部郎中、史馆修撰。大和九年(835)坐兄虞卿事,贬舒州刺史。开成三年(838)徙湖州刺史,转亳、苏二州刺史。武宗会昌五年(845)擢

桂管观察使。宣宗大中元年（847）徙镇浙东。历给事中、户部侍
郎，拜荆南节度使，召为工部尚书。以治荆南贪赃，降秘书监，迁
国子祭酒。十三年（859）擢为同州刺史。懿宗咸通二年（861）
徙为宣武、天平两节度使。卒赠尚书右仆射。

③沈珣：齐之鸾本、《历代小史》本作“沈询”，小石山房丛书本、藕香
零拾本《东观奏记》亦作“沈询”。沈询，字诚之，苏州吴县（今
江苏苏州）人。沈既济孙，沈传师之子。唐武宗会昌元年（841）
进士，累迁中书舍人，出为浙东观察使，除户部郎中判度支。为政
简易，性本恬和。咸通四年（863）出为检校户部尚书、昭义节度
使。后被家奴所害，赠兵部尚书、左散骑常侍。

④苗恪：字无悔，原名必复，潞州壶关（今山西长治）人。唐文宗大
和八年（834）进士及第。宣宗大中九年（855）任司勋员外郎，
出为洛阳令。十一年（857）自库部郎中入为翰林学士，知制诰。
十三年（859）兼户部侍郎，加承旨。懿宗咸通元年（860），改检
校工部尚书、山南西道节度使、兼御史大夫。

⑤裴处权：字晦之，唐文宗时官礼部郎中，宣宗大中年间迁司封郎
中，后出为河东少尹。

## 【译文】

李藩从司勋郎中升任知制诰，仍旧穿着绿色的官服。郑裔绰在给事
任上因辩驳杨汉公而违抗了圣旨，被贬出任商州刺史，才赐予他红色的
官服。沈询从礼部侍郎转任浙东观察使，才赐给他紫色的衣服。苗恪从
司勋员外郎改授洛阳县令，是穿着蓝色的官服上任的。裴处权从司封郎
中出任河南少尹，刚到任上，他所在的府署上奏朝廷举荐，要求赏赐给他
红色的官服，给事中崔罕驳回了请求。皇上亲手写了诏令褒奖崔罕，说：
“有不恰当的地方，你能够驳回，职分之内的事能做得这么好，我还忧虑
什么？”

# 卷二

## 【题解】

《唐语林》卷二包括"政事"门的部分内容及"文学"门，共一百五十一条。其中"政事"门部分四十三条，"文学"门一〇八条。

从内容上来看，"政事"门部分和卷一部分记述的内容基本相同，表现的仍然是帝王、大臣处理政治事务的能力。特别值得注意的是，《唐语林》卷二政事部分表现最多的帝王是唐宣宗，四十三条中涉及宣宗皇帝的就有十几条，几乎涉及他为政的方方面面，如第142条写宣宗在苑北打猎时与当地百姓交谈后对百姓口中勤政爱民的地方长官李行言的关注、提拔和重用。第153条、155条分别写了宣宗皇帝任命官员平定党项羌及藩镇叛乱之事，第138条写唐宣宗异于常例对左右护军的任用，第144条写唐宣宗发配在硖石驿因吃的饼太黑而鞭打驿站官吏的中使，第157条则写在位逾一纪的宣宗处理政事的"忧勤无怠"等等。所有这些都可以见出宣宗在位时的"明察沉断，用法无私，从谏如流，重惜官赏，恭谨节俭，惠爱民物"（《资治通鉴》），不论是对官员的任用和奖惩，对身边人的约束还是对自身的要求等也都尽心尽力，然而在唐王朝走下坡路的时代，正如《资治通鉴·唐纪·宣宗大中十三年》"大中之政，讫于唐亡，人思咏之，谓之'小太宗'"句下胡三省注所言："唐宣宗之聪察，不足以延唐。"卷二政事部分对大臣处理政治事务能力的描述，也与卷一部分基本相同，主要表现大臣对帝王的劝谏、卓越的政绩，对地方恶势力的惩治，对藩镇叛乱的平定以及对一些重要政治事件的评论等等。

"文学"门涉及的内容非常繁杂，总体来看主要包含以下几个方面：第一，是对典籍中字、词、句等的辨析释疑。其中有对重点字词的辨析，如对商山四皓中"角里"二字中"角"字的解读（第251条），对《论语》"宰予昼寝"一句中"寝"字的释读（第253条），对《诗经》"思我肥泉"一句中"肥泉"的阐释（第205条），以及对医书中"劳薪"一词的辨析（第223条）等等。也有对一些难懂的诗句、文句的释读，如第202条对《诗经·召南·甘棠》和《诗经·小雅·大东》中"勿拜，召伯所憩""维北有斗，不可以挹酒浆"两句诗的解读，第213条对杨茂卿诗句"河势昆仑远，山形菡萏秋"两句的阐释，第206条对曹丕诗中"画舸覆堤"一句的解读等。还有对一些特定词语以及药名等的解读和评价，如对芍药之名及其药性的阐述（第228条），对司马墙的解读（第204条），以及对诸葛亮八阵图的评价（第225条）等。

第二，是对唐代文人诗文创作及文学成就的鉴赏品评。"文学"门中以这部分内容为最多，涉及唐代文人也有很多，其中有对他们诗文创作内容、风格及成就影响等的评价，如第230条对杨巨源诗歌创作的评价，说他"诗韵不为新语，体律务实，功夫颇深"。第218条评价段文昌所写《平淮碑》"文势也甚善，亦是效班固《燕然碑》样，别是一家之美"。第258条以"时人以华不可居萧、贾之间"之语评价李华赋作的成就，以及燕国公张说对沈佺期诗作的称赏（第263条）等等。也有对唐代文人才学的赞誉：如第177条、第179条等是对王勃文笔的赞誉，说他作文时"磨墨数升，饮酒数杯，以被覆面而寝。既寤，援笔成文，文不加点，时人谓为腹稿"，表现王勃广博的学识和敏捷的才思；第180条则通过骆宾王所写讨伐武则天的檄文见出他文采的高妙，以至于武则天看过之后也发出了"宰相因何失如此之人"的感慨；其他还写了因写《咏斗鸡寄意》诗获唐太宗赏识而擢用的杜淹（第178条），玄宗对苏颋文采的赞誉（第

183条),以及对段成式、陆翱诗文才思的高度评价(第241条、第247条)等等。

第三,是对唐代文人逸事以及一些著作成书过程的记述。如第248条写李郢因善写诗而娶得美妻的逸事;第190条写王维被安禄山囚禁在长安菩提寺时与左丞裴迪通过诗作秘密往来之事,表现了他的哀痛之情以及对自由的向往;第191条写柳并起草祭文让郭子仪得以祭吊代宗独孤妃之事,还因"其文并叙特恩许致祭之意,辞简礼备,子仪大称之";第240条写刘三复凭借自己的严谨和才华赢得李德裕赏识并最终进士及第的事等等,都是对文人逸事的记述。"文学"门也记述了一些文人著作的成书过程,如郑虔编写《会粹》的波折(第188条);孔至撰写《百家类例》时不畏豪强张垍,拒不修改书中内容(第189条);柳芳与韦述前后相继完成著书(第268条);虞世南编写《北堂书钞》的过程(第261条)等等。

第四,是对唐代经学等专门学问研究情况的概述和对特定时期诗歌潮流的评价。如对唐代宗大历以后"专学者"研究情况的记述:"有蔡广成《周易》,强蒙《论语》,啖助、赵匡、陆质《春秋》,施士匄《毛诗》,袁彝、仲子陵、韦彤、裴茝讲《礼》,章庭珪、薛伯高、徐润并通经。其余地里则贾仆射,兵赋则杜太保,故事则苏冕、蒋乂,历算则董纯,天文则徐泽,氏族则林宝。"(第271条)对诗歌潮流的评价主要集中在"元合体"和"开成体"方面,第236条就是杨嗣复在回答喜好五言诗的文宗想要设立诗学士时对"元和体""开成体"诗歌的评价,他认为"元合体""摛章绘句,聱牙崛奇,讥讽时事","开成体""竞为嘲咏之词,属意于云山草木"。第282条则是对元和以后文风的概述:"文笔学奇于韩愈,学涩于樊宗师。歌行则学流荡于张籍,诗章则学矫激于孟郊,学浅切于白居易,学淫靡于元稹。"除此之外,也有对元和年间诗坛总体情况的评述(第231条)等,不再详述。

第五,是对帝王嗜书以及文人苦读精神的记述。如第244条、245条就写宣宗的嗜书、其"老儒生"称号的来历以及他对诸王读书的重视；第198条写杨京兆三兄弟的苦读，说他们"皆能文，为学甚苦。或同赋一篇，共坐庭石，霜积襟袖，课成乃已"；第182条则写苏颋少年之时"好学不倦，每欲读书，患无灯烛，尝于马厩灶中吹火照书诵焉"的勤学精神等等。

　　除此之外，"文学"门还记载了当时人对与科举考试相关的科目、制度等的提议和评述。如唐德宗建中初金吾将军建议在科举考试前公布复习书目以激励考生学习（第283条）；皮日休上书请求将《孟子》作为考试科目，并让韩愈在太学享受祭飨（第266条）。还记载了因科举考试衍生的各种称呼及科考中设立贡院的原因（第278、279条）等。

　　总的来看，通过对《唐语林》"文学"门内容的梳理，在一定程度上也可以见出王谠对文学所秉持的观念。

# 政事下

　　134.宣宗密召学士韦澳①，屏左右，谓澳曰："朕每与节度、观察、刺史语，要知所委州郡风俗物产，卿采访撰次一书进来②。"澳即采十道四藩志③，撰成，题曰《处分语》，自写面进，虽子弟不得闻。后数日，薛弘宗除邓州刺史④，澳有别业在南阳⑤，召弘宗饯之。弘宗曰："昨日中谢⑥，圣上处分当州事惊人⑦。"澳访之，即《处分语》中事也。

**【注释】**

①宣宗密召学士韦澳：本条采录自《东观奏记》。

②采访：搜集寻访，了解实情。撰次：编集，编纂。

③十道：唐太宗贞观元年（627），依山川形势分全国为关内、河南、河东、河北、山南、陇右、淮南、江南、剑南、岭南十道。武则天天

授以后至玄宗开元中曾先后设十道存抚、巡察、按察、按察采访处
置等使,皆为临时措置,事竣即罢。玄宗开元二十年(732)置十
道采访处置使,始定为常制,监察境内吏治。四藩志:齐之鸾本、
《历代小史》本作"四方志",《新唐书·韦澳传》亦作"四方志"。

④薛弘宗:河东汾阴(今山西汾阴)人。宣宗大中九年(855)官邓
州刺史。懿宗咸通中历司农卿。七年(866)调任邠宁节度使。
多次打退吐蕃兵将的进犯。

⑤别业:即别墅。为本宅之外所建供游憩的园林房舍。

⑥中谢:指臣子受职或受赏后入朝谢恩。《资治通鉴·唐纪·武宗
会昌四年》:"甲辰,以惊同平章事,兼度支、盐铁转运使。及惊中
谢,上劳之。"胡三省注:"既受命入谢,谓之中谢。"

⑦处分:调度,指挥。

**【译文】**

唐宣宗秘密召见翰林学士韦澳,他屏退身边的人,对韦澳说:"我经
常和节度使、观察使、刺史交谈,需要了解他们所任州郡的风俗物产,你
搜集寻访编纂一本这方面的书给我拿进宫来。"韦澳随即采录十道及各
地的方志,撰成一书并题名为《处分语》,他自己抄写并进宫面呈给宣
宗,即使是自己的子侄也没有让知道。过了几天,薛弘宗授邓州刺史,
韦澳在南阳有园林房舍,叫来薛弘宗为他饯行。薛弘宗说:"昨天入朝谢
恩,皇上对邓州当地事务的处置太让我吃惊了。"韦澳询问宣宗所说的
话,就是《处分语》中记载的内容。

135.宣宗猎城西①,及渭水,见父老数十人于佛祠设
斋。上问之,父老曰:"臣醴泉县百姓。本县令李君奭有异
政②,考秩已满③,百姓借留④,诣府乞未替,来此祈佛。"上
归,于御扆大书君奭名⑤。中书两拟醴泉令,上皆抹去之。

逾岁，怀州刺史阙，请用人，御笔曰："醴泉县令李君奭可为怀州刺史⑥。"人莫测也。君奭中谢，上谕其事。

**【注释】**

①宣宗猎城西：本条采录自《东观奏记》。

②李君奭：宣宗时任醴泉令。

③考秩：指官吏的一届任期。

④借留：指地方百姓要求留用政绩卓著、深得民心的官吏。

⑤扆（yǐ）：指古代官殿内设在门和窗之间的大屏风。

⑥醴泉县令李君奭可为怀州刺史：原书此句无"为"字，当据删。唐朝制诏习惯单用"可"字。

**【译文】**

唐宣宗到城西去打猎，到达渭水，看到几十个老年人在佛堂备办素食。宣宗向他们询问，老年人说："我是醴泉县的百姓。我们县的县令李君奭政绩卓著，他的任期已满，当地老百姓希望他继续留任，大家去州府请求未被允许，来到这里祈求佛祖的保佑。"宣宗回到皇宫，在宫中大殿的屏风上大大地写下了李君奭的名字。中书两次拟定醴泉令的人选，宣宗都抹去不用。过了一年，怀州刺史空缺，中书向宣宗征求人选，宣宗御笔亲书："醴泉县令李君奭可以调任怀州刺史。"大家都没能预测到。李君奭入朝谢恩，宣宗才向他讲明原委。

136.宣宗厚待词学之臣①，于翰林学士恩礼特异，宴游无所间②，惟于迁转皆守常法③。皇甫珪自吏部员外郎召入④，改司勋员外⑤，计吏员二十五个月⑥，转司封郎中，知制诰。孔温裕自礼部员外郎改司封员外⑦，召入二十五个月，改司勋郎中，知制诰。

**【注释】**

①宣宗厚待词学之臣:本条采录自《东观奏记》。

②无所间:即无间,意思是没有疏远,不见外。

③迁转:官职调动。

④皇甫珪:字德卿,寿州寿春(今安徽寿县)人。皇甫镈之子。宣宗大中十年(856)自吏部员外郎充翰林学士,加司勋员外郎。次年加司封郎中、知制诰,动循官制,不以爵禄私近臣。后迁工部侍郎,出为同州刺史。

⑤员外:原阙,据齐之鸾本补。

⑥吏员:泛指大小官员。

⑦孔温裕:曲阜(今属山东)人。孔子第三十九代孙。登进士第,宣宗大中九年(855)二月自礼部员外郎、集贤院学士充任翰林侍讲学士,同年九月加司勋员外郎、知制诰。大中十二年(858)任中书舍人。懿宗咸通年间历任河东节度使、检校刑部尚书、郓州刺史等。卒赠司空。员外:原阙,据齐之鸾本补。

**【译文】**

唐宣宗优待文学侍从之臣,给翰林学士非同一般的待遇,宴饮游乐从不见外,只有在升官调动方面全都遵守固定的法律制度。皇甫珪从吏部员外郎调入,改授司勋员外郎,在任职满二十五个月后,转任司封郎中,知制诰。孔温裕从礼部员外郎改任司封员外郎,在调入二十五个月后,改授司勋郎中,知制诰。

137.乐工罗程者①,善弹琵琶,为第一,能变易新声。得幸于武宗,恃恩自恣。宣宗初,亦召供奉②。程既审上晓音律,尤自刻苦,往往令侍嫔御歌,必为奇巧声动上,由是得幸。程一日果以眦睚杀人③,上大怒,立命斥出,付京兆。他工辈以程艺天下无双,欲以动上意。会幸苑中,乐将作,遂旁设一虚坐,置琵琶于其上。乐工等罗列上前,连拜且泣。上曰:"汝辈何为也?"进曰:"罗程负陛下,万死不赦。然臣辈惜程艺天下第一,不得永奉陛下,以是为恨。"上曰:"汝辈所惜者罗程艺耳④,我所重者高祖、太宗法也。"卒不赦程⑤。

【注释】

①罗程:唐武宗时乐工。

②供奉:职事名。唐时通称在皇帝左右供职者为供奉或供奉官。

③眦睚(zì yá):怒目而视。借指小小的怨愤。

④者:原阙,据齐之鸾本、《历代小史》本补。

⑤卒不赦程:《资治通鉴·唐纪·宣宗大中十一年》记载为:"竟杖杀之。"

【译文】

有一个叫罗程的乐工,擅长弹奏琵琶,在当时排名全国第一,他能够创造出新颖美妙的乐音。他由此得到唐武宗的宠幸,仗着皇帝的恩宠非常放纵,不受约束。唐宣宗即位之初,他也因为善于弹奏琵琶而被召为供奉。罗程早已了解宣宗通晓音乐,他自己更加刻苦地练习,每每宣宗让宫嫔侍从唱歌,他一定演奏奇妙的乐声来打动宣宗,因此得到宣宗的宠幸。后来有一天罗程果真因为很小的怨念就杀了人,宣宗非常愤怒,立即命人将他赶出皇宫,并交给京兆府法办。其他的乐工因为罗程弹奏技艺天下第一,想要以此打动宣宗让他改变心意。刚好碰上宣宗巡幸苑中,将要演奏音乐的时候,乐工们就在旁边放置了一个空座位,并在座位上放了一把琵琶。乐工们并排上前,向宣宗接连跪拜并哭泣。宣宗说:"你们这是要干什么?"乐工进前说:"罗程辜负了陛下的恩宠,就算死一万次都不能赦免。但我们痛惜罗程技艺天下第一,再也不能侍奉皇上了,因此觉得很遗憾。"宣宗说:"你们这些人可惜的只是罗程的技艺,而我所看重的则是高祖、太宗的律法。"唐宣宗最终也没有赦免罗程。

138.故事①:每罢左护军②,由右出;罢右护军,由左出;盖防微也。宣宗既以法驭下,每罢去,辄令自本军出③,中外不能测④。

**【注释】**

①故事:本条与下第139条原合为一条,本书据齐之鸾本、《历代小史》本分列。

②护军:官名。秦置,护即统督之意。西汉有护军都尉、护军中尉,主调节将领之间的关系。魏初沿置护军将军,主武官选用。两晋南北朝沿置,为禁军中高级将军。唐高祖武德初,有上大将军及大将军。太宗贞观十一年(637)各改为上护军及护军。德宗贞元十二年(796)于神策军置护军中尉及中护军,掌军权。

③本军:自己方面的军队。

④中外:朝廷内外,中央和地方。

**【译文】**

旧的制度:每次罢免左护军,就从右护军中选出;罢免右护军,就由左护军中选出;这样做大概是为了让祸患在发生之前就加以制止。唐宣宗则运用律法统治部下,护军每次被罢免,就从自己的军队选出,朝廷内外都不能预测。

139.宣宗虽宽仁爱人,然刻于用法,尝曰:"犯朕法,虽我子弟亦不宥①。"内外由是畏惮②。

**【注释】**

①宥：宽恕，原谅。

②内外：京官与地方官。亦指宦官与朝官。

**【译文】**

　　唐宣宗虽然宽厚仁慈，爱护百姓，但在运用律法方面非常严苛，他曾经说："违反了朕的律法，就是我的子侄也绝对不会宽恕。"正因为如此，内外官员都很畏惧。

　　140.优人祝汉贞者①，累朝供奉②，滑稽善伺人意，出口为七字语。上有指顾③，遽令摹咏，捷若夙构④，尤为帝所喜。上行幸，召汉贞前，抵掌笑谈⑤，颇言及外间事⑥。上正色曰："我养汝辈，供戏乐耳，敢干预朝政耶？"遂疏之。后其子犯赃，上命杖杀，而徙汉贞于边。

**【注释】**

①优人祝汉贞者：本条采录自《贞陵遗事》。优人，古代以乐舞、戏谑为业的艺人。祝汉贞，生平未详。

②累朝：指历朝，历代。

③上：当指唐宣宗。《资治通鉴·唐纪·宣宗大中十一年》秋七月所记之事，与本条内容颇为相似。指顾：手指目视，指点顾盼。

④夙构：预先构思好。

⑤抵掌：亦作"抵掌"。击掌。

⑥外间事：此处指乐舞、戏谑以外的事。也指政事。

**【译文】**

　　优人祝汉贞，历朝侍奉帝王，他的言谈举止诙谐引人发笑，又擅长观察人的心意，张口就能说出七言话语。皇上手指目视之处，让他当场描述吟咏,祝汉贞速度快得就像事先准备好的一样,特别受皇上的喜爱。有一次,皇上巡幸,把祝汉贞叫到跟前,他拍着手掌,眉飞色舞,侃侃而谈,所说内容超出了乐舞、戏谑之事。皇上神态严厉地说:"我养你们这些人,就是让你们供我娱乐罢了,你怎么敢干涉朝廷的政事?"于是就疏远了他。后来祝汉贞的儿子贪赃枉法,皇上命令行杖刑打杀了他,并把祝汉贞流放到了边境之地。

141.柳仆射仲郢任盐铁使①,奉敕:医人刘集宜与一场官②。集医行间阎间,颇通中禁③,遂有此命。仲郢手疏执奏曰④:"刘集之艺若精,可用为翰林医官⑤,其次授州府医博士⑥。委务铜盐,恐不可责其课最⑦。又场官贱品⑧,非特敕所宜⑨,臣未敢奉诏。"宣宗御笔批:"刘集与绢百匹,放东回。"数日,延英对⑩,曰:"卿论刘集大好。"

**【注释】**

①柳仆射仲郢:即柳仲郢,字谕蒙,京兆华原(今陕西铜川耀州区)人。柳公绰之子。宪宗元和十三年(818)进士及第,入为监察御史、侍御史。武宗会昌年间历任吏部郎中、谏议大夫,拜京兆尹,改右散骑常侍,权知吏部尚书铨事。宣宗即位,出为郑州刺史,拜河南尹,后入拜户部侍郎,左迁秘书监。大中三年(849)复出为河南尹。后历任剑南东川节度使、吏部侍郎、刑部尚书、户部尚书、雷州刺史等。以太子宾客分司东都,起为虢州刺史。数月后为东都留守。懿宗咸通年间除天平节度使,卒于镇。

②刘集:生平未详。场官:指盐场或铁场的官员。《资治通鉴·唐纪·宣宗大中九年》记载此事,胡三省注曰:"凡铜铁盐场皆有官主之。"

③中禁：指禁中，皇帝所居之处。

④执奏：持章表上奏君主。

⑤翰林医官：官名。唐德宗贞元八年（792），侍御医、尚药、直长、药藏郎等并授翰林医官，掌内廷医疗之事。《旧唐书·职官志》："其待诏者，有词学、经术、合炼、僧道、卜祝、术艺、书奕。"

⑥州府医博士：指唐代州、府设置的医官。《旧唐书·职官志》载，唐代州、府均置医学博士一人，助教一人，学生若干人。

⑦课最：古时朝廷为检查政绩，对官吏定期考核，政绩最好的称"课最"。

⑧贱品：指官职的品秩低贱。

⑨特敕：帝王的特别命令。

⑩延英：指延英殿，在唐大明宫内，为皇帝与臣下议政事的宫殿。

**【译文】**

仆射柳仲郢任盐铁使，接到皇帝的诏令：医人刘集应该给他一个场官的职位。刘集在民间行医，和宫中的人有很多往来，于是就有了这样的诏命。柳仲郢亲手书写章表上奏皇上说："刘集的医术如果精湛，可以任用为翰林医官，其次也可以授予州、府医博士。在盐铁场给他委任职务，恐怕不能让他在任职期间取得最好的政绩。再说盐铁官的品秩很低贱，不是帝王特别的命令所适宜的，我不敢接受陛下的诏令。"宣宗看了柳仲郢的奏章后，亲自批示说："给刘集丝绢一百匹，让他东归。"过了几天，柳仲郢到延英殿问对，宣宗说："你对刘集一事的评论太好了。"

142.宣宗猎苑北，见樵者数人，因留与语。言泾阳百姓，因问："邑宰为谁？"曰："李行言①。""为政何如？"曰："性执滞。有劫贼五六人匿军家，取来直不肯与②，尽杖杀之。"上还宫，以书其名帖于殿柱上。后二年，行言领海州，中谢。上曰："曾宰泾阳否?"对:"在泾阳二年。"上曰:"赐金紫③。"再谢,上曰:"卿知着紫来由否?"行言奏不知。上顾左右,取殿柱帖子来宣示。

**【注释】**

①李行言:唐宣宗时期曾任泾阳县令。

②有劫贼五六人匿军家,取来直不肯与:《资治通鉴·唐纪·宣宗大中八年》记载为:"有强盗数人,军家索之,竟不与,杀尽之。"

③金紫:佩金鱼袋,着紫官服。唐代三品以上官员的服饰。

**【译文】**

唐宣宗到苑北打猎,看到有几个打柴的人,就停下来和他们交谈。打柴的人说他们是泾阳县的百姓,宣宗就问:"你们的县令是谁?"回答说:"是李行言。"宣宗又问:"李行言为官怎么样?"回答说:"李行言性格固执。他抓获了五六个盗贼,军队来要人,他不肯给,还把五六个盗贼全都杖杀了。"宣宗回到宫中,就将泾阳县令李行言的名字写下贴在大殿的柱子上。过了两年,李行言被任命为海州刺史,他进宫来谢恩。宣宗问:"你是不是曾经担任过泾阳县令?"回答说:"在泾阳任县令两年。"宣宗说:"赏赐金鱼袋及紫衣。"李行言再次谢恩,宣宗说:"你知道我赏赐你紫色官服的原因吗?"李行言说不知道。宣宗回顾身边的人,让取下柱子上的帖子拿给李行言看。

143.宣宗微疾①,召医工梁新对脉②。[原注]③禁中以诊脉为对脉。数日,自陈求官,不与,但每月别给钱三百缗④。

**【注释】**

①宣宗微疾:本条采录自《大中遗事》。微疾,小病,轻微的疾病。

②梁新：生平未详。

③原注：此为令狐澄自注。

④但每月别给钱三百缗：《资治通鉴·唐纪·宣宗大中九年》记载为："但敕盐铁使月给钱三千缗而已。"缗，用于成串的铜钱，每串一千文。

【译文】

宣宗生小病，让医工梁新前来诊脉。[原注]宫中将诊脉称为对脉。宣宗恢复健康几天后，梁新自己前来陈述请求官位，宣宗没有给他，只是每月另外给他三百缗钱。


144.高尚书少逸为陕州观察使①。有中使于硖石驿怒饼饵黑②，鞭驿吏见血。少逸封饼以进，中使亦自言。上怒曰："高少逸已奏来。深山中如此食，岂易得也？"遂谪配恭陵③，复令过陕赴洛。


【注释】

①高尚书少逸：即高少逸，渤海郡蓨县（今河北景县）人。穆宗长庆末为侍御史，坐弟高元裕贬官，左授赞善大夫，累迁左司郎中。武宗会昌中为给事中、谏议大夫、侍讲学士，多所封奏。宣宗大中初任检校礼部尚书、镇国军使。入为工部尚书，卒。

②硖石驿：原作"石硖驿"，据齐之鸾本、《历代小史》本改。硖石驿，唐代驿站名，在陕州（治今河南三门峡）境内。《资治通鉴·唐纪·宣宗大中八年》记载此事，胡三省注曰："硖石，隋之崤县，贞观十四年移治硖石坞，改名硖石，属陕州。"饼饵：饼类食物。用面或米制成。

③谪配：贬谪发配。恭陵：陵墓名。唐高宗与武皇后的长子李弘死

后墓地,在今河南洛阳偃师区缑氏镇。

**【译文】**

尚书高少逸任陕州观察使。有一个宫中派出的使者在硖石驿发火说给他吃的饼类食物很黑,他用鞭子抽打驿站的官吏,官吏都被打出血了。高少逸封存了面饼进宫给宣宗看,宫中派出的使者回宫后自己也说起这件事。宣宗生气地说:"高少逸已经向我奏报。深山之中像这样的食物,难道很容易得到吗?"于是将使者贬谪发配到洛阳去守恭陵,命令他再次经过陕州赶赴洛阳。

145.宣宗赐郑光云阳、鄠县田①,皆令免税。宰臣奏不可。上曰:"朕初不思尔。卿等每为匡救②,必极言毋避③。亲戚之间,人所难言,苟非忠爱,何以及此!"

**【注释】**

①宣宗赐郑光云阳、鄠(hù)县田:本条采录自《北梦琐言·郑光免税》。

②匡救:匡正补救。

③极言:指直言规劝。

**【译文】**

唐宣宗赐给郑光云阳、鄠县两地的田产,并下令全部免去田税。宰相禀奏说不可以。宣宗说:"我起初没有考虑周全。你们大家经常在政事上替我匡正补救,也一定直言规劝从不避讳。亲属之间的事,别人是很难说的,如果不是忠君爱国,怎么能够到这种地步!"

146.郑光①,宣宗之舅,别墅吏颇恣横②,为里中患③。积岁征租不入。户部侍郎韦澳为京兆尹,擒而械系之。及延英对，上曰："卿禁郑光庄吏，何罪？"澳具奏之。上曰："卿拟如何处置？"澳曰："臣欲置于法。"上曰："郑光甚惜，如何？"澳曰："陛下自内庭用臣为京兆④，是使臣理畿甸积弊⑤。若郑光庄吏积年为蠹⑥，得宽重典⑦，则是朝廷之法独行于贫下，臣未敢奉诏。"上曰："诚如此。但郑光再三干朕，卿与贷法⑧，得否？不然，重决贷死⑨，可否？"澳曰："臣不敢不奉诏，但许臣且系之，俟征积年税物毕放出，亦可为惩戒。"上曰："可也。为郑光所税扰乡，行法自近⑩。"澳自延英出，径入府杖之⑪，征欠租数百斛，乃纵去。

### 【注释】

①郑光：本条采录自《续贞陵遗事》。

②恣横：放纵专横。

③里中：指同里的人。

④陛下自内庭用臣为京兆：《资治通鉴·唐纪·宣宗大中十年》亦有此句，胡三省注曰："翰林学士院在内庭。"内庭，指宫禁以内。

⑤畿甸：指京城地区。

⑥庄吏：掌管庄主家田租的人。《资治通鉴·唐纪·宣宗大中十年》"郑光庄吏恣横"句下，胡三省注曰："庄吏，掌主家田租者也。"蠹：本指虫蚀。此处指损害。

⑦重典：对犯罪者施以重刑。

⑧贷法：枉法宽免。

⑨重决贷死：《资治通鉴》作"卿与痛杖，贷其死"。贷死，免于死罪。

⑩行法自近：是说按律法行事先要从自己及身边人做起。

⑪径入府杖之：《资治通鉴·唐纪·宣宗大中十年》此句下胡三省注曰："府，谓京兆府。"

## 【译文】

郑光是唐宣宗的舅舅,为他管理园林住宅的吏员放纵专横,成为同里人的祸患。多年来应征徵的税物也不缴纳。户部侍郎韦澳任京兆尹,他擒获了这个放纵专横的吏员并将他用桎梏锁起来。等到韦澳去延英殿问对时,宣宗说:"你逮捕了为郑光管理田租的吏员,他犯了什么罪?"韦澳做了详细奏报。宣宗说:"你准备怎么惩治?"韦澳说:"我准备根据律法处置。"宣宗说:"郑光很爱惜这个人,怎么办呢?"韦澳说:"陛下您从宫内调任臣为京兆尹,这是想让臣治理京城地区长期形成并沿袭下来的弊病。如果为郑光管理田租的吏员多年为害,却又得免重刑,这样的话,朝廷的律法就是专门给贫贱穷困的小民实行的,我不敢接受您的诏命。"宣宗说:"确实应该这样。但郑光多次求我放人,你就宽免他,能行吗?要不这样,你重重地杖打他,免于他的死罪,可以吗?"韦澳说:"我不敢不接受您的诏命,只是请求您允许我暂且扣押他,等到多年应征的税物全部征收完成后再放他出去,也可以作为对他的处罚和警戒。"宣宗说:"可以。因为郑光所欠的税物扰乱乡里,按律法行事先要从自己及身边人做起。"韦澳从延英殿出来,径直来到京兆府对郑光的庄吏实行杖刑,征回了所欠的租税几百斛后,就放他离开了。

147.宣宗京兆府有厌蛊狱①,作符劾者郭群②,属飞龙③,三牒不可取④。韦澳入奏之,上曰:"郭群属飞龙,不错否?"翌日,内养押郭群付府⑤。

## 【注释】

①厌蛊:谓以巫术致灾祸于人。

②符劾:道士所做用以克制鬼神的符咒。郭群:唐人,生平未详。

③飞龙:本指唐代御厩中右膊印飞字、左项印龙形的马。此处指唐代御厩名。

④牒：公文。

⑤内养：即宦官。

**【译文】**

　　唐宣宗时期京兆府有一个以巫术致灾祸于人的诉讼案件，制作符咒的人叫郭群，是御厩中的官员，公文递了多次，都没能抓到人。韦澳进宫向宣宗奏报了这件事，宣宗说："郭群是御厩的官员，没错吧？"第二天，太监就押解着郭群将他交付给了京兆府。

　　148.宣宗每行幸内库①，以紫衣金鱼、朱衣银鱼三二副随驾②，或半年、或终年不用一副，当时以得朱、紫为荣。

**【注释】**

①内库：皇宫的府库。

②以紫衣金鱼、朱衣银鱼三二副随驾：《资治通鉴·唐纪·宣宗大中八年》记载为："上重惜服章，有司常具绯、紫衣数袭从行，以备赏赐。"朱衣银鱼，指红色的官服和银制的鱼形佩饰，是唐代五品以上三品以下官员的官服和佩饰。

**【译文】**

　　唐宣宗每次巡幸内库，都要带紫衣金鱼、朱衣银鱼三两副随行，有时候半年、有时候一整年都不用一副，当时的官员都把得到皇上赏赐的朱衣银鱼、紫衣金鱼作为荣耀。

　　149.宣宗坐朝①，次对官趋至②，必待气息平均③，然后问事。令狐绹进李远为杭州④，上曰："我闻李远诗云，'长日惟消一局棋'，何以临郡？"对曰："诗人言，不足有实也。"仍荐廉察可任，乃许之。

## 【注释】

① 宣宗坐朝：本条采录自《幽闲鼓吹》。本条与下第150条原合为
一条，本书据齐之鸾本、《历代小史》本分列两条。坐朝，指君主
临朝听政。

② 次对官：唐时指入朝得以独坐，与皇帝当面讨论军国大事的朝官。
《资治通鉴·唐纪·宣宗大中十二年》"伸起，上三留之，曰：'异
日不复得独对卿矣。'"句下，胡三省注曰："次对官独坐，宰相皆
同入对。"

③ 平均：指均匀。

④ 令狐绹：字子直，其先世居敦煌（今属甘肃），迁宜州华原（今陕西
铜川耀州区东南）。令狐楚之子。性懦，精文学。唐文宗大和四
年（830）进士，开成初为左拾遗。武宗时为湖州刺史。宣宗时
召为翰林学士，大中四年（850）拜相，累官至吏部尚书、右仆射。
十三年（859）罢相，以检校司空、同中书门下平章事出为河中节
度使。懿宗时历任河中、宣武、淮南等节度使。咸通九年（868）
庞勋据徐州，绹为徐州南面招讨使，屡为庞勋所败。后任凤翔节
度使，寻卒。李远：字求古（一作承古），夔州云阳（今重庆云阳）
人。唐文宗大和五年（831）进士及第。善为文，尤工于诗，与许
浑齐名，时号"浑诗远赋"。武宗会昌间尝为福州从事。入为御
史、司门员外郎。宣宗大中时历司勋员外郎、岳州刺史。远善弈
嗜酒，宰相令狐绹曾奏其可任杭州刺史。到任后果有治声。后历
任忠、建、江三州刺史，终御史中丞。

## 【译文】

　　唐宣宗临朝听政，次对官快步上朝，宣宗一定等他们呼吸均匀了，然
后再询问政事。令狐绹进言让李远去杭州任职，宣宗说："我听闻李远在
一首诗中说：'长日惟消一局棋'，这样的人怎么能出任一郡之长呢？"令
狐绹回答说："诗人的诗句，不能看成是事实。"他仍然举荐李远可以担

任廉察使，宣宗就应允了。

150.宣宗视李远《郡谢上表》<sup>①</sup>，左右曰："不足烦圣虑。"
上曰："远郡更无非时章奏<sup>②</sup>，只有此《谢上表》，安知其不有
情恳乎<sup>③</sup>？ 吾不敢忽。"

**【注释】**

①宣宗视李远《郡谢上表》：本条采录自《幽闲鼓吹》。

②非时：不在正常、适当或规定的时间内。

③情恳：指发自肺腑的话。

**【译文】**

唐宣宗在看李远的《郡谢上表》，身边的人说："这篇奏表不值得劳
烦圣上的思虑。"宣宗说："李远作为郡守从没有在正常规定的时间之外
呈报奏章，只有这一篇《谢上表》，怎么知道其中就没有他发自肺腑的话
呢？ 我不敢疏忽。"

151.宣宗暇日<sup>①</sup>，召翰林学士韦澳入。上曰："要与卿
款曲<sup>②</sup>。少间出外<sup>③</sup>，但言论诗。"上乃出诗一篇。有小黄门
置茶床讫<sup>④</sup>，亟屏之。乃问："朕于敕使如何<sup>⑤</sup>？"澳曰："威制
前朝无比<sup>⑥</sup>。"上闭目摇手，曰："总未，依前怕他<sup>⑦</sup>。在卿如
何，计将安出？"澳既不为之备，率意对曰："谋之于外庭<sup>⑧</sup>，
即恐有太和事<sup>⑨</sup>，不若就其中拣拔有才者，委以计事<sup>⑩</sup>。"上
曰："此乃末策。朕行之。初擢其小者，至黄、至绿、至绯，皆
感恩；若紫衣挂身，即合为一片矣<sup>⑪</sup>。"澳惭汗而退<sup>⑫</sup>。

**【注释】**

①宣宗暇日：本条采录自《幽闲鼓吹》。

②款曲：心意，衷情。

③少间：一会儿，不多久。

④小黄门：对小宦官的别称。茶床：古代专门用于喝茶的几案。

⑤敕使：指奉敕传诏的人，即天子使者。又特指宦官。唐朝中后期，常命宦官出使监军或充宣慰使，也称敕使。此处泛指宦官。

⑥威制：用威力压服或用暴力制服。

⑦依前：照旧。

⑧外庭：国君听政的地方。对内廷、禁中而言。也借指朝臣。

⑨太和事：指发生于唐文宗大和九年（835）十一月的"甘露之变"。《资治通鉴·唐纪·昭宗天复三年》司马光评曰："宦官用权，为国家患，其来久矣……太宗鉴前世之弊，深抑宦官无得过四品。明皇始隳旧章，是崇是长，晚节令高力士省决章奏，乃至进将相，时与之议，自太子王公皆畏事之，宦官自此炽矣。及中原板荡，肃宗收兵灵武，李辅国以东宫旧隶参预军谋，宠过而骄，不能复制，遂至爱子慈父皆不能庇，以忧悸终。代宗践祚，仍遵覆辙……然则宦官之祸，始于明皇，盛于肃、代，成于德宗，极于昭宗。"

⑩计事：商议大事。

⑪"至黄、至绿、至绯"几句：《资治通鉴·唐纪·唐宣宗大中八年》记载此事，胡三省注曰："唐自上元以后，三品已上服紫，四品服深绯，五品服浅绯，六品服深绿，七品服浅绿，八品服绿，九品深青，流外官及庶人服黄。太宗定制，内侍省不置三品官……至玄宗，宦官至三品将军，门施棨戟，得衣紫矣。"

⑫惭汗：羞愧得出汗。极言羞愧之甚。

**【译文】**

唐宣宗在空闲的时候召翰林学士韦澳入朝。宣宗说："我要和你叙叙衷肠。一会儿出去到外面，就只说我们谈论的是诗歌。"于是宣宗拿出了一篇诗歌。有一个小宦官放置完喝茶用的几案后，宣宗立即屏退了他。宣宗这才问道："我对宫中的宦官怎么样？"韦澳说："您用威力制服他们，这是前朝所不能比的。"宣宗闭着眼睛直摆手，说："并不是这样，照旧怕他们。在你看来怎么样？有什么计谋可以实施？"韦澳因为没有提前准备皇帝的问话，就随意回答说："跟朝臣谋划，就怕发生文宗太和九年甘露之变这样的事情，不如就在宦官中间挑选提拔有才能的人，与他们来谋划。"宣宗说："这是最下等的策略。我已经用过了。起初我提拔他们中间年龄小的人，到六、七品再到四、五品官阶，这些人都会感谢我给予他们的恩惠；如果让他们穿上紫色的官服，成为三品大员，就又和其他宦官打成一片了。"韦澳羞愧地直冒汗，拜辞宣宗退了出来。

152.大中初①，云南朝贡及西川质子人数渐多②，节度使奏请厘革③。有谒人录诏报云南④，云南词不逊。词云："一人有庆，方当万国而来朝；四海为家⑤，岂计十人之有费。"尔后纳贡不时，境上骚扰。宣宗崩，命内臣告哀，行及其国，南诏王丰祐已死⑥，子坦绰酋龙继立⑦，号曰"骠信"⑧，凶很悖慢。谓："我国亦有丧，朝廷不赐吊问，诏书又赐故王。"于是待使者礼薄，旋又累犯封疆，掠越巂⑨。朝廷以骠信名近庙讳，复无使朝贡，不告国丧，遂绝册立吊祭使⑩。杜悰再入辅，议曰："云南向化七十余年，泸水之阴，弓弢甲解，诸蛮纳职如编甿⑪，抚慰怀来，不劳筹策。悰二十年间再领西蜀，近者费用多于往年，聚蓄不得盈实。今者虽起衅端，未深为敌，宜化以礼谊。夷狄之君，立名犯上，难为奏闻，下诏令其改更。纵未行典册，且发使吊祭，以恩信全其国礼。诏清平官已下[12]，谕其君长，名犯庙讳，朝廷未可便行册命，骠信必遣使谢恩，易名献贡。若不纳使臣入国城，即遥陈祭礼，令使臣录文，并赙赠帛以送骠信[13]，具报清平官已下。"乃命左司郎中孟穆为云南吊祭宣抚册命使，已报破越嶲，攻邛崃关，使臣逗留数月不发[14]。未几，惊出镇凤翔[15]，议多异同，复言未可发使，乃诏西川令遣使示朝旨。尔后连陷城邑，征兵讨逐，朝贡遂绝。

**【注释】**

① 大中初：本条采录自《补国史》。大中，唐宣宗李忱年号（847—860）。

② 云南：此处指统辖云南的南诏王。唐玄宗开元十六年（728）封南诏王皮逻阁为云南王，赐锦袍、金钿带七事，统辖云南诸诏。质子：犹人质。古时派往别国去作抵押的人，多为王子或世子，故称"质子"

③ 厘革：改革。

④ 诇（xiòng）人：刺探情报的人。

⑤ 四海为家：此处指帝王占有全国。

⑥ 丰祐：唐南诏第十世王。唐穆宗长庆三年（823）继立，受唐册封为滇王。在位期间，修城池，筑王宫，设学校，大兴佛法，建寺、造像、修塔，尤以建大理崇圣寺塔（即三塔）及拓东城（今昆明）东、西寺双塔为最。唐文宗大和三年（829）兴兵犯蜀，攻陷黎、雅、嶲三州，北抵成都。次年与唐结好，后屡入贡。唐宣宗大中十二年（858）复攻陷唐安南都护府。卒于拓东城。

⑦ 坦绰：南诏国官名。《新唐书·南蛮·南诏》曰："官曰坦绰，曰布燮，曰久赞，谓之清平官，所以决国事轻重，犹唐宰相也。"酋龙：唐

南诏第十一世王。又名世隆,丰祐之子。宣宗大中十三年(859)袭王位。次年改元建极。以唐不册封,乃自称皇帝,改国号大礼。在位期间多次与唐发生战争,曾两破岭南,四击西川。僖宗乾符初为西川节度使高骈所败。后与唐朝议和,不久病卒。

⑧骠信:《新唐书·南蛮·南诏》曰:"寻阁劝立,或谓梦凑,自称'骠信',夷语君也。"

⑨越嶲(xī):唐嶲州的别名。嶲州,唐武德元年(618)置,治越嶲(今四川西昌)。

⑩"朝廷以骠信名近庙讳"几句:《资治通鉴·唐纪·宣宗大中十三年》记载为:"上以酋龙不遣使来告丧,又名近玄宗讳,遂不行册礼。"庙讳,封建时代称皇帝父祖的名讳。

⑪编氓(méng):编入户籍的平民。

⑫清平官:唐南诏官名,为南诏王以下最高行政官员,掌国家机要。有坦绰、布燮、久赞之分。相当于唐朝的宰相。

⑬赙(fù)赠:指赠送财物给办丧事的人家。

⑭"乃命左司郎中孟穆为云南吊祭宣抚册命使"几句:《新唐书·南蛮·南诏》记载为:"杜悰当国,为帝谋,遣使者吊祭示恩信,并诏骠信以名嫌,册命未可举,必易名乃得封。帝乃命左司郎中孟穆持节往,会南诏陷嶲州,穆不行。"孟穆,生平未详。

⑮悰出镇凤翔:据《唐方镇年表》,杜悰于唐懿宗咸通十四年(873)以检校司徒为凤翔、荆南节度使,加兼太傅。

**【译文】**

宣宗大中初年,南诏来唐进贡的人以及派到西川做人质的人数量逐渐增多,西川节度使上奏请求改革。有一个刺探情报的人抄录了宣宗的诏令报告给了南诏,南诏王知道后言辞很蛮横。他说:"一个人有福泽,才值得各国的人来朝拜;皇帝占有全国,怎么能计较十个人的花费。"从此以后南诏向唐朝进贡的财物就不按时交纳了,还不断在边境之地搅扰。唐宣宗驾崩，朝廷派宦官向南诏报丧，到了南诏国，南诏王丰祐已经去世，他的儿子酋龙继承了王位，自号"骠信"，这个人凶恶狠毒，违逆不敬。他对唐朝派去报丧的宦官说："我的国家也有丧事，朝廷不让你吊祭死者慰问家属，诏书还是赐给先王的。"因此，他对待唐朝使者的礼节很轻薄，不久又多次侵扰边疆，劫掠嶲州郡人民和财物。朝廷因为骠信的名字酋龙和唐玄宗李隆基的名讳相近，再加上他没有派使者向朝廷纳贡，南诏王丰祐去世也不禀报丧事，就没有委派册立吊祭使。当时杜悰第二次任宰相，他跟皇帝商议说："南诏归服七十多年了，泸水南面的广大地区很久没有战争，这一地区的少数民族纳贡就和编入户籍的平民一样，抚恤并招募他们，完全不需要谋划。我二十年间曾两次任西川节度使，最近几年的花费明显多于早年，这样西川的积蓄就不会太多。现在两国虽然起争端，但还没有进一步发展到敌对的地步，应该通过礼法道义来化解。边远少数民族首领的命名冒犯了皇帝的名讳，没有做到及时向朝廷奏报，发布诏令命令他更改。纵使没有进行册命，也应该派使者前去吊唁，用恩德信义顾全国家礼节。并发布诏令给清平官以下，让这些官员晓谕他们的君长，酋龙的名字冒犯了庙讳，朝廷不可以举行册封，骠信一定得派使者感谢恩赏，然后更换名字缴纳贡品。如果不纳使臣进入都城，就在遥远的地方陈列祭品，进行祭奠的仪式，命令使臣抄录祭文，并以丝绢作为赙仪赠送给骠信，再具体呈报给清平官以下的各级官员。"于是朝廷命左司郎中孟穆为云南吊祭宣抚册命使。孟穆还没有动身，朝廷接到奏报说南诏已经攻破嶲州，正在攻打邛崃关，使臣停留在境内几个月都没能出发。不久，杜悰出朝镇守凤翔，朝臣的意见多有不同，再次发表意见不能派遣使者，于是就给西川节度使下诏书让他派使者宣示朝廷的旨意。此后，南诏接连攻陷城邑，朝廷派军队征讨驱逐，南诏的朝贡也就断了。

153.宣宗时[①]，党项叛扰[②]。推其由，乃边将贪暴，利其羊马，多欺取之。始用右谏议大夫李福为夏州节度③，刑部侍郎毕诚为邠宁节度④，大理卿裴识为泾原节度⑤。发日，临轩戒敕⑥。

**【注释】**

①宣宗时：本条采录自《东观奏记》。

②党项：亦称党项羌。古羌人中较晚兴起的一支。南北朝时分布在今青海、甘肃、四川边缘地带。从事畜牧。族众以姓氏结成部落，互不统属。唐时迁居今甘肃、宁夏、陕北地区。北宋时其族人李元昊称帝，建立以党项族为主的地方政权，史称西夏。

③李福：字能之，陇西（今属甘肃）人。李石之弟。文宗大和七年（833）登进士第，后由其兄李石荐授监察御史，累迁尚书郎、商郑汝颍四川刺史。宣宗大中时出任滑州刺史、兼御史大夫、义成军节度使，迁刑部、户部尚书。僖宗乾符初充山南东道节度使。五年（878）率州兵及沙陀五百骑破王仙芝军于荆门。迁检校司空、同平章事、太子太傅。夏州：治所在今陕西靖边。

④毕诚：字存之，郓州须昌（今山东东平）人。博通经史，尤能歌诗。文宗大和六年（832）举进士，初为杜悰从事。悰入相，诚为侍御史。武宗时出为磁州刺史。宣宗立，入为户部员外郎，分司东都，历驾部员外郎、仓部郎中、翰林学士、中书舍人等职。后为邠宁节度，开置屯田，召募军士，省度支钱数百万。懿宗时入为户部侍郎，领度支。寻以礼部尚书同平章事。累迁中书侍郎、兵部尚书、集贤大学士。旋兼平章事节度河中，卒于镇。

⑤裴识：字通理，河东闻喜（今山西闻喜）人。裴度之子。性敏悟，过目不忘。推荫补京兆参军，累除大理卿。宣宗时，为泾原节度使，治堡障，整戎器，开屯田，边人感悦。加检校刑部尚书，历徙凤翔、忠武、天平、邠宁、灵武等六镇节度使，所莅皆有可述。卒赠司

空,谥曰昭。

⑥临轩戒敕:《资治通鉴·唐纪·宣宗大中五年》记载为:"乃以右
　谏议大夫李福为夏绥节度使。自是继选儒臣以代边帅之贪暴者,
　行日复面加戒励,党项由是遂安。"戒敕,告诫。

**【译文】**

　　唐宣宗时,西北地区的党项羌反叛骚乱。推究反叛的缘由,才知道
是边境的将士贪婪暴虐,看到羌人的羊马能获利,就多次通过欺诈手段
骗取。于是宣宗开始任用右谏议大夫李福为夏州节度使,任用刑部侍郎
毕诚为邠宁节度使,任用大理卿裴识为泾原节度使。他们出发去任所的
那天,唐宣宗在前殿对他们进行了告诫。


　　154.宣宗时①,浙东观察李讷为军士所逐②,贬朗州刺
史。讷褊狷③,遇军士不以礼,遂及于难。监军使王宗景抚循
无状④,杖四十,流恭陵。自此戎臣失律⑤,监军使皆从坐⑥。


**【注释】**

①宣宗时:本条采录自《东观奏记》。本条与下第155条原合为一
　条,本书依原书分列。

②李讷:字敦止。李建之子。进士及第,迁中书舍人,累升为浙东观
　察使。性急躁,不以礼待士,被属下所逐,贬为朗州刺史。召为河
　南尹,曾先后三次任华州刺史,历兵部尚书、检校尚书右仆射,以
　太子太傅卒。

③褊狷(biǎn juàn):谓器量狭小而性情孤僻。

④王宗景:唐宣宗时宦官,曾任监军使。抚循:安抚存恤。

⑤戎臣:指武臣。

⑥从坐:犹连坐。因别人犯罪牵连而受处罚。

**【译文】**

唐宣宗时,浙东观察使李讷被士卒所驱逐,贬为朗州刺史。李讷性格褊狭狷介,对士卒从不以礼相待,终于到了被驱逐的地步。朝廷派来的监军使王宗景没有及时安抚存恤,行为失检,受杖刑四十,发配去守恭陵。从此以后,武将犯法,监军使都要被牵累而受罚。

155.大中十二年后①,藩镇继有叛乱②,宣州都将康全泰逐观察使郑薰③,湖南都将石再顺逐观察使韩琮④,广州都将王令寰逐节度使杨发⑤,江西都将毛鹤逐观察使郑宪⑥。宣宗命淮南节度使检校左仆射平章事崔铉兼领宣、池、歙三州观察使⑦,以宋州刺史温璋为宣州刺史⑧,以右金吾将军蔡袭为湖南观察使,以泾原节度使李承勋为广州节度使⑨,以光禄卿韦宙为江西观察使⑩,以邻道兵送赴任,诸州皆平。

**【注释】**

①大中十二年后:本条采录自《东观奏记》。

②藩镇:亦称方镇,唐时节度使、观察使的别称。唐代中期在边境和重要地区设节度使,掌管当地的军政,后来权力逐渐扩大,兼管民政、财政,形成军人割据,常与朝廷对抗,历史上称作藩镇。

③都将:官名。都将为唐朝统兵将官的称呼,一军中如以二人统兵者则分为左右。唐末,一都之军的统兵长官称都头,也称都将。康全泰:唐朝军将。宣宗时为宣歙节度部将,逐其观察使,后伏诛。郑薰:字子溥。文宗大和二年(828)登进士第。武宗会昌六年(846)任台州刺史,转漳州刺史,入为考功郎中。宣宗大中三年(849)充翰林学士、加知制诰。后拜中书舍人,工、礼二部侍郎。十年(856)自河南尹改宣歙节度使。性廉正,将吏不喜,共谋逐

之，薰遂奔扬州，贬为棣王府长史，分司东都。懿宗立，召为太常少卿，累擢吏部侍郎、左丞、华州刺史等职。后以太子少师致仕。

④石再顺：唐朝军将，生平不详。韩琮：字成封。有诗名。穆宗长庆四年（824）登进士第。初为陈许节度判官。后历中书舍人。唐宣宗时出为湖南观察使，大中十二年（858）被都将石再顺等驱逐。懿宗咸通中仕至右散骑常侍。

⑤王令寰：唐朝军将，生平不详。杨发：字至之。工于诗。文宗大和四年（830）登进士第，又以书判拔萃。累官左司郎中，出为苏州刺史、福建观察使，治有政绩。后拜岭南节度，以治严招怨，遂致军乱，为乱兵所囚。坐贬婺州刺史，卒于治所。

⑥毛鹤：唐朝军将。宣宗大中中为江西都将，因逐其观察使郑宪，被诛。郑宪：字均持，荣阳（今河南郑州）人。文宗开成二年（837）进士。宣宗时历任中书舍人、洪州刺史兼御史中丞、江南西道都团练观察处置等使。后军乱被逐。

⑦崔铉：字台硕，博陵（今河北定州）人。义成军节度使崔元略之子。进士及第，早年曾历任荆南掌书记、左拾遗、知制诰、户部侍郎等职。武宗会昌三年（843）拜中书侍郎同平章事。因与李德裕不和，被罢相，为陕虢观察使、检校刑部尚书。宣宗即位（847），迁检校兵部尚书、河中尹，封博陵县开国子。大中三年（849）加正议大夫、中书侍郎、同平章事。累迁金紫光禄大夫、尚书左仆射、弘文馆大学士，封博陵郡公。九年（855）为检校司徒、扬州大都督长史，进封魏国公。懿宗咸通元年（860）移镇襄州。

⑧温璋：河内（今河南泌阳）人。礼部尚书温造之子。以父荫入仕，累佐使府。累官大理丞，擢侍御史，迁婺州刺史，以政有绩，赐金紫。咸通末出任徐泗节度使，遭银刀军驱逐。咸通八年（867）转任京兆尹，执法严苛。咸通十一年（870）八月，同昌公主病故，懿宗怒，杀医官。温璋上疏切谏，贬振州司马，自缢而死。

⑨李承勋：营州柳城（今辽宁朝阳）人。李光弼孙。宣宗大中中为秦成防御使。十一年（857）迁泾原节度使。十二年（858）岭南兵乱，囚节度使杨发，以承勋为岭南节度，发邻道兵讨平兵乱。

⑩韦宙：京兆万年（今陕西西安）人。韦丹之子。以父荫入仕，初辟河阳幕府。唐宣宗大中年间擢侍御史，迁度支郎中。后出任永州刺史，政绩卓著。还为大理少卿，后出任江西观察使，为政简易。咸通三年（862）迁岭南节度使，官至左仆射同平章事。

**【译文】**

唐宣宗大中十二年后，各藩镇相继发生武装叛乱，宣州都将康全泰驱逐其观察使郑薰，湖南都将石再顺驱逐其观察使韩琮，广州都将王令寰驱逐其节度使杨发，江西都将毛鹤驱逐其观察使郑宪。宣宗任命淮南节度使检校左仆射平章事崔铉兼任宣、池、歙三州观察使，将宋州刺史温璋任命为宣州刺史，以右金吾将军蔡袭为湖南观察使，任用泾原节度使李承勋为广州节度使，任命光禄卿韦宙为江西观察使，并让临近的藩道派兵护送他们上任，各个州的叛乱都平息了。

156.令狐公绹①，文公楚之子也②。自翰林入相，最承恩泽。先是宣宗诏诸州刺史，秩满不得径赴别郡③，须归朝奏对后④，许之任。绹以随、房邻地，除一故旧，径令赴州⑤。上览《谢上表》，因问绹曰："此人缘何得便之任？"对曰："比近换守⑥，庶几其便于迎送。"上曰："朕以比来郡守因循⑦，故令至京师，亲问其施设优劣，将行黜陟⑧。此令已行而复变之，宰相可谓有权。"时方寒，绹汗透重裘。上留意郡守，凡选尤难其人。案⑨：此下有脱文。

**【注释】**

①令狐公绹:本条采录自《金华子》。

②文公楚:即令狐楚,字壳士,自号白云孺子,京兆府咸阳县(今陕西咸阳)人,郡望敦煌(今属甘肃)。唐德宗贞元七年(791)进士。唐宪宗时擢职方员外郎,知制诰。后为皇甫镈推荐,充翰林学士。出为华州刺史,转河阳节度使。元和十四年(819)入为中书侍郎同平章事。唐敬宗继位后,累升至检校尚书左仆射,封彭阳郡公。文宗开成元年(836)出为山南西道节度使。卒赠司空,谥号文。令狐楚才思俊丽,尤善四六骈文。

③秩满:指官吏任期届满。

④奏对:指臣僚当面回答皇帝提出的问题。

⑤"绹以随、房邻地"几句:《资治通鉴·唐纪·宣宗大中十二年》记载为:"令狐绹尝徙其故人为邻州刺史,便道之官。"故旧,旧交,旧友。

⑥比近:临近。

⑦比来:近来。因循:疏懒,怠惰。

⑧黜陟:罢免和升迁。

⑨案:据周勋初《校证》,此当是《永乐大典》编者或《四库全书》馆臣所加。

**【译文】**

令狐绹是令狐楚的儿子。令狐绹从翰林学士被升任为宰相,是受到皇帝恩惠赏赐最多的人。以前,宣宗下诏各州刺史,任期届满后不能直接赴任其他州郡,必须回到朝廷当面回答皇帝提出的问题后,才准许赴任。令狐绹因为随州和房州两地相邻,他授官给自己的一个旧交后,就直接让他赶赴任所了。宣宗看到这个官员的《谢上表》,就问令狐绹说:"这个人为什么能够直接到任所?"令狐绹回答说:"邻近的两个州变换长官,就是希望能方便他们迎来送往。"宣宗说:"我因为从前各郡长官怠惰,所以让他们来京城,亲自了解他们为政的好坏,然后再决定对他们的罢免和升迁。这个命令已经实行而现在却又更改,宰相可以说是太有权了。"当时正是最寒冷的时候,令狐绹吓得汗湿透了厚毛皮衣。宣宗留心郡守的人选,凡是被推选的都很难再找到其他合适的人。案:这句下面有脱漏的文字。

157.宣宗在位逾一纪<sup>①</sup>,忧勤无怠。天下虽小康<sup>②</sup>,而间水旱。又宣、洪、潭、青、广等数郡军乱,盖将帅失于统御<sup>③</sup>,而不日安辑<sup>④</sup>。时称"小太宗"<sup>⑤</sup>。

【注释】

①宣宗在位逾一纪:本条采录自《金华子》。一纪,指十二年。

②小康:指政教清明、人民富裕安乐的社会局面。

③统御:统率驾御。

④安辑:犹安抚。

⑤时称小太宗:《资治通鉴·唐纪·宣宗大中十三年》此说下,胡三省注曰:"唐宣宗之聪察,不足以延唐。"

【译文】

唐宣宗在位时间超过十二年,为国事忧虑勤劳从不懈怠。全国虽然和平安宁,社会经济情况较好,但不时还会出现水旱灾害。又宣、洪、潭、青、广等几个郡发生军队暴乱,大都是因为将领失于统御,不久就得到平定安抚。当时人称赞宣宗为"小太宗"。

158.大中已后<sup>①</sup>,宰相堂判无及路岩者<sup>②</sup>。杜尚书惰<sup>③</sup>,悰之弟,守泗州,为庞勋所围<sup>④</sup>,以孤城自全;高锡望守滁州<sup>⑤</sup>,婴城固拒而死<sup>⑥</sup>。岩判崔雍状云<sup>⑦</sup>:"锡望守城而死,已有追崇⑧；杜慆孤垒获全，寻加异奖。"

**【注释】**

①大中已后：本条采录自《金华子》。

②堂判：旧时官府审案的判决书。路岩：字鲁瞻，魏州冠氏（今山东冠县）人。唐宣宗大中年间进士，历任中书侍郎、户部侍郎。懿宗咸通五年（864）以兵部侍郎同中书门下平章事。十二年（871）罢相，出为剑南西川节度使。十四年（873）五月以治蜀之劳，兼中书令，封魏国公。十一月徙荆南节度使。十二月贬新州刺史。于道改流儋州，旋赐死于新州。路岩为相八年，承懿宗委遇，奢肆不法，颇通赂遗，为时人所讥。但守蜀二年，加强边备，颇有劳绩。能诗文。

③杜尚书慆：即杜慆，祖籍京兆万年（今陕西西安）。杜佑孙，杜悰之弟。唐懿宗咸通中任泗州刺史，坚守泗州，与庞勋攻城军相拒凡十月。围解，迁义成军节度使、检校兵部尚书。

④庞勋：初在戍守桂林的徐州、泗州军中任粮料判官。咸通九年（868）桂林戍卒起义，推为领袖，引兵北归。寻攻占宿州、徐州，杀徐泗节度使崔彦曾，被推为天册将军。勋自称武宁军节度使。开府库募兵，众至万人。复攻泗、濠等州，断江淮粮道。十年（869），朝廷遣康承训等率军二十万往讨，勋于濠州战败溺水而死。

⑤高锡望：懿宗咸通九年（868）任滁州刺史。十一月庞勋部将张行简攻陷滁州，高锡望被斩杀。

⑥婴城：环城。婴，犹萦，环绕。

⑦崔雍：字顺中，郡望博陵安平（今河北安平），蠡县（今属河北）人。崔戎长子。登进士第，以起居郎出为和州刺史。懿宗咸通十年（869）因无力抗击庞勋义军，遣人持牛、酒慰劳。宰相路岩发其罪，赐死。

⑧追崇：对死者追加封号。

**【译文】**

唐宣宗大中以后，宰相写的判决书没有能赶上路岩的。杜慆，是杜悰的弟弟，任泗州刺史，被庞勋叛军所围，他坚守孤城得以保全；高锡望时任滁州刺史，庞勋叛军攻打滁州时，他环城而守坚决抵抗，最终城陷被杀。路岩写崔雍的判决书说："高锡望为守卫城池而死，朝廷已经给他追加了封号；杜慆坚守孤立无援的城堡得以保全，不久就给予了特别的奖励。"

159.王尚书式①，仆射起之子②，见重于武宗。尝自荐于上，称有文武才。式有武干，善用兵。既平浙东，徐州温璋失守，朝廷以彭门频年逐帅③，乃自河阳移式④，领河阳全军赴任。驻军境外而缓进。徐州将士自王智兴后⑤，骄横难制。其银刀都父子相承⑥，每日三百人守卫，皆露刃坐于两廊夹幕下，稍不如意，相顾笑议于饮食间，一夫号呼，众卒相和。节度多懦怯，闻乱则后门逃去，如是且久。闻式至境，先遣衙队三百人远接。式衩衣坐胡床受参⑦，乃问其悖慢之罪，命尽斩于帐前。既而后来者莫知前者已死，又斩之。数日，银刀都数千人殆尽。徐州军士平居自恃吞噬⑧，及式衣袄子半臂⑨，曳履危坐，拱手栗缩就死⑩，无一人敢拒者。其后亲戚相讶，不能自知焉⑪。式既视事⑫，余党并远配，郡中少安矣⑬。

**【注释】**

①王尚书式：本条采录自《金华子》。本条与下第160条原合为一条，本书据《金华子》分列为两条。王尚书式，即王式，字小年。

唐末名将。宰相王起之子。初以门荫为太子正字,举贤良方正科,累迁监察御史。唐宣宗即位,迁晋州刺史。大中十二年(858)出任安南都护。十三年(859)因击溃裘甫领导的浙东农民起义军有功,拜为浙东观察使,迁检校右散骑常侍。懿宗咸通三年(862)徐州银刀军兵变,拜徐州节度使,率军平定叛乱。入为左金吾大将军,卒于任上。

②仆射起:即王起,字举之,祖籍太原(今属山西),后定居扬州(今属江苏)。王式之父。德宗贞元十四年(798)进士,又登制策直言极谏科。初任校书郎,补蓝田县尉。后入为殿中侍御史兼集贤殿直学士。文宗即位,历任陕虢观察使、尚书左丞、户部尚书、河中节度使、兵部尚书、山南东道节度使等职。武宗会昌四年(844)拜尚书左仆射、知贡举,封魏郡公。后外任山南西道节度使、同平章事。卒谥文懿。王起博洽多闻,嗜学强记。虽官位崇重,而夙夜孜孜,书无不览。四典贡举,所举皆知名士。

③彭门:指徐州。今属江苏。

④自河阳移式:河阳在今河南孟州,唐置河阳郡,并置节度使。据《资治通鉴·唐纪·懿宗咸通三年》秋七月载,谓“以浙东观察使王式为武宁节度使”,又云“忠武、义成两军,从王式讨裘甫者犹在浙东,诏式帅以赴徐州”。由此可见,王式是从浙东率忠武、义成两军赴徐州,而不是从河南率河阳军赴徐州。

⑤王智兴:字匡谏,怀州温县(今河南温县)人。德宗建中二年(781)为徐州镇将,累立战功。宪宗元和十五年(820)迁沂州刺史。穆宗长庆初迁御史大夫,充武宁军节度副使、河北行营都知兵马使。后经埇桥,掠盐铁院缗币及汴路进奉物,逐濠州刺史。朝廷无力讨伐,遂授徐州刺史、御史大夫,充武宁节度、徐泗濠观察使。文宗大和初自请率军讨李同捷,拔棣州,以首功加守太傅,封雁门郡王。进位侍中。卒赠太尉。

⑥银刀都：即银刀军，唐懿宗时王智兴所建的衙兵名。《资治通鉴·唐纪·懿宗咸通三年》秋七月记载为："初，王智兴既得徐州，募勇悍之士二千人，号银刀、雕旗、门枪、挟马等七军，常以三百余人自卫，露刃坐于两庑夹幕之下，每月一更。"《旧唐书·懿宗纪》亦曰："王智兴得徐州，召募凶豪之卒二千人，号曰银刀、雕旗、门枪、挟马等军。"

⑦裤衣：两侧开衩的长衣，衣长至膝，下部开长衩。始于唐。引申指内衣、便服。胡床：古时一种可以折叠的轻便坐具，亦称"交床""交椅""绳床"。

⑧吞噬：犹吞并，兼并。

⑨半臂：一种对襟短袖上衣，通常用织锦制成，长仅至腰际，两袖宽大而平直，仅到肘部。半臂之名最早见于唐，由唐前的半襦发展而来，唐初为宫中女侍之服，初唐晚期流于民间，成为民众男女的一种常服。官员士庶均可着之。

⑩栗缩：颤栗畏缩。栗，通"慄"。

⑪不能自知焉：《资治通鉴·唐纪·懿宗咸通三年》《考异》引《金华子杂录》此句作"不能自会焉"。司马光按语曰："若顿杀数千人，岂有人不知者？"

⑫视事：处理政务。

⑬少：原作"小"，据齐之鸾本、《历代小史》本改。

**【译文】**

尚书王式，是仆射王起的儿子，被唐武宗所倚重。他曾经给皇上举荐自己，说自己具有文武兼备的才能。王式有军事才干，擅长调兵遣将指挥战争。他平息了浙东农民起义军，后来徐州刺史温璋没能守住自己的职位，被都将驱逐，朝廷因为徐州连续几年出现将帅被逐的情况，就从河阳调遣王式，让他带领河阳郡全部军队赶赴任所。王式将军队驻扎在徐州外慢慢向境内推进。徐州的将士自从王智兴以后，傲慢专横难以控制。他们的银刀兵都是父子递相沿袭，每天有三百人守卫官署，都手拿兵器坐在两个廊庑中悬挂帷幕的地方，稍微有一点不合心意，就会在吃喝的间隙互相看着大声谈笑，一个人大声叫唤，所有的人就会跟着应和。徐州的节度使大多软弱胆小，听到动乱就从后门逃走了，这样的状况持续了很长时间。银刀兵听到王式来到徐州境内，就先派遣军府卫队三百人跑远路迎接。王式穿着便服坐在胡床上接受他们的进见，并责问他们违逆不敬的罪过，下令在帐前全部斩杀。这样后面来进见的人不知道前面进来的人已经死了，后面的也被斩杀。几天之间，银刀兵几千人几乎全部被杀。徐州的兵士平日里倚仗人多势众侵吞别人的财物，等到王式穿着短袖的袄子，拖着鞋子正身而坐，他们拱着手颤栗畏缩着接受死刑，没有一个敢抗拒的人。这件事情之后，这些人的亲属互相惊讶自己的不知情。王式到任之后，剩下的党羽他也一并发配到边远之地，郡中得到了略微的安定。

160.式初为京兆少尹①，多从前诃者令远②，时或避之他适，京城号为"邓子"。性放率，不拘小节。长安坊中有夜拦街铺设祠乐者，迟明末已，式过之，驻马寓目。巫者喜，奉主人杯，跪献于马前，曰："主人多福！感达官来，顾酒味稍美，敢进寿觞。"式取而饮之。行百余步复回，曰："向之酒甚恶，可更一杯。"复据鞍引满而去，其放率如此。

**【注释】**

①式初为京兆少尹：本条采录自《金华子》。

②诃：怒责。

**【译文】**

王式当初任京兆少尹时，很多以前跟随他被他怒责的人都远离他，当时还有人为躲他到外地去的,京城的人称他为"邓子"。王式性格豪放真率,不拘泥于生活小事。长安城的里巷中有人在晚上拥塞街道设置乐舞祭祀,黎明天快亮的时候活动还没有结束,王式经过这里,让马停下来观看。巫师非常高兴,他恭敬地捧着主人的酒杯,跪在王式的马前进献说:"主人多福分! 感恩贵官的到来,酒的味道还算醇美,斗胆给您奉上祝寿。"王式拿过酒杯一饮而尽。之后,他骑马走了一百多步又返回来,对巫师说:"刚才的酒很是劣质,你换一杯给我。"就又一次骑在马上端着斟满的酒杯喝完就离开了,王式的豪放直率就是这样。

161. 太宗阅医方①,见《明堂图》②,人五脏之系,咸附于背,乃怆然曰:"今律杖笞背③,奈何髀背分受④?"乃诏不得笞背。

**【注释】**

①太宗阅医方:本条采录自《隋唐嘉话》。医方,医书,医疗处方。

②《明堂图》:指绘有人体经脉、经穴的图像或挂图。也指针灸挂图。《资治通鉴·唐纪·太宗贞观四年》记载,冬十一月,"上读《明堂针灸书》,云:'人五脏之系,咸附于背。'戊寅,诏自今毋得笞囚背"。胡三省注曰:"《唐艺文志》有《黄帝明堂经》《明堂偃侧人图》《明堂人形图》《明堂孔穴图》,皆针灸之书也。"

③背:原书无,当据删。

④奈何:原书"何"下尚有一"令"字,当据补。

**【译文】**

唐太宗看医书,看到《明堂图》,发现人的心、肝、脾、肺、肾五脏系统,都附着在背上,于是悲伤地说:"现在律法中的杖刑,怎么能让大腿和背一起承受呢?"于是他下诏不得抽打背部。

162.梁公以度支之司<sup>①</sup>，天下利害，郎尝阙<sup>②</sup>，求之未得，乃自职之。

**【注释】**

①梁公以度支之司：本条采录自《隋唐嘉话》。本条与下第163条原合为一条，本书据原书分列。梁公，指房玄龄，因其受封梁国公，故称。度支，古代官署名。掌管全国财赋的统计和支调，故名。

②尝：原阙，据齐之鸾本补。

**【译文】**

梁国公房玄龄认为度支作为掌管国家财赋和支调的机构，是国家的要害部门。度支郎中曾经空缺，他寻求合适的人选但没有找到，就自己担任了这一职位。

163.高宗时<sup>①</sup>，司农欲以冬藏余菜卖之<sup>②</sup>。以墨敕示仆射苏良嗣<sup>③</sup>。良嗣判曰："昔公仪相鲁<sup>④</sup>，犹拔园葵，况临万乘而贩蔬鬻菜<sup>⑤</sup>？"上从之，不行。

**【注释】**

①高宗时：本条采录自《隋唐嘉话》。

②司农欲以冬藏余菜卖之：《资治通鉴·唐纪·则天后垂拱三年》四月记载为："时尚方监裴匪躬检校京苑，将鬻苑中蔬果以收其利。"司农，职官名。汉始置，掌钱谷之事。亦称大司农，为九卿之一。西汉武帝太初元年（前104）改大农令为大司农卿，简称大司农。东汉建安时改为大农，由魏至明，历代相沿，或称司农，或称大司农。

③墨敕：皇帝用墨笔书写、不经外廷直接下达的诏敕。也称"墨

诏"。苏良嗣：字良嗣，雍州武功（今陕西武功）人。初以门荫入仕，历任周王府司马、荆州大都督长史、雍州长史等职，为政刚正。武则天临朝，迁工部尚书，垂拱元年（685）拜相，累封温国公，充西京留守，颇受武则天重用。后升任文昌左相、同凤阁鸾台三品。天授元年（690）又以特进身份参与政事。卒赠开府仪同三司、益州都督。

④公仪：即公仪休。战国时期鲁穆公时任相，平素奉法循礼，曾拔掉自家园中的葵菜，见家里女工织的布很精美，便立即辞退，并说"吾家食禄"。

⑤万乘：古时指天子。周制，天子地方千里，出兵车万乘，诸侯地方百里，出兵车千乘，故称天子为"万乘"。

【译文】

　　唐高宗时，司农想要把冬天储藏的多余蔬菜出售给百姓。他拿皇帝的手谕给仆射苏良嗣看。苏良嗣决断说："从前公仪休在鲁国做国相时，还要拔掉自家园中的葵菜，更何况作为皇帝，却要出售储藏的蔬菜吗？"高宗听从了苏良嗣的建议，这件事就没有办。

　　164.开元始年①，上悉出金银珠玉锦绣之物于朝堂，若山积，皆焚之，示不复御用②。

【注释】

①开元始年：本条采录自《隋唐嘉话》。
②御用：旧时指皇帝所用。

【译文】

　　开元元年，玄宗皇帝全部拿出金银珠玉、精美艳丽的丝织品等放在朝堂之上，像山一样堆积在一起，并把它们全部焚毁，表示不再使用。

165.姚开府凡三为相,皆兼兵部<sup>①</sup>。军镇道里与骑卒之数<sup>②</sup>,皆能暗计之<sup>③</sup>。

**【注释】**

①姚开府凡三为相,皆兼兵部:本条采录自《隋唐嘉话》。《资治通鉴·唐纪·玄宗开元元年》记载为:"元之吏事明敏,三为宰相,皆兼兵部尚书。"胡三省注曰:"姚崇始相武后,后相睿宗,今复为相。"

②道里:道路,路程。

③暗计:心中默默计算或计数。

**【译文】**

姚崇一生总共三次为宰相,都兼着兵部尚书的职位。各军镇的路程以及骑兵的数量,他心里都有数。

166.郭尚书元振<sup>①</sup>,始为梓州射洪尉<sup>②</sup>,征求无厌,至掠部人卖为奴婢者甚众<sup>③</sup>。武后闻之,使籍其家<sup>④</sup>,唯有书数卷。后令问其资财所在,皆以济人为对<sup>⑤</sup>,于是奇而免之。大足年间,迁凉州都督。元振风神伟壮,善于抚御<sup>⑥</sup>。在凉州五年,夷夏畏慕<sup>⑦</sup>,令行禁止<sup>⑧</sup>,牛羊被野,路不拾遗。诸蕃闻风请朝献<sup>⑨</sup>。唐兴以来,善为凉州者,郭居其最。

**【注释】**

①郭尚书元振:本条采录自《隋唐嘉话》。郭尚书元振,即郭元振,本名郭震,字元振,以字行。进士及第,因写作《宝剑篇》得到武则天的赏识,授右武卫铠曹参军。武周大足元年(701)出任凉州都督、陇右诸军州大使,因政绩卓著累官至太仆卿,加银青光禄大

夫。唐睿宗景云二年(711)拜相,以太仆卿同中书门下平章事。同年免相,左迁吏部尚书,封馆陶县开国男。玄宗开元元年(713)再次拜相,参与肃清太平公主集团,封代国公。卒赠太子少保。

②射洪尉:《旧唐书》和《新唐书》之《郭元振传》均作"通泉尉"。通泉与射洪相邻。

③部人:辖境内的居民。

④籍:没收入官。

⑤为对:原阙,据齐之鸾本、《历代小史》本校补。

⑥抚御:犹抚驭。指安抚和控制。

⑦夷夏:指中原汉族及周边各族。夷,对异族的贬称,多用于东方民族。夏,古代中原汉族自称。

⑧令行禁止:有令即行,有禁即止。形容法纪严肃不苟。

⑨诸蕃:指边疆各少数民族。

**【译文】**

尚书郭元振当初任梓州射洪县尉时,征收财物没有满足的时候,甚至多次抢掠辖境内的居民把他们卖作奴婢。武后听到后,命人没收他的家产入官,可是家里只有几卷书。武后派人询问他征收财物的去处,郭元振回答说全部用于救助别人了,武后觉得很神奇,于是就赦免了他。大足年间,郭元振升任凉州都督。他的体态魁梧高大,擅长安抚和控制百姓。在凉州任职五年,境内的各族人民对他既畏惧又敬仰,一切行动都听从指挥,认真执行,凉州境内牛羊遍野,社会风气良好,人们看见道路上的失物也不会据为己有。边疆各少数民族听到消息都请求来朝廷进贡。唐代自建国以来,在擅于治理凉州的官员中,郭元振居于首位。

167.苏颋①,神龙中②,给事中兼弘文馆学士,转中书舍人。时父瑰为宰相③,父子同掌枢密④,时人荣之。属机事填委⑤,凡制诰皆出其手。中书令李峤叹曰⑥:"舍人思如泉

涌，峤所不及。"后为中书侍郎，与宋璟同知政事。璟刚正，
多所裁断，颋皆顺从其美⑦，璟甚悦之。尝谓人曰："吾与贤
父子前后皆同时为宰相。仆射长厚⑧，诚为国器；献可替否，
馨尽臣节⑨，颋过其父也。"后罢政，拜礼部尚书而薨。及葬
日，玄宗游咸宜宫，将举猎，闻颋丧出，怆然曰："苏颋今日
葬，吾宁忍娱游乎？"遂中路还宫。

【注释】

①苏颋（tǐng）：本条采录自《大唐新语·匡赞》。苏颋，字廷硕，雍
　州武功（今陕西武功）人。苏瑰之子。武则天时进士及第，历任
　乌程尉、左台监察御史、给事中、中书舍人等职，袭爵许国公。玄
　宗开元四年（716）拜相。八年（720）除礼部尚书，罢知政事。
　不久任益州大都护府长史。十三年（725）随玄宗东封泰山，后知
　吏部选事。平生善作文，与张说俱以文章知名，时称"燕许大手
　笔"。卒赠尚书右丞相，谥号文宪。

②神龙：唐中宗李显年号（705—707）。

③瑰：即苏瑰，字昌容。苏颋之父。进士出身，曾任豫王府录事参
　军、扬州大都督府长史、尚书右丞等职。明习法律，在职颇有善
　政。以删订律令格式之功加银青光禄大夫，迁户部尚书。中宗神
　龙二年（706）拜相，任侍中。次年罢相，任吏部尚书，封淮阳县
　侯。景龙三年（709）再次拜相，任尚书右仆射同中书门下三品，
　封许国公。官终太子少傅。卒赠司空、荆州大都督，谥号文贞。

④枢密：中枢官署的统称。

⑤机事：指国家机密要事。填委：纷集，堆积。

⑥李峤：字巨山，赵州（今河北赞皇）人。进士及第，并举制策甲科，
　累转监察御史，历任给事中、润州司马、凤阁舍人等职，深受武则

天器重。中宗年间依附韦皇后和梁王武三思,官至中书令,加修
文馆大学士,特进兵部尚书、同中书门下三品,封为赵国公。唐睿
宗时贬为怀州刺史,以年老致仕。李峤善诗文,与杜审言、崔融、
苏味道并称"文章四友"。

⑦顺从其美:亦作"将顺其美"。顺从,随势相依从。美,好事,美
德。指因势利导,发扬优点。

⑧仆射长厚:《资治通鉴·唐纪·玄宗开元四年》记载此事,胡三省
注曰:"仆射,谓苏瑰也。"

⑨馨尽:竭尽。

【译文】

苏颋在神龙年间任给事中兼弘文馆学士,转任中书舍人。当时他
的父亲苏瑰任宰相,父子同时掌管朝廷的中枢官署,受到当时人的赞许。
机要大事的文书纷集而来时,凡是皇帝的诏令都出自苏颋之手。中书令
李峤感叹说:"中书舍人文思如泉水喷涌,我赶不上他。"后来苏颋担任
中书侍郎,与宋璟共同处理国家政务。宋璟为人刚直方正,善于裁决判
断,苏颋则顺势相助,成全美事,宋璟非常高兴。他曾经对人说:"我先后
和苏瑰、苏颋这对贤德的父子同任宰相。苏瑰恭谨宽厚,确实是可以治
国的人才;向皇上进谏,劝善规过,议兴论革,竭尽作为人臣的职责,这一
点苏颋胜过他的父亲。"后来苏颋罢相,官拜礼部尚书,并在任上去世。
等到出葬的那天,唐玄宗在咸宜宫巡游,正准备举众打猎,听到苏颋出殡
的消息,悲伤地说:"苏颋今天下葬,我怎能忍心游乐呢?"于是半路就返
回了皇宫。

168.姚崇以拒太平公主①,为申州刺史②,玄宗深德之。
太平既诛,征为同州刺史。素与张说不叶③,说讽赵彦昭弹
之④,玄宗不纳。俄校猎于渭滨⑤,密令会于行所⑥。玄宗谓
曰⑦:"卿颇猎乎⑧?"崇对曰:"此臣少所习也。臣年三十,居

泽中，以呼鹰逐兔为乐⑨，犹不知书。张璟藏谓臣曰⑩：'君当位极人臣，无自弃也。'尔来折节读书⑪，以至将相。臣少为猎师，老而犹能。"上大悦，与之偕为臂鹰⑫，迟速在手⑬，动必称旨。玄宗欢甚，乐则割鲜⑭，闲则咨以政事。备陈古今理乱之事上之⑮，可行者必委曲言之。玄宗心益开，听之亹亹忘倦⑯，军国之务，咸访于崇。崇罢冗职⑰，修旧章，内外有叙。又请无赦宥⑱，无度僧⑲，无数迁吏，无任功臣以政，玄宗悉从之，而天下大理。

## 【注释】

①姚崇以拒太平公主：本条采录自《大唐新语·匡赞》。拒，抵抗。

②为：原书"为"上尚有一"出"字，当据补。

③张说：字道济，一字说之，河南洛阳人。载初元年（689）应诏举，对策第一，授太子校书。累转右补阙。武则天时迁右史、内供奉，擢凤阁舍人。中宗即位，召拜兵部员外郎，转工部尚书。睿宗朝迁中书侍郎，兼雍州长史，充太子侍读。景云二年（711）拜相，监修国史。不久因与宰相萧至忠不合免相。玄宗开元元年（713）以参与讨平太平公主之功再次拜相，任中书令，封燕国公。不久左迁相州刺史。开元九年（721）以军功第三次拜相，任兵部尚书同中书门下三品。后改任中书令，加集贤院学士。张说为文俊丽，用思精密，尤其擅长墓志碑文，与苏颋并称"燕许大手笔"。

④讽：用含蓄的话指责或劝告。赵彦昭：字奂然，甘州张掖（今甘肃张掖）人。少豪迈，风骨秀爽。及进士第，历左台监察御史。中宗时，累迁中书侍郎，同中书门下平章事。睿宗立，出为宋州刺史。后入为吏部侍郎，迁刑部尚书，封耿国公。寻贬江州别驾，卒于官。

⑤校猎：用木栅栏阻拦猎取野兽。《汉书·成帝纪》："冬，行幸长杨

宫，从胡客大校猎。"唐颜师古注："此校谓以木自相贯穿为阑校耳……校猎者，大为阑校以遮禽兽而猎取也。"后亦泛指打猎。

⑥行所：即行在所。天子所在的地方，亦指天子巡行所到之地。

⑦玄宗：原阙，据齐之鸾本、《历代小史》本校补。

⑧卿颇猎乎：原书此句作"卿颇知猎乎"，当据补"知"字。

⑨呼鹰逐兔：亦作呼鹰逐兽，指行猎。

⑩张璟藏：长社（今河南许昌）人。生平未详。

⑪尔来：自那时以来。折节：改变平素的志向。

⑫偕为：原书作"偕马"，当据改。臂鹰：把鹰架于肩膊上。多指出门狩猎。

⑬迟速：快或慢，缓慢或迅速。

⑭割鲜：割杀畜兽。《文选·子虚赋》："割鲜野食，举烽命爵。"吕向注："鲜，牲也。谓割牲之血染于车轮也。"

⑮理乱：即治乱。唐人为避高宗李治名讳，以治为理。

⑯亹亹（wěi wěi）：勤勉不倦的样子。《诗经·大雅·崧高》："亹亹申伯，王缵之事。"

⑰冗职：闲散的官职。

⑱赦宥：赦免，宽恕。

⑲度僧：佛教用语。度即渡，谓举行一定仪式渡离生死苦海，使俗人出家为僧。

【译文】

姚崇因为抵制太平公主，被贬为申州刺史，唐玄宗很感激他。太平公主被杀后，姚崇被征召为同州刺史。姚崇向来跟张说不合，张说便含蓄地劝说赵彦昭弹劾他，唐玄宗没有听信赵彦昭对姚崇的指责。不久玄宗到渭河边打猎，秘密让姚崇到他打猎的行宫。玄宗对姚崇说："你很擅长打猎吗？"姚崇回答说："这是我年轻的时候所熟悉的事情。当时我三十岁，住在水草丛杂的湖泽，经常以猎鹰追逐野兽为乐，还不懂得读书的好处。后来张璟藏对我说：'你将来会成为重臣，不要再自暴自弃了。'自那时起我就改变志向认真读书，直到做了宰相。我年轻的时候是位猎手，现在虽然年龄大了，但还是能够打猎。"玄宗听了非常高兴，跟他一起骑在马上，手臂上托着猎鹰去打猎，一路上或快或慢，姚崇控制得得心应手，所以行动都能听从指挥。唐玄宗非常高兴，心情愉悦的时候就吩咐割杀畜兽制作美食，空闲的时间就向姚崇咨询国家事务。姚崇详尽陈述古今治乱之事，对那些可以施行的事必定委婉地向玄宗陈说。玄宗听了心中更加欢喜，有时候听得忘了疲倦。朝廷中重要的军政事务玄宗都一一征询姚崇的意见。姚崇罢免那些闲散的官员，修正先朝的典章，使朝廷内外井然有序。他又奏请玄宗不要轻易赦免犯人，不要让百姓出家为僧，不要频繁地调动官员，不要将朝政委以有功之臣，玄宗全部接纳了他的建议，于是天下大治。

169.李当尚书镇南梁<sup>①</sup>，境内多有朝士庄产<sup>②</sup>，子孙侨寓其间<sup>③</sup>，而不肖者相效为非<sup>④</sup>。前牧以其各有阶缘<sup>⑤</sup>，弗克禁止，闾巷苦之。当严明有断，处分宽织篾笼<sup>⑥</sup>。召其尤者，诘其家世谱第，在朝姻亲，乃曰："郎君藉如是地望<sup>⑦</sup>，作如此行止，无乃辱于存亡乎？今日所惩，贤亲眷闻之，必赏老夫，勉旃<sup>⑧</sup>。"遽命盛以竹笼，沉于汉江。由是其侪惕息<sup>⑨</sup>，各务戢敛焉<sup>⑩</sup>。崔珏二子凶恶<sup>⑪</sup>，节度使刘都尉判之曰<sup>⑫</sup>："崔氏二男，荆州三害，不免行刑也。"

**【注释】**

①李当尚书镇南梁：本条采录自《北梦琐言·李当尚书竹笼》。李当，唐陇西（今属甘肃）人。李益之子。宣宗大中年间，历主客员外郎、左司员外郎、中书舍人。八年（854）为湖南观察使。征还，

久之方除散骑常侍。懿宗咸通初年迁户部侍郎。寻出为河南尹。十二年（871）征为吏部侍郎，十三年（872）迁尚书左丞，坐于琮之累，贬为道州刺史。移申州刺史，官终刑部尚书。

②多：原阙，据齐之鸾本、《历代小史》本补。朝士：朝廷之士。泛称中央官员。

③侨寓：寄居。

④不肖：不成材，不成器。

⑤阶缘：犹凭借。

⑥篾笼：竹笼。

⑦地望：地位与名望。

⑧勉旃（zhān）：努力。多于劝勉时用之。旃，语气助词，之焉的合音字。

⑨惕息：不敢喘息。形容极其恐惧。《汉书·司马迁传》："当此之时，见狱吏则头枪地，视徒隶则心惕息。"颜师古注："惕，惧也。息，喘息也。"

⑩戢（jí）敛：收敛，不敢放肆。

⑪崔珏二子凶恶：此句以下原单列为一条，原书为附文附于《李当尚书竹笼》后，故本书与本条合为一条。崔珏，字梦之。宣宗大中年间登进士第，咸通中佐崔铉荆南幕，为铉所奖掖，荐入朝为秘书郎。历淇县令，有惠政，官终侍御。

⑫刘都尉：生平不详。

【译文】

尚书李当镇守南梁时，境内有很多朝廷官员的庄园和田产，他们的子孙寄居其中，一些品行不正的人相互效法干坏事。前任州官因为这些人都有家世背景，没有能够制止，当地的老百姓深受他们的迫害。李当严肃公正有决断，用编织的宽大竹笼处罚他们。李当召唤这些人中干坏事最多的人，追问他家族的世系和门第，原来是当朝官员的亲戚，于是李当就说:"你靠着这样的地位名望,却做出如此的坏事,岂不是辱没了活着的和死去的人? 现在我对你的惩罚,你贤德的亲戚要是听说了,一定会奖赏我的,你好自为之。"立即命令将这个人装进竹笼,沉到了汉江。从此,这些为害乡里的人都极其恐惧,个个都有所收敛,不敢再放肆。崔珏的两个儿子穷凶极恶,节度使刘都尉的判词说:"崔家的这两个儿子,是荆州的三害之一,不能赦免对他们的刑罚。"

170. 梨园弟子有胡雏<sup>①</sup>,善吹笛,尤承恩<sup>②</sup>。尝犯洛阳令崔隐甫<sup>③</sup>,已而走禁中<sup>④</sup>。玄宗非时托以他事召隐甫对<sup>⑤</sup>,胡雏在侧,指曰:"就卿乞得此否?"隐甫奏曰:"陛下此言,是轻臣而重乐人也,臣请休官!"再拜而出。玄宗遽曰:"朕与卿戏。"遂令曳出。才至门外,杖杀之。俄而复敕释放,已死矣。乃赐隐甫绢百匹。

**【注释】**

①梨园弟子有胡雏:本条采录自《国史补·胡雏犯崔令》。梨园,本是唐玄宗教练歌舞艺人的地方,在唐长安城光化门北禁苑内,即今陕西西安未央区未央宫乡附近。接受过唐玄宗在梨园指点教练的乐师也称梨园弟子。后世戏班称梨园,戏曲演员称梨园弟子,源出于此。胡雏,胡人小儿,胡人僮仆。

②承恩:蒙受恩泽。

③崔隐甫:贝州武城(今山东武城)人。睿宗时任殿中侍御史内供奉,因弹劾太平公主庇护僧人违法,被贬为邛州司马。玄宗开元初为洛阳令,在职强正,无所回避。开元九年(721)自华州刺史转太原尹,吏民刻石颂之。十四年(726)转任御史大夫,受命召朝集使考课,一日而毕,咸云称职。二十四年(736)为东都留守,

封清河郡公,卒谥忠。

④禁中:皇宫别称。秦汉时称皇帝宫中为禁中,因门户有禁,非侍卫
　及通籍之臣不得入,故称。至汉元帝时避其皇后父名讳,曾改称
　省中。后世沿称禁中。

⑤非时:指不在正常、适当或规定的时间内。此处当指规定上朝的
　时间之外。

**【译文】**

　　唐玄宗时皇宫戏班子中有一个胡人小儿,他擅长吹奏笛子,尤其蒙
受玄宗皇帝的恩泽。这个胡人小儿曾经冒犯洛阳令崔隐甫,之后跑进了
皇宫。唐玄宗在规定上朝的时间之外因为要委托别的事情就召崔隐甫进
宫问对,当时胡人小儿也站在一旁,玄宗指着胡儿说:"请你宽恕他,可以
吗?"崔隐甫奏报说:"陛下这样说,是轻视大臣而重视歌舞艺人,我请求
辞去官职!"他向玄宗再拜后就往外走。玄宗急忙说:"我和你开玩笑。"
于是下令将胡儿拖出去。才到大殿门外,就行杖刑打死了他。不久玄宗
又下令释放胡儿,但胡儿已经死了。于是玄宗赐给崔隐甫丝绢一百匹。


　　171. 刘忠州晏①,通百货之利②,自言如见地上钱流。
每入朝乘马,则为鞭算。尝言居取安便,不务华屋;食取饱
适,不务多品;马取稳健,不务毛色。


**【注释】**

①刘忠州晏:本条采录自《国史补•刘晏见钱流》。刘忠州晏,即刘
　晏,因其于唐德宗建中元年(780)被贬为忠州刺史,故称。

②百货:各种货物。

**【译文】**

　　忠州刺史刘晏了解各种货物的赢利途径,自称好像看到地上钱在流
动。他每次乘马入朝的途中,就用马鞭进行计算。刘晏曾说住处只求方

便安适,不追求华美的屋宇;对食物只求饱腹适口,不讲究花样繁多;对坐骑只求平稳强健,不计较毛色的优劣。

172.江淮贾人①,有积米以待踊贵②。画图为人,持米一斗,货钱一千③,以悬于市。扬州留后徐粲杖杀之④。

【注释】

①江淮贾人:本条采录自《国史补·悬买米画图》。贾人,商人。

②踊(yǒng)贵:指物价上涨。

③货钱:王莽时所铸钱币名。圆形方孔。《汉书·王莽传》:"是岁,罢大小钱,更行货布,长二寸五分,广一寸,直货钱二十五。货钱径一寸,重五铢,枚直一。两品并行。"后亦泛指货币。

④留后:职官名。唐时节度使因故缺任后,代行其职者。徐粲:字宜远,东海郯县(今山东郯城)人。德宗贞元中为户部尚书班宏所引,官检校户部郎中、御史中丞,主盐铁转运扬子院事。

【译文】

江淮之地有一个商人,储藏了很多米等待涨价。他在纸上画了一个人,手里端着一斗米,并在旁边写上"货钱一千",悬挂在了集市上。扬州留后徐粲知道后行杖刑打死了他。

173.李惠登自军吏为随州刺史①,自言:"吾二名惟识'惠'字,不识'登'字。"为政清净无迹,不求人知。兵革之后,阖境大化②。

【注释】

①李惠登自军吏为随州刺史:本条采录自《国史补·李惠登循吏》。

李惠登，平卢（今辽宁朝阳）人。行伍出身，少为平卢节度府裨将。安史之乱中，脱身投靠山南节度使来瑱，授试金吾卫将军。德宗建中三年（782）又领兵镇守随州，抵御李希烈。唐德宗贞元初举州归顺，授随州刺史。在随州二十年，治州有方，百姓称颂，诏加御史大夫。官终检校国子祭酒。

②阃境：边界以内的全部地方。有时指全国。此处指随州以内的全部地方。

**【译文】**

李惠登从军队中的小官被任命为随州刺史，自称："我名字中的两个字只认识'惠'字，不认识'登'字。"他为官清净守节，不着痕迹，不希望被人关注。战争之后，随州境内得以大治。

174.武相元衡遇害①，朝臣震恐，多有上疏请不穷究②，独尚书左丞许孟容奏"当罪京兆尹③，诛金吾铺官④，大索求贼"，行行然有前辈风采⑤。时京兆尹裴武问吏⑥，吏曰："杀人者未尝得脱。"数日，果擒张晏辈⑦。

**【注释】**

①武相元衡遇害：本条采录自《国史补·论害武相事》。

②穷究：彻底追究。

③尚书左丞：《资治通鉴·唐纪·宪宗元和十年》记载此事，言许孟容官兵部侍郎。《旧唐书》和《新唐书》之《许孟容传》均言前任尚书右丞，抗言捕贼时已迁吏部侍郎，其后又任尚书左丞。许孟容：字公范，京兆长安（今陕西西安）人。少以文词知名，擢进士异等，又第明经，初授校书郎。贞元初年，徐州节度使张建封以为从事，后转为濠州刺史。寻征礼部员外郎，迁给事中。唐宪宗即

位，迁尚书左丞、京兆尹，拜东都留守。执法刚正，豪右敛迹，威望大震。卒赠太子少保。

④金吾铺官：官名。唐时指左、右金吾卫所属左、右街武候铺官的总称，分掌京城日夜巡逻。

⑤行行：刚强负气的样子。《论语·先进》：“子路，行行如也；冉有、子贡，侃侃如也。子乐。”何晏集解：“郑曰：‘乐各尽其性，行行，刚强之貌。’”

⑥裴武：《唐书》无传，只是在《裴垍传》有裴武名，《裴氏世谱》及《裴氏世系源流考》中也不见裴武名。唐代宗时任京兆尹，曾请禁与商贾飞钱之人。

⑦张晏：唐人，生平不详。宪宗元和十年（815），宰相武元衡被刺杀，张晏等被认为是嫌疑犯，斩首。

【译文】

宰相武元衡被刺杀，朝廷大臣震恐，很多人给宪宗上疏请求不要彻查，唯独尚书左丞许孟容上奏说“应当治京兆尹的罪，杀了负责京城戒备、巡逻的金吾铺官，并大肆追捕刺客”，刚强负气的样子很有前辈风度。时任京兆尹的裴武询问负责调查此事的官员，官员说：“刺客没有逃脱。”几天后，果然擒获了刺客张晏等人。

175.王忮为螯屋镇将①，清苦肃下。有军士犯禁，杖而枷之，约曰②：“百日乃脱③，未及百日而脱者死。”又曰：“我死则脱，尔死则脱，天子之命则脱。非此，臂可折，约不可改也。”由是秋毫不犯④。

【注释】

①王忮为螯屋镇将：本条采录自《国史补·王忮百日约》。王忮，唐

人，生平不详。盩厔（zhōu zhì），县名。即今陕西周至。镇将，官
名。北魏置，为镇的长官。在不设州郡的地区，如西边、北边诸
镇，兼统领军民。

②约：共同订立、须要共同遵守的条文。

③脱：解除。

④秋毫不犯：丝毫不侵犯。多指军队纪律严明。秋毫，鸟兽秋天新
换的绒毛，比喻极细微的东西。犯，侵犯。

**【译文】**

王忱任盩厔镇将，他以守贫刻苦整肃部下。如果有士卒违犯禁令，
就会行杖刑并给他戴上刑具，并限定说："一百天才能解除刑具，不到一
百天解除刑具的判处死刑。"他还说："我死了就解除，你死了就解除，天
子下令也解除。除此之外，胳膊可以折断，限制不能更改。"从此部下军
纪严明，丝毫不敢侵犯。

176.李建为吏部郎中①，尝曰："方今秀茂皆在进士②。
使吾得志，当令登第之岁，集于吏部，使尉紧县③；既罢复
集，使尉望县④；既罢又集，使尉畿县⑤；而升于朝。大凡中
人三十成名，四十乃至清列⑥，迟速为宜。既登第，遂食禄；
既食禄，必登朝，谁不欲也？无淹滞以守常限⑦，无纷竞以求
再捷。下曹得其修举⑧，上位得其更历⑨。就而言之，其利甚
溥⑩。"议者是之。

**【注释】**

①李建为吏部郎中：本条采录自《国史补·李建论选业》。李建，
字杓直，荆州石首县（今湖北石首）人，祖籍陇西成纪（今甘肃秦
安）。家素清贫，躬耕致养，嗜学力文。德宗贞元年间举进士，授

校书郎,德宗闻其名,擢左拾遗、翰林学士。唐宪宗时期贬为詹事府司直,后迁兵部郎中、知制诰,改任京兆尹,出为澧州刺史,召拜刑部侍郎。卒赠工部尚书。

②秀茂:优异特出的人才。

③紧县:唐、宋时州、县的等级名。一般据其所在地位的轻重、辖境大小、人口多少和经济收入划分。《通典·职官》:"大唐县有赤、畿、望、紧、上、中、下七等之差。"自注:"京都所治为赤县,京之旁邑为畿县,其余则以户口多少、资地美恶为差。"

④望县:唐朝县的等级名。望县是除赤县、畿县以外最好的一等。

⑤畿县:唐朝县的等级名。

⑥清列:高贵的官位。

⑦淹滞:谓有才德者而久沦下位。常限:常规。

⑧修举:谓事务处理及时、得当。

⑨更历:经历,阅历。

⑩溥(pǔ):广大。

**【译文】**

李建任吏部郎中,他曾经说:"当今优秀杰出的人才都在进士之中。如果我主持科举考试,就在登第的那一年,把所有考取进士的人都集中到吏部,让他们先去做紧县一级的县尉;罢职之后再集中,让他们去做望县一级的县尉;罢职之后还集中,让他们去做畿县一级的县尉;然后再进入朝廷做官。大抵中等资质的人三十岁考中进士成名,四十岁位居高官,这样的速度就比较合适。考中进士就享受俸禄,享受了俸禄就一定要入朝做官,谁不想这样?没有长时间在下层为官来坚守常规,没有竞争就求取再次的升职。这样,在基层工作就能够政务处理得当,任高级官员就能增加阅历。如果按照上述做法来做,好处就非常大。"当时舆论认为他说的很对。

# 文学

177.文中子见王勃少弄笔砚①，问曰："尔为文乎②？"曰："然。"因与题《太公遇文王赞》，曰："姬昌好德③，吕望潜华④。城阙虽近，风云尚赊⑤。渔舟倚石，钓浦横沙。路幽山僻，溪深岸斜。豹韬攘恶⑥，龙钤辟邪⑦。虽逢相识，犹待安车⑧。君王握手，何期晚耶⑨！"

**【注释】**

①文中子见王勃少弄笔砚：本条采录自《芝田录》。文中子，指王通。其门人私谥为文中子。王勃，字子安，绛州龙门县（今山西河津）人。王通之孙。与杨炯、卢照邻、骆宾王并称为"初唐四杰"。自幼聪敏好学，六岁能文。十六岁时，应幽素科试及第。高宗乾封初，沛王李贤闻其名，召为沛王府修撰。后为虢州参军，因写作《斗鸡檄》坐罪免官。高宗上元三年（676）八月，自交趾省父返回时，渡南海溺水，惊悸而死。

②尔：原阙，据齐之鸾本、《历代小史》本补。

③姬昌：商朝诸侯，周太王之孙，季历之子，周武王之父，周朝奠基者。

④吕望：即周初人吕尚。于渭水之阳遇文王，立为太师。武王即位，尊为师尚父，辅佐武王灭纣，建立周朝。以功封于齐，为齐之始祖。

⑤赊：遥远。

⑥豹韬：古代兵书《六韬》篇名之一。相传为吕望所撰。后亦借指用兵的韬略。

⑦龙钤（qián）：犹龙韬。指兵略。

⑧安车：古代一种可以坐乘的小车。古车多为立乘，此为坐乘，故称之为安车。《周礼·春官·巾车》郑玄注曰："安车，坐乘车，凡妇

人车皆坐乘。"安车多用一匹马,位尊者用四匹马。

⑨何期:《类说》引文此二字作"何其",当据改。

**【译文】**

文中子王通看到孙子王勃小时候玩弄毛笔和砚台,就问他说:"你要写文章吗?"王勃说:"是。"于是王通给他题目《太公遇文王赞》,王勃作文说:"文王喜好德行,吕望隐藏才华。城门两旁的望楼虽然距离很近,自然界的风和云却很遥远。渔船停靠在巨石边,垂钓的水边是广阔的沙滩。道路幽远山林僻静,溪水幽深溪岸倾斜。他的用兵韬略可以驱除邪恶。即使相逢相识,仍然待之以安车。与君王的握手,为什么这么迟!"

178.杜淹①,国初为掾吏②,尝业诗。文皇勘定内难③,咏斗鸡寄意曰④:"寒食东郊道,飞翔竞出笼⑤。花冠偏照日,芥羽正生风⑥。顾敌知心勇,先鸣觉气雄。长翘频扫阵,利距屡通中⑦。"文皇览之,嘉叹数四,遂擢用之。

**【注释】**

①杜淹:字执礼,京兆杜陵(今陕西长安)人。北周豫州刺史杜业孙、河内太守杜征之子。隋时隐太白山,文帝恶之,谪戍江表。后投归唐朝,任天策上将府兵曹参军、文学馆学士。高祖武德八年(625)坐罪流放越嶲。唐太宗即位,召任御史大夫,封安吉郡公。不久判吏部尚书,参议朝政。卒赠尚书右仆射。

②掾(yuàn)吏:副贰掾属官吏的泛称。

③文皇:指唐太宗李世民。因太宗谥文武大圣皇帝,故称。勘定:亦作戡定。指以武力平定。

④咏斗鸡寄意:指杜淹的《咏寒食斗鸡应秦王教》一诗,《全唐诗》卷三十录此诗。

⑤寒食东郊道，飞翔竞出笼：是说寒食节这天京城东郊的道路旁，参加斗鸡比赛的雄鸡纷纷飞出鸡笼。寒食，节日名。在清明前一日或二日。相传春秋时晋文公负其功臣介之推，介之推愤而隐于绵山。文公悔悟，烧山逼令出仕，介之推抱树焚死。人们同情介之推的遭遇，相约于其忌日禁火冷食，以为悼念。以后相沿成俗，谓之寒食。

⑥花冠偏照日，芥羽正生风：是说斗鸡花一样的鸡冠红得像初升的太阳，它张开翅膀准备拼杀。芥羽，语出《左传·昭公二十五年》："季郈之鸡斗，季氏介其鸡，郈氏为之金距。"孔颖达疏引郑司农曰："介，甲也，为鸡著甲。"《史记·鲁周公世家》作"季氏芥鸡羽"。裴骃集解引服虔曰："捣芥子播其鸡羽，可以坌郈氏鸡目。"后因以"芥羽"指用以角斗的鸡。

⑦"顾敌知心勇"几句：是说斗鸡看见对手勇气勃发，它长鸣一声顿觉气魄雄健。斗鸡长长的尾羽不停地扫着阵地，尖利的距爪多次击中对手。利距，锐利的距爪。

**【译文】**

杜淹，唐代初年任掾吏，曾经以写诗为业。唐太宗以武力平定内乱，杜淹写了一首歌咏斗鸡的诗来寄托自己的心意，这首诗为："寒食东郊道，飞翔竞出笼。花冠偏照日，芥羽正生风。顾敌知心勇，先鸣觉气雄。长翘频扫阵，利距屡通中。"太宗看了杜淹的诗，非常喜欢，连连赞叹，很快就提升并任用了他。

179.王勃凡欲作文①，先令磨墨数升，饮酒数杯，以被覆面而寝。既寤，援笔而成，文不加点，时人谓为腹稿也②。

**【注释】**

①王勃凡欲作文：本条采录自《酉阳杂俎·语资》。

②腹稿：指先在心中孕育的文稿。

**【译文】**

王勃每次写文章，先让人研墨几升，他自己喝几杯酒，然后用被子蒙在脸上就睡觉了。睡醒以后，拿起笔很快就写成了，而且无需涂改，当时人说他是在心中孕育的文稿。

180.骆宾王年方弱冠①，时徐敬业据扬州而反②，宾王陷于贼庭，其时书檄皆宾王之词也③。每与朝廷文字，极数伪周④，天后览之，至"蛾眉不肯让人⑤，狐媚偏能惑主⑥"，初微笑之。及见"一抔之土未干⑦，六尺之孤安在⑧?"乃不悦，曰："宰相因何失如此之人!"盖有遗才之恨⑨。

**【注释】**

①骆宾王：字观光，婺州（今浙江义乌）人。高宗末年为长安主簿，后因事得罪，贬临海县丞。光宅元年（684），徐敬业起兵讨伐武则天，骆宾王撰写《讨武曌檄》。徐敬业败亡后不知所终。骆宾王工诗文，与王勃、杨炯、卢照邻合称"初唐四杰"。弱冠：古代男子二十岁行冠礼，表示已经成人，因还没到壮年，叫作弱冠。后泛指男子二十左右的年纪。

②徐敬业：本名李敬业，曹州离狐（今山东菏泽）人。司空李勣之孙。历任太仆少卿等职。高宗总章二年（669）袭封英国公。武则天当政后，贬为柳州司马。嗣圣元年（684）九月，与唐之奇、杜求仁、魏思温、骆宾王等人在扬州起兵，以匡复为辞，自称匡复上将，领扬州大都督，传檄州郡，举行叛乱。不久兵败被杀。

③书檄：书简与檄文。泛指文书。

④极数：谓尽量数说。

⑤蛾眉：本指女子的秀眉。后亦用以指称美女。此处指武则天。

⑥狐媚：俗传狐善魅人，故称以媚态惑人为狐媚。

⑦一抔（póu）之土：意思是一捧黄土，借指坟墓。

⑧六尺之孤：指未成年的孤儿。六尺，形容个子未长高。孤，死去父亲的小孩。

⑨遗才：指未被发现或未受重视的人才。

**【译文】**

骆宾王年龄刚二十岁，当时徐敬业占据扬州起兵反叛，骆宾王身陷叛军之中，这一时期军中的文书全部都出自骆宾王之手。每次给朝廷发文，他都极力指责武周政权。有一次武则天看一篇檄文，在看到"蛾眉不肯让人，狐媚偏能惑主"时，武则天只是微微一笑。等看到"一抔之土未干，六尺之孤安在"时，就不高兴了，她说："宰相因为什么失掉了像骆宾王这样有才华的人！"大约有一种人才没被发现的遗憾。

181.徐敬业十余岁时①，射必溢镝②，走马若飞。英公每见之，曰："此儿相不善，将赤吾族也③。"

**【注释】**

①徐敬业十余岁时：本条采录自《酉阳杂俎·语资》。

②溢镝：犹盈贯。谓引满弓弦，使弓背与弓弦之间的距离与箭同长。镝，箭头。也泛指箭。

③赤：诛灭。

**【译文】**

徐敬业十几岁时，射箭一定要引满弓弦，骑马疾走如同在飞。英国公李勣每次看见他，就说："这个孩子面相不好，将来会使我的家族灭亡。"

182.苏颋少不得父意①，常与仆夫杂处②，而好学不倦。每欲读书，患无灯烛，尝于马厩灶中吹火照书诵焉，其苦学如此。

**【注释】**

①苏颋少不得父意：本条采录自《开元天宝遗事·吹火照书》。

②仆夫：驾驭车马之人。

**【译文】**

苏颋小时候不受父亲喜欢，经常与仆夫相处，但是他喜欢读书，常常不知疲倦。每次晚上想读书时，苦于没有灯光照明，他就到马棚里的炉灶边吹炉灶里的火让烧起来，就着火光在那里读书，他就是这样刻苦学习的。

183. 长安春时①，盛于游赏。苏颋《应制》诗云："飞埃结红雾，游盖飘青云②。"玄宗览之嘉赏，遂以御花亲插颋巾上。

**【注释】**

①长安春时：本条采录自《开元天宝遗事·游盖飘青云》。

②飞埃结红雾，游盖飘青云：是说尘埃轻飘结成红雾，云彩漂浮在游人用以遮日避雨的伞盖上。

**【译文】**

京城长安在春天时，盛行游玩观赏。苏颋《应制》诗就说："飞埃结红雾，游盖飘青云。"唐玄宗读了这首诗赞赏不已，于是亲自将一朵皇宫栽种的花插在苏颋的头巾上。

184. 玄宗初即位①，锐意政理②，好观书，留心起居注③，选当时名儒执笔。其称职者，虽十数年不去，多则迁名曹郎兼之④。自先天初至天宝十二载冬季，成七百卷，内起居注为多。

**【注释】**

①玄宗初即位：本条采录自《松窗杂录》。

②锐意：立志，下决心。政理：为政之道。

③起居注：指皇帝的言行录。两汉时由宫内修撰，魏晋以下设有著
　作郎起居舍人、起居郎等职，以编撰起居注。唐宋记注最详。记
　事之制，以事系日，以日系月，以月系年，每季为卷，送付史馆。

④曹郎：尚书省诸曹司郎官的统称。东汉光武帝时分尚书为六曹
　郎；魏有二十五曹郎；西晋加置三十五曹，置郎二十三人；东晋置
　十五曹。隋初置二十四曹郎，唐因其数，尚书六部各统四曹。其
　曹郎各随曹司改复。

**【译文】**

　　唐玄宗刚刚即位时，专心于政事，喜欢读书，特别重视起居注，他挑
选当时有名的儒士撰写。能够胜任这项工作的人即使在位十几年都没
有撤换，大多时候就调任曹郎让他们兼任这项工作。从先天初年到天宝
十二载冬天，一共撰成七百卷，其中皇帝宫内的起居注占大多数。

　　185.开元二年春①，上幸宁王第②，叙家人礼。乐奏前
后，酒食沾赉③，上不自专，皆令禀于宁王。上曰："大哥好
作主人，阿瞒但谨为上客。"[原注]④上禁中常自称阿瞒。明
日，宁王与岐、薛同奏曰⑤："臣闻起居注必记天子言动，臣
恐左右史记叙其事⑥，四季朱印联案：此上文有脱误。牒送史
馆，附依外史⑦。"上以八分为答诏⑧，谢而许之。至天宝十
二载冬季，成三百卷。率以五十幅黄麻为一轴⑨，用雕檀轴
紫龙凤绫标。宁王每请百部纳于史馆。上命宴侍臣以宠

之。上宝惜此书,令别起阁贮之。及禄山陷长安,用严、高计⑩,[原注]禄山谋主严庄、高尚等。未升宫殿,先以火千炬焚是阁,故《玄宗实录》百不叙其三四,以是人间传记尤众⑪。

## 【注释】

① 开元二年春:本条采录自《松窗杂录》。开元,唐玄宗李隆基年号(713—741)。

② 宁王:即李宪,本名成器,唐睿宗李旦嫡长子,唐玄宗李隆基长兄。初封永平郡王。文明元年(684)睿宗即位,立为皇太子。殇帝唐隆元年(710)封宋王。不久,睿宗复位,他让储君之位给弟弟李隆基,自任雍州牧、扬州大都督、太子太师、蒲州刺史等,授开府仪同三司,兼太常卿,改封宁王。与玄宗李隆基友爱,以不干议朝政,不与人交结,为玄宗信重。死后葬于惠陵,谥号让皇帝。

③ 沾赉(lài):赏赐。

④ 原注:此为李濬自注。

⑤ 岐、薛:指岐王与薛王。岐王本名李隆范,后因避玄宗讳改名为李范,睿宗第四子。薛王本名李隆业,后改名李业,睿宗第五子。

⑥ 臣恐左右史记叙其事:原书此句作“臣恐左右史不得天子闺行极庶人之礼,无以光示万代。臣请自今后,臣与兄弟各轮日载笔于乘舆前,得以行在纪叙其事”。左右史,门下省起居郎、中书省起居舍人合称。

⑦ “四季朱印联”几句:原书作“四季则用朱印联名牒送史馆,然皆依外史例悉上闻,庶明臣等守职如螭头官”。句中案语当是《永乐大典》编者所加。四季,指春三月,夏六月,秋九月,冬十二月。农历四个季月的总称。外史,官名。《周礼》春官有外史,掌文献史书、四方之志和向京畿以外地区宣布王命。春秋时鲁置外史,掌盟诅。《周礼·春官·大宗伯》:“外史,掌书外令,掌四方之志,

掌三皇五帝之书。"

⑧八分：汉字书体的一种，字体似隶而体势多波磔。相传为秦时上谷人王次仲所造。关于八分的命名，历来说法不一，或以为二分似隶，八分似篆，故称八分；或以为汉隶的波折，向左右分开，"渐若八字分散"，故名八分。

⑨黄麻：古代诏书用纸。亦借指诏书。古代写诏书，内事用白麻纸，外事用黄麻纸。

⑩严、高：指庄严和高尚，生平不详，乱臣安禄山的谋士。

⑪传记尤众：原书作"传记者尤鲜"。"众"乃误字，当据改。

## 【译文】

唐玄宗开元二年的春天，玄宗行幸宁王李宪的府第，以家人的礼节相见。奏乐前后，酒食赏赐，他都不自作主张，全部让禀报给宁王。玄宗说："大哥就好好做主人，阿瞒我只做尊贵的客人。"[原注]玄宗在宫中经常自称阿瞒。第二天，宁王和岐王、薛王一同呈奏说："我们听说起居注必须记录天子的言语和行动，所以我担心起居左右史不知道皇上在内宫对待亲人如同庶民之间一样，从而无法昭示后世。我请求从今天开始，我和兄弟们轮流带着笔墨在您身边，这样就可以在您巡幸所在之地记录您的言行。然后分别在四个季月盖朱印加案：这个字上面有文字的脱漏和错误。名册送到史馆，再依照外史的惯例让皇上知晓，以表明我们都会像史官一样恪尽职守。"玄宗用八分书体亲自写了回答他们的诏书，感谢并应允了这件事。到天宝十二载冬天，起居注编写成了三百卷。全部以五十张黄麻纸为一轴，用雕制的檀木作轴，用具有紫色龙凤图案的丝绸题写书名。宁王每次请求拿一百部放进史馆。玄宗命令宴请身边的近臣来表示对他们的偏爱。玄宗非常珍惜这些书，命令另外建造阁楼贮藏它们。等到安禄山攻破长安，他听从了庄严、高尚两个手下的计谋，[原注]为安禄山出谋划策的人是庄严和高尚等。还没有到皇宫的大殿，就先用数以千把的火炬烧了贮藏起居注的阁楼，所以《玄宗实录》所记不到起居注的百分之三四,因此民间流传的有关玄宗言行的书籍尤为少见。

　　186.李白名播海内<sup>①</sup>,玄宗见其神气高朗,轩然霞举<sup>②</sup>,上不觉忘万乘之尊,与之如知友焉。尝制《胡无人》云<sup>③</sup>:"太白入月敌可摧。"及禄山犯阙<sup>④</sup>,时太白犯月<sup>⑤</sup>,皆谓之不凡耳。

**【注释】**

①李白名播海内:本条采录自《酉阳杂俎·语资》。李白,字太白,号青莲居士,又号"谪仙人",祖籍陇西成纪(今甘肃秦安),出生于中亚碎叶城(今托克马克城)。唐代伟大的浪漫主义诗人。李白个性率真豪放,嗜酒好游。玄宗时曾为翰林供奉,后因得罪权贵,遭排挤而离开京城,最后病死当涂。其诗高妙清逸,世称"诗仙"。与杜甫齐名,时人号称"李杜"。

②轩然霞举:像云霞高高飘举。形容人俊美潇洒。轩然,高高的样子。

③尝制《胡无人》云:原书此句作"及安禄山反,制《胡无人》,言……"。胡无人,原作"乐府",据齐之鸾本、《历代小史》本改。

④禄山:即安禄山,营州柳城(今辽宁朝阳)胡人。本姓康,名轧荦山。自幼丧父,其母改嫁于右羽林大将军安波注之兄安延偃,从此改为安姓。玄宗天宝年间,经义父张守珪举荐,得唐玄宗信任,从此平步青云,兼任平卢、范阳和河东三镇节度使,受封东平郡王。天宝十四载(755)以除宰相杨国忠为名,悍然发动安史之乱。至德二载(757)为嫡次子安庆绪指使宦官杀害。犯阙:举兵入犯朝廷。

⑤太白犯月:是说金星冲犯了月亮。太白,星名,即金星。又名启

明、长庚。古星象家以为太白星主杀伐,故多以喻兵戎。

**【译文】**

　　李白声名传遍全国,玄宗见他神态高洁爽朗,俊美潇洒,不知不觉忘了自己作为天子的尊贵,待他像知心朋友一样。李白曾经写过一首《胡无人》诗,其中有一句说:"太白入月敌可摧。"等到安禄山举兵入犯朝廷,当时正好金星冲犯了月亮,人们都认为这是不同寻常的现象。


　　187.天宝中①,国学增置广文馆②,以领词藻之士③。荥阳郑虔久被贬谪④,是岁始还京师参选,除广文馆博士。虔茫然曰:"不知广文曹司何在⑤?"执政谓曰⑥:"广文馆新置,总领文词,故以公名贤处之。且令后代称广文博士自郑虔始,不亦美乎?"遂拜职。


**【注释】**

①天宝中:本条与下第188条原合为一条,本书据原书分列为两条。天宝,唐玄宗李隆基年号(742—756)。

②广文馆:唐代中央官学之一。玄宗天宝九载(750)始设,隶于国子监,设博士四人,正六品;助教二人,从七品。专门培养国子学中攻进士科者。

③词藻之士:指文学之士。词藻,指诗赋。

④郑虔:字弱齐,一作若齐,郑州荥阳(今河南荥阳)人。进士及第。玄宗开元年间任左监门录事参军、协律郎等职,坐私修国史,被贬十余年。天宝年间历任广文馆博士、著作郎、台州司户参军等职。郑虔工诗、善画、擅书法,杜甫称赞他"荥阳冠众儒""文传天下口"。其诗、书、画更是被唐玄宗称为"郑虔三绝"。

⑤曹司:官署,诸曹郎中职司所在。

⑥执政：主持政务的大臣。

**【译文】**

天宝年间，国子监增开广文馆，用以统领文学之士。荥阳人郑虔很久前被降职，这一年才回到京城参加选拔，并授广文馆博士。郑虔迷茫地问："不知道广文馆的职司是什么？"主管官员对他说："广文馆是新设置的机构，统管文章之事，因为您是著名的文人才让您到这里。况且让后人知道广文馆博士的称号是从您郑虔开始的，这不是很美好的事吗？"于是郑虔就任职广文馆。

188.虔天宝初采集异闻①，著书八十余卷。人有窃窥其稿草，上书告虔私修国史，虔遽焚之，由是贬谪十余年，方从调选，授广文馆博士。虔所焚稿既无别本，后更纂录，率多遗忘，犹成四十余卷。书未有名。及为广文馆博士，询于国子司业苏源明②。源明请名为《会稡》③，取《尔雅序》"会稡旧说"也。西河太守卢象赠虔诗云④："书名《会稡》才偏逸，酒号屠苏味更醇⑤。"即此也。

**【注释】**

①虔天宝初采集异闻：本条采录自《封氏闻见记·赞成》。齐之鸾本、《历代小史》本此句"采"字上有"协律"二字，当据补。

②苏源明：初名预，字弱夫，郡望扶风（今陕西西安），京兆武功（今陕西武功）人。进士及第，又登制科。尝任州县官，累迁太子谕德。天宝十二载（753）出为东平太守。安禄山陷京师，源明称病不受伪署。肃宗复两京，擢为考功郎中、知制诰。乾元元年（758）除中书舍人，入翰林院为学士。后转秘书少监。

③《会稡》：《新唐书·文艺·郑虔传》曰："虔追绌故书可志者得四

十余篇，国子司业苏源明名其书为《会稡》。"

④卢象：据《新唐书·艺文志》"《卢象集》十二卷"下云："字纬卿，左拾遗、膳部员外郎。授安禄山伪官，贬永州司户参军，起为主客员外郎。"又，《登科记考·附考》云"卢象……由前进士补秘书省校书郎"，均不言卢象曾任西河太守。

⑤屠苏：亦作"屠酥"。药酒名。古代大年初一有饮屠苏酒的风俗。

**【译文】**

天宝初年，郑虔任协律郎，他采集异闻，撰写成著作八十多卷。有人偷看了郑虔书的初稿，向朝廷上书告发他私自撰修国史，郑虔慌忙烧掉了书稿，因此被贬官十多年，才参与选官调职，被授予广文馆博士。郑虔焚烧的书稿没有别的抄本，后来他重新编纂记载，大多都忘了，但还是撰写成了四十多卷。这些书稿没有名字。等到任广文馆博士，郑虔向国子司业苏源明征询。源明建议命名为《会稡》，取自《尔雅序》中的"会稡旧说"一句。西河太守卢象赠给郑虔的诗中说："书名《会稡》才偏逸，酒号屠苏味更醇。"说的就是这部书。

189.著作郎孔至撰《百家类例》①，第海内族姓②，以燕公张说等为近代新门，不入百家之数。驸马张垍③，燕公子也，观至所撰，谓弟埱曰④："多事汉！天下族姓何关汝事，而妄为升降？"埱与至善，以兄言告之。时工部侍郎韦述谙练士族⑤，至书初成，以呈韦公，以为可行也。及闻垍言，恐惧，将追改之。韦曰："文士奋笔将为千载之法，奈何以一言自动摇？有死而已⑥，胡可改也？"遂不改。

**【注释】**

①著作郎孔至撰《百家类例》：本条采录自《封氏闻见记·讨论》。

孔至，著作郎，与韦述、萧颖士、柳冲齐名。以善书而著称。著有《百家类例》。《新唐书·儒学·孔至传》记载："时（韦）述及（萧）颖士、（柳）冲皆撰《类例》，而至书称工。"

②第：品第，评定。

③张垍（jì）：河南洛阳人。张说次子，娶玄宗女宁亲公主，拜驸马都尉。深得玄宗恩宠。拜中书舍人，玄宗欲以之为相。天宝十三载（754）遭杨国忠谮，贬卢溪郡司马。同年召还，拜太常卿。安史之乱，伪授为相，死于乱中。

④㧑（chù）：即张㧑，张垍之弟。新、旧《唐书》均无传，据唐徐浩书《张㧑墓志》，张㧑字正平，以父文贞公张说翼亮之重，拜太子通事舍人，迁符宝郎，推恩授爵，封广阳县子。历任京兆府法曹、蓝田令、金部员外郎、光禄少卿、给事中、宜春郡司马等职。

⑤韦述：京兆万年（今陕西西安）人。唐玄宗开元五年（717）进士及第，初授栎阳尉。开元年间任吏部职方郎中、国子司业、充集贤学士等。天宝年间历太子左右庶子，加银青光禄大夫，迁尚书工部侍郎，封方城县侯。安史之乱中为叛军所获，被迫接受伪职。肃宗至德二载（757）被流放至渝州，为刺史薛舒困辱，不食而死。平生澹泊名利，平易近人，嗜学著书，手不释卷。著有《唐职仪》三十卷、《高宗实录》三十卷、《西京新记》五卷等。谙练：熟习，熟练。

⑥有死而已：是说只有一死了之。表示必死的决心。语出《左传·襄公二十一年》："死吾父而专于国，有死而已，吾蔑从之矣。"

**【译文】**

著作郎孔至撰写《百家类例》，品评国内的世族大姓，因为燕公张说等家族是距离当时不远的新的大姓，所以没有列入《百家类例》之中。驸马张垍是张说的儿子，他看到孔至撰写的《百家类例》，就对他的弟弟张㧑说："真是一个多事的人！天下的世家大姓跟你有什么关系，而妄自加以品评高低优劣?"张垍和孔至友好,就把哥哥的话告诉了孔至。当时工部侍郎韦述熟悉世族大姓,孔至的《百家类例》刚写成,就呈送给了韦述,韦述看了以后,认为这样写可以。等到孔至听了张垍的话,心里很害怕,就想将书拿回来修改。韦述说:"文士秉笔直书将会成为后世的楷则,怎么能因为别人的一句话就自己不坚定了? 最多一死了之,怎么能更改呢?"于是孔至就没有修改。

190.长安菩萨寺僧宏道①,天宝末,见王右丞为贼所囚于经藏院②,与左丞裴迪密往还③。裴说:贼会宴于太极西内,王闻之泣下,为诗二绝,书经卷麻纸之后。宏道藏之,相传数世。其词云:"万户伤心生野烟,百官何日更朝天? 秋槐叶落空宫里,凝碧池头奏管弦。④"又云:"安得舍尘网,拂衣辞世喧。倏然策藜杖,归向桃花源。⑤"

### 【注释】

①长安菩萨寺僧宏道:本条采录自《贾氏谈录》。长安菩萨寺,当指长安菩提寺。位于唐长安城平康坊南门之东。隋文帝开皇二年(582)建。唐宣宗大中六年(852)改为保唐寺。安史之乱中王维被安禄山叛军软禁在长安菩提寺。

②王右丞:即王维,字摩诘,河东蒲州(今山西永济)人。开元九年(721)进士。历官右拾遗、监察御史、左补阙、给事中等职。安禄山兵陷长安,王维为叛者所得,被迫任职。叛平后下狱。不久,肃宗怜其才,迁太子中允。后官至尚书右丞,故世称王右丞。晚年居蓝田辋川。王维精通音乐,解书善画,诗盛名于开元天宝间,尤擅长五言诗,画似吴道子而风致特出,开创泼墨山水画派。

③裴迪:官蜀州刺史及尚书省郎。裴迪一生以诗文见称,早年与王

维、崔兴宗俱隐终南山；后王维得辋川别业，迪常从游，泛舟往来，弹琴赋诗，啸咏终日，故其诗多是与王维的唱和应酬之作。

④ "万户伤心生野烟"几句：出于王维《菩提寺禁裴迪来相看说逆贼等凝碧池上作音乐供奉人等举声便一时泪下私成口号诵示裴迪》一诗。是说千家万户都为满城荒烟感到悲伤，百官什么时候才能再次朝见天子？秋天的槐叶飘落在空寂的深宫里，凝碧池头却在高奏管弦，宴饮庆祝。凝碧池头奏管弦，《资治通鉴·唐纪·肃宗至德元载》八月载："禄山宴其群臣于凝碧池，盛奏众乐。梨园弟子往往嘘唏泣下，贼皆露刃睨之。"凝碧池在东都禁苑中。

⑤ "安得舍尘网"几句：出于王维《菩提寺禁口号又示裴迪》一诗。是说怎么能够挣脱这尘世罗织的束缚之网，拂袖而去，离开喧嚣嘈杂的世界。柱着藜杖无拘无束，优游于山水之间，过着陶渊明式的隐居生活。尘网，旧谓人在世间受到的种种束缚，如鱼在网，故称尘网。翛（xiāo）然，无拘无束，自由自在的样子。藜杖，用藜的老茎做的手杖。质轻而坚实。桃花源，指避世隐居的地方，亦指理想的境地。语出东晋陶潜《桃花源记》。

【译文】

　　长安菩提寺僧人宏道，天宝末年看到王维被逆贼囚禁在经藏院中，与左丞裴迪秘密往来。一次裴迪告诉王维，逆贼安禄山在太极宫中举办宴会，王维听了难过地流下了眼泪，他写了两首绝句，写在经卷麻纸的背面。僧人宏道把这两首诗收藏起来，并递相传授流传后世。其中一首说："万户伤心生野烟，百官何日更朝天？秋槐叶落空宫里，凝碧池头奏管弦。"另外一首说："安得舍尘网，拂衣辞世喧。翛然策藜杖，归向桃花源。"

191.代宗独孤妃薨①，赠贞皇后。将葬，尚父汾阳王子仪在邠州<sup>②</sup>，其子尚主，欲致祭。遍问诸吏，皆云："古无人臣祭皇后之仪。"子仪曰："此事须柳侍御裁之<sup>③</sup>。"时殿中侍御史柳并，字伯存，掌书记，奉使在邠，即急召之。既至，子仪曰："有切事，须藉侍御为之。"遂说祭事。殿中初亦对如诸人，既而曰："礼缘人情。令公勋德<sup>④</sup>，不同常人。且又为姻戚，今自令公始，亦谓得宜。"子仪曰："正合某本意。"殿中草祭文，其官衔称驸马都尉郭暧父具官某<sup>⑤</sup>，其文并叙特恩许致祭之意，辞简礼备，子仪大称之。

## 【注释】

①代宗独孤妃薨：本条采录自《因话录·官部》。

②尚父：古代帝王赐给辅臣之尊号。意为可尊尚为父辈，多加给先朝遗老、辅弼重臣。如周武王尊称吕尚，唐代宗尊称李辅国，唐德宗尊称郭子仪为尚父等。《诗经·大雅·大明》："维师尚父。"传："师，大师也；尚父，可尚可父。"汾阳王子仪：即郭子仪。

③柳侍御：即柳并，字伯存。大历中辟河东府掌书记，迁殿中侍御史。

④令公：对中书令的尊称。中唐以后，节度使多加中书令，使用渐滥。

⑤郭暧：华州郑县（今陕西华县）人。郭子仪之子。娶代宗女升平公主，拜为驸马都尉，封清源县侯，极受恩宠。大历年间任检校左散骑常侍。朱泚叛乱，他同公主亡逃奉天，德宗拜为银青光禄大夫，后改为太常卿同正员。

## 【译文】

唐代宗的独孤妃去世了，追赠贞皇后。即将下葬的时候，尚父汾阳王郭子仪当时在邠州，因为他的儿子娶了公主，所以他想要前往祭祀。他到处询问诸位官吏，大家都说："从古至今没有大臣祭祀皇后的礼节。"郭子仪说："这件事必须找侍御史柳并来裁决。"当时殿中侍御史柳并，字伯存,掌管文书工作,正好奉命出使邠州,于是郭子仪就紧急召见他。柳并到了后,郭子仪说:"有一件急切的事,必须靠侍御史帮忙。"就说出了想要祭祀的事。柳并起初也和诸位官吏的说法一样,接着他又说:"礼节缘于人与人之间的情分。中书令您是有功勋德行的人,与一般人不同。况且又是姻亲,现在从您开始有这样的礼节,也可以说是得当的。"郭子仪说:"这正好符合我的心意。"于是,殿中侍御史柳并就起草了祭文,郭子仪的官衔被称为驸马都尉郭暧的父亲具有某某官职,文中一并陈述了特别感恩准许祭祀皇后的意思,言辞简练礼节周备,郭子仪看了非常高兴,称赞柳并的祭文写得好。

192.德宗暮秋猎于苑中①。是日,天已微寒,上谓近臣曰:"九月衣衫,二月衣袍,与时候不相称②。欲递迁一月③,何如?"左右皆拜谢。翌日,命翰林议之而后下诏。李赵公吉甫时为承旨④,以圣人上顺天时⑤,下尽物理⑥,表请宣示天下,编之于令。李相程初为学士⑦,独不署名,别状奏曰:"臣谨按:《月令》'十月始裘',《月令》是玄宗皇帝删定,不可改易。"上乃止。由是与吉甫不协。

**【注释】**

①德宗暮秋猎于苑中:本条采录自《因话录·宫部》。

②时候:季节,节候。

③递迁:顺次提升。

④承旨:官名。唐代翰林学士承旨的省称,位在诸学士上。资望深者为之,又称"翰长"。《新唐书·百官志》:"(开元二十六年)别置学士院……宪宗时,又置'学士承旨'。"

⑤圣人:古时对天子的敬称。

⑥物理：事理。

⑦李相程：即李程，字表臣，唐朝宗室。进士擢第，又登博学宏词科。德宗贞元十二年（796）入朝任监察御史，同年充翰林学士。唐宪宗即位，历任兵部郎中、知制诰，拜礼部侍郎。唐敬宗时期拜吏部侍郎、中书侍郎、同平章事，册封彭原郡公，出任河中尹、河中晋绛节度使。唐文宗即位，授右仆射兼太常卿，出任检校司徒、山南东道节度使。

**【译文】**

唐德宗秋末在苑囿中打猎。这一天，天气已经微凉，德宗对身边亲近的大臣说："九月穿单上衣，二月穿过膝的袍子，都与季节不相符。我想顺次提升一月，怎么样？"身边的大臣都跪拜谢恩。第二天，德宗命令翰林院讨论这件事，然后下诏令。当时赵国公李吉甫任翰林学士承旨，认为德宗这样做对上顺应自然运行的时序，对下竭尽事理，他上表请求将这一诏令通告全国，并编写到《月令》之中。宰相李程当初任翰林学士，只有他没有签名，还另外给德宗上奏章说："臣谨启：《月令》中说'十月开始穿裘衣'，并且《月令》是玄宗皇帝修改确定的，不可以更改。"德宗就停止做这件事。从此，李程就与李吉甫不和。

193.韦应物诗云①："书后欲题三百颗，洞庭须待满林霜②。"后人多说率尔成章，不知江左尝有人于纸尾"寄洞庭霜三百颗③"。

**【注释】**

①韦应物诗云：本条采录自《芝田录》。韦应物，字义博，京兆长安（今陕西西安）人。少年时以三卫郎（侍卫官）事玄宗，任侠使气，生活放浪。后折节读书，应举中进士。代宗永泰年间任洛阳丞、比部员外郎，后任滁州、江州刺史，官终苏州刺史，被称为韦江州

或韦苏州。其诗多写山水田园，间或反映民间疾苦。受陶渊明、王维影响，诗自然淡远，简练朴素。

②书后欲题三百颗，洞庭须待满林霜：这两句出自韦应物《故人重九日求橘书中戏赠》一诗。全诗内容如下："怜君卧病思新橘，试摘犹酸亦未黄。书后欲题三百颗，洞庭须待满林霜。"三百颗，晋代王羲之帖："奉橘三百枚，霜未降，未可多得。"此用其语。洞庭，山名。在江苏太湖中，有东西两山，以产橘闻名。洞庭橘唐时为贡物，经霜而味益美。本条所引两句是说我想像当年王羲之那样，先在信末写上"奉橘三百颗"，待洞庭山上霜满橘林，橘皮黄肉熟之时，我一定把洞庭山的橘给你送过去。

③寄洞庭霜三百颗：此句《类说》引文作"'寄洞庭霜橘三百颗'也"。当据补。

**【译文】**

韦应物一诗中有两句说："书后欲题三百颗，洞庭须待满林霜。"后世很多人都说这是诗人率性而为的诗篇，只是他们不知道江左曾经有人在书面文字的结尾处写过"寄洞庭霜橘三百颗"这样的话。

194.韩晋公治《左氏》①，为浙江东、西道制节②。属淮宁叛乱③，发戎遣馈，案籍骈杂④，而未尝废卷。在军中撰《左氏通例》一卷⑤，刻石金陵府学⑥。

**【注释】**

①韩晋公：即韩滉。因其被封晋国公，故称。

②浙江东、西道：唐方镇名。肃宗乾元元年（758）置浙江东道、西道节度使。浙江东道治越州（今浙江绍兴），领越、衢、婺、台、明、处、温七州，约今浙江省衢江流域、浦阳江流域以东地区。浙江西道治所初在升州（今江苏南京），后徙治苏州（今江苏苏州）。次

年废。德宗贞元元年（785）复置。治润州（今江苏镇江），末年移治杭州（今浙江杭州）。初期辖境包括今江苏、浙江、安徽、江西四省各一部分；贞元后，辖润、苏、常、杭、湖、睦六州。相当于今江苏长江以南、茅山以东及浙江新安江以北地区。制节：唐节度使省称。

③属：适逢。淮宁叛乱：指淮宁节度使李希烈发动的叛乱。

④案籍：此处指文书工作。骈杂：纷纭杂乱。

⑤撰《左氏通例》一卷：《旧唐书·韩滉传》记载："好《易》象及《春秋》，著《春秋通例》及《天文事序议》各一卷。"

⑥府学：古代官学的一种。由府一级设立，故称府学。

**【译文】**

晋国公韩滉致力于《左氏》的研究，他出任浙江东、西道节度使。淮宁叛乱发生时，他派遣军队调发粮草，文书工作纷纭杂乱，但始终没有中止研究。他在军队中撰写了《左氏通例》一卷，并刊刻在石碑之上将其置于金陵府学。

195. 宪宗问宰相曰："天子读何书即好？"权德舆对曰："《尚书》。哲王轨范①，历历可见②。"上曰："《尚书》曾读。"又问郑馀庆曰："《老子》《列子》如何？"奏曰："《老子》述无为之化③，若使资圣览④，为理国之枢要⑤，即未若《贞观政要》。"

**【注释】**

①哲王：贤明的帝王。轨范：法则，楷模。

②历历可见：指看得清清楚楚。历历，分明，清楚。

③无为之化：亦作"无为自化"，指无为而治。《老子》第三十七章：

"道常无为，而无不为。王侯若能守，万物将自化。"

④圣览：犹御览。

⑤枢要：关键，纲领。

**【译文】**

唐宪宗问宰相说："帝王阅读什么书好？"权德舆回答说："《尚书》。贤明的君主行动所遵循的法则，清清楚楚。"宪宗说："《尚书》我曾经读过。"宪宗又问郑馀庆说："《老子》《列子》怎么样？"郑馀庆禀告说："《老子》讲述的是无为而治的思想，如果拿给圣上御览，并把它作为治理国家的纲领，那这本书不如《贞观政要》。"

196.裴晋公平淮西后①，宪宗赐玉带②。临薨欲还进，使记室作表③，皆不惬。乃令子弟执笔，口占状曰④："内府珍藏，先朝特赐，既不敢将归地下，又不合留向人间。谨却封进。"闻者叹其简切而不乱⑤。

**【注释】**

①裴晋公平淮西后：本条采录自《因话录·商部》。本条与下第197条原合为一条，本书据齐之鸾本分列为两条。

②玉带：饰玉的腰带。古代贵官所用。古代贵妇亦用之。

③记室：官名。即记室掾、记室令史、记室督、记室参军等官的简称。自汉起，诸王府、公府、军府、州郡府中皆有记室，官秩不一。掌管章表书记文檄诸文字。

④口占：谓口授其辞，另由人书写。

⑤简切：简要切实。

**【译文】**

晋国公裴度平定淮西之乱后，宪宗赏赐给他一根玉带。后来裴度在临去世前想要把玉带归还给朝廷，就让记室撰写奏表，都不合他的旨意。于是裴度就让自己的子弟来执笔，他口头陈述说："这个玉带最早珍藏在内府，后来先帝赏赐给了我，现在我要去世了，既不敢将它带进我的坟墓，又不适合将它留在尘世。现在我恭敬地将它封存起来送还给内府。"听到这件事的人都赞叹裴度文词简要，贴切而不紊乱。

197.晋公贞元中作《铸剑戟为农器赋》①，首云："皇帝之嗣位十三载②，寰海既清③，方隅砥平④。驱域中尽归力穑⑤，示天下不复用兵。"宪宗平诸镇⑥，几至太平，正当元和十三年。而晋公以儒生作相，竟为章武佐命⑦。

**【注释】**

①晋公贞元中作《铸剑戟为农器赋》：本条采录自《因话录·商部》。

②皇帝：指唐宪宗。嗣位：继承君位。

③寰海：海内，全国。

④方隅：谓四方边远之地，边疆。隅，边远之处。砥平：比喻安定，平定。

⑤域中：寰宇间，国中。力穑：努力耕作。

⑥宪宗平诸镇：指裴度平淮西后，朝廷于元和十三年（818）平淄青节度使李师道反叛，故下文云"正当元和十三年"。

⑦竟为章武佐命：《唐诗纪事·裴度》引唐赵璘云："晋公贞元中作《铸剑戟为农器赋》，观其气概，已有立殊勋致太平之意。"章武即宪宗，宪宗谥圣神章武孝皇帝。

**【译文】**

晋国公裴度在宪宗贞元年间作《铸剑戟为农器赋》，赋的开头说："皇帝即位十三年，海内清平，四方安定。驱使国内百姓全部努力耕作，以昭示天下不再发生战争。"宪宗平定了各个方镇,国家差不多达到社会安定的状态,当时正是元和十三年。晋国公裴度作为儒生而成为宰相,最终辅助唐宪宗成就这些大业。

198.杨京兆兄弟皆能文①,为学甚苦。或同赋一篇,共坐庭石,霜积襟袖,课成乃已②。

**【注释】**

①杨京兆兄弟皆能文:本条采录自《大唐传载》。杨京兆,即杨凭,字虚受,一字嗣仁,虢州弘农(今河南灵宝)人。善诗文,与弟凝、凌并有重名。大历中俱登第,时称"三杨"。历任起居舍人、左司员外郎、礼部兵部郎中、太常卿、湖南江西观察使、左散骑常侍、刑部侍郎。宪宗元和四年(809)拜京兆尹。御史中丞李夷简劾奏凭前为江西观察使时贪赃罪及他不法事,宪宗以其治京兆有绩,贬为临贺县尉。又徙杭州长史,以太子詹事卒。

②课:指根据一定的标准验核。《说文》:"课,试也。"

**【译文】**

杨凭兄弟三人都擅长作文,治学很刻苦。有一次三人同时写作一篇文章,他们一起坐在庭院的石头上,因为时间太久,霜露聚集在了衣襟和衣袖之上,直到文章完成并达到一定的标准才停止。

199.刘禹锡云①:案②:此下至"芍药和物之名也"一条,多称刘禹锡云,或联书,或另条。盖采自韦绚《刘公嘉话》,而中多讹脱,文义难通。今本《刘公嘉话》非完书,无可参校,姑仍其旧。与柳八、韩七诣施士匄听《毛诗》③,说"维鹈在梁④":梁,人取鱼之梁也。言鹈自合求鱼⑤,不合于人梁上取其鱼。譬之人自无善事,攘人之美者⑥,如鹈在人之梁,毛《注》失之矣。又说"山无草木曰岵",所以言"陟彼岵兮"⑦,言无可怙也。以岵之无草木,故以譬之。

**【注释】**

①刘禹锡云:本条可能采录自《刘宾客嘉话录》。本条与下第200至224条原合为一条,本书据《刘宾客嘉话录》及他书所载佚文一一分列。

②案:据周勋初《校证》,此案语当为《四库全书》馆臣所加。

③柳八:指柳宗元,因其排行第八,故以为其别称。韩七:指韩泰,字安平,雍州三原(今陕西富平)人。德宗贞元中累官至户部郎中。顺宗永贞时任神策行营节度行军司马,多有谋略,深为权臣王叔文、王伾看重。宪宗即位,贬泰为虔州司马。元和十年(815)量移为漳州刺史,迁郴州刺史,卒。施士匄(gài):吴(今江苏苏州)人。唐代经师、学官。精通《毛诗》《春秋左氏传》,以二经教授门生,闻名于世。唐代宗大历中由四门助教为博士,秩满当改任,诸生上书乞留,凡十九年而卒,弟子共葬之。著有《春秋传》。

④维鹈在梁:是说鹈鹕站在鱼梁之上。语出《诗经·曹风·候人》:"维鹈在梁,不濡其翼。"郑玄笺:"鹈在梁,当濡其翼,而不濡者,非其常也。以喻小人在朝,亦非其常。"后因以"维鹈"比喻小人在朝或在位者才德不称。

⑤自合:自应,本该。

⑥攘人之美:形容窃取他人的利益和好处。攘,窃取,夺取。

⑦陟(zhì)彼岵(hù)兮:是说登上光秃秃的山岗。语出《诗经·魏风·陟岵》:"陟彼岵兮,瞻望父兮。"陟,登上。岵,没有草木的山。

**【译文】**

刘禹锡说:案:从这里往下到"芍药和物之名也"一条,大多称是刘禹锡所说,有的联书,有的另外列一条。大概是采录自韦绚《刘公嘉话》,但其中很多地方有错误和脱漏,文辞难以理解。今本《刘公嘉话》不是一部完整的书,不可以用来参照校勘,暂且仍用原来的文字。他与柳宗元、韩泰拜访施士匄并听他讲《毛诗》,在讲到"维鹈在梁"时施士匄说:梁,指人捕鱼的鱼梁。是说鹈鹕应该自己捕鱼,不应该在人捕鱼的梁上去捕鱼。这是比喻那些自己不好好做事,窃取他人利益和好处的人,就好像鹈鹕站在人筑造的鱼梁上轻易捕到鱼一样,毛亨的注是错误的。又说"山上没有草木叫岵",因此说"陟彼岵兮",意思是没有能够依靠的东西。因为岵的意思是没有草木,因此用以比喻没有可以依凭的东西。

200.因言"罘罳"者①,复思也,今之板障、屏墙也。天子有外屏②,人臣将见,至此复思其所对扬、去就、避忌也③。""魏",大;"阙",楼观也。人臣将入,至此则思其遗阙。"桓楹"者④,即今之华表也;桓、华声讹,因呼为桓。"桓"亦丸丸然柱之形状也⑤。

【注释】

①因言"罘罳(fú sī)"者:本条可能采录自《刘宾客嘉话录》。罘罳,亦作浮思、罦思、罘思等。古代设在宫门外或城角的屏,上面有孔,形似网,用以守望和防御。《汉书·文帝纪》:"未央宫东阙罘罳灾。"颜师古注:"罘罳,谓连阙曲阁也,以覆重刻垣墉之处,其形罘罳然,一曰屏也。"

②外屏:天子的门屏。屏,对着门的小墙,后称照壁。与内屏相对。

③对扬:对答称扬。古代多指对王命而言。《尚书·说命下》:"敢对扬天子之休命。"孔传:"对,答也。答受美命而称扬之。"去就:指担任或不担任职务。避忌:顾忌和回避。

④桓（huán）楹：华表。

⑤丸丸：高大挺直的样子。《诗经·商颂·殷武》：“陟彼景山，松柏丸丸。”毛传：“丸丸，易直也。”

【译文】

所说之"罘罳"就是复思，相当于现在用木板做成的屏障，或大门外对着大门做屏蔽用的墙壁。皇帝有外屏，大臣将要觐见时，到外屏时重新思考他所答谢或颂扬的话、是担任官职还是不担任官职，以及顾忌和回避等问题。"魏"是大的意思，"阙"指楼观。大臣将要入朝面见天子，到这里就会思考自己的遗漏缺失。"桓楹"就是指今天的华表，桓、华读音讹误，因此称作桓。"桓"也指高大挺直的柱子的形状。

201.又说①：古碑有孔。今野外见碑有孔，古者于此孔中穿棺以下于墓中耳。

【注释】

①又说：本条可能采录自《刘宾客嘉话录》。

【译文】

又说：古碑上有孔。现在在野外见到的古碑就有孔，古代下葬时人们在石碑的这个孔中穿索悬棺以入墓中。

202.又说①：《甘棠》之诗“勿拜，召伯所憩”②，“拜”言如人身之拜，小低屈也③。上言“勿剪”，终言“勿拜”，明召伯渐远，人思不得见也。毛《注》“拜犹伐”，非也。又言：“维北有斗，不可挹酒浆④。”言不得其人也。毛、郑不注。

**【注释】**

①又说:本条可能采录自《刘宾客嘉话录》。

②勿拜,召伯所憩:语出《诗经·召南·甘棠》:"蔽芾甘棠,勿翦勿
　　败,召伯所憩。"召伯,即姬奭,又称召公、召康公,西周宗室,辅佐
　　周武王、周成王、周康王三代,开创了"成康之治"。

③低:原作"能",据齐之鸾本、《历代小史》本改。

④维北有斗,不可把(yì)酒浆:语出《诗经·小雅·大东》:"维南
　　有箕,不可以簸扬;维北有斗,不可以把酒浆。"维北有斗,即北斗
　　星,北斗七星排列成斗勺形,因以喻酒器。把,舀,把液体盛出来。

**【译文】**

又说:《诗经·召南·甘棠》一诗中说"勿拜,召伯所憩","拜"是
说就像人行礼的礼节,身体稍微向前弯屈。前面两个字是"勿剪",最后
两个字是"勿拜",明显是说召伯离开的时间越来越长,人们想念他却又
见不到他。毛亨注曰"拜犹伐",是不对的。又说"维北有斗,不可把酒
浆",是说没有遇到与自己心意相通的人。毛亨、郑玄都没有作注。

　　203.刘禹锡曰①:"为诗用僻字,须有来处②。宋考功
云③:'马上逢寒食,春来不见饧④。'常疑之。因读《毛诗》,
郑笺说吹箫处,注云:'即今卖饧者所吹。'六经惟此中有
'饧'字。吾缘明日重阳,押一'糕'字,续寻思六经竟未见
有糕字⑤,不敢为之。尝讶杜员外'巨颡折老拳'无据⑥,及
览《石勒传》云⑦:'卿既遭孤老拳,孤亦饱卿毒手。'岂虚言
哉! 后辈业诗,即须有据,不可率尔道也⑧。"

**【注释】**

①刘禹锡曰:本条采录自《刘宾客嘉话录》。

②来处：指来历，出处。指引文或典故的来源。

③宋考功：即宋之问，因其曾官考功员外郎，故名。字延清，虢州弘农（今河南灵宝）人。高宗上元年间进士及第，累转尚方监丞、左奉宸内供奉、考功员外郎。武周至睿宗时依附张易之及太平公主。后流钦州，被杀。善作诗，与沈佺期齐名。

④马上逢寒食，春来不见饧（xíng）：此二句当出于沈佺期《岭表逢寒食》一诗"岭外无寒食，春来不见饧"两句，刘禹锡误认为是宋之问所作。饧，用麦芽或谷芽熬成的饴糖。

⑤六经：《诗》《书》《易》《礼》《乐》《春秋》的合称，均为儒家经典。

⑥杜员外：即杜甫，字子美，自称少陵野老，祖籍襄阳（今属湖北），生于巩县（今河南巩义）。唐代伟大的现实主义诗人，后世尊为"诗圣"，与"诗仙"李白齐名，并称"李杜"。早年漫游各地，后居长安多年。安史之乱中弃官入川，寓居成都，建草堂。曾任左拾遗、检校工部员外郎等，世称杜拾遗、杜工部、杜员外等。巨颡（sǎng）折老拳：语出杜甫《义鹘行》一诗中"修鳞脱远枝，巨颡坼老拳"二句。巨颡，大额头。折，当作"坼"，裂开，分裂。

⑦《石勒传》：指《晋书·石勒载记》。后文中二句《石勒载记》作："孤往日厌卿老拳，卿亦饱孤毒手。"

⑧率尔：轻率，急遽。

## 【译文】

刘禹锡说："作诗用生僻字，必须要有出处。宋之问说：'马上逢寒食，春来不见饧。'我时常怀疑这句话。于是阅读《毛诗》，郑笺在讲到吹奏箫管处时，作注说：'就是当今卖饴糖的人吹的乐器。'六经中只有此处有'饧'字。由于明天是重阳节，我押了一个'糕'字，后面又考虑六经中没有见到有'糕'字，所以不敢用这个字。我曾经惊奇杜甫'巨颡折老拳'一句没有出处，等到浏览《晋书·石勒载记》，其中有句就云：'卿既遭孤老拳，孤亦饱卿毒手。'这哪里是没有出处！资历浅的人从事诗歌创作,就必须要有依据,绝对不能轻率地作诗。"

204.韦绚曰[①]:"司马墙何也?"曰:"今唯陵寝绕垣[②],即呼为司马墙。""而球场是也,不呼之何也?"刘禹锡曰:"恐是陵寝即呼,臣下避之。"

**【注释】**

①韦绚曰:本条可能采录自《刘宾客嘉话录》。韦绚,字文明,京兆
　　(今陕西西安)人。韦执谊子。穆宗长庆初曾随刘禹锡于白帝城
　　学问。文宗大和五年(831)任剑南西川节度使李德裕幕府巡官。
　　后历任校书郎、起居舍人、吏部员外郎、义武军节度使等。著有
　　《刘宾客嘉话录》及《戎幕闲谈》二书。
②陵寝:古代帝王的坟墓。垣:矮墙,墙垣。

**【译文】**

韦绚说:"司马墙指的是什么?"刘禹锡回答说:"当今环绕帝王陵墓的墙垣,就被称作司马墙。""球场也有墙垣环绕,为什么不称作司马墙?"刘禹锡说:"恐怕因为是帝王陵墓,才这样称呼,为的是让臣民避开。"

205.《诗》曰"我思肥泉"者[①],源同而分之曰"肥"也。言我今卫女嫁于曹,如肥泉之分也。

**【注释】**

①《诗》曰"我思肥泉"者:本条可能采录自《刘宾客嘉话录》。我
　　思肥泉,语出《诗经·邶风·泉水》:"我思肥泉,兹之永叹。"肥
　　泉,卫国水名。

**【译文】**

《诗经·邶风·泉水》中有"我思肥泉"一句,源头相同而分流的一支叫作"肥"。是说现在我卫国嫁女到曹国,就如同肥泉是分支一样。

206.魏文帝诗云①:"画舸覆堤②",即今淮浙间艗船篷子上帷幕耳③。《唐书·卢藩传》言之。案④:《唐书》无《卢藩传》⑤。韦绚唐人,亦无引《唐书》之理,疑有脱误。船子着油⑥,案:此下原阙一字。比惑之,见魏诗方悟。

**【注释】**

①魏文帝诗云:本条采录自《刘宾客嘉话录》。魏文帝,指曹丕,字子桓,沛国谯县(今安徽亳州)人。曹操之子,曹魏开国皇帝。东汉末任五官中郎将。建安二十五年(220)继任丞相、魏王。同年代汉称帝,结束了汉朝四百多年的统治,建立了魏国。曹丕于诗、赋、文学理论皆有成就,与其父曹操和弟曹植并称"建安三曹",今存《魏文帝集》二卷。

②画舸覆堤:此句为曹丕诗残句,不知篇名。《永乐大典》引录此条此句作"画舸覆缇油"。画舸,装饰华丽的船舫。覆,遮盖。缇油,古代车轼前屏泥的红色油布。

③艗船:《永乐大典》引文作"艑船"。指小船。篷子:指用竹木、苇席或帆布等制作的用来遮蔽风雨、日光的设备。

④案:据周勋初《校证》,此案语当是《永乐大典》编者所加。下同。

⑤《唐书》:指唐代史馆史官所修本朝史书。《新唐书·艺文志》"正史类":"吴兢……《唐书》一百卷,又一百三十卷。兢、韦述、柳芳、令狐峘、于休烈等撰。"岑仲勉《隋唐史·学术与小说》:"开、天间吴兢撰《唐书》,韦述、柳芳、令狐峘、于休烈等续成之,即

《旧唐书》一部分之底本而唐人称曰《唐书》者也。"

⑥船子：《永乐大典》引文作"舡子"。

**【译文】**

魏文帝诗中说的"画舸覆堤"，就是当今淮浙一带艑船篷子上的帷幔。《唐书·卢藩传》中有记载。案：《唐书》没有《卢藩传》。韦绚是唐代人，也没有引用《唐书》的道理，怀疑此处有脱漏和错误。船上附着油，案：这句下面原书阙漏一个字。一直以来疑惑不解，看到魏文帝的这句诗就明白了。

207. 又曰①："旄邱"者②，上侧下高曰"旄邱"，言君臣相背也。郑注云："旄当为堥③"，又言："堥未详"，何也？

**【注释】**

①又曰：本条可能采录自《刘宾客嘉话录》。

②旄邱：指前高后低之丘。语出《诗经·邶风·旄丘》："旄丘之葛兮，何诞之节兮。"《尔雅·释丘》："前高旄丘，后高陵丘。"

③堥（máo）：古同"旄"，指前高后低的土丘。

**【译文】**

又说："旄邱"一词，上侧下高的土山叫作"旄邱"，是说君臣互相背叛。郑玄注曰："旄当作堥"，又说："堥未详"，这是什么意思？

208. 郭璞《山海经序》曰①："人不得耳闻，眼不见为无。"案②：今本《山海经序》无此二语。据文义，亦有脱误。非也，是自不知不见耳，夏虫疑冰之类是矣。仲尼曰："加我数年，五十以学《易》，可以无大过矣③。"又韦编三绝④，所以明未会者多于解也。

**【注释】**

①郭璞《山海经序》曰：本条可能采录自《刘宾客嘉话录》。郭璞，字景纯，河东郡闻喜县（今山西闻喜）人。两晋文学家、训诂学家。自少博学多识，又随河东郭公学习卜筮。永嘉之乱时避乱南下，被宣城太守殷祐及王导征辟为参军。晋元帝时拜著作佐郎，与王隐共撰《晋史》。后为大将军王敦记室参军，以卜筮不吉劝阻王敦谋反而遇害。王敦之乱平定后，追赠弘农太守。郭璞好古文、奇字，精天文、历算、卜筮，长于赋文，尤以"游仙诗"名重当世。

②案：此案语应是《永乐大典》编者所加。

③"加我数年"几句：语出《论语·述而》。

④韦编三绝：编连竹简的皮绳断了几次。比喻读书勤奋。韦编，用熟牛皮绳把竹简编联起来。三，概数，表示多次。绝，断。《史记·孔子世家》："读《易》，韦编三绝。"

**【译文】**

郭璞《山海经序》中说："人耳朵听不见，眼睛看不到就是无。"案：今本《山海经序》没有这两句话。根据文义，这两句话也有脱漏和错误。这种说法是不对的，这是自己不知不见罢了，与夏天的虫子怀疑冬天的冰是同一种类型。孔子说："多给我几年时间，让我能在五十岁时钻研《周易》，我一生就不会有大错了。"多读书才能知道没有领会的人多于真正理解的人。

209.有杨何者①，有礼学②，以廷评来夔州③，转云安盐官。因过刘禹锡，与之案④：此下原阙二字。何云："仲尼合葬于防⑤。防，地名。"非也。仲尼以开墓合葬于防；防，隧道也。且潸然流涕⑥，是以合葬也。若谓之地名，则未开墓而已潸然，何也？

【注释】

①有杨何者：本条可能采录自《刘宾客嘉话录》。杨何，唐人，生平经历不详。

②礼学：讲求、研究礼的学问。

③廷评：亦作“廷平”“廷尉平”“廷尉评”。官名，汉时为廷尉属官。汉宣帝地节三年（前67），初置廷尉平四人，掌平决诏狱。魏晋以后不分左右，直谓之廷尉评。北魏、北齐及隋各设廷尉评一人。隋文帝开皇三年（583）罢。至炀帝及唐太宗时复置评事，属大理寺，但一般仍以“廷评”称之。

④案：此案语应是《永乐大典》编者所加。

⑤仲尼合葬于防：是说孔子合葬父母于防。见《礼记·檀弓上》。

⑥潸（shān）然：流泪的样子。

【译文】

有一个叫杨何的人，对礼学颇有研究，他以廷评一职来夔州任职，转任云安盐官。于是就去拜访刘禹锡，并和他案：这个字下面原书阙漏两个字。杨何说：“仲尼合葬父母于防。防是地名。”这种说法是错误的。仲尼通过隧道打开墓葬合葬父母，防是隧道的意思。况且眼泪潸然而下，因此可以看出是父母合葬。如果防是地名，那么还没有打开墓葬就已经流泪，这是什么意思？

210.绚曰①：“‘五夜’者，甲、乙、丙、丁、戊，更迭之②。今唯言‘乙夜’或‘子夜’③，何也？”未详。

【注释】

①绚曰：本条采录自《刘宾客嘉话录》。

②更迭：交替更换。

③乙夜：二更时候，约为夜间十时。五夜之一。子夜：夜半子时，半夜。

**【译文】**

韦绚说:"'五夜'是指甲、乙、丙、丁、戊,夜晚五个时间段的交替更换。现在只说'乙夜'或'子夜',是什么意思?"不知道详情。

211.刘禹锡曰[①]:茱萸二字[②],经二诗人用,亦有能否。杜甫言"醉把茱萸子细看[③]",王右丞"遍插茱萸少一人[④]",最优也。

**【注释】**

①刘禹锡曰:本条采录自《刘宾客嘉话录》。

②茱萸:植物名。香气辛烈,可入药。习俗相传九月九日重阳节,佩茱萸能祛邪避恶。

③醉把茱萸子细看:语出杜甫《九日蓝田崔氏庄》一诗。该句的上一句为"明年此会知谁健"。

④遍插茱萸少一人:语出王维《九月九日忆山东兄弟》一诗。该句的上一句为"遥知兄弟登高处"。

**【译文】**

刘禹锡说:茱萸二字,经过两位诗人的使用,便能显示出他们是否有才能。杜甫说"醉把茱萸子细看",王维说"遍插茱萸少一人",都是最美的诗句。

212.刘禹锡曰[①]:牛丞相奇章公初为诗[②],务奇特之语[③],至有"地瘦草丛短"之句[④]。明年秋卷成[⑤],呈之,乃有"求人气色沮,凭酒意乃伸[⑥]",益加能矣。明年乃上第[⑦]。

**【注释】**

①刘禹锡曰:本条采录自《刘宾客嘉话录》。

②牛丞相奇章公:即牛僧孺,字思黯,安定鹑觚(今甘肃灵台)人。唐德宗贞元年间进士。元和三年(808)以贤良方正对策,与李宗闵、皇甫湜俱第一,因抨击时政为宰相李吉甫排斥久不任用。穆宗时累官至户部侍郎、同平章事。敬宗时出任鄂州刺史、武昌军节度使,进封奇章郡公。文宗大和四年(830)任兵部尚书、同平章事,成为牛、李之争中牛党的领袖。武宗会昌二年(842)李德裕用事,罢其兵权,征为太子太保,累加太子少师。卒谥文贞。

③务:指致力追求。

④地瘦草丛短:语出牛僧孺诗残句,不知篇名。

⑤秋卷:唐代举子落第后寄居京师过夏课读,其间所作诗文称为秋卷。

⑥求人气色沮,凭酒意乃伸:语出牛僧孺诗残句,不知篇名。

⑦上第:及第。

**【译文】**

刘禹锡说:丞相奇章郡公牛僧孺最初开始写诗时,致力于追求不同寻常的语句,以至于有了"地瘦草丛短"这样的句子。第二年秋卷完成后,呈送给考官的诗中,就有了"求人气色沮,凭酒意乃伸"的诗句,更进一步增加了作诗的能力。第二年他就考中了。


213.杨茂卿云①:"河势昆仑远,山形菡萏秋②。"此诗题云"过华山下作",而用莲蓬之菡萏③,极的当而暗静矣④。

**【注释】**

①杨茂卿云:本条采录自《刘宾客嘉话录》。杨茂卿,字士蕤,河南(今河南洛阳)人。宪宗元和六年(811)登进士第,授校书郎。后官监察御史,为成德节度使田弘正幕僚。穆宗长庆元年

(821)，成德兵变，茂卿被乱兵所杀。工诗文，诗人杨巨源曾以王

维、杜甫相期许，刘禹锡尤称赏其《过华山》诗。有集，已佚。

②菡萏：即荷花。

③而用莲莲之菡萏：《诗话总龟·警句门下》引此条此句作"初用莲

　峰作菡萏"。华山有莲花峰，这里用莲花别称菡萏来代指华山，

　和昆仑作对，所以说"极的当"。

④的当：妥帖，恰当。暗静：含蓄而雅静。

## 【译文】

杨茂卿有两句诗说："河势昆仑远，山形菡萏秋。"这首诗题作《过华

山下作》，而用莲花的别称菡萏代指华山，极其恰当而又含蓄雅静。

　214.刘禹锡曰①：石季龙挟弹杀人②，其兄怒之③，其母
曰："健犊须走车破辕④，良马须逸鞭泛驾⑤，然后能负重致
远⑥。"盖言童稚不奇，即非异器矣⑦。

## 【注释】

①刘禹锡曰：本条采录自《刘宾客嘉话录》。

②石季龙：即石虎，羯族，字季龙，上党郡武乡县（今山西榆社）人。

　十六国时期后赵皇帝石勒的侄子。石虎善于骑射，勇冠当时。跟

　随石勒征战四方，开疆拓土，颇有功勋，累迁侍中、骠骑将军、开府

　仪同三司，册封中山公。后册封中山王。石勒死后，石虎杀太子

　石弘自立，同年病死，谥号武皇帝，庙号太祖，安葬于显原陵。

③其兄：此处指石勒。据《晋书·石季龙载记》，石勒的父亲将石虎

　视为己子抚养，故有人称石虎为石勒的弟弟。

④健犊：强健的小牛。

⑤泛驾：覆驾。亦用以比喻不受驾御。《汉书·武帝纪》："夫泛驾之

　马，跅弛之士，亦在御之而已。"颜师古注："泛，覆也……覆驾者，言

马有逸气而不循轨辙也。"

⑥负重致远：背着重东西走远路。比喻能够负担艰巨任务。负，背着。致，送到。语出《周易·系辞下》："服牛乘马，引重致远，以利天下，盖取诸《随》。"

⑦异器：特殊的才具。

**【译文】**

刘禹锡说：石虎用弹弓射杀人，他的兄长石勒非常生气，石勒的母亲说："强健的小牛必定会驾车奔走损坏车驾，好马必定会不受马鞭的控制而让车翻覆，这样以后才能担负艰巨的任务。"这大概就是人们常说的儿童不奇特，就不会具有特殊的才具。

215. 又曰①：为文自斗异一对不得②。予尝为大司徒杜公之故吏③，司徒冢嫡之薨于桂林也④，柩过渚宫⑤，予时在朗州，使一介具奠酹⑥，以申门吏之礼⑦。为一祭文云："事吴之心⑧，虽云已矣；报智之志⑨，岂可徒然！""报智"人或用之，"事吴"自思得者。

**【注释】**

①又曰：本条可能采录自《刘宾客嘉话录》。

②斗异：即竞相争斗，标新立异。一对不得：疑有脱讹。

③大司徒杜公：指杜佑。唐宪宗即位，杜佑进拜司徒，封岐国公，故称。

④司徒冢嫡之薨于桂林也：指杜佑之子杜式方事。据《旧唐书》《新唐书》之《杜式方传》载，杜式方殁于桂管观察使任上。冢嫡，嫡长子。

⑤渚宫：宫名。春秋楚成王修筑。故址在今湖北江陵，后世遂以渚宫为江陵城的别称。按刘禹锡宪宗元和中在朗州时，杜式方还健

在。式方卒于穆宗长庆二年（822），当时刘禹锡在夔州。夔州属
江陵尹、荆南节度使管辖，地近，故致祭。

⑥一介：一个。莫酹：犹莫酒。

⑦门吏：门下办事的人。

⑧事吴：典自《左传·襄公十九年》。晋臣荀偃率军伐齐，中途病
疽，死不瞑目。范宣子以为荀偃放心不下他的儿子荀吴，所以对
他说将来一定会好好对待他的儿子荀吴，让他放心地走。可荀偃
仍然不闭眼睛，范宣子起誓说一定继续完成他未竟的伐齐之事，
荀偃这才瞑目。杜佑有恩于刘禹锡，现在杜式方死了，刘禹锡徒
有"事吴"之志却无法报恩了。

⑨报智：指豫让报答智伯以"国士待之"一事。见《战国策·赵策
一》。豫让，春秋末晋国人。初事范氏及中行氏。继归智伯，备
受尊宠。后韩、赵、魏三家灭智氏，瓜分其地。他誓为智伯报仇，
乃漆身吞炭，改姓换名，行乞于市，伺机刺杀赵襄子。适襄子过
桥，他伏于桥下，行刺未遂。被捕后直陈动机不讳，并求襄子解
衣，拔剑斩衣雪恨，然后伏剑自杀。

【译文】

又说：写文章自然要追求标新立异，一对不得。我曾经是大司徒杜
佑原来的属吏，他的儿子杜式方在桂林去世，灵柩经过江陵时，我当时在
朗州，就让一个仆役准备了莫酒，来尽我作为曾经的属吏的礼节。并且
写了祭文说："事吴的心愿，已经不可能达成，但报答智伯知遇之恩的志
向，怎么可以说是枉然呢！""报智"的典故有人已经用过，但"事吴"的
典故是前人没有用过而是我自己思考得来的。

216.柳八驳韩十八《平淮西碑》云①："'左飧右粥'，何
如我《平淮西雅》云'仰父俯子②。'"禹锡曰："美宪宗俯下
之道尽矣③。"柳曰："韩《碑》兼有帽子④，使我为之，便说用

兵讨叛矣。"

**【注释】**

①柳八驳韩十八《平淮西碑》云：本条采录自《刘宾客嘉话录》。柳八，指柳宗元，因其排行第八，故称。驳，驳正，非难。韩十八，指韩愈，因其在家族中排行十八，故称。

②《平淮西雅》：《柳河东集》作"《平淮夷雅》"。仰父俯子：《诗话总龟·评论门》引录此条此句作"仰父抚子"。

③俯下：附和偏袒臣下。

④帽子：原作"冒子"，据齐之鸾本、《历代小史》本改。帽子，指文章开头的引言、套语。

**【译文】**

柳宗元非难韩愈的《平淮西碑》说："其中的'左飧右粥'，怎么能比得上我《平淮西雅》中所说的'仰父俯子'。"刘禹锡说："赞美唐宪宗虚心倾听臣子意见的美德，可以说达到了极致。"柳宗元说："韩愈的《平淮西碑》开头还有套语，如果让我来写，我就直接说派军队讨伐叛军。"

217.刘禹锡曰①：韩《碑》柳《雅》②，予诗云："城中晨鸡喔喔鸣，城头鼓角声和平③。"美李尚书愬之入蔡城也④，须臾之间，贼都不觉。又诗落句言⑤："始知元和十二载，四海重见升平时⑥。"所以言十二载者，因以记淮西平之年。

**【注释】**

①刘禹锡曰：本条采录自《刘宾客嘉话录》。

②韩《碑》柳《雅》：指韩愈的《平淮西碑》与柳宗元的《平淮西雅》。

③城中晨鸡喔喔鸣，城头鼓角声和平：语出刘禹锡《平蔡州》三首

其二。

④李尚书愬:即李愬,字元直,洮州临潭(今甘肃临潭)人。李晟之子。有筹略,善骑射。以父荫起家。宪宗元和中兵讨吴元济,沉勇长算,推诚待士,以卑弱之势,雪夜入蔡州,生擒元济。诏拜检校尚书左仆射,兼襄州刺史、襄邓随唐复均郢房等州观察使、上柱国,封凉国公。后破李师道,进同中书门下平章事。累官至太子少保。卒赠太尉,谥曰武。

⑤落句:指律诗尾联的句子。

⑥始知元和十二载,四海重见升平时:语出刘禹锡《平蔡州》三首其二。

**【译文】**

刘禹锡说:韩愈的《平淮西碑》与柳宗元的《平淮西雅》,我的诗中有句说:"城中晨鸡喔喔鸣,城头鼓角声和平。"这是赞美尚书李愬雪夜进入蔡州城的事情,所用的时间极短,城中的叛军都没有察觉。这首诗的尾联还说:"始知元和十二载,四海重见升平时。"诗中写元和十二年的原因,就是为了记录淮西平定的年份。

218.段相文昌重为《淮西碑》①,碑头便曰:"韩弘为统②,公武为将③。"用《左氏》"栾书将中军④,栾黡佐之⑤",文势也甚善,亦是效班固《燕然碑》样⑥,别是一家之美。

**【注释】**

①段相文昌重为《淮西碑》:本条可能采录自《刘宾客嘉话录》。段相文昌,即段文昌,唐穆宗时的宰相。

②韩弘:颍川(今河南许昌)人,世居滑州匡城(今河南长垣西南)。少孤,依舅刘玄佐为汴州掾,历宣武军都知兵马使。德宗贞元十五年(799)节度使刘全谅卒,军士拥之为留后,诏授汴州刺史、宣

武军节度副大使知节度事,宋、亳、汴、颍观察等使。宪宗元和十年(815)请命合攻吴元济,以功封许国公。十四年(819)平卢节度使李师道伏诛后,韩弘自请入朝,官终司徒、中书令。

③公武:即韩公武。韩弘之子。早年曾任卫尉主簿、宣武马步都虞候等职。淮西之乱时,率军三千参与平乱。后因功升任鄜州刺史、鄜坊等州节度使,历官右金吾卫将军、左骁卫上将军。为人恭逊,不以富贵自居。

④栾书:春秋时晋国人。栾枝孙。初为晋下军之佐。后代郤克将中军,为政,任中军元帅。鄢陵之战大败楚师。后厉公失政,乃与中行偃使人杀厉公而立悼公。谥曰武。中军:古代行军作战分左、中、右或上、中、下三军,由主将所在的中军发号施令。

⑤栾黡:春秋时期晋国大夫,栾书子,范宣子婿。晋悼公即位,栾黡任公族大夫。谥曰桓,又称栾桓子,尊称栾伯。

⑥班固:字孟坚,扶风安陵(今陕西咸阳东北)人。东汉史学家班彪之子。除兰台令史,迁为郎,典校秘书,潜心二十余年,修成《汉书》。汉章帝时,以文才深得器重,迁官玄武司马,撰《白虎通义》。汉和帝永元元年(89),随窦宪出兵击匈奴,为中护军。《燕然碑》:指东汉窦宪破北匈奴、登燕然山刻石记功时,班固所撰的《封燕然山铭》。

**【译文】**

段文昌重新写作《淮西碑》,碑文的开头就说:“韩弘为统,公武为将。”这与《左传》中“栾书将中军,栾黡佐之”的笔法相似,碑文气势也很雄健。也仿效了班固《燕然碑》的样式,具有独成一派的美感。

219.又曰①:薛伯鼻修史②,为愬传:收蔡州,径入为能。禹锡曰:“我则不然。若作史官,以愬得李祐③,释缚委心用之为能④。入蔡非能,乃一夫勇耳。”

**【注释】**

①又曰:本条可能采录自《刘宾客嘉话录》。

②薛伯鼻:当为薛伯皋。"薛伯皋""薛伯高"二名通用。薛伯高,名景晦,字伯高,河东(今山西永济)人。宪宗元和初官至刑部郎中。后改任道州刺史。柳宗元称其"好读书,号为长者"。

③李祐:字庆之。唐朝中期名将。淮西之乱时,助吴元济拒抗官军。后被李愬设计生擒,受其信用。他建议李愬袭取蔡州,活捉吴元济,平定淮西。后历任夏州刺史、御史大夫、夏绥银宥节度使、右金吾大将军、泾原节度使等职。文宗大和元年(827)调任沧州刺史、沧德景节度使,率军平定李同捷叛乱。卒赠司徒。

④释缚:谓解开捆绑的绳索。委心:犹倾心。

**【译文】**

又说:薛伯高撰修史书,在给李愬写传的时候说:李愬收复蔡州,直接进入蔡州城,具有特别的才干。刘禹锡说:"我就不这样认为。如果让我做史官,我就将李愬擒获李祐,并给李祐解开绳索让其倾心于己而为所用作为他具有才干的表现。进入蔡州不是才干,只是一介武夫的勇敢罢了。"


220.刘禹锡曰①:《春秋》称"赵盾以八百乘②"。凡帅能曰"以",由也③,由赵盾也。


**【注释】**

①刘禹锡曰:本条可能采录自《刘宾客嘉话录》。

②赵盾以八百乘:语出《左传·文公十四年》,原文作:"晋赵盾以诸侯之师八百乘纳捷菑于邾。"

③由:来源,开头。

**【译文】**

刘禹锡说:《春秋左氏传》称"赵盾统帅兵车八百辆"。凡是统帅就可以说"以",这是有来源的,就起源于赵盾。

221.又曰<sup>①</sup>:王莽以羲和为官名<sup>②</sup>,如今之司天台<sup>③</sup>,本属太史氏<sup>④</sup>。故《春秋》史鱼、史苏、史䵣<sup>⑤</sup>,皆知阴阳术数也<sup>⑥</sup>。

**【注释】**

①又曰:本条可能采录自《刘宾客嘉话录》。

②王莽:字巨君。西汉孝元皇后王政君侄。新朝建立者。父早死,折节读书。以外戚封新都侯。平帝立,元后临朝称制,委政于莽,封安汉公,女为皇后。加九锡。后杀平帝,立孺子婴。旋即称帝,改国号为新。宣布推行新政,史称"王莽改制"。

③司天台:官署名。商、周时设大史,以掌天象历数。汉称太史令。北魏始置署。其后各朝,或置太史局,或置太史监。唐肃宗乾元元年(758)改为司天台。

④太史氏:谓史官。

⑤史鱼:春秋时卫国史官。名鰌,字子鱼。史苏:春秋时晋国史官。史䵣:春秋时期史官,任职诸侯国不详。

⑥术数:道教术语。为道教中天文星相、占验历算、神仙房中、内丹外丹、服气辟谷等道术、仙术的总称。

**【译文】**

又说:王莽用羲和作为官职的名称,相当于现在的司天台,这个职位原本属于史官。因此《春秋》中的史鱼、史苏、史䵣,都精通阴阳方术之学。

222.《南都赋》言"春卯夏韭"<sup>①</sup>,子卯之卯也<sup>②</sup>。而公孙罗云:"卯,鸟卵<sup>③</sup>。"非也。且皆言菜也,何"卯"忽无言?案<sup>④</sup>:此句疑有脱误。

**【注释】**

①《南都赋》言"春茆夏韭"：本条可能采录自《刘宾客嘉话录》。

②子卯之卯也：齐之鸾本为"音子卯之卯也"。

③公孙罗：江都（今江苏扬州）人。官沛王府参军、无锡县丞。与魏模、李善继曹宪后以《昭明文选》授诸生。其学因此大行。著有《文选音义》十卷、《文选注》六卷，二书均已散佚。传见《新唐书·儒林》。

④案：据周勋初《校证》，此案语当是《永乐大典》编者所加。

**【译文】**

《南都赋》说"春茆夏韭"，茆字读音为"子卯"的"卯"。但公孙罗却说："茆是鸟卯的意思。"这种说法是不对的。况且这句话中说的都是蔬菜，为什么"卯"字忽然就不是说菜呢？案：这句话怀疑有脱漏和错误。


223.方书中"劳薪"①，亦有"劳水"者②，扬之使水力弱，亦劳也。亦用"笔心"，笔亦心劳，一也。与"薪劳"之理，皆药家之妙用。


**【注释】**

①方书中"劳薪"：本条可能采录自《刘宾客嘉话录》。方书，医书。劳薪，语出南宋朝刘义庆《世说新语·术解》："荀勖尝在晋武帝坐上食笋进饭，谓在坐人曰：'此是劳薪炊也。'坐者未之信，密遣问之，实用故车脚。"旧时木轮车的车脚吃力最大，使用数年后，析以为烧柴，故云。

②劳水：亦名甘烂水、扬泛水。用木盆盛水，用勺子把水扬起来，反复无数次，水面生出数千颗水珠子，就叫甘烂水。甘烂水主治上吐下泻和膀胱奔豚气；阳盛阴虚，目不能瞑。

**【译文】**

医书中有"劳薪",也有"劳水",用勺子把水扬起来让水力减弱,也很费力。还有用"笔心"的,用笔也心劳,都是同样的意思。它们与"劳薪"的道理一样,都是药家神奇的妙用。

224.又曰<sup>①</sup>:近代有中正<sup>②</sup>。中正,乡曲之表也<sup>③</sup>。藻别人物<sup>④</sup>,知其乡中贤愚出处。晋重之。至东晋,吏部侍郎裴楷乃请改为九品法<sup>⑤</sup>,即今之上、中、下,分为九品官也。

**【注释】**

①又曰:本条可能采录自《刘宾客嘉话录》。

②中正:秦末陈胜自立为楚王时置,掌纠察群臣的过失。《史记·陈涉世家》:"陈王以朱房为中正,胡武为司过,主司群臣。"三国魏立中正以藻别人物,晋南北朝仍之,唐废。

③乡曲:犹言乡下。以其偏处一隅,故称乡曲。引申指乡里。

④藻别:谓品藻,品评。

⑤裴楷:字叔则,河东闻喜(今山西闻喜)人。三国曹魏及西晋时大臣,司空裴秀从弟。明悟有识量,弱冠知名,尤精《老子》《周易》。魏时司马昭辟相国掾,迁尚书郎。武帝践祚,拜散骑侍郎、散骑常侍、河内太守、屯骑校尉、右军将军、侍中。杨骏执政,转为卫尉,迁太子少师。骏诛后,经太保卫瓘及汝南王司马亮推荐,受封临海侯,再迁北军中侯,因畏惧楚王司马玮而不敢上任。司马玮伏诛后,任中书令,加侍中,与张华、王戎等共掌机要,后加光禄大夫,开府仪同三司。不久,以病卒。谥元。九品:指九品官人法。亦称九品中正制。由三国魏司空陈群创议建立,在州郡设立中正官,采择舆论,并按家世门第和道德才能,将各地人才分三等九品,即上上、上中、上下;中上、中中、中下;下上、下中、下下加

以评定，每三年调整一次，以备朝廷选用。

**【译文】**

又说：近代有中正官。中正官是乡曲的表率。品评人物，了解乡曲贤良之人和愚笨之人以及他们的出仕和隐退情况。西晋在这方面很重视。到了东晋，礼部侍郎裴楷才请求更改为九品制度，就是现在的上、中、下，将人才从一品到九品分为九等。

225.王武子曾在夔州之西市①，俯临江岸沙石，下看诸葛亮八阵图②。箕张翼舒③，鹅形鹤势，聚石分布，宛然尚存。峡水大时，三蜀雪消之际④，濒涝混瀁⑤，大树十围，枯槎百丈⑥，破礌巨石⑦，随波塞川而下。水与岸齐，雷奔山裂，聚石为堆者，断可知也。及乎水已平，万物皆失故态，惟阵图小石之堆，标聚行列，依然如是者，垂六七百年间，淘洒推激⑧，迨今不动。刘禹锡曰：是诸葛公诚明，一心为先主效死。况此法出《六韬》⑨，是太公上智之材所构⑩。自有此法，惟孔明行之，所以神明保持，一定而不可改也。东晋桓温征蜀过此⑪，曰："此常山蛇阵⑫，击头则尾应，击尾则头应，击其中则头尾皆应。"常山者，地名。其蛇两头，出于常山，其阵适类其蛇之两头，故名之也。温遂勒铭曰⑬："望古识其真，临源爱往迹。恐君遗事节，聊下南山石。"

**【注释】**

①王武子曾在夔州之西市：本条采录自《刘宾客嘉话录》。王武子，指王济，字武子，西晋太原晋阳（今山西太原）人。司徒王浑之子。有逸才，风姿隽爽。尚晋武帝姐常山公主，例授驸马都尉。

晋武帝泰始年间迁侍中，每与帝议论朝政及人物得失。太康三年（282），齐王攸当出就藩国，济请留，以是忤帝意，迁国子祭酒。后复入为侍中。太康十年（289）左右出为河南尹。未拜，坐鞭王官吏免官，移居北芒山下。

②诸葛亮：字孔明，号卧龙，徐州琅邪阳都（今山东沂南）人。三国时蜀汉丞相，中国古代杰出的政治家、军事家和文学家。早年隐居隆中，后经刘备三顾茅庐请出，辅佐刘备建立蜀汉政权，被任命为丞相。后主刘禅继位，被封为武乡侯，领益州牧。前后五次北伐中原，未能实现兴复汉室的目标。终因积劳成疾，于建兴十二年（234）病逝。八阵图：三国时期蜀汉丞相诸葛亮推演兵法而创设的一种阵法。最早记载于《三国志·蜀书·诸葛亮传》："推演兵法，作八阵图，咸得其要云。"

③箕张翼舒：语出东汉张衡《二京赋》："鹅鹳鱼丽，箕张翼舒。"是说像簸箕一样张开，像翅膀一样舒展。

④三蜀：地区名。西汉初分蜀郡置广汉郡，汉武帝又分置犍为郡，合称三蜀。其地相当于今四川中部、贵州北部赤水河一带，以及云南金沙江下游以东、会泽以北地区。

⑤滂：水势浩大的样子。滉瀁（huàng yàng）：水深广的样子。

⑥枯槎：老树的枝丫。

⑦礭（què）：敲击。

⑧推激：推崇激扬。

⑨《六韬》：又称《太公六韬》，《隋书·经籍志》谓此书乃"周文王师姜望撰"，全书六卷，六十篇，以姜太公与周文王、周武王对话的形式编成。该书内容博大精深，是中国古代军事思想精华的集中体现。

⑩上智：指大智之人。

⑪桓温：字元子，东晋谯国龙亢（今安徽怀远西北）人。娶晋明帝女南康公主，拜驸马都尉。素有雄才大略，继庾翼为安西将军、荆州

刺史、都督荆梁等四州诸军事。晋穆帝永和三年（347）率军西伐，灭成汉，声威始振，进升征西大将军。十年（354）又出兵关中，进攻前秦。两年后收复洛阳。封南郡公，加大司马，都督中外诸军事，假黄钺。他三次北伐，终未如愿，回朝后愈擅权，废海西公，立简文帝，意欲受禅自立，未遂而死，追赠丞相，谥号宣武。

⑫常山蛇阵：一种首尾相应的阵法。

⑬勒铭：镌刻铭文。

**【译文】**

王济曾经在夔州的西市，居高临下看长江岸边的沙石，看到了诸葛亮创设的八阵图。其布局就像张开的簸箕、舒展的翅膀，有着鹅的形状以及鹤展翅而飞的气势。堆积石头分布在这一区域，清晰地留存到了现在。长江三峡的水暴涨时，正是蜀地积雪消融的时候，这一时期水势临近最大，江面深广，粗大的树木，极高的枝丫，被江水不断冲击而破碎的巨石，随着洪波遍布江面顺流而下。这时江水与堤岸齐平，水流像雷电疾行，山体崩裂，这样壮观的场景之下积石成堆，那情景可想而知。等到江水退回到涨潮前的水平面，一切事物都失去了原来的状态，只有组成八阵图的小石堆，聚集在一起，排列整齐，还如以前一样，将近六七百年的时间，任凭江水冲刷激扬，至今岿然不动。刘禹锡说：这是因为诸葛亮具有至诚之心和完美的品德，他一心想着舍命报效先主刘备。况且这一阵法出自《六韬》，是姜太公这样具有才德的大智之人所创构的。自从有了这一阵法，只有诸葛亮能推行运用，因而有神灵保护扶持，所以能不被改变。东晋的桓温征伐蜀地经过这里，看到八阵图说："这是常山蛇阵，攻击头部尾部就会接应，攻击尾部头部就会接应，攻击中间头尾都会接应。"常山是地名。有一种两头蛇产自常山，常山蛇阵的阵法就与这种两头蛇相类似，所以如此命名。于是桓温镌刻铭文说："看到古迹就会辨别其中的真相，临近源头就喜欢追溯往事。唯恐你遗忘了事实情节，姑且刻在这南山的石头之上。"

226.陆法和尝征蜀①,及上白帝城②,插标,曰:"此下必掘得诸葛亮镞。"既掘之,得箭镞一斛③。或曰:"当法和至此时,去诸葛亮犹近,应有人向说,故法和掘之耳。"法和虽是异人,未必知诸葛亮箭镞在此也。

【注释】

①陆法和尝征蜀:本条可能采录自《刘宾客嘉话录》。陆法和,北朝齐术士。初隐于江陵百里洲。后入荆州,居汶阳郡高安县之紫石山,以道术自命。北齐天保二年(551),侯景攻梁湘东王萧绎于江陵,陆法和集诸蛮弟子八百人助绎,击败侯景军。及萧绎即帝位,以为郢州刺史。齐天保六年(555)春,齐清河王高岳临江,法和遂入齐。后无疾而终。

②白帝城:城名。一名高阳城。在唐山南西道归州兴山县(今湖北兴山)北境。唐高祖武德三年(620)分秭归县地置兴山县,以白帝城为治所。

③箭镞:箭前端金属的尖头。

【译文】

陆法和曾经讨伐蜀地,等他率军到达白帝城时,他在城中一个地方插上标记,并说:"这个地方一定能挖出诸葛亮使用的箭头。"于是让人发掘,得到箭头一斛。有人说:"当时陆法和到达白帝城时,距离诸葛亮在这里生活的时间还算近,应当有人在此之前说过,所以陆法和才能挖出箭头。"陆法和虽然是不同寻常之人,但不一定知道诸葛亮的箭头就在这个地方。

227.诸葛亮所止①,令兵士独种蔓菁者②,何也? 曰:"取其甲生啖③,一也;叶舒者煮食,二也;久居则随以滋长,三也；弃去不惜，四也；回则易寻而采之，五也；冬有根可斸食④，六也。比诸蔬属，其利博哉！"三蜀之人今呼蔓菁为"诸葛菜"，江陵亦然。

**【注释】**

①诸葛亮所止：本条采录自《刘宾客嘉话录》。

②蔓菁（mán jīng）：植物名。又名芜菁、蓂、蕦芜。十字花科。二年生草本。块根肉质，球形或椭圆形。多用作菜蔬，或供入药。

③取其甲生啖：原书此句作："莫不是取其才出甲者生啖。"甲，植物果实的外壳。生啖，生吃。

④斸（zhú）食：挖食。斸，挖。

**【译文】**

诸葛亮每到一个地方，就命令兵士只种蔓菁一种蔬菜，为什么呢？他说："可以取刚从壳里长出来的嫩肉生吃，这是第一个好处；蔓菁的叶子舒展开来后可以煮着吃，这是第二个好处；如果久居蔓菁会滋长，这是第三个好处；丢弃它离开也不会觉得可惜，这是第四个好处；如果回来的话容易找到并采食它们，这是第五个好处；冬天蔓菁的根可以挖食，这是第六个好处。相比其他蔬菜，蔓菁的好处太多了！"蜀地的人们现在称蔓菁为"诸葛菜"，江陵地区也是这样。

228.禹锡曰①：芍药②，和物之名也③。此药之性能调和物。或音"著略"，语讹也。绚时献赋，用此"芍药"字，以"烟兮雾兮，气兮霭兮"，言四物调和为云也。公曰："甚善。"因以解之。

**【注释】**

①禹锡曰:本条可能采录自《刘宾客嘉话录》。

②芍药:植物名。多年生草本。花白色、红色或粉红色,多作观赏植物栽培。根肥大,圆柱形或略呈纺锤形,入药,养血柔肝,缓中止血。

③和:调节配合。

**【译文】**

刘禹锡说:芍药,是调和之物的名称。这种药的性能是能够调节配合各种物品。有人读为"著略",这是读音的讹误。韦绚当时写了一篇赋献给皇帝,用到了"芍药"二字,赋中用"烟分雾分,气分霭分"两句,说这四种物象调节配合而成为云。刘禹锡看了说:"写得很好。"因而理解了芍药之名的含义。


229.白居易①,长庆二年以中书舍人为杭州刺史②,替严员外休复③。休复有时名,居易喜为之代。时吴兴守钱徽、吴郡守李穰皆文学士④,悉生平旧友,日以诗酒寄兴。官妓高玲珑、谢好好巧于应对⑤,善歌舞。后元稹镇会稽⑥,参其酬唱⑦,每以筒竹盛诗来往⑧。居易在杭,始筑堤捍钱塘潮,钟聚其水⑨,溉田千顷。复浚李泌六井⑩,民赖其汲。在苏作诗,有"使君全未厌钱塘"之句。及罢,俸钱多留守库,继守者公用不足,则假而复填,如是五十余年。及黄巢至郡⑪,文籍多焚烧,其俸遂亡。


**【注释】**

①白居易:字乐天,号香山居士,又号醉吟先生。唐德宗贞元年间进士。历任左拾遗、江州司马,杭州、苏州刺史,官至刑部尚书,封冯翊县侯。白居易工诗擅诗论,主张诗歌合为事而作。语言通俗易

懂。有《白氏长庆集》传世。

②长庆二年：即公元822年。长庆，唐穆宗李恒的年号（821—824）。

③严员外休复：即严休复，字玄锡。唐代诗人。历任膳部员外郎、吏部郎中、杭州刺史、司封郎中、给事中等职。文宗大和四年（830）由华州刺史入为右散骑常侍，后出为河南尹，旋以检校礼部尚书充平卢军节度使，卒。《全唐诗》存其诗二首。

④钱徽：字尉章，吴兴（今浙江湖州）人。德宗贞元初年进士及第。宪宗元和年间任左补阙、祠部员外郎、中书舍人、司封郎中、知制诰等。十一年（816）因言语有违圣旨，罢翰林学士，降为太子右庶子、虢州刺史。穆宗长庆年间任礼部侍郎、江州刺史、工部侍郎、华州刺史。文宗大和二年（828）以疾辞位，翌年卒。李穰：唐代诗人，生平经历不详，曾任吴郡太守。

⑤官妓：唐宋时，凡在官府登记注册的娼户，官府有公私筵宴，随时听点祗应，谓之官妓。高玲珑：唐代官妓，生平经历不详。有版本作“商玲珑”。谢好好：唐代官妓，生平经历不详。

⑥后：原作“从”，据齐之鸾本、《历代小史》本改。元稹：字微之，别字威明，河南洛阳（今属河南）人。北魏宗室鲜卑拓跋部后裔。少有才名。宪宗元和元年（806）应制举才识兼茂、明于体用科，在十八名登第者中为第一。历任江陵府士曹参军、通州司马、虢州长史、膳部员外郎。穆宗即位，授祠部郎中、知制诰。长庆二年（822）拜同平章事。旋因受李逢吉诬告罢相，出为同州刺史。文宗大和初入为检校礼部尚书、尚书右丞。工于诗，与白居易友善，世称“元白”。有《元氏长庆集》传世。

⑦酬唱：指用诗词互相赠答唱和。

⑧简竹：指竹简。

⑨钟聚：汇集，聚集。

⑩李泌：字长源。北周太师李弼的六世孙。历仕肃宗、代宗、德宗三

朝。自幼聪颖，深得唐玄宗赏识，令其待诏翰林，为太子李亨的属官。后累官至中书侍郎、同平章事，封邺县侯，世称"李邺侯"。李泌博涉经史，精研易象。善作文章，尤工于诗。

⑪黄巢：曹州冤句（今山东曹县西北）人。唐末农民起义军首领。善骑射，少有诗才。僖宗乾符二年（875）响应王仙芝起义。乾符五年（878）王仙芝战死后，被推为首领，号冲天大将军。广明元年（880）十一月攻克洛阳。十二月西破潼关，攻克长安。即位于含元殿，国号大齐，建元金统。中和三年（883）退出长安。四年（884）战死于狼虎谷。

**【译文】**

白居易在唐穆宗长庆二年以中书舍人任杭州刺史，接替膳部员外郎严休复。严休复当时很有名望，白居易很高兴能够接替他。当时吴兴太守钱徽、吴郡太守李穰均为文学之士，他们都是白居易交往很深的老朋友，几个人在一起，每天饮酒作诗来寄寓情志。官妓高玲珑、谢好好善于酬对，又能歌善舞。后来元稹镇守会稽，也参加到他们的诗词赠答唱和之中，经常用竹筒装诗往来唱和。白居易在杭州期间，开始修筑河堤抵御钱塘江的潮水，并汇聚江水，灌溉良田十万亩。还重新挖掘清理李泌任职期间打造的六口水井，让百姓从这些水井里打水。白居易在苏州期间写的诗作中，有"使君全未厌钱塘"的句子。等到他从杭州任上离职，做官所得的薪金大多留在了当地的钱库，继任的太守如果公用不够的话，就可以从钱库里借出来使用，等有钱了再填回去，这样持续了五十多年。等到黄巢进入杭州，文簿账册大多被烧毁，白居易留下的薪金就流失了。

230. 张弘靖十二世掌书命①，至丞相。杨巨源赠公诗云②："伊陟无闻祖，韦贤不到孙。③"当时称其能与张氏说家门。巨源在元和，诗韵不为新语④，体律务实⑤，功夫颇深。自旦至暮，吟咏不辍。年老头数摇，人言吟诗多所致。

## 【注释】

① 张弘靖十二世掌书命：本条采录自《因话录·商部》。十二世，据
《新唐书·张弘靖传》记载："先第在东都思顺里，盛丽甲当时，历
五世无所增葺，时号'三相张家'。"十二当为"三"之形讹。张
弘靖，字元理，河中猗氏（今山西临猗）人。尚书左仆射张延赏之
子，画家张彦远祖父。初以门荫授河南府参军，迁蓝田县尉。元
和中拜刑部尚书、同中书门下平章事，后出为河东卢龙节度使，迁
太子少师。张弘靖工书法，书体三变，为时所称。书命，谓书写诏
书、命令。

② 杨巨源：字景山，后改名巨济，河中（今山西永济）人。德宗贞元
五年（789）中进士。初为张弘靖从事，后由秘书郎擢太常博士，
迁虞部员外郎。出为凤翔少尹，复召授国子司业。穆宗长庆四年
（824）辞官，执政请以为河中少尹，食其禄终身。《全唐诗》辑录
其诗一卷。

③ 伊陟无闻祖，韦贤不到孙：此二句出自杨巨源《句》诗，全诗作：
"三刀梦益州，一箭取辽城。伊陟无闻祖，韦贤不到孙。"伊陟，
伊尹之子，商王太戊大臣。韦贤，字长孺，西汉鲁国邹（今山东邹
城）人，韦孟四世孙。为人质朴少欲，笃志于学。兼通《礼》《尚
书》，为邹鲁大儒。武帝时征为博士、给事中。授昭帝《诗》，官至
大鸿胪。曾与霍光等共议立宣帝，赐爵关内侯。宣帝本始中为丞
相，封扶阳侯。为相五年，以老病乞休。卒谥节。

④ 诗韵：旧诗皆用韵，或偶句尾字相协，或全首每句末字皆协，其相
协的韵脚，称为"诗韵"。

⑤ 体律：体裁格律。

**【译文】**

张弘靖家三代掌管书写诏书、命令，都位至丞相。杨巨源赠送张弘靖的诗中说："伊陟无闻祖，韦贤不到孙。"当时人们称赞他能够与张氏家族谈论家世门第。杨巨源在元和年间写诗所押的韵不用新颖的语词，体裁格律注重实际，造诣很深。从早上到晚上，杨巨源不间断地写作诗歌。他年纪大了头不断摆动，人们都说是他写诗写得太多导致的。

231. 韩文公与孟东野友善①。韩公文至高，孟长于五言，时号"孟诗韩笔"。元和中，后进师匠韩公②，文体大变③。又柳柳州宗元、李尚书翱、皇甫郎中湜、冯詹事定、祭酒杨公、李公皆以高文为诸生所宗④，而韩、柳、皇甫、李公皆以引接后学为务⑤。杨公尤深于奖善，遇得一句，终日在口，人以为癖。长庆以来，李封州甘为文至精⑥，奖拔公心，亦类数公。甘出于李相国宗闵下⑦，时以为得人，然终不显。又元和以来，词翰兼奇者⑧，有柳柳州宗元、刘尚书禹锡及杨公。刘、杨二人，词翰之外，别精篇什⑨。又张司业籍善歌行⑩，李贺能为新乐府⑪，当时言歌篇者，宗此二人。李相国程、王仆射起、白少傅居易兄弟、张舍人仲素为场中词赋之最⑫，言程式者宗此五人⑬。伯仲以史学继业⑭。藏书最多者⑮，苏少常景凤、堂弟尚书涤⑯，诸家无比，而皆以清望为后来所重。景凤登第，与堂兄特并时⑰，世以为美。

**【注释】**

①韩文公与孟东野友善：本条采录自《因话录·商部》。韩文公，即唐代诗人韩愈。因其死后谥曰文，故称韩文公。孟东野，即孟郊，

字东野，湖州武康（今浙江德清）人，郡望平昌（今山东安邱）。唐代诗人。少时隐居嵩山。德宗贞元十二年（796）进士及第，曾任溧阳县尉。宪宗元和元年（806），河南尹郑馀庆辟为水陆转运从事、试协律郎。元和四年（809）丁母忧去职。孟郊一生穷困潦倒，而生性孤直，不谐世媚俗。因其诗作多写世态炎凉，民间苦难，故有"诗囚"之称，与贾岛并称"郊寒岛瘦"。

②师匠：效法。

③文体大变：是指韩愈、柳宗元倡导古文运动，并致力于古文写作。南北朝以来，文坛盛行语言华美的骈体文。到唐代，韩愈提倡古文，倡导恢复先秦两汉的古代散文。当时的文人柳宗元、李翱、皇甫湜等写了许多散文名篇，即文中所言"文体大变"。

④柳柳州宗元：即柳宗元，字子厚。唐宋八大家之一，世称"柳河东""河东先生"。唐德宗贞元九年（793）进士及第，历任秘书省校书郎、蓝田尉、监察御史。顺宗即位，转尚书礼部员外郎。宪宗即位，因"二王八司马"事件贬为邵州刺史，再贬永州刺史，移柳州刺史，因官终柳州刺史，又称"柳柳州"。有《柳河东集》四十卷、《非国语》二卷。李尚书翱：即李翱，字习之，陈留（今河南开封）人。唐德宗贞元十四年（798）进士及第，授校书郎，迁京兆司录参军。历任国子博士、史馆修撰、考功员外郎、礼部郎中、谏议大夫、中书舍人等职。官终襄州刺史、山南东道节度使。卒于襄阳，谥号为文，故称"李襄阳""李文公"。李翱曾从韩愈学古文。思想上崇儒排斥佛老。皇甫郎中湜：即皇甫湜，字持正，睦州新安（今浙江淳安）人。博览经史。宪宗元和元年（806）进士及第，三年（808）登贤良方正科。初授陆浑尉。后贬官庐陵。文宗大和年间在山南东道节度使李逢吉幕府，历官至工部郎中，迁东都留守（裴度）判官。师从韩愈，倡导古文运动。著有《皇甫持正文集》六卷。冯詹事定：即冯定，字介夫，婺州东阳（今浙江东

阳)人。德宗贞元中举进士,与兄冯宿并以文章名重于时。敬宗宝历二年(826)任郢州刺史,后转任国子司业、河南少尹。文宗大和九年(835)任太常少卿、谏议大夫。开成元年(836)因不满宦官仇士良专政,改任太子詹事。以左散骑常侍致仕。谥曰节。祭酒杨公:即杨敬之,字茂孝,虢州弘农(今河南灵宝)人。唐代文学家杨凌之子。宪宗元和二年(807)登进士第。穆宗长庆中佐湖南观察使幕。文宗大和中累迁至屯田、户部二郎中。大和九年(835)受李训、郑注排挤,贬连州刺史。开成二年(837)入为国子司业,次年迁国子祭酒。后转大理卿、检校工部尚书兼祭酒,卒。《新唐书·杨敬之传》言其两兼国子祭酒,"敬之爱士类,得其文章,孜孜玩讽,人以为癖"。李公:即李汉,字南纪,京兆长安(今陕西西安)人。李唐宗室。早年师从韩愈学习古文。宪宗元和七年(812)进士及第,历佐府使。穆宗长庆四年(824)迁左拾遗。唐文宗时任屯田员外郎、史馆修撰。得罪牛僧孺,卷入牛李党争。李宗闵为相时,历任知制诰、驾部郎中、御史中丞、户部侍郎、吏部侍郎等。大和九年(835)李宗闵罢相,汉亦被贬为汾州刺史、汾州司马。

⑤引接:提拔推荐。

⑥李封州甘:即李甘,字和鼎。长庆末进士。文宗大和中累官至侍御史,因极力反对郑注为相,被贬为甘州司马。

⑦李相国宗闵:即李宗闵,字损之。唐宗室郑王元懿之后。牛李党争中牛党的领袖。德宗贞元二十一年(805)进士及第。宪宗元和四年(809)与牛僧孺同登制科。唐穆宗即位,拜中书舍人、知贡举。文宗大和七年(833)与德裕同为宰相,以同平章事任兴元尹、山南西道节度使。李训、郑注用事,贬潮州司户参军。开成初擢杭州刺史、东都留守。武宗即位,刘稹叛,坐贬漳州长史,长流封州。宣宗即位,徙郴州司马,死于贬所。下:原书为"门下"字,

当据改。

⑧词翰：诗文，辞章。

⑨篇什：《诗经》的《雅》《颂》以十篇为一组，称之为什，因称诗章为"篇什"。

⑩张司业籍：即张籍，字文昌，原籍吴郡（治今江苏苏州），少时侨居和州乌江（今安徽和县乌江镇）。唐德宗贞元十五年（799）进士。宪宗元和初调补太常寺太祝，转国子助教、秘书郎。累受国子博士、水部员外郎、水部郎中，官终国子司业。世称"张水部"或"张司业"。因家境贫穷，眼疾严重，孟郊又称之为"穷瞎张太祝"。性情急躁鲠直。与白居易、韩愈等友善，善写古体诗，是新乐府运动的积极参与者。歌行：古代乐府诗的一体。后从乐府发展为古诗的一体，音节、格律一般比较自由；采用五言、七言、杂言，形式也多变化。

⑪李贺：字长吉，河南福昌（今河南宜阳）人。唐宗室郑王李亮后裔。因父名晋肃，故终身不举进士。韩愈为此写过《讳辨》，也无济于事。七岁能辞章，韩愈、皇甫湜始闻未信，过其家，使贺赋诗，援笔立成，自目曰《高轩过》。曾任太常协律郎。李贺诗作想象极为丰富，引用神话传说，托古寓今，被后人誉为"诗鬼"。

⑫张舍人仲素：即张仲素，字绘之，符离（今安徽宿州）人。德宗贞元十四年（798）进士，又中博学宏词科，入徐州节度使张愔幕。宪宗元和年间，任礼部员外郎、司勋员外郎等，又从礼部郎中充任翰林学士，加司封郎中、知制诰。累官至中书舍人。张仲素工诗善文，尤精赋作。其诗多写闺情。著有《词圃》十卷、《赋枢》三卷。

⑬程式：法式，规格，准则。

⑭伯仲以史学继业：《历代小史》本此句句首有"居易"二字。

⑮者：原阙，据齐之鸾本、《历代小史》本补。

⑯苏少常景凤：据《新唐书·艺文志》，当为苏景胤。苏弁之子。涤：

即苏涤，为苏冕之子。苏弁为苏冕之弟，见《新唐书·苏弁传》。

⑰堂兄特：即苏特，生平经历不详。

【译文】

　　韩愈与孟郊亲密友好。韩愈的散文在当时成就最高，孟郊擅长写作五言诗，二人当时号称"孟诗韩笔"。元和年间，后辈学人效法宗师韩愈，文体发生了很大的变化。又有柳州刺史柳宗元、尚书李翱、郎中皇甫湜、詹事冯定、祭酒杨敬之，以及李汉等人都因为优秀的诗文而被学子们所尊崇，而且韩愈、柳宗元、皇甫湜、李汉都把推荐提拔后进作为重要的事情。杨敬之尤其十分注意奖励好作品，碰到一句好的诗句，就会整天挂在嘴边，人们认为他在这方面有特殊的偏好。长庆年间以来，封州刺史李甘作文精妙绝伦，奖励和提拔都出于公心，也和前面几位文人相类似。李甘出自宰相李宗闵门下，当时都认为他是个人才，但最终也没能显现出来。又，从元和年间以来，诗文辞章都写得非常精妙的人，有柳州刺史柳宗元、尚书刘禹锡以及杨敬之。刘禹锡和杨敬之两个人，在文章之外，还精通诗章。还有张籍擅长歌行体乐府，李贺能够创作新乐府诗，当时说到擅长诗歌的文人，都尊崇这两位诗人。宰相李程、仆射王起、少傅白居易兄弟、舍人张仲素都是官场当中最擅长写作词赋的文人，说到词赋准则，大家都尊崇这五位文人。白居易兄弟以史学作为继承先人的事业。当时藏书最多的人，是太常少卿苏景胤和他的堂弟尚书苏涤，各家没有能与他们相比的，因而都因为高洁美好的名声被后世所推重。苏景胤进士及第，和他的堂哥苏特同时，被世人传为美谈。

　　232.吕衡州温①，祖延之②，父渭③，俱有盛名，至大官。家世碑志不假于人，皆子孙自撰，云："欲传庆善于后嗣，儆文学之荒坠④。"

**【注释】**

①吕衡州温：即吕温，字和叔，又字化光，河中（今山西永济）人。唐德宗贞元十四年（798）进士，次年又中博学宏词科，授集贤殿校书郎。与王叔文、柳宗元、刘禹锡善。十九年（803）擢为左拾遗。顺宗即位，历户部员外郎，转司封员外郎。宪宗元和三年（808）转刑部郎中。因与宰相李吉甫有隙，贬均州刺史，后徙衡州，甚有政声，世称"吕衡州"。

②祖延之：即吕温祖父吕延之。肃宗乾元元年（758）任明州刺史，转越州刺史。二年（759）迁浙江东道节度使。丁忧去职。

③父渭：即吕温之父吕渭，字君载。唐玄宗天宝中登进士第。历任浙西节度支使、检校大理评事、殿中侍御史、歙州司马等。德宗贞元间任舒州刺史、吏部员外郎、驾部郎中、中书舍人、太子右庶子、礼部侍郎等。工诗，精音乐。

④荒坠：谓荒废坠失。

**【译文】**

吕温和他的祖父吕延之、父亲吕渭在当时都有很大的声望，官位也都很高。吕氏家族的碑志从不借助别人之手来写，都是他们家族的子侄自己撰写，还说："要把这种好的传统传给后辈，从而警惕文章经籍的荒废坠失。"

233.裴晋公自为志铭曰①："裴子为子之道，备存乎家牒②；为臣之道，备存乎国史。"杜牧亦自铭曰③："嗟尔小子④，亦克厥修⑤。"此二铭词简而备。白居易亦自为铭。颜鲁公在蔡州⑥，知必祸及，自为志铭置左右。

**【注释】**

①志铭：即墓志铭。

②家牒：即家谱。

③杜牧：字牧之，京兆万年（今陕西西安）人。杜佑之孙。唐文宗大和年间进士。善属文，通古今。历任淮南节度使掌书记、监察御史、殿中侍御史、左补阙、史馆编撰、吏部员外郎、湖州刺史、中书舍人等职。杜牧性刚直，不拘小节，不屑逢迎。诗、文均有盛名。

④小子：旧时用以自称的谦辞。

⑤克：能够。修：（学问、品行方面）学习、锻炼和培养。

⑥颜鲁公：即颜真卿，字清臣。唐玄宗开元二十二年（734）登进士第，历任监察御史、殿中侍御史。后因得罪权臣杨国忠，被贬为平原太守，世称"颜平原"。肃宗即位，授工部尚书、御史大夫等职。他刚正耿直，恪尽职守，屡遭元载、杨炎、卢杞所忌。唐代宗时官至吏部尚书、太子太师，封鲁郡公，人称"颜鲁公"。德宗兴元元年（784）被叛将李希烈缢杀。追赠司徒，谥号文忠。颜真卿书法精妙，擅长行、楷。与赵孟頫、柳公权、欧阳询并称为"楷书四大家"。

**【译文】**

裴度给自己写墓志铭说："裴子为子之道，全部记录在家族世系的谱牒中；为人臣之道，全部记录在本朝的历史之中。"杜牧也为自己写墓志铭说："我这个人，也算有所成就。"这两篇墓志铭用词简练而又完备。白居易也为他自己写墓志铭。颜真卿在蔡州时，知道一定会有灾祸降临，所以他也为自己写了墓志铭带在身边。

234.文宗皇帝曾制诗以示郑覃①，覃奏曰："且乞留圣虑于万几②，天下仰望。"文宗不悦。覃出，复示李宗闵，叹伏不已，一句一拜，受而出之。上笑谓之曰："勿令适来阿父子见之③。"

**【注释】**

①文宗皇帝曾制诗以示郑覃:本条与下第235、236条原合为一条,本书据齐之鸾本、《历代小史》本分列。制诗,即作诗。郑覃,郑州荥泽(今河南郑州)人。唐德宗时宰相郑珣瑜之子。以父荫补弘文校书郎,擢累谏议大夫。文宗时召为翰林侍讲学士,进工部侍郎。因与李德裕相厚,常为李宗闵所排挤。宗闵得罪后,进尚书右仆射。甘露之变后,拜同中书门下平章事。奏置五经博士。不喜浮夸,重实在。唐武宗即位,授司空。

②圣虑:帝王的思虑或忧念。万几:语出《尚书·皋陶谟》:"无教逸欲有邦,兢兢业业,一日二日万几。"孔传:"几,微也,言当戒惧万事之微。"后以"万几"指帝王日常处理的纷繁的政务。

③适来:犹刚才,方才。阿父子:此处指郑覃。

**【译文】**

　　唐文宗曾经写了一首诗并将它拿给郑覃看,郑覃看了之后禀奏文宗说:"希望陛下能将思虑和忧念放在处理国家的政务上,这是天下百姓仰望的。"唐文宗听了很不高兴。郑覃出宫后,唐文宗又把这首诗拿给李宗闵看,李宗闵看了叹服不已,读一句就跪拜一次。他收下文宗这首诗并准备出宫。文宗笑着对他说:"不要让刚才的那个人看到。"

　　235.文宗尚贤乐善罕比①。每宰臣学士论政②,必称才术文学之士,故当时多以文进。上每视事后,即阅群书,至乱世之君,则必扼腕嗟叹③;读尧、舜、禹、汤事,即灌手敛衽④,谓左右曰:"若不甲夜视事⑤,乙夜观书,即何以为君?"试进士,上多自出题目。及所司试⑥,览之终日忘倦。尝召学士于内庭论经⑦,较量文章⑧,宫人已下侍茶汤饮馔。李训讲《周易》⑨,颇叶上意。时方盛夏,遂取犀如意赐训,上曰:

"与卿为谭柄⑩。"读高郢《无声乐赋》、白居易《求玄珠赋》，谓之"玄祖"⑪。水部员外郎贾嵩说云⑫。

**【注释】**

①文宗尚贤乐善罕比：本条采录自《杜阳杂编》。

②每：原书作"每与"，当据补"与"字。

③扼腕嗟叹：握着手腕发出叹息的声音。形容十分激动地发出长叹的情态。扼，握住，抓住。嗟叹，哀叹，感伤。

④灌手：洗手，净手。敛衽：整理衣襟，表示恭敬。

⑤甲夜：古人纪时，将一夜分为甲、乙、丙、丁、戊五个时段，甲夜即初夜，初更时分。北齐颜之推《颜氏家训·书证》："或问：'一夜何故五更？更何所训？'答曰：'汉魏以来，谓为甲夜、乙夜、丙夜、丁夜、戊夜；又云鼓，一鼓、二鼓、三鼓、四鼓、五鼓；亦云一更、二更、三更、四更、五更，皆以五为节。'"

⑥及所司试：原书作"及所司进所试"，当据原书补"进所"二字。

⑦内庭：宫禁以内。

⑧较量：讨论，商量。

⑨李训：字子垂。进士及第。唐文宗大和年间，经权阉王守澄推荐，得文宗重用。累迁翰林侍讲学士。旋又升礼部侍郎、同平章事。与郑注为文宗筹太平之策，欲先除宦官，次复河湟，再次平河北藩镇。大和九年（835），杀宦官陈弘志、王守澄；继又以左金吾卫石榴树上有甘露为名，诱宦官仇士良等往观，谋加诛杀。事败被杀。

⑩谭柄：古人清谈时所执的拂尘。

⑪玄祖：犹玄圣。指老子。

⑫水部员外郎贾嵩说云：原书此句作双行夹注，文为："传于水部贾嵩员外。"贾嵩，唐武宗会昌中以解头应进士举，未第。后官至水部员外郎，弃官东归，卒于宣州。能诗工赋，赵郾称"贾嵩词赋相

如手"。

**【译文】**

唐文宗尊重贤才，看重德行，很少有帝王能和他相比。文宗每次与宰臣及学士谈论政事，必定要称赞那些有才学的文学之士，所以当时的官员很多因为文章才学而被任用。文宗每次处理朝政后，就广泛阅读各类书籍，读到乱世之君时，他一定会非常激动地惋惜叹气；读到尧、舜、禹、汤等圣贤之君的故事时，他就会净手敛袂，对身边的人说："如果不在初更时分处理朝政，二更时候读书，怎么能当好君王呢？"每次选拔进士，文宗大多亲自命题。等到主管部门送去试卷，他就会整天披览，忘了疲倦。文宗曾经召集文学之士入宫讲论经典，与他们品评文学作品，并命宫女在一旁侍奉茶水饮食。李训讲解《周易》，非常契合文宗的心意。当时正值夏天最炎热的时候，于是文宗命人拿来犀牛角制作的如意赏赐给李训，文宗说："这如意给你拿着，就像清谈时所执的拂尘。"读高郢的《无声乐赋》、白居易的《求玄珠赋》，文宗称它们有"玄圣"之风。水部员外郎贾嵩所说。

236.文宗好五言诗，品格与肃、代、宪宗同①，而古调尤清峻②。尝欲置诗学士七十二员③，学士中有荐人姓名者，[原注]当时诗人李廓驰名④，为泾原从事。宰相杨嗣复曰⑤："今之能诗，无若宾客分司刘禹锡。"上无言。李珏奏曰⑥："当今起置诗学士，名稍不嘉。况诗人多穷薄之士，昧于识理。今翰林学士皆有文词，陛下得以览古今作者，可怡悦其间；有疑，顾问学士可也。陛下昔者命王起、许康佐为侍⑦，天下谓陛下好古宗儒，敦扬朴厚。臣闻宪宗为诗，格合前古。当时轻薄之徒，摘章绘句⑧，聱牙崛奇⑨，讥讽时事，尔后鼓扇名声，谓之'元和体'，实非圣意好尚如此。今陛下更置诗学士，臣深虑轻薄小人，竞为嘲咏之词，属意于云山草木，亦不谓之'开成体'乎？玷黷皇化[⑩]，实非小事。"

**【注释】**

①品格：指文学及艺术作品的质量和风格。

②古调：即古调诗，指汉魏以来形成的古体诗。清峻：简约严明。

③学士：官职名。文学侍从官。唐自贞观以后置弘文馆学士、集贤殿学士、翰林学士等。至此学士始为正式官名，掌校理图籍等。

④李廓：陇西成纪（今甘肃秦安）人。吏部侍郎同平章事李程之子。宪宗元和十三年（818）登进士第，授司经局正字，敬宗宝历中官鄠县尉。文宗大和三年（829）官太常丞，累迁至刑部侍郎。宣宗大中二年（848）出为武宁军节度使。因统御无方，于次年五月军乱被逐。大中末官颍州刺史，复为观察使，卒。李廓才藻翩翩，以诗名闻于时。与姚合、贾岛、顾非熊、无可相友善。

⑤杨嗣复：字继之，又字庆门，虢州弘农（今河南灵宝）人。进士及第，又登博学宏词科。授秘书省校书郎。宪宗时迁右拾遗。以精于礼学改太常博士，历礼部员外郎、兵部郎中。穆宗时任中书舍人、礼部侍郎，所选贡士后多至达官。文宗时累历尚书左丞、梓州刺史、成都尹、户部侍郎、诸道盐铁转运使等。开成三年（838）以本官同平章事。武宗立，出为湖南观察使，再贬潮州刺史。宣宗立，征拜吏部尚书，卒于归朝中。赠左仆射，谥曰孝穆。

⑥李珏：字待价，赵郡赞皇（今河北赞皇）人。唐宪宗元和年间登进士第，授渭南县尉、右拾遗。穆宗时屡疏谏不为纳，出为下邽令，后还为殿中侍御史、翰林学士，与李宗闵、牛僧孺亲厚。文宗时郑注用事，贬江州刺史，徙河南尹。开成中，同中书门下平章事，因朋党相倾，数求辞位而不获许。迁门下侍郎，出为江西观察使、昭州刺史。宣宗立，迁河阳节度使、吏部尚书、淮南节度使、上柱国。

卒赠司空,谥号贞穆。

⑦许康佐:唐德宗贞元八年(792)进士及第,又登博学宏词科。以家贫母老,须不择禄养亲,求为知院官。母丧解职。服除,侯府征辟皆不从。穆宗即位,自洋州刺史入为京兆参军。迁侍御史,转职方员外郎,擢度支郎中。文宗大和年间任中书舍人兼翰林侍讲学士。因称病,罢为兵部侍郎。终礼部尚书。

⑧摛(chī)章绘句:铺陈辞藻,雕琢文句。形容以华丽的辞章写作诗文。摛,铺陈。

⑨聱牙:形容文词艰涩难读。崛奇:奇特,特异。

⑩皇化:皇帝的德政和教化。

## 【译文】

唐文宗喜好五言诗,他诗作的质量和风格与唐肃宗、唐代宗、唐宪宗相同,只是他的古调诗更为简约严明。文宗曾经想要设立诗学士七十二名,学士中就有推荐候选人姓名的人,[原注]当时诗人李廓声名远扬,任泾原从事。宰相杨嗣复说:"当今擅长写诗的,没有人能比得上宾客分司刘禹锡。"文宗没有说话。李钰禀奏道:"现在设立诗学士,名义上不太好。何况写诗之人大多是浅薄之人,很多事情不能明白地辨识和理解。现在的翰林学士都很有文采,陛下您可以浏览古代和现代人创作的诗歌和文章,可以从中感受喜悦;如果有疑问,询问翰林学士就可以了。陛下以前任命王起、许康佐为侍讲学士,全天下的人都说您好古尊儒,敦厚质朴。我听说宪宗皇帝写诗,风格与前代的古体诗相合。当时那些轻佻浮薄之人,大肆铺陈辞藻,雕琢文句,所写文词艰涩难读,文风奇特。他们用尖刻的语言指责和批评时政,然后鼓吹宣扬他们的名气,并将所作之诗称为'元和体',实在不是帝王的喜好就是这样。现在陛下您又要设立诗学士,我非常担心那些轻佻浮薄的低贱之人,也会竞相写作嘲讽的文辞,倾心于云山草木之间,他们还不称这些诗作为'开成体'? 这样玷污皇上的德行和教化,实在不是一件小事。"

237.文宗时①，工部尚书陈商立《汉文帝废丧议》②。又立《左氏》学议，以"孔子修经，褒贬善恶，类例分明，法家流也。左丘明为鲁史③，载述时政，惧善恶失坠，以日系月，本非扶助圣言，缘饰经旨④，盖太史氏之流也⑤。举之《春秋》，则明白而有实；合之《左氏》，则丛杂而无征。杜元凯曾不思孔子所以为经⑥，当与《诗》《书》《周易》等列；丘明所以为史，当与司马迁、班固等列⑦。二义不侔，乃参而贯之，故微旨有所未尽，婉章有所未一"。其后吴郡陆龟蒙亦引啖助、赵匡为证⑧，正与商议同。

**【注释】**

①文宗时：本条采录自《北梦琐言·驳杜预》。文宗，原书作"大中"。

②工部尚书：《旧唐书·宣宗本纪》："（大中）九年春正月辛巳，银青光禄大夫、秘书监、许昌县开国男陈商卒，赠工部尚书。"此处是用日后追赠官衔。陈商：字述圣，吴兴（今浙江湖州）人。宪宗元和九年（814）进士，累官户部员外郎。武宗会昌年间任司门郎中、史馆修撰、刑部郎中、谏议大夫，权知四年、五年贡举。迁礼部侍郎。官终秘书监，封许昌县男。卒赠工部尚书。曾预修《敬宗实录》十卷，另有文集十七卷，今皆不存。

③左丘明：春秋末年鲁国史官，相传为解析《春秋》而作《左传》。

④缘饰：犹修饰，文饰。

⑤太史氏：指史官。

⑥杜元凯：即杜预，字元凯，京兆杜陵（今陕西西安）人。初仕曹魏，任尚书郎，后为权臣司马昭幕僚，封丰乐亭侯。西晋建立后，历任河南尹、安西军司、秦州刺史、度支尚书等职。咸宁四年（278）出

任镇南大将军,镇守荆州。后被征入朝,拜司隶校尉。杜预耽思经籍,博学多通,其所撰的《春秋左氏经传集解》考释严密,注解准确,是《左传》注解流传至今最早的一种。

⑦司马迁:字子长,夏阳龙门(今陕西韩城)人。西汉武帝时太史令司马谈之子。早年受学于孔安国、董仲舒。初任郎中,奉使西南。二十八岁任太史令,继承父业,著述历史。后因替李陵败降之事辩解而受宫刑,调任中书令。他以"究天人之际,通古今之变,成一家之言"的史识创作了中国第一部纪传体通史《史记》。

⑧陆龟蒙:字鲁望,自号天随子、江湖散人、甫里先生,吴郡姑苏(今江苏苏州)人。举进士不第,曾作湖、苏二州刺史幕僚。后隐居松江甫里(在今江苏苏州)。陆龟蒙工诗、文,与皮日休齐名,人称"皮陆"。啖助:字叔佐,赵州(今河北赵县)人。后迁居关中。啖助博通经学,唐玄宗天宝末年曾历任临海尉、丹阳主簿。啖助长于《春秋》学,好标新立异,所论多异于先儒。撰有《春秋集解》和《春秋统例》,开宋儒疑经之风。赵匡:字伯循,河东(今山西永济)人。从儒学宗师啖助学,为助之优秀门生。亦从萧颖士学。唐代宗大历初,入宣歙节度使陈少游幕府,五年冬又随陈入浙东节度使府幕。大历时,啖助、赵匡、陆质以《春秋》之学称于时,时人称匡为"赵夫子"。匡后历仕左司员外郎、洋州刺史,世称"赵洋州"。

## 【译文】

唐文宗时,工部尚书陈商订立《汉文帝废丧议》。又立《春秋左传》学议,他认为"孔子编修经典,评论善恶,类别和体例都很清楚,属于法家一派。左丘明作为鲁国的史官,记述当时的政事,担心善恶失序,按照岁时月日的顺序记述历史事件,本来就不是支持圣人的言论,修饰经学的旨意,这大概属于史官这一流派。以《春秋》验证,清楚而有史实;以《左氏》验证,则杂乱而没有实据。杜预过去没有想过孔子编修的经典,应当与《诗经》《尚书》《周易》处于同等地位；左丘明作为史官，应当与司马迁、班固处于同等地位。两方面的意义不相同，却相杂贯穿，因此精深微妙的意旨没有阐释清楚，委婉文字后的深意没有统一"。这之后吴郡人陆龟蒙也引用啖助、赵匡的观点作为印证，刚好和陈商的观点相同。

238.进士李为作《泪赋》及《轻》《薄》《暗》《小》四赋[1]，李贺作乐府，多属意花草蜂蝶之间[2]。二子竟不远大，世言文字可以见分命之优劣[3]。

【注释】

①进士李为作《泪赋》及《轻》《薄》《暗》《小》四赋：本条采录自《因话录·商部》。李为，唐代文人，生平经历不详。

②属（zhǔ）意：意向集中或倾向于某人或某事。

③分命：犹运命。

【译文】

进士李为写了《泪赋》及《轻》《薄》《暗》《小》四篇赋；李贺写的乐府诗，多留意在花草蜂蝶之间。他们两个人最终都没有高远弘大的前程，世人说一个人的文字表现可以预见其命运的好坏。

239.上元瓦官寺僧守亮[1]，通《周易》，性若狂易[2]。李卫公镇浙西，以南朝旧寺多名僧，求知《易》者，因帖下诸寺，令择送至府。瓦官寺众白守亮曰："大夫取解《易》僧，汝常时好说《易》，可往否？"守亮请行。众戒曰："大夫英俊严重，非造次可至[3]，汝当慎之。"守亮既至，卫公初见，未之敬。及与言论，分条析理，出没幽赜[4]，公凡欲质疑，亮已演其意。公大惊，不觉前席。命于甘露寺设馆舍[5]，自于府中设讲席,命从事已下,皆横经听之,逾年方毕。既而请再讲。讲将半,亟请归甘露。既至命浴。浴毕,整巾屦⑥,遣白公云:"大期今至,不及回辞。"言讫而终。公闻惊异,明日率宾客至寺致祭。适有南海使送西国异香,公于龛前焚之,其烟如弦,穿屋而上,观者悲敬。公自草祭文,谓举世之官爵俸禄,皆加于亮,亮尽受之,可以无愧。

**【注释】**

①上元瓦官寺僧守亮:本条采录自《金华子》。上元,古地名。在今江苏南京。瓦官寺,又作瓦棺寺、瓦官阁。在今江苏南京西南秦淮河畔凤凰台西花露岗上。东晋兴宁二年(364)建。其地本为东晋元帝时官营陶器作坊,称为瓦官,故名。僧守亮,唐代瓦官寺僧人。

②狂易:疏狂轻率。

③造次:轻率,随便。

④幽赜(zé):深微精妙。

⑤甘露寺:位于今江苏镇江长江之滨北固山的后峰上,相传始建于东吴甘露年间,故名。后废。

⑥巾屦(jù):头巾和鞋子。

**【译文】**

上元瓦官寺有个叫守亮的僧人,通晓《周易》,性格疏狂轻率。李德裕镇守浙西时,因为南朝旧寺里有很多有名的僧人,他想要寻访其中精通《周易》的人,就给各个寺院发放文书,命令他们进行挑选,送到官府。瓦官寺的僧人们对守亮说:"李卫公要找懂《周易》的人,你平时喜欢谈论《周易》,能去吗?"守亮请求让他去。僧人们告诫他说:"李卫公才智出众,性格严谨庄重,不可以轻率随便,你要小心谨慎。"守亮到了官府后，李德裕初次和他见面，没有表露出对他的敬重。等到和他谈论时，守亮分析得条理分明，涉及非常深奥的理论，凡是李德裕想要提出疑问的地方，守亮已经阐发其中的义理。李德裕大吃一惊，不知不觉把座位移到前边。李德裕命令在甘露寺准备好房间，自己在官府里设立讲席，命令从事以下的官员，都要拿着经书来听讲，过了一年才结束。不久又请守亮再讲一次。守亮讲到一半的时候，急切地请求回甘露寺。到了以后，就马上洗浴。洗浴完，他整理好衣服和鞋子，派人告诉李德裕："我今天就要死了，来不及回来向您辞别。"说完这话就去世了。李德裕听说后非常惊讶，第二天率领宾客到寺院里来拜祭。正好有南海的使者送来西域国家的奇香，李德裕就在佛龛前点燃，这种奇香的烟雾像弦一样，穿过屋顶一直向上，看的人都感到悲伤崇敬。李德裕亲自写了祭文，文中说将世上所有的官爵俸禄都给守亮，守亮全部接受，也可以毫无愧色。

240.李德裕镇浙西①。有刘三复者②，少贫苦，有才学。时中使赍诏书赐德裕，德裕谓曰："子为我草表③，能立构否？"三复曰："文贵中，不贵速得。"德裕以为然。三复又请曰："中外皆传公文，请得以文集观之。"德裕出数轴，三复乃体而为表，德裕尤喜之。遣诣京师，果登第。其子邺④，后为丞相，上表雪德裕冤，归槥洛中⑤。

**【注释】**

①李德裕镇浙西：本条采录自《北梦琐言·刘三复记三生事》。

②刘三复：润州句容（今江苏句容）人。幼时丧父，家贫，曾乞食侍奉病母而不应试。善作诗文。穆宗长庆年间，李德裕为浙西观察使时，受赏识，被任为从事，后即随李氏沉浮官场。武宗会昌年间，李德裕为相，被任为刑部侍郎、弘文馆学士。

③草表：草拟奏章。

④邺：即刘邺，字汉藩。少聪慧，为李德裕所怜爱，使与其子共学。宣宗大中初，德裕南贬，邺无所依，客游江、浙。陕虢高元裕表署为推官。懿宗咸通初擢为左拾遗，召为翰林学士，赐进士第。历中书舍人、户部侍郎承旨。曾上奏为李德裕申冤复官爵。进户部侍郎、诸道盐铁转运使。咸通十二年（871）以礼部尚书同平章事、判度支。僖宗时再迁尚书左仆射。中和元年（881），黄巢农民军进长安时，出逃不及，为黄巢所捕，迫其为官，不从，被杀。

⑤归榇（chèn）：将棺材送回老家。榇，棺材。

**【译文】**

李德裕镇守浙西。有一个叫刘三复的人，年轻时家境贫困穷苦，很有才华和学识。当时宫中派来的使者拿着皇帝的诏书给李德裕，李德裕对刘三复说："你给我草拟奏章，能马上写好吗？"刘三复说："文章贵在符合要求，不在于很快写好。"李德裕认为他说的对。刘三复又请求李德裕说："朝廷内外都传阅您的文章，恳请能够把您的文集给我看看。"李德裕拿出几卷给他，刘三复这才模仿李德裕的文风写了奏章，李德裕看了更加喜欢他。于是就派他前往京师，果真就科考登第了。他的儿子刘邺，后来做了丞相，给皇上上奏章为李德裕沉冤昭雪，并将李德裕的棺材送回洛中。

241.段郎中成式①，博学文章，著书甚多。守庐陵，尝游山寺，读一碑，二字不过②，曰："此碑无用于世矣。成式读之不过，更何用乎？"客有以此二字遍问人，果无知者。连典江南数郡③，皆有名山：九江匡庐、缙云烂柯、庐陵麻姑④。前进士许棠寄诗云⑤："十年三领郡，领郡管仙山。"庐陵时，为人妄诉⑥，逾年方辨，乃退居于襄阳。温博士庭筠亦谪随县尉⑦，节度使徐太师留在幕府⑧，与成式尤相善。尝送墨一挺与庭筠⑨，往复致谢，搜故事者凡几函。成式子安节⑩，娶庭筠女。安节仕至吏部郎中、沂王傅，善音律，著《乐府新录》传于世⑪。

## 【注释】

①段郎中成式：本条采录自《金华子》。段郎中成式，即段成式，字柯古。段文昌之子。初以父荫入仕，为校书，任职集贤院。唐武宗会昌中为秘书省秘书郎、集贤学士，迁尚书郎。宣宗大中年间历任吉州刺史、处州刺史。后罢刺史任，寓居襄阳，以闲放自适。懿宗咸通初出为江州刺史，复入为太常少卿。工诗，有文名。

②不过：不通，不明白。

③连典江南数郡：段成式于唐宣宗大中至唐懿宗咸通年间，先后官吉州、处州、江州刺史，故云。典，主管，执掌。

④九江匡庐：指今江西九江南部的庐山。缙云烂柯：指今浙江衢州的烂柯山，一名石室山。传晋人王质入山伐薪，见二童对弈，棋局未终，斧柯（柄）已烂，故名。缙云，唐朝郡名。唐天宝元年（742）改括州置，治括苍县（今浙江丽水东南古城）。因缙云山名。肃宗乾元元年（758）复名括州。庐陵麻姑：指麻姑山。在今江西南城。为武夷山脉中军峰山余脉。传为神话中麻姑仙女得道地，因名。唐代以来为道教胜地，宫观殿宇宏伟。庐陵，指吉州，治今江西吉安。

⑤许棠：字文化，宣州泾县（今安徽泾县）人。晚唐诗人。懿宗咸通十二年（871）进士及第，时年已五十。为刘邺辟为淮南馆驿官，授泾县尉。后任虔州从事、江宁丞。有诗名。为"咸通十哲"之一。

⑥妄诉：犹诬告。

⑦温博士庭筠：即温庭筠，原名岐，字飞卿，太原祁（今山西祁县）人。富有天赋，文思敏捷，然恃才不羁，又好讥刺权贵，不受羁束，纵酒放浪，因此得罪权贵，屡试不第。初授方山尉，会徐商镇襄阳，被署为巡官。懿宗咸通中失意归江东，出入歌楼妓院。会徐商知政事，授国子助教。不久又因徐商罢相被贬为方城尉。迁随县尉，卒。温庭筠精通音律，诗词兼工。诗与李商隐齐名，时称"温李"。博士，官名，因温庭筠曾官国子助教，故称。

⑧节度使徐太师：即徐商，字义声，一字秋卿，郑州新郑（今河南新郑）人。唐文宗大和五年（831）进士，累擢殿中侍御史、礼部员外郎。武宗会昌三年（843）充翰林学士，后累官至中书舍人。宣宗大中八年（854）拜河中节度使。改检校户部尚书、山南东道节度使。懿宗咸通初入为刑部尚书、诸道盐铁转运使。六年（865）以兵部侍郎同中书门下平章事。十年（869）罢为荆南节度使。后入为吏部尚书，累迁太子太保，卒。

⑨挺：量词，用于某些挺直物，如机枪、墨等。

⑩安节：即段安节。唐昭宗乾宁中为国子司业。仕至吏部郎中、沂王傅。娶温庭筠女为妻。段安节善乐律，能自度曲。

⑪《乐府新录》：今名《乐府杂录》，段安节著，是研究唐代音乐、舞蹈、戏曲等的重要资料，亦称为《琵琶录》。

## 【译文】

　　郎中段成式，学识渊博，文笔华丽，著作很多。他任吉州刺史时，曾游览山中的寺庙，读一块石碑的碑文，有两个字读不通，就说："这块碑在世上没有用处。我段成式看不懂它，还有什么用呢？"游客中有人拿这两个字到处向人询问，果然没有读懂的人。段成式接连主管的江南几个州，都有名山：九江庐山、缙云烂柯山、庐陵麻姑山。尚未授官的进士许棠写诗寄送段成式说："十年三领郡，领郡管仙山。"段成式在吉州任职的时候，被人诬告，过了一年才辨明真相，就引退闲居在襄阳。博士温庭筠也贬为随县尉，节度使徐商将他留在衙署，和段成式彼此交好。段成式曾送给温庭筠一挺墨，在往返表示感谢的过程中，段成式搜罗的旧事异闻共有几函。段成式的儿子叫段安节，娶温庭筠的女儿为妻。段安节官至吏部郎中、沂王傅。安节精通音律，著有《乐府新录》流传于世。

242.令狐绹自吴兴除司勋郎中①，入禁林②。一夕寓直③，中使宣召，行百步，至便殿，上遣内人秉烛候之④，引于御榻前赐坐，问："卿从江外来⑤，彼中甿庶安否⑥？廉察郡守字人求瘼之道如何⑦？朕常思四海之大，九州之广，虽明君不能自理，常须贤佐，迩来朝廷皆未睹其忠荩⑧。"绹降阶俯伏，曰："圣意如此，微臣便合得罪。"上曰："卿方为翰林学士，所职者朕之诰命⑨，向来之言，本不相及。"以玉杯酌酒赐绹。有小案置御床上⑩，有书两卷，谓绹曰："朕听政之暇，未尝不观书。此读者，先朝所述《金镜》，一卷则《尚书·禹谟》。"复问曰："卿曾读《金镜》否？"对曰："文皇帝所著之书，有理国理身之要，披阅诵讽，不离于口。"上曰："卿试举其要。"绹跪于御前诵之，至"乱未尝不任不肖，治未尝不任忠贤。任忠贤，则享天下之福；任不肖，则受天下之祸"，上止之曰："朕每读至此，未尝不三复后已。《书》又云：'任贤勿贰，去邪勿疑⑪。'是则欲致升平，当用此言为首。"绹奏曰："先臣每言《金镜》可为万古格言⑫，自非聪明之姿，无以探其壶奥⑬。"上曰："曩者知卿材器，今日见卿词学。"顾中使曰："持烛送学士归院。"当时近臣恩泽无比。居岁余，遂迁宰相。

## 【注释】

①令狐绹自吴兴除司勋郎中：本条采录自《剧谈录·宣宗夜召翰林学士》。吴兴，原书此二字下有"郡守"二字，当据补。《新唐书·令狐绹传》记载绹自湖州刺史"召为考功郎中、知制诰"。

②禁林：唐时翰林院的别称。

③寓直：寄宿于别的署衙当值。后泛称夜间于官署值班。

④内人：此处指宫中女官。亦指宫女。

⑤江外：犹言江南。从中原人看来，地在长江之外，故称江外。

⑥甿（méng）庶：百姓。

⑦字人：旧谓抚治百姓。求瘼（mò）：谓访求民间疾苦。

⑧忠荩（jìn）：犹忠诚。

⑨诰命：朝廷颁布的命令。

⑩上：原阙，据齐之鸾本、《历代小史》本补。

⑪任贤勿贰，去邪勿疑：是说任用贤才不要三心二意，铲除邪恶不要犹豫不决。

⑫先臣：古代臣子对君主称自己的亡父为"先臣"。此处指令狐楚。

⑬壸（kǔn）奥：本指屋内深处，后用以比喻事理的精微深奥。壸，宫巷。奥，室隅。

## 【译文】

令狐绹从吴兴郡守拜授司勋郎中，进入翰林院。一天晚上他在官署值班，宦官前来说皇上召见，他跟着宦官走了一百步，就到了皇上休息的别殿，皇上派宫女拿着蜡烛等候他，并带他来到御座前，皇上让他坐下，问道："你从江南来，那里的百姓生活安定吗？观察使和郡守抚治百姓、访求民间疾苦的工作做得怎么样？我经常想着天下之大，九州广阔，即使是英明的国君也不能自己治理，还必须有贤明的辅臣，近期以来朝廷都没有看到忠贤的大臣。"令狐绹走下台阶俯首伏地，说："陛下有这样的想法，我便是有罪了。"皇上说："你才刚成为翰林学士，所做的工作就是起草诏命,我刚说的话,根本与你无关。"皇上拿玉杯斟酒赐给令狐绹。御床上放置着一个小案几,案几上有两卷书,皇上对令狐绹说:"我在处理政事的闲暇时间,没有不看书的。现在正在读的,是先朝太宗皇帝撰的《金镜》,还有一卷则是《尚书·禹谟》。"接着又问令狐绹:"你读过《金镜》吗?"令狐绹回答说:"太宗皇帝著的书,有治国理身的要领,我展卷阅读讽诵吟咏,从不离口。"皇上说:"你试着列举一下这本书中的要点。"令狐绹跪在皇帝面前吟诵,到"社会动乱的时候任用的都是品行不正的人,社会安定的时候任用的都是忠诚贤良之人。任用忠诚贤良的人,就可以享受天下太平的幸福;任用品行不正的人,就会遭受天下的灾祸"时,皇上止住他说:"我每次读到这里,没有不读三遍才停止的。《尚书》中又说:'任用贤才不要三心二意,铲除邪恶不要犹豫不决。'这是说想要达到天下太平,就应当把这句话作为首要的准则。"令狐绹说:"先父经常说《金镜》可以作为后世万代治国的准则,他自己不是天资聪慧,没有办法探究其中的奥妙。"皇上说:"先前我知道你有才能和器识,今天见到了你的词章才学。"皇上回过头对宦官说:"拿着蜡烛送学士回翰林院。"当时皇帝身边的大臣所受的恩惠没有能和令狐绹相比的。过了一年多,令狐绹升任宰相。

243.宣宗因重阳,便殿大合乐,锡宴群臣[①]。有御制诗[②],其略曰:"款塞旋征骑,和戎委庙贤。倾心方倚注,叶力共安边[③]。"宰臣以下应制皆和[④]。上曰:"宰相魏暮诗最佳[⑤]。"其联云:"四方无事去,宸豫杪秋来。八水寒光动,千山霁色开[⑥]。"上嘉赏久之,魏蹈舞谢[⑦]。

**【注释】**

①锡宴:亦作"赐宴"。锡,给予,赐给。

②御制诗：指皇帝所作的诗。

③"款塞旋征骑"几句：语出唐宣宗《重阳锡宴群臣》诗。款塞，叩塞门。谓外族前来通好。合戎，指与少数民族或别国媾和修好。倾心，竭尽诚心。倚注，依赖器重。叶力，协力，合力。

④应制：特指应帝王之命写作诗文。亦以称其所作。

⑤魏謩（mó）：字申之。魏徵五世孙。文宗大和七年（833）进士。杨汝士辟为同州防御判官，改秘书省校书郎，历右拾遗。謩仪容魁伟，言论切直，绰有祖风，深为文宗所重。武宗立，因与杨嗣复、李珏厚，出为汾州刺史，俄贬信州长史。宣宗嗣位，召授给事中，迁御史中丞，兼户部侍郎，俄进同中书门下平章事。宣宗大中十一年（857）出为剑南西川节度副大使知节度事。以疾求代，征拜吏部尚书。后改检校右仆射，守太子少保。

⑥"四方无事去"几句：语出魏謩《和重阳锡宴御制诗》。四方，天下，各地。宸，指帝王。因北极星所在为宸，故以宸代指帝王。杪（miǎo）秋，晚秋。八水，八川。《初学记·地部中》引晋戴祚《西征记》："关内八水，一泾，二渭，三灞，四浐，五涝，六滈，七沣，八滈。"亦用来借指关中地区。霁（jì）色，晴朗的天色。

⑦蹈舞：犹舞蹈。臣下朝贺时对皇帝表示敬意的一种仪节。

**【译文】**

　　唐宣宗因为重阳节，便在别殿合奏音乐，赐宴群臣。宣宗写了一首诗，全诗说："款塞旋征骑，和戎委庙贤。倾心方倚注，叶力共安边。"宰相以下的官员都写了和诗。宣宗说："宰相魏謩的诗写得最好。"这首诗说："四方无事去，宸豫杪秋来。八水寒光动，千山霁色开。"宣宗赞赏了很久，魏謩也行蹈舞的仪节以示感谢。

　　244.宣宗嗜书①，尝构一殿，每退朝，必独坐内观书，或至夜中烛炧委②，禁中谓上为"老儒生"。

**【注释】**

①宣宗嗜书:本条采录自《大中遗事》。本条与下第245条原合为一条,本书据原书分列。

②夜中:夜半。烛炧(xiè):烛将尽。委:《绀珠集》引文作"委积"。

**【译文】**

唐宣宗特别喜欢书,他曾经建了一座宫殿用来藏书,每天退朝之后,他一定会独自坐在殿内看书,有的时候直到半夜蜡烛燃尽,皇宫内的人称他为"老儒生"。

245.大中十二年①,以左谏议大夫郑漳、兵部郎中李邺为郓王已下侍读②。时郓王居十六宅,夔、昭已下五王居大明宫内院③。数日,追制改充夔王已下侍读④,五日一入乾符门讲读。懿宗即位,遂停⑤。

**【注释】**

①大中十二年:本条采录自《东观奏记》。

②李邺:唐人。宣宗大中年间官户部员外郎,迁刑部郎中,为夔、庆诸王侍读,今存诗一首。侍读:陪侍帝王读书论学或为皇子等授书讲学。

③内院:指皇宫内嫔妃所住的宫室。

④追制:谓追回制诰。

⑤遂停:此句"停"字下原有一"勋"字,据齐之鸾本、《历代小史》本删。

**【译文】**

唐宣宗大中十二年,让左谏议大夫郑漳、兵部郎中李邺为郓王以下几个王子授书讲学。当时郓王住在十六宅,夔王、昭王以下五位王子则居住在大明宫嫔妃所住的宫室。几天后，宣宗追回制诰更换补充夔王以下的侍读，让他们每五天来乾符门讲习诵读一次。唐懿宗登基后，就停止了讲读。

246.大中、咸通之后<sup>①</sup>，每岁试礼部者千余人，其间有名声，如：何植、李玫、皇甫松、李孺犀、梁望、毛浔、具麻、来鹄、贾随<sup>②</sup>，以文章称；温庭筠、郑渎、何涓、周钤、宋耘、沈驾、周系<sup>③</sup>，以词翰显<sup>④</sup>；贾岛、平曾、李淘、刘得仁、喻坦之、张乔、剧燕、许琳、陈觉<sup>⑤</sup>，以律诗传；张维、皇甫川、郭�、刘庭辉<sup>⑥</sup>，以古风著<sup>⑦</sup>。虽然，皆不中科<sup>⑧</sup>。

**【注释】**

①大中、咸通之后：本条采录自《剧谈录·元相国谒李贺》。

②何植：唐代文人，生平未详。李玫：唐代文人，生平未详，曾撰《纂异记》一卷，已佚。皇甫松：字子奇，睦州新安（今浙江淳安）人。工部侍郎皇甫湜之子，宰相牛僧孺外甥。松工诗词，亦擅文，然终生未登进士第。昭宗光化三年（900），韦庄奏请追赐李贺、赵光远、皇甫松、刘得仁等人进士及第，并谓诸人"俱无显遇，皆有奇才。丽句清词，遍在时人之口；衔冤抱恨，竟为冥路之尘"（《唐摭言》）。李孺犀、梁望、毛浔、具麻：唐代文人，生平经历均不详。来鹄：一作来鹏，豫章（今江西南昌）人。家贫，工诗，曾自称"乡校小臣"。懿宗咸通中屡举进士不第，遂隐居山泽。其诗以七绝居多，主要写旅居飘流、穷愁困苦的生活，亦有反映民间疾苦之作。有《来子》。贾随：唐代文人，生平未详。

③郑渎：僖宗朝以文章著名，然累举不第。何涓：宣宗、懿宗间在世。少游国学，与潘纬齐名。当时有"潘纬十年吟《古镜》，何涓一夜

赋《潇湘》"之称（《唐诗纪事》）。周钤：懿宗时以诗赋著名，累举进士不第。宋耘、沈驾、周系：生平未详。

④词翰：诗文，辞章。

⑤贾岛：字阆仙，一作浪仙，自号碣石山人、苦吟客。早年出家为僧，法号无本。后受教于韩愈，并还俗参加科举，但累举不中第。贾岛一生穷愁，苦吟作诗。与孟郊齐名，后人以"郊寒岛瘦"喻其诗风格。有《长江集》。平曾：为人恃才傲物。宪宗元和间谒浙西观察使薛苹，礼稍薄，即赋诗讽之。穆宗长庆二年（822）以府元荐举而被绌，遂被称为"举场十恶"之一。文宗开成间入剑南西川幕。潦倒一生，终于县曹。李洞：唐代诗人，生平未详。刘得仁：长庆中即有诗名。出入举场二十年，终无所成。《新唐书·艺文志》著录《刘得仁诗》一卷。喻坦之：睦州（今浙江建德）人。唐代诗人，名列"咸通十哲"。咸通中累举进士不第。后还居旧山，落魄而终。张乔：池州（今安徽贵池）人。尝隐居九华山苦学，与许棠、张蠙、周繇为时人号为"九华四俊"。懿宗咸通中进士，为"咸通十哲"之一。薛能镇许下，尝拟表荐于朝，因事未果。广明后复隐居九华山。其诗多写山水自然，不乏清新之作。剧燕：河东蒲坂（今山西永济）人。工律诗，驰名当时，为"咸通十哲"之一。应进士不第。僖宗广明间投诗于河中节度使王重荣，甚受礼重。然为人纵肆，好凌轹诸同事，终因此被杀。许琳、陈觉：唐代文人，生平经历皆不详。

⑥张维、皇甫川、郭郐、刘庭辉：唐代诗人，生平经历均不详。

⑦古风：古体诗的一种。自唐代始，常将时人效法古体诗写的作品称为"古风"。

⑧中科：指科举考试中选。

## 【译文】

唐宣宗大中、唐懿宗咸通之后，每年参加礼部主持的科考的有一千多人，其中很多人都很有声望，如何植、李玫、皇甫松、李孺犀、梁望、毛浔、具麻、来鹄、贾随，他们都因文章而著称；温庭筠、郑渎、何涓、周铃、宋耘、沈驾、周系，他们都以词章而扬名；贾岛、平曾、李洵、刘得仁、喻坦之、张乔、剧燕、许琳、陈觉，他们都以格律诗而被传颂；张维、皇甫川、郭郘、刘庭辉，他们都以古体诗而著名。虽然他们都很有名望，但科举考试都没能中选。

247.陆翱为诗有情思①，其《闲居即事》云："衰柳迷隋苑②，衡门啼暮鸦③。茅厨烟不动，书牖日空斜。悔下东山石④，贫于南阮家⑤。沉忧损神虑，萱草自开花⑥。"《宴赵氏北楼》云："殷勤赵公子，良夜竟相留。朗月生东海，仙娥在北楼⑦。酒阑珠露滴⑧，歌迥石城秋⑨。本为愁人设，愁人到晓愁。"题鹦鹉、早莺、柳絮、燕子，皆传于时。登第累年，无辟召，一游东诸侯⑩，得钱仅百万，而卒于江南。长子希声⑪，好学多才艺，勤于读史，非寝食未尝释卷，中朝子弟好读史者无及。昭宗时为相。

【注释】

①陆翱为诗有情思：本条采录自《金华子》。原书此句作："陆翱，字楚臣，进士擢第，诗不甚高，而才调宛丽，有子弟之标格。未成名时，甚贫素。"陆翱，字楚臣，苏州吴（今江苏苏州）人。陆涓之孙，宰相陆希声之父。陆翱少清贫，进士及第后往游幕府，但最终未辟，无所成而卒。其所作赋鹦鹉、早莺、柳絮、燕子等诗，当时即播于人口。《全唐诗》录存其诗二首。

②隋苑：园名。隋炀帝时所建。即上林苑，又名西苑。故址在今江苏扬州西北。

③衡门：横木为门。比喻简陋的房屋。《诗经·陈风·衡门》："衡门
之下，可以栖迟。"朱熹集传："衡门，横木为门也。门之深者，有
阿塾堂宇，此惟横木为之。"

④东山：据《晋书·谢安传》载，谢安早年曾辞官隐居会稽之东山，
经朝廷屡次征聘，方从东山复出，官至司徒要职，成为东晋重臣。
又，临安、金陵亦有东山，也曾是谢安的游憩之地。后因以"东
山"喻指隐居或游憩之地。

⑤南阮：晋代阮籍与其侄阮咸同负盛名，共居道南，时人合称"南
阮"。南朝宋刘义庆《世说新语·任诞》："阮仲容、步兵居道南，
诸阮居道北。北阮皆富，南阮贫。"

⑥萱草：又称忘忧草。古人以为种植此草，可以使人忘忧，故称。

⑦仙娥：指美女。

⑧酒阑：酒宴将尽。

⑨石城：即石头城，又称石首城。在今江苏南京清凉山。

⑩诸侯：喻指掌握军政大权的地方长官。

⑪希声：即陆希声，字鸿磬，号君阳，苏州吴县（今江苏苏州）人。陆
翱之子。博学多才，善属文。初为岭南从事，又为商州刺史郑愚
表为僚属，后隐居于义兴。僖宗乾符初年授右拾遗，累迁歙州刺
史。乾宁二年（895）出任户部侍郎、同中书门下平章事。未几，
罢为太子少师。后李茂贞兵犯京师，避难病卒。赠尚书左仆射，
谥文。希声博学善属文，通《易》《春秋》《老子》，论著甚多。其
诗以七绝为主，尤以《阳羡杂咏》十九首为著名。

**【译文】**

陆翱作诗有情思，他的《闲居即事》诗说："衰柳迷隋苑，衡门啼暮
鸦。茅厨烟不动，书牖日空斜。悔下东山石，贫于南阮家。沉忧损神虑，
萱草自开花。"《宴赵氏北楼》诗说："殷勤赵公子，良夜竟相留。朗月生
东海，仙娥在北楼。酒阑珠露滴，歌迥石城秋。本为愁人设，愁人到晓

愁。"他所作的鹦鹉、早莺、柳絮、燕子等诗，都在当时广为传诵。陆翱中进士多年，没有得到朝廷的征召，一直游走在东部掌握军政大权的地方长官之间，得到的俸禄只有一百万钱，并最终在江南去世。他的长子陆希声，喜好读书，多才艺，在阅读史书方面尤为用功，只有吃饭睡觉的时候才会放下书卷，朝中官员的子侄在读史方面没有赶上他的。唐昭宗时被任用为宰相。

248.李郢有诗名①，郑尚书颢门生也②。居杭州，不务进取，终案③：此下原阙一字。下郎官。初赴举，闻邻女有容，求娶之。遇有争娶者，女家无以为辞，乃曰："备钱百万，先至者许之。"两家具钱，同日皆至。女家无以为辞，复曰："请各赋一诗，以为优劣。"郢乃得之。登第回江南，驻苏州，遇故人守湖州，邀同行。郢辞以决意春归，为妻作生日。故人不放，与之胡琴、焦桐、方物等④，令且寄归代意。郢为《寄内诗》曰："谢家生日好风烟，柳暖花春二月天⑤。金凤对翘双翡翠，蜀琴新上七丝弦⑥。鸳鸯交颈期千岁，琴瑟谐和愿百年⑦。应恨客程归未得，绿窗红泪冷涓涓⑧。"兄子咸通初守杭州。郢至，宿虚白堂⑨，云："缺月斜明虚白堂，寒蛩唧唧树苍苍⑩。江风彻曙不得睡⑪，二十五声秋点长⑫。"

【注释】

①李郢有诗名：本条采录自《金华子》。李郢，字楚望，长安（今陕西西安）人。唐宣宗大中十年（856）第进士，历湖州、淮衙、睦州、信州从事，入为侍御史。后为越州从事，卒于任所。诗作多写景状物，风格以老练沉郁为主。

②郑尚书颢：即郑颢，字养正，一作奉正，郑州荥阳（今河南荥阳）人。唐宪宗朝宰相郑细之孙。幼而爽悟，博闻强识。武宗会昌二年（842）进士及第，累迁右拾遗、内供奉，诏授银青光禄大夫、起居郎。宣宗大中三年（849）充翰林学士。迎娶宣宗女万寿公主，拜驸马都尉，擢中书舍人。九年（855）为礼部侍郎，先后于十年、十三年两知礼部贡举，奖拔人才，颇为时人所称。

③案：据周勋初《校证》，此案语当是《永乐大典》编者或《四库全书》馆臣所加。

④方物：即地方土特产。

⑤谢家生日好风烟，柳暖花春二月天：此二句点明妻子的生日是在柳暖花开的春天时节。谢家，指晋太傅谢安家。亦常用以代称高门世族之家。此处是李郢以东晋女诗人谢道韫代指妻子。

⑥金凤对翘双翡翠，蜀琴新上七丝弦：此二句写诗人想象妻子过生日的情景。金凤，此处指凤形的首饰。蜀琴，汉蜀郡司马相如所用的琴。相传相如工琴，故名。亦泛指蜀中所制的琴。

⑦鸳鸯交颈期千岁，琴瑟谐和愿百年：此二句写夫妻感情弥笃，百年好合。

⑧应恨客程归未得，绿窗红泪冷涓涓：此二句写诗人想象妻子对自己的思念。红泪，指女子的眼泪。语出《拾遗记》："文帝所爱美人，姓薛名灵芸，常山人也……灵芸闻别父母，歔欷累日，泪下沾衣。至升车就路之时，以玉唾壶承泪，壶则红色。既发常山，及至京师，壶中泪凝如血。"后因以"红泪"称美人泪。涓涓，形容血、泪、雨等不断流淌。

⑨虚白堂：在今浙江杭州。唐白居易室名。虚白，指心中纯净无欲。《清一统志·杭州府》记载虚白堂"在府城内旧治。唐白居易有诗，刻石堂上，后为钱氏都会堂"。

⑩寒蛩（qióng）：特指深秋时的蟋蟀。唧唧：鸟鸣、虫吟声。

⑪彻曙:犹彻旦。

⑫二十五声:指五更。古时一夜分五更,一更分五点,击钟鼓报时,
　　故称五更为"二十五声"。秋点:秋日报更的点声。

【译文】

　　李郢以善于写诗而闻名,是礼部尚书郑颢的弟子。他在杭州居住时,不思进取,官终案:这个字下面原书阙漏一个字。员外郎。当初他赶赴京城准备参加科举考试的时候,听说邻居家的女儿容貌美丽,就去求婚。刚好碰到一个也来求婚的人,女方家没法拒绝,就说:"准备钱币一百万,先准备好的人就许配给他。"结果两家准备好了钱币,并且在同一天都拿到了女方家。女方家更是无法拒绝,又说:"请你们各自写一首诗,以诗的好坏来定。"结果李郢就娶到了女孩。李郢考中进士回到江南,住在苏州,遇到老朋友任湖州刺史,就邀请他同行。李郢因为决定在春天回家,就推辞了,理由是要回去给妻子过生日。老朋友不让他走,送给他胡琴、焦桐、本地土产等礼物,让他寄回家代表为妻子过生日的情意。李郢只好写了《寄内诗》说:"谢家生日好风烟,柳暖花春二月天。金凤对翘双翡翠,蜀琴新上七丝弦。鸳鸯交颈期千岁,琴瑟谐和愿百年。应恨客程归未得,绿窗红泪冷涓涓。"李郢哥哥的儿子咸通初年任杭州刺史。李郢到杭州,夜里住在虚白堂,他写诗说:"缺月斜明虚白堂,寒蛩唧唧树苍苍。江风彻曙不得睡,二十五声秋点长。"

　　249.马博士戴①,大中初为太原李司空掌记②,以正直被斥,贬朗州龙阳尉。戴著书,自痛不得尽忠于故府,而动天下之议。行道兴咏,寄情哀楚③,凡数十篇。其《方城怀古》云:"申胥枉向秦庭哭,靳尚终贻楚国羞④。"《新春闻赦》云:"道在猜谗息⑤,仁深疾苦除。尧聪能下听⑥,汤网本来疏⑦。"

## 【注释】

①马博士戴:本条采录自《金华子》。马博士戴,即马戴,字虞臣,华州(今陕西渭南华州区)人。晚唐时期著名诗人。武宗会昌四年(844)进士及第,宣宗大中元年(847)为太原幕府掌书记,以直言获罪,贬为朗州龙阳尉,后得赦还京。官终太常博士。马戴工诗属文,尤以五律见长,善于抒写羁旅之思和失意之慨,蕴藉深婉,秀朗自然。

②太原李司空:不确定何人。掌记:唐代官名。掌书记省称。为方镇使府僚佐。掌表奏书檄,为节度、观察等使府喉舌。

③哀楚:悲伤凄楚。

④申胥枉向秦庭哭,靳尚终贻楚国羞:这两句是说申包胥白白在秦庭之上痛哭了,靳尚最终给楚国留下了耻辱。前一句典出《左传·定公四年》,伍子胥引吴军攻楚,破楚之郢都,申包胥赴秦乞师,日夜哭泣,七天不食,秦王为赋《无衣》,出兵救楚,申包胥为表感激,九顿首而坐。申胥,即申包胥,春秋时期楚国人。后一句典出《战国策·楚策》,楚国大臣靳尚接受秦国使者张仪的贿赂,帮助张仪,置楚国利益于不顾,使楚国人为之蒙受羞辱。

⑤道:指皇帝的治国之道。猜谗:指因猜忌而散布谗言。

⑥尧聪能下听:古时传说尧治理国家时,能经常听取部下的意见,他选择舜做接班人就是听从了“四岳”的推举而决定的。下听,听取下面的意见。

⑦汤网本来疏:《史记·殷本纪》:“汤出,见野张网四面,祝曰:‘自天下四方皆入吾网。’汤曰:‘嘻,尽之也。’乃去其三面,祝曰:‘欲左,左;欲右,右。不用命,乃入吾网。’诸侯闻之曰:‘汤德至矣,及禽兽。’”汤网疏,比喻刑法宽大。

## 【译文】

太常博士马戴,唐宣宗大中初年任太原李司空掌书记,因为公正刚直而被贬斥，被贬为朗州龙阳尉。马戴撰写著作，痛惜自己没有能够在掌书记任上竭尽忠诚，却招致了天下人的非议。于是他在路上写作诗歌，以寄托情怀，抒发内心的悲伤凄楚，一共写了十几篇诗作。他的《方城怀古》诗说："申胥枉向秦庭哭，靳尚终贻楚国羞。"《新春闻赦》诗说："道在猜谗息，仁深疾苦除。尧聪能下听，汤网本来疏。"

250.李字除果名、地名、人姓之外①，更无有别训义也②。《左传》"行李之往来"，注："行李，使人也。"远行结束，谓之行李，而不悟是行使尔③。按旧文④：使字作"㣚"，传写之，误作"李"焉。［原注］⑤旧文"使"字，"山"下"人"，"人"下"子"。

### 【注释】

①李字除果名、地名、人姓之外：本条采录自《资暇集·行李》。

②训义：解释文词的意义。

③尔：原阙，据齐之鸾本、《历代小史》本补。

④旧文：前代的典籍。

⑤［原注］：原阙，据齐之鸾本、《历代小史》本补。此为李匡文自注。

### 【译文】

李字除果实名、地名、人的姓氏之外，再没有其他的意思。《左传》"行李之往来"一句，杜预注曰："行李，使人也。"远行结束，就称之为行李，却没有领会行使这个意思。根据前代的典籍：使字写作"㣚"，人们在辗转抄写的过程中误写作了"李"。［原注］旧文中的"使"字，是"山"下一个"人"字，"人"字下面一个"子"字。

251.汉四皓①，其一号角里。角音禄，今多以"觉"呼者，非也。《魏子》及孔氏《秘记》、荀氏《汉纪》虑将来之误②，直书"禄里"。按《玉篇》等字书皆云："东方为鯥音，或作角；角亦音禄。"③《魏子》《秘记》《汉纪》不书"鯥"而作"禄"者，以其字僻，又虑误音故也。李匡乂云④：角里当东方。何者？按《陈留志》称京师亦号为灞上儒生⑤，灞既在京师之东，则角里为东方不疑矣。以字书而言⑥，角，直宜作"鯥"尔，然鯥字亦音角⑦。音觉者，乐声也，或亦通用"臄角"之"角"字，是以今人多乱其音呼之。稍留心为学者，则妄穿凿云：音禄之"角"，与音觉之"角"，点画有分别。又不知角、鯥各有二音，字体皆同，而其义有异也。又《礼记》"君大夫鬊爪实于绿中⑧"，郑司农《注》云："绿当为角，声之误也。"既云声误，是郑读"角中"为"禄中"。"禄"与"绿"是双声，若读角为觉，觉是腭际声，绿是舌头之声。《注》复云："角中，谓棺内四隅也。"据此则又似音禄之"角"与音觉之"角"义同。陆氏《释文》、孔氏疏不能穷其声义，亦但云："绿当为角。"汉之角里，《礼》之"绿中"，皆当作"禄"音⑨。

**【注释】**

①汉四皓：本条采录自《资暇集·禄里》。四皓，指汉初隐居商洛南山的四个隐士：东园公、甪里先生（甪，一作角）、绮里季、夏黄公。四人须眉皆白，故称四皓。高祖召，不应。后高祖欲废太子，吕后用留侯计，迎四皓，使辅太子。

②《魏子》：据《隋书·经籍志》记载，该书属子部儒家类，是后汉会稽人魏朗所撰。孔氏《秘记》：据《新唐书·艺文志》载，该书即孔

至撰《姓氏杂录》。苟氏《汉纪》:据《隋书·经籍志》,此苟氏指魏秘书监苟悦。

③"按《玉篇》等字书皆云"几句:原书此句作"案《玉篇》等字书皆云:'东方为角,音鰔。禄或作角字,亦音禄。'"当据之校正。

④李匡乂(yì):又作李匡文,字济翁,宰相李夷简之子。初任洛阳主簿兼图谱官。后任贺州刺史,撰《盛唐偕日谱》一卷,记唐高祖至昭宗时中官及太子、诸王、公主名号,及封拜出降年月。约于懿宗咸通间任房州刺史,其前已撰成《资暇集》三卷。僖宗中和元年(881)任太子宾客,随僖宗幸蜀,并记所闻为《幸蜀记》。昭宗时官至宗正少卿。又撰《两汉至唐年记》一卷。其著作仅《资暇集》存世,余皆佚。

⑤《陈留志》称京师亦号为灞上儒生:周勋初《校证》曰:"句有误,疑'儒生'二字置《陈留志》三字后。"《陈留志》,东晋江敞撰,十五卷。《隋书·经籍志》著录在"杂传类"。

⑥以字书而言:原作"字书言",据齐之鸾本、《历代小史》本校补。

⑦音:原作"作",据齐之鸾本、《历代小史》本改。

⑧鬊(shùn):乱发。

⑨"汉之角里"几句:此几句原书作"何忽后学之甚? 故愚自读汉之'角里'、《礼》之'绿中'皆作'禄'音,亦岂敢正诸君子耶,然好学者幸试详之。"

## 【译文】

汉代初年隐居商山的四皓,其中一人名叫角里。角读音为禄,现在很多人读为"觉",这是不对的。《魏子》及孔氏《秘记》、苟氏《汉纪》担心后世的人们误读,就直接写为"禄里"。按《玉篇》等字书都说:"东部地区读音为鰔,也有读作角的;角的读音亦为禄。"《魏子》《秘记》《汉纪》等书不写作"鰔"而写作"禄",是因为这个字生僻,又担心以后误读的缘故。李匡乂说:角里应该是东部地区的人。为什么呢? 根据《陈留志》记载，儒生称京城为灞上，灞上既然在京城的东面，那么角里是东部地区的人就不用怀疑了。根据字书的记载，角，正应当读作"觮"，只是觮字亦读为角。读音为觉，是音乐的发音，有人也用来通用为"觡角"的"角"字，这是因为现在的人大多混淆了这个字的读音而误读的结果。略微留心求学之人，就会胡乱牵强地说：读音为禄的"角"，与读音为觉的"角"，字的笔画有区别。又不知道角、觮二字都有两个读音，字体都相同，只是意思不同罢了。又《礼记》"君大夫鬌爪实于绿中"一句，郑玄注曰："绿当为角，这是因声音相同或相近而造成的错误。"既然是因声音相同或相近而造成的错误，因此在此句中郑玄将"角中"读为了"禄中"。"禄"与"绿"的声母相同，如果将角读为觉，觉就是前腭音，绿则是舌头音。郑玄的注又说："角中，指的是棺材内的四个角落。"根据郑玄的注解又好像读音为禄的"角"与读音为觉的"角"意思是相同的。陆氏的《释文》、孔氏的疏没有能够全部注解这个字的读音和意义，也仅仅注曰："绿当为角。"汉代的角里，《礼记》中的"绿中"，都应当读作"禄"。

252.《月令》①，今人依陆德明说②，云是《吕氏春秋·十二纪》之首，后人删合为之，非也。盖出于《周书》第七卷《周月》《时训》两篇。蔡邕、《玉篇》云③："周公作。"是《吕纪》自采于《周书》④，非《戴礼》取于《吕纪》，明矣。

## 【注释】

①《月令》：本条采录自《资暇集·月令》。《月令》，原书作"《礼记》之《月令》者"。

②陆德明：名元朗，以字行，苏州吴县（今江苏苏州）人。经学家、训诂学家，"秦王府十八学士"之一。自幼勤奋好学，善言玄理。南朝陈时，起官始兴国左常侍。陈亡后，归于故里。隋炀帝嗣位，授

秘书学士、国子助教。入唐,秦王李世民征为秦府文学馆学士,寻录太学博士。贞观初年迁国子博士,受封吴县男。著有《经典释文》,集汉魏六朝二百三十余家之说,为研究文字、音韵、训诂的重要著作。

③蔡邕:字伯喈,陈留圉(今河南杞县南)人。东汉名臣,文学家、书法家,才女蔡文姬之父。少博学,好辞章、数术、天文,又善音乐、书法。早年拒朝廷征召之命,后被征辟为司徒掾属,任平阿长、郎中等职,曾参与续写《东观汉记》及刻印熹平石经。后因罪被流放,避难江南十二年。董卓掌权时,强召蔡邕为官。董卓被诛杀后,蔡邕下狱死。著有文集二十卷,早佚。《玉篇》:原阙,据齐之鸾本、《历代小史》本补。

④自:原阙,据齐之鸾本、《历代小史》本补。

**【译文】**

《月令》,当今人们根据陆德明的说法,认为原是《吕氏春秋·十二纪》的第一篇,后世经人删减合并而成,这种说法是错误的。《月令》大概出自《周书》第七卷《周月》《时训》两篇。蔡邕、《玉篇》也说:"周公作。"这是说《吕纪》从《周书》采集而来,而不是《戴礼》采自《吕纪》,很清楚不过了。

253.《论语》①:"宰予昼寝。"梁武帝读为"寝室"之"寝"②。昼,胡卦反,言其绘画寝室③,故夫子叹"朽木不可雕也,粪土之墙不可杇也④"。今人皆以为韩文公所说,非也。

**【注释】**

①《论语》:本条采录自《资暇集·昼寝》。本条与下第254条原合为一条,本书据原书分列。

②梁武帝:即南朝梁开国皇帝萧衍,字叔达,小字练儿。南齐时以门

荫入仕。中兴二年（502）接受萧宝融"禅位"，建立南梁。萧衍统治初期，留心政务，纠正宋、齐以来的弊政。军事上抵御北魏南侵，一度维持了南北均势。在位晚期，随着年事增高，开始怠于政事。太清二年（548）侯景之乱爆发，次年萧衍被囚死于建康台城。萧衍才思敏捷，博通文史，为"竟陵八友"之一。

③言其绘画寝室：原书此句上有"且云当为'画'字"一句。

④朽木不可雕也，粪土之墙不可杇（wū）也：语出《论语·公冶长》。是说腐烂的木头无法雕刻，用脏土垒砌的墙面不堪涂抹。

【译文】

《论语》中"宰予昼寝"一句，梁武帝读成了"寝室"之"寝"。昼，胡卦反，是说宰予在卧室画画，所以孔子感叹说"朽木不可雕也，粪土之墙不可杇也"。当今的人们都认为是韩愈所说，这是不对的。

254.又①："伤人乎，不问马②。"今亦云韩文公读"不"为"否"，言大德圣人，岂仁于人不仁于马？故贵人，所以前问；贱畜，所以后问。然"不"字上岂更要助词？其亦曲矣，况又未必韩公所说。按陆氏《释文》亦云"一读至'不'字句绝③"，则知以"不"为"否"④，其来尚矣。诚以"不"为"否"，则宜至"乎"字句绝，"不"字自为一句。何者？夫子问"伤人乎？"乃对曰："否。"既不伤人，然后乃问马，其文别为一读，岂不愈于陆云乎？

【注释】

①又：本条采录自《资暇集·问马》。

②伤人乎，不问马：语出《论语·乡党》。是说伤到人了吗？没有问马怎么样了。

③句绝：指诵读中的停顿。"句绝"连用，始见于《礼记·学记》，"一
　年视离经辨志"句下汉郑玄注曰："离经，断句绝也。"

④以：原作"其"，据齐之鸾本改。

【译文】

　《论语》又说："伤人乎？不问马。"这一句当今的人们也说韩愈将
"不"读为"否"，说孔子作为德行高尚的圣贤之人，难道对人有仁爱之
心，对马就没有吗？正是因为以人为贵，所以先问人的情况；马是牲畜，
所以放在后面问。这样一来，"不"字上难道还要再加一个助词吗？这
也太歪曲事了，何况也不一定就是韩愈所说。按陆氏《释文》也说"一
读到'不'字语意已尽"，就知道以"不"作"否"，历来都是这样的。如
果确实是以"不"作"否"，那么应该到"乎"字就语意已尽，"不"字自成
一句。为什么呢？因为孔子问"伤到人了吗"？这才回答说："没有。"既
然没有伤到人，然后才问马的情况，这是这句话的另外一种读法，难道不
比陆氏《释文》中的解释强吗？

　255.稷下有谚曰①："学识何如观点书②。"书之难，不
唯句度义理③，兼在知字之正音、借音④。若某字以朱发平
声⑤，即为某字⑥；发上声，变为某字；去、入又改为某字。转
平、上、去、入易耳，知合发、不发为难⑦。不可尽条举之，今
略指一隅⑧。至如亡字、无字、毋字⑨，并是正"无"字，非借
音也。今见点书每遇"亡有"字，必以朱发平声，其遇"毋"
字亦然，是不知亾字、亡字、毋字、母字点画各有区别。亡
从一点、一画、一乚，[原注]观篆文当知矣。是以"无"字正体
作"亡"。'亾失'之'亾'中有人，'毋有'字其画尽通也，
'父母'字中有两点。[原注]刘伯庄《音义》云⑩：凡非父母字之
"母"，皆呼为无字，是也。义见字书。其"无""兂"二字，[原注]

上"无"下"既"。今多混书,陆德明已有论矣。

**【注释】**

①稷下有谚曰:本条采录自《资暇集·字辨》。稷下,地名。在战
国齐都城临淄城(即今山东淄博东北)稷门(西边南首门)附近
地区。齐宣王继其祖桓公、父威王在此扩置学宫,招揽文学游说
之士数千人,任其讲学议论,其中有淳于髡、邹衍、田骈、接子、慎
到、尹文、环渊、田巴、鲁仲连和荀况等人。稷下学宫为当时各学
派荟萃的中心。

②学识何如观点书:是说要了解一个人的学识水平怎么样,只要看
一看他圈点书籍的能力便知道。何如,怎么样。点书,指圈点书
籍,给古书断句。

③句度:犹句读。义理:指文辞的思想内容。

④正音:字的本音。区别于借读音和转读音。借音:指通假字改变
声调以从本字的读音。

⑤朱发平声:即以红笔标出,表示该字应读平声。朱发,即用红笔
标出。周祖谟《四声别义释例》:"凡点书,遇一字数音,随声分义
者,皆以朱笔点发,以表其字宜读某声。若发平声,则自左下始,
上则左上,去则右上,入则右下。"

⑥即为某字:原书作"即为其字";当据原书改。

⑦转平、上、去、入易耳,知合发、不发为难:是说在字的四角加点是
容易的,区别正音借音,决定加点不加点是难的。

⑧略指一隅:指大略地指出一个方面。一隅,指一个角落。亦泛指
事物的一个方面。

⑨无字:原阙,据齐之鸾本补。

⑩刘伯庄《音义》:指刘伯庄所撰《汉书音义》。

**【译文】**

稷下有句谚语说:"要了解一个人的学识水平怎么样,只要看一看他圈点过的书便知道。"圈点书的难处,不仅仅在句读和文辞的思想内容方面,还在辨别字的本音和借读音方面。如果某个字用红笔标出平声,那就是这个字的本音;如果标出上声,就变为了另外一个字的读音;如果标出去声和入声,就又变化成了其他字的读音。因此在字的四角加点是容易的,区别正音借音,决定加点不加点是很难的。不能全部逐条举出,现在只能大略举出其中的一个方面。至于像亡字、无字、毋字,一并都是正音"无"字,并不是借读音。现在发现圈点书经常会碰到"亡有"二字,一定用红笔标出平声,如果遇到"毋"字也这样处理,这是不明白亾字、亡字、毋字、母字笔画各有不同。比如亡字由一点、一画、一乚组成,[原注]观察篆文就可以知道。因为"无"字的正体作"亡"。"亾失"二字中的"亾"字中间有个"人"字,"毋有"二字中的"毋"字笔画全部是贯通的,"父母"二字中的"母"字中间有两点。[原注]刘伯庄《音义》说:但凡不是父母字的"母"字,都称作无字,这是对的。这个意思见于字书。至于"无""旡"二字,[原注]上"无"下"既"。现在很多人混杂书写,这一点陆德明已有论述。

256.世人多谓李氏立意注《文选》①,过为迂繁,徒自骋学,且不解文意,遂相尚习五臣者②,大误也。所广征引,非李氏立意,盖李氏不欲窃人之功,有旧注者,必逐每篇存之,仍题元注之人姓字③;或有迂阔乖谬④,犹不削去之。苟旧注未备,或兴新意,必于旧注中称"臣善"以分别。既存元注,例皆引据,李氏续之,雅谊殷勤也⑤。代传数本李氏《文选》,有初注成者,有覆注成者⑥,有三注、四注者,当初旋被传写之误⑦。其绝笔之本,兼释音训义,注解甚多,匡乂家幸而有焉。尝将数本并校,不惟注之赡略有异⑧,至于科段互相不同⑨，无似余家之本该备也。因而比量五臣者，方悟所注直尽从李氏注中出，开元进表反非斥李氏⑩，无乃欺心欤⑪！且李氏未详处，将欲下笔，宜明引凭证。细而观之，无非率尔⑫。

**【注释】**

①世人多谓李氏立意注《文选》：本条采录自《资暇集·非五臣》。李氏，即李善，扬州江都（今江苏扬州）人。清正廉洁，学贯古今，人称书簏。初师事曹宪学《文选》。高宗显庆中累补太子内率府录事参军、崇贤馆直学士、兼沛王侍读。后除潞王府记室参军，转秘书郎。乾封中出为泾城令。咸亨二年（671）坐与贺兰敏之善，流姚州。遇赦还，寓居汴、郑间，以讲授《文选》为业。时从其学者甚多，号"文选学"。

②五臣：此处指注释《文选》的唐代吕向、吕延济、刘良、张铣、李周翰。

③之人：原书作"人之"，当据改。元注：指最初的注解。

④迂阔：思想言行不合实际。

⑤雅谊：犹厚意。

⑥覆注：再次注解，第二次注解。覆，再，重。

⑦当初旋被传写之误：原书作"当时旋被传写之"，当据原书改。

⑧赡略：详略。赡，充足，丰富，满足。

⑨科段：指文章的段落或部分。

⑩开元进表反非斥李氏：即唐玄宗开元六年（718），工部侍郎吕延祚进《五臣集注文选表》批评李善注一事。

⑪欺心：负心，昧心。

⑫无非：无一不是，不外乎。率尔：轻率，急遽。

**【译文】**

普通人大多都说李善决意注解的《文选》，过于迂腐繁杂，只是为了施展自己的才华，而且没有注解文词的意义，于是相互推崇学习五臣注的《文选》，这是很大的错误。李善在注解《文选》的过程中广泛引用，并不是他的本意，大概是李善不想窃取前人注解的功劳，有前人注解的，他一定按次序将各篇的注解都保存下来，仍旧标明最初注解人的姓名和字号；哪怕有些地方不切实际荒谬悖理，也不会删除摈弃。如果前人的注解不完备，或者产生新的想法，他一定在前人的注解中述明"臣善"以便区分。这样既保存了最初的注解，又都全部引证，李善延续了这一传统，可以说是非常地厚意周到了。目前传世的几个版本的李善注《文选》，有第一次注解完成的，有第二次注解完成的，也有第三次、第四次注解的，最初很快就被人们传抄。李善最后的《文选》注本，注释字音的同时还解释文词的意义，用来作解释的文字很多，匡乂家有幸保存有这个注本。我曾经将几个版本放在一起合校，发现不仅仅只是注解的内容详略不同，至于文章的段落或部分之间的不同，也没有像我家保存的版本这么完备。因此比较李善注《文选》和五臣注的《文选》，才了解五臣的注解竟然都出自李善的注解，开元年间吕延祚进《五臣集注文选表》来批评李善，岂不是欺心！况且李善没有详细注解的地方，五臣要作注解，应该明确地征引证据。然而仔细查看他们的注解，无一不是轻率下笔。

　　今聊各举其一端①。至如《西都赋》说猎云："许少施巧，秦成力折②。"李云："许少、秦成未详。"五臣云："古之捷人壮士，搏格猛兽。"施巧、力折固是捷壮，文中自解矣，岂假更言？况不知二人所从出乎？又注"作我上都"云："上都，西京也。"何太浅近忽易欤？必欲加李氏所未注，何不云"上都者，君上所居，人所都会"耶？况秦地厥田上上③，居天下之上乎？

**【注释】**

①一端:指事情的一点或一个方面。

②许少施巧,秦成力折:语出班固《西都赋》。是说许少施展精巧的技能,秦成运用神奇非凡的力量。许少、秦成,生平经历均不详。

③厥田上上:即上等田地。

**【译文】**

现在姑且各举一例。至于《西都赋》中写狩猎说:"许少施巧,秦成力折。"李善注曰:"许少、秦成未详。"五臣则注曰:"古之捷人壮士,搏格猛兽。"施巧、折力本来就指捷壮,在文中就能够自己理解,难道还需要再作解释吗?何况不知道许少、秦成二人来自何处?又如五臣注"作我上都"一句说:"上都,西京也。"为什么注解得这么浅显近似忽略呢?如果一定要加李善没有作注解的内容,为何不说"上都者,君上所居,人所都会"呢?何况秦地的田是第一等的,是处在天下的最上等呢?

又轻改前贤文旨,若李氏注云"某字或作某字",便随而改之;其有李氏解而自不晓,辄复移易,今不能繁驳,亦略指其所改一字。曹植乐府云:"寒鳖炙熊蹯①。"李氏云:今之腊肉谓之"寒",盖韩国事馔尚此法②;复引《盐铁论》"羊淹鸡寒"、刘熙《释名》"韩鸡"为证"寒与韩同"。又李以上句云"脍鲤臇胎虾③",因注云:"《诗》曰'炰鳖脍鲤④'。"五臣兼见上句有"脍",遂改"寒鳖"为"炰鳖",以就《毛诗》之句。又子建《七启》云:"寒芳苓之巢龟⑤,脍西海之飞鳞⑥。"五臣亦改"寒"为"搴",注云:"搴,取也。"何以对下句之"脍"耶?况此篇全说殽事之意⑦,独入此"搴"字,于理甚不安。上句既改"寒"为"搴",下句亦宜改"脍"为

"取"，纵一联稍通，亦与诸句不相承接。以此言之，明子建故用"寒"字，岂可改为"炰""搴"耶？斯类篇篇有之，学者幸留意。仍知李氏绝笔之本⑧，悬若日月焉⑨。方之五臣，犹虎狗、凤鸡耳。其改字，有"翩翩"对"恍惚"，则独改"翩翩"为"翩翩"，与下句不相收。又李氏旧本作"泉"及年代字⑩，五臣贵有异同，改其字，却犯国讳⑪，岂惟矛盾也！

## 【注释】

①寒鳖炙熊蹯：语出三国魏曹植《名都篇》。熊蹯，指熊掌。

②事馔：做美食。

③脍鲤：把鲤鱼切成薄片。腝（juǎn）：汁少的肉羹。胎虾：虾仁。

④炰（fǒu）鳖脍鲤：语出《诗经·小雅·六月》："饮御诸友，炰鳖脍鲤。"炰，蒸煮。

⑤芳苓：香草名。指莲。巢龟：传说中的神龟。为长寿吉祥之物。

⑥飞鳞：即飞鱼。指文鳐鱼。

⑦殽：通"肴"，菜肴。

⑧仍：原书此字作"乃"，当据改。

⑨悬若日月：像日月悬挂在天空之上。此处形容作品具有永恒的生命力。

⑩又李氏旧本作"泉"及年代字：原书作"又李氏依旧本，不避国朝庙讳。五臣易而避之，宜矣。其有李本本作'泉'及年代字"。

⑪国讳：指皇帝的名讳。

## 【译文】

又轻易改变前代贤人文辞的意旨，如果李善的注说"某字或作某字"，就随而更改；有李善的注解却自己不能理解的，就再次改变，现在不能过多地驳斥，只大概指出他们更改的一个字。曹植的乐府诗《名都篇》中有一句说："寒鳖炙熊蹯。"李善注说：今之腊肉谓之"寒"，大概韩国做美食崇尚这种方法；李善还引《盐铁论》"羊淹鸡寒"、刘熙《释名》"韩鸡"来印证"寒与韩同"。又李善因为上句云"脍鲤臇胎虾"，因此作注说：《诗》云'炰鳖脍鲤'。"五臣也因为看见上一句有"脍"字，于是就改"寒鳖"为"炰鳖"，来就《毛诗》中的这句话。又曹子建《七启》诗中有两句说："寒芳苓之巢龟，鲙西海之飞鳞。"五臣也改"寒"为"搴"，并作注说："搴，取也。"这样一改怎么对应下一句中的"鲙"呢？况且曹植的这首诗全篇说的都是做菜的意思，唯独出现这样一个"搴"字，在义理上很是不通。上一句既然改"寒"为"搴"，那么下一句也应该改"鲙"为"取"，纵观整个这一联还能稍微说得通，但也与其他各句在文意上无法衔接。从这一方面来说，明明曹植原来用的是"寒"字，怎么可以改成"炰""搴"呢？这种情况几乎每篇都有，希望求学的人多留心。这才知道李善最后的注本，是具有永恒生命力的典范。相比五臣的注本，两者之间的差别就像虎和狗、凤凰和鸡。他们随意更改文字的例证，还有"翩翻"对应的"恍惚"，但五臣却唯独将"翩翻"改为了"翩翩"，和下一句完全不相合。又李善旧本注"泉"字及年代字号，五臣注本注重与李善注本的不同，所以更改文字，结果就触犯了皇帝的名讳，怎么能说仅仅只是自相矛盾！

257.衡山五峰曰<sup>①</sup>：紫盖、云密、祝融、天柱、石廪。下人多文词，至于樵夫，往往能言诗。尝有广州幕府夜闻舟中吟曰<sup>②</sup>："野鹊滩西一棹孤，月光遥接洞庭湖。堪憎回雁峰前过，望断家山一字无。<sup>③</sup>"问之，乃其所作也。

**【注释】**

①衡山：古称"南岳"。中国五岳之一。位于湖南衡山市的北边，绵

延于湘、资之间。山有七十二峰，以紫盖、云密、祝融、天柱、石廪五峰最为著名。衡山的命名，据成书于战国时期的《甘石星经》记载，因其位于星座二十八宿的轸星之翼，"变应玑衡""铨德钧物"，犹如衡器，可称天地，故名衡山。

②幕府：本指军府、军幕。此处指幕府的僚属。

③"野鹊滩西一棹孤"几句：此诗《全唐诗》题作《吟》，作者题为衡州舟子。棹，本指长的船桨，此处指船。家山，本指家乡的山。语出钱起《送李栖桐道举擢第还乡省侍》诗："莲舟同宿浦，柳岸向家山。"后用以指故乡。

### 【译文】

衡山上的五座山峰分别是：紫盖、云密、祝融、天柱、石廪。山下的人们大多擅长文辞，甚至于连山上砍柴的人，往往都能创作诗歌。曾经有一位广州府的幕僚夜里听见船上有人吟诗道："野鹊滩西一棹孤，月光遥接洞庭湖。堪憎回雁峰前过，望断家山一字无。"他上前去问这首诗的作者，才知道是船夫自己作的。

258.李华①，字遐叔，以文学自名，与萧颖士、贾幼几为友②。华作赋云："星锤电交于万绪，霜锯冰解于千寻。拥梯成山，攒杵为林。③"颖士读之，谓华曰："可使孟坚瓦解，平子土崩矣④。"幼几曰："未若'天光流于紫庭，测景入于朱户。腾祥灵于黯霭，映旭日之葱茏⑤。'"华曰："某所自得，惟'括万象以为尊，特巍巍于上京。分命征般石之匠，下荆、扬之材，操斧执斤者万人，涉碛砾而登崔嵬'⑥，不让《东》《西》二《都》也⑦。"时人以华不可居萧、贾之间。

## 【注释】

①李华：字退叔，赵郡赞皇（今河北赞皇）人。玄宗开元二十三年（735）进士及第，天宝二年（743）登博学宏辞科，官监察御史、右补阙、礼部和吏部员外郎等职。安禄山陷长安时，被迫任凤阁舍人。安史之乱平定后，贬为杭州司户参军。肃宗上元二年（761）授左补阙，加司封员外郎，因病未赴。代宗广德二年（764），梁国公李峘领选江南，辟李华入幕府，擢检校吏部员外郎。翌年因病去官，客隐楚州。李华为盛唐著名散文家，与萧颖士齐名，世号"萧李"。

②萧颖士：字茂挺，号文元先生，颍州汝阴（今安徽阜阳）人。唐玄宗开元二十三年（735）进士及第，历仕桂林参军、秘书正字。天宝中为集贤校理，因受李林甫排斥，于天宝八载（749）调为广陵府参军录事。肃宗至德元载（756），山南节度使源洧辟为掌书记。萧颖士高才博学，工于书法，长于古籀文体。工古文辞，语言朴实。贾幼几：即贾至，字幼几，一作幼邻，洛阳（今属河南）人。唐玄宗天宝初擢明经第，自校书郎出为单父尉，天宝末拜起居舍人。安史乱起，从玄宗入蜀，迁中书舍人。肃宗即位灵武，充册礼使制官。乾元元年（758）坐房琯党，出为汝州刺史，贬岳州司马。唐代宗宝应元年（762）召复中书舍人，历尚书左丞、礼部侍郎、兵部侍郎、京兆尹。官终右散骑常侍，谥曰文。贾至工诗能文。其诗清丽俊逸，寄托遥深，被杜甫誉为"雄笔映千古"。

③"星锤电交于万绪"几句：语出李华《含元殿赋》。这几句极写建造含元殿之时伐木取材的壮观景象。万绪，形容事物纷杂，头绪繁多。千寻，形容极高或极长。

④可使孟坚瓦解，平子土崩矣：是说能让班固像瓦破碎，让张衡像土崩塌。比喻完全失败，不可收拾。孟坚，即班固，字孟坚。东汉著名的文学家、史学家。著有《两都赋》。平子，即张衡，字平子。

东汉著名的天文学家、文学家、发明家。著有《二京赋》。

⑤"天光流于紫庭"几句：语出李华《含元殿赋》。天光，日光，天空的光辉。紫庭，帝王宫庭。测景，亦作"测影"。测量日影，以推算岁时节候。朱户，古代帝王赏赐诸侯或有功大臣的朱红色的大门，为"九锡"之一种。亦泛指朱红色的大门。祥灵，对神灵的美称。黯霭，《文苑英华》本作"郁蔼"，众盛的样子。葱茏，繁密的样子。

⑥"括万象以为尊"几句：语出李华《含元殿赋》。万象，一切事物或景象。操斧执斤，拿斧头砍东西。引申指对作品的雕琢。碛砾（qì lì），亦作"碛历"。浅水中的沙石，沙石浅滩。崔嵬，本指有石的土山。后泛指高山。

⑦不让：不亚于，不次于。

**【译文】**

李华，字遐叔，因文才而闻名于世，与萧颖士、贾至为好友。李华写的赋中有几句说："星锤电交于万绪，霜锯冰解于千寻。拥梯成山，攒杅为林。"萧颖士读后对李华说："你写的这几句赋能完败班固和张衡。"贾至说："不如'天光流于紫庭，测景入于朱户。腾祥灵于黯霭，映旭日之葱茏'几句。"李华说："我自己所引以为豪的，只有'括万象以为尊，特巍巍于上京。分命征般石之匠，下荆、扬之材，操斧执斤者万人，涉碛砾而登崔嵬'几句，不亚于班固的《东都赋》和《西都赋》。"当时的人们认为李华不应该处于萧颖士和贾至之间。

259.郑案：此下原阙二字。云①："张燕公文逸而学奥；苏许公文似古，学少简而密。张有《河朔刺史冉府君碑》，序金城郡君云：'藜华前落②，藁瘁城隅③。天使马悲，启滕公之室④；人看鹤舞⑤，闭王母之坟⑥。'亦其比也。"公又云：

"张巧于才，近世罕比。《端午三殿侍宴诗》云：'甘露垂天酒，芝盘捧御书。含丹同蝘蜓，灰骨慕蟾蜍⑦。'上亲解紫拂菻带以赐焉⑧。苏尝梦书壁云：'元老见逐⑨，谗人孔多⑩。既诛群凶，方宣大化。'后十三年视草禁中⑪，拜刘幽求左仆射制⑫，上亲授其意，及进本⑬，上自益前四句，乃梦中之词也。"

## 【注释】

①郑□□云：唐蘭据《唐语林》将此条辑入《刘宾客嘉话录》补遗，而自"又闻杜工部诗如爽鹘摩霄"下又分一条，下加按语曰："此二条原为一条，详其文义，当亦出《嘉话录》。"案：据周勋初《校正》，此案语为《永乐大典》编者所加。

②蕣（shùn）华：木槿花。此花朝开暮落，故用以比喻人生短促或好景不长。

③瘗（yì）：掩埋，埋葬。城隅：城角。多指城根偏僻空旷处。

④滕公之室：即滕室。晋张华《博物志》："汉滕公薨，求葬东都门外。公卿送丧，驷马不行，踢地悲鸣，跑蹄下地得石，有铭曰：'佳城郁郁，三千年见白日，吁嗟滕公居此室。'遂葬焉。"后因以"滕室"称墓穴。

⑤鹤舞：《韩非子·十过》："平公曰：'寡人之所好者，音也，愿试听之。'师旷不得已，援琴而鼓。一奏之，有玄鹤二八，道南方来，集于郎门之垝；再奏之而列；三奏之，延颈而鸣，舒翼而舞。"后即以鹤舞形容优美的舞姿。

⑥王母之坟：亦指墓穴。

⑦"甘露垂天酒"几句：出自张说《端午三殿侍宴应制探得鱼字》。天酒，甘露，古人附会为仙酒。御书，皇帝书写的字。蝘蜓（yǎn tíng），守官。俗称壁虎。蟾蜍，两栖动物。俗称癞蛤蟆。

⑧紫拂菻带："紫金醉拂菻带"的省称，指唐宋时皇帝赐给大臣的一
　种金带。沈从文《中国古代服饰研究》一书在宋代官员带制部分
　说："文官衣带分等级更多。以特别赐予的'紫云楼金带'最贵
　重，上刻'醉拂菻弄狮子'。"

⑨元老：资望高深的旧臣。

⑩孔多：很多。

⑪视草：古代词臣奉旨修正诏谕一类公文。

⑫刘幽求：冀州武强（今河北武强）人。武周圣历年间进士及第，初
　授阆中县尉，后拜朝邑尉。与临淄王李隆基交好，参与唐隆政变，
　拥立唐睿宗复位，历任尚书右丞、户吏二部尚书、侍中，册封徐国
　公，获赐铁券。又任尚书右仆射、同中书门下三品。后被姚崇排
　挤，贬为睦州刺史、杭州刺史。卒赠礼部尚书，谥号文献。德宗建
　中年间追赠为司徒。

⑬进本：即进呈本章。

## 【译文】

郑案：这个字下原书阙漏两个字。说："燕公张说文采超群，学问高深；许
公苏颋文风近古，学问精炼而幽深。张说写有《河朔刺史冉府君碑》，为
金城郡君写序说：'荜华前落，蒿藜城隅。天使马悲，启滕公之室；人看鹤
舞，闭王母之坟。'也可以和苏颋的文辞相比。"郑公又说："张说在才学
方面心思灵敏，近代很少有人能与他相比。他的《端午三殿侍宴诗》说：
'甘露垂天酒，芝盘捧御书。含丹同蝘蜓，灰骨慕蟾蜍。'皇上亲自解开
紫金醉拂菻带赏赐给他。苏颋曾经梦见他在墙壁上写到：'元老见逐，谗
人孔多。既诛群凶，方宣大化。'后来苏颋在皇宫奉旨修正诏谕一类公
文长达十三年，在修正授予刘幽求左仆射职位的文书时，是皇上亲自授
受的意旨，等到他修正好进呈时，皇上亲自增加了前面的这四句话，正是
他梦中写在墙壁上的文词。"

又闻杜工部诗如爽鹘摩霄①，骏马绝地。其《八哀诗》，诗人比之大谢《拟魏太子邺中八篇》②。杜曰："公知其一，不知其二。吾诗曰：'汝阳让帝子，眉宇真天人。虬髯似太宗，色映塞外春③。'八篇中有此句不？"或曰："'百川赴巨海，众星拱北辰④。'所谓世有其人。"杜曰："使昭明再生⑤，吾当出刘、曹、二谢上⑥。"杜善郑广文，尝以《花卿》及《姜楚公画鹰歌》示郑。郑曰："足下此诗可以疗疾。"他日郑妻病，杜曰："尔但言'子章髑髅血模糊，手提掷还崔大夫⑦'。如不瘥⑧，即云'观者徒惊帖壁飞，画师不是无心学⑨'。未间，更有'太宗拳毛騧，郭家师子花⑩。'如又不瘥，虽和、扁不能为也⑪。"其自得如此。

### 【注释】

① 杜工部：即杜甫。因其曾任检校工部员外郎，故称。爽鹘（hú）摩霄：指像巨鹰冲向云天一样。比喻诗文的笔力强劲而飘逸。鹘，隼。像鹰一样的猛禽。摩，接触。

② 大谢：即谢灵运，南朝宋文学家，谢玄之孙，小名客儿，时称谢客。因袭封康乐公，又称谢康乐。少好学，工书画，文章之美与颜延之为江左第一。性好山水，肆意遨游，所至辄为题咏，以致其意。其诗开创山水写实派风格。因其与谢朓皆以山水诗名世，故后世称其为大谢，称谢朓为小谢。

③ "汝阳让帝子"几句：出自杜甫《八哀诗·赠太子太师汝阳郡王琎》诗。让帝子，指让皇帝李宪的长子李琎。让帝李宪为唐睿宗长子，议立为太子。后在平息韦后之乱中，李隆基有功，李宪恳让太子之位，被封为宁王，李宪去世后，追封为让皇帝。虬髯，蜷曲的连鬓胡须，特指两腮上的。太宗，指唐太宗李世民。色映塞外

春,是说温和的容颜可以使寒冷的塞外气候回暖。

④百川赴巨海,众星拱北辰:语出南宋朝谢灵运《拟魏太子邺中集诗》。是说千百条河流都奔赴大海,亿万颗星星拱卫着北极。

⑤昭明:即南朝梁昭明太子萧统,字德施,小字维摩。《文选》的编撰者,梁武帝萧衍长子。萧统于梁天监元年(502)被册立为太子。后因病早逝,谥号昭明。

⑥刘、曹、二谢:指"建安七子"之一的刘桢、被锺嵘《诗品》称作"建安之杰"的曹植,以及皆以山水诗名世的谢灵运和谢朓。

⑦子章髑髅(dú lóu)血模糊,手提掷还崔大夫:语出杜甫《戏作花卿歌》一诗。子章,即段子璋。唐肃宗上元二年(761)四月,梓州刺史段子璋赶走绵阳的东川节度使李奂,并自称梁王。剑南节度使尹崔光远率四川牙将花惊定攻克绵州,斩段子璋。髑髅,死人的头盖骨。此处指段子璋的头颅。崔大夫,指成都尹崔光远。

⑧瘥(chài):病愈。

⑨观者徒惊帖壁飞,画师不是无心学:语出杜甫《姜楚公画角鹰歌》诗。这两句盛赞姜楚公画鹰的高超技艺。

⑩太宗拳毛𫠜(guā),郭家师子花:语出杜甫《韦讽录事宅观曹将军画马图》诗。此二句原文为"昔日太宗拳毛𫠜,近时郭家狮子花"。郭家,即平定安史之乱的功臣郭子仪。"拳毛𫠜"与"师子花"都是宝马的名称。

⑪和、扁:指古代良医秦和与扁鹊的合称。《汉书·艺文志》:"太古有岐伯、俞拊,中世有扁鹊、秦和。"颜师古注:"和,秦医名也。"

## 【译文】

又听说杜甫的诗歌有如雄鹰冲上云天,骏马腾空驰骋。他的《八哀诗》,有位诗人拿它与谢灵运的《拟魏太子邺中八篇》相比。杜甫说:"您这样比较是只知其一,不知其二。我写的:'汝阳让帝子,眉宇真天人。虬髯似太宗,色映塞外春。'谢灵运的《拟魏太子邺中八篇》中有这样的好诗句吗?"有人说:"'百川赴巨海,众星拱北辰。'也算是世有其人了吧。"杜甫说:"如果昭明太子萧统复生再编一部《文选》,我在诗坛的地位必定会在刘桢、曹植、谢灵运、谢朓之上。"杜甫与郑虔相好,他曾经把《戏作花卿歌》与《姜楚公画角鹰歌》两首诗拿给郑虔看。郑虔看了说:"你的这两首诗可以用来治病。"后来有一天,郑虔的妻子生病了,杜甫对郑虔说:"你只要对你的妻子读我《戏作花卿歌》诗中的两句'子章髑髅血模糊,手提掷还崔大夫'。如果她的病还不见好,你就读我《姜楚公画角鹰歌》诗中的两句'观者徒惊帖壁飞,画师不是无心学'。仍不见好的话,还有《韦讽录事宅观曹将军画马图》诗中的两句'太宗拳毛骦,郭家师子花'。如果还是不痊愈,那就算请古代名医秦和与扁鹊医治,也无能为力了。"杜甫因为自己的诗感到得意的情形,就是这样。

260.太宗尝出行①,有司请载副书以从②。帝曰:"不须。虞世南在,此行秘书也③。"

**【注释】**

①太宗尝出行:本条采录自《隋唐嘉话》。本条与下第261条原合为一条,本书据原书分列。

②有司:官员。古代设官分职,事各有专司,故称官员为有司。副书:即书籍、公文的副本。

③行秘书:唐太宗对博学之秘书监虞世南的褒称。秘书,指秘书监,官署名,亦是官名。东汉桓帝延熹二年(159)始置,典禁中古今图书秘籍,隶太常。南朝梁改称秘书省,长官仍称监。隋增置少监为其副职。唐高宗龙朔二年(662)改称兰台,长官称兰台太史,咸亨元年(670)复故。辖著作局、司天台,掌收藏图书、修撰碑志祭文及观察天文、制定历法等事。

**【译文】**

太宗皇帝有一次出行，主管的官员请示要将书籍、公文的副本装到车上带着。太宗说："不需要。有虞世南在，就是流动的秘书监。"

261.虞公为秘监<sup>①</sup>，于省后堂集群书可为文章用者<sup>②</sup>，号为《北堂书钞》<sup>③</sup>。后北堂犹存，而《书钞》盛行于世。

**【注释】**

①虞公为秘监：本条采录自《隋唐嘉话》。齐之鸾本、《历代小史》本"秘"下均有"书"字，当据补。

②群书：原书此二字下尚有"中事"二字，当据补。

③《北堂书钞》：隋末唐初人虞世南编的一部类书，全书分为帝王、后妃、政术、刑法、封爵、设官、礼仪、艺文、乐、武功、衣冠、仪饰、服饰、舟、车、酒食、天、岁时、地十九部。此书虽立类略显芜杂，引文亦有断章取义、首尾不连贯处，征引材料或有不注明出处的，但此书成书很早，辑录资料皆采自隋以前古籍，其中相当一部分已不传，故其文献价值颇高，尤其在辑佚、校勘古籍等功用上，更不容忽视。北堂，指隋秘书省的后堂。

**【译文】**

虞世南任秘书监期间，在秘书省的后堂收集各类书籍中可以作为写文章时引用的内容编纂在一起，叫作《北堂书钞》。如今秘书省的后堂还在，《北堂书钞》也流传于世。

262.褚遂良为太宗哀册文<sup>①</sup>，自朝还，马误入人家而不觉。

**【注释】**

①褚遂良为太宗哀册文：本条采录自《隋唐嘉话》。哀册，亦作"哀

策"。文体的一种。古代颂扬帝王、后妃生前功德的韵文。古代
皇帝后妃死后，由朝廷重臣亲拟祭文，在送葬日举行隆重的"遣
奠"仪式时，将所读的最后一篇祭文刻于册上，然后埋入陵中。
哀册质地不一，有玉石策册状、石墓志状、木质板状等多种。

**【译文】**

褚遂良撰写《太宗哀册文》，从朝廷回家，因为悲哀，马误入别人家
也没有察觉。

263.沈佺期以诗著名①，燕公张说尝谓人曰："沈三兄
诗，须还他第一。"

**【注释】**

①沈佺期以诗著名：本条采录自《隋唐嘉话》。沈佺期，字云卿，相
　州内黄（今河南内黄）人。唐代诗人，尤长七言之作，与宋之问齐
　名，并称"沈宋"。擢进士第，授协律郎。武则天长安中累迁通事
　舍人，预修《三教珠英》，再除给事中，兼考功员外郎。后因坐交
　张易之，流放驩州。中宗神龙中拜起居郎，兼修文馆直学士，历中
　书舍人、太子少詹事。

**【译文】**

沈佺期以擅长写诗而著称于世，燕国公张说曾经对人说："沈佺期的
诗写得极好，旁人不能胜过他，只能以他为第一。"

264.代有《山东士大夫类例》①，其非士族及假冒者，
不见录，署云相州僧昙刚撰②。后柳常侍冲亦明族姓③，中宗
朝为相州刺史，询问耆旧④，云："自隋已来，不闻有僧名昙
刚。"盖惧见嫉于时，隐其名氏云。

**【注释】**

①代有《山东士大夫类例》：本条采录自《隋唐嘉话》。代，世。因避李世民讳，故以"代"代"世"。《山东士大夫类例》，此书已佚，从书名和下文内容来看，当为一部山东（指太行山以东地区）豪门望族的人名录。

②昙刚：僧人，生平经历不详。

③柳常侍冲：即柳冲，蒲州虞乡（今山西临晋南）人。唐代史学家，博学，尤明世族。武周天授初为司府主簿，诏遣安抚淮南。唐中宗景龙年间迁左散骑常侍，修国史。与徐坚、魏知古、陆象先、刘子玄等撰成《姓氏系录》二百卷。后历太子詹事、太子宾客、宋王傅、昭文馆学士。以老致仕。

④耆（qí）旧：指年高而久负声望的人。古称六十岁曰耆。

**【译文】**

世间流传的《山东士大夫类例》一书中，那些不是豪门望族以及冒充豪门望族的人都没有被录入，这本书署名"相州僧人昙刚撰"。左散骑常侍柳冲也了解山东豪门望族的情况，他在唐中宗朝任相州刺史的时候，询问过那里年龄大而又德高望重的人，都说："从隋朝以来，没有听说过有僧人叫昙刚的。"大概是《山东士大夫类例》的作者在当时害怕被人憎恨，把姓名隐藏起来了。

265.近代言乐①，卫道弼为最②，天下莫能以声欺者。曹绍夔与道弼为乐令③，比监郊享御史有怒于绍夔④，欲以乐不和为之罪，杂扣钟磬⑤，使暗别之，无误者，由是反叹服其能。洛阳有僧，房中磬子夜辄自鸣，僧以为怪，惧而成疾，求术士，百方禁之，终不能已。曹绍夔素与僧善，适来问疾，僧遽以告。俄顷，轻击斋钟⑥，磬复作声，绍夔笑曰："明日盛设馔，余当为除之。"僧虽不信其言，冀其或效，乃置馔以待。绍夔食讫，出怀中错[7]，镙磬数处[8]，其声遂绝。僧苦问其所以，绍夔曰："此磬与钟律合，故击彼应此。"僧大喜，其疾便愈。

**【注释】**

①近代言乐：本条原位于卷五"裴知古"条（本书第645条）之前，本书据齐之鸾本、《历代小史》本移至此处。本条采录自《隋唐嘉话》。

②卫道弼：唐朝人，生平经历不详，洞晓音律，曾任太乐令。

③曹绍夔：唐朝人，洞晓音律，曾任太乐令。乐令：当为太乐令。

④郊享：古代帝王祭天地称郊，祭百神及祖先称享，并称"郊享"。

⑤钟磬（qìng）：钟和磬。古代礼乐器。

⑥斋钟：佛教法器。指寺庙里报斋时的大钟，一般敲三十六下。钟声响，僧众吃斋。斋，指斋饭，佛教僧人吃的素食。

⑦错：指锉刀。磋治骨角铜铁的工具。

⑧镙（lù）：磨制，打磨。

**【译文】**

近世说到精通音乐的人，都认为卫道弼是天下第一，普天下没有能够用声律来骗他的人。曹绍夔与卫道弼都任太乐令。有一次正好碰上帝王要举行祭祀，曹绍夔不知怎么得罪了监管祭祀之礼的御史，这位御史就想以乐律不和为由治曹绍夔的罪。于是他乱敲钟、磬，让曹绍夔盲识音律，曹绍夔没有一个错误，因此反而让这位御史赞赏佩服他的技能。洛阳有一位僧人，他房中的石磬每天半夜时就自己鸣响。僧人感到怪异，惧恐成病。他到处请术士，千方百计地禁止石磬自鸣，但始终没有能够禁止。曹绍夔平素与这位僧人交好，听说僧人病了就前来探望，问起得病的缘由，僧人赶紧如实相告。一会儿，他轻敲斋室内的大钟，僧人房间的石磬又开始自鸣，曹绍夔笑着对僧人说："明天你摆上盛宴招待我，我一定为你消除磬的自鸣声。"僧人虽然不信曹绍夔的话，但还是希望能有成效，第二天就摆上酒席招待他。曹绍夔吃罢酒宴，从怀中取出一把锉，在僧人房中的石磬上打磨了几个地方，这以后石磬的自鸣声就消失了。僧人苦苦询问其中的原因，曹绍夔告诉他："这个石磬的音律跟大钟的音律相合，所以你敲钟，石磬就发声应和。"僧人听后大喜，他的病也就痊愈了。

　　266.咸通中①，进士皮日休进书两通②：其一，请以《孟子》为学科③。有能通其义者，其科选同明经。其二，请以韩愈配飨太学④。有唐以来，一人而已，苟不得在二十一贤之数列，于典礼未为备也。日休字逸少，后字袭美，襄阳竟陵人。少隐鹿门山，号醉吟先生。榜末及第，礼部侍郎郑愚以其貌不扬⑤，戏之曰："子之才学甚富，如一日何⑥？"皮对曰："侍郎不可一日废二日。"谓不以人废言也⑦。官至太常博士。居苏州，与陆龟蒙为友。著《文薮》十卷、《皮子》三卷。黄巢时遇害。其子仕钱镠⑧。

**【注释】**

①咸通中：本条采录自《北梦琐言·皮日休献书》。

②皮日休：字逸少，后字袭美，襄州竟陵（今湖北天门）人。出身贫寒，初隐居鹿门山，自称鹿门子。懿宗咸通八年（867）进士及第，历任著作郎、太常博士、毗陵副使。黄巢称帝后，被迫任翰林学士，后不知所踪。皮日休与陆龟蒙齐名，世称"皮陆"。他的诗文兼有奇、朴二态，且多同情民间疾苦之作。

③学科：指唐宋科举考试的学业科目。

④配飨：也作"配享"。指在祭祀时附带被祭。配享分为以下两种：一、以功臣附祭于祖庙。二、以贤哲附祭于孔庙。汉制已有祭功臣于庙廷，魏晋相沿，降至唐代始有配享之名。唐以前配享和从祀尚未分开。其制至宋始分。

⑤郑愚：唐广州（今属广东）人。少多疾病，博学多才，尤好佛教。登进士第，曾任监察御史、左补阙。历西川节度判官、商州刺史。懿宗咸通二年（861）擢为桂管观察使。次年八月改岭南西道节度使。八年（867）任礼部侍郎知贡举。翌年出为岭南东道节度使。官终尚书左仆射。

⑥日：此字《太平广记》引文同，下文亦作"日"。原书作"目"，下文亦作"日"。周勋初《校证》于此字下注曰："按皮日休虽貌陋，然未闻有一目之事，兹不取。而'一日'之说亦费解，姑存疑。"

⑦以人废言：指因人地位低下或有过错就废弃他的一切言论。

⑧钱镠（liú）：字具美，小字婆留，杭州临安（今浙江杭州）人。五代十国时期吴越国的创建者。初为杭州八都之一的都将董昌的部下，曾率军镇压黄巢领导的农民军；后并吞董昌的浙东，兼两浙、苏南十三州之地，唐末官至镇海、镇东节度使，治在杭州。哀帝天祐年间被封为吴王。唐亡后，在其属地建立吴越国，号吴越国王，都杭州。钱镠在位期间采取保境安民的政策，经济繁荣，文士荟萃，人才济济。两浙百姓都称其为"海龙王"。

## 【译文】

咸通年间，进士皮日休两次向朝廷上书：第一次，他请求把《孟子》作为科举考试的学业科目。大致是说，有能贯通《孟子》一书义理的人，就算通过考试如同考中明经科一样。第二次，他请求让韩愈在太学里享受祭飨。唐代以来，就只有韩愈一人，如果韩愈不能够位列二十一位贤哲之中，对于制度礼仪来说是不完备的。皮日休字逸少，后字袭美，是襄阳竟陵人。他年轻时隐居在鹿门山，自号醉吟先生。后以同榜最后一名的成绩考中进士，礼部侍郎郑愚因为皮日休长相难看，戏弄他说："你很有才学，但怎么只有一'日'呢?"皮日休回答说："礼部侍郎不应该因为我只有一'日'就废掉你的两'日'啊。"意思是说不应该凭借人的长相就对他的言论加以否定。皮日休官至太常博士。住在苏州，与陆龟蒙是好友。著有《文薮》十卷、《皮子》三卷。黄巢篡位后被杀害。他的儿子后来出仕钱镠。

267.王维好佛①，故字摩诘。性高致，得宋之问辋川别业②，山水胜绝，清源寺是也。维有诗名，然好取人句。"行到水穷处，坐看云起时③。"《英华集》中诗也④。"漠漠水田飞白鹭，阴阴夏木啭黄鹂⑤。"李嘉祐诗也⑥。

**【注释】**

①王维好佛：本条采录自《国史补·王维取嘉句》。

②辋川：水名。即辋谷水。诸水会合如车辋环凑，故名。在陕西蓝田南，源出秦岭北麓，北流至县南入灞水。唐代诗人王维曾置别业于此。

③行到水穷处，坐看云起时：语出王维《终南别业》一诗。是诗人对禅宗至理的领悟。是说诗人在山间信步闲走，不知不觉中来到了溪水的尽头，似乎无路可走，于是索性坐下来，看天上云卷云舒。

④《英华集》：即僧惠净《续古今诗苑英华集》的简称。共二十卷。

⑤漠漠水田飞白鹭，阴阴夏木啭黄鹂：语出王维《积雨辋川庄作》一诗。是说白鹭在广漠空蒙、布满积水的平畴上翩翩起飞，黄鹂在蔚然深秀的夏日密林中婉转地鸣叫。

⑥李嘉祐诗：明胡应麟说："摩诘盛唐，嘉祐中唐，安得前人预偷来

者？此正嘉祐用摩诘诗。"(《诗薮·内编》卷五)。李嘉祐,字从一,赵州(今河北赵县)人。唐玄宗天宝七载(748)进士,授秘书省正字,擢监察御史。肃宗至德元载(756)贬鄱阳令,量移江阴令。上元中,出为台州刺史。代宗大历中历工部员外郎、司勋员外郎。罢任后居苏州。嘉祐交游甚广,于肃、代时期颇著诗名。

**【译文】**

王维喜好佛理,所以字摩诘。王维心性清高雅致,他购买了宋之问在辋川的园林房舍,这个地方山水景色绝妙,清源寺就坐落在这里。王维以擅长写诗而闻名,但他写诗喜欢引用别人的诗句。"行到水穷处,坐看云起时"两句是僧人惠净《续古今诗苑英华集》中的诗句。"漠漠水田飞白鹭,阴阴夏木啭黄鹂"两句是李嘉祐诗中的句子。

268.柳芳与韦述友善[1],俱为史学。述卒后,所著书未毕者,芳续之。

**【注释】**

①柳芳与韦述友善:本条采录自《国史补·柳芳续韦书》。柳芳,字仲敷,河东(今山西永济)人。唐玄宗开元末擢进士第,历仕永宁尉、右武卫胄曹参军,转拾遗、补阙、员外郎。肃宗上元中坐事徙黔中,时高力士亦贬巫州,因询以开元、天宝禁中事,芳识之。因《国史》已成,不可复改,乃别撰《唐历》四十卷。

**【译文】**

柳芳和韦述亲近友好,两个人都致力于撰写史籍。韦述去世以后,他所有没有写完的著作,都是柳芳续写完成的。

269.李华作《含元殿赋》[1],萧颖士见之,曰:"《景福》之上,《灵光》之下。"华著论言龟卜可废[2],可谓深识之士。

后以失节贼庭，故其文殷勤于四皓、元鲁山，极笔于权著作③，盖心所愧也。

**【注释】**

①李华作《含元殿赋》：本条采录自《国史补·李华含元赋》。

②论言：论述，谈论。龟卜：古代一种烧灼龟甲以占卜吉凶的方式。

③"后以失节贼庭"几句：《新唐书·文艺·李华传》："华触祸衔悔，及为元德秀、权皋铭，《四皓赞》，称道深婉，读者怜其志。"极笔，谓淋漓尽致，全部写出。权著作，应指权皋。《新唐书·权皋传》："李季卿为江淮黜陟使，列其高行，以著作郎召，不就。"李华撰《著作郎赠秘书少监权君墓表》，载《全唐文》卷三百二十一。

**【译文】**

李华写了《含元殿赋》，萧颖士看了说："你的这篇赋在《景福》之上，在《灵光》之下。"李华论述用灼龟甲卜吉凶的方法可以废弃，可以说是见识深远的人。李华后来因为失节于叛贼安禄山，因此他的文辞热情地赞颂商山四皓、元鲁山，极尽笔墨为权皋撰写铭文，大概是内心有所愧疚。

270.李翰文虽宏畅①，而思甚苦涩②。晚居阳翟，常从邑令皇甫曾求音乐③。思涸则奏乐，神全则缀文④。

**【注释】**

①李翰文虽宏畅：本条采录自《国史补·李翰借音乐》。李翰，赵州赞皇（今河北赞皇）人。玄宗天宝中擢进士第。起仕卫县尉。以才名重于当时。安史之乱中避地吴越。肃宗上元年间任淮南节度掌书记。代宗时征为左补阙，俄以本官充翰林学士。翰善古文，梁肃师事之。宏畅，谓辞气畅达而有气势。

②苦涩：形容诗文崇尚雕琢，语言不流畅，文意晦涩难懂。这里指思路不顺。

③皇甫曾：字孝常，润州丹阳（今江苏丹阳）人。皇甫冉之弟。唐玄宗天宝十二载（753）进士及第。安史乱起，避地越州。肃宗广德至代宗大历初任殿中侍御史。后坐事贬舒州司马，约大历末任阳翟令。工诗，出王维之门，与兄名望相亚，高仲武称其诗"体制清洁，华不胜文"。

④神全则缀文：《新唐书·文艺下·李翰传》此句作"神逸乃属文"。缀文，犹作文，写文章。

【译文】

李翰所作之文虽然辞气畅达而有气势，但是构思之时，却常常并不顺畅。晚年住在阳翟，常到县令皇甫曾那里欣赏音乐。文思枯竭时他就演奏音乐，灵感来时则埋头撰文。

271.大历已后①，专学者，有蔡广成《周易》②，强蒙《论语》③，啖助、赵匡、陆质《春秋》④，施士匄《毛诗》，袁彝、仲子陵、韦彤、裴茞讲《礼》⑤，章庭珪、薛伯高、徐润并通经⑥。其余地里则贾仆射⑦，兵赋则杜太保，故事则苏冕、蒋乂⑧，历算则董纯⑨，天文则徐泽⑩，氏族则林宝⑪。

【注释】

①大历已后：本条采录自《国史补·叙专门之学》。

②蔡广成：唐中期人，以精研《周易》而闻名。

③强蒙：唐代宗大历中江南隐士，后在湖州，参预颜真卿、皎然等数十人之联唱，后结集为《吴兴集》十卷。工诗善医。以治《论语》而有声名。

④陆质：顺宗时任给事中、皇太子侍读。死后其弟子私谥为文通先生。著有《集注春秋》《春秋集传辨疑》等。

⑤袁彝：唐中期人，精研《礼记》。仲子陵：成都（今属四川）人。少好古学，肄业于峨眉山，精研《礼记》等著作。代宗大历十三年（778）登进士第，授秘书省校书郎，历同官、醴泉二县尉。德宗贞元十年（794）中贤良方正、能直言极谏科，授太常博士，转主客员外郎。十五年（799）前后受诏典黔中选补，人称公允。韦彤：京兆（今陕西西安）人。韦方质四世孙。以治《礼》闻，能自名其学。德宗时为太常博士，每有论议，朝臣常以为据。有《五礼精义》。裴茞：唐中期人。裴宪之子。以治《礼》而闻名。宪宗元和中任国子司业。

⑥章庭珪：生平未详。唐中期人，精通经学。徐润：生平未详。唐中期人，精通经学。

⑦贾仆射：即贾耽，字敦诗，沧州南皮（今河北南皮）人。唐代著名地理学家。玄宗天宝十载（751）登明经第。肃宗乾元中任河东节度度支判官、汾州刺史等，有政绩，召授鸿胪卿。德宗贞元九年（793）授尚书右仆射、同中书门下平章事，封为魏国公。顺宗即位，进为检校司空、左仆射。卒谥元靖。《新唐书·贾耽传》："耽嗜观书，老益勤，尤悉地理。四方之人与使夷狄者见之，必从询索风俗，故天下地土区产、山川夷岨，必究知之。"

⑧苏冕：赵郡（治今河北赵县）人。德宗贞元间任京兆士曹参军，坐弟太子詹事苏弁事，贬吉州司户参军。德宗闻其才追还，以年老而不复用。贞元十九年（803）进其所撰《会要》四十卷。蒋乂：字德源，常州义当（今江苏宜兴）人，徙家洛阳。自幼从外祖父吴兢读史，博学有史才。历任国子司业、集贤殿学士、右拾遗、司勋员外郎。宪宗元和中改任秘书少监，兼史馆修撰，与独孤郁、韦处厚等同修《德宗实录》。晚年迁秘书监，封义兴县公。卒赠礼部

尚书,谥曰懿。

⑨董纯:生平经历不详。《新唐书·艺文志·天文类》著录董和《通
乾论》十五卷,注曰:"和,本名纯,避宪宗名改。善历算。裴胄为
荆南节度,馆之,著是书云。"

⑩徐泽:金华(今属浙江)人。精通天文学。累官刑部侍郎,赠少师。

⑪林宝:三原(今属陕西)人。唐代谱牒姓氏学之名家。宪宗元和
二年(807)预修《德宗实录》。五年(810)十二月,书成进奏,自
万年县丞为太常博士。七年(812)撰成《元和姓纂》十卷。文
宗开成三年(838)为沔王府长史,与屯田郎中李衢合撰《皇唐玉
牒》一百五十卷。又撰《姓史》四卷、《五姓征氏》二十卷。

**【译文】**

唐代宗大历以后,研究专门学问的人,有蔡广成治《周易》,强蒙治
《论语》,啖助、赵匡、陆质治《春秋》,施士匄治《毛诗》,袁彝、仲子陵、韦
彤、裴茝讲授《礼记》,章庭珪、薛伯高、徐润都精通经学。剩下的地理学
方面有贾耽,兵赋方面有杜佑,旧事、典故方面有苏冕、蒋乂,历法和算术
方面有董纯,天文方面有徐泽,姓氏学方面有林宝。

272.楚僧灵一①,律行高洁而能为诗②。吴僧皎然③,一
名昼一④,工篇什,著《诗评》三卷。及卒,德宗遣使取其遗
文。中世文僧,二人首出⑤。

**【注释】**

①楚僧灵一:本条采录自《国史补·二文僧首出》。灵一,僧人,本
姓吴氏,人称一公,广陵(今江苏扬州)人。从律僧法慎学《四分
律》。初住会稽南悬溜寺,后历住扬州庆云寺、杭州余杭宜丰寺。
亦喜诗歌,与朱放、张继、皇甫冉、陆羽等为诗友。

②律行:指僧徒持守戒律的行为。

③皎然：俗姓谢，字清昼，湖州长城（今浙江长兴）人。唐代著名诗
　僧，自称谢灵运十世孙。玄宗开元末、天宝初曾应进士试未第，失
　意穷困，遂出家。肃宗至德后定居湖州。与文士陆羽、皇甫冉、韦
　渠牟、张志和、皇甫曾、刘长卿、韦应物、孟郊等过从酬唱，广开诗
　会，并结集为《吴兴集》十卷。《全唐诗》辑录皎然诗七卷，诗前小
　传云："皎然，名昼，姓谢氏，长城人，灵运十世孙也。居杼山。文
　章隽丽，颜真卿、韦应物并重之，与之酬唱。贞元中，敕写其文集，
　入于秘阁。"

④昼一："一"当为衍字。

⑤首出：杰出。

**【译文】**

　楚地僧人灵一，持守戒律，品行高洁，也擅长写诗。吴地僧人皎然，
一名昼，精通诗章，著有《诗评》三卷。等皎然去世，唐德宗派人来取他
生前留下的诗文。唐代中期通晓文艺、善于作诗的僧人，他们二人最为
杰出。

　273.韦应物立性高洁①，鲜食寡欲，所居焚香扫地而
坐②。其为诗，驰骤建安已还③，各得其风韵④。

**【注释】**

①韦应物立性高洁：本条采录自《国史补·韦应物高洁》。立性，天
　性，禀性。

②焚香扫地：亦作"扫地焚香"，旧时形容清幽的隐居生活。

③驰骤：指在某个领域纵横自如，悉心研讨，而有所建树。建安：东
　汉末年汉献帝的年号（196—220）。这个时期东汉朝廷的政治
　大权主要由曹操掌握。文学方面也形成了以曹氏父子（曹操、曹
　丕、曹植）为代表的建安文学。

④风韵:风度韵致。此处指诗文的风格、韵致。

【译文】

韦应物生性高尚纯洁,他喜吃新鲜食物,心地清净,过着清幽的隐居生活。他的诗歌创作,在对建安以来各个历史时期诗歌细心研讨的基础上,颇有建树,兼具各个时代的风格和情趣。

274.李益诗名早著①,有《征人歌且行》一篇②,好事者画为图障③。又有云:"回乐峰前沙似雪,受降城外月如霜。不知何处吹芦管,一夜征人尽望乡④。"天下亦唱为歌曲。

【注释】

①李益诗名早著:本条采录自《国史补·李益著诗名》。李益,字君虞,郑州(今属河南)人。唐代诗人,擅长新歌诗,为"大历十才子"之一。大历四年(769)登进士第。德宗建中四年(783)登书判拔萃科。后官幽州节度使、营田副使、中书舍人、河南少尹、秘书少监兼集贤学士等。文宗大和元年(827)以礼部尚书致仕。益诗名卓著,世称"文章李益",与李贺齐名。

②《征人歌且行》:应为《征人歌》。《旧唐书·李益传》曰:"每作一篇,为教坊乐人以赂求取,唱为供奉歌词。其《征人歌》《早行篇》,好事者画为屏障。"《新唐书·文艺·李益传》亦曰:"至《征人》《早行》等篇,天下皆施之图绘。"

③好事者:指对某事有特别兴趣的人。图障:指绘有图画的屏风、软障。

④"回乐峰前沙似雪"几句:语出李益《夜上受降城闻笛》一诗。这首诗的意思是说回乐峰前的沙地洁白如雪,受降城外的月色有如白霜。不知何处吹起了凄凉的芦管,惹得出征的将士整夜都在思念家乡。受降城,唐初名将张仁愿为防御突厥,在黄河以北筑造受降城,分东、中、西三城,故址均在今内蒙古自治区境内。另有

一种说法是,唐太宗贞观二十年(646),唐太宗亲临灵州接受突厥一部的投降,"受降城"之名即由此而来。征人,戍边的将士。

**【译文】**

李益很早就以创作诗歌而闻名于世,他有一首诗名叫《征人歌》,喜欢这首诗的人将它绘成了屏风。李益还有一首诗说:"回乐峰前沙似雪,受降城外月如霜。不知何处吹芦管,一夜征人尽望乡。"人们也传唱为歌曲。

275.沈既济撰《枕中记》[①],韩愈撰《毛颖传》,不下史篇[②],良史才也。

**【注释】**

①沈既济撰《枕中记》:本条采录自《国史补·韩沈良史才》。本条与下第276、277条原合为一条,本书据原书一一分列。沈既济,苏州吴(今江苏苏州)人。通晓经学,有良史之才,又善作小说。唐德宗时受宰相杨炎赏识,建中元年(780)授左拾遗、史馆修撰。后杨炎得罪遣逐,沈既济坐贬处州司户参军。后复入朝任职,官终礼部员外郎。撰《建中实录》十卷,已佚。另有传奇《枕中记》一卷、《任氏传》一卷等,文笔简练,又多规诲之意。

②不下:不亚于,不次于。

**【译文】**

沈既济撰写传奇《枕中记》,韩愈撰写传奇《毛颖传》,都不亚于史籍篇章,具有优秀史官的才能。

276.张登为小赋[①],气宏而密,间不容发[②],有织成隐起结彩蹙金之状[③]。

**【注释】**

①张登为小赋：本条采录自《国史补·张登善小赋》。张登，性刚洁。唐德宗建中中为转运盐铁使包佶从事，历检校大理评事、监察御史。贞元初任河南士曹参军，以殿中侍御史知江淮转运盐铁院事。后坐公事受劾，卒于狱中。张登工诗文，尤长于小赋。

②间不容发：间隙的距离极小，连一根头发也容纳不下。比喻情势极其紧迫、危急。间，中间，间隙。发，头发。

③隐起：凸起，高起。结彩镂金：亦作"镂金结绣"，形容文章精美，结构严密。

**【译文】**

张登撰写的小赋，气势宏大而精细，上下文句之间衔接紧密，有如织锦上织出的凸起的精美细密纹饰一样。

277.中世有造谤辞而著者①，[原注]《鸡眼》《苗登》二文。有传蚁穴而称者，[原注]李公佐《南柯太守传》。有妓乐而工篇什者，[原注]蜀妓薛涛。有家僮而善著章句者②，[原注]郭氏奴，不记名。皆事之异也。

**【注释】**

①中世有造谤辞而著者：本条采录自《国史补·叙近代文妖》。中世，原书作"近代"。造谤，诽谤，无中生有，说人坏话，毁人名誉。

②章句：章节与句子。后常借指文章。

**【译文】**

近世有以无中生有、造谣诽谤而著称的文章，[原注]《鸡眼》《苗登》两篇文章。有以写蚁穴而著称的文章，[原注]李公佐《南柯太守传》。有身为乐妓而擅长写作诗歌的人，[原注]蜀妓薛涛。有身为家仆而擅长撰写文章的人，[原注]郭家的奴仆，不知道名字。这些都是不同寻常的事。

278.进士为时所尚久矣①，俊乂实在其中②。由此者为闻人③，争名常切④，为俗亦弊。其都会谓之"举场"⑤；通称谓之"秀才"⑥；投刺谓之"乡贡"⑦；得第谓之"前辈"⑧；相推敬谓之"先辈"⑨；俱捷谓之"同年"⑩；有司谓之"座主"⑪；京兆考而升之，谓之"等第"⑫；外府不试而贡，谓之"拔解"⑬；各相保任⑭，谓之"合保"⑮；群居而试⑯，谓之"私试"⑰；造请权要⑱，谓之"关节"⑲；激扬声问⑳，谓之"往还"㉑；既捷，列其姓名慈恩寺，谓之"题名"㉒；会醵为乐于曲江亭㉓，谓之"曲江宴"㉔；籍而入选，谓之"春关"㉕；不捷而醉饱，谓之"打毷氉"㉖；飞书造谤㉗，谓之"无名子"㉘；退而肄习㉙，谓之"过夏"㉚；执业以出㉛，谓之"秋卷"㉜；挟藏入试㉝，谓之"书策"：此其大略。其风俗系于先进㉞，其制置存于有司。虽然，贤者得其大者，故位极人臣常十有二三㉟，登显列常有六七㊱，而元鲁山、张睢阳有焉㊲，刘辟、元翛有焉㊳。

**【注释】**

①进士为时所尚久矣：本条采录自《国史补·叙进士科举》。进士，唐代科举科目之一。

②俊乂：才德出众的人。

③闻人：指社会上很有名望的人。

④争名常切：原书句首尚有"故"字，当据补。

⑤都会：唐时称举场为都会。举场：科举考场。

⑥秀才：汉代荐举名目之一。汉武帝元封四年（前107）令各州岁举

秀才一人。东汉避光武帝刘秀讳,改为茂才。魏、晋因之,复称为秀才。唐初曾与明经、进士并设为举士科目,旋停废。后唐宋间凡应举者皆称秀才,明清则称入府州县学生员为秀才。

⑦投刺:投递名帖。刺,指名刺或名帖,将自己的名字写在帖上,让门房传递过去,请主人接见。乡贡:唐代由州县举荐参加科举考试的士子。《新唐书·选举志》:"唐制,取士之科,多因隋旧,然其大要有三:由学馆者曰生徒,由州县者曰乡贡,皆升于有司而进退之。"

⑧前辈:原书作"前进士",当据改。前进士,已及第之进士。

⑨先辈:唐代同时考中进士的人相互敬称先辈。

⑩同年:唐代同榜进士互称"同年"。

⑪座主:唐代及第进士对知贡举官(或权知贡举官)的尊称。

⑫等第:唐时从京兆府考试中式者中挑选出前十名送礼部会试,称为等第。

⑬拔解:唐朝科举进士科考试中,各地举人不经外府考试,而直接送礼部应试者称为"拔解"。

⑭保任:特指向朝廷推荐人才而负担保的责任。

⑮合保:相互担保。

⑯群居而试:原书作"群居而赋"。

⑰私试:唐宋时聚集进士定期举行的临时考试。

⑱造请:登门晋见。权要:权贵要人。

⑲关节:指暗中行贿勾通官吏的事。

⑳声问:名声。

㉑往还:交游,交往。

㉒题名:指唐代新登科举之人在慈恩寺内大雁塔下的石碑或壁柱题记姓名。亦称"雁塔题名"。

㉓会醵(jù):指聚在一起凑钱喝酒。

㉔曲江宴:唐时考中的进士,放榜后在长安东南的曲江亭举行庆宴,

称为"曲江宴",又名"曲江会"。

㉕春关:唐宋时进士、诸科登第之人,于敕下之后,关报吏部南曹、尚书都省、御史台,然后由礼部贡院撰写登科名单——春关,一一分发给登科人。

㉖打髍毻(mào sào):唐时举子应试不第,心中烦闷,借酒浇愁,以致大醉,谓之打髍毻。髍毻,烦恼,愁闷。

㉗飞书:匿名信。《后汉书·梁松传》:"四年冬,乃悬飞书诽谤,下狱死。"李贤注:"飞书者,无根而至,若飞来也,即今匿名书也。"

㉘无名子:指匿名造谤的人。

㉙肄(yì)习:学习,练习,演习。

㉚过夏:唐时举子考试不中,留京读书,待下科再试,称过夏。

㉛执业:持书诵习。

㉜秋卷:唐代举子落第后寄居京师过夏课读,其间所作诗文称为秋卷。

㉝挟藏:指挟带。

㉞风俗:风气。先进:首先仕进。

㉟位极人臣:指居于最高的官位。极,顶点。

㊱常有六七:原书作"十有六七",当据改。

㊲张睢阳:即张巡。玄宗开元末年进士及第,历任太子通事舍人、清河县令、真源令。安史之乱时,起兵守卫雍丘,与已降安禄山的雍丘令令狐潮大小数百战,重创其军。后因粮乏及援兵不济,撤退至宁陵、睢阳,与许远、姚訚等合军防守。至德二载(757),张巡与许远死守睢阳,最终因粮草耗尽、士卒死伤殆尽而被俘遇害。后获赠扬州大都督。

㊳元俭:唐人,生平经历不详。按,刘辟乃反叛朝廷者,元俭可能亦非正直之人。

## 【译文】

进士被时人推崇已经很久了,其中确实有才德出众之人。中了进士就能成为社会上很有名望的人,所以人们对进士的争取就非常激烈,成为当时一种鄙陋的习俗。其中科举考场称作"举场";参加考试的人通称为"秀才";投刺称为"乡贡";进士及第者称为"前进士";这些人相互敬称为"先辈";同榜进士的人称为"同年";主持进士考试的主考官称为"座主";由京兆府考试后选送礼部再试称为"等第";不经外府考试,而直接送礼部考试的称之为"拔解";互相向朝廷推荐而负担保责任的称为"合保";聚集进士定期举行的临时考试称为"私试";登门拜访权贵要人请求指点称为"关节";相互抬高名声称为"往还";已经考中,并将姓名刻在慈恩寺的石碑或壁柱上称为"题名";中榜进士在长安曲江亭举行庆宴,称为"曲江宴";登记入选,称为"春关";落第后吃酒解闷,祛除烦恼,称为"打毷氉";通过匿名信无中生有造谣诽谤称为"无名子";下第后在京重新攻读以待再试称为"过夏";落第后寄居京师诵读,其间所作诗文称为"秋卷";挟带书册入考场称为"书策":这些就是与科举考试有关的大致内容。这种风气与最先仕进的人相关联,并成为惯例存于主管部门。虽然这样,贤明的人还是占大多数,所以成为大臣中地位最高的人常常十个人中有两三个,位居高官的十个人中有六七个,其中也有像元德秀、张巡这样的贤者,像刘辟、元俶这样的奸臣。

279.自开元二十四年①,考功员外郎李昂为士子所诉②,天子以郎署权轻③,移职礼部,始置贡院④。天宝则有袁成用、刘长卿分为棚头⑤。是时常重东府西监⑥。至贞元八年⑦,李观、欧阳詹以广文登第⑧,自后乃群奔于京兆矣。

**【注释】**

①自开元二十四年:本条采录自《国史补·礼部置贡院》。

②李昂:唐玄宗开元二年(714)状元及第,九年(721)登拔萃科。

曾任考功员外郎,二十四年(736)知贡举,为举人所讼,后改任礼部侍郎知举、吏部郎中。以文词著称于时,其《戚夫人楚舞歌》为时人传诵。

③郎署:官署名。隋唐时对六部所属二十四司的别称。

④贡院:唐时礼部贡院的省称。即科举考试的考场。

⑤袁成用:唐人,生平未详。刘长卿:字文房,河间(今属河北)人。唐玄宗天宝年间登进士第,曾任长洲县尉。肃宗至德年间官监察御史,以检校祠部员外郎转为使判官,知淮西鄂岳转运留后、鄂岳观察使。官终随州刺史。其诗多写景,长于五言,自称为“五言长城”。著有《刘长卿集》十卷。棚头:贡院负责官吏。

⑥东府西监:当为东西两监。指长安国子监和洛阳国子监的合称。五代王定保《唐摭言·两监》:“按实录:西监,隋制;东监,龙朔元年所置。开元已前,进士不由两监者,深以为耻。”

⑦至:原阙,据齐之鸾本补。

⑧李观:字元宾。李华从子。唐德宗贞元八年(792)与韩愈同登第。同年又举博学宏辞科,授太子校书郎。欧阳詹:字行周,泉州晋江(今福建晋江)人。德宗建中初年得福建观察使常衮赏识,大力推崇,与林蕴、林藻兄弟和诗人秦系、故相姜公辅辈交游论文,咏吟酬唱。贞元八年(792)进士及第,授国子监四门助教。贞元十五年(799)曾上书宰相郑馀庆,求不次进用,未果。遂北游太原,倦归,卒。著有《欧阳行周集》十卷。广文:广文馆的简称。唐天宝九载(750)设广文馆。设博士、助教等职,主持国学。《新唐书·百官志》:“广文馆,博士四人,助教二人。掌领国子学生业进士者。”

**【译文】**

从唐玄宗开元二十四年考功员外郎李昂被科举士子诉讼后,皇帝认为郎署官位太小,于是将考功员外郎这一职位移到礼部,开始设立贡院。

玄宗天宝年间就有袁成用、刘长卿分别为贡院的负责官吏。不过这一时期人们看重的还是东西两监。到唐德宗贞元八年，李观、欧阳詹通过广文馆考取进士，从此以后人们才一起涌向京兆府。

280. 贞元十二年[①]，驸马王士平与义阳公主不协[②]，蔡南史、独孤申叔播为乐曲[③]，号《义阳子》，有《团雪》《散雪》之歌。德宗怒，欲废进士科[④]，后独流南史而止。

**【注释】**

①贞元十二年：本条采录自《国史补·曲号义阳子》。

②王士平：成德节度使王武俊之子。以父勋补原王府咨议。德宗贞元二年（786）迎娶德宗女义阳公主，加秘书少监同正、驸马都尉。宪宗元和中累迁至安州刺史，后坐与宦官结交，贬贺州刺史。后官至左金吾卫大将军。义阳公主：唐德宗李适之女。不协：不合。

③蔡南史：唐人，生平未详。独孤申叔：字子重，洛阳（今属河南）人。德宗贞元十二年（796）撰《义阳主》词，咏义阳公主与驸马王士平反目事，传诵一时。次年（797）登进士第。十五年（799）复登博学宏辞科，授秘书省校书郎。工诗文，长于赋颂，与韩愈、柳宗元、刘禹锡等交善。

④欲废进士科：原书与《太平广记》引文此句中"进士科"均作"科举"。《新唐书·魏国宪穆公主传》曰义阳公主恣横不法，德宗幽之禁中，锢驸马王士平于第，后贬贺州司户参军，"门下客蔡南史、独孤申叔为主作《团雪》《散雪辞》状离旷意。帝闻，怒，捕南史等逐之，几废进士科"。

**【译文】**

唐德宗贞元十二年，驸马王士平与义阳公主不和，蔡南史与独孤申叔撰写了广为流传的歌曲，名叫《义阳子》，其中有《团雪》《散雪》之歌。

唐德宗听说大怒,想要废掉进士科,后来只流放了蔡南史就了结了此事。

281.或有朝客讥宋济曰①:"近日白袍子何太纷纷②?"济曰:"盖因绯袍子纷纷化使然也③。"

**【注释】**

①或有朝客讥宋济曰:本条采录自《国史补·宋济答客嘲》。朝客,朝中官员。宋济,唐代宗大历末,与符载、杨衡等同隐青城山读书。德宗贞元中屡试不第。或言其曾居长安西明寺读书,德宗微行见之,称其大坦率,后见礼部放榜无济名,即曰"宋五又坦率";人称"宋五坦率"。《全唐诗》存其诗二首。纷纷:众多而杂乱的样子。

②白袍子:唐时举子入试,皆着白袍,故有"白袍子何太纷纷"之语。也因以"白袍子"为入试士子的代称。

③盖因绯袍子纷纷化使然也:齐之鸾本此句"纷纷"二字前尚有"紫袍子"三字,当据补。绯袍子,指穿红色官服的人。官服分颜色从唐朝开始:三品以上紫袍,佩金鱼袋;五品以上绯袍,佩银鱼袋;六品以下绿袍,无鱼袋。

**【译文】**

有一个朝中官员讥讽宋济说:"最近穿白色袍子的人为啥如此之多?"宋济说:"大概是因为穿红色袍子和紫色袍子的人太多才会这样吧。"

282.元和已后①,文笔学奇于韩愈,学涩于樊宗师②。歌行则学流荡于张籍③,诗章则学矫激于孟郊④,学浅切于白居易⑤,学淫靡于元稹⑥,俱名"元和体"⑦。大抵天宝之风尚党⑧，大历之风尚浮⑨，贞元之风尚荡⑩，元和之风尚怪也。

**【注释】**

①元和已后：本条采录自《国史补·叙时文所尚》。

②樊宗师：字绍述。始为国子主簿。宪宗元和三年（808）登军谋宏远科，授著作郎，分司东都，转太子舍人。后历任山南西道节度副使兼检校水部员外郎、殿中侍御史等职。穆宗长庆元年（821）征拜左司郎中，复出为绛州刺史。有治绩。长庆四年（824）进谏议大夫，未拜卒。樊宗师穷究经史，勤于艺学，兼晓军法声律。所作诗文，务求词句艰涩刻深。今仅存散文两篇，诗一首。

③歌行：古体诗的一种。音节、格律比较自由，句法长短参差，富于变化。一般采用五、七杂言古体，与乐府相近。流荡：指诗文散漫不合格律。

④矫激：指诗文风格特异而激切。

⑤浅切：浅易得当。

⑥淫靡：谓文辞浮华艳丽。

⑦元和体：指唐代诗人白居易、元稹开创的一种诗风。因兴盛于元和（唐宪宗年号）年间，故名。《旧唐书·元稹传》："稹聪警绝人，年少有才名，与太原白居易友善。工为诗，善状咏风态物色，当时言诗者称元白焉。自衣冠士子，至闾阎下俚，悉传讽之，号为'元和体'。"

⑧大抵天宝之风尚党：此句"风"下原有"俗"字，据齐之鸾本、《历代小史》本删。尚党，即崇尚雷同与模式化的形式与风格特征。

⑨尚浮：即崇尚浮华艳丽的风格特征。

⑩尚荡：即崇尚恣肆散漫的风格特征。

**【译文】**

唐宪宗元和以后，人们写文章向韩愈学习诙奇险奥的文风特征，向樊宗师学习艰涩怪癖的文风特征。写歌行体诗就向张籍学习散漫不合格律的风格,写其他诗篇则学孟郊特异而激切的风格,学习白居易浅易得当的风格,学习元稹浮华艳丽的风格,这几位诗人的诗歌通称为"元和体"。大体上来说,天宝年间的诗歌崇尚雷同与模式化的形式与风格特征,大历年间的诗歌崇尚浮华艳丽的风格特征,贞元年间的诗歌崇尚恣肆散漫的风格特征,元和年间的诗歌则崇尚奇险怪癖的风格特征。

283.建中初①,金吾将军裴冀曰②:"若礼部先时颁天下曰:某年试题取某经,某年试题取某史,至期果然,亦劝学之一术也。"

【注释】

①建中初:本条采录自《国史补·裴冀论试题》。建中,唐德宗李适年号(780—783)。

②裴冀:代宗朝任大理少卿,大历十二年(777)因坐宰相元载罪,贬官。

【译文】

唐德宗建中初年,金吾将军裴冀说:"如果礼部提前向全国发布公告说:某一年的科举考试试题取自某本经书,某一年的科举考试试题取自某本史书,到考试的时候确实如公告所说,那么这也是勉励人们勤于学习的一种方法。"

284.熊执易通《易》①。建中四年,试《易简知险阻论》,执易端坐剖析,声动场中,一举而捷。

**【注释】**

①熊执易通《易》：本条采录自《国史补·熊执易擅场》。熊执易，德宗贞元元年（785）登贤良方正科，累迁右补阙。德宗欲以裴延龄为相，上疏切谏。后任库部员外郎，兼御史中丞。著有《化统》五百卷，未及上，卒于西川。

**【译文】**

熊执易精通《易》学。唐德宗建中四年，被考以《易简知险阻论》，熊执易端坐考场细致地分析，他的声音震动了整个科场，一举登第。

# 卷三

## 【题解】

《唐语林》卷三包括"方正""雅量""识鉴""赏誉""品藻""规箴""夙慧"七门，共一百九十一条，除"规箴"门外，其余六门虽然内容各有不同，但均以"人"为中心，都是对人的品行、才能以及智慧等的赞赏和品评。

"方正"门共六十五条，是对具有行为正直、不为外力所屈服等优秀品质的朝臣的赞颂。具体来看，主要有以下几类：第一，为官正直、坚守原则、不徇私情的大臣。其中有对为触犯禁令的乳母之子求情的儿子严厉批评的唐代中兴名将郭子仪（第290条），有凡事当着群臣面向皇帝奏报的宰相韩皋（第296条），有拒绝友人谋求官位的宰相裴坦（第305条），以及任京兆府科考主试官时秉公任直、不徇私情的唐特（第311条）等。第二，性情耿直、不苟且逢迎的大臣。其中有不巴结皇帝身边宠幸之人、性情耿直的宋璟（第288条）；不苟且逢迎别人而被宦官构陷，降职外任刚正不阿的宰相张镐（第291条）；不惧当权宦官鱼朝恩的权势，直言相对，无丝毫降身屈节的朝中官员相里造（第292条）；以及性格刚直，当面表示决不依附二张的张说（第338条）等。第三，不惧权贵、敢言直谏的大臣。这部分在"方正"门是最多的，如对节度使尚衡直谏的判官李惇（第294条），对一味贪求财物官位的刘从谏劝诫的李固言（第310

条),对任命胡人安叱奴为散骑常侍的唐高祖李渊劝阻的李纲(第331条)。其他如向皇上进谏周兴、来俊臣无中生有构陷朝廷命官的李嗣真(第332条),劝谏唐中宗对告发武三思潜通韦后的朝臣韦月将从轻发落的宋璟(第333条),以及劝谏唐睿宗禁止太平公主干预朝政的柳泽(第334条)等。第四,不尚淫祀,不惧邪说的大臣。狄仁杰是武则天时期的大臣,曾官至宰相,以耿直和不畏权贵著称。"方正"门中有关狄仁杰不惧传闻、让车驾经过妒女祠(第285条),以及狄仁杰任江南安抚使时拆除危害百姓的七百多座神庙(第329条)等故事,均表现他一心为民、不尚淫祀的刚正性格。除此之外,还有表现正直官吏对贪赃枉法者的疾恶如仇以及秉公执法等的故事,不再详述。

"雅量"门共二十二条,是对表现帝王和大臣胸怀宽广大度、气度淡定优雅等逸闻轶事的记述。其中与帝王相关的故事共五条,关涉的帝王是唐太宗和唐文宗,第361条写唐太宗准备巡幸南山而最终没能成行,只因担心魏徵和大臣们不高兴,表现了太宗作为一代雄主的仁心和气量。在表现唐文宗宽容豪爽、随意大度的几条故事中,有唐文宗对误读自己名讳的大臣裴素(第355条)和偷看他的郎官(第358条)的宽恕,也有举行郊祀仪式时文宗对相扑手和"称叹大好鸡"的优人赏赐的豪爽和随意(第357条)。在表现大臣"雅量"的十几条故事中,主要有表现娄师德容人的雅量和气度(第350条),裴度处理丢印章之事宽缓有度的睿智(第352条)及其对待生老病死等事的通达(第356条)。还有为人大度,不聚财、不敛财的阳城(第353条);仁慈宽恕,为保护小吏不被治罪喝下小吏误倒的醋而生病的任简迪(第368条)等。当然,大臣的宽容大度有时候也表现为过分的随意和没有原则,如第362条写卢承庆对一个失掉米的官员考核结果的几次更改,就是这方面的表现。

"识鉴"门共三十七条,其中主要是善识人者对人的品行、才能的鉴别,如主考官王师旦对日后或贪污或一事无成的张昌龄、王公瑾的辨识(第372条),杜佑对张弘靖的识鉴(第381条),唐中宗对苏瑰、李峤儿子的评价（第373条），韦夏卿对韦执谊、韦丹、韦牟渠三人的品评（第383条），李夷简对给叛军送信的使者的辨别（第406条），唐文宗对唐宣宗的赏识（第391条），崔铉对路岩（第394条）、李靖对侯君集（第396条）的识鉴以及张九龄对安禄山必将反叛的先知先觉（第405条）等等。"识鉴"门中也有表现唐人对音律的精通和辨析以及对画作的赏识的，如第376条写宁王李宪从《凉州曲》中听出臣子僭越叛乱的征兆，第398条写魏徵对不同乐曲的反应，其他还有汉中王李瑀（第378条）、太保韩皋（第386条）、张文收（第397条）等人的善识音律，以及阎立本对张僧繇画的赏识和喜爱（第400条）等。

　　"赏誉"门共二十四条，是对人的品行、才能的称赏和赞誉。其中有帝王对大臣才学的赏识及对有才之士的选拔和任用，如唐太宗对李义府才学的称赏（第409条），唐德宗对优秀人才的选拔和任用（第411条），唐高宗对去世的有才之士戴至德的追念（第426条），以及宪宗皇帝对独孤郁才学的赞誉（第430条）等。也有大臣之间相互称赏和赞誉的，如顾况对白居易才学的赞誉（第412条），韩愈对李贺才学的称赏（第413条），李德裕对白敏中、贺拔甚的赞赏和提拔（第417条），时人对令狐滈、令狐澄才学的赞誉及对他们家三代掌管诏令的称颂（第421条），还有吕元膺对坚持原则的守城兵士的赞赏和提拔（第432条）等。

　　"品藻"是指对人物文才、品行等的品评和鉴定。《汉书·扬雄传下》曰："爰及名将尊卑之条，称述品藻。"颜师古注："品藻者，定其差品及文质。"《唐语林》"品藻"门共十三条，其中有对文人才学的评价，如京兆尹对乔彝文才的品评（第436条）；白居易对徐凝、张祜二人诗赋的评价以及由此对二人仕途命运的影响（第437条）；唐德宗对崔淑清（第444条），王起对卢肇、黄颇二人（第445条）诗文才学的品评等；也有对人的品行、能力等的品评，如唐太宗对虞世南的品评，说他一人兼具"博闻、德行、书翰、词藻、忠直"五个方面的美好品质（第440条）；时人对杨家、穆家兄弟优劣的品评（第441条）及对穆宁品行才学的评价（第442条）等。

　　"规箴"是指对人的劝勉和告诫。《唐语林》"规箴"门共九条，主要表现大臣对帝王行为的规劝，如魏徵对整修隋朝旧宫、田猎游乐的唐太宗的规劝（第446条），道士李唐对唐肃宗的规劝（第447条），谏议大夫阳城对想要任用裴延龄为宰相的唐德宗的劝谏（第448条），以及杜黄裳对唐宪宗的辅佐和规劝（第451条）等。也有表现大臣对门人及太学生的训诫的，如第449条所写就是阳城以道德训诫太学生，让他们定期回家侍奉父母。

　　"夙慧"指早慧。《唐语林》"夙慧"门共二十一条，内容比较单一，全部是对唐代以幼时博闻强识、聪慧机敏著称的各类人物的记述。有写帝王的，如唐肃宗为太子时的敏慧（第456条）、唐宣宗的博闻强记（第466条）。有写大臣的，如出生神异且聪明智慧的上官昭容（第455条），夙慧儿童刘晏（第458、459条），幼时聪慧的苏颋（第457条），记忆力超强的柳芳（第461条）、崔涓（第467条）、常敬忠（第462条）等。也有写下层妓女见多识广的，如第469条官妓对进献木瓜一事的见解。

　　综上所述，《唐语林》卷三所述七门虽然内容各有不同，但都是对唐代各阶层士人的品行、才能、气度等的赞扬和品评。就是以劝勉和告诫为主要内容的"规箴"门，反映的也是大臣对帝王或门人错误行为的规劝，体现的仍然是这些大臣敢言直谏的优秀品质。


# 方正

　　285.狄梁公仁杰为度支员外郎①，车驾将幸汾阳宫②，仁杰奉使修供顿③。并州长史李元冲以道出妒女祠④，俗称有盛衣服车马过者，必致雷风，欲别开路。仁杰曰："天子行幸，千乘万骑，风伯清尘，雨师洒道，何妒女敢害而欲避之？"元冲遂止，果无他变。上闻之，叹曰："可谓真丈夫也⑤。"后为冬官侍郎⑥，充江南安抚使。其风俗，岁时尚淫祀⑦，庙凡一千七百余所，仁杰并令焚之。有项羽庙，吴人所惮⑧。仁杰先檄书⑨，责其丧失江东八千子弟，而妄受牲牢之荐⑩，然后焚之。

**【注释】**

①狄梁公仁杰为度支员外郎：本条采录自《封氏闻见记·刚正》。狄梁公仁杰，即狄仁杰，字怀英，并州太原（今山西太原）人。早年以明经及第，授汴州判佐。后得阎立本赏识，荐授并州都督法曹。历任大理寺丞、侍御史、度支郎中、宁州刺史、冬官郎中等职，以不畏权贵著称。武周天授二年（691）拜相，但仅四个月便被诬陷谋反，夺职下狱，免死贬彭泽县令。后在营州之乱时被起复，并于神功元年（697）再次拜相。他犯颜直谏，力劝武则天复立庐陵王李显为太子，使得唐朝社稷得以延续。卒谥文惠。度支员外郎，据新、旧《唐书》之《狄仁杰传》作"度支郎中"。

②汾阳宫：古宫名。隋炀帝时建。故址在今山西宁武西南管涔山上。

③供顿：张罗供应。

④李元冲：据《唐会要》《旧唐书》《新唐书》，应作"李冲玄"。

⑤真丈夫：犹言大丈夫。指有所作为的人。

⑥冬官侍郎：官名。即工部侍郎，武则天光宅元年（684）改工部为冬官，工部侍郎改为冬官侍郎，中宗神龙元年（705）复名工部侍郎。

⑦岁时：指一年，四季。淫祀：指不合礼制的祭祀，不当祭的妄滥之祭。《礼记·曲礼下》："非其所祭而祭之，名曰淫祀。"孙希旦曰："淫，过也。或其神不在祀典，如宋襄公祭次睢之社；或越分而祭，如鲁季氏之旅泰山，皆淫祀也。"

⑧吴人：指今江苏长江以南之人，为春秋及三国时期吴国的中心地区。

⑨檄书:原书"檄书"上有一"致"字,当据补。檄书,即檄文。古代
　　用于晓谕、征召、声讨等的文书。

⑩牲牢:犹牲畜。《诗经·小雅·瓠叶》毛序:"上弃礼而不能行,虽有
　　牲牢饔饩,不肯用也。"郑玄笺:"牛羊豕为牲,系养者曰牢。"荐:
　　献祭。

**【译文】**

　　梁公狄仁杰任度支郎中,皇帝要巡幸汾阳宫,狄仁杰奉旨筹办皇上沿途所需之物。并州长史李冲玄跟狄仁杰说皇上出行所走的路线要经过妒女祠,民间传说凡是穿着华贵衣服的人和大队车马经过妒女祠,一定会遭遇雷电风暴,所以想要绕开妒女祠走别的道路。狄仁杰说:"皇上外出巡幸,千车万马,声势浩大,风神雨师都要为皇上清扫前行的道路,一个小妒女怎敢加害皇上而要躲避她呢?"李冲玄就没有了改换路线的想法,后来皇上巡行经过此地,果然平安无事。皇上听说这件事后,感叹说:"狄仁杰可以说是真正的大丈夫。"后来狄仁杰任冬官侍郎,并担任江南安抚使。这个地方的人们相沿积久形成的风气,一年四季崇尚不合礼制的祭祀,庙宇一共有一千七百多所,狄仁杰下令全部烧掉。有一座项羽庙,吴地的人们很害怕,不敢烧。狄仁杰先发布了宣示项羽罪状的文书,斥责他丢失江东八千子弟的性命,却还不合理地接受当地百姓牲畜的献祭,然后就焚烧了项羽庙。

　　286.陆少保①,字元方,曾于东都卖一小宅。家人将受直矣②,买者求见,元方因告其人曰:"此宅子甚好,但无出水处耳。"买者闻之,遽辞不买。子侄以为言,元方曰:"不尔,是欺之也。"

**【注释】**

　　①陆少保:本条采录自《封氏闻见记·淳信》。陆少保,即陆元方,

苏州吴县（今江苏苏州）人。曾任监察御史、殿中侍御史、凤阁舍人等职。武则天长寿二年（693）拜相。为官清谨,颇为武则天信任。

②受直：得到报酬。

**【译文】**

陆少保,字元方,曾经在洛阳卖一处小的宅第。家人就要将宅第卖出去,买房子的人求见,于是元方告诉他说："这房子很好,就是没有向外排水的地方。"买房子的人听了,立即推辞不买了。子侄们为这说了埋怨他的话,元方却说："如果我不说的话,就是在欺骗他。"

287.裴光庭累典名藩①,皆有异政。玄宗谓宰相曰："裴光庭性恶恶②,如扇驱蚊蚋焉③。"

**【注释】**

①裴光庭累典名藩：本条采录自《开元天宝遗事·逐恶如驱蚊蚋》。裴光庭,字连城,绛州闻喜（今山西闻喜）人。裴行俭之子。武则天时累迁太常丞。玄宗开元中任司门郎中、兵部郎中、中书侍郎、同中书门下平章事。二十年（732）加光禄大夫,封正平男。卒赠太师,谥号忠宪。累典名藩,指多次镇守地方重镇。

②恶恶（wù è）：憎恨邪恶。

③蚊蚋（ruì）：即蚊子。蚋,体形似蝇而小,头小,色黑,胸背隆起,吸人畜血液。

**【译文】**

裴光庭多次镇守地方重镇,都有优异的政绩。唐玄宗对宰相说："裴光庭内心憎恨邪恶,就像用扇子驱逐蚊蚋一样打压邪恶之人。"

288.宋璟为广府都督①,玄宗思之,使内臣杨思勖驰驿往追②。璟就路，竟不与思勖交一言。思勖以将军贵幸殿中③，诉于玄宗。上嗟叹良久，拜刑部尚书。

**【注释】**

①宋璟为广府都督：本条采录自《封氏闻见记·端愨》。

②内臣：指宦官，太监。杨思勖：本姓苏，字祐之，罗州石城（今广东廉江东北）人。少蒙家难，净身进官，得杨姓宦官收养，遂改姓。中宗神龙三年（707）预讨李多祚有功，超拜银青光禄大夫，行内常侍。睿宗景云元年（710）从临淄王李隆基诛韦氏，累迁右监门卫将军。玄宗开元年间，因先后平定安南梅叔鸾、五溪覃行章、邕州梁大海、泷州陈行范等叛乱有功，官至辅国大将军，又加骠骑大将军，封虢国公。

③贵幸：亦作"贵倖"。位尊且受君王宠信。殿中：官署名。尚书省诸曹之一。三国魏初始置，称殿中监。隋朝改称为殿中局，炀帝时改称殿内省。唐武德初年改称殿中省，下属尚食、尚药、尚衣、尚乘、尚舍、尚辇等六局。设监、少监为长贰，掌天子服御及衣食住行之事。

**【译文】**

宋璟出任广府都督，唐玄宗想念他，派宦官杨思勖乘驿马疾行追他回来。宋璟上路后，始终没有和杨思勖说一句话。杨思勖身为将军，且受到玄宗的宠幸，任职殿中省，他向玄宗讲述了这一情况。玄宗感慨了很长一段时间，拜宋璟为刑部尚书。

289.代宗惑释氏业报轻重之说①，政事多托于宰相，而元载专权乱国②，事以货成。及常衮为相③，虽贿赂不行，而介僻自专④，升降多失其人。或同列进拟稍繁⑤，则谓之

"鰨伯"⑥。于是京师语曰："常分别，元好钱。贤者愚，愚者贤。"崔祐甫素公直⑦，因于众中言曰："朝廷上下相蒙，善恶同致。清曹峻府⑧，为鼠辈养资⑨，岂所以裨政耶⑩！"由是为持权者所忌。建中初，祐甫执政，中外大悦。

## 【注释】

①代宗惑释氏业报轻重之说：本条采录自《杜阳杂编》。业报，佛教指因果报应。即行善有善报，作恶有恶报。

②元载：字公辅，凤州岐山（今陕西岐山）人。幼嗜学，好属文，博览子史，尤学道书。玄宗天宝初年，举老、庄、列、文子高第，授新平尉，历大理评事、东都留守判官、大理司直等职。肃宗时任洪州刺史、御史中丞、户部侍郎、度支使并诸道转运使等。依附李辅国，擢同中书门下平章事。代宗即位，进中书侍郎，仍同平章事。大历五年（770）预谋杀宦官鱼朝恩，由此权倾朝野，恃功骄恣。后为代宗诛杀。

③常衮：字夷甫，京兆（今陕西西安）人。玄宗天宝十四载（755）以状元登第，授太子正字。代宗广德元年（763）以右补阙充翰林学士，累迁起居郎、考功员外郎、考功郎中兼知制诰、中书舍人。大历十二年（777）拜相，册封河内郡公。唐德宗即位后，授福建观察使。后卒于任上，追赠尚书左仆射。衮性清直孤洁，不妄交游。工诗文，尤长于制诰，与杨炎齐名。

④介僻：犹狷介。耿介孤僻，不随流俗。

⑤进拟：犹奏呈。谓大臣奏呈事项，作为拟议，以备采用。

⑥鰨（tà）伯：《新唐书·常衮传》曰："惩元载败，窒卖官之路，然一切以公议格之，非文词者皆摈不用。故世谓之'鰨伯'，以其鰨鰨无贤不肖之辨云。"鰨，堆积，物上加物。

⑦崔祐甫：字贻孙，京兆长安（今陕西西安）人。玄宗天宝中进士及

第，授寿安尉。为人刚直，遇事不回。安史乱中举家南迁。至德元载（756）为江西采访从事，累历起居舍人，司勋、吏部二员外郎。唐德宗即位，拜门下侍郎同平章事，后改中书侍郎。监修国史，封常山县子。卒赠太傅，谥号文贞。

⑧清曹峻府：指清静肃穆、禁令森严的官署。曹，官府。

⑨鼠辈：指行为不正或无足轻重的人。

⑩裨政：裨补匡正政治措施。

【译文】

　　唐代宗迷恋佛教业因与果报轻重的学说，将政务大多都委托给宰相处理，致使宰相元载独揽大权扰乱国家，贪赃枉法，贿赂公行。等到任用常衮为宰相，虽然杜绝了贿赂，但常衮耿介孤僻，独断专行，在升迁与黜免官员方面多有失误。有的同僚向他奏呈事情稍微繁多，就称人家是"鹢伯"。当时京城中传言说："常衮妄加区分，元载喜好钱财。贤能的人是愚人，愚蠢的人也会被看作贤人。"崔祐甫一向公正耿直，他在众人中间说："朝廷上下互相欺骗，善恶不分。本来是清静肃穆、禁令森严的官署，如今却供养着品行不正之人，这对裨补匡正政治措施有什么好处？"从此被当政者所憎恨。唐德宗建中初年，崔祐甫任宰相处理政务，朝廷内外的人都很高兴。

　　290.郭尚父在河中①，禁无故走马，犯者死。南阳夫人乳母之子抵禁②，都虞候杖杀之③。诸子泣诉虞候纵横之状，公叱而遣之。明日，对宾客叹息数四④，以其事告客曰："不赏父之都虞候，而惜母之阿妳儿，非奴才而何？"

【注释】

　　①郭尚父在河中：本条采录自《因话录·商部》。郭尚父，指郭子

仪。郭子仪曾平定安史之乱，官至太尉、中书令。德宗时尊为尚父。河中，唐方镇名。肃宗至德元载（756）置河中防御使，次年升为节度使，乾元三年（760）升为河中府，治蒲州（今山西永济西南蒲州），领蒲、晋、绛、隰、慈、虢、同七州。

②南阳夫人：即郭子仪之妻。抵禁：触犯禁令。

③都虞候：官名。唐代中后期诸节度使置，掌整肃军纪，其职颇重，有继任藩帅者。

④数四：犹言再三再四，多次。

【译文】

　　郭子仪在河中府时，禁止无缘无故骑马疾走，违反禁令的人处死。郭子仪的妻子南阳夫人乳母的儿子触犯了禁令，都虞候杖杀了他。郭子仪的几个儿子哭着控诉都虞候肆意横行的情状，郭子仪狠狠地训斥并赶走了他们。第二天，郭子仪对客人嗟叹多次，并把这件事告诉了客人，然后说："不赞赏父亲的都虞候，却痛惜母亲乳母的儿子，这不是奴才是什么？"

　　291.中书侍郎张镐①，为河南节度使，镇陈留。后兼统江淮诸道，将图进取。中官络绎②。镐起自布衣，一二年登宰相，正身特立，不为苟媚，阉宦去来，以常礼接之，由是为阉竖所嫉，称其无经略才③。征入，改为荆府长史；未几，又除洪府长史、江西观察使④。

【注释】

①中书侍郎张镐：本条采录自《封氏闻见记·贞介》。本条与下第292条原合为一条，本书据原书分列。张镐，字从周，博州（今山东聊城东北）人。少师事吴兢。天宝末由杨国忠推荐，任左拾

遗。肃宗即位,拜中书侍郎、同中书门下平章事。不久罢相。后
为左散骑常侍,一度受人牵连,贬辰州司户。代宗时,历任抚州、
洪州刺史及江南西道都团练观察等使。

②络绎:连续不断,往来不绝。

③经略:经营治理。

④又除洪府长史、江西观察使:《旧唐书·张镐传》:"迁洪州刺史、
饶吉等七州都团练观察等使,寻正授江南西道都团练观察等使。"
《新唐书·张镐传》则作"迁洪州观察使……改江南西道观察
使"。

**【译文】**

中书侍郎张镐任河南节度使,镇守陈留。后来又总领江淮各道,想
要图谋进取。宦官往来不绝。张镐出自平民,一两年就荣登宰相之位,
刚正不阿,具有坚定的志向和操守,从不苟且奉承阿附他人,宦官往来,
张镐都用一般的礼节接待他们,因此被宦官所嫉恨,都说他没有经营治
理的才能。张镐被征召入朝后,改任为荆府长史;不久,又任洪府长史、
江西观察使。


292.相里造为礼部郎中①。时宦官鱼朝恩用事②,称诏
集百僚有所评议,凌轹在位③。宰相元载以下,唯唯而已;造
抗言酬对④,无降屈之色⑤,朝廷壮之。


**【注释】**

①相里造为礼部郎中:本条采录自《封氏闻见记·骞谔》。相里造,
魏郡冠氏(今山东冠县)人。相里玄奖曾孙。代宗大历年间任户
部郎中。时宦官鱼朝恩用事,造抗辞直言,无降屈之色,为时所
称。官至河南少尹。

②鱼朝恩:泸州泸川(今四川泸州)人。天宝末入内侍省,以品官给

事黄门。后为肃宗宠信，至德中属监军事，上元年间加开府仪同三司，封冯翊郡公。代宗避吐蕃东幸，朝恩悉军迎护，因功封天下观军容宣慰处置使，并专典神策军，进封郑国公。后因慑服百官，干预朝政，求取无厌，代宗不能容，与元载设计，将其缢杀。

③凌轹：欺压，欺凌折辱。

④抗言：高声而言，直言。酬对：应答，对答。

⑤降屈：降身屈节。

【译文】

相里造任礼部郎中。当时宦官鱼朝恩当权，他下达诏命召集百官评论是非，欺压在位的官员。宰相元载以下的官员，只是连声答应，不敢有其他言语；相里造直言应对，没有丝毫降身屈节的神色，朝廷的官员都赞美他。


293.崔祐甫为中书舍人①。时宰相常衮当国，祐甫每见执政问事，未曾屈。舍人岑参掌诰②，屡称疾不入宿直③，人情虽惮而不敢发④，崔独入见，以舍人移疾既多⑤，有同离局⑥。衮曰："此子羸病日久⑦，诸贤岂不能容之？"崔曰："相公若知岑舍人抱疾，本不当迁授⑧。今既居此，安可以疾辞王事乎？"衮默然无以夺也，由是心衔之。及德宗在谅闇中⑨，衮矫制除崔为河南少尹⑩。上觉其事，遽追还之，拜中书侍郎平章事，而衮谪于岭外⑪。


【注释】

①崔祐甫为中书舍人：本条采录自《封氏闻见记·抗直》。

②岑参：唐玄宗天宝三载（744）进士及第，守选三年后获授右内率府兵曹参军，后两次从军边塞。肃宗至德二载（757）入朝任右补

阙,因指斥权贵,被贬为虢州刺史。晚年入川,官至嘉州刺史,故世称"岑嘉州",卒于成都。按,常衮大历十二年(777)拜相,岑参大历五年去世,时间并不相合。

③宿直:在皇宫中值宿。

④情:原阙,据齐之鸾本、《历代小史》本补。

⑤移疾:亦作"移病"。指旧时官吏上书称病引退。

⑥离局:远离所领之部队,离开职守。《左传·成公十六年》:"失官,慢也;离局,奸也。"杜预注:"远其部曲为离局。"

⑦嬴病:衰弱生病。

⑧迁授:迁升官职。

⑨谅闇:为天子、诸侯居丧之称。

⑩衮矫制除崔为河南少尹:《旧唐书·崔祐甫传》记常衮"请谪为潮州刺史,内议太重,改为河南少尹"。矫制,指假托君命行事。

⑪"上觉其事"几句:《新唐书·崔祐甫传》云:"子仪、泚入,言祐甫不宜贬。帝曰:'卿向何所言?今云非邪?'二人对'初不知'。帝怒,以衮为罔上。是日……即两换职,以衮河南少尹,而拜祐甫门下侍郎、同中书门下平章事。"

## 【译文】

崔祐甫任中书舍人。当时宰相常衮当权,崔祐甫每次见他问询具体事务,从来没有屈服过。舍人岑参掌拟制诰,多次称病不去夜间值班,众人心里虽然憎恶但都不敢发作,唯独崔祐甫去见常衮,认为舍人岑参称病的次数太多了,如同离局。常衮说:"这个人身体虚弱生病很久了,各位贤达之人难道就不能包容他吗?"崔祐甫说:"宰相如果知道舍人岑参抱病,本来就不应该给他迁升官职。现在既然位居此职,怎么能够因为生病而推托政事呢?"常衮没有话来和他抗争,从此以后就对崔祐甫心怀忌恨。等到唐德宗居丧期间,常衮假托皇帝的命令任崔祐甫为河南少尹。德宗知道了这个事情,立即派人追回崔祐甫,拜为中书侍郎、同平章事,贬常衮到五岭以南地区。

294.李惇为淄青节度判官①。其使尚衡②,弟颇干政,惇屡言之。衡曰:"兄弟孤遗相长③,不忍失意。"惇曰:"君既爱之,当训以道,何使其纵恣?"衡家又好祷,车舆出入,人吏苦之。惇又进谏,衡不能用。他日,衡对诸客有所问,惇曰:"惇前后献愚直④,大夫不用,今复何问?"衡曰:"吾子好为讦讦⑤。"惇曰:"忠言讦讦,久居何益? 请从此辞。"遂趋出。衡怒,不使追之。

**【注释】**

①李惇为淄青节度判官:本条节录自《封氏闻见记·忠鲠》。李惇,唐代人,生平经历不详,曾任淄青节度判官。

②尚衡:汲郡(治今河南卫辉)人。玄宗天宝十五载(756)客濮阳,起兵讨安禄山。肃宗至德二载(757)据徐州,乾元中任郓州刺史、徐州刺史,充青、淄、密、登等州节度使。代宗宝应元年(762)入为御史大夫,后官至右散骑常侍。

③孤遗:指无父母的子女。

④愚直:指诚恳鲠直之言。

⑤讦讦(jié):诋毁、攻击别人的过失和隐私。

**【译文】**

李惇任淄州节度使判官。节度使尚衡的弟弟经常干预政事,李惇多次跟他讲这件事。尚衡说:"我们兄弟没有父母,相互依靠长大,我不忍心违背他的心意。"李惇说:"您既然珍惜他,就应该用道义教导他,怎么能让他肆意放纵?"尚衡的家人还喜欢祈神求福,车轿进进出出,下级官吏苦不堪言。李惇又一次向尚衡进言劝谏,尚衡还是没有采纳。过了几天,尚衡向众人询问自己存在的问题,李惇说:"我前后两次进献愚直之言,大人都没有采纳,现在您还问什么?"尚衡说:"你喜欢诋毁攻击。"李惇说:"忠诚耿直之言成了诋毁攻击,长期居留在这里有什么好处?请求你允许我现在辞职。"于是快步走了出去。尚衡很恼怒,没有让人去追他。

295.裴藻者①,延龄之子,应鸿辞举。延龄于吏部候消息。时苗给事及杜黄门同时为吏部知铨②,将出门,延龄接见,采侦二侍郎口气③。延龄乃念操赋头曰:"是冲仙人。"黄门顾苗给事曰:"记有此否?"苗曰:"恰似无。"延龄仰头大呼曰:"不得,不得!"敕下,果无名操者。刘禹锡曰:"当延龄用事之时,不预实难也。非杜黄门谁能拒之?"

【注释】

①裴藻者:本条可能采录自《刘宾客嘉话录》。裴藻,《新唐书·宰相世系表》作"裴操"。裴操,裴延龄之子,生平经历不详。

②苗给事:即苗粲,潞州壶关(今山西长治)人。其父苗晋卿,历仕唐玄宗、肃宗、代宗三朝,官至宰相。杜黄门:即杜黄裳。知铨:古时主管量材授官、选拔官吏的官员。

③口气:言外之意,口风。

【译文】

裴操,裴延龄的儿子,参加鸿辞科考试。裴延龄到吏部打探消息。当时给事中苗粲和黄门侍郎杜黄裳都是吏部主管选拔官吏的官员,两人将要出门的时候,裴延龄正好见到了他们,延龄就向二位侍郎打探消息。裴延龄还念了裴操应试时所写赋的头一句说:"是冲仙人。"杜黄裳回头对苗粲说:"你记得中榜的卷子中有这句吗?"苗粲说:"好像没有。"裴延龄抬头大叫说:"不可能!不可能!"皇帝的诏令下达后,果然没有裴操的名字。刘禹锡说:"裴延龄正是当权的时候,不干预确实很难。如果不是杜黄裳谁能阻止他?"

296.韩太保皋为御史中丞、京兆尹①,常有所陈,必于紫宸殿对百寮而请②,未尝诣便殿。上谓之曰:"我与卿言,于此不尽,可来延英。"访及大政,多所匡益。或谓皋曰:"自乾元已来,群臣启事皆诣延英得尽,公何独于外庭对众官以陈之? 无乃失于慎密乎?"公曰:"御史,天下之平也。摧刚植柔③,惟在于公,何故不当人知之④? 奈何求请便殿,避人窃语,以私国家之法? 且肃宗以苗晋卿年老艰步,故设延英⑤。后来得对者多私自希宠⑥,干求相位⑦,奈何以此为望哉?"

### 【注释】

①韩太保皋为御史中丞、京兆尹:本条采录自《大唐传载》。韩太保皋,即韩皋,字仲闻。韩滉之子。凤负令名。器质重厚,有大臣之度。由云阳尉擢贤良科,拜右拾遗,转左补阙,累迁起居郎、考功员外郎、尚书右丞。宪宗元和时授忠武军节度使,入为吏部尚书兼太子少傅。穆宗长庆时拜尚书右仆射。卒赠太子太保。

②紫宸殿:宫殿名。唐都长安大明宫内朝正殿,位于大明宫的中部。皇帝日常多在此殿接见大臣,听政议事。因要进入紫宸殿,先须通过宣政殿左右的东、西上阁门,故称作入阁。故址在今陕西西安北郊含元殿村西大明宫遗址内。与含元殿、宣政殿合为东内三大殿。

③植柔:原书作"直枉",当据改。

④惟在于公,何故不当人知之:原书作"惟在公,何在不可令人知之?"当据原书于"当"下补"令"字。

⑤且肃宗以苗晋卿年老艰步,故设延英:《新唐书·苗晋卿传》曰:

"代宗立,复诏摄冢宰,固辞乃免。时年老蹇甚,乞间日入政事堂,帝优之,听入阁不趋,为御小延英召对。宰相对小延英,自晋卿始。"苗晋卿,字元辅,潞州壶关(今山西长治)人。进士及第。工文善诗。历任修武县尉、监察御史、侍御史、度支、兵、吏三部员外郎和吏部郎中、中书舍人、东都留守等职。至德二载(757)肃宗召至凤翔,拜左相。两京收复后,又改侍中。乾元二年(759)册为太保。

⑥后来得对者多私自希宠:原书作"后来得诣便殿,多以私自售,希旨求宠"。

⑦干求:请求,求取。

## 【译文】

太保韩皋任御史中丞、京兆尹时,经常向皇帝奏事,每次朝见皇帝一定在紫宸殿面对百官,从来不去便殿单独面呈皇帝。皇帝对他说:"我和你说话,在紫宸殿没有说完,可以到延英殿去说。"皇帝向他征询国家政务,他都多有匡正补益。有人对韩皋说:"从肃宗乾元年间以来,各位大臣陈述政事都是到延英殿才说尽,唯独您为何要在紫宸殿面对群臣来陈述?您这样岂不是有失慎密?"韩皋说:"御史这个官职是维护天下公平的官员。摧毁强敌,端正是非,都在于御史,为什么不让群臣知道自己的想法?怎么能请求皇上到延英便殿,避开大家背地里去说,以国家的各项法规为自己谋私利呢?况且代宗因为苗晋卿年老行走困难,所以设立了延英殿召对。后来到延英殿召对的人大多假公济私,希望得到皇帝的宠幸,求取宰相之位,怎么能把这些当作荣耀呢?"

297.高平徐宏毅为知弹侍御史①,创置一知班官②,令自宣政门检朝官之失仪者③,到台司举而罚焉④。有公卿大僚令问之曰:"未到班行之中⑤,何必拾人细事?"宏毅报曰:"为我谢公卿。所以然⑥,不以恶其无礼于其君⑦。"案⑧:此下有脱文。

**【注释】**

①高平徐宏毅为知弹侍御史：本条采录自《大唐传载》。徐宏毅，唐代官员，生平经历不详。知弹侍御史，唐代官职名。指侍御史之掌管弹纠违失朝仪者。

②知班：官名。职掌朝班仪节纠察。唐朝多以殿中侍御史充任，若全都出使在外，则以监察御史里行充。

③宣政门：殿门名。唐长安大明宫宣政殿院正门。故址在今陕西西安北郊大明宫。

④台司：唐代指宰相府，即中书门下的别称。也用以御史台的别称。

⑤班行：朝会时入朝列班的全体文武官员。

⑥所以然：原书此句下有"者"字，当据补。

⑦不以恶其无礼于其君：原书无"不"，当据删。齐之鸾本无"其"字。当删。

⑧案：据周勋初《校证》，此案语当是《永乐大典》编者或《四库全书》馆臣所加。

**【译文】**

高平徐宏毅任知弹侍御史，他设置了一个知班官的职位，让从宣政门起，检查上朝官员中违失朝仪的人，到台司举报并施以惩戒。有位高官派人质问徐宏毅："你没有在朝官的行列之中，为什么一定要揪住别人琐碎的小事不放？"徐宏毅对前来传话的人说："替我向公卿大人道歉。之所以要这样做，是厌朝臣恶在皇帝面前无礼。"案：这句话下有脱漏的文字。

298.代宗时久旱①，京兆尹黎幹于朱雀门街造龙②，召城中巫觋舞雩③。幹与巫觋史起舞④，观者骇笑。经月不雨，幹又请祷于文宣王⑤。上闻之曰："丘之祷久矣⑥。"命毁土龙,罢祈雨,减膳节用,以听天命。及是大霈⑦,百官入贺。

**【注释】**

①代宗时久旱:本条采录自《卢氏杂说》。

②黎幹:字贞固,戎州(治今四川宜宾)人。以明晓星纬数术入仕。为京兆尹、刑部侍郎时,交通鱼朝恩。拜兵部侍郎后,又厚结中官刘忠翼图高位,事发,赐死。

③巫觋(xí):男女巫师的合称。女巫为巫,男巫为觋。舞雩(yú):古代求雨时举行的伴有乐舞的祭祀。

④史:《太平广记》引文此字作"更",当据改。

⑤文宣王:《太平广记》引文作"文宣王庙"。文宣王即孔子。唐玄宗开元二十七年(739),追谥孔子为文宣王。

⑥丘之祷久矣:语出《论语·述而》,是说孔丘祈祷很久了。

⑦霈(pèi):雨多的样子。

**【译文】**

唐代宗时长久干旱不下雨,京兆尹黎幹便在朱雀门街建造了一条土龙,召集京城中的巫师求雨。黎幹与巫师轮流跳舞,围观的人都露出吃惊的笑容。这样进行了一个月还是没有下雨,黎幹又请求到孔庙进行祈祷。唐代宗听到后说:"孔丘祈祷很久了。"他命令毁掉黎幹建造的土龙,停止求雨,减少膳食节约用度,听从天命。这样做了以后天就降下了大雨,群臣入朝庆贺。

299.李希烈跋扈蔡州①。时卢杞为相,奏颜鲁公往宣谕②,而谓颜曰:"十三丈此行自圣意③。"颜曰:"公之先忠烈公面上血④,是某舐之。忍以垂死之年饵虎口。"杞闻之,蹜焉⑤。卢即是御史中丞奕之子⑥。

**【注释】**

①李希烈跋扈蔡州:本条采录自《大唐传载》。李希烈,燕州辽西
　(今北京顺义区)人。藩镇将领、淮西节度使李忠臣族侄。代宗
　大历末授蔡州刺史、淮西节度留后。德宗时任淮西节度使。建中
　二年(781)因讨伐山南西道节度使梁崇义勾结河北三镇反叛有
　功,封南平郡王。建中三年(782)联合王武俊、李纳等反叛,囚禁
　杀害名臣颜真卿,并占据汴州,自称楚帝。后战败逃归蔡州。贞
　元二年(786)被部将陈仙奇毒死。

②颜鲁公:即颜真卿,因其唐代宗时封鲁郡公,故人称"颜鲁公"。

③十三丈:颜真卿在众兄弟中排行十三,故被称"十三郎"。此处
　"十三丈"为卢杞对颜真卿的称呼。

④忠烈公:当作"贞烈公",指卢杞之父卢奕。《新唐书・忠义・卢奕
　传》曰:"谥曰贞烈。"

⑤踣(bó):跌倒,摔倒。

⑥奕:即卢奕。玄宗开元年间任京兆司录参军。天宝初年为鄠县
　令,擢给事中。十一载(752)任御史中丞,留任东都洛阳,兼知
　武部选事。十四载(755)十二月,安禄山攻陷洛阳,卢奕遣妻携
　官印赴京师,自己则衣官服端坐衙门。被俘后痛斥安禄山,遇难。
　谥为贞烈。

**【译文】**

　　李希烈在蔡州独断专行。当时卢杞任宰相,他向皇上进言让颜真
卿去蔡州宣布朝廷的命令,并对颜真卿说:"十三丈这次出行是奉皇帝的
旨意。"颜真卿说:"你的父亲贞烈公脸上的血,当年是我舔干净的。难
道你就忍心让一个将要死的人成为虎口之食吗?"卢杞听了,跌倒在地。
卢杞就是御史中丞卢奕的儿子。

　　300.裴潾为陕府录事参军①。李汧公勉除长史,充观

察。始至官，属吏谒讫，令别召裴录事与之语。公曰："少顷有谶，便请随判官同赴。"凡三召，不至。公怒，明日召澥，让之曰："久闻公名，故超礼分相召，何忽而不至？"澥曰：'必也正名②'，'各司其局③'，古人所守，某敢忘之？中丞自有宾僚，某走吏也，安得同宴？"汧公曰："吾过矣。"遂请入幕。澥之子充④，太常寺太祝⑤，年甚少。时京司书考官之清高者⑥，例得上考。充之同辈皆上中考，充诉于卿长⑦，曰："此旧例也。"充曰："奉常职重地高⑧，不同他寺。本设考课⑨，为奖励，有劳则书，岂系于官秩⑩？若一以官上下为优劣，则卿当上上考⑪，少卿上中考⑫，丞中上考⑬，主簿中考⑭，协律下考⑮，某等当受杖矣。"卿笑且惭，遂特书"上"。澥后累迁同州刺史，所在有能名。充至湖州刺史。

**【注释】**

①裴澥为陕府录事参军：本条采录自《因话录·商部》。裴澥，曾任陕府录事参军，官至同州刺史。录事参军，官名。又称录事参军事，晋置。初为公府官，后州刺史也设。掌管各曹文书，及纠察等事。隋初以录事参军为郡官，相当汉代的州郡主簿。唐宋因之，在州称录事参军，在京府则称司录参军。

②必也正名：语出《论语·子路》："子路曰：'卫君待子而为政，子将奚先？'子曰：'必也正名乎！'"指必须按照正统伦理观念和礼仪关系来端正纲纪名分。

③各司其局：语出《礼记·曲礼上》："行，前朱鸟而后玄武，左青龙而右白虎，招摇在上，急缮其怒。进退有度，左右有局，各司其局。"指各自负责掌握自己的职责，做好所承担的工作。

④充：即裴充，裴澥之子。文宗大和年间任大理寺少卿，文宗开成中任太常寺太祝，官至湖州刺史。

⑤太祝：职官名。为祝官之长，掌管祭祀祈祷之事。

⑥清高：指职位显达高贵。

⑦卿长：众卿之首，指宰相。

⑧奉常：唐时太常寺别称。

⑨考课：古时按一定的标准考察官吏的功过善恶，分别等差，升降赏罚，谓之"考课"。《旧唐书·职官志》："凡考课之法，有四善：一曰德义有闻，二曰清慎明著，三曰公平可称，四曰恪勤匪懈。善状之外，有二十七最……"

⑩官秩：官员的职位、等级及相应的俸禄等。

⑪卿：官名。周朝制度，宗周及诸侯皆有卿，分上中下三级，秦汉时有九卿，至北魏，卿之下有少卿，后世相沿不改。

⑫少卿：官名。大卿的副职。

⑬丞：官名。用作佐官之称。汉中央各官署如卫尉、太仆等及其所属各署皆置有丞。唐尚书省有左右丞，九寺、诸署、诸监、诸县皆有丞，为副贰。

⑭主簿：官名。掌文书、簿籍、印鉴诸事。西汉时起，朝廷诸衙署及地方郡县官府多置主簿。西晋以后，将帅重臣之主簿，职任颇重，实为幕僚长。至唐朝，诸寺、监及东宫官属、县府中均置主簿。五代沿置。

⑮协律：官名。协律都尉、协律校尉、协律郎等乐官的省称。汉置协律都尉。晋改称协律校尉。北魏置协律郎、中郎，北齐及隋唐置协律郎，皆隶属太常卿，掌校正乐律。

**【译文】**

裴澥任陕府录事参军。汧公李勉为长史，并充任观察使。李勉刚到任，下属官吏拜见完毕后，李勉又单独召见裴录事，和他说话。李勉说：

"一会儿有个宴会,就请你跟随判官一起参加。"等到宴会开始了,一共叫了裴录事三次,他都没有来。李勉很生气,第二天召见裴湋,责备他说:"早就听闻你的名气,所以才超越礼分约你赴宴,为什么突然之间就不来了呢?"裴湋说:"'必也正名''各司其局',古人所遵循的礼仪和职责,我怎么敢忘记呢? 中丞您有自己的幕僚,我只是一个供奔走的小吏,怎么能一同赴宴呢?"李勉说:"是我错了。"于是请裴湋进入自己的幕府。裴湋的儿子裴充,任太常寺太祝,年龄很小。当时在京各官署中从事文书工作官位显达的人,按例应得上考。和裴充年辈相同的人都得上中考,裴充向宰相申诉,宰相说:"这是旧例。"裴充说:"太常寺职高位重,不同于他寺。本来设置一定标准对官员进行考核,就是为了进行鼓励,有功劳就得记录,怎么能够和官吏的职位联系起来? 如果全部依据官位的高低来判断官员的优劣,那么卿就应得上上考,少卿就应得上中考,丞应得中上考,主簿应得中考,协律郎应得下考,我们这类小官就应当受到杖罚。"宰相听了面带笑容,感到很惭愧,于是特地为裴充的考绩写了"上"等。裴湋后来升官至同州刺史,在所任之地都因才能杰出而得到好的名声。裴充后官至湖州刺史。

301. 张万福以父祖力儒不达<sup>①</sup>,因焚书,从军辽东有功,累官至右散骑常侍致仕<sup>②</sup>。万福为人慷慨,嫉险佞,虽妻子未尝敢辄干<sup>③</sup>。尝径造延英门,贺谏官阳城雪陆贽冤<sup>④</sup>,时人称之。仕宦七十年,未尝病一日。虽不识字,为九郡<sup>⑤</sup>,皆有惠爱。

**【注释】**

①张万福:魏州元城(今河北大名北)人。出身儒学世家,后弃文从武,学习骑射。曾在军旅数十年,讨淮南盗、破平卢叛军,战功卓

著。累官濠州刺史，后被召拜为右金吾将军。以左散骑常侍致仕。一生征战，未尝败绩，且正直不阿，因而代宗曾赐名"正"。

②散骑常侍：官名。秦置散骑，又置中常侍，至三国魏时，二者合而为一，称为"散骑常侍"。侍从皇帝左右，规谏过失，以备顾问。隋代属门下省，唐代分属门下省和中书省，在门下省者称左散骑常侍，在中书省者称右散骑常侍。虽无实际职权，仍为尊贵之官，多用为将相大臣的兼职。宋代不常置，金元以后废。

③干：触犯，冒犯，冲犯。

④阳城：字亢宗，定州北平（今河北顺平）人。家贫无书，乃求为集贤院写书吏，昼夜读书，经六年，无所不通。登进士第后，隐中条山授徒，以德行闻名于世。李泌为宰相，荐为著作郎。德宗召为谏议大夫。后因上疏陈言陆贽无罪，坐此改为国子司业。陆贽：字敬舆，苏州嘉兴（今浙江嘉兴）人。少孤，有才学。代宗大历八年（773）进士，授华州郑县尉。后以书判拔萃，选授渭南县主簿。唐德宗即位，由监察御史召为翰林学士，转祠部员外郎。朱泚之乱后任中书舍人。贞元八年（792）迁中书侍郎、同平章事。为相时，指陈弊政、废除苛税。后遭构陷罢相。卒赠兵部尚书，谥号宣。

⑤九郡：犹言五湖四海。

**【译文】**

张万福因祖上致力儒学而不得志，于是就焚毁了书籍，在辽东投身军旅有战功，积功升官至右散骑常侍，一直到辞官退休。张万福为人豪爽大方，憎恨奸邪巧伪，即使是妻子和子女也从来不敢触犯。张万福曾经到延英门，祝贺谏官阳城替陆贽洗刷冤屈，而被当时人所称道。张万福做官七十年，从来没有哪一天生病不上班。他虽然不认识字，但在各地为官，都有仁爱之心。

302.顺宗寝疾①，韦执谊、王叔文等窃弄权柄②。宪宗在东宫，执谊惧之，遂令给事中陆质侍读，潜伺上意③，因解之。及质发言，上曰："陛下令先生与寡人讲读，何得言他？"惶惧而出。

### 【注释】

①顺宗：即唐顺宗李诵。贞元二十一年（805）继位，登基后任用王叔文等人变法，触犯了宦官和节度使的利益，被迫禅位给皇太子李纯，自称太上皇。元和元年（806）驾崩，谥号至德大圣大安孝皇帝，庙号顺宗，入葬丰陵。寝疾：生病，多指重病。寝，病卧。

②韦执谊：字宗仁，京兆（今陕西西安）人。德宗贞元年间进士及第，又登制科，起家右拾遗。召入翰林为学士，出入宫中，略备顾问。顺宗立，王叔父执政，授尚书左丞、同平章事。然二人不和，常持异议。宪宗即位，贬崖州司马。后卒于贬所。王叔文：越州山阴（今浙江绍兴）人。德宗朝在东宫侍读。唐顺宗即位后，授翰林院待诏、度支使、盐铁转运使等职，联合王伾、刘禹锡等人，力图革除弊政，并谋夺宦官兵柄，引起宦官及部分官员的强烈反对。以权宦俱文珍为首的宦官集团发动政变，迫使顺宗禅位给太子李纯。后唐宪宗即位，叔文被贬为渝州司户。元和元年（806）赐死。

③潜伺：暗中观察。

### 【译文】

唐顺宗生重病，韦执谊、王叔文等人玩弄权力。当时唐宪宗李纯在东宫，韦执谊惧怕他，就让给事中陆质陪侍宪宗读书论学，暗中观察宪宗的意图，从而化解他的怒意。等到陆质发表自己的言论，宪宗说："陛下让先生陪我讲习诵读，怎么能够说其他的言论呢？"陆质很惊恐，退了出来。

303.李相国忠公①，贞元十九年为饶州刺史。先是郡城已连失四牧<sup>②</sup>，故府废者七稔<sup>③</sup>，公莅任后<sup>④</sup>，命启钥而居之。郡吏以有怪坚请，公曰："神好正直，守直则神避；妖不胜德，失德则妖兴。居之在人。"

**【注释】**

①李相国忠公：本条采录自《大唐传载》。李相国忠公，即李吉甫。李吉甫曾任宰相，谥赠忠懿，故称。

②牧：古代州的长官。

③稔（rěn）：年，年度。

④莅任：出任职官，到任。

**【译文】**

唐德宗贞元十九年李吉甫任饶州刺史。在这之前饶州郡城已经接连死了四位长官，所以原来的郡府已经荒废了七年，李吉甫到任后，命令打开郡府的门住到了里面。饶州官吏认为郡府中有精怪坚决请求不要居住，李吉甫说："神灵喜欢公正刚直的人，品行正直神灵就会回避；妖怪敌不住好的品行，德业不修妖怪就会兴起。主要在于住在里面的是什么样的人。"

304.李忠公之为相也<sup>①</sup>，政事堂有会食之床<sup>②</sup>。吏人相传，移之则宰臣当罢。不迁者五十年。公曰："朝夕论道之所，岂可使朽蠹之物秽而不除<sup>③</sup>？俗言拘忌<sup>④</sup>，何足听也！以此获免，余之愿焉。敢彻而焚之。"其下铲去聚壤十四畚<sup>⑤</sup>，议者称焉。

**【注释】**

①李忠公之为相也：本条采录自《大唐传载》。

②政事堂：唐宋时宰相的总办公处。唐初始有此名，设在门下省，后迁到中书省。玄宗开元十一年（723）改称中书门下，因宰相名义上即为中书门下省长官之故。下设吏、枢机、兵、户、刑礼五房。会食：相聚进食。床：此处指安放器物的平板或架子。

③朽蠹之物：指朽腐与虫蚀的木料、粮食等物品。

④拘忌：拘谨顾忌。

⑤畚（běn）：用草绳或竹篾编织的盛物器具。

【译文】

李吉甫任宰相，宰相办公处有一个相聚进食的平板。官署中的人相互传说，一旦移动这个平板宰相就会被罢免。所以五十年都没有人移动。李吉甫说："从早到晚谋虑治国的场所，怎么能够让朽腐的物品肮脏杂乱而不清除？民间的禁忌，怎么能够听呢？如果因为移动这个平板而被罢免，那我心甘情愿。请彻底拆除这个架子并烧毁它。"于是命令拆除平板并铲去平板下的聚土十四畚，评论的人都称赞李吉甫的做法。

305.裴先德垍在中书①。有故人，官亦不卑，自远而至，垍给恤甚厚，从容款狎②。乘间求京府判司③，垍曰："公诚佳士也，但此官与公不相当，不敢以故人之私，而黩朝廷纲纪。他日有瞎眼宰相怜公者，不妨却得。"其执守如此④。

【注释】

①裴先德垍：本条采录自《因话录·徵部》。先德，《类说》引文作"光德"。清徐松《唐两京城坊考·光德坊》有太子宾客裴垍宅，故"先德"当为"光德"。

②款狎：亲近，亲昵。

③乘间：利用机会，钻空子。判司：州、府诸曹参军总名。在府称曹，

在州称司。亦是县尉别称。

④执守:犹操守。亦指保持节操。

**【译文】**

　　裴垍在中书任职。有个官职也不小的老朋友从远方来拜访他。裴垍招待他相当优厚,举止行动相当亲切。朋友趁着机会请求给他在京城官府谋个判司的职位,裴垍说:"您确实是个有能力的读书人,但是这个官职给您做不合适,我不敢因为老朋友的私情而败坏了朝廷的制度。将来要是有瞎了眼的宰相同情您,也许可以给您这个职位。"他保持节操就是这样。

　　306.柳元公初拜京兆尹①,将赴上②,有神策军小将乘马不避③,公于市中杖杀之。及因入对④,宪宗正色诘专杀之状,公曰:"京兆尹,天下取则之地。臣初受陛下奖擢,军中偏裨跃马冲过⑤,此乃轻陛下典法,不独试臣。臣知杖无礼之人,不知打神策军将。"上曰:"卿何不奏?"公曰:"臣只合决,不合奏。"曰:"既死,合是何人奏?"公曰:"在街中,本街使金吾将军奏⑥;若在坊内,则左右巡使奏⑦。"上乃止。

**【注释】**

①柳元公初拜京兆尹:本条采录自《因话录·商部》。柳元公,即柳公绰。

②上:《资治通鉴·唐纪·宪宗元和十一年》记载为:"公绰初赴府。"胡三省注曰:"赴京兆府,初治事也。"

③神策军:唐禁军名。玄宗天宝十三载(754)置,时哥舒翰于临洮西磨环川置神策军。及安禄山反,神策军成为北衙军使所部兵号,镇陕州。后引入禁中,以中使为监军,成为禁军之一,势在其

他禁军之上,发展至五十四都,十五万人。唐亡始废。

④入对:臣下进入皇宫回答皇帝提出的问题或质问。

⑤偏裨:偏将,裨将。将佐的通称。

⑥街使:官名。唐玄宗时设置。唐长安城凡六街,左三街、右三街,简称左右街,各置使一人,掌分察六街徼巡。

⑦巡使:官名。唐时左、右巡使的省称。由御史台御史兼差。宋程大昌《雍录·唐朱雀门外坊里》:"长安四郭之内,纵横皆十坊,大率当为百坊……巡使掌左、右街百坊之内,谨启闭徼巡者也。"

**【译文】**

柳公绰起初官拜京兆尹时,要赶赴京兆府,有一个神策军的小将骑着马碰到柳公绰没有回避,柳公绰在街市上杖杀了他。在一次入宫问对时,唐宪宗神态严厉地责问他擅自杀人的事,柳公绰说:"京兆尹,是给全天下做榜样的。我刚刚受到陛下的奖拔,军中偏将就策马当街疾走冲撞我,这就是轻视陛下的典章法度,不只是冲撞我。我只知道杖杀缺乏礼法的人,不知道杖打神策军的将领。"宪宗说:"那你为什么不向我奏报?"柳公绰说:"臣只应决断,不应该奏报。"宪宗说:"既然人死了,应该是什么人奏报?"柳公绰说:"在街市上,应该由街使金吾将军奏报;如果是在坊内,该由左右巡使奏报。"于是宪宗就没有再追究这件事。

307.柳公绰善张正甫①。柳之子仲郢尝遇张于途,去盖下马而拜,张却之,不从。他日,张言于公绰曰:"寿郎相逢,其礼太过。"柳作色不应。久之,张去,柳谓客曰:"张尚书与公绰往还,欲使儿子于街市骑马冲公绰耶②?"张闻,深谢之。寿郎,仲郢小字也。公绰为西川从事,尝纳一姬,同院知之,或征其出妓者。公绰曰:"士有一妻一妾,以主中馈③,备洒扫。公绰买妾,非妓也。"

**【注释】**

①柳公绰善张正甫：本条采录自《因话录·商部》。张正甫，字践方，邓州南阳（今河南南阳）人。德宗贞元二年（786）状元及第。从樊泽为襄阳从事，因不愿与于頔共事，被诬，贬为郴州长史。后历任殿中侍御史、司封员外兼侍御史知杂事、河南尹、同州刺史、左散骑常侍、集贤殿学士判院事、工部尚书。以精干称。以吏部尚书致仕。卒赠太师。

②于：原阙，据齐之鸾本、《历代小史》本补。

③中馈：指妇女在家主持酒食、衣着之类的事情。

**【译文】**

柳公绰与张正甫交好。柳公绰的儿子柳仲郢曾经在路上遇到张正甫，他收起伞盖下马礼拜，张正甫避开了他，没有接受他的拜见。过了些日子，张正甫对柳公绰说："路上碰到您的儿子仲郢，他的礼节太过了。"柳公绰脸色变得严肃起来，没有说话。过了一会儿，张正甫离开了，柳公绰对客人说："张尚书和我来往，他是想让他的儿子在街市上骑马冲撞我啊！"张正甫听了，诚恳道歉。寿郎，是柳仲郢的小名。柳公绰任西川从事时，想要娶一房妾，他的同事知道了这件事，有人就替他从那些离开妓院的妓女中物色。柳公绰说："男人有一妻一妾，来主持家中的馈食供祭和清洁工作。我买的是妾，不是妓女。"

308. 张正甫为河南尹①，裴中令伐淮西②，置宴府西亭。裴公举一人词艺好解头③，张正色曰："相公此行何为也？何记得河南府解头！"中令有惭色。

**【注释】**

①张正甫为河南尹：本条采录自《幽闲鼓吹》。

②裴中令：即裴度。因其官终中书令，故称。

③词艺:指文章与书法。解头:指府试的第一名。

【译文】

张正甫任河南尹,裴度要去讨伐淮西,张正甫就在河南府官署的西亭准备了宴会为他送行。裴度推举一个文章与书法都很出众的人为解头,张正甫神情严肃地说:"您这次出行是做什么呢? 怎么还想得起来河南府的解头!"裴度听了,面露羞愧的神色。

309.韩愈病将卒,召群僧曰:"吾不药①,今将病死矣。汝详视吾手足支体②,无诳人云'韩愈癫死'也③。"

【注释】

①不药:谓服药无效。

②支体:指整个身体。亦仅指四肢。

③无诳(kuáng)人云"韩愈癫死":韩愈因服食硫黄,导致皮肤溃烂,并因此而死,白居易有诗:"退之服硫黄,一病讫不痊。"韩愈因反佛事担心僧众借此造谣,所以有此之说。佛教中得麻风(癫)常被视为报应。诳,欺骗,骗。癫,恶疮,麻风。

【译文】

韩愈生病将要去世,他召集众僧人说:"我吃药已经没有任何效果了,现在就要病死了。你们好好看看我的手脚和整个身体,不要欺骗人们说'韩愈是生恶疮而死'的。"

310.文宗时①,昭义军节度使刘从谏袭父帅潞②,少年明俊,自谓河朔近无伦比③。及入朝④,公卿辐凑其门⑤。广纳金帛于权幸⑥,名誉甚著。求带平章事,人多许之,而惮宰相李固言⑦,欲观其意。遇休假⑧,谒于私第,遂言其情。

固言曰："仆射先君以天平功书于简册⑨，及镇上党，近二十年，但聚敛货财，雄壮军旅，不发一卒戍边，未尝修朝觐之礼。及即世后⑩，仆射从三军之情，擅领戎务，坐邀爵秩⑪。朝廷以仆射先君勋绩，不绝赏延⑫，当领偏师，输忠沧景⑬，遂不行典宪，将何以上报国恩？既不能效田承嗣、张茂昭、王承元⑭，携家赴阙⑮，永保禄位，则请边陲一镇，拓境复疆，朝廷岂不以衮职命赏⑯？区区求之⑰，一何容易！"从谏矍然失色⑱，再拜趋出。从谏厚结幸臣，竟加同平章事。宰相饯于邮亭⑲，李公曰："相公少年，勉报国恩，幸保家，勿殃后嗣。"从谏以笏叩额下泪⑳。至镇，谓将校曰："昨者朝觐，遍观德望，唯李公峻直贞明，凛凛可惧，真社稷之臣也！"

## 【注释】

①文宗时：本条采录自《补国史》。

②刘从谏：怀州武陟（今河南武陟）人。敬宗时为将作监主簿，累迁检校左散骑常侍、兼御史大夫，充昭义军节度使等。文宗即位，进检校司空。入朝归藩，加同中书门下平章事。甘露之变时，宰相王涯等被杀，他为之不平，屡次上书，并讥刺宦官，声称欲"清君侧"，仇士良等深惧之，宦官稍敛迹，朝臣得以秉政。武宗立，兼太子少师。卒赠太傅。潞：即潞州。北周武帝宣政元年（578）置。治襄垣（今山西襄垣北），隋开皇时移治壶关（今山西壶关东南）。唐移治上党（今山西长治）。

③河朔：古代泛指黄河以北的地区。

④及入朝：原阙，据齐之鸾本、《历代小史》本补。

⑤辐凑：亦作"辐辏"。车辐会聚于毂。比喻人或物聚集于某个中心。

⑥权幸：指有权势而得到帝王宠爱的奸佞之人。

⑦李固言：字仲枢，赵郡（治今河北赵县）人。元和进士。文宗大和中官给事中、工部侍郎、尚书左丞。李德裕辅政，出为华州刺史。开成初以门下侍郎平章事出为成都尹、剑南西川节度使。武宗会昌初历兵、户二部尚书。宣宗大中中检校司徒、东都留守，终太子太傅，分司东都。

⑧假：原作"暇"，据齐之鸾本、《历代小史》本改。

⑨以天平功：指刘悟杀淄青节度使李师道事。天平，即天平军。唐、五代方镇名。宪宗元和十四年（819），唐军平定淄青节度使李师道，从淄青节度所领分出曹州、郓州、濮州置郓曹濮节度使，治郓州（今山东东平西北）。十五年赐号天平军。

⑩即世：去世。

⑪爵秩：指爵禄。

⑫赏延：赏赐延及后代。

⑬沧景：即横海军。唐、五代方镇之一。唐德宗贞元三年（787）置。治所在沧州（今河北沧县东南）。先后为程怀直、程怀信、程执恭、李全略等割据。文宗大和三年（829）废，寻复置。大和五年（831）改号义昌军。唐末为幽州镇所并。五代复置，北宋废。

⑭田承嗣：平州卢龙（今河北卢龙）人。初为安禄山部将，安史之乱中背离禄山归唐，拜莫州刺史，又迁贝、博、沧三州节度使、检校太尉。代宗封其为雁门郡王，并以永乐公主嫁其子。大历八年（773）叛唐割据，拥兵自重一时。后又归顺唐朝，死赠太保。张茂昭：字丰明，京兆万年（今陕西西安）人。张孝忠之子。原名昇云。沉毅通书传。德宗贞元七年（791）任义武军节度观察留后、左金吾卫大将军，赐名茂昭。顺宗立，进中书门下平章事。宪宗元和四年（809）奉诏讨王承宗，披甲胄自为前锋，屡胜。次年，恳辞使职，举族还长安。卒谥曰献武。王承元：契丹怒皆部人。王士真次子，王承宗弟。宪宗元和十五年（820）承宗死，部将使主

留后，不受。密疏请帅，天子嘉之，授银光禄大夫、检校工部尚书兼滑州刺史、义成军节度、郑滑观察等使。后徙凤翔节度使，为防吐蕃进扰，于要冲筑垒，分兵防守，居民始安，封岐国公。居镇十年，移授平卢军节度。行政宽惠，颇有政绩。

⑮赴阙：入朝。指臣下谒见皇帝。

⑯衮（gǔn）职：高级职位。

⑰区区：谓奔走尽力。区，通"驱"。

⑱矍然：惊惧的样子。

⑲邮亭：驿馆，递送文书者投止之处。

⑳叩额：指搁在额上。

## 【译文】

唐文宗时，昭义军节度使刘从谏承袭他父亲的职位成为潞州的统帅，刘从谏年轻且明慧俊异，自称河朔之地近来没有能和他相匹敌的人。等到刘从谏进京入朝，三公九卿都聚集到他的门下。刘从谏也大肆馈赠金帛给皇帝宠幸的权臣，名声很响。他寻求兼任宰相，很多人都赞成，但刘从谏害怕宰相李固言，想要看看他的想法。刚好碰到放假休息，刘从谏到李固言的住所拜见他，于是就说到了他想要兼任宰相的想法。李固言说："你的父亲因为在太平军中的功绩而被书写在史册之中。等到他镇守上党之地，在将近二十年的时间里，只是一味搜刮财物，壮大自己的军事实力，没有派过一个士兵戍守边关，也从来没有到朝廷行朝见的礼节。等到你父亲去世后，你听从三军之请，擅领军权，坐邀爵秩。朝廷因为你父亲的功绩，没有断绝对你的赏赐。你应当统领部队，在沧景之地献纳忠心，现在这样不遵从国家的典章制度，又怎么能够报答国家给你的恩赐？既然不能效仿田承嗣、张茂昭、王承元拖家带口入朝觐见皇上，永远保留自己的爵禄和官位，那就请求朝廷让你去镇守边境的一个镇，开拓疆域收复领土，如能这样，朝廷怎么能不赏赐你高官？现在你这样辛苦费力地求官，怎么能容易呢！"刘从谏面露惊惧的神色，向李固言拜了又拜快步退了出来。刘从谏结交皇上身边的宠臣,终于加任宰相职衔。宰相在驿馆为刘从谏饯行,李固言说:"相公你年轻,应该努力报答国家的恩赐,希望你保家卫国,不要让你的后代遭受祸端。"刘从谏将笏板放在额上流下了眼泪。刘从谏到了藩镇,对部队中的高级军官说:"昨天朝见皇上,我观察那些德高望重的大臣,只有李固言正直贤明,威严的样子让人敬畏,是真正能够身负国家重任的大臣。"

311.唐尚书特<sup>①</sup>,太和六年<sup>②</sup>,尉渭南,为京兆府试进士官<sup>③</sup>。杜丞相悰时为京兆尹,将托亲知间等第<sup>④</sup>,〔原注〕<sup>⑤</sup>时重十人内为等第。召公从容<sup>⑥</sup>,兼命茶酒。及语举人,则趋而下阶,俯伏不对<sup>⑦</sup>,杜公竟不敢言而止。是年上等内近三十余人,数年内皆及第,无缺落者,前后莫比。

**【注释】**

①唐尚书特:本条采录自《因话录·商部》。唐尚书特,即尚书唐特,生平经历不详,曾官尚书。

②太和:亦作大和。唐文宗李昂的年号(827—835)。

③试进士官:指主持进士科考试的官员。

④亲知:亲戚朋友。间等第:参与进士名次的分配。间,参与。

⑤原注:此为赵璘自注。

⑥从容:悠闲舒缓,不慌不忙。

⑦俯伏不对:指跪趴在地上不回答。用以表示尊敬而又坚持原则。

**【译文】**

尚书唐特,唐文宗太和六年任渭南尉,为京兆府主持进士科考试的官员。丞相杜悰当时任京兆府尹,他想向唐特托付亲友知己进士名次等级的事。〔原注〕当时看重进士考试的前十名,让他们升入礼部再试,称作等第。

他叫唐特来随便坐坐,还叫人准备了茶酒。等到说起举人的事,唐特就快步走下台阶,跪趴在地上不回答,杜惊最终没有再提起这个话题,这件事就作罢了。这一年考试进入上等的将近三十多人,几年之内全都在科举考试中登第,没有缺失和落第的,之前和之后都不能和他的这次选拔相比。

312.崔慎由以元和元年登第①,至开成,已入翰林。因寓直,忽中夜有内使宣召②,引入数重门。至一处,堂宇华复,帘幕重蔽。见二中尉对烛而坐③,谓慎由曰:"上不豫已来已数日④,兼自登极后圣政多亏,今奉太后中旨⑤,有命学士草废立令。"慎由大惊曰:"某有中外亲族数千口,兄弟甥侄仅三百人,一旦闻此覆族之言⑥,实不敢承命!况圣上高明之德,覆于八荒,岂可轻议?"二中尉默然无以为对。良久,启后户,引慎由至一小殿,见文宗坐于殿上。二人趋阶而数文宗过恶⑦,上惟俯首。又曰:"不为此拗木枕错失⑧,不合更在坐矣。"仍戒慎由曰:"事泄,即汝也。"于是二中尉自执炬送慎由出殿门,复令中使送至院。拗木枕者,俗谈强项也。慎由寻以疾出翰林,遂金縢其事⑨,付其子垂休⑩,遂切于剿绝宦官者由此⑪。

**【注释】**

①崔慎由以元和元年登第:本条采录自《皮氏见闻录》。元和元年,即公元806年。元和,唐宪宗李纯年号(806—820)。

②内使:帝、后所遣使者,或士人或宦官,视时而定。

③中尉:官名。唐代左、右神策军护军中尉的通称。唐后期为禁军

统帅,擅兵权,由宦官充任。

④不豫:天子有病的讳称。

⑤中旨:唐宋以后不经中书门下而由内廷直接发出的敕谕。

⑥一旦:指突然。

⑦过恶:过错与罪恶。

⑧拗木枕:犹强项。比喻性格倔强而不肯低头。错失:《资治通鉴》之《考异》引文作"措大"。措大,指贫寒失意的读书人。

⑨金縢:用金属带子封缄收藏简册的柜子。借指收藏简册的柜子。《尚书·金縢》:"公归,乃纳册于金縢之匮中。"蔡沈集传:"金縢,以金缄之也。"

⑩垂休:即崔胤,字退昌,又字垂休,清河武城(今山东武城)人。崔慎由之子。唐僖宗乾符二年(875)进士及第,累历中书舍人、御史中丞。唐昭宗景福二年(893)官拜宰相。时与王搏共为宰相,主张严厉打击宦官势力,因与王搏不合,于光化年间先后诛杀王搏及宋道弼、景务修、刘季述等一批专权宦官,四拜宰相,世谓"崔四入",兼领度支、盐铁、三司等使,总揽朝政。天复四年(904)为朱全忠子朱友谅所杀。

⑪剿绝:杀灭,灭绝。

## 【译文】

崔慎由在唐宪宗元和元年科举及第,到唐文宗开成年间,已经进入翰林院。有一次他在值夜班时,半夜忽然有内使前来宣布皇帝召见他,之后内使引导他过了几道门。来到一个地方,崔慎由看到那里的殿堂华丽而深邃,有几重帷幕遮蔽。他看到有两个中尉面对烛光坐在那里,中尉对崔慎由说:"皇上生病已经有好几天了,加上他登基以来政令多有缺失,现在奉太后的敕谕,命学士您起草废立的诏书。"崔慎由大为惊讶地说:"慎由有内外亲族千人,兄弟子侄将近三百人,突然听到这种灭族的话,实在不敢从命!况且当今皇上高明的德行遍及天下,怎么可以轻易议论废立?"中尉听了后默然不知如何应答。过了很久才开启后门,带着慎由来到一个小殿,他看到文宗坐在殿内。两个中尉快步登上台阶,数落文宗的过失,文宗低头不语。接着中尉又说:"要不是这个倔强不肯低头的穷酸书生,你就不会再坐在这里了。"然后告诫崔慎由说:"今晚的事情要是泄露出去,就是你干的。"随后两个中尉拿着灯笼送崔慎由走出殿门,又命中使将他送回翰林院。拗木枕,就是民间所说的强项。崔慎由不久就以生病为借口离开了翰林院,他将那晚事情的始末记下来,封存在柜子之中,并交给了他的儿子崔垂休,崔垂休下定决心剿灭宦官就是从这个时候开始的。

313.李相石在中书①,京兆尹薛元赏谒石于私第②。故事:百僚将至宰相宅,前驱不复呵。元赏下马,石未之知,方在厅,若与人诉竞者③。元赏问焉,云:"军中军将④。"元赏排闼进⑤,曰:"相公,朝廷大臣,天子所委注⑥。抚蛮夷,和阴阳,安百姓,叶众心,无敢乖谬;升绌贤不肖,赏功罚罪,皆公之职。安有军中一将而敢如此哉!夫贵贱失序,纲纪之紊,常必由之。苟朝廷如此,犹望相公整顿颓坏,岂有出自相公者!"即疾趋而去,顾左右曰:"无礼军将,可擒于马下桥祗候⑦。"元赏比至,则祖臂踞之矣。中尉仇士良有威权⑧,其辈已有诉之者,宦官连声传士良命曰:"中尉奉屈大尹⑨。"元赏不答,即命杖杀之。士良大怒。元赏乃白衣请见士良⑩,士良出曰:"敢必杖杀军中大将,可乎?"元赏即具言无礼状,且⑪:"宰相,大臣也;中尉,大臣也。彼既可无礼于此,此独不可以无礼于彼乎!国家之法,中尉所宜保守,一旦坏之可惜。某已白衫,惟中尉命。"士良以其理直,命左右取酒饮之而罢。

**【注释】**

①李相石在中书：本条采录自《玉泉笔端》。本条与下第314条原
　合为一条，本书据原书分列。李相石，即李石，字中玉。唐朝宗
　室，襄邑恭王李神符五世孙。宪宗元和初进士及第，从凉国公李
　听历四镇从事。元和三年（808）入为工部郎中、给事中、户部侍
　郎、判度支事。文宗大和九年（835）后为朝议大夫、同平章事。
　开成元年（836）加中书侍郎、领盐铁转运使。为仇士良深恶，使
　人刺杀之，微伤，马尾被斩断。石请辞相，出为荆南节度使。武宗
　会昌年间加检校司空、平章事、河东节度观察等使、检校司徒、东
　都留守，以太子少保分司卒，赠尚书右仆射。

②薛元赏：文宗大和时累迁司农卿，权知京兆尹。开成元年（836）
　出为武宁节度使，徙邠宁。武宗会昌中进工部尚书，领诸道盐铁
　转运使。宣宗立，下除袁王傅，拜昭义节度使，卒。

③诉竞：诉说争执。

④军将：军中的主将。

⑤排闼（tà）：推门，撞开门。

⑥委注：信任，重用。

⑦马下桥：《资治通鉴·唐纪·文宗太和九年》记载此事作"下马
　桥"。胡三省注曰："阁本《大明宫图》，下马桥在建福门北。"祗
　（zhī）候：恭候，敬候。

⑧仇士良：字匡美，循州兴宁（今广东兴宁）人。宦官。历顺、宪、
　穆、敬、文、武宗六朝。唐宪宗嗣位后，迁内给事，出监平卢、凤翔
　等军。宪宗元和至文宗大和年间，历任内外五坊使、左神策军中
　尉等职，封爵至南安郡公。甘露之变后，加特进、右骁卫大将军。
　武宗时进观军容使，兼统左右神策军，以疾辞，罢为内侍监。卒赠扬

州大都督。会昌四年（844）诏削其官爵，籍没其家。

⑨奉屈：犹言屈驾。大尹：唐时府尹的别称。

⑩白衣：古时未做官的人穿白色的衣服，后用以指称无官职爵位的平民身份。

⑪且：齐之鸾本、《历代小史》本"且"字下尚有一"曰"字，当据补。

**【译文】**

李石在中书省任职时，京兆尹薛元赏到李石的家中去拜访。按照先例：百官将要到宰相府时，前面的仪仗队就不能再呵斥开道了。薛元赏已经在李石家门口下马，但李石没有察觉到有客人来，正在大厅里好像与人争执。薛元赏便问那人是谁，旁边的人回答说："是军中的一个主将。"薛元赏推开门进到大厅，对李石说："相公您身为朝廷大臣，是皇上重用之人。安抚周边的少数民族，调和阴阳使风调雨顺，安定广大民众，协调民心，没有人敢抵触违背；升任贤才，罢黜不才之人，奖赏有功德之人，对犯罪之人加以惩罚，所有这些都是您的职责所在。怎么会有军中将领对您如此无礼！高低尊卑失去常规，社会秩序和法律制度遭到破坏，通常就是由这样的人造成的。如果朝廷也出现这种情况，还盼望相公能加以整顿，现在这种败坏纲纪的事难道要出自相公您吗？"说完立即乘马疾驰而去，并回头对手下的人说："这个无礼的军中将领，可以将他抓起来带到下马桥等我。"等薛元赏到下马桥的时候，那个主将已经袒露着臂膀跪在那里了。当时中尉仇士良很有权势，他的同党将此事报告给他，宦官一连声地传达仇士良的命令说："中尉请府尹屈驾相见。"薛元赏没有回答，立即命令杖杀了那个将领。仇士良得知后非常生气。薛元赏脱下官服，穿上平民的衣服去拜见仇士良，仇士良出来说："你竟然敢杖杀军中的主将，这样合理吗？"薛元赏于是详细诉说了那名主将当时无礼的情状，并且说："宰相是朝廷大臣，中尉您也是朝廷大臣。他既然可以对宰相如此无礼，我是不是也可以对中尉您无礼呢？国家的礼法，中尉您应当谨守维护，一旦破坏了纲纪，那就太可惜了。我现在已经穿了平民的衣服,还请中尉治罪。"仇士良认为薛元赏说的话句句在理,命手下的人准备酒菜款待了他,没有再追究此事。

314.石从子庾①,少擢进士第,石之力也。累拜监察御史,分司东都②。崔相铉镇淮南③,到洛累日不拜茔④,庾封其节,将奏之,时人称焉。

【注释】

①石从子庾:即李庾,字子虔。唐宗室。文宗开成年间登进士第。会昌三年(843)任荆南节度推官。宣宗大中十年(856)为殿中侍御史,分司东都。懿宗咸通中任中书舍人、湖南观察使。李庾工辞赋,所作《两都赋》为时所称。

②分司东都:原作"在东都",据齐之鸾本、《历代小史》本校改。

③崔相铉:即崔铉,字台硕。崔元略之子。进士及第,三辟诸侯府。武宗会昌初历任左拾遗、司勋员外郎、翰林学士、户部侍郎承旨等职。三年(843)授中书侍郎同平章事。与李德裕不合,被罢相。宣宗即位,迁检校兵部尚书、河中尹,封博陵县开国子。大中年间累迁金紫光禄大夫、尚书左仆射、弘文馆大学士、检校司徒、扬州大都督长史,进封魏国公。

④茔(yíng):坟地,墓地。

【译文】

李石的侄子李庾,年纪轻轻就考中了进士,这都是李石的功劳。李庾后多次升职至监察御史,在洛阳任职。宰相崔铉镇守淮南,到洛阳很多天也没有祭拜祖茔,李庾写信赞扬他的节操,并准备将这件事上报朝廷,当时人都称赞李庾的这种做法。

315.武宗数幸教坊作乐①,优倡杂进②。酒酣,作技谐谑③,如民间宴席,上甚悦。谏官奏疏,乃不复出,遂召优倡入,敕内人习之。宦者请令扬州选择妓女,诏扬州监军取解酒令妓女十人进入④。监军得诏,诣节度使杜悰,请同于管内选择。悰曰:"监军自承旨。悰不奉诏书,不可擅预椒房事⑤。"监军怒,奏之,宦者请并下悰,上曰:"不可。藩方取妓女入宫掖,非禹、汤所为⑥,斯极细事,岂宜诏大臣。杜悰累朝旧德,深得大体,真宰相也!"及悰入相,中谢⑦,上曰:"昨诏淮南监军选择酒令妓女,欲因行幸,举酒为欢乐耳。音声使奏,偶然下命。朕德化未被,而色荒外闻,赖卿不徇苟且;不然,天下将献纳取悦,朕何由得知?报卿忠谠⑧,命卿作相,内怀自贺,如得魏徵⑨。"

【注释】

①教坊:官署名。掌乐工、俳优、杂技等。唐武德后在宫中设内教坊,掌教习音乐,其官属太常寺。武周时改为云韶府。玄宗开元二年(714)移内教坊于蓬莱宫之侧,复于长安设左右教坊,以宦官为教坊使,不隶太常寺,专掌俗乐,以备岁时宴享演奏。五代沿置。

②优倡:古代表演歌舞杂戏的艺人。

③谐谑:诙谐逗趣。

④十人:《资治通鉴·唐纪·武宗会昌四年》记载此事作"十七人"。《新唐书·杜悰传》亦作"十七人"。

⑤椒房:汉代官殿名。后泛指后妃所居的宫室,也借代后妃。颜师古注:"椒房,殿名,皇后所居也。"

⑥禹、汤:指夏禹和商汤。两人都为上古时的贤明有道君王,后亦用

以赞美贤明的君主。

⑦中谢：臣僚受职或受赏后入朝谢恩。

⑧忠谠：忠诚正直。

⑨如得魏徵：《资治通鉴·唐纪·武宗会昌四年》记载此事作"如得一魏徵矣"。胡三省注曰："武宗之期望杜悰者如此，然悰在相位，其所论谏，史无称焉。"

**【译文】**

唐武宗几次去教坊寻欢作乐，歌舞杂戏艺人轮番登台表演。酒喝得很尽兴，杂戏艺人的表演诙谐逗趣，好像民间摆宴席一样，武宗非常高兴。谏官上奏章劝谏，于是武宗没有再外出，而是召歌舞杂戏艺人进宫，让宫中的宫女跟他们学习歌舞表演。有宦官请求武宗下令让扬州挑选歌妓舞女，武宗就诏令扬州监军选取懂得行酒令的歌妓舞女十人进宫。监军得到诏命，就去拜访节度使杜悰，请他同自己一起到扬州挑选。杜悰说："监军您自己遵旨行事。我没有接到皇上的诏令，不能擅自干预皇帝内廷的事。"监军大怒，将此事上奏朝廷，宦官请武宗治罪杜悰，武宗说："不可以。藩镇大员选取歌妓进宫，这不是大禹、商汤所做的事，这是很小的一件事，怎么能命令大臣去做呢。杜悰是历任几朝且德高望重的大臣，深深懂得国事的大体，真的是可以做宰相的人才！"等到杜悰成为宰相入朝谢恩，武宗说："前次我下令让淮南监军挑选懂得行酒令的歌妓舞女入朝，是想要在游赏时，饮酒寻欢。我只是寻求声色享受才忽然之间下的诏令。我的德行还没有显扬，却让别人知道我荒淫好色，幸亏你没有苟且应命；如果不是这样，全天下的人都会争着进献歌妓舞女来取悦于我，我又怎能知道其中的缘由？为回报你的忠诚正直，任命你来做宰相，我在心里暗自庆幸，觉得好像得到了魏徵一样的大臣。"

316.懿安郭太后既崩①，礼院检讨王暤请祔景陵②，配飨宪宗庙，宣宗大怒。宰相白敏中召暤诘其事③。暤曰："郭太后是宪宗元妃④，汾阳王孙，追事顺宗为妇⑤。宪宗崩，事出暧昧；母天下五朝⑥，不可以疑似之事，黜合配之礼⑦。"敏中怒甚，皞声色益壮。宰相将会食，周墀立敏中厅门以候⑧，敏中语墀："正为一书生恼乱，但乞先之。"墀就敏中问其事，皞益不屈。墀以手加皞额，赏其正直。翌日，皞贬句容县令，墀亦免相。大中十三年秋八月，上崩，令狐绹为山陵礼仪使⑨，奏皞为判官。皞又论懿安合配享宪宗，始升祔焉⑩。

## 【注释】

①懿安郭太后既崩：本条采录自《东观奏记》。懿安郭太后，华州郑县（今陕西渭南华州区）人。汾阳郡王郭子仪孙女，唐宪宗李纯之妻，唐穆宗李恒生母。唐穆宗时尊为皇太后。唐敬宗、唐文宗、唐武宗、唐宣宗四朝尊为太皇太后。一生历经唐朝七代皇帝，五朝居于太后之尊，所谓"七朝五尊"。宣宗大中二年（848）去世，追封懿安皇后，陪葬于景陵。按，武宗去世后，郭太后之子穆宗后嗣本可继承大统，然而宣宗得到宦官势力拥戴，以庶夺嫡，登临大宝。宣宗的生母郑氏，此前只是郭太后的侍女，此刻被尊为郑太后，与郭太后平起平坐，郭太后难免对宣宗母子心存介蒂。而宣宗也以宪宗的正统继承人自居，穷治宪宗遇害的旧案，对郭太后很是无礼。

②礼院检讨王皞请祔（fù）景陵：《新唐书·懿安郭太后传》记载为："太常官王皞请后合葬景陵，以主祔宪宗室。"王皞，唐人，生平未详。祔，合葬。景陵，唐宪宗李纯的陵墓。

③白敏中：字用晦。白居易从弟。穆宗长庆二年（822）登进士第，任右拾遗、殿中侍御史，后充任翰林学士。武宗会昌初为殿中侍御史分司东都，转户部员外郎、左司员外郎。李德裕荐为知制诰，

授翰林学士,迁中书舍人。转兵部侍郎,仍充承旨学士。六年(846),以本官同中书门下平章事。宣宗时以兵部侍郎同中书门下平章事,迁中书侍郎兼刑部尚书。历尚书右仆射、门下侍郎,封太原郡公。卒赠太尉,谥曰丑。

④元妃:国君或诸侯的嫡妻。

⑤妇:当为新妇,指儿媳。

⑥五朝:指穆、敬、文、武、宣五朝。

⑦合配:犹匹配。

⑧周墀:字德升,汝南(今属河南)人。穆宗长庆二年(822)登进士第,授湖南团练府巡官,入为监察御史、集贤殿学士。文宗大和末累迁起居舍人,转考功员外郎。开成年间历任翰林学士、职方郎中、知制诰、中书舍人等职。武宗即位,改工部侍郎,出为华州刺史等。唐宣宗大中二年(848)以兵部侍郎、判度支迁中书侍郎、同平章事,监修国史。直言敢谏,不避权贵。

⑨礼仪使:官名。唐玄宗天宝九载(750)初置。凡遇郊祀天地及太庙、天子崩、太子即位等大礼,则依礼法裁定所用仪仗、法物。德宗建中元年(780)废。后废置不常,事罢即废。

⑩升祔:将死者神位升入祖庙,附于先祖旁,配享于祖先。

## 【译文】

懿安郭太后驾崩,礼院检讨王皞请求合葬景陵,配祀于宪宗庙,宣宗非常生气。宰相白敏中叫来王皞责问这件事。王皞说:"郭太后是宪宗嫡妻,又是汾阳王郭子仪的孙女,她作为儿媳侍奉顺宗。宪宗驾崩,事情的原因还不太明朗;太后母仪天下,历经五朝,不应该因为是非不明的事情,就取消合配的礼仪。"白敏中大为震怒,王皞却声音和脸色更加理直气壮。宰相们将要相聚进食,周墀站在白敏中的厅门等他,白敏中对周墀说:"我正在因为一个书生而烦忧,请让我先处理这事。"周墀走近白敏中询问事情的缘由,王皞还是不屈服。周墀拿手放在王皞的额头,赞赏他的公正刚直。第二天，王皞被贬为句容县令，周墀也被罢相。大中十三年秋八月，唐宣宗驾崩，令狐绹任山陵礼仪使，他上奏章请求任王皞为判官。王皞又陈说懿安郭太后应该配享宪宗陵庙的事，郭太后这才得以附祭宪宗陵庙。

317.韦澳为京兆尹①，豪右敛手②。郑光，宣宗舅，庄租不纳。澳系其主者，期以五日，不足，必抵法③。太后为言之。上延英问澳，曰："今日纳租足，放否？"澳曰："尚在限内，来日即不得矣！"澳既出，上连召之，曰："国舅庄租今日纳足，放主者否？"澳曰："必放。"上白太后曰："韦澳不可犯，且与送钱纳却。"顷刻而租足。案④：此事已见《政事门》，文有异同，今并存之。

**【注释】**

①韦澳为京兆尹：本条采录自《东观奏记》。

②敛手：缩手，表示不敢妄为。

③抵法：犹伏法。依法受刑。

④案：据周勋初《校证》，此案语为《四库馆臣》所加。

**【译文】**

韦澳任京兆尹，当地的豪强大族都对他有所顾忌而不敢恣意妄为。郑光是唐宣宗的母舅，他家田庄的租税没有缴纳。韦澳拘禁了主管田庄的人，并以五日作为期限，到时候如果不能缴齐租税，必定会依法受刑。太后给宣宗说了这件事。宣宗在延英殿召问韦澳说："今天缴纳足够的租税，可以放人吗？"韦澳说："今天还在期限内，明天就不放人了！"韦澳要出殿门时，宣宗连声召唤他说："国舅今天缴齐租税，你会释放主事的人吗？"韦澳回答说："一定释放。"宣宗禀告太后说："韦澳不可触犯，还是赶紧送钱缴纳租税。"很快租税就交齐了。案：这件事已经见于《政事门》，其中文字有异同，现在一并留存。

318.李景让、夏侯孜立朝有风采①。景让为御史大夫，视事之日，以侍御史孙玉汝、监察御史卢柏、王觌不称职②，请移他官。孜为右丞，以职方郎中裴诚、虞部郎中韩瞻无声绩③，诙谐取容，诚改太子中允，瞻为凤州刺史。

【注释】

①李景让、夏侯孜立朝有风采：本条采录自《东观奏记》。李景让，字后己，太原文水（今山西文水东）人。唐朝中期大臣、书法家。唐宪宗元和十年（815）登进士第，历任尚书郎、商州刺史、中书舍人、吏部尚书等职。授乐和李公、酒泉县开国子、酒泉县男等爵。卒赠太子太保，谥号孝。景让有大志，正色立朝，言无避忌，为史家所称。夏侯孜，字好学，亳州谯县（今安徽亳州）人。唐敬宗宝历二年（826）进士及第，初为幕府僚吏。后历左拾遗，累迁婺、绛二州刺史。入为谏议大夫，转给事中。唐宣宗时历任刑部侍郎、御史中丞，迁尚书右丞、户兵二部侍郎、同平章事、诸道盐铁转运等使。唐懿宗即位，出任西川节度使、同平章事，累迁司空、门下侍郎，册封谯郡公。出任河东、西川、河中节度使，迁太子少保，分司东都。

②孙玉汝：武宗会昌四年（844）进士。官御史。懿宗咸通中出为衢州刺史。卢柏：生平经历不详，曾任监察御史。王觌（dí）：生平经历不详，曾任监察御史。

③裴诚：《稗海》本《东观奏记》作"裴诚"。唐朝诗人，河东闻喜（今山西闻喜）人。一说为裴度第三子，一说为从子。与温庭

筠友善。《全唐诗》存诗五首。韩瞻：字畏之。唐文宗开成二年
（837）进士。历官某司员外、虞部郎中，及鲁州、凤州、睦州刺史。

**【译文】**

李景让、夏侯孜在朝为官很有声威名望。李景让任御史大夫，他到
职办公的那天，就因为侍御史孙玉汝和监察御史卢柏、王觌不称职，请求
把他们改任其他职位。夏侯孜任右丞，因为职方郎中裴诚、虞部郎中韩
瞻没有声誉和功绩，就靠说话风趣、逗人发笑讨好别人以求自己安身，于
是将裴诚改任太子中允，韩瞻改任凤州刺史。

319.李景让为御史大夫①，宰相宅有看街楼②，皆封泥
之③，惧其劾奏也。然终以强毅为众所忌④。故事：除大夫百
日内，他人拜相，谓之辱台⑤。景让未旬⑥，蒋相伸先拜，景
让除西川节度⑦。不逾年，致仕归东都。

**【注释】**

①李景让为御史大夫：本条采录自《金华子》。

②看街楼：临街盖的门楼。

③皆封泥之：原书作"皆障之"。

④强毅：刚强正直，有毅力。

⑤辱台：唐代官场旧例：御史大夫往往拜相，如任命御史大夫百日内
　而改由他人拜相，则视为御史台之耻，谓之"辱台"。

⑥景让未旬：原书作"景让未十旬"，当据改。

⑦蒋相伸先拜，景让除西川节度：《新唐书·李景让传》曰："为大夫
　三月，蒋伸辅政。景让名素出伸右，而宣宗择宰相，尽书群臣当选
　者，以名内器中，祷宪宗神御前射取之，而景让名不得。世谓除大
　夫百日，有他官相者，谓之'辱台'。景让愧黜不能平，见宰相，自

陈考深当代,即拜西川节度使。"蒋相伸,即蒋伸,字大直,常州宜兴(今浙江宜兴)人。登进士第,历佐使府。唐宣宗大中初入朝,为右补阙、史馆修撰、中书舍人、承旨学士、兵部侍郎。大中末为中书侍郎、同平章事。懿宗咸通二年(861)出为河中节度使,徙宣武军。后迁太子太傅,致仕。卒赠太尉。

**【译文】**

李景让任御史大夫,宰相府建有可观看街景的临街楼,都要被遮挡起来,因为害怕李景让看到过失向皇帝检举。李景让终于还是因为他的刚强正直而被当时的官员所忌恨。唐代官场的旧例:任御史大夫一百天之内,如果另有他人被任命为宰相,就被认为是御史台的耻辱。李景让任御史大夫不到一百天,蒋伸就晋升为宰相,景让被任命为西川节度使。他在节度使任上不到一年,就要求退休,回到洛阳后没有再做官。

320.崔瑶知贡举[1],以贵要自恃,不畏外议。榜出,率皆权豪子弟。其弟兄见之,辄曰:"勿观察吾眼。"案[2]:此下有脱文。

**【注释】**

[1]崔瑶:清河武城(今山东武城)人,崔郾之子。唐文宗大和三年(829)登进士第,出佐藩方,入升朝列,累至中书舍人。宣宗大中年间历任礼部侍郎、浙西观察使、鄂州刺史、鄂岳观察使等。知贡举:官名。唐宋时指特派主持进士考试的大臣。

[2]案:后案语原无,据周勋初《校证》补。周勋初注曰:"此案语当是《永乐大典》编者或《四库全书》馆臣所加。"

**【译文】**

崔瑶为主持进士考试的官员,他自恃地位尊贵显要,不害怕外界的舆论。被录取人的名单出来后,全都是权贵豪强人家的子弟。崔瑶的兄弟们来见他,崔瑶就说:"不要审视我的眼光。"案:这句下面有脱漏的文字。

321.刘允章祖伯刍①,父宽夫②,皆有重名。允章少孤自立,以臧否为己任③。及掌贡举,尤恶朋党。初,进士有"十哲"之号④,皆通连中官⑤,郭缏、罗虬皆其徒也⑥。每岁,有司无不为其干挠,根蒂牢固,坚不可破。都尉于琮方以恩泽主盐铁⑦,为缏极力,允章不应,缏竟不就试。比考帖,虬居其间,允章诵其诗,有"帘外桃花晒熟红",不知"熟红"何用?虬已具在去留中,对曰:"《诗》云'关关雎鸠,在河之洲;窈窕淑女,君子好逑'。侍郎得不思之?"顷之唱落⑧,众莫不失色。及出榜,惑于浮说,予夺不能塞时望⑨。允章自鄂渚分司东都,其制,中书舍人孔晦之辞⑩。弟纾为谏官⑪,乃允章门生,率同年送于坡下。纾犹欲前行,允章正色曰:"请违公不去。"故事:门生无答拜者,允章于是答拜,同行皆愕然。

**【注释】**

①刘允章:字韫中、蕴中,广平肥乡(今河北肥乡)人。刘伯刍孙。擢进士第。累官翰林学士承旨、礼部侍郎。懿宗咸通中历任户部郎中、知制诰、鄂州观察使、检校工部尚书。僖宗朝任东都洛阳留守。黄巢义军攻入洛阳,允章不能拒,坐罪贬官,后以疾卒。伯刍:即刘伯刍,字素芝。擢进士第。德宗贞元中历任右补阙、主客员外郎。为韦执宜阴劾,贬虔州参军。宪宗即位,授考功员外郎、考功郎中、集贤学士、给事中、虢州刺史等。以左散骑常侍致仕。卒赠工部尚书。

②宽夫：即刘宽夫。登进士第。历诸府从事。唐敬宗宝历中入为监
　察御史，俄转左补阙。官终濠州刺史。

③臧否：品评，褒贬。

④十哲：指"芳林十哲"。各书说法不一。《唐才子传·郑谷》记为
　郑谷、许棠、任涛、张蠙、李栖远、张乔、喻坦之、周繇、温宪、李昌
　符。《唐摭言·芳林十哲》仅记八人：沈云翔、林绚、郑玘、刘业、唐
　珣、吴商叟、秦韬玉、郭薰。

⑤通连：串通勾结。中官：宦官。

⑥郭缛：晚唐人，生平未详。罗虬：台州（今浙江临海）人。累举进
　士不第，曾依附宦官。后为鄜州刺史李孝恭从事。性狂宕无检
　束。官至台州刺史。僖宗中和元年（881）前后为人所杀。虬诗
　词藻富赡，与罗隐、罗邺齐名于咸通、乾符间，时号"三罗"。

⑦于琮：字礼用，河南（今河南洛阳）人。于敖第四子。宣宗大中十
　二年（858）进士及第。为左拾遗，尚广德公主，拜驸马都尉。懿
　宗咸通初历迁翰林学士、中书舍人，转兵部侍郎、判户部。八年
　（867）同中书门下平章事，进中书侍郎。后为韦保衡所构，出为
　山南东道节度使，三贬至韶州刺史。僖宗时累除右仆射。黄巢起
　义军攻入长安，欲起琮为相，托病辞，被杀。

⑧唱落：科举考试用语。指科举考试中当场宣布不合格者的名单。

⑨予夺：裁决，裁夺。时望：当时的声望。

⑩孔晦：晚唐官员，生平经历不详。

⑪弟纾：即孔晦之弟孔纾，字持卿，兖州曲阜（今山东曲阜）人。孔
　温裕子。懿宗咸通九年（868）登进士第，除渭南尉，直弘文馆。
　后拜左拾遗内供奉。

**【译文】**

　　刘允章的祖父刘伯刍，父亲刘宽夫，都有很大的名望。刘允章幼年
丧父，凭借自己的能力独立生活，把褒贬善恶作为自己的责任。等到成

为主持科举考试的官员,他更加讨厌为争夺权力、排斥异己而勾结在一起的集团。当初,进士中有"芳林十哲"之称,他们都串通勾结宦官,郭缲、罗虬都是"十哲"中的人。每年,各个部门的官吏没有不受到他们干涉扰乱的,这些人根基深厚坚固,牢不可破。都尉于琮当时因为朝廷的恩惠主管盐铁,极力为郭缲运作,刘允章都没有答应,郭缲最终没有参加科举考试。等到考试帖经时,罗虬也参加了,刘允章诵读罗虬的诗,在读到"帘外桃花晒熟红"一句时,就问罗虬"熟红"是什么意思? 罗虬当时能否及第已有定论,他回答说:《诗经》中说:'关关雎鸠,在河之洲;窈窕淑女,君子好逑。'侍郎难道不知道是什么意思?"一会儿,刘允章当场宣布罗虬在不合格者的名单之中,众人都很吃惊。等到被录取人的名单贴出来的时候,因为被虚浮不实的言论所迷惑,录取及黜落并没能让当时的舆论满意。刘允章自鄂州观察使调到洛阳任职,诏令出自中书舍人孔晦之手。孔晦的弟弟孔纾任谏官,是刘允章的门生,他率领同年送刘允章到坡下。孔纾还想要继续往前走,刘允章面色严肃地说:"请改变您的做法不要再往前走了。"依照旧例:对门生不必答拜,刘允章这时答拜,同行之人都很惊愕。

322.懿宗迎佛骨[①],自凤翔至内,礼仪盛于郊祀[②]。中出一道,夹以连索[③],不得辄有犯者。车马相接,缔以组绣,缘路迎拜,数十里不绝。天子亲幸安福楼[④],以锦彩成桥,骨至,即降楼礼讫,然后迎入禁中,置于安国寺[⑤]。宰相以下,施财不可胜计。百姓竞为浮图,以至失业。明年,懿宗崩,京兆尹薛逢毁之无遗[⑥]。

**【注释】**

①懿宗迎佛骨:《旧唐书·懿宗本纪》曰:"(咸通十四年三月庚午)

诏两街僧于凤翔法门寺迎僧骨，是日天雨黄土遍地。四月八日，佛骨至京，自开远门达安福门，彩棚夹道，念佛之音震地。上登安福门迎礼之，迎入内道场三日，出于京城诸寺。士女云合，威仪盛饰，古无其比。"

②郊祀：古时天子在郊外祭天地。南郊祭天，北郊祭地。郊谓大祀，祀为群祀。

③连索：即链子。

④安福楼：即安福门楼。建于隋初。上有楼观，下有三门洞。遗址在今陕西西安。

⑤安国寺：寺院名。隋开皇三年（583），文帝为沙门昙崇所立。初名清禅寺，唐宣宗大中六年（852）改名安国寺。遗址在今陕西西安。

⑥薛逢：字陶臣，蒲洲河东（今山西永济）人。武宗会昌初登进士第，授秘书省校书郎。崔铉镇河中时引为从事。后崔铉复相，引为万年尉，累迁侍御史、尚书郎。宣宗大中间出为巴州刺史。会同年进士杨收为相，作诗暗中讥讪之，又出为蓬州刺史。后历任太常少卿、给事中、秘书监，卒。曾参与修撰《续会要》。据新、旧《唐书》本传记载，薛逢在唐懿宗时未见任职，更无任京兆尹事，疑此处薛逢有误。齐之鸾本、《历代小史》本作"薛途"。

**【译文】**

　　唐懿宗迎接佛骨，从凤翔到皇城之内，盛大的礼节和仪式超过了祭祀天地。他下令开辟出一条道路，在道路两边装上链子，防止总是有人冲撞。车马相接，以华丽的丝绣品缠绕缔结。人们沿着道路两旁迎接跪拜，绵延十几里没有断绝。唐懿宗亲自到安福楼迎接，他让人用华丽的丝织品结成彩桥，佛骨到安福门，懿宗下楼向佛骨膜拜后，将佛骨迎进皇城之中，安放在安国寺内。宰相以下的各级官员，施舍的财物数不胜数。民众竞相建造佛塔，以致很多人都放弃了正业。第二年，唐懿宗驾崩，京兆尹薛逢下令焚毁了全部的佛塔和佛骨。

323.封侍郎知举<sup>①</sup>，首访能赋人。卢骈诣罗邵舆云<sup>②</sup>："主司爱赋十九<sub>案：此下有脱文。</sub>官<sup>③</sup>。"罗曰："主司安邑住，邵舆居宣平，彼处爱赋，无由得知。"

**【注释】**

①封侍郎：即封敖，字硕夫。宪宗元和十年（815）举进士。唐文宗大和年间任右拾遗。唐武宗会昌初以左司员外郎兼侍御史知杂事充翰林学士，拜中书舍人，迁御史中丞。唐宣宗即位，历礼部、吏部侍郎，封渤海县男。拜平卢、兴元节度使，为左散骑常侍。懿宗咸通二年（861）出任淄青节度使，后入为户部尚书。卒于尚书右仆射任上。知举："知贡举"的省称。

②卢骈：懿宗咸通年间进士，曾官员外郎。罗邵舆：唐代诗人，生平未详。

③主司：科举的主试官。案：后案语原无，据周勋初《校证》补。周勋初注曰："此案语当是《永乐大典》编者或《四库全书》馆臣所加。齐之鸾本加注一'缺'字。"

**【译文】**

侍郎封敖主持科举考试，先找能写赋的人。卢骈拜访罗邵舆说："科举的主试官爱赋十九<sub>案：此字以下有脱漏的文字。</sub>官。"罗邵舆说："科举的主试官住在安邑，我住在宣平，他喜欢写赋，我无从得知。"

324.郑少尹师薰知举<sup>①</sup>，放榜日，毕令到宅谢恩<sup>②</sup>。至萧相公知举<sup>③</sup>，放榜日，并无人及门，时论称之。主司放榜日，于贡院见门生，惟广南郑尚书及杨侍郎<sup>④</sup>。礼部故事：每年主司中场多作风采<sup>⑤</sup>，郑詹尹知举第一<sup>⑥</sup>，李侍郎藩知举落人极多，唯许下杜相公帖日<sup>⑦</sup>，每去一人，必吁嗟移时。

## 【注释】

① 郑少尹师薰知举：本条采录自《卢氏杂说》。郑少尹师薰，即郑薰，《新唐书·郑薰传》载，郑薰后以太子少师致仕。由此，"尹"当为衍文。郑薰，字子溥。唐文宗大和二年（828）登进士第，初任户部员外郎、郎中。武宗会昌年间任台州刺史、漳州刺史、考功郎中。宣宗大中年间任翰林学士、加知制诰、中书舍人等。懿宗时召为太常少卿，累擢吏部侍郎。后以太子少师致仕。

② 毕令：《太平广记》引文作"舍人毕诚"，当据改。

③ 萧相公：《太平广记》引文作"萧倣"。

④ 广南郑尚书及杨侍郎：周勋初考证，当指郑愚与杨涉。又此郑尚书或指郑从谠。郑愚，广州人。懿宗时历任西川节度判官、邕管经略使、广州刺史兼岭南东道节度观察处置等使。杨涉，同州冯翊（今陕西大荔）人。杨严之子。唐僖宗乾符年间进士，唐昭宗时为户部侍郎。唐哀宗即位，拜中书侍郎、同中书门下平章事。

⑤ 中场：旧时乡试共分三场，第二场又称中场。

⑥ 郑詹尹：即郑颢，因其曾官太子詹事，故称。

⑦ 杜相公：即杜审权，字殷衡，京兆万年（今陕西西安）人。进士及第。初仕江西观察使判官，因书判拔萃擢任右拾遗，转任左补阙。唐宣宗即位，授司勋员外郎、中书舍人、权知礼部贡举、陕虢都团练观察使、检校户部尚书等职。唐懿宗时任吏部尚书、同中书门下平章事。平定庞勋之乱后，召拜尚书左仆射，封襄阳郡公。卒后追赠太子太师，谥曰德。杜审权出将入相，为当时重臣，时称"小杜公"。

## 【译文】

太子少师郑薰主持科举考试，考试出结果放榜的那天，毕诚到他家来谢恩。等到萧倣主持科举考试，出考试结果放榜的那天，没有一个人登门谢恩，当时的舆论都称赞他。科举考试的主考官在出结果放榜的那天，在科举考试的场所接见考生的，只有广南节制、尚书郑愚和侍郎杨涉。礼部以往的惯例：每年主持考试的主考官在第二场考试时大多都让考生表现自己的文采，太子詹事郑颢主持考试时中举的人数是最多的，位列第一，侍郎李藩主持考试时落榜的人非常多，只有许州刺史、宰相杜审权主持帖经考试时，每有一人不通，他必定感叹好一会儿。

325.太宗得鹞子俊异①，私自臂之②，望见魏公③，乃藏于怀。公知之，遂前白事，因话自古帝王逸豫④，微以为讽。上惜鹞子恐死，而又素严惮徵⑤，欲尽其言。徵语愈久⑥，鹞竟死怀中。

**【注释】**

①太宗得鹞子俊异：本条采录自《隋唐嘉话》。鹞子，一种猛禽，形体像鹰而比鹰小，背灰褐色，以小鸟、小鸡为食。

②臂之：此处指用臂把鹞子举起来，也称架鹰、举鹰，这是驯鹰的一种方法。

③魏公：即魏徵，唐太宗贞观七年（633）魏徵被封为郑国公，因称。

④逸豫：指安逸享乐。《诗经·小雅·白驹》："尔公尔侯，逸豫无期。"余冠英注："逸豫，安乐也。"

⑤严惮：畏惧，害怕。

⑥徵语愈久：《资治通鉴·唐纪·太宗贞观二年》记载作："徵奏事固久不已。"

**【译文】**

唐太宗得到一只非比寻常的鹞鹰，他背着别人用臂膀把鹰举起来，远远看见魏徵，就赶紧把鹰藏在胸前。魏徵知道了这个事情，就上前禀告公务，顺势就说到了上古帝王的安逸享乐，暗中用这些事来讽谏太宗。

太宗珍惜鹞鹞担心它死了,但又向来畏惧魏徵,想结束与他的谈话。魏徵则说得时间更长,鹞鹞最终死在了太宗的胸前。

326.贞观中<sup>①</sup>,西域献胡僧,咒术能生死人<sup>②</sup>。太宗令于飞骑中选卒之壮勇者试之<sup>③</sup>,如言而死,如言而苏。帝以告宗正卿傅奕<sup>④</sup>,奕曰:"此邪法也。臣闻邪不干正,若使咒臣,必不能行。"帝召僧咒奕,奕对之,初无所觉。须臾,胡僧忽然自倒,若为物所击者,更不复苏。

**【注释】**

①贞观中:本条采录自《隋唐嘉话》。

②咒术:古代巫术。指诅咒对方,使其遭到不利的邪术。

③飞骑:唐禁军名。贞观十二年(638),唐太宗置左右屯营于玄武门,其兵称"飞骑"。

④宗正卿:《太平御览》引文作"太常少卿"。《资治通鉴·唐纪·太宗贞观十三年》作"太史令"。傅奕:相州邺(今河北临漳)人。隋开皇中以仪曹事汉王谅。谅败,徙扶风。唐高祖为扶风太守,甚礼重之。及高祖即位,拜太史丞、迁太史令。奕性谨密,博综群言。善书,尤晓天文历数,精庄、老,深排佛教,嫉之如仇。

**【译文】**

贞观年间,西域进献了一位胡僧,他能用咒术让人死,也能让死者复活。唐太宗让人在飞骑军中挑选一名强壮勇猛的士卒来做试验,果然像胡僧所说的那样,让他死他就死,让他活他就活。太宗向宗正卿傅奕说了这件事情,傅奕回答:"这是邪术啊。我听说邪不犯正,如果让他来咒我,一定不会成功。"于是太宗让胡僧对傅奕用咒术。傅奕坐在胡僧对面,完全没有感觉。一会儿,胡僧忽然自己倒下了,好像被什么东西击中,再也没有苏醒。

　　327.王义方[①],时人比之稷、契[②]。郑公每云:"王生太直。"[③]高宗朝,李义府引为御史[④]。李以定册立武后勋[⑤],恃宠任势,王恶而弹之,坐是见贬,坎坷以至于终。

**【注释】**

①王义方:本条采录自《隋唐嘉话》。王义方,泗州涟水(今江苏涟水)人。自幼丧父,侍母恭谨,通晓四书五经。初中明经科,历任晋王府参军、太子校书。唐太宗贞观二十年(646)坐刑部尚书张亮案,贬为儋州吉安县丞。贞观二十三年(649)改授洹水县丞。高宗显庆元年(656)升任侍御史。因弹劾中书侍郎李义府,得罪高宗,降为莱州司户参军。任满后以教书为业。

②稷、契:稷和契的并称。唐虞时代的贤臣。

③郑公每云:"王生太直":《新唐书·王义方传》曰:"始,魏徵爱其材也,每恨太直,后卒以疾恶不容于时。"

④李义府:唐太宗贞观八年(634)举进士,授门下省典仪。以刘洎、马周荐,除监察御史。高宗立,迁中书舍人。兼修国史,加弘文馆学士。以协赞立武昭仪为后,拜中书侍郎、同中书门下三品,封广平县男。显庆年间历任太子左庶子、中书令,进封河间郡公。龙朔三年(663)迁右相。坐赃除名,长流巂州。李义府貌似温恭,而实阴险奸佞,有"笑中刀""人猫"之称。

⑤定册:亦作"定策"。谓谋立天子。古代尊立天子,将书于简策,告于宗庙。

**【译文】**

　　王义方,当时人称他为后稷、夏契一类的人。郑国公魏徵经常说:"王义方太正直了。"唐高宗在位期间,李义府引荐他为御史。后来李义府因为谋立武后有功劳,仗着武后对他的宠爱随意使用手中的权势,王义方讨厌他的恶行便弹劾他,因此被贬官,一直到去世都困顿不得志。

328.徐大理有功①,每见武后将杀人,必据法廷争。尝与武后反复,词色愈厉,后大怒,令拽出斩之,犹回顾曰:"身虽死②,法终不可改。"至市,临刑得免,除为庶人③。如是再三,终不挫折。朝廷倚赖,至今犹忆之。其子预选,有司皆曰:"徐公之子,安可拘以常调乎?"

**【注释】**

①徐大理有功:本条采录自《隋唐嘉话》。大理,掌刑法的官。秦为廷尉,汉景帝前元六年(前151)更名大理,武帝建元四年(前137)复为廷尉。北齐改廷尉为大理卿,历代沿置。

②身虽死:原书此句句首尚有一"臣"字,当据原书补。

③除为庶人:原书作"除名为庶人",当据补"名"字。

**【译文】**

大理卿徐有功每当见到武则天快要杀人了,一定会依据律法在朝廷上同她争论。有一次他同武则天再三争论,言辞声色越来越厉害,武则天非常生气,下令将他拖出去斩了,徐有功在被拖时还回头大叫:"即使我死了,律法也是不能改变的。"到了刑场,临刑时才被赦免死罪,但还是免了他的官贬为庶人。像这样好几次,他都不屈服。朝廷依靠他,到现在还怀念他。后来徐有功的儿子参加考选,有关官吏都说:"徐有功的儿子,怎么可以用平常的方式来选拔任用呢?"

329.狄内史仁杰①,始为江南安抚使,以周赧王、项羽、吴夫概王、春申君、赵佗、马援、吴桓王等神庙七百余所②,

有害于人，悉除之，惟夏禹、吴太伯、季札、伍子胥四庙存焉③。案④：此事已见本门首条。文有详略，今并存之。

### 【注释】

① 狄内史仁杰：本条采录自《隋唐嘉话》。

② 周赧王：战国时期东周末代君主姬延，周慎靓王之子。时周已分东周、西周。赧王名为天子，实寄居于西周。既无权又无钱。后因西周君与诸侯联合，隔断秦与阳城通路，秦出兵灭西周，西周君被杀，赧王亦死。项羽：名籍，字羽，泗水下相（今江苏宿迁西）人。楚国名将项燕之孙。秦二世元年（前209）随项梁起兵会稽，项梁战死后，楚怀王封为长安侯，号为鲁公。以上将军，率兵北上救赵。入关后，自封西楚霸王，号令关中。不久东回彭城。随后与刘邦争天下，汉王五年（前202）被刘邦大军围困于垓下，至乌江边，自刎而死。吴夫概王：春秋时期吴国人，吴王阖闾之弟。阖闾九年（前506），吴、楚战于柏举，以楚令尹子常所部士卒无斗志向阖闾献计，阖闾不纳，遂自率所部先攻子常，楚军大乱，吴继以全军攻击，大胜。次年，秦救楚败吴，乃率军回吴自立。阖闾归，他败逃至楚，受封于堂溪，称堂溪氏。春申君：本名黄歇，楚国大臣。楚顷襄王时任左徒。楚考烈王即位，任他为相，受封淮北地十二县，号春申君。前后相楚二十五年。礼贤下士，招致宾客三千余人。考烈王死，幽王立，王舅李园为独擅朝政将他刺死。赵佗：真定（今河北石家庄）人。秦始皇时为南海龙川县令。二世时，命行南海郡尉事。秦朝灭亡，即并桂林、象郡，自立为南越王。汉高祖遣陆贾正式封其为南越王。吕后时背汉自称南越武帝。后去帝号称臣。马援：字文渊，扶风郡茂陵县（今陕西扶风）人。王莽新朝末年，马援投靠陇右军阀隗嚣麾下，甚得器重。后归顺光武帝刘秀，为刘秀统一天下立下了赫赫战功。东汉建立后，马

援仍领兵征战，西破陇羌，南征交趾，北击乌桓，累官至伏波将军，封新息侯，世称"马伏波"。吴桓王：即孙策。孙权称帝后，追谥孙策为长沙桓王。

③夏禹：古代部落联盟领袖。吴太伯：亦作"吴大伯"。周古公亶父（太王）长子，仲雍、季历之兄。太王欲传位季历及其子昌（即周文王），太伯乃与仲雍出逃至荆蛮，号勾吴。季札：姬姓，名札，又称公子札、延陵季子等，春秋时吴王寿梦之子。季札品德高尚，有远见卓识，而对权位淡漠。他一生多次出使于鲁、齐、郑、晋、徐等国，为各国贤士大夫所称誉。伍子胥：名员，字子胥，楚国人，春秋末期吴国大夫、军事家。以封于申，也称申胥。伍子胥之父伍奢为楚平王子建太傅，因受费无极谗害，和其长子伍尚一同被楚平王杀害。伍子胥从楚国逃到吴国，成为吴王阖闾重臣。后佐阖闾攻入楚都郢。

④案：据周勋初《校证》，此案语当是《四库全书》馆臣所加。

**【译文】**

内史狄仁杰刚任江南安抚使时，因为当地有周赧王、项羽、吴夫概王、春申君、赵佗、马援、长沙桓王孙策等人的神庙七百多所，有害于当地百姓，于是狄仁杰就下令全部拆除了，只有夏禹、吴太伯、季札、伍子胥四座神庙保存了下来。案：这件事已见于本门第一条。文字有详有略，现在一并留存。


330.李日知为大理丞①。武后方肆戮，胡元礼承旨②，欲陷人死刑，令日知改断，再三不从。元礼使人谓李曰："胡元礼在，此人莫觅活。"李谓使者曰："日知在，此人莫觅死。"竟免之。


**【注释】**

①李日知为大理丞：本条采录自《隋唐嘉话》。李日知，郑州荥阳

（今河南荥阳）人。进士及第。武周天授中累迁司刑丞。中宗神
龙初为给事中，迁黄门侍郎、朝散大夫。睿宗景云元年（710）授
黄门侍郎、同中书门下平章事，进拜侍中。玄宗先天元年（712）
罢为刑部尚书，致仕。治狱宽平无冤滥，事母至孝，正直敢谏。卒
后追赠幽州大都督。大理丞：官名。晋武帝时始为廷尉置丞。南
朝沿置。北魏亦置。北齐以大理寺为署名，遂称大理丞。隋初为
二人，炀帝改为勾检官，增至六人，与大理寺正分判狱事。唐又为
大理丞，秩从六品上。

②胡元礼：登进士第。武周天授中为洛阳尉。长寿中为侍御史，出
使岭南。丁忧后，为检校秋官郎中。累迁司刑少卿，出为滑州刺
史。后官至广州都督。承旨：亦作"承指"。逢迎意旨。

【译文】

李日知任大理丞。当时武则天正在大肆杀戮反对她的官员，胡元
礼逢迎武则天的旨意，想要诬陷一个人，治他的死罪，就命令李日知变更
判决结果，李日知几次都不答应。胡元礼派人对李日知说："有我胡元礼
在，这个人没有活路。"李日知对使者说："有我李日知在，这个人就不会
死。"这个人最终没有死。

331.高祖即位①，以舞胡安叱奴为散骑侍郎②，礼部尚
书李纲进谏曰③："臣按周礼：均工乐胥④，不参士伍⑤。虽复
才如子野⑥，妙等师旷⑦，皆终身继代，不改其业。故魏武帝
欲使祢衡击鼓⑧，乃解朝衣，露体而击之，问其故，对曰：'不
敢以先王法服，为伶人衣也。'虽齐高纬封曹妙达为王⑨，安
马驹为开府⑩，有国家者但为殷鉴⑪。天下新定⑫，开太平之
运，起义功臣，行赏未遍；高才硕学，犹滞草莱。而先令舞胡
致位五品，鸣玉曳组⑬，趋驰庙廊⑭，固非创业规模，贻厥子

孙之道⑮。"高祖竟不能从。

## 【注释】

①高祖即位:本条采录自《大唐新语·极谏》。

②舞胡:以歌舞为职业的胡人。安叱奴:胡人,以歌舞为业,生平经历不详。

③李纲:字文纪,观州蓨县(今河北景县)人。隋唐时期名臣。隋文帝时任太子洗马,迁尚书右丞。因受权臣杨素、苏威排挤,久未升迁。隋炀帝大业末,被关中起义军首领何潘仁署为长史。唐朝建立后,出任礼部尚书兼太子詹事,因进言不被李建成接受而改授太子少保。太宗贞观四年(630)拜太子少师,深受太宗宠信。卒赠开府仪同三司,谥曰贞。

④均工:乐工。宋叶廷珪《海录碎事·音乐》:"均工,乐工也。河间献王乐语有五均之官。"乐胥:从事音乐工作的小吏。

⑤士伍:士卒。引申指军队。

⑥子野:指春秋时晋国的乐师师旷,字子野,目盲,善弹琴,辨音能力极强。

⑦师旷:原书作"师襄"。《资治通鉴》与《新唐书·李纲传》亦作"师襄",当据改。

⑧魏武帝:即曹操,字孟德,沛国谯(今安徽亳县)人。东汉末年著名的政治家、文学家、军事家。建安元年(196),曹操迎汉献帝至许,自为司空,行车骑将军事,总揽朝政。建安十三年(208)进位丞相。同年攻荆州,与孙权、刘备联军于赤壁大战,败归。建安十八年(213)封魏公。建安二十五年(220)病逝。其子曹丕代汉称帝后,追尊为魏武帝。祢衡:字正平,平原般(今山东临沂东北)人。少有才辩,性刚强傲慢,不为权贵所容,而独与孔融友善。后经孔融推荐,曹操欲召见,他称病不往,被罚做鼓吏。他当

众裸身击鼓,羞辱曹操。曹操大怒,将他遣送刘表,后因言语冒犯江夏太守黄祖被杀。

⑨高纬:字仁纲,渤海蓨(今河北景县)人。爱好文学音乐,曾自己创作"无愁曲",自弹琵琶演唱,人称"无愁天子"。北齐武成帝太宁二年(562)立为太子。河清四年(565)武成帝禅位,嗣立为帝,故称少帝。在位期间不理朝政,生活奢侈迷乱。武平七年(576),北周攻北齐,他传位太子高桓,后被北周军队俘获,封为温国公。周武帝建德七年(578)以谋反赐死。曹妙达:北齐至隋文帝时期的宫廷音乐家,尤善写新曲,为文帝及太子勇所赏识。

⑩安马驹:北齐后主时人,能歌善舞,被齐后主高纬拜为开府仪同三司,为此遭到时人非议。

⑪但:原书作"俱",当据改。殷鉴:亦作"殷监"。谓殷人子孙应以夏的灭亡为鉴戒。《诗经·大雅·荡》:"殷鉴不远,在夏后之世。"

⑫天下新定:原书此句句首有"今"字,当据补。

⑬鸣玉曳组:佩玉饰曳印组。指位居高官。

⑭庙廊:指朝廷。

⑮贻厥:留传,遗留。《尚书·五子之歌》:"明明我祖,万邦之君,有典有则,贻厥子孙。"孔传:"贻,遗也。言仁及后世。"

**【译文】**

唐高祖李渊即位后,任用曾以歌舞为业的胡人安叱奴为散骑侍郎,礼部尚书李纲进谏说:"我查阅了周礼:以歌舞奏乐为业的乐吏,是不能在军队任职的。即使他们才气高妙如同师旷和师襄,也都终身以此为业世代相传,不能改变他们的职业。所以魏武帝曹操想让祢衡击鼓,祢衡便脱下朝服光着身子去打鼓,问他什么缘故,他回答说:'不敢把先王所定的朝服当做演唱艺人的衣服。'只有北齐昏庸的高纬才封乐工曹妙达为王,封安马驹为开府仪同三司。凡是作为一国之君的人,都应该引以为戒。现在天下刚刚安定,呈现出一些太平的景象,那些当初跟随陛下举事的有功之臣，还没有完全封赏；有才智有学识的贤能之士，还滞留在乡野民间。您却先让一个以歌舞为业的胡人位居五品，佩玉饰曳印组，身居高位，在朝堂上进进出出，这本来就不是创建帝业的典范，也不是应留传给子孙后代的做法。"唐高祖李渊最后还是没有采纳李纲的谏言。

332.周兴、来俊臣罗织衣冠①，朝野惧慴②。御史大夫李嗣真上疏谏曰③："臣闻曲逆之事汉祖④，谋疏楚之君臣⑤，乃用黄金七千斤⑥，行反间之术，项羽果疑臣下，陈平之计遂行。今告事纷纭，虚多实少，如当有凶慝⑦，焉知不先谋疏陛下君臣，后除国家良善？臣恐为社稷之祸。伏乞陛下回思迁虑⑧，察臣狂瞽⑨，然后退就鼎镬⑩，实无所恨。臣得没为忠鬼，孰与存为谄人。如罗织之徒，即是疏间之渐，陈平反间，其远乎哉！"遂为俊臣所构，放于岭表。俊臣死，征还，途次桂阳而终，赠济州刺史。中宗朝，追复本官。

**【注释】**

①周兴、来俊臣罗织衣冠：本条采录自《大唐新语·极谏》。周兴，雍州长安（今陕西西安）人。年轻时习明法律，任尚书省都事。累迁司刑少卿、秋官侍郎，武周时多次推按制狱，陷害宗室朝臣数千人之多，成为当时最著名的酷吏之一。后官至尚书左丞，曾上疏请除李氏属籍。不久下狱，流放岭南，途中被仇人所杀。来俊臣，雍州万年（今陕西西安）人。武周时著名酷吏。深得武则天信任，先后任侍御史、左台御史中丞等职。他大兴刑狱，刑讯逼供，任意捏造罪状置人死地，大臣和李唐宗室遭枉杀灭族者达数千家。后得罪武氏诸王及太平公主，为武则天所杀。罗织，谓无中生有地多方构陷。衣冠，古代士以上戴冠，因用为缙绅、士大夫

　　的代称。

②惧慑：畏惧，恐惧。

③李嗣真：字承胄，赵州柏人（今河北隆尧西）人。知音律，善阴阳。举明经第。累调许州司功参军。后为弘文馆修撰官，出补义乌令。武则天永昌元年（689），拜右御史中丞。后为来俊臣所陷，配流岭南。善书画评论，著有《书后品》《续画品录》等。

④曲逆：指曲逆侯陈平。陈平，阳武（今河南原阳东南）人。西汉王朝开国功臣。少时喜读书，有大志。后参加楚汉战争和平定异姓王侯叛乱，成为汉高祖刘邦的重要谋士，因功先后受封为户牖侯和曲逆侯。吕后死，陈平与太尉周勃合谋平定诸吕之乱，迎立代王为文帝，被任命为丞相。汉祖：指汉高祖刘邦。

⑤疏：使疏远，离间。

⑥黄金七千斤：《史记·陈丞相世家》记载："陈平云：'……大王诚能出捐数万斤金，行反间，间其君臣，以疑其心……破楚必矣。'汉王以为然，乃出黄金四万斤，与陈平，恣所为，不问其出入。"

⑦凶慝（tè）：奸邪。慝，邪恶。亦指邪恶的人。

⑧回思迁虑：改变想法。此处指不轻信奸邪之人的诬陷。

⑨狂瞽（gǔ）：书疏中常用为自谦之词。狂，悖理。瞽，不明。

⑩退就鼎镬：指甘愿受死。鼎镬，指古代一种用鼎镬烹人的酷刑。

**【译文】**

　　周兴、来俊臣无中生有地多方构陷朝廷命官，朝廷内外的官员无不感到恐惧。御史大夫李嗣真上疏进谏说："我听说陈平侍奉汉高祖刘邦，图谋离间项羽君臣，就用黄金七千斤，施行反间的计谋，项羽果然怀疑起他的臣下，陈平的反间计谋就得逞了。如今控告诉讼案件多而杂乱，其中冤假错案多，真正有罪的案件少，如果刚好有奸邪之人从中作梗，怎么知道他们不是先谋划离间陛下您的君臣关系，然后再除掉那些忠于国家的善良之人呢？我担心这会成为国家的灾祸。请求陛下您凡事都要反复思考,不要轻信奸邪之人的诬陷,同时也考察我所说的话,如果有虚妄之言,我甘愿领受鼎镬之刑而没有任何遗憾。我能死为忠魂,总比活着当一个谄媚之人光彩。像那些无中生有地多方构陷朝臣的奸邪之人,就是在慢慢地疏远离间君臣之间的关系,像陈平那样反间计的得逞,难道还会远吗?"于是李嗣真就被来俊臣诬陷,被流放到了岭南。来俊臣死后,李嗣真被召回京城,走到桂阳就去世了,朝廷追赠他为济州刺史。唐中宗时又被追赠为原职——御史大夫。

333.武三思得幸于中宫[①],京兆人韦月将等不堪愤激[②],上书告白其事。中宗惑之,命斩月将。黄门侍郎宋璟执奏,请按而后刑[③]。中宗愈怒,不及整衣履,岸巾出侧门[④],迎谓璟曰:"朕以为已斩矣[⑤],何以缓之?"命促斩。璟曰:"人言中宫私于三思[⑥],陛下竟不问而斩月将[⑦],臣恐有窃议。"固请按而后刑。中宗大怒,璟曰:"请先斩臣,不然,终不奉诏。"乃流月将于岭南,寻使人杀之。

**【注释】**

①武三思得幸于中宫:本条采录自《大唐新语·极谏》。武三思,并州文水县(今山西文水)人。武则天的侄子。早年因父坐罪,流放远地。武后掌权后,为右卫将军,迁拜夏官尚书、监修国史。天授元年(690)武则天称帝后,封为梁王,迁司空、同平章事,成为宰相。唐中宗复位后,依旧权倾朝野,飞扬跋扈。神龙三年(707)谋废太子李重俊,酿成景龙政变,死于乱军之中。

②韦月将:京兆(今陕西西安)人。神龙二年(706)上书中宗,言武三思潜通韦后。中宗大怒,命斩之。黄门侍郎宋璟坚请重审,中宗不准。左御史大夫苏珦、给事中徐坚等皆言不宜杀。中宗命杖

流岭南,后为广州都督周仁轨所杀。睿宗即位,追赠宣州刺史。

③按:考察,查验。

④岸巾:谓掀起头巾,露出前额。

⑤已:原阙,据齐之鸾本补。

⑥私:通奸。

⑦月将:原作"之",据齐之鸾本改。

**【译文】**

武三思深受中宫的宠爱,京兆人韦月将等人不能忍受心中的愤怒,上书告发这事。唐中宗被武三思迷惑,下令斩杀韦月将。黄门侍郎宋璟持章表上奏中宗,请求查验武三思之事后再对韦月将用刑。中宗更加愤怒,等不及整理好衣服鞋帽,掀着头巾从侧门出来,拦住宋璟对他说:"我以为韦月将已经斩杀了,为什么要延缓?"又下令赶快杀了韦月将。宋璟说:"人家说中宫跟武三思私通,陛下您竟然不调查就要杀月将,我担心会引起私下的议论。"宋璟坚决请求查验后再行刑。中宗非常愤怒,宋璟说:"请先杀了我,如果不这样,我是不会奉命的。"中宗无奈,便将韦月将流放到了岭南,不久又派人去杀了他。

334.睿宗朝①,太平公主用事②。柳浑以斜封官复旧职③,上疏谏曰:"陛下即位之初,纳姚、宋之计④,咸黜斜封。今以斜封之人不忍弃,是先帝之意不可违。若斜封之人不忍弃,是韦月将、燕钦融之流不可褒赠⑤,李多祚、郑克乂之徒不可清雪⑥。陛下何不能忍于此而忍于彼? 使善恶不定,反覆相攻⑦,致令君子之道消,小人之道长,为正者衔冤,附伪者得志⑧,将何以止奸邪? 将何以惩风俗耶?"睿宗遂从之,因而擢浑拜监察御史。[原注]⑨《太平御览》曰:"柳浑拜监察御史⑩。台中执法之地,动限仪矩,浑性放旷,不甚检束,察长拘谨,忿其疏纵。浑不乐,乞外任,执政惜其才,特奏为左补阙。"

【注释】

①睿宗朝:本条采录自《大唐新语·极谏》。

②用事:执政,当权。此处指干预朝政。

③柳浑:当为"柳泽"。《旧唐书·柳泽传》记载"涣弟泽,景云中为右率府铠曹参军。先是姚元之、宋璟知政事,奏请停中宗朝斜封官数千员。及元之等出为刺史,太平公主又特为之言,有敕总令复旧职。泽上疏谏曰……"斜封官:指不经朝廷宣署,皇帝直接任命的官。

④姚、宋:即姚崇与宋璟,皆为当时名相。

⑤燕钦融:洛州偃师(今河南偃师)人。初以门荫入仕,累迁许州司户参军。中宗景龙四年(710)上书揭发韦后和安乐公主的罪行,坐罪赐死。唐睿宗复位后追赠谏议大夫。

⑥李多祚:盖川(今辽宁盖州)人。靺鞨族。骁勇善战,屡立军功,迁右羽林军大将军、上柱国、辽阳郡王,掌握禁兵,宿卫北门三十余年。中宗神龙元年(705)协助宰相张柬之发动神龙革命,诛杀张易之、张昌宗兄弟,逼迫武则天还位于唐中宗。神龙三年(707)在景龙政变中兵败被杀。睿宗景云初,始追复官爵。郑克乂:唐高祖之女千金公主之子,娶武承嗣之女为妻。

⑦反覆相攻:变化无常交相冲击。

⑧附伪者得志:此句原阙,据齐之鸾本、《历代小史》本补。

⑨原注:周勋初《校证》注曰:"此注当是王谠所加。"

⑩柳浑拜监察御史:按,柳浑为代宗、德宗时人,而柳泽是睿宗、玄宗时人。王谠误以柳泽为柳浑。

【译文】

唐睿宗时,太平公主干预朝政。柳泽因为太平公主奏请让斜封官恢复从前职位,上书进谏说:"陛下您刚即位时,采纳姚崇、宋璟的计谋,全部废黜了斜封官。现在又认为任职斜封官的人都不忍心弃置,还说这是先帝的意志不敢违抗。如果不舍得弃置斜封官,那么这是说韦月将、燕钦融等人就不应该褒奖追赠,李多祚、郑克义等人也不该平反昭雪。陛下您为什么不能舍弃这些斜封官,而单单就舍弃那些忠直之士呢?假使善与恶的标准不能确定,反复无常交相冲击,致使君子失意,小人得志,行为正直的人含恨蒙冤,依附于僭伪的小人得意忘形,将凭什么惩治奸邪?凭什么矫正风气呢?"睿宗于是接纳了他的建议,并因此擢升他为监察御史。[原注]《太平御览》说:"柳浑官拜监察御史。御史台是执行法令的地方,常常受到仪法规矩的限制,柳浑性情豪放旷达,行为不太检点约束,而察院的长官拘束谨慎,讨厌他的放达。柳浑不高兴,请求到京城以外的地方做官,执政官爱惜他的才学,直接给皇帝上奏疏任命他为左补阙。"

335.韦仁约弹右仆射褚遂良①,出为同州刺史。遂良复职,黜仁约为清水令。或慰勉之,仁约对曰:"仆狂鄙之性②,假以雄权③,而触物便发。丈夫当正色之地,必明目张胆然④,不能碌碌为保妻子也。"时武候将军田仁会与侍御史张仁祎不协而诬奏之⑤。高宗临轩问仁祎,仁祎惶惧,应对失次。仁约历阶进曰⑥:"臣与仁祎连曹⑦,颇知事由。仁祎懦而不能自理。若仁会眩惑圣听⑧,致仁祎非常之罪,则臣事陛下不尽,臣之恨矣。请专对其状。"词辩纵横,高宗深纳之,乃释仁祎。仁约在宪司⑨,于王公卿相未尝行拜礼,人或劝之,答曰:"雕鹗鹰鹯⑩,岂众禽之偶?奈何设拜以卑之⑪!且耳目之官,固当独立耳。"后为左丞,奏曰:"陛下为官择人,无其人则阙。今不惜美锦⑫,令臣制之,此陛下知臣之深矣。"振举纲目,朝廷肃然。

## 【注释】

①韦仁约弹右仆射褚遂良:本条采录自《大唐新语·刚正》。韦仁约,字思谦,郑州阳武(今河南原阳)人。进士出身,高宗时曾任清水县令、侍御史、右司郎中、尚书左丞、御史大夫等职,不畏权势,敢于弹劾违法之人,整顿纲目,深得高宗亲重。武周时转宗正卿。旋改右肃政台御史大夫。垂拱元年(685)科相,以右肃政台御史大夫同凤阁鸾台三品。翌年改任纳言。上表请致仕,加太中大夫。卒赠幽州都督。

②狂鄙:放诞鄙野。此处为自谦之词。

③雄权:犹大权。

④明目张胆:形容有胆略,敢作敢为。

⑤田仁会:雍州长安(今陕西西安)人。唐高祖武德初年应制举授左卫兵曹。太宗贞观后期为左武候中郎将。高宗永徽中为平州刺史。五迁胜州都督。入为太府少卿,迁右金吾将军。卒谥威。张仁祎:字道穆,中山郡义丰县(今河北安国)人。敏悟有才。唐太宗贞观十八年(644)进士及第,授岐州参军。唐高宗时期参与攻打辽东,累迁吏部员外郎、侍御史。掌管选举时,造作姓历,改修状样、铨历等程式。

⑥历阶:越阶而上。《礼记·檀弓下》:"杜蒉入寝,历阶而升。"孙希旦集解:"历阶,即栗阶。谓升阶不聚足也。"

⑦连曹:官署相连。喻指同僚。

⑧眩惑:迷乱而失去主张。

⑨宪司:御史台的别称。

⑩雕鹗(è)鹰鹯(zhān):四种猛禽。此处用以比喻才望超群的人。

⑪卑之:《旧唐书·韦思谦传》作"狎之"。

⑫美锦：美丽的锦缎。亦用以比喻国家政事。

**【译文】**

韦仁约弹劾右仆射褚遂良，致使褚遂良被出为同州刺史。褚遂良恢复旧职之后，就贬韦仁约为清水县令。有人慰劳勉励他，韦仁约回答说："我放诞鄙野，如果被授予大权，遇到不合理的事就会站出来。大丈夫身处庄重严肃之位，一定要有胆识，敢作敢为，绝不能碌碌无为只为保全自己的妻子和儿女。"当时武候将军田仁会和侍御史张仁祎不合，田仁会便诬告他。唐高宗来到前殿质问张仁祎，张仁祎恐慌失色，对高宗的质问语无伦次。韦仁约越阶而上进言说："我与张仁祎同曹共事，很知道这件事的原委。张仁祎怯懦，不能为自己申辩。如果田仁会迷惑了您的视听，致使张仁祎遭受不应得之罪，那就是我对陛下您不够尽责，这是我的遗憾。请求您允许我细说这件事的原委。"韦仁约能言善辩，唐高宗全部接纳了他的进言，并恕免了张仁祎。韦仁约在御史台为官，对王公卿相从来没有行过拜礼，别人有时劝他，他说："雕鹗鹰鹯怎么能够与普通禽鸟为伴？为什么要拜王公卿相来讨好他们呢？况且我身为皇帝的耳目之官，本来就应该洁身自好。"后来他当上了尚书左丞，向皇帝上奏疏说："陛下您选择官吏，没有合适的人选就让它空缺。如今您不顾惜国家政事，让我执掌大权，这是您对我非常了解。"他整治朝纲，使朝廷上下秩序井然。

336.李义府恃恩放纵①，妇人淳于氏有容色，坐系大理②，乃托大理丞毕正义曲断出之③。或有告之者，诏刘仁轨鞫之④。义府惧泄，系正义于狱。侍御史王义方将弹之，告其母曰："奸臣当路，怀禄而旷官⑤，不忠；老母在堂，犯难以危身，不孝。进退惶惑，不知所从。"母曰："吾闻王母杀身以成子之义⑥。汝若事君尽忠，立名千载，吾死不恨焉。"义方乃备法冠⑦，横玉阶弹之。先叱义府令下，三叱乃出，然后跪宣弹文云云⑧。高宗以义方毁辱大臣，言辞不逊，贬莱州司户⑨。秩满⑩，于昌乐聚徒教授。母亡，遂不复仕进。总章二年卒⑪。撰《笔海》十卷。门人何彦先、员半千制师服三年，毕丧而去。

**【注释】**

①李义府恃恩放纵：本条采录自《大唐新语·刚正》。

②系：拘囚，关进牢狱。

③毕正义：唐高宗时人，曾任大理寺丞。曲断：枉法判决。

④刘仁轨：字正则，汴州尉氏（今河南尉氏）人。自少孤贫，恭谨好学。唐太宗时以直言敢谏闻名，累官至给事中。高宗时历任熊津道安抚大使、太子左庶子、同中书门下三品，监修国史。武后临朝，加授特进，复拜左仆射。专知留守事。后改文昌左相、同凤阁鸾台三品。卒赠开府仪同三司、并州大都督，陪葬乾陵。鞫（jū）：审问。

⑤旷官：空居官位而不称其职。语本《尚书·皋陶谟》："无旷庶官，天工人其代之。"孔传："旷，空也。位非其人为空官。"

⑥王母杀身以成子之义：事见《汉书·王陵传》。王陵随刘邦起义，其母被项羽抓至军中以要挟王陵投降，其母让使者转告王陵专心事主，后伏剑身亡。

⑦法冠：又名獬豸冠。本为楚王之冠，后来秦御史和汉之使节、执法者也戴同样的冠。《史记·淮南衡山列传》："汉使节法冠。"裴骃集解引蔡邕曰："法冠，楚王冠也。秦灭楚，以其君冠赐御史。"

⑧云云：原阙，据齐之鸾本补。

⑨莱州：原作"叶州"，据齐之鸾本改。《旧唐书》《新唐书》之《王义

　　方传》均作"莱州"。

⑩秩满：谓官吏任期届满。

⑪总章二年：公元669年。总章，唐高宗年号（668—670）。

**【译文】**

　　李义府仗着皇帝对他的宠爱任性而为，有一个妇人淳于氏有姿色，因为犯罪被囚拘在大理寺，他就托大理寺丞毕正义枉法判决将她救出。有人告发他，唐高宗诏令刘仁轨审查这件事。李义府害怕事情败露，将毕正义囚拘到了牢狱之中。侍御史王义方准备弹劾他，先禀告自己的母亲说："奸臣当道，我拿着国家的俸禄却空居官位，这是不忠；年老的母亲在堂，如果我对奸臣发难而招致自己性命危险，这就是不孝。我现在进退两难，不知道该怎么办。"王义方母亲说："我听说古代王陵的母亲自杀成全了儿子的义行。你如果能够侍奉君主竭尽忠心，扬名后世，我就是死了也没有遗憾。"于是王义方便穿戴好侍御史的帽子，横立在大殿前的台阶上弹劾李义府。他先是大声呵斥李义府让他出列，喊了几次李义府才出来，然后王义方就跪下宣读了弹劾他的奏文。唐高宗认为王义方诋毁侮辱大臣，言辞粗暴无礼，将他贬为莱州司户。王义方任职期满之后，在昌乐招收学生教授他们学习。母亲去世之后，他就没有再做官。于唐高宗总章二年去世。他撰写了《笔海》十卷。他的学生何彦先、员半千为老师服丧三年，丧期结束了才离开。

　　337.李昭德在则天朝①，时谀佞者必见擢用。有人于洛水中获白石，有数点赤，诣阙请进。宰臣诘之，其人曰："此石赤心，所以进。"昭德叱之曰："洛水石岂尽反耶？"左右皆失笑。昭德建立东都罗城及尚书省洛水中桥②，人不知役而功成就。除数凶人，狱遂罢。以持正廷诤③，为皇甫文所构④，案⑤：《唐书·李昭德传》：昭德为邱愔、邓汪所构⑥，与此异。

与来俊臣同日弃市。国人欢憾相半，哀昭德而快俊臣也。

**【注释】**

①李昭德在则天朝：本条采录自《大唐新语·刚正》。李昭德，雍州长安（今陕西西安）人。殿中侍御史李乾祐之子。为人精明干练。以明经入仕，累迁至凤阁侍郎，颇受武则天器重。武周长寿元年（692）任夏官侍郎，同年晋升凤阁鸾台平章事。任相期间力保李唐皇室的皇位继承权，后因恃宠专权被贬为南宾县尉。不久召授监察御史。万岁通天二年（697）被酷吏来俊臣诬陷。后与来俊臣同日而诛，时人冤之。中宗神龙二年（706）为其平反，赠左御史大夫。

②罗城：古时称城池的外大城为罗城，内小城为子城。

③廷诤：廷争。

④皇甫文：唐武则天时人，生平未详。

⑤案：据周勋初《校证》，此案语当是《永乐大典》编者或《四库全书》馆臣所加。

⑥邓汪：当为"邓注"之误。《旧唐书》《新唐书》之《李昭德传》均作"邓注"。

**【译文】**

李昭德在武则天朝任职时，当时阿谀奉承的奸佞小人都能被提拔任用。有人在洛水中得到一块白色的石头，石头上有几个红点，便拿到朝廷进献。宰相责问他，那人说："这块石头有一颗红色的心，所以拿来进献。"李昭德喝斥道："难道洛水中的石头都造反了吗？"身边的大臣都忍不住大笑起来。李昭德负责修建东都洛阳的罗城和尚书省在洛水上的一座桥，别人还不知道有此劳役而他已经修建完成了。他任御史中丞期间，清除了几个凶残之徒，大的案件便没有再发生。因为他为人正派，常在朝廷上与皇上争辩，后被皇甫文诬陷，案：《唐书·李昭德传》：昭德被丘愔、邓汪所构陷，与本条记载不同。与来俊臣在同一天被处死。当时都城的人们既高兴又遗憾，他们为李昭德被杀感到哀伤，又为来俊臣的被处决而感到高兴。

338.魏元忠以摧辱二张①，反为所构，云结少年为耐久朋②。则天大怒，下狱勘之，易之以张说为证③。召大臣，令元忠与易之、说等定是非，说气逼不应④。元忠惧，谓说曰："张说与易之共罗织魏元忠耶⑤？"说叱曰："魏元忠为宰相，而有委巷'罗织'之言⑥，岂大臣所谓⑦！"则天又令说言元忠不轨状，说曰："臣不闻也。"易之遽曰："张说与元忠同逆。"则天问其故，易之曰："说往时谓元忠居伊、周之地⑧，臣以伊尹放太甲⑨，周公摄成王之位⑩，此其状也。"说奏曰："易之、昌宗大无知！所言伊、周，徒闻其语耳，不知伊、周之本末。元忠初加拜命，授紫绶⑪，臣以郎官拜贺。元忠曰：'无尺寸之功，而居重任，不胜畏惧。'臣曰：'公当伊、周之任，何愧三品？'然伊、周历代书为忠臣，陛下遣臣不学伊、周，使臣将何所学？"说又曰："易之以臣宗室，故托为党。然附易之，有台辅之望⑫；附元忠，有族灭之势。臣不敢面欺，亦惧元忠冤魂耳。"遂焚香为誓。元忠免死，流放岭南。

## 【注释】

①魏元忠以摧辱二张：本条采录自《大唐新语·刚正》。魏元忠，原名魏真宰，宋州宋城（今河南商丘）人。初为太学生，学习兵法，累拜殿中侍御史。历仕高宗、武后、中宗三朝，曾两度出任宰相。武则天晚年，受张昌宗、张易之陷害，贬为高要县尉。中宗复位，

以卫尉卿同中书门下三品,进中书令,封齐国公。谏止立安乐公
主为皇太女,迁左仆射。景龙元年(707)皇太子李重俊起兵,杀
武三思等,被宗楚客等诬与太子通谋,坐贬忠州务川尉,行至涪陵
而卒。二张:即张易之、张昌宗兄弟,定州义丰(今河北安国)人。
经太平公主推荐,入宫侍奉武则天,深得武则天宠爱。唐中宗神
龙元年(705),武则天病重时被宰相张柬之等在集仙殿廊下诛杀。

②耐久朋:谓能保持长久友谊的朋友。《旧唐书·魏玄同传》:"玄同
　　素与裴炎结交,能保终始,时人呼为'耐久朋'。"

③易之:原阙,据齐之鸾本补。

④说气逼不应:原书"气逼"上有"佯"字。

⑤共:原阙,据齐之鸾本补。

⑥委巷"罗织"之言:《新唐书·酷吏·来俊臣传》曰:"俊臣乃引侯
　　思止、王弘义、郭弘霸、李仁敬、康晔、卫遂忠等,阴啸不逞百辈,
　　使飞语诬巇公卿,上急变。每擿一事,千里同时辄发,契验不差,
　　时号为'罗织'。"委巷,僻陋曲折的小巷。借指民间。

⑦谓:原作"为",据齐之鸾本改。

⑧伊、周:即商朝的伊尹和西周的周公旦。两人都曾摄政,后常并
　　称,借指执掌朝政的大臣。

⑨伊尹放太甲:太甲为商朝国君,曾因纵欲过度,怠于政事,被伊尹
　　流放到桐地三年。后太甲悔过自责,伊尹乃迎归还政,从此修德
　　从政,诸侯归附,百姓安宁。

⑩周公摄成王之位:周公为周武王之弟,武王死后,立年幼的成王为
　　帝,周公代为摄政,成王长大后,便还政于成王。

⑪紫绶:古代帝王贵族官员士人佩玉的丝带称绶或组绶,用不同颜
　　色的绶区别身份地位。唐制二品、三品高官紫绶。后亦用以代指
　　高官显贵。

⑫台辅:指宰相。言其位列三公,职居宰辅。

**【译文】**

魏元忠因为羞辱张易之、张昌宗兄弟，反被他们诬陷，说他勾结一帮年轻人结为耐久朋。武则天非常生气，将魏元忠关进监牢并追查这件事，张易之拉拢张说为他作证。武则天召集大臣，命令魏元忠与张易之、张说等论辩是非曲直，张说气喘说不出话来。魏元忠害怕了，对张说说："张说你要跟张易之一起诬陷我魏元忠吗？"张说大声呵斥道："魏元忠身为宰相，也会说民间说的什么诬陷之类的话，这种话难道是一个大臣该说的吗？"武则天命令张说说出魏元忠图谋违逆的事情，张说说："我没有听说过。"张易之急忙说："张说和魏元忠是一同谋逆的。"武则天问他怎么回事，张易之说："张说从前说魏元忠好比伊尹、周公，我认为伊尹曾流放商朝国君太甲，周公曾摄成王之政，这就是他们谋反的罪状。"张说向武则天奏报说："张易之、张昌宗太无知了！我是说到了伊尹、周公，但他们只是听说过有关伊尹、周公的话，并不知道我提到伊尹、周公的前因后果。魏元忠当初加官受命，授紫绶，我身为郎官，前往拜贺。魏元忠说：'我没有什么功劳却高居重位，真是不胜惶恐。'我说：'魏公担当伊尹、周公一样的重任，怎么会有愧于三品官的俸禄呢？'然而伊尹、周公历来都被记载为忠臣，陛下您不让大臣学习伊尹、周公，要让他们学习什么？"张说又说："张易之因为和我同宗共姓，所以拉拢我结为朋党。当然，我依附张易之，有望登上三公宰辅的位置，而我依附魏元忠就有被灭族的可能。我不敢当面欺骗您，也害怕魏元忠的冤魂。"于是就烧香发誓。武则天免去了魏元忠的死罪，将他流放到了岭南。

339.张易之、昌宗贵宠用事[①]，有潜相者言其当王[②]，险薄者多附会之[③]。长安中[④]，右卫西街有榜云："易之兄弟、长孙汲、裴安立等谋反[⑤]。"宋璟时为御史中丞，奏请穷理其状。则天曰："易之已有奏闻，不可加罪。"璟曰："易之为飞书所逼⑥，穷而自陈。且谋反大逆，法无容免。请勒就台勘当⑦，以明国法。易之等久蒙驱使，分外承恩，臣言发祸从，即入鼎镬，然义激于心，虽死不恨。"则天不悦。内史杨再思遽宣王命⑧，左拾遗李邕历阶而进曰⑨："宋璟所争，事为国家社稷，望陛下可其所奏。"则天意始解，乃传命，令易之就狱推问⑩。斯须，特敕原之，仍遣易之、昌宗就璟辞谢。拒而不见，令使者谓之曰："公事当公言之。私见即私，法无私也。"璟谓左右："恨不先打竖子脑破⑪，而令混乱国经，吾负此恨久矣！"时朝列呼易之、昌宗为"五郎""六郎"，郑杲曰⑫："公何称易之为卿？"璟曰："郑杲何庸之甚！若以官秩，正当卿号；若以亲，当为'张五郎''六郎'矣。足下非张氏家僮，号'五郎''六郎'，何也？"杲大惭而退。

## 【注释】

①张易之、昌宗贵宠用事：本条采录自《大唐新语·刚正》。本条与下第340条原合为一条，本书据原书分列。

②有潜：原阙，据齐之鸾本补。潜相者，算命的人。潜，探测。

③险薄：轻薄无行。

④长安中：据《资治通鉴》，宋璟按二张事发生在武则天长安四年（704）。长安，武则天年号（701—704）。

⑤长孙汲：唐武则天时人，生平未详。裴安立：唐武则天时人，生平未详。

⑥飞书：匿名信。《后汉书·梁松传》："四年冬，乃县飞书诽谤，下狱死。"李贤注："飞书者，无根而至，若飞来也，即今匿名书也。"

⑦台：指御史台。官署名。专司弹劾之职。勘：查问，追究。

⑧内史：官名。西周始置，掌简册典籍，策命诸侯卿大夫及爵禄的废置。春秋时沿置。隋文帝改中书省为内史省，置内史监、令各一员。隋炀帝改为内书省。唐高祖武德初复为内史省，三年（620）改为中书省。后亦用以称中书省的官员。杨再思：郑州原武（今河南原阳）人。早年以明经及第，历任玄武县尉、天官员外郎、御史大夫等职，并于武周时期两次担任宰相。中宗即位，拜户部尚书，兼中书令，转侍中，封郑国公。平生为人巧媚，历事三主，在相位十余年，以献媚求宠。死后赠特进、并州大都督，陪葬乾陵。

⑨李邕：字泰和，扬州江都（今江苏扬州）人。李善之子。初任谏官，曾协助宋璟弹劾张昌宗兄弟。官至北海太守，人称李北海。后为李林甫所害。工文，长于碑颂。善行书，笔力沉雄。有碑刻《麓山寺碑》等存世。

⑩就狱：原书作“就台”，当据改。

⑪竖子：小子。对人的蔑称。

⑫郑杲（gǎo）：左武侯大将军、宜州刺史元琇从孙。知名武后世，终天官侍郎。

## 【译文】

张易之、张昌宗兄弟正当得宠显贵、专权用事的时候，看相的人说他们将被赏赐王位，轻薄无行之徒便纷纷依附他们。武则天长安年间，京城右卫西街有张贴的告示说：“张易之兄弟、长孙汲、裴安立等人谋反。”宋璟当时为御史中丞，上奏请求查究其中的情形。武则天说：“张易之已经告诉我了，不要再追究他的罪过了。”宋璟说：“张易之被匿名信逼迫，不得已自己向您陈述。况且谋反是大逆不道的事，为国法所不容。请求您勒令他到御史台查究清楚，以正国法。张易之等人长期侍奉您，格外受宠，我如今审查他必将惹祸上身，甚至招致鼎镬之刑，然而我的内心被义愤所激发，即使死了也不遗憾。”武则天很不高兴。内史杨再思急忙宣布圣上的旨意，左拾遗李邕历阶而上向前奏言说：“宋璟所争辩的，事关国家社稷,希望陛下您同意他所奏的事情。"武则天的怒意稍微舒缓了一些,便传令让张易之到御史台接受审讯。没多久,她又特意下旨宽恕张易之,还让张易之、张昌宗到宋璟那里拜谢。宋璟拒绝会见,并叫使者对他们说:"公事就应当在公堂上说。私下见面就是私事,国法不是私事。"宋璟对身边的人说:"我很懊悔没有先打破这俩小子的脑袋,而让他们搞乱国家的纲纪,我抱憾这件事很久了!"当时朝臣们称呼张易之、张昌宗为"五郎""六郎",郑杲对宋璟说:"中丞为什么称张易之为卿?"宋璟说:"郑杲你太浅陋了!如果看官职,就应该称呼他为卿;如果是亲友,就应该叫他们'张五郎''张六郎'。你并不是张家的奴仆,称他们为'五郎''六郎',是什么原因呢?"郑杲非常羞愧,退了出去。

340.璟在则天朝①,以频论得失,不能容②,而惮其公正,乃止敕璟往扬州推按③。奏曰:"臣以不才,叨居宪府④,按州县乃监察御史事耳,今非意差臣⑤,不识其所谓,请不奉制。"无何,复令按幽州都督屈突仲翔⑥。璟复奏曰:"御史中丞,非军国大事不当出。且仲翔所犯赃污耳,今高品有侍御史,卑品有监察御史,今敕臣,恐陛下有危臣之意⑦,请不奉制。"月余,优诏令副李峤使蜀⑧,峤喜,召璟曰:"叨奉渥恩⑨,与公同谢。"璟曰:"恩制示礼数,不以礼遣璟,璟不当行,谨不谢。"乃上言曰:"以臣副峤,何也?恐乖朝廷故事,请不奉制。"易之等冀璟出使,当别以事诛之。既不果,伺璟家有昏礼,将刺杀之。有密以告者,璟乘车舍于他所,乃免。易之寻伏诛。

**【注释】**
①宋璟在则天朝:本条采录自《大唐新语·刚正》。

②不能容：原书作"内不能容"，当据补"内"字。

③止：《大唐新语》无"止"字，当据改。推按：推究审问。

④叨居：指占据不应有的职位，多用作自谦之辞。宪府：官署名。御史台的别称。

⑤非意：犹言出乎意外。

⑥屈突仲翔：雍州长安（今陕西西安）人。屈突通之孙，屈突诠之子。武则天长安四年（704）为幽州都督，犯赃污，则天令宋璟往按，璟以越职辞。中宗神龙间为瀛洲刺史。

⑦恐陛下有危臣之意：原书作"恐非陛下之意，当有危臣"，当据之校正。

⑧优诏：帝王褒美嘉奖臣子的诏书。

⑨渥恩：深厚的恩泽。

## 【译文】

宋璟在武则天朝时因为经常评论朝臣的是非曲直，武则天忍受不了他，而又害怕他公正耿直的性格，于是就派他到扬州去推究审查案件。宋璟上奏说："我没有什么才能，但接受皇恩位居御史台。巡查州县是监察御史的事，现在却出乎意外地差遣我，不知道是什么原因，请恕我不能奉命。"没过多久，又诏令他审查幽州都督屈突仲翔。宋璟又上奏说："御史中丞，不是军国大事不应当外出。况且屈突仲翔犯的罪是贪赃枉法，现在高的官阶有侍御史，低的官阶有监察御史，却要诏令我前去，恐怕这不是陛下您的意思，应该是有人想要加害于我，请恕我不能从命。"一个月以后，皇上给他下了一道褒美嘉奖的诏书，让他作为李峤的副使出使蜀地，李峤很高兴，叫宋璟说："承蒙皇上深厚的恩泽，我和你一同前往谢恩吧。"宋璟说："皇帝的褒奖应该昭示朝廷的礼制，现在皇上不按礼制派遣我，我不会前往，也不谢恩。"于是宋璟上奏说："陛下您让我做李峤的副使，是为什么呢？这恐怕违背了朝廷一贯的典章制度，请恕我不能奉命。"张易之等人本来希望宋璟外出，然后找个理由杀了他。既然这个阴谋没有得逞，就准备伺机在宋璟家举办婚礼时刺杀他。有人偷偷告诉了宋璟，宋璟乘车外出住到了别的地方，才得以幸免。张易之不久便被处死了。

341.宗楚客兄秦客潜劝则天革命①，累迁内史，后以赃罪流于岭南死。楚客无他材能，附会武三思，神龙中为中书舍人②。时西突厥阿史那与忠节不和③，安西都护郭元振奏请徙忠节于内地，楚客与弟晋卿及纪处讷等纳忠节厚赂④，请发兵以讨西突厥，不纳元振之奏。突厥大怒，举兵入寇，甚为边患。监察御史崔琬劾楚客等⑤，中宗不从，遽令与琬和解。俄而韦氏败，楚客等咸诛。

**【注释】**

①宗楚客兄秦客潜劝则天革命：本条采录自《大唐新语·极谏》。宗楚客，字叔敖，蒲州河东（今山西永济）人。武则天外甥。进士出身。武则天执政时，累迁户部侍郎。坐罪奸赃，流放岭南，岁余召还。神功元年（697）升任宰相，得罪权贵武懿宗，贬为播州司马。长安四年（704）复为宰相。唐中宗复位后拜中书令，封郢国公，与纪处讷同为韦后心腹。景龙四年（710）唐隆政变后，坐罪伏诛。秦客：即宗秦客，宗楚客兄。武则天垂拱中任黄门侍郎。劝武则天革唐命，深得武则天欢心。武周天授元年（690）擢任检校内史，同凤阁鸾台平章事。寻坐罪贬任尊化尉。

②神龙：唐中宗李显年号（705—707）。

③时西突厥阿史那与忠节不和：此句与史实不符。《旧唐书·宗楚客传》记载："景龙中，西突厥娑葛与阿史那忠节不和，屡相侵扰，西陲不安。安西都护郭元振奏请徙忠节于内地，楚客与晋卿、处

讷等各纳忠节厚赂,奏请发兵以讨娑葛,不纳元振所奏。"阿史那忠节,西突厥族将领。唐赐名忠节,故又作阙啜忠节,或阿史那阙啜忠节。初为突骑乌质勒部将。武周初任左武卫大将军。长寿元年(692)与王孝杰率兵讨吐蕃,克复龟兹、于阗、疏勒、碎叶四镇。中宗神龙中与乌质勒之子娑葛不睦,互相攻击。后因兵弱不支,奉命内迁,于途中叛唐。不久被娑葛部将生擒。

④晋卿:即宗晋卿,宗秦客、宗楚客之弟。初典羽林兵,曾两次坐事受贬。武周万岁通天中任司农卿。武则天造明堂、铸九鼎,均由他主其事。神龙初被武三思引为将作大匠。中宗景龙四年(710)韦后败,他和宗楚客同被李隆基诛杀。纪处讷:秦州上邽(今甘肃天水)人。娶武三思妻姊,由是累迁太府监。神龙中深得中宗宠信。景龙元年(707)任太仆卿、侍中,与萧至忠等同任宰相。后成为韦皇后的重要党羽。中宗死后,奉韦皇后之命持节宣抚关内道。不久与诸韦同被玄宗诛杀。

⑤崔琬:中宗时任监察御史。曾上疏严辞弹劾权臣宗楚客。中宗令与楚客结为义兄弟。

## 【译文】

宗楚客的兄长宗秦客暗地里规劝武则天改朝称帝,多次升官至内史,后来因为贪污而获罪,被流放到岭南而死。宗楚客没有别的才能,就依附武三思,唐中宗神龙年间做了中书舍人。当时西突厥的娑葛和阿史那忠节有矛盾,安西都护郭元振奏请将忠节调往内地,宗楚客和他的弟弟宗晋卿以及纪处讷等人收受了忠节的丰厚贿赂,奏请唐中宗发兵讨伐西突厥,而没有采纳郭元振的奏请。西突厥大为恼怒,出兵入侵,成为边境的祸患。监察御史崔琬上书弹劾宗楚客等人,唐中宗没有听从崔琬的规谏,反而急令宗楚客他们与崔琬和解。不久韦皇后事败,宗楚客等人都被诛杀了。

342.文宗谓宰臣曰①:"太宗得魏徵,采拾阙遗,弼成圣政②;今我得魏謩,于疑似之间,必极匡谏③。虽不敢望贞观之政,庶几处无过之地。"令授謩右补阙,敕舍人善为词④。又问謩曰:"卿家有何图书?"謩曰:"家书悉无,惟有文贞公笏在⑤。"文宗令进来。郑覃在侧,曰:"在人不在笏。"文宗曰:"卿浑未晓。但'甘棠'之义,非要笏也。"

### 【注释】

①文宗谓宰臣曰:本条采录自《北梦琐言·魏文贞公笏》。

②弼:辅佐,辅助。

③匡谏:匡正谏诤。

④舍人:官名。《周礼》已有此职名。秦汉之后历朝沿置,多为皇帝、太子、王公等近属之官,如中书舍人、太子舍人等等。职权、官秩不一。魏晋以后有中书通事舍人,掌传宣诏命;隋唐又置起居舍人,掌修记言之史,置通事舍人,掌朝见引纳。

⑤文贞公笏:亦作魏公笏。魏公即魏徵,因其谥号"文贞",故称。笏,笏板。古代大臣朝见君主时手中所拿的狭长板子,按品第分别用玉、象牙或竹制成,以为指画及记事之用。

### 【译文】

唐文宗对宰相说:"太宗得到魏徵,能补政事缺漏,辅佐朝政;现在我得到魏謩,遇到有所怀疑、难于确定的事,他必定会极力劝谏。虽然我不敢奢望取得贞观之治那样的政绩,或许可以做到处理政事没有过失。"诏令授予魏謩右补阙之职,命舍人好好书写诏书。文宗又问魏謩:"你家中存有什么书籍?"魏謩说:"我家中书籍都没有了,只留下了文贞公的笏板。"文宗命他取来。郑覃在一旁说:"关键在人,不在笏板。"文宗说:"你一点都不懂。我只是想像古人思念召伯在甘棠树下治事一样,是睹物思人,不是要笏板。"

343.崔颢有美名<sup>①</sup>,李邕常欲一见。及颢至献文,其首云:"十五嫁王昌<sup>②</sup>。"邕叱起曰:"小子无礼。"<sup>③</sup>遂不接。

**【注释】**

①崔颢有美名:本条采录自《国史补·崔颢见李邕》。崔颢,汴州(今河南开封)人。唐玄宗开元十一年(723)进士及第,开元中尝游江南。天宝初任太仆寺丞。后改为司勋员外郎。其诗早期多写闺情,语多轻薄浮艳,后游历江南塞北,诗多情调高昂,气势雄壮。有《黄鹤楼》一诗,曾使李白叹服。

②十五嫁王昌:语出崔颢《王家少妇》诗,全诗内容如下:"十五嫁王昌,盈盈入画堂。自矜年最少,复倚婿为郎。舞爱前谿绿,歌怜子夜长。闲来斗百草,度日不成妆。"王昌,即东家王昌,诗词中常与宋玉并列,一般认为是魏晋南北朝时人,当时有名的美男子。

③邕叱起曰:"小子无礼。":明胡应麟《诗薮》云:"'十五嫁王昌,盈盈入画堂',是乐府本色语,李邕以为小儿轻薄,岂六朝诸人制作全未过目邪?唐以诗词取士,乃有此辈,可发一笑。"另,据《旧唐书·李邕传》,在崔颢进士登第前,李邕名位并不显达,且大多贬谪远地州县,说崔颢投献其文于李邕,且李邕斥崔颢为"小儿",恐怕是传说之词,不尽可信。

**【译文】**

崔颢有极好的声誉,李邕想见见他。等到崔颢来进献诗给他,开头一句就说:"十五嫁王昌。"李邕站起来呵斥道:"这小子太无礼了。"于是就没有接见他。

344.肃宗以王玙为相<sup>①</sup>,尚鬼神之事,分遣女巫遍祷山川。有巫者少年盛服,乘传而行<sup>②</sup>,中使随之,所至诛求金帛<sup>③</sup>,积载于后,与恶少十数辈横行州县。至黄州,左震为刺史<sup>④</sup>,晨至驿门,扃户不启<sup>⑤</sup>。震命坏锁而入,曳巫斩阶下,恶少皆死。籍其缗钜万<sup>⑥</sup>,金宝堆积,悉列上曰:"臣已斩巫。请以所籍钱,代臣贫民输税,其中使送上,臣请死。"朝廷慰奖之。

**【注释】**

①肃宗以王玙为相:本条采录自《国史补·左震斩巫事》。王玙,雍州咸阳(今陕西咸阳)人。唐玄宗时迁太常博士、侍御史。肃宗即位,迁太常卿,后兼蒲州刺史,充蒲、同、绛等州节度使。乾元中为中书侍郎、同中书门下平章事。后为使持节都督越州诸军事、越州刺史,充浙江东道节度观察使,至太子少师。卒谥简怀。

②乘传:乘坐驿站的马车。

③诛求:搜刮,强制征收。

④左震:唐肃宗乾元二年(759)以赞善大夫出任黄州刺史。

⑤扃(jiōng)户:闭户。

⑥缗(mín):指成串的铜钱,每串一千文。

**【译文】**

唐肃宗任命王玙为宰相,王玙崇尚鬼神之事,分别派遣女巫到各处祈神求福。有一个穿着华丽服饰的年轻女巫,奉命出使,外出祈福。宫中派宦官随行,女巫每到一处就强行征收黄金布帛,都装载在后车里,跟十多个品行恶劣的年轻人在州县胡作非为,毫无顾忌地干坏事。他们到达黄州,当时左震任黄州刺史,他早晨到达驿站的大门,发现门户紧闭不开。左震命令破坏门锁进入驿站,将女巫拉到台阶下斩首,并将其他作恶的年轻人也全杀了。左震没收了女巫聚敛的大量钱财,将金银宝物堆积在一起,全部罗列上报朝廷说:"我已经斩杀了女巫。请求陛下允许我将没收的钱财,用来代交我所管辖区域贫民的租税,朝廷派来的宦官就送回朝廷,请陛下治臣死罪。"朝廷慰劳褒奖了他。

345.李汧公勉罢岭南节度①,至石门停舟,悉搜家人犀象投水中②。

**【注释】**

①李汧公勉罢岭南节度:本条采录自《国史补·李勉投犀象》。

②悉搜家人犀象投水中:《旧唐书·李勉传》记载:"悉搜家人所贮南货犀象诸物,投之江中。"《新唐书·李勉传》:"尽搜家人所蓄犀珍投江中。"

**【译文】**

汧公李勉解除岭南节度使之职回京,到石门他停下船,全部搜出家人所存贮的犀象诸物丢进了水里。

346.德宗在东宫①,雅好杨崖州字②,尝令打《李楷洛碑》③,钉壁以玩。及即位,征拜。炎有崖谷④,言论持正,对见必为之加敬⑤,岁余不倦。及后以刘晏事,上不怿,卢杞揣知上意,因倾之。

**【注释】**

①德宗在东宫:本条采录自《国史补·杨炎有崖谷》。

②杨崖州:即杨炎,字公南,凤翔(今属陕西)人。初为河西节度使吕崇贲幕僚,后迁中书舍人,与常衮同知制诰,时称"常杨"。元

载为相，擢为吏部侍郎、史馆修撰。元载被杀，坐贬道州司马。德宗即位，起为门下侍郎、同平章事。建中元年（780）实行两税法。后独掌相权，诬杀刘晏。德宗重用卢杞，罢为尚书左仆射。又为杞构陷，贬为崖州司马同正，被赐死途中。

③打：拓印，印上。《李楷洛碑》：杨炎撰，史惟则八分书。

④崖谷：喻指严峻的气度。

⑤对见：受皇帝召见。因见时有所奏对，故称。

**【译文】**

唐德宗在东宫做太子时，就喜欢杨炎的书法，他让人拓印《李楷洛碑》，并挂在墙上每天赏玩。等到他即位当了皇帝，就征召杨炎并委任他官职。杨炎具有严峻的气度，他的言谈持守公正，德宗每次召见他之后都对他更加敬重，一年多来从不懈怠。等到后来因为他诬陷刘晏的事情，德宗很不高兴；卢杞探明白皇上的心意，于是就坑害了他。

347. 许孟容为给事中①，宦者有以权幸相诱者，拒绝之。虽不大拜②，亦不为患。

**【注释】**

①许孟容为给事中：本条采录自《国史补·孟容拒宦者》。

②大拜：指拜相。

**【译文】**

许孟容任给事中时，宦官拿权势和皇上的宠幸引诱他，许孟容断然拒绝。后来虽然没有拜相，但也没有祸患。

348. 韦相贯之为右丞①，僧广宣造门曰②："窃知阁下不久拜相。"贯之叱曰："安得此言。"命草奏③，僧惶恐而出。

**【注释】**

①韦相贯之为右丞:本条采录自《国史补·韦相叱广宣》。

②僧广宣:唐宪宗时僧人,生平经历不详。

③草奏:草拟奏章。

**【译文】**

宰相韦贯之任尚书右丞时,有一个叫广宣的僧人来拜访他,并对他说:"我知道您不久以后就会升任宰相。"韦贯之叱责他说:"你怎么能说这样的话。"随即命令草拟奏章呈报皇上,僧人惊惧而走。

349.朝廷每降使新罗①,其国必以金宝厚为之赠,唯李纳判官一无所受②,深为同辈所嫉。

**【注释】**

①朝廷每降使新罗:本条采录自《国史补·李沨不受赠》。新罗,朝鲜古国名。相传于公元前一世纪建国,至公元四世纪中叶发展为朝鲜半岛东南部的强国。

②李纳:原书作"李沨"。

**【译文】**

朝廷每派使者去新罗国,他们国家一定会赠以丰厚的金银财宝,只有判官李纳从来不接受任何东西,很为当时的同僚所憎恨。

# 雅量

350.狄梁公与娄师德同为相①,狄公排斥师德非一日。则天问狄公曰:"朕大用卿,卿知所自乎?"对曰:"臣以文章直道进身,非碌碌因人成事②。"则天久之曰:"朕比不知卿③，卿之遭遇④，实师德之力。"因命左右取筐箧，得十许通荐表，以赐梁公。梁公阅之，恐惧引咎，则天不责。出于外曰："吾不意为娄公所涵，而娄公未尝有矜色。"

**【注释】**

①娄师德：字宗仁，郑州原武（今河南原阳）人。进士及第，起家江都县尉，高宗上元初任监察御史。后从军讨吐蕃，频立战功，迁任殿中侍御史，兼任河源军司马，主持屯田。武周长寿年间召拜夏官侍郎、同平章事，后历营田大使、秋官尚书、左肃政御史大夫等职。证圣元年（695）因征讨吐蕃兵败，贬为原州员外司马。万岁通天二年（697）再次拜相，同年与狄仁杰等分道按抚河北诸州。不久拜纳言，封谯县子。卒赠凉州都督，谥曰贞。

②碌碌：平庸，没有特殊能力。

③比：以前，先前。

④遭遇：犹际遇。《汉书·丙吉传》："自曾孙遭遇，吉绝口不道前恩。"颜师古注："遭遇谓升大位也。"

**【译文】**

狄仁杰与娄师德同任宰相，而狄仁杰排挤打压娄师德不是一天了。有一次，武则天问狄仁杰："我重用你，你知道由来吗？"狄仁杰回答说："我凭借文章正道进入仕途，并不是无所作为而依靠别人。"武则天沉思良久说："我先前完全不了解你，你能够升任宰相，都是娄师德的功劳。"于是她命令身边的人拿来箱子，找到了十几个娄师德推荐他做官的奏折给了狄仁杰。狄仁杰看了这些奏折，惊恐地连忙认错，武则天没有指责他。狄仁杰出去后说："我没有想到这是娄公在包容我，娄公自己却从来没有自夸的表现。"

351.唐公临性宽仁多恕<sup>①</sup>,尝欲吊丧,令家僮归取白衫,僮仆误持余衣<sup>②</sup>,惧未敢进。临察之,谓曰:"今日气逆<sup>③</sup>,不宜哀泣,向取白衫且止之。"又令煮药,不精,潜觉其故,又谓曰:"今日阴晦<sup>④</sup>,不宜服药,可弃之。"终不扬其过失。

**【注释】**

①唐公临性宽仁多恕:本条采录自《大唐传载》。唐公临,即唐临,字本德,京兆长安(今陕西西安)人。早年跟随世子李建成东征,授东官典书坊,迁太子右卫率府铠曹参军。玄武门之变后外放万泉县丞。太宗贞观年间经魏徵举荐任殿中侍御史,历治书侍御史,累转黄门侍郎,加银青光禄大夫。高宗即位任大理卿、御史大夫、吏部尚书等。

②余衣:别的衣服。

③气逆:中医术语。谓气上冲而不顺。

④阴晦:晦暗,阴暗。

**【译文】**

唐临性格宽厚仁慈,经常宽恕别人。他曾经准备去吊丧,让家僮回去拿白色的衣衫,家僮误拿了别的衣服,害怕地不敢进来。唐临察觉了这件事,对家僮说:"今天我呼吸不畅顺,不适合悲伤地哭泣,先前让你回去拿白色衣衫这件事就算了。"又有一次他让家僮煎药,结果药被熬坏了,唐临暗中察觉了原因,就对僮仆说:"今天天气阴暗,不适合服用药物,你把药倒掉吧。"他最终也没有公开家僮的过错和失误。

352.裴度在中书<sup>①</sup>,印忽亡失,度命张筵,举座不晓其故。夜半宴酣,左右曰:"印复得。"度不答,极欢而罢。或问其故,度曰:"此盖诸胥盗印书券耳。缓之则存,急之则投诸水火。"人服其临事不挠②。

**【注释】**

①裴度在中书：本条采录自《玉泉笔端》。

②临事不挠：指遇到事情不屈服。挠，屈，折。

**【译文】**

裴度任中书令时，有一天忽然丢失了官印。裴度命令开设宴席，所有在座的人都不知道他设宴的原因。半夜宴会上大家喝得正畅快的时候，身边人告诉他："印章找到了。"裴度没有回答，极尽欢乐才停止。后来有人问他原因，裴度说："这大概是小吏偷拿印章私自盖印书券去了。如果慢一点处理，印章就会留存，如果逼得太紧，印章就会被扔到水里或者火中。"人家都佩服他遇到事情时的冷静睿智。

353.阳道州城未尝有所蓄积①，虽所服用不可阙者，客称某物可佳可爱，公辄喜授之。有陈苌者②，候其始请月俸③，常往称其钱帛之美，月有获焉。

**【注释】**

①阳道州城未尝有所蓄积：本条采录自《大唐传载》。阳道州城，即阳城，因其曾为道州刺史，故称。

②陈苌：约唐肃宗至唐宪宗时人。

③月俸：亦作"月奉"。唐官吏俸禄之一。玄宗开元二十四年（736），政府规定官吏衙署、仆役等俸禄及其他杂用计月给钱，总称月俸。

**【译文】**

道州刺史阳城从来没有集聚储存的财物，但他平时的吃穿用度也没有欠缺,如果有客人称赞他的什么东西特别好令人喜爱,他就会很高兴地送给人家。有一个叫陈苌的人,常常等到阳城每月发俸禄的时候,就到阳城家里当面称赞钱币布帛的美好,每月总有所得。

354.韩皋为京兆尹①。时久旱祈雨,县官读祝文②,专心记公家讳,及称官衔毕,误呼先相之名③,皋但惨然④,因命重读,亦不加责。在夏口,尝病小疮,令医傅膏不濡,公问之,医云:“天寒膏硬。”公笑曰:“韩皋实是硬。”初皋自贬所量移钱塘⑤,与李锜不协⑥。后皋在鄂州,锜梦万岁楼上挂冰,因自解曰:“冰者,寒也;楼者,高也。岂韩皋来代我乎?”意甚恶之。果移镇浙右。

**【注释】**

①韩皋为京兆尹:本条采录自《因话录·商部》。

②祝文:祭祀时致祷之文。

③先相:即韩皋之父韩滉,因其在唐德宗贞元年间任宰相,故称。

④惨然:心里悲痛的样子。

⑤量移:唐朝被贬谪远方的人臣遇赦酌情移近安置称为量移。

⑥李锜:唐宗室后裔。以父荫入仕,初任凤翔府参军。德宗贞元初拜宗正少卿,累迁湖、杭二州刺史。贿结权贵,又以献奇宝取宠于德宗,迁润州刺史、浙西观察使,兼盐铁转运使。宪宗元和二年(807)举兵造反,寻兵败,送京腰斩,削宗室属籍。

**【译文】**

韩皋任京兆尹。当时天气长久干旱,韩皋便组织求雨,县里的官吏在宣读祷告的文辞时,集中精力记住了韩皋祖先和父亲的名讳,等到陈述官衔之后,还是误读了韩皋父亲的名讳,韩皋虽然内心悲痛,但还是命令官吏重新宣读,并没有追究责问。韩皋在夏口时曾经生病,皮肤上长了小的肿疮,他让医生在疮口上傅的药膏不沾润,韩皋问医生怎么回事,医生说:"因为天气寒冷药膏变硬的缘故。"韩皋笑着说:"韩皋确实是坚硬。"当初韩皋从被贬的地方就近调迁到钱塘任职,与李锜不合。后来韩皋在鄂州,李锜夜里梦见万岁楼上挂满了冰条,便自己解梦说:"冰是寒的意思,楼是高的意思。难道韩皋会来取代我吗?"心里感到非常厌恶。果然不久韩皋就被移调镇守浙右。

355.文宗对翰林诸学士<sup>①</sup>,因论前代文章,裴舍人素数称陈拾遗名<sup>②</sup>,柳舍人璟目之<sup>③</sup>,裴不觉。上顾柳曰:"陈字伯玉,近亦多以字行。"

**【注释】**

①文宗对翰林诸学士:本条采录自《因话录·官部》。

②裴舍人素:即裴素,平州(治今河北卢龙)人。唐敬宗宝历初年登第。文宗大和二年(828)擢贤良方正能直言极谏科。后历任司勋员外郎、史官修撰、翰林学士、中书舍人。卒赠户部侍郎。陈拾遗:即陈子昂,字伯玉,梓州射洪(今四川射洪)人。家世豪富,举光宅进士,上《大周受命颂》,得武则天赏识。历麟台正字、右拾遗等职。万岁通天元年(696)从武攸宜讨契丹,因献策不合攸宜意,被贬。后辞官归乡。圣历初武三思授意县令段简诬陷之,下狱,忧愤而卒。其诗主张风雅比兴、汉魏风骨,反对南朝齐、梁以来绮靡诗风。

③柳舍人璟目之:唐文宗名李昂,裴素数称陈子昂,即是触犯了文宗的名讳,所以柳璟用眼睛示意他。柳舍人璟,即柳璟,字德辉,蒲州河东(山西永济)人。代宗宝历初中进士,又登博学宏词科。三迁监察御史,又升吏部员外郎。文宗开成年间转库部员外郎,

充翰林学士,拜中书舍人。武宗时转礼部侍郎。后因坐其子招贿,贬信州司马。迁郴州刺史,卒。

**【译文】**

唐文宗召对翰林院诸位学士,顺便论及前代文人的才学,舍人裴素几次提及右拾遗陈子昂的名字,舍人柳璟用眼睛示意他,但裴素没有察觉。文宗回头对柳璟说:"陈子昂字伯玉,近来人们也多用字称呼他。"

356.裴晋公为门下侍郎①,过吏部选人官,谓同过给事中曰:"吾徒侥倖至多②;此辈优一资半级③,何足问也?"一皆注定,未曾退量④。公不信术数,不好服食。每语人曰:"鸡猪鱼蒜,逢着则吃;生老病死,时至则行。"其宏达皆此类。

**【注释】**

①裴晋公为门下侍郎:本条采录自《因话录·商部》。

②侥倖:意外成功或免去灾祸。

③一资半级:犹一官半职。

④退量:原书作"限量"。

**【译文】**

裴度任门下侍郎时,到吏部挑选官员,他对同去的给事中说:"我们升官有很多意外的机会;被挑选的这些人给他们升一官半职的优待,还问什么呢?"于是全部都选定了,没有限量。裴度不信方术,不喜欢服食修炼之丹药。他经常对人说:"鸡猪鱼蒜,碰到了就吃;生老病死,顺其自然,时间到了就会发生。"他的通达都是这样。

357.文宗将有事南郊①。祀前,本司进相扑人②,上曰:"方清斋③,岂合观此事?"左右曰:"旧例也,已在外祗候④。"

上曰："此应是要赏物,可向外相扑了。"即与赏令去。又尝观斗鸡,优人称叹大好鸡⑤,上曰："鸡好,便赐汝。"

**【注释】**

①文宗将有事南郊:本条采录自《因话录·官部》。有事南郊,指举行祭天仪式。南郊,古代天子在京都南面的郊外筑圆丘以祭天的地方。

②相扑人:亦作"相扑手",以相扑为业的力士。

③清斋:谓举行祭祀或典礼前洁身静心以示诚敬。

④祗(zhī)候:恭候,敬候。

⑤优人:古代以乐舞杂戏为业的艺人。

**【译文】**

文宗将到南郊举行祭天仪式。祭祀前,掌管祭祀的官吏进献了几个相扑人,文宗说:"我正在洁身静心,怎么能观看这样的活动?"文宗身边的人说:"这一项内容是以往的惯例,相扑人已经在门外恭候。"文宗说:"这应该是前来要赏赐的,可以让他们在外边表演。"随即给了赏钱让他们离开了。又有一次文宗在观看斗鸡时,有一个艺人赞叹斗鸡很好看,文宗便说:"既然鸡好看,那就赏赐给你。"

358.文宗时入阁,郎官有窃窥者①。上觉之,班退②,语宰相曰:"适省郎班内第某人③,忽斜盼视朕,何也?"裴度对曰:"省郎卑微,安得如此!"欲与打著④。上曰:"此小事,不打了。"

**【注释】**

①窃:原作"误",据齐之鸾本改。

②班退：犹退朝。

③省郎：唐时尚书省六部二十四司郎中、员外郎的通称。

④打著：缠扎，捆绑。

**【译文】**

唐文宗有一次进入内阁，郎官中有一个人暗中偷看他。文宗察觉了这个事情，退朝后，他对宰相说："刚才郎官中有个人，忽然斜着眼睛偷看我，这是为什么？"裴度回答说："郎官地位低下，怎么能这样！"准备派人将他绑来。文宗说："这是小事，就不绑了。"

359.靖安李少师宗闵①，不以威重自处，好与宾客饮宴谈笑②。善饮酒。暑月临池，以荷为杯③，满酌酒，密系持近口④，以箸刺之而饮，不尽再举。既散，有人言："昨饮大欢也。"李曰："今日言欢，明前日之不欢。自今好恶，一不得言。"

**【注释】**

①靖安李少师宗闵：本条采录自《因话录·商部》。靖安，指长安靖安坊，李宗闵宅第在此。

②好：原阙，据齐之鸾本、《历代小史》本补。

③以荷为杯：原作"以荷花为杯"，据齐之鸾本、《历代小史》本删"花"字。

④密系：紧紧系住。

**【译文】**

李宗闵从不以威权自居，他喜欢和宾客聚会欢饮，又说又笑。他喜欢喝酒。盛夏时节他来到池边，用荷叶作酒杯，斟满酒，然后紧紧系住拿到嘴边，用筷子刺一个洞把酒喝干，没喝完就再喝一次。酒会散后，有人说："昨天喝得非常开心。"李宗闵说："今天说开心，说明昨天不开心。

从今天起好坏一概不得再说。"

360.夏侯孜在举场①。有王生者②,有时名,遇孜下第③,偕游京西,凤翔节度使馆之。从事有宴召焉④。酒酣,以骰子祝曰⑤:"二秀才明年但得第⑥,当掷堂印⑦。"王生自负,怒曰:"吾诚浅薄,与夏侯孜同年乎?"不悦而去。孜后及第,累官至宰相,王生竟无所闻。孜在河中,王生之子不知有隙,偶获孜与其父生平书疏数纸⑧,持以谒孜。孜问其所欲,一以予之,因召诸从事,语其事。

**【注释】**

①夏侯孜在举场:本条采录自《玉泉笔端》。夏侯孜,字好学,亳州谯县(今安徽亳州谯城区)人。唐敬宗宝历二年(826)进士及第,后历左拾遗,累迁婺、绛等州刺史和给事中、兵部侍郎、诸道盐铁转运使等职。宣宗大中十二年(858)为宰相。懿宗咸通年间出为剑南西川节度使,后入为左仆射、同平章事,加门下侍郎。十年(869)南蛮入寇,蜀中饥馑,以治蜀无政,诏令改太子少保分司东都。

②王生:晚唐文人,生平未详。

③下第:科举时代进士科考不中者曰下第,又称落第。

④从事:官名。汉朝时司隶校尉及诸州皆置从事,如部郡国从事、功曹从事等,由长官自署,分掌一州某种事务。又有文学从事、祭酒从事等,皆随事增减,废置不定。隋初诸从事以曹为名者并改为司职归参军。后渐成为地方州县佐吏的通称。

⑤骰(tóu)子:赌具。也用以占卜、行酒令或做游戏。多以兽骨制成,成正立方体,六面分别刻一点至六点之数,掷之以决胜负。点

着色，所以也叫色子。

⑥二秀才明年但得第：原书作"二秀才若俱得登第"，"但"当为"俱"字之讹。

⑦堂印：骰子掷双重四称为堂印。

⑧生平：交情，交往。书疏：书信，信札。

**【译文】**

夏侯孜参加科举考试。有一个王生，当时很有声望，碰到夏侯孜科考落第，就一起相约到京城西面游玩，凤翔节度使让他们住在馆驿。节度使的属官举行宴会叫他们来参加。酒喝到高兴的时候，属官用骰子祝告说："两位秀才明年如果同时进士及第，就能掷出堂印。"王生自以为了不起，生气地说："我确实肤浅，但也不至于与夏侯孜同年登第吧？"很不高兴地离开了。夏侯孜后来进士及第，多次升官至宰相，王生自始至终没有再听说。后来夏侯孜任职河中，王生的儿子不知道两个人之间有嫌隙，偶然找到几张纸，一看是夏侯孜和他父亲交往的信札，于是便拿着信札去拜访夏侯孜。夏侯孜问他想要什么，并全部按他说的办了，而且还召集手下的属官，讲了自己和王生的往事。

361.郑公尝拜扫还①，白太宗："人言陛下欲幸山南，在外悉装束②，而竟不行，何有此消息③？"帝笑曰："当时有心，畏卿等嗔，遂停耳。"

**【注释】**

①郑公尝拜扫还：本条采录自《隋唐嘉话》。郑公，指魏徵，因被封为郑国公，故称。拜扫，扫墓，上坟。

②装束：束装，整理行装。

③消息：音信，信息。

**【译文】**

魏徵曾经去扫墓,回来后对唐太宗说:"有人说陛下您想去巡幸山南,外出的行装全部都整理好了,但最终没有出行,为什么会有这样的消息?"唐太宗笑着说:"当时我确实有这样的想法,后来害怕你和大臣们生气,于是就停下来不去了。"

362.卢尚书承庆①,总章初考内外官②。有督运③,遭风失米,卢考之曰:"监运损粮,考中下④。"其人容自若⑤,无言而退。卢重其雅量,改注曰:"非力所及,考中中。"既无喜容,亦无愧词。又改曰:"宠辱不惊⑥,考中上。"

**【注释】**

①卢尚书承庆:本条采录自《隋唐嘉话》。卢尚书承庆,即卢承庆,字子余,幽州范阳(今北京西南)人。卢思道孙。美风仪,博学有才干。少袭父爵。贞观初为秦州都督府户曹参军,因奏河西军事,太宗奇其明辩,擢拜考功员外郎。累迁民部侍郎。寻令检校兵部侍郎,兼管五品官选事。高宗显庆四年(659)以度支尚书同中书门下三品。后出为润州刺史、雍州长史。以刑部尚书致仕。

②总章:唐高宗李治年号(668—670)。内外:指京城内和京城外各地。

③有:原书此字下有"一官"二字,当据补。

④考中下:指考核的结果为中等中的下等。

⑤容自若:原书作"容止自若",当据之补"止"字。

⑥宠辱不惊:对受宠或受辱都不感到动心。比喻把荣辱得失置之度外。

**【译文】**

尚书卢承庆,唐高宗总章初年,负责考核京城及地方官员。有一位官员负责监督漕运大米,遇到大风弄丢了米,卢承庆给他的考核评语及结果是："监督漕运时损失了粮食,考核结果为中下。"这个官员知道结果后神态镇定自如,一句话没有说就走了。卢承庆很欣赏他宽宏的气量,修改评语及结果说:"粮食受到损失,是由于力所不能及的原因,考核结果为中中。"那个人看了,既没有露出高兴的神色,也没有说自感惭愧之类的话。卢承庆又将评语和结果改为:"对受宠或受辱都不感到动心,考核结果为中上。"

363.李昭德为内史①,娄师德为纳言②,相随入朝。娄体肥行缓,李屡顾待不即至,乃发怒曰:"叵耐杀人田舍汉③!"娄闻之,徐笑曰:"师德不是田舍汉,更阿谁是?"师德弟为岱州刺史④,将别,谓之曰:"吾以不才,位居宰相,汝今又拜州牧⑤,叨据过分⑥,人所疾也,将何以全先人发肤?"弟长跪曰:"自今唾某面上者⑦,亦不敢言,但拭之而已。以此自勉,庶不为兄忧。"师德曰:"此适以为我忧也⑧。夫前人唾者⑨,发于怒也,汝今拭之,是恶前人唾而拭,是逆前人怒也。唾不拭而自干,何若笑而受之?"当武后时,竟保其宠禄,率是道也。

**【注释】**

①李昭德为内史:本条采录自《隋唐嘉话》。

②纳言:古官名。掌出纳王命。秦汉不置,王莽依古制,改大司农为纳言。北周初有御伯中大夫,掌出入侍从。武帝保定四年(564)改御伯为纳言。宣帝末又置侍中。隋避文帝父杨忠讳,改侍中为纳言,炀帝大业十二年(616)又改纳言为侍内。唐初为纳言,高祖武德四年(621)改为侍中。《尚书·舜典》:"命汝作纳言,夙夜出纳朕命,惟允。"孔传:"纳言,喉舌之官,听下言纳于上,受上言

宣于下,必以信。"

③叵耐:亦作"叵奈"。不可容忍,可恨。田舍汉:犹言乡巴佬。

④岱州:原书作"代州",当据改。《新唐书·娄师德传》《资治通鉴·唐纪·则天后长庆二年》记载此事均作"代州"。

⑤州牧:官名。古代分九州,各置州牧为长官,两汉时曾设置,唐朝只有雍州置牧,而且以亲王领其名而不居其位,其余州一级长官均为刺史。

⑥叨据:谓占居不应有的职位。多用作自谦之词。

⑦自今:原书下有"虽有"二字,当据原书补。

⑧适以:齐之鸾本作"适所以",原书作"适所谓"。

⑨前人:指刚才说到的那个人。

## 【译文】

李昭德任内史,娄师德任纳言,二人相伴入朝。娄师德身体肥胖走路缓慢,李昭德多次回头等他,他还是赶不上,就发脾气说:"这个可恨的乡巴佬!"娄师德听见了,从容笑着说:"我娄师德不是乡巴佬,还有谁是乡巴佬?"娄师德的弟弟出任代州刺史,送别的时候,娄师德对弟弟说:"我没有什么才能,却位居宰相,你现在又被任命为一州之长,这个职位大大超过了你的才能,这是别人所嫉妒的,你准备怎么做才能保全性命呢?"他的弟弟跪下说:"从今以后,即使有人把口水吐到我的脸上,我也不敢说话,只是擦掉它就是了。我用这种方式勉励自己,希望不让兄长为我担忧。"娄师德说:"这正是我所担心的。那人向你吐口水,是出于愤怒,你现在擦掉它,这说明你讨厌那人的口水所以才擦,这样会让人家更加愤怒。口水不擦也会自己干掉,笑着接受怎么样?"在武则天当政时期,娄师德最终保全了自己的荣宠与禄位,用的就是这个方法。

364.皇甫德参上书①,言:"陛下修洛阳宫,是劳人也;收地租,厚敛也;俗尚高髻,是宫中所化也。"太宗怒曰:"此人欲使国家不收一租,不役一人,宫人无发,乃称其意!"魏征进曰:"贾谊当汉文帝之时[2],上书曰:'可痛哭者三,可长叹者五。'自古上书,率为激切。不激切,则不能动人主之心;激切,则似谤讪[3]。所谓'狂夫之言,圣人择焉[4]'。惟在陛下裁察。今苟责之,则于后谁敢言?"乃赐绢二十匹,命归。

【注释】

①皇甫德参上书:本条采录自《大唐新语·极谏》。皇甫德参,唐太宗时为中牟丞,曾上书言修缮洛阳宫劳民、地租收取过重、民间崇尚高髻系宫中所化等事,几得罪。官终监察御史。

②贾谊:洛阳(今属河南)人。西汉初年著名的政论家、文学家。十八岁即有才名,二十岁由河南郡守吴公推荐,被文帝召为博士。不到一年即被升为太中大夫。因遭群臣忌恨,被贬为长沙王的太傅。后被召回长安,任梁怀王太傅,怀王坠马而死,贾谊深自歉疚,不久亦忧伤而死。汉文帝:即刘恒,汉高帝十一年(前196)受封代王。高帝去世后,吕后临朝称制。吕后去世后,太尉周勃联合丞相陈平等人粉碎诸吕势力,迎立代王刘恒进京继位,史称汉文帝。

③谤讪:毁谤讥刺。

④狂夫之言,圣人择焉:《资治通鉴·唐纪·太宗贞观八年》十二月记载此事,胡三省注曰:"《汉书》李左车有是言。"

【译文】

皇甫德参向皇帝上书说:"您修缮洛阳宫是劳民;征收土地税是重敛财物;民间崇尚梳挽高高的发髻,是受宫中嫔妃的影响。"唐太宗看了奏章大怒道:"这个人是要国家不收一点租税,不役使一个人,宫中的嫔妃都不留头发,他才能满意!"魏征对唐太宗说:"从前汉文帝时,贾谊向

汉文帝上书说:'时下的政事,令人痛哭的有三件事,令人叹息的有五件
事。'可见自古以来,给皇上的奏书,大都用激烈直率的言辞。如果不激
烈直率,就不能打动皇上的心;激烈直率的言辞,就有点像毁谤讥刺。因
此才会有所谓'狂人的言语,圣人择用'的说法。关键还在陛下您的裁
断审察。现在如果要惩罚他,那么以后谁还敢说话呢?"于是太宗就赏
赐给皇甫德参绢二十匹,让他回家了。

365.陆兖公为同州刺史①,有家僮不下马②,参军责之,
鞭其背见血。因谒曰:"小吏犯公,请去。"兖公颔之曰:"奴
见官人不下马,打了,去也得,不去也得。"参军不测而退。
[原注]③当曰:"不下马,打也得,不打也得。官人打了,去也得,不
去也得。"

**【注释】**

①陆兖公为同州刺史:本条采录自《国史补·兖公答参军》。陆兖
公,即陆象先,本名陆景初,苏州吴县(今江苏苏州)人。进士及
第,初授扬州参军,累迁中书侍郎。睿宗景云二年(711)冬拜相,
任中书侍郎同中书门下平章事,监修国史。在职清静寡欲,言论
高远,封兖国公,加银青光禄大夫。延和元年(712)左迁益州长
史、剑南道按察使。后回京任太子詹事、工部尚书、刑部尚书、太
子少保。卒赠尚书左丞相,谥号文贞。

②有家僮不下马:原书作"有家僮遇参军不下马",当据原书补"遇
参军"三字。

③原注:周勋初《校证》注曰:"此注当是王谠所加,然《国史补》原
文已如此,《太平广记》引文亦同,疑王谠所见之本有残缺,或是
后人据《唐语林》改《国史补》原书与《太平广记》中文字,故二

书原文同此注。"

**【译文】**

兖国公陆象先任同州刺史。他的家僮在路上遇到了参军没有下马，参军叱责了家僮，并用鞭子抽打家僮，家僮的背被打出了血。于是参军去拜见陆象先说："卑职触犯了您，请免了我的官职吧。"陆象先向他点头说："家奴见了你没有下马，你把他打了，免你的官也行，不免你的官也行。"参军摸不透他的意思，就出去了。［原注］应当说：没有下马，打也行，不打也行。现在你打了，免官也行，不免官也行。

366.袁傪之破袁晁①，擒其伪公卿数十人，州县大具拳梏②，谓必生致阙下③。傪曰："此恶百姓，何足以烦人。"乃笞之，遣去。

**【注释】**

①袁傪之破袁晁：本条采录自《国史补·袁傪破贼事》。袁傪，唐玄宗天宝十五载（756）登进士第。历监察御史。代宗时任河南副元帅李光弼行军司马、太子右庶子、兵部侍郎等。袁晁，台州临海（今浙江临海）人。小吏出身。唐代宗宝应元年（762），朝廷追征江淮地区安史之乱以来租调，激起当地农众反抗。他于翁山率众起义，攻下台、信、温、明等州，众至二十万，逼迫朝廷减免浙东诸州租调。后为唐将李光弼击败，被俘遇害。

②拳梏（gǒng gù）：泛指手铐之类的刑具。

③生致：活着送到。阙下：宫阙之下。帝王所居之处。后亦借指朝廷。

**【译文】**

袁傪击败了袁晁，擒获了他封的几十个伪官，州县的官吏全部用手铐之类的刑具把他们禁锢起来，说是一定要送这些人到朝廷接受审讯。袁傪说："这些凶顽的小民，哪里值得这么烦人？"于是用鞭、杖等抽打他们之后便遣散了。

367.韦丹少在洛阳①，尝至中桥，见数百人喧集水滨，乃渔者网得大鼋②，系之桥柱。丹不忍，问曰："几钱可赎？"曰："五千。"丹曰："吾驴直三千，可乎？"于是与之。放鼋于水，徒步而归③。

**【注释】**

①韦丹少在洛阳：本条采录自《国史补·韦丹驴易鼋》。韦丹，字文明，京兆万年（今陕西西安）人。少孤，从外祖颜真卿学，举明经进士，又登通五经科。授校书郎、咸阳县尉。德宗贞元中历任邠宁军佐、太子舍人、起居郎、司封郎中兼御史中丞、容州刺史等职。唐顺宗时拜谏议大夫，号为才臣。宪宗即位，历任梓晋洪三州刺史兼观察使、江南西道观察使等职，政绩卓著，进封武阳郡公。工诗，与诗僧灵澈唱酬甚密。

②鼋（yuán）：俗称"癞头鼋"。背甲近圆形，暗绿色，有小疣。生活在河中。

③徒步而归：《太平广记·韦丹》条有大鼋前来报恩之始末。

**【译文】**

韦丹年少的时候在洛阳，有一次经过中桥，见到数百人聚集在岸边喧哗，原来是打鱼的人网住了一只大鼋，系在了桥柱上。韦丹看到不忍心，就问打鱼的人："多少钱可以买它？"渔人回答说："五千钱。"韦丹说："我的驴值三千钱，可以换它吗？"于是韦丹用驴换了大鼋。然后把大鼋放回了水里，他自己徒步回去了。

368.任迪简为天德判官①。军中宴，后至当饮觥酒②，吏误以醋酌。迪简以军使李景略令酤<sup>③</sup>，发之则死矣，乃强饮之，遂病吐血，军中闻之皆泣下，景略为之省刑<sup>④</sup>。及景略卒<sup>⑤</sup>，军中请以为主。自卫佐拜御史中丞，为观军使<sup>⑥</sup>，终易定节度使<sup>⑦</sup>。

**【注释】**

①任迪简为天德判官：本条采录自《国史补·任迪简呷醋》。任迪简，京兆万年（今陕西西安）人。进士及第。初为天德军使李景略判官。后官历丰州刺史、天德军使、太常少卿、汝州刺史。宪宗元和五年（810）以行军司马平军乱，授义武节度使。在任三年，治理有方，人民各安其业。因病辞职，改任工部侍郎，至京师病卒。谥号襄。

②觥（gōng）：中国古代用兽角制的酒器，后也有用木或铜制的。

③军使：官名。唐时节度使、防御使、团练使等，皆冠以军额名，故或略称"军使"。李景略：幽州良乡（今北京房山东南）人。初以荫补幽州府功曹参军。贞元初任丰州刺史、西受降城使。震慑回纥，使边疆安定。被回纥尊为"李端公""李丰州"。因杜希全嫉之，被诬贬为袁州司马。不久征任左羽林将军，后为李说及宦官窦文场排挤，复任丰州刺史。

④省刑：减少或减轻刑罚。

⑤及：原阙，据齐之鸾本、《历代小史》本补。

⑥为观军使：《旧唐书·任迪简传》作"除丰州刺史、天德军使"。《新唐书·任迪简传》同。

⑦易定节度使：即义武军节度使。全称当为义武军节度易定观察等使。

**【译文】**

任迪简任天德军判官。有一次军中举行宴会，迟到的人被罚用觥喝酒,侍酒的小吏误把醋当酒斟在了觥中。任迪简因为军中长官李景略军令严酷,如果被他发现这个小吏就会被处以死刑,于是他强迫自己喝了下去,结果生病吐血,军中士卒听到这件事都哭了,李景略为此减轻了刑罚。等到李景略去世,军中向朝廷请求让任迪简任主帅。于是任迪简从卫佐擢拜御史中丞,任天德军军使,官终易定节度使。

369.裴相垍尝应宏词①,崔枢考之不第。及为相,擢之为礼部侍郎,笑曰:"此报德也。"枢惶恐欲坠阶,又笑曰:"戏言也。"

**【注释】**

①裴相垍尝应宏词:本条采录自《国史补·裴垍报崔枢》。宏词,科举科目。即博学宏词科,又作弘辞科,为唐朝制举科目之一。

**【译文】**

裴垍曾参加宏词科考试,崔枢当时是主考官,没有录取他。后来裴垍做了宰相,升任崔枢为礼部侍郎,并笑着对他说:"我这是报答你当年的恩德。"崔枢听了,惊恐地差点从台阶上掉下去,裴垍又笑着对他说:"这是玩笑话。"

370.长庆初①,赵相为太常卿②,赞郊庙之礼③。时罢相二十余年,年七十六,众服其健。右常侍郎孝奕笑曰④:"是仆为东府试官所送进士也⑤。"

**【注释】**

①长庆初:本条采录自《国史补·赵太常精健》。

②赵相:即赵宗儒,曾于唐德宗贞元十二年(796)出任宰相,故称。

③郊庙：古代天子祭祀天地、祖宗。郊，郊祀，祭祀天地。庙，庙祭，
祭祀祖宗。《尚书·舜典》："汝作秩宗。"孔传："秩，序；宗，尊也。
主郊庙之官。"孔颖达疏："郊谓祭天南郊，祭地北郊；庙谓祭先
祖，即《周礼》所谓天神人鬼地祇之礼是也。"后亦用以指古帝王
祭天地的郊宫和祭祖先的宗庙。

④郎孝奕：原书作"李益"。《唐诗纪事·李益》亦曰："年且老，门人
赵宗儒自宰相罢免，年七十余。益曰：'此吾为东府所送进士也。'
闻者怜益之困。"

⑤东府：指东都洛阳。试官：唐宋时科举或铨选考试官的省称。

## 【译文】

唐穆宗长庆初年，赵宗儒任太常卿，辅佐天子祭祀天地与祖先。当
时他罢免宰相职务已经二十多年了，七十六岁了，大家都很佩服他的强
健。右常侍郎孝奕笑着说："这是我为东府的考试官推送的进士。"


371.元载之败①，其女资敬寺尼真一，纳于掖庭②。德宗
即位，召至别殿，告其父死。真一自投于地，左右皆叱。德宗
曰："焉有闻亲之丧，责其哭踊③？"遂扶出。闻者皆陨涕④。


## 【注释】

①元载之败：本条采录自《国史补·德宗恕尼哭》。

②其女资敬寺尼真一，纳于掖庭：《旧唐书·元载传》记载："女资敬
寺尼真一，收入掖庭。"《新唐书·元载传》亦曰："女真一，少为尼，
没入掖庭。"掖庭，亦作"掖廷"。皇宫中旁舍，妃嫔居住的地方。

③哭踊（yǒng）：丧礼仪节。边哭边顿足。《礼记·檀弓上》："夫礼，
为可传也，为可继也；故哭踊有节。"

④陨涕：流泪。

**【译文】**

元载坐罪赐死之后，他的女儿，资敬寺的尼姑真一被纳入后宫。唐德宗即位后，把真一召到别殿，告诉她父亲的死讯。真一一下子仆伏在了地上，德宗身边的人都叱责她。唐德宗说："哪里有听到别人亲人去世，还斥责人家行哭踊之礼的？"于是让人搀扶她出去了。听到这句话的人都流下了眼泪。

# 识鉴

372. 贞观二十年①，王师旦为员外郎②。冀州进士张昌龄、王公瑾并有文辞③，声振京邑。师旦考其策为下等，举朝不知所以。及奏等第，太宗怪问无昌龄等名，师旦对曰："此辈诚有词华，然其体轻薄，文章浮艳，必不成令器。臣擿之，恐后生仿效，有变陛下风俗。"上深然之。后昌龄为长安尉，坐赃解④，而公瑾亦无所成。

**【注释】**

①贞观二十年：本条采录自《封氏闻见记·贡举》。贞观二十年，即公元646年。贞观，唐太宗李世民年号（627—649）。

②王师旦：曾任考功员外郎，掌科举，不取文辞浮华之士。

③张昌龄：冀州南宫（今河北南宫）人。弱冠以文词知名，进士及第。太宗贞观二十一年（647）翠微宫成，昌龄诣阙献《翠微宫颂》。太宗召见，试作《息兵诏》，俄顷而就，敕为通事舍人里供奉。寻为崑山道行军记室，破卢明月、平龟兹之军书露布皆出其手，颇为时人所称。后转长安尉，复出为襄州司户，丁忧去官。王公瑾：原书作"王瑾"。《新唐书·选举志》记载："太宗时，冀州

进士张昌龄、王公谨有名于当时,考功员外郎王师旦不署以第。"
《登科记考》曰:"王公瑾即王公治。'治'避讳为'理','理'讹为
'瑾'耳。"《新唐书·张昌龄传》《资治通鉴》均作"王公治"。

④坐赃:犯贪污罪。

**【译文】**

唐太宗贞观二十年,王师旦任考功员外郎。冀州进士张昌龄、王公
瑾在当时都很有文采,名闻京城。可是王师旦评定他们的策文为下等,
全朝官员都不明白是什么原因。等到向皇帝奏报及第名次时,唐太宗奇
怪地问为什么没有张昌龄等人的名字,王师旦回答说:"这些人确实文辞
华丽,然而他们的文章内容浅薄,辞章浮华艳丽,一定成不了优秀的人
才。如果我提拔他们,恐怕年轻人都向他们学习,这样就会改变陛下倡
导的雅正之风。"唐太宗听了也十分赞同。后来,张昌龄任长安尉时,因
犯贪污罪被解职,王公瑾也是一事无成。


373.中宗尝召宰相苏瑰、李峤子进见①。二子皆同年。
上曰:"尔宜记所通书言之②。"瑰子颋应曰:"木从绳则正,
后从谏则圣③。"峤子亡其名,亦进曰:"斳朝涉之胫,剖贤人
之心④。"上曰:"苏瑰有子,李峤无儿⑤。"


**【注释】**

①中宗尝召宰相苏瑰、李峤子进见:本条采录自《松窗杂录》。

②尔宜记所通书言之:原书四库本作"尔日忆所通书,可为吾奏者
　言之"。

③木从绳则正,后从谏则圣:语出《尚书·说命上》。是说木依从绳
　墨砍削就会正直,君主依从谏言行事就会圣明。绳,绳墨,木匠用
　以取直木料的工具。后,君主。圣,英明。

④斮（zhuó）朝涉之胫，剖贤人之心：语出《尚书·泰誓下》。孔传：
"冬月见朝涉水者，谓其胫耐寒，斩而视之；比干忠谏，谓其心异
于人，剖而观之。酷虐之甚。"是说砍断早晨过河人的小腿，挖出
贤人的心。后以"截胫剖心"为暴君苦虐残民之典。斮，斩，砍。
胫，小腿。

⑤苏瑰有子，李峤无儿：是说苏瑰儿子苏颋的学识远在李峤子之上。

【译文】

唐中宗李显曾经召见宰相苏瑰、李峤的儿子。两个人年龄相同。唐
中宗说："你们回忆一下自己读通的书，给我讲讲你们的想法。"苏瑰的
儿子苏颋应声说道："木依从绳墨砍削就会正直，君主依从谏言行事就会
圣明。"李峤的儿子不知道叫什么名字，他也进言说："砍断早晨过河人
的小腿，挖出贤人的心。"唐中宗感叹道："苏瑰有子，李峤无儿。"


374.张守珪①，陕州平陵人也②。自幽州入觐③，过本
县，见令李元④，申桑梓之礼⑤。见陕尉李桎梏裴冕⑥，冕呼：
"张公！困厄中岂能相救？"至灵宝，便奏充判官。案⑦：《唐
书·裴冕传》，冕以王铣奏充判官，非张守珪，与此异。冕后至宰辅。


【注释】

①张守珪：本条采录自《大唐传载》。张守珪，字元宝，陕州河北县
　（今山西平陆）人。善骑射。初授平乐府别将。后因战功卓著，
　历任左金吾员外将军、建康军使。玄宗开元十五年（727）镇守瓜
　州，修筑州城，连败吐蕃兵，并修复渠堰，以利灌溉。开元二十一
　年（733）移镇幽州，任河北节度副大使，屡次战胜契丹。后被贬
　为括州刺史。卒赠凉州都督。

②平陵：原书作"平陆。"当据改。《旧唐书》《新唐书》之《张守珪

传》均作"陕州河北人"。平陆,北周时称河北。

③入觐:指入宫朝见皇帝。

④李元:唐玄宗时人,生平不详。

⑤桑梓之礼:即桑梓礼,指乡里长幼之礼。

⑥陕尉李:即李齐物,字道用,陇西成纪(今甘肃秦安)人。唐宗室。以门荫入仕。神龙初年,起家太子千牛备身,累迁尚辇奉御。玄宗开元二十四年(736)后,历任怀、陕二州刺史。天宝初年,因受李适之牵连,贬为竟陵太守。肃宗即位,入拜太子宾客,迁刑部尚书、凤翔尹、太常卿、京兆尹。晚年除太子太傅,兼宗正卿。卒赠太子太师。裴冕:字章甫,河东(今山西永济西南)人。玄宗天宝初以门荫入仕,授渭南县尉。唐玄宗亡蜀,拜御史中丞兼佐庶子,辅佐唐肃宗李亨即帝位,授中书侍郎、同中书门下平章事,封冀国公。因卖官鬻爵,大力储积钱财,被罢相。代宗时受到宰相元载举荐,拜左仆射、同平章事、东都留守,旋即卒于任上,追赠太尉。

⑦案:据周勋初《校证》,此案语当为《永乐大典》编者或《四库全书》馆臣所加。《新唐书·李齐物传》曰:"(齐物)性苛察少恩。喜发人私,然挈廉自喜,吏无敢欺者。怨陕尉裴冕,械而折愧之,及冕当国,除齐物太子宾客。世善冕能损怨云。"

## 【译文】

　　张守珪,陕州平陆人。从幽州入朝进见皇上,路过自己的家乡,见到了县令李元,就向李元行乡里的长幼之礼。他还碰到陕州尉李齐物囚禁裴冕,裴冕看到张守珪后大喊:"张公!我身陷困境,你能救我吗?"张守珪到了灵宝就向皇上奏请任裴冕为判官。案:《唐书·裴冕传》,裴冕凭借王铣上奏充任判官,而不是张守珪,和本条的记载不同。后来裴冕官至宰相。

　　375.代宗宽厚出于天性①。幼时,玄宗每坐于前,熟视之②,谓武惠妃曰③:"此儿有异相,亦是吾家一有福天子。"

**【注释】**

①代宗宽厚出于天性：本条采录自《杜阳杂编》。

②熟视：注目细看。

③武惠妃：并州文水（今山西文水）人。唐玄宗宠妃，武则天侄孙女，幼入宫。卒赠贞顺皇后，安葬敬陵。

**【译文】**

　　唐代宗李豫宽容仁厚的本性是天生的。他幼年的时候，唐玄宗坐在他面前，盯着他细看了一会儿，然后对武惠妃说："这个孩子相貌奇异，将来也是我们家一位有福气的帝王。"

　　376.西凉州俗好音乐①，制《凉州》新曲②，开元中列上献之③。上顾问宁王④，王进曰："此曲虽佳，臣有闻焉：夫音者，始之于宫⑤，散之于商，成之于角、徵、羽，莫不根柢橐籥于宫、商也⑥。宫离而少商，徵乱而加暴⑦。臣闻：宫，君也；商，臣也。宫不胜则君势卑，商有余则臣下僭⑧。君卑则畏下，臣僭则犯上。盖形之于音律，播之于歌咏，见之于人事。臣恐一日有播越之祸⑨，悖乱之患，莫不由此曲也。"上闻之，默然。及安禄山之乱，华夏鼎沸⑩，所以知宁王知音之妙也。

**【注释】**

①西凉州俗好音乐：本条采录自《开天传信记》。

②《凉州》：乐府《近代曲》名，属宫调曲。原是凉州一带的地方歌曲，唐开元中由西凉府都督郭知运进。

③开元：唐玄宗李隆基年号（713—741）。

④宁王：即李宪，本名成器，唐睿宗李旦嫡长子，唐玄宗李隆基长兄，精通音乐，尤其对西域龟兹乐章有独到的见解。

⑤宫：五音之一。与商、角、徵、羽合称为古代五音。古人通常以宫作为音阶的第一级音。

⑥根柢（dǐ）：比喻事物的根基，基础。橐籥（tuó yuè）：指古代鼓风吹火用的器具，即今之风箱。喻指本源。

⑦宫离而少商，徵乱而加暴：原书作"斯曲也，宫离而少徵，商乱而加暴"，从下文"宫不胜则君势卑，商有余则臣下僭"二句来看，似以原书为是，当据改。

⑧僭（jiàn）：超越身份，冒用在上者的职权、名义行事。

⑨播越：逃亡，流离失所。

⑩鼎沸：比喻形势纷扰动乱。

**【译文】**

凉州之地历来有喜好音乐的风俗，当地人创制了名为《凉州》的乐府新曲，唐玄宗开元年间被列入名单呈送给了皇上。唐玄宗与诸王观赏之后回头问宁王李宪，宁王进言说："这首曲子虽然好听，但是臣从中听出了一些不好的征兆：这支曲子从宫音开始，到商音结束，中间由角、徵、羽诸音成，都相因于宫、商。这首曲子宫音离散且徵音较少，商音杂乱且愈加猛烈。我听说：宫音代表君，商音代表臣。如果宫音不占优势那么君的情势就卑下，商音太多臣下就会有僭越的想法。君的情势卑下就会畏惧臣下，臣有僭越的想法就会冒犯君上。这大概就是在音律中形成，在歌唱吟咏中传扬，在人事情理中见证的道理。我担心将来有一天会有流离失所的灾难，会有臣下悖逆叛乱的祸患，这些都是从这首曲调之中听出来的。"唐玄宗听了，沉默不语。等到安禄山造反，整个国家纷扰动乱，才证实了宁王审音度势的绝妙。

377.安禄山初为张韩公帐下走使①。韩公尝洗足②，韩公足下有黑子③，禄山窃窥之。韩公顾而笑曰："黑子是吾之贵相，汝何窥之？"禄山曰："贱人不幸，两足皆有，亦似将军者,色黑而加大。"公奇之,约为义儿,深加慰勉<sup>④</sup>。

**【注释】**

①安禄山初为张韩公帐下走使:本条采录自《开天传信记》。原书
　此句下有"之吏"二字,当据补。张韩公,即张仁愿,华州下邽
　(今陕西渭南北)人。本名仁亶,避睿宗名讳改。有文武才。武
　周时任殿中侍御史、右肃政台中丞、检校幽州都督、并州大都督府
　长史等职,颇受武则天赏识。中宗时为左屯卫大将军,兼检校洛
　州长史,旋迁朔方军大总管,在黄河北岸建造三受降城,置烽候一
　千八百所,以御突厥。景龙二年(708)拜相,封韩国公。后以兵
　部尚书致仕。卒赠太子少傅。走使,使唤、差遣。亦谓供奔走差
　遣或递送文书之人。

②洗足:原书作"令禄山洗足"。

③黑子:黑痣。

④慰勉:慰劳勉励。

**【译文】**

　安禄山最初在韩国公张仁愿帐下做一名供奔走差遣、递送文书的小
官。张仁愿曾经让安禄山为他洗脚,他的脚底板上有一颗黑痣,安禄山
偷看那颗痣。张仁愿看着安禄山笑着说:"黑痣是我的贵人之相,你为什
么偷看?"安禄山说:"我是一个倒霉的人,只是我的两只脚上都有黑痣,
也和将军您的黑痣一样,颜色黑而且更大。"张仁愿感到很奇怪,就把安
禄山认作义子,对他更加慰劳勉励。

　378.王璵为太常卿<sup>①</sup>。早起,闻永兴里人吹笛,问:"是
太常乐人否?"曰:"然。"<sup>②</sup>后因阅乐而挞之<sup>③</sup>。问曰:"何得
罪?"曰:"卧吹笛。"又见康昆仑弹琵琶<sup>④</sup>,云:"琵声多,琶

声少,亦未可弹五十四丝大弦也。"自下而上谓之琵,自上而下谓之琶。

**【注释】**

①王珫为太常卿:本条采录自《大唐传载》。原书此句上尚有"汉中"二字,当据补。汉中王珫,即李珫,唐睿宗李旦孙,让皇帝李宪之子,封汉中王,历任都水使者、卫尉员外卿、恒王府司马,封陇西郡公。曾跟从玄宗至蜀,又曾送宁国公主至回纥。

②问:"是太常乐人否?"曰:"然。":原作"问是太常乐人",据齐之鸾本、《历代小史》本校改。太常,即太常寺。官署名。北齐始称太常寺,隋唐以后沿置,为卿寺之一。唐朝太常寺所职甚繁,掌礼乐、郊庙、社稷诸事,辖郊社、太乐、鼓吹、太医、太卜、廪牺、诸祠庙等署。太常卿总理寺事,少卿为之副贰。寺中属官有丞、主簿、博士、太祝、奉礼郎、协律郎、斋郎等,员数历代所置不一。

③阅乐:审查音乐技艺。

④康昆仑:西域音乐艺人,唐玄宗天宝末年来到中原,任宫廷乐师,号称琵琶第一手。善作曲,受到唐德宗的宠幸。

**【译文】**

汉中王李珫任太常卿。有一天早起,听见永兴里有人吹笛子,就问:"是太常寺的乐人吗?"回答说:"是。"过了一段时间后,李珫在检阅乐人的音乐技艺时打了先前那个吹笛子的人。并问他说:"你为什么受惩罚?"乐人说:"是因为躺着吹笛子。"又有一次,李珫看到乐工康昆仑在弹琵琶,就说:"琵音多,琶音少,也未必可以弹奏五十四丝的大弦。"从下往上弹奏叫作琵,从上向下弹奏叫作琶。

379.裴宽尚书罢郡①,西归汴中,日晚维舟②,见一人坐树下,衣服故敝③。召与语,大奇之,谓"君才识自当富贵,何贫也?"举船钱帛奴婢与之,客亦不让。语讫上船,奴婢偃蹇者鞭扑之④,裴公益以为奇。其人乃张建封也⑤。

**【注释】**

①裴宽尚书罢郡:本条采录自《幽闲鼓吹》。裴宽,唐绛州闻喜(今山西闻喜)人。善骑射,通晓谋略。初任襄州刺史。睿宗景云年间任润州参军。后历任河南丞、长安尉、刑部员外郎、吏部侍郎。玄宗开元二十一年(733)为户部侍郎,知江淮转运事。历蒲州刺史、河南尹,皆有政声。天宝初为范阳节度使,威抚并用,边民悦服。三载(744)为户部尚书,为李林甫所嫉,贬睢阳太守。终礼部尚书。政绩卓著,不阿附权贵。卒赠太子少傅。

②维舟:系船停泊。

③故敝:破旧。

④偃蹇(yǎn jiǎn):本义为高耸,引申为骄傲,傲慢。鞭扑:古代鞭打人的两种用具。鞭,竹制。扑,亦作"朴",木制刑杖。也指刑罚,即鞭打、杖击的鞭刑和扑刑。

⑤张建封:字本立,邓州南阳(今河南南阳)人。少慷慨尚武。唐代宗时历任使府僚佐,一度入朝任职。德宗即位后,外放为岳州刺史,后改寿州刺史。后以功擢授濠寿庐观察使。又升任徐泗濠节度,后加官至检校尚书右仆射,备受德宗宠遇。卒赠司徒。建封工诗文,尤长于歌行。

**【译文】**

尚书裴宽从州郡解职,向西回归汴中。一天傍晚,船停泊靠岸时,看见一个人坐在树下,衣服破旧。裴宽叫来和他交谈后,感到非常惊奇,对他说:"凭你的才能和见识你应该有钱有地位才对,为什么这么贫穷呢?"裴宽把船上的钱帛、奴婢都送给他,这人也不谦让。这人说罢就上了船,船上奴婢当中有傲慢无礼的就用棍棒抽打,裴宽更加感到惊异。这个人就是张建封。

380.杜丞相鸿渐<sup>①</sup>，世号知人。见马燧、李抱真、卢杞、陆贽、张弘靖、李藩<sup>②</sup>，皆云"并为将相"，既而尽然。

**【注释】**

①杜丞相鸿渐：本条采录自《刘宾客嘉话录》。杜丞相鸿渐，即杜鸿渐，字之巽，濮州濮阳（今河南濮阳）人。玄宗开元二十二年（734）进士及第。累历延王府参军、扬州参军、华县尉。安史之乱时拥立肃宗李亨，授兵部郎中，知中书舍人。历任武部侍郎、河西和荆南节度使、尚书右丞。代宗时任太常卿、兵部侍郎同平章事。大历元年（766）兼成都尹，山南、剑南副元帅，剑南西川节度使，入蜀平崔旰之乱。卒赠太尉，谥文宪。工文，好佛。

②李抱真：本姓安，字太玄，河西（今甘肃武威）人。沉着多谋，小心忠谨。历任汾州别驾、殿中少监、泽潞节度副使等职。德宗建中元年（780）任检校工部尚书、潞州长史、昭义节度使等。次年大破魏博叛藩田悦。以功加检校兵部尚书，旋加检校右仆射。兴元初迁检校左仆射、平章事。贞元十年（794）七次奏让司空，复为检校左仆射。同年因疾服丹药而卒，赠太保。

**【译文】**

丞相杜鸿渐，在当时号称善于识别人才。他见到马燧、李抱真、卢杞、陆贽、张弘靖、李藩后，都说"全都可以成为将帅和宰相一类的人才"，不久全都和他说的一样。

381.又大司徒杜公见张弘靖<sup>①</sup>，曰："必为宰相。"贵人多知人也如此。

【注释】

①又大司徒杜公见张弘靖:本条采录自《刘宾客嘉话录》。大司徒
　杜公,即杜佑,因其唐宪宗时曾拜司徒,故称。

【译文】

　又大司徒杜佑见到张弘靖说:"这个人将来一定会成为宰相。"身份
尊贵的人大都能像这样识别人才。

　382.潘炎①,德宗时为翰林学士②,恩渥极异③。其妻刘
氏,晏之女也。京尹某有故④,伺候累日不得见⑤,乃遗阍者
三百缣⑥。夫人知之,谓潘曰:"岂有人臣,京尹愿一见,遗
奴三百缣帛？其危可知也!"遽劝潘公避位。子孟阳⑦,初
为户部侍郎,夫人忧惕⑧,曰:"以尔人材而在丞郎之位,吾
惧祸之必至也。"户部解谕再三⑨,乃曰:"试会尔同列⑩,吾
观之。"因遍招深熟者。客至,夫人垂帘视之。既罢会,喜
曰:"皆尔之俦也,不足忧矣。末后惨绿少年⑪,何人也？"答
曰:"补阙杜黄裳。"夫人曰:"此人自别,是有名卿相⑫。"

【注释】

①潘炎:本条采录自《幽闲鼓吹》。潘炎,信都(今河北衡水冀州区)
　人。肃宗乾元、上元间以右骁卫兵曹充翰林学士,迁驾部郎中。代
　宗广德中进中书舍人,出守本官。大历中官右庶子,为宰相元载所
　恶,久不迁。后进礼部侍郎,知十三年、十四年贡举,以病免。德宗
　建中元年(780)其岳父刘晏得罪,坐贬澧州司马,未几卒。
②德宗时为翰林学士:岑仲勉《翰林学士壁记补注》曰:"误也。《旧
　唐书》纪一一,大历十二年四月,'癸未,以右庶子潘炎为礼部侍
　郎',此后并无再入翰林之事,其充翰林,计当肃、代两朝耳。《语

　　林》所辑翰林故实,多舛讹,读者宜详之。"

③恩渥:谓帝王给予的恩泽。

④有故:有旧交情。

⑤伺候:守候,等待。

⑥阍(hūn)者:守门的人。缣(jiān):双丝的细绢。

⑦子孟阳:即潘炎之子潘孟阳。初以父荫进,登博学宏辞科。气尚
　　豪俊,不拘小节。累迁殿中侍御史、兵部郎中。德宗末擢授权知户
　　部侍郎。宪宗立,诏孟阳巡江淮省财赋,加盐铁转运副使。因广纳
　　财贿,罢为大理卿。后任剑南东川节度使等。卒赠兵部尚书。

⑧忧惕:忧虑戒惧。

⑨解谕:亦作"解喻"。解释晓喻。

⑩同列:同一班列,同等地位。亦指地位相同者。

⑪惨绿:浅绿色。

⑫是有名卿相:原书此句句首有一"必"字,当据补。

## 【译文】

　　潘炎在唐德宗时任翰林学士,受到极为深厚的恩宠。他妻子是刘晏
的女儿。一位京尹与潘炎有旧交,等候几天没能见到潘炎,便向守门人
赠送了三百匹细绢。夫人知道此事后,对潘炎说道:"哪有身为大臣,连
京尹想要见面都要送给守门人三百匹细绢的道理,身居高位的危险由此
可知!"于是即刻劝说潘炎让位辞职。她的儿子潘孟阳,当初任户部侍
郎时,夫人非常担忧,他对潘孟阳说:"以你的才能应该在丞郎的位置,
我担心祸患一定会降临。"梦阳反复解释,夫人才说:"你把与你同等地
位的人请来聚会,我看看他们。"于是潘孟阳把和他非常熟悉的同僚都
叫来了。客人来了以后,夫人在垂下的帘子后面观察这些人。聚会结束
后,她高兴地对儿子说:"都是和你同一类的人,用不着担忧了。坐在末
位穿着淡绿色衣服的年轻人是谁?"孟阳回答说:"那是补阙杜黄裳。"夫
人说:"这个人和你们都不一样,将来一定是一位有名的卿相。"

383.韦献公夏卿有知人之鉴①,人不知也。因退朝,于街中逢再从弟执谊②,从弟渠牟、丹③,三人皆二十四④,并为郎官。簇马久之,献公曰:"今日逢三二十四郎,辄欲题目之⑤。"语执谊曰:"汝必为宰相,善保其末耳。"语渠牟曰:"弟当别奉主上恩,而连贵公卿⑥。"语丹曰:"三命中⑦,弟最长远,而位极旄钺⑧。"由是竟如其言⑨。

**【注释】**

①韦献公夏卿有知人之鉴:本条采录自《大唐传载》。韦献公夏卿,即韦夏卿,字云客,京兆万年(今陕西西安)人。少苦学善文。代宗大历二年(767)中茂才异行科,授高陵主簿,累迁刑部员外郎,擢给事中。德宗贞元年间累贬常州刺史,改苏州刺史。后历任吏部侍郎、京兆尹、太子宾客、东都留守,倾心辟士,世谓知人。卒谥曰献。知人之鉴,指识别人的品行和才能的眼力。语出《晋书·贺循传》:"雅有知人之鉴,拔同郡杨方于卑陋,卒成名于世。"

②再从弟:同曾祖不共祖父的兄弟。

③从弟渠牟、丹:即堂弟韦渠牟、韦丹。韦渠牟,京兆万年(今陕西西安)人。少慧悟,涉览经史。做过道士、和尚。入仕后官至太常卿。德宗兴元中擢为试秘书郎。贞元十二年(796)应召在麟德殿讲论儒道佛三教,得德宗赏识,拜右补阙、内供奉,宠遇极厚。后官至太常卿。卒赠刑部尚书。

④二十四:原书"二"上有一"第"字。

⑤题目:品题,品评。晋袁宏《后汉纪·献帝纪》:"(许邵)少读书,雅好三史,善与人论臧否之谈,所题目,皆如其言,世称'郭许之鉴'焉。"

⑥连贵公卿:原书作"而速贵为公卿",当据改。

⑦三命中：原书作"三人之中"，当据改。

⑧旄钺：喻指兵权。旄，指旄节、旄旗。钺，指斧钺。

⑨由是：原书作"后"，当据改。

【译文】

韦夏卿具有辨别人的品行和才能的眼力，别人不知道他有这种能力。有一天，韦夏卿从宫中退朝出来，在街上碰到了再从弟韦执谊，从弟韦渠牟、韦丹，当时这三个人全都考中第二十四名，并同时都选任为郎官。几个人骑马聚集在一起，过了好一会儿，韦夏卿说："今天碰到了三位二十四郎，那我就品评一下你们。"他对韦执谊说："你将来一定能成为宰相，可要好好地保持晚节啊。"对韦渠牟说："你应当会特别受到主上的恩惠，很快就能成为公卿一类身份尊贵的人。"对韦丹说："三个人当中，你的前途最为长远，将来一定会成为掌握军权的最高官员。"后来三个人最终都和韦夏卿说的一样。

384.韦献公夏卿不经方镇①，唯尝于东都留守辟吏八人②，而路公随、皇甫崖州镈皆为宰相③，张尚书贾、段给事平仲、卫大夫中行、李常侍翱、李谏议景俭、李湖南词皆至显官④，亦知名矣⑤。

【注释】

①韦献公夏卿不经方镇：本条采录自《大唐传载》。方镇，唐、五代时，镇守一方的军事区域和军事长官。唐初于边疆或军事重镇驻扎军队，称为镇兵。其长官称大总管、总管、大都督、都督，后改称为节度使。安史之乱后，节度使具有统治区域内政治、经济、军事上的实权，形成地方割据势力，称为藩镇或方镇。

②辟吏：被荐举而任用的属吏。

③路公随：即路随。诸书记载不一。《大唐传载》《新唐书》作"路隋"，《旧唐书》作"路随"。路随，字南式，魏州阳平（今山东莘县）人。唐德宗年间举明经出身，授润州录事参军。宪宗时任左补阙，迁起居郎，转司勋员外郎，充史官修撰。穆宗即位，迁司勋郎中，入翰林为侍讲学士，拜谏议大夫。唐文宗时，历任翰林承旨、兵部侍郎、检校左仆射、同平章事等。后出任润州刺史、镇海军浙西道观察使等。卒赠太保。皇甫崖州镈：即皇甫镈，泾州临泾（今甘肃镇原）人，一说安定朝那（今宁夏固原东南）人。德宗贞元年间进士及第，拜监察御史，三迁司农卿，迁户部侍郎、判度支，善于理财，颇得赏识。宪宗元和十三年（818）拜门下侍郎、同平章事。后勾结山人柳泌献长生之药，以求唐宪宗宠幸。唐穆宗即位，贬为崖州司户参军，卒于贬所。

④张尚书贾：即张贾，河中猗氏（今山西猗猗）人。德宗贞元二年（786）登进士第，以侍御史为华州上佐。贞元末，东都留守韦夏卿辟为僚佐。宪宗元和间官礼部员外郎，历户部员外郎、郎中，迁尚书左丞。穆宗长庆元年（821）为兵部侍郎。文宗大和元年（827）官左散骑常侍，以兵部尚书致仕。段给事平仲：即段平仲，字秉庸，武威（今甘肃武威）人。登进士第。杜佑、李复节度淮南，连表掌书记，擢监察御史。宪宗元和初历迁谏议大夫、给事中、尚书右丞。官终太子左庶子。卫大夫中行：即卫中行，字大受，河东安邑（今山西运城）人。德宗贞元九年（793）进士。十八年（802）入东都留守韦夏卿幕府。宪宗元和中历任礼部员外郎、兵部郎中，改中书舍人。元和末自华州刺史改陕虢观察使。敬宗宝历二年（826）自国子祭酒出为福建观察使。次年因贪赃流徙播州而卒。李谏议景俭：即李景俭，字宽中，陇西成纪（今甘肃秦安）人。汉中王李瑀之孙。德宗贞元十五年（799）进士，官谏议大夫。参与永贞革新。唐宪宗即位，历任东都从事、监察御

史、江陵户曹、忠澧二州刺史。穆宗时拜仓部员外郎，迁谏议大夫。出任漳州、楚州刺史，累迁授少府少监，分司东都，病逝于任上。李湖南词：即李词。唐宗室，李模子。德宗贞元间任寿安令、万年令、光禄少卿等。宪宗元和时自商州刺史出为黔中观察使。入为宗正卿，迁太子宾客、散骑常侍。

⑤亦知名矣：原书作"也名知人也"。

**【译文】**

韦夏卿没有做过掌握兵权、镇守一方的军事长官，而只曾经在东都留守的任上举荐任用官吏八人，其中路随、皇甫镈后来都升任宰相，张贾、段平仲、卫中行、李翱、李景俭、李词都官至高位，也说明他善于识别人才。


385.李相绛①，先人为襄州督邮②，方赴举，求乡荐③。时樊司空泽为节度使④，张常侍正甫为判官⑤，主乡荐。张公知丞相有前途，启司空曰："举人悉不如李某秀才，请只送一人，请众人之资以奉之。"欣然允诺。又荐丞相弟为同舍郎⑥。不十年而李公登庸⑦，感司空之恩，以司空之子宗易为朝官⑧。人问宗易之文于丞相，答曰："盖代⑨。"时人用以"盖代"为口实，相见论文，必曰："莫是樊三盖代否⑩？"后丞相之为户部侍郎也⑪，常侍为本司郎中，因会，诗把侍郎唱歌⑫，李终不唱而哂之，满席大噱⑬。


**【注释】**

①李相绛：本条采录自《刘宾客嘉话录》。

②先人：亡父。

③乡荐：由州县推荐去参加进士考试，称乡荐。

④樊司空泽：即樊泽，字安时，河中（今山西永济）人。自小孤贫，客

居外祖父家。长有武力,喜读兵法,有将帅之器。初为磁州司仓、尧山县令。德宗建中元年(780)举贤良对策,荐为左补阙,累迁金部郎中、御史中丞、山南东道行军司马。兴元元年(784)加节度使,屡破李希烈军。后改荆南节度使。卒褒赠司空,谥成。

⑤张常侍正甫:即张正甫,字践方,邓州南阳(今河南南阳)人。德宗贞元二年(786)状元及第,初为襄阳从事。因不愿与于頔共事,被诬,贬为郴州长史。后历任殿中侍御史、司封员外兼侍御史知杂事、河南尹、左散骑常侍、集贤殿学士判院事、工部尚书等。以精干称。卒赠太子太师。

⑥同舍郎:同居一舍的郎官。后亦泛指僚友。

⑦登庸:选拔任用。《尚书·尧典》:"帝曰:畴咨若时登庸。"孔传:"畴,谁。庸,用也。谁能咸熙庶绩,顺是事者,将登用之。"

⑧司空之子宗易:即樊泽之子樊宗易,生平经历不详。

⑨盖代:犹盖世。

⑩樊三:当指樊宗易,因其在宗族中排行第三,故称。

⑪后:原阙,据齐之鸾本、《历代小史》本补。

⑫诗把:《太平广记》引文作"把酒请",当据之校改。

⑬大噱(jué):大笑。

## 【译文】

宰相李绛的亡父曾任襄州督邮。李绛准备赴考,需要州县的荐举。当时樊泽做节度使,张正甫做节度判官,主管乡荐的事。张正甫知道李绛是一个有前途的人,就向樊泽禀告说:"举子中谁也不如李绛,咱们就只举荐他一个人,把准备赠送给诸举子的钱物都给他。"樊泽高兴地答应了。还同时举荐李绛的弟弟做同舍郎。不到十年,李绛就做到了宰相,他很感激樊泽的恩德,让樊泽的儿子樊宗易在朝里做官。有人向李绛打听樊宗易的文章,李绛回答说:"盖世。"当时的人们把"盖世"作为谈笑的话题,看到文章都必定会说:"莫非是樊宗易盖世的文章?"后来李绛做户部侍郎，张正甫任户部郎中，在一次宴会上，张正甫捧着酒杯请李绛唱歌，李绛笑而不唱，在座的人都大笑。

386.韩太保皋深晓音律①，尝观客弹琴为《止息》②，乃叹曰："妙哉，嵇生之音也③！为是曲也，其当魏、晋之际乎！《止息》与《广陵散》，同出而异名也。其音主商，商为秋声，天将肃杀，草木摇落，其岁之晏乎？此所以知魏之季慢也。其商弦与宫同④，时臣夺其君之位乎？此所以知司马氏之将篡也⑤。'广陵'，维扬也⑥；'散'者，流亡之谓也。'杨'者，武后之姓⑦，言杨后与其父骏之倾覆晋祚者也⑧。晋难兴⑨，终'止息'于此。其音哀愤而噍杀⑩，操者戚而慅痛，永嘉之乱，其应此乎？叔夜撰此，将贻后代之知音，且避晋祸，托之神鬼，史氏非知味者，安得不传其谬欤？"

**【注释】**

①韩太保皋深晓音律：本条采录自《大唐传载》。

②《止息》：古琴曲名。《文选·琴赋》："若次其曲引所宜，则《广陵》《止息》《东武》《太山》《飞龙》《鹿鸣》《鹍鸡》《游弦》。"李善注："《广陵》等曲，今并犹存，未详所起。"

③嵇生：即嵇康，字叔夜，谯国铚县（今安徽濉溪）人。三国曹魏著名的思想家、音乐家、文学家。嵇康博览群书，广习诸艺，尤喜老庄学说。早年迎娶曹操曾孙女长乐公主为妻，官拜郎中，授中散大夫，世称"嵇中散"。司马氏掌权后，隐居不仕。景元四年（263）因司隶校尉锺会构陷而被处死。

④此所以知魏之季慢也。其商弦与宫同：原书此句"慢"字属下句，作"慢其商弦，与宫同音"，当据改。

⑤司马氏:指建立西晋王朝的司马家族。

⑥维扬:扬州的别称。

⑦武后:原书作"武帝后",当据改。武帝后指晋武帝皇后杨芷。

⑧晋祚:晋国的气运。

⑨晋难兴:原书此句上尚有"《止息》者"三字,当据补。另,原书
　　"难"作"虽"。《旧唐书·新唐书》之《韩皋传》亦均作"虽。"

⑩噍(jiāo)杀:声音急促,不舒缓。《礼记·乐记》:"是故志微,噍杀
　　之音作,而民思忧。"孔颖达疏:"噍杀,谓乐声噍蹙杀小。"

**【译文】**

　　太保韩皋精通音律,曾经观看客人弹奏琴曲《止息》,于是感叹说:"太精妙了,嵇康创作的乐曲!他创作这首琴曲时,正值魏、晋之际!《止息》与《广陵散》出处是一样的,但名称不同。《止息》以商音为主音,商代表的是秋天里自然界的声音,秋天寒气逼人,草木凋零,这样的年岁能平静安宁吗?这是人们之所以知道是曹魏末世的原因。这首琴曲采用慢商调定弦,为的是宫、商两弦同时打拨时,造成强烈的效果,有助于渲染矛戈杀伐的气氛,这是臣下要篡夺其君之位吗?这是人们之所以知道司马氏将要篡夺政权的原因。'广陵'指扬州,'散'是流亡的意思。杨是晋武帝皇后的姓氏,是说杨皇后和她的父亲杨骏将要颠覆晋国的气运。《止息》是说晋朝虽然建立,但会停止在这一时期。这首琴曲的音调悲哀愤懑且声音急促,弹奏的人也显得急迫而悲痛,永嘉时期的动乱,就是这一音调应验的结果吗?嵇康撰写这首琴曲,就是想要留给后世通晓音乐的人,让他们躲避晋朝的祸乱。由于他寄托于神鬼,所以史官不理解其中的深意,又怎么能不传播这首琴曲极端荒谬的一面呢?"

387.吴兴僧昼一①,字皎然,工律诗。尝谒韦苏州②,恐诗体不合,乃于舟抒思③,作古体十数篇为献。韦皆不称赏,昼一极失望;明日写其旧制献之,韦吟讽,大加叹赏。因语

昼一云："几致失声名。何不但以所工见投，而猥希老夫之意④？人各有所得，非卒能致。"昼一服其能鉴。

**【注释】**

①吴兴僧昼一：本条采录自《因话录·角部》。吴兴僧昼一，即僧皎然，俗姓谢，字清昼，唐代著名诗僧。

②韦苏州：即韦应物，因其唐德宗时曾为苏州刺史，故称。

③抒思：犹运思。

④猥（wěi）希：迎合，附和。

**【译文】**

吴兴僧人昼一，字皎然，擅长写格律诗。他曾经去拜访韦应物，担心自己诗的样式和风格与韦应物的诗作不合，就在船上沉思苦想，作了十几首古体诗献给韦应物。韦应物看了没有一句夸赞的话，昼一非常失望；第二天，他写了自己擅长的格律诗来进献，韦应物吟诵之后大加赞赏。韦应物于是对昼一说："昨天的诗几乎让您失掉了美名。为什么不拿自己擅长的格律诗让我看，却要迎合我的喜好？每个人都有自己擅长的方面，不是突然之间就能达到的。"昼一很佩服他的鉴赏能力。

388.骆浚者①，度支司书手也②。尝健羡一杂事典③，题诗一绝于柏树曰："干耸一条青玉直，叶铺千叠绿云低。争如燕雀偏巢此，却是鹓鸾不得栖④。"会度支使巡诸司，见此题，问左右，云："浚所为也。"召与语，可听。曰："钱谷粗晓⑤，词气不卑，言语古壮，人品亦佳。"翌日⑥，以语巡官李吉甫，遂擢为度支巡官。浚请兼巡覆官⑦。自以微贱，不敢厕士大夫之列。月余，九门内勾出数十万贯⑧；数月，关右、蒲、潼、京西、京北、三辅勾四百万，佐大门⑨，却河阴斗门。

案<sup>⑩</sup>：此处语义难明，疑有脱误。曹、汴、宿、宋，无水潦之患<sup>⑪</sup>。后典名郡，有令名。于春明门外筑台榭，食客皆名人。卢申州题诗云<sup>⑫</sup>："地蹙如拳石，溪横似叶舟<sup>⑬</sup>。"即骆氏池馆也。

**【注释】**

①骆浚：字肃之，华州（今陕西华阴）人。德宗建中年间任岳州巴陵尉，后迁至扬州士曹参军。宪宗元和初以母丧去职，居长安灞陵之东坡。穆宗长庆初诏授梧州刺史，赐名玄休，辞不赴。

②书手：担任书写、抄写工作的官吏。

③健羡：非常羡慕。事典：指专门辑集有关礼制事件的类书，或者是诗文里引用的古书中的故事，别于语典。

④"干耸一条青玉直"几句：语出《题度支杂事典庭中柏树》，是骆浚仅存的一首诗。诗中用燕雀比喻没有才能而占据着高位的人；用鹓鸾比喻有才能却怀才不遇的人。

⑤钱谷：钱币、谷物。常借指赋税。

⑥翌日："翌"字前原有一"越"字，据齐之鸾本、《历代小史》本删。

⑦巡覆官：官名。唐代诸道盐铁转运等使属官，负责相关巡察工作。

⑧九门：原指古代禁城内所设的九处门禁。即路、应、雉、库、皋、城、近郊、远郊、关九门。《礼记·月令》："（季春之月）田猎、罝罘、罗罔、毕翳、餧兽之药，毋出九门。"郑玄注："天子九门者，路门也、应门也、雉门也、库门也、皋门也、城门也、近郊门也、远郊门也、关门也。"后用以泛称宫门。

⑨大门：大族。

⑩案：下案语原阙，据周勋初《校证》补。周勋初注曰："此案语当是《永乐大典》编者或《四库全书》馆臣所加。"

⑪水潦：暴雨成灾。潦，雨水。

⑫卢申州：即卢拱。早年隐居为"蓬壶客"。唐宪宗元和十年

（815）任秘书省秘书郎，与白居易、元稹、王建等唱和，后出为申
州刺史，擅长律诗。白居易曾以"诗成锦绣堆"称赏之。

⑬地甃（zhòu）如拳石，溪横似叶舟：语出卢拱《句》。甃，圆的，扁
圆的。

## 【译文】

骆浚是度支司担任抄写工作的人员。他曾经非常美慕一则诗文里
引用的典故，就在柏树上题写了一首七言绝句："干笋一条青玉直，叶铺
千叠绿云低。争如燕雀偏巢此，却是鹓鸾不得栖。"正好碰上度支使巡查
众官署，看到这首题诗，就问身边的人，旁边的人回答说："是骆浚写的。"
于是叫来骆浚与他交谈，骆浚说的都很中听。交谈后度支使说："赋税之
事大致通晓，文词的气势也不低下，说话真挚豪壮，人的品行也很好。"
第二天，度支使将这件事告诉了巡官李吉甫，于是升任骆浚为度支巡官。
骆浚请求兼任巡覆官。他自认为卑微低贱，不敢置身于士大夫的行列。
一个多月，他就从宫禁之中巡查出钱几十万贯；几个月，从关右、蒲、潼、
京西、京北、三辅等地巡查出钱四百万，他辅佐大族，却河阴斗门。案：此
处语义难懂，怀疑有脱漏和错误。他所任职的曹、汴、宿、宋等地，没有被水淹
的灾难。后来他主管有名气的郡县，都有很好的声望。他在春明门外建
造了楼台等建筑物，来这里进食的客人都是当时有名望的人。卢拱曾题
诗说："地甃如拳石，溪横似叶舟。"说的就是骆浚的池苑馆舍。

389.裴晋公为相，布衣交友，受恩子弟，报恩奖引不暂
忘①。大臣中有重德寡言者，忽曰："某与一二人皆受知裴
公。白衣时，约他日显达，彼此引重。某仕宦所得已多，然
晋公有异于初，不以辅佐相许。"晋公闻之，笑曰："实负初
心。"乃问人曰："曾见灵芝、珊瑚否？"曰："此皆希世之宝。"
又曰："曾游山水否？"曰："名山数游，唯庐山瀑布状如天

汉，天下无之。"晋公曰："图画尚可悦目，何况亲观？然灵芝、珊瑚，为瑞为宝可矣，用于广厦，须杞、梓、樟、楠；瀑布可以图画，而无济于人②，若以溉良田，激碾硙③，其功莫若长河之水④。某公德行文学、器度标准，为大臣仪表，望之可敬；然长厚有余，心无机术⑤，伤于畏怯，刓割多疑⑥。前古人民质朴，征赋未分，地不过数千里，官不过一百员，内无权倖，外绝奸诈。画地为狱，人不敢逃；以赭染衣，人不敢犯。虽已列郡建国，侯伯分理⑦；当时国之大者，不及今之一县，易为匡济⑧。今天子设官一万八千，列郡三百五十，四十六连帅⑨，八十万甲兵，礼乐文物⑩，轩裳士流⑪，盛于前古。材非王佐，安敢许人！"

## 【注释】

①奖引：推誉引荐。

②无济：无所补益。

③碾硙（wèi）：利用水力推动来加工粮食的石磨。硙，磨。

④长河：黄河。

⑤机术：机智权变之术。

⑥刓（tuán）割：裁决，治理。

⑦侯伯：周代五等爵制公、侯、伯、子、男中的第二、三等。也用以泛指诸侯。

⑧匡济：匡正救助。

⑨连帅：官名。古代十国诸侯之长称连帅，后来泛指地方官。唐朝多指观察使、按察使。

⑩文物：指礼乐制度。古代用文物明贵贱，制等级，故云。《左传·桓公二年》"夫德，俭而有度，登降有数，文物以纪之，声明以发之，

以临照百官。"

⑪轩裳：犹谓车服。代指高位者。

**【译文】**

晋国公裴度任宰相时，他在未做官时交的朋友，受到过恩惠的人的后生晚辈，他都报恩奖拔不曾忘记。大臣中有一个注重德行但不善言辞的人，有一天忽然说："我和其他几个人都受过裴公的知遇之恩。没有做官时，约定将来官位显赫通达了，要互相提携推重。我现在已经在官场上得到很多，但是裴度和当初不一样了，不许我以辅佐君主之位。"裴晋公听到这些话后笑着说："我确实辜负了当初的约定。"于是问旁边的人说："你们见过灵芝、珊瑚吗？"大家回答说："这些都是世间少有的珍宝。"裴晋公又说："你们曾游赏过山水吗？"大家说："名山游过很多次了，只有庐山瀑布像天上的银河，举世无双。"裴晋公说："图画尚且能够愉悦眼目，更何况亲自前往景点观赏？然而灵芝、珊瑚，作为祥瑞作为珍宝是可以的，如果要建造宽广高大的房屋，就必须要用杞木、梓木、樟木和楠木；瀑布可以用来绘画，却对人们的生活没有什么帮助，如果要用它灌溉良田，启动水磨，他的功力还不如黄河的水。这位大臣的道德品行与才学、气魄度量以及行事的标准，都是大臣们效仿的楷模，远远看到他都令人尊敬；但他恭谨宽厚有余，内心却没有机智权变之术，致命的缺陷在于害怕胆怯，行事多疑。古代人民朴实淳厚，赋税还没有区别，当时土地不超过几千亩，官员不超过一百人，朝廷内没有有权势的奸佞之人，朝廷外没有虚伪诡诈。在地上画一个圈当作牢狱，没有人敢逃出来；用赭色染衣作为囚服，没有人敢犯法。虽然已经建置郡县和国家，让诸侯划分治理；但当时大的国家，也赶不上现在的一个县，容易匡助救济。现在皇上设置官吏一万八千人，建置郡县三百五十个，四十六个地方长官，八十万士卒，礼乐制度，官位爵禄士族文人，都比古代繁盛。能力不足以辅佐君王，怎么敢轻易许诺他？"

390.相国牛僧孺①，或言仙客之后②，居宛、叶之间。少孤贫，力学有志。永贞中擢进士第③，与同辈过政事堂④，宰相谓曰："扫厅奉候。"僧孺独出曰："不敢。"众耸异之⑤。元和初⑥，登制科⑦，历省郎至丞相。大中初卒⑧。后白敏中入相，乃奏，谥曰"简"。

**【注释】**

①相国牛僧孺：本条采录自《北梦琐言·牛僧孺奇士》。本条原阙，本书据齐之鸾本、《历代小史》本补入。

②仙客：即牛仙客，泾州鹑觚（今甘肃灵台）人。初为县中小吏，后因军功累转洮州司马。玄宗开元初任河西节度判官，深得河西节度使萧嵩赏识。萧嵩入朝拜相，迁河西节度使。后历太仆卿、殿中监等职。开元二十四年（736）拜朔方行军大总管、陇西郡公。张九龄罢知政事后，玄宗曾以仙客为工部尚书、同中书门下三品，仍知门下事。开元二十五年（737）封豳国公。旋进拜侍中，兼兵部尚书。卒赠尚书右丞。谥曰贞简。

③永贞：唐顺宗李诵年号（805）。

④政事堂：官署名。唐朝宰相议事、办理政务的场所。高祖武德初年，三省长官议事于门下省，故政事堂设于门下省。武则天光宅元年（684），裴炎任中书令，改置政事堂于中书省。玄宗开元中，张说任宰相，改称政事堂为中书门下。

⑤耸异：惊奇。耸，通"悚"。

⑥元和：唐宪宗李纯年号（806—820）。

⑦制科：又称制举。由皇帝亲自拟定、临时设置的考试。因皇帝命令称"制"，故名。多为诏对策问。始于西汉，唐代尤盛。

⑧大中：唐宣宗李忱年号（847—859）。

**【译文】**

宰相牛僧孺，有人说他是牛仙客的后人，居住在宛、叶两地之间。牛僧孺年轻时孤苦贫寒，学习刻苦有志向。唐顺宗永贞年间进士及第，他和同僚要去拜访宰相办公的地方，宰相对他们说："我打扫厅堂恭候。"牛僧孺独自站出来说："不敢当。"大家感觉很惊奇。唐宪宗元和初年，牛僧孺登制科第，历任省郎至宰相。唐宣宗大中初年去世。后来白敏中入朝做宰相，向朝廷上奏，赠谥号曰"简"。

391.宣宗在藩邸①，常为诸王所法。一日，不豫②。郑太后奏上苦心疾③，文宗召见，熟视上貌，以玉如意抚背，曰："我家他日英主，岂疾乎？"即赐御马、金带。

**【注释】**

①宣宗在藩邸：本条采录自《杜阳杂编》。本条原在卷七第908条之前，本书据齐之鸾本、《历代小史》本移置于此。藩邸，藩王的第宅。

②一日，不豫：原书作"忽一日不豫，神光满身，南面独语，如对百寮"。不豫，天子有病的讳称。

③郑太后奏上苦心疾：原书作"郑太后惶恐，虑左右有以此事告者，遂奏文宗，云上心疾"。

**【译文】**

唐宣宗当年在藩王第宅时，经常被其他各王所效仿。忽然有一天宣宗生病了，郑太后奏报文宗说宣宗得了心疾，很痛苦。于是文宗召见了他，在注目细看了宣宗的容貌后，文宗用玉如意抚摩宣宗的脊背，并说："我家未来英明的君主，怎么能生病呢？"便赐给宣宗御马和金带。

392.李珏①,字待价,赵郡赞皇人。早孤,居淮南,养母以孝闻。举明经,华州刺史李绛见而谓之曰:"日角珠庭②,非常人也,当掇进士科。明经碌碌,非子发迹之地。"一举不第。应进士举,许孟容为礼部,擢上第。释褐③,署乌重胤河阳府推官④,书判高等⑤,授渭南县尉,迁右拾遗,左迁下邽县令⑥。丁母忧,庐居三年,不入室。免丧,诸侯交辟,皆不就。牛僧孺在武昌,掌书记。征归御史府⑦。韦处厚秉政⑧,称曰:"清庙之器,岂击搏才乎?"擢拜礼部员外郎,改吏部员外⑨。李宗闵为相,擢知制诰,改司勋员外郎⑩,库部郎中⑪。文宗召充翰林学士。珏风格端肃,属词敏赡,恩倾一时。累迁户部侍郎承旨,天子屡欲以为相。郑注以方术为侍讲学士⑫,李训自流人入内廷,珏未尝私焉。训、注交谮,贬江州刺史。训诛,征为户部侍郎,与杨嗣复同日拜相。上虽切于求理,终优游不断⑬。同列陈夷行、郑覃请经术孤立者进用⑭,珏与嗣复论地胄词彩者居先⑮,每延英议政,多异同,卒无成效,但寄之颊舌而已⑯。文宗将崩,以敬宗子陈王成美为托⑰。武宗立,事由两军,贬昭州刺史。宣宗即位,累迁河阳三城节度、吏部尚书。崔郸薨⑱,又拜检校左仆射、淮南节度使。三载,薨,谥贞穆。

**【注释】**

①李珏:本条采录自《东观奏记》。

②日角珠庭:形容人额角宽阔,天庭饱满,相貌不凡。

③释褐:脱下平民穿的衣服。喻指入仕做官。褐,粗布衣。

④乌重胤:原阙,据齐之鸾本、《历代小史》本补。乌重胤,字保君,潞

州（治今山西长治）人。起家潞州牙将。唐宪宗元和五年（810），因平定王承宗叛乱有功，拜潞府左司马、怀州刺史、河阳三城节度使，封张掖郡公。后配合忠武节度使李光颜平定淮西之乱，以功封邠国公。穆宗长庆末年任天平军节度使。谥懿穆。推官：官名。唐代始置。观察使、团练使、防御使及兼观察的节度使皆置推官，为长官之佐，位在使、副使、判官之下。掌勘问刑狱诉讼。五代沿置。

⑤书判：指书法和文理。《新唐书·选举志》："凡择人之法有四：一曰身，体貌丰伟；二曰言，言辞辩正；三曰书，楷法遒美；四曰判，文理优长。"

⑥左迁：降职。古代以右为尊、左为卑，故以左迁为贬职。

⑦征：原阙，据齐之鸾本、《历代小史》本补。

⑧韦处厚：字德载，京兆万年（今陕西西安）人。原名淳，为避宪宗名讳改。事亲至孝，为学博深。宪宗元和进士，又登贤良方正科异等，历任集贤殿校书郎、咸阳尉、右拾遗、左补阙、礼部考功二员外等职。穆宗即位，自户部郎中、知制诰充翰林侍讲学士。敬宗宝历中以佐命之功，进拜中书侍郎、同中书门下平章事。

⑨员外：原阙，据齐之鸾本、《历代小史》本补。

⑩司勋员外郎：官名。吏部四曹之一司勋副长官，掌官员勋级之校定及告身等事。隋文帝时始置，炀帝时改称司勋承务郎，唐朝武德初年改称司勋员外郎，置一二员，从六品上阶。五代沿置。

⑪库部郎中：官名。兵部库部司长官。三国魏始设库部郎，历代皆称库部郎中，唯梁、陈及隋初称库部侍郎。唐高祖武德三年（620）改称库部郎中。玄宗天宝十一载（752）称司库郎中，肃宗至德二载（757）复故，掌邦国器械仪仗等事。五代因之。

⑫郑注：本姓鱼，绛州翼城（今山西翼城）人。出身微贱，以医术游历江湖。后依附李愬，结交监军王守澄。宪宗元和年间历任检校

库部郎中、昭义节度副使。文宗大和间因治愈唐文宗风疾，得圣眷，拜太仆卿、御史大夫。又迁工部尚书，充翰林侍讲学士，出任凤翔节度使。后因策划甘露之变，事败被杀。

⑬优游不断：指临事犹豫，不能决断。

⑭陈夷行：宪宗元和七年（812）进士及第，历任起居郎、史馆修撰、吏部郎中、翰林学士、太子侍读、谏议大夫等职。累官至工部侍郎。文宗大和年间授著作郎、知制诰兼太子侍读，迁谏议大夫。

⑮地胄：南北朝时，称皇族帝室为天潢，世家豪门为地胄。后亦泛指门第。

⑯颊舌：口舌言语。比喻口辩才能。

⑰陈王成美：即李成美，唐敬宗之子。唐文宗开成二年（837）封为陈王。开成四年（839）文宗欲立为太子，典册未备而帝崩。内官仇士良立武宗，杀陈王。

⑱崔郸：德宗贞元十九年（803）进士及第，初授渭南县尉，后历任监察御史、考功郎中、翰林学士、中书舍人、工部侍郎兼集贤院学士、吏部侍郎等。文宗开成二年（837）出镇，四年（839）入为太常卿同中书门下平章事。寻加中书侍郎、银青光禄大夫。与李德裕素善，在相位累年，以太子少保卒。

## 【译文】

李珏，字待价，赵郡赞皇人。他年幼的时候父亲就去世了，居住在淮南，因奉养母亲孝顺而闻名。李珏去参加明经科考试，华州刺史李绛见了对他说："你额角宽阔，天庭饱满，气度不凡，是出类拔萃的人才，应当能考取进士。明经科一般，不是你的发迹之地。"第一次考试没有考中。后来参加进士科考试，许孟容任礼部尚书，将他判定为第一等。走上仕途后，充任乌重胤在河阳府的推官，经考核他的书法和文理名列前茅，授渭南县尉，迁右拾遗，后贬为下邽县令。遭逢母亲去世，他在墓旁结庐服丧三年，从未回家居住。守孝期满后，各地掌握军政大权的地方长官交相征聘，他都没有应征。牛僧孺任武昌节度使，李珏掌管文书工作。后李珏被征召回御史府。当时韦处厚掌权，他称赞李珏说："国家的栋梁之才，怎么能用作打斗呢？"提拔他为礼部员外郎，改任吏部员外。李宗闵任宰相，提拔他为知制诰，改司勋员外郎，库部郎中。唐文宗召充为翰林学士。李珏端正严肃，写文章思路敏捷词藻丰富，在当时受到的恩宠超过了所有人。李珏多次升官至户部侍郎承旨，皇上多次想任命他为宰相。当时郑注因为精通方技和医术任侍讲学士，李训从外放之地进入宫廷，李珏未曾与他们私下交结。李训、郑注共进谗言，李珏被贬为江州刺史。李训被杀以后，李珏被征拜为户部侍郎，与杨嗣复在同一天被任命为宰相。皇上虽然急迫地寻求朝政的治理，但终究临事犹豫，不能决断。和李珏一同共事的陈夷行、郑覃请求任用那些以经学独立的人，李珏和杨嗣复则主张优先任用那些世家大族中精通诗赋富有词彩的人，每次在延英殿讨论政事，由于政见多有不同，最终没有得到应有的效果，只是空费口舌罢了。唐文宗快去世时，把唐敬宗的儿子陈王李成美托付给了李珏。唐武宗即位，政事完全出自两军，李珏被贬为昭州刺史。唐宣宗即位，李珏多次升官至河阳三城节度、吏部尚书。崔郸去世，又征拜为检校左仆射、淮南节度使。三年后去世，谥号贞穆。

393.李廓为武宁军节度使①，不治，右补阙郑鲁上疏曰②："臣恐新麦未登，徐师必乱。乞速命良将，救此一方。"宣宗未之省。麦熟而徐师果乱，上感悟鲁言，擢为起居舍人。

**【注释】**

①李廓为武宁军节度使：本条采录自《东观奏记》。李廓，陇西成纪（今甘肃秦安）人。李程之子。少有志功业，而困于场屋。工诗，与贾岛友善。唐宪宗元和十三年（818）举进士第。授司经局正字。敬宗宝历中官鄠县尉。文宗大和年间官太常丞，累迁至刑部

侍郎。宣宗时出为武宁军节度使。因统御无方，于次年五月军乱被逐。大中末官颍州刺史，复为观察使，卒。

②郑鲁：字子隐，荥阳（今河南郑州）人。宣宗时官右补阙。时李廓为武宁军节度使，不能治军。鲁奏言徐州必乱。不久徐州乱，驱逐李廓，升迁郑鲁为起居舍人。官历怀宁、澧阳二尉，终右金吾卫仓曹参军。

**【译文】**

李廓任武宁军节度使，不能治军，右补阙郑鲁上奏疏说："我担心今年的麦子还没有成熟，徐州的军队就一定会乱。请求快速任命良将，来解救这一方百姓。"唐宣宗没有考察这件事情。麦子成熟的时候徐州的军队果然发生兵乱，宣宗有所感触，领悟了郑鲁的话，提拔郑鲁为起居舍人。


394.懿宗晚年政出群下①。路岩年少固位②，一旦失势，当路皆仇隙③，中外沸腾④，所指未必实也。初，岩为淮南崔铉度支使⑤，除监察，十年不出京师，致位宰相。铉谓岩必贵⑥，尝曰："路十终须与他那一官⑦。"自监察入翰林，铉犹在淮南，闻曰："路十如今便入翰林，何能至老？"皆如言。


**【注释】**

①懿宗晚年政出群下：本条采录自《玉泉笔端》。群下，泛指僚属或群臣。

②固位：巩固保持权位。

③当路：执政，掌权。《孟子·公孙丑上》："夫子当路于齐，管仲、晏子之功可复许乎？"赵岐注："如使夫子得当仕路于齐而可以行道，管夷吾、晏婴之功，宁可复兴乎？"

④沸腾：比喻议论激烈。

⑤崔铉：字台硕，博陵（治今河北定州）人。崔元略之子。进士及第。武宗会昌初官左拾遗。迁司勋员外郎，知制诰，充翰林学士。累迁户部侍郎承旨。会昌三年（843）拜中书侍郎同平章事。因与宰相李德裕不睦，出任陕虢观察使。宣宗时再次拜相。累迁金紫光禄大夫、尚书左仆射、弘文馆大学士，封博陵郡公。后出任淮南节度使，兼检校司徒，封魏国公。唐懿宗即位，改任山南东道和荆南道节度使，参与平定庞勋起义，卒于任上。

⑥铉谓岩必贵：原书此句上有"初"字，当据补。

⑦路十终须与他那一官：《资治通鉴·唐纪·僖宗乾符元年》正月记载此事，作："路十终须作彼一官。"胡三省注曰："岩，第十。作彼一官，谓作相也。"

【译文】

　　唐懿宗晚年政令出自群臣。路岩年轻时就位高权重，后来一日之间就失掉了权势，掌权的人都仇恨他，朝廷内外议论纷纷，但大家所指责的事未必都是事实。当初，路岩任淮南崔铉度支使，并授予监察之职，十年没有离开京城，就做到了宰相的职位。当初，崔铉说路岩必定会官居高位，他曾经说："路岩最后必然会做宰相。"路岩从监察院进入翰林院，崔铉还在淮南，他听见后说："路岩现在就进入翰林院了，怎能做到年老呢？"后来都像他说的那样。

　　395.突厥平①，温仆射彦博请迁于朔方②，以实空虚之地，于是入居长安者且万家。魏郑公以为夷不乱华，非久常之策。争论数年不决。至开元中③，六胡反叛④，其地复空。

【注释】

①突厥平：本条采录自《隋唐嘉话》。

②温仆射彦博：即温彦博，字大临，并州祁县（今山西祁县）人。隋
朝时担任文林郎、通直谒者，出任幽州司马。唐高祖武德初年归
顺大唐，历任中书舍人、中书侍郎、御史大夫，册封西河郡公。唐
太宗即位，出任中书令，进封虞国公，反对内迁胡人。累迁右仆射。
卒赠特进，陪葬昭陵。

③开元：唐玄宗李隆基年号（713—741）。

④六胡：唐朝居于六胡州地区的胡人。据《新唐书》载：高宗调露
元年（679），唐于灵（今宁夏灵武）、夏（今陕西靖边白城子）以
南以突厥降户置鲁州、丽州、含州、塞州、依州、契州，以唐人为刺
史，谓之六胡州。其后又于此地置兰池都督府。

**【译文】**

突厥平定后，仆射温彦博建议把突厥人迁到朔方，以充实人口稀少
的地区，这一时期进入长安居住的突厥人将近一万家。魏徵认为少数民
族不能与汉族相混，说这不是长久之计。朝廷为这件事争论了好几年都
没有决断。到唐玄宗开元年间，六胡叛乱，那里又变得人烟稀少了。

396.太宗令卫公教侯君集①，君集言于帝曰："李靖将
反矣！至微隐之术②，辄不以示臣。"帝以让靖，靖曰："此乃
君集反尔！今中夏乂安③，臣之所教，足以制四夷矣④，而求
尽臣之术者，将有他心焉。"

**【注释】**

①太宗令卫公教侯君集：本条采录自《隋唐嘉话》。原书此句下尚
有"兵法"二字，当据补。卫公，即李靖，因其唐太宗贞观年间被
封卫国公，故称。侯君集，豳州三水县（今陕西旬邑）人。早年跟
随秦王李世民征战四方，后策划并参与玄武门之变。唐太宗即位

后，迁右卫大将军，拜兵部尚书，因功勋卓著，封潞国公。贞观十三年（639）拜交河道行军大总管，领军灭高昌，名列凌烟阁二十四功臣之一。贞观十七年（643）卷入太子李承乾谋反事件，坐罪处死。

②微隐：精深而隐秘。

③中夏：中国。乂安：太平，安定。

④四夷：四方的少数民族。

**【译文】**

唐太宗命令卫国公李靖教侯君集用兵之法，侯君集对唐太宗说："李靖将要造反！因为他教我的时候，到精深隐秘之处，就不告诉我了。"唐太宗批评李靖，李靖回答说："这是侯君集要造反！现在国家安定，我教给他的兵法，足够用来制服四方少数民族了，现在他要求完全掌握我的用兵之法，是他有造反之心。"

397.润州得玉磬十二以献①，张率更叩其一②，曰："是晋某岁所造也。是岁余月③，造磬者法月，数有十三，今阙其一。宜于黄钟九尺掘之④，必得焉。"敕州求之，如言而得⑤。

**【注释】**

①润州得玉磬十二以献：本条采录自《隋唐嘉话》。玉磬，古代乐器名，用玉石制成。《礼记·郊特牲》："诸侯之宫县，而祭以白牡，击玉磬……诸侯之僭礼也。"孙希旦集解："玉磬，《书》所谓鸣球，天子之乐器也。"

②张率更：即张文收。张文琮从父弟。贝州武城（今山东武城）人。隋内史舍人张虔威之子。精通音律，曾博采众议及历代沿革，改造萧吉《乐谱》，又复活太乐古钟中的"哑钟"，创制"燕乐"。撰有《新乐书》十二卷。唐太宗贞观初授协律郎。高宗咸亨元年

（670）迁太子率更令。率更，官名。掌宗族次序、礼乐刑罚及漏刻之政令。

③余月：闰月。

④宜于黄钟九尺掘之：原书作"宜于黄钟东九尺掘之"，当据补"东"字。

⑤如言而得：宋沈括《梦溪笔谈·乐律》曰："法月律为磬，当依节气，闰月自在其间；闰月无中气，岂当月律？此懵然者为之也。叩其一，安知其是晋某年所造？既沦陷在地中，岂暇复按方隅尺寸埋之？此欺诞之甚也！"

**【译文】**

润州获得了玉磬十二个献给朝廷，率更令张文收敲打其中的一个，说："这是晋朝的某一年制造的。这年有闰月，造磬的人依照月份数，造的磬数量共有十三个，现在还缺其中的一个。应该在距离黄钟东边九尺的地方挖掘，一定能找到。"命令润州寻找缺失的那一个，果然和张文收说的一样，找到了缺失的那个玉磬。

398. 郑公见《秦王破阵乐》[①]，则俯而不视；奏《庆善乐》[②]，则玩而不厌。

**【注释】**

①郑公见《秦王破阵乐》：本条采录自《隋唐嘉话》。原书此句作"郑公见奏《秦王破阵乐》"，当据补"奏"字。《秦王破阵乐》，唐武舞名。太宗为秦王时破刘武周后所作。贞观七年（633）太宗亲制《秦王破阵乐舞图》，由魏徵等重作歌辞，更名为《七德舞》。后又称《神功破阵乐》。武后时流失，唯其名存。

②《庆善乐》：唐乐舞名。又名《功成庆善乐》《九功舞》。由太宗于贞观六年（632）作于庆善宫，起居郎吕才配以管弦，定名为《功

成庆善乐》。以儿童六十四人,戴进德冠,紫袴褶,长袖,漆髻,屐履而舞。为郊庙、享宴时用。武后时流失,唯其名存。

**【译文】**

郑国公魏徵看到演奏《秦王破阵乐》,就低下头不看;看到演奏《庆善乐》,就仔细玩味,不觉厌倦。

399.贞观中①,有婆罗门僧言"佛齿所击,前无坚物"②,于是士女奔凑③,其处如市。时傅奕方病卧④,闻之,谓子曰⑤:"非是佛齿也。吾闻金刚石至坚,物莫能敌,唯羚羊角破之。汝但取试焉。"胡僧监护甚严。固求,良久乃得见。出角叩之,应手而碎,观者乃止。今理珠者用此角。

**【注释】**

①贞观中:本条采录自《隋唐嘉话》。

②有婆罗门僧言"佛齿所击,前无坚物":原书作"有婆罗僧言得佛齿,所击前无坚物",当据补"得"字。婆罗门,古印度别称。唐玄奘《大唐西域记》:"印度种姓族类群分,而婆罗门特为清贵,从其雅称,传以成俗,无云经界之别,总谓婆罗门国焉。"

③奔凑:会集,会合。

④傅奕:精天文历数。隋开皇中以仪曹事汉王谅。唐武德初拜太史丞,迁太史令。进《刻漏新法》行于时。并针对当时唐制多袭隋朝,上言建议变更。又深排佛教,认为"生死寿夭由于自然",反对佛教的"恐吓愚夫,诈欺庸品",并极力抨击寺院的"剥削民财,割截国储"。著有《老子注》《老子音义》,又集魏晋以来反佛教的各思想家事迹为《高识传》十卷。

⑤子:原书上有"其"字,当据补。

## 【译文】

唐太宗贞观年间，有一个来自印度的僧人说他获得了佛齿，并说"没有什么坚固的物体可以承受佛齿的敲击"。当时长安的男男女女从四面八方聚集而来看热闹，这个印度僧人的住处门庭若市。当时，傅奕正卧病在床，他听到这个事情后对儿子说："僧人拿的不是佛齿。我听说金刚石坚硬无比，没有什么东西能敌，只有羚羊角能破它。现在你就拿羚羊角去试试。"印度僧人对佛齿的监护非常严格。傅奕的儿子坚持要求试试，过了很久才见到了胡僧所说的佛齿。他拿出羚羊角去打佛齿，结果佛齿马上就被打碎了，看热闹的人也就一哄而散。现在加工雕琢金刚石的人就用羚羊角。

400.阎立本善画①。至荆州，视张僧繇旧迹②，曰："定虚得名耳。"明日又往，曰："犹是近代佳手耳。"明日又往，曰："名下无虚士。"坐卧观之，留宿其下，一日不能去③。

## 【注释】

①阎立本善画：本条采录自《隋唐嘉话》。阎立本，雍州万年（今陕西西安）人。隋朝时以门荫入仕。唐贞观年间历任主爵郎中、刑部郎中，迁将作少监。绘制"昭陵六骏"和"凌烟阁"功臣图，监修翠微宫。高宗时任将作大匠、工部尚书、中书令。卒赠司空。

②张僧繇：吴郡吴中（今江苏苏州）人。南朝梁大臣，著名画家。梁天监中为武陵王侍郎，直秘阁知画事，历右军将军、吴兴太守。擅画云龙人物、肖像，多作佛寺宗教壁画，又工画龙，相传有"画龙点睛，破壁飞去"的神话。与顾恺之、陆探微以及唐代的吴道子并称为"画家四祖"。

③一日：原书作"十日"，据上文"留宿其下"文意，似以"十日"为是。

**【译文】**

阎立本擅长作画赏画。他到荆州看张僧繇的旧时画作,说:"他是空有虚名啊。"第二天又去看,评价说:"他还算是近代的出色画家。"到第三天又去看,评价说:"盛名之下肯定没有徒有其名的人。"他在画前或坐或卧,观赏不已,晚上就睡在画的下面,过了十天还不离开。

401.高宗时①,群蛮聚为寇②,讨之辄不利,乃除徐敬业为刺史。府发卒迎,敬业尽放令还,单骑至府。贼闻新刺史至,皆缮理以待③。敬业一无所问,处他事已毕,方曰:"贼安在?"曰:"在南岸。"乃从一二佐史而往观之④,莫不骇愕⑤。贼所持兵觇望⑥,及见船中无人,又无兵仗,更闭营隐藏。敬业直入其营内,告云:"国家知汝等为贪吏所害,非有他恶。可悉归田里,无去为贼。"唯召其帅,责以不早降之意,各笞数十而遣之,境内肃然。其祖英公壮其胆略,曰:"吾不办此,然破我家者必此儿!"英公既薨,高宗思平辽勋,令制其冢,象高丽中三山⑦,犹霍去病之祁连山。后敬业举兵,武后令掘平之。大雾三日不解,乃止。

**【注释】**

①高宗时:本条采录自《隋唐嘉话》。

②群蛮:中国古代对长江中游及其以南地区少数民族的泛称。

③缮理:整治,整顿。

④佐史:指古代地方长官的僚属。

⑤骇愕:惊讶,惊愕。

⑥所:原书作"初",当据改。觇(chān)望:窥视,观望。

⑦象高丽中三山:《资治通鉴·唐纪·高宗总章二年》记载:"起冢

象阴山、铁山、乌德鞬山，以旌其破突厥、薛延陀之功。"胡三省注曰："乌德鞬山在回纥牙帐西南。"

## 【译文】

唐高宗时，南方少数民族聚众为寇，多次派兵讨伐都没能成功，于是朝廷就任命徐敬业为刺史。州府派兵到城外来迎接，徐敬业传命让士兵全部回去，他自己一个人骑马来到了刺史府。贼寇听说新上任的刺史来了，全都严整以待。徐敬业什么都没有问，等处理完其他事情后，才说："贼寇在什么地方？"回答说："在江的南岸。"于是徐敬业便叫一两个属官随同前往察看，大家无不感到惊愕。贼寇起初持兵观望，等到看清徐敬业的船上没有人，也没有兵器时，就关闭营门躲藏起来。徐敬业径直进入盗贼的营帐之内，告诉里面的贼寇说："国家知道你们这些人都是因为贪官迫害而至此，没有其他的恶行。现在你们全都回家种田，不回去的按贼寇处理。"徐敬业召来贼寇的头目，叱责他们为什么早没有投降的心意，各打了几十军棍后遣散了他们，州府境内从此安定平静，秩序良好。他的爷爷李勣赞赏他的勇气和谋略，说："我不会冒险做这种事，但以后破败我们家族的一定是这个孩子。"李勣去世后，唐高宗念着他平定辽东的功勋，命令为他建造的墓冢，模仿高丽中的三山，就像汉朝霍去病的坟墓形似祁连山。后来他的孙子徐敬业起兵谋反，武后下令削掉他的坟墓。因为山上大雾三天不消散，于是作罢。

402.张沛为同州①，任正名为录事②，刘幽求为朝邑尉。沛常呼二公为任大、刘大，若交友。玄宗诛韦氏，沛兄殿中监涉见诛③，并合诛沛。沛将出就刑，正名时谒告在家④，闻之，遽出曰："朝廷初有大艰。同州，京之左辅⑤，奈何单使至，害其州将？请以死守之。"于是劝令覆奏⑥，送沛于狱，曰："正名若死，使君可忧；不然，无虑也。"时刘幽求方立元勋⑦,用事居中,竟脱沛于难。

【注释】

①张沛为同州:本条采录自《隋唐嘉话》。张沛,贝州武城(今山东武城)人。唐高宗时期宰相张文瓘之子,张涉之弟。武周神功中任苏州司马。中宗时任同州刺史。父子兄弟五人皆至三品官,被时人称誉为"万石张家"。

②任正名:睿宗时任侍御史。依恃权势,于朝堂随意责骂衣冠之士,右拾遗严挺之责其不敬。随后他上书弹劾严挺之,严氏被贬。

③殿中监:官名。三国曹魏时始设,历代相沿,名称有异。南齐有内外殿中监各八人。梁、陈两代沿袭。北魏设殿中监,北齐设殿中局,隋朝改称殿内省,以监为长官,少监为副;掌诸供奉,领尚食、尚药、尚衣、尚舍、尚乘、尚辇六局。唐高祖武德中改称殿中省,职制与隋同。涉:即张涉,张沛之兄。中宗时历任殿中监、汴州刺史等职。景龙四年(710)玄宗率兵诛除诸韦,张涉被乱兵所杀。

④谒告:请假。

⑤左辅:汉三辅之一左冯翊的别称。因在京兆尹之左(东)得名。后世亦称京东之地为"左辅"。

⑥覆奏:重新详审,再行决断。

⑦元勋:首功,极大功勋。

【译文】

张沛任同州刺史时,任正名任录事,刘幽求任朝邑县尉。张沛经常称呼二人为任大、刘大,好像结交的朋友。唐玄宗诛杀韦氏,张沛的兄长殿中监张涉被杀死,并且连坐张沛也要一同处死。张沛将要出去受刑,任正名当时正在休假在家,听到这件事后,他急忙出来制止说:"朝廷正有大的危难。同州是京都左边的重要州府,为什么一个使节一到就要杀害州府的守将?请允许我用死来守护。"于是任正名上书劝谏皇上让重新详审张沛的案件，再行决断。他送张沛到牢狱，说："如果我死了，你就不得不担忧；如果我还活着，你就不要担心。"当时刘幽求刚好立下大功，多方周旋，最终将张沛从危难中解救了出来。

403.萧至忠自晋州之入也①，大理蒋钦绪即其妹婿②，送之曰："以足下之才，不忧不见用，无为非分妄求。"至忠不纳。蒋退而叹曰："九代之卿族，一举而灭，可哀也哉③！"至忠既至，拜中书令，岁余败。

**【注释】**

①萧至忠自晋州之入也：本条采录自《隋唐嘉话》。《资治通鉴·唐纪·玄宗先天元年》二月记载："蒲州刺史萧至忠自托于太平公主，公主引为刑部尚书。"《考异》曰："《旧传》及刘𫗧《小说》皆云'自晋州刺史入为尚书'。今从《太上皇》《睿宗录》。"萧至忠，沂州丞（今山东枣庄南）人。少仕为畿尉，以清谨称。唐中宗神龙年间依附宰相武三思，自吏部员外郎擢拜御史中丞，迁吏部侍郎。景龙元年（707）担任中书侍郎、同平章事，成为宰相。唐隆政变后依附太平公主，升任刑部尚书、中书令，册封酅国公，乃参主逆谋。唐玄宗先天二年（713）太平公主败，萧至忠遁入终南山，被捕诛。

②蒋钦绪：莱州胶水县（今山东平度）人。工文辞，擢进士第，累迁太常博士。中宗继位，欲以皇后为亚献，众官阿附，独钦绪抗言不可，诸儒壮其节。为吏部员外郎，荐引贤良。出为华州长史。玄宗开元十三年（725）以御史中丞录河南囚，宣慰百姓，振贫乏。徙吏部侍郎，历汴、魏二州刺史。

③"九代之卿族"几句：《资治通鉴·唐纪·玄宗先天元年》记载此事，胡三省注曰："引《左传》卫太叔仪之言。至忠，萧德言之曾

孙，故云然。”

【译文】

萧至忠从晋州刺史入朝为官，大理寺卿蒋钦绪是萧至忠的妹夫，他送萧至忠入朝的时候说："凭借你的才干，不必担心不会被重用，不要做不合本分的事。"萧至忠没有采纳他的建议。蒋钦绪出来感叹说："九世为卿相的家族，一下子就败灭了，太可悲了！"萧至忠到了朝廷，官拜中书令，一年多就败亡了。

404.高公骈镇蜀日[1]，因巡边，至资中郡，舍于刺史衙。对郡山顶有开元寺，是夜黄昏[2]，僧众礼佛，其声喧达。公命军候悉擒械之[3]，来朝笞背斥逐。召将吏而谓之曰："僧徒礼念，亦无罪过，但此寺十年后，当有秃丁数千为乱，以是厌之。"其后土人皆髡执兵[4]，号"大髡""小髡"，据此寺为寨，凌胁州将[5]，果叶高公之言。［原注］[6]得于资中处士王迢。

【注释】

①高公骈镇蜀日：本条采录自《北梦琐言·高太尉决礼佛僧》。高公骈，即高骈，字千里，幽州（今北京）人。出生禁军世家，历任神策军都虞候、秦州刺史、天平军节度使等职。僖宗立，加同中书门下平章事，拜剑南西川节度使等。在镇压黄巢起义时，拥兵自重，逗挠不行。后因僖宗削其兵柄利权，遂上书诋毁朝廷君臣，致使部下多叛离。光启三年（887）被部将囚杀。

②黄昏：原阙，据齐之鸾本、《历代小史》本补。

③军候：西汉时始为官名，掌军纪或侦察敌情。唐时为都虞候的别称。为节度使下属。掌军府纪律。

④髡：古代剃去男子头发的一种刑罚。后亦用以指和尚。

⑤凌胁州将：原阙，据齐之鸾本、《历代小史》本补。

⑥原注：此注原阙，据齐之鸾本、《历代小史》本补。

**【译文】**

高骈镇守蜀地的时候，因为巡视边防，来到了资中郡，住在刺史府衙。郡府对面的山顶上有一座开元寺，这天傍晚黄昏时分，众多僧人向佛礼拜，声音喧哗通达。高骈命令军候将僧人全都抓来并戴上刑具，第二天早上抽打背部后遣散了。高骈召来将士吏卒说："众僧念佛，本来没有什么罪过，但这座寺庙十年以后，必当有和尚几千人叛乱，因此我才打压他们。"这之后，当地人都削发为僧手拿兵器，号称"大和尚""小和尚"，他们占据寺庙作为营寨，威胁州府的将领，果然和高骈当年所说的一样。［原注］来自资中处士王超。

405. 张九龄[①]，开元中为中书令。范阳节度使张守珪奏裨将安禄山频失利，送戮于京师。九龄批曰："穰苴出军，必诛庄贾[②]；孙武行法，亦斩宫嫔[③]。守珪军令若行，禄山不宜免死。"及到中书，张九龄与语久之[④]，因奏戮之，以绝后患。玄宗曰："卿勿以王夷甫识石勒之意[⑤]，杀害忠良。"更加官爵，放归本道[⑥]。至德初[⑦]，玄宗在成都，思九龄先觉，制赠司徒，遣使就韶州致祭。

**【注释】**

①张九龄：本条采录自《大唐新语·匡赞》。

②穰苴出军，必诛庄贾：事见《史记·司马穰苴列传》。庄贾为齐景公时大夫，颇得宠。时晋国、燕国攻打齐国，国相晏婴举荐田穰苴统帅齐军抵抗，庄贾被派往监军。穰苴在出军前约庄贾第二天正午时分在军门相会，庄贾恃宠骄贵，亲戚左右为之送行宴饮，直到

傍晚，庄贾方至军门，被穰苴斩首以严军纪。穰苴，指田穰苴。又称司马穰苴，春秋末期齐国将领，曾率齐军击退晋、燕入侵，因功被封为大司马，子孙后世称司马氏。后因齐景公听信谗言，田穰苴被罢黜，未几抑郁发病而死。

③孙武行法，亦斩宫嫔：事见《史记·孙子吴起列传》。孙武，字长卿，春秋时期齐国人。著名的军事家、政治家。经吴国重臣伍子胥举荐，向吴王阖闾进呈所著兵法十三篇，受到重用为将。吴王曾出宫中美人，让孙武教以战斗阵形。孙武将这些嫔妃分为两队，各以吴王宠妃为队长，孙武击鼓发令时，嫔妃们大笑不止，孙武斩两队队长以严军令。

④张：原作"令"，据齐之鸾本改。

⑤王夷甫：即王衍，字夷甫，琅邪郡临沂县（今山东临沂）人。西晋末年重臣。历任太子舍人、中庶子、黄门侍郎、河南尹、中书令、司空、司徒等职。虽位居宰辅，而求自全，预设三窟，为人所鄙。后迁太尉，尚书令如故。东海王越讨苟晞，以太尉兼其军司。越卒，众推之为元帅。俄而举军为石勒所破。遇害。王公以下死者十余万人。石勒：字世龙，上党郡武乡县（今山西榆社北）人，羯族。十六国时期后赵开国皇帝。西晋八王之乱后，投靠汉光文帝刘渊，累迁幽、并二州刺史，册封汲郡公、上党郡公、陕东伯。至刘曜为前赵主，复加官至太宰，领大司马、大将军，进爵赵公、赵王。晋元帝大兴二年（319）自称大将军、大单于、赵王，设官建国，史称后赵。成帝咸和三年（328）灭前赵。五年（330）称赵天王，俄而称帝。谥为明皇帝，庙号高祖。

⑥本道：本地道府。道，古代行政区划名。

⑦至德：唐肃宗李亨年号（756—758）。

**【译文】**

张九龄，唐玄宗开元年间任中书令。范阳节度使张守珪上奏说他手下的将领安禄山在征战中频频失利，要求将他押送到京城处以死刑。张九龄在奏折上批示说："从前司马穰苴出兵，一定要杀掉违反军纪的庄贾；孙武演练阵法时，也杀了违令的嫔妃。现在如果想要张守珪的军令顺利推行，安禄山就不应该免除死刑。"等到安禄山到了中书省，张九龄和他交谈了很长时间，于是上奏请求杀了他，来杜绝将来的祸患。唐玄宗说："你不要觉得自己能像王夷甫识破石勒一样，就杀害忠良之臣。"反而又给安禄山加官进爵，并放他回去了。到了唐肃宗至德初年，唐玄宗在成都念及张九龄的先知先觉，追封他为司徒，并派使臣到韶州祭吊。

406.李相夷简未登第时①，为郑县丞。泾军之乱，有使走驴东去甚急，夷简入白刺史曰："京城有故②，此使必非朝命，请执问。"果朱泚使滔者③。

**【注释】**

①李相夷简未登第时：本条采录自《国史补·执朱泚使者》。李相夷简，即李夷简，字易之。李唐宗室、大臣。贞元二年（786）登进士第，又中拔萃科，授蓝田尉。历官监察御史、饶州刺史、户部郎中、御史中丞、山南东道节度使等职，十三年（797）召为御史大夫，拜门下侍郎、同平章事。同年自请出为淮南节度使。后改检校左仆射兼太子少师，分司东都。卒赠太子太保。

②京城有故：原书此句句首有一"闻"字，当据补。

③果朱泚使滔者：《新唐书·李夷简传》记载："以宗室子始补郑丞。德宗幸奉天，朱泚外示迎天子，遣使东出关至华，候吏李翼不敢问。夷简谓曰：'泚必反。……请验之。'翼驰及潼关，果得召符。"朱泚，幽州昌平（今北京昌平区）人。唐中期将领。初为卢龙节度使李怀仙部将，任经略副使。代宗大历三年（768）与朱希彩等杀怀仙。后希彩为将士所杀，军众推其为留后，旋任节度使。唐

德宗即位,授太子太师、凤翔尹,后迁太尉。建中四年(783)泾原兵变后,被拥立为帝,国号大秦,年号应天。兴元元年(784)改国号为汉,自号汉元天王。旋为李晟击败,逃至彭原,被部将韩旻等所杀。滔,即朱泚之弟朱滔。唐代宗大历九年(774)授殿中监、权知幽州节度留后、御史大夫。翌年奉命讨伐魏博田承嗣、成德李惟岳叛乱,加授检校司徒、卢龙军节度使,后受封通义郡王。德宗建中三年(782)自称大冀王。泾原兵变后,朱泚僭位称帝,封朱滔为皇太弟,后为王武俊所败。

## 【译文】

宰相李夷简没有考中进士时,任郏县县丞。泾原兵哗变时,有一个使者骑着驴向东走得很急,李夷简对刺史说:"京城有变故,这个使者一定不是朝廷派出来的,请把他抓来审问。"果然是叛军的首领朱泚指派给他弟弟朱滔送信的人。

407.德宗自复京阙①,常恐生事,方镇有兵,必姑息之。唯浑瑊奏事②,不过③,辄私喜曰:"上不疑我④。"

## 【注释】

①德宗自复京阙:本条采录自《国史补·浑令喜不疑》。京阙,指皇宫。亦借指京城。

②浑瑊(jiān):本名进,唐铁勒九姓浑部,世为唐将,代袭皋兰都督。早年随父征战。安史之乱时,先后为李光弼、郭子仪、仆固怀恩的部将,大小数十战,军功最盛,官至左金吾卫大将军。德宗建中四年(783)朱泚叛乱,浑瑊大破数万叛军,并率军收复京师,因功拜授行在都知。又与马燧平定李怀光之乱,因功授检校司空,出镇河中。卒赠太师。

③不过:《资治通鉴·唐纪·德宗贞元十五年》记载此事,胡三省注

曰:"唐制,凡奏事得可者,皆过门下省、中书省;不过者,寝其奏不下也。"

④上不疑我:《新唐书·浑瑊传》记载:"贞元后,天子常恐藩侯生事,稍桀骜则姑息之,惟瑊有所奏论不尽从可,辄私喜曰:'上不疑我。'"

**【译文】**

唐德宗自从再次回到京城,经常担心发生事端,因为节度使手握兵权,所以德宗都会无原则地宽恕他们。只有浑瑊向德宗陈奏事情时,经常不被通过,于是浑瑊就私下高兴地说:"皇上不怀疑我。"

408.顺宗风噤不言①,太子未立,牛美人有异志②。上乃召学士郑絪于小殿,草立太子诏。絪执笔不请而书"立嫡以长"四字,跪呈。顺宗然之,乃定。

**【注释】**

①顺宗风噤不言:本条采录自《国史补·郑絪草诏书》。风噤,指口噤不开的病症。

②异志:二心,叛离之心。

**【译文】**

唐顺宗生病不能说话,太子的人选还没有确定,牛美人对此有自己的打算。于是唐顺宗叫学士郑絪到小殿,命令他起草确立太子的文书。郑絪拿着笔不加请示,在纸上写了"立嫡以长"四个字,跪着呈送给顺宗。顺宗认为很有道理,就将这件事确定了下来。

## 赏誉

409.贞观中①,蜀人李义府八岁,号神童。至京师,太

宗在上林苑便对,有得乌者,上赐义府,义府登时进诗曰:
"日里扬朝彩,琴中伴夜啼。上林多许树,不借一枝栖[2]。"
上笑曰:"朕今以全树借汝。"后相高宗。

**【注释】**

①贞观中:本条采录自《芝田录》。

②"日里扬朝彩"几句:语出唐李义府的《咏乌》。是说乌鸦早晨迎
　　着阳光飞翔,夜晚伴着琴声啼叫。上林苑里那么多的树木,却没
　　有它可托身的枝条。

**【译文】**

　　唐太宗贞观年间,蜀地有位叫李义府的八岁小孩,被时人誉为神童。
他来到长安,唐太宗在上林苑接见了他,当时有人捉住了一只乌鸦献给
唐太宗,太宗将它赐给李义府,李义府立刻就向太宗献了一首诗说:"日
里扬朝彩,琴中伴夜啼。上林多许树,不借一枝栖。"唐太宗笑着说:"我
现在就借给你一整棵树。"后来李义府在高宗朝任宰相。

　　410.玄宗燕诸学士于便殿[1],顾谓李白曰:"朕与天后
任人如何[2]?"白曰:"天后任人,如小儿市瓜,不择香味,唯
取其肥大者[3]。陛下任人,如淘沙取金,剖石采玉,皆得其精
粹[4]。"上大笑。

**【注释】**

①玄宗燕诸学士于便殿:本条采录自《开元天宝遗事·任人如市
　　瓜》。便殿,即别殿,别于正殿而言,为古时皇帝休憩闲宴之所。

②天后:指武则天。唐高宗永徽六年(655)废王皇后,立武宸妃
　　(则天)为后。高宗称天皇,武后称天后。事见《旧唐书·则天皇

　　《后纪》。

　　③唯取其肥大者：原作"唯取肥大"，据齐之鸾本、《历代小史》本校补。

　　④精粹：精华。指事物最精美部分。

【译文】

　　唐玄宗在便殿里设宴招待诸位学士，他回头看着李白说："我与天后相比，在用人方面怎么样？"李白回答说："天后用人，就像小孩儿买瓜，不选择味道好的，只选取个头儿大的、长得肥的。陛下您用人，如同冲刷砂砾淘取黄金，剖开石头采取玉石，选择的都是其中的精华。"玄宗听了大笑。

　　411.德宗每年征四方学术直言极谏之士①，至者萃于阙下，上亲自考试，绝请托之路。是时文学相高②，当途者咸以推贤进善为意。上试制科于宣德殿③。或下等者，即以笔抹之至尾。其称旨者④，必吟诵嗟叹；翊日⑤，遍示宰相学士，曰："此皆朕之门生。"公卿无不服上精鉴。宏词独孤授吏部试《放驯象赋》⑥，上自考之，称其句曰："化之式孚，则必受乎来献；物或违性，斯用感于至仁⑦。"上特书第三等。先是代宗时外方进驯象三十二，上即位，悉令放荆山之南。而授献赋不伤于顾忌⑧，上赏其知去就⑨。

【注释】

　　①德宗每年征四方学术直言极谏之士：本条采录自《杜阳杂编》。学术，指治国之术。

　　②文学：儒生。亦泛指有学问的人。

　　③宣德殿：当为宣政殿。

　　④称旨：符合上意。

⑤翊日：同"翌日"，第二天，明日。

⑥独孤授：原书作"独孤受"。唐代宗大历十四年（779）登进士
　　第，又举博学宏词科，余不详。长于辞赋，其《放驯象赋》为唐德
　　宗称赏。

⑦"化之式孚"几句：这几句是对唐代宗怀柔之举以及唐德宗仁爱之
　　心的赞美，是说代宗和德宗不论是接纳还是放归都有王者之风。

⑧授献赋不伤于顾忌：原书作"受不辱其受献，不伤放弃"。

⑨去就：指符合礼节的行动。犹体面，规矩。

**【译文】**

唐德宗每年下令征召全国各地有治国之术，且敢于用正直的言论谏
诤的才学之士，被举荐来的人聚集在京城，德宗亲自主持考试，杜绝了托
人说情等不正之风。这一时期儒生互相推重，掌权的人都为推荐贤士、
引进有才学的人而尽心尽力。德宗在宣政殿设立制科考试。有时遇到
写得不好的，德宗就用笔涂抹至结尾。遇到称心的文章，他必定会吟咏
赞叹；第二天，德宗便把考试的文章拿给宰臣和学士们看，并说："这些都
是我的学生。"满朝的官员都很叹服德宗高明的鉴别能力。参加宏词科
考试的独孤授在吏部的考试中写了一篇《放驯象赋》，德宗亲自主持他
的考试，在读过之后，非常赞赏赋中的几句："化之式孚，则必受乎来献；
物或违性，斯用感乎至仁。"所以德宗特地在他的名下写了第三等。早在
代宗朝时，外国进贡了驯象三十二头，德宗即位后，命令全部放归荆山的
南面。独孤授在赋中既没有说接受进贡不对，也没说把驯象放回山中不
好，德宗很欣赏他理解皇上的心意。

412.白居易应举，初至京，以诗谒顾著作况①。况睹姓
名，熟视曰："米价方贵，居亦不易。"及披卷②，首篇曰："咸
阳原上草，一岁一枯荣。野火烧不尽，春风吹又生③。"乃嗟
赏曰："道得个语，居即易也。"因为之延誉④，声名遂振。

**【注释】**

①"白居易应举"几句：本条采录自《幽闲鼓吹》。据朱金城《白居易年谱》，贞元四年（788）以前白居易没有赴长安的可能。贞元五年后，顾况先被贬饶州，后又去了苏州。白居易以诗谒顾况之事，可能发生在饶州及苏州。顾著作况，即顾况，字逋翁，号华阳山人，苏州（今属江苏）人。唐朝大臣、诗人、画家、鉴赏家。肃宗至德二载（757）进士及第。代宗大历间曾至滁州等地，又至江西，与李泌等交往。德宗建中、贞元之际，从韩滉为镇海军节度判官。柳浑辅政，召为校书郎，迁著作郎。后贬饶州司户。顾况性诙谐放任，好佛老。有诗名，尤长于歌行。

②披卷：开卷，读书。

③"咸阳原上草"几句：语出白居易《赋得古原草送别》一诗。是说古老原野上的草繁盛茂密，一年之中，一度枯萎，又再次繁荣。野火无法烧尽遍地的野草，春风吹来大地又是一片绿意盎然。

④延誉：播扬名誉。语出《国语·晋语》："使张老延君誉于四方。"

**【译文】**

白居易当初去参加科举考试，刚到京城，便拿着自己所写的诗歌去拜见著作郎顾况。顾况看到白居易诗稿上的名字，凝视着他说："长安米价很贵，居住也不容易。"等到打开诗稿，看到第一首诗是："咸阳原上草，一岁一枯荣。野火烧不尽，春风吹又生。"于是赞叹道："能写出这样的诗句，住下来也就容易。"由此顾况开始向别人推荐宣传白居易的才学，白居易的名声便传播开来。

413.李贺以歌诗谒韩愈①，愈时为国子博士分司②。送客归，极困。门人呈卷，解带，旋读之。首篇《雁门太守行》云："黑云压城城欲摧，甲光向日金鳞开③。"却缓带④，命迎之。

**【注释】**

①李贺以歌诗谒韩愈：本条采录自《幽闲鼓吹》。

②分司：即分司官。职官名。唐以洛阳为东都，设官分职一如京师，称为分司官，但不全置。

③黑云压城城欲摧，甲光向日金鳞开：语出李贺《雁门太守行》一诗。这两句是说敌兵滚滚而来，犹如黑云翻卷，像要摧倒城墙，战士们的铠甲在阳光照射下金光闪烁。

④缓带：放宽衣带。形容悠闲自在，从容不迫。

**【译文】**

李贺曾经拿着自己的诗歌去拜见韩愈，韩愈当时任国子监博士，在洛阳工作。他刚刚送走客人回来，非常疲乏。门人呈上李贺的诗卷，韩愈解开衣带，随即读这些诗。第一首《雁门太守行》写道："黑云压城城欲摧，甲光向日金鳞开。"韩愈重新系好解开的衣带，立即让门人将李贺迎进来。

414.广平程子齐昔范①，未举进士日，著《程子中暮》，韩文公称叹之②。及赴举，干主司曰③："程昔范不合在诸生之下。"当时不第，人以为屈。庾尚书承宣知贡举④，程始登第，以试正字从事泾原军⑤。李逢吉在相位，见其书，特荐，拜右拾遗，竟因逢吉湮厄而没⑥。其立身贞苦，能清谈乐善，士多附之。与堂舅李信州虞相善⑦，又交裴夷直⑧，皆士林之望也。

**【注释】**

①广平程子齐昔范：本条采录自《因话录·商部》。程子齐昔范，即程昔范。宪宗元和年间登进士第。穆宗、敬宗时依附宰相李逢

吉。穆宗长庆间,李逢吉荐其为左拾遗。敬宗时,与张又新、李续之等八名党人及附会者八人共十六人,吹捧李逢吉,时人称"八关十六子"。后坐逢吉累,湮厄而没。

②韩文公:即韩愈。韩愈谥号文,故称韩文公。

③干:形容说话太粗太直(不委婉)。主司:指科举的主考官。

④庾尚书承宣:即庾承宣。德宗贞元八年(792)登进士第。十年(794)中博学宏词科。摄郑、滑等州观察判官。宪宗元和年间任殿中侍御史,以中书舍人权礼部侍郎知贡举。穆宗长庆间由刑部侍郎迁尚书右丞,寻出为陕虢观察史。敬宗宝历年间累迁吏部侍郎、京兆尹、御史大夫。后历任吏部侍郎、太常卿。

⑤正字:官名。北齐始置,隋、唐、宋沿置,与校书郎同掌详定典籍,刊正文章。《隋书·百官志》:"(北齐)秘书省,典司经籍,监、丞各一人,郎中四人,校书郎十二人,正字四人。"从事:任职。

⑥湮厄(yān è):沉沦困顿,困厄。

⑦李信州虞:即李虞,亳州谯(今安徽亳州)人。初隐居虢州华阳山。穆宗长庆中,怨族叔李绅,遂依附宰相李逢吉,擢为拾遗。与张又新等皆党附逢吉,时称"八关十六子"。敬宗宝历元年(825)贬河南士曹参军。文宗大和三年(829)任左补阙。开成初自员外郎出为岳州刺史。

⑧裴夷直:字礼卿,吴(今江苏苏州)人。唐宪宗元和十年(815)登进士第,曾任左拾遗。文宗时为左司、吏部两员外郎,迁中书舍人。武宗立,任杭州刺史、瓘州司户参军。宣宗时历任江、华二州刺史,后又复入为兵部郎中。宣宗大中时任苏州刺史、华州刺史、潼关防御、镇国军等使,官终散骑常侍。夷直有诗名,其诗多为绝句,内容以感怀酬赠之作为多。

## 【译文】

广平程昔范没有中进士之前,著《程子中蘉》,韩愈看了赞叹不已。

等到入京参加进士考试，他直率地对主考官说："程昔范不应该在各位考生之下。"那一次他没有考中，人们都为他叫屈。后来尚书庾承宣主持进士考试，程昔范才登进士第，以试正字在泾原军中任职。李逢吉任宰相时，见到了他的书，特地举荐他，任右拾遗，最终却因为李逢吉的牵连，沉沦困顿而隐没。程昔范为人坚贞刻苦，言论清新高雅，爱做好事，喜欢施舍，文士很多都依附于他。程昔范与堂舅信州刺史李虞友善，又与裴夷直交好，这两个人都是文人士大夫阶层中有声望的人。

415.元稹在鄂州①，周复为从事②。稹尝赋诗，命院中属和③，周簪笏见稹曰④："某偶以大人往还高门，谬获一第，其实诗赋皆不能。"稹曰："遽以实告，贤于能诗者。"

**【注释】**

①元稹在鄂州：本条采录自《幽闲鼓吹》。

②周复：唐朝人，生平经历均不详。

③属（zhǔ）和：指和别人的诗。

④簪笏（hù）：冠簪和朝笏。古代官员所用，常借指为官或官职。笏，古代朝会时大臣所执的手板，有事则属于笏上，以备遗忘。

**【译文】**

元稹在鄂州任武昌军节度使时，周复任从事。元稹曾经写了一首诗，让院中的人唱和，周复穿戴整齐来拜见元稹说："我偶然因为大人您的原因往来于富贵人家，被别人夸赞获得第一等，其实我写诗作赋都不会。"元稹说："能够以实相告，比那些擅长写诗的人贤德。"

416.刘侍郎三复，初为金坛尉。李卫公镇浙西，三复代草表云①："山名北固，长怀恋阙之心；地接东溟，却羡朝宗之路②。"卫公嘉叹，遂辟为宾佐。时杭州有萧协律悦③，善画竹，家酷贫。白居易典郡④，尝叙云："悦之竹举世无伦，颇自秘重⑤，有终岁求其一竿一枝不得者。"又遗之歌曰："余杭邑客多羁贫，其中甚者萧与殷。天寒身上犹衣葛，日高甑中未扫尘⑥。"悦年老多病，有一女未适。他日，病且亟，谓其女曰："吾闻长史刘从事，非有通家之旧⑦，复无举荐之力。欻自案：此下原阙一字。众为贤侯幕府⑧，必有足观者。今知未婚，吾虽未识，当以书托汝。"三复览其书，数日未决。会夜梦有黄衣使，致藁一束于其门。翊日，言于卫公，公曰："藁，萧也。此固定矣。"三复遂成婚。

**【注释】**

①草表：草拟奏章。

②"山名北固"几句：语出刘三复《谢御书表》。恋阙，留恋宫阙。旧时用以比喻心不忘君。朝宗，古代诸侯春、夏朝见天子。后泛称臣下朝见帝王。《周礼·大宗伯》："春见曰朝，夏见曰宗，秋见曰觐，冬见曰遇。"

③萧协律悦：即萧悦，兰陵（今山东苍山兰陵镇）人。唐代中期著名画家，擅长画竹。《宣和画谱》著录其画作五幅。

④典郡：主管一郡政事，谓任郡守。

⑤秘重：珍视宝重。

⑥"余杭邑客多羁贫"几句：语出白居易《醉后狂言酬赠萧、殷二协律》。邑客，居住在城镇里的人。葛，夏衣的代称。

⑦通家：世代有交谊的人家。

⑧欻（xū）：快速。案：据周勋初《校证》，此案语当是《永乐大典》编者或《四库全书》馆臣所加。

## 【译文】

侍郎刘三复,初任金坛尉。李德裕镇守浙西,刘三复替他草拟奏章说:"山名北固,长怀恋阙之心;地接东溟,却羡朝宗之路。"李德裕看了赞叹不已,于是委任他为宾佐。当时杭州有一位协律名叫萧悦,擅长画竹,家里极其贫困。白居易任杭州刺史,曾经说过:"萧悦画的竹子全世界没有可与之比的,他自己也很珍视宝重,有一整年求他画一杆一枝竹子而得不到的人。"白居易还送给他一首歌诗说:"余杭邑客多羁贫,其中甚者萧与殷。天寒身上犹衣葛,日高甑中未扫尘。"萧悦年老多病,有一个女儿还没出嫁。过些日子萧悦病重,他对女儿说:"我听说长史刘三复,既没有世交之人,也没有别人举荐他。很快靠自己案:这个字下面原书缺失一字。许多人都推举他为有德有位之人的幕僚,一定有值得欣赏的地方。现在知道他还没有成家,我虽然不认识他,但我写封信把你托付给他。"刘三复看了萧悦的信,几天没有做出决定。刚好晚上梦见有一个穿着黄色衣服的使者,在门口给他放了一束禾秆。第二天他把梦中的情形告诉了李德裕,李德裕说:"薰,就是萧。这是不能改变的事情。"于是刘三复就与萧悦的女儿结了婚。

417.白敏中在郎署①,未有知者,虽李卫公器之②,多所延誉,然而无资用以奉僚友③。卫公遗钱十万,俾为酒肴,会省阁诸公宴④。已有日。时秋霖涉旬日⑤,贺拔惎员外求官未得⑥,将欲出京,来别。惎与敏中同年。主阍者告以方候朝官⑦,缪以他适对。惎驻车留书,叙羁游之困。敏中得书,叹曰:"士穷达当有时命,苟以侥倖取容,未足发吾身。岂有美馔上邀当路豪贵,而遗登第故人?"遂令召惎先宴。既而朝客来,闻与惎宴,众人咸去。他日,见卫公。问来者谁,敏中具对:"以留惎,负于推引。"卫公亦称云:"此事真古人所为。"綮自后以评事先拜,而敏中以库部郎中入翰林为学士,未逾三年,为丞相。

**【注释】**

①白敏中在郎署:本条采录自《剧谈录·李朱崖知白令公》。

②李卫公:即李德裕,唐武宗时封卫国公,故称。

③僚友:同官的人,共事的人。《礼记·曲礼上》:"夫为人子者,三赐不及车马。故州闾乡党称其孝也,兄弟亲戚称其慈也,僚友称其弟也,执友称其仁也,交游称其信也。"郑玄注:"僚友,官同者。"

④省阁(gé):尚书省的别称。

⑤秋霖:秋日的淫雨。

⑥贺拔惎(jì)员外求官未得:原书作"贺拔惎任员外府罢,求官未遂"。贺拔惎,唐穆宗长庆二年(822)登进士第,官至员外郎,有书名。

⑦主阍者:古代负责看守门户的人。

**【译文】**

白敏中在郎署任职时,没有人了解他,只有卫国公李德裕很器重他,在很多地方赞扬他,但白敏中没有钱,无法宴请同僚。李德裕给了他十万文钱,让他用以置办酒菜,并邀请尚书省的官员赴宴。过了一些日子,当时正是秋天,雨下了十几天,贺拔惎被免去了员外郎职务,还没有谋求到新的职位,准备外出,来和白敏中告别。贺拔惎和白敏中是同一年考中的进士。守门的人把正在等候朝廷前来赴宴官员的事告诉了他,并欺骗贺拔惎说白敏中去了别的地方。贺拔惎停车给白敏中写了封信,叙写他羁旅无定的困境。白敏中看了贺拔惎的信感叹道:"士人困顿与显达都是时运的安排,如果靠侥幸讨好别人以求自己安身,不值得我奋力追求。哪里有用美食招待当世的豪强富贵之人,却忘了一同考中进士的老朋友?"于是命令招呼贺拔惎先赴宴。一会儿参加宴会的官员来了,他们听说要与贺拔惎一同宴饮，就都离开了。过了几天，白敏中见到了李德裕。李德裕问他来参加宴会的都有谁，白敏中回答说："因为我留下了贺拔惎，所以辜负了您举荐的好意。"李德裕听了也称赞白敏中说："这件事做的真有古人的风范。"之后，贺拔惎先被任命为评事，白敏中由库部郎中改任翰林学士，不到三年，就成为宰相。

418. 大中末①，谏官献疏，请赐白居易谥。上曰："何不读《醉吟先生墓表》②？"卒不赐谥。弟敏中在相位，奏立神道碑③，使李商隐为之④。

**【注释】**

①大中末：本条采录自《贾氏谈录》。

②《醉吟先生墓表》：白居易为自己写的墓志铭，不仅叙述了自己的生平，还交代了身后事："我殁……无请太常谥，无建神道碑。"

③神道碑：旧时立于墓道前记载死者生平事迹的石碑。

④李商隐：字义山，号玉溪生，怀州河内（今河南沁阳）人。晚唐著名诗人。唐文宗开成二年（837）进士及第，起家秘书省校书郎，累官东川节度使判官、检校工部员外郎。初为牛党令狐楚幕府，后又娶李党泾原节度使王茂元女。卷入牛李党争的政治旋涡，备受排挤，一生困顿不得志。工于诗，与温庭筠并称"温李"。其作品典丽精工，长于抒情。

**【译文】**

唐宣宗大中末年，谏官呈上奏疏，请求赐给白居易谥号。宣宗说："你们为什么不读一下《醉吟先生墓表》？"最终没有赐白居易谥号。白居易的从弟白敏中当时任宰相，上奏朝廷请求设立神道碑，让李商隐写石碑上纪念白居易生平事迹的文字。

419.宣宗舅郑仆射光,镇河中。封其妾为夫人,不受,表曰:"白屋同愁①,已失凤鸣之侣②;朱门自乐③,难容乌合之人④。"上大喜,问左右曰:"谁教阿舅作此好语?"对曰:"光多任一判官田询者掌书记⑤。"上曰:"表语尤佳,便好与翰林一官⑥。"论者以为不由进士,又寒士,无引援⑦,遂止。

**【注释】**

①白屋:指不施采色、露出本材的房屋。一说指以白茅覆盖的房屋。为古代平民所居。

②凤鸣:凤凰鸣唱。比喻夫妻感情和洽。

③朱门:红漆大门。指贵族豪富之家。

④乌合之人:像乌鸦聚集在一起的人。形容临时凑合的毫无组织纪律的一群人。乌合,像乌鸦聚集在一起。

⑤田询:唐宣宗时人,曾任河中节度使判官。

⑥便好与翰林一官:原作"便好作翰林官",据齐之鸾本、《历代小史》本校改。

⑦引援:举用提拔。

**【译文】**

唐宣宗的舅舅仆射郑光,镇守河中。朝廷封他的小妾为夫人,郑光没有接受,向朝廷上表说:"白屋同愁,已失凤鸣之侣;朱门自乐,难容乌合之人。"宣帝非常高兴,问身边的大臣说:"是谁教舅舅写出这么好的话语?"回答说:"郑光任用了一个叫田询的判官掌管文书工作。"宣宗说:"这封奏表语言很好,可以赏给他翰林学士的官职。"讨论这件事的官员认为田询不是进士出身,还是寒门学士,不能举用提拔,于是就没提拔他。

420.光德刘相宗望举进士[①],朔望谒郑太师从谠[②]。阍者呈刺,裴侍郎瓒后至[③],先入从容,乃召刘秀才。刘相告以主司在前,不敢升坐[④]。隅拜于副阶上[⑤],郑公降而揖焉。郑公伫立,目送之,久方回。乃谓瓒曰:"大好及第举人。"瓒唯唯。明年,为门生[⑥]。

**【注释】**

①光德刘相宗望举进士:本条采录自《金华子》。原书此句作"光德相国崇望",《旧唐书》《新唐书》均作"崇望",当据改。《新唐书》:"光德,崇望所居坊也。"刘崇望,字希徒,河南洛阳(今属河南)人。刘崇龟弟。懿宗咸通十五年(874)进士及第。佐宣歙王凝为转运巡官。累迁监察御史、弘文馆学士,转司勋、吏部二员外郎。僖宗时擢翰林学士。昭宗即位,拜中书侍郎、同平章事。曾劝宰相张濬不要讨伐太原。后濬伐太原失败,被黜,代为门下侍郎、监修国史、判度支。官终兵部尚书。卒赠司空。

②朔望:朔日和望日。旧历每月的初一日和十五日。亦指每逢朔望的朝谒之礼。郑太师从谠:即郑从谠,字正求,郑州荥阳(今河南荥阳)人。司徒郑馀庆之孙。武宗会昌二年(842)进士及第,历拾遗、补阙、尚书郎、知制诰。寻迁中书舍人。懿宗咸通中知贡举,拜礼部侍郎,转吏部。僖宗立,召为刑部尚书,久之,擢同中书门下平章事,进门下侍郎。后改检校兵部尚书、汴州刺史、宣武军节度观察等使。卒于太子太保,谥号文忠。

③裴侍郎瓒:即裴瓒,字公器。僖宗乾符年间历任礼部侍郎、检校左散骑常侍、潭州刺史、御史大夫、湖南观察使。官终礼部尚书。

④升坐:亦作"升座"。登上座位。此处指登堂、上堂。

⑤副阶:指殿、阁主体建筑四周环绕的回廊。

⑥门生：科举时代及第者对主考官自称"门生"。

**【译文】**

宰相刘崇望当初考进士时，朔、望日去谒拜太子太师郑从谠。守门的人呈上他的名刺，礼部侍郎裴瓒后来，他先悠闲地进去后，才召见秀才刘崇望。刘崇望禀告说科举的主试官在前，不敢登堂。只在主殿外回廊的角落拜谒，郑从谠下堂在回廊回拜。郑从谠长时间站在那里目送他，很久才回来。于是对裴瓒说："这是极好的一个进士及第的举人。"裴瓒也表示同意。第二年，刘崇望进士及第，成为裴瓒的门生。


421.令狐滈、弟澄①，皆好文。自楚及澄，三世掌诰命②，有称科场中③。


**【注释】**

①令狐滈（hào）、弟澄：本条采录自《金华子》。本条与下第422条原合为一条，本书据原书分列。令狐滈，宜州华原（今陕西铜川耀州区）人。令狐绹之子。宣宗大中十三年（859）举进士，起家长安县尉、集贤院校理。懿宗咸通中迁右拾遗、史馆修撰，担任詹事府司直。骄纵不法，受贿卖官，人称"白衣宰相"。僖宗乾符中拜左护卫将军。为众官所非议，仕途不达。不知所终。弟澄，即令狐澄。登进士第，累辟使府。懿宗咸通中为浙西观察判官。僖宗乾符间官中书舍人。

②诰命：朝廷颁布的命令。

③科场：指科举考试的场所。

**【译文】**

令狐滈与其弟令狐澄都喜好文学。从令狐楚到令狐澄，三代掌管皇帝的诏令，在科场中广受称颂。

422.令狐滈以父为丞相,未得进。滈出访郑侍郎,道遇大尹,投国学避之①。遇广文生吴畦②,从容久之。畦袖卷呈滈,由是出入滈家。滈荐畦于郑公,遂先滈一年及第③,后至郡守。

**【注释】**

①国学:古代指国家开办的学校。

②吴畦:字正祥,温州安固(今浙江瑞安)人。唐宣宗大中年间中进士。初授河南节度判官。唐僖宗广明元年(880)破黄巢之乱,备受朝廷器重。中和间召入朝,授中书令、同平章事。文德时拜谏议大夫。后因语涉权臣,忤逆昭宗,被贬润州刺史,因不安其职,引退归里。

③滈荐畦于郑公,遂先滈一年及第:据清徐松《登科记考》,令狐滈于大中十三年(859)及第,则吴畦当在十二年举进士第。此年知举为李藩,并非郑侍郎。

**【译文】**

令狐滈因为父亲令狐绚为宰相,没有能够参加进士考试。令狐滈外出拜访郑侍郎,在路上碰到府县行政长官,就投奔国学馆躲避。他在国学馆遇到了广文生吴畦,两个人闲谈了很久。吴畦从衣袖里拿出诗卷呈给令狐滈,因此得以出入令狐滈家。令狐滈向郑侍郎举荐吴畦,吴畦就先令狐滈一年进士及第,后来官至郡守。

423.懿宗尝行经延资库①,见广厦钱帛山积,问左右:"谁为库?"侍臣对曰:"宰相李德裕。以天下每岁度支备用之余②,尽实于此。自是以来,边庭有急,支备有乏。"上曰:"今何在?"曰:"顷坐吴湘贬崖州③。"上曰:"有如此功,微罪岂合诛谴④！"由是刘邺进表雪冤，遂许加赠。

**【注释】**

①懿宗尝行经延资库：本条采录自《金华子·杂编》。《资治通鉴·唐纪·咸通元年》考异引《金华子·杂编》作"宣宗尝私行经延资库"。延资库，唐后期为支付边防费用而设立的专库。始于武宗会昌五年（845）九月，李德裕奏请置备边库，以度支郎中主管，库存钱物每年由户部和度支盐铁提供。同时，收纳诸道所进助军财物。宣宗大中三年（849）改名延资库。

②度支：官署名。三国魏始设度支尚书，掌管邦国财赋之出入。历代多有沿置。隋改为民部，唐又改称户部。其皆有度支司。以郎中、员外郎为长贰，掌邦国财政预算开支。后置度支使专领其事。

③吴湘：武宗会昌四年（844）为扬州江都县尉。部人讼之受赃狼藉，淮南节度使李绅使观察判官鞠之，论罪处死。

④诛谴：诛杀贬谪。

**【译文】**

唐懿宗曾经行路时经过延资库，看到宽广高大的房屋内钱帛堆积如山，问身边的人说："是谁置备的延资库？"陪侍的大臣回答说："是宰相李德裕。他把全国每年度支司预算开支后多余的钱帛，全部都充实到这里。从置备以来，防卫边境的官署有急用，支出没有匮乏之过。"懿宗说："李德裕现在在哪里？"回答说："不久前因为吴湘事件连坐被贬崖州。"懿宗说："具有如此大的功绩，一点小罪过怎么能诛杀贬谪？"因此刘邺上奏疏替李德裕洗刷冤屈，于是朝廷准许给李德裕加赠官位。

424.刘仁表①，刘允章门生。初，允章知举，仁表与李都善②，即访之，而谓都曰："仪之③，某为朝廷委任，何以见裨，少塞责乎？"都欲荐其所知者，允章迎谓之曰："谓不言牛、孔，安得岁岁须人？"先是牛、孔数家凭势力，每岁主司为其所制，故允章亦云，适中都所欲言者。都曰："蕴中错也[4]，愿其往之。"案[5]：此句文义难明，疑有脱误。以与允章雅熟，都纳焉，即孔纤也[6]。复授允章以文一轴，发之且大半，曰："此可以与否？"允章佳赏，比及卷首，乃仁表也。允章鄙其轻薄而辞之。都曰："公是遭罹者[7]，奈何复听谗言乎？"于是皆许之。仁表后为华州赵骘幕[8]，尝饮酒，骘命欧阳琳作录事[9]，酒不中者罚之。仁表酒不能满饮，琳罚之，仁表曰："鄂渚尚书解取录事[10]，不解放门生。"时允章镇江夏，仁表皆自谓也。

**【注释】**

①刘仁表：据《登科记考》，可能是郑仁表。郑仁表，字休范。武宗朝宰相郑肃孙，有俊才，文翰高逸。懿宗咸通九年（868）登进士第，先后被华州刺史赵骘、河中节度使杜审权辟为掌书记，加殿中侍御史内供奉，入为起居郎。仁表为人恃才傲物。咸通末，刘邺为宰相时，因罪贬死岭外。

②李都：登进士第。初为荆南从事。唐僖宗乾符五年（878）自户部尚书出为河中节度使，为李重荣所逐。唐僖宗广明时拜为太子少傅。中和间复兼户部尚书，充盐铁转运使，旋罢使职，不知所终。

③仪之：据陶敏《全唐诗作者小传补正》，当为李都之字。

④蕴中：即刘允章。刘允章字蕴中。

⑤案：据周勋初《校证》，此案语当是《永乐大典》编者或《四库全书》馆臣所加。

⑥孔纤：唐朝人，生平未详。

⑦遭罹：遭遇不幸和祸难。

⑧赵骘（zhì）：京兆奉天（今陕西乾县）人。赵隐之兄。唐宣宗大中六年（852）进士。懿宗时累拜中书舍人，转礼部侍郎、御史中丞，累迁华州刺史，官至镇国军节度使。

⑨欧阳琳：字瑞卿，福州闽县（今福建福州）人。欧阳衮之子。懿宗咸通七年（866）进士及第，又中博学宏词科，授秘书正字，累迁侍御史。录事：此处指主持宴席间的应酬事务。

⑩解取：亦作取解。唐朝科举考试中，各道、州、县应举人经所在地解试，其艺业合格者，方能解送礼部参加考试称取解。

**【译文】**

刘仁表是刘允章的门生。当初，刘允章主持进士考试，刘仁表与李都友善，刘允章就去拜访李都，并对他说："仪之，我是朝廷委任的官员，你有什么要指教我的，使我能更好地行使职责？"李都想要举荐他所了解的人，刘允章对他说："都说不要再提牛、孔，他们怎么能每年都必须有中举的人？"在这之前，牛、孔几家凭借势力，每年主持进士考试的官员都被他们左右，所以刘允章也这样说，而这刚好是李都想要说的。李都说："蕴中你错了，愿其往之。"案：这句话文意难懂，怀疑有脱漏和错误。因为与刘允章熟悉，所以李都接受了他的话，这个人就是孔纾。李都又给刘允章诗文一卷，并打开将近一半多，说："这个人能不能登第？"刘允章赞赏其中的诗文，等看到卷首，才发现是刘仁表。刘允章看不起他的轻佻浮薄就拒绝了。李都说："您也是遭遇过困忧的人，怎么能再听毁谤的话呢？"于是刘允章就都答应了。刘仁表后来任华州刺史赵骘的幕僚，曾经与赵骘在一起喝酒，赵骘让欧阳琳做录事，喝酒不符合规范就要被罚。刘仁表喝酒不能倒满杯再饮，欧阳琳就惩罚他，刘仁表说："鄂渚尚书选送录事，不解送门人。"当时刘允章镇守江夏，刘仁表说的是自己。

425.毕相諴家素贱。李中丞者①，有诸院兄弟与諴熟。諴至李氏子书室中，诸子赋诗，諴亦为之。顷者李至，观诸子诗,又见诚所作,称其美。诚初亦避之,李问曰:"此谁作也?"诸子不敢隐,乃曰:"某叔,顷来毕诚秀才作也。"诚遂出见。既而李呼左右责曰:"何令马入池中,践浮萍皆聚,芦荻斜倒?"怒甚,左右莫敢对。诚曰:"萍聚只因今日浪,荻斜都为夜来风。"李大悦,遂留为客。

**【注释】**

①李中丞:生平未详。中丞,职官名,御史中丞的简称。

**【译文】**

唐朝宰相毕诚家素来贫贱。当年他与李中丞家各房的子弟们熟悉。一天,毕诚来到李家子弟们的书房中,他们在写诗,毕诚也跟着写起来。一会儿,李中丞来了,观看子侄们的诗,也看到了毕诚所作的诗,赞叹诗写得好。毕诚一开始也躲着他,李中丞问:"这是谁写的诗?"子侄们不敢隐瞒,就说:"叔叔,是刚才来的毕诚秀才写的。"于是毕诚出来拜见李中丞。一会儿,李中丞呼喝身边的人并责问他们说:"怎么让马进到池塘中,踩踏浮萍致使聚集到了一起,池中的芦苇也因踩踏而倾斜倒下?"表现出非常生气的样子,身边的人都不敢回答。毕诚说:"浮萍聚在一起只因为今天的风浪,芦苇倾倒也是因为夜里刮风。"李中丞非常高兴,于是留他做客。

426.刘仁轨为左仆射①,戴至德为右仆射②,人皆多刘而鄙戴。有老父陈牒③,至德方欲下笔,老父问左右:"此是刘仆射否?"曰:"是戴。"因急就曰④:"此是不解事仆射,却将牒来。"至德笑令授之。戴在职无异迹⑤,当朝似不能言者。及薨,高宗叹曰:"自吾丧至德,无复闻谠言⑥。在时,事有不是者,未尝放过。"因索其前后所陈章奏,阅而流涕,朝廷始重之。

**【注释】**

①刘仁轨为左仆射：本条采录自《隋唐嘉话》。

②戴至德：相州安阳（今河南安阳）人。贞观名相戴胄嗣子。起家东宫千牛，出任江山县令，迁潭州刺史，袭封道国公。高宗乾封二年（667）拜相，任西台侍郎同东西台三品。后迁尚书右仆射。为相慎密无私，为唐高宗所重。卒赠开府仪同三司、并州大都督，谥号为恭。

③老父：原书作"老妇"，下同。《资治通鉴·唐纪·高宗上元二年》八月记载此事作"老妪"。

④就：原书此字下有"前"字，当据补。

⑤异迹：优异的政绩。

⑥谠言：正直之言，直言。

**【译文】**

唐高宗时刘仁轨任左仆射，戴至德任右仆射，当时的人都称道刘仁轨而看不起戴至德。有一个老父呈上诉状，戴至德刚要下笔批示，老父问身边的人说："这个是左仆射刘仁轨吗？"回答说："是戴至德。"老父听了，于是赶紧上前说："这是个不通晓事理的仆射，把诉状还给我。"戴至德笑着让把诉状还给了老父。戴至德任仆射期间没有什么特别突出的政绩，掌权时好像也没什么出众的地方。等到戴至德去世，唐高宗感叹说："自从我失去戴至德，没有再听到忠直之言。戴至德在世的时候，我若有什么做得不对的地方，他总是直言劝谏，从不放过我。"于是高宗要来戴至德前前后后所陈的奏章，边看边流泪，这时朝廷才开始追重戴至德。

427.相国刘公赡①，其先人讳景，本连州人。少为汉南郑司徒掌笺札②。因题商山驿侧泉石，司徒奇之，勉以进修，俾前驿换麻衣③，执贽见之礼④。后解荐⑤，擢进士第，历台省。赡孤贫有艺，虽登科第，不预急流。任大理评事日，饘粥不给⑥，尝于安国寺相识僧处谒飡，留所业文数轴，置在僧几上。致仕刘宾客游寺，见此文卷，甚奇之，怜其贫窭，厚有济恤。又知其连州人，朝无引援，谓僧曰："某虽闲废，能为此人致宰相。"尔后授河中少尹。幕僚有贵族浮薄者蔑视之。一旦有命征入，蒲尹张筵而饯之。轻薄客呼相国为"尹公"曰："归朝作何官职？"相国对曰："得路即作宰相⑦。"此郎官大笑之⑧，在席亦有异言者⑨。自是以水部员外知制诰，相次入翰林，以至拜相。[原注]⑩王屋庭一上人细治之⑪。

## 【注释】

① 相国刘公赡：本条采录自《北梦琐言·河中饯刘相瞻》。原书"赡"作"瞻"，当据改。又，据《旧唐书·刘瞻传》和《新唐书·刘瞻传》，刘瞻为彭城人。刘瞻，字几之，徐州彭城（今江苏徐州）人。刘景之子。唐文宗太和初年进士擢第，又登博学宏词科。历佐使府，累迁太常博士。刘瑑为相时，荐为翰林学士。咸通十年（869）任中书侍郎同平章事、集贤殿大学士。后因上书直言，罢相，出为荆南节度使。于路再贬为康州刺史。僖宗即位后，徙为虢州刺史。乾符时入为刑部尚书。再为中书侍郎、同中书门下平章事。

② 郑司徒：即郑绹。笺札：书信。

③ 前驿：原作"之"，据齐之鸾本、《历代小史》本校改。

④ 贽见：携赠礼品求见。

⑤ 解荐：推荐选送。

⑥ 饘（zhān）粥：稀饭。

⑦得路：指仕途得志。

⑧郎官：原书无"官"字，当据删。

⑨异：原书此字下有"其"字，当据补。

⑩原注：此注原阙，据齐之鸾本、《历代小史》本补。

⑪庭一上人：原书作"匡一上人"。治：原书作"话"，当据改。

### 【译文】

宰相刘瞻，他的父亲名景，连州人。刘瞻年轻时在汉南司徒郑绌的幕府执掌文书之事。他曾在商山驿站旁的泉石上题词，郑司徒看见后十分惊异，勉励他不断进取，并换上常服拿着礼品去驿站会见他。后来刘瞻被推荐，考中了进士，先后在中书、门下、尚书等各部门任过职。刘瞻孤单贫寒但很有才能，他虽考中了进士，但并没有急流猛进。在担任大理评事时，每天连稀饭都喝不上，他曾到安国寺一个认识的和尚那里去求食，把自己写作的数卷文章放在了和尚的几案上。已经退休的刘宾客来寺中游玩，看见了刘瞻的作品，很惊奇，他很怜悯刘瞻的贫寒，给了他很多救济。又知他是连州人，朝廷还没有重用，刘宾客对那个和尚说："我虽然离职闲居了，但一定能让此人官致宰相。"此后刘瞻便被任命为河中少尹。幕客中有些贵族出身的轻薄之人轻视他。有一天皇帝突然下诏召他入朝做官，府尹为他举行了隆重的饯行仪式。先前那些轻视他的幕客都称他为尹公，问他说："到朝廷里做什么官？"刘瞻答道："仕途得志就做宰相。"这些幕客都笑他，在座的人中也有惊异于他话的人。刘瞻很快便从水部员外升任为知制诰，旋即又进入翰林院，直至官拜宰相。

[原注]王屋庭一上人细说刘瞻的事。

428.郑愚尚书①，广州人。雄才奥学。擢进士第，扬历清显②，声称煊然③，而性本好华，以锦为半臂。崔魏公铉镇荆南，郑除广南节制经过④，魏公以常礼延遇。郑举进士时，未尝以文章及魏公门。此日于客次换麻衣⑤，先贽所业。魏公览其卷首，寻已，赏叹至三四，不觉曰："真销得锦半臂也。"又以魏公故相，合具军仪廷参⑥，不得已而受之。魏公曰："文武之道⑦，备见之矣。"其钦服形于辞色也。或曰："郑公因醉眠，左右见一白猪。"盖杜征南蛇吐之类⑧。

**【注释】**

①郑愚尚书：本条采录自《北梦琐言·郑愚尚书锦半臂》。

②扬历：谓显扬贤者居官的治绩。后多指仕宦的经历。清显：清要显达的官位。

③烜（xuǎn）然：显赫的样子。

④节制：唐时节度使的别称。

⑤客次：接待宾客的处所。《资治通鉴·后汉纪·隐帝乾祐二年》："守恩犹坐客次。"胡三省注："客次，犹今言客位也。坐于客次以俟见。"

⑥廷参：在廷前参见。《资治通鉴·后唐纪·明宗长兴四年》："癸未，中书奏节度使见元帅仪，虽带平章事，亦以军礼廷参，从之。"胡三省注："今望令诸道节度使以下，凡带兵权者，见元帅，阶下具军礼参见。"

⑦文武之道：指周文王、周武王治国安邦的道理。相传周文王、周武王治理天下，很注意宽严相济，使人民有劳有逸。语见《论语·子张》："文武之道未坠于地，在人。贤者识其大者，不贤者识其小者，莫不有文武之道焉。"朱熹集注："文武之道，谓文王、武王之谟训功烈，与凡周之礼乐文章皆是也。"

⑧杜征南蛇吐：即西晋杜预事。《晋书·杜预传》记载："预初在荆州，因宴集，醉卧斋中。外人闻呕吐声，窃窥于户，止见一大蛇垂头而吐。闻者异之。"

**【译文】**

尚书郑愚，广州人。才能出众，学识渊博。他考中了进士，为官皆清要显达，名声显赫，只是他天性喜欢奢华，用锦缎做了半臂。后来魏公崔铉镇守荆南，郑愚官拜广南节度使，郑愚经过荆南时，崔铉用通常的礼节接待了他。当初郑愚参加进士考试时，没有拿文章到魏公崔铉门下。这天他在接待客人的地方换了常服，拿自己的诗文来拜见。魏公崔铉看诗文的第一篇，不久他停下来，欣赏赞叹不已，不禁说道："确实配得上锦缎半臂。"又因为魏公崔铉过去曾任宰相，所以郑愚以军队的礼仪在廷前参见，崔铉不得已就接受了。魏公崔铉说："宽严相济的治理之道，在他身上全部都见到了。"魏公崔铉对郑愚的敬重佩服表现在脸色和言辞方面。有人说："郑公因为喝醉酒睡着了，身边的人看见一只白猪。"这大概也是杜预蛇吐一类的传说。

429.郭暧尚升平公主①，盛集文士，即席赋诗，公主帷而观之。李端中宴诗成云②："薰香荀令偏怜少，傅粉何郎不解愁③。"众称妙绝。或谓夙构④，端曰："愿试一吟。"钱起云⑤："请以起姓为韵。"复云："新开金埒教调马，旧赐铜山许铸钱⑥。"暧出名马金帛为赠。是席，端为首；送王相镇幽朔⑦，韩翃为首⑧；送刘相巡江淮⑨，钱起为首。

**【注释】**

①郭暧尚升平公主：本条采录自《国史补·李端诗擅场》。

②李端：字正己，赵郡（今河北赵县）人。唐代诗人，"大历十才子"之一。少居庐山，师事诗僧皎然。唐代宗大历五年（770）中进士。曾任秘书省校书郎。德宗建中中移疾江南，授杭州司马。晚年辞官，隐居湖南衡山，自号"衡岳幽人"。今存《李端诗集》三卷。

③薰香荀令偏怜少，傅粉何郎不解愁：语出李端《赠郭驸马》一诗。这两句诗是对郭暧的夸赞，说他像风流少年荀彧和英俊的何晏一样多才多艺。荀令，即荀彧，字文若，颍川颍阴（今河南许昌）人。东汉末年著名政治家、战略家。初举孝廉，任守宫令。后弃官归乡，率宗族避难冀州，被袁绍待为上宾。其后投奔曹操。累官至尚书令，封万岁亭侯。因其任尚书令十数年，处理军国事务，被人敬称为"荀令君"。后因反对曹操称魏公而被调离中枢，在寿春忧郁成病而亡。获谥敬侯，后追赠太尉。何晏，字平叔，南阳宛（今河南南阳）人。三国魏大臣、玄学家。东汉大将军何进之孙。其父早逝，曹操纳其母尹氏为妾，何晏因而被收养，为曹操所宠爱。少年时以才秀知名，喜好老、庄之言，娶曹操女金乡公主。曹爽秉政时，何晏党附曹爽，用为散骑常侍，迁侍中尚书。高平陵之变后与曹爽同为司马懿所杀，灭三族。

④夙构：谓预先构思好。

⑤钱起：字仲文，湖州（今属浙江）人。大书法家怀素和尚之叔。唐代诗人，"大历十才子"之一，被誉为"大历十才子之冠"。唐玄宗天宝九载（750）进士。初为秘书省校书郎、蓝田县尉，代宗大历中任祠部员外郎、司勋员外郎。德宗建中初任考功郎中。

⑥新开金埒（liè）教调马，旧赐铜山许铸钱：语出李端《赠郭驸马》一诗。金埒，用钱币筑成的界垣。南朝宋刘义庆《世说新语·汰侈》："于时人多地贵，济好马射，买地作埒，编钱匝地竟埒。时人号曰'金埒'。"借指豪侈的骑射场。旧赐铜山许铸钱，典出汉文帝赐邓通铜山事。《史记·佞幸列传》："于是赐邓通蜀严道铜山，得自铸钱，邓氏钱布天下。"这两句诗是李端赞美郭暧受皇帝恩宠及其豪华富贵的生活。

⑦王相：即王缙，字夏卿，河东蒲州（今山西运城）人。王维之弟。自幼好学，与王维俱以文词知名。玄宗开元七年（719）登文词

雅丽科。后又登高才沉沦草泽自举科。始任侍御史。安禄山叛乱时，选为太原少尹，与李光弼共守太原，众人推服，加宪部侍郎。入拜国子祭酒、凤翔尹。代宗广德时以左散骑常侍拜为黄门侍郎，同平章事，先后镇河南、幽州、河东。元载专权时，缙曲意依附，不能持正。元载获罪被杀后，缙因党附元载被贬括州刺史，又转处州刺史。后除太子宾客，留司东都。

⑧韩翌：原书作"韩纮"。《太平广记》引文作"韩翃"，《南部新书》亦作"韩翃"。当以"韩翃"为是。韩翃，字君平，南阳（今属河南）人。唐代诗人，"大历十才子"之一。唐玄宗天宝十三载（754）考中进士，代宗宝应年间在淄青节度使侯希逸幕府中任从事，后随侯希逸回朝，闲居长安十年。德宗建中年间，因作《寒食》诗被唐德宗赏识，拜驾部郎中、知制诰，官终中书舍人。韩翃的诗多酬赠之作，词采华丽，技巧圆熟，著有《韩翃诗集》五卷。

⑨刘相：即刘晏，曾任吏部尚书、同中书门下平章事，故称。

**【译文】**

郭暧娶了升平公主，当了驸马。有一次他宴请了很多文士，让他们当场赋诗，升平公主在帷帐后面观看。李端在宴会进行中写完了诗，有"薰香荀令偏怜少，傅粉何郎不解愁"之句，众人都称赞句子绝妙。有人说他事前就构思好了，李端说："我愿意试着再赋一首。"钱起说："就用我的姓为韵。"李端又写出"新开金埒教调马，旧赐铜山许铸钱"之句。郭暧赠给他名马、金银、布匹。这次宴会，李端出类拔萃；在送丞相王缙去镇守幽朔的宴会上，韩翃出众；在送丞相刘晏去江淮巡视的宴会上，钱起超群。

430.独孤郁①，权相子婿也②，历掌内外制③，有美名。宪宗叹曰："我女婿不如德舆④。"

**【注释】**

①独孤郁:本条采录自《国史补·独孤郁佳婿》。独孤郁,字古风,河南(今河南洛阳)人。独孤及之子。唐朝史学家、散文家。德宗贞元十四年(798)进士及第,始任奉礼郎,迁华州判官。宪宗元和元年(806)登才识兼茂明于体用科,授右拾遗,迁右补阙、起居郎,充翰林学士。权德舆为相,以翁婿之嫌,改任考功员外郎,充史馆修撰。后迁秘书少监。

②权相:即权德舆,唐宪宗时曾任宰相,故称。子婿:女婿。

③内外制:唐时内制(翰林学士)和外制(知制诰、中书舍人)的连称。唐朝初年,中书省设中书舍人,掌起草诏命文书。至玄宗开元二十六年(738)始置翰林学士,掌批答四方进奏、中外表疏,奉命起草和修改诏命文书,称内制,中书舍人所掌以上诸事为外制。五代历朝沿称不改。

④我女婿不如德舆:原书此句作"我女婿不如德舆女婿。"《新唐书·独孤郁传》记载:"宪宗叹德舆乃有佳婿,诏宰相高选世族,故杜悰尚岐阳公主,然帝犹谓不如权德舆之得郁也。"

**【译文】**

独孤郁是宰相权德舆的女婿,历掌内制和外制,有极好的名誉。宪宗感叹说:"我的女婿不如权德舆的女婿。"

431.孔戣为华州刺史①,奏江淮进海味,道路扰人,并其类十数条。后上不记其名,问裴晋公,亦不能对,久之方省②。乃拜戣岭南节度,有异政。南中士人死于流窜者③,子女悉为嫁娶之。

**【注释】**

①孔戣(kuí)为华州刺史:本条采录自《国史补·孔戣论海味》。孔

戣,字君严,冀州信都(今河北衡水)人。唐德宗建中元年(780)进士及第,授郑滑节度判官,迁殿中侍御史。宪宗即位,授大理正,迁谏议大夫、江州刺史、给事中等,转尚书左丞。后因反对宦官专权,出任华州刺史、镇国军使。宪宗元和十二年(817)迁广州刺史、岭南节度使。穆宗即位,入为吏部侍郎、左散骑常侍,授尚书左丞。卒赠兵部尚书,谥曰贞。

②"问裴晋公"几句:《旧唐书·孔戣传》记载为:"上谓裴度曰:'尝有上疏论南海进蚶菜者,词甚忠正,此人何在,卿第求之。'度退访之,或曰祭酒孔戣尝论此事,度征疏进之。"《新唐书·孔戣传》则曰:"明州岁贡淡菜蚶蛤之属,戣以为自海抵京师,道路役凡四十三万人,奏罢之。"

③南中:泛指我国南部地区,即今川、黔、滇一带。

【译文】

孔戣任华州刺史,他上奏疏说江淮一带向京师进献海味,一路上搅扰百姓,并列举了此类事十几条。后来皇上记不清上奏疏人的姓名,就问裴度,裴度也不能回答,很久以后才记起来。于是官拜孔戣岭南节度使,孔戣在任上政绩卓著。岭南地区死于逃乱的士人,孔戣都会帮助他们的子女男娶女嫁。

432.吕元膺为鄂岳都团练使①,夜登城,女墙已锁②,守者曰:"军法:夜不可开。"乃告言中丞自登,守者又曰:"夜中不辨是非,虽中丞亦不可。"元膺乃归。明日,擢为重职。

【注释】

①吕元膺为鄂岳都团练使:本条采录自《国史补·夜不开女墙》。鄂岳都团练使,《新唐书·吕元膺传》及《资治通鉴》均作"鄂岳观察使"。吕元膺,字景夫,郓州东平(今山东菏泽)人。德宗建

　　中初年，策贤良对问第，自侍御史丁继母忧，服阙，除右司员外郎。
　　后出任蕲州刺史。宪宗元和初征拜右司郎中，兼侍御史知杂事，
　　迁谏议大夫、给事中。后任东都留守、吏部侍郎、河东节度使等
　　职，力主削藩。因病改太子宾客，卒赠吏部尚书。

②女墙：古代为城防而在城墙上砌有凹凸形射孔的矮墙。

**【译文】**

　　吕元膺任鄂岳都团练使，夜里想要登城，女墙已经下锁，守女墙的
兵士说："依照军法，夜里不可开启。"于是告诉兵士说是中丞亲临，要
登城，守女墙的兵士又说："夜里不能辨别是与不是，即使是中丞也不可
以。"元膺就回去了。第二天，元膺把守女墙的兵士提升到了重要的岗
位上。

# 品藻

　　433.姚梁公与崔监司在中书①。梁公有子丧，在假旬
日，政事委积②，处置皆不得。言于玄宗，玄宗曰："朕以天
下事本付姚崇，以卿坐镇雅俗③。"及梁公出，顷刻间决遣尽
毕④。时齐平阳为舍人⑤，在旁见之。梁公自以为能，颇有
得色，乃问平阳曰："余之为相，比何等人？"齐未及对。梁
公曰："何如管、晏⑥？"曰："不可比管、晏。管、晏作法，虽不
及后，犹及其身。相公前入相，所立法令施未竟，悉更之，以
此不及。"梁公曰："然则竟如何？"曰："相公可谓救时之相
也。"梁公投笔曰："救时之相，岂易得乎？"时齐平阳善知今
事，高仲舒善知古事⑦。姚作相，凡质疑问难⑧，皆此二人，
因叹曰："欲知古事，问高仲舒；欲知今事，问齐澣⑨，即无败
政矣。"

【注释】

①姚梁公与崔监司在中书：本条采录自《戎幕闲谈》。姚梁公，即姚崇。因其曾封梁国公，故称。崔监司，即崔琳，贝州武城（今山东武城）人。御史大夫崔义玄之孙。唐玄宗开元中为中书舍人，累官至太子少保。工书。

②委积：聚集，堆积。

③坐镇雅俗：安坐而可以威服风雅之士或流俗之人。坐镇，安坐而以德威服人。雅俗，指文雅和粗俗。

④决遣：判案发落。

⑤齐平阳：即齐澣（huàn），字洗心，定州义丰（今河北安国）人。少以词学著称。弱冠以制科登第，初为蒲州司法参军。睿宗景云二年（711），中书令姚崇荐为监察御史。唐玄宗开元中历任给事中、中书舍人、汴州刺史、尚书右丞、吏部侍郎、润州刺史等职，因其属官犯赃连坐，贬归田里。天宝初起为员外少詹事。五载（746）为平阳太守。卒于郡。

⑥管、晏：管仲与晏婴的并称，二人皆为春秋时期齐国的名相。

⑦高仲舒：京兆万年（今陕西西安）人。明经出身，博通经史及训诂之学。中宗神龙年间任相王府文学，深得相王敬重。玄宗开元中累授中书舍人，宋璟、苏颋当国，于仲舒多所咨访。后官至太子右庶子。

⑧质疑问难：也作"质疑问事"。是说提出疑难问题，请人解答或相互讨论、辩论。质疑，提出疑难的问题，请人解答。问难，对不明白的问题，反复讨论、研究或辩论。

⑨欲知今事，问齐澣：《旧唐书·高仲舒传》记载："时又有中书舍人崔琳，深达政理，璟等亦礼焉。尝谓人曰：'古事问高仲舒，今事问崔琳，则又何所疑矣。'"

【译文】

姚崇与崔琳都在中书省任职。姚崇有一个儿子去世了，请假十几天,政事堆积没有能够得到处理。崔琳将这一情况说于唐玄宗,玄宗说:"我把全国的事务交给姚崇,让你安坐中书省以德威服天下之人。"等到姚崇休假结束上班,一会儿工夫就将堆积的全部事务处理完毕。当时平阳太守齐澣任舍人,在旁边看见了他处理政事的全过程。姚崇认为自己很有能力,露出了得意的神色,于是就问齐澣说:"我任宰相,和什么人相当?"齐澣还没有来得及回答。姚崇说:"与管仲和晏婴相比,怎么样?"齐澣回答说:"您与管仲和晏婴不能相比。管仲和晏婴创立法律、典章等,虽然没有延及后世,但在他们的有生之年还在施行。先生您先前任宰相时,所创立的法令还没有完全实施,就全部更改了,这是您比不上他们的地方。"姚崇说:"既然这样,那么我到底是什么样的宰相?"齐澣说:"先生可以说是匡救时弊的宰相。"姚崇放下笔说:"匡救时弊的宰相,哪里是容易做到的?"当时齐澣精通当今之事,高仲舒精通古代的事情。姚崇任宰相时,凡是有疑难的问题,需要请人解答或反复讨论的,就都是找这两个人,因此他感叹说:"想要了解古代的事,就问高仲舒;想要知道当代的事,就问齐澣,这样治理政事就不会有败绩。"

434.玄宗西幸①,驾及古界,灵武递至,房琯新除丞相②。玄宗于马上看除目③,顾左右,谓裴士淹曰④:"亦不是灭贼手。"士淹低语曰:"请陛下勿复言。"上色少愧。

**【注释】**

①玄宗西幸:本条采录自《芝田录》。

②房琯:字次律,河南(今河南洛阳)人。少好学,风仪沉整。初以门荫补弘文生。玄宗开元、天宝间历任秘书省校书郎、监察御史、宪部侍郎等。安史之乱爆发,随玄宗入蜀,因拜吏部尚书、同平章事。旋奉使灵武册立肃宗,为肃宗所亲重,并委以平叛重任。但

　　因不通兵事,又用人失误,兵败而归,被罢为太子少师。还京后复加金紫光禄大夫,进封清河县公。代宗宝应二年(763)拜特进、刑部尚书。

③除目:除授官吏的名单。

④裴士淹:河东(今山西永济)人。以门荫入仕,起家郎官,迁司勋郎中,授给事中,巡按河南、河北、淮南诸道,迁京兆尹。安史之乱爆发,随唐玄宗入蜀,以本官充翰林学士、知制诰,擢礼部侍郎、知贡举。代宗宝应二年(763)为左散骑常侍。大历初拜礼部尚书。大历五年(770)坐鱼朝恩党,贬饶州刺史,徙温州刺史,卒于任上。

**【译文】**

　　安史之乱爆发后,唐玄宗西行入蜀,到达古界,唐肃宗在灵武即位的消息就递送上来了,当时房琯刚刚任命为宰相。唐玄宗在马上查看除授官吏的文书,他回头看身边的人,对裴士淹说:“这些人都不是消灭叛贼的能手。”裴士淹小声说:“请求陛下不要再说了。”玄宗的脸上露出了惭愧的神色。

　　435.玄宗西幸①,尝郁郁不悦,多与裴士淹并马语。语及平日之事,时亦解颜②。上曰:“李林甫之材不多得。”士淹曰:“诚如圣旨,近实无俦。”上曰:“但以妒贤嫉能,以此至败。”士淹曰:“陛下既知,何故久任之?岂唯身败,兼亦误国。计今日之事,林甫所启也。”上愀然不乐③。

**【注释】**

①玄宗西幸:本条采录自《芝田录》。

②解颜:开口而笑,开颜欢笑。

③愀(qiǎo)然:形容脸色突然变得严肃或不愉快。

**【译文】**

安史之乱爆发后，唐玄宗西行入蜀，曾经闷闷不乐，他经常与裴士淹骑马并行聊天。说到平常的事情，有时也会开口而笑。玄宗说："李林甫的才能实在是不可多得。"裴士淹说："确实像皇上您说的，近代无人可比。"玄宗说："就是因为他妒忌品德好、能力强的人，才导致今天的败绩。"裴士淹说："陛下您既然知道，为什么还长时间任用他做宰相？这样不只使他身败名裂，也一并贻误国事，损害国家。想想现在的事情，就是李林甫导致的。"玄宗听了脸上显出忧愁的神色，郁郁不乐。

436. 乔彝京兆府解试<sup>①</sup>，时有二试官。彝日午叩门，试官令引入，则已醺醉。视题，曰《幽兰赋》，不肯作，曰："两人相对作得此题<sup>②</sup>，速改之。"乃改为《渥洼马赋》。奋笔斯须而就，其辞甚工。便欲首送。京兆尹曰："乔彝峥嵘甚<sup>③</sup>，以解副荐之<sup>④</sup>。"

**【注释】**

①乔彝京兆府解试：本条采录自《幽闲鼓吹》。乔彝，太原（今属山西）人。唐德宗时宰相乔琳之子。唐代辞赋家。今存赋三篇。解试，科举时代唐宋州府举行的考试。凡欲应科举者须先于本籍州郡参加初试，及格者，始由州郡解送礼部，参加省试。

②两人相对作得此题：原书作"两个汉相对作此题"。

③峥嵘：异于寻常，不平凡。此处指得意，骄傲狂妄。

④解副：唐代科举制中称乡荐第二名为解副。

**【译文】**

乔彝到京兆府参加州府举行的科举考试，当时有两个考试官。乔彝中午的时候敲门求见，考试官让人把乔彝带进来，他自己已经喝得醉醺醺。看到考试题目是《幽兰赋》，乔彝不愿意写，说："两个男人相对而坐写什么《幽兰赋》，请赶紧换个题目。"于是主考官就将题目改为《渥洼马赋》。乔彝挥笔疾书，一会儿工夫就写完了，言辞非常精巧。主考官想作为第一名推送他。京兆尹看了说："乔彝这个人太骄傲狂妄，就以第二名推送。"

437. 尚书白舍人初到钱塘①，令访牡丹。独开元寺僧惠澄近于京得此花②，始栽植于庭，栏围甚密，他亦未知有也。时春景方深，惠澄设油幕覆其上。牡丹自东越分而种之也，会稽徐凝自富春来③，未识白公，先题诗曰："此花南地知谁种，惭愧僧门用意栽。海燕解怜频睥睨，胡蜂未识更徘徊。虚生芍药徒劳妒，羞杀玫瑰不敢开。唯有数苞红萼在，含芳只待舍人来④。"白寻到寺看花，乃命徐生同醉而归。时张祜榜舟而至⑤，甚若疏诞⑥，然张、徐二生未之习稔⑦，各希首荐焉。中舍曰："二君论文，若廉、白之斗鼠穴⑧，较胜负于一战也。"遂试《长剑倚天赋》《余霞散成绮》诗。既解送，以凝为先，祜其次耳。张祜诗有："地势遥尊岳，河流侧让关⑨。"多士以陈后主"日月光天德，山河壮帝居"比⑩，徒有前名矣。祜题《金山寺》诗曰："树影中流见，钟声两岸闻⑪"，虽綦毋潜云"塔影挂青汉，钟声扣白云⑫"，此二句未为佳也。

**【注释】**

①尚书白舍人初到钱塘：本条采录自《云溪友议·钱塘论》。《唐诗纪事》记载此事，此句作"乐天为杭州刺史"。尚书白舍人，即白

　　居易。

②僧惠澄：唐朝僧人，生平未详。

③会稽：原书无"稽"字，且徐凝非会稽人，当据删。徐凝：睦州（今
　　浙江建德）人。与白居易、元稹均有往来。以布衣终。徐凝诗以
　　七绝见长。

④"此花南地知谁种"几句：语出徐凝《题开元寺牡丹》一诗。诗
　　人以浓抹重彩之笔，描绘了开元寺牡丹花非凡的姿色。睥睨（pì
　　nì），斜视。有厌恶、傲慢等意。此处写海燕为牡丹花吸引的神情。

⑤张祜：字承吉，唐南阳（今河南南阳）人。家世显赫。早年曾寓
　　居姑苏，浪迹江湖，狂放不羁。屡举进士不第。文宗大和五年
　　（831），令狐楚为天平军节度使，录张祜新、旧格诗三百首进献朝
　　廷，又特加表荐，为权贵抑退。晚年卜宅丹阳，隐居以终。张祜苦
　　心为诗，早享盛名。宫词及五律均有名篇。榜舟：行船，驶船。

⑥疏诞：放达，不受拘束。

⑦习稔（rěn）：熟悉。

⑧廉、白之斗鼠穴：比喻敌对双方在地势险狭的地方相遇，只有勇往
　　直前的才能获胜。廉、白，廉颇和白起的并称。二人皆为战国时
　　名将。廉为赵将，白为秦将。

⑨地势遥尊岳，河流侧让关：语出张祜《入潼关》一诗。两句极写潼
　　关的险要。是说潼关地势险要远远超过了五岳，黄河水自动让
　　开，从旁边流过。

⑩陈后主：即南朝陈末代皇帝陈叔宝，字元秀，小名黄奴，吴兴郡长城
　　县（今浙江长兴）人。陈宣帝嫡长子。宣帝太建元年（569）被立
　　为皇太子。太建十四年（582）即皇帝位。在位期间荒废朝政，耽
　　于酒色。祯明三年（589）隋军大举南下，陈朝灭亡。陈叔宝被掳
　　至长安，受封长城县公。日月光天德，山河壮帝居：语出陈后主《入
　　隋侍宴应诏诗》一诗。这两句是陈后主对隋文帝的赞美。是说皇

帝的大德如日月之光普照大地，高山大河使国都显得非常雄伟。

⑪树影中流见，钟声两岸闻：语出张祜《题润州金山寺》一诗。这两句是对金山寺优美静谧环境的描写，是说金山上树木的倒影落在江水中，清晰可见；金山寺的钟声，长江两岸都能听到。

⑫綦（qí）毋潜：字孝通，虔州南康（今江西南康）人。唐代著名诗人。玄宗开元十四年（726）进士及第，授宜寿尉，入为集贤院直学士。开元末任秘书省校书郎。天宝初弃官还江东。十一载（752）任右拾遗。官终著作郎，后不知所终。綦毋潜工诗，与王维、孟浩然、李颀、高适、储光羲等人友善。塔影挂青汉，钟声扣白云：语出綦毋潜《题灵隐寺山顶禅院》一诗。这两句极写灵隐寺地势之高，是说佛塔很高，好像挂在天河之上；寺中的钟声飘荡在白云之间。青汉，即天河。

**【译文】**

　　尚书白居易刚到钱塘，就派人寻找牡丹花。只有开元寺的和尚惠澄近来在京城得到牡丹花，并开始在庭院栽种，因为四周的栅栏太密，所以其他人也都不知道。当时春天的景色正浓，惠澄用涂油的幕帐遮盖在牡丹花之上。牡丹花从此才开始在东越之地种植。这时，正巧徐凝从富春来，不知道白居易在寻找牡丹花，他先于白居易题写诗歌说："此花南地知谁种，惭愧僧门用意栽。海燕解怜频睥睨，胡蜂未识更徘徊。虚生芍药徒劳妒，羞杀玫瑰不敢开。唯有数苞红萼在，含芳只待舍人来。"不久白居易也来到开元寺中观赏牡丹，看到徐凝便让他一同畅饮，喝醉了才回去。当时张祜也坐船来到寺中，他行事放达，不受拘束。由于张祜和徐凝两个人不熟悉，所以都希望自己首先被白居易举荐。白居易说："你们两个人的文章，就像廉颇和白起在地势险狭的地方相遇一样，只有一战才能分别胜负。"于是为他们出了《长剑倚天赋》和《余霞散成绮》两个题目。考完后送到京中，以徐凝为第一，张祜为第二。张祜诗中有"地势遥尊岳，河流侧让关"两句，众人拿南朝陈末代皇帝陈叔宝诗中的

"日月光天德，山河壮帝居"两句作对比，认为陈后主空有其名。张祜题写的《金山寺》诗中有两句说："树影中流见，钟声两岸闻。"虽然綦毋潜也有"塔影挂青汉，钟声扣白云"两句，但这两句诗也不算好。

祜又有《观猎》四句及《宫词》，白公曰："张三作猎诗以拟王右丞，予则未敢优劣也。"王维诗曰："风劲角弓鸣，将军猎渭城。草枯鹰眼疾，雪尽马蹄轻。忽过新丰市，还归细柳营。回看落雁处，千里暮云平①。"张祜诗曰："晚出禁城东，分围浅草中。红旗开向日，白马骤临风。背手抽金镞，翻身控角弓。万人齐指处，一雁落寒空②。"白公又以《宫词》四句之中皆偶对，何足奇乎？不如徐生云："今古常如白练飞，一条界破青山色③。"徐凝赋曰："谯周室里④，定游、夏于丘、虔⑤；马守帷中⑥，分《易》《礼》于卢、郑⑦。如我明公荐拔，岂惟偏党乎？"张祜亦曰："《虞韶》九奏⑧，非瑞马之至音⑨；荆玉三投⑩，伫良工之必鉴。且洪钟《韶》击，瓦缶雷鸣⑪；荣辱纠绳⑫，复何定分！"祜遂行歌而迈，凝亦鼓枻而归⑬。自是二生终身偃仰⑭，不随乡试矣。先是李补阙林宗、杜殿中牧⑮，与白公辇下较文，具言元白体舛杂，而为清苦者见嗤，因兹有恨也。白为河南尹，李为河阳令，道上相遇，尹乃乘马，令则肩舆⑯，似乖趋事之礼。尝谓乐天为"嗫嚅公⑰"，闻者皆笑，乐天之名稍减。白曰："李直木［原注］林宗字也。吾之猘子也⑱，其锋不可当。"后杜舍人之守秋浦，与张生为诗文交，酷爱祜《宫词》，亦知钱塘之岁自有是非之论，怀不平之色，为诗二首以高之，曰："谁人得似张公子，千首诗轻万户侯⑲。"又云："如何故国三千里，虚唱歌辞满六宫⑳。"

### 【注释】

①"风劲角弓鸣"几句：语出王维《观猎》诗。这首诗的前四句写射猎的过程，后四句则写将军傍晚收猎回营的情景。整首诗风格遒劲，豪放有力。

②"晚出禁城东"几句：语出张祜《观魏博何相公猎》诗。这首诗前四句写出猎的时间、地点，以及红旗向日、白马迎风的射猎场景。后四句则极写将军骑射技艺的高超。整首诗层层渲染，酣畅淋漓。

③今古常如白练飞，一条界破青山色：语出徐凝《庐山瀑布》诗。这两句是说瀑布千百年来如一匹巨大的白练飞挂在崖口，硬生生地分开了青青的山色。

④谯周：字允南，巴西西充国（今四川阆中西南）人。三国时期蜀汉大臣。幼年丧父，家贫。诵读典籍，精研六经，颇晓天文。诸葛亮领益州牧，任谯周为劝学从事。后迁太子家令、光禄大夫。炎兴元年（263）邓艾攻打成都，谯周力劝刘禅投降，"有全国之功"，降魏后，受封阳城亭侯。入晋，任骑都尉、散骑常侍。

⑤定游、夏于丘、虔：是说将文立、李虔比作子游和子夏。游、夏，指子游和子夏。两人均为孔子学生，长于文学。丘、虔：当指谯周的弟子文立和李虔。"丘"，原书及《晋书·儒林》均作"立"，当据改。

⑥马守：指马融，字季长，扶风茂陵（今陕西兴平东北）人。东汉时著名经学家。学识渊博，尤长于古文经学。早年随儒士挚恂游学。汉安帝时，入仕大将军邓骘幕府，历任校书郎、郡功曹、议郎及武都、南郡太守等职，后因得罪大将军梁冀被剃发流放，途中自杀未遂，得以免罪召还。再任议郎，又在东观校勘儒学典籍，后因病离职。

⑦分（fèn）《易》《礼》于卢、郑：是说卢植和郑玄对《易》《礼》的研究最让他满意。分，甘愿，满意。卢、郑，指马融的门人卢植和郑玄，二人均为东汉著名的经学家。

⑧《虞绍》：谓虞舜时的《绍》乐。

⑨瑞马：犹玉马。比喻贤臣。

⑩荆玉三投：亦作"荆玉三献"。谓楚人卞和三献和氏之璧，喻指怀忠贞屡献才智或国宝。荆玉，荆山之玉。即和氏璧。

⑪瓦缶雷鸣：声音低沉的陶制乐器发出雷鸣般的响声。比喻庸人占据高位，威风一时。瓦缶，陶制乐器，比喻庸才。

⑫纠绳：督察纠正。

⑬鼓枻（yì）：摇动船桨，即开船。枻，楫，短桨。

⑭偃仰：安居，游乐。

⑮李补阙林宗：即李林宗，李林甫之兄，生平经历均不详。杜殿中牧：即杜牧，曾任殿中侍御史，故称。

⑯肩舆：谓乘坐轿子。

⑰嗫嚅（niè rú）：有话想说又不敢说，吞吞吐吐的样子。

⑱猘（zhì）子：小疯狗。也用以比喻凶暴之徒。

⑲谁人得似张公子，千首诗轻万户侯：语出杜牧《登池州九峰楼寄张祜》诗。这两句写杜牧对张祜清高豁达境界的赞美，说他把诗歌看得比高官厚禄更重，没有谁及得上他的清高豁达。

⑳如何故国三千里，虚唱歌辞满六宫：语出杜牧《酬张祜处士见寄长句四韵》。这两句写杜牧对张祜文才高妙而不得重用的同情。是说怎么能让"故国三千里"的歌词，白白地在后宫里被人到处传唱。

**【译文】**

张祜还有《观猎》诗四句以及《宫词》，白居易说："张祜写的观猎诗是拟王维的观猎诗，我就不敢再评价这首诗的好坏。"王维的观猎诗说："风劲角弓鸣，将军猎渭城。草枯鹰眼疾，雪尽马蹄轻。忽过新丰市，还归细柳营。回看落雁处，千里暮云平。"张祜的观猎诗则说："晚出禁城东，分围浅草中。红旗开向日，白马骤临风。背手抽金镞，翻身控角弓。万人齐指处，一雁落寒空。"白居易还认为张祜的《宫词》诗四句都对偶，这没有什么奇异的地方，比不上徐凝诗中的"今古常如白练飞，一条界破青山色"两句。徐凝所写的赋中有几句说："三国谯周的门下，门生们将文立、李虔比作孔子的弟子子游和子夏；马融的弟子中，卢植和郑玄对《易》《礼》的研究最让他满意。像我明公这样的人推荐提拔人才，怎么能有偏私呢?"张祜的赋中也有几句说："演奏九遍的虞舜时的《韶》乐，不是贤臣所认为的最美妙的音乐；三次进献的和氏璧，盼望技艺精巧的工匠的鉴定。况且击打大钟演奏《韶》乐，陶制乐器发出雷鸣般的声音；光荣与耻辱被督察纠正，又怎么能够确定名分!"于是张祜一路唱着歌离开了，徐凝也坐着船回去了。从此以后两个人终生游乐，没有参加科举考试。在这之前补阙李林宗、殿中侍御史杜牧与白居易在京城谈论文章，详细言说元白诗体的驳杂错乱，从而被守贫刻苦的读书人所嗤笑，由此彼此之间产生了怨恨。后来白居易任河南尹，李林宗任河阳令，两个人在路上相遇，白居易骑着马，李林宗坐着轿子，好像不合职低之人应趋事之礼。李林宗曾经说白居易是"嘬嚅公"，凡是听到的人都笑，白居易的名声也因此稍微有点减弱。白居易说："李直木［原注］林宗的字。像一只咬我的小疯狗，他的锋芒没有人能抵挡。"后来杜牧任秋浦令，与张祜成了以诗文往来结交的朋友，他特别喜欢张祜的《宫词》诗，也知道当年在钱塘时有关是非对错的论说，内心认为很不公平，他为此写了两首诗来提高张祜的声誉，其中有两句说："谁人得似张公子，千首诗轻万户侯。"又有两句说："如何故国三千里，虚唱歌辞满六宫。"

438.升平裴相兄弟三人①，俱有盛名。世谓俅不如俦，俦不如休②。休好释氏，善隶书，所在寺额多书之。

**【注释】**

①裴相：即裴休，字公美，孟州济源（今河南济源）人。博学多能，工于诗画，擅长书法。穆宗时登进士第，又登贤良方正科。文宗时入为监察御史、史馆修撰。宣宗大中六年（852）以兵部侍郎、御史大夫、诸道盐铁转运使同平章事。为相期间主持改革漕运及茶税等积弊，颇有政绩。大中十年（856）罢相，历任检校户部尚书、充宣武军节度使、上柱国、太子少保、潞州大都督府长史、凤翔尹等职。懿宗咸通初入迁吏部尚书，卒赠太尉。与苏景胤、王彦威等合撰有《穆宗实录》。

②世谓俅不如俦，俦不如休：原作"世谓俅不如休"，据齐之鸾本、《历代小史》本校改。俅，即裴俅，字冠识，一作冠仪。敬宗宝历二年（826）丙午科状元及第，官至谏议大夫。俦，即裴俦，字次之。敬宗宝历元年（825）军谋宏远才任边将科登第，裴俦位在第一，官至江西观察使。

**【译文】**

宰相裴休兄弟三人，在当时都有很大的声望。世人认为裴俅不如裴俦，裴俦不如裴休。裴休喜好佛教，擅长隶书，所在地方寺庙的匾额大多是他书写的。

439.隋吏部侍郎高孝基主选①，见梁公房玄龄、蔡公杜如晦②，愕然降阶，与之抗礼③。延入内厅，食甚恭④，曰："二贤当为王霸佐命，位极人臣，然杜年寿稍减于房耳。愿以子孙相托。"贞观初，杜薨于左仆射⑤，房位至司徒，秉政二十余年。

**【注释】**

①隋吏部侍郎高孝基主选：本条采录自《隋唐嘉话》。高孝基，即高构，字孝基，青州北海（今山东潍坊）人。北朝至隋朝时期大臣。

好读书。初仕北齐，为兰陵、平原二郡太守。北齐灭亡，隋文帝受禅，迁户部侍郎，寻擢雍州司马，以明断见称。累迁吏部侍郎。

②杜如晦：字克明，京兆杜陵（今陕西西安）人。唐朝初年名相。初仕隋朝。晋阳起兵后，成为秦王李世民幕府谋臣，授兵曹参军。后累迁陕州长史、陕东道大行台司勋郎中，因功封建平县男，兼任文学馆学士。与房玄龄等参与策划"玄武门之变"。唐太宗贞观元年（627）拜太子左庶子，俄迁兵部尚书，册封蔡国公。后以本官检校司空，摄吏部尚书，总监东宫兵马，与房玄龄同心辅政，并称"房谋杜断"。卒赠司空，改封莱国公，陪葬昭陵。

③抗礼：行对等之礼，以平等的礼节相待。

④食：原书此字上有一"共"字，当据补。

⑤左仆射：原书作"右仆射"。《新唐书》《旧唐书》之《杜如晦传》均作"右仆射"。

**【译文】**

隋朝吏部侍郎高孝基主持选拔官员，到梁国公房玄龄、蔡国公杜如晦时，他看到二人非常吃惊，走下台阶向他们行对等之礼。并把他们请进内室，一起吃饭的时候也很恭敬，高孝基对二人说："二位贤才必将辅佐帝王成就霸业，官位也会达到人臣的顶点，只不过杜的年寿要比房稍微短一点。我愿意把子孙托付给你们。"贞观初年，杜如晦在右仆射任上去世，房玄龄官至司徒，执掌政权二十多年。

440.太宗称虞监①：博闻、德行、书翰、词藻、忠直②，一人而已，而兼是五善。

**【注释】**

①太宗称虞监：本条采录自《隋唐嘉话》。虞监，即虞世南，因其唐太宗贞观年间曾任秘书少监、秘书监，故称。

②书翰:指书法。词藻:指诗赋。

**【译文】**

唐太宗称赞虞世南博闻多见、品德高尚、书法超绝、词藻高妙、忠诚正直,说他一个人在这五个方面都很优秀。

441.贞元中①,杨氏、穆氏兄弟人物才名不相远②。或云:"杨氏兄弟宾客皆同;穆氏兄弟宾客皆异。"以此为优劣。

**【注释】**

①贞元中:本条采录自《国史补·杨穆分优劣》。本条与下第442
　条原合为一条,本书据齐之鸾本分列。

②人物:指人的品格、才干。

**【译文】**

唐德宗贞元年间,杨家兄弟和穆家兄弟的品格、才干及声望都差不多。有人说:"杨家兄弟的宾客,个个相同;穆家兄弟的宾客,每个人都不一样。"当时的人们就以这句话来作为对两家兄弟优劣的评价。

442.穆氏兄弟四人①:赞、赏、质、员②。时人谓:赞俗而有格,为"酪";质美而多文,为"酥";员为"醍醐"③,言粹而少用;赏为"乳腐"④,言最为凡固也⑤。

**【注释】**

①穆氏兄弟四人:本条采录自《国史补·穆氏四子目》。

②赞、赏、质、员:即穆赞、穆赏、穆质、穆员兄弟四人。穆赞,字相
　明,怀州河内(今河南沁阳)人。穆宁子。初为济源主簿,累迁京
　兆兵曹参军,殿中侍御史,转侍御史,分司东都。受宰臣窦参等诬

害下狱,出为郴州刺史,又征拜刑部郎中。德宗擢为御史中丞。为度支裴延龄不容,出为饶州别驾。宪宗即位,拜宣州刺史、御史中丞,充宣歙观察使。卒赠工部尚书。穆赏,其长兄穆赞被诬受金,捕送狱,赏上冤状,遂得释。累官至监察御史。穆质,应制策入第,起家右补阙,迁给事中,评论时政得失。唐宪宗继位,反对任用太监吐突承璀主持平定王承宗叛乱,迁太子左庶子。宪宗元和五年(810),坐与杨凭善,出为开州刺史。卒于任上。穆员,德宗建中二年(781)为东都留守郑叔则幕客。贞元元年(785)复为东都留守贾耽从事,二年(786)继为留守崔纵从事,五年(789)又为留守杜亚判官,其间曾检校侍御史。以讯东都将令狐运无劫掠事,忤杜亚,为所逐。后又为使府从事、检校屯田员外郎。

③醍醐:从牛奶中精炼出来的乳酪。性甘美温润,气味清凉,古以此为纯一无杂的上味。

④乳腐:乳制食品名。也称乳饼。

⑤凡固:平庸鄙陋。

【译文】

穆家兄弟四人:穆赞、穆赏、穆质、穆员。当时人说:穆赞从俗而有风度,是"酪";穆质仪态美好且富有文采,是"酥";穆员是"醍醐",说他语言精粹但话少;穆赏是"乳腐",说他最为平庸鄙陋。


443.德宗晚年绝嗜欲①,尤工诗,臣下莫及。每御制奉和而退②,笑曰:"排公在③。"案④:此句文意未明,疑有脱误。


【注释】

①德宗晚年绝嗜欲:本条采录自《国史补·应制排公在》。嗜欲,嗜好与欲望,多指贪图身体感官方面享受的欲望。

②御制:指帝王所作的诗文书画乐曲。

③排公：本指一种投石游戏。后借指擅长诗律的人。

④案：据周勋初《校证》，此案语当是《永乐大典》编者或《四库全书》馆臣所加。

【译文】

唐德宗晚年断绝了肉体感官上追求享乐的要求，尤其擅长写作诗文，大臣没有能赶上他的。每一次大臣们就德宗所作诗文唱和后退出，都会笑着说："排公在。"案：这句话语义不明确，怀疑有脱漏和错误。

444.杜太保在淮南①，进崔叔清诗百篇②，上谓使者曰："此恶诗③，焉用进？"时人呼为"准敕恶诗"。

【注释】

①杜太保在淮南：本条采录自《国史补·崔叔清恶诗》。杜太保，即杜佑，因其以太保之职致仕，故称。

②崔叔清：唐朝官吏。本名翰，仕历未详。

③恶诗：拙劣或猥贱的诗。

【译文】

杜佑镇守淮南时，进献崔叔清的一百首诗给皇帝，皇帝对使者说："这样拙劣的诗，哪里用得着进献？"当时人称为"准敕恶诗"。

445.卢肇、黄颇①，同游李卫公门下②。王起再知贡举，访二人之能。或曰："卢有文学，黄能诗。"起遂以卢为状头，黄第三人。

【注释】

①卢肇：字子发，宜春（今属江西）人。武宗会昌三年（843）以状元

登进士第。宣宗大中元年（847）为鄂岳节度使卢商辟为从事。后江陵节度裴休、太原节度卢简求相继署为幕僚。入为秘书省著作郎，迁仓部员外郎、充集贤院直学士。懿宗咸通时，历任歙、宣、池、吉四州刺史，所至有治声。肇有奇才，诗、文、赋皆精到。黄颇：字无颇，宜春（今属江西）人。有文名。与卢肇同游李德裕门下。武宗会昌三年（843）登进士第。曾官监察御史。宪宗元和十五年（820），韩愈自潮州量移袁州时，颇师愈为文而得名。

②李卫公：即李德裕，因其被封为卫国公，故称。

【译文】

卢肇、黄颇一同游学于卫国公李德裕门下。王起再次主持贡举考试，探访两个人的才能。有人说："卢肇精通文章经籍，黄颇擅长写诗。"王起就以卢肇为状元，以黄颇为同榜第三人。

# 规箴

446.太宗常幸洛阳，颇见可欲，多治隋氏旧宫，或纵畋游①。魏徵骤谏②，上忻然罢③，曰："非公，无此语。"

【注释】

①畋游：打猎，巡游。

②骤谏：多次进谏。

③忻（xīn）然：高兴的样子，愉快的样子。

【译文】

唐太宗经常巡幸洛阳，经常表露出他的想法，他多次整修隋朝的旧宫，有时也会畋猎游乐。魏徵多次进谏，唐太宗很高兴，停止了这些活动，并说："除了你，没有人会说这些话。"

447.肃宗五月五日抱小公主①,顾山人李唐曰②:"念之,勿怪。"唐曰:"太上皇亦应思陛下③。"肃宗泣涕。是时张氏已用事,不由己矣④。

**【注释】**

①肃宗五月五日抱小公主:本条采录自《国史补·李唐讽肃宗》。

②山人:指仙家、道士之流。李唐:唐玄宗、唐肃宗时道士,生平不详。

③太上皇:即唐玄宗李隆基。安史之乱后,太子李亨即位,尊唐玄宗为太上皇。

④不由己:指不能按照自己的意愿行事。

**【译文】**

五月五日唐肃宗怀抱小公主,回头对道士李唐说:"我想她了,不要觉得奇怪。"李唐说:"太上皇也应该想念陛下您了。"唐肃宗听了不由泫然泪下。这时候张皇后已经当权,肃宗不能按照他自己的意愿行事。

448.阳城为谏议大夫①,德宗欲用裴延龄为相②,城曰:"白麻若出,我必裂之而死③。"德宗以为难,竟不相延龄。

**【注释】**

①阳城为谏议大夫:本条采录自《国史补·阳城裂白麻》。

②裴延龄:河中河东(今山西永济西南)人。唐肃宗时进士及第,授汜水县尉,迁太常博士。德宗即位,宰相卢杞擢为膳部员外郎、司农少卿、集贤院直学士,迁祠部郎中。因得罪宰相张延赏,出为昭应县令。后入为户部侍郎、判度支,以苛刻剥下附上为功。时陆贽秉政,反对他掌管财赋。德宗信用不疑,反斥逐陆贽。延龄死后,中外相贺,独德宗嗟惜不止。

③白麻若出,我必裂之而死:此为"裂白麻"典故源起。《唐会要·翰林院》曰:"凡将相出入,皆翰林草制,谓之白麻。"

**【译文】**

阳城为谏议大夫,唐德宗想任用裴延龄为宰相,阳城说:"如果翰林院拟写的诏书出来,我一定撕了它并以死谢罪。"唐德宗感到很为难,最终没有任用裴延龄为宰相。

449.国子监诸生猥杂①。阳城为司业②,以道德训谕③,有违亲三年者,勉归觐④。

**【注释】**

①国子监诸生猥杂:本条采录自《国史补·阳城勉诸生》。本条与下第450条原合为一条,本书据原书分列。国子监,唐朝中央教育管理机构。唐太宗贞观元年(627)置,高宗龙朔二年(662)改为司成馆,咸亨元年(670)复为国子监。置祭酒一人,从三品;司业二人,从四品下。掌儒学训导之政,领国子学、太学、四门馆、广文馆、律学、书学、算学七官学。猥杂,繁杂,杂乱。

②司业:官名。国子监副长官,与祭酒共掌儒学训导之政。

③训谕:亦作"训喻"。犹训诲,开导。

④有违亲三年者,勉归觐:《旧唐书·阳城传》记载:"城既至国学,乃召诸生,告之曰:'凡学者,所以学为忠与孝也。诸生宁有久不省其亲者乎?'明日,告城归养者二十余人。"《新唐书·阳城传》记载:"下迁国子司业。引诸生告之曰:'凡学者,所以学为忠与孝也。诸生有久不省亲者乎?'明日谒城还养者二十辈,有三年不归侍者斥之。"归觐,谓归谒君王父母。

**【译文】**

国子监的太学生身份繁杂。阳城任国子监司业,他以道德训诲诸生,三年没有侍奉父母的人,鼓励他们回乡省亲。

450.自天宝九年置广文馆①,至元和中,堂宇虚构,材木堆积,主者或盗用之。案②:此条语义未完,疑有脱文。

**【注释】**

①自天宝九年置广文馆:本条采录自《国史补·置广文馆事》。广文馆,唐代中央官学之一。唐玄宗天宝九年(750)始设,隶于国子监,设博士四人,正六品;助教二人,从七品。专门培养国子学中攻进士科者,有学生六十人。

②案:据周勋初《校证》,此后案语当是《永乐大典》编者或《四库全书》馆臣所加。

**【译文】**

从唐玄宗天宝九年设置广文馆,到唐宪宗元和年间,殿堂虚设,木材成堆放置,主管的人有时也会盗取使用。案:这条语义不完全,怀疑有脱漏的文字。

451.宪宗固英睿①。初即位,得杜邠公赞导②;及其成功,多邠公力也。

**【注释】**

①宪宗固英睿:本条采录自《国史补·谋始得邠公》。英睿,英明而有智慧。

②杜邠公:即杜黄裳,因其被册封为邠国公,故称。

**【译文】**

唐宪宗本来就是英明之主。他即位之初,得到了邠国公杜黄裳的辅佐；后来他当政的功绩，大多是杜黄裳的功劳。

452.每大朝会①，监察御史押班②，不足，则使下御史因朝奏者摄之③。

**【注释】**

①每大朝会：本条采录自《国史补·用使下御史》。本条与下第453条原合为一条，本书据原书标题分列。朝会，谓诸侯或臣下朝见天子。

②押班：朝会时领班。唐制，凡朝会奏事，以监察御史二人押班。《新唐书·百官志》："朝会，则率其属正百官之班序，迟明列于两观，监察御史二人押班，侍御史颛举不如法者。"

③下御史：《太平广记》引文作"下侍御史"。摄：辅佐，辅助。

**【译文】**

每次举行大朝会时，由监察御史押班，人数不足时，就让下一级的侍御史根据朝见的人数辅助他们。

453.谏院以章疏之故①，忧患略同。台中则务苛礼②，省中多事③，旨趣不一。故言："遗、补相惜④，御史相憎，郎官相轻。"

**【注释】**

①谏院以章疏之故：本条采录自《国史补·台省相爱憎》。谏院，官署名。即谏官的官署。唐代设左右谏议大夫、左右拾遗、左右补阙等。

②台中：指御史台。御史治事的地方。西汉称"御史府"，东汉以后

称"御史台"。也称"宪台"。唐代御史台长官为御史大夫、御史中丞,掌邦国刑宪典章之政令、纠察百官、监督府库出纳。御史台之下分设台院、殿院、察院。台院置侍御史掌弹劾中央百官;殿院置殿中侍御史掌纠察朝仪、朝会、郊祀及巡视京师以维护皇帝尊严;察院置监察御史掌监察地方官吏。苛礼:繁琐的礼节。

③省中:指中书、门下、尚书省。

④遗、补:官名。指左右拾遗、左右补阙。

【译文】

谏院因为向皇上上奏章的缘故,他们的担心大致相同。御史台则从事苛细繁琐的礼仪,三省任务繁多,大家意见经常不一致。所以说:"左右拾遗、左右补阙彼此怜惜,御史之间相互憎恨,郎官之间相互轻视。"

454.于司空因韦太尉《奉圣乐》①,亦撰《顺圣乐》以进,每宴,必使奏之。其曲将半,缀皆伏②,而一人舞于中央。幕客缓绶笑曰③:"何用穷兵独舞?"虽笑谈诙谐,亦有为也。顿又令女妓为佾舞④,壮妙,号《孙武顺圣乐》。

【注释】

①于司空因韦太尉《奉圣乐》:本条采录自《国史补·于公顺圣乐》。于司空,即于颀(dí),字允元,河南(今河南洛阳)人。始以门荫补千牛,调授华阴尉。德宗建中四年(783)以摄监察御史充入蕃使判官。迁司门员外郎兼侍御史。历长安令、驾部郎中。贞元年间历任湖州刺史、陕虢观察使、山南东道节度使等,虽有政绩,但凌上威下,骄横不法。宪宗即位,威肃四方,颀稍戒惧。元和三年(808)入觐,九月拜相,封燕国公。后任太子宾客、户部尚书。韦太尉,即韦皋,因其曾任检校太尉,故称。《奉圣乐》,即《南诏奉圣

乐》，系唐德宗贞元年间"苍山会盟"之后，南诏王为答谢韦皋在南诏"弃藩归唐"中的重要贡献，特派使臣率歌舞乐团赴成都向韦皋所献的乐舞。后韦皋对这首"夷中乐曲"进行加工，并于贞元十七年（801）命南诏使团赴长安向德宗进献，一时轰动朝野。

②缀：物件边缘的装饰。此处指主舞周围的群舞。

③幕客缓缓：原书作"幕客韦缓"，当据改。韦缓，唐德宗建中四年（783）登书判拔萃科。

④佾（yì）舞：一种舞蹈。是古代用于重要祭礼中的合舞，舞者右手持羽毛，左手持籥，依受献者的社会阶级不同而有二佾、四佾、六佾、八佾等阵容的差别，其中以八佾舞最为隆重。后亦用以指乐舞。

**【译文】**

司空于頔因为太尉韦皋奉献了《南诏奉圣乐》，也撰写了《顺圣乐》进献，每次有酒宴，他都让歌舞乐队演奏《顺圣乐》。乐曲演奏到一半时，群舞都匍伏在地，只有一个主舞在中央舞动。幕僚宾客韦缓笑着说："为什么要用穷兵独舞呢？"虽然说话风趣逗人发笑，其实是有所指。于頔又让舞妓表演佾舞，舞姿雄健丽妙，号称是《孙武顺圣乐》。

# 夙慧

455.上官昭容者①，侍郎仪之孙也②。仪之得罪，妇郑氏填宫③，遗腹生昭容④。其母将诞之夕，梦人与秤，曰："持之秤量天下文士⑤。"郑氏冀其男也，及生昭容，视之，云："秤量天下，岂是汝耶？"口中哑哑如应曰"是"⑥。

**【注释】**

①上官昭容者：本条采录自《刘宾客嘉话录》。上官昭容，即上官婉

儿,陕州陕县(今河南三门峡陕州区)人。唐代女官。祖父上官
仪获罪被杀后随母郑氏配入内庭为婢。十四岁时因聪慧善文为武
则天重用,掌管宫中制诰多年,有"巾帼宰相"之名。唐中宗时进
拜昭容,附和武三思,并与之私通,尊武而排李,引起太子李重俊不
平。中宗景龙四年(710),李隆基起兵发动唐隆政变,与韦后同
时被杀。

②侍郎仪:即上官仪,字游韶。唐朝宰相、诗人。早年曾出家为僧,
唐太宗贞观年间进士及第,授弘文馆直学士,累迁秘书郎。高宗
即位,迁秘书少监,后任西台侍郎、同东西台三品。因建议高宗废
武后,得罪武氏。麟德时,被告发与废太子忠谋反,下狱死,籍其
家。上官仪擅长五言诗,多应制、奉和之作,格律工整,婉媚华丽,
士大夫纷纷效仿,称为"上官体"。

③妇郑氏填宫:郑氏为上官仪儿媳,故此句"妇"字上当添"子"字。
填宫,古代犯官家属没入宫廷称填宫。

④遗腹:妇人怀孕后,丈夫因故死亡,腹中未生之儿,称为"遗腹"。

⑤秤量:谓用秤衡计物体重量。引申为衡量,品评。

⑥哑哑:象声词。小儿语声。

**【译文】**

上官昭容,是侍郎上官仪的孙子。上官仪获罪被杀,他的儿媳郑氏
没入宫廷,生下遗腹子上官昭容。上官昭容的母亲将要生她的那个晚
上,梦见有人给了她一杆秤,并说:"拿着它可以衡量天下的文人。"郑氏
希望生个男孩,等到生下上官昭容,郑氏看着她说:"衡量天下文士的人,
难道是你吗?"上官昭容口中发出哑哑的声音好像回答说"是"。


456.玄宗善八分书①,将命相,皆先以御札书其名于案
上②。会太子入侍,上以金瓯覆其名以告之③,曰:"此宰相
名也,汝庸知其谁? 即射中,赐若卮酒。"肃宗拜而称曰:

"非崔琳、卢从愿乎④?"上曰:"然。"因举瓯以示,乃赐卮酒。是时琳与从愿皆有宰相望,上倚为相者数矣,竟以宗族蕃盛⑤,附托者众,不能用之。

**【注释】**

①玄宗善八分书:本条采录自《次柳氏旧闻》。八分书,书体名。也称分书。字体似隶而体势多波磔,相传为秦时上谷人王次仲所创。关于八分的命名,历来说法不一,或以为二分似隶,八分似篆,故称八分;或以为汉隶的波折,向左右分开,"渐若八字分散",故名八分。

②于:原书此字作"置",当据改。

③金瓯:金制的盆、盂。

④卢从愿:字子龚,相州临漳(今河北临漳)人。唐代名臣。世为关东著姓。弱冠举明经,又应制举。拜右拾遗。历殿中侍御史,累迁中书舍人。睿宗即位,拜吏部侍郎。玄宗开元四年(716)出为豫州刺史。为政严简。不久入为工部侍郎,转尚书左丞。又迁工部、刑部尚书,充校考使。后以吏部尚书致仕。

⑤蕃盛:繁茂,兴旺。

**【译文】**

唐玄宗善写八分书,每次要任命宰相,都先在书札上亲笔书写下他们的名字,置于几案之上。一次刚写好,正巧太子入朝侍奉,玄宗用金瓯盖在名字上告诉太子说:"这里是宰相的姓名,你知道他们是谁吗?猜中就赐你一杯酒。"太子跪拜并说道:"莫不是崔琳、卢从愿?"玄宗说:"是。"于是拿开金瓯给太子看,并赐给太子一杯酒。当时崔琳、卢从愿都有做宰相的声望,皇上几次想要任用他们,最终因为崔琳、卢从愿宗族繁盛,依附他们的人太多,没能任用。

457.苏瑰初未知颋①,常处颋于马厩中,与庸仆杂行。一日有客诣瑰,候于客次②。颋拥篲庭庑间③,遗落一文字④,客取而视之,乃咏昆仑奴子⑤,诗云:"指如十挺墨,耳似两张匙⑥。"客异之。良久,瑰出,客淹留言咏,以其诗问瑰"何人,岂非足下宗庶之孽也⑦?"瑰备言其事,客惊讶之⑧,谓瑰加礼收举⑨,必苏氏之令子也,瑰稍稍亲之。有人献兔,悬于廊庑之下,乃召颋咏之,曰:"兔子死阑单,将来挂竹竿。试将明镜照,无异月中看⑩。"瑰读诗异之。由是学问日新,文章盖代。及玄宗平内难,旦夕制诰络绎,无非颋之所出。时称"小许公"云。

**【注释】**

①苏瑰初未知颋:本条采录自《开天传信记》。

②客次:接待宾客的处所。

③拥篲(huì):亦作"拥彗"。执帚。帚用以扫除清道,古人迎候宾客,常拥篲以示敬意。

④文字:指连缀单字而成的诗文。

⑤昆仑奴:南北朝隋唐时期豪门富家蓄养的来自南亚、东南亚少数民族的奴隶。中国古代泛指今中印半岛南部及南洋诸岛的居民为昆仑,南朝时士族豪强多以之为奴。

⑥指如十挺墨,耳似两张匙:语出苏颋《句》一诗。是诗人对黑人昆仑奴手指和耳朵的形象描写。

⑦"客淹留言咏"几句:原书此句作"与客淹留,客笑语之余,因咏其诗,并言形貌,问'何人?非足下宗族庶孽耶?'"宗庶,宗子和庶子。

⑧瑰备言其事,客惊讶之:此二句中的"瑰备言其事客惊讶"八字原

阙,且加案语曰:"案:此下原阙六字。"本书据齐之鸾本、《历代小
史》本补。

⑨加礼:厚于常规的礼仪。收举:荐举任用。

⑩"兔子死阑单"几句:语出苏颋《咏死兔》诗。阑单,疲软委顿的
样子。

**【译文】**

苏瑰一开始不知道儿子苏颋的才学,经常让他在马厩里和佣人一起
干杂活。一天,有客人来拜访苏瑰,在客厅里等候。苏颋抱着扫帚站在
廊屋,怀里掉下一篇诗文,客人取过来一看,是一首描写昆仑奴的诗,诗
里有两句写道:"指如十挺墨,耳似两张匙。"客人感到很惊奇。过了一
会儿,苏瑰出来,客人在与苏瑰谈笑的时候,念了苏颋的这两句诗,并讲
述了苏颋的形貌,然后问苏瑰"是什么人,难道不是您家的宗子和庶子
吗?"苏瑰详细讲述了苏颋的情况,客人感到非常意外,让他对苏颋特别
对待,荐举任用,认为苏颋一定会成为苏家有出息的好儿子,从此苏瑰对
苏颋稍稍好了一点。一次,有人送给苏瑰一只兔子,他悬挂在廊屋下,叫
来苏颋让他作歌咏兔子的诗。苏颋写了一首诗说:"兔子死阑单,将来挂
竹竿。试将明镜照,无异月中看。"苏瑰读了非常惊奇。从此苏颋的学问
天天增长,文章超过了同时代的人。等到唐玄宗平定家族内部的变故,
每天皇帝的诏令连续不断,没有不出自苏颋之手的。当时人称他为"小
许公"。

458.开元初①,上留心理道②,革去弊讹。不六七年间,
天下大理,河清海晏③,物殷俗阜④,安西诸国悉平为郡县。
置开远门⑤,亘地万余里⑥。入河湟之赋税,满右藏⑦;东纳
河北诸道租庸⑧,充满左藏⑨。财宝山积,不可胜计。四方丰
稔,百姓乐业。户计一千余万,米每斗三钱。丁壮之夫,不

识兵器。路不拾遗,行不赍粮[10]。奇瑞叠委,重译麕至[11]。人物欣然,咸思登岱告成,上犹惕厉不已[12],扰让数四[13]。是时彭城刘晏年八岁,献《东封书》,上览而奇之,命宰相出题,就中书试。张说、源乾曜咸相感慰荐[14]。上以晏间生秀妙,引于内殿,纵六宫观看[15]。杨妃坐于膝上[16],亲为画眉总髻,宫人投花掷果者甚多。拜为秘书正字。

**【注释】**

①开元初:本条采录自《开天传信记》。本条与下第459条原合为一条,本书据原书分列。

②理道:指理政之道。

③河清海晏:黄河水清了,大海没有波浪了。比喻天下太平。河,黄河。晏,平静。

④物殷俗阜:物产丰盛,风俗淳厚。

⑤置开远门:原书作"自开远门西行",当据改。开远门,唐长安外郭城的西墙北门,是从京城到剑南、陇右两道的起点。

⑥亘地:遍地。

⑦右藏:亦称右藏署,官署名。唐右藏署置令二人,丞三人,辖内库、外库、东都库,掌珍宝器玩等的收藏。

⑧租庸:土地和力役之税。

⑨左藏:亦称左藏署,官署名。接纳贮藏全国各地转输中央的赋调钱币布帛等。唐左藏署掌管东库、西库、朝堂库等。

⑩赍(jī)粮:携带粮食。赍,持,携带。

⑪重译:辗转翻译。《汉书·平帝纪》:"元始元年春正月,越裳氏重译献白雉一,黑雉二,诏使三公以荐宗庙。"颜师古注:"译谓传言也。道路绝远,风俗殊隔,故累译而后乃通。"麕(qún)至:群集

而来。

⑫惕厉：戒惧，如临险境。语出《周易·乾》："夕惕若厉"。

⑬㧑（huī）让：谦让。

⑭张说、源乾曜咸相感慰荐：原书此句作"张说、源乾曜等咸宠荐"，当据之校正。源乾曜，相州临漳（今河北临漳）人。进士出身。中宗神龙中为殿中侍御史。睿宗景云中累迁谏议大夫，寻出为梁州都督。玄宗开元四年（716）拜黄门侍郎、同紫微黄门平章事，不久因移政事床被罢相，改任京兆尹。四年后复任宰相，进位侍中。后拜尚书左丞相，仍兼侍中。开元十七年（729）被罢去侍中之职。后任太子少傅，封安阳郡公。

⑮六官：古代皇后居住的寝官，正寝一，燕寝五，合称为六官。《礼记·昏义》："古者，天子后立六宫、三夫人、九嫔、二十七世妇、八十一御妻，以听天下之内治，以明章妇顺，故天下内和而家理。"郑玄注："天子六寝，而六官在后，六官在前，所以承副，施外内之政也。"后泛指后妃或其所居之地。

⑯坐于：原书作"坐晏于"，当据原书补"晏"字。

【译文】

开元之初，唐玄宗很重视国家的治理，他革除弊政，仅仅用了六七年的时间，就使得天下大治，四海升平，物产丰盛，风俗淳厚，安西地区的各个国家全部平定后设置为郡县。从开远门往西走，土地绵延一万多里。从河湟地区输入的赋税，装满了国家的右库；从东面缴纳的河北各道的钱谷，充满了国家的左藏。金银财宝堆积成山，不能全部计算。全国各地的粮食充盈富足，老百姓安居乐业。全国在籍的户口约有一千万户，一斗米的售价仅三文钱。成年的壮汉不认识战争中的各种器械装置。东西丢在路上没有人捡拾，出门远行也不需要带干粮。祥瑞之兆频频出现，各地的人们辗转翻译群集而来。才能杰出、声望卓著的人们心情愉悦，他们都想让玄宗登上泰山，祭拜天地，昭告国家取得的巨大成就，但玄宗还是戒惧不已，多次谦让。当时，彭城的刘晏才八岁，他向皇帝进献了《东封书》，玄宗看后觉得很惊奇，就让宰相出题，在中书省考试。张说、源乾曜等人都很喜爱刘晏，也都向玄宗推荐。玄宗认为刘晏禀天地特殊之气而生，清秀美丽，就将他叫到内宫，并让内宫的嫔妃都来观看。杨贵妃让刘晏坐到她的腿上，亲自替他画眉毛，梳头发，宫人们纷纷向他投来鲜花和水果。后来，玄宗就官拜刘晏秘书省正字。

459.张说问曰①："居官以来，正字几何？"晏抗颜对曰②："他字皆正，独'朋'字未正。"说闻而异之。

**【注释】**

①张说问曰：本条采录自《明皇杂录》。原书"张说"为"玄宗"。

②抗颜：态度严正，不看别人的脸色。

**【译文】**

张说问刘晏说："你做秘书正字一职以来，勘正了多少字？"刘晏面色严肃地说："其他字都校正过了，只有'朋'字没有校正。"张说听了很惊奇。

460.燕文正公弟某女妇卢氏①，尝为舅卢公求官②，候公下朝而问焉。公不语，但指揩床龟而示之③。女拜而归室，告其夫曰："舅得詹事矣④。"

**【注释】**

①燕文正公弟某女妇卢氏：本条采录自《大唐传载》。原书此句作"张文贞公第某女嫁卢氏"。《太平广记》引文作"燕文贞公张说其女嫁卢氏"。燕文正公，当为"燕文贞公"，即张说。张说生前封燕国公，卒谥文贞，故称燕文贞公。

②舅卢公：原作"其家公"，据齐之鸾本、《历代小史》本改。

③搘（zhī）床龟：古代传说中的支床之龟。《史记·龟策列传》："南
　　方老人用龟支床足，行二十余岁，老人死，移床，龟尚生不死。"

④舅得詹事矣：此处用楚辞《卜居》中典："（屈原）乃往见太卜郑詹
　　尹曰：'余有所疑，愿因先生决之。'詹尹乃端策拂龟曰：'君将何
　　以教之？'"

【译文】

张说的女儿嫁到卢家为妇，曾经替丈夫的父亲向张说请求官职，她
等到张说下朝回来就去问这件事。张说没有说话，只是用手指着支床龟
向她示意。张说的女儿拜谢父亲后回家，告诉她的丈夫说："公公得到了
詹事一职。"


461.开元中有李幼奇者①，以艺干柳芳②，念百韵诗。
芳便暗记，题之于壁，谓幼奇曰："此吾之诗也。"幼奇大惊。
徐曰："相戏耳，此君所念诗也。"因谓幼奇更念他新著文
章，一遍皆能记。

【注释】

①开元中有李幼奇者：本条采录自《尚书故实》。李幼奇，唐玄宗时
　　人，生平未详。

②干：求，求取。

【译文】

唐玄宗开元年间，有一个叫李幼奇的人，他拿自己的诗作求见柳芳，
在柳芳面前朗诵了自己写的诗歌一百首。柳芳一边听一边在心中默记，
然后在墙壁上题写下来，他对李幼奇说："这是我的诗。"李幼奇非常惊
讶。柳芳慢慢地说："和你开玩笑呢，这是你刚才朗诵的诗。"于是他让

李幼奇朗诵新近所写的其他文章，李幼奇朗读一遍柳芳都能记住。

462.开元初①，潞州常敬忠十五明经擢第②，数年遍通五经。上书自举，云："一遍诵千言。"敕赴中书考试，张燕公问曰："学士能一遍诵千言，十遍诵万言乎？"对曰："未曾自试。"燕公遂出书，非人间所见也，谓之曰："可十遍诵之。"敬忠危坐而读，每遍画地为记③。读七遍，起曰："此已诵得。"燕公曰："可满十遍。"敬忠曰："若十遍，即是十遍诵得。今七遍已得，何要满十④？"燕公执本观览不暇，而敬忠诵毕不差一字，见者莫不嗟叹。即日闻奏，命引对⑤，赐彩衣一副⑥，兼赉物。拜东宫卫佐，仍直集贤院，侍讲《毛诗》。百余日中三改官⑦。为同辈所嫉，中毒而卒。

【注释】

①开元初：本条采录自《封氏闻见记·颖悟》。

②常敬忠：潞州（今山西长治）人。生平未详。

③为：原阙，据齐之鸾本、《历代小史》本补。

④何要满十：此句"十"下原有"遍"字，据齐之鸾本、《历代小史》本删。

⑤引对：谓皇帝召见臣僚询问对答。

⑥彩衣：原书作"绿衣"。

⑦官：原阙，据齐之鸾本、《历代小史》本补。

【译文】

唐玄宗开元初年，潞州人常敬忠十五岁就考中明经科。几年时间他就读通了五经。于是，他上书自荐，说自己"读一遍就能记诵千言"。接着便获准赶赴中书省参加考试。主考官燕国公张说问他："你说读一遍能记诵千言,那么读十遍能记诵万言吗?"常敬忠回答说:"没有试过。"张说便拿出谁也不曾见过的一本书,对常敬忠说:"读十遍记住它。"常敬忠正身而坐开始诵读,每读完一遍就在地上做标记。他读完第七遍,站起来说:"现在我已能背诵下来了。"张说说:"可以读够十遍。"常敬忠说:"如果读够十遍,就成了十遍才能记住;现在读七遍已经记住了,何必还要读够十遍?"于是张说拿着书让他背诵,自己的眼睛还看不过来,而常敬忠已流利地背诵完毕,而且一字不差,在场的人没有不惊叹的。当天,张说就向皇上奏报,皇帝召见他询问对答,赐给他彩衣一副,并赏赐其他物品。官拜他为东宫太子属官,同时任职集贤院,专门侍讲《毛诗》。在后来的一百天里他三度升官。但他也为同辈中人所妒恨,后来被人下毒害死。

463.天宝中①,汉州雒县尉张陟应一艺②,自举:"日试万言。"须中书考试③。陟令善书者二十人,各执笔操纸就席,环庭而坐,俱占题目。身自巡历④,依题口授,言讫即过,周而复始,至午后诗成七千余字,仍请满万。宰相云:"七千可谓多矣,何必须万?"具以状闻。敕赐缣帛,拜太公庙丞,直广文馆。时号张万言。

**【注释】**

①天宝中:本条采录自《封氏闻见记·敏速》。

②张陟:唐玄宗时人,生平未详。

③须:原阙,据齐之鸾本、《历代小史》本补。

④巡历:依次经历。

**【译文】**

唐玄宗天宝年间,汉州雒县县尉张陟参加一种技能考试,他自荐说:

"自己在一天的考试中能够写出一万字的诗文。"须要去中书省参加考试。张陟让工于书法的二十个人，各自拿着纸和笔在庭中环绕一圈而坐，并让他们全都口授考试题目。而他自己身处圈子中间，按照题目，依次口授作答，说完一个就到下一个，这样一圈又一圈地轮转，到了下午，已经写成诗文七千多字，还要请求坚持写满一万字。宰相说："七千字可以说已经很多了，为什么必须写到一万字呢？"宰相详细地向皇上奏报了这件事。朝廷下旨赏赐给他绸缎布帛，官拜太公庙丞，并兼任广文馆学士。当时人称他为"张万言"。

464.韦皋镇西川<sup>①</sup>，进《奉圣乐》曲，兼乐工舞人曲谱到京。于留邸按阅<sup>②</sup>，教坊人潜窥得，先进之。

**【注释】**

①韦皋镇西川：本条采录自《卢氏杂说》。

②留邸：唐时指节度留后的官署。

**【译文】**

韦皋镇守西川时，向皇上进献歌舞曲《奉圣乐》，连同歌舞演奏艺人及乐谱一同呈送京城。到京后，韦皋在官署检阅，教坊中有人偷看，因此被最先选中进奉皇上。

465.李卫公幼时<sup>①</sup>，宪宗赏之，坐于前。吉甫每以敏捷夸于同列。武相元衡召之，谓曰："吾子在家，所嗜何书？"德裕不应。翌日，元衡具告，吉甫归以责之。德裕曰："武公身为宰相，不问理国调阴阳<sup>②</sup>，而问所嗜书。其言不当，所以不应。"

【注释】

①李卫公幼时：本条采录自《北梦琐言·李太尉英俊》。李卫公，即李德裕，因其被封卫国公，故称。

②调阴阳：即调和阴阳。谓使阴阳有序，风调雨顺。旧时多指宰相处理政务。

【译文】

李德裕小的时候唐宪宗很欣赏他，经常让他坐在自己面前。李德裕的父亲李吉甫经常在同僚面前夸奖自己的孩子机敏。有一次，宰相武元衡叫来李德裕问他："你在家里喜欢读什么书？"李德裕没有回答。第二天，武元衡把这件事详细地告诉了李吉甫，李吉甫回到家责备李德裕。李德裕说："武元衡身为宰相，不问治理国家、协调阴阳的大事，却问我喜欢读什么书。他的问话不合适，所以我没有应答他。"

466.宣宗强记默识①，宫中厕役之贱及备洒扫者数十百辈，一见辄记其姓字。或将有所指念，必曰："召某人令措某事。"无一差误者，宦官宫婢以为神。簿书刑狱卒吏姓名，纷杂交至，经览多所记忆。

【注释】

①默识：内心默默地记住。

【译文】

宣宗记忆力极强，且善于默记，宫中打扫茅厕的仆役以及洒扫庭除的人数以百计，宣宗一见就能记住他们的名字。有时宣宗将要有所指派，一定说："告诉某人让他去做某件事情。"从来没有出过差错，宦官与婢女都认为他很神奇。掌管文案刑狱等事务的小官吏的名字，纷繁杂乱不停地冒出来，宣宗一经阅览，大多能够记住。

467.崔大夫涓,珙之子①,礼部侍郎澹之兄②。俊爽强记。初守杭州,视事数日,召都押衙谓曰③:"乍到郡,未能记诸走使④,当直将卒凡几人?"对曰:"直者三百。"乃令以纸一幅⑤,大书其姓名贴于胸,每人阅过。自此一阅,至三考⑥,未尝误唤一人者。

**【注释】**

①崔大夫涓,珙之子:本条采录自《金华子》。本条与下第468条原合为一条,本书据齐之鸾本、《历代小史》本分列。据《旧唐书·崔珙传》记载,崔涓为珙之子;崔玙为珙之弟,崔澹则为玙之子。崔涓,字道源,博陵安平(今河北安平)人。宣宗大中年间进士。初拜杭州刺史,终官御史大夫。玙,即崔玙,字朗士。穆宗长庆初年进士擢第,又制策登科。唐文宗开成末累迁官至礼部员外郎。唐武宗会昌初年,以考功郎中知制诰,拜中书舍人。唐宣宗大中年间任礼部侍郎、权知户部侍郎、兵部侍郎。官终河中节度使。

②礼部侍郎澹:即崔澹,字知之。容止清秀,有才名。唐宣宗大中十三年(859)进士及第。懿宗咸通初,淮南节度使崔铉辟为从事。入朝累迁至礼部员外郎。僖宗乾符初授司封郎中,充翰林学士。后以中书舍人权知贡举、迁礼部员外郎。官终吏部侍郎。

③都押衙:官名。唐朝节度使所属武职官之一,掌衙内外众事,置二人时,则分称左、右都押衙。

④走使:使唤,差遣。亦谓供奔走差遣或递送文书。此处指供差遣的人。

⑤以:原阙,据齐之鸾本、《历代小史》本补。

⑥三考:古代官吏的考绩制度。三年考一次,九年考三次,决定降免或提升。《尚书·舜典》:"三载考绩,三考,黜陟幽明。"孔颖达疏:

"言帝命群官之后，经三载，乃考其功绩；经三考则九载，黜陟幽
明，明者升之，暗者退之。"

【译文】

大夫崔涓，崔玙的儿子，吏部侍郎崔澹的兄长。英俊豪爽，记忆力极
好。当初他任杭州刺史，到任办公几天后，叫来都押衙说："我刚到郡府，
没有记住各个部门的办事人员，值守的将士一共有多少人？"回答说："值
班的有三百人。"于是他让给每人一张纸，让他们用大字写下自己的名
字贴在胸前，崔涓从每个人身边看过去。他只看了一遍，后来在三考中，
没有叫错一个人。

468.杭州端午竞渡①，于钱塘弄潮②。先数日，于湖滨
列舟舸，结彩为亭槛，东西袤高数丈③。其夕北风，飘泊南
岸。涓至湖上，大将惧乏事④。涓问："竞舟凡有几？"令齐
往南岸，每一彩舫系以三五小舟，号令齐力鼓棹而引之⑤，倏
忽皆至。

【注释】

①杭州端午竞渡：本条采录自《金华子》。

②钱塘：即钱塘湖，今西湖。弄潮：在潮头搏浪嬉戏。

③袤（mào）高：宽广而高大。袤，纵长或南北距离的长度。

④大将：官名。隋唐时期诸卫长官称大将军，武散官也有大将军，非
实职。又，古代习惯称领兵统帅或高级将领为大将。乏事：谓政
事无人办理。

⑤鼓棹（zhào）：划桨。

【译文】

杭州端午节举行划船比赛，在钱塘湖中博浪嬉戏。端午节前几天，

在湖边陈列船只,并用彩色绸布、纸条等装饰船的栏杆,每一个彩舫都宽广高大,有几丈之余。端午节的晚上吹着北风,这些船顺风漂流到了南岸。崔涓来到湖上,大将害怕被批评办事不力。崔涓问:"参加竞赛的一共有多少只船?"他命令所有的船一起划向南岸,每一只彩船前面系着三到五只小船,命令小船上的人一起划桨牵引大船,一转眼就回来了。

469.崔涓守杭州①,湖上饮饯②,客有献木瓜,所未尝有也,传以示客。有中使即袖归,曰:"禁中未曾有,宜进于上。"顷之,解舟而去。郡守惧得罪,不乐,欲撤饮。官妓作酒监者立白守曰③:"请郎中尽饮。某度木瓜经宿必委中流也。"守从之。会送中使者还,云:"果溃烂,弃之矣。"郡守异其言,召问之,曰:"使者既请进,必函贮以行。初因递观,则以手掐之。此物芳脆易损,必不能入献。"守命有司加给④,取香锦面赍之。

【注释】

①崔涓守杭州:本条可能采录自《金华子》。

②上:原作"州",据《白孔六帖》引文改。饮饯:指以酒饯行。

③酒监:指酒筵间众所推举监督饮酒的人。

④加给:指在本俸外,额外给与的酬劳。

【译文】

崔涓任杭州郡守,一次,他在湖上为人送行饯别。客人中有人进献了一个木瓜,因为大家都没有见过,于是相互传递着观赏。有一个宫中派来的中使将木瓜放在袖中带了回去,中使说:"皇宫中未曾有这样的瓜,应进献给皇帝品尝。"不久,他就带着木瓜坐船离开了。崔涓很惶恐,担心因此获罪,高兴不起来,准备撤去酒食。这时,做酒监的官妓站起来告诉崔涓说："请您尽情畅饮。我猜测那个木瓜经过一夜的时间一定会被扔到水中。"崔涓听从了她的话。刚好护送中使的人回来说："木瓜溃烂,扔掉了。"崔涓觉得官妓的话很神奇,于是叫来问她,官妓说："中使既然请求进献给皇上,一定会拿盒子贮存起来带走。当初因为大家相互传递观赏,一定用手掐过木瓜。这种水果鲜香脆爽,容易溃烂,一定不能进献。"崔涓让主管的官吏给官妓增加额外的报酬,并拿来香锦当面赠送给她。

470.华阴杨牢①,幼孤,六岁时就学归②,误入人家,乃父友也。二丈人弹棋次③,见杨氏子,戏曰:"尔能为丈人咏此局否?"杨登时叉手咏曰④:"魁形下方天顶凸,二十四寸窗中月⑤。"父友惊抚其首,遗以梨栗,曰:"尔后必有文。"年十八,一上中进士第,有诗集六十卷。性狷急,累居幕府,主人同列多不容。同列有固护之者,与诗云:"虾蟆欲吃月,保护常教圆。"又云:"心明外不察,月向怀中圆。"又云:"罗帏苦不卷,谁道中无人。"其辞多怨恚⑥。其妻亦有志行。在青州幕,奉使出,得疾,不诊脉服药而殒。

**【注释】**

①杨牢:字松年,弘农华阴(今陕西华阴)人,一说河南人。通《左传》,尤博史书、百家诸子。唐宣宗大中二年(848)登进士第,解褐授崇文馆校书郎,历广文馆助教。武宗会昌时在兖海观察推官任。后转监察御史里行,任职于平卢节度使幕。再转殿中侍御史,充岭南节度掌书记。后入朝为著作郎、国子博士,擢授河南县令。有诗名。

②时就:原作"入杂",据齐之鸾本、《历代小史》本改。

③弹棋：古代的一种棋类游戏。相传为西汉成帝时刘向仿蹴踘之体而作。初用十二棋为戏，至三国魏为十六棋，唐又增至二十四枚，至宋代失传。《后汉书·梁冀传》："性嗜酒，能挽满、弹棋。"李贤注引《艺经》曰："弹棋，两人对局。白、黑棋各六枚，先列棋相当，更先弹也。其局以石为之。"

④叉手：双手交叉搭在胸前，表示请求或趋承。

⑤魁形下方天顶凸，二十四寸窗中月：语出杨牢《句》一诗。是对棋局的形象描写。本条所有诗句皆出自此诗。

⑥怨恚（huì）：怨恨。

**【译文】**

华阴人杨牢，从小失去父亲，六岁的时候从外面学习回来，由于失误进到他人家中，原来是他父亲的朋友。当时两位老年人正在玩弹棋的游戏，见到杨家的孩子，就戏弄他说："你能为我们的这局棋写首诗吗？"杨牢立刻叉手并作诗说："魁形下方天顶凸，二十四寸窗中月。"他父亲的朋友吃惊地摸着杨牢的头，送给他梨和栗子，并说："你以后一定是一个有文才的人。"杨牢十八岁的时候，第一次参加考试就进士及第，后来著有诗集六十卷。杨牢性情急躁，常年居于幕府，幕府的主人和同僚大多不能容忍他。同僚中有一个维护他的人，杨牢写诗给他说："虾蟆欲吃月，保护常教圆。"又说："心明外不察，月向怀中圆。"还说："罗帏苦不卷，谁道中无人。"他的诗歌大多怨恨之辞。杨牢的妻子也很有志向和操守。后来他在青州幕府时，奉命出使染上了疾病，由于不愿意问诊服药而去世。

471.太宗使宇文士及割肉①，乃以饼拭手，帝屡目之②。士及佯为不悟，更徐拭而后啗之。

**【注释】**

①太宗使宇文士及割肉：本条采录自《隋唐嘉话》。

②目：动词，用眼睛看。

**【译文】**

唐太宗让宇文士及分割熟肉，他就用面饼拭擦手上的油，太宗多次看他。宇文士及佯装没有觉察，继续用饼擦拭手上的油，然后将面饼吃了。

472.太宗令虞监写《列女传》①，以装屏风。未及阅卷②，乃暗书之③，一字无失④。

**【注释】**

①太宗令虞监写《列女传》：本条采录自《隋唐嘉话》。《列女传》，是一部介绍中国古代妇女事迹的传记性史书，全书共七卷。为西汉经学家、目录学家、文学家刘向所著。

②阅卷：原书此二字作"求本"。

③暗书：指默写。

④一字无失：《旧唐书·虞世南传》记载为："太宗尝命写《列女传》以装屏风，于时无本，世南暗疏之，不失一字。"

**【译文】**

唐太宗让虞世南书写《列女传》，用来装饰屏风。当时没有来得及找到书本，虞世南就凭记忆默写了出来，竟然一字不差。

473.贾嘉隐年七岁①，以神童召见。时长孙太尉无忌、李司空勣于朝堂立语②。李戏之曰："吾所倚何树？"嘉隐云："松树。"李曰："此槐也，何言松？"嘉隐曰："以公配木，何得非松。"长孙复问："吾所倚何树？"曰："槐树。"公曰："汝不复能矫对耶③？"嘉隐曰："何须矫对，但取其鬼木耳④。"李叹曰："此小儿獠面⑤，何得如此聪明！"嘉隐应声曰:"胡头尚作宰相,獠面何废聪明。"李状胡也⑥。

**【注释】**

①贾嘉隐年七岁:本条采录自《隋唐嘉话》《大唐新语·聪敏》。贾
　嘉隐,少好学。年七岁,以神童召见,对答精妙,名动一时。

②长孙太尉无忌:即长孙无忌,字辅机,河南洛阳(今属河南)人,鲜
　卑族。唐朝初期外戚,太宗长孙皇后同母兄。少与太宗友善,尝
　从太宗征伐,累除比部郎中,封上党县公。决策发动"玄武门之
　变",助太宗夺取帝位,迁左武候大将军,擢为尚书右仆射、司空、
　司徒等职,封赵国公,后迁太子太师。太宗贞观二十三年(649)
　与褚遂良同受命辅立高宗。高宗即位,任太尉、同中书门下三品。
　后因反对高宗立武氏为后,被放逐于黔州,被逼自缢而死。

③矫对:曲对。即不直说,巧妙地回答。

④但取其鬼木耳:《大唐新语》此句作"以鬼配木"。

⑤獠面:粗野丑陋的容貌。

⑥李状胡也:原为注文,据齐之鸾本、《历代小史》本列入正文。

**【译文】**

　　贾嘉隐七岁时,以神童的身份被召见。当时太尉长孙无忌、司空李
勣在朝堂上站着说话。李勣戏弄贾嘉隐说:"我靠的是什么树?"贾嘉隐
回答说:"是松树。"李勣说:"这是槐树,怎么能说是松树呢?"贾嘉隐回
答说:"以公配木,怎么会不是松树。"长孙无忌也问贾嘉隐说:"我靠的
是什么树?"贾嘉隐说:"是槐树。"长孙无忌说:"你是不是不能再巧说了
呢?"贾嘉隐说:"何必巧说,只是取以鬼配木的意思罢了。"李勣叹息着
说:"这个小孩容貌粗野丑陋,怎么这么聪明?"贾嘉隐应声回答说:"长着
胡人的相貌尚且能做宰相,长得粗野丑陋怎么就不能聪明?"李勣的相貌
有点像胡人。

474.崔相慎由豪爽<sup>①</sup>，廉察浙西<sup>②</sup>，有瓦官寺持《法华经》僧为门徒。或有术士言："相国面上气色有贵子。"问其妊娠之所在，夫人泪媵妾间皆无所见<sup>③</sup>。相国徐思之，乃召曾侍更衣官妓而示，术士曰："果在此也。"及载诞日<sup>④</sup>，腋下有文，相次分明，即瓦官僧名，因命小字缁郎。年七岁，尚不食肉。一日，有僧请见，乃掌其颊，谓曰："既爱官爵，何不食肉？"自此方味荤血，即相国垂休也<sup>⑤</sup>。

**【注释】**

①崔相慎由豪爽：本条采录自《北梦琐言·崔允相腋文》。

②廉察：唐以来对观察使或职权与之相当的官员的简称。

③媵（yìng）妾：指姬妾。

④载诞：诞生，出生。

⑤相国垂休：即崔胤，字垂休。《新唐书·崔胤传》记载："世言慎由晚无子，遇异浮屠，以术求，乃生胤，字缁郎。"

**【译文】**

宰相崔慎由性情豪放爽快，他任浙西观察使时，有一个瓦官寺研究《法华经》的和尚来做他的门生。另有一个方术之士对他说："从相国脸上的气色来看，将来会生贵子。"问他怀孕女子的所在，从夫人到姬妾全都不是。崔慎由想了一会儿，就叫来曾经侍奉过他的官妓让术士看，术士说："果真在这里。"等到孩子诞生的时候，他的腋下有文字，次第分明，仔细看是瓦官寺那个僧人的名字，于是给他起小名叫缁郎。缁郎七岁的时候还不吃肉。一天，有一个和尚求见，他用手掌抚摸着缁郎的脸颊说："既然喜欢官职爵位，怎能不吃肉呢？"从此才开始品尝荤腥，这个孩子就是相国崔胤，字垂休。

475. "小子谋餐而已<sup>①</sup>，案<sup>②</sup>：此上有脱文。此人岂享富贵者乎？"幽求闻之，拂衣而出。卢令遽下阶捉幽求衣<sup>③</sup>，伸谢之，幽求竟去。卢回，谓诸郎官曰："轻笑刘生，祸从此始。"卢令竟为宗、纪所排<sup>④</sup>，左迁金州司马。六月，中宗晏驾<sup>⑤</sup>。十五日酺酒间<sup>⑥</sup>，裴灌卧于私第<sup>⑦</sup>，幽求忽来诣灌，直入卧内，戴撒耳帽子<sup>⑧</sup>，着白襕衫<sup>⑨</sup>，底着短绯白衫，执灌手曰："裴三！死生一决。"言讫而去。灌大惊，不测其故，谓其妻曰："仆竟坐与案：此下有脱文。非笑此子，恐祸在须臾。"明日［原注］<sup>⑩</sup>时去清明九十九日。中宗小祥<sup>⑪</sup>，百官率慰少帝<sup>⑫</sup>。是日，月华门至辰巳后方开，传声曰："斩决使刘相公出。"衣黄金甲，佩囊鞬<sup>⑬</sup>，统万骑<sup>⑭</sup>，兵士白刃耀日，自宗、纪及前时轻笑者，咸受戮于朝。又唤兵部员外郎裴灌，灌股慄而前。幽求曰："相识否？"灌答曰："不识。"刘曰："幽求与公，俱以本官一例赴中书上任<sup>⑮</sup>。"其夜凡制诰百余首，皆幽求作也。自为拜相白麻云<sup>⑯</sup>："前朝邑尉刘幽求忠贞贯日，义勇横秋，首建雄谋，果成大业，可中书舍人，参知机务<sup>⑰</sup>。赐甲第一区<sup>⑱</sup>，金银器皿十床，细婢十人<sup>⑲</sup>，马百匹，锦彩千段，仍给铁券<sup>⑳</sup>，特恕十死。"翌日，命金州司马卢齐卿京兆少尹知府事。载柳冲常侍所著《姓系·刘氏卷》中<sup>㉑</sup>。

【注释】

①小子谋餐而已：《守山阁丛书》本《唐语林》校勘记钱熙祚认为此条应为"豪爽门"首条，误入了"凤慧门"。谋餐，亦作谋食。犹谋生。

②案：据周勋初《校证》，此后按语应是《四库全书》馆臣所加。下

文案语亦是。

③卢令：即卢齐卿，因其曾任太子率更令，故称。幽州涿县（今河北涿州）人。长安初年以门荫入仕，起家雍州录事参军。颇有识人之明。唐玄宗开元初年出任徐州、幽州刺史。好饮不乱，宽厚可亲。官终太子詹事，封广阳县公，卒于任上。

④宗、纪：即宗楚客、纪处讷。《旧唐书·宗楚客传》记载："楚客虽迹附韦氏，而尝别有异图，与侍中纪处讷共为朋党，故时人呼为宗、纪。"

⑤晏驾：古代帝王去世的讳称。

⑥酺（pú）酒：会聚饮酒。

⑦裴漼：绛州闻喜（今山西闻喜）人。世为著姓。武后时应大礼举，为陈留主簿。中宗时任监察御史。累进中书舍人。睿宗时为兵部侍郎，铨叙公允。玄宗开元时数为张说称荐，历吏部侍郎、黄门侍郎、御史大夫、吏部尚书。官终太子宾客。

⑧撖（jiē）耳帽子：亦作"搭耳帽""爪牙帽子"，西域少数民族用以御寒的一种便帽。据传赵武灵王进行了修改作为军帽，南北朝时中原人亦常戴此。五代后唐马缟《中华古今注·搭耳帽》："搭耳帽，本胡服。以韦为之，以羔毛络缝。赵武灵王更以绫绢皂色为之，始并立其名爪牙帽子。盖军戎之服也。又隐太子常以花搭耳帽子，以畋猎游宴，后赐武臣及内侍从。"

⑨襕衫：古代士人所穿的礼服。因下摆缀有横襕而得名。唐初，中书令马周奏议制士人专服的襕衫，在深衣之上，加襕、袖、褾、襈（襕为下摆横饰，袖指衣袖，褾为袖端横饰，襈为衣边饰），作为士人专服，称襕衫，与襕袍类似。后代沿袭唐制，宋代作为秀才、举人之服。

⑩原注：此当是柳珵所注。

⑪小祥：古时皇帝、皇太后、皇后等死后十二日举行小祥祭。自汉文

帝遗诏减丧服期，以后皇室之丧，常以日易月（一天代替一月）。

⑫率慰：齐之鸾本作"奉慰"，当据改。唐宋礼制，逢帝、后忌辰，百官列班进名拜慰天子或皇太后，称"奉慰"。

⑬櫜鞬（gāo jiān）：藏箭和弓的器具。櫜，箭壶。鞬，盛弓矢的器具。泛指武将的装束。

⑭万骑：唐朝禁军之一。是唐太宗选拔建立的精锐骑兵部队，最初只有百十来人，号称百骑。后来规模日渐扩大，达到一千人左右。唐中宗时规模扩大到一万人左右，号称万骑。

⑮一例：一律，同等。

⑯白麻：诏书旧皆用白纸。唐高宗上元年间，以白纸易蠹，改用麻纸。册立、施赦、讨伐、除徙等政令遂皆用白麻书。《新唐书·百官志》："凡拜免将相，号令征伐，皆用白麻。"

⑰参知机务：职衔名。加此衔者即为宰相。唐朝时置。停知机务即罢宰相职。

⑱甲第：旧时豪门贵族的宅第。《史记·孝武本纪》："赐列侯甲第，僮千人。"裴骃集解引《汉书音义》："有甲乙第次，故曰第。"

⑲细婢：小婢。

⑳铁券：即铁契。古代君主赐给功臣的一种信券，铁制，上镌誓文，用以表示君臣同心，如铁石之坚。得此券者，有罪可以减免。常以朱红书写，故亦称作丹书铁券。

㉑柳冲常侍所著《姓系·刘氏卷》中：《旧唐书·经籍志》《新唐书·艺文志》著录《大唐姓族系录》二百卷，柳冲撰。此书今已散佚。《新唐书·柳冲传》记载："初，太宗命诸儒撰《氏族志》，甄差群姓，其后门胄兴替不常，冲请改修其书，帝诏魏元忠、张锡、萧至忠、岑羲、崔湜、徐坚、刘宪、吴兢及冲共取德、功、时望、国籍之家，等而次之。夷蕃酋长袭冠带者，析著别品。会元忠等继物故，至先天时，复诏冲及坚、兢与魏知古、陆象先、刘子玄等讨缀，书乃

成，号《姓系录》。……开元初，诏冲与薛南金复加刊审，乃定。"
中，原阙，据齐之鸾本补。

**【译文】**

"平民百姓谋生而已，案：这句上面有脱漏的文字。这个人难道是享受荣华富贵的人吗？"刘幽求听到后，拂衣而去。卢齐卿急忙走下台阶抓住刘幽求的衣服，向他表示歉意，刘幽求最终还是离开了。卢齐卿回来对各位郎官说："轻蔑讥笑刘幽求，只怕是祸端的开始。"卢齐卿最终被宗楚客、纪处讷所排挤，贬官金州司马。六月，唐中宗驾崩。十五日会聚饮酒的时候，裴漼正在自己家里躺卧着休息，刘幽求忽然来拜访，他径直进入卧室，戴着撮耳帽，外穿白色的裲衫，内搭短绯白衫，他拉着裴漼的手说："裴三！生死在此一决。"说完就离开了。裴漼非常吃惊，没能推测出其中的缘故，他对妻子说："仆竟坐与案：这个字下面有脱漏的文字。没有讥笑过这个人，我担心祸患很快就要来临了。"第二天［原注］这时距离清明九十九日。是唐中宗的小祥祭，百官列班拜慰少帝。这一天，月华门直到辰巳后才打开，从门里传出声音说："执行斩首刑罚的使臣刘相公来了。"只见刘幽求穿着黄金甲，佩挂装藏弓箭的鞬韔，统领着禁军万骑，士卒手中锋利的刀剑映照着日光，从宗楚客、纪处讷到先前讥笑他的人，全部都杀死在朝廷之上。刘幽求又叫兵部员外郎裴漼，裴漼两腿发抖走上前来。刘幽求说："认识吗？"裴漼回答说："不认识。"刘幽求说："我和你都以原任官职一律赴中书省就任。"这天夜里共草拟诏令一百多道，全都出自刘幽求之手。他给自己起草的拜相的白麻诏令说："前朝邑尉刘幽求忠诚之心可以贯通日月，勇为的精神可以充塞秋天的天空，他首建宏大的谋略，并最终成就伟大的事业，可拜为中书舍人、宰相。赏赐宅第一所，金银器皿十床，小婢十人，马一百匹，华美的丝织品一千段，并赏赐铁券，特别赦免死罪十次。"第二天，刘幽求下令金州司马卢齐卿升任京兆少尹知府事。这些事记载在常侍柳冲所著的《姓系·刘氏卷》中。

# 卷四

**【题解】**

《唐语林》卷四包括"豪爽""容止""自新""企羡""伤逝""栖逸""贤媛"七门,共一百三十五条,主要表现的是唐代士人的个性特征、审美情趣和精神追求。

"豪爽"是指人举止大方、气度豪迈。《唐语林》"豪爽"门共二十三条,是对具有豪放爽直性格和行为的帝王及大臣生活逸事的记述。唐玄宗李隆基是发动唐隆政变、铲除韦后势力,中兴唐室,开创开元盛世的一代雄主,"豪爽"门前八条就是对唐玄宗豪放爽直的性格和行为的记述,其中有写玄宗为潞州别驾时入觐京师,游昆明池时在豪家子的酒席上自报家门,"连饮三银船,尽一巨馅,乘马而去"的豪爽(第476条);有在朝堂上叱责武攸暨,并由此得到武则天"吾家太平天子"赞誉的逸事(第478条);有登基做皇帝后巡幸泰山时,看到"数十里旌旗严洁,羽卫整肃"的盛大场景,命令吴道玄、韦无忝、陈闳共绘《金桥图》的豪情(第477条);更有叫来花奴击羯鼓为他解秽(第482条)及其纵情击打羯鼓(第480条)的豪放等。玄宗之外,以豪放爽直著称的帝王还有唐宪宗和唐宣宗等,唐宪宗七岁时以"是第三天子"回答唐德宗"汝是何人,乃在我怀中"的问话(第487条),唐宣宗巡幸皇家林苑时射穿竹竿展现的豪气(第493条)。

对大臣豪迈气度的记述主要是对一些具有文韬武略的文人官吏逸事的记述，颜真卿将刻有自己名字的石头"或致之高山之上，或沉之大洲之地"，并以"安知不有陵谷之变耶"来表现他通达豪迈的气度（第485条）；李德裕辅佐武宗功勋卓著，为表彰自己的功劳而修建构思亭（第491条）；宰相李回提拔其年轻时曾游玩的覃怀王家后生并在委任状上直接签字担保（第492条）等行为均表现他们的豪爽和不拘小节；赵国公长孙无忌在酒宴上"公视无忌，何如越公"的问话以及他"吾自揣诚不羡越公。越公之贵也老，而无忌之贵也少"的自答表现其坦诚豪爽的性格（第495条）。除此之外，"豪爽"门也有很多条目表现官员的没有原则、性格严酷以及恩将仇报。李翱将擅长吹奏长笛的重罪犯免除罪行释放（第489条）；严挺之的儿子严武拿铁锤击杀父亲的小妾及其为官后的严酷（第484条）；李绅得势后让自己曾经称为叔叔的李元将叫他爷爷，及其杀死同榜进士崔姓巡官的仆人并杖罚流放崔巡官（第490条）等的行为，就不仅仅是豪放爽直的表现了。

"容止"是指人的仪态举止。《唐语林》"容止"门共十一条，主要是对唐代大臣仪容仪表、举止风度的描述。其中仪表仪容方面有"风仪秀整、有异于众"的张九龄（第500条），"冠服以儒者自处"的燕公张说（第499条），风度相貌俊美、以长巾裹头引领社会潮流的侍中路岩（第509条）以及"美姿貌"的薛调（第506条）等。举止风度方面有进退举止温文大方的杜审权（第507条）；性格审慎，每天都站在固定位置、尺寸丝毫不差的仆射魏元忠（第508条）；脚步稳健、言行举止合乎礼仪的卢钧（第505条）；以及任河南尹时迎来送往皆有常处，"马足差跌不出三五步"的郑珣瑜（第504条）等等，所有这些都反映了唐代社会的时代风气和审美情趣。

自新，是指改正错误、重新做人。《唐语林》"自新"门共六条，改正自身错误方面有听从建议、改变自己称呼的江淮客刘圆（第510条）；一身正气、知错就改的杀手（第512条）；因为礼节上的失误而知错就改，一一向判官行回拜之礼的淄青节度使田神功（第513条）等。至于第511条中李锷在听到堂兄李锜造反后失声痛哭，为全家人制作枷锁并全部拘禁在观察使之事，则是李锷在堂兄造反后的深刻自省及担心受到牵连的忧惧心理的表现。

企羡，是指企盼仰慕。《唐语林》"企羡"门共五十一条，主要表现唐代士人对科举、才学、名望德行以及亲情等的仰慕和追求。科举考试是唐代选拔人才最重要的途径，文人学子从小苦读诗书，为的就是有朝一日能够进士登第，步入官场，有所作为。"企羡"门有很多条就表现了唐代士人对科举登第的向往以及对有多人进士及第的家族的仰慕，如张伾科举考试没被录取后将《登科记》顶在头上称之为《千佛名经》（第516条），冯宿之子及冯家叔侄兄弟"连年进士及第，连年登宏词科"的"一时之盛无比"（第538条），崔雍兄弟八人全都进士及第而被时人号称"点头崔家"（第548条），范阳卢氏家族九十年时间里有一百十六人进士登第的荣耀（第561条）等。不只是普通士子，就是堂堂天子，也对进士及第之人充满敬仰，如唐宣宗自称"乡贡进士李某""乡贡进士李道龙"，善待宰臣及上言者（第540、541条），及其尚文学、重科名，并命人撰写《登科记》（第542条）等逸事就是这方面的表现。

由于唐代主持科举考试的主试官对科考之人能否及第具有决定性的作用，因此"企羡"门也写到了不少与主考官相关的逸事。权德舆主持科举考试三年，其门下门生接连任公卿、宰相一类显官（第524条）；李逢吉主持科举考试后在发榜前被拜为宰相，登第士子在中书省拜谒他而被称为"好脚迹门生"（第527条）；曾任纥干臮进士考试的主考官、现任宰相的崔群，与现任科举考试的主考官纥干臮一同在崔群新昌宅第接见登第门生（第535条）；以及宰相李宗闵主持科举考试时登第者皆为清秀端正、才智杰出者而被人称为"玉笋"（第533条）等的史事，都是唐代科举考试中主考官具有关键作用的真实体现。

除此之外，"企羡"门也有很多条目表现了对大臣才学和德行的仰慕,其中有备受吐蕃首领、司徒杜佑等仰慕的门第第一、才学第一、官职第一的李揆(第517条),有选拔提携人才、令人敬仰的赵宗儒(第523条),也有进士及第、又登博学宏词科后同一年被四个地方的衙署征聘的张不疑(第545条),以及身为朝中官员却清贫到拿家中棉被和木枕换钱而被时人抢购的阳城(第528条)等等。至于第563条中薛元超对身边亲友所说自己没有实现的三件憾事:没能进士及第、没能迎娶五大姓女子,没能编修国史,就表现了唐代士人对科举、门第、才学等的追求和仰慕。

伤逝,是指对去世之人的怀念或者对亡去之事的回忆或追悔。《唐语林》"伤逝"门共十条,其中唐太宗对魏徵、虞世南去世的惋惜和怀念(第574、575条),驸马杜悰对去世的妻子岐阳公主的思念(第573条),以及唐宣宗对唐宪宗的思念(第572条)等,表现的都是对去世之人的伤悼和怀念。至于安史之乱时唐玄宗在去成都的路上呜咽流涕以及取长笛吹奏自制曲(第567条),天宝年间乐人在勤政楼前对昔日皇帝登此楼"鸥必集楼上"盛况的怀念(第568条),以及王播发达之后重游贫困时客游之地瓜洲(第571条)等,则是对往事的追悔或回忆。

栖逸,是指隐居赋闲,不乐仕进。《唐语林》"栖逸"门共十三条,主要是对和尚、道士隐逸之事的描写,表现他们隐居世外、情趣高雅的生活。其中有居于陶弘景隐居之地的和尚彦范和文人交往的逸事(第577条);有表现道士田良逸、蒋含弘高尚操守的故事(第578条);也有和尚佛光和白居易在伊水乘船烹鱼煮铭的闲趣(第580条);以及景陵僧人将捡拾到的陆鸿渐从婴儿培养成为精通茶道之人的轶事(第587条)等。除此之外,也有对文人尚奇之事的记述,如第588条写韩愈因追求新奇,和旅客一起登上华山最高峰,却因无法下山情绪崩溃大哭并写遗书。还有在乱世中归隐而保全自身的李瞻(第581条),以及安史之乱中率乡邻投奔襄汉而保全众人性命的元结(第584条)等等,都表现了他们或自保或保全民众性命的智慧和品质。

贤媛,是指有德行有才智有美貌的女子。《唐语林》"贤媛"门共有二十一条,其中主要是对后妃以及公主逸事的记述。对后妃逸事的记述主要表现皇后和嫔妃的聪慧和睿智,如为唐高祖妙解"阿婆面"的太穆皇后窦氏(第590条),容貌漂亮而又心灵手巧的唐玄宗嫔妃柳婕好(第591条),上书劝谏皇上不要在宜春县建造玉华宫的贤德聪慧的唐太宗充容徐惠(第607条),以及唐穆宗病危时,断然拒绝大臣让太后临朝处理政事的郭太后(第601条)等。对公主逸事的描写主要表现她们或贤德正直(第597条唐肃宗之女和政公主),或不妒忌(第602条唐宣宗之女安平公主),或曲折的人生经历(第595条唐玄宗之女寿安公主)等。除此之外,也有很多条目所述为大臣之母或大臣之妻,其中有丈夫去世后,在清贫的生活境况下抚养子女长大、并使其学有所成的贤德而有文才的刑部侍郎元沛之妻刘氏(第596条);有为救护丈夫连同腹中胎儿一起死于寻仇之人刀下的陇西李知璋妻郑氏(第606条);有被盗贼掳走为保贞节自杀而死的江阴尉邹待征之妻薄氏(第610条);还有在儿子贵为将相之后,仍坚持月织缣一匹的刘玄佐的母亲(第599条);以及拒绝郭子仪以父母之礼侍奉,甘愿以清洁自居的柳并之母(第598条)等,都表现了她们或贤德、或勇敢坚贞、或以清贫自居而不攀附权贵的美好品德。至于第594条所写柳齐物妾娇陈拒绝玄宗纳她为妃的要求,以及她为玄宗挑选刘婕好的逸事,则表现了她的用情专一和聪慧睿智。

# 豪爽

476.玄宗为潞州别驾<sup>①</sup>,入觐京师,尤自卑损<sup>②</sup>。暮春,豪家子数辈游昆明池。方饮次,上戎服臂鹰,疾驱至前,诸人不悦。忽一少年持酒船唱曰<sup>③</sup>:"今日宜以门族官品自言。"酒至,上大声曰:"曾祖天子,祖天子,父相王,临淄王李某。"诸少年惊走,不敢复视。上乃连饮三银船<sup>④</sup>,尽一巨馅⑤,乘马而去。

**【注释】**

①玄宗为潞州别驾:本条采录自《松窗杂录》。

②卑损:谦恭,降低身份。

③酒船:饮酒器。即酒杯。唱:后作"倡",倡导,发起。

④银船:银质船形酒杯。

⑤巨馅:当为"巨觥"。

**【译文】**

唐玄宗任潞州别驾时,去京城朝见天子,到京城后他特别谦恭,有意降低身份。春末的一天,几个豪门子弟在昆明池游宴。正在他们喝酒的时候,玄宗穿着军服,胳膊上驾着鹰,骑着马疾驰而至,这几个人很不高兴。忽然其中一个年轻人端着酒杯倡议道:"今天应该按照家族的官品等级自称。"酒端上来后,玄宗大声说:"我太爷爷是皇上,爷爷是皇上,父亲是相王,李某我是临淄王。"这几个年轻人受惊而逃,不敢再看他。于是玄宗接连喝了三杯,又喝干了一大觥酒,然后骑着马离开了。

477.玄宗幸太山回①,车次上党②,路逢父老,负担壶浆远迎③。上亲加存问④,受其所献,赐赍有差⑤。父老旧识者,上悉赐酒,与之话旧。所过村乡,必令询问,或有丧疾,俱令吊恤。百姓欣然,乞愿驻跸⑥。及车驾过金桥[原注]⑦桥在潞州。御路萦转。上见数十里旌旗严洁,羽卫整肃,谓左右曰:"张说言我勒兵三十万,旌旗千里,陕右、上党⑧,止于太原,真才子也!"左右皆称万岁。遂诏吴道玄、韦无忝、陈闳等⑨,令写《金桥图》。其圣容及上所乘马照夜白⑩,陈闳主之;桥梁、山水、车舆、人物、草树、鹰鸟、器仗、帏幕,吴道玄主之；犬马、驴骡、牛羊、骆驼、熊猿、猪鸡之类[11]，韦无忝主之。其图谓之三绝。

**【注释】**

①玄宗幸太山回：本条采录自《开天传信记》。

②车：原书作"车驾"，当据补。次：临时驻扎和住宿。

③壶浆：茶水，酒浆。因以壶盛之，故称。

④存问：慰问，问候。多指尊对卑，上对下。

⑤赐赍：赏赐的东西。

⑥驻跸（bì）：指皇帝后妃外出，途中暂停小住。

⑦原注：此后注语应是李繁所注。

⑧陕右："陕"原作"挟"，"右"字原阙，据《历代小史》本校补。

⑨吴道玄：又名吴道子，阳翟（今河南禹州）人。唐代著名画家，史称画圣。少孤贫，年轻时即有画名。曾任兖州瑕丘县尉，不久即辞职。后流落洛阳，从事壁画创作。唐玄宗开元年间以善画被召入宫廷，历任供奉、内教博士。所作佛道尊像，世称神品。韦无忝：京兆（今陕西西安）人。玄宗时官侍郎、左武卫大将军。善画鞍马、鹘、象、鹰，图异兽、人物、花竹皆妙。尤以画鞍马、异兽独擅其名，时人称号："韦画四足，无不妙。"陈闳：会稽（今浙江绍兴）人。曾为永王府长史。善画人物、仕女及禽兽、鞍马。师曹霸，与韩干同时。唐玄宗开元中召入宫中供奉，曾为玄宗、肃宗画像，冠绝当时。

⑩照夜白：骏马名。唐玄宗时宁远国王所献两匹汗血宝马中的一匹。玄宗非常喜欢这两匹马，分别起名叫"照夜白""玉花骢"。

⑪猪鸡之类：原书作"猪独四足之类"，"鸡"当为误字。

**【译文】**

唐玄宗巡幸泰山回来，途中在上党临时驻扎，路上碰到当地的百姓，他们背负肩挑着茶水、酒浆到很远的地方接驾。玄宗亲自慰劳，接受了他们的进献，给他们赏赐的东西各有不同。百姓中有旧时相识的人，玄宗全都赐给他们酒，并和他们谈论往事。一路经过的所有乡村，玄宗都让人前去打听情况，有家人去世或者生病的，全部命人慰问抚恤。百姓非常高兴，请求玄宗暂停小住。等到经过金桥时，[原注]金桥在潞州。御道回旋环绕。玄宗见几十里的路上旌旗整肃洁净，卫队和仪仗整肃，就对身边的人说："张说说我指挥三十万军队，旌旗绵延上千里，从陕右、上党，一直到太原，是真才子！"玄宗身边的人都高喊万岁。于是召来吴道子、韦无忝、陈闳等，命他们三人共同绘制《金桥图》。玄宗真容及所乘骏马照夜白，由陈闳主画；桥梁、山水、车舆、人物、草树、鹰鸟、器仗、帷幕等由吴道子主画；狗马、骡驴、牛羊、骆驼、熊猿、猪独等动物之类，则由韦无忝主画。《金桥图》绘成后，时人称之为"三绝"。

478.上为皇孙时①，风神秀异，英姿隽迈，于朝堂叱武攸暨曰②："我国家朝堂③，汝安得恣蜂虿而狼顾耶④！"则天闻之，曰："此儿气概，终当是吾家太平天子。"

**【注释】**

①上为皇孙时：本条采录自《开天传信记》。

②武攸暨：并州文水（今山西文水）人。武则天之侄。武周时期册封千乘郡王，迁右卫中郎将。迎娶太平公主，授驸马都尉。累迁右卫将军，进封定王。中宗神龙年间拜司徒，后降封乐寿郡王，拜右散骑常侍、开府仪同三司，再降为楚国公。卒赠太尉、并州大都督，追封定王。

③我国家朝堂：原书此句作"朝堂，我家朝堂"。

④蜂虿（chài）：蜂和虿。都是有毒刺的螫虫。多用以比喻恶人或敌人。狼顾：如狼一般凶狠而贪婪地顾视。形容贪婪地企图攫取。

**【译文】**

唐玄宗做皇孙时，风采神态优异特出，天资豪迈，有一天他在朝堂之上叱责武攸暨说："朝堂，是我李家的朝堂，你怎么能够像蜂和虿一样企图肆意攫取！"武则天听了说："这个孩子有气魄，一定会成为我家治国平天下的皇帝。"

479.玄宗在藩邸时①，每岁畋于城南韦、杜之间②。尝因逐兔，意乐忘反，与其徒十余人，饥倦休息于大树下。忽有一书生③，杀驴拔蒜，为具甚备，上顾而奇之。及与语，磊落不凡。问姓名，王琚也④。自此每游，必过其舍。或语，多合上意，乃益亲之。及韦氏专制，上忧甚，密言之。琚曰："乱则杀之，又何虑焉。"上遂纳其谋，平国内难。累拜琚为中书侍郎，预配享⑤。

**【注释】**

①玄宗在藩邸时：本条采录自《开天传信记》。藩邸，藩王之宅第。

②城南韦、杜：指唐代韦、杜两家，世为望族，住长安城南的韦曲和杜曲。

③忽有一书生：原书此句作"适有书生延上过其家。家贫，止于村，妻、一驴而已。上坐未久，书生"。

④王琚：怀州河内（今河南沁阳）人。少年丧父，聪敏好学。颇有才略。中宗神龙初年，交好临淄王李隆基和驸马都尉王同皎。玄宗先天元年（712）拜中书侍郎，参与先天政变之后，清除太平公主势力，拜银青光禄大夫、检校户部尚书，册封赵国公。由是恩宠日重，常参闻大政，时人称之"内宰相"。开元初渐失宠，转任诸州刺史。天宝五载（746）遭右相李林甫构陷，自缢而死。

⑤配享：亦作"配飨"。指在帝王宗庙祭祀先祖时以功臣袝祭。

**【译文】**

玄宗在藩王府第的时候，每年在长安城南的韦曲和杜曲之间打猎。曾经因为追赶兔子，心情高兴而忘了回家，他和手下的十几个人，饥饿疲倦，在一棵大树下休息。忽然有个书生，杀驴拔蒜，准备饭食，很是周全，玄宗看了感到很奇怪。等到与书生交谈，发现书生洒脱、直率，跟一般人不同。问他姓名，原来叫王琚。从此后玄宗每次到韦、杜间游玩，一定会造访王琚家。王琚的谈话和主张，大都合乎玄宗心意，于是玄宗跟他更加亲近友好。等到韦后专权时，玄宗很忧虑，私下跟王琚谈了这件事。王琚说："乱政就杀了她，又有什么可顾虑的？"玄宗便采纳了王琚的策略，平定了朝廷内的祸乱。连续提升任命王琚为中书侍郎，并准备在他死后让他成为配享之臣。

480.玄宗洞晓音律①，丝管皆造其妙。制作诸曲，随意即成，如不加意②。尤爱羯鼓横笛③，云："八音之领袖④，诸乐不可为比。"尝遇二月初，诘旦⑤，巾栉方毕⑥。时宿雨始晴⑦，景气明丽，殿庭柳杏将拆⑧。上曰："对此景物，岂得不为他判断乎⑨？"左右相目，将令备酒，独高力士遣取羯鼓，上临轩纵击一曲，名《春光好》，［原注］⑩上自制也。神气自得。及顾柳杏皆已发拆，指而笑曰："不唤我作天公可乎？"嫔嫱侍臣皆称万岁⑪。又尝制《秋风高》，每至秋空迥彻⑫，纤埃不起，即奏之，必远风徐来，庭叶坠下，其神妙如此。

**【注释】**

①玄宗洞晓音律：本条采录自《羯鼓录》。

②加意：留意，注意。

③羯鼓：打击乐器。原流行于西域地区，南北朝时传入中原。隋时燕乐的龟兹、疏勒、高昌、天竺诸部均用之。盛行于唐玄宗开元、天宝年间。鼓形如漆桶，下支以小牙床，用二杖击之。故又名两杖鼓。《通典·乐四》："羯鼓，正如漆桶，两头俱击。以出羯中，故号羯鼓，亦谓之两杖鼓。"横笛：乐器名。亦称横吹，又名短箫。即今七孔横吹之笛，与古笛之直吹者相对而言。

④八音：古时对乐器的统称，通常指金、石、丝、竹、匏、土、革、木八种不同质材制成的乐器。语出《尚书·舜典》："三载，四海遏密八音。"孔传："八音：金、石、丝、竹、匏、土、革、木。"《周礼·春官·大师》："皆播之以八音：金、石、土、革、丝、木、匏、竹。"郑玄注："金，钟镈也；石，磬也；土，埙也；革，鼓鼗也；丝，琴瑟也；木，柷敔也；匏，笙也；竹，管箫也。"

⑤诘旦：平明，清晨。

⑥巾栉（zhì）：巾和梳篦。泛指盥洗梳理用具。此处指盥洗。

⑦宿雨：夜雨，经夜的雨水。

⑧拆：同"坼（chè）"。开裂。指发芽。

⑨判断：欣赏。

⑩原注：此为南卓自注。

⑪嫔嫱：宫中女官，天子诸侯姬妾。

⑫迥（jiǒng）彻：高远清澈。

## 【译文】

唐玄宗精通音乐，弦乐器和管乐器都能达到奇妙的境地。他创作各种乐曲，任情适意便可完成，好像没有特别上心。玄宗尤其喜欢羯鼓和横笛，他说："这两种乐器是所有乐器中最突出的，其他各种乐器都不能与它们相比。"曾经在二月初的一天清晨，梳洗刚结束。当时下了一夜的雨停了，开始放晴，景象明净美丽，宫殿阶前的平地上柳树和杏树将要发芽。玄宗说："面对着如此美好的景象，怎能不做一番欣赏呢？"玄宗身边的人互相看了看，就要让人准备酒食，只有高力士派人去取羯鼓，玄宗在窗前纵情击打了一首乐曲，名叫《春光好》，[原注]玄宗皇帝自己制作。神情得意闲适。等到回头柳树、杏树都已经发芽，玄宗指着柳树、杏树笑着说："不叫我天公能行吗？"宫里的姬妾和陪侍的大臣都高喊万岁。玄宗还曾经创作了乐曲《秋风高》，每当秋天的天空高远清澈、微尘不起的时候，就演奏这首乐曲，这时候远方的清风必定会徐徐吹来，庭院的树叶伴随着清风落下，就是这样的神奇巧妙。

481.玄宗起凉殿①，拾遗陈知节上疏极谏②。上令力士召对。时暑毒方甚，上在凉殿，座后水激扇车③，风猎衣襟。知节至，赐坐石榻。阴霤沉吟④，仰不见日，四隅积水成帘飞洒，座内含冻⑤。复赐冰屑麻节饮⑥。陈体生寒慄，腹中雷鸣，再三请起方许，上犹拭汗不已。陈才及门，遗泄狼籍⑦，逾日复故。谓曰："卿论事宜审，勿以己方万乘也⑧。"

**【注释】**

①玄宗起凉殿：本条采录自《庐陵官下记》。凉殿，可以取凉的殿堂。

②陈知节：唐玄宗时人，曾任拾遗。

③扇车：古时一种用以扇风取凉的器具。

④阴霤（liù）：凉室，阴凉之地。

⑤含冻：犹凝冰，结冰。

⑥冰屑麻节饮：唐代的一种宫廷冷饮，制法不详。

⑦遗泄：指腹泻。狼藉：形容困厄、窘迫。

⑧方：通"谤"，指责别人的过失。

**【译文】**

唐玄宗建造凉殿，拾遗陈知节上疏极力劝谏。玄宗命高力士叫来陈知节,让他回答有关政事、经义等方面的问题。当时正是酷暑天最热的时候,唐玄宗坐在凉殿,座位后面水流击打着扇车,清风掠过衣襟。陈知节来了后,玄宗赐他坐在石榻上。陈知节看到凉殿之中非常阴凉,抬头看不见阳光,凉殿的四角水流形成帘幕飞洒而下,座位之中都已结冰。玄宗又赐给他冰屑麻节饮。陈知节的身体因寒冷而战栗,腹肠响动如同雷鸣一般,他再三请求才被允许起来,而玄宗还在不停地擦汗。陈知节才走到门口就开始闹肚子,一直到第二天才好。有人对他说:"你谈论政事应该考察清楚,不要因为你自己的原因就指责皇上。"

482.玄宗性俊迈<sup>①</sup>,不好琴。会听琴,正弄未毕,叱琴者曰:"待诏出<sup>②</sup>!"谓内官曰:"速令花奴将羯鼓来<sup>③</sup>,为我解秽。"

**【注释】**

①玄宗性俊迈:本条采录自《羯鼓录》。俊迈,雄健豪迈。

②待诏:本指应皇帝征召至京城,以等待正式任命者之称。以其所处不同,又有待诏公车、待诏金马门等名目。后遂成为官名,凡具一技之长而备咨询顾问者,皆称待诏,因有医待诏、画待诏等名称。

③花奴:唐玄宗时汝南王李琎的小名。李琎,字嗣恭。睿宗李旦嫡长孙,让皇帝李宪长子,雅好音乐,姿质明莹。擅长弓箭及羯鼓,深得唐玄宗喜爱,册封汝南王,累迁太仆卿同正员、特进。

**【译文】**

唐玄宗性情雄健豪迈,不喜欢琴声。有一次,刚好听到琴声,正在弹奏还没有结束,他呵斥弹琴的人说:"待诏你出去!"然后对宦官说:"赶紧让花奴带着羯鼓过来,帮我解除秽恶。"

483.玄宗封太山<sup>①</sup>,进次荥阳旃然河<sup>②</sup>,见巨黑龙,命弧矢而亲射之。矢发龙灭。自是旃然伏流,于今百余年矣。

按㳠然即济水,溢而为荥,遂名㳠然。《左传》:"楚涉颍,次
于㳠然。"即其地。

**【注释】**

　①玄宗封太山:本条采录自《开天传信记》。

　②进次:进驻。㳠(zhān)然河:在河南荥阳北部,属黄河水系。因
　　天旱则涸,故亦称枯河。

**【译文】**

　　唐玄宗去封禅泰山,进驻荥阳的㳠然河,看到一条巨大的黑龙,玄
宗命令拿来弓箭亲自射龙。他的箭射出去龙就消失不见了。从此以后
㳠然河的水就潜藏到地下流动,到现在已经一百多年了。按㳠然就是济
水,济水溢出形成荥水,于是就取名叫㳠然。《左传》曰:"楚军渡过颍水,
驻扎在㳠然。"就是这个地方。


　　484.武后朝①,严安之、挺之②,昆弟也。安之为长安兵
曹,权过京兆,至今为寮者赖安之之术焉。挺之则登历台
省③,亦有时名。挺之薄妻而爱其子。严武年八岁④,询其母
曰:"大人常厚玄英,[原注]⑤妾也。未尝慰省我母,何至于
斯?"母曰:"吾与汝子母也⑥,以汝尚幼,未知之也⑦。汝父
薄行⑧,嫌吾寝陋⑨,枕席数宵,遂即怀汝。自后相弃,为汝
父离妇焉⑩。"其母凄咽,武亦愤惋。候父出,元英方睡,武
持小铁锤击碎其首。及挺之归,惊愕,视之,已毙矣。左右
曰:"小郎君戏运锤而致之。"挺之呼武曰:"汝何戏之甚?"
武曰:"焉有大朝人士⑪,厚其侍妾,困辱儿之母乎?故须击
杀,非戏也。"父曰:"真严挺之子。"

## 【注释】

①武后朝：本条采录自《云谿友议·严黄门》。

②挺之：即严挺之，本名严浚，以字行，华州华阴（今陕西华阴）人。少好学，举进士，中宗神龙元年（705）又制举擢第，授义兴县尉。姚崇执政，以为右拾遗。玄宗开元年间，历任考功员外郎、给事中、知贡举。后因冒犯宰相李元纮，出为濮、汴二州刺史。张九龄执政，用为尚书左丞。受李林甫排挤，出贬洛州刺史。后又诏归洛阳，以为员外太子詹事。

③台省：唐时尚书省称中台，门下省称东台，中书省称西台。三省统称为台省。五代承唐制。

④严武：字季鹰。中书侍郎严挺之之子。初以父荫调为太原府参军，累官殿中侍御史。安史之乱后随唐玄宗入蜀，又应唐肃宗之诏前往灵武，任给事中。两京收复后，入朝为京兆尹，兼御史中丞等职。肃宗上元二年（761）出任剑南西川节度使，抵御吐蕃。代宗宝应元年（762）入为兵部侍郎兼御史大夫。不久后再镇剑南，因功加检校吏部尚书，封郑国公。

⑤原注：此为范摅自注。

⑥子母：原书此二字作"母子"，当据改。

⑦未知之：原书作"未之知"，当据改。

⑧薄行：指男子薄情，负心。

⑨寝陋：容貌丑陋。

⑩离妇：被丈夫离弃的妇女。

⑪大朝：称居于正统的朝廷。

## 【译文】

武后朝的严安之和严挺之是兄弟。严安之任长安兵曹，他的权力超过了长安的地方行政长官京兆尹，到现在做官的人还使用严安之的权术谋略。严挺之则历任台省一级的高官，在当时也很有名望。严挺之对妻子很冷淡却喜欢妻子所生的儿子。严武八岁时，问他的母亲说："父亲很喜欢玄英，[原注]小妾。却从来没有慰问过母亲您，为什么落到这步田地？"母亲回答说："我和你是母子，因为你年纪还小，我没有让你知道实际情况。你的父亲薄情寡义，他嫌我相貌丑陋，只与我同枕了几夜，于是就怀上了你。从此以后他就再也不理我了，我现在就是你父亲离弃的女人。"严武的母亲伤心呜咽，严武听了非常气愤。有一天，严武等父亲外出，小妾玄英正在睡觉的时候，他拿了一把小铁锤打碎了玄英的头。等到严挺之回来，非常震惊，去看时，玄英已经死了。家里的人对严挺之说："小郎君玩弄铁锤时打死了玄英。"严挺之将严武叫来问道："你为什么玩得这么过分？"严武说："哪里有像您这样的朝廷大员，厚待自己的姬妾，却让自己儿子的母亲处在困窘和受辱的境地？所以必须去杀你的小妾，这并不是玩弄铁锤误伤。"严挺之听了说："你还真是我严挺之的儿子。"

武年二十三，为给事黄门。明年，拥旄西蜀①，累于饮筵对客骋其笔札。杜甫拾遗乘醉而言曰："不谓严挺之乃有此儿也！"武恚目久之②，曰："杜审言孙子拟捋虎须耶③？"合坐皆笑以弥缝之④。武曰："与公等饮馔，所以谋欢，何至于祖考耶？"房太尉琯亦微有所忤⑤，忧怖成疾。武母恐害损贤良，遂以小舟送甫下峡，母则可谓贤也，然二公几不免于虎口矣。李太白作《蜀道难》，乃为房、杜危之也。其略曰："剑阁峥嵘而崔嵬⑥，一夫当关，万夫莫开⑦。所守或非人，化为狼与豺。朝避猛虎，夕避长蛇。磨牙吮血，杀人如麻。锦城虽云乐⑧，不如早还家。蜀道之难，难于上青天！侧身西望长咨嗟。"杜初自作《阆中行》："豺狼当路⑨，无地游从。"或谓章仇大夫兼琼为陈子昂拾遗雪狱⑩，高侍御适与王江宁昌龄申冤⑪，当时同为义士也。李翰林作此歌，朝右闻之⑫，皆疑严武有刘焉之志⑬。其属刺史章彝因小瑕⑭，武怒，遽命杖杀之。后为彝之外家报怨，严氏之后遂微焉。

**【注释】**

①拥旄：持旄。借指统率军队。

②恚（huì）目：本指怒放，绽开。此处指怒目而视。按，严武之父严挺之与杜甫的祖父杜审言曾同朝为官，情谊相投。严武虽为武将，但他很欣赏年长于他、才华横溢的杜甫，安史乱中杜甫避难成都时，时任成都尹、兼剑南节度使的严武还举荐杜甫为检校工部员外郎。有关二人关系恶化及至严武欲杀杜甫事，即出于二人在成都任职期间。《旧唐书·杜甫传》言："上元二年冬，黄门侍郎、郑国公严武镇成都，奏为节度参谋、检校尚书工部员外郎，赐绯鱼袋。武与甫世旧，待遇甚隆。甫性褊躁，无器度，恃恩放恣，尝凭醉登武之床，瞪视武曰：'严挺之乃有此儿！'武虽急暴，不以为忤。"《新唐书·杜甫传》亦曰："会严武节度剑南东、西川，往依焉……武以世旧，待甫甚善，亲入其家。甫见之，或时不巾，而性褊躁傲诞，尝醉登武床，瞪视曰：'严挺之乃有此儿！'武亦暴猛，外若不为忤，中衔之。一日欲杀甫及梓州刺史章彝，集吏于门。武将出，冠钩于帘三，左右白其母，奔救得止，独杀彝。"对于严武欲杀杜甫事，后世多有争议，南宋刘克庄《后村诗话》曰："世传严武欲杀子美，殆未必然。"同为南宋文人的朱翌在《猗觉寮杂记》中则曰："黄祖之子射，命祢衡赋鹦鹉。其后，祖杀衡，射救之不及。严武在成都，不堪少陵之慢，《题杜二锦江亭》云'莫倚善题《鹦鹉赋》'，以衡比甫，有意杀之，且戒之也。"目前学界对此事仍各执一端，争论不休。

③捋（lǚ）虎须：比喻招惹强者，冒险找死。

④弥缝：设法遮掩或补救缺点、错误，不使别人发觉。

⑤亦微：原作"微亦"，据齐之鸾本、《历代小史》本改。

⑥剑阁峥嵘而崔嵬：是说剑门关高陡、险峻，两边是悬崖峭壁和万丈深渊。剑阁，即剑门关，大小剑山之间的一条栈道。峥嵘、崔嵬，高峻的样子。

⑦一夫当关，万夫莫开：一个人把守关口，一万个人也攻不破。形容地势非常险要，易守难攻。一夫，一个人。当，把守。

⑧锦城：指成都。

⑨豺狼当路：比喻暴虐奸邪的人掌握国政。

⑩章仇大夫兼琼：即章仇兼琼，复姓章仇，鲁郡任城县（今山东嘉祥）人。初任殿中侍御史，出为益州长史、司马。攻取吐蕃安戎城，累迁剑南节度使。治理蜀地政绩斐然。

⑪高侍御适：即高适，字达夫，渤海蓨（今河北景县）人。少不事生业，五十始留意诗作，以气质自高。举有道科。初为哥舒翰掌书记，负气敢言。天宝十五载（756）护送唐玄宗入成都，擢谏议大夫。后出任淮南节度使，讨伐安史叛军，解救睢阳之围，历任太子詹事、彭蜀二州刺史、剑南东川节度使。代宗广德间入为刑部侍郎、左散骑常侍，册封渤海县侯。卒赠礼部尚书，谥号为忠。王江宁昌龄：即王昌龄，字少伯，京兆万年（今陕西西安）人。玄宗开元十五年（727）进士及第，授秘书省校书郎，迁汜水县尉。后坐事流放岭南。开元末年返回长安，授江宁县丞。安史之乱时还江东，为亳州刺史闾丘晓杀害。王昌龄的诗以七绝见长，尤以边塞诗最为著名。

⑫朝右：位列朝班之右。指朝廷大官。

⑬刘焉：字君郎，江夏郡竟陵县（今湖北潜江）人。东汉宗室。初以宗室拜郎中，后历任南郡太守、宗正、太常等职。时灵帝大权旁落，政治混乱，焉乃建议改刺史为州牧，并求外任。适益州刺史郤

俭为人所杀,遂领益州牧。至州,立威刑以自尊大,凡强豪及反叛

者,皆杀之。

⑭章彝:吴兴(今浙江湖州)人。肃宗末,为剑南西川节度使严武判

官。代宗广德时为梓州刺史、剑南东川留后。后严武因事杖杀之。

## 【译文】

严武二十三岁时,做了给事黄门侍郎。第二年,他在西蜀统率军队,并多次在宴会上向客人展示自己的文章。有一次,杜甫借着酒醉说:"没想到严挺之竟然有这样的儿子!"严武怒目而视,他看了杜甫很久说:"杜审言的孙子还想摸老虎的胡须?"在场的人听了都大笑,以此来遮掩补救。严武说:"我和各位宴饮,是为了寻求快乐,怎么能论及祖父辈呢?"太尉房琯也有一些小事不合严武的意,他害怕严武迫害,以至于忧患成疾。严武的母亲害怕严武伤害有才德之人,就用小船将杜甫送出了三峡。在这点上,严武的母亲可以说是很贤德的。但房、杜两位差点就没有逃出虎口。李白曾写了《蜀道难》,来影射房、杜二人所处的危险境地。《蜀道难》大略说:"剑阁峥嵘而崔嵬,一夫当关,万夫莫开。所守或非人,化为狼与豺。朝避猛虎,夕避长蛇。磨牙吮血,杀人如麻。锦城虽云乐,不如早还家。蜀道之难,难于上青天!侧身西望长咨嗟。"杜甫当初自己也写了《阆中行》一诗,其中有两句也说:"豺狼当路,无地游从。"也有人说大夫章仇兼琼曾经为陈子昂洗雪冤案,侍御史高适曾经替王昌龄申诉冤屈,当时的人都说他们是正义之士。李白创作这首诗,当时朝廷的官员听说了以后,都怀疑严武具有和东汉末年的刘焉一样的野心和志向。严武的下属中有一位名叫章彝的刺史,因为一个小小的错误,惹怒了严武,竟被严武命人用乱棍打死。后来,章彝的外家为章彝报仇,严家自此才逐渐衰落。

485.颜太师鲁公刻姓名于石①,或致之高山之上,或沉之大洲之地②,而云"安知不有陵谷之变耶③?"

**【注释】**

①颜太师鲁公刻姓名于石:本条采录自《大唐传载》。本条原阙,本
　书据齐之鸾本、《历代小史》本补入。颜太师鲁公,即颜真卿,因
　其唐代宗时被封鲁郡公,故人称"颜鲁公"。

②地:原书作"底",当据改。

③陵谷:语出《诗经·小雅·十月之交》:"高岸为谷,深谷为陵。"毛
　传:"言易位也。"郑玄笺:"易位者,君子居下,小人处上之谓也。"
　后因以"陵谷"比喻世事变迁,高下易位。

**【译文】**

太子太师颜真卿在石头上刻上自己的名字,他将有的石头放到高山
顶上,有的埋在谷底,并说:"怎么能知道将来不会有高山变峡谷,峡谷变
高山的时候呢?"

486.刘司徒玄佐①,滑州匡城人。尝出师,经其本县,
欲申桑梓之礼于令②,令辞曰"不敢",玄佐叹恨久之。先
是,陈金帛数匡③,将遗邑僚④,以其无知而止。时乡里姻
旧⑤,以地近多归之,司徒不欲私擢居将校之列,又难置于贱
卒,尽署为将判官。此职列假绯衫银鱼⑥,外视荣之,实处在
散冗。其类渐众。久之,有献启诉于公者,乃署他职。

**【注释】**

①刘司徒玄佐:本条采录自《因话录·商部》。本条原阙,本书据齐
　之鸾本、《历代小史》本补入。刘司徒玄佐,即刘玄佐,原名刘洽,
　滑州匡城(今河南长垣西南)人。唐中期藩镇将领。代宗时为永
　平牙将。因袭取宋州有功,授宋州刺史。德宗建中时加兼御史中
　丞、亳颍节度等使。因平李纳叛乱有功,加御史大夫,迁尚书。兴

元初加检校左仆射，加平章事，赐名玄佐。又拜泾原四镇北庭等道兵马副元帅、检校司空，益封八百户。卒赠太傅。

②桑梓之礼：即桑梓礼。指乡里长幼之礼。与官场长官、下属之礼相对而言。

③匚："筐"的古字。盛东西的方形竹器。

④邑僚：县府中的同僚。

⑤姻旧：姻戚故旧。

⑥列：原书作"例"，当据改。假绯：服饰制度。唐宋时规定，文武官员服色，四、五品用绯。未至五品如蒙特许，亦可用绯，俗称"假绯"，也称"借绯"。银鱼，即银鱼袋。唐制，五品以上绯袍，佩银鱼袋。

**【译文】**

司徒刘玄佐，滑州匚城人。曾经率领军队出征，经过家乡匚城县时，他想要对县令行桑梓之礼，县令推辞说"不敢"，刘玄佐对此叹息遗憾了很久。在这之前，他拿出几筐黄金和布帛，准备送给县府中的一位同僚，后来因为这个人的不明事理而作罢。当时家乡的亲朋故旧，因为住地距离较近，很多人都来投靠他，刘玄佐不想因为私人关系让他们位居高级军官的行列，但又不好让他们与士卒同列，于是就全部安排他们为将官的僚属。这些职位也授予红色官服、银鱼袋，外人看起来很荣耀，实际上是无权无职的散官冗员。后来这样安排的人越来越多。时间长了，也有到刘玄佐面前陈述自己诉求的人，刘玄佐就安排他改任别的职务。

487.宪宗七岁①，德宗抱置膝上，戏曰："汝是何人，乃在我怀中？"对曰："是第三天子。"德宗大喜。

**【注释】**

①宪宗七岁：本条原阙，本书据齐之鸾本、《历代小史》本补入。

**【译文】**

唐宪宗七岁的时候，唐德宗抱起他放到自己的膝上，戏弄他说："你是什么人，竟然在我的怀里？"宪宗回答说："我是第三天子。"德宗听了非常高兴。

488.郑太穆郎中为金州刺史①，致书于襄阳于司空颀，傲睨自若②，似无郡僚之礼。书曰："阁下为南溟之大鹏③，作中天之一柱④，骞腾则日月暗⑤，摇动则山岳颓。真天子之爪牙⑥，诸侯之龟鉴也⑦。太穆幼孤二百余口，饥冻两京。小郡俸薄，尚为衣食之忧，沟壑之期⑧，斯须至矣。伏惟贤公息雷霆之威⑨，垂特达之节⑩，赐钱一千贯，绢一千匹，器物一千事，米一千石，奴婢各十人。"且曰："分千树一叶之影，即是浓阴；减四海数滴之泉，便为膏泽。"于公览书，亦不嗟讶，曰："郑君所须⑪，各依来数一半。以戎旅之际，不全副其本望也⑫。"又有匡庐符山人⑬，遣童子赍书，乞买山钱百万⑭，公遂与之，仍加纸墨衣服等。

**【注释】**

①郑太穆郎中为金州刺史：本条采录自《云谿友议·襄阳杰》。郑太穆，唐德宗时人，曾任金州刺史。

②致书于襄阳于司空颀，傲睨自若：此二句原作"一日忽致书于襄阳于司空颀，其言恳切，而傲睨自若"，据齐之鸾本、《历代小史》本校改。傲睨自若，形容人十分傲慢，旁若无人。睨，斜着眼睛看。自若，自如，镇定的神态。

③南溟之大鹏：语出《庄子·逍遥游》："北冥有鱼，其名为鲲。……

化而为鸟,其名为鹏。……鹏之徙于南冥也,水击三千里,抟扶摇而上者九万里。"此处用以比喻志向远大,前途不可限量。

④中天之一柱:比喻能担当重任、独力支撑局面的人。

⑤骞腾:犹飞腾。后多用以比喻仕途腾达。

⑥爪牙:鸟兽的爪和牙。引申指勇士,卫士。《诗经·小雅·祈父》:"祈父!予王之爪牙。"郑玄笺:"此勇力之士。"

⑦龟鉴:龟壳可用以占卜吉凶,镜子可以照人美恶。因言借鉴。

⑧沟壑:借指野死之处或困厄之境。《孟子·滕文公下》:"志士不忘在沟壑,勇士不忘丧其元。"赵岐注:"君子固穷,故常念死无棺椁没沟壑而不恨也。"

⑨雷霆之威:像雷霆一样的威势。常用以比喻帝王的威势。

⑩特达:至为明达,极其通达。

⑪郑君:原书作"郑使君",当据改。

⑫全副:完全满足。

⑬匡庐符山人:原书作"符载山人"。

⑭买山钱:语出南朝宋刘义庆《世说新语·排调》:"支道林因人就深公买印山,深公答曰:'未闻巢、由买山而隐。'"后以"买山钱"为隐居而购买山林所需的钱。喻贤士的归隐。亦用以形容人的才德之高。

## 【译文】

郎中郑太穆任金州刺史时,写信给襄阳司空于頔。他在信中表现得十分傲慢,旁若无人,似乎没有一点下属郡僚的礼节。信中说:"阁下是南海里的大鹏鸟,是天中央的一根顶天柱,飞腾起来日月的光辉都会被遮掩,扇动翅膀山岳也会倾倒。您是皇上的重臣,是各地诸侯学习的榜样。我郑太穆自小孤苦,全家二百多口人,挨饿受冻地分住在长安和洛阳两地。现在我任一个小郡的刺史,薪俸很少,还得为自己的衣食担忧,野死荒沟的日子很快就会到来。敬请贤德大人,放下您像雷霆一样的威势,传扬您至为明达的节操,赐赠我一千贯钱,绢一千匹,器物一千件,米一千石,男女奴婢各十人。"而且还说:"您分出千棵树中一片树叶的影子,对我就是浓阴;您减损四海之中的几滴水,对我就是滋润作物的及时雨。"于頔读了郑太穆的来信,没有叹息,也没有惊讶,只是说:"郑太穆要的东西,各按照他来信所要求的一半给他。因为现在军费的开支也很大,不能完全满足他的愿望。"又有一个叫符载山人的庐山隐士,派一个未成年的仆役拿着信去找于頔,请求赠送买山钱一百万,于頔就给了他一百万,还加赠了纸墨衣服等物品。

又有崔郊秀才者①,寓居于汉上,蕴有文艺,而家贫。与姑婢通。其婢端丽,解音律,汉南之最也。姑贫,鬻婢于连帅②,爱之,以类无双,[原注]③无双即薛太保爱妾,至今图画观之。给钱四十万。郊思之不已,即强就府署,愿一见焉。其婢因寒食节来从事家还,值郊立于柳阴,马上连泣,誓若山河。崔生赠之以诗曰:"公子王孙逐后尘,绿珠垂泪滴罗巾。侯门一入深如海,从此萧郎是路人④。"或有写郊诗于公座,公睹诗,令召崔生,左右莫之测。及见郊,曰:"'侯门一入深如海,从此萧郎是路人',便是君制也?四百千小哉,何惜一书,不早相示!"遂命婢同归。至于帏幌奁匣⑤,悉为赠饰之物。有客自零陵来⑥,称戎昱使君席上有善歌者⑦,公遽命召焉。戎不敢违,逾月而至。及至,令唱歌,歌乃戎使君送妓之诗。其辞曰:"宝钿青蛾翡翠裙,妆成掩泣欲行云。殷勤好取襄王梦,莫向阳台梦使君⑧。"公曰:"丈夫不能立功业,为异代之所称,岂可夺人爱姬,为己之嬉娱?以此观之,诚可窜身于无人之地。"遂以缯帛赆行⑨,为书谢零陵守。

**【注释】**

①崔郊：生平不详。唐德宗贞元年间寓居襄阳姑母家。

②连帅：官名。古代十国诸侯之长称连帅，后泛指地方官。唐朝多指观察使、按察使。此处指于頔。

③原注：此是范摅自注。

④"公子王孙逐后尘"几句：语出崔郊《赠去婢》一诗。整首诗写诗人所爱之人被夺去的悲哀，反映了封建社会因门第悬殊而造成的爱情悲剧，寓意颇深，表现手法含而不露。诗的首句写婢女的美貌，第二句用绿珠的典故写她的悲哀与不幸。绿珠是西晋富豪石崇的宠妾，孙秀倚权夺取，被石崇拒绝，结果石崇被陷害下狱，绿珠跳楼自尽。此处用绿珠的典故一方面是说女子有着绿珠那样的美貌，另一方面也暗示女子有着和绿珠同样的不幸与悲哀。诗的三、四句是说女子一去，从此难得一见。

⑤帏幌（huǎng）：即帷幌。奁匣：陪嫁的镜匣。泛指嫁妆。

⑥有客自零陵来：原书此句句首尚有一"初"字，当据补。

⑦戎昱：荆州（今湖北江陵）人。登进士第。肃宗上元至代宗永泰年间来往于长安、洛阳、齐、赵、泾州、陇西等地。代宗大历元年（766）入蜀，见岑参于成都。大历二年（767）秋回故乡，在荆南节度使卫伯玉幕府中任从事。后流寓湖南，为湖南观察使幕。德宗建中三年（782）居长安，任侍御史。翌年贬为辰州刺史。后又任虔州刺史。晚年在湖南零陵任职，流寓桂州而终。

⑧"宝钿青蛾翡翠裙"几句：语出戎昱《送零陵妓》一诗。诗人赞美歌妓的盛妆，抒发其离别的悲哀，并委婉劝她以后殷勤侍奉于公，不要再惦念自己。诗的后两句运用的是楚王梦会巫山神女的典故，楚王代指于頔，使君是戎昱自指。

⑨赆（jìn）行：以财物馈赠行者。

**【译文】**

还有一个叫崔郊的秀才，寄居在汉水一带，擅长文学创作，但家庭贫困。崔郊跟他姑姑的婢女私通。这个婢女端庄美丽，精通音乐，是汉南一带最美又最会唱歌的女子。崔郊的姑姑家境贫困，把这个婢女卖给了于頔，于頔非常喜欢这个婢女，因为她有点像无双，[原注]无双是薛太保的爱妾，到现在图画中还能看到她。给了卖身钱四十万。崔郊对这个婢女思念不已，就壮着胆子来到于頔的官府附近，盼望能见到这个婢女一面。婢女在寒食节那天去佐吏家回来，在路上恰巧碰上崔郊站在柳阴下，婢女坐在马上哭泣不已，两人发誓与山河同在，终生相爱。崔郊赠给婢女一首诗说："公子王孙逐后尘，绿珠垂泪滴罗巾。侯门一入深如海，从此萧郎是路人。"有人把崔郊这首诗写下来放到于頔的座位上，于頔看到这首诗，叫人把崔郊召到府上，身边的人都猜不出他的用意。等到见了崔郊，于頔说："'侯门一入深如海，从此萧郎是路人'。这诗是你写的吧？四十万卖身钱是小事，你为什么那么吝惜一纸书信，不早早写信告诉我这件事？"于是就让婢女与崔郊一同回去。至于帘子帐幔镜匣箱奁等陪嫁物品，全部作为赠送的物品送给了他们。当初，有一个客人从零陵来，他说零陵刺史戎昱家的酒席上有一名很会歌唱的歌妓，于頔急忙让人召她来。戎昱不敢违抗命令，过了一个多月，把那名歌妓送来了。于頔就叫她唱歌，歌妓唱的歌词，就是戎昱赠送她的诗。诗是这样写的："宝钿青蛾翡翠裙，妆成掩泣欲行云。殷勤好取襄王梦，莫向阳台梦使君。"于頔听了说："大丈夫不能建功立业，为后世所称颂赞扬，又怎么能夺走别人的爱妾，来为自己嬉戏取乐呢？由此来看，我实在应当窜身到荒僻无人的地方去。"于是，他赠给歌妓绢帛为她送行，并写信向零陵太守戎昱道歉。

489.李尚书翱①，潭州席上有舞柘枝者②，颜色忧悴，殷尧藩侍御当筵而赠诗曰③："姑苏太守青娥女，流落长沙舞柘枝。满坐绣衣皆不识，可怜粉脸泪双垂④。"李公诘其事，乃故姑苏台韦中丞爱姬之女也⑤。李公曰："吾与韦族，其姻旧矣。"速命更舞衣，即延入与韩夫人[原注]⑥吏部之侄⑦。相见。顾其言语清楚，宛有冠盖风仪⑧，遂于宾榻中选士嫁之。舒元舆侍郎闻之⑨，赠李公诗曰："湘江舞罢忽成悲，便脱蛮靴出绛帷。谁是蔡邕琴酒客，魏公怀旧嫁文姬⑩。"李尚书初守庐江，有重系者当大辟⑪，引虑之时⑫，启曰："昔于群小⑬，专习一艺，愿于贵人之前试之。"乃曰："长啸也。"公命缓系而听之，曰："不谓苏门之风⑭，出于赭衣之下。"遂蠲其罪⑮。后镇山南，夜闻长笛之音，而浏亮不绝⑯。问："是何人吹也？"具云："府狱重囚⑰。"令明日引来。官吏递相尤怨，夜使囚徒为乐，罪累必深。及至，公曰："汝之吹竹已得其能。少不事农桑，可为伶人耳⑱。"卒岁而怜愍之，便令奔去。

## 【注释】

①李尚书翱：本条采录自《云谿友议·舞娥异》。

②柘（zhè）枝：柘枝舞的省称。一种唐、宋时代的西北民族舞蹈。歌舞相应，节奏多变，多以鼓伴奏。

③殷尧藩：苏州嘉兴（今浙江嘉兴）人。唐宪宗元和九年（814）进士，曾官协律郎。敬宗宝历中为浙西节度判官。文宗大和七、八年（833、834）间，以侍御史为湖南观察使李翱从事。大和九年（835）为同州刺史刘禹锡参佐。曾受辟为福州从事。工诗。与诗人白居易、刘禹锡、姚合、雍陶、鲍溶、沈亚之相友善。

④"姑苏太守青娥女"几句：语出殷尧藩《潭州席上赠舞柘枝妓》一诗。诗中表现了诗人对柘枝舞妓身世遭遇的深切同情。满坐绣

衣,指宴席上穿着锦绣衣服的官员。

⑤韦中丞爱姬之女:原书此句下有注曰:"夏卿之胤,正卿之侄。"

⑥原注:此为范摅自注。

⑦吏部之侄:李翱娶韩愈从兄弇之女,见韩愈《送李翱诗》注。

⑧冠盖:犹冠族。官宦之家。风仪:风度,仪容。

⑨舒元舆:字升远。唐宪宗元和八年(813)进士,授鄠县尉。有能名,擅文敢谏。穆宗长庆元年(821)以河东节度使掌书记从裴度征讨镇州叛将王廷凑。文宗大和初入朝为监察御史。历任侍御史、刑部员外郎,改著作郎,分司东都。大和九年(835)以刑部侍郎同中书门下平章事。因与李训、郑注谋诛宦官,事机不密,于甘露之变中被腰斩。

⑩"湘江舞罢忽成悲"几句:语出舒元舆《赠李翱》一诗。诗中运用东汉蔡邕之女蔡文姬的典故,赞美李翱嫁韦中丞之女的善行。文姬,指东汉末年蔡邕之女蔡琰,字文姬,博学有才辩,通音律。汉末大乱,为董卓部将所掳,被迫嫁南匈奴左贤王。后被曹操赎归,再嫁董祀。

⑪大辟:古代五刑之一,谓死刑。《尚书·吕刑》:"大辟疑赦,其罚千锾。"孔传:"死刑也。"孔颖达疏:"《释诂》云:辟,罪也。死是罪之大者,故谓死刑为大辟。"

⑫引虑:传讯囚犯,录其罪状及决狱情况。虑,通"录"。

⑬群小:原书作"群山"。

⑭苏门之风:典出魏晋时期著名隐士孙登。孙登,字公和,号苏门先生。长年隐居苏门山,博才多识,熟读《周易》《老子》《庄子》,会弹一弦琴,尤善长啸。阮籍和嵇康都曾求教于他。据《晋书·阮籍传》记载:"籍尝于苏门山遇孙登,与商略终古及栖神导气之术,登皆不应,籍因长啸而退。至半岭,闻有声若鸾凤之音,响乎岩谷,乃登之啸也。"后用为游逸山林、长啸放情的典故。

⑮蠲（juān）：除去，去掉。

⑯浏亮：明朗流畅。

⑰府狱：监狱名。唐始置府狱，由府参军事主管。

⑱伶人：古代乐人之称。

**【译文】**

尚书李翱任潭州刺史时，一次宴席上，有一个跳柘枝舞的舞妓，神色忧伤，侍御史殷尧藩当场写了一首诗赠给她，诗说："姑苏太守青娥女，流落长沙舞柘枝。满坐绣衣皆不识，可怜粉脸泪双垂。"李翱询问这件事，才知道这个舞女是已经去世的姑苏台韦中丞爱姬所生的女儿。李翱说："我和韦家是亲戚故旧。"于是赶紧让换掉跳舞的衣服，随即带她与夫人韩氏［原注］韩夫人是吏部侍郎韩愈的侄女。相见。韩夫人看她说话清晰，似有官宦之家的风度仪容，于是在在座的宾客中挑选了一位将舞女嫁给了他。侍郎舒元舆听到这件事，写了一首诗赠给李翱说："湘江舞罢忽成悲，便脱蛮靴出绛帷。谁是蔡邕琴酒客，魏公怀旧嫁文姬。"李翱当初镇守庐江的时候，有一个犯了重罪应当处以死刑的人，在传录他的罪状及决狱情况时，这个重罪犯禀告说："以前在山中，专门练习了一种技艺，希望能在尊贵的大人面前表演一下。"并说他练习的这种技艺是"长啸"。李翱命令暂缓羁押来听他的表演，听完后说："想不到苏门山孙登的风范，竟也能在囚犯身上感受到。"于是下令免除了他的罪刑。后来李翱镇守山南，晚上听到了吹奏长笛的声音，笛声明朗流畅，在耳边不断回响。他问："这是什么人在吹奏？"回答说："是府狱中关押的重罪犯。"李翱让第二天带过来。府中的官吏知道后互相埋怨，晚上让囚犯吹奏音乐，罪过一定很大。等到把囚犯带到李翱面前，李翱说："你吹奏竹笛已经很精到了。看来年轻的时候没有从事过农耕蚕桑，你可以做一个乐人。"到年终李翱又哀怜他，就让他离开了。

490.李相绅督大梁日①，闻镇海军进健卒四人，一曰富仓龙,二曰沈万石,三曰冯五千,四曰钱子涛,悉能拔橛角觗之戏②。翌日,于球场内犒劳,以老牛筋皮为炙③,状瘤魁之窗④。[原注]⑤魁,酒樽也,盛一斗二升。多以楷槐瘤为之,或铜铸也。坐于地茵⑥,大柈令食之⑦。万石等三人,视炙坚粗,莫敢就食,独五千瞑目张口,两手捧炙,如虎啖肉。丞相曰:"真壮士也,可以扑杀西域健胡⑧。"又令试觗戏,仓龙等亦不利,独五千胜之。十万之众,为之披靡。于是独留五千,仓龙等退还本道。语曰:"壮儿过大梁,如上龙门也。"城北门常扃,锁不开,开必有事,公命开之。骡子营骚动军府⑨,乃悉诛之,自此遂安也。李公既治淮南,决吴湘之狱,而持法清峻,犯之者无宥,有严、张之风也⑩。狡吏奸豪,潜形匿迹。然出于独见,寮佐莫敢谏之。李元将评事及弟仲将尝侨寓江都⑪,李公羁旅之年,每止于元将之馆,而叔呼之。荣达之后,元将称弟、称侄,皆不悦也;及为孙、子,方似相容。

**【注释】**

①李相绅督大梁日:本条采录自《云谿友议·江都事》。李相绅,即李绅,字公垂。唐宪宗元和元年(806)进士及第,初任浙西观察使李锜从事,锜败,累迁校书郎、国子助教,拜右拾遗。穆宗即位,授翰林学士。改司勋员外郎、知制诰、中书舍人。敬宗即位后,遭李逢吉陷害,贬端州司马。文宗大和中任越州刺史、浙东观察使。武宗会昌中为兵部侍郎、同平章事、上柱国,出为淮南节度使。卒赠太尉,谥文肃。

②拔橛:拔短木桩。角觗:亦称"角抵",古代一种技艺表演。其方法为两两相当的壮士,裸袒相搏以争胜负,类似于现代的摔跤。

③以：原书此字下有"驾车"二字，当据补。

④脔（luán）：小块肉。

⑤原注：此为范摅自注。

⑥坐于地茵：原书作"坐四辈于地茵"，当据原书补"四辈"二字。

⑦大柈（pán）：即大盘。柈，后多作"盘"。

⑧西域健胡：原作"西胡丑夷"，据齐之鸾本、《历代小史》本及原书改。

⑨骡子营：指骡子军。骑骡子作战的军队。据《旧唐书·吴元济传》，唐朝有些地方少马，"而广畜骡，乘之教战，谓之骡子军，尤称勇悍"。

⑩严、张：指汉代酷吏严延年和张汤。二人均以用法苛严著称。

⑪李元将：唐宪宗元和年间人，曾任评事。评事：职官名。汉置廷尉平，与廷尉正、廷尉监同掌决断疑狱。魏晋改称评，隋改为评事，属大理寺。唐时置大理寺评事，掌出使推狱事。从八品下。仲将：即李仲将，李元将之弟，生平不详。

**【译文】**

李绅在大梁当督军时，听说镇海军进献了四个强壮的士卒，第一个叫富仓龙，第二个叫沈万石，第三个叫冯五千，第四个叫钱子涛，都能进行拔橛、角觗一类的表演。第二天，李绅在球场内犒劳四位健卒，用驾车老牛的筋皮制作烤肉，肉块的形状像瘤魁。[原注]魁，是酒罇，能盛酒一斗二升。多用楷槐瘤制作而成，也有用铜铸造的。李绅让四个人坐在草地上，用大盘盛肉块让他们吃。沈万石等三人看到烤肉又硬又粗，谁也不敢去吃，唯独冯五千两眼一闭，张开大嘴，双手捧着牛筋牛皮，像猛虎吃肉一样吃了下去。李绅说："这才是真正的壮士，可以用来击杀西域健壮的胡兵。"接着他又让健卒比试角觗，富仓龙等人也都不能取胜，只有冯五千胜过了其他三人。在场的十万将士，全都佩服冯五千。于是李绅留下了冯五千，将其他三人退回本地道府。李绅说："壮士过大梁，如鲤鱼跃上龙门。"大梁城北门经常上闩，门锁着不开，如果打开一定是有事发生，李绅命令打开北门。骡子军叛乱冲击军府，李绅命令全部诛杀了他们，从此以后就安宁了。李绅去治理淮南，判决了吴湘的罪案。他执法公正刚直，对违反政令的人绝不宽恕，具有汉代酷吏严延年、张汤的风范。狡猾的官吏以及地方上有势力且横行不法的人，全都隐藏行迹，不敢露面。然而由于李绅的独断，幕僚们没有人敢向他进谏。评事李元将和他的弟弟李仲将，曾经寄居江都，李绅客居那里的几年，常常到李元将的馆舍做客，并叫李元将为叔叔。李绅登上高位显达之后，李元将无论自称弟弟还是侄子，李绅都不高兴；李元将直到将称呼变为孙子、儿子后，李绅才勉强接受。

又有崔巡官者，居郑圃，与丞相同年之旧，特远来谒。才到客舍，不意家仆与市人有竞。诘其所以，仆曰："宣州馆驿崔巡官。"下其仆与市人，皆抵极法[1]。令捕崔至，曰："昔尝识君，到此何不相见也？"崔生叩头谢曰："适憩旅舍，日已迟晚，相公尊重，非时不敢具陈卑礼。伏希哀怜，获归乡里。"遂縻留服罪[2]，笞股二十，送过秣陵。时人相谓曰："李公宗叔翻为孙子，故人忽作流囚。"邑人惧祸，渡江过淮者众。主吏启曰："户口逃亡不少。"丞相曰："汝不见淘麦乎？秀者在下，糠秕随流；随流者不必报来。"自此一言，竟无逾境者。又有少年，势似疏简[3]，自云："辛氏郎君，来谒丞相。"于晤对之间，未甚周至。先是白居易寄元相诗曰[4]："闷劝迂辛酒，闲吟短李诗[5]。"且曰："辛大丘度性迂嗜酒[6]，李二十绅短而能诗。"辛氏郎君，即丘度之子也。因谓李公曰："小子每忆白二十二丈诗曰：'闷劝畴昔酒，闲吟廿丈诗。'"李曰："辛大有此狂儿，吾敢不存旧乎？"凡诸宦族，快辛子之能怍,丞相之受侮。有一曹官到任,仪质颇似社公⑦。李公见而恶之,书其状曰:"着青把笏,也请料钱⑧;睹此形骸,足可骇叹。"左右皆窃笑焉。又有宿将⑨,有过请罚,且云:"老兵倚恃年老,而刑不加,若在军门,一百也决。"竟不免其刑。凡所书判,或是卒然⑩,故趋事者皆惊神破胆矣⑪。

【注释】

①极法:犹极刑。最重的刑罚。

②縻(mí)留:羁留,扣留管制。

③疏简:散漫,随便。

④元相:即唐代诗人元稹,因其唐穆宗长庆二年(822)拜相,故称。

⑤冈劝迁辛酒,闲吟短李诗:语出白居易《代书诗一百韵寄微之》一诗。这两句是对辛丘度和李绅的评价。辛丘度性迂嗜酒,李绅形短能诗,故当时有"迂辛短李"之号。

⑥辛大丘度:即辛丘度,唐朝官吏。生平经历不详,因其在家族中排行第一,故称"大"。

⑦社公:土地神。

⑧料钱:唐朝制度,官员在俸禄之外另给食料,或折钱颁给,称料钱。

⑨宿将:久经战争的将领,老将。

⑩卒然:突然,一下子。表示动作行为急遽发生、出现。卒,后多作"猝"。

⑪趋事:犹侍奉。惊神破胆:形容极其恐惧。

【译文】

又有一个姓崔的巡官,住在郑圃,与李绅本是同榜登科的老朋友,特地从外地远道赶来拜谒。刚到旅店住下,没料到他的家仆与市民发生了争执。李绅审问仆人的来历,仆人说:"我的主人是宣州馆驿的崔巡官。"

李绅逮捕了崔巡官的仆人与市民，将他们都处以死刑。并下令将崔巡官捕来，李绅说："过去我们相识，你到这里怎么也不来见我？"崔巡官磕头谢罪说："我刚到旅馆歇息，天色已晚，相公您身份尊贵，不在规定的时间不敢备陈我卑贱的礼节。希望您能可怜我，准许我回归乡里。"李绅还是将崔巡官羁押，并对他杖罚二十，然后送巡官过了秣陵。当时的人们都说："李绅的族叔翻过来变成了他的孙子，老朋友忽然之间就成了被流放的囚徒。"于是市民百姓都担心祸及自身，渡过长江、淮水逃亡的人很多。主管的官吏向李绅报告说："住户百姓逃走的不在少数。"李绅说："你没有见过淘麦子吗？饱满的颗粒沉在下面，麦皮和瘪麦全都顺水漂走了；那些逃亡的人不必再来报告。"这句话传出后，居然没有人再逾境逃跑了。又有个年轻人，行为看似散漫随便，自称"辛氏郎君，前来拜见丞相"。李绅和他会面交谈期间，他表现的也不是很恭敬。先前白居易寄给元稹诗云："闷劝迂辛酒，闲吟短李诗。"并说："辛丘度性情迂阔，嗜好饮酒，李绅身材短小但能吟诗。"这位辛氏郎君，就是辛丘度的儿子。因此辛氏郎君对李绅说："我常常想起白居易的诗说'闷劝畴昔酒，闲吟廿丈诗。'"李绅说："辛丘度有这么一个狂放的儿子，我怎么敢不念旧情呢？"凡是官宦之家，都为辛丘度之子触犯李绅，并让他受到轻慢而拍手称快。有一个曹官来上任，姿容风度很像社公。李绅见了很讨厌他，便描述他的形貌道："穿着黑色的官服拿着个笏板，也想到这里来拿料钱；看见这副形体，就足以让人震惊感叹了！"身边的人看了都偷着笑。还有一个久经战争的将领因犯了过失来向他请求惩罚，李绅说："老兵依仗着自己年老，认为不会处刑，如果是在军营中，应该判你杖罚一百。"最终没有免除对他的刑罚。凡是他所裁决的诉讼文书，有的就是突然决断的，因此处理这些事务的人都极其恐惧。

初，李公赴荐，尝以《古风》求吕光化温[①]。谓齐员外煦及弟恭曰[②]："吾观李二十秀才之文，斯人必为卿相。"果如其言。诗曰："春种一粒粟，秋成万颗子。四海无闲田，农夫犹饿死③。""锄禾日当午，汗滴禾中土。谁知盘中餐，粒粒皆辛苦④。"先是元相廉察江东之日，修龟山寺鱼池，以为放生之所⑤，戒其僧曰："劝汝诸僧好自持，不须垂钓引青丝。云山莫厌看经坐，便是浮生得道时⑥。"李公到镇，游于野寺，观元公诗，笑曰："僧有渔罟之事，必投于镜湖。"后有犯者，遂不恕。复为二绝以示之云："剃发多缘是代耕，好闻人死恶人生。祇园说法无高下，尔辈何劳尚世情⑦。""汲水添池活白莲，十千髻鬣尽生天。凡庸不识慈悲意，自葬江鱼入九泉⑧。"忽有老僧谒，愿以因果喻之。丞相问："阿师从何处来？"答曰："贫道从来处来。"遂决二十，曰："任从去处去。"至如浮薄宾客，莫敢候问。三教所来⑨，俱有区别，海内服其才俊。

【注释】

①吕光化温：当为吕化光温。吕温，字化光。

②齐员外煦：即齐煦，唐代贞元、元和年间人，生平不详。

③"春种一粒粟"几句：语出李绅《悯农》诗。这首诗具体而形象地描绘了到处硕果累累的景象，突出了农民辛勤劳动获得丰收却两手空空、惨遭饿死的现实问题。

④"锄禾日当午"几句：语出李绅《悯农》诗。这首诗写农民劳动的艰辛和对浪费粮食的愤慨。禾中土，《全唐诗》及《唐诗纪事》皆作"禾下土"。

⑤放生：把捕获的小动物放掉。犹言给予活命。

⑥"劝汝诸僧好自持"几句：语出元稹《修龟山龟池示众僧》一诗。

　　诗中表现了他对众生平等与普度众生的执着。

⑦"剃发多缘是代耕"几句：语出李绅《龟山寺鱼池》一诗。祇园，
　　《全唐诗》作祇园，祇树给孤独园的省称。佛教圣地之一。

⑧"汲水添池活白莲"几句：语出李绅《龟山寺鱼池》一诗。鬐鬣
　　(qí liè)，即鱼鳍，此处代指鱼。生天，佛家语，谓行十善者死后转
　　生天道。此处指鱼得放生。凡庸，指破杀戒捕鱼之僧人。九泉，
　　犹言黄泉。

⑨三教：佛教传入我国后，称儒、道、释为"三教"。

## 【译文】

　　当初李绅被举荐应进士考试，他曾把自己所作的《古风》拿给吕温
看。吕温对员外齐煦和自己的弟弟吕恭说："我看了李绅秀才的诗文，断
定这人将来一定能为卿相。"后来果然如他所说。《悯农》二首说："春种
一粒粟，秋成万颗子。四海无闲田，农夫犹饿死。""锄禾日当午，汗滴禾
中土。谁知盘中餐，粒粒皆辛苦。"先前元稹廉察江东的时候，曾经在龟
山寺修建了鱼池，作为放生之所，并写诗告诫寺院的僧人说："劝汝诸僧
好自持，不须垂钓引青丝。云山莫厌看经坐，便是浮生得道时。"李绅到
任后到龟山寺游玩，见到元稹的诗，笑着说："僧人中如果发生打鱼钓鱼
的事情，我一定把他投到镜湖中去。"后来有违犯的人，正如李绅所说没
有宽恕。李绅又写了两首绝句表明态度道："剃发多缘是代耕，好闻人死
恶人生。祇园说法无高下，尔辈何劳尚世情。""汲水添池活白莲，十千
鬐鬣尽生天。凡庸不识慈悲意，自葬江鱼入九泉。"有一天，忽然有一个
年老的僧人来拜访李绅，希望用因果之理来开导他。李绅问："师父从何
处来？"老僧回答说："贫僧从来处来。"于是李绅判决杖打二十，并说：
"听凭他从去处去。"至于像不诚实而又轻薄的客人，没有人敢来问候。
儒、释、道三教中来拜访他的人，他都区别对待，全天下的人都佩服他出
众的才能。

491.李卫公佐武宗①,平上党,破回鹘,自矜其功,于平泉庄置构思亭、伐叛亭以自旌②。

**【注释】**

①李卫公佐武宗:本条采录自《贾氏谈录》。

②平泉庄:在今河南洛阳南。周围四十里,李德裕居此。有《平泉树石记》。唐康骈《剧谈录·李相国宅》:"平泉庄去洛城三十里,卉木台榭,若造仙府。"

**【译文】**

卫国公李德裕辅佐唐武宗,他内平上党的叛乱,对外击破回鹘的侵扰,自夸功劳,在平泉庄修建构思亭、伐叛亭来表彰自己。

492.李丞相回①,少尝游罩怀王氏别墅②。王氏先世仕宦,子孙以力自业,待之甚厚,回深德之。及贵,王氏子赍其家牒求谒③,不得通,于金吾鼓舍伺丞相出④,拜于道左。久之方省,曰:"故人也。"遂廪饩之⑤。逾旬,以前衔除大理评事⑥,取告身面授⑦。旧制:大理寺官初上,召寺僚或在朝五品以上清资保识⑧。王氏本耕田,宗无故旧,复邀回言之。回问:"有状乎?"对曰:"无。"又曰:"有纸乎?"曰:"无。""袖中何物?"曰:"告身。"即取告身署曰:"中书侍郎兼礼部尚书平章事李回识。"仍谓诸曹长曰⑨:"此亦五品以上清资也。"

**【注释】**

①李丞相回:本条采录自《阙史·李丞相特达》。李丞相回,即李

回,字昭度,京兆(今陕西西安)人。穆宗长庆元年(821)进士擢第,又登贤良方正能直言极谏科,强干有吏才。武宗即位,拜工部侍郎,兼御史中丞。因平定潞州节度使刘稹叛乱有功,以本官同平章事,历户、吏二尚书。武宗死,充山陵使,出为成都尹、剑南西川节度。宣宗大中初,坐与德裕亲善,改潭州刺史、湖南观察使,再贬抚州刺史。大中末入朝为兵部尚书。卒赠司徒。

②覃怀:地名。即怀县。秦置,治所在今河南武陟西南。隋大业初年废。唐武德初年复置。贞观元年(627)废入武陟县。五代时常以覃怀称之。

③家牒:旧时家族世系的谱牒。

④金吾鼓舍:唐代京城设街鼓以供金吾卫士传呼警众,派人管理街鼓之地即为金吾鼓舍。

⑤廪饩(lǐn xì):指由官府供给的粮食。

⑥前衔:过去的官衔。

⑦告身:古代授官的凭信,类似后世的任命状。面授:当面任命。

⑧清资:清贵的官职,指侍从文翰之官。保识:谓署名担保某一将被擢用者的品行。

⑨曹长:唐时指六部尚书,左、右丞,六部侍郎及二十四司郎中的相呼之称。唐李肇《唐国史补》:"两省相呼为阁老,尚书、丞郎、郎中相呼为曹长。"

## 【译文】

丞相李回年轻时曾到覃怀王家的园林宅院去游玩。王家的先祖曾经为官,子孙后辈凭借自己的能力自谋生计,他们待李回很优厚,李回非常感激。等到李回做了宰相,王家的儿子拿着他们家的谱牒请求拜见,门人没有传达,于是就在金吾鼓舍守候丞相,李回出来后王家的儿子在道路边儿拜见了他。李回很久才想起来,说:"老朋友。"于是赠送给他粮食之类的生活物资。过了十几天,李回以王家祖先过去的官衔任命他们的儿子为大理寺评事,并拿委任状当面任命。已有的制度:大理寺官员初次到任,要召集大理寺的同僚或者在朝廷做官的五品以上的清贵官来署名担保。王家本来是种地的,祖上也没有旧交,就又约请李回说这件事。李回问:"有书信吗?"回答说:"没有。"又问:"有纸吗?"回答说:"没有。"又问:"你袖子里是什么东西?"回答说:"是委任状。"于是就拿来委任状在上面签名说:"中书侍郎兼礼部尚书同平章事李回署名担保。"之后还对各位曹长说:"这也是五品以上的清贵官。"

493.宣宗幸苑中,回顾仗外舍屋际,有倚竹一竿,可见者止尺余,去御马百步外。遂命弓横綜,上挟矢曰:"朕以法制威天下,而党羌穷寇,敢来干我,连年兵不解。我今射此竹,卜其济否。"左右耸观①。上攘袖挽弓②,一发洞其竹,分而为二,矢贯于外。左右呼万岁,贺于马前。未逾月,羌果灭。

【注释】
①耸观:踮足观看。
②攘袖:卷起衣袖。

【译文】
唐宣宗巡幸皇家林苑,他回头看见仪仗队之外一间房屋的边上立着一根竹竿,能看到的部分只有一尺多,距离皇帝所骑的马有一百多步。于是宣宗命令将弓箭呈给他,他拿着箭矢说:"我用法令制度震慑天下,但党羌贼寇,竟然敢来冒犯我,且多年也没能解决。我现在射这根竹竿,预测一下能否成功。"身边的人都踮足观看。宣宗卷起衣袖拉弓,一箭射出去就射穿了这根竹竿,竹竿一分为二,箭贯穿竹竿而出。身边的人高呼万岁,都到宣宗的马前道贺。没过一个月,党羌贼寇果然被消灭。

494.裴相为宣州观察<sup>①</sup>，朝谢后，闲行曲江；荷花盛发，与省阁诸公同游。自慈恩至紫云楼下，见五六人坐水次，裴与诸人憩于旁。中有黄衣，饮酒轩昂<sup>②</sup>，笑语轻脱。裴稍不平，问曰："君所任何官？"对曰："诺，即不敢，新授宣州广德县令。"复问裴曰："押衙所任何职<sup>③</sup>？"曰："诺，即不敢，新授宣州观察使。"于是奔走而去。一席皆欢，闻者大笑。左右访于吏部，云："有广德县令，已请换罗江令矣。"宣宗在藩邸闻之，常与诸王为笑乐。及即位，裴为丞相，因书麻制回<sup>④</sup>，谓左右曰："诺，即不敢，新授中书侍郎平章事。"

**【注释】**

①裴相为宣州观察：本条采录自《剧谈录·曲江》。

②轩昂：骄傲的样子。

③押衙：官名。又称押牙。为唐节度使所属的亲信武官，统管衙内诸事，也可统兵征讨，位在都押衙之下。

④麻制：唐宋委任宰执大臣的诏命。因写在白麻纸上，故称。

**【译文】**

裴休被任命为宣州观察，他上朝谢恩后，漫步曲江池边；当时荷花正在盛开，便与中枢机构的各位大臣一同游赏。从慈恩寺到紫云楼下面，看见五六个人依次坐在水边，裴休和同行者也坐在这些人旁边休息。其中有一个穿着黄色衣服的人，酒已喝到半醉，表现出一种骄傲的神态，谈话说笑态度轻佻。裴休有些不满，就问他说："你任什么官职？"回答说："诺，不敢当，新任的宣州广德县令。"他又问裴休："押衙任什么官职？"回答说："诺，不敢当，新任的宣州观察使。"于是，这个人吓得逃走了。在一起的人都很高兴，听到这件事的人也大笑。身边的人到吏部探访，回来说："那个广德县令，已经请求更换成罗江县令了。"唐宣宗当时在藩王的第宅,听到这件事后,也经常与其他各王作为笑谈。等到宣宗登基做皇帝,裴休任宰相,他起草完诏令回来,对身边的人说:"诺,不敢当,新任的中书侍郎平章事。"

495.长孙赵公朝宴①,酒酣乐阕②,顾群公曰:"无忌不才,幸遇休明之运③。因缘宠私④,致位上公,人臣之贵可谓极矣。公视无忌,何如越公⑤?"〔原注〕⑥杨素有大功,封越公。或对曰:"不如。"或曰:"过之。"公曰:"吾自揣诚不羡越公⑦。越公之贵也老,而无忌之贵也少。"

## 【注释】

①长孙赵公朝宴:本条采录自《隋唐嘉话》。长孙赵公,即长孙无忌,因其在唐太宗贞观年间被封赵国公,故称。朝宴,原书作"宴朝贵",当据改。

②乐阕(què):乐曲停止,终了。《礼记·文王世子》:"有司告以乐阕。"郑玄注:"阕,终也。告君以歌舞之乐终。"

③休明:美好清明。多用以赞美明君或盛世。

④因缘:依据,凭借,攀附。宠私:恩宠与私惠。

⑤越公:即杨素,字处道,弘农郡华阴县(今陕西华阴)人。善属文,工草隶。仕北周,累官司城大夫、车骑大将军,进位柱国。从周武帝平齐有功,封成安县公。与杨坚交好,随其平乱,授大将军。隋伐陈,为行军元帅,以功拜荆州总管,封越国公。杨广即位后,平定汉王杨谅叛乱,迁尚书令,以功拜司徒,改封楚国公。因贪冒财货,营求田宅,为时所鄙。后功高位极,为炀帝所忌。卒赠光禄大夫、太尉。

⑥原注:《隋唐嘉话》并无此条注语。

⑦自揣：自己估量，自己忖度。

**【译文】**

赵国公长孙无忌宴请朝廷的权贵，酒喝得很尽兴，演奏的音乐也结束了。长孙无忌回头对众权贵说："无忌没有什么才能，有幸遇到了美好清明的国运。凭借皇上的恩宠与私惠，获得高官显爵，作为人臣的尊贵，可以说到顶点了。你们看我，和越国公杨素比怎么样？"［原注］杨素有大功，被封为越公。有人回答说："比不上杨素。"也有人说："超过了杨素。"长孙无忌说："我自己估量确实不用羡慕杨素。因为杨素作为人臣尊贵的时候已经老了，而我现在还很年轻。"

496.李太师光颜女未聘①，从事许当及幕僚因从容次②，盛誉一郑秀才词学门阀③，冀其选拣。谢曰："李光颜，一健儿也。遭遇多④，偶立微功，岂可妄求名族？已选得一婿也，诸贤未见。"乃召客司小将⑤，指之曰："此即某女之婿也。超三五阶军职，厚与金帛，足矣。"

**【注释】**

①李太师光颜女未聘：本条采录自《北梦琐言·李光颜太师选佳婿》。李太师光颜，即李光颜，字光远，河曲（今山西河曲）人。本突厥阿跌族，原名阿跌光颜，后因兄光进积军功赐姓李。勇健善射。宪宗元和初历代、洺二州刺史，兼御史大夫。后助宪宗平蔡，擢忠武军节度使、检校司空，授义成军节度使等。穆宗即位，赐开化里第，进同中书门下平章事。敬宗即位拜司徒。迁太原尹、河东节度使等，进阶开府仪同三司，仍受册司徒兼侍中。卒赠太尉，谥忠。

②从事许当及幕僚因从容次：原书作"幕僚谓其必选佳婿，因从容语

次。"许当,唐代人,约生活于元和、长庆年间,曾任从事等职。从
容,举动不慌不忙,从容不迫。《礼记·缁衣》:"长民者衣服不贰,
从容有常。"孔颖达疏:"从容有常者,从容,谓举动有其常度。"

③词学:词章之学,文学。门阀:指世代显贵、有功勋的世家。此处
指文学世家。

④多:原书作"多难",当据改。

⑤客司小将:《太平广记》引文此句句首尚有"一"字,当据补。

**【译文】**

太师李光颜的女儿没有出嫁,于是从事许当和僚属在一次闲谈时,
极力称誉一位姓郑的秀才,说他出自文学世家,希望能被选中。李光颜
谢绝说:"我李光颜就是一介武夫。遇到了很多危难的事情,在偶然之间
立了一点小功,怎么能够非分地要求和名门望族联姻? 我已经选中了女
婿,只是各位还没有见过。"于是叫来一个任客司的年轻将领,指着他说:
"这个人就是我为女儿选中的夫婿。在军中提拔个三、五等级以上的职
务,多给钱物,就足够了。"

497.浑太师瑊①,年十一,随父释之防秋②。朔方节度
使张齐丘戏问③:"将乳母来否?"其年立跳荡功④。后二年
收石堡城,收龙驹岛,皆有奇数⑤。

**【注释】**

①浑太师瑊:本条采录自《国史补·张公戏浑瑊》。

②释之:即浑释之,皋兰州(今宁夏青铜峡)人。铁勒族浑部。太
师浑瑊之父。少有武艺,加入朔方军,屡立功勋,迁朔方节度留
后、太常卿,封宁朔郡王。唐代宗广德年间与吐蕃交战,阵亡于灵
武,追赠司空。防秋:古代西北各游牧部落,往往趁秋高马肥时南
侵。届时边军特加警卫,调兵防守,称为"防秋"。《旧唐书·陆

赘传》:"又以河陇陷蕃已来,西北边常以重兵守备,谓之防秋。"

③张齐丘:苏州(今属江苏)人。进士及第,授监察御史,历任朔方
　节度使、济阴太守,累迁东都留守。卒于任上,谥号贞献。

④跳荡功:军功的一种。唐制,军功分战功、阵功、跳荡功和降功四
　种。唐李德裕《请准兵部依开元二年军功格置跳荡及第一第二
　功状》:"开元格,临阵对寇,矢石未交,先锋挺入,陷坚突众,贼徒
　因而破败者,为跳荡。"

⑤奇数:出其不意的战术。

**【译文】**

太师浑瑊十一岁的时候跟随父亲浑释之参加秋季边境防卫。朔方
节度使张齐丘戏弄他说:"你是带奶妈来的吗?"这一年浑瑊就立下了跳
荡功。后来的两年他带兵收复了石堡城,收复了龙驹岛,都有出其不意
的战术。

498.马司徒讨李怀光①,自太原引兵至宝鼎下营,问其
地名,曰:"埋怀村。"大喜曰:"擒贼必矣②。"

**【注释】**

①马司徒讨李怀光:本条采录自《国史补·埋怀村下营》。马司徒,
　即马燧,因其唐德宗贞元年间曾官授司徒,故称。李怀光,本姓
　茹,渤海郡(治今吉林敦化)人。�鞨族。少从军,跟随名将郭
　子仪,颇有军功,累迁开府仪同三司、朔方军都虞侯。德宗即位,
　加检校刑部尚书,授宁、庆、晋、绛、慈等州节度使,后迁朔方节度
　使,抵御吐蕃入侵,进位同中书门下平章事。泾原兵变中,拜副元
　帅、检校太尉兼中书令,册封连城郡王。因功勋日盛,引发唐德宗
　的猜忌,遂联合朱泚反叛朝廷。德宗贞元元年(785)为部将所害。

②擒贼必矣:原书此句下尚有"至是果然"一句。

**【译文】**

　　司徒马燧讨伐李怀光,从太原率兵到达宝鼎准备宿营休息,马燧问宿营之地的地名,回答说是埋怀村。马燧非常高兴,说:"一定会擒获叛贼。"

# 容止

　　499.开元中①,燕公张说当朝文伯②,冠服以儒者自处。玄宗嫌其异己③,赐内样巾子④,长脚罗幞头⑤,燕公服之入谢,玄宗大喜。

**【注释】**

①开元中:本条采录自《封氏闻见记·巾幞》。

②文伯:文章宗师。

③异己:志趣、见解与己不同。

④内样巾子:唐开元年间宫中流行的衬在幞头内的一种巾子。内,宫中。《封氏闻见记·巾幞》:"巾子制顶皆方平,仗内即头小而圆锐,谓之内样。"

⑤长脚罗幞头:是一种包裹头部的纱罗软巾,起始于汉代。至北周武帝时裁出脚后幞发,始名"幞头"。初唐时期,幞头脚均以轻薄柔软的纱罗制成,故统称软脚幞头。初唐后垂于脑后的两脚逐渐加长,称为长脚罗幞头。长脚样式原出自宫廷,多为皇帝赏赐。

**【译文】**

　　唐玄宗开元年间,燕国公张说为本朝的文章宗师,他穿的衣服戴的帽子都是读书人的样子。唐玄宗讨厌他的与众不同,赐给他宫中流行的头巾,长脚罗幞头,燕国公戴上入朝谢恩,玄宗见了非常高兴。

500.玄宗早朝①,百官趋班②。上见张九龄风仪整秀③,有异于众,谓左右曰:"朕每见张九龄,精神顿生。"

**【注释】**

①玄宗早朝:本条采录自《开元天宝遗事·精神顿生》。

②趋班:指群臣朝见时疾行就位。

③风仪:风度,仪容。整秀:端庄俊秀。

**【译文】**

唐玄宗早上朝会,众官吏疾行就位。玄宗看到张九龄仪容俊秀严整,和其他人不同,就对身边的人说:"我每次看见张九龄,瞬间就有了生机和活力。"

501.裴仆射遵庆二十入仕①,裹折上巾子②,未尝随俗样。凡代之移易者五六,而公年九十时,尚幼少所裹者。今巾子有仆射样③。

**【注释】**

①裴仆射遵庆二十入仕:本条采录自《大唐传载》。裴仆射遵庆,即裴遵庆,字少良,绛州闻喜(今山西闻喜)人。宰相裴翁喜之子。初以门荫为潞府司法参军,调任大理寺丞,迁吏部员外郎。玄宗天宝末,以不附杨国忠出为郡守。肃宗时征拜给事中、尚书右丞、吏部侍郎。后得宰相萧华举荐,擢黄门侍郎、同平章事。代宗初奉诏宣慰仆固怀恩。永泰元年(765)待制集贤院,罢知政事。寻改吏部尚书、右仆射,复知选事。卒于官。

②折上巾子:折角向上的头巾,东汉梁冀所制。后汉梁冀改舆服之制,折迭幅巾之上角,称折上巾。北周裁为四脚,名曰幞头,也称

折上巾。隋唐时贵贱通用，宋时为皇帝、皇太子常服。

③仆射样：也称仆射巾，唐代幞头的一种样式。其制较普通巾子精巧，唐代宗永泰元年（765），左仆射裴冕创制，形状新奇，民间多仿效之，故称。

**【译文】**

仆射裴遵庆二十岁入朝做官，他头上裹的折上巾，从来没有遵从习俗的样式。后来折上巾的样式总共改换了五六种，裴遵庆九十岁的时候，还喜欢年轻时的样式。现在头巾的样式中有一种就叫仆射样。

502.韩晋公久镇浙西①，所取宾佐②，随其所长，无不得人。尝有故旧子弟投之，与语，更无他能；召之谯而观之，毕席端坐，不旁视，不与比坐交言③。后数日，署以随军④，令监库门⑤。使人视之，每早入，惟端坐至夕。警察吏卒⑥，无敢滥出入者。

**【注释】**

①韩晋公久镇浙西：本条采录自《因话录·徵部》。《资治通鉴·唐纪·德宗贞元三年》记载为"滉久在二浙"，胡三省注曰："大历十四年，滉观察二浙。建中二年建节。"韩晋公，即韩滉，因其唐德宗贞元二年（786）被封为晋国公，故称。

②宾佐：指幕宾佐吏。

③比坐：指邻座的人。

④署以随军：指让他加入军籍。

⑤库门：库房的大门。

⑥警察：警戒监察。

【译文】

　　晋国公韩滉镇守浙西很久了,他任用的幕宾佐吏,全都依照这些人各自的长处,没有用人不当的。曾经有个故交旧友的后辈投奔韩滉。韩滉与他交谈,发现他没有什么才能;韩晋公请他参加宴会来观察他,发现他直到宴席结束还端端正正地坐着,目不侧视,也不和相邻座位的人说话。几天后,韩滉就让他加入了军籍,命令他监守库门。韩滉派人去看他,发现他每天很早就去了,然后端端正正地坐到傍晚。警戒监察官兵,没有人敢随便进出。

　　503.李相国程为翰林学士①,以阶前日影为入候②。公性懒,每入必逾八砖,后号为"八砖学士"③。

【注释】

　　①李相国程为翰林学士:本条采录自《大唐传载》。

　　②前:原书作"砖",当据改。

　　③八砖学士:《新唐书·李程传》记载:"学士入署,常视日影为候。程性懒,日过八砖乃至,时号'八砖学士'。"

【译文】

　　相国李程任翰林学士,他把日影到台阶上砖的位置作为入宫供职的时间。李程性情疏懒,每天都要等到日影过八砖才入朝,后来人们称他为"八砖学士"。

　　504.郑珣瑜为河南尹①,送迎中使皆有常处,人吏窥之,马足差跌不出三五步②。议者以珣瑜为河南尹,可继张延赏,而重厚坚正,前后莫有及。

**【注释】**

①郑珣瑜：字元伯，河南荥泽（今河南荥泽南）人。少孤，安史之乱时退耕陆浑山养母。唐代宗大历年间以讽谏主文科高第，授大理评事。崔祐甫为相，擢左补阙，出为泾原帅府判官。入拜侍御史、刑部员外郎。德宗贞元时进饶州刺史，入为谏议大夫，四迁吏部侍郎。又进门下侍郎、同中书门下平章事。顺宗立，迁吏部尚书。卒赠尚书左仆射。

②差跌：失足跌倒。常用以比喻失误。差，通"蹉"。

**【译文】**

郑珣瑜任河南尹，他迎送宫中的使臣都有固定的地点，下级官吏暗地里观察，发现马蹄的失误不超过三到五步。评论的人认为郑珣瑜任河南尹，能够接续张延赏，而又持重敦厚，坚定正直，前后都没有人能赶上他。

505. 大中十一年正月一日①，含元殿受朝，太子太师卢钧年八十，自乐悬南步而及殿墀②，称贺上前，举止中礼，士大夫叹之③。十二年正月朔④，含元殿受朝，太子少师柳公权亦年八十⑤，复为百官班首⑥，自乐悬南步至殿下，力已委顿⑦，及上尊号"圣敬文思和武光孝皇帝"，公权误曰"光武和孝"，御史弹之，罚一季俸。世讥公权不能退身自止⑧。

**【注释】**

①大中十一年正月一日：本条采录自《东观奏记》。

②乐悬：亦作"乐县"。指悬挂的钟磬类乐器。《周礼·春官·小胥》："正乐县之位，王宫县，诸侯轩县，卿大夫判县，士特县，辨其声。"郑玄注："乐县，谓钟磬之属县于笋虡者。"殿墀（chí）：指殿堂前经过涂饰的地面。墀，《说文》："墀，涂地也。"

③举止中礼，士大夫叹之：《新唐书·卢钧传》记载："钧年八十，升
　降如仪，音吐鸿畅，举朝咨叹。"

④十二年正月朔：《新唐书·柳公权传》记载为"大中十三年"。

⑤柳公权：字诚悬，京兆华原（今陕西铜川耀州区）人。兵部尚书柳
　公绰之弟。工书法，以楷书见长。二十九岁状元及第，早年曾任
　秘书省校书郎。在穆宗、敬宗、文宗三朝，任内职如右拾遗、右补
　阙、中书舍人充翰林书诏学士、知制诰等。武宗时罢内职任右散
　骑常侍、金紫光禄大夫、上柱国，封河东郡开国公。以太子太保致
　仕，故世称"柳少师"。卒赠太子太师。

⑥班首：班列之首。

⑦委顿：疲乏，精神不振。

⑧世讥公权不能退身自止：原书此句作"七十致仕，旧典也。公权
　不能克遵典礼，老而受辱，人多惜之"。

**【译文】**

　　唐宣宗大中十一年正月一日，宣宗在含元殿接受众臣朝拜，太子太师卢钧当时已经八十岁了，他从悬挂钟磬类乐器的南面步行到大殿前经过涂饰的地面，在皇上面前称颂道贺，言行举止合乎礼仪，士大夫都赞叹他。大中十二年正月一日，宣宗在含元殿接受朝拜，太子少师柳公权年龄也八十岁了，也为众臣的班列之首，他从悬挂钟磬类乐器的南面步行到大殿之下，已经精力不济，疲乏困顿，等到称诵皇上尊号"圣敬文思和武光孝皇帝"时，柳公权误念成了"光武和孝"，御史弹劾他，罚了柳公权一个季度的俸禄。当时的人都讥笑柳公权不能脱身自处。


　　506.薛调、季瓒①，同年进士。调美姿貌，人号为"生菩萨"；瓒俊爽，人号为"剑"。调宽恕而瓒猜忌，论者以时人所称，协其性也。刘元章罢江夏入朝②，以风标自任③。一日，调谒之，倒屣出迎④，爱其风韵，去而复留者数四。既

去，谓左右曰："若不见其案⑤：此下有阙文。也。"调为翰林学士，郭妃悦其貌⑥，谓懿宗曰："驸马盍若薛调乎？"顷之暴卒，时以为中鸩。卒年四十三，常览镜曰："薛调岂止四十三乎？"岂尝有言其寿者耶？

**【注释】**

①薛调：河东宝鼎（今山西万荣西）人。宣宗大中年间进士及第，咸通间任户部员外郎。转驾部郎中，充翰林学士，加知制诰。唐代传奇小说作家，著有传奇小说《无双传》等。季瓒：当为李瓒。李瓒，唐宗室后裔，宰相李宗闵之子。唐宣宗大中年间进士及第。懿宗咸通中自检校礼部员外郎、荆南节度判官，充翰林学士。迁右补阙、内供奉、驾部员外郎、知制诰。唐僖宗乾符中出任桂管观察使。后坐罪贬为昭州司户，卒于贬所。

②刘元章：生平不详。

③风标：风度仪态。

④倒屣（xǐ）出迎：指因急于迎接客人，把鞋子也穿倒了。比喻对待朋友的热情和一片诚意。屣，鞋。

⑤案：据周勋初《校证》，此案语当为《永乐大典》编者或《四库全书》馆臣所加。

⑥郭妃：即郭淑妃，唐懿宗嫔妃，生同昌公主。

**【译文】**

薛调和李瓒同一年进士及第。薛调姿容美好，时人称他为"活菩萨"；李瓒英俊豪爽，时人称他为"剑"。就品行而言，薛调宽大仁恕，李瓒猜疑忌妒，评论的人认为当时人对他们的称呼，非常符合他们的性格。刘元章从江夏免职回到朝廷做官，以姿容神态美好而自负。有一天，薛调来拜访他，刘元章倒穿鞋子出来迎接，非常喜欢薛调的风度和姿态，薛调要离去时刘元章多次挽留。薛调走了以后，刘元章对身边的人说："你们没有见到他案：这个字下面有阙漏的文字。"薛调任翰林学士，郭淑妃喜欢他的容貌，对唐懿宗说："驸马和薛调相比，怎么样？"不久薛调得疾病突然去世，当时人认为是中了鸩毒。死的时候四十三岁，薛调在世时经常照着镜子说："薛调怎么只活四十三岁呢？"难道还有说中自己年寿的人吗？

507.杜相审权镇浙西①，性宽厚，左右僮仆希见其语。在翰林最久，习于慎密。在镇三岁，自初视事②，坐于东厅，至其罢去，未尝易处。虽大臣经过，亦不逾中门。视事之暇，日未夕，非有故，不还私室。端默敛袵③，常若对宾旅④。夏日中欲寝息，则顾军将令下帘。或四顾无人，即自起去帘钩，以手捧轴，徐下帘至地，方拱退。进止雍容如画⑤。时杜惊先达⑥，人谓之老杜相，审权为小杜相⑦。

**【注释】**

①杜相审权镇浙西：本条采录自《金华子》。

②视事：处理政事。旧时指官吏到职办公。

③端默：庄重沉静。敛袵：整理衣襟，表示恭敬。

④宾旅：客卿，羁旅之人。

⑤雍容：形容仪态温文大方。

⑥先达：前辈。

⑦审权为小杜相：《新唐书·杜审权传》记载为"与杜惊俱位将相，惊先进，故世谓审权为小杜公"。

**【译文】**

宰相杜审权镇守浙西，他待人宽容厚道，身边的仆人很少看到他说话。杜审权在翰林院供职的时间最长，养成了细致周到的习惯。他在浙西任职三年,从刚到职处理政务,就一直坐在东边的堂屋,直到他解职离开,从来没有更换过地方。即使有高级官员经过,也没有越过中门。在处理政事的闲暇时间,不到傍晚,如果不是有事,他不会回自己的寝室。杜审权庄重沉静,敛衣而坐,经常好像面对着宾客。夏天中午要休息时,他就看着军将,让把帘子放下来。有时候他看四下无人,就自己起身去拿掉帘钩,用手捧着帘轴,慢慢地把帘子放到地上,然后才拱手后退。进退举止温文大方好像一幅画。当时杜惊是前辈,时人称他为老杜相,称杜审权为小杜相。

508.魏仆射元忠每立朝①,必得常处,人或记之,不差尺寸。

**【注释】**

①魏仆射元忠每立朝:本条采录自《隋唐嘉话》。立朝,指上朝。

**【译文】**

仆射魏元忠每次上朝,他每天都站在固定的位置,有人标记他站的位置,尺寸丝毫不差。

509.路侍中岩①,风貌之美,为世所闻。镇成都日,委执政于孔目吏边咸②,日以妓乐自随,宴于江津。都人士女怀掷果之羡③,虽卫玠、潘岳④,不足为比。善巾裹,蜀人见必效之,后乃翦纱巾之角,以异于众也。间巷有衩服修容者⑤,人必讥之曰:"尔非路侍中耶?"比至鬻豚之肆,见侩豕者谓屠主曰⑥:"此豚端正,路侍中不如。"用之比方,良可笑也。以官妓行云等十人侍宴⑦。移镇渚宫日,于合江亭离筵赠行云等《感恩多》词⑧,有:"离魂何处断?烟雨江南岸。"

至今播于倡楼也。

**【注释】**

①路侍中岩：本条采录自《北梦琐言·路侍中巾裹》。

②孔目：旧时官府衙门里的高级吏人。掌管狱讼、账目、遣发等事务。始于唐代。边咸：唐懿宗时人，曾任孔目吏。

③掷果：晋潘岳美姿容，每出门，老妪以果掷之满车。后即以"掷果"指女子对男子的爱慕和追捧。

④卫玠：字叔宝，小字虎，河东安邑（今山西夏县西北）人。三国魏尚书卫觊曾孙、太保卫瓘之孙。美姿仪。是魏晋之际继何晏、王弼之后的著名清谈名士和玄学家，官至太子洗马。潘岳：字安仁，荥阳中牟（今河南中牟）人。早辟司空太尉府。举秀才。出为河阳令，转怀县令。勤于政绩。杨骏辅政，引为太傅主簿。骏诛，除名。后累迁为给事黄门侍郎。性轻躁趋利，谄事贾谧，为"二十四友"之首。赵王司马伦执政，岳与伦亲信孙秀有宿怨，秀诬以谋反诛之。潘岳美姿仪，善诗赋，诗与陆机并称。

⑤袨（xuàn）服：盛服，艳服。修容：修饰仪表。

⑥侩豕：谓从中撮合猪的买卖。

⑦行云：唐朝官妓名，生平经历均不详。

⑧离筵：饯别的宴席。

**【译文】**

侍中路岩，风度和相貌都很俊美，在当时远近闻名。路岩镇守成都的时候，把政事委托给孔目吏边咸，他自己则每天与歌妓一起，在江边的渡口宴饮。成都的贵族妇女都对他投以爱慕的目光，即使是卫玠、潘岳，也不能和他相比。路岩擅长用巾裹头，蜀地的人见了都争相仿效，后来他剪掉了纱巾的角，以示与众不同。每当街巷有穿着华丽衣服、修饰仪表的男子，大家一定会讥笑他说："你不会就是侍中路岩吧？"等到了卖猪肉的店铺,经常会听到从中撮合猪买卖的人对杀猪的人说:"这头猪姿势挺直,路侍中也不如它。"用路侍中来打比方,确实很可笑。路岩每次设宴,都让官妓行云等十人陪侍。后来他移藩渚宫时,在合江亭设宴饯别,赠送给官妓行云等《感恩多》诗,其中有两句说:"离魂何处断? 烟雨江南岸。"到现在这首诗还在妓楼传唱。

# 自新

510.江淮客刘圆①,尝谒江州刺史崔沆②,称"前拾遗"。沆引坐劝曰:"谏官不可自称,司直、评事可矣。"须臾他客至,圆称曰:"大理司直刘圆③。"沆甚赏之。

**【注释】**

①江淮客刘圆:本条采录自《国史补·刘圆假官称》。刘圆,唐代人,曾任拾遗、大理司直等职。

②崔沆:字内融,博州(今山东聊城)人。进士出身,曾任员外郎、循州司户、中书舍人等职。僖宗乾符初年任礼部侍郎时,掌贡举,曾选名士十多人,皆位列卿相。乾符末年以本官同平章事。僖宗广明元年(880),黄巢率领农民军攻占长安,其不及随驾西迁,遇害。

③大理司直:官名。掌承制出使、推复,参议疑狱。北魏永安二年(529)始置,隶属廷尉,掌复理御史检勘事。北齐以来历朝沿置,唐朝置六员,从六品上阶。五代沿置。

**【译文】**

江淮客刘圆曾经拜谒江州刺史崔沆,称自己是"前拾遗"。崔沆请他坐下并规劝他说:"谏官是不可以自称的,司直、评事等职可以。"不久有其他客人来访,刘圆介绍自己说:"大理司直刘圆。"崔沆很赞赏他的做法。

511.李铦①，锜从父弟也。为宋州刺史，闻锜反状，恸哭，悉驱妻子奴婢，无老幼，量头为枷，自拘于观察使。朝廷悯之，薄贬②。

**【注释】**

①李铦：本条采录自《国史补·李铦自拘囚》。李铦，唐宗室后裔。李锜从父弟。德宗贞元三年（787）官左庶子，使吐蕃。十年（794）官司农卿，以论裴延龄矫妄，罢职左迁。宪宗元和初，稍迁宋州刺史，复坐李锜反，贬岭外。后为鸿胪少卿、京兆尹、鄜坊观察使等。

②薄贬：指从轻发落。《新唐书·李铦传》载，李铦流放岭南。

**【译文】**

李铦是李锜的堂弟。任宋州刺史，他听说李锜造反的消息，放声痛哭，然后全部驱使自己的妻儿和奴婢，不分老幼，根据头的大小制作了枷锁，把他们和自己拘禁在观察使府。朝廷怜悯他，从轻发落了他。

512.天宝已前①，多刺客②。李汧公勉为开封府③，鞫囚有意气者④，咸哀勉求生，纵而逸之。后数岁，勉罢官，客行河北。偶见故囚，迎归，厚待之⑤。告其妻曰："此活我者，何以报德？"妻曰："以缣千匹，可乎？"曰："未也。""二千匹，可乎？"曰："亦未也。"妻曰："大恩难报，不如杀之。"故囚心动。其僮哀勉，密告勉，被衣乘马而遁。比夜半，百余里至津店。津店老人曰："此多猛兽，何故夜行？"勉因言其故，未毕，梁上有人瞥下曰⑥："几误杀死长者！"乃去。未明，携故囚夫妻二首而至示勉。

【注释】

①天宝已前：本条采录自《国史补·故囚报李勉》。

②多刺客：此句原作"多刺客报恩"，据齐之鸾本、《历代小史》本删改。

③开封府：原书作"开封尉"，当据改。《旧唐书》《新唐书》之《李勉传》均言任开封尉。

④鞫（jū）囚：审讯囚犯。

⑤迎归，厚待之：原作"厚迎待之"，据齐之鸾本、《历代小史》本校改。

⑥瞥：暂现，很快地出现一下。

【译文】

唐玄宗天宝年间以前，刺客很多。李勉做开封县尉的时候，有一次审理罪案，囚犯中有一个有气概的人，哀求李勉给他活路，李勉就释放了他。几年以后，李勉被免除官职，他离家远行来到河北。偶然间碰见了以前释放的那个囚犯，囚犯把李勉迎到家里，热情待他。囚犯告诉他的妻子说："这就是让我活命的恩人，我们用什么来报答他的恩德呢？"他的妻子说："给他细密的绢缎一千匹，够吗？"囚犯说："不够。"他的妻子说："两千匹，够吗？"他说："还是不够。"他的妻子说："重大的恩德难以报答，不如杀了他。"囚犯被说动心了。囚犯家的仆人可怜李勉，就偷偷把囚犯夫妻要杀他的事情告诉了李勉，李勉穿上衣服乘马而逃。等到半夜，走了一百多里到达渡口边上的旅店。店主人说："这个地方晚上猛兽很多，你为什么独自一人走夜路呢？"李勉于是给店主人讲了其中的原因，话还没有说完，就有一个人忽地从梁上跳下，说："我差一点误杀了德高望重的人！"说完就离开了。天还没有亮，那位梁上君子带着囚犯夫妻二人的头来给李勉看。

513.田神功自平卢兵使授淄青节度①，旧官皆偏裨时部曲②，神功平受其拜；及此前使判官刘位已下数人并留在院③，神功待之亦无降礼④。后因围宋州，见李光弼与敕使打球⑤，闻判官张偯至⑥，光弼答拜，神功大惊，归幕呼刘位问之，曰："太尉今日见张郎中来，与之拜答，是何礼也？"位曰："判官幕客，使主无受拜之礼⑦。"神功曰："公何不早说？"遂令屈诸判官⑧，谢之曰："神功武将，起自行伍，不知朝廷礼数，误受判官等拜，判官又不言⑨，成神功之过，今还诸公拜。"遂一一拜之。

**【注释】**

①田神功自平卢兵使授淄青节度：本条采录自《封氏闻见记·迁善》。《资治通鉴·唐纪·肃宗宝应元年》记载为："先是，田神功起偏裨为节度使。"胡三省注曰："去年六月，田神功自平卢兵马使节度兖郓。"田神功，冀州南宫（今河北南宫）人。天宝末为县吏。安史之乱时，因讨伐叛军有功，擢任平卢节度都知兵马使兼鸿胪卿。后奉命讨平刘展，以功授检校工部尚书、御史大夫、淄青节度使。唐代宗宝应元年（762）大破史朝义军，救出被困宋州的河北节度使李光弼，被封信都郡王，旋迁汴宋八州观察使。大历中入朝，擢拜检校尚书右仆射、太子太师。卒赠司徒。

②官：原书作"判官"，当据改。偏裨（pí）：偏将，裨将。将佐的通称。部曲：部属，部下。

③刘位：唐朝人，曾任节度使判官。

④降礼：礼节低于常规定例。

⑤李光弼：营州柳城（今辽宁朝阳）人。契丹族。唐左羽林大将军李楷洛第四子。初任左卫亲府左郎将，父楷洛去世后，袭封营州都督、蓟郡公。唐玄宗天宝中，经郭子仪推荐任河东节度副使。安史之乱时，因讨伐叛军有功，接任天下兵马副元帅、朔方节度使，进封卫国公，后改封郑国公。安史之乱平定后，李光弼"战功

推为中兴第一"，获赐铁券，名藏太庙，绘像凌烟阁。卒赠太保，谥
号武穆。敕使：皇帝的使者。

⑥张偬（cān）：唐朝人，曾任节度使判官。

⑦使主：唐时为节度使、节度大使的别称。唐代节度使为一道之主，
故称。

⑧屈：原书作"屈请"，当据改。屈请，邀请，延请。

⑨判官：原阙，据齐之鸾本、《历代小史》本补。

**【译文】**

田神功从平卢兵马使升任淄青节度使，以前的判官都是田神功任偏
将时的部下，田神功全部接受了他们的拜谢，等到了淄青，前任节度使判
官刘位以下几人一并留在幕府，田神功对待他们的礼节也没有低于常规
定例。后来因为去解宋州之围，他看见李光弼和皇帝的使者在打球，听
说判官张偬到了，李光弼就上前和他行答拜之礼，田神功非常惊讶，回到
幕府叫来刘位询问说："太尉今天看到张偬来，和他行回拜之礼，这是什
么礼节？"刘位说："判官是幕府的僚属，节度使不受他们的拜谢或致敬
之礼。"田神功说："你为什么不早说？"于是命令邀请各位判官，向他们
道歉说："我是武将，出身行伍，不知道朝廷的礼节，错误地接受了各位判
官的拜谢和致敬，判官们又不说，以使我犯错，今天向各位判官回拜。"
于是他逐一向判官行回拜之礼。

514.包谊①，江浙人，下第游汉南②，与刘太真相会辩
难③。刘辞屈，责其不敬，谊掷杯中其额。后太真为礼部侍
郎，谊应举，太真览其文卷于包侍郎佶之家④。初甚惊叹，及
视其名，乃包谊也，遂默然。至出榜，宰相欲有去留，面问太
真换一名，太真不能对；忽记谊之姓名，遽言之，遂中第。

**【注释】**

①包谊:唐朝人,善文辞,进士及第。

②下第:进士科考不中为下第,又称落第。

③刘太真:字仲适,宣州(今安徽宣城)人。善属文,长于诗句,少师事萧颖士。唐玄宗天宝末年举进士。代宗大历时淮南节度使陈少游表为掌书记。德宗时任河东宣慰赈给使,累迁刑部侍郎。后迁礼部,掌贡士,多取大臣贵近子弟,坐贬信州刺史,卒于任上。

④包侍郎佶:即包佶,字幼正,润州延陵(今江苏丹阳)人。包融之子。唐玄宗天宝六年(747)进士及第,安史之乱中避地江南。代宗大历中历官度支郎中、谏议大夫、知制诰。后宰相元载获罪诛,佶坐与载善贬岭南。唐德宗即位,任江州刺史,授检校御史中丞、江淮汴东盐铁使,迁刑部侍郎、国子祭酒,转秘书监。居官严正,所至有声,晚年因病辞官。卒于故里。

**【译文】**

包谊,江浙人,科举考试落第后到汉南一带游玩,和刘太真相见并进行辩论。刘太真理屈辞穷,指责包谊不尊敬他,包谊抛出手中的酒杯砸中了刘太真的额头。后来刘太真任礼部侍郎,包谊参加科举考试,刘太真在侍郎包佶的家中阅读包谊的文卷。起初非常惊讶赞叹,等到看文卷的名字,原来是包谊所著,于是就沉默不语。等到要出榜的时候,宰相想要黜落一人,就当面让刘太真更换一人,刘太真不能回答;忽然想起包谊的姓名,急忙说了他的名字,于是包谊得中进士。

515.魏仆射本名真宰①,武后朝被诬构下狱②,有司将出之,小吏闻之以告魏,魏喜曰:"汝名何?"曰:"元忠。"遂改从元忠焉②。

**【注释】**

①魏仆射本名真宰：本条采录自《隋唐嘉话》。

②诬构：无中生有地罗织罪名。

③改从元忠：《旧唐书·魏元忠传》记载："本名真宰，以避则天母号改焉。"

**【译文】**

仆射魏元忠本名真宰，武后朝时他被诬陷下狱，主管部门将要释放他，一个小官吏知道后就告诉了魏真宰，魏真宰很高兴，问他："你叫什么名字？"回答说："元忠。"于是魏真宰就改名魏元忠。

# 企羡

516.进士张倬①，濮阳王柬之曾孙也②。时初落第，两手捧《登科记》顶之，曰："此《千佛名经》也③。"其企羡如此④。

**【注释】**

①进士张倬（zhuō）：本条采录自《封氏闻见记·贡举》。张倬，原书作"张绰"。张绰，唐朝诗人，进士及第。

②濮阳王柬之：即张柬之，字孟将，襄州襄阳县（今湖北襄阳）人。年轻时补太学生，进士及第。武则天永昌元年（689）举贤良科，对策第一。曾任监察御史、凤阁舍人。论事得罪武则天，出任合蜀二州刺史、荆州长史。后经姚崇推荐，拜相。唐中宗神龙元年（705）发动神龙政变，拥立唐中宗李显复位，拜吏部尚书，受封汉阳郡公，累封汉阳郡王。后遭韦后和武三思排挤，出为襄州刺史，再贬新州司马，气愤致死。追赠司徒、中书令。

③《千佛名经》：本为佛经名。后借指登科名榜。以登科喻成佛。

④企羡：仰慕。

**【译文】**

进士张侔，濮阳王张柬之的曾孙。当初科举考试没被录取，他两手捧着《登科记》顶在头上，说："这是《千佛名经》。"他对科举登第的美慕就是这样。

517.卢杞令李揆入蕃①，揆对德宗曰："臣不惮远使，恐死于道路，不达君命。"上恻然，欲免之，谓杞曰："李揆暮老，无使②。"杞曰："和戎之使，且须谙练③，非揆不可。且使揆去，向后差使小于揆年者，不敢辞远使矣。"揆既至，蕃长曰："闻唐家第一人李揆，公是否？"揆曰："非也。他那个李揆争肯到此④？"恐其拘留，以此谩之也。揆门第第一，文学第一，官职第一⑤。揆致仕东都，大司徒杜公罢淮海也，入洛见之，言及"头头第一"之说，揆曰："若道门户，有所自，承余裕也；官职，遭遇尔。今形骸凋瘁⑥，看即下世，一切为空，何第一之有？"

**【注释】**

①卢杞令李揆入蕃：本条采录自《刘宾客嘉话录》。李揆，字端卿。少聪敏好学，善于属文。唐玄宗开元末年举进士，补陈留尉，累拜中书舍人。肃宗乾元初年兼礼部侍郎，迁中书侍郎、同中书门下平章事、集贤殿崇文馆大学士、监修国史。唐代宗即位，入拜国子祭酒、礼部尚书，加左仆射兼御史大夫。卒赠司空。

②李揆暮老，无使：原书作"李揆莫老无"。

③谙练：明晓事理，历练老成。

④争肯：犹怎肯。

⑤"揆门第第一"几句：《新唐书·李揆传》记载为："帝叹曰：'卿门

地、人物、文学皆当世第一,信朝廷羽仪乎!'故时称三绝。"

⑥凋瘁:形容容貌憔悴或贫困衰微。

**【译文】**

卢杞派李揆出使吐蕃,李揆对唐德宗说:"我不害怕出使远邦,只是担心死在路上,不能完成圣上交给我的使命。"德宗哀怜他,想要免除他的出使,就对卢杞说:"李揆年纪大了,就不要让他出使吐蕃了。"卢杞说:"与吐蕃结盟的使臣,一定要熟悉朝廷的事情,这次出使非李揆不可。况且这次派李揆去了,往后再派比李揆年岁小的人出使,谁也不敢推脱到远处去的差使了。"李揆到达吐蕃,吐蕃的首领问他:"听说唐朝有个第一人李揆,是你吗?"李揆说:"不是。那个李揆他怎么肯到这里来?"李揆担心被吐蕃扣留,所以就用这样的话蒙骗他。在唐朝的官员中,李揆门第第一,才学第一,官职第一。后来他辞官退休回到东都洛阳,大司徒杜佑被免去了淮海节度使,就到洛阳拜访李揆,说到几个第一的事,李揆说:"如果说到门第,确实有由来,我不过是承继了祖上的余光罢了;说到官职,也只是遇上机会罢了。如今我的身体已衰败,眼看就要离世了,一切都将成空,还有什么第一可言?"

518.苗给事子缵应举次①,而给事以中风语涩②,而心中至切。临试,又疾亟。缵乃为状,请许入试否。给事犹能把笔,淡墨为书,曰:"入!"其父子之情切如此。其年缵及第。

**【注释】**

①苗给事子缵应举次:本条采录自《刘宾客嘉话录》。苗给事,即苗粲,潞州壶关(今山西长治)人。唐肃宗朝宰相苗晋卿之子。有德才,曾任给事中。德宗朝官至左司郎中。缵,即苗缵,生平不详,苗粲之子。

②语涩:说话艰难,不流利。

【译文】

　　给事苗粲的儿子苗缵即将参加科举考试,苗粲中风说话艰难,但他心中非常急切。临近考试,苗粲的病情又加重了。苗缵就把考试的事写在纸上,请问父亲自己要不要去考试。苗粲还能拿笔,他用淡墨在纸上写道:"入!"他们父子之间真切的感情就是这样。这一年,苗缵考中了进士。

　　519.陆相贽受淮南尉①,吏部侍郎不与②;顾少连拟与江淮一尉③,不伏竟得之。显其德而自吟曰:"绕阶流㳠㳠,夹砌树阴阴④。"□后罢相,□□在假日,敕下不谢官,又贬为忠州司马。大官降敕日,令朝谢。但恐私忌□亦须出入始了⑤。

【注释】

①陆相贽受淮南尉:本条原阙,本书据齐之鸾本、《历代小史》本补入。

②不与:不赞成。

③顾少连:字夷仲,苏州吴县(今江苏苏州)人。勤奋好学,进士及第,初授登封主簿。迁监察御史。唐德宗时期授水部员外郎、翰林学士,再迁中书舍人。因劾击宰相裴延龄,出任京兆尹,政尚宽简。后迁吏部尚书、东都留守,表禁苑闲田募耕以便民,阅武力,利甲仗,号称良吏。卒赠尚书右仆射。

④绕阶流㳠㳠,夹砌树阴阴:语出陆贽《句》诗。

⑤但恐私忌□亦须出入始了:《守山阁丛书本》校记言此条"讹阙不可校"。故本句不译。

【译文】

陆贽被授予淮南县尉,吏部侍郎不赞成;顾少连打算授予他江淮一带的县尉，陆贽不甘心最后还是得到了。陆贽为了让时人闻知他的德行，自吟诗说："绕阶流涮涮，夹砌树阴阴。"□后来被罢免宰相官职，□□正在休假，皇帝的诏令下来后他没有谢恩，又被贬为忠州司马。上级官员来传达诏书之日，让他去朝廷谢恩。但恐私忌□亦须出入始了。

520.开元以后①，不以姓名而可称者：燕公、许公、鲁公②；不以名而可称者：宋开府、陆兖州、王右丞、房太尉、郭令公、崔太尉、杨司徒、刘忠州、杨崖州、段太尉③；位卑而名著者④：李北海、王江宁、李馆陶、郑广文、元鲁山、萧功曹、独孤常州、崔比部、张水部、梁补阙、韦苏州⑤；二人连呼者：岐薛、燕许、[原注]大手笔。李杜、姚宋、[原注]亦曰苏宋。萧李⑥。[原注]文章。元和后，不以名可称者：李太尉、韦中令、裴晋公、白太傅、贾仆射、路侍中、杜紫微⑦；位卑名著者：贾长江、赵渭南⑧；二人连呼者：元白⑨，又有罗钳吉网⑩，[原注]酷吏。员推韦状⑪；[原注]能吏。又有四夔、四凶⑫。

**【注释】**

①开元以后：本条采录自《国史补·叙著名诸公》。

②许公：即苏瑰，因其被封为许国公，故称。

③宋开府：唐代著名宰相宋璟的别称。唐玄宗曾授宋璟开府仪同三司，故名。陆兖州：原书作"陆兖公"，当据改。陆兖公，指陆象先，因其被封为兖国公，故称。王右丞：指山水田园诗人王维，因其在唐肃宗乾元年间任尚书右丞，故称。房太尉：指唐太宗时期的宰相房玄龄，因其卒赠太尉，故称。郭令公：指唐代中兴名将郭子仪，乾元元年（758）进中书令，故称郭令公。崔太尉：原书作"崔太傅"。即唐德宗时期的宰相崔祐甫，因其卒赠太傅，故称。

杨司徒:即唐代宗时期的宰相杨绾,因其卒赠司徒,故称。刘忠州:指唐代宗时期的宰相刘晏,建中元年被贬忠州刺史。杨崖州:指唐德宗时期的宰相杨炎,因其曾被贬为崖州司马,故称。段太尉:即唐中期名将段秀实,字成公,陇州汧阳县(今陕西千阳)人。举明经,弃而从军。早年征战西域。安史之乱后,因平叛有功,任邠宁节度行军司马兼都知兵马使。唐代宗大历时擢拜四镇北庭行军及泾原郑颍节度使,总揽西北军政,累封张掖郡王。唐德宗建中四年(783),泾原兵变发生,段秀实因当庭反对叛将朱泚称帝,以笏板攻击朱泚,因而遇害。诏赠太尉,谥曰忠烈。

④位卑而名著者:明胡应麟《诗薮·外编·唐上》云:"《国史补》云:开元以后,位卑而名著者:李北海邕、王江宁昌龄、李馆陶、郑广文虔、元鲁山德秀、萧功曹颖士、张长史旭、独孤常州及、崔比部、梁补阙肃、韦苏州应物。右载《唐诗纪事》。崔比部、李馆陶不列名。按是时,诗文有重望而不甚显者,崔则崔颢、崔曙,李则李翰、李华,第俱不言为比部、馆陶。然四人外,无赫赫称,必居二于此矣。"汲古阁本《唐诗纪事》"崔比部"下有"元翰"二小字。

⑤李馆陶:唐人,生平未详。崔比部:即崔元翰。因其曾任比部郎中,故称。张水部:指张籍。因其曾任水部员外郎,故称。

⑥岐薛:指唐代岐王李范和薛王李业。燕许:指燕国公张说和许国公苏颋。原注:此为《国史补》作者李肇自注。下同。李杜:指唐代诗人李白和杜甫。姚宋:指唐代开元年间的两位宰相姚崇和宋璟。萧李:指唐代的文学家萧颖士和李华。

⑦李太尉:指的是唐武宗朝宰相、卫国公李德裕。韦中令:指唐德宗兴元年间的宰相韦皋,因其曾任中书令,故又称为韦中令。裴晋公:指晋国公裴度。白太傅:指唐代诗人白居易,因其曾官太子少傅,故称。贾仆射:指唐德宗朝的宰相贾耽,因其曾任尚书右仆射,又转任左仆射,故称。路侍中:指唐懿宗朝宰相路岩,因其曾

任侍中,故称。杜紫微:指杜牧。杜牧曾官中书舍人,唐中书省又称紫微省,故名。

⑧贾长江:指唐代诗人贾岛,因其曾任遂州长江县主簿,故称贾长江。赵渭南:指唐代诗人赵嘏。赵嘏曾任渭南尉,故称。

⑨元白:指唐代诗人白居易、元稹的并称。

⑩罗钳吉网:指唐玄宗时期的酷吏罗希奭、吉温。《资治通鉴·唐纪·玄宗天宝四载》记载,李林甫欲除不附己者,重用酷吏罗希奭、吉温,"二人皆随林甫所欲深浅,锻炼成狱,无能自脱者,时人谓之'罗钳吉网'"。

⑪员推韦状:指唐代官吏员锡和韦元甫,均以贤能著称。《新唐书·韦陟传》记载:"徙河南采访使,以判官员锡善讯覆,支使韦元甫工书奏,时号'员推韦状',陟皆倚任之。"

⑫四夔:指唐代的贤臣崔造、韩会、卢东美、张正则四人。《新唐书·崔造传》记载:"崔造字玄宰,深州安平人。永泰中,与韩会、卢东美、张正则三人友善,居上元,好言当世事,皆自谓王佐才,故号四夔。"夔,舜时贤臣,舜命以为典乐之官。后因将同时而贤能出众的四人美称为"四夔"。四凶:相传为尧舜时代四个恶名昭彰的部族首领。后世多用以比喻凶狠贪婪的朝臣。此处指唐朝的恶吏元伯和、李腾、李淮、王缙四人。

【译文】

唐玄宗开元以后,不用姓名但可以称呼的人:燕公张说、许公苏瑰、鲁公颜真卿;不用名却可以称呼的人:宋开府璟、陆兖公象先、王右丞维、房太尉玄龄、郭令公子仪、崔太傅祐甫、杨司徒绾、刘忠州晏、杨崖州炎、段太尉秀实;地位低微但声名卓著的人:李北海邕、王江宁昌龄、李馆陶、郑广文虔、元鲁山德秀、萧功曹颖士、独孤常州及、崔比部元翰、张水部籍、梁补阙肃、韦苏州应物;两个人连在一起称呼的人:岐王李范和薛王李业、燕国公张说和许国公苏颋、[原注]大手笔。李白和杜甫、姚崇和宋

璟、[原注]亦称苏宋。萧颖士和李华[原注]文章。唐宪宗元和以后，不用
名但可以称呼的人：李太尉德裕、韦中令皋、裴晋公度、白太傅居易、贾仆
射耽、路侍中岩、杜紫微牧；地位低微但声名卓著的人：贾长江岛、赵渭南
蝦；两个人连在一起称呼的人：白居易、元稹，又有罗希奭、吉温，[原注]
酷吏。员锡和韦元甫；[原注]有才能的官吏。又有贤臣崔造、韩会、卢东美、
张正则四人，恶吏元伯和、李腾、李淮、王缙四人。

521.于良史为张徐州建封从事①，每自吟曰："出身三
十年，白发衣犹碧。日暮倚朱门，从未污袍赤②。"公闻之，
为奏章服焉③。

**【注释】**

①于良史为张徐州建封从事：本条采录自《大唐传载》。于良史，唐
　　代诗人，约唐玄宗天宝末入仕。代宗大历中任监察御史。德宗贞
　　元间为徐泗濠节度使张建封从事。张徐州建封，即张建封，因其
　　曾任徐州节度使，故称。

②"出身三十年"几句：语出于良史《自吟》诗。是诗人官场不得志
　　的牢骚之辞。朱门，红漆大门。指贵族豪富之家。

③章服：本指绣绘有日月、星辰等图案标志的礼服。据《夏书》，古
　　以日月、星辰、山龙、华虫等为天子冕服十二章，此为章服之始。
　　天子十二章，群臣按品级以九、七、五、三章递降。此处泛指官服。

**【译文】**

于良史任徐州节度使张建封从事，经常自己吟诵一首诗说："出身三
十年，白发衣犹碧。日暮倚朱门，从未污袍赤。"张建封听到后，为他奏
请升官，改变了衣服的颜色。

522.韩仆射皋为京兆尹①，韦相贯之为畿甸尉②。及贯之入为相，皋为吏部尚书。每至中书，韦常异礼，以申故吏之敬。韩皋家自黄门以来③，三世传执一笏。经祖父所执，未尝轻授于仆人之手。归则别置于卧内一榻，以示敬慎。

**【注释】**

①韩仆射皋为京兆尹：本条采录自《因话录·商部》。

②畿甸：指京城地区。

③韩：原阙，据齐之鸾本、《历代小史》本补。黄门：官名。本秦官，汉代给事内廷有黄门令、中黄门诸官，皆以宦官充任，故称之。后为非宦者充任的黄门侍郎、给事黄门侍郎等官的简称。此处指韩休，韩休曾官黄门侍郎。

**【译文】**

韩皋任京兆尹，韦贯之为京城地区的县尉。等到后来韦贯之入朝为宰相，韩皋任吏部尚书。每次到中书省，韦贯之都以特殊的礼遇对待韩皋，来表明他作为原来属吏的敬意。韩皋家自从韩休任黄门侍郎以来，三代相传共持同一个笏板。经过祖父执掌的笏板，韩皋从不轻易交付到仆人的手上。下朝回来后就将笏板另外放置在卧室内的一个榻上，以此来表示恭敬谨慎。

523.赵昭公以旧相为吏部侍郎①，考前进士杜元颖宏词登科②；及镇荆南，又奏为从事。杜公入相，昭公复掌选③；至杜出镇西川，奏宋相申锡为从事④。数年，杜以南蛮入寇，贬刺循州，遂卒；宋以宰相被诬，谪佐开州。后数年，昭公始卒。公凡八任铨衡⑤，三领节镇⑥，皆带府号⑦。为尚书，惟不历工部，其兵部、太常皆再任。年八十七薨，其间未尝遇重疾。

俭素案<sup>⑧</sup>：俭素，赵璘《因话录》作"异数"。寿考，为朝中之首。

## 【注释】

①赵昭公以旧相为吏部侍郎：本条采录自《因话录·商部》。赵昭公，即唐德宗朝宰相赵宗儒，因其卒后谥昭，故称赵昭公。

②杜元颖：京兆杜陵（今陕西西安）人。唐德宗贞元十六年（800）进士及第。宪宗元和元年（806）登博学宏辞科。十一年（816）复登茂才异等科。敏于文辞，长于律诗。早年受辟使府。元和十二年（817）由左拾遗迁太常博士，充翰林学士，寻改右补阙。唐穆宗即位，迁中书舍人，擢户部侍郎知制诰，以本官拜同平章事，不久带平章事出为剑南西川节度使。敬宗骄奢，元颖巧索珍玩，箕敛刻削，致使军民怨嗟，武备松弛，终于在唐文宗大和三年（829）引发南诏入侵。累贬循州司马。卒于贬所。

③掌选：主持选拔举荐。

④宋相申锡：即宋申锡，字庆臣。贫寒有文才。唐宪宗元和年间进士及第，授校书郎，迁湖南观察从事，历任监察御史、起居舍人、礼部员外郎。文宗大和中任中书舍人、翰林学士、尚书右丞、同平章事。谋划甘露之变，图谋清除权阉。事败被贬右庶子，再贬为开州司马。

⑤铨衡：指执掌铨选的职位。

⑥节镇：唐时节度使的别称。

⑦府号：官员的加衔。所加衔大多是比本职高的中央官员的名号。

⑧案：据周勋初《校证》，此案语是《四库全书》馆臣所加。

## 【译文】

赵宗儒因为曾任宰相而被任命为吏部侍郎，主考前进士杜元颖使其登宏词科；等到他出任荆南节度使，又向朝廷奏报任命杜元颖为从事。后来杜元颖入朝为宰相，赵宗儒再次主持选拔举荐人才；到杜元颖出任西川节度使，赵宗儒奏报朝廷任宋申锡为从事。过了几年，杜元颖因为南诏入侵，被贬为循州司马，不久就去世了；宋申锡因为宰相受诬陷，被贬开州司马。几年后，赵宗儒才去世。赵宗儒一生八次出任主管选拔官吏的职位，三次出任节度使，都带有府号。作为尚书，只有工部尚书的职位没有担任过，兵部、太常的职位他都担任过两次。赵宗儒八十七岁时去世，在世时从未患过重大疾病。俭约朴素案：俭素，赵璘《因话录》作"异数"。而又长寿，为当时朝中最长寿之人。

524.权文公德舆①，身不由科第，尝知贡举三年，门下所出诸生相继为公相，号得人之盛②。

**【注释】**

①权文公德舆：本条采录自《因话录·商部》。

②得人：用人得当。亦谓得到德才兼备的人。

**【译文】**

权德舆不是经由科举考试出身，曾经主持科举考试三年，他门下的各位门生接连不断地任公卿、宰相一类的显官，被称为是得到很多德才兼备的人。

525.赵郡李氏①，元和初，三祖之后②，同时一人为相。藩南祖，吉甫西祖，绛东祖，而皆第三。至太和、开成间，又各一人前后在相位。德裕，吉甫之子；固言，藩再从弟③：皆第九。珏亦绛之近从。

**【注释】**

①赵郡李氏：本条采录自《因话录·商部》。赵郡李氏，魏晋至隋唐

时期的大族。一世祖李楷,字雄方,为李牧后人李左车的十七世孙,定居于赵国平棘县南(今河北赵县西南、高邑东北),后世分东祖、西祖、南祖三大支系。南北朝时赵郡李氏史载人物尤多,各盛家风,为北朝官宦最显赫的士族。唐高宗时位列七姓十家,共有九人出任宰相,唐末五代走向衰落。

②元和初,三祖之后:原书此二句互倒,当据改。

③再从弟:同曾祖而年少于己者。

**【译文】**

赵郡李氏,三祖之后,唐宪宗元和初年,每房中各有一人任宰相。南祖房是李藩,西祖房是李吉甫,东祖房是李绛,三人在各自房支中都排行第三。到唐文宗太和、开成年间,三祖房中又各有一人前后任宰相。李德裕是李吉甫的儿子;李固言是李藩同曾祖的弟弟:两个人在各自的房支中都排行第九。李钰也是李绛近支的从弟。


526.李尚书益①,有宗人庶子同名②,俱出于姑臧公;而人谓尚书为文章李益③,庶子为门户李益。而尚书尚兼门地焉④。尝姻族间有礼会⑤,尚书归,笑谓家人曰:"大堪笑!今日局席⑥,两个座头总是李益⑦。"


**【注释】**

①李尚书益:本条采录自《因话录·商部》。

②宗人:同宗族之人。庶子:旧时指嫡子以外的众子,亦指妾所生之子。

③文章李益:《新唐书·李益传》记载:"时又有太子庶子李益同在朝,故世言'文章李益'以辨云。"

④门地:犹门第。

⑤姻族：有姻亲关系的各家族或其成员。

⑥局席：宴席。

⑦座头：首席，首位。

**【译文】**

尚书李益和本宗李氏的一位庶子同名，都是姑臧公的后代；当时人们称尚书李益为文章李益，称庶子李益为门户李益。尚书李益同时也被称为门户李益。亲属有聚会，尚书李益参会归来，笑着对家人说："太可笑！今天的宴会上，两个首座都是李益。"

527.李太师逢吉知贡举①，榜未放而入相，礼部尚书王播代放榜②。及第人就中书见座主③，时谓"好脚迹门生"，前世未有。

**【注释】**

①李太师逢吉知贡举：本条采录自《因话录·商部》。李太师逢吉，即李逢吉，字虚舟，陇西（今属甘肃）人。举明经，又擢进士第。德宗朝任振武掌书记、左拾遗。宪宗元和时迁给事中、中书舍人、知礼部贡举，拜门下侍郎、同中书门下平章事。品性忌刻，险谲多端。排挤名臣裴度，结交权阉王守澄，成为牛李党争中李党代表人物。累迁右仆射，册封凉国公。敬宗时出为襄州刺史、山南东道节度使检校司空。文宗立，入为太子太师、东都留守、开府仪同三司。以司徒致仕。卒赠太尉，谥成。

②王播：字明敭。德宗贞元十年（794）进士及第，又举贤良方正科，历侍御史。宪宗时为御史中丞，转刑部侍郎、充诸道盐铁转运使。穆宗时拜刑部尚书，复领盐铁转运使，兼中书侍郎、平章事。长庆中为淮南节度使，岁旱无食而课税倍敛，比屋嗟怨。文宗初拜尚书左仆射、同平章事，封太原公。卒赠太尉，谥敬。

③座主：唐宋时进士对主考官的称呼。

**【译文】**

太子太师李逢吉主持科举考试，还没发榜他就被拜为宰相，礼部尚书王播代替他公布录取名单。登第的士子都直接到中书省去拜谒他，当时人称这些登第的士子是"好脚迹门生"，是前代从未有过的事。

528.阳城为朝士①，家苦贫，常以布衾木枕质钱数万②，人争取之。

**【注释】**

①阳城为朝士：本条采录自《大唐传载》。

②质钱：犹典钱。

**【译文】**

阳城身为朝廷官员，家里却很清贫，曾拿棉被和木枕换钱达几万文，人们都争着购买。

529.李愿司空兄弟九人①，四有土地②：愿为夏州、徐泗、凤翔、宣武、河中五节度，宪为江西观察、岭南节度③，愬为唐邓、襄阳、徐泗、凤翔、泽潞、魏博六节度，听为夏州、灵武、河东、郑滑、魏博、邠宁七州节度④。一门登坛受钺⑤，无比焉。

**【注释】**

①李愿司空兄弟九人：本条采录自《大唐传载》。岑仲勉《元和姓纂四校记》曰："《语林》之'兄弟九人'，殆祇指免丧起复者言之，非晟子仅九人也。"李愿，西平郡王李晟之子。以父勋拜银青光

禄大夫、太子宾客、上柱国。后转左卫大将军。宪宗元和初领银夏绥宥节度使，召为刑部尚书、检校尚书左仆射，节度凤翔。以不称职贬随州刺史，入为左金吾卫大将军。穆宗长庆四年（824）复检校司空，兼河中尹，充河中、晋、绛、慈、隰节度使。卒赠司徒。

②土地：领土，疆域。

③宪：即李宪。历任太原府参军、醴泉县尉、宗正少卿、检校散骑常侍、洪州刺史、江西观察使、岭南节度使等职。穆宗朝，以太和公主嫁回鹘，同金吾大将军胡证充送公主使，还献《入蕃道里记》。

④听：即李听。宪宗元和年间任安州刺史，镇夏州。唐穆宗即位，拜检校兵部尚书、河东节度使。唐敬宗嗣位，转义成军节度使。文宗时袭封凉国公，拜魏博节度使，因迁延不赴任，罢为太子少师。开成年间拜河中节度使、太子太保，分司东都。卒赠司徒。七州：原书"七"上有"凤翔"二字，当据补。

⑤登坛：登上坛场。古时会盟、祭祀、帝王即位、拜将，多设坛场，举行隆重的仪式。受钺：古时大将出征，接受天子所授的符节与斧钺，称为"受钺"。

**【译文】**

司空李愬兄弟九人中四人曾拥有领地：李愬曾为夏州、徐泗、凤翔、宣武、河中五地节度使，李宪曾任江西观察使、岭南节度使，李愿曾任唐邓、襄阳、徐泗、凤翔、泽潞、魏博六地节度使，李听曾任夏州、灵武、河东、郑滑、魏博、邠宁、凤翔七州节度使。一个家族登上坛场接受天子所授符节与斧钺的人如此之多，是别家没有办法相比的。

530.胡尚书证①，河中人。太傅昭公镇河中，尚书建节赴振武②，备桑梓礼入谒，持刺称百姓。献昭公诗云："诗书入京国，旌旆过乡关③。"州里荣之。进士赵橹著《乡籍》一篇④，夸河东人物之盛，皆实录也。同乡中，赵氏轩冕文儒最著⑤,曾祖父、祖父⑥,世掌纶诰⑦。橹昆弟五人,进士及第,皆历台省。卢少傅弘宣⑧,卢尚书简辞、弘正、简求⑨,皆其姑子也,时称“赵家出”。外家敬氏,先世亦出自河中,人物名望皆谓至盛,橹著《乡籍》载之。

**【注释】**

①胡尚书证:本条采录自《因话录·商部》。胡尚书证,即胡证,字启中,河中河东(今山西永济)人。德宗贞元五年(789)登进士第,屡佐使府。宪宗元和中历官侍御史、户部郎中、魏博节度副使、谏议大夫。以党项寇边,授振武军节度使,擢金吾大将军。穆宗长庆初以本官充回纥和亲使。使还,拜工部侍郎。敬宗即位,改京兆尹。宝历初拜户部尚书、判度支,固辞,出为岭南节度使。卒于任所。

②建节:亦作“持节”。执持符节。古时使臣出使,必执持符节以为征信。

③诗书入京国,旌旆过乡关:语出胡证的《句》诗。

④赵橹:唐朝人,生平经历不详,进士及第,曾著《乡籍》。

⑤轩冕:原指古时大夫以上官员的车乘和冕服,后用以借指官位爵禄。

⑥曾祖父:原阙“父”,据齐之鸾本、《历代小史》本补。

⑦纶诰:亦作“纶告”,皇帝的诏令文告。

⑧卢少傅弘宣:即卢弘宣,字子章。唐宪宗元和年间擢进士第,自裴度东都留守判官累迁给事中。文宗开成三年(838)黄河以南遭水灾,曾往陈许、郑滑等道宣慰。在官有能政,事尚宽简,人情安之。后历吏部郎中,以太子少傅致仕,卒赠尚书右仆射。

⑨卢尚书简辞:即卢简辞,字子策。卢纶之子。与兄卢简能、弟卢弘止、卢简求皆有文名。宪宗元和六年(811)进士及第,初入藩镇

幕府。穆宗长庆末入朝为监察御史，转侍御史。善文辞，尤精法律，历朝簿籍无不经怀。文宗大和年间出任衢州刺史。武宗会昌中入朝为刑部侍郎，转户部侍郎。宣宗大中初年历任兵部侍郎、检校工部尚书、忠武军节度使、山南东道节度使等职。弘正：《新唐书》及《资治通鉴》俱作"弘止"，当据改。卢弘止，字子强。卢纶之子，卢简辞之弟。宪宗元和末进士。累辟节度使府掌书记，入为监察御史、侍御史，迁兵部郎中、给事中。武宗会昌末奉命宣谕河北三镇，拜工部侍郎。宣宗大中初转户部侍郎，充盐铁转运使，立新盐法，课入加倍，后世多守其法。出为武宁节度使，治军有方。后迁检校兵部尚书、宣武军节度使等职，卒于镇。简求：即卢简求，字子臧。卢纶之子，卢简辞之弟。唐穆宗长庆元年（821）进士及第。两为裴度、元稹所辟，又佐牛僧孺镇襄阳，入为户部员外郎。武宗会昌中讨刘稹，朝廷以简求累佐使府，达于机略，任为忠武节度副使知节度事，入朝后为吏部员外，转本司郎中。代裴休为太原尹、北都留守，充河东节度观察等使。以太子太师致仕。卒赠尚书左仆射。

## 【译文】

尚书胡证，河中人。太傅赵宗儒镇守河中，胡证持符节到振武赴任，他完全以乡里的长幼之礼拜谒赵宗儒，手持名刺自称百姓。并进献赵宗儒诗说："诗书入京国，旌旆过乡关。"河中州的人都以他为荣。进士赵橹撰写《乡籍》一篇，夸赞河东众多声望卓著、有杰出才能的人，都是据实的记录。在他的同乡中，赵家位居高官和从事撰述的人最为卓著，赵宗儒的曾祖父和祖父相继掌管皇帝的诏令文告。赵橹兄弟五人，全部都进士及第，都曾在朝廷的中央机构任职。少傅卢弘宣，尚书卢简辞和他的弟弟卢弘止、卢简求，都是赵橹姑姑的儿子，当时人都称他们是"赵家出"。赵橹的外祖父家是敬氏，先辈也出自河中，才能杰出、声望卓著的人也都很多，赵橹在其撰写的《乡籍》中也有记载。

531.杨仆射於陵在考功时①,举李师稷及第②,至其子相国嗣复知举,门生集候仆射,而李公在座,时人谓之杨家上下门生③。世有姑之婿与侄之婿,谓之上下同门,盖以此况也。

**【注释】**

①杨仆射於陵在考功时:本条采录自《因话录·商部》。杨仆射於陵,即杨於陵,字达夫,弘农(治今河南灵宝北)人。唐代宗大历年间进士,又登博学宏词科。德宗贞元间历任膳部员外郎、吏部郎中、京兆少尹,拜中书舍人。因不阿附京兆尹李实,改秘书少监。顺宗即位,出为华州刺史、浙东观察使。后官至户部尚书,封弘农郡公,以尚书左仆射致仕,卒谥贞孝。考功,官名。三国魏尚书有考功定课二曹,隋置考功郎,属吏部,掌官吏考课之事。历代因之,清末废。

②李师稷:扬州江都(今江苏扬州)人。李邕玄孙。德宗贞元中举进士。敬宗时任浙东观察使。文宗开成中累官左司郎中,出为楚州刺史。武宗会昌二年(842)自楚州团练使兼淮南营田副使。

③杨家上下门生:《新唐书·杨嗣复传》记载为:“嗣复领贡举时,於陵自洛入朝,乃率门生出迎,置酒第中,於陵坐堂上,嗣复与诸生坐两序。始於陵在考功,擢浙东观察使李师稷及第,时亦在焉。人谓杨氏上下门生,世以为美。”

**【译文】**

仆射杨於陵任考功员外郎时,举荐李师稷考中进士,等到他的儿子相国李嗣复主持科举考试,门生在一起迎候杨於陵,当时李师稷也在座,时人称他们是杨家上下门生。当世有姑婿与侄婿互称为上下同门,大概就是因此而来的。

532.李相石①,庾尚书承宣门生②,不数年,李佐魏博军,因奏事特赐紫,而庾尚衣绯。人谓李侍御"将紫底绯上座主"③。

**【注释】**

①李相石:本条采录自《因话录·商部》。

②门生:科举时代及第者对主考官自称门生。

③将:用,以。底:通"抵",当,值,比。上:居于……之上。

**【译文】**

宰相李石,是尚书庾承宣的门生,不几年,李石辅佐魏博军,因为向皇上奏陈事情,皇上特别赏赐他紫色的官服,而尚书庾承宣却还穿着红色的官服。当时人说李侍御"将紫底绯上座主"。

533.李相宗闵知贡举①,门生多清雅俊茂。唐冲、薛庠、袁都②,时谓之"玉笋"③。

**【注释】**

①李相宗闵知贡举:本条采录自《因话录·商部》。

②唐冲:唐朝名士,生平不详,进士及第。薛庠:唐朝名士,生平不详,穆宗长庆年间进士及第。袁都:字之美,陈郡汝南(今河南汝南)人。袁滋之子。穆宗长庆四年(824)登进士第。官校书郎,与许浑为友,累迁右拾遗。文宗大和中任礼部员外郎、集贤殿直学士,旋入为翰林学士。开成中转库部员外郎。后丁忧去职。

③玉笋:形容才士众多杰出,如笋般并出。《新唐书·李宗闵传》:"俄复为中书舍人,典贡举,所取多知名士,若唐冲、薛庠、袁都等,世谓之玉笋。"

【译文】

宰相李宗闵主持科举考试，他门下的学生大多清秀端庄，才智杰出。唐冲、薛庠、袁都，当时人称他们为"玉笋"。

534.柳公权与族孙璟①，开成中同在翰林，时称大柳舍人、小柳舍人。自祖父郎中芳已来②，奕世文学③，居清列④。久在名场淹屈⑤，及擢第，首冠诸生，当年宏词登高科，十余年便掌纶诰，侍翰苑。性喜汲引⑥，后进多出其门。以诚明待物，不妄然诺，士益附之。

【注释】

①柳公权与族孙璟：本条采录自《因话录·商部》。本条与下第535条原合为一条，本书据原书分列。

②郎中芳：即柳芳，因其曾任右司郎中，故称。据《新唐书·宰相世系表》，柳公权祖名正礼，柳璟祖即柳芳。

③奕世：累世，代代。

④清列：高贵的官位。

⑤名场：指科举的考场。以其为士子求功名的场所，故称。淹屈：谓屈居下位。

⑥汲引：援引提拔。

【译文】

柳公权与同族兄弟的孙子柳璟，唐文宗开成年间同在翰林院，当时人称柳公权为大柳舍人，称柳璟为小柳舍人。从祖父右司郎中柳芳以来，柳家几代人都热衷文章经籍，官居高位。柳璟长时间在科考中失意，等到科举考试登第，他在所有考生中名列第一，同年又登博学宏词科，十几年便掌管皇帝的诏令文告，并供职翰林院。柳璟喜欢引荐提拔，后辈

大多出自他的门下。柳璟以至诚之心待人接物,从不随意许诺,文人学
士更加依附于他。

535.开成三年<sup>①</sup>,书判考官刑部员外郎纥干公<sup>②</sup>,崔相
群门生也。纥干及第时,于崔相新昌宅小厅中集见座主;及
为考官之前,假居崔相故第,亦于此厅见门生焉。是年科目
八人<sup>③</sup>,敕头孙河南毂<sup>④</sup>,先于雁门公为丞。纥干封雁门公。

**【注释】**

①开成三年:本条采录自《因话录·商部》。

②纥(hé)干公:即纥干臮,字咸一。唐文宗大和三年(829)因佐杜
　元颖无状,自西川节度使判官贬郧州长史。武宗会昌年间任库部
　郎中、知制诰,迁中书舍人。宣宗大中年间任江西观察使,迁岭南
　节度使、工部尚书等职,封雁门公。

③科目:指通过科举取得的功名。

④敕头:即状元。

**【译文】**

唐文宗开成三年,书判考官刑部员外郎纥干臮,是宰相崔群的门生。
纥干臮进士登第,在崔群新昌宅第的小厅中和众考生一起拜谒主考官;
在他任主考官之前,一直借住在崔群的旧宅第,他也在这个小厅接见门
生。这一年通过科举考试取得功名的有八个人,状元是河南人孙毂,他
先在雁门公幕府任丞官。纥干臮后被封雁门公。

536.文宗自太和乙卯岁后<sup>①</sup>,常戚戚不乐,事稍闲,则
必有叹息之音。会幸三殿东亭<sup>②</sup>,见横廊架巨轴<sup>③</sup>,上指谓画
工程修己曰<sup>④</sup>:"此《开元东封图》也。"命内臣悬于东庑下。

上举玉如意指张说辈叹曰:"使吾得其中一人,则可见开元之理⑤。"

**【注释】**

①文宗自太和乙卯岁后:本条采录自《松窗杂录》。太和乙卯岁,即唐文宗大和九年,公元835年。

②三殿:即唐大明宫之麟德殿。此殿由前、中、后三个殿堂组成,前后毗连,故又称为三殿。

③廊:原作"御",据齐之鸾本、《历代小史》本改。

④程修己:字景立,冀州(今河北衡水冀州区)人。唐朝画家。幼而专固,通《左氏春秋》。曾任集贤直院官、荣王(唐宪宗幼子)府长史。

⑤开元之理:亦作"开元之治",指唐朝在唐玄宗治理下出现的盛世。开元是唐玄宗李隆基的年号。李隆基继位,先后任用姚崇、宋璟为相,推行一系列恢复生产的措施,社会经济得以恢复。历史上誉为"开元之治",也称"开元盛世"。

**【译文】**

唐文宗自太和九年以后,经常郁郁寡欢,政事稍有闲暇,就一定会发出叹气的声音。有一次刚好走到麟德殿的东亭,文宗看到长廊之上的横木架着巨幅的画轴,文宗指着画对画工程修己说:"这是《开元东封图》。"文宗命令宦官将这幅画挂到东边的廊庑之下。他拿着玉如意指着张说等人感叹说:"假如我能得到这些人中的一个,就可以看到开元盛世了。"

537.文宗为庄恪太子选妃①,朝臣家子女悉令进名,中外为之不安。上知之,谓宰臣曰:"朕欲为太子求汝郑间衣冠子女为新妇,扶出来田舍齁齁地②,如闻朝臣皆不愿与朕作亲情,何也?朕是数百年衣冠③,无何神尧打朕家事罗诃去④。"案⑤:此句文意难解,疑有脱误,或是当时俚语。遂罢其选。

**【注释】**

①文宗为庄恪太子选妃:本条采录自《卢氏杂说》。庄恪太子,指唐文宗长子李永,太和四年(830)册封鲁王。六年(832)成为皇太子。开成二年(837)因行为不检被废,幽闭于少阳院。

②田舍:指农家子。形容村野,鄙陋。齁齁(hōu):方言。非常。此句不见于《太平广记》。

③衣冠:衣服和礼帽。士以上男子戴冠,故用以指士以上男子的服饰,亦代指士大夫。

④神尧:唐代对唐高祖李渊的尊称。罗诃:即罗汉。梵语"阿罗汉"或"阿罗诃"的省称。

⑤案:此案语原阙,据周勋初《校证》补入。周勋初注曰:"此案语当是《永乐大典》编者或《四库全书》馆臣所加。"

**【译文】**

唐文宗为太子李永选妃,文宗让把朝廷大臣家的女儿名字都报上来,朝廷内外都感到不安。文宗知道后,对宰相说:"我本来打算在汝、郑间的士大夫家庭里面给太子选妃,以免日后见人时太村野鄙陋。我听说朝臣们都不愿和我做亲戚,为什么?我们李氏也是几百年的士大夫之家,无何神尧打朕家事罗诃去。"案:这句话语义难以理解,怀疑有脱漏或错误,或者是当时的俗语。于是就停止了选妃的事情。

538.冯河南宿之三子陶、宽、图兄弟①,连年进士及第,连年登宏词科,一时之盛无比。太和初,冯氏进士十人,宿家兄弟叔侄亦八人焉。

**【注释】**

①冯河南宿之三子陶、宽、图兄弟：本条采录自《大唐传载》。冯河南宿，即冯宿，字拱之，婺州东阳（今浙江东阳）人。德宗贞元年间进士及第，起家徐州节度使张建封掌书记。宪宗元和间授彰义军节度判官。随裴度平定淮西之乱，授比部郎中。累迁左散骑常侍、集贤殿学士，充考制策官。唐文宗时期，历任河南尹、工刑兵三部侍郎，册封长乐县公，出任剑南东川节度使，颇多建树。卒赠吏部尚书，谥号为懿。陶、宽、图：即冯陶、冯宽、冯图三兄弟，冯宿之子。新、旧《唐书》记载与此略有不同。《旧唐书·冯宿传》记载为："子图、陶、韬，三人皆登进士，扬历清显。"《新唐书·冯宿传》则曰："子图，字昌之，连中进士、宏词科。……宽为起居郎。"

**【译文】**

河南尹冯宿的三个儿子冯陶、冯宽、冯图，连续几年科举考试登第，又连续几年登博学宏词科，堪称一时之盛，无人能比。唐文宗太和初年，冯氏家族中进士十人，其中冯宿家兄弟叔侄也有八人。

539. 李右丞巽年二十九①，为尚书右丞。

**【注释】**

①李右丞巽（yì）年二十九：本条采录自《大唐传载》。李右丞巽，即李巽，本名李涣。唐朝宗室大臣，唐太宗李世民玄孙，太子詹事李玭之子。以门荫入仕。肃宗至德年间任给事中、江华太守，上元中任歙州刺史。代宗宝应中改任处州刺史。德宗即位，历任太子左庶子、银青光禄大夫、上柱国，封陇西县开国男。累迁河南尹，官终尚书左丞，清廉有德，卒于任上。

**【译文】**

李廙二十九岁时任尚书右丞。

540.宣宗好儒①，多与学士小殿从容议论，殿柱自题曰："乡贡进士李某②。"或宰臣出镇③，赋诗以赠之。凡对宰臣及上言者，必先整容貌，易衣盥手，然后召见④。语及政事，即终日忘倦。

**【注释】**

①宣宗好儒：本条采录自《北梦琐言·宣宗称进士》。儒，原书作"儒雅"，当据改。

②乡贡：唐代科举考试生员之一。唐代取士之法，由州县考送的叫"乡贡"。《新唐书·选举志》："唐制，取士之科，多因隋旧，然其大要有三：由学馆者曰生徒，由州县者曰乡贡，皆升于有司而进退之。……其天子自诏者曰制举。"

③出镇：出任地方长官。

④"必先整容貌"几句：周勋初《校证》此几句下注曰："原书无此三句。《杜阳杂编》有句云：'（凡欲对公卿）必整容貌，更衣盥手，然后方出。'王谠或据此补入。"

**【译文】**

唐宣宗喜好儒雅，经常与翰林学士在小殿闲谈，他还在皇宫大殿的柱子上自己题写说："乡贡进士李某。"有时身边的重臣出任地方长官，宣宗还会写诗赠送他。凡是面对重臣或者上疏的人，宣宗都要先整理容貌，更衣洗手，然后才叫他们来见面。宣宗和他们谈及政事，即使谈论一整天也不会觉得疲倦。

541.宣宗爱羡进士[①],每对朝臣,问"登第否"？有以科名对者[②],必有喜,便问所赋诗赋题,并主司姓名。或有人物优而不中第者[③],必叹息久之。尝于禁中题"乡贡进士李道龙"。宦官知书,自文、宣二宗始。

**【注释】**

①宣宗爱羡进士:本条采录自《卢氏杂说》。

②科名:科举考试制度所设的类别名目。

③人物:指才能杰出或声望卓著、有地位的人

**【译文】**

唐宣宗喜欢进士及第的人,经常在面对朝廷大臣的时候问:"登第没？"如果有人拿科举考试的类别名目回答,宣宗一定很高兴,就问考试时所写诗赋的题目,并询问主考官的姓名。有时候有才能杰出却没能登第的人,宣宗必定嗟叹很久。他曾经在自己所住的宫殿内题写"乡贡进士李道龙"。宫中的宦官有文化,就是从文宗、宣宗二位皇帝开始的。

542.宣宗尚文学[①],尤重科名。大中十年,郑颢知举,宣宗索《登科记》[②],颢表曰:"自武德以后,便有进士诸科。所传前代姓名,皆是私家记录。臣寻委当行祠部员外郎赵璘[③],采访诸科目记,撰成十三卷,自武德元年至于圣朝。"敕翰林[④],自今放榜后,仰写及第人姓名及所试诗赋题目进入[⑤]。仰所司逐年编次。

**【注释】**

①宣宗尚文学:本条采录自《东观奏记》。

②《登科记》:指科举时代及第士人的名录。唐代有《登科记》,宋以

后名《登科录》,亦称《题名录》。

③当行:本行,内行。赵璘:字泽章,南阳(今属河南)人。家世显
贵。文宗大和八年(834)进士及第。开成三年(838)再举拔萃
科。宣宗大中间任左补阙、祠部员外郎。后历任水部员外郎、度
支、金部郎中。懿宗咸通时任衢州刺史。后为山南东道节度使裴
坦从事。赵璘工于著述,所著《因话录》六卷,记唐代朝野遗事及
典章制度,并多及当时文人轶事,有较高史料价值。

④翰林:原书此二字上尚有"宜付"二字,当据补。

⑤仰:旧时公文中上级命令下级的惯用词,意为切望。

**【译文】**

　　唐宣宗崇尚才学,尤其注重科举考试所设的类别名目。大中十年,
郑颢主持科举考试,唐宣宗向他索要《登科记》,郑颢上奏疏说:"自从武
德年间以来,就有进士各科的考试。现在流传的前代各科录取考生的名
单,都是私人家里记录并保存下来的。我很快委派当职的祠部员外郎赵
璘,让他搜集访问历朝各科的名录,撰成十三卷,从高祖武德年间到本
朝。"并敕令应交翰林院,从现在起公布录取名单后,一定要记录登进士
科考生的姓名以及他们考试时所写诗赋的题目进献。并让有关部门逐
年编辑整理。

　　543.李某为中丞①,奏孔尚书温、徐相商为监察御史②。
孔为中丞③,李在外多年,除宗正少卿,归而为丞郎。每谳
集,时人以为盛事。

**【注释】**

①李某为中丞:本条采录自《因话录·商部》。原书此句作"余座主
陇西公为台丞"。由此可知"李某"当即李汉。

②孔尚书温:《新唐书·宗室李汉传》记载:"始,汉为中丞,表孔温

业为御史,及汉晚见召,温业已为中丞,每燕集,人以为荣。"由此可知,孔尚书温当即孔温业。孔温业,字逊志,兖州曲阜(今山东曲阜)人。穆宗长庆元年(821)登进士第。文宗大和时任御史,历礼部、吏部二员外郎。宣宗大中初任御史中丞,后任吏部侍郎、宣歙观察使、检校户部尚书等,兼太子宾客,分司东都。

③孔为中丞:原书此句上尚有"及"字,当据补。

**【译文】**

李汉任御史中丞,他向朝廷上奏疏以孔温业、徐商为监察御史。等到孔温业任御史中丞,李汉则在外任职多年,后来李汉官拜宗正少卿,入朝后任丞郎。每次宴饮聚会,当时的人们都认为是美好盛大的事。

544.大中九年①,沈侍郎询以中书舍人知举,其门生李彬父丛为万年令②。同年有起居之会③。仓部李郎中蟾时在座,因戏诸进士曰:"今日极盛,某与贤座主同年。"谓郴州李侍郎也④。众皆以为异。是日数公皆诣宾客冯尚书审⑤,则又郴州座主杨相国之同年也⑥,举座异之。

**【注释】**

①大中九年:本条采录自《因话录·羽部》。

②李彬:李丛第二子,曾任国子广文春秋博士。父丛:即李彬之父李丛,字国茂。李唐宗室,浔阳丞李仪长子。唐文宗开成三年(838)登进士第。宣宗大中时任万年令。后自蔡州刺史贬邵州司马。懿宗咸通中,任桂管观察使、检校右散骑常侍、湖南观察使等职,赐紫金鱼袋、上柱国。卒赠刑部尚书。

③起居:指饮食寝兴等一切日常生活状况。

④郴州李侍郎:原书本句"李"作"柳",当据原书改。柳侍郎即柳

璟,因其官终郴州刺史,故称。

⑤冯尚书审:即冯审,字退思,婺州东阳(今浙江东阳)人。冯宿之弟。德宗贞元十二年(796)登进士第。自监察御史累迁至兵部郎中。文宗开成时任谏议大夫、桂管观察使。入为国子祭酒。懿宗咸通间官至秘书监。

⑥杨相国:指杨嗣复。

**【译文】**

唐宣宗大中九年,侍郎沈询以中书舍人的身份主持科举考试,门生李彬的父亲李丛任万年令。他们当年科举考试同期录取并曾在一起饮食起居的几人聚会。仓部郎中李蟾当时在宴会上,由此戏弄在座的各位进士说:"今天的宴会非常盛大,我和你们的主考官是同期录取的进士。"李蟾说的是曾任职郴州刺史的柳侍郎柳璟。大家都觉得非常神奇。这天几个人都去拜谒尚书冯审,而冯审又是和柳璟的主考官杨嗣复同期录取的进士,在座的人都很惊奇。

545.张不疑进士擢第①,宏词登科。当年四府交辟②,江西李中丞凝、东川李相回、淮南李相绅、兴元归仆射融③,皆当时盛府④。不疑赴淮南命,到府未几,以协律郎卒⑤。不疑娶崔氏,以不协出之,后娶颜氏。

**【注释】**

①张不疑:唐代人,生平未详。

②交辟:交相征聘。

③李中丞凝:即李凝,唐代诗人,生平经历不详,与贾岛交好。归仆射融:即归融,吴县(今江苏苏州)人。唐宪宗元和年间进士擢第,自监察、拾遗入省。拜工部员外郎,迁考功员外郎。文宗大

和年间转工部郎中,充翰林学士,迁中书舍人、户部侍郎。开成元年(836)兼御史中丞。以事得罪宰相李固言,罢官。后拜吏部尚书、兴元尹,充山南西道节度使。

④盛府:唐时对地方军政长官衙署的尊称。

⑤协律郎:官名。汉置协律都尉。晋改称协律校尉。北魏置协律郎、中郎,北齐及隋唐置协律郎,皆隶属太常卿,掌校正乐律。

**【译文】**

张不疑进士及第,又登博学宏词科。同一年有四个衙署交相征聘他,江西节度使李凝、东川节度使李回、淮南节度使李绅、兴元尹归融,都是当时的地方军政长官衙署。张不疑赶赴淮南节度使衙署任职,到衙署不久,就卒于协律郎任上。张不疑先娶崔氏,因为二人不和就休弃了,后来娶了颜氏。

546.东夷有识山川者,遍礼五岳①,一拜而退;惟入关望华山,自关西门步步礼拜。至山下,仰望叹诧②,七日而去。谓京师衣冠文物之盛③,由此而致。

**【注释】**

①遍礼:一一礼拜。五岳:中国五大名山的合称。古书中记述略有不同。一般指东岳泰山、南岳衡山、西岳华山、北岳恒山、中岳嵩山。

②叹诧:惊叹。

③衣冠文物:比喻太平盛世,文人众多,文化兴盛。衣冠,古代士以上戴冠,这里借指文人学士。

**【译文】**

东夷之地有一个能够识别山川的人,他一一礼拜五座名山,礼拜完就退了出来;唯独在他进入函谷关看到华山以后,从关的西门每走一步就行拜礼。到了华山脚下,他仰望华山连连惊叹,七天以后才离开。并说京城太平,文人众多,文化兴盛,都是华山所致。

547.崔起居雍<sup>①</sup>,少有令名,进士第,与郑颢齐名。士之游其门者多登第,时人语为崔雍、郑颢世界。

**【注释】**

①崔起居雍:本条采录自《金华子》。本条与下第548、549条原合
　为一条,本书据原书分列。

**【译文】**

崔雍年轻的时候有好名声,他进士及第,与郑颢齐名。到他们两家
交游的文人大多都科举及第,当时人说是崔雍、郑颢的世界。

548.崔雍自起居郎出守和州<sup>①</sup>,遇庞勋寇历阳,雍弃城
奔浙西,为路岩所构,赐死<sup>②</sup>。雍兄明、序、福<sup>③</sup>,兄弟八人,
皆进士,列甲乙科<sup>④</sup>。当时号为"点头崔家"<sup>⑤</sup>。

**【注释】**

①崔雍自起居郎出守和州:本条采录自《金华子》。崔雍,原阙,据
　原书校补。

②为路岩所构,赐死:《新唐书·崔雍传》记载:"庞勋以兵劫乌江,
　雍不能抗,遣人持牛酒劳之,密表其状。民不知,诉诸朝,宰相路
　岩素不平,因是傅其罪,赐死宣州。"

③明:原书此字作"朗",当据改。朗,即崔朗,字内明。登进士第,
　官长安县令。懿宗咸通时坐崔雍党,由长安县丞贬为澧州司户。
　乾符间由工部侍郎出为京畿道同州刺史。序:即崔序,字东玉。
　登进士第。历官司勋员外郎。懿宗咸通十年(869)任荆南观察

支使。坐崔雍亲党,贬衡州司户。福:即崔福,字昌远。登进士
第。职比部员外郎。坐崔雍党,贬昭州司户。

④甲乙科:科举考试甲、乙二科的合称。唐朝科举考试中,进士科有
甲、乙科之分,明经科有甲、乙、丙、丁四科之分。

⑤点头:唐时科举中选者,主考于其姓名上用红笔点一下,称为“点
头”。

【译文】

崔雍从起居郎被调任外出镇守和州,遇到庞勋入侵历阳,崔雍放弃
对城池的坚守并逃奔浙西,被路岩所构陷,朝廷命令他自杀而死。崔雍
的哥哥崔朗、崔序、崔福,他们兄弟八人,全都进士及第,位列科举考试甲
乙二科。当时人号称“点头崔家”。

549.崔澹容貌清瘦明白①,擢第升朝,崔铉辟入幕。先
是朝中以流品为朋甲②,以名德清重者为首。咸通中,李都
为大龙甲头③,沙汰名士④,以经纬其伍⑤。涓,澹兄弟也⑥;
澹在品中,以涓强侵为粗,卒不取焉。涓卑屈欲见取,其党
皆避之。

【注释】

①崔澹容貌清瘦明白:本条采录自《金华子》。崔澹,原书作“崔涓
弟澹”。明白,明净,白净。

②流品:品类,等级。指官阶、门第或其他特定标准定的社会地位。
朋甲:犹朋党。

③李都为大龙甲头:原书此句作“推李公都为大龙甲头”。《新唐书·崔
澹传》记载为:“咸通中,世推李都为大龙甲。”

④沙汰:淘汰,挑选。

⑤经纬：规划治理，谋划。

⑥涓，澹兄弟也：据新、旧《唐书》之《崔珙传》，崔涓为崔珙之子，崔
　　澹为崔珙之弟崔瑶之子，则涓、澹是从兄弟。

**【译文】**

　　崔澹相貌清瘦白净，他科举考试及第并进入朝廷议事，崔铉征召他
进入自己的幕府。先前朝中官员以品第结交朋党，并以名望与德行的清
高庄重作为首要条件。唐懿宗咸通年间，李都被推为大龙甲，他挑选名
望高的人，来谋划自己的阵营。崔涓是崔澹的堂兄弟；崔澹是品第中人，
由于崔涓强横侵凌，是一个鲁莽的人，李都最终没有召取他。崔涓卑躬
屈膝想要被召取，李都的同党都躲着不见他。


　　550.琅邪王氏与太原皆同出于周①。琅邪之族世贵，号
"馕头王氏"②；太原子弟争之，称是己族，然实非也。太原
自号"钑镂王氏"③。崔氏，博陵与清河亦上下④。其望族，博
陵三房⑤。第二房虽长，今其子孙即皆拜第三房子弟为伯叔
者，盖第三房婚娶晚迟，世数因而少故也⑥。姑臧李氏亦然，
其第三房皆受大房、第二房之礼。清河崔氏亦小房最著，崔
程出清河小房也⑦。世居楚州宝应县，号"八宝崔氏"。宝应
本安宜县，崔氏梦捧八宝以献，敕改名焉。程之姨，北门李
相蔚之夫人⑧；蔚乃姑臧小房也，判盐铁。程为扬州院官，举
吴尧卿。蔚以为得人，竟乱筦擢之任⑨。程累郡无政绩，小
杜相闻程诸女有容德，致书为其子让能娶焉⑩。程初辞之，
谓人曰："崔氏之门，若有一杜郎，其何堪矣。"而杜相坚请
不已，程不能免，乃于宝应诸院取一娣侄嫁之⑪。其后让能
贵，为国夫人，而程之女不显。

## 【注释】

①琅邪王氏与太原皆同出于周：本条采录自《金华子》。

②催（suī）头：原书作"锥头"。

③钑（sà）镂：指用金银在器物上雕嵌花纹。后用以比喻豪华富贵。

④博陵：郡名。北魏改博陵国置。故治在今河北安平。隋朝开皇初废。

⑤三房：指同宗族分衍出来的三个支派。

⑥世数：世系的辈数。

⑦崔程：字孝武。敏而好学，幼而能文。弱冠，乡举进士擢第，解褐授秘书省正字。因书判才德出众，调补河南府参军。又从常选，署河南县主簿。

⑧北门：指学士院。李相蔚：即李蔚，字茂林。唐文宗开成末年登进士第，后又以书判拔萃中式，拜监察御史、知制诰，迁中书舍人。懿宗咸通中迁礼部侍郎、尚书右丞。上疏切谏懿宗信佛太过，因出为宣武节度使，政绩显著。僖宗乾符初还朝，以本官同平章事，不久罢相，出为襄州刺史、山南东道节度使，寻为东都留守。六年（879）河东军乱，拜河东节度使、同平章事。至镇三日暴病亡。

⑨筦（guǎn）榷：原书作"筦榷（què）"，当据改。筦榷，亦作"管榷"，古代指官府对盐、铁、酒等的专卖。

⑩让能：即杜让能，字群懿，京兆杜陵（今陕西西安）人。左仆射杜审权之子。懿宗咸通十四年（978）登进士第，历官长安尉、侍御史、起居郎，礼部、兵部员外郎。从僖宗奔蜀，还京，加礼部尚书，转兵部尚书、同平章事。昭宗时进位司徒、弘文馆大学士，拜太尉。唐昭宗景福二年（893）因禁军攻打李茂贞兵败赐死，追赠太师。

⑪娣侄：古时诸侯的女儿出嫁，从嫁共事一夫的妹妹和侄女称"娣侄"。此处指侄女。

## 【译文】

琅邪王氏与太原王氏都出自周王室。琅邪王氏一族世代显贵，号称

"催头王氏"；太原王氏子弟争夺这一称号，说这是自己家族的称号，然而事实并不是这样。太原王氏自号"钑镂王氏"。崔氏，博陵与清河两个家族也不相上下。崔氏是有名望的家族，在博陵有三房。第二房虽然年辈长，但现在这一房的子孙都拜称第三房的子弟为伯叔，大概是第三房娶亲晚，世系的辈数因此较少的缘故。姑臧李氏家族也是这样，李氏家族第三房都受第一房、第二房的尊敬。清河崔氏家族也是最小一房声名显赫，崔程就出自清河崔氏的小房。崔氏家族最小一房世代居住在楚州的宝应县，号称"八宝崔氏"。宝应县原本作安宜县，崔氏家族的人梦见手捧八宝向朝廷进献，于是敕令改为宝应县。崔程的姨妈，是北门李蔚的夫人；李蔚出身姑臧李氏的小房，曾官判盐铁。崔程任扬州院官，举荐吴尧卿。李蔚认为得到了人才，竟然随便任用他为盐铁官。崔程到几个郡县任职都没有政绩，小杜相杜审权听说崔氏家族的女孩子既有容貌又有品德，就写信给崔程为他的儿子杜让能求娶崔程的女儿。崔程起初写信拒绝，并对人说："崔氏家族，如果有一个姓杜的女婿，那怎么能忍受呢。"后来杜审权不停地坚持请求，崔程没办法，就在宝应县崔氏各家中选取了一个侄女嫁给了杜让能。后来杜让能显贵，这个侄女成了宰相的夫人，崔程的女儿却没能显贵。

551.进士举人各树名甲[①]，元和中语曰[②]："欲入举场，先问苏、张。苏、张犹可，三杨杀我[③]。"

## 【注释】

①进士举人各树名甲：本条采录自《唐摭言·升沉后进》。本条与下第552至555条原合为一条，本书据《太平广记》引文及采录原书一一分列。

②元和：原书为"太和"，当据改。

③"欲入举场"几句：是说三杨在文林中的影响比苏、张还厉害。

《新唐书·杨虞卿传》记载："当时有苏景胤、张元夫,而虞卿兄弟汝士、汉公为人所奔向,故语曰:'欲趋举场,问苏、张;苏、张犹可,三杨杀我。'"三杨,指唐代杨凭、杨凝、杨凌。《新唐书·杨凭传》记载:"(凭)长善文辞,与弟凝、凌皆有名,大历中,踵擢进士第,时号'三杨'。"

**【译文】**

进士举人各自标举名甲,唐文宗太和年间流传着这样一句话:"想入科场,先问苏、张。苏张犹可,三杨杀我。"

552.后有东西二甲①,东呼西为"茫茫队",言其无艺也②。

**【注释】**

①后有东西二甲:本条采录自《卢氏杂说》。

②无艺:没有文才。

**【译文】**

后来形成东部和西部两个甲第的阵营,东部的学子称西部的学子为"茫茫队",说他们没有真才实学。

553.开成、会昌中①,又曰:"鲁、绍、瑰、蒙②,识即命通。"又曰:"郑、杨、段、薛,炙手可热③。"又有"薄徒""厚徒",多轻侮人,故裴泌侍御作《美人赋》讥之④。后有瑰值、韦罗甲,又曰:"瑝、值、都、雍,识即命通⑤。"又有大小二甲。又有注已甲。又有四字甲,言"深辉轩庭"。又四凶甲。又"芳林十哲",言其与宦官交游,若刘晔、任江洎、李岩士、蔡铤、秦韬玉之徒。铤与岩士各将两军书题⑥,求华州解元⑦,时谓对军解头⑧。太和中,又有杜颙、窦纵、萧巘⑨,极有时称，为后来领袖。

## 【注释】

①开成、会昌中：本条采录自《卢氏杂说》。

②鲁、绍、瑰、蒙：指郑鲁、杨绍复、段瑰、薛蒙四人，他们同时受宰相崔铉重用，参与朝廷政事。

③郑、杨、段、薛，炙手可热：《新唐书·崔铉传》记载："铉所善者郑鲁、杨绍复、段瑰、薛蒙，颇参议论，时语曰：'郑、杨、段、薛，炙手可热；欲得命通，鲁、绍、瑰、蒙。'帝闻之，题于扆。"炙手可热，手一挨近就被烤得很热。比喻权势很大，气焰很盛。

④裴泌：唐代文人，约生活于唐文宗、唐武宗时期，生平经历不详。

⑤瑝、值、都、雍，识即命通：《北梦琐言》记载："李都、崔雍、孙瑝、郑嵎四君子，蒙其盼睐者，皆因进升。故曰：'欲得命通，问瑝、嵎、都、雍。'"又，据前文"瑰值、韦罗"可知，此处所说瑝、值、都、雍当指孙瑝、瑰值、李都、崔雍。

⑥书题：指书信。

⑦解元：唐时各州送进士，居首者。

⑧时谓对军解头：《唐诗纪事·秦韬玉》记载："韬玉出入田令孜之门，又与刘晔、李岩士、姜垍、蔡铤之徒交游中贵，各将两军书尺，侥求巍科，时谓'对军解头'。"解头，即解元。

⑨杜颙：《太平广记》引文作"杜颙"。杜颙，字胜之。杜佑孙，杜牧弟。进士及第，授秘书省正字、瓯使判官。李德裕辟为试协律郎，任巡官。唐文宗大和末授咸阳尉、直史馆。窦纵：字受章。历任渭南尉、集贤校理。因其岳父王涯之故被贬循州司户参军。萧嶰（xiè）：唐人，生平未详。

## 【译文】

文宗开成及武宗会昌年间，社会上流传着两句话说："郑鲁、杨绍复、段瑰、薛蒙四人,结识他们就会命运亨通。"又说:"郑鲁、杨绍复、段瑰、薛蒙四人,权势很大,气焰很盛。"又有"薄徒""厚徒"的说法,大多都是对人的轻视和侮辱,所以,裴泌任殿中侍御史,写了一篇《美人赋》来讥讽他们。后来有瑰值、韦罗甲,又说:"孙瑝、瑰值、李都、崔雍四人,结识他们就会命运亨通。"又有大甲、小甲、注已甲等。又有四字甲,说"深辉轩庭"。还有四凶甲。又有"芳林十哲",称他们和朝中宦官结交,像刘晔、任江泊、李岩士、蔡铤、秦韬玉之流,都是这样的人。蔡铤和李岩士各自拿着左、右神策军的书信,争夺华州的解元,当时人称为"对军解头"。文宗太和年间,又有杜颛、窦纨、萧嶰,在当时非常有声誉,成为后来文人的表率。

554.杜昇自拾遗赐绯后[1],应举及第,又拜拾遗,时号"着绯进士"[2]。

**【注释】**

[1] 杜昇自拾遗赐绯后:本条采录自《卢氏杂说》。杜昇,京兆杜陵(今陕西西安)人。初任鄜州洛交尉,进士及第后迁鄜县丞,复改大理评事,充租庸判官,政绩卓著。后升任京兆府公曹参军,调补渑池令,转滑州司马。

[2] 着绯进士:《唐摭言·敕赐及第》记载:"广明岁,苏导给事刺剑州,(杜)昇为军倅。驾幸西蜀,例得召见,特敕赐绯,导入内。韦中令自翰长拜主文,昇时已拜小谏,抗表乞就试,从之。登第数日,有敕复前官并服色。议者荣之。"

**【译文】**

杜昇在拾遗任上被赐红色的官服后,参加科举考试并及第,再次官拜拾遗,当时人称他是"着绯进士"。

555.郑延昌相公为京兆尹①,兼知贡举。

**【注释】**

①郑延昌:字光远,郑州荥阳(今河南荥阳)人。唐懿宗咸通末年进
　士及第,后迁监察御史,进累兵部侍郎兼京兆尹。僖宗中和年间
　擢为司勋员外郎、翰林学士。唐昭宗大顺二年(891)迁中书侍
　郎、同平章事、判度支。又兼刑部尚书。乾宁元年(894)拜尚书
　左仆射。不久卒。

**【译文】**

郑延昌任京兆尹,兼任主持科举考试的主试官。

556.白居易葬龙门山①。河南尹卢贞刻《醉吟先生传》
于石②,立于墓侧。相传洛阳士人及四方游人过瞩墓者,必
奠以卮酒③,故冢前方丈之土常成渥④。

**【注释】**

①白居易葬龙门山:本条采录自《贾氏谈录》。

②卢贞:字子蒙。敬宗宝历中官度支员外郎。文宗大和初转户部郎
　中,掌财赋,有能名。开成年间任太常少卿、大理卿、福建观察使等
　职。武宗会昌年间为河南尹,后出任岭南节度使。宣宗大中初入
　朝为太子宾客。致仕后与白居易等人宴集东都洛阳,时称九老。

③卮(zhī)酒:犹言一杯酒。卮,盛酒器。

④渥:沾润。

**【译文】**

白居易葬在龙门山。河南尹卢贞在石碑上刻了《醉吟先生传》,立
在墓旁。相传洛阳士人以及全国各地的游客凡是拜谒白居易墓的,必定

会用酒祭奠,所以墓前方圆一丈的土地经常是湿润的。

557.崔魏公铉与江西李侍郎骘同在李相石襄阳幕中①。铉自下追入,不二年拜丞相②。骘时在幕,为李相草贺书曰③:"宾筵初启④,曾陪樽俎之欢⑤;将幕未移,已在陶钧之下⑥。"

[原注]杜佑佐权德舆幕,李珏佐牛僧孺幕,后与使主同为相。

## 【注释】

①李侍郎骘:即李骘。文宗大和中肄业于苏州慧山寺。开成年间为荆南节度巡官。武宗朝入为祠部员外郎。宣宗大中年间出为山南西道节度副使。懿宗咸通中官太常少卿、弘文馆学士。七年(866)召充翰林学士,加知制诰,迁中书舍人。九年(868)授江西观察使,卒于镇。

②不二年拜丞相:据《新唐书·宰相年表》,会昌三年(843)五月,崔铉由翰林承旨入相。

③草:起草。贺书:庆贺的文书。

④宾筵:宴请宾客的筵席。

⑤樽俎:古代盛酒食的器皿。樽以盛酒,俎以盛肉。后常用作酒宴的代称。

⑥陶钧:制作陶器用的转轮。此处指借以施展治国之才的权位。

## 【译文】

魏国公崔铉与侍郎李骘同时在宰相李石襄阳的幕府之中。崔铉从地方进入朝廷,不到两年就官拜丞相。李骘当时在幕府,他在给李石起草的贺信中说:"宾筵初启,曾陪樽俎之欢;将幕未移,已在陶钧之下。"[原注]杜佑在节度使权德舆幕府任职,李钰在节度使牛僧孺幕府任职,后来他们与使主同任宰相。

558.郑裔绰为浙东观察使,奏侍御史郑公绰为副使①。幕客与府主同姓联名甚寡②。

**【注释】**

①郑公绰:曾任侍御史、浙东观察副使。

②府主:幕客对所属长官的尊称。

**【译文】**

郑裔绰任浙东观察使,他向朝廷上书任命侍御史郑公绰为浙东观察副使。幕府的僚属与其长官同姓且联名的很少。

559.咸通末,郑浑之为苏州录事①,谈铢为醝院官②,锺辐为院巡③,俱广文。时湖州牧李超、赵蒙相次俱状元④。二郡地土相接,时为语曰:"湖接两头,苏连三尾。"

**【注释】**

①郑浑之:唐懿宗咸通末年任苏州督邮。录事:职官名。旧时各官署掌受事发文的官员。

②谈铢:一作谭铢,吴郡(治今江苏苏州)人。初为广文生,尝习佛学。武宗会昌元年(841)登进士第,曾任苏州盐院官。醝(cuó)院:掌管盐务的官署。

③锺辐:虔州南康(今江西赣州南康区)人。曾建山斋为习业之所,后三十余年,始登进士第。懿宗咸通末以广文生为苏州院巡。

④李超:懿宗咸通中任驾部员外郎。咸通十三年(872),懿宗让其与赵蒙等考试宏词选人。赵蒙:字不欺。唐懿宗咸通八年(867)拜司勋员外郎,迁驾部员外郎。十三年(872)任职方郎中。僖宗乾符年间任谏议大夫、给事中。广明元年(880)任御史中丞。

## 【译文】

唐懿宗咸通末年,郑浑之任苏州录事,谈铢任盐官,锺辐为院巡,都是由广文生到地方任职的。当时连续两任湖州牧李超、赵蒙都是状元。苏州和湖州两郡接壤,因此当时人们说:"湖接两头,苏连三尾。"

560.苏员外粹与母弟冲俱郑都尉颢门生<sup>①</sup>。后粹为东阳守,冲为信阳守,欲相见境上,本府许之<sup>②</sup>。两郡之守,携宾客同府主出省,俱自外郎<sup>③</sup>,兄弟之荣少比。

## 【注释】

①苏员外粹:即苏粹。兵部尚书、襄州节度使苏滁之子,曾任东阳太守。母弟冲:即苏冲。曾任信阳太守。

②本府:指自己所在的府署。

③外郎:官名。汉中郎将分掌三署。郎有议郎、中郎、侍郎、郎中,皆掌官殿门户,出充车骑。没有固定职务的散郎称外郎。六朝以来,亦称员外郎,谓正员以外的官员。《汉书·惠帝纪》:"中郎、郎中满六岁爵三级,四岁二级。外郎满六岁二级。"颜师古注引苏林曰:"外郎,散郎也。"唐时为尚书省诸司员外郎的通称。

## 【译文】

员外郎苏粹和他的同母弟苏冲两个人都是都尉郑颢的门生。后来苏粹任东阳太守,冲任信阳太守,想要在辖境内见面,他们所在的府署同意了这一请求。两个郡的郡守,带着宾客与自己一同外出省亲,二人都出自外郎,他们兄弟的荣耀很少有人能比。

561.范阳卢,自兴元元年癸亥德宗幸梁、洋<sup>①</sup>,二年甲子鲍防侍郎知举<sup>②</sup>,至乾符二年乙未崔沆侍郎知举,计九十二年,而二年停举;九十年中,登进士者一百一十六人,诸科在外③,而为字皆联子④,案⑤:此句疑有讹误。所不联者不十数人,然而世谓卢氏不出座主。自唐来,唯景云二年考功员外郎卢逸知举⑥,后无继者。韦都尉保衡常怪之⑦。咸通十三年,卢庄为阁长⑧,都尉欲以知礼部,庄七月卒。卢相携在中书⑨,以为耻。广明元年,乃追陕州卢渥中丞入知举⑩;帖经后⑪,黄巢犯阙⑫,天子幸蜀,韦昭度侍郎于蜀代之⑬,放十二人。

**【注释】**

①梁、洋:原作"梁、汴",据齐之鸾本、《历代小史》本改。

②鲍防:字子慎,襄州襄阳(今湖北襄阳)人。唐玄宗天宝十二载(753)进士及第,授太子正字。天宝末避乱归襄阳。代宗广德年间为检校殿中侍御史、尚书郎等。大历五年(770)入朝任职方员外郎。后历任户部侍郎、河东节度使、御史大夫等职。德宗建中中任江西观察使、左散骑常侍、吏部侍郎。兴元元年(784)至贞元二年(786)三知贡举。改京兆尹,转右武卫上将军。以工部尚书致仕,徙居洛阳。

③诸科:唐时对科举考试常科中所有科目的总称。

④为字:原作"为子",据齐之鸾本、《历代小史》本校改。

⑤案:据周勋初《校证》,此案语当是《永乐大典》编者或《四库全书》馆臣所加。

⑥卢逸:唐睿宗景云年间曾任考功员外郎。

⑦韦都尉保衡:即韦保衡,字蕴用,京兆(今陕西西安)人。懿宗咸通五年(864)登进士第,累拜起居郎。娶懿宗女同昌公主。官至兵部侍郎同平章事,封扶风县开国侯。后进位司空,继而司徒。

保衡恃恩据权,排斥异己。公主薨,恩礼渐薄。僖宗立,罪发,贬
贺州刺史,再贬澄迈令,赐死。

⑧卢庄:字敬中。僖宗乾符二年(875)由户部员外郎改任起居员外
郎。阁长:唐宋时常用以称呼中书省、尚书省等官署的主事官。

⑨卢相携:即卢携,字子升,祖籍范阳(今河北涿州)。唐宣宗大中
九年(855)进士及第,初任集贤校理。懿宗咸通年间入朝为右拾
遗,历殿中侍御史、员外、郎中。后转任谏议大夫、翰林学士等。
僖宗乾符时拜中书舍人,迁户部侍郎同平章事。因与郑畋议事不
合,罢为太子宾客、分司东都。复入为兵部尚书,进门下侍郎同平
章事。广明间罢为太子宾客,旋服毒自尽。

⑩追陕州卢渥中丞入知举:《北梦琐言·出腹不生养卢侍郎》记载
为:"乾符中,卢携在中书,歉宗人无掌文柄,乃擢群从陕虢观察使
卢渥知礼闱。"陕州,原阙,据齐之鸾本、《历代小史》本补。卢渥,
字子章,范阳(今河北涿州)人。宣宗大中年间登进士第。累官
国子博士、分司东都。以耿直敢言为宰相所忌,出佐宣武军。后
历万年县令,迁中书舍人。僖宗广明元年(880),宰相卢携荐为
礼部侍郎、知贡举。旋黄巢军攻陷长安,渥入蜀赴行在,拜国子祭
酒。迁御史中丞,改户部尚书,领山南节度事。归京后迁尚书左
仆射。以检校司徒致仕。

⑪帖经:科举考试名称。唐代科举考试制度,明经科以"帖经"试
士。《通典·选举》:"帖经者,以所习经,掩其两端,中间开惟一
行,裁纸为帖。凡帖三字,随时增损,可否不一,或得四、得五、得
六者为通。"

⑫犯阙:指举兵侵犯朝廷。

⑬韦昭度:字正纪,京兆(今陕西西安)人。懿宗咸通八年(867)进
士。僖宗乾符年间累迁尚书郎,拜中书舍人。后从僖宗入蜀,拜
户部侍郎。中和元年(881)以本官同平章事,兼吏部尚书,封岐

国公。昭宗即位，初为成都尹、剑南西川节度招讨使，无功。景福二年（893）复同平章事，与李溪同辅政。后遭王行瑜杀害。

**【译文】**

范阳卢氏家族，从兴元元年癸亥唐德宗巡幸梁、洋，兴元二年甲子侍郎鲍防主持科举考试，到唐僖宗乾符二年乙未侍郎崔沆主持科举考试，共计九十二年，其中有两年停止科考；在九十年的时间里，卢氏进士及第的有一百一十六人，在科举考试常科所有科目之外，而为字皆联子，案：这句话怀疑有错误。不联的不到十几个人，然而世人都说卢氏家族中没有出现主持科举考试的官员。从唐代以来，只有唐睿宗景云二年考功员外郎卢逸主持科举考试，后来就没有接续他的人。都尉韦保衡经常觉得很奇怪。唐懿宗咸通十三年，卢庄为阁长，都尉韦保衡准备让他知礼部贡举，可是卢庄在这年的七月去世了。宰相卢携当时在中书省，认为卢氏家族没有知贡举的人是一件很耻辱的事情。唐僖宗广明元年，就追拜陕州观察使卢渥入朝主持科举考试；没想到帖经考试之后，黄巢就举兵入犯朝廷，皇上移驾到蜀地，侍郎韦昭度在蜀地替代了卢渥的职位，录取了十二个人。

562.闽自贞元以前，未有进士。观察使李锜始建庠序[①]，请独孤常州及为《新学记》[②]，云："缦胡之缨[③]，化为青衿[④]。"林藻弟蕴与欧阳詹睹之叹息[⑤]，相与结誓，继登科第。

**【注释】**

①庠序：古代的地方学校。殷代叫庠，周代叫序。后泛称学校。

②独孤常州及：即独孤及，字至之，洛阳（今河南洛阳）人。唐玄宗天宝十三载（754）以洞晓玄经科对策上第，授华阴尉。安史乱起，避地越州。唐代宗召为左拾遗，改太常博士。迁礼部员外郎，历濠、舒二州刺史，大历八年（773）徙常州刺史，世称独孤常州，

在郡皆有治声。卒谥曰宪。

③缦胡之缨：也作"缦胡缨""鬘胡缨"。省称"缦胡""曼缨"。系结冠帽用的素色无文的粗带，先秦时用于武士。后借以指冠。亦借指兵卒。

④青衿：青衿指青色交领的长衫。语出《诗经·郑风·子衿》："青青子衿，悠悠我心。"毛传："青衿，青领也。学子之所服。"后用以借指学子。

⑤林藻弟蕴：即林蕴，字复梦，泉州莆田（今福建莆田）人。德宗贞元四年（788）明经及第。由西川节度使韦皋辟为推官，会刘辟作乱，蕴切谏，辟不纳，几至死，后贬为唐昌尉。刘辟败，乃名重一时。性忠直，不惧权贵，曾上书指斥李吉甫诸人专权，切中时弊。后迁吏部员外郎，出为邵州刺史，坐事放逐儋州而卒。欧阳詹：字行周，泉州晋江（今福建晋江）人。初与罗山甫同隐潘湖。性喜恬静，勤学好问。唐德宗贞元八年（792）进士及第。十四年（798）授国子监四门助教。十五年（799）曾上书宰相郑馀庆，求不次进用，未果。遂北游太原。倦归，卒。

**【译文】**

闽地自唐德宗贞元以前，没有人考中进士。观察使李锜开始兴建学校，并请独孤及写《新学记》，其中有两句说："缦胡之缨，化为青衿。"林藻的弟弟林蕴和欧阳詹看了都感叹不已，两人一起立下誓言，并相继进士登第。


563.薛元超谓所亲曰①："吾不才，富贵过人。平生有三恨：始不以进士擢第，不娶五姓女②，不得修国史。"


**【注释】**

①薛元超谓所亲曰：本条采录自《隋唐嘉话》。薛元超，本名薛振，

以字行,蒲州汾阴县(今山西万荣)人。薛收之子。袭爵汾阴男,好学善属文,尚巢王女和静县主,累授太子舍人。高宗即位,擢拜给事中,又转中书舍人,加弘文馆学士,兼修国史。永徽六年(655)起授黄门侍郎,兼检校太子左庶子。后坐李义府贬为简州刺史。又因上官仪文章密款事配流嶲州。上元中召回,授中书侍郎同中书门下三品。永隆二年(681)拜中书令,兼太子左庶子。卒赠光禄大夫、秦州都督,陪葬乾陵。

②五姓女:指清河或博陵崔氏、范阳卢氏、赵郡或陇西李氏、荥阳郑氏、太原王氏。

【译文】

薛元超对身边的亲友说:"我没有什么才能,却富贵过人。我一生有三大遗憾:起初没有能够进士及第,没能迎娶五大姓氏的女子,没有能够编修国史。"

564.高宗承贞观之后①,天下无事。上官侍郎仪独持国政,尝凌晨入朝,循洛水堤,步月徐辔②,咏云:"脉脉广川流,驱马历长洲。鹊飞山月曙,蝉噪野风秋③。"音韵清亮,群公望之,犹若神仙焉。

【注释】

①高宗承贞观之后:本条采录自《隋唐嘉话》。

②徐辔:即按辔徐行,意思是信马由缰地慢走。

③"脉脉广川流"几句:语出上官仪《入朝洛堤步月》。诗中描写诗人入宫朝见经过洛水河堤时的见闻观感,抒发了诗人的显扬得意之情。脉脉,本指凝视的样子。此处用以形容水流的悠远绵长。广川,指洛水。长洲,指洛堤。

**【译文】**

唐高宗上承贞观盛世，他即位后天下无事。侍郎上官仪单独主持国家政事，他曾经在凌晨入宫朝见，沿着洛水的堤岸，骑马缓行在月光之下，并吟诗道："脉脉广川流，驱马历长洲。鹊飞山月曙，蝉噪野风秋。"音节韵律清晰响亮，群臣远远地看见他，好像神仙站在那里。

565.玄宗既诛韦氏<sup>①</sup>，擢用贤良，革中宗之政，依贞观故事，有志者莫不想太平。中书令姚元崇、侍中宋璟、御史大夫毕构、河南尹李杰<sup>②</sup>，皆一时之选，时人称姚、宋、毕、李焉。

**【注释】**

①玄宗既诛韦氏：本条采录自《隋唐嘉话》。

②毕构：字隆择，河南偃师人。少举进士，中宗神龙元年（705）升任中书舍人。睿宗景云间历任陕州刺史、益州大都督府长史兼充剑南道按察使。所任均有治绩，曾受睿宗玺书嘉奖。唐玄宗时官至河南尹、户部尚书，封魏景公。卒赠黄门监，谥曰景。李杰：本名务光，以字显，相州滏阳（今河北磁县）人。则天朝举明经，累迁天官员外郎。为吏详敏，颇受称誉。中宗时迁卫尉少卿，曾任河东道巡察黜陟使，奏课为诸使之最。玄宗开元初出任河南尹。以护作桥陵之功，赐爵武威县子。后遭人诬陷，出任衢州刺史。及转扬州大都督府长史，又为御史所劾，免官归第。卒赠户部尚书。

**【译文】**

唐玄宗诛杀韦氏后，提升任用德才兼备的人，改革唐中宗时的弊政，遵照唐太宗贞观年间的制度，有志气的人无不想天下安宁和平。中书令姚元崇、侍中宋璟、御史大夫毕构、河南尹李杰，都是这一时期选用的杰出人才，当时人称他们为姚、宋、毕、李。

566.开元二十三年①,加荣王已下官②,敕宰臣入集贤院,分写告身以赐之。侍中裴耀卿因入书库观书,既而谓人曰:"圣上好文,书籍之盛事,自古未有。朝宰充使③,学徒云集,官家设教,尽在是矣。前汉有金马、石渠④,后汉有兰台、东观⑤;宋有总章⑥,陈有德教⑦;周则虎门、麟趾⑧,北齐有仁寿、文林⑨;虽载在前书,而事皆琐细,方之今日,则岂得扶轮捧毂者哉⑩!"

【注释】

①开元二十三年:本条采录自《大唐新语·匡赞》。

②荣王:初名李嗣玄。唐玄宗之子。开元二年(714)封为甄王。十二年(724)改名李滉,封为荣王。十五年(727)授京兆牧,又遥领陇右节度大使。二十三年(735)加开府仪同三司,余如故。二十五年(737)改名李琬。天宝元年(742),授单于大都护。十四载(755),安禄山反于范阳,以琬为征讨元帅。

③朝宰:朝廷官员。

④金马:汉代未央宫宫门。因门旁竖有铜马,故名金马门。汉武帝曾使学士待诏于此。石渠:汉代宫廷中藏书阁名。

⑤兰台:汉朝宫内藏书之所。东观:东汉藏书和著书机构。

⑥总章:原书此二字作"总明",当据改。南朝宋官方学术机构。

⑦德教:南朝陈有德教学士,掌撰述文史。

⑧虎门:又称露门。北周武帝设露门馆,为北周国学,因设在露门之左,故有此称。麟趾:北周秘书监名。《周书·艺术传·姚最》:"世宗盛聚学徒,校书于麟趾殿,最亦预为学士。"

⑨文林:北齐有文林馆,引文学之士充之,称待诏。

⑩扶轮捧毂(gǔ):亦作"推轮捧毂"。推动车轮,抬起车毂。古代

　　帝王任命将帅时的隆重礼遇。毂，古称车轮中心的圆木，上有插车轴的圆孔。

**【译文】**

　　唐玄宗开元二十三年，为荣王以下臣子加官，诏令宰相及朝臣入集贤院，逐一写授官的委任状赐给他们。侍中裴耀卿因而到集贤院的书库看书，后来他对人说："圣上喜好文学，宫中藏书繁多，自古以来都没有过。朝臣充任使者，学徒云集，官家设教，都在这里了。前汉有金马、石渠，后汉有兰台、东观；宋有总明，陈有德教；周有虎门、麟趾，北齐有仁寿、文林；过去的书上虽然有记载，但所记都是琐碎细小的事，和今日相比，哪里有这样的盛况呢！"

# 伤逝

　　567.天宝十五载正月[①]，安禄山反，陷洛阳。王师败绩，关门不守。车驾幸蜀，次马嵬驿，六军不发[②]，赐贵妃死，然后驾发。行至骆谷[③]，上登高平，马上谓力士曰："吾仓皇出狩[④]，不及辞宗庙。此山绝高，望见秦川，吾今遥辞陵庙。"下马东向再拜，呜咽流涕，左右皆泣。又谓力士曰："吾取张九龄之言，不至于此。"乃命中使往韶州，以太牢祭之[⑤]。既而取长笛吹自制曲，曲成复流涕，诏乐工录其谱。至成都，乃进谱而请名，上已不记，顾左右曰："何也？"左右以骆谷望长安索长笛吹出对之。良久，曰："吾省矣。吾因思九龄[⑥]，可号为《谪仙怨》[⑦]。"有人自西川传者，无由知其本末，但呼为《剑南神曲》。其音怨切动人。大历中，江南人盛传。随州刺史刘长卿左迁睦州司马，祖筵闻之[⑧]，长卿遂撰其词,意颇自得,盖亦不知事之始。词云:"晴川落日初低,惆怅孤舟解携。鸟去平芜远近,人随流水东西。白云千里万里,明月前溪后溪。独恨长沙谪去,江潭春草萋萋⑨。"其后,台州刺史窦宏馀以长卿之词虽美⑩,而与本曲意兴不同,复作词以广不知者,其词曰:"胡尘犯阙冲关,金辂提携玉颜。云雨此时消散,君王何日归还?伤心朝恨暮恨,回首千山万山。独望天边初月,蛾眉独自弯弯⑪。"

### 【注释】

① 天宝十五载正月:本条采录自《剧谈录·广谪仙怨词》。

② 六军:周代天子有六军,诸侯国有三军、二军、一军不等。后作为军队的泛称。

③ 行至骆谷:《资治通鉴·唐纪·肃宗至德元载》,《考异》曰:"康骈《剧谈录》:'上至骆谷山,登高望远,呜咽流涕。谓高力士曰:"吾昔若取九龄语,不到此。"命中使往韶州祭之。'按玄宗入蜀不自骆谷,康骈误也。"

④ 出狩:帝王蒙难出奔的讳辞。

⑤ 以太牢祭之:原书此句下有注语:"中书令张九龄每因奏对,未尝不谏诛禄山,上怒曰:'卿岂以王夷甫识石勒,便杀禄山。'于是不敢谏矣。"太牢,古代帝王祭祀社稷时,牛羊豕三牲全备谓之太牢。

⑥ 吾因思九龄:原书此句下有"亦别有意"一句,当据原书补。

⑦ 可号为《谪仙怨》:原书此句下有"其旨属马嵬之事"一句,当据补。

⑧ 祖筵:送行的酒席。

⑨ "晴川落日初低"几句:语出刘长卿《谪仙怨·晴川落日初低》。这首词的上片是回忆之语,再现当时送别友人的情景:在一个晴朗的傍晚,夕阳低垂,斜晖映照着河水,一派清明色彩,然而友人

却要在此时远行了。词的下片写别后情景，抒发了对友人的深切思念和被贬谪的遗憾。"独恨长沙谪去，江潭春草萋萋"两句分别用贾谊谪迁长沙以及《楚辞·招隐士》中"王孙游兮不归，春草生兮萋萋"的典故，表现了词人对远谪友人的思念。

⑩窦宏馀：窦常之子。武宗会昌元年（841）为黄州刺史。官至台州刺史。

⑪"胡尘犯阙冲关"几句：语出窦宏馀《广谪仙怨》。这首词上片以叙述笔法写安禄山反叛，进犯长安，唐玄宗携杨贵妃仓皇出京，贵妃身亡，玄宗入蜀，归来无期。下片叙写唐玄宗在蜀中的凄婉怀旧之情。"云雨此时消散"一句化用宋玉《高唐赋序》中楚王梦与巫山神女相会事，用以指唐明皇与杨贵妃的爱情。

## 【译文】

唐玄宗天宝十五载正月，安禄山反叛，攻陷了东都洛阳。朝廷大军战败，潼关失守。唐玄宗逃往蜀地，途经马嵬坡驻扎的时候，军队不走了，胁迫玄宗赐死杨贵妃，然后才继续前进。走到骆谷的时候，唐玄宗策马登上高处的平地，在马背上对高力士说："我匆忙出逃，没有来得及向祖先的宗庙辞行。这座山非常高，站在山顶能够看到秦川，现在我就远远地向祖宗的陵庙辞行。"于是他下马面向东方拜了又拜，痛哭流涕，身边的随从也都跟着哭泣。唐玄宗又对高力士说："我当初要是听从了张九龄的谏言，也不会到现在这个地步。"于是派宦官前往韶州，以太牢之礼祭奠张九龄。然后玄宗要来长笛，吹奏自己创制的曲子，吹奏结束后又潸然流泪，他让乐工把这首曲谱记录了下来。等到了成都，乐工就把记录下来的乐谱进献给玄宗，并请求玄宗给乐谱命名，这个时候玄宗已经忘了这件事，他看着身边的人说："这是怎么回事？"身边的人就把玄宗在骆谷远望长安并向乐工要来长笛吹奏乐曲的事告诉了他。过了很长时间，玄宗才说："我明白了。当时我是因为想念张九龄，也还有别的用意，可以将这首曲子命名为《谪仙怨》。"后来，有人从西川人的传唱中得到这首曲子,却不知道这首曲子的由来,只是把它称作《剑南神曲》。这首曲子的音调悲切感人。唐代宗大历年间,这首曲子在江南人之间广为流传。随州刺史刘长卿贬官睦州司马,在送别的宴会上听到了这支曲子,于是刘长卿给这支曲子撰写了曲词,自我感觉很得意,他大概也不知道这首曲子的来历。刘长卿撰写的曲词说:"晴川落日初低,惆怅孤舟解携。鸟去平芜远近,人随流水东西。白云千里万里,明月前溪后溪。独恨长沙谪去,江潭春草萋萋。"后来台州刺史窦宏馀认为刘长卿的撰词虽然很优美,但和这首曲子的本意不符,于是他又撰写曲词,让不知道这件事的人了解它的来龙去脉,窦弘馀撰写的曲词说:"胡尘犯阙冲关,金辂提携玉颜。云雨此时消散,君王何日归还?伤心朝恨暮恨,回首千山万山。独望天边初月,蛾眉独自弯弯。"

568.德宗初登勤政楼<sup>①</sup>,外无知者。望见一人,衣绿乘驴戴帽,至楼下,仰视久之,俯而东去。上立遣宣示京尹,令以物色求之。尹召万年捕贼官李铭<sup>②</sup>,使促求访。李尉伫立思之,曰:"得必矣。"出召干事所由<sup>③</sup>,春明门外数里内,应有诸司旧职事伎艺人,悉搜罗之,而绿衣果在其中。诘之,对曰:"某天宝旧乐工也。上皇当时数登此楼,每来,鸥必集楼上,号'随驾老鸥'。某自罢居城外,更不复见。今群鸥盛集,又觉景象宛如昔时,必知天子在上,悲喜且欲泣下。"于是敕尽收此辈,却系教坊。李尉亦为京尹所擢用,后至郡守。

**【注释】**

①德宗初登勤政楼:本条采录自《因话录·官部》。

②李铭:唐德宗时人,曾任万年县捕吏。

③所由:即所由官,犹言有关官吏。因事必经由其手,故称。《资治

通鉴·唐纪·敬宗宝历二年》记载:"丞相不应许所由官咕嗫耳语。"胡三省注:"京尹任烦剧,故唐人谓府县官为'所由官'。项安世《家说》曰:'今坊市公人谓之所由。'"

**【译文】**

唐德宗第一次登上勤政楼,外面没有人知道。他在楼上看见一个人,穿着绿色的衣服,骑着驴戴着帽子,到勤政楼下,仰起头看了很久,然后低头朝着东面离开了。德宗立即派人宣示京兆府尹,让他通过形貌和衣服的颜色寻找这个人。京兆尹叫来了万年县抓捕贼寇的官员李铭,命令他迅速探求察访。李铭站在勤政楼下思考后,说:"一定能找到他。"他出去召见办理事务的相关官吏,告诉他们春明门外几里之内,应该有各个官署中过去任职的有才艺的人,让悉数搜罗寻找,穿着绿色衣服的人果然就在这些人中间。李铭责问他,绿衣人回答说:"我是天宝年间的旧乐工。上皇当时多次登上勤政楼,他每次来的时候,鸥鸟一定会聚集在楼顶之上,当时称作'随驾老鸥'。我自从被罢职移居到京城之外,就没有再见过这种景象。现在众多鸥鸟聚集在勤政楼之上,这种景象让我感觉好像又回到了从前,所以我知道皇上一定在勤政楼上,心中悲喜交加都快要流泪了。"于是唐德宗下令全部召回这些乐工,让他们到教坊工作。李铭也被京兆尹提拔任用,后来官至郡守。

569.贞元四年①,刘太真侍郎入贡院,寄前主司萧昕尚书诗曰②:"独坐贡闱里,愁心芳草生。山公昨夜事,应见此时情③。"

**【注释】**

①贞元四年:本条与下第570条合为一条,本书据周勋初《校证》分列。

②萧昕:当为萧昕之误。据《登科》引《旧唐书》,唐德宗贞元三年(787)知贡举为礼部尚书萧昕,故称"前主司"。萧昕,字中明,

河南（河南洛阳）人。玄宗开元十九年（731）首举博学宏词科，授阳武主簿。天宝初，复举宏词，授寿安尉。累迁左拾遗、宪部员外郎、起居郎。天宝十四载（755）为兵马元帅哥舒翰判官。安史乱时间道入蜀，迁安陆长史、河南等道都统判官。肃宗即位，任中书舍人、礼部侍郎。唐代宗时转国子祭酒，授散骑常侍，迁工部尚书。德宗建中中拜太子少傅，册封晋陵郡公。贞元三年（787）兼礼部尚书，复知贡举。贞元五年（789）以太子少师致仕。卒赠扬州大都督，谥曰懿。《全唐诗》录刘太真诗，诗题中为萧听。

③"独坐贡闱里"几句：语出刘太真《贡院寄前主司萧尚书听》诗。贡闱，科举考试的地方。山公，指晋代山简，时人亦称山公。简字季伦，山涛幼子，性嗜酒，镇守襄阳，常游高阳池，饮辄大醉。后世诗词中或用为作者自况，或借称嗜酒的朋友。

**【译文】**

唐德宗贞元四年，侍郎刘太真进入贡院，他写了一首诗托人送给前任主考官萧听，这首诗说："独坐贡闱里，愁心芳草生。山公昨夜事，应见此时情。"

570.太和九年①，仇士良诛王涯、郑注。上或登临游幸，虽百戏列于前，未尝少悦。往往瞠目独语②，左右不敢进问。题诗云："辇路生春草，上林花发时。凭高何限意，无复侍臣知③。"更于殿内看牡丹，翘足凭栏，诵舒元舆《牡丹赋》云："俯者如愁，仰者如悦，开者如语④，合者如咽。"久之，方省元舆词，不觉叹息泣下。时有宫人沈阿翘为上舞《河满子》词⑤，声态宛转，锡以金臂环。乃问其从来，阿翘曰："妾本吴元济女。元济败，因入宫。"

【注释】

①太和九年：本条采录自《杜阳杂编》。

②瞠目：张大眼睛直视。形容受窘、惊恐的样子。

③"辇路生春草"几句：语出唐文宗李昂《宫中题》诗。诗的意思是说，宫中辇道旁春草丛生，上林苑的鲜花压满枝头。登高生出的无限悲苦和感慨之意，恐怕连我的侍臣也不知道。

④仰者如悦，开者如语：《丽情集》此句作"仰者如悦，开者如笑"。

⑤沈阿翘：唐文宗时宫女，吴元济之女。

【译文】

唐文宗太和九年，宦官仇士良诛杀了王涯、郑注。文宗有时候登山临水外出游乐，即使是乐舞杂技在面前表演，他也从来没有感到些许的快乐。他经常瞠着眼睛直视并自言自语，身边的人也不敢上前问候。他自己写诗说："辇路生春草，上林花发时。凭高何限意，无复侍臣知。"又有一次他在宫内的大殿前观赏牡丹，靠着栏杆举足观看，朗诵舒元舆《牡丹赋》中的几句说："低头的好像在发愁，仰头的好像很高兴，盛开的好像在说话，闭合的好像在沉吟。"过了很长时间，他才明白了舒元舆《牡丹赋》中这几句话的意思，不由得叹气并潸然泪下。当时有一个宫女叫沈阿翘，她为文宗跳了《河满子》词舞，声态宛转，曲终之后，文宗赐给她黄金制作的臂环。文宗问她从什么地方来，阿翘回答说："妾本来是吴元济的女儿。吴元济兵败以后，我就被送进了皇宫。"

571.王太尉播，少贫，居瓜洲寄食①，多为人所薄。及登第，历荣显，掌盐铁三十余年。自刘忠州之后，无如播者。后镇淮南，乃游瓜洲故居，赋诗感旧。李卫公出在蜀关②，而致和其诗以寄播。

**【注释】**

①瓜洲：古代长江中沙洲。在今江苏扬州邗江区南。

②李卫公出在蜀关：据《旧唐书·穆宗纪》，长庆二年三月戊午，以中书侍郎平章事王播充淮南节度使，当时李德裕为御史中丞，九月出为浙西观察，非西川节度使。到大和四年十月李德裕任西川节度使时，王播已去世。

**【译文】**

太尉王播年轻的时候家境贫寒，住在瓜洲依赖别人生活，很多时候被人看不起。等到他进士及第，尽享荣华显贵，掌管盐铁之事三十多年。自从刘晏之后，就没有人能比得上王播。后来他镇守淮南，就去巡游瓜洲曾经居住过的地方，并写诗怀念故旧。卫国公李德裕当时外出在蜀郡任职，他写了和诗寄送给王播。

572.宣宗以宪宗常幸青龙寺①，命复道开便门②，至寺升眺③，追感者久之。

**【注释】**

①宣宗以宪宗常幸青龙寺：本条采录自《东观奏记》。

②复道：高楼间或山岩险要处架空的通道。亦称"阁道"。《史记·留侯世家》："上在雒阳南宫，从复道望见诸将往往相与坐沙中语。"裴骃集解引如淳曰："上下有道，故谓之复道。"

③升眺：登高远眺。

**【译文】**

唐宣宗因为宪宗皇帝生前经常巡幸青龙寺，便下令在复道上开了一个旁门，他到青龙寺登高远眺，回忆往事而感触良久。

573.杜邠公丧公主①，进状请落驸马都尉，云："臣每见官衔有'驸马'字,凄感难胜。"

【注释】

①杜齠公:即邠国公杜悰。杜悰迎娶唐宪宗之女岐阳公主,后被封为邠国公,故称。

【译文】

邠国公杜悰在公主去世之后,他上书奏请除去驸马都尉一职,并说:"我每次看到官衔中的'驸马'二字,就凄恻感慨,悲不自胜。"

574.太宗谓梁公曰①:"以铜为镜,可以正衣冠;以古为镜,可以知兴替;以人为镜,可以明得失。朕尝保三镜,用防己过。今魏徵殂逝②,一镜亡矣。"

【注释】

①太宗谓梁公曰:本条采录自《隋唐嘉话》。《资治通鉴·唐纪·太宗贞观十七年》记载此事,此句作"上思徵不已,谓侍臣曰"。梁公,即房玄龄。唐太宗即位后,房玄龄任中书令,封梁国公。

②殂(cú)逝:逝世。

【译文】

唐太宗对梁国公房玄龄说:"用铜作镜子,可以用来端正衣服和帽子;用古代作镜子,可以用来了解兴衰成败;用人作镜子,可以用来显露自己的优点和缺陷。我曾经拥有这三面镜子,用来预防自己的过失。现在魏徵去世了,我的一面镜子亡失了。"

575.太宗闻虞监亡①,哭之恸,曰:"石渠、东观之中,无复人矣!"②

**【注释】**

①太宗闻虞监亡：本条采录自《隋唐嘉话》。

②"哭之恸"几句：《旧唐书·虞世南传》记载："手敕魏王泰曰：'虞世南于我，犹一体也。拾遗补阙，无日暂忘。……今其云亡，石渠、东观之中，无复人矣！'"石渠、东观，分别指西汉、东汉皇室藏书之处。后亦用以称国史修撰之所。

**【译文】**

唐太宗听说秘书监虞世南去世了，哭得很伤心，说："宫里的藏书和著书之处，再也没有这样的人才了。"

576.杜羔有至性①。其父为河北尉卒，母非嫡，经乱不知所之，羔常抱终身之感②。会堂兄兼为潞州府判官③，鞫狱于私第④，有老妇辩对，见羔出入，窃谓人曰："此少年状类吾夫。"诘之，乃羔母也，自此迎归。又往求先人之墓，邑中故老已尽，不知所询。馆于佛寺，日夜悲泣。忽视屋柱烟煤之下⑤，见字数行，拂而视之，乃其父遗迹，言："我子孙若求吾墓，当于某村某家问之。"羔号哭而往，果有老父年八十余，指其丘垅⑥，遂得归葬。

**【注释】**

①杜羔有至性：本条采录自《国史补·杜羔有至行》。杜羔，洹水（今河南内黄）人。高宗时宰相杜正伦之后，杜戡之子。德宗贞元五年（789）及进士第。宪宗元和间任万年县令。因与长安县令许季同共诉京兆尹元义方不当责租赋不时而罪及县吏，被罢官。后迁户部郎中、刑部郎中、谏议大夫、振武节度使等，以工部尚书致仕。谥曰敬。

②羔常抱终身之感：原书此句作"羔常抱终身之戚"，当据改。

③堂兄兼：即杜兼，字处弘，京兆（今陕西西安）人。唐高宗时中书令杜正伦五世孙，杜虞之子。德宗建中元年（780）进士及第。累辟诸府从事，拜濠州刺史。性浮险，尚豪侈。顺宗永贞中任吏部郎中、给事中、商州刺史。宪宗元和间任河南少尹、河南尹。潞州府判官：原书作"泽潞判官"。《新唐书·杜羔传》为"兼为泽潞判官"。

④鞫（jū）狱：审讯罪案。

⑤烟煤：凝结于建筑物或器物上的烟尘。

⑥丘垅：坟墓。

**【译文】**

杜羔品性卓绝。他的父亲为河北县尉的士卒，母亲不是正室，都在战乱中走失不知到了什么地方，杜羔内心经常充满了悲戚。刚好堂兄杜兼任潞州府判官，在他的私人住所审理案件，有一位年老的妇人申辩对答，她看到杜羔进出，就私下对人说："这个年轻人相貌长得很像我的丈夫。"杜兼派人责问她，原来这个妇人就是杜羔的母亲，杜羔就将她接回了家。杜羔又去寻求父亲的墓地，县里原来的老人都已经去世了，不知道去哪里询问。杜羔住在佛寺，整天悲伤地哭泣。忽然他看见房屋柱子的烟灰之下，有几行字，他拂去灰烬仔细看，就是他父亲留下的字迹，说："我的子孙如果寻找我的墓地，就到某村的某家去问。"杜羔哭喊着前往，果然那家有一位八十多岁的老父，他带着杜羔指认了父亲的墓地，于是杜羔就把父亲的尸体运回家乡安葬。

# 栖逸

577.宣州当涂隐居山岩①，即陶贞白炼丹所也②，炉迹犹在。后为佛舍。有僧名彦范，俗姓刘，虽为沙门，而通儒学，邑人呼为刘九经。颜鲁公、韩晋公、刘忠州、穆监宁、独孤常州③，皆与之善，各执经受业者数十人。年八十，犹强精神，僧律不亏④。唯颇嗜饮酒，亦不乱。学者有携壶至者，欣然受之，每饮三数杯，则讲说方锐⑤。所居有小圃，自植茶，为鹿所损，众劝以短垣隔之，诸名士悉为运石共成。穆兵部赞事之最谨⑥。尝得美酒，密以小瓷壶置于怀中，累石之际，白师曰："有少好酒，和尚饮否？"彦范笑而满引，徐谓穆曰："不用般石，且来听书。"遂与剖析奥旨，至多不倦。人有得穆兵部遗彦范书者，其辞云："某偶忝名宦，皆因善诱。自居班列，终日尘屑。却思昔岁，临清涧，荫长松，接侍座下，获闻微言，未知何时复遂此事？遥瞻水中月，岭上云，但驰攀想而已。和尚薄于滋味，深于酒德，所食仅同婴儿，所饮或如少壮。常恐尊体有所不安，中夜思之，实怀忧恋。"其诚切如此。月日之下，称门人姓名状和尚前⑦。

**【注释】**

①宣州当涂隐居山岩：本条采录自《因话录·角部》。

②陶贞白：指陶弘景，字通明，丹阳秣陵（今江苏南京）人。南朝齐、梁时学者、隐士。宋末，萧道成为相，引为诸子侍读。齐武帝永明九年（491）授奉朝请。后辞官归隐于句容茅山，立道馆，又遍历名山，寻访仙药。梁武帝早年与之游，齐末，弘景援引图谶，证以天命在梁。梁武帝即位，恩礼愈优，国有大事，无不加以咨询，人号"山中宰相"。卒赠中散大夫，谥贞白先生。萧纲、萧绎为作墓志、墓碑。

③韩晋公：即韩滉，因其唐德宗贞元二年（786）被封为晋国公，故

称。穆监宁：即穆宁，因其以秘书监致仕，故称。穆宁，怀州河内
县（今河南沁阳）人。穆元休之子。以明经进士，授盐山县尉。
肃宗时累授殿中侍御史，负责盐铁转运事务。唐代宗即位，授侍
御史、库部郎中，累迁鄂州刺史、鄂岳沔都团练使，负责租庸盐铁
转运。因杖杀沔州别驾薛彦伟，贬为平集县尉。大历初年起任监
察御史，迁检校秘书少监、和州刺史。唐德宗流亡奉天，擢秘书少
监，迁太子右庶子，出任东都留守。以秘书监致仕。独孤常州：即独
孤及，因其唐代宗大历八年（773）任常州刺史，故称。

④僧律：即僧制。僧尼所遵守的戒律。

⑤方锐：指儒家的伦理道德和学问。

⑥穆兵部赞：即穆赞，亦作穆质，秘书监穆宁次子。

⑦称门人姓名状和尚前：原书此句作"但云门人姓名，状上和尚法
座前，不言官位。当时嗜学事师，可谓至矣"。

## 【译文】

宣州当涂隐居山上的山岩，就是陶弘景当年炼制丹药的地方，丹炉
留下的痕迹还在。后来这里成了寺院房舍。有一个和尚名叫彦范，出家
前本姓刘，虽然是和尚，但他精通儒家的思想教义，同邑的人称他为刘九
经。颜真卿、韩滉、刘晏、穆宁、独孤及都和他交好，跟随他学习经学的
就有几十人。彦范虽然八十岁了，但还是精神饱满，僧尼所守的戒律全
都遵守。只是特别喜欢喝酒，但作风正派。文人学士有带着酒来的人，
他很高兴地接受，经常喝上三几杯，就讲说儒家的伦理道德和学问。他
住的地方有一块小园地，他种植的茶树，被鹿损坏了，大家劝他用短墙隔
挡，来寺庙的各位名望高的人都搬运石头共同修建短墙。其中兵部侍郎
穆赞侍奉他最为恭敬。穆赞曾经得到好酒，他偷偷地用小瓷壶装酒并放
在胸前，在用石头累砌短墙的时候，跟彦范说："我有一点好酒，和尚喝
吗？"彦范笑着拿过来斟在杯中一饮而尽，然后慢条斯理地对穆赞说："不
要搬石头了，来听我给你讲解儒家经典。"于是就细致地剖析深奥的主

旨,讲了很久也不觉得疲倦。有人得到了穆赞写给和尚彦范的书信,其中说:"我在偶然之间忝列显赫的职位,都是因为得到了好的引导。我位居朝班的行列,整天所做都是琐屑之事。回想早年,面对着清澈的山间溪水,坐在高大青松的树荫之下,在您座下侍奉,聆听精深微妙的言辞,不知道什么时候还能再做这样的事情? 遥望水中的一轮明月,以及山顶上漂浮的云彩,也只能追慕向往罢了。和尚您把美味看得很淡,却喜欢喝酒,饭量如同小孩,喝酒却如同健壮的年轻人。我经常担心您的身体欠安,半夜想起这件事,心中很是忧虑担心。"他的言辞就是这样真诚恳切。在后来的日子里,他只称弟子姓名,和在彦范和尚面前一样,不说官位。

578.元和初①,南岳道士田良逸、蒋含弘有道业②,远近称之,号曰"田、蒋"。良逸天资高峻,虚心待物,不为表饰。吕侍郎渭、杨侍郎凭观察湖南,皆师事之。潭州旱,祈雨不应,或请邀之,杨曰:"田先生岂为人祈雨者耶?"不得已迎之。良逸蓬发敝衣,欣然就舆,到郡亦终无言,即日降雨。所居岳观,内建黄箓坛场已具③,而天阴晦,弟子请先生祈晴,良逸亦无言,岸帻垂发而坐④。左右整冠履,扶而升坛,亦遂晴霁。尝有村老持一绢襦来施⑤,良逸对众便着,坐客窃笑,不以介意。杨凭尝迎至潭州,良逸方洗足,使到,乘小舟便行,侍者以履袜追及于衡门⑥,即于门外坐砖阶着袜,若无人在旁。杨自京尹谪临贺尉,使使候之,遗以银器,良逸受之,便悉付门人。使还,良逸曰:"报汝阿郎,不久即归,勿忧也。"未几,杨果移杭州长史。良逸未尝干人,人至亦不送⑦,不记人官位姓名,第与吕渭分最深。后吕郎中温为衡州刺史,因祭岳候先生,告以使君"侍郎之子"。及温入,良逸下绳床⑧,抚其背曰:"你是吕渭儿子耶?"温泫然降阶⑨,先生亦不止,其真率如此。

### 【注释】

①元和初:本条采录自《因话录·角部》。

②田良逸、蒋含弘:二人均为唐宪宗元和年间道士,生平均不详。

③黄箓:指道士所做道场。道士设坛祈祷,所用符箓皆为黄色,故称。坛场:古代设坛举行祭祀、继位、盟会、拜将等大典的场所。已具:原书作"法具已陈"。

④岸帻(zé):也作"岸巾",省称"岸"。旧时男子的一种首服装束。谓推起头巾,露出前额。形容衣着简率不拘,或指态度洒脱。

⑤绢襦:丝绢制成的短上衣。

⑥衡门:横木为门。

⑦不送:原书作"不逆",当据改。

⑧绳床:一种可以折迭的轻便坐具。以板为之,用绳穿织而成。又称"胡床""交床"。

⑨泫然:流泪的样子。亦指流泪。

### 【译文】

唐宪宗元和初年,南岳道士田良逸和蒋含弘都有美德善行,远处和近处的人都赞颂他们,合称他们为"田、蒋"。田良逸天性高洁峻朗,待人接物谦虚不自满,不事浮饰。侍郎吕渭、杨凭,相继到湖南任观察使,都把他当老师对待。潭州大旱,祈祷上天降雨又没能应验,有人便请求邀请田良逸,杨凭说:"田先生难道是给人家祈雨的人吗?"后来没有办法,只好去迎接田良逸。田良逸头发散乱衣服破旧,很高兴地上了车,到了州郡也一直不说话,当天雨就降下来了。他所居住的岳观,里面建造了黄箓坛场,法器已经陈列好,正要做法事,天空却阴暗起来,弟子请他祈求天晴,田良逸也是不说话,他掀起头巾,披散着头发坐在那里。身边的人整理好鞋帽,扶他登坛,天空就变晴了。曾经有一位村中父老拿着一件丝绢做成的短袄送给田良逸,他当着众人的面就穿上了,在座的人见状都忍不住偷偷地笑,他也不介意。杨凭曾经派人迎接他到潭州,当时田良逸正在洗脚,使者一到,他登上小船就走,随侍的人拿着他的鞋袜追到屋外,田良逸就坐在门外的台阶上穿袜子,旁若无人。杨凭从京兆尹贬谪为临贺尉,派使者去看望田良逸,并赠给他银制的器物,田良逸毫不推让就收下了,然后全部交付门人。使者要回去的时候,田良逸说:"告诉你家阿郎,时间不长就会回去,不要担忧。"不久,杨凭果然移迁杭州长史。田良逸从不干涉别人,别人到了也不反对,从来不记别人的官位和姓名,他与吕渭的情分最深。后来郎中吕温为衡州刺史,祭山时顺道来拜访他,身边的人告诉他来访者是"侍郎吕渭的儿子"。等吕温进门后,他从坐具上站起来,拍着吕温的后背说:"你是吕渭的儿子吧?"吕温含着眼泪走下台阶,田良逸也不制止他。田良逸的纯真坦率就是这样。

　　良逸母为喜王寺尼,寺中皆呼良逸为小师①。良逸常日负两束薪以奉母,或自有故不及往,即弟子代送之。或传寺众晨起,见一虎在田姁门外,走以告姁,姁曰:"毋怪,应是小师使致柴耳。"蒋君含弘有操尚②,时人以为不及良逸,然二人齐名,常兄事良逸。含弘善符术③,后居九真观,曾使弟子至县市赍物④,不及期还,诘其故,云:"于山口遇猛虎,当道不去,以故迟滞。"含弘曰:"吾居此,庇渠已多时⑤,何敢如此!"即以一符置所见处。明日,虎踣符下。含弘闻之,曰:"吾本以符却之,岂知遂死。既以害物,安用术为?"取符焚之,后不复留意。又有欧阳平者,行业亦高⑥,兄事含弘,而道业不及也。欧阳曾一夕梦三炉自天而下⑦,若有召说。既瘵,潜告人曰:"二先生不久去矣,我继之。"俄而田良逸死,含弘次年卒。桐柏山陈寡言、徐虚符、冯云翼三人,皆田之弟子也。衡山周混汗,蒋之弟子也。陈、徐在东南,品地比田、蒋⑧,而冯在欧阳之列。周自幼入道,善科法⑨,亦为南岳之冠。

【注释】

①小师:指对年轻出家人的称呼。

②蒋君:原阙,据齐之鸾本、《历代小史》本补。

③符术:指道士巫师以符咒役使鬼神的法术。

④赍物:物资。

⑤庇:指庇护。

⑥行业:德行功业。

⑦曾:原阙,据齐之鸾本、《历代小史》本补。

⑧品地:品格。

⑨科法:法令,法律。

【译文】

　　田良逸的母亲是喜王寺的尼姑,喜王寺中的尼姑都称呼田良逸为小师。田良逸每天背两捆柴薪送给母亲,有时自己有事不能前往,就让弟子代他送去。传说喜王寺的尼姑们早上起来看见一只老虎在田良逸母亲的门外,就跑去告诉她老人家,她说:"不要觉得奇怪,应当是小师让给我来送柴薪的。"蒋含弘具有高尚的操守和品德,当时人认为他的才器赶不上田良逸,但是他们二人名望相等,蒋含弘经常像兄长一样侍奉田良逸。蒋含弘精通以符咒役使鬼神的法术,后来他住在九真观,曾经让弟子到县里市集上买物品,弟子没有及时返回,蒋含弘询问原因,弟子说:"在山口遇见一只猛虎,挡在道路中间不离去,所以就回来晚了。"蒋含弘说："我在这里庇护它已经很长时间了,它怎么还敢这样做?"于是就把一张符放在弟子遇见猛虎的那个地方。第二天,老虎竟然倒毙在放符的地方。蒋含弘听到消息之后说："我本想用符把它赶跑,哪里知道它竟然会死。既然符术可以伤害生物,还用这个法术做什么?"他取出符烧了它,从此之后就没有再留心于此道。还有一个叫欧阳平的人,德行功业也很高,像对待兄长一样侍奉蒋含弘,但他的德业赶不上蒋含弘。欧阳平曾经在一天晚上梦见三只香炉从天而降,好像要召见他说什么。醒来后,他偷偷地告诉别人说:"两位先生不久就要离开人世了,我也要接着离去。"不久,田良逸就去世了,第二年蒋含弘也死了。桐柏山的陈寡言、徐虚符、冯云翼三个人,都是田良逸的弟子。衡山的周混汙,是蒋含弘的弟子。陈寡言与徐虚符在东南一带,品位名声可与田良逸、蒋含弘相比,而冯云翼应在欧阳平之列。周混汙从小入道,精通法令,也是南岳一带的魁首。

579.江南多名僧①,贞元、元和已来,越州有清江、清昼②,婺州有乾俊、乾辅③。时谓之会稽二清,东阳二乾。

**【注释】**

①江南多名僧:本条采录自《因话录·角部》。

②清江:会稽(今属浙江)人。幼于本州开元寺出家。代宗大历初至杭州天竺寺,以华严宗僧人守真为师,归后又从昙一听习《四分律疏》及《四分律抄》。大历八年(773)至南阳从慧忠习禅观之学。以能诗闻名于江南。大历、贞元间,先后与诗人卢纶、皎然、朱湾、法照、姚南仲等游,诗歌唱和甚频。晚年住襄州辨觉寺,约卒于宪宗元和间,刘言史有诗悼之。清昼:即唐代诗僧皎然,字清昼。

③乾俊、乾辅:唐代诗僧,二人均为东阳人,大历、贞元间二人齐名,

时称东阳二乾。

**【译文】**

江南之地有名的僧人很多，唐德宗贞元及唐宪宗元和年间以来，越州有僧人清江、清昼，婺州有乾俊、乾辅。当时人称清江、清昼为会稽二清，称乾俊、乾辅为东阳二乾。

580.白居易少傅分司东都①，以诗酒自娱，著《醉吟先生传》以自叙。卢尚书简辞有别墅，近伊水，亭榭清峻。方冬，与群从子侄同登眺嵩洛。既而霰雪微下，说镇金陵时，江南山水，每见居人以叶舟浮泛，就食菰米鲈鱼②，思之不忘。逡巡③，忽有二人，衣蓑笠，循岸而来，牵引篷艇。船头覆青幕，中有白衣人与衲僧偶坐④；船后有小灶，安铜甑而炊，丱角仆烹鱼煮茗⑤，溯流过于槛前。闻舟中吟笑方甚。卢叹其高逸，不知何人。从而问之，乃告居易与僧佛光，自建春门往香山精舍⑥。

**【注释】**

①白居易少傅分司东都：本条采录自《剧谈录·白傅乘舟》。

②菰（gū）米：菰之实。一名雕胡米，古以为六谷之一。

③逡巡：顷刻，极短时间。

④衲僧：和尚，僧人。偶坐：相对而坐，同坐。

⑤丱（guàn）角仆：指未成年的奴仆。

⑥精舍：道士、僧人修炼居住之所。

**【译文】**

太子少傅白居易在洛阳任职，以作诗饮酒自寻乐趣，并写《醉吟先生传》自述。工部尚书卢简辞有一座别墅，靠近伊水，亭台楼榭清远高羊。当时刚好在冬天,卢简辞与众子侄一同登上亭台眺望嵩山和洛水。不久小雪粒从空中飘落,卢简辞跟子侄们说当年镇守金陵的时候,江南的山水之间,经常看见当地人划着小船在水面漂浮荡漾,吃着当地的菰米和鲈鱼,想起在金陵的生活还念念不忘。顷刻之间,忽然有两个人,他们穿着蓑衣,顺着水岸而来,拉着一艘有蓬盖的船。船头盖着青色的帐幕,船中有一位穿着白色衣服的人与一位僧人相对而坐;船的后面有一个小灶,安放着一口铜制的釜甑,一个未成年的奴仆在烹鱼煮茶,小船逆流而上在亭台的栏杆前经过。听见船上的人正在很高兴地饮酒说笑。卢简辞感叹船中人的高雅脱俗,不知道是什么人。他就问身边的人,大家才告诉他说是白居易与和尚佛光,从建春门前往香山精舍。

581.李瞻①,汉之子,有文学,气貌淳古②。非其人,虽富贵不交也。累迁司封郎中。归茅山,征拜给事中,不就。后两京乱③,竟不罹其祸。

**【注释】**

①李瞻:唐宗室,李汉之子。有文学,累官司封郎中。僖宗乾符年间为常州刺史。罢秩后,退隐茅山。

②淳古:淳厚古朴。

③后:原阙,据齐之鸾本、《历代小史》本校补。

**【译文】**

李瞻,李汉之子,有文才,形貌气度淳厚古朴。不是李瞻看得起的人,即使有钱财、有地位也不和他交往。李瞻连续升任司封郎中。后归隐茅山,朝廷征召授官给事中,李瞻没有接受任命。后来长安、洛阳两京发生战乱,他自始至终没有遭受祸患。

582.李尚书褒<sup>①</sup>,晚年修道,居阳羡川石山后。长子召为吴兴<sup>②</sup>,次子昭为常州<sup>③</sup>,当时荣之。

**【注释】**

①李尚书褒:即李褒,京兆(今陕西西安)人。文宗开成初为起居舍人,因痼疾而请罢免。后自考功员外郎、集贤院直学士充翰林学士,旋转库部郎中、知制诰。武宗会昌中拜中书舍人,加承旨。出为绛、郑、虢三州刺史。宣宗大中时官礼部侍郎知贡举。旋除礼部尚书,授浙东观察使。又曾任黔南观察使。晚年好道,隐居宜兴川石山。

②长子召:即李召,曾为吴兴刺史。

③次子昭:即李昭,曾为常州刺史。

**【译文】**

礼部尚书李褒,晚年修道,居住在阳羡的川石山后。李褒的长子李召为吴兴刺史,次子李昭为常州刺史,当时的人们都认为这是很荣耀的事情。

583.吴郡陆龟蒙<sup>①</sup>,字鲁望,旧族也<sup>②</sup>。其父宾虞<sup>③</sup>,进士甲科,浙东从事、侍御史,家于苏台。龟蒙幼精六籍,弱冠攻文,与颜荛、皮日休、罗隐、吴融为益友<sup>④</sup>。性高洁,家贫,思养亲之禄,与张搏为吴兴、庐江二郡倅<sup>⑤</sup>,著《吴兴实录》四十卷、《松陵集》十卷、《笠泽丛书》三卷。丞相李公蔚、卢公携景重之<sup>⑥</sup>。罗给事寄陆诗云:"龙楼李丞相,昔岁仰高文。黄阁今无主,青山竟不焚<sup>⑦</sup>。"盖尝有征聘之意。唐末以左拾遗授之,诏下之日,疾终。光化三年,赠右补阙。吴侍郎融立传贻史官,右补阙韦庄撰诔文<sup>⑧</sup>,相国陆希声撰碑文,给事中颜荛书。皮日休博士为诗友,寇死浙中。方干诗名著于吴中⑨,陆未许之。一旦顿作诗五十首,装为方干新制,时辈吟赏降仰⑩,陆谓曰:"此乃下官效方干之所作也,方诗在模范中尔。"奇意精识者亦然之。薛许州能以诗道为己任⑪,还刘梦得诗卷⑫,有诗云:"百首如一首,卷初如卷终⑬。"讥刘不能变态⑭,乃陆之比也。

**【注释】**

①吴郡陆龟蒙:本条采录自《北梦琐言·陆龟蒙追赠》。

②旧族:旧时有名望的家族。

③宾虞:即陆宾虞,字韶卿,号舜臣。文宗大和元年(827)举进士,娶名相张九龄从曾孙女为妻,与高僧惟瑛友,与刘轲尤交契,嗜学有文名。开成二年(837)任校书郎,历官侍御史。后任浙东从事,半年暴卒。

④颜荛:唐代诗人。小时曾受知于诗人张祜,后登进士第。昭宗景福时任尚书郎,历合州刺史、知制诰。光化中迁中书舍人、判史馆。又拜给事中。荛能诗善文,为文敏捷。与诗人陆龟蒙为诗文之交,情谊笃。罗隐:原名罗横,字昭谏,杭州新城(今浙江富阳)人。少英敏,善属文,诗名藉甚,尤长于咏史。唐宣宗大中十三年(859)底至京师,应进士试,历十多年不第,史称"十上不第",遂改名罗隐。懿宗咸通中入湖南幕,为衡阳主簿,后又从事淮、润诸镇,皆不得意。唐僖宗光启中归依吴越王钱镠,历任钱塘令、司勋郎中、给事中等职,世称罗给事。吴融:字子华,越州山阴(今浙江绍兴)人。昭宗龙纪元年(889)登进士第。韦昭度讨蜀,表掌书记。累迁侍御史。因事贬官,流浪荆南,依成汭。后以礼部郎中为翰林学士,拜中书舍人。昭宗反正,御南阙受贺,融最先至,

草十数诏,语当意详,进户部侍郎。终翰林承旨。融诗文兼擅,亦留心翰墨,工行楷。

⑤张搏:原书作"张博"。唐代文人,曾任湖州、苏州刺史。郡倅(cuì):郡佐。郡守的副职。

⑥景重:仰慕推重。

⑦"龙楼李丞相"几句:语出罗隐《寄陆龟蒙》一诗。李丞相,指宰相李蔚。黄阁,丞相听事阁。因汉代丞相府里的厅事门为黄色,故称为"黄阁"。亦用以借指宰相。

⑧韦庄:字端己,京兆杜陵(今陕西西安)人。韦应物四世孙。早年屡试不第,辗转于长安、洛阳、越中等地。因作《秦妇吟》,人称"秦妇吟秀才"。昭宗乾宁元年(894)登进士第,授校书郎。随谏议大夫李询入蜀宣谕,归朝后升任左补阙。后入蜀为王建掌书记。天祐四年(907)朱全忠灭唐建梁,韦庄劝王建称帝,任左散骑常侍,判中书门下事,定开国制度。次年升任宰相。工诗。

⑨方干:字雄飞,睦州青溪(今浙江淳安)人。为人质野。每见人设三拜,时人呼为"方三拜"。貌陋唇缺,人又称其为"缺唇先生"。幼有清才,为徐凝所器重,授以诗律。曾以诗拜谒钱塘太守姚合。宣宗大中中,举进士不第,遂隐居会稽,渔于镜湖,萧然山水间,以诗自放。卒后,门人私谥曰玄英先生。

⑩降仰:钦佩敬慕的样子。

⑪薛许州能:即薛能。武宗会昌六年(846)进士及第,仕宦显达,历任三镇从事,累迁嘉州刺史、各部郎中、同州刺史、工部尚书,先后任感化军、武宁军和忠武军节度使。唐僖宗广明元年(880)为许州大将周岌所逐,全家遇害。薛能工于诗,时人称其"诗古赋纵横,令人畏后生"。

⑫刘梦得:原书作"刘德仁",当据改。

⑬百首如一首,卷初如卷终:语出薛能《句》诗。是说刘德仁的诗内

容单一，形式雷同。

⑭变态：指事物的情状发生变化。

【译文】

吴郡人陆龟蒙，字鲁望，出自世家。他的父亲陆宾虞进士甲科出身，曾任浙东从事、侍御史，家住在苏台。陆龟蒙自幼精通六经，二十岁后专攻写文章，与颜荛、皮日休、罗隐、吴融是亲密的朋友。陆龟蒙品性高尚纯洁，家中生活贫寒，为了获得赡养家人的俸禄，他与张博一块儿担任吴兴、庐江二郡长官的副手，著有《吴兴实录》四十卷、《松陵集》十卷、《笠泽丛书》三卷。丞相李蔚、卢携都很推重他。罗隐在寄给陆龟蒙的诗中说："龙楼李丞相，昔岁仰高文。黄阁今无主，青山竟不焚。"大概宰相李蔚曾经有征召陆龟蒙的意思。唐朝末年，朝廷授陆龟蒙为左拾遗，任命的诏书下发之日，陆龟蒙去世。唐昭宗光化三年赠右补阙。户部侍郎吴融给陆龟蒙写传并送给史官，右补阙韦庄为陆龟蒙撰写诔文，相国陆希声为陆龟蒙撰写碑文，给事中颜荛书刻于墓碑之上。陆龟蒙跟皮日休是诗友，皮日休在浙中被贼寇所杀。方干在吴郡地区以善于作诗而闻名，陆龟蒙却不认可。他一天之内写了五十首诗，装作是方干新写的拿给人们看，当时的文人吟咏欣赏这些诗，极为钦佩仰慕，陆龟蒙对他们说："这些诗是我仿效方干的诗所作，方干的诗中规中矩。"才能突出而又见解精确的人也这么认为。薛能把写诗作为自己的责任，他归还刘德仁的诗卷，并在诗卷上题了诗，其中两句说："百首如一首，卷初如卷终。"讥笑刘德仁的诗不能表现事物情状的变化，也和陆龟蒙的说法相同。

584.天宝之乱①，元结自汝坟率邻里南投襄汉②，保全者千余家。乃举兵宛、叶之间，有城守捍寇之力。结，天宝中称中行子。始在商馀山，自称元子。逃难入猗玗山③，始称猗玗子。或称浪士。渔者呼为聱叟，酒徒呼为漫郎④。

**【注释】**

①天宝之乱：本条采录自《国史补·元次山称呼》。

②元结：字次山。唐玄宗天宝十三载（754）进士及第。安史乱起，举家避难于猗玕洞。唐肃宗乾元二年（759）以监察御史充任山南东道节度使参谋，招募义兵，抗击史思明叛军。进水部员外郎。代宗大历中拜左金吾卫将军、御史中丞。

③山：原作"沮"，据齐之鸾本、《历代小史》本改。

④酒徒呼为漫郎：原书与《太平广记》引文此句均作"酒徒呼为漫叟。及为官，呼漫郎"，当据之改正。

**【译文】**

　　唐玄宗天宝年间安史之乱时，元结从汝坟率领乡邻到南边投奔襄汉，保全了一千多家人的性命。他还在宛、叶之间组织义军，立下了护卫城池抵御贼寇的功劳。元结，天宝年间被称为中行子。起初在商馀山，元结自称元子。逃难进入猗玕山，开始称作猗玕子。也有人称他浪士。打鱼的人称呼元结为聱叟，酒徒们称呼元结为漫叟，等到他做官，大家开始称呼他为漫郎。


　　585.崔赵公尝问径山曰①："弟子出家得否？"径山曰："出家是大丈夫事②，非将相所为也。"


**【注释】**

①崔赵公尝问径山曰：本条采录自《国史补·出家大丈夫》。崔赵公，当为崔涣，博陵安平（今河北安平）人。博涉经籍，善谈论。累迁尚书司门员外郎。玄宗天宝末，被杨国忠排挤，出为剑州刺史。玄宗避乱入蜀，他迎谒于路，被任为宰相。旋与韦见素、房琯送传国玺及册命给肃宗。受任为江淮宣谕选补使。后历任大理卿、吏部侍郎，颇负时望。迁御史大夫，加税地青苗钱物使。以失

察属吏弊端，贬道州刺史，卒于任上，追赠太子少傅、左仆射，谥号元。《新唐书·崔涣传》不言封赵国公。径山，此处指径山寺开山祖师僧法钦。

②大丈夫：指有志向、有节操、有作为的男子。

**【译文】**

赵国公崔涣曾经问径山寺僧法钦说："我出家为僧可以吗？"僧法钦说："出家是有志向、有节操的男子做的事情，不是将帅和宰相要做的事。"

586.大历中①，关东饥疫，人多死。荥阳人郑损率有力者每乡为一大墓②，以葬弃尸③，谓之乡葬，翕然有仁义之声④。损，卢藏用之甥⑤，不仕，乡里号为云居先生。

**【注释】**

①大历中：本条采录自《国史补·郑损为乡葬》。

②郑损：字庆远，郑州荥阳（今河南荥阳）人。检校吏部尚书郑处冲子。初任推官。僖宗光启时累官中书舍人。二年（886），沙陀军入长安，随僖宗避难兴元。后官至礼部尚书。

③弃尸：无人收殓的尸体。

④翕然：协同的样子。指一致称颂。

⑤卢藏用：字子潜，幽州范阳（今河北涿州）人。少以文辞才学著称，举进士，不得调，与兄征明偕隐钟南、少室二山。武则天长安中召授左拾遗。中宗神龙中为吏部侍郎，又迁黄门侍郎、修文馆学士。历工部侍郎、尚书右丞。玄宗先天二年（713）以依附太平公主，流放岭南。改昭州司户参军，迁黔州长史，卒于始兴。藏用能属文，工草隶、大小篆、八分书，好琴棋，时称多能之士。与陈子昂友善，曾为其编集、撰序、作传。

**【译文】**

唐代宗大历年间,关东地区闹饥荒和瘟疫,很多人都死了。荥阳人郑损带领壮丁在每个乡挖了一口大墓,用来埋葬无人收殓的尸体,并称之为乡葬,当地人一致称颂郑损仁爱正义。郑损是卢藏用的外甥,没有做官,乡亲们称他为云居先生。

587.竟陵僧于水滨得婴儿者①,育为弟子。稍长,自筮得《蹇》之《渐》,繇曰②:"鸿渐于陆,其羽可用为仪。"乃姓陆氏,字鸿渐,名羽。有文学,多意思,耻一物不尽其妙。最晓茶。巩县为瓷偶人③,号"陆鸿渐"。买十器,得一"鸿渐"。市人沽茗不利,辄灌注之。羽于江湖称竟陵子④,于南越称桑苎翁⑤。贞元末卒。

**【注释】**

①竟陵僧于水滨得婴儿者:本条采录自《国史补·陆羽得姓氏》。于,原书与各书引文"于"上有"有"字,当据补。

②繇(zhòu):通"籀",古时占卜的文辞。

③巩县为瓷偶人:原书与各书引文均作"巩县陶者多为瓷偶人"。

④江湖:指民间。

⑤于南越称桑苎翁:《新唐书·陆羽传》记载:"上元初,更隐苕溪,自称桑苎翁。"

**【译文】**

竟陵有位僧人在河边捡到一个婴儿,就把他当作自己的弟子来养育。这个孩子年龄稍大一点后,就用《周易》为自己占卜,卜得《蹇》卦变为《渐》卦,占卜的文辞说:"鸿渐于陆,其羽可用为仪。"于是就用陆作为自己的姓氏,字为鸿渐,名羽。陆鸿渐有才学,思想非常活跃,每描述一件事物，无不淋漓尽致地表达出它的微妙之处。尤其精通茶道。巩县制陶的人大多都会制作瓷人玩偶，并将瓷偶称作"陆鸿渐"。每买十件陶器，就可以得到一个"鸿渐"。市井商人卖茶不能获利，就用水浇灌"鸿渐"。陆羽在民间被称为竟陵子，在南越被称为桑苎翁。唐德宗贞元末去世。

588.韩愈好奇①，尝与客登华山绝顶，度不可下返，发狂恸哭，为遗书。华阴令百计取之②，乃下。

**【注释】**

①韩愈好奇：本条采录自《国史补·韩愈登华山》。

②百计：想尽或用尽一切办法。

**【译文】**

韩愈追求新奇，曾经和宾客一起登上华山的最高峰，在山顶他估计自己没办法下山返回，就情绪失常崩溃大哭，还写下了遗书。华阴令想尽一切办法救他，他才得以下山。

589.阳城居夏县①，拜谏议大夫；郑钢居阌乡②，拜右拾遗；李周南居曲江③，拜校书郎。时人以为转远转高，转近转卑也。

**【注释】**

①阳城居夏县：本条采录自《国史补·三处士高卑》。

②郑钢：唐人，生平不详，曾任右拾遗。

③李周南：唐人，生平不详，曾任校书郎。

**【译文】**

阳城住在夏县，官拜谏议大夫；郑钢住在阌乡，拜右拾遗；李周南住在曲江,官拜校书郎。当时人认为从距离京城远的地方调来官位就高,从距离京城近的地方调来官位就低。

# 贤媛

590.高祖乃炀帝友人①,炀帝以图谶多言姓李将王②,每排斥之。而后因大会,炀帝目上,呼为阿婆面,上不怿,归家色犹摧沮③。后怪而问,久之方说:"帝目某为阿婆面。"后喜曰:"此可相贺。公是袭唐公,'唐'之为言'堂'也,阿婆面是'堂主'。"上大悦。

**【注释】**

①高祖乃炀帝友人:本条采录自《隋唐嘉话》。

②图谶:汉代兴起的宣扬符命占验的书。图,河图。谶,预言吉凶得失的文字、图记。

③摧沮:犹沮丧。

**【译文】**

唐高祖李渊是隋炀帝的好友,隋炀帝因为图谶之书很多预言姓李的人将要为王,所以经常排挤驳斥他。后来因为在人数众多的集会上,隋炀帝看着高祖,叫他阿婆面,高祖非常不高兴,回到家脸色还是很沮丧。皇后感到很奇怪就问他,很长时间后高祖才说:"皇上看着我叫我阿婆面。"皇后高兴地说:"这是值得祝贺的事。你袭封唐公,'唐'读为'堂',阿婆面就是'堂主'。"高祖听了非常高兴。

591.上都崇胜寺有徐贤妃妆殿①。太宗召妃,久不至,怒之。因进诗曰:"朝来临镜台,妆罢且徘徊。千金始一笑,一召讵能来<sup>②</sup>?"

**【注释】**

①上都崇胜寺有徐贤妃妆殿:本条采录自《大唐传载》。徐贤妃,指
　徐惠,湖州长城(今浙江长兴)人。唐太宗李世民妃嫔。自幼聪
　慧,四岁诵《论语》《毛诗》,八岁好属文。太宗召为才人,俄拜婕
　好,再迁充容。常上疏论时政,太宗善其言。太宗去世,哀慕成
　疾,因作诗及连珠以见志。卒赠贤妃,陪葬昭陵石室。妆殿,指嫔
　妃居处。

②"朝来临镜台"几句:语出徐惠《进太宗》诗,亦作《妆殿答太宗》。
　诗的后两句借"千金一笑"的典故,不但平息了君王的火气,也向
　读者呈现了一位体态婀娜、不胜罗绮的艳丽宫妃,在君王面前不
　屈己、不媚人的独立形象。

**【译文】**

上都崇圣寺有唐太宗嫔妃徐惠的居处。有一次,太宗下诏让她去见
驾,等了好长时间还不来,太宗很生气。于是徐惠进献《妆殿答太宗》诗
说:"朝来临镜台,妆罢且徘徊。千金始一笑,一召讵能来?"

592.狄仁杰为相<sup>①</sup>,有卢氏堂姨,居午桥南别墅,未尝
入城。仁杰伏腊<sup>②</sup>,每修礼甚谨。尝雪后休假,候卢氏安否,
适见表弟挟弧矢携雉兔来归,羞味进于堂上<sup>③</sup>。顾揖仁杰,
意甚轻傲。仁杰因启曰:"某今为相,表弟有何欲,愿悉力从
其意。"姨曰:"吾止有一子,不欲令事女主。"仁杰惭而去。

**【注释】**

①狄仁杰为相:本条采录自《松窗杂录》。

②伏腊：伏，夏天的伏日。腊，冬天的腊日。秦汉时，伏日、腊日都是祭祀的节日，合称"伏腊"。

③羞味：美味。

**【译文】**

狄仁杰任宰相时，有一位卢姓的堂姨，住在午桥南面的别墅，从来没有进过城。狄仁杰在伏祭和腊祭之日，经常很谨慎有礼地去看望她。狄仁杰曾经在大雪后放假休息，去向卢氏问安，刚好碰上表弟背着弓箭，带着野鸡和兔子打猎回来，他将美味带到堂屋侍奉母亲用饭。看见狄仁杰便向他拱手行礼，态度很是轻慢倨傲。狄仁杰便向堂姨说："我现在任宰相，表弟有什么想法，我愿意尽力帮助他实现愿望。"堂姨说："我只有一个儿子，不想让他侍奉女主。"狄仁杰很惭愧，就离开了。

593.玄宗柳婕妤有才学①，上甚重之。婕妤妹适赵氏，性巧慧，因使工镂板为杂花，象之而为夹结②。因婕妤生日，献王皇后一匹，上见而赏之，因敕宫中依样制之。当时甚秘，后渐出，遍于天下，乃为至贱所服。

**【注释】**

①玄宗柳婕妤有才学：本条与下第594条原合为一条，本书据原书分列。柳婕妤，河东郡解县（今山西运城）人。唐玄宗李隆基嫔妃，尚书右丞柳范之孙女。生延王李玢及永穆公主。

②夹结：即夹缬。我国古代镂空板的夹板印花法，也指此类丝织品。用两块木板雕刻同样花纹，将绢布对折夹入二板中，然后在雕空处染色，成为对称的染色花纹。后来发展为用镂花油纸版涂色刷印。

**【译文】**

唐玄宗嫔妃柳婕妤具有才华和学识，玄宗很看重她。婕妤的妹妹嫁给赵氏，生性聪明灵巧，她让工匠在木板上镂刻出各种各样的花，将绢布对折夹入木板之中，然后在镂空处染色，成为对称的花纹。因为柳婕妤过生日，他的妹妹进献给王皇后一匹用这种工艺制作的织物，玄宗看到后很欣赏，就让宫中的工匠照着样子来制作。当时很稀有，后来逐渐就传开了，这种技巧传遍全国各地，以致最下层的百姓也穿这种花纹的衣服。

594.柳婕妤生延王①。肃宗每见王，则语左右曰："我与王兄弟中更相亲，外家皆关中贵族。"盖柳氏奕叶贵盛②，人物尽高，方舆公、康城公③，皆《北史》有传矣。睦州俊迈④，风格特异。自隋之后，家富于财。尝因调集至京师，有名娼曰娇陈者⑤，姿艺俱美，为士子之所奔走。睦州一见，因求纳焉。娇陈曰："第中设锦帐三十重，则奉事终身矣。"本易其少年，乃戏之也。翌日，遂如言，载锦而张之以行。娇陈大惊，且赏其奇特，竟如约，入柳氏之家，执仆媵之礼⑥，节操为中表所推⑦。玄宗在人间，闻娇陈之名。及召入宫见上，因涕泣，称痼疾且老⑧，上知其不欲背柳氏，乃许其归。因语之曰："我闻柳家多贤女子，可以备职者⑨，为我求之。"娇陈乃以睦州女弟对。乃选入充婕妤，生延王及永穆公主焉。

**【注释】**

①柳婕妤生延王：本条采录自《因话录·官部》。延王，即李玢，本名李泂。

②奕叶：累世，代代。

③方舆公：即柳僧习。北魏大臣。初仕南齐，起家奉朝请。北魏景明年间，和豫州刺史裴叔业归降北魏。历北地、颍川二郡守。官

至扬州大中正、尚书右丞。封爵方舆公。《新唐书·宰相世系表》记载:"僧习与豫州刺史裴叔业据州归于后魏,为扬州大中正、尚书右丞、方舆公。"康城公:即柳带韦,字孝孙。西魏到北周时期大臣。初为宇文泰参军事。侯景乱梁时,使梁,通好邵陵、南平二王。从达奚武取汉川,说梁宜丰侯萧修归附。北周天和二年(567)封康城县男。寻迁骠骑大将军。授益州总管府长史、益州别驾,辅弼谯、汉二王。从大军东征,为宇文宪府长史。齐平,进爵为公。病卒,谥曰恺。

④睦州:即睦州刺史柳齐物,尚书右丞柳范之子,唐玄宗嫔妃柳婕妤之兄。

⑤娇陈:唐玄宗时期京师名娼,后嫁与柳齐物为妾。

⑥仆媵:婢妾。

⑦中表:古代称父之姐妹所生子女为外兄弟姐妹,称母之姐妹所生子女为内兄弟姐妹。外为表,内为中,合而称之"中表"。

⑧痼(gù)疾:指积久难治的病。

⑨备职:任职的自谦之词。犹言徒充其职。

**【译文】**

柳婕妤生延王李玢。唐肃宗每次看延王,就对身边的人说:"我和延王在兄弟中最为亲近,延王的外家都是关中显贵的世家大族。"大概是说柳氏家族世代高贵显赫,具有突出才能,方舆公柳僧习、康城公柳带韦,都在《北史》中有传。睦州刺史柳齐物,作风气度与众不同。自从隋朝之后,他家就富有钱财。柳齐物曾经因为调选迁转来到京城,京城有一位叫娇陈的著名娼妓,姿容技艺都很美,被京城的文人名士竞相吹捧。柳齐物第一次见娇陈,就请求迎娶她。娇陈说:"如果你能在宅第中张设锦帐三十重,我就终身侍奉你。"本来娇陈觉得他年轻,就想戏弄他一下。没想到第二天,柳齐物按照娇陈所说,用车载着张设的三十重锦帐送到了娇陈的面前。娇陈大吃一惊,也很欣赏他的与众不同,最终遵守约定,进入柳家，以婢妾之礼对待家人，气节操守为兄弟姐妹所推崇。唐玄宗在即位之前，就听说了娇陈的名字。等到玄宗即位召娇陈入宫进见，她哭着说自己患了积久难治的疾病，且已年老，玄宗知道她是不想背弃柳家，就准许她回去。于是对她说："我听说柳家有很多贤德的女子，你帮我挑选一位合适的人选以充后宫。"娇陈就选了柳齐物的妹妹。于是就选柳齐物的妹妹入宫并封为婕好，柳婕好后来生了延王李玢和永穆公主。

595.玄宗在禁中尝称阿瞒，亦称鸦。寿安公主是曹野那姬所生也，以其九月而诞，遂不出降[1]。常令衣道衣，主香火，小字虫娘，玄宗呼为师娘。时代宗起居[2]，上曰："汝在东宫，甚有令誉也。"因指寿安曰："虫娘是鸦女，汝后可与一名号。"及代宗在灵州，遂命苏发尚之[3]，封寿安公主也。

**【注释】**

①出降：帝王之女出嫁。因帝王位处至尊，故称降。

②起居：指请安。

③遂命苏发尚之：《新唐书·玄宗二十九女传》记载："寿安公主，曹野那姬所生。孕九月而育，帝恶之，诏衣羽人服。代宗以广平王入谒，帝字呼主曰：'虫娘，汝后可与名王在灵州请封。'下嫁苏发。"

**【译文】**

唐玄宗在宫中曾被称为阿瞒，也称鸦。寿安公主是玄宗嫔妃曹野那姬所生，因为寿安公主不足月而生，于是玄宗就没有让她出嫁。经常让她穿道士的衣服，主持宫中供奉神佛之事。寿安公主小名叫虫娘，唐玄宗称呼她为师娘。后来唐玄宗被逼退位，唐代宗李豫前来问安，玄宗说："你在东宫，名声很好。"于是他指着寿安公主说："虫娘是我的女儿，你以后可以给她一个名号。"等到唐代宗在灵州，就让苏发娶了虫娘，并封她为寿安公主。

596.刑部郎中元沛之妻刘氏①，全白之妹②，贤而有文学，著《女仪》一篇，亦曰《直训》。刘既寡居，奉道受箓于吴筠先生③，清苦寿考。长子固，早有名，官历省郎、刺史、国子司业；次子察，进士及第，累佐使府，后隐居庐山。察之长子潾，好道不仕；次子充，进士及第，亦尚道家。

**【注释】**

①刑部郎中元沛之妻刘氏：本条采录自《因话录·商部》。元沛，唐朝官吏，生平不详，曾任刑部郎中。

②全白：即刘全白，京兆（今陕西西安）人。幼能诗，为李白所知。唐代宗大历中为浙西节度从事、检校大理评事。时往湖州，参预颜真卿、皎然等数十人联唱，后结集为《吴兴集》十卷，官膳部员外郎。德宗时出为池州刺史，改任湖州刺史，后以秘书监致仕。

③受箓：指道家接受符箓。吴筠：字贞节，华州华阴（今陕西华阴）人。唐代著名道士。少举儒子业，进士落第后隐居河南镇平县倚帝山。唐玄宗天宝初召至京师，后入嵩山嵩阳观，师承冯齐整而受正一之法。天宝十三载（754）再次被召，入大同殿，为翰林供奉，进《玄纲论》三篇。不久请归山。安史乱起，避乱南行。代宗大历中在舒州天柱山，撰《天柱山天柱观记》。卒于宣城道观，门下私谥为宗玄先生。

**【译文】**

刑部郎中元沛的妻子刘氏，是刘全白的妹妹，贤德而有文才，著《女仪》一篇，亦名《直训》。元沛去世后刘氏独居，她信奉道教，在道士吴筠先生那里接受符箓，生活清贫，长寿。她的长子元固，年轻的时候就有声名,历任省郎、刺史、国子司业等职;次子元察,进士及第,累佐使府,后隐居庐山。元察的长子元滁,信奉道教没有做官;次子元充,进士及第,也崇尚道家学说。

597.和政公主①,肃宗第三女也,降柳潭②。肃宗宴于宫中,女优有弄假官戏③,绿衣秉简④,谓之参军桩⑤。天宝末,番将阿布思伏法⑥,其妻配掖庭,为善优,因使隶乐工。是日遂为参军桩。上及侍宴者笑乐,公主独俯首颦眉不视⑦。上问其故,公主遂谏曰:"禁中侍女不少,何必须得此人?使阿布思真逆人也,其妻亦同刑人,不合近至尊之座;果冤横⑧,又岂忍使其妻与群优杂处,为笑谑之具哉?妾虽至愚,深以为不可。"上亦悯恻⑨,遂罢戏,而免阿布思之妻。由是贤重。公主即柳晟母⑩。

**【注释】**

①和政公主:本条采录自《因话录·宫部》。和政公主,唐肃宗女,章敬太后所生。跟从玄宗至蜀,封和政。三岁丧母,为韦妃所养。性情敏惠。下嫁柳潭。郭千仞谋反,她鼓励丈夫与叛者英勇作战。肃宗病,公主侍其左右,肃宗病愈后,赐其田而不受。尚节俭,会理财,曾自赀军用。代宗初立时,她屡陈人间利弊、国家盛衰之事,多为代宗接纳。薨于广德年间。

②柳潭:河东郡解县(今山西运城)人。玄宗天宝九载(750)迎娶皇太子李亨之女和政公主。唐肃宗即位,授驸马都尉、银青光禄大夫、太仆卿。和政公主与柳潭夫妇在政治上有胆有识,参与平定安史之乱。生活中克己奉公,为人正派,既不趋炎附势,也不落井下石,在历史上留有美名。

③假官戏：亦称参军戏，唐宋时流行的戏剧样式之一。由参军、苍鹘二人，共演滑稽问答，有时也讽刺朝政和社会现实。

④秉简：即执笏。

⑤参军桩：唐代参军戏的一种角色。

⑥阿布思：唐朝时突厥首领。天宝元年（742）降唐，玄宗赐其姓名为李献忠。唐玄宗天宝八载（749）跟随大将哥舒翰西征吐蕃，攻取石堡城，因功升为朔方军节度副使，赐爵奉信王。素与安禄山不和。天宝十一载（752）为免受安禄山迫害，劫掠财物叛唐北归，并多次寇掠北方。玄宗命北庭都护程千里讨伐，阿布思势衰，于十二载投奔葛逻禄部。天宝十三载（754）押送长安，被斩。

⑦嚬（pín）眉：皱眉头。表示忧愁或不快。

⑧冤横：蒙冤遭受横祸。

⑨悯恻：哀怜。

⑩柳晟：柳潭之子，母为唐肃宗之女和政公主。少以孝闻。德宗即位，因与晟幼同学，尤亲之。建中四年（783）朱泚反，晟从德宗至奉天。他自请入京招降被反贼所擒，逃回后，升任少监。宪宗元和初年任山南西道节度使，出使回鹘，奉册立可汗，擢左金吾卫大将军，爵为公。卒赠太子少保。

**【译文】**

和政公主，唐肃宗第三女，下嫁柳潭。肃宗在宫中设宴，由歌女们表演参军戏，其中有一位歌女穿着绿色的衣服，手中拿着简板，被称作参军桩。唐玄宗天宝末年，吐蕃将领阿布思因犯法而被处死，他的妻子被发配到宫中，因为擅长演戏，于是就成了歌舞演奏艺人。这天就扮演参军桩的角色。皇上和宴会上的陪从看到她的表演都欢喜快乐，只有和政公主低头皱眉不看。皇上问她不看的原因，于是和政公主进谏说："宫中侍女很多，为什么一定要这个人？如果阿布思确实有罪，那么他的妻子也是受刑之人，不适合让她靠近皇上的宝座；如果阿布思确实蒙冤遭受横祸，又怎么能忍心让他的妻子和众倡优混杂而居，成为嬉笑戏谑的工具呢？我虽然愚钝，但从内心中觉得不能这样做。"皇上也哀怜她，就停止了戏剧表演，并赦免了阿布思的妻子。和政公主也因此更受敬重。和政公主就是柳晟的母亲。

598.郭子仪镇汾阳①，时殿中柳并为掌书记②。柳君有母，汾阳王每因大谯，尝诫左右曰："柳侍御太夫人就棚，可先来告。"及赵夫人舆至，王降阶与僚属序立候③，至棚而退。尝谓柳君曰："子仪幼孤，不识奉养。今日幸忝恩宠逾望④。虽为贵盛，实无侍御之荣。"因呜咽久之。又曰："若太夫人许见顾子仪之家，当使南阳夫人以下执爨⑤，子仪自捧馔。"而赵夫人以清洁自居⑥，终不一往。

【注释】

①郭子仪镇汾阳：本条采录自《因话录·商部》。

②柳并：原作"柳芳"，据齐之鸾本、《历代小史》本改。柳并，字伯存。代宗大历中辟河东府掌书记。迁殿中侍御史。

③序立：按品级站立。

④幸忝：原书此二字下有"重寄"二字，当据原书补。逾望：超过原来的希望。

⑤南阳夫人：指郭子仪之妻。《资治通鉴·唐纪·代宗大历三年》，胡三省注曰："子仪妻封南阳夫人。"执爨（cuàn）：掌理炊事。

⑥清洁：清廉，廉洁。

【译文】

郭子仪镇守汾阳，当时殿中侍御史柳并任掌书记。柳并有母亲需要奉养，汾阳王郭子仪每次设宴，总是告诫身边的人说："柳侍御的母亲来时，要先来向我禀报。"等到赵夫人的车驾到了，郭子仪走下台阶和僚属按照品阶站立等候，直到夫人进到房间才退下。郭子仪曾经对柳并说："我从小就是孤儿，不知道如何侍奉和赡养父母。现在我有幸得到皇上重托，得到的恩惠和宠爱早已超出了原来的希望。虽然我官位高贵显赫，却实在没有柳侍御的荣耀。"因此伤心哽泣了很长时间。郭子仪又说："如果老夫人应允光顾我郭子仪的家，我一定让包括南阳夫人之内的所有人掌理炊事，我亲自为夫人呈奉饮食。"赵夫人以清廉自处，最终也没有去郭子仪家。

599.刘玄佐贵为将相[1]，其母月织缣一匹，示不忘本。每观玄佐视事[2]，见县令走阶下，退必语玄佐："吾向见长官白事卑敬，不觉恐悚[3]。思汝父为吏本县时，常畏长官汗慄[4]，今尔当厅据案待之，亦何安也？"因喻以朝廷恩寄之重[5]，须务捐躯，故玄佐终不失臣节[6]。

【注释】

①刘玄佐贵为将相：本条采录自《因话录·商部》。

②视事：处理政事。旧时指官吏到职办公。

③恐悚（sǒng）：亦作"恐竦"。惶遽不安。

④汗慄：因恐惧而出汗。

⑤恩寄：指长上对下属的信任托付。

⑥故玄佐终不失臣节：《资治通鉴·唐纪·德宗贞元八年》记载："其母虽贵，日织绢一匹，谓玄佐曰：'汝本寒微，天子富贵汝至此，必以死报之。'故玄佐始终不失臣节。"胡三省注曰："史言玄佐忠顺，母教也。此言盖本之《刘氏母墓志》。唐人墓志，不无溢美者。"

【译文】

刘玄佐地位尊贵,任将帅和宰相,他的母亲依然每月织细密的绢一匹,来表示没有忘记过去的清苦生活。她经常观看刘玄佐处理政事,看到县令走在台阶的下面,离开后她必定会对玄佐说:"我刚才看到县令向你禀报政事非常谦卑,不由得惶遽不安。就想到你父亲当年在本县做官时,常常害怕长官到全身出汗,现在你坐在政务大厅靠着几案接见他们,内心又怎么能够安宁呢?"于是就告诫刘玄佐谨记朝廷托付之重,一定要为国献身,所以刘玄佐做官期间始终没有失掉作为一个臣子的节操。

600.陆相贽知举,放崔相群,群知举,而陆氏子简礼被黜①。群妻李夫人谓群曰:"子弟成长,盍置庄园乎?"公曰:"今年已置三十所矣。"②夫人曰:"陆氏门生知礼部,陆氏子无一得事者,是陆氏一庄荒矣③。"群无以对。

【注释】

①陆氏子简礼:即陆简礼,苏州嘉兴(今浙江嘉兴)人。陆贽子。登进士第,屡辟使府。文宗大和中官至仓部、兵部二曹郎中。

②"群妻李夫人谓群曰"几句:唐李冗《独异志》卷下:"唐崔群为相,清名甚重。元和中,自中书舍人知贡举。既罢,夫人李氏因暇日常劝其树庄田以为子孙之计。笑答曰:'余有三十所美庄良田遍天下,夫人复何忧?'夫人曰:'不闻君有此业。'群曰:'吾前岁放春榜三十人,岂非良田耶?'"

③陆氏一庄荒:即"陆氏庄荒"。后世用以指在科举考试方面杜绝行私请托。

【译文】

宰相陆贽主持科举考试,录取了宰相崔群,后来崔群主持科举考试,却把陆贽的儿子陆简礼排除在录取名单之外。崔群的妻子李夫人对崔群说："年轻后辈逐渐长大成人，何不置办一点田园房舍？"崔群说："今年已经置办了三十处。"夫人说："陆贽的门人主持科举考试，陆氏家族的子弟没有一个人被录取，这是陆氏家族的整个田园房舍都荒芜了。"崔群没有话来应答她。

601.穆宗大渐①，内臣议请郭太后临朝。太后曰："向者武后妖蠹，幻惑高宗，擅亲庶政②；及中宗践位，蒙掩圣德，遽行迁逮③，几于革命。赖宗社威祐，神器再复。每闻其说，未尝不疾首痛心。奈何今日吾儿厌世④，卿等骤兴此议？我家九个与武氏同流？先祖汾阳王有社稷大勋，我外氏□门阀赫奕⑤，我礼嫔帝室，非复嫔嫱之比，岂可污彤管继悖逆者耶⑥？今皇太子聪睿，卿等各宜慎择耆旧⑦，亲侍左右，远屏邪佞，勿令近密。宰相任重德名贤，内官勿干时政，吾所愿也。"遂取制裂之。时太后兄钊任太常卿⑧，闻其议，密进疏于太后曰："果徇此请，当率子弟纳官爵，归田园。"太后览疏，泣曰："我祖尽忠于国，余庆钟于我兄。"

**【注释】**

①穆宗大渐：本条原阙。本书据齐之鸾本、《历代小史》本补入。大渐，谓病危。

②庶政：各种政务。

③迁逮：指随意调任和抓捕。

④厌世：去世。死的婉辞。

⑤赫奕：显赫的样子。

⑥彤管：杆身漆朱的笔。古代女史用以记载后妃事迹。《诗经·邶

风·静女》：“静女其娈，贻我彤管。”毛传：“古者后夫人必有女史

彤管之法，史不记过，其罪杀之。”郑玄笺：“彤管，笔赤管也。”

⑦耆旧：年高而有才德的人。

⑧太后兄钊：即郭钊，华州郑县（今陕西渭南华州区）人。郭子仪

孙，父郭暧，母代宗第四女升平公主。初为太常寺奉礼郎。德宗

朝官太子右庶子。宪宗朝历邠宁节度使、司农卿。待人谦恭，不

恃勋戚而骄侈。穆宗朝历河阳三城、晋绛慈隰节度使。敬宗立，

召拜兵部尚书，出为剑南东川节度使。文宗大和三年（829），南

诏陷巂州，扰成都，又兼领西川节度使，因致书修好，使南诏退兵。

入朝为太常卿、检校司徒，途中病卒。

**【译文】**

唐穆宗病危，皇帝身边的内臣商议请求郭太后临朝处理政事。太后

说：“以前武则天妖媚害国，迷乱高宗皇帝，独揽朝政大权；等到中宗即

位，她遮盖了帝德，匆忙行事，随意调动和抓捕官员，几乎到了改朝换代

的地步。依靠宗庙和社稷强大力量的护佑，帝位和政权才再次回到李唐

手中。每次听到这些言论，未尝不痛心疾首。怎么现在我的儿子去世，

你们这些人就迅速提出这种建议？你们是想让我家几代人和武氏一族

一样吗？我的爷爷汾阳王郭子仪为国家建立了功勋，我的外祖父家也是

有权势地位的显赫家族，我以礼成为皇上的嫔妾，不是一般的宫中女官

所能比的，怎么能做一个玷污彤管继而犯上作乱的人呢？现在皇太子聪

明睿智，你们这些人应该慎重挑选年高而有才德的人，亲自服侍在他的

身边，远离并斥退那些奸邪小人，不要让他们成为亲近之臣。宰相任用

那些道德高尚的贤能之人，内臣不要干预朝政，这些都是我所希望的。”

于是拿过诏令撕了它。当时郭太后的哥哥郭钊任太常卿，听到太后的这

番言论后，他私下呈送奏疏给太后说：“果真能够依从这些想法，我应当

带领子侄辞了官职爵位，回归田园。”太后看了哥哥的奏疏，哭着说：“我

的爷爷对国家竭诚尽忠，先辈的德泽集中在我哥哥身上了。”

602. 刘异赴分宁<sup>①</sup>，安平公主辞<sup>②</sup>，以异侍女从。宣宗曰："此何人也？"曰："刘郎音声人<sup>③</sup>。"上喜安平不妒，顾左右曰："与作主人<sup>④</sup>，不令与宫娃同处<sup>⑤</sup>。"

**【注释】**

①刘异赴分宁：本条采录自《东观奏记》。原阙，本书据齐之鸾本、《历代小史》本补入。刘异，唐朝驸马，娶宪宗女安平公主为妻。宣宗大中时官右街使、驸马都尉。宰相奏授平卢节度使，帝以仅此一亲妹，时欲见之，乃改授邠宁节度使，仍许公主岁时入京。分宁，当为"邠宁"之误。《资治通鉴·唐纪·宣宗大中十二年》记载："以右街使、驸马都尉刘异为邠宁节度使。"

②辞：原书为"入辞"。

③音声人：乐工的总称。《新唐书·礼乐志》："唐之盛时，凡乐人、音声人、太常杂户子弟，隶太常及鼓吹署，皆番上，总号音声人，至数万人。"

④与：《小石山房丛书》本、《藕香零拾》本《东观奏记》均为"使与"。

⑤宫娃：宫女。

**【译文】**

刘异赴邠宁任节度使，安平公主入宫向宣宗辞别，让刘异的侍女跟着来了。唐宣宗说："这是什么人？"公主回答说："这是刘郎府里的乐人。"宣宗很高兴安平公主不妒忌，回头对身边的人说："让她做主人，不要和宫女住在一起。"

603. 李尚书景让少孤<sup>①</sup>，母夫人性严明<sup>②</sup>，居东都。诸子尚幼，家贫无资。训励诸子，言动以礼。时霖雨久，宅墙夜隤，僮仆修筑，忽见一船槽，实之以钱。婢仆等来告，夫人戒之曰："吾闻不勤而获，犹谓之灾；士君子所慎者，非常之得也。若天实以先君余庆悯及未亡人③，当令诸孤学问成立，他日为俸钱入吾门，此未敢取。"乃令闭如故。其子景温、景庄皆进士擢第④，并有重名，位至方镇。景让最刚正，奏弹无所避。初，夫人孀居，犹才未中年，贞干严肃⑤，姻族敬惮，训厉诸子必以礼。虽贵达，稍怠于辞旨，犹杖之。景让除浙西，问曰："何日进发？"景让忘于审思⑥，对以近日，夫人曰："若此日吾或有故，不行如何？"景让惶惧。夫人曰："汝今贵达，不须老母可矣！"命僮仆斥去衣，箠于堂下。景让时已班白矣⑦，搢绅以为美谈⑧。在浙西，左押衙因应对有失杖死，既而军中汹汹将为乱，太夫人乃候其受衙，出坐厅中，叱景让立厅下，曰："天子以方镇命汝，安得轻用刑？如众心不宁，非惟上负天子，而令垂白之母羞辱而死，使吾何面目见汝先人于地下？"左右皆感咽。命杖其背，宾客大将拜泣乞之，良久乃许。军中遂息。景庄累举未登第，闻其被黜，即答其兄，中表皆劝景让嘱于主司，景让终不用，曰："朝廷取士，自有公论，岂敢效人求关节乎⑨？主司知是景让弟非冒取名者，自当放及第。"是岁，景庄登科。

## 【注释】

①李尚书景让少孤：本条采录自《金华子》。本条原在卷七第925条之下，本书据齐之鸾本、《历代小史》本移置于此。

②母夫人：《新唐书·李景让传》记载李景让母亲姓郑。

③未亡人：旧时寡妇的自称。

④景温、景庄：原书"景温"上还有"景让"二字，当据补。景温、景庄

皆为李景让之弟，皆进士及第，并有重名。

⑤贞干：忠贞干练，贤能。

⑥审思：慎重考虑。

⑦班白：指须发花白。"班"通"斑"。

⑧搢绅：古代官员朝会时的一种装束，束大带而插笏板。后用以指官吏、士大夫。

⑨关节：指暗中行贿勾通官吏的事。

**【译文】**

尚书李景让幼年丧父，他的母亲郑氏，为人性格严厉公正，居住在东都洛阳。当时孩子们都还年幼，家里贫穷没有钱财。郑氏就亲自教诲勉励他们，说话做事都遵从礼节。有一年，接连下了好几天的大雨，她家居住的房屋的墙在晚上倒塌了，家中奴仆修缮的时候，忽然看见一个船形的木槽，里面装满了钱。奴仆们来向郑氏报告，郑氏告诫他们说："我听说自己不劳动而占有别人的劳动成果，被称作是灾祸；有品德的读书人必须谨慎的，就是不要谋取非正常的利益。如果上天确实因为我死去的丈夫积留的恩德而怜惜我的话，就应当让他的孩子们今后学有所成，将来能够为官挣得俸禄回来，这些钱我不敢拿。"于是就命家人将钱按原来的样子掩埋起来。后来她的儿子景让、景温、景庄都进士及第，名望都很大，官位也都升至掌握兵权、镇守一方的长官。尤其以景让最为刚正，上奏章进言无所避讳。当初，郑氏守寡的时候，还不到中年，她忠贞干练而又贤能严正，整个家族的人都敬畏她，她教诲勉励儿子们一定要遵从礼节。虽然她的儿子们后来都地位尊贵而且有声望，但如果稍有懈怠的言辞或行为，她还会拿棍棒抽打。李景让官拜浙西观察使，郑氏问他："什么时候出发？"李景让忘了慎重考虑，随口回答说最近几天，郑氏说："如果这一天我突然有事，不出发行不行？"李景让惊恐失色。郑氏说："你现在有地位有声望，不要老母亲也可以了！"命令奴仆脱掉他的衣服，在厅堂之中用棍棒捶打他。李景让当时已经须发花白了，士大夫认为这件事是值得称道的好事。李景让在浙西任职的时候,有一个左押衙因为应对失误,被李景让执行杖刑打死了,不久军中动荡不安,可能会引发动乱,将士们都想造反了,郑氏听说这件事情后,就等李景让升帐时,出去坐在大厅之中,她让郑景让站在大厅里,说:"天子把一方的军政大权委任给你,你怎么可以轻易动用刑罚?如果因为这件事情导致你的管辖范围内不得安宁,岂不是对上辜负了朝廷的重望,并让我这个垂暮之年的老母带着这样的耻辱而死,你让我到地下有什么脸面去见你死去的父亲?"身边的人听了都感动落泪。郑氏命人用棍子抽打李景让的后背,辅佐李景让的幕僚和将士们都跪下来哭着求她,很久郑氏才答应饶了李景让。军中的愤怒才平息了下来。李景庄多次参加科举考试都没考中,听说李景庄没有被录取,郑氏就鞭打他的哥哥李景让,兄弟姐妹都劝李景让在主考官面前嘱托一下,李景让最终没有这么做,他说:"朝廷选拔人才,从来都有公理,我怎么能效仿别人谋求行贿官员呢?主持科举考试的官员知道这是李景让的弟弟而不是冒名求取功名的人,就应该让他中选。"这一年,李景庄就中举了。

604.太宗尝罢朝①,怒曰:"会须杀田舍汉②!"文德皇后谓帝曰③:"谁触忤陛下?"帝曰:"岂过魏徵,每廷辱我④,常不自得。"后退而具朝服立于廷。帝惊曰:"皇后何为若是?"后曰:"妾闻主圣臣忠。今陛下圣明,致魏徵得直言。妾备数后官,安敢不贺?"

【注释】

①太宗尝罢朝:本条采录自《隋唐嘉话》。原阙,本书据齐之鸾本补入。

②会须:应当。

③文德皇后:指唐太宗皇后长孙氏,谥号文德,故称。

④廷辱：谓在朝廷上当众羞辱人。

【译文】

唐太宗有次下朝回宫后,生气地说:"应当杀了这个乡巴佬!"长孙皇后听了问太宗皇帝说:"谁冒犯了陛下?"太宗说:"魏徵太过分了,总在朝廷上当众羞辱我,让我心里经常不自在。"长孙皇后回到房中穿上朝服,来到厅堂上站着。太宗惊讶地说:"皇后为什么要这样?"长孙皇后说:"妾听说主上圣明,臣下就忠诚。现在陛下英明圣哲,因此魏徵才能直率地说话。妾有幸在后宫充数,怎么敢不祝贺呢?"

605.高宗乳母卢氏①,本滑州总管杜才干妻②。以谋逆诛,故房没入官③。帝既即位,封燕国夫人,品第一。卢既藉恩宠,屡诉及杜□氏④;临亡,复请与才干合葬,帝以获罪先朝,亦不许之。

【注释】

①高宗乳母卢氏:本条采录自《隋唐嘉话》。原阙,本书据齐之鸾本、《历代小史》本补入。

②杜才干:京兆杜陵(今陕西西安)人。隋唐时期将领。隋炀帝大业末曾为瓦岗起义军部将,李密败后归于王世充,秦王李世民东征洛阳时归附。封上柱国、闻喜县公,出任检校滑州总管,宗、贝二州刺史,封为平舆郡公。唐太宗贞观元年(627)卷入义安王李孝常谋反,坐罪处死。

③以谋逆诛,故房没入官:原书作"才干以谋逆诛,故卢没入于宫中"。

④卢既藉恩宠,屡诉及杜□氏:原书此二句作"卢既籍恩宠,屡诉才干枉见构陷。帝曰:'此先朝时事。朕安敢追更先朝之事?'卒不许。"

【译文】

唐高宗的乳母卢氏,本来是滑州总管杜才干的妻子。因为杜才干谋反被诛杀,所以卢氏被俘获送进宫中。高宗即位后,封她为燕国夫人,品第一。卢氏得到皇帝的恩惠与宠爱后,就多次向高宗哭诉说杜氏是被构陷的;在去世之前,她再次请求和杜才干合葬,高宗认为杜才干获罪是先朝的事,所以也没有答应她的要求。

606.陇西李知璋妻荥阳郑氏①,雅不见重。知璋为江夏尉,因醉杖杀人母,其子入复仇。知璋与郑以床拒门,仇者推窗而入,郑急以身蔽知璋,举手承刃,右臂既落,复伸左臂,仇复断之,犹以身代夫死。方怀妊,仇者以刀铄其腹,胎出于外而陨。乃害知璋,及其二子。州司以闻,坐死数十人②。

**【注释】**

①陇西李知璋妻荥阳郑氏:本条原阙,本书据齐之鸾本、《历代小史》本补入。李知璋,唐朝官吏,曾任江夏尉。

②坐死:谓坐罪被处死。

**【译文】**

陇西人李知璋的妻子荥阳郑氏,素来不受敬重。李知璋任江夏尉,因为喝醉酒用杖刑杖杀了一位母亲,她的儿子到李知璋家报仇。李知璋和妻子郑氏用床将寻仇的人堵在门外,复仇的人推开窗子进到房内,郑氏急忙用身体掩护李知璋,她举起手来接刀刃,右胳膊就被砍了下来,她又伸出左胳膊,寻仇的人把她的左胳膊也砍掉了,郑氏仍然用身体代替丈夫去死。郑氏这时正怀着孕,寻仇的人用刀刺穿了她的肚子,胎儿从肚子里流出来死了。于是复仇者就杀死了李知璋和他的两个儿子。州官听到这件事后,坐罪处死了几十人。

607.太宗造玉华宫于宜春县①,徐充容谏曰②:"妾闻为政之本,贵在无为③;切见土木之功,不可兼遂。北阙初建,南宫翠微④,曾未逾时,玉华创制。虽复因山藉水,非架筑之劳;损之又损⑤,颇有无功之费。终以茅茨示约⑥,犹兴求石之疲⑦;假使和雇取人⑧,岂无烦扰之弊?是以卑宫菲食⑨,圣主之所安;金屋瑶台,骄主之作丽。故有道之君,以逸逸人;无道之君,以乐乐身。愿陛下使之以时,则力不竭;不用而息之,则人胥悦矣⑩。"充容名惠,孝德之女,坚之姑也。文彩绮丽,有若天生。太宗崩,哀慕而卒,时人伤异之。

**【注释】**

①太宗造玉华宫于宜春县:本条采录自《大唐新语·极谏》。原阙,本书据齐之鸾本补入。玉华宫,在今陕西宜君西南。唐贞观二十年(646)建造,高宗永徽二年(651)废宫为寺。为皇帝避暑之处。

②徐充容:即唐太宗李世民的嫔妃徐惠,先被封为婕妤,后升为充容,故称。

③无为:清静寡欲,崇尚德行。

④宫:原书此字作"营",当据改。翠微:即翠微宫。离宫名。位于今陕西西安长安区。原名太和宫,唐高祖武德八年(625)建,太宗贞观十年(636)废。贞观二十一年(647)四月,太宗为避暑在太和宫旧址上重建离宫,改称翠微宫。

⑤损之又损:谓一再去其浮华虚伪以归于纯真朴实。引申指尽可能节省或谦抑。

⑥茅茨:茅草的屋顶。引申指简陋的居室。

⑦求石:原书作"木石",当据改。

⑧和雇:指古代官府出钱雇佣人力。

⑨卑宫菲食:指开明君主不事享受、励精图治。卑宫,住卑下的宫

殿。菲食，吃简单的饭食。

⑩胥：皆，都。

**【译文】**

唐太宗在宜春县建造玉华宫，充容徐惠劝谏说："我听说为政的根本，贵在无为而治；我深切地知道宫殿的营造，不可在多处同时进行。北阙刚建，南面又营造翠微宫，还没过多久，玉华宫又建造好了。即使再有依山傍水的优势，不需要太多架筑之劳，即使再节省，营造宫殿也会造成没有功劳的耗费。既要以简陋的居室以示俭约，而又有兴建宫室的劳役；即使是官府出钱雇佣劳力，难道就没有搅扰百姓的流弊吗？所以，使宫室简陋，饮食菲薄，是贤明的君主持有的节操；修造华美的宫殿，雕饰华丽的楼台，是骄奢的君主在故意炫耀华贵。因此有德的君主，将安逸留给百姓；无德的君主，把享乐留给自己。希望陛下按照时令役使民力，那么民力就不会用尽；不役使民力，让百姓休养生息，那么百姓就都会很高兴。"徐充容名惠，是徐孝德的女儿，徐坚的姑母。她的文章辞彩华丽，好像生来就懂一样。太宗驾崩后，她哀伤思慕而死，当时的人都为她感到悲伤和惊异。

608. 蜀之士子①，莫不沾酒，慕相如涤器之风②。陈会郎中家以当垆为业③，为不扫官街，吏殴之。其母甚贤，勉以修进，不达，不要归乡，以成名为期④。每岁举粮、纸笔、衣服、仆马⑤，皆自成都赍至中都助业。后业成八韵⑥，唯《蟛蜋赋》大行。元和元年及第⑦。李相固言览报状⑧，处分厢界⑨，收下酒旆⑩，阖其户。家人犹拒之。逡巡，贺登第，实圣善奖谕之力也⑪。后为白中令婿⑫，西川副使，连典彭、汉两郡而终。

**【注释】**

①蜀之士子：本条采录自《北梦琐言·陈会螳螂赋》。原阙，本书据齐之鸾本、《历代小史》本补入。

②相如：即司马相如，字长卿，蜀郡成都（今四川成都）人。西汉著名的辞赋家。少名犬子，后慕蔺相如之为人，更名相如。景帝时为武骑常侍。后病免。善辞赋，作《子虚赋》。武帝即位，读《子虚赋》，大为赞赏，遂召之。作天子游猎之赋，得任为郎。数岁，拜中郎将，奉使巴蜀。后拜孝文园令，旋病免。涤器：洗涤杯盘碗碟等器物。

③陈会：进士及第，曾任西川副使，彭、汉二郡刺史。当垆：指卖酒。垆，放酒坛的土台。

④成名：旧称科举中第为"成名"。

⑤举粮：原书作"馈粮"，当据改。馈（hóu）粮，指干粮，食粮。

⑥八韵：唐代科举考试试一诗一赋，赋多用八韵。因以"八韵"指律赋。

⑦元和：原书作"大和"，当据改。

⑧报状：即邸报。为古代官府用以传知朝政的文书抄本。汉唐时地方官皆于京师设邸，邸中传抄诏令奏章以报于诸藩，故称邸报。

⑨厢界：指城内城外的分界。厢，靠近城的地区。

⑩酒旆：系在酒店门前竹竿上的布条，用于招徕客人。

⑪圣善：母亲的代称。奖谕：皇帝对臣下褒奖、表彰。亦用以指称官长对下属的嘉奖。

⑫白中令：即白居易的堂弟白敏中，因其曾任中书令，故称。

**【译文】**

蜀郡的读书人，没有不卖酒的，是因为他们仰慕司马相如洗涤杯盘器物的风采。郎中陈会家就以卖酒为业，曾因为没有打扫都市中的大街，被官吏殴打。陈会的母亲很贤明，她勉励陈会努力学习，不得到显要的地位，就不要回家乡，并把科举中第约定为回乡的期限。每年陈会所需的粮食、纸笔、衣服、仆从和乘马，都从成都送到京城以帮助他学习知识。后来陈会在律赋方面取得了成就，唯有《蟏蛸赋》广为流传。唐文宗大和元年科举及第。宰相李固言看了邸报，整治城市，他们取下了陈会家酒馆门前悬挂的布条，并关了酒馆。一开始陈会家人还很抗拒。但片刻之间，大家就祝贺陈会科举登第，这实在是陈会的母亲勉励儿子的功劳。后来陈会成了中书令白敏中的女婿，任西川节度副使，并连任彭、汉两郡刺史后死去。

609.尚书左丞相李廙有清德①。其妹，刘晏妻也。晏方秉权②，尝造廙，延至寝室。见其门帘甚弊，乃令人潜度广狭，以鹿竹织成③，加缘饰④，将以赠廙。三携至门，不敢发言而去。

**【注释】**

①尚书左丞相李廙有清德：本条采录自《国史补·李廙有清德》。原阙，本书据齐之鸾本、《历代小史》本补入。

②秉权：执掌政权。

③鹿：原书作"粗"，《太平广记》引文作"麁"，则"鹿"字为"麁"字之形讹。

④加缘饰：原书此句前尚有"不"字，当据补。

**【译文】**

尚书左丞李廙具有廉洁的品德。他的妹妹是刘晏的妻子。刘晏当时正执掌政权，曾拜访李廙，被他请到了寝室。他看到李廙寝室的门帘十分破旧，便暗中叫人测量了门的尺寸，用没打磨过的竹子编成一个门帘，边缘不加装饰，准备把它送给李廙。刘晏几次带着门帘来到李廙的家里，都没敢提这件事，最后还是带了回去。

610.江左之乱[①]，江阴尉邹待征妻薄氏为盗所掠[②]，密以待征官告托于村媪[③]，而后死之。李华为《哀节妇赋》以行于世。

**【注释】**

①江左之乱：本条采录自《国史补·李华赋节妇》。原阙，本书据齐之鸾本、《历代小史》本补入。《新唐书·邹待征妻薄传》作"袁晁乱"。

②邹待征：唐人，曾任江阴都尉。

③官告：古代授官的文凭。即"告身"。

**【译文】**

袁晁在江左叛乱，江阴尉邹待征的妻子薄氏被盗贼掳走，薄氏偷偷地将邹待征的委任状托付给了村妇，然后就自杀而死。李华听到此事后，写了一篇《哀节妇赋》，在世间流传。

全本全注全译丛书

中华经典名著

王兴芬◎译注

# 唐语林 下

中华书局

# 目录

## 下册

# 卷五

**【题解】**

《唐语林》卷五至卷八均为"补遗",据原文下案语,这四卷全都采自《永乐大典》,因原分门目已不可考,即大概以时代先后为次序辑录,没有时代的编在最后。本卷共一百三十九条,所记唐事起于唐高祖李渊,至唐代宗李豫。

高祖李渊建立唐王朝之初,尚未完全统治全国,形势纷繁复杂。李渊为人洒脱、性格开朗,待人宽厚,又深谋远虑,因此当时很多文臣武将都依附于他。本卷第611条所述即为安南大首领冯盎协助李渊平定南山贼人叛乱之事,表现了唐高祖的善于纳谏和知人善任。

唐太宗李世民在位期间,虚心纳谏,对内文治天下,劝课农桑,开创"贞观之治",为唐朝后来一百多年的盛世局面奠定了坚实的基础。本卷对唐太宗的记述主要表现他作为太平天子的多面性,其中有他善于纳谏的英明,如马周以布衣身份上书,"太宗览之,未及终,命召之。乃陈世事,莫不施行"(第623条)。有他对开国功臣的怀疑和不信任,如他对尉迟敬德"人言卿反,何故"的问话(第620条)以及他病重时要唐高宗提防英国公李勣的嘱托(第632条)等,就是这方面的表现。也有表现君臣之间一团和气的,他宴请近臣时大臣们互相嘲戏,以至于欧阳询嘲讽皇后的弟弟长孙无忌,他也全然没有动怒(第628条)。还有表现他作为父亲处理家庭琐事的，丹阳公主因为驸马薛万彻无才气而不与之同席，太宗略施小计，便让公主与驸马"同载而还，重之逾于旧日"（第622条）；特别是引述唐末文人杜光庭《虬髯客传》的第618条，写隋末有志图王的虬髯客在"真命天子"李世民面前折服并出海自立的故事，反映了广大民众厌恶战争、期待天下太平安定的愿望。除此之外，也有对太宗朝大臣群像的描写，如富不易妻、拒绝太宗嫁女于己的尉迟敬德（第621条）；见到索靖所书古碑，宿其旁而观，三日乃去的欧阳询（第625条）；精通音律，因自南而至的暴风便断定南五里当有送葬乐队及哭声的李太史与张文收（第626条）；因罪被流放岭南的兵部尚书侯君集（第629、630条）等，都反映了太宗朝群臣的众生相。

作为唐王朝的第三位国君，唐高宗李治即位之初继续实施唐太宗制定的各项制度，加之前朝大臣李勣、长孙无忌以及褚遂良等人的辅佐，也曾有过被称作"永徽之治"的百姓阜安的盛景。然而从显庆五年（660）高宗患脑痈病影响处理政事开始，皇后武则天便乘机参与国家大事，自此开始了政权向武则天手中的逐步转移。本卷除少数几条记述高宗逸事外，所记大多与武则天有关。据史料记载，武则天在位前后，"明察善断"，精于权略，知人善任，同时大肆杀害宗室和阻止她当政的大臣。本卷对武则天的记述有很大一部分表现了她的专恣和狠辣，武则天在当政后便杀了当初反对高宗逊位给她的大臣上官仪、王伏胜等人，因当初反对她当政的大臣郝处俊已殁，其孙郝象贤"竟被族诛"（第636条）。长安二年（702），学识渊博的苏安恒因上疏请求武则天还政而被其宠臣张易之等构陷，最终也被下狱而死（第644条）。当然也有表现武则天在位期间善于纳谏和知人善任的，前者如宋璟揭发张昌宗等人造反的罪状，最终得到武则天的允准（第643条），后者有武则天调任曹怀舜为右玉钤卫将军一事（第646条）等。

唐玄宗是本卷记述条目最多的帝王。唐玄宗为唐睿宗李旦第三子，他英明果断，多才多艺。唐隆元年（710），身为临淄王的李隆基联手太平公主发动"唐隆政变",诛杀韦后集团,并于先天元年(712)登基称帝。唐玄宗在位前期,拨乱反正,励精图治,任用姚崇、宋璟等贤相,开创了"开元盛世"。在位后期逐渐怠政,宠信奸臣李林甫、杨国忠,宠爱杨贵妃,重用安禄山等,从而导致长达八年的"安史之乱",为唐王朝由盛转衰埋下了伏笔。本卷重点记述了唐玄宗朝的政治制度、风俗活动以及玄宗与各类人物之间的种种逸事。

具体来说,本卷对唐玄宗的记述主要表现在以下几个方面:第一,记述唐玄宗的多才多艺及其对有才艺之人的赏识和喜爱。玄宗喜好击打羯鼓,因此对击鼓之人尤其欣赏。宁王李宪长子李琎因容貌美丽,擅长击鼓而深得玄宗喜爱(第666条);李龟年三兄弟中,"鹤年能歌词""彭年善舞""龟年善打羯鼓",皆因"有才学盛名"而得玄宗赏识(第698条)。除此之外,唐玄宗还喜好击球,第687、691条均写玄宗击球事,只是两条所述均有内臣黄幡绰对玄宗的劝谏,表现了作为内臣的黄幡绰对帝王安危的担忧。

第二,记述唐玄宗与僧道之人的交往。玄宗晚年喜好佛道,因此本卷也记述了他与僧道之人交往的逸事。第675条至第677条写玄宗与道士之间的交往,其中有神异多变的道士张果,也有善为隐形术的罗公远,而从罗公远"上之为戏,一何虐耶"的笑语,也反映玄宗向罗公远学习隐身术未成怒而杀之的残暴。与僧人的交往主要表现在玄宗与僧一行的往来,僧一行天宝末年以"陛下行幸万里,圣祚无疆"两句,回答玄宗"吾甲子得终无患乎"的问话(第678、679条)以及他去世前留给玄宗的"蜀当归"(第680条)等,均表现了僧一行对时局的敏锐观察和预知能力。

第三,表现唐玄宗和朝臣之间的逸事。其中有表现玄宗善于纳谏的,如倪若水上书劝谏玄宗不要在淮南一带大量猎捕水鸟,玄宗欣然接受并赏赐了他(第665条)。有表现玄宗知人善任的,魏知古因为人品端正而被睿宗、玄宗重用(第664条),源乾曜因为陈事符合玄宗心意而被提拔、最终官至宰相(第663条)等。也有表现玄宗和内臣戏谑场景的,

第690条所写即为开元中玄宗与内臣作《历日令》的欢快场景:"高力士挟大栽,置黄幡绰口中,曰:'塞穴吉!'幡绰遽取上前臣罗内靴中,走下,曰:'内财吉。'上欢甚,即赐之。"

第四,表现唐玄宗后期对朝政的懈怠及其宠信之人的骄纵、奢侈和乱政等。第700条写作为义子的安禄山对唐玄宗和杨贵妃的阿谀逢迎,其中安禄山"外国人不知有父,只知有母"以及他丰肥大腹"无他物,唯赤心而已"等令人发笑的回答,表现他的机智和包藏祸心;第684条写杨贵妃的姐姐虢国夫人奢侈的生活;第671条则写奸相李林甫对玄宗心思的揣测;至于第673条和第674条所写,表现的则是杨国忠对朝政的把持和他任命官员的草率。

除此之外,本卷也有不少条目叙写了玄宗朝盛行的游戏和当时的逸闻趣事,如对蹴鞠(第693条)、拔河(第694条)以及绳技(第695条)等的记述;另有描述自然界的神异之事(第713条、714条),有记述擅长书画的文人的逸事(第703条至705条),还有表现大臣之间的互相嘲戏(第661条、第662条)等等,不再详述。

唐代宗李豫为唐肃宗李亨长子,他在位期间,彻底平定"安史之乱",诛杀权宦李辅国、鱼朝恩及宰相元载,任用杨绾、刘晏、韩滉等人,整饬吏治、漕运等,尽力维持社会安定,发展生产。唐代宗时期对"安史之乱"的平定,功劳最大的是郭子仪。本卷中对郭子仪逸事的记述就有不少,其中有写代宗皇帝对他进行赏赐的(第727条);有表现他虽器量豁达,却和陶侃一样爱惜物力的(第728条);有表现他由匠人"只见人改换,墙皆见在"的答话而看破世俗"因固请老"的(第729条);也有表现他将言行失当的从事张昙杖杀而死的(第730条)等。唐代宗即位之初,深受宦官李辅国、鱼朝恩等的胁迫,第732条就写宦官鱼朝恩想要胁迫代宗皇帝巡幸河中而被给事中刘某抗言陈词、厉声反对而未能成行。元载担任宰相初期,提拔任用理财专家刘晏,协助代宗铲除权宦李辅国、鱼朝恩,深得宠信,但他任职后期独揽政权,排除异己,逐渐引起代宗对他的厌恶。本卷不少条目就是对元载上述行为的记述，如第733条写代宗从陕府返回长安时，尚书左丞颜真卿"请先谒五陵、孔庙，而后还宫"，却遭到宰相元载的反对，从颜真卿"用舍在相公，言者何罪？然朝廷事岂堪相公再破除耶"等愤怒之语，即可见元载的独断专行。至于代宗想让李泌担任宰相遭到元载反对（第734条）、元载对路嗣恭的诬陷（第735条）及其任李纾为知制诰（第736条）等事，都表现出元载骄横跋扈、排除异己的一面。第741、742条则写元载及其妻王氏的败亡，不再详述。

除上述内容之外，本卷也记述了武则天时期投匦使这一职位的设立（第639条）、投匦制度的由来及这一制度的演变（第640条），从代宗朝开始逐渐繁多的内外使臣（第746条），这一时期纳税制度的变化（第745条）以及肃宗、代宗朝对战神、节神的祭祀（第720条）等。特别值得一提的，是第743条颜真卿撰写的《和政公主神道碑》，和政公主是唐肃宗李亨第三女，唐代宗李豫的同母妹，她个性聪慧，孝敬父母，识大体、明大义，曾多次向代宗陈说民间疾苦及国家盛衰之事，也曾协助代宗处理国事，竭尽所能帮助新寡的姐姐宁国公主渡过难关，并亲自抚养柳潭之兄柳澄之子，在去世的前一天晚上还到唐代宗的寝宫为他分析吐蕃入侵的利害。颜真卿的《和政公主神道碑》记述了和政公主的一生，字里行间极尽溢美之词，特别是一些表现公主气度、壮举的字词，透露出颜真卿对和政公主强烈的、发自内心的欣赏和赞美，也表现出他对和政公主英年早逝的哀悼与惋惜之情。

## 补遗 起高祖至代宗。

案：以下《补遗》四卷，并采自《永乐大典》。原分门目已不可考见，今略以时代为次，无时代者编附于后。

**【译文】**

案：以下《补遗》四卷，都采自《永乐大典》。原来划分的门目已经不能察知，现在大体上以时代为次序进行编排，没有时代可考的条目编排附加在后面。

611.高祖既受隋禅，坐太极前殿，会朝之次①，忽报南山急②，贼不测③。安南大首领冯盎前奏曰④："急击之，必退散，无能为也。"遣百骑御之⑤。俄顷⑥，报贼南遁，上召盎曰："卿安能远料贼果败退？"盎曰："奏报之时，臣望气⑦，云形似树。辰在金⑧，金能克木，击之必胜。"上喜，面赐金带⑨。

**【注释】**

①会朝：诸侯或群臣朝会盟主或天子。

②南山：指终南山，属秦岭山脉，在今陕西西安。

③不测：难以意料，不可预测。

④冯盎（àng）：字明达，高州良德（今广东高州）人。谯国夫人冼夫人之孙。岭南少数民族头领。少有谋略，英勇善战。在隋朝曾任宋康县令，以平定潮、成等獠族反叛之功，授金紫光禄大夫，官拜汉阳太守。唐高祖武德四年（621），归顺唐朝，授上柱国、高罗总管，封爵吴国公，后改封越国公。平定罗窦各洞獠民反叛，受到唐太宗的称赞。贞观二十年（646）去世，追赠左骁卫大将军、荆州都督。

⑤百骑：唐初禁军之一。《通典·职官十》曰："大唐之初有禁兵，号为'百骑'，属羽林。"

⑥俄顷：片刻，一会儿。

⑦望气：古代占候术。即依据云气的颜色、形态和变化来附会人事、预言吉凶。《史记·孝文帝本纪》："赵人新垣平以望气见，因说上

设立渭阳五庙。"

⑧辰在金:辰时在五行中属土。此处说属金,当误。辰,辰时,即早上
七时至九时。

⑨金带:金饰的腰带。原为北方游牧民族束系的腰带,春秋以后传
入中原,至唐定为五品以上官服用带,后世沿用。其制度各代不
同,亦多变易。

**【译文】**

　　唐高祖李渊已经接受隋朝的禅位,他坐在太极殿的前殿,接受群臣
朝拜的时候,忽然有人禀报终南山有紧急战况,贼寇不能预测。安南大
首领冯盎上前奏对说:"如果对贼寇发动紧急进攻,他们一定会退散,没
有反抗的能力。"唐高祖随即命令冯盎率禁军"百骑"抵御贼寇。不久,
禀报说贼寇已经向南逃跑了,高祖召见冯盎说:"你怎么能够提前预料贼
寇一定能够败退呢?"冯盎说:"奏报贼寇入侵之时,臣观察云气,发现云
的形状像一棵树。当时是辰时,刚好在五行中属金,按照五行相生相克
的理论,金能克制木,这时进攻贼寇一定能够取胜。"高祖大喜,当面赐
予冯盎一条金饰的腰带。

　　612.武德末年①,突厥至渭桥②,控弦四十万③。太宗
初亲庶政,驿召李卫公问策④。时发诸州府军未至,长安居
人胜兵者不过数万⑤。突厥精骑腾突挑战⑥,日数十合。帝
怒,欲击之。靖请倾府库⑦,邀其归路⑧,帝从其言,突厥兵
遂退。于是据险邀之,遂弃老弱而遁。获马数百匹,金帛一
无遗焉。

**【注释】**

①武德末年:本条采录自《隋唐嘉话》。武德,唐高祖李渊的年号

（618—626）。

②突厥：古族名。公元六世纪，游牧于金山（今新疆阿尔泰山）一带，其首领姓阿史那氏。始臣于柔然。隋文帝开皇二年（582），分裂为东突厥和西突厥。东突厥初为西突厥所迫，向隋求婚，并纳贡称臣。唐初，其首领颉利可汗扰唐边境。太宗贞观四年（630），为唐所俘，东突厥亡。唐内迁其降人，设羁縻府州以处之。渭桥：桥名。本秦横桥，在今陕西咸阳东北秦咸阳城南渭河上。西汉称渭桥，武帝后名中渭桥，又称横门桥、石柱桥。

③控弦：拉开弓弦。也指控弦之士。

④驿召：以驿马传召。李卫公：即李靖。唐初名将、宰相。因其贞观年间被封卫国公，故世称"李卫公"。问策：询问对策。

⑤胜兵：指能胜任作战工作。

⑥腾突：指冲锋进击。

⑦府库：泛指国家储藏财物的处所。储藏财宝曰府，储藏兵器曰库。

⑧邀：阻拦，截击。

**【译文】**

唐高祖武德末年，突厥进犯长安附近的渭桥一带，拉弓士卒有四十万。唐太宗刚刚接管国家的政务，他派驿马传召卫国公李靖，向他询问对策。当时派遣到各地州府的军队还没有到达长安，长安居住的人口中能胜任作战的不过几万人。突厥精锐的骑兵进击挑战，每天几十回合。太宗暴怒，想攻打突厥。李靖请求倾尽国家的财力，阻截突厥军队回去的路，唐太宗听从了李靖的建议，突厥的军队就撤退了。于是李靖率领唐军占据险要的地方阻截突厥军队，突厥就抛弃老弱的士兵逃跑了。唐军缴获战马几百匹，金钱和布匹等战利品也无一遗漏。

613.李密挂《汉书》牛角①，行且读。

**【注释】**

①李密：隋末瓦岗军首领。字玄邃，一字法主，其先居辽东襄平（今辽宁辽阳），后徙家京兆（今陕西西安）。初以父荫为隋左亲卫府大都督。好读书，尤喜兵法。隋炀帝大业九年（613）与杨玄感起兵反隋，失败被捕，后逃脱。十二年（616）投奔瓦岗翟让军。次年被推为全军之主，称魏公。唐高祖武德元年（618）为王世充所败，入关降，拜光禄卿。不久因反唐被杀。《汉书》：中国第一部纪传体断代史书。东汉班固著。部分内容为班固父班彪、妹班昭及马续写成。全书一百篇，体例大致沿袭《史记》，记录西汉一代的主要史事。

**【译文】**

隋末瓦岗军首领李密，把《汉书》挂在牛角上，一边行军一边阅读。

614.隋大业中①，李卫公上书："高祖终不为人臣，请速去之。"后高祖入京师，靖与滑仪、卫文升等俱见收②。卫、滑既死，太宗虑囚③，见靖，引与语，因请于高祖免之。始随赵郡王孝恭南征④，清巴、汉⑤，擒萧铣⑥，荡一扬越⑦，师不留行⑧，皆靖之力也。

**【注释】**

①隋大业中：本条采录自《隋唐嘉话》。大业，隋炀帝杨广年号（605—618）。

②滑仪：《隋书》作"骨仪"。京兆长安（今陕西西安）人。性刚鲠，有不可夺之志。隋文帝时为侍御史，处法平当。隋末任京兆郡丞。李渊攻长安时，城破被杀。卫文升：名玄。河南洛阳人。北周时，以门荫入仕，起家同州记室。隋朝建立后，历任淮州总管、

卫尉少卿、资州刺史等,进封同轨郡公。隋末任刑部尚书、京师留守,击败杨玄感叛乱。唐高祖李渊起兵攻长安时,率军抵抗。旋即病死。见收:被逮捕拘押。

③虑囚:亦作"录囚"。讯察记录囚犯的罪状和表现。虑,通"录"。《汉书·隽不疑传》:"每行县录囚徒还。"唐颜师古注:"省录之,知其情状有冤滞与不也。今云'虑囚',本录声之去者耳。"

④始随赵郡王孝恭南征:据此句下周勋初注曰:"按《旧唐书》卷六七《李靖传》:'武德二年,从讨王世充,以功授开府。……四年,靖又陈十策以图萧铣。高祖从之,授靖行军总管,兼摄孝恭行军长史。'可证本书与原书均有误。"赵郡王孝恭,即李孝恭,陇西成纪(今甘肃秦安)人。唐朝宗室、名将。武德初年拜左光禄大夫、山南道招尉大使,招降巴蜀三十余州。因破萧铣有功,封赵郡王。武德六年(623)招降岭南四十九州。次年镇压辅公祏起义,攻下扬州,后任扬州大都督。太宗时,迁礼部尚书,封河间王。卒赠司空,陪葬献陵,位列"凌烟阁二十四功臣"之一。

⑤巴、汉:古巴郡、汉中地区。在今川东、陕南、鄂西北一带。

⑥萧铣(xiǎn):后梁宣帝曾孙。隋末任罗县(今湖南汨罗)令。隋炀帝大业十三年(617),与巴陵校尉董景珍等起兵,被推为主,称梁王,建元鸣凤(一作凤鸣)。次年称帝,迁都江陵,割据长江中游一带。唐高祖武德四年(621)兵败降唐,被杀于长安。

⑦扬越:战国至魏晋时对越人的一种泛称。因曾广泛散布于古扬州而得名,故亦以称其居地。

⑧留行:阻挡,阻碍。

**【译文】**

隋炀帝大业年间,李靖上书说:"李渊最终不能甘心做一名臣子,请求立即除掉他。"后来高祖李渊进入长安,李靖与滑仪、卫文升等一起被逮捕拘押。卫文升、滑仪已经去世,李世民讯察记录囚犯罪状的时候见到了李靖，招他谈论时事，于是请求高祖李渊赦免他。一开始李靖跟随赵郡王李孝恭南征，剿清巴郡、汉中地区的叛乱，擒获了萧铣，荡平并统一了越人，军队所到之处没有阻碍，所向披靡，都是李靖的功劳。

615.英公始与单雄信俱仕李密①，结为兄弟。密既亡，雄信降世充，勣来归国。雄信壮勇过人。勣后与海陵王元吉围洛阳②。元吉恃膂力③，每行围④。世充召雄信告之，酌以金碗，雄信尽饮，驰马而出，枪不及海陵者一尺。勣惶遽⑤，连呼曰："阿兄！此是勣主。"雄信乃揽辔而止⑥，顾笑曰："胡不缘尔，且竟死！"世充既平，雄信将就戮⑦，英公请之不得，泣而退。雄信曰："我固知汝不了⑧。"勣曰："平生誓共灰土，岂敢相忘？但将身许国，义不两合，虽不死之，且顾兄妻子如何？"因以刀割其股肉以授信，曰："示不亏前誓⑨。"雄信食之不疑。

**【注释】**

①英公始与单雄信俱仕李密：本条采录自《隋唐嘉话》。英公，即李勣，本姓徐，名世勣（后以犯太宗讳，改单名勣），字懋功，曹州离狐（今山东东明）人。唐朝将领。贞观三年（629），为通漠道行军总管，从李靖击灭东突厥，封英国公。故称英公。单雄信，东郡（今河南滑县）人，一说曹州济阴（今山东曹县）人。隋末唐初将领。初与翟让友善，能马上用枪。隋炀帝大业七年（611），从翟让起兵反隋。义宁元年（617），为瓦岗军左武候大将军，号称飞将。唐高祖武德元年（618），瓦岗军败，降王世充，任大将军。四年（621），秦王李世民围攻东都洛阳，世充败降，单雄信被斩于洛水之上。李勣曾为之求情，请以己之官爵赎其命，李世民不许。

②海陵王元吉：即李元吉，本名李劼，小字三胡，陇西成纪（今甘肃秦安）人。唐高祖李渊之子。李渊晋阳起兵时，领军留守太原。唐朝建立后，授并州总管，进封齐王。后从秦王李世民征王世充、刘黑闼。又与太子李建成合谋，同李世民争权夺位。高祖武德九年（626）玄武门之变中，与李建成一同被杀。太宗贞观年间，追封海陵郡王，谥曰刺，又封巢王，史称巢刺王。

③膂（lǔ）力：指体力，力气。

④行围：原书"行"上尚有一"亲"字，当据补。行围，指打猎。

⑤惶遽（jù）：亦作"惶懅"。恐惧慌张。

⑥揽辔：挽住马缰。

⑦就戮：受戮，被杀。

⑧不了：没结局。

⑨不亏：不违背。

**【译文】**

　　英国公李勣当初和单雄信一起出仕李密，结拜为兄弟。李密败亡，单雄信归降了王世充，李勣归顺了唐朝。单雄信壮勇过人。李勣后来和海陵王李元吉围攻洛阳。李元吉自恃体力强壮，经常出去打猎。王世充叫来单雄信告诉他这件事，并用金碗为单雄信斟酒，单雄信一饮而尽，驱马出门，长枪距离李元吉不到一尺，李勣恐惧慌张，连声高呼说："兄长，这个人是我的主人。"单雄信这才挽住马缰停了下来，回头笑着对李勣说："要不是因为你，这个人就被我干掉了！"王世充平定后，单雄信将要被杀，李勣为他求情但没能成功，哭着退了出来。单雄信说："我本来就知道你救不了我。"李勣说："曾经发誓此生共赴黄泉，哪里敢遗忘？只是我已许身报国，情和义不能兼顾，即使不能和你一同赴死，姑且让我来照顾兄长的妻儿怎么样？"于是用刀割下他大腿上的肉给单雄信，说："这表明我不会违背先前的誓言。"单雄信吃了那块肉，没有任何怀疑。

616.高宗立武后①,褚河南谋于赵公无忌、英公勣②,将以死争③。赵公请先入,褚曰:"太尉④,国之元舅⑤,脱事不如意⑥,使上有恶舅之名,不可。"英公勣请先入,褚曰:"司空⑦,国之元勋⑧,有不如意,使上有逐良臣之名,不可。遂良出自草茅⑨,无汗马之功⑩,蒙先帝殊遇⑪,以有今日。自当不讳之时⑫,躬奉遗诏⑬,若不效其愚衷⑭,何以下见先帝?"揖二公而入。帝深纳其言,事遂中寝⑮。

**【注释】**

①高宗立武后:本条采录自《隋唐嘉话》。

②褚河南:即褚遂良,因其曾封河南郡公,故称。

③争:此字原书作"诤"。

④太尉:这里指长孙无忌。高宗即位,长孙无忌进拜太尉、仍同中书门下三品,与褚遂良悉心奉国,故永徽之政有贞观风。后因反对高宗立武则天为后,受诬陷流放黔州,被迫自缢而死。

⑤元舅:长舅。此处是说长孙无忌为唐高宗的亲舅舅。

⑥脱:倘若,或许。

⑦司空:这里指李勣。李勣受遗诏辅高宗,仕至尚书左仆射,进为司空。

⑧元勋:有极大功绩的人。

⑨草茅:草野,民间。多与"朝廷"相对。

⑩汗马之功:谓战功。

⑪殊遇:特殊的恩遇。多指帝王的恩宠、信任。

⑫不讳:死亡的婉辞。《汉书·丙吉传》:"君即有不讳,谁可以自代者?"颜师古注:"不讳,言死不可复言也。"

⑬遗诏:皇帝临终时所发的诏书。

⑭愚衷:谦称自己的心愿、情怀。

⑮中寝：犹中止，停止。

**【译文】**

唐高宗想要立武氏为后，褚遂良和长孙无忌、李勣谋划，将要以死劝谏。长孙无忌请求首先入宫进谏，褚遂良说："太尉，是皇帝的长舅，倘若事情不如意，会让皇帝有厌恶舅舅的名声，不可以这样做。"李勣请求首先进谏，褚遂良说："司空是对国家有极大贡献的人，如果有不如意的地方，会让皇帝有驱逐良臣的恶名，不可以这样做。我出身民间，没有战功，蒙受先帝特殊的恩遇，才有了今天。自然应当在快入土之时，亲自奉行先帝的遗诏，假如没有尽力完成心愿，拿什么去地下面见先帝？"他给两人行拱手礼后就入宫诤谏。高宗采纳了褚遂良的谏言，立武氏为后这件事就停止了。

617.中宗正位后①，有武当县丞寿春周憬②，慷慨有节义③，乃与王驸马同皎谋诛武三思④。事发，同皎见害，憬逃于比干庙中刎死⑤。临死谓曰："比干⑥，纣之忠臣也；倘神道有知⑦，明我以忠见杀。"

**【注释】**

①中宗正位后：本条采录自《隋唐嘉话》。中宗，即唐中宗李显。唐高宗李治之子。公元683年至684年、705年至710年两度在位。在位期间，怠于政事，恣意淫乐。景龙四年（710），被韦后、安乐公主合谋毒死。葬定陵。庙号中宗，谥孝和皇帝。正位：谓正式登位、就职。

②武当：县名。西汉置。故治在今湖北丹江口西北。县丞：官名。秦汉于诸县置丞，以佐令长，历代因之。周憬：亦作周璟，唐寿州寿春（今安徽寿县）人。中宗时官武当县丞。神龙二年（706），武三思专权，周憬与王同皎等人密谋在武则天葬礼当天，埋伏弓箭

手,射杀武三思。宋之问向武三思告密。同皎被诛,周憬逃到比干庙,自杀身亡,临死前大喊:"比干是忠臣,知我忠心。"

③慷慨:性格豪爽。节义:谓节操与义行。

④王驸马同皎:即王同皎,唐相州安阳(今河南安阳)人。出身琅琊王氏。武周长安年间,娶李显之女安定郡主,授朝散大夫、太子典膳郎。因参与讨伐张易之、张昌宗兄弟,以功授右千牛将军,封琅邪郡公。中宗立,拜为驸马都尉,加银青光禄大夫,任光禄卿。神龙二年(706),宰相武三思勾结韦后专权,王同皎暗中策划诛杀武三思,被人告发,中宗被迫以谋反罪处斩。李旦即位后,下诏平反,追赠太子少保,赐谥曰忠壮。

⑤刎死:自刎而死。

⑥比干:商纣王叔父。商代贵族,官少师。相传因屡谏纣王,被剖心而死。

⑦傥:同"倘"。倘若,假如。神道:神祇,神灵。

**【译文】**

唐中宗正式登基以后,有一个武当县丞、寿春人周憬,性格豪爽,有节操义行,与驸马王同皎密谋诛杀武三思。事情败露,王同皎被杀害,周憬逃到比干庙中自刎而死。临死的时候他说:"比干,是商纣王时期的忠臣;倘若神灵有知,应当明白我是因为孝忠朝廷而被杀害的。"

618.虬须客①,姓张氏,赤发而虬须②。时杨素家红拂妓张氏奔李靖③,将归太原。行次灵桥驿④,既设床,炉中煮肉。张氏以发长垂地,立梳床前,靖方刷马⑤,忽虬须客乘驴而来,投革囊于炉前⑥,取枕欹卧⑦,看张氏梳头。靖怒,未决。张氏熟视其面⑧,一手映身摇示靖⑨,令勿怒。急急梳头毕,敛衽前⑩,问其姓氏。卧客曰:"姓张。"张氏对曰:"妾亦姓张，合是妹[11]。"遽拜之[12]。问第几，曰："第三。"亦问第几，曰："最长。"遂喜曰："今日幸逢一妹[13]。"张氏遥呼曰："李郎，且来拜三兄！"靖骤拜之[14]，遂环坐。客曰："煮者何肉？"曰："羊肉，计已熟矣。"客曰："饥。"靖出市胡饼[15]，客抽腰间匕首切肉，共食之竟，以余肉乱切饲驴。客曰："何之[16]？"曰："将避地太原[17]。"客曰："有酒乎？"曰："主人西[18]，则酒肆也[19]。"靖取酒一斗。既巡[20]，客曰："吾有少下酒物，李郎能同食乎？"靖曰："不敢。"遂开革囊，取出一人头，并心肝；却以头贮囊中，以匕首切心肝共食之。曰："此天下负心者也。衔之二十年[21]，今始获之，吾憾释矣！"又曰："观李郎仪形器宇[22]，真丈夫也！亦闻太原有异人乎[23]？"曰："尝识一人，余谓之真人也[24]，其余将相而已。"曰："其人何姓？"曰："某之同姓。""年几？"曰："仅二十。"曰："今何为？"曰："州将之子也[25]。"曰："李郎能致吾一见乎？"曰："靖之友刘文静者与之善[26]，因文静见之可也。然兄欲何为？"曰："望气者云[27]：'太原有奇气。'使吾访之。李郎何日到太原？"曰："靖计之，某日当达。"曰："达之明日方曙[28]，候我于汾阳桥。"言讫，乘驴而去。其行如飞，回顾已失矣。公与张氏且惊且惧。久之，曰："烈士不欺人[29]，固无畏也。"促鞭而行。

**【注释】**

①虬须客：即虬髯客。传奇小说中的人物。隋末人。

②虬须：指胡须卷曲。虬，卷曲。

③红拂妓：相传为隋末唐初时的女侠，姓张。本为隋末权相杨素的

侍妓，时天下方乱，李靖以布衣谒见杨素，红拂识得李靖是位英雄，私奔相从，一起到太原，途中又结识豪侠虬髯客，拜为兄妹。前蜀杜光庭《虬髯客传》载其事。后即以红拂为妇女中能识英雄的典型人物。

④行次：行旅到达。灵桥驿：灵桥的驿馆。灵桥，地名。故址在今河南灵宝附近。

⑤刷马：刷拭马毛。

⑥革囊：皮口袋。

⑦敧(qī)卧：斜躺着。敧，倾斜，歪向一边。

⑧熟视：注目细看。

⑨映身：隐藏于身体之后。

⑩敛衽(rèn)：整理衣襟，表示恭敬。

⑪合是：应该是，应当是。

⑫遽(jù)：匆忙，赶快。

⑬幸逢：正好，恰巧遇上。

⑭骤：急忙，连忙。

⑮胡饼：带有胡麻的烤饼，如今日之芝麻烧饼。因来自胡地，故称为"胡饼"。

⑯何之："之何"，到何处去。

⑰避地：犹言避世隐居。

⑱主人西：指在驿馆西侧。此处"主人"指的是驿馆主人。

⑲酒肆：卖酒或供人饮酒的地方。

⑳巡：酒席上给全座依次斟酒一遍。

㉑衔：怀恨在心。

㉒器宇：胸襟，气度。

㉓异人：不寻常的人，有异才的人。

㉔真人：指奉天命降生人世的真命天子。

㉕州将:唐时州刺史的别称。

㉖刘文静:隋末唐初大臣。字肇仁,自言系出彭城(今江苏徐州),世居京兆武功(今陕西武功)。初仕隋袭父功为仪同三司。隋末为晋阳令,与晋阳宫监裴寂善,又深自结托唐公李渊。晋阳起兵,刘文静为主谋之一,以功授大丞相府司马,进光禄大夫、鲁国公。唐高祖即位,擢为纳言。从秦王讨薛举、仁杲,授民部尚书、陕东道行台左仆射。后以"谋反"罪被诛,并籍没其家。唐太宗贞观年间,恢复官爵,配享唐高祖庙庭。

㉗望气者:善于观察云气以预测吉凶的人。

㉘方曙:天刚亮。

㉙烈士:有节气有壮志的人。《韩非子·诡使》:"而好名义不进仕者,世谓之烈士。"

**【译文】**

虬髯客,姓张,有着红色的头发,蜷曲的胡须。当时杨素家的歌妓红拂张氏和李靖私奔,将要回到太原。走到灵桥驿暂住,已经铺好床,火炉中煮着肉。张氏因为头发长垂到地上,站在床前梳头,李靖正在刷拭马毛,忽然虬髯客骑着一头驴前来,将一个皮口袋扔在火炉前,拿来一个枕头斜躺着,看张氏梳头。李靖很生气,犹豫着要不要发泄。张氏细看虬髯客的神色,一只手隐藏于身后向李靖摆手示意,让他不要发怒。她匆匆梳完头,整理衣襟上前,询问虬髯客的姓氏。躺着的那个客人说:"姓张。"张氏回答说:"我也姓张,应当是妹妹。"于是赶忙向他行拜礼。张氏又问他在家中排行第几,回答说:"第三。"虬髯客也问张氏排行第几,张氏说:"我是家中长女。"虬髯客于是高兴地说:"今日很幸运地遇到了一妹。"张氏远远地招呼李靖道:"李郎,快来拜见三哥!"李靖连忙拜见了他,于是三人围坐。虬髯客说:"煮的是什么肉?"李靖说:"羊肉,估计已经熟了。"虬髯客说:"我饿了。"李靖拿出买来的胡饼,虬髯客从腰间取出一把匕首切肉,三个人一起吃过肉后,虬髯客把剩余的肉随意切了用来喂驴。虬髯客说:"你们要去哪里?"李靖说:"将要到太原避世隐居。"虬髯客说:"有酒吗?"李靖说:"这家驿站的西边,就是酒馆。"李靖拿来一斗酒。酒过数巡后,虬髯客说:"我有一点下酒的东西,李郎能一起吃吗?"李靖说:"不敢当。"于是虬髯客打开皮口袋,取出一个人头和人的心肝,又把人头装进口袋里,用匕首切开心与肝两个人一起吃。虬髯客说:"这是天下的一个负心汉。恨他二十年了,今天才抓到他,我没有遗憾了!"又说:"我看李郎的外表和胸襟气度,是一个真正的大丈夫!也听说过太原有不寻常的人吗?"李靖说:"曾经认识一个人,我称他为真命天子,其余的人不过将相之才罢了。"虬髯客说:"这个人姓什么?"李靖说:"和我同姓。""多大年纪?"李靖说:"年仅二十。"虬髯客:"现在在做什么?"李靖说:"州将的儿子。"虬髯客说:"李郎能带我去见见他吗?"李靖说:"我的朋友刘文静与他交好,可以通过文静见到他。然而兄长想要做什么?"虬髯客说:"望气者说:'太原有不平凡的气象。'他让我去寻访。李郎什么时候到太原?"李靖说:"我计算了一下,某天应当能到达。"虬髯客说:"到达太原的第二日天亮,在汾阳桥等我。"说完,他就骑着驴走了。行进的速度像是在飞,转眼之间已经不见了踪影。李靖与张氏又吃惊又害怕。许久之后,李靖说:"有节气壮志的人不会骗人,本来也不用怕。"于是,他们二人也挥动马鞭前行。

及期,入太原,候之,相见大喜。偕诣刘氏,诈谓文静曰:"有善相者思见郎君①,请迎之。"文静素奇其人②,方议匡辅③,一旦闻客有知人者④,其心可知,遽致酒延之⑤。使回而到⑥,不衫不履⑦,裼裘而来⑧,神气扬扬,貌与常异。虬须默然,于坐末见之,心死⑨。饮数杯而起,招靖曰:"真天子也! 吾见之,十得八九矣。然须道兄见之⑩。李郎宜与一妹复入京。某日午时,访我于马行东酒楼⑪,下有此驴及瘦骤，即我与道兄俱在其上矣。"又别而去之。靖与张氏及期访焉，宛见二乘⑫，揽衣登楼，而虬须与道士方对饮。见靖惊喜，召对环饮十数巡，曰："楼下匮中有钱十万⑬，可择一深隐处，驻一妹⑭，某日复会我于汾阳桥下。"靖如期至，则道士与虬须已先到矣。仍俱诣文静。时方奕棋，揖起而话心焉⑮。文静飞书迎文皇⑯，看道士对奕，虬须与靖旁立焉。俄而文皇到来，精彩惊人⑰，揖而坐。神气清朗，满坐风生⑱，顾盼伟如也⑲。道士一见，惨然⑳，失棋子曰："此局输矣！输矣！于此失却局㉑，奇哉！救无路矣！复奚言㉒！"奕罢请去。既出，谓虬须曰："此世界非子世界，他方图之可矣。勉之，勿以为念。"因共入京。虬须曰："计李郎之程，某日方到。到之明日，可与一妹同诣某坊小宅相访。欲令新妇祗谒㉓，兼议从容，无前却也㉔。"言毕，吁嗟而去㉕。靖策马而归。遂与张氏同往。见一小板门，扣之，有应者云："三郎令候李郎一娘子久矣。"延入重门㉖，门愈壮丽。奴婢四十余人，罗列庭前。奴二十人，引靖入东厅；婢二十人，引张氏入西厅。厅之陈设，颇极精异，巾箱、妆奁、冠盖、首饰之盛㉗，非人间之物。

## 【注释】

①善相者：擅长观察面相的人。

②素奇其人：向来认为这种人异乎寻常。其人，这种人，指"善相者"。

③匡辅：匡正辅助。

④知人：指懂得人事变化之道。

⑤延：引进，请。

⑥使回而到：此句疑有讹误。杜光庭《虬髯客传》曰："既而太宗至，不衫不履，裼裘而来，神气扬扬，貌与常异。"

⑦不衫不履：衣着不整齐。形容性情洒脱，不拘小节。

⑧裼（xī）裘：泛指袒露里衣。形容不拘礼仪。

⑨"虬须默然"几句：是说虬髯客沉默不语，在座次的末位见到李世民，想要争夺天下的心就死了。

⑩道兄：对僧道者流的敬称。

⑪马行：买卖马匹的场所。

⑫宛见：指事物真切可见。

⑬匮：同"柜"。柜子。

⑭驻：停驻，这里指安顿（好）。

⑮话心：谈心。

⑯飞书：指疾速传送文书。文皇：指唐太宗李世民。因太宗谥文武大圣皇帝，故称。

⑰精彩：精神，神采。

⑱满坐风生：比喻来者神气不凡，光彩动人。

⑲顾盼：环视，左顾右盼。常形容自得。伟如：卓异出群的样子。

⑳惨然：心里忧伤的样子。

㉑失却：失掉，输掉。

㉒复奚言：还用再说什么呢？复，还，再。奚，文言疑问代词，相当于"胡""何"。

㉓新妇：在人前谦称自己的妻。祗谒（zhī yè）：恭敬地进见。

㉔前却：进退。引申为操纵，摆布。

㉕吁嗟（jiē）：叹词。表示忧伤或有所感。

㉖重门：一层一层，许多层的门户。

㉗妆奁（lián）：女子梳妆用的镜匣等物。冠盖：官员的服饰和车乘。冠，礼帽。

## 【译文】

到了约定日期,进入太原,李靖在汾阳桥等候虬髯客,二人见面后非常高兴。李靖带着他拜访刘文静,欺骗刘文静说:"有擅长观察面相的人想要见你,请来迎接他。"刘文静向来觉得这种人异乎寻常,正在谈论辅政之事,突然听说来了一位知人的客人,他的心思当然知道,就赶紧拿酒款待他。不一会儿李世民到了,他衣着不齐,袒露着里衣就来了,整个人却精神焕发,容貌与常人不同。虬髯客沉默不语,在座次的末位见到李世民,想要争夺天下的心就死了。虬髯客喝了几杯酒后起身,向李靖招手说:"这个人是真正的天子!我见到他,心中就有了十分之八九的答案。然而还需要让我的一位道兄见见他。李郎应当和一妹一起再次回长安。在某天中午时分,到马行东侧酒楼拜访我,楼下有这头驴和一匹瘦弱的骡子,就说明我和道兄都在楼上。"于是又和李靖告别离开。李靖与张氏到了约定的日期去拜访他,到了楼下真切地看到了两个人的坐骑,提起衣衫上楼,虬髯客与一位道士正在对饮。他看到李靖又惊又喜,招呼李靖围坐在一起饮酒,喝过十数巡之后,他说:"楼下的柜子里有十万银钱,你可以挑选一处适合隐居的地方,安顿好一妹,某天和我们在汾阳桥下再次见面。"李靖如期而至,道士与虬髯客已经先到了。三人仍旧一起去拜访刘文静。当时刘文静正在下棋,作揖而起后几人一起谈心。刘文静迅速写信给唐太宗迎接他前来,观看道士下棋,虬髯客与李靖在一旁站立。不一会儿李世民到了,他的神采让众人惊叹,作揖后就坐了下来。李世民神气清朗,光彩动人,让在座的人如沐春风,顾盼之间更是卓异出群。道士一见到李世民,心生忧伤,他放下棋子说:"这一局输了!输了!在这里输掉棋局,太奇怪了!没有方法可以挽救了!还用再说什么呢!"下完棋他就请求离开。出来后,他对虬髯客说:"这里的世界不是你的世界,你到其他地方谋划就可以了。努力吧,不要挂念我。"于是和虬髯客一同入京。虬髯客对李靖说:"计算李郎的行程,某天才到。到达的第二日,可以和一妹一同拜访我在某坊的住处。想让我的妻子恭敬地进见,同时可以从容闲谈,不会被他人打扰。"说完,感叹着离开了。李靖驱马回到京城。就和张氏一同前往。他们看见一个小木板门,敲门后,有应答的人说:"三郎让我等候李郎、一娘子很久了。"于是邀请他们进入一层一层的门户,门越来越宏伟瑰丽。有四十多名奴婢,在庭院前排成一排。男仆二十人,领着李靖进入东厅;婢女二十人,领着张氏进入西厅。大厅里的陈设,极其精美奇异,巾箱、妆奁、冠盖、首饰等等的繁盛,不像是人间的东西。

　　巾栉既毕①,又请更衣,衣甚珍奇。既毕,传云:"三郎来!"乃虬须也。纱帽裼裘②,亦有龙虎之状③。欢然相见,催其妻出拜,盖真天人也。于是四人对坐,牢馔毕陈④,女乐列奏。其饮食妓乐,若自天降,非人间之物。食毕行酒⑤,而家人自堂来舁出两床⑥,各以锦绣帕覆之。既呈,尽去其帕,乃文簿钥匙耳。虬须指谓曰:"此珍宝货泉之数⑦,吾所有悉以充赠⑧。向者本欲于此世界求事,或当一二十年,建少功业。今既有主,住亦何为⑨?太原李氏,真英主也,海内即当太平。李郎以奇特之才,辅清平之主⑩,竭忠尽行,必极人臣。一妹以天人之资⑪,蕴不世之艺⑫,从夫之贵,荣极轩裳⑬。非一妹不能识李郎,亦不能存李郎⑭;非李郎不能遇一妹,亦不能荣一妹。起陆之渐⑮,际会如斯⑯,虎啸风生,龙吟云起⑰,固当然也。将予之赠,以佐真人,赞功业也⑱。勉之哉!此后十余年,东南数千里外有异事,是吾得志之秋也⑲,妹与李郎可沥酒相贺⑳。"因命家仆列拜㉑,曰:"李郎、一妹,是汝主也。"言毕,与其妻戎装㉒,从一奴,乘马而去。数步乃不复见。靖据其宅,遂为豪家,得以助文皇缔构之资<sup>㉓</sup>,遂匡大业。贞观十年,靖以左仆射同平章事<sup>㉔</sup>。东南蛮奏<sup>㉕</sup>:"有海贼以千艘,带甲者十万人,入扶余国<sup>㉖</sup>,杀其主自立,国已定。"靖知虬须之得志也,归告张氏,具礼相贺,沥酒东南祝拜之。是知真人之兴,非英雄所觊<sup>㉗</sup>,况非英雄乎?人臣之谬思乱者,乃螳臂扼辙耳<sup>㉘</sup>。我皇家垂福万叶<sup>㉙</sup>,岂虚言哉!或曰:"卫公兵法,半乃虬须所传。"信哉!

**【注释】**

①巾栉(zhì):毛巾和梳子。泛指盥洗用具。

②裼裘:古行礼时,袒外衣而露裼衣,且不尽覆其裘,谓之裼裘。非盛礼时,以此为敬。

③龙虎:比喻英雄俊杰。后亦用以形容帝王的气势。

④牢馔:酒食。

⑤行酒:依次敬酒。

⑥家人:旧称仆人。舁(yú):共同用手抬。

⑦货泉:钱币名。亦作"货钱",圆形方孔。王莽天凤元年(14)罢大、小钱,改作货布、货泉。后用以泛称钱币。

⑧充赠:犹馈赠。

⑨住:停留。

⑩清平:太平。

⑪天人之资:神仙一样的姿容。天人,仙人,神人。形容容貌出众或才能过人的人。

⑫不世之艺:世所罕见的才艺,不常见的才能。不世,非凡,罕有。

⑬荣极轩裳:车服极尽荣华显贵。轩裳,古代卿大夫以上的车服。

⑭存:慰问,问候。

⑮起陆:腾跃而上。形容平步青云,大展鸿才。

⑯际会:机遇,时机。

⑰虎啸风生,龙吟云起:语出《北史·隋赵才传论》:"虎啸风生,龙腾云起,英贤奋发,亦各因时。"比喻豪杰奋起,大展宏图。

⑱赞:帮助,辅佐。

⑲得志之秋:志向得以实现的时候。秋,时候,时期。

⑳沥酒:洒酒于地,以祝愿或起誓。

㉑列拜:依次叩拜。

㉒戎装:军装。

㉓缔构:建立。

㉔左仆射:职官名。秦时设置。西汉建始元年(前32)置尚书五人,以一人为仆射。东汉尚书仆射署尚书事,职权渐重。建安四年(199)始分尚书仆射为左右。魏晋以来,仆射为尚书省副长官,掌判尚书诸曹事。隋唐时期,左右仆射皆为宰相,并为尚书省实际长官(尚书令不常置)。唐中宗以后,如不加同中书门下平章事者,即非宰相。同平章事:官名。唐朝宰相名号之一。"同中书门下平章事"的省称。唐初,三省长官为宰相,他官参与宰相事者则另加官号,"同中书门下平章事"便是一种。后成为宰相的正式名号。

㉕东南蛮:古时对我国东南一带少数民族的称呼。

㉖扶余国:古国名。治今吉林四平。存在于汉魏之际,晋太康年间被慕容鲜卑所灭。渤海国于其故地置扶余府。

㉗觊(jì):觊觎。

㉘螳臂扼(è)辙:犹螳臂当车。是说螳螂举起前肢企图阻挡车子前进。比喻不自量力。语出《庄子·人间世》:"汝不知夫螳螂乎,怒其臂以当车辙,不知其不胜任也。"螳,或通"螳",螳螂。扼,用力掐着,抓住。辙,车辙,这里指车。

㉙垂福万叶:传承福泽至万世万代。垂,传下去,传留后世。万叶,万代,万世。

**【译文】**

　　李靖和张氏梳洗完毕，又请更换衣服，衣服非常珍贵奇异。结束之后，有人传话说："三郎来了！"就是虬髯客。他戴纱帽露褐衣，也有帝王的气势。愉快地相见后，虬髯客催促妻子出来拜见，他的妻子也有着天仙一样的姿容。于是，四个人相对而坐，酒食全都陈列出来，女乐列队演奏。饮食和舞妓，好像是从天上降下来的，不像是人间的东西。吃完饭后开始敬酒，而仆人从堂上抬出两张床，各用锦缎绣成的帕子覆盖着。抬上来后，都拿掉上面的帕子，原来是文册簿籍和钥匙。虬髯客指着床上的东西说："这是珍宝货币的数量，我所拥有的都拿来馈赠给你。从前本打算在这个地方谋求事业，也许一二十年后，建立一些功业。如今既然这里已经有主人，留在这里又能做什么呢？太原李氏，是一个真正英明有为的君主，四海之内即将太平。李郎你凭借奇特的才能，辅佐太平之主，竭尽忠心，尽力行事，一定会位极人臣。一妹凭借着天仙一样的姿容，拥有非凡的才能，跟随夫婿的显要地位，一定能享受荣华富贵。不是一妹不能认识李郎，也不能拜见李郎；不是李郎不能遇见一妹，也不能使一妹尽享尊荣。逐渐平步青云，像这样的时机，正是豪杰奋起、大展宏图的时候，本来就是理所应当的。我赠送你的这些东西，用来辅佐真命天子，帮助他成就功业。努力吧！从此以后十几年，东南几千里外如果出现不寻常的事，就是我志向得以实现的时候，一妹和李郎可以洒酒于地来祝贺我。"于是命令家仆依次叩拜，说："李郎、一妹，以后就是你们的主人。"说完，他和妻子换上军装，让一个仆人随从，乘着马就离开了。他们走出几步就再也看不见了。李靖住在他的宅第，就成了富庶的人家，他用虬髯客赠送的这些资产帮助唐太宗建立基业，于是辅佐唐太宗建立了伟大的功业。贞观十年，李靖官至左仆射同平章事。有东南蛮奏报说："有一个海贼，驾驶着一千艘船，带领披甲胄的将士十万人，进入扶余国，杀了这个国家的国君后自立为王，现在国内很安定。"李靖知道这是虬髯客的志向实现了，他回家告诉张氏，安排仪式庆贺，并向东南方向洒酒遥拜祝贺。由此可知真命天子的兴起，不是英雄所能觊觎的，何况不是英雄的人呢？臣子中荒谬地想要乱政的人，就像螳螂妄图举起前肢阻挡车子一样可笑。大唐皇室传承福泽至千秋万代，难道是不切实际的空话吗？有人说："李靖的兵法，一半是虬髯客所传。"现在相信了！

619.太宗征辽①，李卫公病不能从。帝使执政等召之②，不果起③，帝曰："吾知之矣。"明日，驾临其第，执手与别。卫公曰："老臣宜从，但犬马之疾增甚④。"帝抚其背曰："勉之！昔司马仲达非不老病⑤，竟能自强，立勋魏室。"公叩头曰："老臣请舆病行⑥。"至相州⑦，疾笃而不能进。上至驻跸山⑧，高丽与靺鞨合军四十里⑨。太宗有惧色，江夏王进曰⑩："高丽倾国以拒王师，平壤之守必弱⑪，请假臣精卒五千，覆其本根，则数十万之众，可不战而降。"帝不应。既合战，为敌所乘，殆将不振。还谓卫公曰："吾以天子之众，困于蕞尔之夷⑫，何也？"靖曰："此道宗所解。"时江夏王在侧，帝顾之，道宗具陈前言。帝怅然曰："当时匆遽不忆也⑬。"

**【注释】**

①太宗征辽：本条采录自《隋唐嘉话》。

②执政：主持政务的大臣。

③不果：不成，不能实现。

④犬马之疾：谦称自己的疾病。

⑤司马仲达：即司马懿，字仲达，河内郡温县（今河南焦作）人。多谋略，善权变。西晋王朝的奠基人之一。初隐居不仕，后为曹操辟为文学掾，累迁至太子中庶子，多建奇策。曹丕代汉，以司马懿

为尚书，转督军、御史中丞。明帝卒，与曹爽共相辅政。嘉平元年（249），诛曹爽，并诛何晏、丁谧等，朝政乃尽归司马氏。三年（251），病卒。其孙司马炎代魏，追尊为宣帝。非不老病：指年老多病。非不，非常，极其。

⑥舆病：抱病乘车。

⑦相州：州名。北魏天兴四年（401）分冀州置。治所邺县（今河北临漳西南邺镇）。

⑧驻跸（bì）山：俗称手山。在今辽宁辽阳南之鞍山附近。传说唐太宗讨伐高丽，曾驻跸其颠数日并勒石纪功，遂名驻跸山。

⑨高丽：古国名。地处今朝鲜半岛北部。国都平壤城。隋唐时，主要在位国王是高元、高建武等。唐高祖武德七年（624），遣使往册建武为上柱国、辽东郡王、高丽王。唐高宗总章元年（668），唐朝大将李勣、薛仁贵率军灭高丽。唐在其地设置安东都护府。靺鞨（mò hé）：我国古代少数民族名。周时称肃慎，汉魏时称挹娄，北魏时称勿吉，隋唐时称靺鞨，分布于今东北三江（黑龙江、松花江、牡丹江）流域。

⑩江夏王：即李道宗，字承范，陇西成纪（今甘肃秦安）人。唐初将领，唐高祖李渊堂侄。初从李世民破刘武周、窦建德、王世充。武德五年（622）任灵州总管，屡败突厥，封任城王。太宗时，与李靖等攻东突厥、吐谷浑。任刑部尚书，迁礼部尚书，封江夏王。晚年颇好学，敬慕贤士，不以地位凌人。高宗永徽中，被长孙无忌诬陷，流放象州，途中病死。

⑪平壤：高丽国国都。故址在今朝鲜首都平壤。

⑫蕞（zuì）尔：很小的样子。

⑬匆遽：亦作"匆剧"。指匆忙急促。

# 【译文】

唐太宗东征辽国，卫国公李靖生病不能随从。皇帝让执政等召他前来,李靖不能起身,太宗说:"我知道了。"第二天,太宗来到李靖的宅第,握着李靖的手与他告别。李靖说:"老臣应当随从,但是我的病情加重了。"太宗轻轻地抚着他的背说:"你要振作起来!从前司马懿也不是不年老多病,最终能自己图强,在魏国建立功勋。"李靖叩头说:"老臣请求抱病登车随从陛下出行。"到达相州,李靖病情更加严重不能再往前走了。太宗到达驻跸山,高丽和靺鞨在四十里外集结军队。唐太宗流露出害怕的神色,江夏王李道宗进言说:"高丽倾尽全国之力来对抗我们的军队,他们的国都平壤的守备一定薄弱,请求陛下借给臣精兵五千,颠覆敌人的根基,那么他们几十万的军队,可以不战而降。"太宗没有答应。军队交战后,唐军被敌军钻了孔子,陷入困境几乎不能振作。太宗回来对李靖说:"我率领帝王之师,却被小小的蛮夷所围困,这是为什么呢?"李靖说:"这种困境李道宗可以解决。"当时李道宗就在太宗身边,皇帝回头看他,李道宗详细陈述了前面的进言。太宗失落地说:"当时情况紧急没有考虑周到。"

620.太宗谓尉迟敬德曰[①]:"人言卿反,何故?"对曰:"臣反是实。臣从陛下讨逆伐叛,惟凭威灵[②],幸而不死,然所存,刃锋也[③]。今大业已定,而反疑臣。"乃悉解衣投于地,以见所伤之处。帝对之流涕,曰:"卿衣矣!朕以不疑卿,故以相告,何反以为恨?"

**【注释】**

①太宗谓尉迟敬德曰:本条采录自《隋唐嘉话》。本条与下621条原合为一条,本书据原书分列。尉迟敬德,本名尉迟恭,字敬德,朔州善阳(今山西朔州)人。唐朝开国名将。隋大业末年,跟随刘武周起兵。武德三年(620),兵败归顺唐朝,跟随秦王李世民,

颇有战功。武德九年（626）玄武门之变，助李世民夺取帝位。历任泾州道行军总管、襄州都督等职。后拜上柱国、鄂国公。授开府仪同三司，致仕还家。名列"凌烟阁二十四功臣"之一。高宗显庆三年（658）卒，追赠司徒、并州都督，谥号忠武，陪葬昭陵。

②威灵：神灵。

③所存，刃锋也：《资治通鉴·唐纪·太宗贞观十三年》叙此作"今之存者，皆锋镝之余也"。

【译文】

　　唐太宗对尉迟敬德说："有人说你要造反，是什么原因呢？"尉迟敬德回答说："臣造反是事实。臣跟随陛下讨伐叛逆，凭借神灵的威力，有幸没有死去，然而留下来的，都是身体上的刀疤。如今帝业已经奠定，却反过来怀疑我。"于是他全部脱掉衣服扔在地上，让皇帝看到身体上受伤的地方。太宗看到后流下了眼泪，说："爱卿穿上衣服吧！我因为不怀疑你，所以才告诉你这些，怎么你反而怨恨起我来了？"

　　621.太宗谓敬德曰①："朕将嫁女与卿，称意否②？"敬德笑曰："臣虽鄙陋，亦不失为夫妇之道③。臣每闻古人云：'富不易妻，仁也。'窃慕之，愿停圣恩④。"叩头固让⑤，帝嘉之而止。

【注释】

①太宗谓敬德曰：本条采录自《隋唐嘉话》。

②称意：如意，满意。

③臣虽鄙陋，亦不失为夫妇之道：原书此二句作"臣妇虽鄙陋，亦不失夫妇情"，当据之补"妇"字。《资治通鉴·唐纪·太宗贞观十三年》叙此，作"臣妻虽鄙陋，相与共贫贱久矣"。鄙陋，庸俗浅薄。

有时亦用作谦辞。

④圣恩：帝王的赏赐和恩惠。这里指将女儿许配给他。

⑤固让：坚决辞让。

【译文】

唐太宗对尉迟敬德说："我想把女儿嫁给你，你满意吗？"尉迟敬德笑着说："臣的妻子虽然庸俗浅薄，但也没有失掉夫妇之情。臣经常听古人说：'富贵的时候不换妻子，是仁义的行为。'我很羡慕这种行为，希望陛下停止您的恩宠。"他磕头坚决辞让，太宗夸赞他并停止了这个想法。

622.薛万彻尚平阳公主<sup>①</sup>。人谓太宗曰："薛驸马无才气<sup>②</sup>。"因此公主羞之，不同席者数月<sup>③</sup>。帝闻之，大笑，置酒召诸婿尽往<sup>④</sup>，独与薛欢语，屡称其美。因对握槊<sup>⑤</sup>，赌所佩刀，帝佯为不胜，解刀以佩之。酒罢，悦甚。薛未及就马<sup>⑥</sup>，主遽召同载而还，重之逾于旧日。

【注释】

①薛万彻尚平阳公主：本条采录自《隋唐嘉话》。薛万彻，隋末涿郡（治今北京西南）太守薛世雄之子，本敦煌（今甘肃敦煌）人。后徙京兆咸阳（今陕西咸阳）。唐初外戚。隋末唐初，与兄万均归高祖，授车骑将军、武安县公，事太子李建成。太子诛，万彻亡于南山。后入朝，从李靖讨突厥，以功授统军，进爵郡公，历右卫将军、蒲州刺史。迎娶丹阳公主，加驸马都尉。高宗永徽二年（651），授宁州刺史。后与房遗爱谋叛下狱，被诛。平阳公主，原书作"丹阳公主"，当据改。《新唐书·诸帝公主高祖十九女传》曰："丹阳公主，下嫁薛万彻。万彻蠢甚，公主羞，不与同席者数月。太宗闻，笑焉，为置酒，悉召它婿，与万彻从容语，握槊赌所佩刀，阳不

胜,遂解赐之。主喜,命同载以归。"

②才气:才华,才情。

③同席:谓共席而眠。

④置酒:设宴。

⑤握槊(shuò):博戏名。与"双陆"类似,一说即"双陆"。传自天竺(今印度),盛于南北朝、隋、唐。《魏书·术艺传》:"此(握槊)盖胡戏,近入中国。云胡王有弟一人遇罪,将杀之,弟从狱中为此戏以上之,意言孤则易死也。世宗以后,大盛于时。"

⑥就马:上马。

【译文】

薛万彻娶丹阳公主为妻。有人对唐太宗说:"薛驸马没有才华。"因为这件事公主感到很耻辱,几个月不与驸马同床。唐太宗听说了之后,大笑,他设宴叫各位驸马都来参加,席间唯独与薛驸马愉快地交谈,并多次称赞他的好。还和薛万彻玩博戏握槊,用自己的佩刀作为赌注,唐太宗假装敌不过,解下佩刀亲自给薛万彻佩戴好。酒宴过后,公主非常高兴。薛万彻还没来得及上马,公主就急忙叫他一起坐车回家,对他的重视超过以前。


623.中书令马周以布衣上书①,太宗览之,未及终②,命召之。乃陈世事,莫不施行。


【注释】

①中书令马周以布衣上书:本条采录自《隋唐嘉话》。布衣,平民。平民穿粗布衣服,故称。《荀子·大略》:"古之贤人,贱为布衣,贫为匹夫。"

②未及终:没等到看完。

**【译文】**

中书令马周以平民的身份向唐太宗上书，唐太宗阅览他的上书，还没等到看完，就派人召见他。马周于是向唐太宗陈说了应对当今时事的策略，没有不被执行的。

624.太宗尝以飞白书赐马周①，曰："凤鸾冲霄，必假羽翼②；股肱之寄，要在忠力③。"又高宗尝为飞白，赐侍臣戴至德④，曰："泛洪源，俟舟楫⑤"；郝处俊⑥，曰："飞九霄，假六翮⑦"；李敬玄⑧，曰："资启沃，馨丹诚⑨"；崔知悌⑩，曰："馨忠节，赞皇猷⑪。"其词皆有比兴⑫。

**【注释】**

①飞白书：亦称"飞白"，隶书的一种变体。因笔画丝丝露白，像用枯笔写成，故名。相传汉灵帝时修饰鸿都门，工匠用刷白粉的帚写字，蔡邕见后得到启发，而创此体。《绀珠集·飞白书始》："飞白始于蔡邕，在鸿都学见匠人施垩帚，遂创意焉。"

②凤鸾冲霄，必假羽翼：凤凰和鸾鸟冲上云霄，一定会借助羽翼。

③股肱之寄，要在忠力：辅佐君主的人，关键在于尽忠效力。股肱，大腿和胳膊，指左右辅佐之臣。

④戴至德：唐相州安阳（今河南安阳）人。唐太宗时宰相戴胄兄子。戴胄无子，以其为嗣。高宗乾封二年（667）拜相，任西台侍郎同东西台三品。后迁尚书右仆射。为相慎密无私，为唐高宗所重。仪凤四年（679）卒于相位。赠开府仪同三司、并州大都督，谥号为恭。在相位十二年，时以为长者。

⑤泛洪源，俟舟楫：强大基业的开端，需要等待辅佐之臣。洪源，大水的源头。比喻大业的开端。舟楫，船桨。亦用以比喻宰辅之臣。

⑥郝处俊：唐安州安陆（今湖北安陆）人。少孤，好读《汉书》。太宗贞观年间，进士及第，任著作佐郎，袭封甄山县公，人称郝甄山。唐高宗即位后，迁吏部侍郎，辅佐李勣征高丽。总章二年（669），任东台侍郎，寻擢拜同东西台三品。后历任银青光禄大夫、中书令、检校兵部尚书等职。高宗曾欲逊位于武则天，他上书劝谏，事遂不行。后兼太子左庶子，拜侍中，罢为太子少保。

⑦飞九霄，假六翮（hé）：飞上九天之外，要凭借鸟的两翼。六翮，谓鸟类双翅中的正羽。后亦用以指鸟的两翼。

⑧李敬玄：原作"李敬元"，据周勋初《校证》改。李敬玄，唐亳州谯县（今安徽亳州）人。太宗贞观末经马周举荐，任太子侍读。高宗即位后，任西台舍人、弘文馆学士。总章二年（669），累转西台侍郎，兼太子右中护、同东西台三品。上元二年（675），拜吏部尚书。仪凤元年（676），拜中书令，封赵国公。后因利用职务之便提拔亲党，引高宗不满，出为洮河道大总管，因镇守河西不利，贬为衡州刺史，迁扬州大都督长史。谥号"文宪"。

⑨资启沃，罄丹诚：竭诚辅佐君王，竭尽赤诚之心。启沃，语出《尚书·说命上》："启乃心，沃朕心。"孔颖达疏："当开汝心所有，以灌沃我心，欲令以彼所见，教己未知故也。"后因以"启沃"谓竭诚开导，辅佐君王。

⑩崔知悌：唐许州鄢陵（今河南鄢陵）人。高宗咸亨中任中书侍郎，高宗为飞白书以赐之。后历尚书左丞。上元三年（676）赴江南道巡抚。仪凤四年（679）迁任户部尚书。后卒于官。博学能文，兼通医方，著有《法例》《产图》《崔氏纂要方》等。

⑪罄忠节，赞皇猷（yóu）：竭尽忠贞的节操，称颂帝王的谋略。皇猷，帝王的谋略或教化。

⑫比兴：古代诗歌的常用技巧。宋朱熹在《诗集传》中有比较准确的解释："比者，以彼物比此物也"；"兴者，先言他物以引起所咏

之词也。”

**【译文】**

唐太宗曾经将自己所写的飞白体书法赐给马周，其中的内容是："凤鸾冲霄，必假羽翼；股肱之寄，要在忠力。"另外唐高宗也曾经作飞白体书法，赐给侍臣戴至德，书法的内容是："泛洪源，俟舟楫"；赐给郝处俊，书法的内容是："飞九霄，假六翮"；赐给李敬玄，书法的内容为："资启沃，罄丹诚"；赐给崔知悌，书法的内容是："罄忠节，赞皇猷。"这些语词都带有比兴的表现手法。

625.率更欧阳询①，行见古碑，晋索靖所书②，驻马观之，良久而去。数百步复还，下马伫立，疲倦则布裘坐观③。因宿其旁，三日而去。

**【注释】**

①率更欧阳询：本条采录自《隋唐嘉话》。《太平御览·国朝传记》亦载。率更，官名。太子率更令的简称。秦朝始置，掌太子宫漏刻。汉因袭不变。唐朝率更令为从四品上，加掌皇族次序及刑法等事，为率更寺长官。下置有丞、主簿、录事、漏刻博士等官。欧阳询，字信本，潭州临湘（今湖南长沙）人。隋末唐初大臣。仕隋为太常博士。唐高祖武德五年（622），累迁给事中。武德七年（624）奉诏主修《艺文类聚》。唐太宗贞观初，官至太子率更令、弘文馆学士，册封渤海县男。尤工书法，初学王羲之、王献之，后渐变体，笔力险劲，自成一家，世称"欧体"。与虞世南、褚遂良、薛稷并称"初唐四大书家"。

②索靖：字幼安，西晋敦煌郡（今甘肃敦煌）人。出身世宦家族，少入太学。郡举贤良方正，对策高第。初任驸马都尉。武帝擢为尚书郎，官至散骑常侍。惠帝即位（290），赐爵关内侯。后参与诸

王争战，颇晓军事，受伤而死。善章草，与卫瓘并称"二妙"。著有《草书状》等。

③裘：原书此字作"毬"，当据改。

【译文】

率更令欧阳询，行走途中看见一块古代的碑刻，是西晋索靖书写的，他停下马观赏这块碑，很久才离开。走了几百步又返回来，下马长时间站在那里，疲倦了就坐在布制的毯子上观赏。由于喜欢就在碑的旁边过夜，三天才离开。

626.李太史与张文收坐①，忽见暴风自南而至。李曰："南五里当有哭者。"张以为音乐。左右驰马观之②，则遇送葬者，有鼓吹焉。

【注释】

①李太史与张文收坐：本条采录自《隋唐嘉话》。原书此句作"李太史与张文收率更坐"。李太史，即李淳风，唐岐州雍县（今陕西凤翔）人。自幼博览群书，尤其精通天文、历法。高祖武德二年（619），任秦王李世民记室参军。太宗贞观元年（627），因对《戊寅历》提出异议，获好评，授将仕郎，入太史局，奉命制浑天仪。二十二年（648），任太史令。高宗显庆元年（656），以修国史功封昌乐县男。张文收，贝州武城（今山东武城）人。颇通音律。贞观中，任协律郎。咸亨元年（670），迁太子率更令，卒官。曾撰《新乐书》。《全唐诗》录存其诗一首。

②左右：侍从。驰马：驱马疾行。

【译文】

太史令李淳风和太子率更令张文收闲坐，忽然看见急骤的大风从南边吹来。李淳风说："向南五里的地方应该有人哭泣。"张文收则认为是音乐声。于是让侍从驱马疾行去看,就遇到了哭着送葬的人,并有吹鼓手奏着哀乐。

627.褚遂良贵显<sup>①</sup>,其父亮尚在<sup>②</sup>,乃别开门<sup>③</sup>。敕尝有所赐遂良<sup>④</sup>,使者由正门而入,亮出曰:"渠自有门<sup>⑤</sup>。"

**【注释】**

①褚遂良贵显:本条采录自《隋唐嘉话》。

②其父亮:即褚遂良的父亲褚亮,字希明,杭州钱塘(今浙江杭州)人。幼聪敏好学,善属文。历事陈、隋、唐三朝。入唐,初授秦王文学,预文学馆十八学士之列。历太子舍人、太子中允。唐太宗贞观中,为弘文馆学士,迁散骑常侍,进封阳翟县侯。卒,赠太常卿,谥曰康,陪葬昭陵。

③开门:指立门户。

④敕(chì):帝王下令。

⑤渠:方言。他。

**【译文】**

褚遂良身居高位而显扬于世时,父亲褚亮还在世,让他另立门户。皇帝曾经有东西要赐给褚遂良,宫中的使者从正门进去,褚亮迎出来说:"他自己有门。"

628.太宗宴近臣<sup>①</sup>,戏赵公无忌,令嘲欧阳率更<sup>②</sup>,曰:"耸膊成山字,埋肩不出头。谁教麟阁上,画此一猕猴<sup>③</sup>?"询应声曰:"索头连背暖,完裆畏肚寒。只由心溷溷,所以面团团<sup>④</sup>。"帝敛容曰<sup>⑤</sup>:"欧阳询,汝岂不畏皇后闻耶?"赵公,后之弟。

**【注释】**

①太宗宴近臣：本条采录自《隋唐嘉话》。

②欧阳率更：即欧阳询，因其曾任太子率更令，故有此称。

③"耸膊成山字"几句：语出《与欧阳询互嘲（无忌嘲询）》，是长孙无忌对欧阳询的嘲笑，说他身材瘦削，佝偻着背，缩头耸肩，状如猕猴。耸膊成山，形容人耸肩缩颈的相貌。也形容人体瘦削的样子。麟阁，麒麟阁的省称。泛指画有功臣图像的楼阁。

④"索头连背暖"几句：语出《与欧阳询互嘲（询嘲无忌）》，是欧阳询对长孙无忌的嘲笑，诗的前两句说他脖子粗短，头发盖满了后背；因为身材矮胖，袍服里的连裆撑开得很大。后两句是说因为他心底混浊，所以长着一张胖胖的圆脸。溷溷（hùn hùn），乱，混浊。团团，形容圆的样子。引申为肥胖。

⑤敛容：收起笑容，脸色变得严肃。

**【译文】**

唐太宗宴请亲近的大臣，他跟长孙无忌开玩笑，让长孙无忌嘲笑欧阳询，长孙无忌作诗说："耸膊成山字，埋肩不出头。谁教麟阁上，画此一猕猴？"欧阳询也应声作诗回应说："索头连背暖，裈裆畏肚寒。只由心溷溷，所以面团团。"太宗听了收起笑容严肃地说："欧阳询，难道你就不害怕皇后听见吗？"赵国公长孙无忌，是皇后的弟弟。

629.侯君集为兵部尚书，以罪流岭南①。于其家得二美人，容色绝代。太宗问其状，曰："自小常食人乳而不饭。"

**【注释】**

①侯君集为兵部尚书，以罪流岭南：本条采录自《隋唐嘉话》。此二句原书作"卫公为仆射，君集为兵部尚书。自朝还省，君集马过门数步不觉，靖谓人曰：'君集意不在人，必将反矣。'太宗中夜闻

告侯君集反,起绕床而步,亟命召之,以出其不意。既至,曰:'臣常侍陛下幕府左右,乞留小子。'帝许之。流岭南为奴"。周勋初《校证》此句下注曰:"自'必将反矣'之前为另一条。王谠隐括此文,云是侯君集流岭南,大误。《资治通鉴》卷一九七《唐纪》十三太宗贞观十七年叙此,亦云'上乃原其妻及子,徙岭南'。《旧唐书》卷六九、《新唐书》卷九四《侯君集传》同。"侯君集,唐初大将。初从秦王李世民作战,累迁至左虞候、车骑将军,并参与谋划"玄武门事变"。太宗即位后,历任右卫大将军、兵部尚书等,赐封潞国公。岭南,指五岭以南的地区,即今广东、广西一带。

**【译文】**

侯君集任兵部尚书,因罪被流放到岭南。从他的家中得到两位美人,容貌冠绝当代。太宗询问她们的情况,美人说:"从小经常吃人乳不吃饭。"

630.侯君集家有金簟二①,甚精妙,御府所无②,隐而不献。后君集获罪,乃于其家得之。

**【注释】**

①侯君集家有金簟二:本条采录自《隋唐嘉话》。金簟,镶金的竹席。簟,竹席。

②御府:帝王的府库。

**【译文】**

侯君集家中有两件镶金的竹席,十分精致美妙,帝王的府库中都没有,侯君集藏起来没有进献。后来侯君集获罪,才在他的家中找到了这两件竹席。

631.太宗朝①,泥婆罗献娑罗树②,一名"菩提"。叶似红蓝③，实如蒺藜④。

**【注释】**

①太宗朝：本条采录自《封氏闻见记·蜀无兔鸽》。

②泥婆罗：古国名。亦称泥婆罗国。在吐蕃西，即今尼泊尔王国。唐封演《封氏闻见记·蜀无兔鸽》："波罗拔藻，叶似红兰，实如蒺藜，泥婆罗国所献也。"娑（suō）罗树：植物名。龙脑香科娑罗树属，常绿乔木。木材可供建筑及制作器具。原产印度。也作"沙罗树"。

③红蓝：植物名。即菊科植物红花。又名黄蓝。一年生草本。果实可榨油，花可制染料。中医以花入药，功用活血通经，去瘀止痛。晋崔豹《古今注·草木》："燕支叶似蓟，花似蒲公，出西方。土人以染，名为'燕支'，中国人谓之'红蓝'。以染粉为面色，谓为燕支粉。"

④蒺藜（jí lí）：植物名。蒺藜科蒺藜属，一年生草本。茎平铺在地，羽状复叶，夏开黄色小花，果皮有尖刺。种子可入药，具滋补作用。生长于海滨沙地。

**【译文】**

唐太宗时期，尼泊尔进献了娑罗树，这种树又叫作"菩提"。树的叶子像红蓝的叶子，果实像蒺藜的果实。

632.太宗病①，出英公为叠州都督②，谓高宗曰："李勣才智有余，屡更大任③，恐其不厌服于汝④，故有此授。我死后，可亲任之⑤。若迟疑顾望⑥，便当杀之。"勣奉诏，不及家而去。

**【注释】**

①太宗病:本条采录自《隋唐嘉话》。

②英公:即李勣,唐太宗贞观年间被封英国公,故称。叠州:州名。北周建德中置。治叠川(在今甘肃迭部境)。都督:职官名。汉末始有此称。三国时置都督诸州军事,或领刺史,以大都督及都督中外诸军权位最重。晋、南北朝以后因之,名称或稍更异,大抵掌理军事及边防重镇。唐中叶以后,以节度使代之,都督之名遂废。

③大任:重任,重要职务。

④厌服:信服,内心佩服。

⑤亲任:亲自任命。

⑥迟疑顾望:犹言迟疑观望。

**【译文】**

　　唐太宗病重,他让英国公李勣出任叠州都督,对唐高宗说:"李勣才能很高,见识极广,多次担任重要职务,我担心他不臣服于你,因此才有了这样的任命。我死之后,你可以亲自任命他。如果他犹豫观望,就杀了他。"李勣接到诏令,没到家就直接前往任所。


　　633.唐贞观元年①,长安客有买妾者。居之数年,尝忽不知所之。一夜,提人首而告夫曰:"我有父冤,故至此。今报矣!"请归,涕泣而诀②。出门如风。俄顷却至,断所生子喉而去。


**【注释】**

①唐贞观元年:本条采录自《国史补·妾报父冤事》。

②诀:辞别。多指不再相见的分别。

**【译文】**

　　唐太宗贞观元年,有一个客居长安的人买了一房妾室。住了几年,小妾忽然不知所踪。一天晚上，她提着一个人头回来告诉丈夫说："我的父亲有冤屈，所以我来到了这里。如今已经报仇了！"然后她请求回去，流着泪和丈夫诀别。出门的时候就像一阵风。不久她又回来了，切断自己所生孩子的喉咙离开了。

634.袁利贞为太常博士①。高宗将会百官命妇于宣政殿②，并设九部乐③。利贞谏曰："臣以前殿正寝④，非命妇宴会之地；象阙路寝⑤，非倡优进御之所⑥。请命妇会于别殿，九部乐从东西而入。散乐一色，伏望停省⑦。若于三殿别所，可备极恩私⑧。"高宗即令移于麟德殿。至会日，中书侍郎薛元超谓利贞曰⑨："卿门传忠鲠⑩，所献直言，不加厚赐，何以奖劝⑪？"赐彩百匹，迁祠部员外⑫。

**【注释】**

①袁利贞为太常博士：本条采录自《大唐新语·极谏》。袁利贞，唐雍州长安（今陕西西安）人。陈中书令袁敬之孙。官历太常博士、周王侍读、祠部员外郎。高宗永隆二年（681），谏止在宣政殿宴会命妇事。卒，追赠秘书少监。太常博士，秦汉时为太常属官。魏晋以后为专掌议礼之官。唐代太常寺置博士四人，主要职责是讨论谥法，论辨王礼。

②命妇：封建时代受封号的妇人。宫廷内的妃嫔等称为内命妇，宫廷外臣下之母妻称为外命妇。命妇享有各种礼节上的特殊待遇。宣政殿：建于唐高宗龙朔二年（662），位于含元殿正北、龙首原高台之上。是皇帝在大明宫举行听政之处。凡大朝会、大册拜，亦在此殿举行。故址在今西安大明宫。

③九部乐：隋及唐初宫廷的九部宴会乐曲。《隋书·音乐志下》："及

大业中,炀帝乃定清乐、西凉、龟兹、天竺、康国、疏勒、安国、高丽、礼毕,以为九部乐。"唐武德初,去天竺、文康(即礼毕),增燕乐和扶南,仍为九部。

④正寝:即路寝。古代帝王诸侯听政治事的宫室。也泛指居屋之正室。

⑤象阙:亦称"象魏"。古代天子、诸侯官门外的一对高建筑,是悬示教令的地方。路寝:原书此二字作"路门"。《新唐书·袁利贞传》《资治通鉴·唐纪·高宗开耀元年正月》均叙此事,俱作"路门",当据改。路门,古代官室最里层的正门。

⑥进御:犹进宫侍奉。

⑦伏望:表示希望的敬辞,多用于下对上。停省:裁撤,裁减不用。

⑧备极:犹言十二分。形容程度极深。恩私:犹恩惠,恩宠。

⑨中书侍郎薛元超:原书此句上尚有一"使"字,当据补。《新唐书》作"帝传诏谓利贞曰"。中书侍郎,中书省副长官,掌侍从献替、军国政令、敷奏文表诸事,协助中书令总领中书省政务。西汉置中书,掌密诏,三国魏称中书郎,西晋改称中书侍郎。隋朝称内史侍郎,唐朝初年称内史侍郎,高祖武德三年(620)改称中书侍郎,置二员,正三品。

⑩忠鲠(gěng):忠诚耿直。

⑪奖劝:褒奖鼓励。

⑫祠部员外:官名。祠部副长官,与郎中通掌祠部事。隋文帝时始置,炀帝改称承务郎。唐高祖武德三年(620)复称员外郎,置一员,从六品上阶。高宗、玄宗时曾两次随本司改名司禋员外郎(一说玄宗时改名职祠员外郎),寻各复旧。

### 【译文】

袁利贞是当时的太常博士。唐高宗将要在宣政殿宴请朝廷百官和命妇,并安排了九部宴会乐曲。袁利贞进谏说:"臣认为宣政殿是帝王诸侯听政治事的宫室,不是命妇宴饮聚会的场所;悬示教令的高大宫门和宫室的内门,也不是优伶进宫侍奉的地方。请求让命妇在其他宫殿举行宴会,九部乐的艺人从宫殿的东西方向进入。百戏等民间乐舞,希望可以裁撤不用。如果能在宫中三殿之外的其他场所,陛下可对他们尽施恩宠。"唐高宗立刻下令把宴会转移到麟德殿举行。到了举行宴会那天,高宗让中书侍郎薛元超对袁利贞说:"你家历来具有忠诚耿直的传统,你所进献的忠直言论,如果不加以厚赐,又怎么能褒奖鼓励呢?"于是高宗赐给袁利贞彩缎一百匹,并升任他为祠部员外。

　　635.高宗脑痈殆甚①,待诏秦鸣鹤奏曰②:"须针百会方止③。"则天大呼曰:"天子头上,可是出血处?"上曰:"朕意欲针。"即时眼明④,云:"诸苦悉去,殊无妨也。"则天走于帘下,自负银锦等赏赐⑤,如向未尝怒也。

**【注释】**

①高宗脑痈殆甚:本条采录自《芝田录》。脑痈,即脑疽病,脑袋上长了毒疮。

②秦鸣鹤:曾与张文仲同为唐高宗侍医,医术精湛,针灸技术娴熟。当时高宗患有风眩,头重目眩不能视,秦鸣鹤问诊后,认为是风气上逆所致,砭刺头部微出血,即可愈之。

③百会:中医经络穴位名。即百会穴,在头顶中央。《资治通鉴·唐纪·高宗弘道元年冬十一月》亦载此事,胡三省注曰:"《针灸经》:百会,一名三阳五会,在前顶后寸半,顶中央旋毛中,可容豆针二分,得气即泻。……《旧传》:鸣鹤针微出血,头疼立止。"

④即时:当下,立刻。

⑤自负:唐胡璩《谭宾录》引文作"躬负",亲自背着。

**【译文】**

唐高宗的脑疽病十分严重,医待诏秦鸣鹤奏报说:"需要在百会穴针灸才能止痛。"武则天大喊道:"天子的头上,是可以流血的地方吗?"唐高宗说:"我想要针灸。"秦鸣鹤施针后高宗的眼睛立刻就能看见了,秦鸣鹤说:"各种痛苦都祛除了,一点也没有妨碍了。"武则天走到帘后,亲自拿银锦等物赏赐给秦鸣鹤,就像刚才未曾发怒一样。

636.高宗将下诏逊位于则天①,摄知国政②,召宰臣议之③。郝处俊对曰:"《礼经》云④:'天子理阳道⑤,后理阴德⑥。'然则帝之与后,犹日之与月,阴之与阳,各有所主,不相夺也。若失其序,上则谪见于天⑦,下则祸成于人。昔魏文帝著令⑧,崩后尚不许皇后临朝,奈何遂欲自禅位天后?况天下者,高祖、太宗之天下,非陛下之天下。正合谨守宗庙⑨,传之子孙,不可持国与人,有私于后。惟陛下审详⑩。"中书侍郎李义琰进曰⑪:"处俊所引经典,其言至忠,惟圣虑无疑⑫,则苍生幸甚。"高宗乃止。及天后受命,处俊已殁,孙象竟被族诛⑬。始,则天以权变多智⑭,高宗将排群议而立之;及得志,威福并作⑮,高宗举动必为掣肘⑯,高宗不胜其忿。时有道士郭行真⑰,出入宫掖⑱,为则天行厌胜之术⑲,内侍王伏胜奏之⑳。高宗大怒,密诏上官仪废之。仪因奏:"天后专恣㉑,海内失望,请废黜以顺天心㉒。"高宗即令仪草诏。左右驰告则天,则天遽诉。诏草犹在,高宗恐有怨怼㉓,待之如初,且告之曰:"此并上官仪教我。"则天遂诛仪及伏胜等,并赐太子忠死㉔。自此政归武后,天子拱手而已㉕。

【注释】

①高宗将下诏逊位于则天:本条采录自《大唐新语·极谏》。逊位,

犹让位。

②摄知：执掌。

③宰臣：帝王的重臣，宰相。

④《礼经》：古代讲礼仪的经典。这里指《礼记》。

⑤阳道：对外之事，政事。《礼记·昏义》："故曰：'天子听男教，后听女顺。天子理阳道，后治阴德。天子听外治，后听内职。'"郑玄注："阴德谓主阴事。阴，令也。"

⑥阴德：帝王后宫的事务。

⑦谪见：古时认为异常的天象是上天对人的谴责，出现灾变的征候，谓之"谪见"。《后汉书·光武帝纪》："吾德薄致灾，谪见日月，战慄恐惧，夫何言哉！"李贤注："谪，责也。直革反。"

⑧著令：书面写定的规章制度。

⑨谨守：敬慎守持。

⑩审详：仔细审察，慎重考虑。

⑪李义琰：唐魏州昌乐（今河南南乐）人。高祖武德五年（622）进士及第。累迁中书侍郎。进同中书门下三品，兼太子右庶子，封酒泉公。与中书令郝处俊反对武则天摄政。弘道元年（683），以足疾乞骸骨。卒于家。

⑫圣虑：帝王的思虑或忧念。

⑬孙象：旧、新《唐书》叙此作"象贤"。《资治通鉴·唐纪·则天后垂拱四年》亦曰："夏，四月，戊戌，杀太子通事舍人郝象贤。象贤，处俊之孙也。"当据各书补"贤"字。郝象贤，唐安州安陆（今湖北安陆）人。高宗朝名相郝处俊之孙。武则天垂拱中，为太子通事舍人。四年（688），坐事被诛杀。临刑言多不顺，引武则天大怒，乃令支解其体，发其父祖坟墓。

⑭权变多智：才智过人且能随机应变。权变，随机应变。

⑮威福并作：即作威作福。语出《尚书·洪范》："惟辟作福，惟辟作

威。"孔颖达疏:"惟君作福得专赏人也,惟君作威得专罚人也。"原指统治者的赏罚之权,后多谓当权者妄自尊大,恃权弄势。

⑯掣(chè)肘:拉住胳膊,比喻从旁牵制。

⑰郭行真:唐武则天时期的道士。

⑱宫掖:指皇宫。掖,掖庭,嫔妃居住的地方。

⑲厌(yā)胜之术:古代方士的一种巫术,谓能以诅咒制服人或物。

⑳王伏胜:唐朝宦官。高宗麟德元年(664),被诬与梁王忠谋反,被杀。

㉑专恣:专横放肆。

㉒天心:犹天意。

㉓怨怼:怨恨,不满。

㉔太子忠:即唐高宗庶长子李忠。字正本,初封陈王,拜雍州牧。高宗永徽三年(652),册立为皇太子。显庆元年(656),降封梁王。后坐罪废为庶民,迁居黔州,囚禁于承乾故宅。麟德元年(664),中书令许敬宗陷害李忠联合宰相上官仪、宦官王伏胜谋反,坐罪赐死。

㉕拱手:两手交合以示敬意,引申为丧失政权。

**【译文】**

唐高宗准备下诏让位给皇后武则天,让她执掌国政,召集重臣商议这件事。郝处俊回答说:"《礼经》中说:'天子治理国政,皇后治理内宫事务。'这就是说皇帝与皇后,就像太阳和月亮,阴和阳,各自有自己所主管的事务,不能互相争夺。如果破坏了秩序,对上就会遭到天谴,对下就会祸国殃民。从前魏文帝曾写定制度,皇帝驾崩后尚且不允许皇后把持朝政,为什么您现在就想要让位给天后呢?何况当今天下,是高祖、太宗创立的天下,不是陛下您的天下。您应当敬慎奉守宗庙,传给子孙后代,不能把国家让给别人,对皇后偏私。希望陛下仔细考虑。"中书侍郎李义琰也进言说:"郝处俊援引的是经典,他说的话极为忠诚,只要您的心中没有疑虑,就是天下百姓的幸事。"唐高宗于是便停止考虑这件事。

等到武则天把持朝政,郝处俊已经去世,他的孙子郝象贤竟然被灭族。当初,武则天因为才智过人且能随机应变,唐高宗就要排除众人的议论册立她;等到她得志后,便作威作福,恃势弄权,唐高宗的一举一动都受到她的牵制,唐高宗怒不可忍。当时有一个叫郭行真的道士,出入宫闱,为武则天施行以符咒制服别人的厌胜巫术,宦官王伏胜将此事奏报给高宗。高宗非常愤怒,暗中召请上官仪商议废黜武则天的事情。上官仪趁机奏言说:"天后专横跋扈,全天下的人对她大失所望,请求废黜她来顺应天意。"唐高宗便命上官仪草拟废后诏书。高宗身边的侍臣赶忙把这件事传告给了武则天,武则天知道后就急忙向高宗控诉。草拟的诏书还没有销毁,高宗害怕武则天心生怨恨,对待她便像最初一样,并且告诉她说:"这些都是上官仪教我的。"武则天就诛杀了上官仪和王伏胜等人,并且赐死了太子李忠。从此以后国政全归武则天掌管,高宗最终丧失了政权。

637.阎立本①,总章元年以司平大常伯拜右相②。有文学,善写真③。

**【注释】**

①阎立本:本条采录自《封氏闻见记·图画》。

②总章:唐高宗李治的年号(668—670)。司平大常伯:又名司平太常伯。职官名。即工部尚书,唐龙朔二年(662)改,咸亨元年(670)复名工部尚书。

③写真:摹画人的真容,画像。

**【译文】**

阎立本,唐高宗总章元年以工部尚书的职位被拜为右丞相。他有文采,且善于摹画人的真容。

638.高宗朝①,太原王②,范阳卢③,荥阳郑④,清河、博陵崔⑤,陇西、赵郡李等七姓⑥,恃有族望⑦,耻与诸姓为婚,乃禁其自婚娶⑧。于是不敢复行婚礼⑨,密装饰其女以送夫家。

**【注释】**

①高宗朝:本条采录自《隋唐嘉话》。

②太原王:即太原王氏。汉朝至隋唐时的著名大族,唐时为山东士族七姓十家之一。

③范阳卢:汉朝至隋唐时的著名大族,唐时位列七姓十家,出宰相八人。

④荥阳郑:汉朝至隋唐时的著名大族,北魏孝文帝时与范阳卢氏、清河崔氏、太原王氏并称为四姓,唐代有十二位宰相出自荥阳郑氏。

⑤清河、博陵崔:即清河崔氏和博陵崔氏。清河崔氏,汉末至隋唐时期的著名大族,在北朝初年达到极盛;唐代位列七姓十家,出宰相十二人。博陵崔氏,中国汉朝至隋唐时期的著名大族,至唐代有六房位列七姓十家。

⑥陇西、赵郡李:即陇西李氏和赵郡李氏。陇西李氏,中古时期一个以陇西郡(狄道县)为郡望的李姓士族,唐时因李唐皇族自称出自陇西李氏,因此贞观年间修《氏族志》时,将其列为第一等。赵郡李氏,魏晋至隋唐时期的著名大族。唐高宗时位列七姓十家,共有九人出任宰相,唐末五代走向衰落。

⑦族望:有声望的名门大族。

⑧禁其自婚娶:《新唐书·高俭传》曰:"诏后魏陇西李宝,太原王琼,荥阳郑温,范阳卢子迁、卢浑、卢辅,清河崔宗伯、崔元孙,前燕博陵崔懿,晋赵郡李楷,凡七姓十家,不得自为昏。"

⑨复行:再举行。

**【译文】**

唐高宗时期,有太原王氏,范阳卢氏,荥阳郑氏,清河崔氏、博陵崔氏,陇西李氏、赵郡李氏等七姓十家,他们自恃为有声望的名门大族,耻于和其他姓氏的人家通婚,于是朝廷就禁止他们族内自相通婚。在这种情况下,七姓十家不敢再举行婚礼,偷偷地把女儿打扮好送往夫家。

639.武后时①,投匦者或不陈事②,而谩以嘲戏之言③,乃置使阅其书奏④,然后投之匦。匦之有司,自此始也。

**【注释】**

①武后时:本条采录自《隋唐嘉话》。本条与下640条原合为一条,本书依原书分列。

②投匦(guǐ):亦作"投匦"。唐武则天时铸铜匦四个,列置于朝堂上,受纳上书。后因以"投匦"谓臣民向皇帝上书。

③谩:毁谤,谩骂。嘲戏之言:指调笑戏谑之辞。

④书奏:指书简、奏章等。

**【译文】**

武则天时期,向铜匦中投递奏章的人有的不叙说事情,而是用戏谑之辞来毁谤朝廷,于是武则天安排了专门的官员查阅书奏,然后再投进铜匦之中。投匦处设主管的官员,就是从武则天开始的。

640.初置匦有四门①,其制稍大,难于往来。后遂小其制度②,同为一匦,依方色辨之③。汉时赵广汉为颍川太守④,设缿筒⑤,言事者投书其中,匦亦缿筒之流也。梁武帝诏于谤木、肺石函旁各置一函⑥,横议者投谤木函⑦,求达者投肺石函⑧,即今之匦也。初,则天欲通知天下之事⑨,有鱼保宗者⑩,颇机巧⑪,上书请置匦,以受四方之书,则天悦而从之。徐敬业于广陵作逆⑫,保宗曾与敬业造刀车之属,至是为人所发，伏诛。保宗父承晔<sup>⑬</sup>，自御史中丞坐贬仪州司马<sup>⑭</sup>。明皇以"瓯"字声似"鬼"<sup>⑮</sup>，改"瓯使"为"献纳使"<sup>⑯</sup>。乾元初<sup>⑰</sup>，复其旧名。

**【注释】**

① 初置瓯有四门：本条采录自《封氏闻见记·瓯使》。

② 制度：规制形状。唐苏鹗《杜阳杂编》卷上："遇新罗国献五彩氍毹，制度巧丽，亦冠绝一时。"

③ 方色：即一方之色。五行家将东南西北中与青赤白黑黄相配，一方一色，简称"方色"。

④ 赵广汉：字子都，涿郡蠡吾（治今河北博野）人。西汉大臣。少为郡吏、州从事。才识敏捷。经地方推举，任阳翟令，迁京辅都尉。昭帝卒，与大将军霍光等共谋废昌邑王，立宣帝，以功封关内侯，迁颍川太守。精于吏治，不避贵戚，以善治民著称于世。汉宣帝地节三年（前67），因冒犯丞相魏相，被腰斩。

⑤ 鲚（xiàng）筒：古代用以受理密信的器具。鲚，瓦制，如瓶，有小口。

⑥ 谤木：传说尧立进善之旌，诽谤之木，政有缺失，民得书之于木。传说尧舜时于宫外设置的，便于吏民议论时政、书写谏言的木柱。《后汉书·杨震传》："臣闻尧舜之世，谏鼓谤木，立之于朝。"肺石函：原书无"函"字，当据删。肺石，古时设于朝廷门外的石头。民有不平，得击石鸣冤。赤色，形如肺。故名。《周礼·秋官司寇五·朝士》："左嘉石平罢民焉，右肺石达穷民焉。"

⑦ 横议者：肆意发表言论的人。谤：责备。这里指谏言。

⑧ 求达者：想要得到显要地位的人。

⑨ 通知：犹通晓。《汉书·平帝纪》："征天下通知逸经、古记、天文、历算……至者数千人。"

⑩ 鱼保宗：武则天时大臣。鱼承晔之子，聪慧灵巧，曾上书武则天置

铜匦,受四方之书,颇得武则天赏识。后因从徐敬业举兵被杀。

⑪机巧:聪慧机敏。

⑫广陵:县名。战国时楚地。治今江苏扬州。

⑬父承晔:即鱼保宗之父鱼承晔。唐京兆栎阳(今属陕西)人。高宗末,累官至御史中丞。因其子保宗从徐敬业举兵被杀,坐贬仪州司马。武则天光宅元年(684)为侍御史,时裴炎下狱,承晔以御史鞫审此案,构浅冤狱。卒于武则天时。中宗即位后,追除其官爵。

⑭司马:此处为属官名。《周礼》夏官大司马之属官,掌军事。后汉时为将军的属官。魏晋以后,置僚属司马,分理军事。隋唐权力渐小。

⑮明皇:指唐玄宗李隆基。因谥号"至道大圣大明孝皇帝"得名。后世诗文多称为明皇。

⑯献纳使:官名。唐玄宗天宝九载(750)改理匦使为献纳使。肃宗至德元载(756)复旧。掌受纳四方上书。

⑰乾元:唐肃宗年号(758—759)。

**【译文】**

最初设置的铜匦有四个门,形制比较大,难于搬运。后来就缩小了规制形状,都是相同形制的匦,依靠四方的颜色来辨别它们的用途。西汉赵广汉做颍川太守的时候,在官署门前设置了受理密信的缿筒,告密的人把书简投进缿筒,匦就是缿筒之类的东西。南朝梁武帝下诏在宫门前的谤木和肺石旁各放置一个匣子,肆意发表言论的人将谏言投放到谤木前的匣内,想要得到显要地位的人则将文书投放到肺石旁的匣内,就是现在的匦。当初,武则天想要通晓天下之事,有一个叫鱼保宗的官员,非常聪慧机敏,他上奏疏请求设置匦,用来接收天下的上书,武则天高兴地答应了他的请求。后来徐敬业在广陵造反,鱼保宗曾经给徐敬业制造过刀、车之类的东西,到这时被人告发,被处以死刑。鱼保宗的父亲承晔,从御史中丞贬为仪州司马。唐玄宗认为"匦"字的读音像"鬼",将"匦使"改为"献纳使"。唐肃宗乾元初年，又恢复了以前的名字。

641.洛东龙门香山寺上方<sup>①</sup>，则天时名望春宫。则天御石楼坐朝<sup>②</sup>，文武百执事班于水次<sup>③</sup>。

**【注释】**

①洛东龙门香山寺上方：本条采录自《大唐传载》。龙门，山名。在河南洛阳南。香山寺，寺名。在河南洛阳龙门山上，后魏时建。

②坐朝：君主临朝听政。

③百执事：犹百官。班：朝班。指朝廷上百官所站的队列。水次：水边。

**【译文】**

洛阳东边龙门山香山寺的上方，武则天时叫作望春宫。武则天经常在御石楼临朝听政，文武百官排成队列在水边朝拜。

642.国有大赦<sup>①</sup>，则命卫尉树金鸡于阙下<sup>②</sup>，武库令掌其事<sup>③</sup>。金鸡为首<sup>④</sup>，建之于高橦之上<sup>⑤</sup>，宣赦毕，则除之。凡建金鸡，则先置鼓于宫城门之左。视大理及府县囚徒至<sup>⑥</sup>，则挝其鼓<sup>⑦</sup>。案：金鸡，魏晋以前无闻焉。或云始自后魏，亦云起自吕光<sup>⑧</sup>。《隋·百官志》云："北齐，尚书省有三公曹<sup>⑨</sup>，赦日建金鸡。"盖自隋朝废此官而为卫尉所掌。北齐每有赦宥<sup>⑩</sup>，则于阊阖门前树金鸡<sup>⑪</sup>，柱下取少土<sup>⑫</sup>，云佩之利官，数日间遂成坑，所司亦不禁约。武成帝即位<sup>⑬</sup>，其后河间王孝琬为尚书令<sup>⑭</sup>。先时有谣言："河南种谷河北生，白杨树头金鸡鸣。"祖孝征与和士开谮孝琬曰<sup>⑮</sup>："河南、河北，河间也；金鸡，言孝琬为天子，建金鸡也。"齐主信之而杀孝琬。则天封嵩岳⑯，大赦，改元万岁⑰。登封坛南有大树，树杪置金鸡⑱，因名树为"金鸡树"。

**【注释】**

①国有大赦：本条采录自《封氏闻见记·金鸡》。

②卫尉：官名。秦始置，汉沿置，掌宫门警卫。唐高宗、武周年间曾一度改称司卫，后复称卫尉寺，领武库、武器、守宫等署。金鸡：指金鸡竿或金鸡柱。古代颁赦诏日所用的仪仗，设立金鸡于竿上，以示吉辰。鸡以黄金饰首，故名金鸡。《新唐书·百官志》："赦日，树金鸡于仗南，竿长七丈，有鸡高四尺，黄金饰首，衔绛幡长七尺，承以彩盘，维以绛绳。将作监供焉。击捆鼓千声，集百官、父老、囚徒。"后因用为大赦之典。

③武库令：官名。唐朝置二员，从六品下，掌藏兵杖、器械，以备国用。

④金鸡为首：原书此句作"鸡以黄金为首"，当据正。

⑤橦（chuáng）：古代指旗杆、桅杆等。

⑥大理：即大理寺。官署名，掌邦国析狱详刑事，凡罪犯至流、死，皆详而质之，以申刑部。

⑦挝（zhuā）：打，敲打。

⑧吕光：字世明，略阳临渭（今属甘肃）人。前秦著名将领，十六国后凉开国君主。富有谋略，宽厚有度，勇力过人。初事苻坚，屡立战功，为苻坚所器重。晋太元八年（383）奉苻坚命出征西域，次年克龟兹。后割据凉州，卒谥懿武。

⑨尚书省：官署名。东汉设置，称尚书台，设于禁中，直接受制于皇帝，管理全国政务，又称中台。三国魏改称尚书省，成为中央执行政务之外朝机构。后世沿袭。唐朝曾改称文昌台、都台、中台等，不久复旧称。长官为令，副长官为左右仆射。三公曹：官署名。西汉成帝时始置，主管断狱。长官为三公曹尚书，属尚书令。东

汉时,主管每年对诸州郡的考课事。魏、晋沿置。南朝宋、齐属吏部尚书,掌官吏选举。

⑩赦宥:宽恕,赦免。

⑪阊阖门:在今河南洛阳东北,即汉、晋洛阳故城西城北门。

⑫柱下取少土:原书此句上尚有"万人竞就金鸡"六字,当据补。

⑬武成帝:指北齐皇帝高湛,因其谥号武成皇帝,故称。

⑭河间王孝琬:即北齐文襄帝高澄之子高孝琬,勃海蓨(今河北景县)人。北齐建立后,受封河间郡王。天统初年,迁尚书令。抵抗突厥与北周军队入侵,拜并州刺史,得罪权臣和士开和祖珽。天统二年(566),被武成帝高湛处死,年仅二十六岁。尚书令:官名。尚书省长官,统六部,总理朝廷政务。因唐太宗曾居此任,高宗龙朔三年(663),下令废此职。五代复置。

⑮祖孝征:即祖珽。字孝征,北齐范阳逎县(今河北涞水)人。起家秘书郎,历事诸帝,屡以贪赃免官。河清四年(565),与和士开说武成帝禅位于太子高纬。任秘书监。后求宰相不成,徙光州,囚于地牢而失明。天统五年(569)复被起用为秘书监,累迁侍中、左仆射。后出为北徐州刺史。卒于州。和士开:字彦通,北齐清都临漳(今河北临漳)人。初为长广王高湛府行参军,深受高湛赏识。高湛即位,累除侍中,加开府,常与胡后戏乐。武成帝卒,奉遗诏辅政,位左丞相、太宰,执掌朝政,依势弄权,谗害忠良。后被捕杀。谮(zèn):说别人的坏话,诬陷,中伤。

⑯嵩岳:即嵩山。

⑰改元:皇帝改用新年号纪年,称为"改元"。

⑱树杪(miǎo):树梢。杪,树枝的细梢。

**【译文】**

国家有大赦的时候,就会命令卫尉树立金鸡竿在宫阙之下,武库令掌管这件事。鸡头用黄金制作,树立在高高的旗杆之上,赦令宣布结束之后,就去除金鸡竿。凡是树立金鸡,就要先在宫城门的左边放置一面鼓。看到大理寺和各个府县的囚犯来了,就敲这面鼓。案:金鸡竿,魏晋以前没有听说过。有人说开始于后魏,也有人说开始于后凉吕光时期。《隋书·百官志》说:"北齐时期,尚书省有三公曹尚书,在大赦之日就会树立金鸡竿。"大概是从隋朝开始废除了这一官职而转由卫尉掌管。北齐每次有赦免,就在阊阖门前树立金鸡竿,民众竞相到立金鸡柱子的下边取一点土,据说佩戴这里的土有利于做官,几天时间柱子下面就成了一个坑,主管部门也不禁止。武成帝登上皇位,不久河间王高孝琬任尚书令。之前有两句歌谣说:"河南种谷河北生,白杨树顶金鸡鸣。"祖珽与和士开就诬陷高孝琬说:"河南、河北,指的就是河间;金鸡,是说高孝琬要当天子,立金鸡竿。"武成帝听信了他们的话杀了高孝琬。武则天在嵩山行封禅大典,大赦天下,改年号为万岁。登封的祭坛南边有一棵大树,树梢上放置了一只金鸡,于是把这棵树命名为"金鸡树"。

643.宋璟劾张昌宗等反状,武后不应。李邕立阶下,大言曰①:"璟所陈社稷大事,陛下当听。"后色解,即可璟奏。邕出,或让曰:"子位卑,一忤旨②,祸不测。"邕曰:"不如是,名亦不传。"

**【注释】**

①大言:高声说。

②忤旨:违抗旨意。

**【译文】**

宋璟弹劾张昌宗等人造反的罪状,武后没有回应。李邕站在朝堂的台阶下,高声说:"宋璟陈述的是国家大事,陛下应该听。"武则天的脸色缓和了,当下就允准了宋璟的上奏。李邕出来后,有人责怪他说:"你的职位卑微,一旦违抗旨意,祸患就不可预测。"李邕说:"如果不这样做,声名也得不到传扬。"

644.苏安恒博学<sup>①</sup>,尤明《周礼》《左氏》。长安二年<sup>②</sup>,上疏请复子明辟<sup>③</sup>,奏疏不纳。魏元忠为张易之所构,安恒又申理之<sup>④</sup>。易之大怒,将杀之,赖朱敬则、桓彦范等保护<sup>⑤</sup>,获免。后坐节愍太子事<sup>⑥</sup>,下狱死。睿宗即位<sup>⑦</sup>,下诏曰:"苏安恒文学立身,鲠直成操<sup>⑧</sup>,往年陈疏,忠谠可嘉<sup>⑨</sup>。属回邪擅权<sup>⑩</sup>,奄从非命<sup>⑪</sup>,兴言轸悼<sup>⑫</sup>,用恻予怀<sup>⑬</sup>。可赠谏议大夫<sup>⑭</sup>。"

**【注释】**

①苏安恒博学:本条采录自《大唐新语·极谏》。苏安恒,唐冀州武邑(今河北武邑)人。博学,尤精《周礼》《左传》。武则天时,以直谏著称,两次以布衣上疏请还政太子。长安三年(703),魏元忠为权臣张易之陷害,苏安恒抗疏申之,痛斥张易之豺狼其心,指鹿为马,险遭张易之等杀害。中宗神龙三年(707),被诬与太子李重俊谋杀武三思等,下狱死。睿宗时,得以昭雪。

②长安:武则天年号(701—704)。

③复子明辟:谓还政或让位。《尚书·洛诰》:"周公拜手稽首曰:'朕复子明辟。'"孔传:"言我复还明君之政于子。子,成王。年二十成人,故必归政而退老。"

④申理:理清冤案,昭雪。

⑤桓彦范:字士则,唐润州曲阿(今江苏丹阳)人。弘文馆学士桓法嗣之孙。初以门荫入仕,早年历任右翊卫、司卫寺主簿。武周时曾任御史中丞,司刑少卿等职。中宗神龙元年(705)拜相,参与

　　张柬之政变，逼武则天退位，拥立中宗复位，改任侍中。同年遭武三思等人排挤，罢相，拜扶阳郡王。神龙二年（706）为酷吏周利贞所杀。睿宗继位后，追赠司徒，谥曰忠烈。

⑥节愍太子：即唐中宗李显第三子李重俊，早年历封义兴郡王、卫王，拜洛州牧，中宗神龙二年（706）被立为皇太子。因遭韦后、武三思父子及安乐公主猜忌，率左羽林大将军李多祚等发动兵变，诛杀武三思父子及韦皇后等人，兵败后逃奔终南山，中途被部下所杀。唐睿宗即位后，追复李重俊太子之位，赐谥节愍，陪葬定陵。

⑦睿宗：即唐睿宗李旦，唐高宗李治之子，武则天生。谦恭孝友，工草隶。初封殷王，后徙封相王、豫王。前后两次登基，共在位八年，真正掌权两年。略有智谋，善以退让避祸。在位期间，政事多谋于太子李隆基和太平公主。延和元年（712），禅位于李隆基，自称太上皇。开元四年（716）六月，卒于长安百福殿。庙号睿宗，谥大圣贞皇帝，后改谥玄真大圣大兴孝皇帝。

⑧鲠（gěng）直：刚直，正直。

⑨忠谠（dǎng）：忠诚正直。

⑩回邪：邪佞之人。擅权：专权，揽权。

⑪奄（yǎn）从非命：骤然遭遇灾祸而死亡。奄，骤然，忽然。非命，因意外的祸害而死亡。

⑫兴言：语助词。轸（zhěn）悼：痛切哀悼。

⑬恻：悲伤，痛惜。

⑭谏议大夫：官名。汉置，掌规谏讽谕。秦置谏大夫，掌议论。西汉改属光禄勋，东汉光武帝时改称谏议大夫，历朝沿置。唐德宗贞元四年（788）分置左、右谏议大夫。宪宗元和元年（806）罢左右之名，隶门下省。

【译文】

苏安恒学识渊博，尤其精通《周礼》和《左传》。武则天长安二年，他上奏疏请求武则天还政，奏疏没有被采纳。宰相魏元忠被张易之诬陷，苏安恒又替魏元忠申诉冤屈。张易之大怒，准备派人杀了他，依靠朱敬则、桓彦范等人的保护，才得以免祸。后来苏安恒受节愍太子李重俊之事的牵连，下狱而死。唐睿宗登基后，下诏书说："苏安恒凭借文才学识立身，刚正有节操，往年他所上陈的奏疏，忠诚正直，值得赞许。在邪佞之人专权之时，骤然遭祸死于非命，令人痛切哀悼，我从心里感到悲伤。可以追赠他为谏议大夫。"

645. 裴知古[①]，自中宗、武后朝以知音律直太常[②]。路逢乘马[③]，闻其声，窃曰："此人即当坠马。"好事者随而观之，行未半坊[④]，马忽惊坠，殆死。又尝观人迎妇[⑤]，闻妇佩玉声，曰："此妇不利姑[⑥]。"是日有疾，竟亡。其知音皆此类也。又善摄卫[⑦]，开元十三年终[⑧]，且百岁。

**【注释】**

①裴知古：本条采录自《隋唐嘉话》。裴知古，祖籍雍州（今陕西西安）。唐朝官吏、音乐家。通晓音律，武周长安年间任太乐丞，终太乐令。精于音乐，并善于以乐声附会世事变迁。

②直：担任。太常：职官名。秦置奉常，汉景帝中元六年（前144）更名太常，掌宗庙礼仪，兼掌选试博士。北魏称太常卿，北齐称太常寺卿，北周称大宗伯，隋唐皆置太常寺，置卿。掌祭祀、礼乐、陵寝诸事。

③乘马：骑马，此处指骑马的人。

④坊：街市里巷。

⑤迎妇：迎娶新妇，娶亲。

⑥此妇不利姑：《新唐书·李嗣真（附裴知古）传》曰："人有乘马者，知古闻其嘶，乃曰：'马鸣哀，主必坠死。'见新婚者，闻佩声，曰：

'终必离。'访之,皆然。"与本条记载不同。姑,旧时妻称夫的母亲为姑。

⑦摄卫:谓保养身体,即养生。北周王褒《与周弘让书》:"舒惨殊方,炎凉异节,木皮春厚,桂树冬荣,想摄卫惟宜,动静多豫。"

⑧开元:唐玄宗李隆基年号(713—741)。

**【译文】**

裴知古,从唐中宗、武则天朝就因为通晓音律担任太常寺卿。在路上碰见一个骑马的人,听他的声音,裴知古小声说:"这个人马上就要坠马。"好事的人跟着去看,那个骑马的人还没走过半个街巷,马忽然受惊将他摔了下来,差点死掉。又曾看别人娶亲,听见新妇佩玉发出的声音,裴知古说:"这个新妇对她的婆婆不利。"果然新妇的婆婆当天就忽发疾病,最终去世了。裴知古通晓音律都是这一类。他还擅长养生,开元十三年去世,年龄将近一百岁。

646.曹怀舜[①],金乡人。父继叔[②],死王事[③]。怀舜授游击将军[④],历内外两官。则天尝云:"怀舜久历清资[⑤],屈武职。"后转右玉钤卫将军[⑥]。

**【注释】**

①曹怀舜:周勋初《校证》注曰:"本条不知原出何书。"《太平广记》亦载此事,注明辑自唐韩琬撰《御史台记》,只是文字与本条出入较大。曹怀舜,唐朝官吏。武周时任右金吾将军、右武卫将军等职。后因将兵讨伐突厥阿史那伏念部失利,被流放岭南。

②父继叔:即曹怀舜之父曹继叔,唐初官吏。太宗贞观中,官至右骁卫将军。英勇善战,战功卓著。二十一年(647),与郭孝恪等率军讨龟兹(今新疆库车),大败龟兹国王。后又与韩威合兵击败龟兹国相那利,并生擒之。高宗永徽三年(652),任嶲州道行军

总管,率军讨平南方蛮族及东鲁诸部的叛乱,获马牛甚众。龙朔中,任左武卫将军。永隆元年(680),与裴行俭等人率军讨伐突厥,阿史那伏念遂归顺唐朝。

③王事:王命差遣的公事。

④游击将军:职官名。汉朝始置,为杂号将军之一。魏、晋为禁军将领,掌宿卫之任。北魏、北齐置为侍卫牙职。唐高祖武德七年(624)置为从五品下武散官。

⑤清资:清贵的官职,指侍从文翰之官。

⑥右玉钤卫将军:职官名。武则天光宅元年(684),改左右领军卫为左右玉钤卫,各有将军二人,位在大将军之下。中宗神龙元年(705)复故。

**【译文】**

曹怀舜,山东金乡县人。他的父亲曹继叔,死于王事。曹怀舜被授予游击将军,历任京城内外两个地方的官职。武则天曾经说:"曹怀舜长时间担任清贵文官,对一个武将来说屈才了。"后来转任为右玉钤卫将军。

647.则天时①,郎吏王上客自恃才艺②,意在前行外郎③,后除水部员外④,颇怀愤惋⑤。同列张敬忠以诗戏曰⑥:"有意嫌工部,专心觅考功。谁知脚蹭蹬,几落省墙东⑦。"

**【注释】**

①则天时:本条采录自《大唐新语·谐谑》。《南部新书》《唐诗纪事·张敬忠》均载此事。本条与下648条原合为一条,本书据原书分列。

②郎吏:官名。郎官的别称。这里指一般胥吏,多指州县官府掌管诸种杂役的吏职。王上客:唐人,生平未详。

③前行外郎:亦作前行员外郎。唐时吏部、兵部员外郎的通称。前行,唐宋时六部分为前行、中行和后行三等,吏部、兵部属前行。

④后除水部员外：原书此句作"俄除膳部员外"，当据改。

⑤愤惋：怅恨，愤恨。

⑥同列：犹同僚。张敬忠：唐京兆（今陕西西安）人。中宗时任监察御史。神龙三年（707），入朔方军总管张仁愿幕府，分判军事。后为司勋郎中、吏部郎中，迁兵部侍郎。玄宗开元七年（719），拜平卢节度使。后历任河西节度使、益州大都督府长史、剑南节度使、河南尹、太常卿等职。以文吏著称，诗以《边词》知名。

⑦"有意嫌工部"几句：语出张敬忠《戏咏》，是说有意嫌弃工部的官职，一门心思想做考功司郎中。谁知道脚下一滑（指倒霉），竟然落在了尚书省东墙边的膳部。工部，官署名。尚书省六部之一，掌天下宗庙、宫室之营造及屯田、水利、交通等事务。考功，职官名。考功郎中的简称。为吏部考功司长官，掌内外官考课。蹭蹬，倒霉、失势、不得意。几落省墙东，原书此句下尚有"膳部在省东北隅，故有此咏"二句。

**【译文】**

武则天时，郎官王上客自认为很有才华，一心想做前行外郎，后来他被任命为膳部员外郎，内心充满怨愤和遗憾。同僚张敬忠作诗嘲弄他说："有意嫌工部，专心觅考功。谁知脚蹭蹬，几落省墙东。"

648.议者戏云①："畿尉有六道②：入御史为佛道③，入评事为仙道④，入京尉为人道⑤，入畿丞为苦海道⑥，入县令为畜生道，入判司为饿鬼道⑦。"

**【注释】**

①议者戏云：本条采录自《御史台记》。

②畿（jī）尉：畿县县尉。唐朝畿县设二人，掌县内治安和社会秩序。

六道：佛教术语。佛家以天道、人道、地狱道、饿鬼道、阿修罗道、畜生道为六道。此处或有演变,喻指畿尉升迁的六条出路。

③佛道:《南部新书》载此条作"天道"。

④评事:职官名。隋朝设置,为大理寺属官。唐时为大理寺评事的省称。掌出使推狱事。从八品下。

⑤京尉:汉末王莽置,为京尉大夫或京尉郡的省称。

⑥畿丞:指畿县的县丞。

⑦判司:古代官名。唐朝州郡诸曹参军的统称。唐朝节度使僚属中都置判官,分曹判事,称判司。

**【译文】**

谈论的人开玩笑说:"畿县县尉在仕途上有六道:做御史是佛道,做评事是仙道,做京尉是人道,做畿县县丞是苦海道,做县令是畜生道,做判司则是饿鬼道。"

## 649.左史东方虬每云①:"二百年后,乞尔西门豹作对②。"

**【注释】**

①左史东方虬每云:本条采录自《隋唐嘉话》。左史,官名。西周史官分为左史与右史,左史记行,右史记言。《周礼·春官》有大史、内史。大史即左史,内史即右史。唐增置起居郎,隶门下省。高宗龙朔二年(662)改起居郎为左史,起居舍人为右史。又置有内供奉,无员数之限,职掌同于正官,选有才干者充任。东方虬:唐人。武后时任左史、礼部员外郎。善作诗。武后游龙门,命群官赋诗,先成者赏锦袍。东方虬诗先成得锦袍,及宋之问诗成,左右称善,武后夺袍给宋之问。东方虬诗作多有风骨,陈子昂称其"不图正始之音,复睹于兹,可使建安作者相视而笑"。

②乞尔:请求。西门豹:战国时魏国人。魏文侯时任邺(今河北临漳)令。邺三老、廷掾以给河伯娶妇为名,赋敛百姓。他到任后,

破除"河伯娶妇"的迷信,惩处女巫和三老,又率民开凿渠水十二条,引漳水灌溉,民得其利。作对:作对联,作对句。

## 【译文】

左史东方虬常说:"两百年后,请求跟西门豹作对句。"

650.苏味道词亚于李峤①,时称苏、李。崔融尝戏苏曰②:"我词不如公有'银花合'也③。"苏即答:"犹不及公'金铜钉'。"谓"今同丁令威"也④。

## 【注释】

①苏味道:唐赵州栾城(今河北栾城)人。高宗乾封年间进士及第,授咸阳县尉。武则天延载元年(694)拜相,任凤阁侍郎同凤阁鸾台平章事。证圣元年(695)坐事出任集州刺史。不久召拜天官侍郎。圣历元年(698)再次拜相。在职善敷奏,熟知台阁掌故,但处事圆滑,模棱两可,故世号"苏模棱"。中宗神龙初,以附阿张易之贬眉州刺史,迁益州长史。卒于任上。诗多写景咏物之作。

②崔融:字安成,唐齐州全节(今山东济南)人。高宗时应制科举登第,累补官门丞、崇文馆学士。中宗为太子时,崔融为侍读,兼侍属文,东宫表疏多出其手。武则天时历任著作郎、凤阁舍人、知制诰等。中宗神龙年间,因附张易之贬为袁州刺史。寻召拜国子司业,兼修国史,封清河县子。谥曰文。崔融为文典丽,与苏味道、李峤、杜审言齐名,合称为"文章四友"。

③银花合:唐孟棨《本事诗》云:"苏有观灯诗曰:'火树银花合,星桥铁锁开。暗尘随马去,明月逐人来。'"《唐诗纪事·苏味道》记此诗,题曰《上元》。

④今同丁令威:《旧唐书·张昌宗传》:"久视元年,改控鹤府为奉宸府,又以易之为奉宸令。……时谀佞者奏云:'昌宗是王子晋后

身．'乃令被羽衣，吹箫，乘木鹤，奏乐于庭，如子晋乘空。辞人皆赋诗以美之，崔融为其绝唱，其句有'昔遇浮丘伯，今同丁令威。中郎才貌是，藏史姓名非'。"《唐诗纪事·崔融》亦记此诗。

**【译文】**

苏味道的诗词文采比不上李峤，当时二人并称为"苏李"。崔融曾经戏弄苏味道说："我的词采不如您有'银花合'这样的好句。"苏味道随即回答道："还是不如您的那句'金铜钉'。"说的就是崔融写给张昌宗诗"今同丁令威"一句。

651.刘希夷诗曰①："年年岁岁花相似，岁岁年年人不同。"其舅即宋之问也，苦爱此两句②，知其未示人，恳乞此两句③，许而不与。之问怒，以土囊压杀之④。刘禹锡曰："宋生不得死⑤，天报之矣！"

**【注释】**

①刘希夷诗曰：本条采录自《刘宾客嘉话录》。刘希夷，字延之，一作庭芝，唐汝州（今河南临汝）人。高宗上元二年（675）进士。少有文华，善弹琵琶，落魄不拘常格。其诗以歌行见长，多写闺情、从军，辞意柔婉华丽，且多感伤情调。其诗《代白头吟》有"年年岁岁花相似，岁岁年年人不同"句，相传其舅宋之问欲据为己有，希夷不允，竟为宋之问所害。死时年未三十。《全唐诗》录存其诗一卷。

②苦爱：酷爱，极爱。

③恳乞：请求。

④土囊压杀：用装满沙土的袋子压死或闷死人。

⑤不得死：原书此句作"不得其死"，当据之补"其"字。不得其死，

指人不得善终。《论语·先进》"若由也，不得其死然"，也表示对恶人的诅咒。

【译文】

刘希夷有两句诗说："年年岁岁花相似，岁岁年年人不同。"他的舅舅就是宋之问，极其喜欢这两句诗，知道刘希夷还没有给其他人看过，请求把这两句诗让给他，刘希夷答应了却没给。宋之问非常生气，用盛满泥土的袋子将刘希夷压死。刘禹锡说："宋之问不得善终，是上天对他的惩罚。"

652.张文瓘之为大理①，获罪者皆曰："为张卿所罚，不枉也②。"

【注释】

①张文瓘（guàn）之为大理：本条采录自《隋唐嘉话》。张文瓘，字稚圭，贝州武城（今山东武城）人。唐太宗贞观初年明经及第，补并州参军，累迁水部员外郎。高宗乾封二年（667）拜相，任东西台舍人兼知政事。总章二年（669），改任东台侍郎同东西台三品。上元二年（675），迁任侍中兼太子宾客。为政勤俭，敢以直言进谏，深为高宗信重。仪凤二年（677），反对征讨新罗，抱病进谏，郁郁病逝，追赠幽州都督，陪葬恭陵。大理：即大理寺卿，亦称大理卿。大理寺长官，位列九卿。主管刑狱之审讯、决断。秦为廷尉，汉景帝中元六年（前144）更名大理，汉武帝建元四年（前137）复为廷尉。北齐改廷尉为大理寺卿，隋唐以后沿用。

②为张卿所罚，不枉也：这两句是说张文瓘判案公正。《旧唐书·张文瓘传》曰："俄迁大理卿，依旧知政事。文瓘至官旬日，决遣疑事四百余条，无不允当，自是人有抵罪者，皆无怨言。"《新唐书·张文瓘传》同。

【译文】

张文瓘任大理寺卿的时候，犯罪的人都说："被张文瓘判罚，一点儿也不冤枉。"

653.张柬之等既迁则天于上阳宫①，中宗犹以皇太子监国②，告武氏之庙。时累日阴翳③，侍御史崔液奏曰④："方今国命初复⑤，当正徽号称唐⑥，顺万姓之心，奈何告武氏庙？庙宜毁之，复唐鸿业⑦，天下幸甚！"中宗深纳之。制命既行，阴云四霁，万里澄廓⑧，咸谓天人之应。

【注释】

①张柬之等既迁则天于上阳宫：本条采录自《大唐新语·极谏》。上阳宫，宫殿群名。在禁苑之东，唐高宗上元中置。"南临洛水，西拒谷水，东即宫城，北连禁苑"。故址在今河南洛阳西洛河北岸。武则天时又行扩建，常居于此。神龙元年（705），唐"中宗于是复即位，徙太后上阳宫。帝率百官诣观风殿问起居，后率十日一诣宫，俄朝朔、望"。不久，武则天死于上阳宫。唐玄宗时，常将有过失的宫女谪居于此。

②监国：代替皇帝处理国政。

③阴翳：阴云密布的样子。

④侍御史：官名。战国时已出现御史一称，掌文书及记事。秦以御史监郡，遂具有弹劾监察之任。汉有治书侍御史，隋唐御史台有侍御史、殿中侍御史，分掌台杂、东西推、知弹与监察殿臣供奉仪式。崔液：字润甫，定州安喜（今河北定州）人。唐大臣崔仁师之孙。官至殿中侍御史。坐兄崔湜之狱当流配，惧而亡命郢州，作《幽征赋》以见意。后遇赦还。

⑤国命:国家的命脉。

⑥徽号:本指旗帜的名号。此处引申指国号。

⑦鸿业:大业。多指王业。

⑧澄廓:清明辽阔。

**【译文】**

　　张柬之等人已经将武则天迁移至上阳宫,唐中宗还以皇太子身份监国,祭告武氏的宗庙。当时连日阴云密布,侍御史崔液上奏说:"现在国家的命脉刚刚恢复,正应当改国号称唐,顺应百姓的心愿,为什么还要祭告武氏的宗庙呢? 武氏的宗庙应该毁掉,恢复李唐帝业,才是天下百姓的大幸!"唐中宗完全采纳了他的意见。诏令颁发后,阴云四散,万里晴空,人们都说这是天意和人事之间的相互感应。


　　654.中宗时①,兵部尚书韦嗣立新入三品②。侍郎赵彦昭假金紫。吏部侍郎崔湜复旧官③。上命烧尾④,令于兴庆池设食⑤。至时,敕卫尉陈设,尚书省诸司各具彩舟游胜⑥。飞楼结舰⑦,光夺霞日。上与侍臣亲临焉。既而吏部船为仗所隔,兵部船先至,嗣立奉觞献寿⑧。上问:"吏部船何在?"崔湜步自北岸呼之,遇户部双舸⑨,上结重楼⑩,兼声乐一部,即呼至岸,以纸书作"吏部"字贴牌上,引至御前。上大悦,以为兵部不逮也。俄有风吹所帖之纸,为嗣立所见,遽奏云:"非吏部船。"上令取牌,探纸见"户"字,大笑。嗣立请科湜罪⑪,上不许,但罚酒而已。


**【注释】**

①中宗时:本条采录自《封氏闻见记·烧尾》。

②韦嗣立:字延构,唐郑州阳武(今河南原阳)人。名相韦思谦之子。

进士及第,任双流县令,政有殊绩,迁莱芜县令。武则天长安三年
(703)拜相,任凤阁侍郎同凤阁鸾台平章事。历任成均祭酒、饶州
长史、太仆少卿、黄门侍郎、太府卿等职。中宗景龙三年(709),再
次拜相,任兵部尚书同中书门下三品。睿宗即位,以中书令的身份
继续为相。不久贬为许州刺史。卒赠兵部尚书,谥号为孝。

③吏部侍郎:为吏部司之长官。协助尚书总领吏部事务,分掌选部
流内六品以下官之铨衡。隋炀帝大业三年(607)始置,唐高宗龙
朔二年(662)曾改称司列少常伯,咸亨元年(670)复旧,初置一
员,正四品上,总章元年(668)加置一员。《新唐书·百官志·吏
部》:"侍郎二人,正四品上……掌文选、勋封、考课之政。"崔湜
(shí):字澄澜,唐定州安喜(今河北定州)人。进士及第,授左补
阙,迁殿中侍御史。先后依附于武三思、上官婉儿,由考功员外
郎,累迁中书侍郎、同中书门下平章事。韦氏称制,复为中书侍
郎、同中书门下三品。睿宗即位,出为华州刺史。俄又为太平公
主所引,复迁中书门下三品。玄宗先天元年(712),拜中书令。
二年(713),以预逆谋,流徙岭外,行至荆州,赐死。

④烧尾:即烧尾宴。自唐以来,凡士子登第或官吏升迁,依例设宴
献食,以表庆祝酬谢,名曰"烧尾"。宋孔平仲《孔氏谈苑·烧尾
宴》:"士人初登第,必展欢宴,谓之'烧尾'……又说:鱼跃龙门化
龙时,必须雷电为烧其尾乃化。"

⑤兴庆池:唐都长安兴庆宫龙池。在兴庆宫南部,池因宫而得名。
故址在今陕西西安兴庆宫公园内。为皇帝与妃嫔僚臣泛舟游宴
之地。设食:设宴。

⑥游胜:游览名胜美景。

⑦飞楼:高楼。

⑧奉觞献寿:举杯敬酒,献礼祝寿。

⑨舸(gě):大船。

⑩重楼：指层楼。

⑪科：判定（刑罚）。

【译文】

　　唐中宗时，兵部尚书韦嗣立刚刚迁任三品官。侍郎赵彦昭被授予金鱼袋及紫衣。吏部侍郎崔湜恢复了以前的官位。朝廷命烧尾宴，让他们依例在兴庆池设宴献食。到了设宴那天，命卫尉陈列、摆设物品，尚书省各司各自准备装饰华丽的船以游胜。兴庆池上游船像高楼一样耸立，明亮夺目。皇帝与左右近臣亲自驾临。不久吏部准备的船被仪仗队阻隔，兵部的船就先到了，韦嗣立举杯敬酒，向皇帝献礼祝寿。中宗问："吏部的船在哪里？"崔湜走着从北岸呼喊吏部的船，遇上户部的两艘大船。船上有牢固高大的层楼，还有一支演奏歌舞的乐队。于是他立刻喊两艘船靠岸，用纸写了"吏部"二字贴在船牌上，让两艘船来到皇帝面前。中宗很高兴，认为兵部的船比不过吏部的。不一会儿一阵风吹掉了贴在船牌上的纸，被韦嗣立看见了，他急忙上奏说："这不是吏部的船。"皇帝命人取来船牌，察看纸上的字就看见了"户"字，大笑。韦嗣立请求判崔湜的罪，中宗没有答应，只是罚了崔湜的酒。


　　655.薛令之①，闽之长溪人。神龙二年②，赵彦昭下进士及第，后为左补阙兼太子侍讲③。时东宫官冷落，之次难进④，令之有诗曰："明月夜团团，照见先生盘。盘中何所有？苜蓿长阑干。饭涩匙难绾，羹稀箸易宽。只可谋朝夕，那能度岁寒⑤？"明皇幸东宫，见之不悦，以为讽上。援笔酬曰⑥："啄木嘴距长，凤凰毛羽短；若嫌松桂寒，任逐桑榆暖⑦。"令之遂谢病归。及肃宗即位，召之。诏下，而令之已卒。

【注释】

①薛令之:本条采录自《闽中名士传》。《太平御览·闽中名士传》亦载。薛令之,字君珍,唐福建长溪(今福建霞浦)人。中宗神龙二年(706)进士及第。玄宗开元间累迁左补阙兼太子侍读,与贺知章并侍东宫。后因李林甫冷落东宫,赋诗讽谏唐玄宗,引起玄宗不满,遂托病辞官归乡。约卒于天宝后期。肃宗登位后,以旧恩召之,而令之已卒。薛令之以诗文名,为闽人以诗赋登第第一人。

②神龙:唐中宗李显年号(705—707)。

③左补阙:官名。唐武后垂拱元年(685)置,取国政有过失而补正之意。左补阙二人隶门下省,右补阙二人隶中书省,掌供奉讽谏,扈从乘舆。侍讲:职官名。汉代即有此称号,以之名官则起于魏明帝。唐始置侍讲学士,以讲论文史。

④之次:到别的地方去。次,指停留的处所。

⑤"明月夜团团"几句:语出薛令之《自悼》诗,意思是说晚上圆圆的明月升起,照见了先生的盘子。盘中有什么呢?苜蓿之类的野菜很杂乱。饭菜简陋难以下咽,只能考虑眼前的温饱,怎样度过寒冷的冬天呢?团团,指圆月,或比喻月亮很圆。苜蓿,豆科。一年或多年生草本。可供蔬食、饲料、肥料等用。阑干,纵横散乱的样子。

⑥援笔:执笔。酬:应和,酬和。

⑦"啄木嘴距长"几句:语出唐玄宗《续薛令之题壁》,是说啄木鸟的嘴和后脚爪都很长,凤凰的羽毛很短,如果嫌松树、桂树上寒冷,可以任凭你追求桑树、榆树上的温暖。距,后脚爪。

【译文】

薛令之,福建长溪人。唐中宗神龙二年,赵彦昭考中了进士,后来做了左补阙兼太子侍讲。当时在东宫做官的人很受冷落,想要升迁就更困难,于是薛令之作诗说:"明月夜团团,照见先生盘。盘中何所有?苜蓿长阑干。饭涩匙难绾，羹稀箸易宽。只可谋朝夕，那能度岁寒？"唐玄宗驾临东宫，看见这首诗非常不高兴，认为是在讥讽自己。于是拿笔酬和了一首诗说："啄木嘴距长，凤凰毛羽短；若嫌松桂寒，任逐桑榆暖。"薛令之于是借口有病就辞官回家了。等到唐肃宗继位，下令征召他，可是薛令之已经去世。

656.景龙初<sup>①</sup>，有韩令珪起自细微<sup>②</sup>，好以行第呼朝士<sup>③</sup>。寻坐罪<sup>④</sup>，为姜武略所按<sup>⑤</sup>，以枷锢之。乃谓："姜五公名流，何故遽行此？"姜武略应云："且抵承曹大<sup>⑥</sup>，无烦唤姜五<sup>⑦</sup>。"

**【注释】**

①景龙：唐中宗李显年号（707—710）。

②韩令珪：唐武则天时期令史之类的小吏。细微：低贱。《汉书·高帝纪》："帝起细微，拨乱世反之正，平定天下。"

③行第：排行的次序。

④坐罪：治罪，获罪。

⑤姜武略：唐武则天时期官吏。

⑥抵承：即承抵，认罪抵命。一说，"抵承"应作"祗承"，敬蒙之义。

⑦无烦：不需烦劳，不用。

**【译文】**

唐中宗景龙初年，有一个叫韩令珪的令史出身低贱，却喜欢用排行的次序称呼朝中官员。不久他犯了罪，被姜武略抓住，用枷锁将他禁锢起来。韩令珪就对姜武略说："姜五公是名流，为什么突然要做这样的事？"姜武略回答说："你就要认罪为曹大抵命了，就不用再叫我姜五了。"

657.兵部尚书韦嗣立①,景龙中中宗与韦后幸其庄②,封嗣立为"逍遥公",又改其所居凤凰原为清虚原,鹦鹉谷为幽栖谷③。

**【注释】**

①兵部尚书韦嗣立:本条采录自《隋唐嘉话》。

②韦后:唐中宗李显的皇后。京兆万年(今陕西西安)人。中宗被武则天废为庐陵王时,与中宗同历艰苦。及中宗复位,韦后勾结武三思专擅政权,纵容女儿安乐公主卖官鬻爵。神龙三年(707),杀太子李重俊。景龙四年(710),毒死中宗,立李重茂为帝,得以临朝称制,谋效武后所为。李隆基联合太平公主发动政变,拥戴相王李旦复位,韦氏被杀。

③鹦鹉谷:在今陕西西安东北骊山下。唐韦嗣立居于此谷,并改名为幽栖谷。《读史方舆纪要·陕西·临潼县》:鹦鹉谷"层崖叠壑,飞淙瀑水。《唐史》:'武德元年鹦鹉谷水清,世传此水清,天下平也。'又韦嗣立尝别庐于此,中宗临幸,赐名幽栖谷"。

**【译文】**

兵部尚书韦嗣立,景龙年间唐中宗和韦皇后驾临他的山庄,封韦嗣立为"逍遥公",又将他所居住的凤凰原改名为清虚原,鹦鹉谷改名为幽栖谷。

658.中宗崩①,既除丧②,吐蕃来吊③。或曰:"若择宗室最长者④,素服受礼于彼⑤,其可乎?"举朝称善而从之。

**【注释】**

①中宗崩:本条采录自《隋唐嘉话》。

②除丧：亦称"除孝"。守孝期满，脱除丧服。

③吐蕃：唐时藏族建立的政权。公元七世纪初，吐蕃赞普（君主）松赞干布统一西藏高原，建立政权，定都逻些（今拉萨）。八世纪后半期势力最为强盛。九世纪中叶政权瓦解。曾两次与唐联姻。唐蕃通使频繁，经济文化交流较为密切。

④若择宗室最长者：原书此句上尚有"今定陵自有寝庙"一句，当据补。宗室，特指与君主同宗族之人。犹言皇族。

⑤素服：本色或白色的衣服，多指丧服。

【译文】

唐中宗驾崩后，守孝期满脱除丧服的时候，吐蕃的使者前来吊唁。有人说："现在定陵有自己的寝庙，如果选皇室宗族中最年长的人，穿着白色衣服去那里接受吐蕃的吊唁之礼，这样可行吗？"朝廷上下都赞同并采纳了他的建议。


659.徐彦伯常侍①，睿宗朝以相府之旧，拜羽林将军②。徐既文士，不悦武职，及迁，谓贺者曰："不喜有迁，且喜出军③。"


【注释】

①徐彦伯常侍：本条采录自《隋唐嘉话》。徐彦伯，名洪，以字行。唐兖州瑕丘（今山东兖州）人。善为文，对策高第，授永寿尉。武周圣历中，屡迁给事中。中宗神龙元年（705），迁太常少卿，兼修国史，封高平县子。寻出为卫州刺史，转蒲州刺史。景龙四年（710），入为工部侍郎。寻除卫尉卿，兼昭文馆学士。睿宗景云初，迁右常侍、太子宾客。曾参与《三教珠英》的撰写。常侍，官名。秦置中常侍，掌侍奉皇帝，得出入禁中。魏文帝时与散骑合称散骑常侍，掌规谏。隋初置散骑常侍四人，炀帝时省。唐高祖初年置为加官。

太宗贞观初置散骑常侍二人，隶门下省。高宗显庆二年（657），加置二员隶中书省，始有左、右之号，掌侍奉规讽，备顾问应对。

②羽林将军：官名。唐置左右羽林军，设大将军各一人，正三品；将军各三人，从三品。掌统北衙禁兵。大朝会，则周卫阶陛；大驾巡幸，则夹驰道为内仗。

③出军：犹充军。

**【译文】**

徐彦伯做常侍时，唐睿宗觉得他过去是宰相官邸的人，就升任他为羽林将军。徐彦伯是一个文士，不喜欢担任武职，等到升迁后，他对道贺的人说："不为升迁高兴，只为充军而高兴。"

660.和元祐为贞化府长史①。景龙末，元祐献诗十首，其词猥陋②，皆寓言嬖幸③，而意及兵戍④。韦氏命鞫于大理⑤，而将戮之，月余而韦氏伏诛。其诗言若符谶⑥。景云初⑦，以元祐为千牛卫长史⑧。

**【注释】**

①和元祐：唐人，生平未详。长史：官名。秦置。掌兵马。唐代州刺史下设立长史官，名为刺史佐官，亦称为"别驾"。

②猥陋：鄙陋。

③嬖幸：指受宠幸的佞人。

④兵戍：指军事或战争。

⑤鞫（jū）：审问犯人。大理：大理寺。

⑥符谶：符图谶纬的统称。泛指各种预言未来的神秘文书。

⑦景云：唐睿宗李旦的年号（710—711）。

⑧千牛卫：官署名。十六卫之一，掌宫殿侍卫及供御兵仗。唐高宗

时改称左右千牛卫,各置长史一人。

**【译文】**

和元祐任贞化府长史。唐中宗景龙末年,元祐向朝廷进献了十首诗,这些诗语词鄙陋,都是对受宠爱的佞人的隐寓之辞,但其中的诗意却涉及国家的军事。韦皇后下令让大理寺的人审问他,想要将他杀掉,一个多月后,韦皇后却被杀身死。他诗中的话像是符图谶纬一般应验。唐睿宗景云初年,任命元祐为千牛卫长史。

661.韦铿初在宪司①,邵炅、萧嵩同升殿②。神武皇帝即位③,及诏出,炅、嵩俱加朝散④,独铿不及。炅鼻高,嵩须多,并类鲜卑。铿嘲之云:“一双獠子着绯袍,一个须多一鼻高。相对衙前捺且立,自言身品世间毛⑤。”铿白肥而短,他日忽于承天门风眩踣地⑥,炅咏曰:“飘风忽起团团回,倒地还如脚被锤。莫怪殿上空行事,直为元非五品才⑦。”

**【注释】**

①韦铿初在宪司:本条采录自《大唐新语・谐谑》。韦铿,唐京兆万年(今陕西西安)人。曾任监察御史。玄宗即位初,任殿中侍御史,官至考功郎中。今存诗一首,收入《全唐诗》。宪司,魏晋以来御史的别称。

②邵炅:唐相州安阳(今河南安阳)人。徙居豫州汝南(今属河南)。武周大足元年(701),举拔萃出类科。授汾阳尉,累转歙州司仓。玄宗初年,任右台监察御史,加朝散大夫。官至考功员外郎。能诗。萧嵩:唐南兰陵郡(今江苏常州)人。萧钧之孙。中宗神龙元年(705)始任洺州参军。玄宗开元初擢中书舍人,历宋州刺史,迁尚书左丞,转兵部侍郎。后以兵部尚书领朔方节度使,

徙河西节度使，以破吐蕃功，进中书门下三品。兼中书令，加集贤殿学士、知院事，封徐国公。二十一年（733）罢相，迁太子太师。后因李林甫谗陷，贬青州刺史，寻复拜太子太师，以老致仕。

③神武皇帝：即唐玄宗李隆基。其谥号"至道大圣大明孝皇帝"，庙号玄宗，清朝为避讳康熙帝之名玄烨，多称其为唐明皇。另有尊号"元圣文神武皇帝"，故亦称神武皇帝。

④朝散：官名。朝散大夫的省称。隋时设置的散官名。无实际职掌。唐五代沿置，从五品下阶。

⑤"一双獠子着绯袍"几句：语出韦铿《嘲邵炅、萧嵩》，这首诗描写了邵炅、萧嵩两人的外貌和形象，并以讽刺口吻表达了作者对自身品德和世间俗事的自愧。獠子，詈词。骂人的话。

⑥承天门：城门名。唐都长安宫城（太极宫）正门。初称广阳门，建于隋开皇初年。文帝仁寿元年（601）改称昭阳门。唐高祖武德元年（618），又改名顺天门。中宗神龙元年（705）始称承天门，是唐朝皇帝举行重大典礼之处。每逢元日、冬至、登基、大赦、受俘以及会见外国使臣等节庆与政事活动，皇帝必登上承天门举行仪式。风眩（xuàn）：癫痫病。踣（bó）地：跌倒在地。踣，跌倒。

⑦"飘风忽起团团回"几句：语出邵炅《嘲韦铿》，嘲讽了韦铿的无才无能。这几句是说一阵风吹来，胖子圆圆的身体在打转，倒在地上脚乱蹬就像被踩过一样。不要怪罪他在殿上没有任何作为和表现，只因他本来就不是五品官之才。元非，本非，本来不是。

**【译文】**

韦铿当初为御史，和邵炅、萧嵩一起上殿。唐玄宗即位后，等诏令一出，邵炅、萧嵩都被加封为朝散大夫，只有韦铿没有加封。邵炅鼻梁高，萧嵩胡须多，两个人长得都像鲜卑人。韦铿就写诗嘲笑他们说："一双獠子着绯袍，一个须多一鼻高。相对衙前捺且立，自言身品世间毛。"韦铿长得又白又胖并且身材矮小，有一天忽然在承天门前发癫痫病跌倒，邵炅也写诗嘲笑他说:"飘风忽起团团回,倒地还如脚被锤。莫怪殿上空行事,直为元非五品才。"

662.郗昂性捷直①,源乾曜尝戏之曰:"谢安云'郗生可谓入幕之宾矣'②,岂非远祖否?"郗曰:"犹胜以氏为秃髪③。若不遇后魏道武④,称曰同源,赐之源氏,岂可列《姓苑》乎⑤?"源遂屈。后与杜黄裳同学于嵩阳,二人同中第。郗以安禄山伪官贬歙县尉⑥,黄裳入相后,除中书舍人。

**【注释】**

①郗昂:字高卿,唐高平金乡(今山东济宁)人。举进士,又以书判制策,三中高第。历拾遗、补阙、员外、郎中、谏议大夫、中书舍人。肃宗乾元初,曾由拾遗贬清化尉。捷直:犹直率。

②谢安:字安石,东晋陈郡夏阳(今河南太康)人。少有重名,征辟皆不就,隐居东山。年四十余始出仕,为征西大将军桓温司马。桓温死,转尚书仆射,领吏部,加后将军。又领扬州刺史,进中书监、骠骑将军、录尚书事等。淝水之战,指挥若定,遣谢石、谢玄等大败前秦兵,以功进拜太保。晚年置楼馆野墅甚盛,以游集自保,东山之志不渝。卒赠太傅,谥文靖。郗生:即郗超,字景兴(或字敬舆),一字嘉宾,东晋高平金乡(今山东济宁)人。少有才气,卓荦不羁。交游士林,善清谈。与支遁交善知赏。穆帝永和中,桓温辟为征西大将军掾。后又转为参军。为桓温腹心,权重当时。桓温用其谋,废海西公,立简文帝(371)。在京为中书侍郎,转司徒左长史,以母丧去职。太元二年(375),先其父卒。

③秃髪:鲜卑族姓。见《元和姓篡》。秃髪氏,河西鲜卑也,本姓拓跋氏。公元三世纪初,拓跋鲜卑始祖拓跋力微长兄拓跋匹孤,率

部自塞北迁河西。子寿阗,母孕时因寝产生于被中,鲜卑谓被为秃髪,因为秃髪氏。后秃髪乌孤建南凉。南凉灭后,秃髪氏归北魏。太武帝(一说道武帝)以秃髪氏与拓跋氏同源,改秃髪氏为源姓。唐玄宗宰相源乾曜,即源贺之后。

④后魏道武:即北魏道武帝拓跋珪。鲜卑族,武功颇盛。北魏开国皇帝,建都盛乐(今内蒙古呼和浩特)。在位初期,对内励精图治,对外击败草原诸部,并与后燕、后秦争霸于中原,为拓跋焘统一北方奠定坚实的基础。晚年置"仙人博士",煮百药,求长生,残忍好杀,左右人人自危。409年,被次子、清河王拓跋绍杀死。谥曰宣武皇帝,又改谥道武,庙号太祖。

⑤《姓苑》:又名《何氏姓苑》,十卷。南朝宋何承天撰。是一部介绍姓氏来源的书。

⑥伪官:谓仕于僭窃者之官吏。

**【译文】**

郗昂性格直率,源乾曜曾经和他开玩笑说:"东晋谢安说:'郗超可以说是入为幕僚的客人',他难道不是你的祖先吗?"郗昂说:"那也胜过你将秃髪作为姓氏。如果不是遇到后魏道武帝拓跋珪,说和你们同源,并给你们赐姓源氏,你的姓氏怎么能列入《姓苑》之中呢?"源乾曜就理屈了。后来郗昂和杜黄裳在嵩阳同师受业,两人同时进士及第。郗昂因为曾经做过安禄山的伪官被贬为歙县尉,杜黄裳入朝为相后,任命他为中书舍人。

663.源乾曜因奏事称旨①,上悦之,骤拔用②,历户部侍郎、京兆尹③,以至宰相。暇日④,上独与力士语曰:"汝知吾拔用乾曜之速乎?"曰:"不知也。"上曰:"吾以其言语容貌类萧至忠,故用之。"力士对曰:"至忠岂不尝负陛下,何念之深?"上曰:"至忠晚乃谬耳⑤。其初立朝,得不为贤相乎<sup>⑥</sup>?"上之爱才宥过<sup>⑦</sup>,闻之者莫不感悦。

**【注释】**

①源乾曜因奏事称旨:本条采录自《次柳氏旧闻》。《大唐新语·举贤》亦叙此事。奏事,向皇帝陈述事情。

②拔用:提拔任用。

③户部侍郎:官名。户部副长官,协助尚书掌全国土地、户口、钱谷、赋税之政,总领户部、度支、金部、仓部四曹事。隋炀帝时初置民部侍郎,唐朝因袭之。高宗永徽初避太宗名讳改称户部侍郎,置二员,正四品下。

④暇日:空闲的时日。

⑤谬:这里用作动词,犯错。

⑥为:原书此字作"谓",当据改。《新唐书·萧至忠传》叙此,亦作"谓"。

⑦宥过:谓宽恕别人的过错。

**【译文】**

源乾曜因为陈述事情符合唐玄宗的心意,玄宗很高兴,立刻将他提拔任用,源乾曜担任过户部侍郎、京兆尹,最终官至宰相。空闲的时候,玄宗单独对高力士说:"你知道我为什么这么快提拔任用源乾曜吗?"高力士说:"不知道。"玄宗说:"我觉得源乾曜言谈和相貌都像萧至忠,所以才重用他。"高力士回答说:"萧至忠难道不是曾经辜负过您的人吗,为什么这样深深思念他?"玄宗说:"萧至忠到晚年才出差错。他当初进入朝廷的时候,难道不是一位贤明的宰相吗?"玄宗因为爱惜人才原谅了他的过错,听到的人没有不感动喜悦的。

664.魏知古<sup>①</sup>,性方直<sup>②</sup>。景云末,为侍中<sup>③</sup>。明皇初即位,猎于渭川<sup>④</sup>,时知古从驾<sup>⑤</sup>,因献诗以讽。手诏褒美<sup>⑥</sup>,赐

物五十段⑦。后兼知吏部尚书,典选事⑧,深为称职。所荐用
人,咸至大官。

**【注释】**

①魏知古:本条采录自《大唐新语·规谏》。魏知古,唐深州陆泽
（今河北深州）人。性方直,早有才名。弱冠举进士,累授著作郎,
监修国史。武周长安中,历迁凤阁舍人、卫尉少卿。睿宗即位,为
黄门侍郎,兼修国史。睿宗景云二年（711）,以左散骑常侍同中书
门下三品。玄宗先天初,进侍中,封梁国公。开元二年（714）,改
任紫微令,因与姚崇不协,罢为工部尚书。开元三年（715）卒,谥
号为忠。

②性方直:指品性端方正直。

③侍中:官名。秦始置,为丞相属官。西汉沿置,东汉时掌侍从皇
帝、应对顾问,地位渐高。唐称侍中,为门下省长官,掌出纳、诏命
等事,为宰相。唐中叶以后,不再单置,仅作为大臣加衔。

④渭川:即渭水。亦泛指渭水流域。

⑤从驾:随从皇帝出行。

⑥手诏:皇帝亲手写的诏书。

⑦段:古同“缎”,绸缎。

⑧典选事:主持掌管选举提拔之事。《旧唐书·文苑传上·王勃》:
“初,吏部侍郎裴行俭典选,有知人之鉴。”

**【译文】**

魏知古,品性端方正直。唐睿宗景云末年,担任侍中。唐玄宗刚刚
即位时,到渭水边上打猎,当时魏知古随从皇帝出行,趁机献诗加以讽
谏。玄宗看到诗后,亲自写诏书褒奖赞美他,并赐给他五十匹绸缎。后
来玄宗又让魏知古兼任吏部尚书,负责掌管选拔人才的事务,他非常尽
心尽职。所推荐任用的人才,都当上了高官。

665.倪若水为汴州刺史[1]，明皇尝遣中官往淮南采捕鸂
鹕及诸水禽[2]。上疏谏。手诏答曰："朕先使人取少杂鸟，其
使不识朕意，将鸟稍多，卿具奏之，词诚忠恳[3]，深称朕意。
卿达识周材[4]，义方敬直[5]，故辍纲辖之重[6]，委方面之权[7]。
果能闲邪存诚[8]，守节弥固，骨鲠忠烈[9]，遇事无隐[10]，言念忠
谠，深用喜慰[11]。今赐物四十段，用答至言[12]。"

**【注释】**

①倪若水为汴州刺史：本条采录自《大唐新语·极谏》。倪若水，字
　子泉，唐恒州藁城（今河北藁城）人。早年进士及第，授咸阳县
　丞。累擢为剑南道黜陟使，政绩卓著。玄宗开元初年，历任中书
　舍人，尚书右丞，出任汴州刺史。在任大兴儒学，立学馆。四年
　（716），上书谏玄宗采集异鸟，受到褒奖。不久入京任户部侍郎，
　七年（719），复任尚书右丞。卒于任上。汴州，治今河南开封。
　刺史，职官名。西汉武帝时，于全国十三部（州）置刺史。魏晋于
　要州置都督兼领刺史，职权益重。隋炀帝、唐玄宗两度改州为郡，
　改称刺史为太守。后又改郡为州，称刺史，此后太守与刺史互名。

②中官：宦官。淮南：即淮南道，唐地理区划名。贞观元年（627）
　置，治扬州（今属江苏），统领州十二，县五十三。鸂鹕（jiāo
　jīng）：一种水鸟。鹭鸶的一种。头细身长，身披花纹，颈有白毛，
　头有红冠，能入水捕鱼，又名"鱼鹕"。

③忠恳：忠贞诚恳。

④达识：富于才干、识见。周材：亦作"周才"。指有济世之才的人。

⑤义方敬直：内心恭敬正直，外在遵守规范。语出《周易·经乾
　传·系辞》："君子敬以直内，义以方外。"孔颖达疏："直其正也，
　至所行也。……直其正也，言君子用敬以直内。内，谓心也。"

⑥纲辖之重：朝廷中枢总要之职。唐宋多指尚书省执政官。

⑦方面：指一个地方的军政要职或其长官。汉刘珍《东观汉记·冯异传》："今专命方面，施行恩德。"

⑧闲邪存诚：约束邪念，保持诚实。语出《周易·经乾传·乾》："邪存其诚。"孔颖达疏："闲邪存其诚者，言防闲邪恶，当自存其诚实也。"

⑨骨鲠：耿直。

⑩无隐：没有隐瞒或掩饰。

⑪喜慰：欣慰。

⑫至言：忠言，真实的话。

【译文】

倪若水任汴州刺史时，唐玄宗曾派遣宫中宦官去淮南一带捕捉鸡鹉以及各种水鸟。倪若水向皇帝上书劝谏，玄宗手诏回答说："我先前派人去捕获少量的杂鸟，派出的使臣没有理解我的本意，以致捕猎的鸟有点多，你详细地奏报他们捕猎的事，言辞非常忠贞诚恳，十分符合我的心意。你富于见识才干，是个济世之才，行事遵守规范，内心恭敬正直，因此才撤掉你在朝中担任的要职，委以一方之权柄。你果然能够约束邪念，保持诚实，更加坚定地守住节操，耿直忠烈，遇事不隐瞒，直言极谏，我对此深感欣慰。现在赐给你丝绸四十四，用来酬答你的忠言。"

666.汝南王琎①，宁王长子也。姿容妍美，明皇钟爱，授之音律，能达其旨。每随游幸，常戴砑绢帽打曲②。上摘红槿花一朵，置于帽上笪处③，二物皆极滑，久之方安。遂奏《舞山香》一曲，而花不坠。乐家云④："定头项难在不动摇。"上大喜，赐金器一厨⑤，因曰："花奴［原注］琎小字⑥。资质明媚⑦，肌发光细，非人间人。"宁王谦谢，随而短斥之⑧。

上笑曰："大哥过虑，阿瞒自是相师⑨。"〔原注〕上于诸亲尝亲称此号。夫帝王之相，且须有英特越逸之气⑩，不然须有深沉包育之度⑪。若花奴，但英秀过人，悉无此状，故无猜也。而又举止淹雅⑫，当更得公卿间令誉耳！"宁王又笑曰："若如此，臣乃输之。"上曰："若此一条，阿瞒亦输大哥矣。"宁王又谢。上笑曰："阿瞒赢处多，大哥亦不用拗捵⑬。"众皆欢贺。

**【注释】**

①汝南王琎：本条采录自《羯鼓录》。《乐府杂录》约略言之。此句《乐府杂录》作"汝阳王琎"。《太平御览》《太平广记》引文均作"汝阳王琎"，当据改。《旧唐书·睿宗诸子让皇帝宪传》亦曰："宪凡十子……琎封汝阳郡王。"

②矴（yà）绢帽：也称"矴光帽"。舞者所戴用矴光绢制成的舞帽。打曲：指击鼓。

③笪（dá）：指帽沿。

④乐家：通晓音乐的人。

⑤一厨：一柜子。厨，同"橱"，橱柜。

⑥原注：此为南卓自注。下同。小字：小名，乳名。

⑦资质：指人的天资、禀赋。

⑧短斥：即申斥短处。责备（他的）缺点。

⑨阿瞒：唐玄宗自称。相师：相士。以算命、占卜为业的人。

⑩英特越逸：英俊超逸。英特，仪表英俊奇特。越逸，超逸，出众。

⑪深沉包育：指沉稳包容。

⑫淹雅：犹高雅。

⑬拗捵（huī yì）：谦抑，谦让。

**【译文】**

　　汝阳郡王李琎，是宁王李宪的长子。容貌美丽，唐玄宗特别喜欢他，教授他音律，他能很快领悟其中的要旨。李琎每次跟随玄宗出游，总是戴着一顶砑光绢制成的舞帽击鼓。有一次，玄宗亲自摘下一朵红色的木槿花别在他的帽沿上，砑绢帽和木槿花都很滑，很久才固定在帽子上。随后李琎演奏了一曲《舞山香》，帽子上的木槿花却没掉下来。通晓音乐的人说："花戴在头上击鼓的难处在于头始终不能摇动。"玄宗非常高兴，赐给李琎一柜子的金器，并且说："花奴[原注]李琎的乳名。天资明媚，肌肤光泽细腻，不像是人世间的常人。"宁王李宪谦谨地道谢，随后责备李琎，让他不要总在皇帝面前表现自己。玄宗笑着说："大哥没必要想那么多，我就是相术师。[原注]玄宗皇帝在众多亲人面前曾自称"阿瞒"称号。帝王的相貌，应该具有英俊超逸的气质，不然就应该具有沉稳包容的度量。像花奴，只是俊美过人，完全没有我说的帝王之相，所以我对他没有猜忌。何况花奴举止高雅，应当在公卿间享有美好的声誉！"宁王李宪又笑着说："如果是这样，那么臣就输给他了。"玄宗说："如果单凭这一条，我也输给大哥了。"宁王再次表示歉意。玄宗笑道："我赢的地方多了，大哥不用总是谦让。"众人都高兴地祝贺。


　　667.开元二十七年八月，诏策夫子为文宣王①，改修殿宇。封夫子后为文宣公，仍长任本州长史，代不绝。先时庙，夫子在西牖之下；武德初，并祀周公②。周公南面③，故夫子配坐西方④。贞观中，废祀周公，而夫子西位不改。至是移就两楹南面正位⑤，十哲东西侍立⑥。又封颜子为兖公⑦，闵子为费侯⑧，伯牛为郓侯⑨，仲弓为薛侯⑩，冉有为徐侯⑪，子路为卫侯⑫，宰我为齐侯⑬，子贡为黎侯⑭，子游为吴侯⑮，子夏为魏侯⑯，曾参以下并为伯⑰。其两京文宣庙⑱，春秋二仲释奠<sup>⑲</sup>，轩悬之乐<sup>⑳</sup>，八佾之舞<sup>㉑</sup>，牲以太牢<sup>㉒</sup>；州县以少牢而无乐<sup>㉓</sup>。

**【注释】**

①夫子：特指孔子。文宣王：唐时追谥孔子的尊号。

②周公：西周初期政治家。姓姬名旦，也称叔旦。文王子，武王弟，成王叔。采邑在周（今陕西岐山东北），故称周公。曾辅武王灭商。武王崩，成王幼，周公摄政。平武庚、管叔、蔡叔之叛乱。继而营建东都洛邑，又分封诸侯，制礼作乐，主张"明德慎罚"，以礼治国，奠定了"成康之治"的基础。

③南面：面朝南。古代以面朝南为尊位，君主临朝南面而坐，因此把登上帝位称为"南面为王"。

④配坐：指配食的人。

⑤两楹：房屋正厅当中的两根柱子。两楹之间是房屋正中所在，为举行重大仪式和重要活动的地方。

⑥十哲：指孔子的十个弟子颜渊、闵子骞、冉伯牛、仲弓、宰我、子贡、冉有、季路、子游、子夏。自唐定制，从祀孔庙，列侍孔子近侧。开元时，颜渊配享，升曾参，后曾参配享，升子张。后代又增有若，及宋朱熹，合称"十二哲"。侍立：恭顺地站立在旁边。

⑦颜子：字子渊，亦称"颜渊"，一作颜回，鲁国人。以好学著称，重德行，恪守"仁"。虽箪食瓢饮，贫居陋巷，而不改其乐。以贤为孔子称道。年三十二卒。

⑧闵子：指闵损，字子骞。鲁国人。以德行著称。

⑨伯牛：姓冉，名耕，字伯牛。鲁国人。以德行著。

⑩仲弓：冉雍的字，也称子弓。鲁国人。以德行著称。

⑪冉有：字子有。多才艺，以政事见称，尤善理财。曾为季氏的家臣，帮助实行改革。

⑫子路:仲由的字。姓仲氏,名由,又字季路。鲁国卞(今山东泗水)人,性情刚直,好武尚勇,以政事见称。在孔子任鲁国司寇时被任为季孙氏家臣,后任卫大夫孔悝邑宰,在贵族内乱中被杀。

⑬宰我:姓宰,名予,字子我。鲁国人。以擅长言语著称。仕于齐,任临淄大夫。唐玄宗时封为"齐侯"。后又封其为临淄公、齐国公等。

⑭子贡:端木赐,复姓端木,字子贡。卫国黎(今属河南)人。善于雄辩,办事通达,以言语见称。曾仕于卫、鲁,游说齐、吴等国。又经商曹、鲁之间。家累千金。后死于齐国。

⑮子游:名偃,字子游。吴国人。以文学著称,又长于礼。曾仕鲁,为武城宰,提倡以礼乐为教,境内有"弦歌之声"。

⑯子夏:卜氏,名商,字子夏。晋国(一说卫国)人。尊称"卜子"。擅长文学,精研《诗》教,兼通《春秋》《易》《礼》。晚年讲学西河,主张国君要学习《春秋》,防止臣下叛乱。魏文侯待以师礼,李悝、吴起皆出其门下。

⑰曾参:即曾子。字子舆。鲁国南武城(今山东费县西南)人。曾任小吏,俸禄不过釜钟,而自乐其职,孝养父母。后南游于越,得尊官。孔子誉其能通孝道,曾作《孝经》。后世尊称为"述圣"。

⑱两京:指长安和洛阳。

⑲春秋二仲:春季和秋季的第二个月。释奠:古代学校的一种典礼,陈设酒食以祭奠先圣先师。《礼记·文王世子》:"凡学,春官释奠于其先师,秋冬亦如之;凡始立学者,必释奠于先圣先师。"郑玄注:"释奠者,设荐馔酌奠而已。"

⑳轩悬:亦作"轩县"。古代诸侯陈列钟磬等乐器,三面悬挂而缺南面,谓之"轩悬"。

㉑八佾(yì)之舞:古代宫廷乐舞的编制之一。一佾指一列八人,共由八列六十四人组成。八佾之舞只有天子才能使用,属宫廷乐舞中的最高规格。因汉武帝独尊儒术,尊崇孔子,后人乃以八佾舞

　　配祀孔子，以示尊崇。

　　㉒太牢：古代祭祀，牛羊豕三牲具备谓之太牢。

　　㉓少牢：古代祭祀时只用羊、豕二牲，称为"少牢"。《左传·襄公二

　　　十二年》："祭以特羊，殷以少牢。"杜预注："四时祀以一羊，三年

　　　盛祭以羊、豕。殷，盛也。"

**【译文】**

　　唐玄宗开元二十七年八月，下诏书封孔子为文宣王，并改造修建供奉孔子的寺院殿堂。封赏孔子的后人为文宣公，仍然长期担任本地的长史，后代承继不绝。以前的庙宇，孔子在西窗的下方；唐高祖武德初年，将孔子和周公一起祭祀。周公面朝南，所以孔子配坐在西方。唐太宗贞观年间，不再祭祀周公，但孔子的西位仍然没有改动。到现在才移到庙堂正厅中两个柱子的南面正位，孔子的十位弟子侍立在东西两旁。除此之外，还封颜回为兖公，闵子骞为费侯，冉耕为郓侯，冉雍为薛侯，冉有为徐侯，子路为卫侯，宰予为齐侯，子贡为黎侯，子游为吴侯，子夏为魏侯，曾参以下孔子的弟子都封为伯。长安和洛阳的文宣庙，在春季和秋季的第二个月陈设酒食来祭奠孔子，用诸侯三面陈列的钟磬等悬挂乐器来演奏，并表演天子才能使用的八佾乐舞，祭祀的牲畜用太牢；各地州县祭祀的牲畜用少牢，没有乐舞。


　　668.学旧六馆①：有国子馆、太学馆、四门馆、书馆、律馆、算馆②，国子监都领之③。每馆各有博士、助教④，谓之学官。国子监有祭酒、司业、丞、簿⑤，谓之监官⑥。太学诸生三千员，新罗、日本诸国皆遣子入朝受业⑦。天宝中，国学增置广文馆⑧，在国学西北隅，与安上门相对⑨。廊宇粗建，会十三年，秋霖一百余日⑩，多有倒塌。主司稍稍毁撤⑪，将充他用，而广文寄在国子馆中。寻属边戈内扰⑫，馆宇至今不立。

**【注释】**

①六馆：国子监之别称。唐制，国子监领国子学、太学、四门、律学、书学、算学，统称六馆。

②四门馆：学校名。又称四门学。始置于北魏。历代沿袭不废。唐四门馆置博士六人、助教六人、直讲四人为教官。招收七品以上官员子弟及百姓子弟俊异者为学生，讲授经学。隶属于国子监。书馆：指古代教授初学之所。律馆：指古代教习律令之所。算馆：指古代国家设立的学习算学的学馆。

③都领：总领，总管。

④博士：官名。始于战国。《汉书·百官公卿表上》："博士，秦官，掌通古今。"汉武帝时置五经博士，掌以儒家经书教授弟子。历代沿置。唐朝国子监诸学及州郡官学皆置有博士为学官，以教授弟子。助教：古代学官名。晋武帝咸宁时置。辅助国子祭酒、博士教导生徒。唐国子学、太学、四门学、广文馆等都设有助教。

⑤祭酒：职官名。古礼，凡宴饮时必推年高望重之人举酒先祭，称为祭酒，后因以为官名。秦汉以后，多指太常所属博士祭酒或国子祭酒。隋唐以后称国子监祭酒，为国子监的主管官。司业：国子监副长官，与祭酒共领六学，掌儒学训导之政令。隋朝大业三年（607）始置，唐高宗龙朔二年（662）改称少司成，咸亨初年复称司业，置二员，从四品下。丞：即"国子监监丞"。隋炀帝时始设，员额三人。唐沿置，员额一人，从六品下，掌判监事，唐以后均为国子监内部事务官。簿：即国子监主簿，学官名。北齐国子寺置主簿。隋炀帝改国子寺为国子监，置主簿一人。唐代国子监因袭其制，设主簿一人，职为掌印，勾检监事。

⑥监官：泛指官署称监的官员。如国子监、少府监、将作监、都水监、军器监等机构官员，皆可称之。

⑦新罗：朝鲜古国名。地当今韩国境内。

⑧广文馆:唐七学之一。唐天宝九载(750)始设,置博士及助教各一人。掌国子监中修进士课业者,不久即废。

⑨安上门:城门名。唐长安城南偏东门。建于隋初。唐至德三载(758)正月,改称光天门。后复其原名。约在今西安城正南门处。

⑩秋霖:秋天所下的大雨。

⑪毁撤:疑当为"毁撤"之误。撤除,毁掉。

⑫边戈:代称边兵。

【译文】

国子监原来的六馆分别是:国子馆、太学馆、四门馆、书馆、律馆、算馆,都由国子监总管。每个学馆各配有博士和助教,称作学官。国子监还有祭酒、国子监司业、国子监丞、国子监主簿等,称作监官。太学中各类学生共三千人,新罗、日本等国家都送子弟来太学学习学业。唐玄宗天宝中,国子监增设了广文馆,位置在国子监的西北角,和安上门相对。广文馆走廊和殿宇刚刚建造,正赶上天宝十三载,秋天下了一百多天的大雨,很多建筑都倒塌了。主管部门逐渐毁撤,将这里充作其他用途,而将广文馆付托在国子馆之中。不久便是接连不断的边兵内扰,馆舍到现在也没有建成。

669.玄宗时①,羽林将刘洪善骑射②,尝对御③。使人于风中掷鹅毛,洪连箭射之④,无有不中。

【注释】

①玄宗时:本条采录自《开元天宝遗事·射飞毛》。

②刘洪:唐玄宗时羽林军将领。

③对御:谓皇帝赐宴,与群臣共饮。

④连箭:一箭接一箭。

**【译文】**

　　唐玄宗时期,羽林军将领刘洪擅长骑马射箭,他曾经参加皇帝的赐宴,与群臣共饮。玄宗让人在风中扔出几片鹅毛,刘洪一箭接一箭射去,没有射不中的。

　　670.苏味道初拜相①,门人问曰②:"方事之殷,相公何以燮和③?"味道但以手摸床棱而已。时谓"摸床棱宰相"④。

**【注释】**

　　①苏味道初拜相:本条采录自《卢氏杂说》。

　　②门人:门生,弟子。

　　③燮(xiè)和:调和,协调。

　　④摸床棱宰相:《太平广记》引录此条"摸床棱"作"摸棱"。《旧唐书·苏味道传》载:"前后居相位数载,竟不能有所发明,但脂韦其间,苟度取容而已。尝谓人曰:'处事不欲决断明白,若有错误,必贻咎谴,但摸棱以持两端可矣。'时人由是号为'苏摸棱'。"《新唐书·苏味道传》同。

**【译文】**

　　苏味道刚刚担任宰相,他的弟子问他说:"现在正是政事繁多之时,您怎么来协调治理呢?"苏味道只是用手摸床榻的棱角罢了。当时人们称他为"摸床棱宰相"。

　　671.玄宗在东都①,宫中有怪。明日召宰相,欲西幸。裴耀山、张曲江谏曰②:"百姓场圃未毕③,请待冬仲④。"是时李林甫初为相,窃知上意,及旅退⑤,佯为蹇步⑥,上问:"何故脚疾?"对曰:"非疾,愿独奏事。"乃言:"二京,陛下东、西宫也。将欲驾幸，焉用选时？假使有妨刈获⑦，独可蠲免沿路租税⑧。臣请宣示有司，即日西幸。"上大悦。自此车驾至长安，不复东。旬日⑨，耀卿、九龄俱罢，而牛仙客进。

**【注释】**

①玄宗在东都：本条采录自《国史补•玄宗幸长安》。

②裴稷山：即裴耀卿，因其为唐绛州稷山人，世称"裴稷山"。张曲江：即张九龄，因其为唐韶州曲江（今广东韶关）人，世称"张曲江"。

③场圃：打粮的地方叫场，菜园叫圃。古代场圃为同一块地，春夏种菜为圃，秋冬筑场打粮。泛指场园菜地。

④冬仲：即仲冬，冬季的第二个月，即农历十一月。处冬季之中，故称。

⑤旅退：亦作"旅进率退"。指与众人一同进退，形容行动统一。旅，众人，引申为共同。《国语•越语上》："吾不欲匹夫之勇也，欲其旅进旅退。"

⑥蹇（jiǎn）步：谓步履艰难。

⑦刈（yì）获：收割，收获。

⑧蠲（juān）免：免除（租税、劳役等）。

⑨旬日：十天。亦指较短的时日。

**【译文】**

　　唐玄宗在东都洛阳时，宫中有怪事发生。第二天玄宗召来宰相，想要回到西都长安。裴耀卿、张九龄进谏说："现在老百姓田里的庄稼还没有收获，请求陛下等到冬季第二个月再回长安。"这时李林甫刚刚成为宰相，他私下知道皇帝的心意，等到众人一同告退，他假装走路很吃力，玄宗问他："怎么患上了脚病？"李林甫回答说："不是脚病，是希望单独给您奏事。"于是他说："东都洛阳和西京长安，就是陛下的东宫和西宫。您想要驾临西京，哪里用得着选择时间呢？假如对百姓收获粮食有妨碍，只需要免除沿途百姓的租税就行了。臣请求向有关部门宣告旨意，今日就可以出发去长安。”唐玄宗非常高兴。自从这次车驾到长安，就没有再回洛阳。十天后，裴耀卿、张九龄都被罢相，而牛仙客接替了他们的职位。

672.自古帝王五运之次[①]，凡有二说：邹衍则以五行相胜为义[②]，刘向则以五行相生为义[③]。汉、魏共遵刘说。唐承隋代火运[④]，故为土德[⑤]，衣服尚黄，旗帜尚赤，常服赭赤也[⑥]。赭，黄色之多赤者，或谓之柘木[⑦]，其义无取[⑧]。高宗时，王勃著《大唐千年历》[⑨]：“国家土运，当承汉氏火德；上自曹魏，下至隋室，南北两朝，咸非一统，不得承五运之次。”勃言迂阔[⑩]，未为当时所许。天宝中，上书言事者，多为诡异[⑪]，以冀进用[⑫]。有崔昌[⑬]，采勃旧说，遂以上闻，纳焉。下诏以唐承汉，自隋以前历代帝王皆屏黜[⑭]，更以周、汉为二王后[⑮]。是岁礼部试《土德惟新赋》，即其事也。及杨国忠秉政，自以为隋氏之宗，乃追贬崔昌并当时议者[⑯]，而复酅、介二公焉[⑰]。

**【注释】**

①自古帝王五运之次：本条采录自《封氏闻见记·运次》。五运，指阴阳家根据五行生克推演解释王朝更替的一种学说。次，顺序，次序。

②邹衍：一作“驺衍”，又称“驺子”。战国末期齐国人。长于思辩，倡五德终始说，为阴阳家的先驱。魏惠王招贤，邹衍至魏，惠王郊迎，筑碣石宫，待以师礼。齐宣王时，居稷下，为上大夫，因学究天

人，雄于口辩，号"谈天衍"。燕昭王即位，邹衍自齐往燕，受昭王信重。曾面折公孙龙，名重一时。五行相胜：又称"五行相克"。古代"五行"所谓水、火、金、木、土五者互相克制。其顺序是：水克火，火克金，金克木，木克土，土克水。隋萧吉《五行大义·论相克》："克者，制罚为义，以其力强能制弱，故木克土，土克水，水克火，火克金，金克木。"

③刘向：字子政，本名更生。汉高祖异母弟楚元王刘交之玄孙。西汉学者、散文家、辞赋家。宣帝时使受《穀梁春秋》，讲论五经。拜郎中、给事黄门，迁散骑、谏大夫、给事中。元帝时擢为散骑、宗正给事中，后因权臣专政，被废。成帝即位，刘向复进用，拜中郎，迁光禄大夫。诏刘向领校中五经秘书，校阅经传诸子诗赋等书籍，撰成《别录》一书。另编纂《新序》《说苑》《列女传》《洪范五行》等。五行相生：古代"五行"所谓木、火、土、金、水五者互相生成。其顺序是：木生火，火生土，土生金，金生水，水生木。与"五行相胜"相对。

④火运：指应火德而昌的帝运。

⑤土德：五德之一。古以五行相生相克附会王朝命运，谓土胜者为得土德。

⑥赭（zhě）赤：红褐色。

⑦柘木：又名桑柘木。落叶灌木或乔木，树皮灰褐色，是贵重的木料。

⑧无取：不足取。

⑨王勃著《大唐千年历》：唐高宗时王勃所著的一本历书，根据阴阳五行观念，认为唐代土德是承汉的火德，并非承隋的火德。建议唐朝直接继承汉王朝的"天运"，请求修正历史系谱。

⑩迂阔：思想行为不切实际。

⑪诡异：怪异，奇特。

⑫以冀进用：希望被选拔任用。

⑬崔昌：唐玄宗天宝年间处士。向玄宗上《大唐五行应运历》，提出了和王勃相同的建议，得到了唐玄宗的认可和采纳。

⑭屏黜：摒弃，抛弃。

⑮二王后：指古代新朝建立后前两朝王族受封的后裔。《诗经·周颂·振鹭》序："二王之后来助祭也。"郑玄笺："二王，夏殷也；其后，杞也，宋也。"

⑯追贬：谓追究前愆而贬官。

⑰酅（xī）、介二公：即"二王后"。隋朝建立后，封北周宇文氏子孙为介国公；唐朝建立后，封隋朝杨氏子孙为酅国公。并称"二王后"。《资治通鉴·唐纪·玄宗天宝九载》记崔昌上言，胡三省注曰："介，后周后。酅，隋后。"《乐府诗集·〈二王后〉解题》："《礼记·郊特牲》曰：'礼二王之后，尊贤不过二代。'杜佑曰：'不臣二王后者，尊也。……隋封后周靖帝为介国公，唐封隋帝为酅国公，以为二王后。'"

## 【译文】

自古以来王朝兴替的气运次序根据五行生克的原理，一共有两种说法：邹衍认为五行相克是合理的，刘向认为五行相生是合理的。两汉、魏晋以来都遵循刘向的说法。唐朝承继隋朝的火运，所以是土德，衣服崇尚黄色，旗帜崇尚红色，日常的衣服都穿红褐色。赭，就是黄色中多带有红色，有人认为像柘木的颜色，这种说法不足取。唐高宗时，王勃著《大唐千年历》："唐朝帝运的土德，应当继承两汉的火德；上自曹魏，下到隋朝，历经南北朝，都不是大一统的王朝，不能继承'五运'的顺序。"王勃的言论在当时被认为不切实际，并没有被采纳。唐玄宗天宝年间，给皇帝上书言事的人，多为诡异之语，希望可以被任用。有一个叫崔昌的人，采用了王勃之前的说法，向玄宗进献了《大唐五行应运历》，玄宗采纳了他的建议。颁布诏令让唐朝承继汉朝的火德，从隋朝以前的历代帝王都摒弃，改为将周朝和汉朝作为前两朝，并封其后裔。这一年礼部的科举考试以《土德惟新赋》为题目,说的就是这件事。等到杨国忠执政后,自己认为是隋朝的后代,于是追究崔昌和当时谈论这件事的人的过错并贬官,恢复了后周、隋二朝后裔鄁公、介公的封号。

673.扶风太守房琯①,申当郡苗损②,国忠怒以他事推之③。自是天下有事,皆潜申国忠,以取可否。

**【注释】**

①扶风:县名。原名沛川县,唐高祖武德三年(620)置。因沛水而得名。太宗贞观八年(634),改为扶风县。故治即今陕西扶风。

②申:上报,陈述,说明。

③推:推脱,推诿。

**【译文】**

扶风太守房琯,向朝廷上报扶风县的庄稼损毁严重,杨国忠很生气房琯没有事先向他奏报,就用其他的事来敷衍房琯。从此以后各地再有事情奏报,都先偷偷上报给杨国忠,让他来决定是否向朝廷上报。

674.杨国忠尝会亲①,知吏部铨事②,且欲噱以娱之③。呼选人名④,引入于中庭⑤,不问资序⑥:短小者道州参军⑦,胡者与湖州文学⑧。帘中大笑。

**【注释】**

①杨国忠尝会亲:本条采录自《刘宾客嘉话录》。此句原书误作“杨国中尝谓诸亲”,然本书亦当据之补“诸”字。

②知:原书此字上尚有“时”字,当据补。铨事:犹铨政。指选拔、任用、考核官吏的政务。

③嚯（xué）：噱头。

④选人：唐代称候补、候选的官员。

⑤中庭：厅堂之中。

⑥资序：资历，资格。

⑦短小者道州参军：据《旧唐书》《新唐书·阳城传》记载，道州多
矮民，阳城任道州刺史时尝抗疏论免贡矮奴事。道州，唐太宗贞
观八年（634）置，治营道县（今湖南道县西）。十七年（643）废
入永州。唐高宗上元二年（675）复置。唐玄宗天宝元年（742）
改为江华郡，唐肃宗乾元元年（758）复为道州，治弘道县（即原
营道县）。参军：职官名。古代诸王及将帅的幕僚。唐制，诸王
府、都督府、都护府、诸卫及外州府均分别置诸曹参军。诸曹参军
分掌曹事，参军事掌出使及检校杂事。

⑧湖州：州名。隋仁寿二年（602）置，因地滨太湖得名。治乌程
（今浙江湖州）。文学：职官名。也称文学掾、文学员、文学从事
等。西汉设，为诸王府、公府、州郡府属吏。掌侍从文章记事及典
籍校雠等。历朝因之，官秩不一。《史记·儒林传·公孙弘传》：
"能通一艺以上，补文学掌故缺。"

【译文】

　　杨国忠曾经会见各位亲友，当时他正在吏部掌管铨选官吏的事务，
想用这件事作为噱头来娱乐众人。于是呼唤候选官员的名字，让仆人带
领他们进入中庭，不询问候选者的资历就宣布：身材矮小的人做道州参
军，有胡子的人做湖州文学。帘幕内的亲友都大笑不止。


　　675.玄宗好神仙①，往往诏郡国征奇异之士。有张果
者②，则天时闻其名，不能致，上亟召之③，乃与使俱来。其
所为，变怪不测④。有邢和璞者⑤，善算术⑥；视人投算，而
究其善、恶、夭、寿。上使算果，懵然莫知其甲子⑦。又有师

夜光者⑧，善视鬼。后召果与坐，密令夜光视之，夜光奏曰：
"果今安在？臣愿见之。"而果坐于上前久矣，夜光终莫能
见。上谓力士曰："吾闻奇士至人⑨，外物不足以败其中。试
饮以堇汁⑩，无苦者，真奇士也。"会天寒方甚，便以汁进果，
果遂引饮三卮⑪，醺然如醉⑫，顾侍者曰："非佳酒也。"乃寝。
顷之，引镜视其齿，尽焦且龋⑬。命左右取铁如意⑭，击齿尽
堕，藏之于带。乃于怀中出神膏，色微红，傅诸堕齿空中⑮，
复寝。久之，视镜，齿皆生，粲然洁白⑯。上方信其不诬也。

## 【注释】

①玄宗好神仙：本条采录自《次柳氏旧闻》。

②张果：俗称张果老，传为道教八仙之一。唐朝道士，有异术。隐中
　条山（今山西芮城东北），往来汾、晋间，时人传其数百岁。曾拒
　武则天所召，复居恒山。开元二十二年（734），玄宗召入东都洛
　阳宫，待遇甚厚，问治道神仙事，语秘不传。玄宗欲以公主嫁之，
　恳辞。擢银青光禄大夫，号通玄先生，赐衣帛归恒山，为之立栖霞
　观，不知所终。

③亟（qì）：屡次，多次。

④变怪不测：指奇异多变，不可预测。

⑤邢和璞：唐朝道士。隐居颍阳（今河南登封颍阳镇）石堂山。开
　元末年以其道术入宫，为达官贵人推算寿数，兼识天文历算。后
　不知所终。撰有《颍阳书》三卷，是推算历法的书籍。

⑥术：原书作"心术"。《旧唐书·张果传》作"善算人而知夭寿善
　恶"。《新唐书·张果传》同。

⑦懵然：糊涂无知的样子。甲子：指代年龄。

⑧师夜光：唐朝道士。《新唐书》作"帅夜光"。幽州（今北京）人。

曾为玄宗言能见鬼神。开元二十年（732）著《三玄异议》三十卷，因而授校书郎。

⑨至人：道家指超凡脱俗，达到无我境界的高人。

⑩堇汁（jīn）：堇菜汁。堇，多年生草本植物，茎细弱，叶呈肾脏形。果实椭圆形，全草可入药，味苦，亦称"堇堇菜"。

⑪三卮（zhī）：三杯。卮，古代盛酒的器皿。

⑫醺（xūn）然：酒醉的样子。

⑬黧（lí）：黑里带黄的颜色。

⑭铁如意：铁制的爪杖。

⑮傅：同"敷"，敷在。

⑯粲（càn）然：光洁明亮的样子。

## 【译文】

唐玄宗喜好神仙之术，常常下诏让各地郡国征召奇人异士。有一个叫张果的人，武则天时期就听说过他的名号，但没能把他请到朝廷，唐玄宗多次召请他，才与使者一起前来。张果的所作所为，奇异多变不可预测。有一个叫邢和璞的人，擅长算卦之术；他能针对不同的人摆卦，来推求出他们的善、恶、短命与长寿。玄宗让邢和璞给张果算命，他算了半天还是糊里糊涂，最终也没有算出张果的年岁。又有一个叫师夜光的人，善于在夜里看见鬼神。后来玄宗召见张果并与他同坐，暗地里让师夜光看他，师夜光奏报说："张果现在在哪里？臣希望见他一面。"实际上张果坐在皇帝面前已经很久了，师夜光最终也没能看见他。玄宗对高力士说："我听说奇士高人，外物不能损伤他的身体。试着让他喝堇菜汁，如果他不感到苦，那么他确实就是奇异之人。"当时正值天气最寒冷之时，玄宗让人给张果呈上堇菜汁，张果喝了三杯，就像喝醉了一样，回头对侍奉的人说："这不是好酒。"然后就睡着了。不久，他醒来拿镜子看自己的牙齿，发现牙齿全都焦黑发黄。于是他命令身边的人取来铁如意，敲击自己的牙齿，牙齿都掉了下来，他将掉落的牙齿藏在腰带里。然后才从怀中掏出一支神异的膏药，这种膏药颜色微红，张果将药膏敷在掉落牙齿的空隙处，又睡着了。过了很久，他醒来拿镜子看，牙齿全都长了出来，而且非常洁白光亮。唐玄宗这才相信他的奇异不是假的。

676.玄宗时①，亢旱②，禁中筑龙堂祈雨③。命少监冯绍正画西方④，未毕，如觉云气生梁栋间⑤，俄而大雨。

**【注释】**

①玄宗时：本条采录自《明皇杂录》。

②亢旱：大旱。

③禁中：也作"禁内"。皇宫的别称。秦汉时称皇帝宫中为禁中，因门户有禁，非侍卫及通籍之臣不得入，故称。

④命少监冯绍正画西方：原书此句作"因召少府监冯绍正，令于四壁各画一龙，绍正乃先于西壁画素龙"，当据改。少监，官名，监的副职。隋朝设置，唐朝沿置。分掌皇帝膳食、医药、冕服、宫廷祭祀张设、汤沐、灯烛、洒扫以及马匹、舆辇等事务。唐代设少监的官署主要有殿中省、秘书省、司天台、将作监和少府监。冯绍正，一作冯绍政。唐福州长乐（今属福建）人。玄宗开元中任少府监。累迁户部侍郎。善画鹰、鹘、鸡、雉、鹤等禽鸟，尽其形态。尤善画龙，有降云蓄雨之感。传说开元时关辅大旱，京师尤甚，祈雨无效。玄宗命其于殿壁中画龙，其状蜿蜒，如欲振涌。设色未毕，即有白龙自檐间出，入于龙池（在兴庆宫内，亦称兴庆池），波涛汹涌，雷电随起，俄顷风雨大作。

⑤梁栋：屋宇的大梁。

**【译文】**

唐玄宗时期，天气大旱，皇宫中建造龙堂来祈雨。玄宗让少监冯绍正在大殿的四壁各画一条龙，绍正就先在西边的殿壁画白龙，还没画完，就好像感觉云雾在屋宇的大梁间升腾，不一会儿就下起了大雨。

677.罗公远多秘异之术①，最善隐形。玄宗乐隐形之术，就公远勤求而学。公远虽传，不尽其妙。上每与公远同为之，则隐没，人莫能测；若自为之，则或遗衣带，或露头巾脚，宫人每知上之所在也。百万锡赉②，或临之以死，公远终不尽传其术。上怒，命力士裹以油幞③，置于榨下压杀而埋弃之④。不经旬，有中官从蜀使回，逢公远乘骡于路，笑而谓曰："上之为戏，一何虐耶⑤！"

【注释】

①罗公远多秘异之术：本条采录自《开天传信记》。罗公远，一作罗思远，唐鄂州（今湖北武汉）人。玄宗时道士。少不慧，入梁山数年，遂有异术。相传长于隐形变化及黄白还丹之术。先天年间召入京，玄宗礼敬之，与叶法善、张果老同以法术居内道场。或言因传术不尽，为玄宗所杀。秘异之术，奇异的法术。

②锡赉（lài）：赏赐。

③油幞（fú）：用油浸染的布单。幞，同"袱"。包裹或覆盖用的布单。

④榨：榨机。

⑤一何：何其，多么。

【译文】

罗公远精通多种奇异的法术，其中最擅长的是隐身术。唐玄宗很喜欢隐身术，多次向罗公远勤奋学习。罗公远虽然向唐玄宗传授，但却没有把其中的精妙全部传授给他。玄宗每次和罗公远一同作法的时候，就能够完全隐身，别人不知道他在哪里；如果他单独施法，就会有时把衣带留在原处，有时露出头巾的边角，宫里人每次都能知道玄宗所在的地方。

唐玄宗赏赐罗公远百万金钱，有时也用死亡威胁他，但罗公远最终也没有将隐身法全部传授给他。玄宗非常生气，命令高力士用油浸染的布单将罗公远包起来，放到榨机下面，将他压死后掩埋。过了不到十天，有个宫中内官从蜀地回京城，途中碰见罗公远骑在骡子上，笑着对他说："皇上跟我开玩笑，开得也太残暴了！"

678.明皇幸东都①。秋宵，与一行师登天宫寺阁②，临眺久之③。上四顾，凄然叹息，谓一行曰："吾甲子得终无患乎④？"一行曰："陛下行幸万里⑤，圣祚无疆⑥。"及西巡至成都，前望大桥，上乃举鞭问左右曰："是何桥也？"节度使崔圆跃马进曰⑦："万里桥⑧。"上叹曰："一行之言今果符合，吾无忧矣。"

**【注释】**

①明皇幸东都：本条采录自《松窗杂录》。本条与下679、680条原合为一条，本书据原书分列。

②一行：指僧一行，本名张遂，法号一行。唐魏州昌乐（今河南南乐）人。博览经史，精于天文、五行等学。尝与道士尹崇交游，甚为尹崇推崇。武三思闻而欲与之交往，遂出家为僧以避。睿宗时为避朝廷之征，云游至荆州当阳山，从僧悟真习佛。玄宗开元五年（717），朝廷再请，不得已到长安。九年（721），奉命造新历；十三年（725），又与梁令瓒制成水运浑天仪。谥曰大慧禅师。一生著述颇丰。天宫寺：唐代佛教寺庙，位于东都洛阳。原为唐太宗旧宅，贞观六年（632）诏改为寺；十二年（638）敕令法护为寺主。其后名德来住者渐多，遂成为东都名刹。唐末毁于战火。

③临眺：登高远望。

④甲子:原为干支名,这里指六十岁。古代用天干、地支相配纪年,甲为十天干之首,子为十二地支之首,天干、地支依次配对,可得甲子、乙丑等六十数,统称六十甲子。主要用以纪年和纪日,也用作岁月或年龄的代称。

⑤行幸:古代专指皇帝出行。

⑥圣祚:皇位,帝统。

⑦节度使:职官名。唐睿宗时始置。玄宗天宝初,于沿边重地设九节度使,一经略使,授职时赐双旌双节,总揽辖区内军政。安史之乱后,内地也多设节度使,所辖地区十余州至二三州不等。崔圆:字有裕,唐清河武城(今山东武城)人。初以武科入仕。杨国忠遥领剑南节度使,引为左司马,知留后。玄宗入蜀,任为宰相。肃宗乾元元年(758)罢相,为东都留守。后历任怀、汾二州刺史,淮南节度使,检校尚书左仆射。唐代宗大历三年(768)病逝,追赠太子少师,谥号"昭襄"。

⑧万里桥:历史上有名的古桥。在四川成都南锦江之上。是古时乘舟起航处。三国时,蜀汉丞相诸葛亮在此设宴送费祎出使东吴,费祎叹曰"万里之行,始于此桥",因以名桥。

**【译文】**

唐玄宗巡幸东都洛阳。在秋天的一个夜晚,与僧一行大师登上天宫寺的阁楼,在阁楼上远望了很久。玄宗环视四周,凄凉地叹了口气,对僧一行说:"我年已六十,还能最终没有忧患吗?"僧一行说:"陛下出行如果能够到达万里之地,您的帝统就没有穷尽。"等到玄宗西行来到成都,在道路前面望见一座大桥,玄宗就举起马鞭问左右的侍臣说:"这是什么桥?"淮南节度使崔圆策马进言说:"这是万里桥。"玄宗感叹道:"一行大师的话今日果然应验了,我没有忧虑了。"

679.或曰①:一行,开元中尝奏上云:"陛下行幸万里,圣祚无疆。"故天宝中幸东都,庶盈万数②。及上幸蜀,至万里桥,方悟焉。

**【注释】**

①或曰:本条采录自《大唐传载》。

②故天宝中幸东都,庶盈万数:陈寅恪《元白诗笺证稿·新乐府胡旋女》引此,且下案语曰:"此条亦见《国史部》上及《唐语林》伍等书。关于预言后验之物语,可不置辩。惟玄宗自开元二十四年冬十月丁卯由洛阳还长安,即不复再幸东都。此所云:'天宝中岁幸洛阳'者,非实时也。"庶,但愿,希冀。

**【译文】**

有人说:僧一行,开元年间曾经上奏唐玄宗说:"陛下如果能够巡幸万里,帝统就没有穷尽。"因此天宝年间玄宗巡幸洛阳,希望能超过一万里。等到玄宗巡幸成都,行至万里桥,才明白。

680. 一行和尚灭度①,留一物封识②,命弟子进于上。发而视之,乃"蜀当归"也。上不谕其意。及幸蜀间③,乃知其深意,方叹异之。

**【注释】**

①一行和尚灭度:本条采录自《开天传信记》。灭度,佛教语。梵语涅槃的意译。亦指僧人死亡。后秦鸠摩罗什译《金刚般若波罗蜜经》:"我皆令入无余涅槃而灭度之,如是灭度无量无数无边众生。"

②封识:封缄并加标记。

③间:此字原书作"回",当据改。

【译文】

一行和尚去世前,留下一件物品密封好并做上标记,让弟子进献给唐玄宗。玄宗打开一看,里面是"蜀国的当归"。玄宗不明白一行大师的意思。等到他巡幸蜀地回到京城,才明白了其中的深意,玄宗感叹并称异。

681.玄宗尝幸东都①,天大旱,且暑。时圣善寺有竺乾僧无畏②,号曰三藏③,善召龙致雨之术。上遣力士疾召无畏请雨,无畏奏曰:"今旱,数当然尔。召龙兴烈风雷雨,适足暴物④,不可为也。"上使强之,曰:"人苦暑久矣!虽暴风疾雷,亦足快意。"无畏辞不获已,遂奉诏。有司为陈请雨具⑤,而幡幢像设甚备⑥。无畏笑曰:"斯不足以致雨。"悉令撤之。独盛一钵水⑦,无畏以小刀于水钵中搅旋之,胡言数百咒水⑧。须臾之间,有龙,其状如指,赤色,首瞰水上。俄顷,没于水钵中。无畏复以刀搅水,咒者三。有顷,白气自钵中兴,如炉烟,径上数尺,稍引去讲堂外⑨。无畏谓力士曰:"亟去,雨至矣!"力士驰马,去而四顾,见白气疾旋,自讲堂而西,若尺素腾上⑩。既而昏霾⑪,大风震雷,暴雨如泻。力士驰及天津之南⑫,风雨亦随马而至矣。街中大树多拔。力士复奏,衣尽沾湿。孟温礼为河南尹⑬,目见其事。温礼子尝言于李栖筠,与力士同在先朝⑭。吏部员外郎李华撰《无畏碑》⑮,亦云前后奉诏,禳旱致雨⑯,灭火回风。昭昭然遍诸耳目也⑰。

**【注释】**

①玄宗尝幸东都：本条采录自《次柳氏旧闻》。

②圣善寺：寺庙名。在唐东都洛阳（今河南洛阳）西部。竺乾：天竺。古印度的别称。无畏：即善无畏，唐代高僧。中印度摩伽陀国人，释迦牟尼继父甘露饭王的后裔。十三岁继承乌荼国王位，后让位于兄出家，学习密教。玄宗开元四年（716）到长安。十六年（728），随玄宗至洛阳，在奉先寺继续翻译佛经。二十三年（735），卒于长安大兴善寺，与金刚智、不空合称开元三大士。先后译出《虚空藏菩萨求闻持法》《大毗卢遮那神变加持经》《苏婆呼童子请问经》《苏悉地羯罗经》等重要典籍。

③三藏：三藏法师的简称。指精通佛教经、律、论三藏的僧人。

④暴物：残害万物。

⑤陈请：陈述理由以请求。

⑥幡幢（fān chuáng）：指佛、道教所用的经幡。像设：祠祀的人像或神佛供像。语出《楚辞·招魂》："天地四方，多贼奸些，像设君室，静闲安些。"朱熹集注："像，盖楚俗，人死则设其形貌于室而祠之也。"

⑦钵（bō）：洗涤或盛放东西的陶制器具。

⑧咒水：道士或方士使用的符水。多用以给人治病，通常画符箓或烧符箓于水中，并施以一定的咒语后让人饮用，故称咒水。

⑨讲堂：高僧讲经说法的堂舍。

⑩尺素：小幅的绢帛。

⑪昏霾：光线昏暗。

⑫天津：指天津桥。河桥名。故址在今洛阳旧城西南。隋大业元年（605）以洛水贯都，有天汉津梁之象，因建此桥，称为天津。隋末为李密烧毁，唐太宗贞观十四年（640）重建。

⑬孟温礼为河南尹：原书此句上尚有"时"字，当据补。孟温礼，唐贝

州宗城（今河北威县）人。武则天神功元年（697）举绝伦科及第。玄宗开元元年（713）任京兆尹，曾奏请修缮府廨。十三年（725），任光禄卿。十九年（731），任河南尹。二十年（732），为同州制史，改太子宾客。以礼部尚书致仕，谥曰肃。

⑭ 与力士同在先朝：原书此句作"先臣与力士同"，当据之补"先臣"二字。

⑮ 员外郎：职官名。本指正员以外的官，三国魏末置员外散骑常侍，晋武帝设员外散骑侍郎，简称员外郎。隋初尚书诸司有员外郎，炀帝时废。唐朝尚书省六部二十四司各置员外郎一人，从六品上，为诸曹司次官，此后历代相沿。

⑯ 禳（ráng）旱：消除旱灾。禳，祈祷消除灾殃。

⑰ 昭昭然：即昭然，明显的样子。

## 【译文】

唐玄宗曾经驾临东都洛阳，正值天气大旱，酷暑难耐。当时圣善寺有一位天竺来的和尚叫无畏，法号三藏，擅长召龙致雨的法术。玄宗让高力士急速召唤无畏和尚请他求雨，无畏和尚上奏说："今年天气大旱，从天数来说是理所当然的。召唤龙王引来烈风雷雨，就会残害万物，不能这样做。"玄宗硬要让他去做，并说："百姓苦于酷暑很久了，即使会引来暴风迅雷，也足够让人心里畅快。"无畏和尚不能推辞，就接受了玄宗的旨意。相关部门为他陈请了求雨的工具，各种幡幢和祠祀的神佛供像都很齐全。无畏和尚笑着说："这些东西不足以用来求雨。"让全都撤掉了。他只盛了一钵水，用一把小刀在水钵中旋转搅动，随意对着水念了数百句咒语。片刻之间，水中出现了一条龙，它的形状像人的手指，全身红色，头贴在水面上。一会儿，龙又没入水钵之中。无畏和尚再次用小刀搅动这钵水，并念了三道咒语。不一会儿，有白气从钵中升腾，像香炉散出的烟气，径直向上几尺高，渐渐地扩散到讲堂之外。无畏和尚对高力士说："赶紧离开，大雨要来了！"高力士骑着马疾驰而去，离开的时候他向四周望去,看见那股白气快速旋转,从讲堂向西的方向,像一条尺素升腾而上。不久天色昏暗下来,接着便是大风呼啸,雷声阵阵,暴雨像瀑布一样倾泻而下。高力士驰马刚到天津桥南面,狂风暴雨也紧随而至。街道上的大树很多被连根拔起。高力士想再次上奏,可是衣服全被淋湿了。当时孟温礼任河南尹,亲眼看到了这件事。温礼的儿子曾经对李栖筠说了这件事,他的父亲孟温礼和高力士同在玄宗朝。吏部员外郎李华撰写《无畏碑》,也提到无畏和尚曾经先后按照玄宗的旨意,消除旱灾引来降雨,消除了酷暑难耐的火热,带来了凉风。这件事已经清清楚楚地传遍了众人的耳目。

682.玄宗紫宸殿樱桃熟①,命百官口摘之。

**【注释】**

①紫宸殿:殿名。唐都长安大明宫内朝正殿,位于大明宫中部,皇帝多在此接见大臣,听政议事。

**【译文】**

唐玄宗紫宸殿内的樱桃成熟了,他命令百官用嘴摘着吃。

683.玄宗命射生官射鲜鹿①,取血煎鹿肠食之,赐安禄山、哥舒翰②。

**【注释】**

①玄宗命射生官射鲜鹿:本条采录自《卢氏杂说》。本条与下683条原合为一条,本书据原书分列。射生官,亦称射生手。善于骑射的武士。

②赐安禄山、哥舒翰:《新唐书·哥舒翰传》载:"翰素与安禄山、安思顺不平,帝每欲和解之。会三人俱来朝,帝使骠骑大将军高力

士宴城东,翰等皆集。诏尚食生击鹿,取血沦肠为热洛何以赐之。"哥舒翰,唐代西突厥族哥舒部的后裔,世居安西(今新疆库车)。天宝六载(747),代王忠嗣为陇右节度使,后攻拔吐蕃重要军事据点石堡城,寻兼河西节度使,封西平郡王。后因病居长安家中。安史之乱起,东都陷落,高仙芝、封常清等相继败退。玄宗任他为兵马副元帅,统二十万大军守潼关。时已患风疾,不能治事,被迫出战,兵败被俘,囚于洛阳。于安庆绪兵败撤退时被杀。

**【译文】**

唐玄宗让专门射猎的武士猎捕活鹿,用新鲜的鹿血煎制鹿肠食用,还赏赐给安禄山、哥舒翰等武将。

684.虢国夫人就屋梁悬鹿肠①,其中结之。有宴则解开,于梁上注酒,号"洞天圣酒"。

**【注释】**

①虢(guó)国夫人:唐玄宗贵妃杨玉环之姊。嫁裴氏。天宝七载(748)封虢国夫人,并得玄宗宠遇。广收贿赂,极其奢侈。与杨国忠淫乱,颇为时人不耻。十五载(756),安禄山攻长安,她随玄宗、贵妃西奔,行至马嵬驿,杨贵妃被缢杀,她逃至陈仓(今陕西宝鸡),被杀。

**【译文】**

虢国夫人靠近屋梁悬挂鹿肠,肠子中间打着结。有宴会的时候就解开,在房梁上注入酒,号称"洞天圣酒"。

685.玄宗时①,以林邑国进白鹦鹉②,慧利之性特异常者③,因暇日以金笼饰之,示于三相④。上再三美之。时苏颋

初入相,每以忠谠厉己⑤,因前进曰:"《记》云:'鹦鹉能言,
不离飞鸟⑥。'臣愿陛下深以为志⑦。"

**【注释】**

①玄宗时:本条采录自《松窗杂录》。

②林邑国:古国名。亦称占婆、占城。故地在今越南中南部一带。

③慧利:聪明伶俐。

④三相:唐代指中书、门下、尚书三省长官。

⑤厉己:指严格要求自己。

⑥鹦鹉能言,不离飞鸟:是说鹦鹉虽然能说话,但还是鸟类。后亦用
以比喻本质没变。语出《礼记·曲礼上》:"鹦鹉能言,不离飞鸟,
猩猩能言,不离禽兽。今人而无礼,虽能言,不亦禽兽之心乎?"

⑦深以为志:指深深记在心里。志,记。

**【译文】**

唐玄宗时期,林邑国进献了一只白色鹦鹉,这只鹦鹉聪明伶俐的性
格和其他一般品种的鹦鹉大不相同,趁空闲的时候,唐玄宗给鹦鹉配上
金色的鸟笼,并拿给中书、门下、尚书三省的长官看。玄宗还多次赞美
这只鹦鹉。当时苏颋刚刚成为宰相,常常以忠诚正直严格要求自己,于
是向玄宗进言道:"《礼记》有云:'鹦鹉即使能模仿人说话,但也还是飞
鸟。'臣希望陛下深记在心。"

686.申王有高丽赤鹰①,每猎,必置之驾前,目之为"抉
云儿"。

**【注释】**

①申王有高丽赤鹰:本条采录自《开元天宝遗事·决云儿》。申王,
指唐太宗李世民第十子李慎。勤奋好学,擅长文史和观察星象。

贞观五年（631），初封申王，出任秦州都督。贞观十年（636），改封纪王，出任襄州刺史。唐高宗即位（650），授左卫大将军，出任荆州都督，邢、贝二州刺史。后因支持越王李贞起兵推翻武则天政权，坐罪下狱。后卒于流放途中。神龙政变后，恢复姓氏和官爵，陪葬于昭陵。高丽赤鹰，古高丽国产的一种猛禽。驯养后可助田猎。

**【译文】**

申王李慎有一只高丽赤鹰，每次去打猎，一定将它放在车驾的前面，并称呼它为"抉云儿"。

687.玄宗尝三殿打球<sup>①</sup>，荣王堕马闷绝<sup>②</sup>。黄幡绰奏曰<sup>③</sup>："大家年几不为小<sup>④</sup>，圣体又重，傥马力既极，以至颠踬<sup>⑤</sup>，天下何望！何不看女婿等与诸色人为之<sup>⑥</sup>？如人对食盘，口眼俱饱，此为乐耳。傍观大家驰逐忙遽<sup>⑦</sup>，何暇知乐？"上曰："尔言大有理，后当不复自为也。"

**【注释】**

①玄宗尝三殿打球：本条采录自《教坊记》。三殿，殿名。即唐都长安大明宫中的麟德殿。此殿由前、中、后三个殿堂组成，前后毗连，故又称为三殿。

②闷绝：晕倒。

③黄幡绰：凉州（今甘肃武威）人。唐玄宗时优人。开元前期已入宫中，侍玄宗逾三十年。性滑稽，善语对，嘲谑间常讥及时政。安禄山叛军占领长安后，陷贼中，被胁从出入左右。唐军收复长安后，被拘至行在，玄宗怜而释之。

④大家：宫中近臣或后妃对皇帝的称呼。东汉蔡邕《独断》卷上：

“天子以四海为家，故谓所居为行在所……亲近侍从官称曰‘大家’。”年几：年纪，岁数。几，通“纪”。

⑤颠踬（zhì）：仆倒失足。

⑥女婿：此处指唐玄宗的驸马们。

⑦忙遽：匆忙急速。

**【译文】**

　　唐玄宗曾经在麟德殿打马球，荣王李嗣玄坠马晕倒。宫廷乐师黄幡绰上奏说：“陛下的年纪不小了，身体也发福了，倘若马的气力用尽，以至于跌倒失足，天下还有什么指望！为什么不坐下来看您的驸马们和诸位臣子打球呢？就好像人们对着餐盘，既可以饱眼福，也可以饱口福，这样也很有乐趣啊。从旁边看您急速驰马追逐，哪里有空闲感受其中的乐趣呢？”玄宗说：“你的话很有道理，我以后不会再自己上场打马球了。”

　　688.玄宗问黄幡绰①：“是物儿得人怜②？”“是物儿”者，犹“何人儿”也③。对曰：“自家儿得人怜。”时杨妃号安禄山为子，肃宗在东宫，常危惧。上俯首久之④。上又尝登北楼望渭，见一醉人临水卧，问左右是何人，左右不对。幡绰曰：“是年满令史⑤。”又问曰：“尔何以知之？”对曰：“更一转，入流⑥。”上大笑。上又与诸王会食⑦，宁王喷饭，直及上前。上曰：“宁哥何故错喉⑧？”幡绰曰：“此非错喉，是歆帝⑨。”

**【注释】**

①玄宗问黄幡绰：本条采录自《因话录·谐戏》。本条与下689至692条原合为一条，本书据原书分列。

②物：原书作“勿”。“儿”为“勿”之词尾。

③“是物儿”者，犹“何人儿”也：原书作“是勿儿，犹言‘何儿’也”。

此二句作双行小注。《太平广记》引文亦作注文列入。

④"时杨妃号安禄山为子"几句：原书作"时杨贵妃宠极中宫，号禄山为子。肃宗在春宫，常危惧。上闻幡绰之言，俯首久之"。此六句原书作双行小注。《太平广记》引录此条亦作注文列入。杨妃，即杨贵妃。小名玉环。晓音律，善歌舞。初为寿王妃，后为女道士，号太真。入宫后，得玄宗宠爱，封为贵妃。安禄山乱起，玄宗出奔。至马嵬坡，军士哗变，杨贵妃被迫缢死。

⑤年满令史：任职期满的令史。令史，官名。秦汉时有兰台令史、尚书令史等官，居郎之下，掌文书案牍事务。西晋置有门下令史，此后历代诸官署多有设置，为低级事务性官员。至隋始降为流外胥吏。唐沿袭不变，六部诸司皆有设置。

⑥更一转，入流：周勋初《校证》注曰："唐制以九品内职官为流内，九品以外为流外，由流外进入流内，称'入流'。令史为九品外之吏职，然有年劳者可进入流内。此处黄幡绰乃取渭水之'流'与流品之'流'谐音而有此谑。"

⑦会食：相聚而食，聚餐。

⑧错喉：谓饮食误入气管而引起咳呛。

⑨是歆（pēn）帝：原书作"是喷嚏"。下有双行夹注曰："幡绰优人，假戏谑之言惊悟时主，解纷救祸之事甚众，真滑稽之雄。"

## 【译文】

唐玄宗问黄幡绰："什么人最值得怜爱？""是物儿"，就是"什么人"的意思。黄幡绰回答说："当然是自己的儿子最值得怜爱。"当时杨贵妃称呼安禄山为义子，唐肃宗在东宫，常常感到忧虑恐惧。唐玄宗听完黄幡绰的话，低头沉思了很久。又有一次，唐玄宗曾登上大明宫的北城楼眺望渭水，看见一个喝醉酒的人躺在水边，就问身边的侍从这是什么人，侍从们都回答不上来。黄幡绰说："是一个任职期满的令史。"玄宗又问道："你怎么知道的？"黄幡绰回答说："他再一转身，就入流了。"玄宗大笑。还有一次，玄宗和各位亲王聚餐，宁王不小心把饭喷了出来，一直喷到了玄宗跟前。玄宗说："宁哥怎么让食物误入气管了？"黄幡绰回答说："这不是食物误入气管，是'喷嚏'。"

689.或曰①：郑滁州胪于曲江见令史醉卧池岸②，云："更一转，入流。"

**【注释】**

①或曰：本条采录自《大唐传载》。

②郑滁州胪：即郑胪，唐人。原书作"郑滁州胪"。曲江：即曲江池。在今陕西西安东南。秦为宜春苑，汉为乐游原，因河水水流曲折，故名。隋文帝以曲名不正，更名芙蓉园。唐复名曲江。玄宗开元中加以疏凿，为京都人上巳等盛节的游赏之地。所谓"曲江流饮"即指此。

**【译文】**

有人说：滁州刺史郑胪在曲江池看见一个令史醉倒在池边，说："再一转身，他就入流了。"

690.又开元中，上与内臣作"历日令"①。高力士挟大截②，置黄幡绰口中，曰："塞穴吉！"幡绰遽取上前叵罗内靴中③，走下，曰："内财吉④。"上欢甚，即赐之。

**【注释】**

①历日令：中国民间饮酒时一种助兴取乐的游戏。

②挟：通"夹"，夹取。截（zì）：切成大块的肉。

③叵（pǒ）罗：古代饮酒用的一种敞口的浅杯。

④内财吉：周勋初《校证》注曰："即纳取财物吉。"

【译文】

开元年间，玄宗和内侍玩"历日令"的游戏。高力士夹取大块肉，放进了黄幡绰的口中，说："塞住洞口，大吉！"黄幡绰急忙拿起玄宗面前的金叵罗杯放进自己的靴子里，走到堂下说："靴子内有财物，大吉！"玄宗非常高兴，立即将金叵罗赏赐给了黄幡绰。

691. 上好击球①。内厩所养马，犹未甚适，与幡绰语曰："吾欲良马久矣，谁能通《马经》者？"幡绰奏："臣能知之，今丞相悉善《马经》。"上曰："吾与丞相言，政事外，悉究其旁学，不闻有通《马经》者。尔焉知之？"幡绰曰："臣每日沙堤上见丞相所乘②，皆良马。是必能通知。"上大笑。

【注释】

①上好击球：本条采录自《松窗杂录》。击球，又称"击鞠""打球"。我国古代一种骑马打球的运动，由蹴鞠演化而来。两队对抗，骑马（女骑驴）用杖击球入门，多者为胜。有单球门和双球门两种。盛行于唐、宋。

②沙堤：唐代专为宰相通行车马所铺筑的沙面大路。唐李肇《唐国史补》卷下："凡拜相，礼绝班行，府县载沙填路，自私第至子城东街，名曰沙堤。"

【译文】

唐玄宗爱好打马球。皇宫内马厩里养的马，都不太符合他的心意，就和黄幡绰说："我想要一匹良马很久了，你知道谁精通《马经》吗？"黄幡绰上奏说："我知道，当今的丞相都精通《马经》。"玄宗说："我和丞相们谈话，国家的政事之外，都了解他们所擅长的其他学问，没有听说过有人精通《马经》。你从哪儿知道的?"黄幡绰说:"臣每天在沙堤时看见丞相所骑的马,全都是良马。由此知道他们一定精通《马经》。"玄宗大笑。

692. 又黄幡绰滑稽不穷,尝为戏,上悦,假以绯衣①。忽一日,佩一兔尾,上怪问,答曰:"赐绯毛鱼袋②。"上谓曰:"鱼袋本朝官入阁合符方佩之③,不为汝惜。"竟不赐。

**【注释】**

①绯衣:古代朝官的红色品服。

②赐绯毛鱼袋:据周勋初《校证》注,此处:"'毛'谐'莫',即'无'意。《后汉书》卷二十八上《冯衍传》:'饥者毛食。'王先谦《集解》引钱大昕曰:'古音"无"如"模",声转为"毛",今荆楚犹有此音。''赐绯毛鱼袋'即嫌'赐绯'而无'鱼袋'也。"鱼袋,一种官员用来盛放鱼符的佩囊。唐代用于五品以上官员,上刻官吏姓名,以为凭信,因为装在袋内,故称为"鱼袋"。

③入阁:指进入中央官署做官。合符:合验符信。古代以竹木或金石为符,上书文字,剖而为二,各执其一,合之为证。此处指核验身份。

**【译文】**

黄幡绰诙谐没有穷尽,他曾经为玄宗唱戏,玄宗很高兴,就赐给他绯色的官服。忽然有一天,黄幡绰穿上绯色的官服,并佩戴了一个兔子尾巴,玄宗感到很奇怪便问他,黄幡绰回答说:"这是您赏赐的绯毛鱼袋。"玄宗对他说:"鱼袋是本朝官员进入中央官署核验身份时才佩戴的,不能因为你爱惜它就赏赐给你。"最终没有赐给他鱼袋。

693. 打球①,古之蹴鞠也②。《汉书·艺文志》"《蹴鞠》

二十五篇"，颜注云③："鞠，以韦为之④，实之以物，蹴蹋为戏⑤。鞠⑥，陈力之事⑦，故附于兵法。蹴音千六切⑧。鞠音距六切。"近俗声讹⑨，谓鞠为球，字亦从而变焉，非古也。开元天宝中，上数御观打球为事。能者左萦右拂⑩，盘旋宛转，殊有可观，然马或奔逸⑪，时致伤毙。永泰中⑫，苏门山人刘钢于邺下上书于刑部尚书薛公云⑬："打球，一则损人，二则损马。为乐之方甚众，何乘兹至危，以邀晷刻之欢耶⑭？"薛公悦其言，图钢之形，置于左右⑮，命掌记陆长源为赞以美之⑯。然打球乃军州常戏⑰，虽不能废，时复为之耳。今乐人又有蹋球之戏⑱，作彩画木球，高一二尺，女妓登蹑⑲，球转而行，萦回去来⑳，无不如意，盖古蹴鞠之遗事也。

## 【注释】

①打球：本条采录自《封氏闻见记·打球》。

②蹴鞠：我国古代的一种踢球游戏，类似现今的踢足球。据《事物纪原》记载，蹴鞠起源于黄帝时代，流行于汉唐，宋代发展到巅峰，明清逐渐衰微。明汪云程著有《蹴鞠图谱》，记载唐宋到元明间蹴鞠的比赛、游戏方法，以及球场的形式、规例。

③颜注：即颜师古作的注。颜师古，名籀，字师古。唐雍州万年（今陕西西安）人。祖籍琅琊（今山东临沂）。颜之推之孙。博览群书，通训诂，善属文。入唐后，历任敦煌公府文学、起居舍人、中书舍人，掌机密、草制诏。太宗即位，升中书侍郎，封琅琊县男。贞观七年（633），任秘书少监，专典刊正校订。后坐事出为郴州（治今湖南郴州）刺史。太宗惜其才，复任为秘书少监。奉诏撰订《五礼》，书成，封为琅琊县子。又奉太子承乾之命为《汉书》

作注。十五年（641），升为秘书监、弘文馆学士。十九年（645），从太宗征辽东，于途中病卒。谥号"戴"。

④韦：熟皮，去毛熟治的皮革。

⑤蹴蹋：亦作"蹴蹹"，踢。《汉书·枚乘传》"蹴鞠刻镂"句下颜师古注曰："蹴，足蹴之也。鞠以韦为之，中实以物，蹴蹋为戏乐也。"

⑥鞠：原书"鞠"上尚有一"蹴"字。传世各本《汉书·艺文志》颜注亦有"蹴"字，当据补。

⑦陈力：贡献、施展力气、力量。

⑧蹴音千六切：原书作"蹴音子六反"，"千"乃"子"之误，当据改。

⑨近俗：指近世。声讹：发音出现了讹变。

⑩左萦右拂：左边拾球，右边拂掸。

⑪奔逸：奔逃。

⑫永泰：唐代宗李豫年号（765—766）。

⑬刘钢：唐代宗时隐士。邺下：古地名。在今河北临漳西。薛公：即薛嵩。唐绛州龙门（今山西河津）人。高宗朝名将薛仁贵之孙。臂力过人，擅长骑射，慷慨豪迈。参与安史之乱，授邺郡太守。拜为相州刺史，充相、卫、洺、邢等州节度观察使。代宗大历初，封高平郡王，号其军为昭义。迁检校尚书右仆射。大历八年（773）卒。

⑭晷刻：片刻。谓时间短暂。

⑮左右：原书作"坐右"，当据改。

⑯掌记：唐代职官名。观察使或节度使的属官掌书记的省称，掌草拟笺奏文书事，位支使之下，推官之上。

⑰军州：古行政区划的名称。多指战略上的军事要地。

⑱蹋球：亦作"蹋球戏"。古代杂技戏名。表演者踩蹬彩画大木球，使之来回转动，与今杂技节目"踩大球"相似。《文献通考·乐考二十·踏球戏》："踏球用木球，高尺余，伎者立其上，圆转而行也。"

⑲女妓：亦作"女伎"。女乐，歌妓。登蹑：犹登踩。

⑳萦回：盘旋往复。

**【译文】**

　　打马球，就是古代的蹴鞠。《汉书·艺文志》著录"《蹴鞠》二十五篇"，颜师古作注说："鞠，是用熟皮制成的，里面填满东西，踢着玩作为游戏。蹴鞠，是需要施展力气的游戏，因此附在兵法类的后面。蹴的读音是子六切。鞠的读音是距六切。"近世以来发音发生讹变，把鞠叫作球，文字也随之发生了改变，不是古代的字形和读音了。唐玄宗开元、天宝年间，玄宗皇帝多次亲临观看打马球比赛，并将打马球作为娱乐。会玩的人左边拾，右边掸，身体迂回旋转，很有观赏性，然而马有时候忽然奔逃，常会让人受伤甚至毙命。唐代宗永泰年间，苏门山隐士刘钢在邺城给刑部尚书薛嵩上书说："打马球，一来容易使人受伤，二来容易使马受伤。取乐的方式有很多，为什么骑着马玩这么危险的游戏，来获得片刻的欢娱呢？"薛嵩很欣赏刘钢的话，于是画了刘钢的画像，放在座位的右边，并让掌记陆长源写赞语夸奖他。然而打马球是军州战略要地经常玩的游戏，没有完全废止，不时还有人进行这项游戏。现在艺人又发明了一种"蹋球"的游戏，他们制作一个彩绘的木球，高约一二尺，让女伎登踩上去，让球旋转着往前走，来来回回盘旋往复，没有不如意的，这大概就是古代蹋鞠的遗留吧。


　　694.拔河①，古谓之牵钩②。襄汉风俗③，常以正月望日为之④。相传楚将伐吴，以为教战⑤。梁简文临雍部⑥，禁之而不能绝。古用篾缆⑦，今代以大麻绁⑧，长四五十丈，两头分系小索数百条，挂于胸前。分两朋⑨，两向齐挽。当大绁之中，立大旗为界，震声叫噪⑩，使相牵引，以却者为胜⑪，就者为输⑫，名曰"拔河"。中宗曾以清明日御梨园球场，命侍臣为拔河之戏。时七宰相、二驸马为东朋，三宰相、五将军为西朋。东朋贵人多,西朋奏"胜不平",请重定,不为改。西朋竟输。韦巨源、唐休璟年老[13],随絙而踣[14],久不能兴。上大笑,令左右扶起。明皇数御楼设此戏,挽者至千余人,喧呼动地,蕃客庶士[15],观者莫不震骇。进士河东薛胜为《拔河赋》[16],其词甚美,时人竞传之。

**【注释】**

①拔河:本条采录自《封氏闻见记·拔河》。

②牵钩:拔河的古称。

③襄汉:地名。襄指襄水,汉指汉水。襄汉是襄水和汉水流域共同流经区域的统称,在今湖北襄阳地区。

④望日:农历每月十五日。

⑤教(jiào)战:指进行严格的训练。

⑥梁简文:即梁简文帝萧纲,字世缵。梁武帝萧衍之子。自幼聪慧,读书一目十行。工诗文。幼封晋安王。中大通三年(531)昭明太子萧统卒,萧纲继立为太子。其所倡轻艳诗风,东宫文士竞相仿效,时号"宫体"。梁太清三年(549)即位,两年后为侯景所杀,卒谥简文。庙号太宗,葬于庄陵。

⑦篾(miè)缆:竹篾编制成的绳索。

⑧麻绠(gēng):粗麻绳。

⑨两朋:两队。朋,结党,结队。

⑩叫噪:叫喊吵闹,虚张声势。

⑪却者:后退的一队。

⑫就者:靠近大旗的一队。就,凑近,靠近。

⑬韦巨源:唐京兆万年(今陕西西安)人。武周时,历任司宾少卿、鄜州刺史、刑部尚书、太子宾客等,两次拜相。中宗神龙元年

（705），入拜工部尚书，再以吏部尚书同中书门下之品入相，进封郇县伯。后又以侍中、中书令的身份第四次担任宰相职务，进封舒国公。睿宗景云元年（710），李隆基讨韦后时为乱兵所杀。赠特进、荆州大都督。**唐休璟**：本名璟，以字行，唐京兆郡始平县（今陕西兴平）人。以明经擢第。唐高宗调露中，以击败突厥、奚，升任丰州司马。武则天垂拱时迁安西副都护、西州都督，后任司卫卿，兼凉州都督，御史，持节陇右诸军大使。武周久视元年（700）在凉州与吐蕃交战，六战六胜，升任右武威、右金吾二卫大将军。中宗复位后任宰相。旋迁中书令，封宋国公。唐睿宗李旦复位，拜为特进、朔方道行军大总管。卒谥曰忠。

⑭踣（bó）：跌倒。

⑮蕃客：或作"番客""蕃商"。唐宋时对入华的外商的泛称。多指大食、波斯等西域国家的来华客人。庶士：官府小吏。

⑯薛胜：唐河东（治今山西永济）人。唐玄宗时进士及第。据《新唐书·宰相世系表》所载，曾官居左拾遗。《旧唐书·薛存诚传》云："父胜，能文，尝作《拔河赋》，词致浏亮，为时所称。"

**【译文】**

拔河，古代叫作牵钩。是襄汉一带流传的风俗，常常在正月十五日进行。相传春秋时期楚国将要攻打吴国，就用拔河对士兵进行严格的训练。南朝梁简文帝曾亲自驾临雍地，想要禁止这种活动，却没能禁绝。古代用竹篾编制成的绳索，今天用大的粗麻绳代替，长度约四五十丈，两端分别系着数百条小绳子，挂在人们的胸前。所有参加的人分成两队，分别向两个方向同时用力牵引。在粗麻绳的正中间，竖起一面大旗作为界线，人们加油呼喊，叫声震天，让两个队伍互相牵拉，向后退的一队获胜，向前靠近的一队失败，人们称这种游戏叫作"拔河"。唐中宗曾经在清明当天驾临梨园的球场，让臣子们玩拔河的游戏。当时七位宰相、两位驸马是东队，三位宰相、五位将军是西队。东边队伍地位尊贵的人多，西边队伍上奏说"赢了他们怕是不公平"，请求中宗重新划定队伍，中宗没有更改。没想到西边的队伍最后输了。韦巨源、唐休璟两人年纪大了，随着拖拉的绳子就跌倒了，很久也不能起身。中宗大笑，命令侍从将他们扶起来。唐玄宗多次在皇宫的御楼举行这个游戏，参加的多达一千多人，喧闹呼叫的声音震天动地，外国的商旅以及官府小吏，所有观看的人对这种场面没有不感到震惊的。一位叫薛胜的河东进士写了一篇《拔河赋》，文采华美，当时人们争相传诵。

695.明皇开元二十四年八月五日①，御楼设绳技②。技者先引长绳，两端属地③，埋鹿卢以系之④。鹿卢内数丈，立柱以起，绳之直如弦。然后技女自绳端蹑足而上⑤，往来倏忽⑥，望若飞仙。有中路相遇，侧身而过者；有着履而行，从容俯仰者；或以画竿接胫⑦，高六尺⑧；或蹋肩蹋顶，至三四重；既而翻身直倒至绳，还往曾无蹉跌⑨，皆应严鼓之节⑩，真可观也。卫士胡嘉隐作《绳技赋》献之⑪，词甚宏畅⑫，上览之大悦，擢拜金吾卫仓曹参军⑬。自兵寇覆荡⑭，伶官分散⑮，外方始有此技⑯。军州宴会，时或为之。

**【注释】**

①明皇开元二十四年八月五日：本条采录自《封氏闻见记·绳妓》。

②绳技：亦作"绳伎"'绳妓'，杂技的一种。俗称走索。据相关文献记载，中国的绳技，由西域传入。《晋书·乐志》里，便有天竺人舍利玩绳技的记载："舍利从西方来，戏于殿前，……以两大丝绳系两柱头，相去数丈，两倡女对舞，行于绳上，相逢切肩而不倾。"

③属地：至地，接触地面。

④鹿卢：亦作"鹿栌"。古时引以下棺或置井上以汲水的滑车或绞

盘。今作"辘轳"。

⑤技女:指表演绳技的女艺人。蹑足:轻步行走的样子。摄,此字原书作"蹑",当据改。

⑥倏(shū)忽:形容行动急速。

⑦画竿:绘有彩绘的竹竿。胫:小腿。

⑧六尺:原书作"五六尺",当据改。

⑨还往:来往,来回。蹉跌(cuō diē):失足摔倒。

⑩严鼓:急鼓,急促的鼓声。

⑪胡嘉隐:唐玄宗开元间人。唐代辞赋家。原为宫中卫士。开元二十四年(736),御楼设绳技,胡嘉隐作《绳技赋》献上,玄宗嘉之,擢拜金吾卫仓曹参军。

⑫宏畅:谓词采畅达而有气势。

⑬仓曹参军:官名。也称司仓参军事。东汉太尉府设置有仓曹掾,掌仓谷事务。北齐改称仓曹参军。唐诸王府、诸卫府、诸都督、都护、使府称仓曹参军事,诸州府则称司仓参军事,掌禄廪、市易、畋渔、租调、仓库等事。

⑭覆荡:谓扫荡平定。

⑮伶官:乐官。《诗经·邶风·简兮》序:"卫之贤者,仕于伶官。"郑玄笺:"伶官,乐官也。伶氏世掌乐官而善焉,故后世多号乐官为伶官。"

⑯外方:外地,远方。

## 【译文】

唐玄宗开元二十四年八月五日,在皇宫的御楼举行绳技表演。表演绳技的人先牵一条长绳,绳子的两端连着地面,藏在鹿栌里系上。鹿栌里面的绳子有几丈长,然后立起一根柱子将绳子顶起,长绳就像弓弦一样绷紧了。然后表演绳技的女艺人就从长绳的一端轻步而上,来来回回行动急速,远远看去就像飞仙一样。有在半路相遇,侧身穿过的;有穿着鞋在绳子上面行走,从容地低头抬头的;有时她们将彩绘的竹竿绑在小腿上,高五六尺;有时踩着别人的肩膀或头顶,能叠三四层;一会儿又翻身倒立在长绳上,来来回回从来没有失足跌倒过,她们的表演都能跟随急促的鼓点,真是叹为观止。宫中卫兵胡嘉隐写了一篇《绳技赋》献给玄宗,这篇赋词采畅达而有气势,玄宗看过之后很高兴,提拔他为金吾卫仓曹参军。自从乱兵贼寇扫荡以来,宫中乐官离散各地,外地才开始出现这种绳技。军州战略要地在举行宴会的时候,有时会有艺人表演这种杂技。

696.明皇在禁中<sup>①</sup>,欲与姚元之论事<sup>②</sup>。时七月十五日,苦雨不止<sup>③</sup>,泥泞盈尺,上令左右以步辇召之<sup>④</sup>。

**【注释】**

①明皇在禁中:本条采录自《开元天宝遗事·步辇召学士》。

②姚元之:姚崇,字元之。唐朝名相。

③苦雨:久下成灾的雨。《左传·昭公四年》:"春无凄风,秋无苦雨。"杜预注:"霖雨为人所患苦。"

④步辇:古代一种用人抬的代步工具,类似轿子。

**【译文】**

唐玄宗在皇宫内,想要和姚崇谈论政事。当时正值七月十五,大雨连绵好多天不停,道路上的泥泞超过一尺深,玄宗派身边的人用步辇将姚崇接过来。

697.宋开府璟虽耿介不群<sup>①</sup>,亦知音乐,尤善羯鼓。〔原注〕鼓乐部行丐乱云<sup>②</sup>:"南山起云,北山起雨"者<sup>③</sup>,是宋开府所为。尝与明皇论羯鼓事,曰:"不是青州石末<sup>④</sup>,即须鲁山花瓷<sup>⑤</sup>。

撚小碧上，掌下须有朋[原注]去声。肯[原注]去声。声⑥。"据此，乃汉震第二鼓也⑦。且頔用石末、花磁⑧。固是腰鼓，掌下朋肯声，是以手拍鼓，非羯鼓明矣。[原注]第二鼓，左以杖，右以指。开府又曰："头如青山峰，手如白雨点。"此即羯鼓之能事。山峰取不动，雨点取碎急。上与开府兼善两鼓，而羯鼓偏好，以其比汉震稍雅细焉⑨。开府之家悉传之。东都留守郑叔则祖母⑩，即开府之女。今尊贤里郑氏第，有小楼，即宋夫人习鼓之所也。开府孙沇亦知音⑪。贞元中，集《乐录》三卷，德宗览而善焉。又知是开府之孙，遂召对赐坐，与论音乐。又召至宣徽⑫，张乐使观焉，曰："设有舛乖⑬，悉可言之。"沇沉吟曰⑭："容臣与乐官商榷条奏。"上使宣徽使就教坊与乐官参议⑮，数日，二使奏上："乐工多言沇曾不留意，不解声调，不审节拍，兼有聩病⑯，不可议乐。"上颇异之，久之召对，且曰："臣年老多病，耳实失听，若迨于声律，不致无业。"上又使作乐曲，问其得失，承禀舒迟⑰，众工多笑之。沇顾笑者，忽忿怒作色，奏曰："曲虽妙，其间有不可者。"上惊问之，即指一琵琶云："此人大逆戕忍，当即去，不宜在至尊前。"又指一笙云："此人神魂已游墟墓⑱，不可更留供奉⑲。"上大骇，令主司潜伺察之。既而琵琶工为人诉，称六七年前其母自缢，不得端由；即令按鞠⑳，遂伏罪。其笙者乃忧恐不食，旬日而卒。上益加知遇，面赐章绶㉑，累召对。每令沇察乐，乐工悉惴恐㉒，不敢正视。沇惧罹祸㉓，辞病而退。

## 【注释】

①宋开府璟虽耿介不群：本条采录自《羯鼓录》。

②鼓乐部行丐乱：原书此句作"乐部行王询"，当据之校改。

③南山起云，北山起雨：亦作"南山起云，北山下雨"。禅林用语。元代行秀《从容庵录·云门露柱》："云门垂语云：'古佛与露柱相交，是第几机？'众无语，自代云：'南山起云，北山下雨。'"盖南山与北山，非为对立之意，起云而下雨，乃法体自然之现成。此语系以眼前展开之事象，直示古佛之当体。

④青州石末：指用唐代青州地区的碎石头碾成末烧制成的器物，主要用于制作瓦、砚等物品，也可以制作羯鼓。

⑤鲁山花瓷：花釉瓷器的一种。又称"唐钧"，因唐代鲁山所产的黑地、乳白、蓝斑一器三色的花釉瓷器而得名，也可以制作羯鼓。

⑥撚（niǎn）小碧上，掌下须有朋肯声：是说手执鼓杖上方击鼓，手掌之下就会发出鼓声。撚，执，持取。小碧，当指鼓杖。朋肯，象声词。形容鼓声。

⑦汉震：鼓名。

⑧颡（sǎng）：额，脑门儿。此处当指鼓的表面。

⑨雅细：形容乐声典雅细腻。

⑩东都留守：官名。唐代以洛阳为东都，皇帝不在东都时则置留守，掌军民诸政。先以朝廷大臣充任，开元元年（713）改长史为尹，即以河南府尹为留守。天宝间改东都为东京，又称东京留守。肃宗复名东都。郑叔则：又作郑淑则。唐郑州荥阳（今河南荥阳）人。举明经进士。代宗大历初为河南副元帅王缙僚佐。德宗建中元年（780），以检校秘书少监转御史中丞。二年（781），为东都畿观察使。迁东都留守兼河南尹，加户部侍郎。入为尚书左丞，迁太常卿。贞元三年（787），转京兆尹，与裴延龄不协，贬永州长史。卒，赠御史大夫，谥曰懿。

⑪开府孙沇(yǎn)：即宋璟的孙子宋沇。唐德宗贞元年间在世，善识音律。

⑫宣徽：宣徽院的简称。官署名。掌管内廷事务的机构。唐中叶以来设置，分南、北二院，皆设宣徽使及副使统领，均由宦官担任。总领官内诸司及宦官之名籍、迁补、假故、鞫询等事，检视内外进奉之物，掌郊祀、朝会、宴享、供账之务。南院比北院地位稍高。

⑬舛乖：谬误，差错。

⑭沉吟：迟疑，犹豫。

⑮教坊：官署名。掌乐工、俳优、杂技等。唐高祖武德以后在宫中设内教坊，掌教习音乐，其官属太常寺。玄宗开元二年(714)，移内教坊于蓬莱宫之侧，复于长安设左右教坊，以宦官为教坊使，不隶太常寺，专掌俗乐，以备岁时宴享演奏。

⑯聩病：指先天性耳聋的疾病。聩，先天性耳聋。

⑰承禀：禀告。舒迟：迟慢，迟缓。

⑱墟墓：丛聚而无人祭扫的墓地。

⑲供奉：职事名。唐时通称在皇帝左右供职者为供奉或供奉官。

⑳按鞫(jū)：审问。

㉑章绶(shòu)：官印和系印的绶带。泛指官印，此处指官位。

㉒惴(zhuì)恐：恐惧不安。

㉓罹(lí)祸：遭受灾祸。

**【译文】**

　　开府仪同三司宋璟虽耿直不同于流俗，也精通音乐，尤其擅长羯鼓。[原注]乐部行王询云："能够演奏出'南山起云，北山起雨'意境的，是宋开府所为。"他曾经和唐玄宗一起谈论羯鼓的事情，说："不是用青州石末，就要用鲁山花瓷制作的羯鼓。这种鼓用手执鼓杖上方扣击，手掌下就会发出'朋[原注]去声。肯[原注]去声。'的鼓声。"依据这些，就知道这才是汉震第二鼓。况且鼓面用青州石末、鲁山花瓷的鼓。本来就是腰鼓，手掌之下发出的鼓声,是用手拍击鼓发出的,很明显就不是羯鼓。[原注]第二鼓,左边用鼓槌击鼓,右边用手指击鼓。宋璟又说:"头如青山峰,手如白雨点。"能做到这两点就是击奏羯鼓的能手。头如青山峰,是说击鼓人的头不能动;手如白雨点,是说击鼓人手击鼓面急促如雨点的碎急。玄宗与宋璟都擅长这两种鼓,但尤其擅长羯鼓,因为它比汉震鼓的声音更加典雅细腻。宋璟家几代人相传,都擅长击鼓。洛阳留守郑叔则的祖母,就是宋璟的女儿。现在尊贤里郑氏的府第之内,有一座小楼,就是这位宋夫人练习羯鼓的地方。宋璟的孙子宋沇也通晓音乐。唐德宗贞元年间,收集《乐录》三卷,德宗看过后连连称赞。又知道他是宋璟的孙子,就召见他赐座,和他谈论音乐。还把他召到宣徽殿,让乐工们奏乐给他观看,并说:"如果有错误,你都可以说出来。"宋沇迟疑了一下说:"请允许臣与乐工们商讨后,列出条目奏报。"德宗皇帝便指派宣徽使,让宋沇到教坊与乐官进行了讨论,几天后,两个使者进奏德宗说:"乐工们大多认为宋沇并不留心,不了解声调的变化,不通晓节拍,还有先天性耳聋的疾病,不能和这样的人讨论音乐。"德宗皇帝感到很奇怪,很久之后召见宋沇询问。宋沇回答说:"臣的确年老多病,耳朵也确实聋了,但是谈到音律方面,我还不至于失业。"德宗又让乐工们演奏乐曲,询问宋沇乐曲演奏的好坏,宋沇的回答很迟缓,众乐工大都讥笑宋沇。宋沇回头看那些讥笑他的乐工,忽然怒容满面,禀奏德宗说:"乐曲演奏得虽然很精彩,但是演奏的乐工中间有不适合再在这里呆下去的人。"德宗皇帝吃惊地询问他,宋沇就指着一个演奏琵琶的乐工说:"这个人大逆不道,做下了残忍的事,应该立刻离开,不应该在陛下面前演奏。"又指一个吹笙的人说:"这个人的灵魂已经出窍了,现在正在荒凉的墓地上游荡,更不能侍奉在陛下身边。"德宗听了之后大为惊骇,命令主管部门暗中侦察这两个人。不久,弹奏琵琶的那个乐工被人告发,说六七年前他母亲无缘无故就上吊死了;立刻命令将他拘捕审问,这个乐工就认罪伏法了。那个吹笙的乐工就整天忧惧吃不下饭,过了十多天就死了。德宗更加赏识宋沇,当面赐给他官位,屡次召见他谈论音乐。德宗还常常让宋沈审察乐工们的演奏情况,乐工们都恐惧不安,不敢正眼看他。宋沈看到这种情形,害怕带来灾祸,于是就借着身体有病引退了。

698.李龟年、彭年、鹤年弟兄三人①,开元中皆有才学盛名。鹤年能歌词,尤妙制《渭州》。彭年善舞。龟年善打羯鼓。明皇问:"卿打多少杖?"对曰:"臣打五千杖讫。"上曰:"汝殊未②,我打却三竖柜也。"后数年,又闻打一竖柜③,因赐一拂枝杖羯鼓楪④。后留传至建中三年⑤,任使君又传一弟子⑥,使君令取江陵漆盘底泻水楪中⑦,竟不散,以其至平故也。又云:"人闻鼓楪只在调竖慢。此楪一调之后,经月如初⑧,今不如也⑨。"

**【注释】**

①李龟年、彭年、鹤年弟兄三人:本条采录自《大唐传载》。李龟年,唐朝乐师。邢州柏仁(今河北隆尧)人。李景伯之子。开元中,与弟彭年、鹤年皆有才学盛名。精音律,能歌,善奏羯鼓、觱篥。曾作《渭州曲》。安史之乱后流落江南。每遇良辰胜景,常为人歌,座客闻之,莫不掩泣。彭年,即李彭年。李景伯之子,李龟年之弟。有吏才,工于剖析。开元天宝之际,曾任考功员外郎、给事中、兵部侍郎等职。与李林甫善,引就要职。主选事七年,以贪赃为宋浑所劾,长流岭南。天宝十二载(753),任济阴太守。入为中书舍人、吏部侍郎。安史之乱时陷于叛军之中,被迫接受伪官,忧愤而死。

②殊未:即未殊,没有超过。殊,超过。

③闻:原作"问",据周勋初《校证》改。

④羯鼓棬（quān）：羯鼓上的一种环状部件。

⑤建中三年：即公元782年。建中，唐德宗李适年号。

⑥任使君：唐人。

⑦泻水：倒水。

⑧经月：指太阴历月亮经历一次朔、望的标准时间，整月。

⑨今不如也：原书作"今不知所存"。

【译文】

李龟年、李彭年、李鹤年兄弟三人，开元年间都有学识，声望很大。李鹤年擅长歌词，尤其是那首由他创作的《渭州曲》，非常精妙。李彭年擅长跳舞。李龟年擅长击打羯鼓。有一次，唐玄宗问李龟年："你能打多少鼓杖？"李龟年回答说："臣一次能打完五千鼓杖。"玄宗说："你没有超过我啊，我都打坏了三竖柜的鼓槌了。"后来又过了几年，玄宗听说李龟年又打坏了一竖柜的鼓槌，就赏赐给他一个拂枝杖制成的羯鼓棬。后来这羯鼓棬流传到唐德宗建中三年，任使君又将它传给了一个弟子，使君让人拿来江陵地区的漆盘将这个棬放到盘底向里面倒水，水竟然没有散开，这是因为这个部件底部非常平滑的缘故。又说："人们听说羯鼓棬的作用仅限于调整竖慢。这个棬一经调整之后，经过一个月还和最初一样。这个棬现在不知流落到什么地方。"

699.天宝中①，乐章多以边地为名②，若《凉州》《甘州》《伊州》之类是焉③。其曲遍繁声为"破"④，后其地尽为西蕃所没⑤；破，其兆矣。

【注释】

①天宝中：本条采录自《大唐传载》。

②乐章：古代指配乐的诗词。后亦泛指能入乐的诗词。

③《凉州》：又称《凉州词》《凉州曲》，乐府曲名。因凉州（今甘肃

武威）"地处西北,常寒凉也"而得名。《新唐书·礼乐志十二》:
"《凉州曲》,本西凉所献也,其声本宫调,有大遍、小遍。贞元初,
乐工康昆仑寓其声于琵琶,奏于玉宸殿,因号《玉宸宫调》。"《甘
州》:原为唐教坊曲名,后用作词调名。又名《甘州子》《甘州曲》。
清王弈清纂《钦定词谱·甘州曲》云:"天宝间乐曲,皆以边地为
名,甘州其一也。"甘州,指今甘肃张掖。《伊州》:唐教坊曲名。又
称《伊州乐》《伊州曲》。伊州,今新疆哈密。

④其曲遍繁声为"破":原书此句作"曲遍繁声名'入破'",《古今合
璧事类备要》外集亦引此条,此句与《大唐传载》同。又,《五色
线》卷下引此条此句作"曲遍繁声入破"。本书此句原无"入"
字,当据诸书补。繁声,指浮靡或繁杂的音乐。

⑤西蕃:特指吐蕃。

【译文】

天宝年间,乐章多用边地的地名命名,比如《凉州曲》《甘州曲》《伊
州曲》一类就是如此。这些乐曲全都是繁杂的音乐,名前都冠以"入破"
二字,后来这些地方全都被吐蕃人吞没占领;"破"字就是征兆。

700.上爱幸安禄山①,呼之为儿,常于便殿与杨妃同
乐之②。禄山每就坐,不拜上而拜杨妃,上顾而问之:"不拜
我而拜妃子,何也?"禄山奏云:"外国人不知有父,只知有
母③。"上笑而赦之。禄山丰肥大腹,上尝问:"此腹中何物
而大?"禄山寻声而对④:"腹中但无他物,唯赤心而已。"上
以其真而益亲之。

【注释】

①上爱幸安禄山:本条采录自《开天传信记》。《太平广记》亦引录

此条。爱幸，为帝王所喜好、宠爱。

②便殿：即别殿，别于正殿而言，为古时皇帝休憩宴享之所。

③外国人不知有父，只知有母：原书此句中"外国人"作"胡家"，《太平广记》引此条亦作"胡家"。周勋初《校证》曰："此当是《四库全书》馆臣所改。"《旧唐书·安禄山传》载此句曰："臣是蕃人，蕃人先母而后父。"《新唐书》同。

④寻声：随声，紧接着别人的声音。

**【译文】**

唐玄宗非常宠爱安禄山，叫安禄山为儿子，经常在别殿与杨贵妃一同与他玩乐。安禄山每次入座前，不拜玄宗而拜杨贵妃，玄宗看着他问道："你这个胡儿不拜我却拜贵妃，是什么意思？"安禄山回答说："我们胡人不知道有父亲，只知道有母亲。"玄宗笑着赦免了他。安禄山身体肥胖、大腹便便，玄宗曾经问他："你这肚子里装的什么东西这么大啊？"安禄山紧接着玄宗的话回答说："我的肚子里没有别的东西，只有一颗赤诚之心罢了。"玄宗认为安禄山说话真诚，更加亲宠他。

701. 张巡将雷万春于城上与巡语次①，被贼伏弩射之②，中万春面，不动。令狐潮疑是木人③，谍问之④，知是万春，乃言曰："向见雷万春，方知足下军令矣。然其如天理何！"巡与潮书，曰"仆诚下材，亦天下一男子耳。今遇明君圣主，畴则屈腰⑤；逢豺狼犬羊，今须展志"云云，"请足下多服续命之散，数加益智之丸，无令病入膏肓⑥，坐亲斧锧也⑦。"

**【注释】**

①张巡将雷万春于城上与巡语次：本条采录自《刘宾客嘉话录》。雷万春，唐玄宗时期忠臣、儒将。自幼学武，骁勇善战，博通群书。

安史之乱时，跟随张巡把守雍丘和睢阳，城陷遇害。唐肃宗即位，追赠荣禄大夫、忠烈将军。语次，交谈。

②伏弩：埋伏的弓箭手。

③令狐潮：唐玄宗时期官吏。天宝末年累迁雍邱县令。安史之乱后，投靠叛臣安禄山，对抗名将张巡，后不知所终。

④谍问：秘密地探问。

⑤畴：通"酬"。报酬，酬答。屈腰：折腰。指屈身事人。

⑥病入膏肓：膏指心尖脂肪，肓指心脏至隔膜之间。旧说膏与肓之间药力达不到，指病情十分严重，已无法医治。后亦用以比喻事情到了无法挽救的地步。语出《左传·成公十年》："疾不可为也，在肓之上，膏之下，攻之不可，达之不及，药不至焉，不可为也。"

⑦斧锧（zhì）：斧子与铁砧，古代刑具。行刑时置人于砧上，以斧砍之。故以斧锧指诛戮之事。

**【译文】**

张巡的将领雷万春在城楼上与张巡交谈，被敌方埋伏的弓箭手射中了脸，雷万春岿然不动。令狐潮怀疑那是一个假的木头人，就让探子秘密地探查，知道射中的是雷万春，于是他写信对张巡说："刚才见雷万春的表现，才知道你那里军令如山。但是你又能拿天意怎么样呢？"张巡给令狐潮回信说"我的确是一个资质低的人，但也是天地间堂堂一男儿。如今遇见贤明的君主，我拿着君主的报酬，甘心为朝廷做事；现在遇到了恶人与外敌的侵扰，到了我必须大展宏图的时候"等等，又说："请你多吃点续命的丹药，再加服点增强智力的药丸，不要让自己病入膏肓，坐等我亲手杀了你。"

702.张巡之守睢阳①，玄宗已幸蜀，贼氛方炽②，孤城势蹙③，人困食竭，以纸布煮而食之，时以茶汁和之，而意自如。其《谢金吾将军表》曰："想峨眉之碧峰，豫游西蜀；

追绿耳于玄圃④,保寿南山。逆贼禄山,戮辱黎献⑤,膻臊阙庭⑥。臣被围四十七日,凡一千二百余阵。主辱臣死,当臣致命之时⑦;恶稔罪盈⑧,是贼灭亡之日。"忠勇如此。激励将士,尝赋诗曰:"接战春来苦,孤城日渐危。合围侔月晕⑨,分守效鱼丽⑩。屡厌黄尘起,时将白羽挥⑪。裹疮犹出战,饮血更登陴⑫。忠信应难敌,坚贞谅不移。无人报天子,心计欲何施?"又《闻笛》诗曰:"岧峣试一临,虏骑附城阴⑬。不辨风尘色,安知天地心⑭?营开星月近,战苦阵云深。旦夕更楼上⑮,遥闻横笛吟。"时雍邱令令狐潮以书劝诱,不纳。其书有曰:"宋七昆季⑯,卫九诸子,昔断金成契⑰,今乃刎颈相图"云云。时刘禹锡具知宋、卫,耳剽所得⑱,濡毫有遗⑲,所冀多闻补其阙也。又说:许远亦有文⑳,其《祭纛(dào)文》为时所称,所谓:"太一先锋㉑,蚩尤后殿㉒。苍龙持弓,白虎捧箭。"又《祭城隍文》云:"眢井鸠翔㉓,危堞龙护㉔。"皆文武雄健,士气不衰,真忠烈之士也。刘禹锡曰:"此二公,天赞其心,俾之守死善道㉕。向若救至身存,不过是一张仆射耳㉖,则张巡、许远之名,焉得以光扬于万古哉?"巡性明达,不以簿书介意㉗;为真源宰㉘,县有豪华南金㉙,悉委之。故时人语曰:"南金口,明府手㉚。"及巡闻之,不以为事㉛。

【注释】

①张巡之守睢阳:本条采录自《刘宾客嘉话录》。睢阳,地名。春秋时宋国国都商丘,在今河南商丘。战国改名睢阳。秦置县。唐张

巡、许远曾死守于此,以抗安禄山,屏蔽江淮。

②贼氛:原书作"胡羯"。据周勋初《校证》,"此乃《四库全书》馆臣所改。"

③势蹙:局势紧迫。

④绿耳:周穆王八骏之一。《列子·周穆王》:"肆意远游,命驾八骏之乘。右服骅骝而左绿耳。"亦作"騄耳""騄骊"。玄圃:传说在昆仑山顶。有金台、玉楼,为神仙所居。也称悬圃。后泛指仙境。语出《楚辞·天问》:"昆仑悬圃,其凥安在?"王逸注:"昆仑,山名也。……其巅曰县圃,县圃乃上通于天也。"

⑤戮辱:指杀戮污辱。黎献:民众中的贤者。

⑥膻臊:古时比喻其他民族对汉族的入侵。又作膻腥。阙庭:亦作"阙廷"。朝廷,亦借指京城。

⑦致命:捐躯。

⑧恶稔(rěn)罪盈:亦作"恶盈罪稔"。形容作恶多端,恶贯满盈。

⑨合围侔(móu)月晕:指叛军的重重围困就像月晕一样围了一圈又一圈。侔,相等,齐。

⑩分守效鱼丽:指守军根据敌强我弱的形势布成鱼丽阵。鱼丽,鱼丽阵。亦作"鱼丽陈"。古代战阵名。《左传·桓公五年》"为鱼丽之陈。"西晋杜预注:"《司马法》:'车战二十五乘为偏。'以车居前,以伍次之,承偏之隙而弥缝阙漏也。五人为伍。此盖鱼丽陈法。"

⑪白羽:又称白旄。亦泛指军旗。古代军中主帅所执的指挥旗。

⑫饮血更登陴(pí):指守城官兵浴血奋战,愈战愈勇。登陴,登上城墙。引申为守城。

⑬岧峣(tiáo yáo)试一临,虏骑附城阴:指登上城楼远望,安史叛军已迫近睢阳城下。岧峣,山势高峻的样子。指高处城楼。城阴,本指城的北面。此处指城墙之下。

⑭不辨风尘色，安知天地心：指如果不了解战事的艰危形势，又怎么知道将士们的爱国忠心？风尘，比喻战乱，戎事。天地心，谓隐含的爱国之心。

⑮更楼：古时放置更鼓报更的楼。

⑯昆季：兄弟。长为昆，幼为季。北齐颜之推《颜氏家训·风操》："行路相逢，便定昆季，望年观貌，不择是非。"

⑰断金成契：即"断金契"，指深厚的交谊。北魏郦道元《水经注·清水》："城西有孔嵩旧居。嵩字仲山，宛人，与山阳范式有断金契。"断金，比喻同心协力，则力量可以截断像金一般坚硬的东西。语出《周易·系辞上》："二人同心，其利断金。"契，相合，相投。

⑱耳剽：指耳闻所得。剽，犹劫取，获取。

⑲濡（rú）毫：濡笔。谓蘸笔书写或绘画。

⑳许远：字令威，唐杭州盐官（今浙江海宁）人。唐高宗时宰相许敬宗曾孙。初为碛西支度判官。玄宗天宝间为剑南节度从事。被诬贬为高要尉，后遇赦还。安史乱起，拜睢阳太守，累加侍御史、本州防御使。与张巡固守睢阳一年余。肃宗至德二载（757）十月，城破被俘。押至洛阳后，被叛军所杀。

㉑太一：神名。传说中天帝的别称。

㉒蚩尤：上古传说中的部落首领。后殿：指后盾。

㉓眢（yuān）井：废井，无水的井。

㉔危堞（dié）：高城。亦指危城。护：《唐诗纪事》引此条此字作"攫"，当据改。

㉕守死善道：指以死保全道的完善。

㉖仆射：职官名。秦始置，西汉建始元年（前32）置尚书五人，以一人为仆射。掌授廪假钱谷。东汉尚书仆射署尚书事，职权渐重。建安四年（199）始分尚书仆射为左右。魏晋以来，仆射为尚书省副长官，掌判尚书诸曹事。隋唐时期，左右仆射皆为宰相，并为尚

书省实际长官（尚书令不常置）。唐中宗以后，如不加同中书门下平章事者，即非宰相。《汉书·百官公卿表》："仆射，秦官，自侍中、尚书、博士、郎皆有。古者重武官，有主射以督课之。"

㉗簿书：官署中的文书簿册。

㉘真源：县名。唐高宗乾封初改谷阳县置，治今河南鹿邑县东。武则天载初元年（689）改名仙源县，中宗神龙初复名真源县。相传老子出生此地，故以为名。唐杜佑《通典·州郡七》："真源：古之苦县，老子生于此。"

㉙华南金：唐代富豪。约唐玄宗、唐肃宗时期在世。

㉚明府：汉魏以来对太守、牧尹，皆称府君，或明府君，省称明府。唐以后多用以专称县令。

㉛及巡闻之，不以为事：《新唐书·张巡传》云："大吏华南金树威恣肆，……巡下车，以法诛之。"

**【译文】**

张巡在镇守睢阳的时候，唐玄宗已经驾临蜀地，这一时期安史叛贼的气焰正盛，睢阳孤城形势危急，军民困顿，粮食也吃完了，人们将纸和布蒸煮了来吃，有时候和茶汁混合在一起，吃得镇定自若。张巡在《谢金吾将军表》中写道："想念峨眉山的碧绿山峰，安闲地在西蜀游乐；在昆仑山顶追逐绿耳马，在南山上养生。逆贼安禄山，杀戮污辱民众，入侵京城。我被围困在睢阳城四十七天，一共经历了一千二百多次战斗。君主受辱臣子身死，现在正是我为国捐躯之时；恶贯满盈，这就是逆贼灭亡的日子。"张巡就是这样忠诚勇敢。为了激励将士，他曾经作诗说："接战春来苦，孤城日渐危。合围俟月晕，分守效鱼丽。屡厌黄尘起，时将白羽挥。裹疮犹出战，饮血更登陴。忠信应难敌，坚贞谅不移。无人报天子，心计欲何施？"又有《闻笛》诗写道："岧峣试一临，虏骑附城阴。不辨风尘色，安知天地心？营开星月近，战苦阵云深。旦夕更楼上，遥闻横笛吟。"当时雍邱县令令狐潮写信诱劝张巡投降，张巡没有同意。书信里说"宋七兄弟，卫九诸子，以前都有着深厚的交谊，现在更要同生共死"等等。当时的刘禹锡详细了解宋、卫这两个人，他听人说过，书籍里也有记载，希望能听到更多他们的事迹来填补空缺。又说：许远也有文章，他的《祭蠡文》被当时的人们所称赞，其中有几句说道："太一帝做先锋，蚩尤做后盾。青龙拿着弓，白虎捧着箭。"又有《祭城隍文》写道："废井之上鸠鸟在盘旋，危城之内飞龙在攫夺。"这两个人都是文武雄健的英杰，能让士气不衰减，是真正忠诚刚烈的勇士。刘禹锡说："这两个人，上天都在赞赏他们的忠心，让他们以死保全道的完善。假如他们被救活下来，不过是一个仆射大小的官，那么张巡、许远的名字，哪里能够扬名万世呢？"张巡为人通达，不在意做一个管理文书簿册的小官；做真源县令时，县里有富豪华南金，张巡将很多政事都委托于他。所以当时的人们说道："南金口，明府手。"张巡听说后，也没有当回事。

703.吴道子访僧<sup>①</sup>，不见礼<sup>②</sup>，遂于壁上画一驴。其僧房器用无不踏践<sup>③</sup>。僧知道子所为，谢之<sup>④</sup>，乃涂去。

**【注释】**

①吴道子访僧：本条采录自《卢氏杂说》。

②见礼：指受到礼遇。

③其僧房器用无不踏践：《太平广记》《类说》等引此条，此句上均有"一夜"二字。今据补。

④谢：向人认错道歉。

**【译文】**

吴道子去拜访一位僧人，不被礼遇，于是吴道子就在寺院的墙上画了一头驴。这天晚上，寺院僧房里的各种器具都被践踏。僧人知道这是吴道子所为，于是就向他道歉，吴道子这才把画在墙上的驴涂掉。

704.王维画品妙绝<sup>①</sup>，工水墨平远<sup>②</sup>，昭国坊庾敬休所居室壁有之<sup>③</sup>。人有画《乐图》<sup>④</sup>，维熟视而笑<sup>⑤</sup>，或问其故，维曰："此是《霓裳羽衣曲》第三叠第一拍<sup>⑥</sup>。"好事者集乐工验之，一无差舛<sup>⑦</sup>。

**【注释】**

①王维画品妙绝：本条采录自《国史补·王摩诘辨画》。《太平广记》亦有载录。画品，画的情调境界。

②平远：山水画的一种取景方法，自近山望远山，意境绵邈旷远。宋代郭思所编《林泉高致》载其父郭熙之说："山有三远：自山下而仰山颠，谓之高远；自山前而窥山后，谓之深远；自近山而望远山，谓之平远。"

③昭国坊：街坊名。在唐都长安外郭城内，启夏门至兴安门大街东侧、自北而南第十坊。故址相当今西安南郊大雁塔一带。此坊之南，则是晋昌坊，正是慈恩寺及大雁塔所在地。庾敬休：字顺之，唐南阳新野（今河南新野）人。姿容温雅，襟怀冲淡。宪宗元和元年（806）擢进士第，又中宏辞科，擢秘书省校书郎。历任宣州从事、渭南尉、右拾遗、起居舍人等。十三年（818），为礼部员外郎，充任翰林学士。十五年（820），迁礼部郎中，改兵部郎中、知制诰。文宗大和六年（832），迁尚书左丞。

④乐图：原书与《太平广记》引文均作"奏乐图"，当据补。《新唐书·王维传》作"按乐图"。

⑤熟视：注目细看。

⑥此是《霓裳羽衣曲》第三叠第一拍：宋沈括《梦溪笔谈·书画》曰："《霓裳曲》凡十三叠，前六叠无拍，至第七叠方谓之'叠遍'，自此始有拍而舞作，故白乐天诗云'中序擘騞初入拍'，'中序'

即第七叠也,第三叠安得有拍? 但言'第三叠第一拍',即知其妄也。"《霓裳羽衣曲》,即《霓裳羽衣舞》,简称《霓裳》。唐代宫廷乐舞。白居易有《霓裳羽衣歌(和微之)》诗,对此曲及舞姿有细致的描写。

⑦差舛(chuǎn):差错。

**【译文】**

王维作画的境界精妙绝伦,他擅长水墨山水画且取景平远,昭国坊庾敬休家中室内的墙壁上就有王维的画作。有人有一幅画叫《奏乐图》,王维细看之后就笑了,有人问他为什么笑,王维说:"这画上画的是《霓裳羽衣曲》第三叠第一拍的场景。"好事者召集乐工查验,果然没有一点差错。

705.王维为大乐丞①,被人嗾令舞《黄狮子》②,坐是出官③。《黄狮子》者,非天子不舞也,后辈慎之④。

**【注释】**

①大乐丞:职官名,太乐令的属官。北齐、隋、唐为太常寺太乐署副长官,掌调和钟律,以供邦国祭祀宴享之需。

②嗾(sǒu)令:嗾使。指使别人做坏事。《黄狮子》:宫廷舞蹈的一种。

③坐是:因是之故,因此。

④后辈:指同道中年轻或资历浅的人。

**【译文】**

王维担任大乐丞的时候,被人唆使着跳了宫廷舞蹈《黄狮子》,因为这个原因被贬到外地做官。宫廷舞蹈《黄狮子》,只有天子才能舞,后辈都要谨慎。

706.或有人报王维云①:"公除右丞②。"王曰:"吾畏此官,屡被人呼'不解作诗王右丞'③。"

**【注释】**

①或有人报王维云:本条采录自《大唐传载》。

②右丞:官名。秦置尚书丞一人,西汉置四人,东汉减为二人,称尚
书左、右丞。尚书右丞为尚书令及仆射之辅佐官。与左丞共掌尚
书台内庶务,兼掌钱粮库藏、财政出纳、刑狱兵工。

③不解:不懈怠,勤奋努力。

**【译文】**

有人告诉王维说:"您被任命为尚书右丞了。"王维说:"我害怕这个
官职,屡次被人称为'努力作诗的王右丞。'"

707.王缙多与人作碑志①。有送润笔者②,误致王右丞
院。右丞曰:"大作家在那边!"

**【注释】**

①王缙多与人作碑志:本条采录自《卢氏杂说》。碑志,碑记。刻在
碑上的纪念文字。

②润笔:旧指付给做诗文书画之人的酬劳,也叫润资。这里指写碑
志的报酬。

**【译文】**

王缙常常给别人作碑志。一次,有人给他送报酬,错送到了王维的
院中。王维说:"大作家(指王缙)住在那边!"

708.天宝中①,天下无事。选六宫风流艳态者,名"花
鸟使"②,主饮宴。

**【注释】**

①天宝中:本条采录自《大唐传载》。

②花鸟使:本指唐代专为皇帝挑选妃嫔宫女的使者。此处指专门陪
　侍皇帝饮宴的妃嫔。

**【译文】**

　　唐玄宗天宝年间,天下太平。从六宫嫔妃中挑选风韵出众、姿态美
艳的人,称作"花鸟使",负责皇帝宴饮。


　　709.杭州房琯为盐官令①,于县内凿池构亭②,曰"房公
亭",后废。案:《唐书·房琯传》③:琯,河南人,亦未为盐官令,此
疑有误④。


**【注释】**

①盐官:县名。三国吴改海昌置,属吴郡。治今浙江海宁盐官镇南。

②构亭:建造凉亭。

③书:原阙,据周勋初《校证》补。

④此疑有误:周勋初《校证》注曰:"杭州房琯或非命相之房琯,此等
　处存疑可也。"

**【译文】**

　　杭州人房琯任盐官县令的时候,在县城内开凿水池,构建凉亭,叫做
"房公亭",后来被废弃了。案:《唐书·房琯传》:房琯,为河南人,也未曾任职盐
官令,此处怀疑有错误。


　　710.骊山华清宫①,天宝中植松柏遍满岩谷②,望之郁
然。朝元阁在北岭之上③,最为崭绝④。次南即长生殿⑤。
殿东南,汤泉凡一十八所。第一即御汤,周环数丈,悉砌白

石，莹彻如玉，石面皆隐起鱼龙花鸟之状⑥。四面石座，阶级而下，中有双白石瓮，连腹异口，瓮口中复植双白石莲，泉眼自莲中涌出，注白石之面。御汤西南，即妃子汤，汤稍狭，汤侧有红石盆四所，刻作菡萏于白石之面⑦。余汤迤逦⑧，相属而下，凿作暗窦走水⑨；出东南数十步，复立一石表⑩，涌出，灌注一石盆中，后人为也。

**【注释】**

①骊山华清宫：本条采录自《贾氏谈录》，《南部新书》亦载此事。骊山，在今陕西临潼东南。周、秦、汉、隋、唐等朝均在此建离宫，唐华清宫尤享盛名，今存遗址。唐天宝元年（742），曾改名会昌山。后改名昭应山。但常用故名。华清宫，唐离宫名。在骊山下。太宗贞观十八年（644）建。高宗咸亨二年（671）始命名温泉宫。天宝六载（747），更温泉为华清宫。

②岩谷：犹山谷。

③朝元阁：殿阁名。故址在今陕西西安临潼骊山西绣岭上。为唐朝华清宫主要建筑之一，其中供奉道教教主老子。

④崭绝：险峻陡峭。

⑤次南：南边第二个。长生殿：宫殿名。又名集灵台。唐玄宗天宝六载（747）置。故址在今西安临潼华清宫内。

⑥隐起：凸现出，浮现出。

⑦刻作菡萏（hàn dàn）于白石之面：《南部新书》此句作"所刻作菡萏之状，陷于白面"，当据改。菡萏，荷花。

⑧迤逦（yǐ lǐ）：曲折延绵的样子。

⑨暗窦：暗洞，暗孔。窦，孔、洞。

⑩石表：此处指石碑。

**【译文】**

骊山华清宫,天宝年间在山谷中遍植松柏,远远望去都郁郁葱葱。朝元阁在骊山北岭之上,最为险峻陡峭。南面第二个宫殿就是长生殿。宫殿的东南,一共有汤泉十八所。第一是御汤,周围几丈,全都用白色石头铺砌,莹洁透明像玉一样,石头表面都浮现出鱼龙花鸟的形状。四周都是石座,顺着台阶向下,中间有一对白色的石瓮,石瓮的腹部相连,瓮口不同,瓮口中又植有一对白石莲,泉眼从石莲中涌出,流注到白石的表面。御汤的西南,就是妃子汤,汤泉稍微狭小一些,汤泉旁边有四个红色的石盆,雕刻成荷花的形状,凹陷在白色石头的表面。其余的汤泉曲折延绵,相互连接着向下,凿出暗洞出水;出东南几十步,又立着一块石碑,泉水从这里涌出,流注到一个石盆当中,这是后来的人做的。

711.潞州启圣宫①,有明皇欹枕斜书壁处②,并腰鼓马槽并存③。张弘靖为潞州从事④,皆见之。

**【注释】**

①潞州启圣宫:本条采录自《尚书故实》。启圣宫,据《新唐书·地理志》,李隆基即帝位之前,曾在潞州为官,该州上党县有他住的宅院。开元十一年(723),唐玄宗到并州时,路过潞州,改古宅为飞龙宫,后又更名为启圣宫。

②欹(yī)枕:斜倚枕头。

③腰鼓:乐器名。古今形制不同。隋唐以来用于胡乐,广首细腰,挂在腰间,用手掌拍击。马槽:供马食用、饮水的器具。木制或石制。

④从事:官名。汉朝时,司隶校尉及诸州皆置从事,由长官自署,分掌一州某种事务,皆随事增减,废置不定。后渐成为地方州县佐吏的通称。

**【译文】**

潞州的启圣宫,有唐玄宗在潞州做官时斜倚枕头写字的墙壁,连同腰鼓、马槽一起保存着。张弘靖任潞州从事时,都见过。

712.北邙山玄元观<sup>①</sup>,南有老君庙。殿台高敞,下瞰伊、洛<sup>②</sup>。神仙塑像,皆开元中杨惠之所制<sup>③</sup>,世称奇巧。

**【注释】**

①北邙(máng)山玄元观:本条采录自《剧谈录·老君庙画》。原书此句作"东都北邙山,有玄元观"。北邙山,又称北芒山。在今河南洛阳北。东汉及北魏之王侯公卿多葬于此。元,原作"玄",据周勋初《校证》改。

②伊、洛:伊水与洛水。也常以伊、洛泛指洛阳地区。伊水出河南卢氏县熊耳山,东北流经嵩县、伊川、洛阳至偃师入洛水;洛水即今河南境内的洛河。

③杨惠之:吴县(今江苏苏州)人。唐代画家、雕塑家。活跃于唐玄宗开元、天宝年间,初与吴道子同学绘画,师法张僧繇,后专攻雕塑,数年之后,名撼天下,独步古今,时人称"道子画,惠之塑,夺得僧繇神笔路"。著有《塑诀》一书,已佚。

**【译文】**

东都洛阳的北邙山有一座玄元观,玄元观南面有一座老君庙。殿台高大宽敞,向下可以俯瞰伊水与洛水。庙里的神仙雕塑,都是开元年间杨惠之制作的,世人都称赞他的技艺奇异巧妙。

713.邺西鼓山东北<sup>①</sup>,有石鼓,俗传石鼓鸣则兵起。左思《魏都赋》云<sup>②</sup>:"神钲迢递于高峦<sup>③</sup>,灵响特惊于四表<sup>④</sup>。"

案，《说文》："钲似铃"；小者为铙⑤。《周礼》："以金铙止鼓⑥。"然则钲、鼓虽同类，钲乃以金为之，直谓石鼓为神钲，失其义矣。高齐时石鼓鸣⑦，未几而齐灭；隋季又鸣，无何海内崩乱⑧；近天宝末，石鼓复鸣，俄而幽燕俶扰⑨。记传临海、零陵、南康、建平、天水诸处皆有石鼓⑩，其说多同。晋武帝时⑪，吴郡临平湖岸崩⑫，出一石鼓，扣之不鸣，张华云⑬："取蜀郡桐木作鱼形，击之则鸣。"于是声闻数十里。后十六国迭据⑭，三百余年攻战不息，是石鼓之鸣，咸非吉征也。

### 【注释】

①邺西鼓山东北：本条采录自《封氏闻见记·石鼓》。邺，古地名。战国魏置，历秦汉至北魏不变。故治在今河北临漳西南邺镇。鼓山，又称滏山。山体南北向，由石灰岩构成。

②左思：字太冲，齐国临淄（今属山东）人。西晋文学家。家世寒微。官秘书郎。曾构思十年写成《三都赋》（《蜀都赋》《吴都赋》《魏都赋》），当时豪富人家竞相传抄，以致洛阳为之纸贵。作品质朴刚健，被后人誉为"左思风力"。诗以抨击门阀制度的《咏史》八首最为著名。

③神钲（zhēng）：钲之美称。钲，一种铜制的打击乐器，其状如鼓。迢递：遥远的样子。

④灵响特惊于四表：《文选·左思〈魏都赋〉》作"灵响时惊于四表"。灵响，神异的声响。四表，指四方极远之地，亦泛指天下。

⑤铙（náo）：古代军中打击乐器。手执而奏之。

⑥以金铙止鼓：语出《周礼·地官·鼓人》："以金铙止鼓，以金铎通鼓。凡祭祀百物之神，鼓兵舞帔舞者。"

⑦高齐：即北朝时期的齐国。以皇室姓高，史称高齐或北齐。

⑧无何：没有多久。崩乱：犹动乱。

⑨幽燕俶（chù）扰：指安史之乱。幽燕，古称今河北北部及辽宁一带。此处唐以前属幽州，战国时属燕国，故称幽燕。安禄山为胡人，曾担任平卢、范阳、河东三地节度使。俶扰，动乱，骚乱。

⑩临海：古郡名。三国吴太平二年（257）置。治所临海县（治今浙江临海）。零陵：古郡名。西汉武帝元鼎六年（前111），分桂阳郡置。治所零陵县（今广西全州西南）。南康：古郡名。西晋太康三年（282）置。治所雩都县（今江西于都东北）。后徙治今江西赣州。建平：郡名。三国吴置。故治在今四川巫山县。隋废。天水：古郡名。汉武帝元鼎三年（前114）置。治所平襄（今甘肃通渭西北）。

⑪晋武帝：即司马炎，字安世，河内温县（今河南温县）人。司马昭长子。西晋王朝的开国皇帝。初封北平亭侯。历官给事中、奉车都尉、中垒将军，进封新昌乡侯。咸熙二年（265），拜相国，袭封晋王。不久代魏称帝，定国号为晋，改元泰始。在位时，加强门阀制度，大封宗室，为"八王之乱"埋下隐患。

⑫吴郡：古郡名。西汉初期，因会稽郡治所在吴县，改称吴郡。治吴县（今江苏苏州）。临平湖：古湖名。在今浙江杭州余杭临平山东南。三国吴赤乌二年（239）因湖中得宝鼎，又名鼎湖。

⑬张华：字茂先，西晋范阳郡方城（今河北固安）人。西晋建立后，拜黄门侍郎，封关内侯，后拜中书令，加散骑常侍。力劝晋武帝灭吴。吴国灭亡后，以功进封广武县侯。晋惠帝继位后，累官至司空，封壮武郡公，被皇后贾南风委以朝政。永康元年（300），被赵王司马伦和孙秀所杀。学业优博，辞藻温丽，著《博物志》。

⑭十六国：指从永兴元年（304）李雄和刘渊建立成汉起，到元嘉十六年（439）北魏统一北方为止，少数民族在北方和巴蜀建立的十六个割据政权，有成汉、前赵、后赵、前秦、后秦、西秦、前燕、后

燕、南燕、北燕、前凉、后凉、南凉、北凉、西凉、夏等十六个政权，另外还有冉魏、西燕及代等政权。迭据：交替占有。

## 【译文】

郕城西南鼓山的东北，有一个石鼓，民间相传如果石鼓发出声音就会有战乱发生。左思《魏都赋》说："神钲在遥远的高山上响起，神异的声响让四方极远之地震惊。"案，许慎《说文解字》："钲像铃铙"；小的称作铙。《周礼》说："用金铙让鼓声停止。"然而钲、鼓虽然属于同类乐器，但钲是用金属制作的，直接把石鼓称为神钲，是错解了它的含义。北齐时期石鼓鸣动，没过多久国家就灭亡了；隋朝末年石鼓又发出鸣声，不久国内就发生动乱；近天宝末年，石鼓又鸣响，不久安禄山就发动叛乱。书籍记载临海、零陵、南康、建平、天水各地都有石鼓，对这些石鼓的说法也都大体相同。晋武帝时，吴郡临平湖的湖堤崩塌，打捞出一个石鼓，敲击它没有声响，张华说："拿蜀郡桐木制作的鱼形鼓槌，敲击石鼓就会发出声响。"果然鼓声在几十里之外都能听到。后来十六国政权更替，三百多年战乱不止，这说明石鼓发出的鸣响，都不是吉祥的征兆。

714.费县西漏泽者①，漫数十里②。每岁时雨降③，即自浮溢，蒲鱼之利④，人实赖焉。至白露应节即如埽⑤，一夕而干焉。萧颖士以年代莫详，记载所阙，信殊异也。

## 【注释】

①费县西漏泽者：本条采录自《大唐传载》。费县，古县名。汉初置费侯国，后为费县。以古费邑和费侯国得名。在今山东临沂西北部。

②漫：广远、辽阔的样子。

③时雨：应时的雨水。

④蒲鱼：即捕鱼。

⑤白露：二十四节气之一。每年在阳历九月八日前后。应节：适应

节令。埽（sǎo）：古同"扫"，打扫。

**【译文】**

费县西边有一个漏泽，辽阔达几十里。每年应时的雨水降落，泽中的水就会自动溢出堤外，给人们捕鱼带来便利，当地人都依赖漏泽。但是到白露时节就像用扫帚扫一样，一晚上漫出来的水就干涸了。萧颖士认为这件事年代不详，文献记载有缺失，确实不同寻常。

715.萧功曹颖士、赵员外骅①，开元中同居兴敬里肄业②，共有一靴③。久而见东郭之迹④。赵曰："可谓疲于道路矣。"萧曰："无乃禄在其中⑤。"

**【注释】**

①萧功曹颖士、赵员外骅（huá）：本条采录自《大唐传载》。赵员外骅，即员外郎赵骅，字云卿，唐朝邓州穰（今河南邓州）人。开元二十三年（735）登进士第，补太子正字，累授大理评事。安史之乱时陷陈留，没于贼。肃宗乾元年间，召擢左补阙，未赴，福建观察使李承昭奏为判官，授试大理司直、兼监察御史。代宗大历间，历仕祠部、膳部、仓部郎中。建中初，迁秘书少监。四年（783），泾原兵变，赵骅避地山谷，病卒。《新唐书·赵宗儒传》曰："（赵骅）敦交友行义，不以夷险愿操。少与殷寅、颜真卿、柳芳、陆据、萧颖士、李华、邵轸善，时为语曰：'殷颜柳陆，李萧邵赵'，谓能全其交也。"

②肄业：修习课业。

③有：此字原书无，当据删。

④东郭之迹：谓穿破鞋底，足迹印地。形容穷困潦倒。语出《史记·滑稽列传》："东郭先生久待诏公车，贫困饥寒，衣敝，履不完。行雪中，履有上无下，足尽践地。道中人笑之。"

⑤无乃：相当于"莫非""恐怕是"，表示委婉测度的语气。禄在其
　中：俸禄就在里面。指衣食无忧，生活有着落。语出《论语·为
　政》："言寡尤，行寡悔，禄在其中矣。"

【译文】

　　功曹参军萧颖士、员外郎赵骅，唐玄宗开元年间同住在兴敬里修习
课业，两人同穿一双靴子。时间长了靴子就穿破了，脚印印在了地上。
赵骅说："咱们可以说是在路上疲劳奔波呀！"萧颖士说："恐怕俸禄也在
里面吧！"

　　716.贺监为礼部侍郎①，时祁王赠制云惠昭太子②，补
斋挽郎③。贺大纳苞苴④，为豪子相率诟辱之⑤。吏遽掩门，
贺梯墙谓曰⑥："诸君且散，见说宁王亦甚惨澹矣⑦！"

【注释】

①贺监：即贺知章，字季真，唐越州永兴（今浙江萧山）人。武则天
　证圣元年（695）中乙未科状元，授国子监四门博士，迁太常博士。
　玄宗开元十年（722），从张说撰《大唐六典》及《文纂》。历任礼
　部侍郎、太子右庶子兼皇太子侍读、工部侍郎兼秘书监同正员等。
　后迁太子宾客、银青光禄大夫并正授秘书监。为人旷达不羁，好
　酒，自号"四明狂客"。卒赠礼部尚书。

②祁王赠制云惠昭太子：周勋初《校证》注曰："此说多误。惠昭太
　子为宪宗之子，见《旧唐书》卷一七五《宪宗二十子列传》与《新
　唐书》卷八二《十一宗诸子列传》。《旧唐书》卷一九〇《文苑》
　中《贺知章传》曰：'开元十三年，迁礼部侍郎。……俄属惠文太
　子薨，有诏礼部选挽郎，知章取舍非允，为门荫子弟喧诉盈庭。知
　章于是以梯登墙，首出决事，时人咸嗤之。'《新唐书》卷一九六
　《隐逸·贺知章传》亦叙此事，首云'申王薨'，年代亦不合。盖据

《旧唐书》卷九五《睿宗诸子传》，申王薨于开元十二年故也。"

③斋挽郎：主管祭祀的斋郎和唱挽歌的挽郎。斋郎，掌宗庙社稷祭祀的小吏。挽郎，牵引灵柩唱挽歌的小吏。《晋书·礼志中》："成帝咸康七年，皇后杜氏崩。……有司又奏，依旧选公卿以下六品子弟六十人为挽郎。"

④苞苴（bāo jū）：指行贿的财物。因古时货贿必以物包裹，故称之为苞苴。苞，通"包"。《荀子·大略》："苞苴行与？谗夫兴与？何以不雨至斯极也！"杨倞注："货赂必以物苞裹，故总谓之苞苴。"

⑤豪子：指豪家子弟。诟辱：辱骂。

⑥梯墙：越墙。

⑦宁王：即宁王李宪。唐睿宗李旦嫡长子，唐玄宗李隆基长兄。惨澹：亦作"惨淡"。悲惨凄凉。

**【译文】**

贺知章做礼部侍郎，当时祁王去世被追赠为惠昭太子，需要补招一批主管祭祀的斋郎和唱挽歌的挽郎。贺知章大肆收纳贿赂，被豪门子弟相继辱骂。官署的小吏急忙关上了门，贺知章越墙对辱骂他的豪门子弟说："各位先散了吧，听说宁王也活不了几天了！"


717.李白开元中谒宰相，封一板，上题曰："海上钓鳌客李白①。"宰相问曰："先生临沧海，钓巨鳌，以何物为钩线？"白曰："风波逸其情，乾坤纵其志，以虹霓为线②，明月为钩。"又曰："何物为饵？"白曰："以天下无义气丈夫为饵。"宰相竦然③。


**【注释】**

①钓鳌：比喻抱负远大或举止豪迈。语出《列子·汤问》："渤海之

东……有五山焉，……而五山之根，无所连著，常随潮波上下往
还，不得暂峙焉。仙圣毒之，诉之于帝。帝恐流于西极，失群仙圣
之居，乃命禺彊，使巨鳌十五举首而戴之，迭为三番，六万岁一交
焉。五山始峙而不动。而龙伯之国有大人，举足不盈数步而暨五
山之所，一钓而连六鳌，合负而趣归其国，灼其骨以数焉。于是岱
舆、员峤二山流于北极，沉于大海。"

②虹霓：亦作"虹蜺"。《尔雅·释天》："虹双出，色鲜盛者为雄，雄
　　曰虹；暗者为雌，雌曰蜺。"

③竦然：惊惧的样子。

**【译文】**

　　李白在开元年间拜访宰相，封书递上了一块手板，上面写着几个大
字："海上钓鳌客李白。"宰相问他："先生置身沧海，垂钓巨鳌，用什么
东西做钓钩和钓线？"李白答道："风浪放飞我的情思，天地激发我的意
志，我用彩虹做钓线，用明月做钓钩。"宰相又问道："你用什么东西做钓
饵？"李白脱口而出："用天底下没有义气的男子做钓饵。"宰相听了，面
露惊惧的神色。


　　718.宋昌藻①，考功员外郎之问之子②，天宝中为滏阳
尉③。刺史房琯以其名父之子④，常接遇⑤。会中使至州⑥，
琯使昌藻郊外接候。须臾却还，云："被额。"房公顾左右：
"何名为'额'？"有参军亦名家子，敛笏对曰⑦："查名诋诃
为'额'⑧。"房怅然曰："道'额'者已可笑，识'额'者更
奇。"近代流俗：呼丈夫、妇人纵放不拘礼度者为"查"。又
有百数十种语，自相通解，谓之"查语"⑨。大抵多近猥僻⑩。

## 【注释】

①宋昌藻:本条采录自《封氏闻见记·查谈》。宋昌藻,唐代诗人宋之问之子,天宝年间曾任滏阳尉。

②考功员外郎:官名。吏部四曹之一,协助郎中处理政务。隋文帝开皇六年(586)始置,炀帝大业三年(607)改考功承务郎。唐高祖武德三年(620)复为考功员外郎,置一员,从六品上阶。开元二十四年(736),以贡举事归礼部。

③滏(fǔ)阳:古县名。北周武帝置,以城在滏水之阳,故名。治今河北滏阳。

④名父:谓人父有盛名。

⑤接遇:犹接待。

⑥中使:宫中派出的使者。多指宦官。

⑦敛笏(hù):古代官员朝会时皆执手板,端持近身以示恭敬。笏,古代大臣上朝拿着的手板,用玉、象牙或竹片制成,上面可以记事。

⑧诋诃(dǐ hē):斥责、批评。

⑨查(zhā)语:怪诞或不拘礼度的话。

⑩猥僻:犹鄙俚。指粗俗,浅陋。

## 【译文】

宋昌藻,是考功员外郎宋之问的儿子,天宝年间担任滏阳尉。邺州刺史房琯因为他的父亲有盛名,常常接待他。恰逢宫中使者来到邺州,房琯让宋昌藻去郊外迎候。不一会儿他回来了,说:“被额。”房琯回头问身边的人说:“什么叫‘额’?”有一位参军也是名门子弟,他收起手板恭敬地回答说:“查语称斥责为‘额’。”房琯不痛快地说:“说‘额’的人已经很可笑了,知道‘额’的人更是奇葩。”近世的流俗:称男女放纵不拘礼法的人为“查”。又有一百几十种土语,相互疏通理解,称为“查语”。这些话大多近乎粗俗,难登大雅。

719.肃宗在春宫①,尝与诸王从玄宗诣太清宫②,有龙见于殿之东梁。上目之,问诸王"有所见乎"? 皆曰"无之"。问太子,太子俯而未对,上问:"头在何处?"曰:"在东。"上抚之曰:"真我儿也。"

**【注释】**

①肃宗在春宫:本条采录自《因话录·宫部》。春宫,太子东宫的别称。太子居东宫,五行家以春季配东方,故称太子所居住的宫殿为"春宫"。

②太清宫:道教观名。"太清"相传为神仙居处,故常用作官观名。唐代崇祀老子,即在各道普设太清宫,奉祀玄元皇帝老子。

**【译文】**

唐肃宗在东宫时,曾经和其他皇子跟随唐玄宗拜谒太清宫,有一条龙出现在宫殿东边的房梁上。玄宗看着它,问皇子们"看见什么了吗"? 皇子们都说"没看见"。玄宗又问太子,唐肃宗低头没有回答,玄宗问:"头在什么地方?"肃宗说:"在东边。"玄宗抚摸着他说:"的确是我的儿子。"

720.《礼记·祭法》累代祭名①,不闻有戟神、节神②,是知无拜祭之礼也。近代受节③,置于一室,朔望必祭之,非也。凡戟:天子二十四,诸侯十;今之藩镇④,即古之诸侯。在其地,则于衙门⑤;及罢守藩阃,虽爵位崇高,亦不许列于私第⑥。上元元年⑦,宰相吕谭立戟⑧。有司载戟及门,谭方惨服⑨,乃更吉服迎而拜之⑩,颇为有识者所嗤,则知辱命拜赐可也⑪。拜戟祭节,大乖于礼。

## 【注释】

①《礼记·祭法》累代祭名：本条采录自《刊误·祭节拜戟》。累代，历代。

②戟：戟仗，门戟。节：符节。

③受节：指接受符节。

④藩镇：亦称"方镇"，唐、五代时，镇守一方的军事区域和军事长官。其长官称大总管、总管，或大都督、都督，后改称为节度使。安史之乱后，节度使具有统治区域内政治、经济、军事上之实权，形成地方割据势力。

⑤则于衙门：原书"于"上尚有一"施"字，当据补。衙门，旧时称官署为"衙门"，即官吏办事的场所。

⑥"及罢守藩阃（kǔn）"几句：原书作"虽罢守藩阃，有爵位崇高，亦许列于私第"。参下句"宰相吕谭立戟"，当以原书为是。藩阃，藩镇、藩国。

⑦上元：唐肃宗李亨的年号（760—762）。

⑧吕谭（yīn）：字子敬，唐蒲州河东（治今山西永济）人。唐玄宗开元末年，进士及第，授宁陵县尉，迁太子通事舍人、虞部员外郎、侍御史。唐肃宗即位，拜御史中丞，迁武部侍郎。乾元二年（759），以本官同中书门下平章事，知门下省事，兼判度支使。上元初，二度为相，不久因与宦官马上言有瓜葛，被贬为太子宾客，后出任荆州长史，澧、朗、荆、忠、峡五州节度使。在州三年，政绩卓著。上元三年（762）去世，获赠吏部尚书，谥号为肃。立戟：古代礼制。凡官、阶、勋三品以上者得于邸院门前立戟。

⑨惨服：丧服。多指守丧一年、九月、五月所穿的浅色丧服。

⑩吉服：官员居丧期间上朝所穿的服饰。

⑪辱命：对尊长谕令的谦辞。拜赐：拜谢他人的赏赐赠予。

**【译文】**

　　《礼记·祭法》中记载的历代祭名，没听说过有戟神、节神，由此可知没有拜祭戟、节的礼节。近世接受符节，要将它放置在一间屋子中，每月的初一和十五都要拜祭，这是不符合礼节的。凡是戟：天子二十四个，诸侯十个；现在的藩镇，就是古代的诸侯。在这些镇守的地方，就将戟放置在官署；等到这些封疆大吏不再镇守这些地方，有崇高爵位的，朝廷也允许他们把戟陈设在私宅之中。唐肃宗上元元年，宰相吕𬤝立戟。有关官吏载着戟来到吕𬤝宅第的门前，当时吕𬤝正穿着惨服，就换上吉服迎接祭拜，颇为有见识的人讥笑，由此可知按照皇帝的谕令拜谢朝廷的赠予就可以了。祭拜戟神、节神，是非常违背礼法的事。

　　721.海州南有沟水①，上通淮楚，公私漕运之路也②。宝应中③，堰破水涸④，鱼商绝行。州差东海令李知远主役修复⑤，堰将成辄坏，如此者数四，劳费颇多，知远甚以为忧。或说：梁代筑浮山堰⑥，频有坏决⑦，乃以铁数千万片填积其下，堰乃成。知远闻之，即依其言，而堰果立。初，堰之将坏也，辄闻其下殷如雷声⑧，至是其声移于上流数里。盖金铁味辛，辛能害目，蛟龙护其目，避之而去，故堰可成。

**【注释】**

①海州南有沟水：本条采录自《封氏闻见记·鱼龙畏铁》。海州，州名。东魏武定七年（549），改青、冀二侨州为海州。治龙沮县（今江苏灌云）。北齐移治朐县（今江苏连云港）。唐武德四年（621），改为海州。

②漕运：水道运输。

③宝应：唐代宗李豫的年号（762—763）。

④堰:挡水的堤坝。

⑤东海:古县名。故址在今江苏连云港东海。李知远:唐代宗时人,曾任东海县令。

⑥浮山堰:一名淮堰。南朝梁天监中,为阻塞淮水淹灌北魏寿阳城(今安徽寿县),筑堰南起浮山,北抵硖石。凿湫东注以资宣泄。其年秋,淮水暴涨,堰被冲决,沿淮城戍村落十余万人皆漂入海。

⑦坏决:倒塌,崩坏。

⑧殷(yǐn):形容雷声。

**【译文】**

海州的南面有沟水,水的上游通向淮、楚地区,是公、私漕运的常行之路。唐代宗宝应年间,由于挡水的堤坝损毁,导致河水干涸,渔船和商船不能通行。于是海州太守差遣东海县令李知远主持修复堤坝,可是每次要将挡水堤坝修好时就会塌坏,像这样反复了好多次,花费了很多的劳力和财物,李知远为此感到非常忧虑。有人提议说:南朝梁武帝时期修筑浮山堰时,也是多次发生塌坏,于是就用几万片的铁填埋在河堤之下,堤坝才建成了。李知远听说后,就依照那个人说的话去办,堤坝果然就建成了。当初,拦河的堤坝将要崩坏的时候,就听到坝下传来像打雷一样的轰鸣声,等到用铁填塞坝底,这种轰鸣声就移到几里之外的上游。大概是由于金铁的味道辛辣,辛辣的气味能够损伤眼睛,居住在坝底的蛟龙为了保护眼睛,为躲避辛辣之味就离开了,所以堰才能建成。


722.越僧灵澈①,得莲花漏于庐山②,传江西观察使韦丹③。初,惠远以山中不知更漏④,乃取铜叶制器⑤,状如莲花,置盆水之上,底孔漏水,半之则沉。每一昼夜十二沉,为行道之节。冬夏短长,云阴月晦,一无所差。

## 【注释】

①越僧灵澈:本条采录自《国史补·灵澈莲花漏》。灵澈,唐会稽(今浙江绍兴)人。幼出家于云门寺。代宗大历间即以能诗闻名于江南。德宗兴元元年(784)赴长安,李纾、卢纶等皆与其游。贞元后期,与刘禹锡、柳宗元、韩泰、吕温等关系甚密。不久受诬得罪,流窜汀州。约于元和初遇赦北还。宪宗元和十一年(816),卒于宣州开元寺。其诗多记游、赠行之作,工于造句。

②莲花漏:古时一种莲形计时器。

③观察使:官名。唐肃宗乾元元年(758),改采访处置使为观察处置使,简称观察使。凡不设节度使之处,即以观察使为一道行政长官,掌考察州县官吏政绩,治理民事。唐中叶以后,多以节度使兼观察使,其下有副使、判官、掌书记、推官、巡官、衙推等官吏。

④惠远:即"慧远",东晋高僧。雁门郡楼烦(今山西宁武一带)人。资质聪颖,勤思敏学。少为诸生,通六经及老、庄,从道安于太行恒山,听讲般若经,从而出家。后入庐山住东林寺,领众修道。著《法性论》《沙门不敬王者论》等文,宣扬佛理。晋安帝义熙十二年(416)卒。更漏:漏壶,计时器。古代用滴漏计时,夜间凭漏刻传更,故称。这里用以指夜晚的时间。

⑤铜叶:薄铜片。

## 【译文】

越州僧人灵澈,在庐山得到了一个莲花漏,传到了江西观察使韦丹的手里。当初,惠远法师因在深山中不知道时间的变化,于是就取薄铜片制作了这个器物,形状像朵莲花,把它放在水盆之上,底部的小孔可以漏水,当漏一半的时候它就沉下。每一昼夜下沉十二次,作为修行生活的时间标准。虽然冬夏有短长,天气有变化,但这个莲花漏测出的时间没有一点偏差。

723.严武少以强俊知名①。蜀中坐衙②,杜甫祖跣登其几案③,武爱其才,终不害。然与章彝善,再入蜀,谈笑杀之。及卒,其母喜曰:"而后吾知免为宫婢矣④!"

**【注释】**

①严武少以强俊知名:本条采录自《国史补·母喜严武死》。强俊,刚强而又才智出众。

②坐衙:谓长官坐在公堂上处理政务。

③祖跣(tǎn xiǎn):袒胸赤足。

④而后吾知免为宫婢矣:原书此句作"而今而后,吾知免宫婢矣"。古代官员犯重罪被杀,其家中女眷大多沦为宫妓或宫婢。严母担忧严武行叛逆之事牵累家人,故有此语。《新唐书·严武传》:"琯以故宰相为巡内刺史,武慢倨不为礼。最厚杜甫,然欲杀杜甫数矣。李白为《蜀道难》者,乃为房与杜危之也。永泰初卒,母哭,且曰:'而今而后,吾知免为官婢矣!'"

**【译文】**

严武年少时凭借刚强才智为世人所知。他任职蜀地在公堂办公时,杜甫袒胸赤足登上了他的案桌,严武爱惜杜甫的才华,最终没有杀害他。然而严武和章彝也交好,章彝再次来到蜀地时,严武却在谈笑之间将他杖杀。等到严武死后,他的母亲高兴地说:"从今以后我知道自己可以不用做宫婢了!"

724.杜相鸿渐之父名鹏举①。父子而似弟兄之名,盖有由也。鹏举父尝梦有所之,见一大碑,云是"宰相碑"。已作者金填其字,未作者刊名于柱上。因问有杜家儿否,曰:"有。任自看之。"记得姓下有鸟偏旁曳脚②,而忘其字。乃名子为鹏举，而谓之曰："汝不为相，世世名鸟旁而曳脚也。"鹏举生鸿渐，而名字且前定矣。况官与寿乎？

**【注释】**

①杜相鸿渐之父名鹏举：本条采录自《刘宾客嘉话录》。杜鹏举，唐濮州濮阳（今河南濮阳）人。建平侯杜慎行子，杜鸿渐之父。初与卢藏用同隐白鹿山，以母疾，与崔沔同学医于萧亮，遂穷其术。累授右拾遗。玄宗东行游畋，鹏举曾上赋以讽。官终安州刺史。

②曳脚：拖着脚。

**【译文】**

宰相杜鸿渐的父亲名叫杜鹏举。父子二人的名字像是兄弟的名字，这是有缘由的。杜鹏举的父亲曾经做梦到了一个地方，看见一块大石碑，说是"宰相碑"。已经做了宰相的人，他们的名字用金色的笔填写在了碑上，还没做宰相的人名字被刻在石柱上。于是杜鹏举的父亲上前询问有没有杜家的子孙？回答说："有，自己随意看。"杜鹏举的父亲梦醒后只记得姓的下面有鸟，偏旁拖脚，但忘了是什么字。于是就给自己的儿子取名叫鹏举，并且对他说："如果你当不了宰相，就让后代子孙的名字中有鸟字旁且偏旁拖脚的字。"后来杜鹏举生了杜鸿渐，名字在之前就定好了。何况是官职和寿命呢？

725.杜亚在淮南竞渡采莲①，龙舟锦缆之戏②，费金千万。

**【注释】**

①杜亚在淮南竞渡采莲：本条采录自《大唐传载》。本条与下726条原合为一条，本书据原书分列。杜亚，字次公，唐京兆杜陵（今陕西西安）人。唐肃宗在灵武，上书论当世事，擢校书郎。后入朝，历工、户、兵、吏四部员外郎、谏议大夫。德宗嗣位，出为陕州

观察使兼转运使,寻迁河中、晋、绛等州防御观察使。兴元初召拜刑部侍郎,出为扬州刺史、兼御史大夫、淮南节度观察使。贞元中改以检校吏部尚书留守东都。后召还京师,赠太子少傅,谥肃。

②锦缆:锦制的缆绳。

**【译文】**

杜亚在淮南任职时举行划船比赛采莲的游戏,比赛用的龙舟和锦制缆绳,花费金钱数千万。

726.杜鸿渐为都统并副元帅①,王缙代之。鸿渐谓人曰:"一个月乞索儿一万贯钱②。"盖计使料多,以此诘俸钱都数也③。

**【注释】**

①都统:武官名。掌统军征伐事。

②乞索儿:犹乞食者。

③俸钱:官吏所得的薪酬。也写作"奉钱"。都数:总数。

**【译文】**

杜鸿渐任都统兼副元帅,王缙接替了他的职务。杜鸿渐对人说:"一个月给乞儿都得一万贯钱。"大概是考虑到给来使者提供的费用太多,因此诘问薪酬的总数。

727.代宗赐郭汾阳九花虬马①,子仪陈让者久之②。上曰:"此马高大,称卿仪质③,不必让也。"子仪身长六尺余。九花虬,即范阳节度使李怀仙所献④。额高九寸,毛拳如鳞,头颈鬃鬣如龙⑤;每一嘶,群马耸耳⑥。身被九花,故以为名。

**【注释】**

①代宗赐郭汾阳九花虬马：本条采录自《杜阳杂编》。郭汾阳，指唐朝名将郭子仪。安史之乱平定后，郭子仪因功封汾阳王，故称。

②陈让：陈辞谦让。

③仪质：姿容，风度。

④李怀仙：唐藩镇将领。营州柳城（今辽宁朝阳）人。擅长骑射，颇有智数。安禄山叛唐时，任为裨将。后又事史思明。史思明死，史朝义任为燕京留守及幽州节度使。朝义败亡后，仆固怀恩表怀仙为幽州大都督府长史、检校侍中、幽州卢龙节度使，迁检校兵部尚书。后怀恩反叛，怀仙拥兵自重，天子不能制。代宗大历三年（768），为部将谋杀。

⑤鬃鬣（zōng liè）：马颈部的长毛。

⑥耸耳：竖起耳朵。

**【译文】**

唐代宗赏赐给郭子仪一匹九花虬马，郭子仪陈辞谦让了很久。代宗说："这匹马身形高大，符合你的姿容风度，不必谦让。"郭子仪身高六尺多。九花虬马，就是范阳节度使李怀仙进献的那匹马。这匹马的额头高九寸，马毛拳曲就像鱼鳞，头颈的鬃毛像龙；每次一嘶鸣，其他的马都会竖起耳朵。这匹马身上披有九条花纹，所以命名为九花虬马。

728. 郭汾阳虽度量廓落①，然而有陶侃之僻②，动无废物。每收书皮之右剺下者③，以为逐日须④，至文帖余悉卷贮⑤。每至岁终，则散与主守吏，俾作一年之簿⑥。所剺处多不端直，文帖且又繁积，吏不暇剪正，随斜曲联糊。一日，所用剺刀忽折，不余寸许，吏乃铦以应召⑦，觉愈于全时。渐出新意，因削木如半镮势⑧，加于折刃之上，使才露锋，楬其书

而劙之⑨。汾阳嘉其用心，曰："真郭子仪部吏也。"［原注］⑩
言不废折刃也。时人遂效之，其制益妙。

**【注释】**

①郭汾阳虽度量廓落：本条采录自《资暇集·坼封刀子》。廓落，豁
　达，脱略。

②陶侃之僻：为爱惜物力之典。语出《晋书·陶侃传》："（侃）尝出
　游，见人持一把未熟稻，侃问：'用此何为？'人云：'行道所见，聊
　取之耳。'侃大怒曰：'汝既不田，而戏贼人稻！'执而鞭之……时
　造船，木屑及竹头悉令举掌之，咸不解所以。后正会，积雪始晴，
　听事前余雪犹湿，于是以屑布地。及桓温伐蜀，又以侃所贮竹头
　作丁装船。其综理微密，皆此类也。"陶侃，字士行，本为鄱阳（治
　今江西波阳）人。吴亡后徙居庐江寻阳。早年仕途艰难，官位不
　显。西晋末年，因平叛有功擢拜荆州刺史、都督荆湘雍梁四州军
　事、征西大将军、开府仪同三司等。晋成帝咸和二年（327），苏
　峻、祖约叛乱，陶侃因平叛有功，加侍中、太尉，都督七州军事，封
　长沙郡公。后兼领江州刺史。咸和九年（334），辞官归隐，卒赠
　大司马，谥号"桓"。

③劙（lí）：用刀划，割。

④逐日：一天接一天，每天。

⑤文帖：公文。卷贮：卷起来储存。

⑥俾（bǐ）：使。

⑦铦（xiān）：指磨砺使锐利。应召：应对，对付。

⑧镮：古同"环"，泛指圆圈形物。

⑨楀（kē）：关合。

⑩原注：此为李匡文自注。

**【译文】**

汾阳王郭子仪虽然器量豁达，但却像陶侃一样爱惜物力，从来不浪费东西。他经常将书皮右边割下的部分收集起来，并把这件事作为每天的工作，以至于将文帖的空白部分全都卷起来储存。每年到岁末，他就将自己收集的这些纸张分给主守吏，让他们作为新一年的账簿用纸。这些用刀割过的地方大多不端直，加之文书又繁多积聚，官吏们没时间剪正，就顺着斜曲的部分粘合在一起。有一天，切割纸的刀忽然折断了，剩下不到一寸，官吏就磨砺使其锋利应付使用，却发觉比刀完整的时候还好用。他们逐渐有了新的想法，就将木头削成半环形状，加在折断的刀刃之上，只让露出一点刀锋，合上书后再切割。郭子仪嘉奖了他们的创新，说："确实是我郭子仪部下的官吏。"[原注]是说没有摒弃折断的刀刃。当时人们就效仿这种做法，制作的工艺也愈加精湛。

729.武后已后①，王侯妃主京城第宅日加崇丽。天宝中，御史大夫王铁有罪赐死②，县官簿录铁太平坊宅③，数日不能遍。宅内有自雨亭子④，檐上飞流四注，当夏处之，凛若高秋⑤。又有宝钿井栏⑥，不知其价。他物称是⑦。安禄山初承宠遇，敕营甲第⑧，瑰材之美⑨，为京城第一。太真妃诸姊妹第宅，竞为宏壮，曾不十年，皆相次覆灭。肃宗时，京都第宅，屡经残毁。代宗即位，宰辅及朝士当权⑩，争修第舍，颇为烦弊，议者以为土木之妖。无何，皆易其主矣。[原注]⑪《续世说》⑫：明皇为安禄山起第于亲仁坊⑬，敕令但穷极壮丽，不限财力。既成，具帏帟器皿充牣其中⑭。布帖白檀床二，皆长一丈，阔六尺。银平脱屏风帐一，方一丈八尺。于厨厩之物⑮，皆饰以金银。金饭瓮一，银淘盆二，皆受五斗。织银丝筐及筹篱各一⑯。他物称是。虽禁中服御之物<sup>⑰</sup>，殆不及也。上令中使护役<sup>⑱</sup>，常戒之曰："彼眼大<sup>⑲</sup>，勿令笑我。"中书令郭子仪勋伐盖代<sup>⑳</sup>，所居宅内诸院往来乘车马，僮客于大门出入<sup>㉑</sup>，各不相识。词人梁锽尝赋诗曰<sup>㉒</sup>："堂高凭上望，宅广乘车行<sup>㉓</sup>。"盖此之谓。郭令曾将出，见修宅者，谓曰："好筑此墙，勿令不牢。"筑者释锸而对曰<sup>㉔</sup>："数十年来，京城达官家墙皆是某筑，只见人改换，墙皆见在。"郭令闻之怆然，遂入奏其事，因固请老。

**【注释】**

①武后已后：本条采录自《封氏闻见记·第宅》。

②御史大夫：官名。秦置。汉因之，为御史台长官，地位仅次于丞相，主管图书秘籍、四方文书、监察执法，有时亦奉命出征。与丞相（大司徒）、太尉（大司马）合称三公。属官有御史中丞、侍御史等。丞相缺位时，往往由御史大夫递升。后改称大司空、司空。晋以后多不置。唐朝御史台置御史大夫一人，为御史台长，掌承风化，典法度，监察百官。王铁（hóng）：唐太原祁县（今山西祁县）人。玄宗开元年间，以门荫入仕，授鄠县尉、监察御史，迁户部员外郎等职。天宝历任御史中丞，京畿关内采访黜陟使等。与宰相李林甫勾结，厚敛剥，岁进钱宝百万亿以供上用，深得玄宗欢心。天宝九载（750）拜御史大夫、京兆尹，加知总监、栽接使，权倾朝野。十载（751）封太原县公。又兼殿中监。次年，因参与谋反，赐自尽。

③簿录：谓查抄财产，将其登记入册。太平坊：长安外郭城坊里之一，位于朱雀门街之西第二街街西从北第一坊，长安县领。在皇城外南面偏西，北抵皇城，东邻善和坊，西邻延寿坊，南邻通义坊，坊西有清明渠自南而北通过。

④自雨亭：建筑名。唐玄宗天宝间，王铁于其第舍修亭，以宝钿为井干，引泉激溜，号"自雨亭"。

⑤高秋：天高气爽的秋天。

⑥宝钿：金钿的一种，多见于唐代。此处代指珠宝。

⑦称是：谓与此相称或相当。

⑧甲第：旧时豪门贵族的宅第。

⑨瑰材：珍奇之材。

⑩当权：原书"权"下尚有一"者"字，当据补。

⑪原注：周勋初《校证》注曰："今存各本《封氏闻见记》均无，此注当是王谠所加。赵贞信《封氏闻见记校证》以为此注当置于'为京城第一'句下。"

⑫《续世说》：南宋孔平仲著。取宋、齐、梁、陈、隋、唐、五代事迹，依刘义庆《世说》之目而分隶之，成书十二卷。《丛书集成初编》《四部备要》收录。

⑬亲仁坊：长安外郭城坊里之一。位于朱雀门街东第三街街东从北第七坊，万年县领。西界启夏门街，东邻安邑坊，东北邻东市，北邻宣阳坊，南邻永宁坊。

⑭幄帟（yì）：幄帐，以缯帛为之。语出《周礼·天官·幕人》："掌帷、幕、幄、帟、绶之事。"郑玄注："郑司农云：'帟，平帐也。……玄谓帟，主在幕若幄中坐上承尘。幄、帟皆以缯为之。'"充牣（rèn）：充满。

⑮厨厩：厨房和马厩。

⑯笊（zhào）篱：用竹篾或铁丝、柳条编成蛛网状供捞物沥水的器具。

⑰服御：指服饰车马器用之类。

⑱护役：监领工役。

⑲眼大：形容眼高，看不起人。

⑳勋伐：通称功绩。语出《史记·高祖功臣侯者年表序》："太史公曰：'古者人臣功有五品：以德立宗庙定社稷曰勋；以言曰劳；用力

日功；明其等曰伐；积日曰阅。'"盖代：犹盖世。

㉑僮（tóng）客：奴仆。《汉书·司马相如传》："临邛多富人，卓王孙僮客八百人。"颜师古注曰："僮，谓奴。"

㉒梁锽（huáng）：唐天宝中人。豪放倜傥，落魄半生。年四十尚无禄位。尝从军为掌书记，与军帅不和，拂衣而归。玄宗天宝初，曾为执戟。工诗，尤擅五律，颇负盛名。

㉓堂高凭上望，宅广乘车行：语出梁锽《咏郭令公宅》一诗，是说屋堂要站在高处才能看得清，院子宽广得可以乘车在其中穿行。

㉔锸（chā）：铁锹，掘土的工具。

## 【译文】

武则天以后，王侯后妃和公主在京城的私宅一天比一天高大华丽。唐玄宗天宝年间，御史大夫王锽犯罪被赐死，县官查录他在太平坊宅第的财产，几天都没有数完。他的宅院中有一个自雨亭子，亭檐上的水从四面流下来，夏天待在里面，凉爽的好像身处天高气爽的秋天。还有用珠宝镶嵌的井栏，不知道价值多少。其他物品也大多与此相当。安禄山刚刚得宠之时，玄宗下令为他建造宅第，所用珍奇之材的华美，堪称京城第一。杨贵妃各个姐妹的宅第，也竞相宏伟壮丽，过了不到十年，都相继倾覆消亡。唐肃宗时，京城中的贵族宅第，多次遭受摧毁。唐代宗即位后，宰相和当权的朝廷官员，争相修建自己的宅第，弊害非常大，议论的人认为这样会招来土木一类的妖邪。因为过不了多久，都会更换主人。[原注]《续世说》：唐明皇为安禄山在亲仁坊建造府第，下令建造得越壮丽越好，不用限制资财和民力。府第建成之后，缯帛幄帐、日用器物充满了整个宅第。布帖白檀床两个，都是长一丈，宽六尺。用银平脱工艺制成的屏风帐一个，有一丈八尺见方。在厨房和马棚放置的物品，也都用金银装饰。其中金制的饭瓮一个，银制的淘盆两个，都能装五斗粮。还有用银丝罗织的筐和笊篱各一个。其他器物都和这些相当。即便是宫中皇帝的服饰车马器用之物，大概都比不上。玄宗命令宦官监工，经常告诫监工说："胡人眼高，不要让他笑我小气。"中书令郭子仪功勋盖世，居住的宅第内各个院子之间，往来需要乘坐马车，从大门进进出出的奴仆，彼此都不认识。词人梁锽曾经写诗说："堂高凭上望，宅广乘车行。"大概说的就是这种状况。一次，郭子仪将要出门，看到正修建宅子的工匠，就对他说："好好地修筑这墙，不要让它不牢固。"工匠放下铁锹回答说："几十年来，京城里达官贵人家里的墙都是我修筑的，只看到居住的人换了，那些墙都完好无损。"郭子仪听后十分悲伤，于是便入朝奏报了这件事，并且坚决请求告老辞职。

730.张昙为郭汾阳从事①，家尝有怪，问于术者②，对曰："大祸将至，唯休退可免③。"昙不之信，及方宴，席上见血。有尼者闻之④，劝其杜门不纳宾客，屏游宴⑤，昙怒而杖之。其后昙言语有失，汾阳衔之。又屡言同列事，或独后见⑥，多值方宴罢在姬所，不可白事，必抑门者令通。汾阳谓其以武臣轻忽己⑦，益不平。后因谓公去所任吏⑧，遂发怒，因之以闻，竟杖死⑨。

**【注释】**

①张昙为郭汾阳从事：本条采录自《因话录·羽部》。张昙，唐朝官吏。代宗时任朔方节度判官，有勇力，性刚率，因与节度使郭子仪不和，子仪处死之。《南部新书》《旧唐书》中"张昙"作"张谭"。

②术者：术士。指以巫祝、占卜等为职业的人。

③休退：辞官赋闲。

④尼：此字原书作"巫"。

⑤屏：摒弃，除去。

⑥或独后见：原书作"或独候见"，由下文"多值方宴罢在姬所"可知，似以原书为是。

⑦轻忽：轻视忽略，不认真对待。

⑧谓：原书作"请"。

⑨囚之以闻，竟杖死：《旧唐书·郭子仪传》："……富贵寿考，繁衍安泰，哀荣终始，人道之盛，此无缺焉。唯以逸怒诬奏判官户部郎中张谭杖杀之，物议为薄。"

## 【译文】

张昙为汾阳王郭子仪从事之时，家中曾经有怪事发生，他向术人询问，术人回答说："大祸即将到来，只有辞官才能避免。"张昙不相信他的话，等到举行宴会的时候，又在宴席上看见了血。有一位巫师听说了这件事，劝他闭门不要再招待宾客，停止交游宴饮，张昙愤怒地杖打了巫师。这之后张昙说话失误，郭子仪便怀恨在心。张昙又多次说同僚的坏话，有时他有事单独候见郭子仪，大多正值郭子仪宴会结束在姬妾住所的时候，不能禀告公务，但他一定强行让看门人向郭子仪通报。郭子仪认为因为自己是武臣张昙就轻视他，更加对张昙愤怒不满。后来因为张昙请郭子仪罢免他所任用的官吏，郭子仪发怒，就将张昙囚禁起来并上报，最后杖杀了他。

731.李太尉光弼镇徐，北拒贼冲急，总诸道兵马①。征讨之务，皆自处置。仓储府库，军州差补②，一切并委判官张傪③。傪明练庶务④，应接如流。欲见太尉论事，太尉辄令判官商量⑤。将校见傪⑥，礼数如见太尉。由是上下清肃⑦，东方晏然⑧，天下皆谓太尉能任人。

## 【注释】

①"李太尉光弼镇徐"几句：本条采录自《封氏闻见记·任使》。原书作"李太尉光弼镇徐方，北扼贼冲，兼总诸兵马"。《资治通鉴·唐

纪·肃宗宝应元年》叙此事,首句云"光弼在徐州"。

②差补:授职,补缺。

③判官:职官名。唐代设置,为辅佐节度使、观察使、防御使的官吏,佐理军政事。又,唐地方行政及军事长官的所有幕职官也通称为判官。张傪:唐朝官吏,生平未详。

④明练:熟悉,通晓。庶务:古时指各种政务。

⑤商量:这里指筹划,安排,思量。

⑥将校:将官和校官。泛指高级军官。

⑦清肃:清正严明。

⑧东方:泛指东部,此处指徐州地区。晏然:安定,太平。

### 【译文】

太尉李光弼镇守徐州,向北抵御盗贼的进攻,并统领各道兵马。征讨叛逆的事情,都是他亲自安排处理。仓储府库,州府官员的授职、补缺等,李光弼全都委任给判官张傪。张傪熟悉各种政务,接待应对如同流水一般顺畅。官吏想要面见李光弼议事,李光弼就让张傪筹划安排。将校参见张傪,参见的礼数和进见李光弼一样。因此上下清正严明,徐州一带安定太平,天下人都说李光弼能知人善任。

732.代宗时①,百僚立班良久②,阁门不开③。鱼朝恩忽拥白刃十余人而出,曰:"西蕃频犯郊圻④,欲幸河中⑤,如何?"宰臣以下不知所对。给事刘某出班抗声曰⑥:"敕使反也⑦!屯兵无数,何不捍寇⑧?而欲胁天子去宗庙⑨?"仗内震耸,朝恩大骇而退,因此罢议。

### 【注释】

①代宗时:本条采录自《国史补·刘沮迁幸议》。

②百僚：百官，官吏。立班：古代官员上朝时，依品秩站立称为"立班"。

③阁门：古代宫殿的侧门。唐韩愈《赴江陵途中寄赠王二十补阙李十一拾遗李二十六员外翰林三学士》诗："拜疏移阁门，为忠宁自谋？"沈钦韩注："《六典》：'宣政殿之左曰东上阁，右曰西上阁。'"

④郊圻（qí）：指都邑的疆界，地域。

⑤河中：府名。唐玄宗开元九年（721）升蒲州置，以位在黄河中游得名。治河东（治今山西永济）。同年又降为蒲州。肃宗乾元时复改河中府。

⑥出班：走出班列。抗声：高声，大声。

⑦敕使：皇帝的使者。

⑧捍寇：抵御贼寇。捍，抵御。

⑨宗庙：封建帝王把天下据为一家所有，世代相传，故以宗庙作王室、国家的代称。

【译文】

　　唐代宗时期，一天上朝前，百官依品秩站立了很久，宣政殿的侧门也没有打开。忽然鱼朝恩簇拥着十几位手持刺刀的武士出来说："吐蕃多次进犯边界，我想让陛下巡幸河中，大家觉得怎么样？"宰相以下的大臣们，都不知道该怎样对答。给事中刘某走出班列大声说："皇帝的使臣要造反了！朝廷屯集了无数兵马，为什么不抵御贼寇？却要胁迫天子离开朝廷？"仗列中百官附和，震耳欲聋，鱼朝恩大惊而退，于是这件事就停止了讨论。

　　733.颜真卿为尚书左丞。代宗车驾自陕府还①，真卿请先谒五陵、孔庙②，而后还宫。宰相元载谓真卿曰："公所见虽美，其如不合时宜何？"真卿怒而前曰："用舍在相公③，言者何罪？然朝廷事岂堪相公再破除耶④！"载深衔之。

**【注释】**

①陕府:州别名。亦名陕州,唐高祖武德元年(618)置,治所陕州
　　(今河南三门峡西)。代宗广德元年(763)十月,吐蕃犯京师,代
　　宗避陕州,以陕为大都督府。

②五陵:指陕西蒲城的皇陵。

③用舍:指取舍。相公:宰相的别称。

④然朝廷事岂堪相公再破除耶:《资治通鉴·唐纪·代宗广德元年
　　十二月丁亥》叙此,此句作"朝廷岂堪相公再坏邪"。新旧《唐
　　书》之《颜真卿传》均载此语。

**【译文】**

　　颜真卿做尚书左丞。唐代宗的御驾从陕府返回长安,颜真卿请求皇
帝先去拜谒五陵和孔庙,然后再回宫。宰相元载对颜真卿说:"您的见解
虽然很好,但为什么显得如此不合时宜?"颜真卿愤怒地上前回答说:"取
舍在宰相,说话的人又有什么罪过?然而朝廷的政事怎么能够容忍宰相
一再破坏!"自此之后,元载就对颜真卿怀恨在心。

　　734.代宗欲相李泌①,元载忌之。帝不得已,出泌,约
曰:"后召当以银为信。"忽除银青光禄大夫②,泌知载败,已
且相矣。未几果然。

**【注释】**

①代宗欲相李泌:本条采录自《邺侯家传》。

②银青光禄大夫:简称银青。汉光禄大夫银章青绶,掌议论,属光禄
　　勋。魏晋以来,左右光禄大夫、光禄大夫皆银章青绶,其重者诏加
　　金章紫绶,谓之金紫光禄大夫。北周分设左、右。唐以后沿置,为
　　文散官,从三品。

**【译文】**

　　唐代宗想让李泌当宰相，但元载忌恨他。代宗没有办法，只好让李泌到京城以外的地方做官，并和他约定说："将来征召你必定以银作为信物。"后来，李泌忽然授为银青光禄大夫，他就知道元载败了，自己就要当宰相了。不久果然是这样。

　　**735.** 柳相初名载①，后改为浑。佐江西幕②，嗜酒，好入廛市③，不事拘检④。时路嗣恭初平五岭⑤。元载奏言："嗣恭多取南人金宝，是欲为乱。陛下不信，试召，必不入朝。"三伏中追诏至⑥，嗣恭不虑，请待秋凉以修觐礼⑦。浑入，泣谏曰："公有功，方暑而追，是为执政所中。今少迁延⑧，必族灭矣！"嗣恭惧曰："为之奈何？"浑曰："健步追还表缄⑨。公今日过江，宿石头驿⑩，乃可。"从之。代宗谓元载曰："嗣恭不俟驾行矣⑪。"载无以对。

**【注释】**

　①柳相初名载：本条采录自《国史补·路嗣恭入觐》。载，即柳载，后改名柳浑，字夷旷，一字惟深。唐襄州（今湖北襄阳）人。唐玄宗天宝初年进士及第，历任衢州司马、监察御史、江西都团练判官等职。累迁尚书右丞。朱泚乱中，赢步赴奉天行在，改右散骑常侍。德宗贞元元年（785），迁兵部侍郎，封宜城县伯。三年（787），以本官同中书门下平章事，仍判门下省。其间多有匡正之举，时人推之。

　②江西幕：江南西道的幕僚。江西，唐方镇名。代宗广德二年（764）更洪吉都防御团练观察处置使为江南西道都防御团练观察使，通称江西。治洪州（今江西南昌）。

③廛（chán）市：市廛。市集。

④拘检：检束，拘束。

⑤路嗣恭：初名路剑客，字懿范，唐京兆三原（今陕西三原）人。初任神乌令，考绩为天下第一，受玄宗赐名。累迁至工部尚书，兼御史大夫、灵州大都督府长史。代宗永泰二年（766），授检校刑部尚书。因得罪宰相元载，出任江南西道都团练观察使。后平定岭南哥舒晃反叛，授岭南节度使。唐德宗即位，召为东都留守，加河阳节度使。不久去世，获赠左仆射。五岭：指横亘在湖南、两广、江西之间的越城岭、都庞岭、萌渚岭、骑田岭和大庾岭的总称。

⑥三伏：即初伏、中伏、末伏。是一年中最热的时候。追诏：谓召回的诏书。

⑦觐礼：古代诸侯秋天朝见天子的仪式。

⑧迁延：拖延。多指时间上的耽误。

⑨表缄：书信。

⑩石头驿：唐置，属南昌县。在今江西南昌西郊。

⑪不俟驾：语出《论语·乡党》："君命召，不俟驾行矣。"谓国君召唤，孔子不等车辆驾好马，立即先步行。后以"不俟驾"指急于应召。

## 【译文】

宰相柳浑最初名叫柳载，后来改为柳浑。他在江西道做幕僚时，喜欢喝酒，经常出入市集，不喜欢被拘束。当时路嗣恭刚刚平定五岭地区。宰相元载上奏说："路嗣恭多次强取当地百姓的金银珠宝，这是想要造反啊。陛下如果不相信，就请您试着召见他，他一定不会奉诏回朝。"当时正值三伏天，召路嗣恭返朝的诏书到了，路嗣恭没有考虑那么多，就回了封书信，请求等秋天凉爽时再回京朝见天子。这时柳浑来了，哭着劝谏说："您有战功，正当酷暑时节召您回朝，这说明您被当政者造谣中伤了。现在您如果稍有拖延，一定会被灭族！"路嗣恭非常害怕，说："我该怎么做呢？"柳浑说："急速追回书信。您今日就过长江，住在石头驿，这样就可以了。"路嗣恭听从了他的劝谏。唐代宗对元载说:"路嗣恭不等车辆驾好马就先步行出发了。"元载这才无言以对。

736.元相载用李纾侍郎知制诰①。元败,欲出官。王相缙曰:"且留作诰。"待发遣诸人尽②,始出为婺州刺史③。又曰:独孤侍郎求知制诰④,试见元相,元相知其所欲,迎谓常州曰⑤:"知制诰可难堪⑥。"心知不我与也,乃荐李侍郎纾。时杨炎在阁下,忌常州之来,元阻之⑦,乃二人之力也。

**【注释】**

①元相载用李纾侍郎知制诰:本条采录自《刘宾客嘉话录》。《太平广记》亦有载录。李纾,字仲舒,礼部侍郎李希言之子。唐朝官吏。少有文学。天宝末,拜秘书省校书郎。代宗大历初,吏部侍郎李季卿荐为左补阙,累迁司封员外郎、知制诰,改中书舍人。德宗居奉天时,择为同州刺史,寻弃州诣梁州行在,拜兵部侍郎,封高邑伯。卒赠礼部尚书。知制诰,职官名。唐朝以中书舍人中一人掌草诏,称为知制诰;以他官掌草诏时,称兼知制诰;玄宗朝以来,常以翰林学士掌草诏,亦带"知制诰"衔,所制诏敕,称"内制";中书舍人或他官兼知制诰者所制诏敕,称"外制"。

②发遣:派遣,差遣。

③婺(wù)州:隋文帝开皇九年(589)置州。治所在吴宁(今浙江金华)。炀帝大业初改为东阳郡。唐高祖武德四年(621)复为婺州,治所在金华(今浙江金华)。

④独孤侍郎:《太平广记》引文作"独孤及"。

⑤常州:指独孤及,因其曾任常州刺史,故称。

⑥知制诰可难堪:《太平广记》此句作"制诰阿难堪。"周勋初《校

证》注曰:"'阿'乃当时口语,'阿难堪'即'谁合适'之意。王谠
误改。《太平广记》引文当据本书补'知'字。"

⑦元阻之:《太平广记》引文此句上尚有一"故"字,当据补。

## 【译文】

宰相元载任侍郎李纾为知制诰。元载败后,李纾想要外任做官。宰相王缙说:"你暂且留下来为皇帝草拟诏令。"等到把其他人都派遣出去,才让李纾出任婺州刺史。又说:当初侍郎独孤及谋求知制诰一职,他去拜见宰相元载刺探消息,元相知道他的想法,迎上去对独孤及说:"知制诰这一职位谁合适呢?"独孤及心里就知道元载是不想把这个职位给他,于是就推荐了侍郎李纾。当时杨炎在内阁为官,他也不想让独孤及来,所以元载阻挠独孤及担任知制诰,其实是元、杨二人共同作用的结果。

737.元伯和、李腾、腾弟淮、王缙①,时人谓之"四凶"②。刘宗经、执经兄弟入"八元"数③。

## 【注释】

①元伯和、李腾、腾弟淮、王缙:本条采录自《刘宾客嘉话录》。元伯和,唐凤翔岐山(今陕西岐山)人。元载长子。代宗大历中,官至秘书丞。时元载任宰相多年,权倾四海,伯和兄弟大肆聚敛财货。后贬扬州兵曹参军。大历十二年(777),元载获罪,伯和连坐被诛。李腾,唐人,生平未详。腾弟淮,即李淮,生平未详。

②四凶:相传为尧舜时代四个恶名昭彰的部族首领。《左传·文公十八年》:"舜臣尧,宾于四门,流四凶族浑敦、穷奇、梼杌、饕餮,投诸四裔,以御魑魅。是以尧崩而天下如一,同心戴舜以为天子,以其举十六相,去四凶也。"此处用以比喻凶狠贪婪的朝臣。

③刘宗经:字仲儒,唐曹州南华(今山东东明)人。刘晏少子。晏被诛,家属徙岭表。德宗贞元五年(789),帝悟杀刘晏之非,方录刘

宗经，授秘书郎。累迁给事中。宪宗元和元年（806），出为华州刺史、潼关防御、镇国军等使。四年（809），迁国子祭酒。执经：即刘执经。字长儒，刘晏子。德宗贞元五年（789），帝悟杀刘晏之非，方录刘执经，授太常博士，迁比部员外郎，官终吏部郎中。八元：古代传说中的八个有才德之人。语出《左传·文公十八年》："高辛氏有才子八人：伯奋、仲堪、叔献、季仲、伯虎、仲熊、叔豹、季狸，忠肃共懿，宣慈惠和，天下之民谓之'八元'。"孔颖达疏："元，善也，言其善于事也。"后用以称颂有才德的人。

**【译文】**

元伯和、李腾、李腾的弟弟李淮、王缙，当时人们称他们为"四凶"。刘宗经、刘执经兄弟二人则被列入"八元"之中。

738.李纾侍郎好谐戏①，又服用华鲜②。尝朝回，与同列入坊门③，有负贩者诃不避④，李骂云："头钱价奴兵辄冲官长⑤！"负者顾而言曰："八钱价措大漫作威风⑥。"纾乐采异语，使仆者访"八钱"之义。答："只是衣短七耳。"同列为言，纾甚惭⑦。

**【注释】**

①李纾侍郎好谐戏：本条采录自《因话录·谐戏附》。谐戏，戏谑，开玩笑。

②服用：衣服器用。华鲜：新鲜华美。

③同列：犹同僚。坊门：古时街巷之门。

④负贩：担货贩卖。诃：通"呵"。呵斥，怒责。

⑤头钱价奴兵：相当于说贱奴才。头钱价，是说只值一文钱。奴和兵，在当时都是下等人。《老学庵笔记》卷十："唐小说载李纾侍郎

骂负贩者云:'头钱价奴兵。''头钱',犹言'一钱'也。"

⑥措大:旧时对贫寒读书人的轻慢称呼。

⑦纾甚惭:原书此句下有"下人呼'举'不正,故云'短'也"二句。

**【译文】**

侍郎李纾喜欢开玩笑,又喜欢吃穿用度新鲜华美。曾经有一次下朝回家,他和同僚走进街巷之门,一个担着货物的小商贩被呵斥也没有给他们让路,李纾就骂道:"值一钱的贱奴就这样冲撞官长!"小商贩回过头对他说:"值八钱的穷书生在这里耍什么威风!"李纾喜欢采集新奇的话语,就让仆人去打听"八钱"的含义。回答说:"只不过是衣服短了七分。"同僚跟他交谈,李纾觉得很惭愧。

739.元载擅权多年①,客有为《都卢缘橦歌》,欲讽其至危之势。览之泣下②。

**【注释】**

①元载擅权多年:本条采录自《国史补·都卢缘橦歌》。擅权,独揽权力,专权。

②"客有为《都卢缘橦歌》"几句:宋吴曾《能改斋漫录·事实》中"都卢寻橦缘竿也"条曰:"《新唐书·元载传》及李肇《国史补》载:'客有赋《都卢寻橦篇》讽其危。载泣下而不知悟。'夫都卢寻橦,缘竿之伎也,见《西京杂记》。……予按《汉书》曰:'自合浦南,有都卢国。'《太康地志》曰:'都卢国,其人善缘高。'"

**【译文】**

宰相元载专权多年,宾客中有人写了一首《都卢缘橦歌》,想要讽谏元载极其危险的形势。元载看过之后流下了眼泪。

740.郑相珦瑜方上堂食①，王叔文至，韦执谊遽起延入阁内。珦瑜叹曰："可以归矣！"遂命驾②，不终食而出。自是罢免③。

**【注释】**

①郑相珦瑜方上堂食：本条采录自《国史补·郑珦瑜罢相》。堂食，唐时政事堂的公膳。据唐李肇《唐国史补》卷下载，每朝会罢，宰相百僚会食都堂，故名。

②命驾：命人驾车马。谓立即动身。

③自是罢免：《新唐书·郑珦瑜传》记载："叔文一日至中书见执谊，直吏白：'方宰相会食，百官无见者。'叔文恚，叱吏，吏走入白，执谊起，就阁与叔文语。珦瑜与杜佑、高郢辍饔以待。顷之，吏白：'二公同饭矣。'珦瑜喟曰：'吾可复居此乎？'命左右取马归，卧家不出七日，罢为吏部尚书。"

**【译文】**

宰相郑珦瑜刚刚进入都堂与百官用膳，王叔文就到了，韦执谊立刻起身把他迎入了屋内。郑珦瑜叹了口气说："我可以回家了！"于是命人驾马车，没有吃完饭就离开了。自此之后他就被免去了宰相的职位。

741.元载败①，妻王氏曰②："某四道节度使女③，十八年宰相妻。今日相公犯罪④，死即甘心。使妾为春婢⑤，不如死也。"主司上闻，俄而亦赐死。

**【注释】**

①元载败：本条采录自《刘宾客嘉话录》。

②妻王氏：《旧唐书·元载传》曰："王氏，开元中河西节度使忠嗣之

女也，素以凶戾闻，恣其子伯和等为虐。"《新唐书·元载传》同。

③四道节度使女：据新旧《唐书》之《王忠嗣传》载，王忠嗣尝充河
　西、陇右节度使，又权知朔方、河东节度使事。

④相公：旧时妇女对丈夫的称呼。

⑤舂婢：舂米的奴婢。舂，把粮谷放在臼里捣去皮壳或捣碎。

**【译文】**

元载败落之时，他的妻子王氏说："我是四道节度使的女儿，又做了
十八年宰相的妻子。现在相公获罪，即便死我也心甘情愿。如果让我去
做舂米的奴婢，还不如去死。"主管的人向皇帝禀报，不久她也被赐死了。

742.元载于万年县佛堂子中①，谓主者②："乞一快死
也。"主者曰："相公今日受些污泥③，不怪也。"乃脱秽袜，
塞其口而终④。

**【注释】**

①元载于万年县佛堂子中：本条采录自《刘宾客嘉话录》。万年县，
　县名。北周明帝二年（558）置，与长安同城而治，治今陕西西安
　西北。属雍州。隋文帝开皇三年（583）改大兴县，仍属雍州。炀
　帝大业初属京兆郡。唐高祖武德元年（618）复改万年县。属京
　兆府。佛堂子，即佛堂。供奉佛像的堂殿、堂屋。

②主者：主管的官员。

③受些：原书作"受些子"，乃当时口语。污泥：肮脏，卑污。

④乃脱秽袜，塞其口而终：《资治通鉴·唐纪·代宗大历十二年》此
　句下胡三省注曰："袜，勿伐翻，足衣。"

**【译文】**

元载在万年县的一座佛堂中，对主管官员说："乞求快一些的死法。"
主管官员说："宰相今日就忍受一些肮脏的东西，不要责怪我。"于是他

脱下脏袜子，塞进元载的口中将其杀死。

743.《颜真卿集·和政公主神道碑》[①]:"《诗》美下嫁[②]，《书》传筑馆[③]，贵其中礼，载籍称焉[④]。汉魏已还，寂寥罕嗣[⑤]，以荡陵德[⑥]，则维其常。皇唐勃兴，王道丕变[⑦]:平阳起娘子之军于司竹[⑧]，襄城行匹庶之礼于宋公[⑨]，常乐纠匡复之师于武后[⑩]，皆前古之所未有。其或生知礼乐，周旋法度[⑪]，躬行妇道，以懋大伦[⑫]，克顺天经[⑬]，光昭懿烈[⑭]。名言之所莫究[⑮]，书记之所未闻[⑯]，聚众美于一身，邻太虚而独立者[⑰]，其唯和政公主乎! 公主姓李氏，陇西成纪人，皇唐玄宗大圣大明孝皇帝之孙，肃宗文明武德大圣大宣孝皇帝之第二女。帝女之崇，于斯为盛。今天子之同母，曰章敬皇太后。后之在襁褓也，后父赠太尉吴君，曰令珪，尝游宦蜀中，使道士勾规占之。规惊起，曰:'此女贵不可言。是生二子，男为人君，女为公主，嫁于柳氏。'其后竟配肃宗，生今上及公主，神所命也，厥惟旧哉! 公主三岁而孤，即能孺慕[⑱]，育于储妃韦氏，纯孝过人。幼而聪惠，长而韶敏[⑲]。秋华秀整[⑳]，令德芬馨。婉嫕发于天姿[㉑]，肃雍形于鉴寐[㉒]。奉今上以悌达[㉓]，事韦妃如所生，繇是特为肃宗之所赏爱[㉔]。至若左右图史，开示佛经[㉕]，金石丝竹之音，缋画工巧之事[㉖]，耳目之所闻见，心灵之所领略，莫不一览悬解[㉗]，终身不忘。

**【注释】**

①神道碑:旧时立于墓道前记载死者生平事迹的石碑。以汉杨宸所题《太尉杨公神道碑铭》为最早。据宋高承《事物纪原·吉凶典

制·神道碑》载，秦汉以来，死有功业、生有德政者皆可立碑。晋宋之世，始盛行天子及诸侯立神道碑。

②《诗》：中国最早的诗歌总集。又称《诗经》。收集西周初年至春秋中叶的诗歌共三百零五篇，分"风""雅""颂"三部分。下嫁：谓帝王之女出嫁。《诗经·召南·何彼秾矣》序："虽则王姬，亦下嫁出诸侯。"

③《书》：即《尚书》，又称《书经》。分为《虞书》《夏书》《商书》《周书》。被认为是我国现存最早的史书。筑馆：春秋时周平王的孙女嫁于齐，鲁侯主婚，周天子之卿送女来鲁，以备出嫁。鲁建馆舍以居之。后因以"筑馆"为公主下嫁之典。

④载籍：书籍，典籍。

⑤寂寥：谓稀疏，稀少。嗣：接续，继承。

⑥陵德：指轻侮有德行的人。

⑦丕变：大变。

⑧平阳：指平阳公主。唐高祖李渊女，柴绍妻。隋炀帝大业十三年（617）柴绍从李渊在太原举兵反隋，公主在鄠县（今陕西西安鄠邑）散财招兵七万人，与李世民会于渭北，时称娘子军。后封平阳公主。高祖即位后，因其有军功，赏赐甚厚。武德六年（623）薨，以军礼葬之。谥为昭。司竹：地名。一名"芒竹"。亦作司竹园。在今陕西周至东南。周围百里，地饶竹林。

⑨襄城：指襄城公主。唐太宗李世民长女，性孝顺，遵循礼法规矩，太宗曾令诸公主向她学习。下嫁萧锐，有司欲为之营造别第，公主坚决拒绝。住旧房，门列双戟而已。萧锐死后，改嫁姜简。薨时，高宗于命妇朝堂举哀。陪葬昭陵。匹庶：平民。宋公：即宋国公萧瑀，萧锐之父，字时文。隋末唐初大臣。在隋历官尚衣奉御、内史侍郎、河池郡守等。李渊定京城，以郡降，封宋国公。高祖武德年间任内史令、雍州都督、尚书右仆射，深受高祖信赖。太宗

即位,迁尚书左仆射,因与房玄龄、杜如晦等议事多不合,屡忤太宗意。后被贬商州刺史。贞观二十一年(647),征授金紫光禄大夫,复封宋国公。是年卒。萧瑀通经术,能属文,耽信佛教。

⑩常乐:指常乐公主。唐高祖之女。下嫁赵环。有一女为周王妃,被武后杀害。赵环斥为寿州刺史。垂拱四年(688),越王贞起事前,作书与赵环,欲假道寿州,赵环应诺。后来越王贞失败,公主与赵环并伏诛。

⑪周旋:犹言遵奉。

⑫懋(mào):美。大伦:指封建社会的基本伦理道德。

⑬天经:天之常道。

⑭光昭:彰明显扬,发扬光大。懿烈:美好的功业。懿,美好。烈,功业。

⑮名言:称说,描述。

⑯书记:指文字、书籍、文章等。

⑰太虚:天地之间。

⑱孺慕:对父母的悼念。语出《礼记·檀弓下》:"有子与子游立,见孺子慕者,有子谓子游曰:'予壹不知夫丧之踊也,予欲去之久矣,情在于斯,其是也夫。'"郑玄注:"丧之踊,犹孺子之号慕。"

⑲韶敏:美丽机敏。

⑳秾华:指女子青春貌美。语本《诗经·召南·何彼秾矣》:"何彼秾矣,唐棣之华。"郑玄笺:"何乎彼戎戎者,乃移之华。兴者,喻王姬颜色之美盛。"秀整:俊秀严整。

㉑婉嫕(yì):柔顺娴静。

㉒肃雍:原指行车之貌,后因以"肃雍"为称颂妇德之辞。《诗经·召南·何彼秾矣》:"曷不肃雍,王姬之车。"毛传:"肃,敬;雍,和。"鉴寐:假寐,不脱衣冠而睡。

㉓悌达:敬爱和顺。

㉔繇(yóu)是:于是。繇,通"由"。《汉书·游侠传序》:"陵夷至于

战国,合从连衡,力政争强。繇是列国公子,……皆藉王公之势,
竞为游侠,鸡鸣狗盗,无不宾礼。"

㉕开示:佛门用语。高僧大德为弟子及信众说法,称为开示。

㉖缋(huì)画:即绘画。

㉗悬解:犹了悟。

## 【译文】

《颜真卿集·和政公主神道碑》:"《诗经》《尚书》赞美传颂公主的下嫁,是因为公主的下嫁贵在合乎礼仪,因此古人在典籍中称赞。汉魏以来,这种美德很少继承下来,以放荡之心轻侮有德行的人就成了寻常之事。大唐勃然兴起,王道大变:平阳公主在司竹组建了娘子军,襄城公主向她的公公宋国公萧瑀行平民之礼,常乐公主在武则天朝纠集军队匡复危亡之国,这些都是前代女子从来没有过的行为。她们有的生下来就熟知礼乐,遵奉法度,亲身奉行妇道,使伦理道德更加美好,她们恭谨地顺应天之常道,将美好的功业发扬光大。世人的称说无从深究,书籍之中也没有记载,聚集众多美好的品德于一身,天地间身份地位极其尊贵却超凡拔俗、与众不同的,只有和政公主一人!公主姓李氏,陇西成纪人,是大唐玄宗大圣大明孝皇帝的孙女,肃宗文明武德大圣大宣孝皇帝的第二个女儿。帝王之女的尊贵身份,在和政公主身上最兴盛。她与当今天子代宗皇帝为同母所生,母亲是章敬皇太后。太后还在襁褓中时,她的父亲吴令珪获赠太尉之职,曾经在蜀地做官,让一个叫勾规的道士为太后占卜。勾规占卜后非常吃惊地站起来,说:'这个女孩子贵不可言。将来会生两个孩子,男孩是君王,女儿是公主,会嫁给柳氏。'后来太后竟然真的嫁给肃宗,生了当今天子与和政公主,这是天命所赐,不只是旧日传闻!和政公主三岁时失去了母亲,就能够表现出对母亲的哀悼,她被储妃韦氏养大,笃孝过人。公主幼年时就十分聪慧,长大后更是美丽机敏。外在美貌俊秀,内在德行美好。她天生柔顺娴静,在小憩时也庄重和顺。和政公主侍奉当今圣上敬爱和顺,侍奉韦妃如同对待自己的生

母,因此特别被肃宗欣赏喜爱。至于各种图书和史籍,开示佛经,金石丝竹之乐,以及绘画工巧之事,只要她听到、看到,就会在心里理解领会,无不一看就了然于心,终生不忘。

　　"天宝九载春三月既望①,封和政公主,降于河东柳潭②,既笄之三载矣③。潭,周太保敏之五代孙④,皇唐蕲州刺史怀素之曾孙⑤,赠秘书监岑之第四子⑥。衣冠地胄⑦,辉映当朝。初以美秀承家⑧,中以名声华国⑨,道胜而贵能下善,谦尊而休有烈光⑩,士林伟之⑪。解褐左内率府胄曹⑫,转颍王府户曹、陈留郡司功参军⑬。以人门第一,选尚公主,拜太子洗马⑭。迹既好合⑮,雅相敬贵。虽柳侯秉彝有度⑯,能降帝女之心,而公主率履由衷⑰,每抗古人之节。故宗族胥睦,不独亲其亲;先后大同⑱,莫敢私其子。竭力供侍,不务华采,服无金翠之饰,居有冰雪之容。每至朔月六参⑲,朝天旅进,嫣然班叙之内⑳,迥出神仙之表,亦非希企之所及也! 泊凶羯乱常㉑,潼关不守㉒,玄宗幸蜀,妃后骏奔。姊曰宁国公主㉓,孀嫠屏居㉔,谁或讣告? 乃弃其三子,取其夫之乘以乘之,柳侯徒行。公主愧焉,下而同趋者日且百里。每臻坎险㉕,必先济宁国而后从之。柳侯辞,公主曰:'我若先涉,脱有危急㉖,不能俱全,则弃我姊矣!'柳侯感叹,躬负薪之役㉗;公主怡然,亲馈饎之事㉘。

【注释】

①既望:农历每月十五为望,望后一日为"既望",即十六日。

②降:下嫁。

③既笄(jī)：亦作"及笄"。古代女子满十五周岁结发，用笄贯之。表示已经成年。也指到了结婚的年龄，如"年已及笄"。笄，古代束发用的簪子。

④周太保敏：即柳敏。北朝时西魏、北周大臣。字白泽，河东解县（今属山西）人。初为河东郡丞，后为宇文丞相府参军事。寻转户曹参军兼记室，封武城县子，领本乡兵。从尉迟迥取蜀，进骠骑大将军，加侍中，迁尚书，赐姓宇文氏。入周后，进爵为公。出为郢州刺史，惠政有声。敏勤于政事，处分得当。又监修国史、律令。进位大将军。平齐后，进爵武德郡公。隋开皇初，进位上大将军、太子太保。

⑤蕲州刺史怀素：即柳怀素。唐河东虞乡（今属山西）人。官左领军府录事参军，寻转陵州贵平县令。

⑥秘书监：官署名。也为官名。东汉延熹二年（159）始置，典禁中古今图书秘籍，隶太常。西晋始移居于外。南朝梁改称秘书省，长官仍称监。隋增置少监为其副职。唐高宗龙朔二年（662），改称兰台，长官称兰台太史。咸亨元年（670）复故。辖著作局、司天台，掌收藏图书、修撰碑志祭文及观察天文、制定历法等事。岑：即柳岑，唐朝官吏。柳潭之父，生平未详。

⑦衣冠地胄：指名门望族。衣冠，代称缙绅、名门世族。《文选·沈约〈奏弹王源〉》："自宋氏失御，礼教雕衰，衣冠之族日失其序。"地胄，南北朝时，称世家豪门为地胄。后亦泛指门第。

⑧美秀：貌美才秀。

⑨华国：光耀国家。

⑩谦尊而休有烈光：是说尊者谦虚而显示其美好光明的品德。谦尊，语本《周易·经需传·谦》："谦，尊而光，卑而不可逾。"孔颖达疏："尊者有谦而更光明盛大，卑谦而不可逾越。"休，美好，美善。

⑪士林：指文人士大夫。

⑫解褐：谓脱去布衣，担任官职。左内率府胄曹：职官名。唐朝东宫置。掌太子府甲胄器械及本府修缮等事。

⑬户曹：官名。《后汉书·百官志一》："户曹主民户、祠祀、农桑。"陈留郡：古郡名。西汉元狩元年（前122）置，治陈留县（今河南开封陈留）。属兖州。司功参军：官名。曾称功曹参军。府、州属官，掌官员考课、祭祀、礼乐、学校、表疏、医巫、丧葬诸事。

⑭太子洗马：官名。东宫司经局之属官。秦置，西汉沿置，太子出行则为前导。晋太子洗马加掌管图籍，南朝宋、齐沿置。梁、陈设典经局，置太子洗马八人，掌文翰。北齐太子洗马属典书坊，隋属门下坊。唐朝置二人，从五品下，掌四库图籍缮写、刊辑之事。

⑮迹：原作"亦"，据周勋初《校证》改。好合：指男女结合。

⑯秉彝：人心所持守的常道。《诗经·大雅·烝民》："民之秉彝，好是懿德。"毛传："彝，常。"郑玄笺："民所执持有常道，莫不好有美德之人。"

⑰率履：遵循礼法。履，礼。

⑱先后：妯娌。《史记·孝武帝本纪》："神君者，长陵女子，以子死悲哀，故见神于先后宛若。"裴骃《集解》引孟康曰："兄弟妻相谓'先后'。"司马贞《索隐》："即今妯娌也。"

⑲六参：谓每月六次朝参皇帝。

⑳嫣然：美好的样子。班叙：班位的次第。

㉑凶羯乱常：此处指安史之乱。凶羯，凶悍的羯族，此处指安禄山。

㉒潼关：关隘名。古称桃林塞。东汉置。为关中东部关隘。故址在今陕西潼关东南。该关地处黄河之曲，据陕西、山西、河南三省要冲，地势险峻，自古被誉为"百二之固"，故历代王朝均于此设重兵防守。

㉓宁国公主：唐肃宗李亨次女。唐肃宗即位，册封宁国公主，先后嫁荥阳郑巽、河东薛康衡，后寡居。乾元元年（758），嫁给平定安史

之乱的回纥英武威远可汗，成为可敦（王后）。可汗去世后，返回长安。唐德宗即位，迁封萧国大长公主。

㉔孀嫠（shuāng lí）屏居：守寡独自居住。孀嫠，守寡。屏居，屏客独居。

㉕臻：来到。坎险：指险境。

㉖脱：倘若。

㉗负薪之役：谓从事樵采之事。负薪，背负柴草。

㉘馈饩（xì）：赠送食物。引申指料理生活杂事。

## 【译文】

"唐玄宗天宝九载春天三月十六日，策封和政郡主，下嫁河东柳潭，这时她行及笄礼已经三年了。柳潭，北周太保柳敏的第五代孙，大唐蕲州刺史柳怀素的曾孙，赠秘书监柳岑的第四子。柳氏属于豪门望族，在大唐王朝光耀夺目。起初，柳潭以貌美才秀继承家业，后来以名声光耀国家，品行超越常人而能和善地对待下属，地位尊贵为人谦虚而显示出美好光明的德行，文人士大夫都很敬佩他。柳潭一开始担任太子左内率府胄曹参军，后来转任颍王府户曹、陈留郡司功参军。凭借第一的人品与门第，被选中与公主婚配，拜为太子洗马。二人结为夫妻后，互相敬重。虽然柳侯持守常道，动静有度，能降服和政公主之心，而和政公主也能够由衷地遵循礼法，常常行用古人的礼节。因此同宗族的人都十分和睦，她不止把自己的亲人当做亲人；妯娌之间也平等有序，不敢偏私自己的孩子。和政公主竭力侍候公婆，不贪慕衣着的华丽，不佩戴黄金和翠玉制成的饰品，平常有着冰雪一样的容貌。每月从初一开始她都要进宫六次朝参皇帝，和众臣一起走在朝见天子的人流中，在朝臣的班次中显得那么美好，像飘逸的神仙一样超群突出，这也绝不是什么人企慕就能达到的！等到安史之乱，潼关失守，玄宗奔逃蜀地，宫中的后妃也急于奔逃。和政公主的姐姐宁国公主，刚刚死了丈夫守寡独居，还有谁替她发布报丧的文书？于是和政公主丢下自己的三个孩子，把驸马的马让给宁国公主乘坐，让驸马步行。公主觉得这样做很愧疚，也下马和驸马一起一天走了百里路。每次遇到险境，她一定会先帮宁国公主渡过，然后自己再紧随其后。柳侯不想这样做，公主说：‘如果我先过去，倘若遇到危险，不能保全所有人，这样就等于放弃了我的姐姐！’柳侯听了感叹不已，于是亲自背负柴草，和政公主非常开心，亲自料理宁国公主的生活杂事。

"伯姒华阴杨氏①，太真妃之姊也，贵幸前朝②，势倾天下③。公主交无诡黩④，思未绸缪⑤。杨且云亡，以孤见托。马嵬之役，无噍类焉⑥。感其一言，悉力营赡⑦，男登服冕之位⑧，女获乘龙之匹⑨，出入存恤⑩，过于己子。虽其密亲，罔或能辨。柳之亲昵⑪，伯仲姑姊，隐亲将迎⑫，唯恐不至。纠逖疏属⑬，抚循茕嫠⑭，繇内及外，终始如一。孤穷满目，荣悴殊伦⑮，居薄推厚⑯，未尝懈倦。衣服饮食，等无有差。互或未周，婴孩罔及。每至伏腊⑰，祔祠烝尝⑱，必具礼衣花钗之饰⑲，以躬中馈堂室之奠⑳。式燕孙谋㉑，岂无婢使？姿性纯俭，不以迻成㉒。先圣休之㉓，宝书清问㉔。秋八月，玄宗至蜀，仍旧邑而册公主，以潭为驸马都尉、银青光禄大夫、太仆卿㉕。属狂将兴祸㉖，称兵向阙㉗。玄宗亲御阃阈㉘，临视诛讨。驸马率领家竖、折冲张义童等㉙，斗于门中，公主及宁国彀弓迭进㉚。驸马乘胜突刃，所向无前，斩馘擒生㉛，殆逾五十。节使时宰具以表闻㉜。玄宗自系诰示先帝，恳让莫当，策勋遂寝㉝。今上之为元帅也，躬擐甲胄㉞，率先将卒。举两京若拾遗，摧凶寇如振槁㉟。劳旋方及㊱，帑藏其空㊲。公主贸迁有无㊳，亿则屡中㊴，数逾千万，悉畀县官㊵，论者难之。肃宗弥留，众皆迸侍，主独瞻依㊶，不去于旁。帝有间盡而谓之曰[42]：'汝之纯孝，乃能至是！'遂赉庄一区[43]。帝爱季女，曰宝贞公主[44]，因奏曰：'八妹未有，请以赐之。'泣而谏焉，哀动左右。

## 【注释】

①伯姒（sì）：兄嫂。华阴杨氏：即柳潭兄长柳澄之妻，杨贵妃之姊，封秦国夫人。

②贵幸：位尊且受君王宠信。

③势倾天下：形容权势极大，压倒一切人。

④谄黩（dú）：即谄渎，献媚。

⑤绸缪：紧密缠绵的样子。

⑥噍（jiào）类：指活着的人。《汉书·高帝纪上》："项羽为人慓悍祸贼，尝攻襄城，襄城无噍类，所过无不残灭。"颜师古注引如淳曰："无复有活而噍食者也。青州俗呼无子遗为无噍类。"

⑦营赡：供养，抚养。

⑧服冕之位：高官之位。服冕，穿着冕服。指做大官。《左传·哀公十五年》："苟使我入获国，服冕乘轩，三死无与。"杜预注："冕，大夫服。"

⑨乘龙：比喻得佳婿。《艺文类聚·礼部下》引《楚国先贤传》："孙儁，字文英。与李元礼俱娶太尉桓焉女。时人谓桓叔元两女俱乘龙，言得婿如龙也。"

⑩存恤：抚慰，救济。

⑪亲昵：亲近的人。这里指亲属、亲戚。

⑫隐亲：怜悯，关怀。谓亲自抚恤。《后汉书·锺离意传》："意独身自隐亲，经给医药。"李贤注："隐亲，谓亲自隐恤之。"

⑬纠逖（tì）疏属：督责纠正旁宗远亲。纠逖，督责纠正。疏属，远宗，旁系亲属。

⑭抚循茕嫠（qióng lí）：抚慰孤苦无依的人。抚循，同"拊循"，抚慰。茕嫠，无兄弟与无丈夫的人，亦泛指孤苦无依的人。

⑮荣悴：荣枯，盛衰。即盛衰不均。

⑯居薄推厚：世风凉薄或淳厚。语出《老子·三十八章》："是以大丈夫处其厚，不居其薄。"

⑰伏腊：秦汉时，伏日、腊日都是祭祀的节日，合称"伏腊"。伏，夏天的伏日；腊，冬天的腊日。

⑱礿祠（yuè cí）：即礿祭。周朝，天子诸侯宗庙祭祀。凡春祭曰祠，夏祭曰礿。烝尝：本指秋冬二祭。后泛指祭祀。《诗经·小雅·楚茨》："济济跄跄，絜尔牛羊，以往烝尝。"郑玄笺："冬祭曰烝，秋祭曰尝。"

⑲花钗：妇女的头饰。由两股合成，上有饰物。

⑳中馈：指家中供膳诸事。

㉑式燕：亦作"式宴"。宴饮。孙谋：谦逊地谋划。孙，通"逊"。

㉒不以迄成：不是到今天才这样。迄，到，至。

㉓先圣：先世圣人。此处指和政公主的父亲唐肃宗李亨。休：赞美，称赞。

㉔宝书：指皇帝的玺书。

㉕驸马都尉：无职掌。汉武帝时始置，本掌副车之马。秩二千石，与奉车都尉、骑都尉皆为陪侍皇帝乘车之近臣，以宗室、外戚等子孙充任。魏晋以后，公主下嫁夫婿都加驸马都尉称号，简称驸马。太仆卿：亦称"太仆寺卿"。秦汉置有太仆，掌舆马之事。历代沿置。唐太仆寺卿掌邦国厩牧、车舆之政令。

㉖属狂将兴祸：指唐玄宗到蜀地后，蜀郡守将郭千仞谋反之事。《新唐书·诸帝公主·和政公主传》曰："郭千仞反，玄宗御玄英楼谕降之，不听。潭率折冲张义童等殊死斗，主毂弓授潭，潭手斩贼五十级，平之。"

㉗称兵：举兵。

㉘闉阇（yīn dū）：古代城门外瓮城的重门。《诗经·郑风·出其东门》："出其闉阇，有女如荼。"马瑞辰通释："阇为台门之制，上有台则下必有门，有重门则必有曲城，二者相因。'出其闉阇'谓出此曲城重门。"后泛指城门。

㉙家竖：私家的僮仆。折冲：武官名。杂号将军之一。据《通典·职官十一》，北魏有折冲将军。隋禁卫军有折冲、果毅、武勇、雄武等郎将官。唐有折冲都尉，全国各州有折冲府。张义童：唐人，生平未详。

㉚彀（gòu）弓：张满弓。

㉛斩馘（guó）：斩敌首割下左耳计功。亦泛指战场杀敌。

㉜节使：唐时节度使的省称。时宰：犹时相。表闻：上表申闻于上。

㉝策勋：记功勋于策书之上。寝：停止，平息。

㉞摜（huàn）：穿，穿着。

㉟振槁：摇落枯叶。比喻事情非常容易。

㊱劳旋方及：指"安史之乱"的平定。劳旋，犹凯旋。

㊲帑（tǎng）藏：储藏财币的府库，通常指国库。

㊳贸迁：贩运买卖。

㊴亿则屡中：是说料事总是能与实际相符。亿，通"臆"，料想。中，正中，相符。语出《论语·先进》："赐不受命，而货殖焉，亿则屡中。"

㊵畀（bì）：给予。县官：朝廷，皇帝。西汉时常用以称政府或皇帝。《史记·绛侯周勃世家》司马贞《索隐》："县官谓天子也。所以谓国家为县官者，夏（家）《官》王畿内县即国都也。王者官天下，故曰县官也。"

㊶瞻依：瞻仰依恃，表示对尊长的敬意。语出《诗经·小雅·小弁》："靡瞻匪父，靡依匪母。"郑玄笺："此言人无不瞻仰其父取法则者，无不依恃其母以长大者。"

㊷衋（xì）：悲伤，痛苦。

㊸赉（lài）：赐予，给予。一区：指一所宅院。

㊹宝贞公主：唐肃宗李亨的女儿，始封宝章公主，又名永和公主。下嫁王诠。母为韦妃，代宗大历三年（768）去世。

**【译文】**

“兄嫂秦国夫人杨氏，是杨贵妃的亲姐姐，在玄宗朝十分尊贵受宠，势倾天下。和政公主跟她交往时从不逢迎，也从不与她攀附关系。后来，秦国夫人临死时，把儿女托付给和政夫妇。马嵬坡之变后，杨家破败，几乎没有活着的人。和政感念着她的遗言，全力抚养杨氏的孩子，不但把他们养大，而且让她的儿子做了高官，女儿嫁了好的夫婿，里外抚养照顾，比对待自己的孩子还好。即使是柳家关系密切的亲戚，也没人能分辨出他们是收养的。柳家的亲戚，兄弟姑姐，和政都亲自抚慰，以礼相待，唯恐自己做得还不够周到。和政公主督责旁系亲属，抚慰孤苦无依的人，从家里到家外，自始至终都一样。即使身陷孤独困窘，盛衰不均，无论世风凉薄还是淳厚，她从来没有松懈倦怠。衣服饮食，和所有人一样没有差别。或许有考虑不全之处，却连婴孩都能照顾到。每至伏祭和腊祭等祭祀之日，和政必定穿着礼服头戴花钗，亲自操持家中的供膳诸事。祭祀宴饮、谦逊地筹划，这类事难道没有婢女可以使唤吗？只是公主天性纯善俭朴，不是到今天才这样。肃宗称赞她，亲自写信过问。到了秋八月，玄宗来到蜀地，仍保留了她原来的封邑而册立她为公主，让柳潭担任驸马都尉、银青光禄大夫、太仆卿。当时正值蜀郡守将郭千仞叛乱，举兵围攻玄宗的驻地。唐玄宗登上城楼，亲自督讨叛军。驸马柳潭率领家兵、折冲都尉张义童等，在楼门之中与叛军战斗，和政公主和宁国公主拉弓连续递给驸马。驸马乘胜追击，所向披靡，斩杀生擒叛贼，大概超过了五十人。节度使和宰相全都上表皇上。唐玄宗亲自书写封赠的文书并禀告先帝，和政公主恳切辞让，才没有封赏。当今圣上任军中元帅，他亲自穿着盔甲，身先士卒。攻取西京长安和东都洛阳就像拾取他人遗失的财物一样轻松,挫败贼寇就像击落树叶一样容易。安史之乱平定后,大唐国库虚空,财政紧张。和政公主通过贸易互通有无,往往能猜中行情,赚的钱财超过几千万,都给了朝廷,议论的人都认为她不容易。肃宗病重弥留之际,众人都轮流侍奉,只有和政公主一直陪护在侧,没有离开过肃宗身边。肃宗病情稍好的时候悲伤地对她说:'你至孝,才能做到如此程度。'就赏赐给她一所宅院。肃宗喜欢的小女儿,叫宝贞公主,和政公主于是上奏说:'八妹没有这样的宅院,请求您赏赐给她。'公主哭着向肃宗劝谏,感动了身边所有的人。

　　"西陵迁窆①,上戒主曰:'凡厥亲身之物,必诚必信,勿之悔焉。'主罄家有无②,以邑入千万③,潜充经费,上深感叹焉。上既宅亮阴④,未忍临政,人之疾苦,事之得失,岂尝私谒⑤,动必以闻,上敬异之,朝廷赖焉。广德元年冬,上既东幸,主志期扈跸⑥,回兵充斥,咫尺不通,因至荆南⑦,慰荐诸将。方隅载谧⑧,职贡以修⑨,主有力焉。上之在陕⑩,忧主乏匮,乃命中使,屡敕节度及转运使⑪,随主所须,务令肃给⑫。主以国用罄空,退而叹曰:'吾方竭家财以资战士,其能饕餮⑬,首冒国经⑭?'唯请名香数斤,施于佛寺,为上祈福而已。王公戚属,相携而至者,蓝缕腻囊⑮,襁负鳞次⑯,竭其资斧⑰,亲自赡恤。聚而泣之,悲感行路。初次商於⑱,顿于传置⑲,群盗猬起⑳,奄及驿亭,呼而犒之,晓以祸福。一言革面㉑,愿比家奴;之死靡他㉒,至今犹在。缅惟罔极㉓,无所置哀。从母薛氏㉔,遗孤四人,分宅居之,皆俾成立㉕。莱、莘兄弟㉖,尽列通班㉗;二女有行,克配良士:主之慈忠,悉皆若是。亲临稼穑,躬俭节用。不惮烦缛,雅好组纴㉘。

驸马裳衣,必亲裁纴㉙。爰及子女阍衣,绮纨绽新㉚,皆成主手。每加训诲,蠢迪检押㉛。

## 【注释】

①西陵:此处泛指皇帝的陵寝。迁窆(biǎn):犹迁葬。肃宗下葬。

②罄家:犹倾家。

③邑入:封邑所收的租税。

④亮阴:后世多用于帝王居丧。《尚书·说命上》:"王宅忧,亮阴三祀。"孔传:"阴,默也。居忧信默,三年不言。"孔颖达疏:"王居父忧,信任冢宰,默而不言,已三年矣。"

⑤私谒:因私事而干求请托。

⑥扈跸(hù bì):随侍皇帝出行。扈,随从,护卫。跸,古代帝王出行,止行人以清道。后因指帝王的车驾或行幸之处。

⑦荆南:方镇名。唐肃宗上元初,置荆南节度使。治江陵府(原荆州,今湖北江陵)。

⑧方隅:边疆。

⑨职贡:古代称藩属或臣服国向朝廷按时进献贡品。

⑩陕:州名。即陕州。北魏太和十一年(487)置,治所在陕县(今河南三门峡)。

⑪转运使:职官名。唐时始置,掌货物运送及押解,主要是供办粮饷,以供军需。不常置,依职权大小,具体称谓也不同,如"都转运使""南面转运使""北面转运使"等。

⑫肃给:敬谨供给。

⑬其能:岂能,哪里能够。其,通"岂"。饕餮(tāo tiè):传说中一种贪残的怪物。后亦用以比喻贪得无厌者。

⑭冒:不顾。

⑮蓝缕腻囊:破烂的衣服,脏污的行囊。蓝缕,同"褴褛"。破烂的

衣服。

⑯褓负：背负着褓褓中的婴儿。鳞次：像鱼鳞般紧密排列。

⑰资斧：资财与器用。

⑱商於：古地区名。在今河南淅川、西峡一带。

⑲传置：古代沿途分段置有车马的驿站。《汉书·文帝纪》："太仆见马遗财足，余皆以给传置。"颜师古注："置者，置传驿之所，因名置也。"王先谦《补注》引宋祁云："传，传舍；置，厩置。"

⑳猬起：语出贾谊《新书·益壤》："高皇帝瓜分天下，以王功臣，反者如猬毛而起。"后因以"猬起"比喻纷然而起。

㉑革面：比喻改过迁善。

㉒之死靡他：到死也没有二心。之死，即至死。靡他，亦作"靡它"，谓无二心。

㉓缅惟：亦作"缅维"，遥想，怀想。

㉔从母：母亲的姐妹，即姨母。

㉕成立：成长自立，成家立业。

㉖莘（shēn）：众多。

㉗通班：通于朝班。谓显要的官职。

㉘组纴（xún）：古指妇女从事的女红。

㉙裁絷（zhì）：裁剪缝制。

㉚绮纨：华丽的丝织品。绽新：重新缝补。

㉛蠢迪检押：语出《汉书·扬雄传》："君子纯终领闻，蠢迪检押。"颜师古注："蠢，动也；迪，道也，由也。检押，犹隐括也。言动由检押也。"检押，规矩，法度。

## 【译文】

"皇陵迁葬时，当今圣上告诫和政公主说：'凡是身边之人，一定要以诚信待之，不要等到失去以后再后悔。'公主拿出全部家财，并将封邑所收的千万租税，全都悄悄地捐给国家作为日常经费，代宗十分感叹。代宗居丧期间，不忍临朝听政，百姓的疾苦，政事的得失，哪里是私人之请托，一有动静一定会让他知道，代宗很敬佩她，朝廷诸事也都仰赖于她。广德元年冬天，代宗东巡，和政公主希望与圣驾汇合，路上兵寇众多、阻碍不通，于是到了荆南，抚慰那里的诸位将领。边疆和平安定下来，恢复了向朝廷纳贡，和政公主功不可没。代宗在陕州，担心公主物资匮乏，就让宫中内官，多次诏令当地的节度使和转运使，公主有任何需要，都要敬谨供给。公主却因国库虚空，退而感叹：'我刚倾尽家财资助战士，岂能贪得无厌，带头冒犯国家的纲纪？'她只接受了几斤名香，布施给佛寺，为代宗祈福罢了。王公贵胄，都相携来投奔和政公主，他们衣服破烂，行囊脏污，背负着襁褓中的婴儿，像鱼鳞般紧密而来，公主都竭尽所能，亲自救济抚恤他们。这些人聚在一起哭泣，悲叹着前行。公主刚开始住在商於，安顿在驿站，盗贼们纷然而起，很快就要波及驿站，和政公主奔走呼号，犒赏盗贼，对他们晓以利弊祸福。盗贼们听了公主的一番话都洗心革面，愿意做公主的家奴；到死也没有二心，很多人至今还活着。他们无尽地怀念公主，无处安放悲哀。公主的姨母薛氏，留下四个遗孤，公主分出一个宅院让他们居住，都让他们成家立业。菜、莘兄弟二人，都担任显要的官职；两位女儿有德行，也都嫁了好的丈夫：公主的慈悲善良，全都体现于此。和政公主还亲自种庄稼，从自身做起节约俭朴。她不怕繁琐，还喜欢女红。驸马的衣服，公主一定亲手裁剪缝制。至于子女没有衣服，就用丝织品重新缝补，也都出自公主之手。她经常教导孩子们行动要遵循法度。

　　"广德二年春二月，归于上都①。诸主高会②，议际夫党③，觎其亲族④，多旷周旋⑤。咸以为时经百罹⑥，粗略可也。主抗词曰：'女之移天⑦，遂成他族。怙贵长傲⑧，何以律人？上方理定⑨，闻必不悦。'诸主蹶然⑩，竞崇讨习⑪，礼之降杀⑫，亲之薄厚，翕然一变⑬，职主之由。夏六月，才生魄⑭，属边候不谨⑮，烽及京师，城中震惊，圜视无色⑯。主既弥月⑰，体未甚安，曰：'事亟矣，其入言之！'驸马请闻，主曰：'吾业已行矣！驸马独无兄乎？'因乘檐子⑱，直至寝殿。乃悉索阙遗，备陈利病以奏之。上欣然嘉纳。所言未究，傍或负来，因尔退归，迟明诞育⑲，展转怊怅⑳，不能弥忘㉑。时属炎暍㉒，热病有加㉓。圣情忧轸㉔，起坐失次。天医内官㉕，相继旁午㉖。彼苍不惠㉗，以其月二十有五日辛卯，薨于常乐坊之私第，春秋三十有六㉘。呜呼！皇上友爱天深，痛毒兼至，君然一叫㉙，声泪俱咽，哀动木石，岂伊人伦？涟涟孔怀㉚，如失手臂㉛。曰：'予此妹，国之鸿宝。方期同乐，云如何殂？嗟哉！天实为之，胡宁忍予！'乃辍朝三日，命京兆尹监护丧事，一以官供，务从优厚。柳侯掐膺永悼㉜，气索神伤；心苦而忽然忘生，泣尽而继之以血。况乎五男三女，或龀或孩㉝，呼阿母而哭无常声，吁昊天而仁覆永绝。哺以滋旨㉞，嗌而莫就㉟，其为酷痛，曷愈于斯！以是思哀，哀可知矣！

**【注释】**

①上都：古代对陪都（下都）而言，称首都为上都。唐代宗宝应元年（762）建东、南、西、北四陪都，因称首都长安为上都。《新唐书·地理志一》："上都，初曰京城，天宝元年曰西京……肃宗元年曰上都。"

②高会：盛大宴会。

③夫党：丈夫的亲属。《礼记·杂记下》："姑、姊妹，其夫死，而夫党无兄弟，使夫之族人主丧。"

④觌（dí）：相见。

⑤周旋:交往,交际应酬。

⑥百罹:种种不幸的遭遇。

⑦移天:犹出嫁。古代封建礼法以为女子在家尊父为天,出嫁则尊夫为天。《隋书·王谊传》:"(御史大夫杨素劾谊曰)窃以虽曰王姬,终成下嫁之礼,公则主之,犹在移天之义。"

⑧怙(hù)贵长傲:依仗尊贵的地位,滋长傲气。怙,依靠,仗恃。长傲,滋长傲气。

⑨理定:谓政治安定。

⑩蹶(jué)然:急起、惊起的样子。

⑪讨习:讲论研习。

⑫降杀:降低等级,减少。

⑬翕(xī)然:迅疾。

⑭生魄:指月未盛明时所发的光。

⑮边候:边吏,边守。不谨:不敬慎,不小心。

⑯圜视:互相顾看,向四周看。无色:犹言面失人色。

⑰弥月:也称"足月"。怀孕足月。

⑱檐子:肩舆之类。唐初盛行,用竿抬,无屏障。唐刘肃《大唐新语·厘革》:"曾不乘车,只坐檐子;过于轻率,深失礼容。"

⑲迟明:黎明,天快亮的时候。诞育:生育,出生。

⑳展转:亦作"辗转"。翻身的样子,多形容卧不安席。怊怅:惆怅失意的样子。

㉑弥忘:亦作"弭忘"。忘却。

㉒炎暍(yē):盛暑。暍,暑热,热。

㉓热病:中医病症名。指夏天感受暑热邪气而生的发热病症,也指一切因外感引起的热病而言。

㉔忧轸(zhěn):深切忧虑。

㉕天医:太医,御医。

㉖旁午：交错，纷繁。《汉书·霍光传》："受玺以来二十七日，使者旁午，持节诏诸官署征发。"颜师古注："一从一横为旁午，犹言交横也。"

㉗不惠：不仁慈。

㉘春秋：年纪，岁数。

㉙砉（huā）然：象声词。常用以形容破裂声、折断声、高呼声等。

㉚涟涟：泪流不止的样子。孔怀：原谓甚相思念。后用为兄弟的代称。

㉛手：周勋初《校证》作"于"。

㉜拊膺（yīng）：捶胸。形容痛苦万分。

㉝龀（chèn）：小孩换牙（乳齿脱落长出恒齿）。这里指幼童。孩：幼儿。

㉞滋旨：美好的滋味。

㉟嗌（ài）：咽喉阻塞。

## 【译文】

"广德二年春二月，皇族们都回到京城。各位公主举行宴会，谈及夫家，都说和夫家的亲族相见，大多数时间都没有交往。大家都认为当时经历诸多战乱，无暇顾及礼仪。和政公主却直言说：'女子出嫁，就是夫家的人。如果仗着自己身份尊贵滋长傲气，怎么能影响其他人？圣上刚刚让朝廷安定，知道你们这样一定会不高兴。'诸位公主听了后都很震惊，竞相讨论研习，之前礼仪的减少，对待夫家的冷淡态度，迅速改变，这都是和政公主的原因。夏六月，月亮才刚刚发出光辉，由于守边将领疏于职守，战火蔓延到了京城，京城人心惶惶，大家互相顾看，全都变了脸色。和政公主怀的孩子快要出生，身体还没安定，她说：'事情紧急，我要进宫献策。'驸马柳潭坚决不让她出门，公主说：'我已经决定要去了！难道驸马没有哥哥吗？'于是她乘坐檐子，一直到了代宗的寝殿。和政公主于是全面分析缺失，详细陈述当前形势的利弊，向代宗进言献策。代宗高兴地接受了公主的建议。公主的话还没有说得太透彻，身边的人就催她回去，于是公主退出寝殿回去，天快亮的时候分娩，她辗转惆怅，心中不能忘却国家的战事。当时正值炎夏，公主的热病有所加重。加上她担心代宗，导致起居失常。太医内官，相继交错奔走，竭尽全力救治。苍天不仁慈，让公主在当月二十五日辛卯，薨于常乐坊的私宅之中，年仅三十六岁。呜呼！代宗和公主兄妹情深，他听闻噩耗后，痛苦万分，大叫一声，声泪俱下，哀痛感动木石，更何况亲人呢？他流着泪对公主思念不已，就像失去了手臂。代宗说：'我这个妹妹，是国家的珍宝。刚刚期待着与她共享安乐，怎能突然就病逝了呢？唉！老天要这样，为什么对我这么残忍！'于是他罢朝三日，命令京兆尹监管公主丧事，所有的东西都由朝廷出资，务必办得丰厚体面。驸马柳潭捶胸哀悼，气尽神伤；内心痛苦地快要死去，泪尽而以血继之。何况他们的五个儿子三个女儿，有的是婴孩有的是幼童，他们呼唤着母亲哭得撕心裂肺，对上天哀叹母亲的仁爱永远断绝。母亲哺育的美好滋味，就像堵在喉咙无法下咽，这种极度的哀痛，又有谁能够治愈！因此，这样对母亲的无限哀思，其中的哀痛可想而知。

　　"自朝及野，知与不知，闻之失声，罔不震悼①。栈有青牛，素服辕轭②，主之薨也，蹭地哀鸣③，仰天屑泪，三日不秣④；畜犹若是，臣仆可知。主之将薨，驭马先殒。捐馆之夕⑤，游神别墅，乘之周麾⑥，遍劳慜遗⑦，俾屏不逮。田客兼从数骑⑧，久已云亡⑨，众皆惊起，仿佛犹见。虽所凭则厚，而精气何多？主于驸马，大义敦肃⑩，不恃倪天之贵⑪，每极家人之礼。驸马雅性夷简，恬于名利，愿究卫生之经⑫，庶臻久视之道⑬；主志深婉顺，始慕真宗⑭，故于他时，并受法箓⑮。尝谓之曰：'《易》崇积善，《诗》贵起予⑯。不以忠孝数事迭相告勖者⑰，则心有慊焉。'率而行之，曷尝废坠？又以为：'死生恒理，先后之间。若幸启手足，必当襚我以道服[18]，瘗我于支提[19]，往来行言，时见存恤，则所怀足矣！子若不讳，我若此身未亡，洒埽茔垅[20]，出入窀穸[21]，奉君周旋。’噫嘻！于斯之时，以为谑浪[22]，岂悟今者，皆符昔言。有司奉诏，将厚其礼。驸马疏陈，皆蒙允许。

**【注释】**

①震悼：惊愕悲悼。

②辕辄：车前驾牲口的直木和套在牲口脖子上的曲木。

③踣（bó）：跌倒。

④不秣（mò）：不吃饲料。秣，牲口的饲料。

⑤捐馆：指捐弃所居之馆所。比喻死亡，去世。

⑥周麾：犹反复挥军旗。

⑦憖（yìn）遗：特指前代留下的元老。

⑧田客：佃农，佃户。

⑨云亡：死亡。《文选·王俭〈褚渊碑文〉》：“子产云亡，宣尼泣其遗爱。”李善注引《左传》：“子产卒，仲尼闻之出涕，曰：‘古之遗爱也。’”

⑩敦肃：温厚敬诚。

⑪伣（qiàn）天：本为赞颂文王所聘之女太姒之语，后以“伣天”借指皇后、公主。语出《诗经·大雅·大明》：“大邦有子，伣天之妹。”

⑫卫生之经：意即养生防病的要道。语出《庄子·庚桑楚》：“老子曰：‘卫生之经，能抱一乎？’”

⑬庶臻：希望达到。久视之道：即长生不老之道。

⑭真宗：谓释道两教所持的真正宗旨，正宗。

⑮法箓（lù）：道教语。用以“驱鬼压邪”的道家法术、符箓。

⑯起予：《论语·八佾》：“子曰：‘起予者商（子夏）也，始可与言诗已矣。’”朱熹注：“起，犹发也。起予，言能起发我之志意。”后因用

为启发自己之意。

⑰勖（xù）：勉励。

⑱襚（suì）：为死者穿衣。

⑲瘗（yì）：掩埋，埋葬。支提：梵语的音译。原意集聚，佛火化后以土石、香柴积聚而成的纪念物。亦为塔、刹的别名。

⑳茔（yíng）垅：坟墓，墓地。

㉑窀穸（zhūn xī）：墓穴。

㉒谑浪：戏谑放荡。

## 【译文】

"从朝廷到民间，知道与不知道的人，听到公主去世的噩耗都失声痛哭，没有不震惊悲悼的。马栈中为公主驾过车的青牛，套在脖子上的曲木都装饰着素服，公主去世后，青牛倒地哀鸣，仰天流泪，三天不吃饲料；牲畜尚且这样，何况是公主身边的仆人。公主即将去世，她骑的马先死了。公主去世的那天晚上，梦见自己来到一所别墅，乘着这匹马反复挥动着旗子，到各处慰劳前代遗留的元老，让他们屏退不要跟上来。几个佃户和仆人，死了很久了，看到公主都吃惊地站了起来，公主好像又看到了他们。即便所享受的待遇很优厚，人的精神元气又有多少呢？公主对驸马，大义诚敬，从不仗着自己高贵的公主身份恃宠而骄，总是极尽家人之礼。驸马天性平易质朴，不慕名利，想要推究养生防病的要道，希望通达长生不老之道；和政公主志向远大，温柔和顺，仰慕道教正宗，所以在闲暇时间，夫妻二人共同接受法术符箓。她曾对驸马说：'《周易》崇尚积累善德，《诗经》贵在于启发自己。作为一个人，如果不以忠孝等几件事不断加以自勉的话，就会心有遗憾。'因此她率先践行，何曾中止过？她还认为：'死生是常理，不过在先后之间。如果我死在你前头，你一定要用道服装殓我，把我埋在佛塔之下，往来之间说几句话，不时抚慰几句，对我的怀念已经足够了！如果你死了，我还没死，我一定时常去为你洒扫坟茔，照管你的墓穴，时常来照看你。'唉！在当时还以为是戏谑之语，哪里想到今天的事，都应验了昔日的话。有关部门奉朝廷的诏命，准备要厚葬公主。驸马上疏陈奏了公主的遗言，全都得到了皇上的允准。

"粤以秋八月十九日甲申①，其男试太常少卿赐紫金鱼袋晟、鸿胪少卿晕、试秘书丞赐紫金鱼袋杲、试殿中丞昱及三女等②，虔窆公主于万年县义丰之铜人原③，从理命也④。呜呼！《风》咏褧裳⑤，史称彤管⑥，纤微之善，载籍犹称。况乎七叶帝女⑦，分形归妹⑧，贵能逮下⑨，忠以导君，躬德言容功之美⑩，服女师母仪之训⑪，订之绵古⑫，孰与我京？昔马迁著记⑬，谓之实录，有道见述，亦云无愧。某学于旧史，少识前载，历考往代厘降之盛⑭，未有如公主者焉。虽壸则家风⑮，每挹如宾之敬⑯，而勤崇垂懿，敢忘传信之辞！铭曰：'秾矣公主！玄元之绪⑰。圣皇之孙⑱，肃宗之女，今上之妹，生人之矩。德言容功，义仁孝忠，温良恭俭，敬让宏通。率履弗越⑲，高明有融。下嫁于柳，猗那自久⑳，金石著盟㉑，琴瑟斯友。家道以正，人伦斯厚。凤凰于飞㉒，梧桐是依。雝雝喈喈㉓，福禄攸归。和乐既孺，德音莫违㉔。麟之趾定㉕，振振子姓。方绍母师㉖，奄摧邦令。一人痛毒，九有悲咏。诏葬于何？铜人之阿。支提郁起㉗，宰树谁过㉘？空余好合㉙，来往滂沱㉚。'"

【注释】

①粤：文言助词。用于句首或句中。

②太常少卿：职官名。北魏始置太常少卿，历代沿置。唐制，太常寺少卿二人，正四品上，祭祀宗庙时由其率太祝、斋郎安排香烛，整理

揩拂神座与幕帐,迎送神主。紫金鱼袋:唐朝官员表示身份地位之物。紫,指紫服,三品以上官员穿用的服色。三品以上官员的鱼袋以金装饰,谓之金鱼袋,用来装盛表示其身份的鱼符。未及三品的高级职事官可以赐紫,同时例赐金鱼袋,故有紫金鱼袋之称。鸿胪少卿:官名。北齐始置,历朝沿置,亦称鸿胪寺少卿。唐鸿胪寺置二人,为本寺副长官、辅佐主官掌接待外宾及凶仪之事。秘书丞:官名。东汉末曹操始设,为秘书令的副职。隋唐因之,为秘书省副长官。掌判省事。殿中丞:官名。隋朝始置员一人,唐置员二人,从五品上,辅佐殿中监掌天子服御之事。

③虔窆(biǎn):恭敬地下葬。铜人原:地名。故址在今陕西西安东北新筑镇一带。

④理命:即治命。谓人临终而神志清明时的遗命,与神志不清时的"乱命"相对。唐时避高宗李治之讳,改作"理命"。

⑤《风》:即十五《国风》,为《诗经》所采集的西周初年到春秋中叶十五国的民俗歌谣。此处代指《诗经》。褧(jiǒng)裳:即褧衣,用麻或细纱制成的单罩衣。古代女子出嫁时在途中套在最外层,以蔽尘土。

⑥彤管:杆身漆朱的笔。古代女史记事用。《诗经·邶风·静女》:"静女其娈,贻我彤管。"毛传:"古者后夫人必有女史彤管之法,史不记过,其罪杀之。"郑玄笺:"彤管,笔赤管也。"

⑦七叶:七世,七代。

⑧分形:这里指公主与当朝皇帝都是先王的后嗣。归妹:《易》卦名。六十四卦之一。其六五爻辞有"帝乙归妹"之语,这里用以借指出嫁的帝王的妹妹。

⑨贵:原作"宝",据周勋初《校证》改。

⑩德言容功:指封建礼教要求妇女具备的四种德行,简称"四德"。德,品德。言,言辞。容,容貌,仪表。功,女红,指女子纺织、刺

绣等。语出《礼记·昏义》:"是以古者妇人先嫁三月……教以妇德、妇言、妇容、妇功。"

⑪女师:女子的楷模。母仪:人母的仪范。多用于皇后。

⑫订:比较,比拟。

⑬马迁:即司马迁。西汉著名史学家、文学家。

⑭厘降:本指帝尧嫁娥皇、女英二女于舜事。后多借指帝王之女下嫁。

⑮壸(kǔn)则:妇女行为的准则、榜样。

⑯挹(yì):同"抑",谦抑。

⑰玄元:指老子。唐初追号老子为"太上玄元皇帝",简称"玄元"。

⑱圣皇:指唐玄宗。玄宗谥号"至道大圣大明孝皇帝",简称"圣皇"。

⑲率履:遵循礼法规范。

⑳猗那(yī nuó):柔美、盛美的样子。

㉑金石著盟:比喻誓言如金石般坚固,不可变更。

㉒凤凰于飞:本指凤和凰相偕而飞。比喻夫妻和好恩爱,常用以祝人婚姻美满。

㉓雝雝喈喈(yōng yōng jiē jiē):鸟和鸣声。《诗经·大雅·卷阿》:"凤皇鸣矣,于彼高冈;梧桐生矣,于彼朝阳。菶菶萋萋,雝雝喈喈。"毛传:"梧桐盛也,凤皇鸣也。"

㉔德音莫违:别人的好话不要不听。德音,善言。莫违,不要违背。《诗经·邶风·谷风》:"德音莫违,及尔同死。"郑玄笺:"夫妇之言无相违者,则可与女长相与处至死。"

㉕麟之趾:《诗经·周南》的篇名。根据《诗序》,"麟之趾,关雎之应也。"这是对公侯子孙以仁厚之德传家治国的赞美和祝福。首章二句为:"麟之趾,振振公子。"

㉖绍:接续,继承。母师:母亲的典范。

㉗郁起:谓纷纷耸起。

㉘宰树：指坟墓上的树木。语出《春秋公羊传·僖公三十三年》：
　　"秦伯怒曰：'若尔之年者，宰上之木拱矣。'"汉何休《解诂》："宰，
　　冢也。"

㉙好合：夫妻和乐融洽，志意相投。

㉚滂沱：比喻眼泪流得很多，哭得很厉害。

## 【译文】

　　"秋八月十九日甲申，公主的儿子太常少卿赐紫金鱼袋柳晟、鸿胪
少卿柳晕、秘书丞赐紫金鱼袋柳杲、殿中丞柳昱及以她的三个女儿，按照
和政公主生前遗命，厚葬公主于万年县义丰的铜人原。呜呼！《诗经》歌
咏褧衣，史籍称颂彤管，细微的善事，史籍都会记载。何况公主贵为大唐
七代帝女，帝王的妹妹，出嫁后既能恭谨持家，又能忠君为国，具有妇德、
妇言、妇容、妇功四种美好的德行，铭记作为女子楷模、人母仪范的训诫，
对于古代德行和规范的效法，有谁能和生活在西京长安的和政公主相
比呢？从前司马迁撰写《史记》，称为实录，是对有道德之人的陈述和评
论，司马迁也说自己问心无愧。我学习先前的史书，对前代的记载了解
不多，但历考前代公主下嫁后的盛迹，没有像和政公主这样的。虽然女
性准则、家风家训常常称引夫妇间相敬如宾，但和政公主勤奋崇高、堪为
后代榜样的美好品性怎能不告之于世！墓志铭说：'美丽的和政公主，是
太上玄元皇帝老子的世系。玄宗的孙女，肃宗的女儿，代宗的妹妹，是世
间女子的楷模。妇女的四德她都具备，仁义忠孝，温良恭俭，谦敬通达。
遵循礼法从不逾矩，为人处世高明通融。她下嫁柳潭，夫妻二人恩爱良
久，以金石为盟，琴瑟和谐。他们的为家之道端正，尊卑长幼的关系如此
深厚。凤和凰在空中相伴双飞，在梧桐树上相依双栖。它们鸣叫出嗺嗺
嗜嗜的和谐之音，幸福和好运总是伴随着它们。父母子女安和快乐，从
未忘记他人的善言。正如灵兽麒麟的至高至美，她的子孙也诚实仁厚。
他们刚刚继承了母亲的典范，突然之间母亲就离他们而去了。驸马悲痛
不已，天下九州哀悼。诏令将和政公主安葬在哪里？在铜人原的山中。

那里宝刹纷纷耸起，坟墓上的树木谁来看护？只留下过往和乐融洽的回忆，身边的人都涕泪滂沱。'"

744.永泰中[①]，大理评事孙广著《啸旨》一篇[②]，云："其气激于喉中而浊，谓之言；激于舌端而清，谓之啸。言之浊，可以通人事，达情性；啸之清，可以感鬼神，致不死。故太上老君授南极真人[③]，真人授广成子[④]，广成子授风后[⑤]，风后授务光[⑥]，务光授舜[⑦]，舜演之为琴，以授禹。自后或废或续，有晋大行仙君孙公得之以得道[⑧]，无所授。阮嗣宗所得少分[⑨]，其后不复闻矣！"按高氏《纬略》[⑩]，啸有十五章：一曰《权舆》；二曰《流云》；三曰《深溪虎》；四曰《高柳蝉》；五曰《空林鬼》；六曰《巫峡猿》；七曰《下鸿鹄》；八曰《古木鸢》；九曰《龙吟》；十曰《动地》；十一曰《苏门》，孙登隐苏门山所作也[⑪]；十二曰《刘公命鬼》，仙人刘根所作也[⑫]；十三曰《阮氏逸韵》，阮籍所作也[⑬]；十四曰《正章》；十五曰《深远极大》，非常声也。毕尽五音之极，而大道备矣[⑭]。广云："其事出道书。"余按：人有所思则长啸，故乐则咏歌，忧则嗟叹，思则啸吟。《诗》云："有女仳离，条其啸矣[⑮]！"颜延之《五君咏》云[⑯]："长啸若怀人。"皆是也。广所云《深溪虎》《古木鸢》，状其声气可知矣。若太上老君相次传授，舜演为琴，崇饰过甚，余不敢闻也。按《诗笺》云[⑰]："啸，蹙口出声也[⑱]。"成公绥《啸赋》云[⑲]："动唇有曲，发口成音。"而今之啸者，开口卷舌，略无蹙舌之法。孙氏云"激于舌"，非动唇之谓也。天宝末，峨眉山道士姓陈[⑳]，来游京师。善长啸，能作鼓霹雳之引㉑。初则声发调畅，稍加散越㉒；须臾穿窿砰磕㉓，写雷鼓之音；忽复震骇，声如霹雳，闻者莫不倾栗㉔。

**【注释】**

①永泰中：本条采录自《封氏闻见记·长啸》。

②大理评事：大理寺属官。西汉宣帝地节三年（前67）置廷尉左右平四人，掌平刑狱。魏晋以来称廷尉平。北齐称大理评。隋炀帝时改称大理评事，置四十八人。唐大理寺置评事十二人，掌出使推覆刑狱。孙广：唐人。著有《啸旨》。生平未详。

③太上老君：道教"三清"尊神之一。"太上老君"之称，最早见于《魏书·释老志》："谦之守志嵩岳，精专不懈，以神瑞二年十月乙卯，忽遇大神，乘云驾龙，导从百灵，仙人玉女，左右侍卫，集止山顶，称太上老君。"南极真人：道教对秦汉传说中的上古仙人赤松子的尊称。关于赤松子，各家所载互有异同。刘向《列仙传》认为是神农氏的雨师。《韩诗外传》认为是帝喾之师。道教产生后，成为道教所祭祀尊奉的仙人。

④广成子：古代传说中的仙人。据葛洪《神仙传》，广成子隐居崆峒山石室中，黄帝曾求教治道之要。

⑤风后：古史传说中的人物，相传为黄帝时的臣子。黄帝遇之于海隅，举以为相，曾从黄帝封禅泰山。相传黄帝与蚩尤大战，蚩尤作大雾，风后作指南车以别四方，大败蚩尤。《史记·五帝本纪》："（黄帝）举风后、力牧、常先、大鸿以治民。"裴骃《集解》引郑玄曰："风后，黄帝三公也。"张守节《正义》："四人皆帝臣也。"一说为黄帝之师。

⑥务光：传说中夏末商初的隐士。相传商汤灭夏后，欲以天下让之，务光知道后负石自沉蓼水。

⑦舜：传说中的上古帝王。史称虞舜。继尧位后，又挑选贤人，治理

政事,选拔治水有功的禹为继承人。后于巡狩中死于苍梧之野。

⑧大行仙君孙公:指魏晋时期的隐士孙登,字公和,号苏门先生。长年隐居苏门山,博才多识,好读《易经》《老子》《庄子》之书,尤善长啸。

⑨阮嗣宗:即阮籍,字嗣宗,阮瑀之子。三国时魏陈留尉氏(今属河南)人。竹林七贤之一。初以门荫入仕,累迁步兵校尉,世称"阮步兵"。有隽才,性放诞,好老庄而嗜酒,反名教,旷达不拘礼俗。因遭时多忌,故借酒以避祸患。著有《咏怀诗》《大人先生传》等。

⑩高氏《纬略》:原书无此句,当为后人所增。《纬略》为南宋高似孙撰。此处文字见《纬略·啸》。王谠生于高氏之前,不及见此。高氏,高似孙,字续古,号疏寮,南宋余姚(今属浙江)人,一说鄞县(今属浙江)人。宋孝宗淳熙年间进士,除校书郎,知信州、严州、处州等。为官贪酷,谄事韩侂胄,为人所不齿。卒赠通议大夫。所著《纬略》十二卷,为考辨名物杂事之作。

⑪孙登隐苏门山所作也:原书无此句,后人或据《纬略》补入。苏门山,又名苏岭、百门山。在河南辉县西北。西晋孙登曾隐居于此。

⑫仙人刘根所作也:原书无此句,后人或据《纬略》补入。刘根,东汉时术士。颍川人,隐居嵩山。传说能驱鬼、辟谷。《后汉书·方术传·刘根》:"根于是左顾而啸,有顷,祈之亡父祖近亲数十人,皆反缚在前,向根叩头。"

⑬阮籍所作也:原书无此句,后人或据《纬略》补入。

⑭"十四曰《正章》"几句:原书作"十四曰《正章》,十五曰《毕章》。"《纬略》原文作:"十四曰《正章》,深远极大,非常声也。十五曰《毕音》,五章之毕,而大道毕矣。"当据改。

⑮有女化(pǐ)离,条其啸矣:语出《诗经·王风·中谷有蓷(tuī)》。是说有个女子遭到男子遗弃,她抚胸叹息又长啸。

⑯颜延之:南朝刘宋间诗人。字延年,琅邪临沂(今山东临沂)人。

少孤贫，好读书。入南朝宋，补太子舍人，累迁始安太守。文帝元嘉三年（426），征为中书侍郎，转太子中庶子，领步兵校尉。后历任御史中丞、国子祭酒、金紫光禄大夫等。其文词显于当世，史称"文章之美，冠绝当时"。《五君咏》：诗歌篇名。五君是"竹林七贤"中的阮籍、嵇康、刘伶、阮咸、向秀。据《宋书·颜延之传》，延之在朝因"犯权要"，贬为永嘉太守，作《五君咏》以自况，对"七贤"中显贵的山涛、王戎二人弃而不咏。

⑰《诗笺》：指《诗经·王风·中谷有蓷》一诗中东汉郑玄所作的笺，亦称"郑笺"。

⑱蹙（cù）口出声：双唇向前撮起而发声。

⑲成公绥：字子安，东郡白马（今河南滑县）人。魏晋间辞赋家、诗人。少聪敏有俊才，博涉经传，辞赋甚丽。受张华赏识，荐为博士。历秘书郎，转秘书丞、骑都尉，累至中书郎。所作《天地赋》《啸赋》，皆为传世名篇。

⑳峨眉山：山名。在今四川峨眉山西南。因"两山相对，望之如峨眉"，故名。

㉑引：长久，延续。

㉒散越：犹激越。

㉓穹窿：象声词。亦作"穹隆"。打雷声。砰磕（pēng kē）：象声词。疾雷声。

㉔倾栗：惊惧颤抖。

## 【译文】

唐代宗永泰年间，大理评事孙广著有《啸旨》一篇，其中有几句说："气流涌到喉咙的中间发出的声音混浊，这叫做说话；气流冲到舌端发出的声音清激，这叫做啸声。说话的声音混浊，可以通晓人情世故，通达性格气质；啸声清澄洁净，可以用来感动鬼神、让人长生不死。因此太上老君把吹啸的技巧传授给了南极真人，南极真人传授给了广成子，广成子传授给了风后，风后传授给了务光，务光又传授给了舜，舜演练成了琴声，并传授给了大禹。从此以后啸这种技艺时而中断时而被继承，到了晋代大行仙君孙登学到了这门技艺从而得道，没有传给后来的人。阮籍只学到了其中很少的一部分，阮籍之后就没有再听说过了。"根据南宋高似孙的《纬略》，啸分为十五章：第一章是《权舆》；第二章是《流云》；第三章是《深溪虎》；第四章是《高柳蝉》；第五章是《空林鬼》；第六章是《巫峡猿》；第七章是《下鸿鹄》；第八章是《古木鸢》；第九章是《龙吟》；第十章是《动地》；第十一章是《苏门》，孙登隐居苏门山时创作的；第十二章是《刘公命鬼》，仙人刘根创作的；第十三章是《阮氏逸韵》，阮籍创作的；第十四章是《正章》，极其深奥高远，不是平常乐曲的声音。第十五章是《毕音》，五个乐章的结束，也是成仙之道的终结。孙广说："《啸旨》里面的故事都来源于道教典籍。"我的案语：人有所思就会长声吟啸，因此高兴的时候就会唱歌，忧伤的时候就会嗟叹，忧思的时候就会啸吟。《诗经·王风·中谷有蓷》一诗说："有女仳离，条其啸矣！"颜延之《五君咏》一诗说："长啸若怀人。"说的都是这个意思。孙广所说的《深溪虎》《古木鸢》，从名称就可以知道是模仿老虎和猿猴的声音。如果太上老君依次传授给后人，舜将这些推演为琴曲，修饰太过，我不敢去听。依照郑玄《诗笺》所说："啸，就是双唇向前撮起而发声。"成公绥《啸赋》一文说："嘴唇稍动就会发出啸歌，张口发音妙曲就会形成。"然而今天能发出啸声的人，张开嘴巴并将舌头向后卷，基本上没有双唇向前撮起而发声的方法。孙广说"气流从舌端冲出"，并不是所说的嘴唇翕动。天宝末年，峨眉山有一位陈姓道士，来京城游赏。他擅长长啸，能够发出霹雳雷鼓的长久之音。一开始发出的啸声和谐流畅，然后逐渐变得激越；片刻之间穹窿砰磕，模仿着雷鼓的声音；忽然又震耳欲聋，声音如同霹雳雷响，听到的人没有不惊惧颤抖的。

745. 至德二年①，敕天下州县重定酤酒②，随月纳税。

建中二年③，更加青苗④。大历初⑤，税每十文；三年，加五文；敕以御史大夫充使⑥。其后割归度支使⑦。

**【注释】**

①至德二年：本条采录自《大唐传载》。二年，原书此二字作"元年"。据《通典·食货》："大唐广德二年十二月，敕天下州各量定酤酒户，随月纳税。""至德"，疑为"广德"，当据改。

②酤酒：卖酒。

③建中：唐德宗李适年号（780—783）。

④青苗：又称"青苗钱"。唐后期赋税之一。始行于唐代宗大历元年（766）。时军费尚急，而秋苗尚青，遂据青苗征税而得名。《新唐书·食货志一》："至大历元年，诏流民还者，给复二年，田园尽，则授以逃田。天下苗一亩税钱十五，市轻货给百官手力课。以国用急，不及秋，方苗青即征之，号'青苗钱'。又有'地头钱'，每亩二十，通名为青苗钱。"

⑤大历：唐代宗李豫年号（766—779）。

⑥充使：担任使臣。

⑦度支使：官名。掌朝廷财政支出、漕运等事。唐玄宗开元十年（722）始置，称度支营田使。唐朝末年，度支与盐铁、户部，已有三司之名，后唐时与盐铁使、户部使合称三司使，统筹朝廷财政。

**【译文】**

唐代宗广德二年，朝廷下令全国州县重新制定买卖酒水的赋税制度，并按月纳税。唐德宗建中二年，更是增加了青苗钱。唐代宗大历初年，青苗税每亩十文钱；大历三年，每亩增加了五文；下令御史大夫担任使臣。后来又划归度支使主管。

746.开元已前①，有事于外则命使臣，否则止罢。自置八节度、十采访②，始有坐而为使者。其后名号益广。大抵生于置兵，盛于兴利③，普于衔命④，于是为使则重，为官则轻。故天下佩印有至四十者，大历中请俸有至百万者⑤。在朝有太清宫、太微宫、度支、盐铁、转运、知匦、宫苑、闲厩、左右巡、分案、监察、馆驿、监仓、监库、左右衔⑥，外任则节度、观察、诸军、押蕃、防御、团练、经略、镇遏、招讨、榷盐、水陆运、营田、给纳、监牧、长春宫⑦。有因时而置者：则大礼、礼仪、礼会、删定、三司、黜陟、巡抚、宣慰、推复、选补、会盟、册立、吊祭、供军、粮料、和籴⑧。此其大略。经置而废者不录。宦官内外悉谓之使。旧为权臣所绾⑨，州县所理，后属中人者有之⑩。

【注释】

①开元已前：本条采录自《国史补·内外诸使名》。《太平广记》《近事会元》等亦引录。已前，以前，之前。

②采访：即采访使。西晋石崇曾任交趾（今越南）采访使。唐朝为监察地方的使职。玄宗开元二十一年（733）分天下为十五道，每道设采访处置使，简称采访使，掌检查刑狱和监督百官事。天宝九载（750），玄宗下令采访使但以察访官吏善恶为任，不许干涉地方政事。乾元元年（758）以后，因兵乱停罢。

③兴利：兴办有利的事业。

④衔命：受命。

⑤请俸：指支取薪俸。

⑥太微宫：即太微宫使。亦作太清宫使。唐玄宗天宝初置。掌管官事。盐铁：即盐铁使。唐肃宗以后置盐铁使，掌管盐、铁、茶的专卖及征税。此职为唐后期中央所设财经要职，多以重臣领使，或

由宰相兼任。后来，盐铁使与转运使合为一职，通称盐铁转运使。转运：即转运使。设于唐玄宗开元二十一年（733），初称水陆发运使，管理洛阳、长安间的粮食运输事务。后设江淮转运使，掌东南各道的水陆转运；诸道转运使，掌全国谷物财货的转输和出纳。知匦：即知匦使。唐武则天垂拱元年（685）始置匦使院，专门接纳受理天下各种冤滞不能上达者。闲厩：即闲厩使。唐武则天圣历年间置，分领殿中省尚乘局及太仆寺的部分职事，专掌舆辇之马。左右巡：即御史台左、右巡使。唐开元年间，以殿中侍御史充任，掌朝会时班序，禁杂立喧哗。分案：此二字原书与《太平广记》引文均作"分察"，当据改。分察，即分察使，御史台设六员监察御史分察礼、户、吏、工、兵、刑事，别称"分察使"。监察：即监察御史。掌监察百官、巡视州县狱讼、监祭祀及诸军、出使等事。左右街：原书与《太平广记》《近事会元》引文均作"左右街"，当据改。左右街，即左右街使。唐玄宗时设置。唐长安城凡六街，左三街、右三街，简称左右街，各置使一人，掌分察六街徼巡。

⑦押蕃：即押蕃使。掌安抚边地少数民族。唐玄宗开元二十年（732），以朔方节度使增领押诸蕃部落使。团练：即团练使。原称团练守捉使。唐肃宗乾元时始置。掌本区防务。经略：即经略使。掌一方军、民诸政。唐太宗贞观二年（628），于边州别置经略使，其后有经略大使、经略副使之名，并多以节度使兼任。镇遏：即镇遏使，简称镇使。唐代军镇长官名。掌缉捕盗贼，维持地方治安事。招讨：即招讨使。唐德宗贞元年间始置，掌招抚、讨伐之事。为作战时临时派置的一区或数区统兵官，因其权限及所据区域大小而有具体称谓，如"行营招讨使""行营都招讨使""都招讨使"等。榷（què）盐：即榷盐使。唐德宗贞元十六年（800）始置，掌食盐专卖或征收盐税事。水陆运：即水陆运使。唐玄宗先天二年（713）置，掌洛阳、长安之间的漕运事务，也称水陆转

运使。后漕运事务并于盐铁转运使,其下分设巡院,掌管诸道谷物财货、盐铁事务。营田:即营田使。唐武则天延载元年(694)始置,掌军垦之事。其下有副使、判官等僚属。给纳:即度支给纳使。唐朝始置,掌管国家财政收支等事务。监牧:即监牧使。唐朝始置。掌监督放牧等事务。长春宫:即长春宫使。唐朝始置,德宗贞元十五年(799)以太常卿杜確任此职,掌长春宫日常事务。

⑧大礼:即大礼使。唐朝设置。凡朝廷举行规模较大的典礼、祭祀、封禅时,则置之,掌筹划办理之事。由重臣兼任,事罢即废。礼仪:即礼仪使。唐玄宗开元十年(722)以他官知礼仪事,始称使,专掌五礼。天宝九载(750)初置,多以太常卿、六部尚书或侍郎充任。凡遇郊祀天地、太庙、天子崩、太子即位等大礼,则依礼法裁定所用仪仗、法物。德宗建中元年(780)废。删定:即删定官。唐朝始置。负责修改审定律令。三司:即三司使。分为治狱与理财两类。治狱的三司使始置于唐代宗大历十四年(779)。唐中叶以来,财政事务日趋繁杂,特选派大臣分判户部、度支及充盐铁转运使,分掌租赋、财政收支与盐铁专卖事务。唐昭宗时,以宰相兼领户部、度支、盐铁三司事务,称三司使,实即户部使、度支使与盐铁转运使的合称。黜陟(chù zhì):即黜陟使。始设于唐贞观八年(634),由中央派出,掌巡察四方,考察官吏优劣,观风俗,问疾苦。玄宗、肃宗时亦遣使出巡。德宗建中元年(780),又在各道设黜陟使,监督两税法的实施,同时考察地方官吏政绩。宣慰:即宣慰使。亦作宣劳使、宣抚使。唐朝始置。多在战争、灾荒之后设置,以他官兼充,事罢即废。掌慰抚、劳河之事。选补:即选补使。唐高宗上元二年(675)置。掌江淮以南、岭南、黔中等地官吏选补之事,常以郎官、御史充任,谓之"南选"。其后江南、淮南、福建每逢水旱时,皆遣选补使选人。会盟:即入蕃会盟使,亦作入蕃使。唐朝派往吐蕃进行交聘、订盟、吊唁、报丧、经贸等某

种事务的使节。通常其官名都有一定的规定性，如吊祭使、计会使、告哀使、会盟使、告册立使等。均为临时差遣性质的官职，事罢即废。册立：即册立使。唐中宗至玄宗时设置，周边政权凡立新主，即派其出使行册立之礼。粮料：即粮料使。为供给军队粮料给养的官员，设于唐中期。不常置，事罢即废。和籴（dí）：即和籴使。又称知籴使。官名。唐德宗贞元三年（787）置，掌和籴粮食，以供军用。

⑨绾：控制，掌控。

⑩中人：宦官。

【译文】

唐玄宗开元以前，朝廷之外有政事就会任命使臣去处理，没有政事就不会派出使臣。自从设置了八个节度使、十路采访使，才开始有长期担任使职这一职务的人。后来各种使职名号越来越多。这些节度使、采访使等的设置大抵起于在各地置兵，兴盛于兴利，后来演变成普通的受命，这样就出现了兼任使职的官员被人们看重，不兼任使职的官员则被人们轻视的现象。因此，国内有的官员佩戴的官印达四十枚之多，到代宗大历年间，兼职使职中就有薪俸达百万的人。当时在朝的使职有太清宫使、太微宫使、度支使、盐铁使、转运使、知匦使、宫苑使、闲厩使、左右巡使、分察使、监察御史、馆驿使、监仓使、监库使、左右街使，朝廷之外的使臣就有节度使、观察使、诸军使、押蕃使、防御使、团练使、经略使、镇遏使、招讨使、榷盐使、水陆运使、营田使、给纳使、监牧使、长春宫使。还有临时设置的：包括大礼使、礼仪使、礼会使、删定使、三司使、黜陟使、巡抚使、宣慰使、推复使、选补使、会盟使、册立使、吊祭使、供军使、粮料使、和籴使。这些都只是大体上设置的。还有一些经过改置被废除的，没有收录进来。宦官在宫内外任职都被称为使臣。过去由重臣掌管的职务，州县长官所处理的事务，后来由宦官管理的也有。

747.大历中①,刑部郎中程皓家在相州②,宅前有小池。有人造剑,于池内淬之③,池鱼皆死。余家井中有鱼数十头,因有急,家人以药臼投之④,信宿鱼皆浮出⑤,知鱼亦畏铁焉。

**【注释】**

①大历中:本条采录自《封氏闻见记·鱼龙畏铁》。

②程皓:唐朝官吏,玄宗朝曾任刑部郎中。相州:地名。北魏天兴四年(401)分冀州置。治邺县(今河北临漳西南邺镇)。后移治今河南安阳。

③淬(cuì):淬炼。

④药臼:捣药用的器具。

⑤信宿:指连宿两夜,两三日。

**【译文】**

唐代宗大历年间,刑部郎中程皓家在相州,他家宅院前有一个小池塘。有人铸造宝剑,在池塘里来淬炼,池中的鱼都死了。只剩下程皓家井中的几十条鱼,因为情况紧急,家人就把捣药用的药臼扔进了井里,两三天后鱼都浮出了水面,这才知道鱼也惧怕铁。

748.大历末①,北方有白虹夜见②,东西属地③。封演曰④:凡虹见,皆当日之冲⑤。朝见则在西,常与日相近,不差分毫。今此虹见之时,日在癸⑥,则虹见当在丙⑦。常时虹影穹崇⑧,举目而望,今虹在北,又可平视,知日在北方,去兹远矣。略计此当在斗极之北⑨。斗极,天中也,故北方可得而见,而日更在虹之北,又甚辽阔,故北方不得而见之。

**【注释】**

①大历末:本条采录自《封氏闻见记·北方白虹》。

②白虹:一种横亘天际,成带状如虹的淡白色云气。古代作为占卜吉凶的天文预兆。

③属地:至地,接触地面。

④封演:唐渤海蓨(今河北景县)人。玄宗天宝中为太学诸生,十五载(756)登进士第。肃宗至德后为相卫节度使薛嵩从事,检校屯田郎中。代宗大历中官邢州刺史。德宗贞元中历检校尚书吏部郎中兼御史中丞。著有《封氏闻见记》,为研究唐代文化的重要史料。

⑤当日之冲:指太阳的对面。冲,正对着。

⑥癸(guǐ):古代以天干配五方,癸为北方之位,因以指北方、北部。

⑦丙:古代以天干配五方,丙为南方之位,因以指南方。

⑧穹崇:形容很高的样子。

⑨斗极:北斗星与北极星。后亦用"斗极"喻指天皇或帝王。

**【译文】**

大历末年,北方有白虹在夜晚出现,东西方向接到了地面。封演说:凡是有白虹出现,都是在太阳的对面。早晨出现就在西面,常常和太阳相距不远,几乎分毫不差。现在这个白虹出现时,太阳在北方,那么白虹应该在南方出现。正常情况下白虹的光影非常高,抬头才能望见,现在的白虹出现在北方,又可以平视,就知道太阳在北方,而且距离这里很远。约略计算白虹的位置应该在北斗星和北极星的北方。北斗星与北极星,是天的中央,因此北方可以看见,但是太阳还在虹的北边,又离得很远,所以在北方也看不见了。

749.苗夫人①,其父太师也②,舅张河东也③,夫延赏也,子弘靖也,婿韦太尉也④。近代衣冠妇人之贵,无如苗氏者⑤。

**【注释】**

①苗夫人：本条采录自《国史补·苗夫人贵盛》。苗夫人，宰相苗晋卿之女，张延赏之妻。

②太师：官名。西周时与太傅、太保同为三公。职掌为辅佐天子，掌管天下教化及四方礼制，并参议政事。秦不置。西汉时位在太傅上，金印紫绶，与太傅、太保合称"三太"，为辅佐皇帝之最高官职。魏晋以后仍设此官，但为大臣之加官。唐朝太师为"三师"之一，正一品。唐前期本无实任者，唐末藩镇纷纷加官，至无以复加，称太师者众。

③舅：丈夫之父亲，即公公。张河东：即河东郡侯张嘉贞，唐蒲州猗氏县（今山西临猗）人。武则天时，举明经进士，授平乡县尉。后历任监察御史、中书舍人、秦州都督、并州长史。玄宗开元八年（720），入朝拜相，任中书侍郎、同平章事，后迁中书令。为其弟贪污事所累，贬为齐州刺史（一作幽州刺史）。历任益州长史、台州刺史等，封河东侯。

④韦太尉：即韦皋，因其在唐德宗朝曾任检校太尉，故称。

⑤近代衣冠妇人之贵，无如苗氏者：《南部新书》卷乙："妇人之贵，无出于苗夫人，晋卿之女，张嘉贞之新妇，延赏之妻，弘靖之母，韦皋外姑。"

**【译文】**

苗夫人，她的父亲是太师苗晋卿，公公是河东郡侯张嘉贞，丈夫是德宗朝宰相张延赏，儿子是肃宗朝宰相张弘靖，女婿是检校太尉韦皋。近代士大夫家中地位尊贵的妇女，没有比得上苗氏的人。

# 卷六

【题解】

卷六所写为唐德宗李适至唐文宗李昂六十多年间事,涉及唐代这一历史时期的政治、经济、民风民俗等各个领域,共一百三十条。

这一时期执掌朝政的六位皇帝中,在位十年以上的有唐德宗(二十七年)、唐宪宗(十五年)和唐文宗(十四年),至于唐顺宗、唐穆宗、唐敬宗,在位时间都很短,最短的一年(顺宗),最长的也只有四年(穆宗)。不论是唐德宗李适,还是唐宪宗李纯、唐文宗李昂,在位初期也都曾励精图治。德宗皇帝强明自任,严禁宦官干政,他任用杨炎为相,废除租庸调制,改行"两税法",使国家一度出现中兴的气象。宪宗皇帝任用杜黄裳等人执政,修订律令,整顿科举,加强财政管理,以法度制裁藩镇,并先后平定西川刘辟、江东李锜、淮西吴元济等的叛乱,让魏博、成德、横海、幽州等相继归顺,创造了史称"元和中兴"的局面。文宗皇帝勤政爱民,悲悯仁慈,他释放五坊鹰犬及后宫宫女三千人,减省冗员。但到了在位后期,上述几位帝王都因决策的失误和用人的不当,致使民怨日深,政局转坏。他们或重用宦官,或被宦官所杀,或企图消灭宦官而被软禁,反映了唐代中后期宦官对朝政的掌控和干预。本卷对几位帝王逸事的记述主要表现他们对读书或论道的喜好,如德宗皇帝在降诞日召集儒释道三教之人论道(第750条、第751条);文宗从藩王到即位做皇帝始终保持读书的好习惯,他任用文学之士许康佐、柳公权等为侍讲学士和侍读学士,和他们谈论文学及政事,并表现出试图解决宦官专权问题的愿望(第859条、第860条)。除此之外,本卷部分条目也表现了帝王的知人善任或好色专制,前者如唐德宗即位后对唐代宗时调查失火案的监察御史赵涓的重用(第753条);后者有德宗欲纳具有国色之貌的王承昇之妹为妃,因其"不恋宫室"未能成行后,竟下令不许其嫁朝官致使"以流落终"的悲凉(第756条)等。

安史之乱后,唐王朝元气大伤,加之很多帝王用人不当,朝臣之间勾心斗角,乱象频发,朝政日衰。在这种情势之下,虽然很多大臣仍然兢兢业业,尽心竭力报国,但士人的思想和心态发生了很大的变化。相较于帝王逸事,本卷对大臣的述写主要表现他们在世风日下的官场和社会生活中的众生相,具体来说:第一,表现朝臣的背弃朝廷、尔虞我诈和拉帮结派。朱泚叛乱时,跟随德宗皇帝到盩厔县南谷口的吏部尚书乔琳,借口到仙游寺出家为德宗禳除灾祸,却最终进入叛军阵营任职,表现了乱世中部分官员的背信弃义、品行低劣(第777条);德宗朝杨炎、卢杞任宰相时"奸邪用事,树立朋党",致使德宗流离迁徙,宗庙社稷几被倾覆(第779条)。第二,表现忠臣的惨遭迫害。凤翔陇右节度使张镒拿家中衣物进献在乾县避难的德宗而被叛臣杀害(第775条),颜真卿赴淮西向犯臣李希烈传达朝廷旨意而被叛军杀害(第757条),德宗贞元年间的宰相窦参遭陆贽诬陷被贬官最终流放赐死(第783条)等,都表现了朝政动荡的中晚唐时期佞臣贼子对忠良之臣的迫害。第三,表现官员的收受贿赂和生活奢侈。前者有裴佶在姑父家中看到有着清高声望的姑父前倨后恭收受崔昭贿赂的场景(第784条),后者如德宗贞元年间和州刺史穆宁奢华的生活(第806条)以及少孤家贫的段文昌在为官之后"地衣皆锦绣"的豪奢(第826条)等。除此之外,还有一些条目也表现了官员的不同性格特点,或不拘小节(第798条写郑馀)、或心高气傲(第851条写李贺)、或性情粗暴(第865条写李绅)、或褊急孤直(第821条写皇甫湜）、或恃恩轻躁（第781条写裴延龄）等等，不再详述。

本卷也有很多条目表现了中唐士人对自己的命运前途无法把握的情形。首先表现在对这一时期兴起的占卜、相面术的记述，如相面人对出生神异、身体结构异于常人（肋骨密排相连，宛如一骨）的王庭凑未来命运的预测（第855条）；通晓道术的僧人对刘禹锡未来官位的预言（第816条）；文宗开成年间的盲人通过听声音、揣摸人的骨骼、笏板等对官禄和年寿的占卜（第877条）；桑道茂对曾任宰相杨炎判官的杜佑外调任职的预知（第811条）；老父对"困于科举"的苗晋卿日后前程的预言（第810条）；有道术的老叟对窦易直"君后为人臣，贵寿之极"的预言（第808条）以及宣平坊王生对李揆前程的占卜（第778条）等，这些占卜和预测表现了乱世文人对自己命运的难以把握，也在一定程度上反映了中晚唐时期精通道术之人对时局敏锐的洞察力。其次表现在乱世中唐代士人的生死祸福方面。王涯任宰相时，他的远房堂弟王沐投奔王涯想要当一个小小的官职，最终却因为王涯败亡，被仇士良当作王氏家人连坐处死（第868条）。王沐的被杀，看似冤枉至极，又仿佛命中注定，反映了这一时期士人对生死祸福的难以把握。

本卷中的一些条目也表现了中晚唐时期贪官污吏对民众的敲诈勒索以及苛捐杂税下人民极度贫苦的生活境况，如顺宗朝为皇帝饲养鹰犬的五坊官员的放纵专横及其对百姓的敲诈勒索（第815条）；令狐楚镇守东平时，令狐绹到民间探访，老农"天旱，盗贼且起""今风不鸣条，雨不破块"等前后相反的回答，隐晦地表达了天灾人祸及朝廷沉重的赋税致使民不聊生的境况（第854条）；太尉韦皋在任西川节度使期间"极其聚敛，军府浸盛"，致使百姓贫困并最终导致刘辟作乱（第788条）等，都是这方面的表现。

除此之外，本卷也有不少条目涉及唐代多项制度的演变及这一时期的民风民俗。前者有对公主加封谥号及设置左右辟仗使职位起始时间（第764条、第765条）的记述，也有对尚书省各部下设属官的名称、相互之间的称呼（第801条等）以及度支衙门内各级官员职责等的陈述（第802条），还有对中晚唐时期科场腐败的记述，知贡举的礼部侍郎崔郪因为宰相李吉甫"吴武陵及第否"的问话，误以为二人是旧相识，便当场录取了曾经冒犯过李吉甫的吴武陵，反映了中晚唐时期科举主考官的巴结逢迎、徇私舞弊以及权臣对科举选士的把控（第836条）。后者如京城长安自德宗贞元年间开始的民风民俗的变化：士人或"侈于游宴……或侈于书法、图画，或侈于博奕，或侈于卜咒，或侈于服食，各有自也"（第814条），穆宗长庆年间京城妇女头上精美的饰品和"血晕妆"的流行（第857条）等；至于第768条"两市日有礼席，举铛釜而取之，故三、五百人之馔，常可立办"的记述，则是唐德宗时期长安东西两市商贸往来情况的真实反映，说明这一时期长安集市的经商范围已经从普通的商品买卖进一步扩大到对酒席的备办。

## 补遗 起德宗，至文宗。

750.德宗降诞日①，内殿三教讲论②，以僧鉴虚对韦渠牟③，以许孟容对赵需④，以僧覃延对道士郄惟素⑤。诸人皆谈毕，鉴虚曰："诸奏事云：玄元皇帝⑥，天下之圣人；文宣王⑦，古今之圣人；释迦如来⑧，西方之圣人；今皇帝陛下，是南赡部洲之圣人⑨。臣请讲御制《赐新罗铭》。"讲罢，德宗有喜色。

### 【注释】

①德宗降诞日：本条采录自《刘宾客嘉话录》。《旧唐书·韦渠牟传》曰："贞元十二年四月，德宗诞日，御麟德殿，召给事中徐岱、兵部郎中赵需、礼部郎中许孟容与韦渠牟及道士万参成、沙门谭延等

十二人，讲论儒、道、释三教。"《新唐书·韦渠牟传》记载略同。
降诞日，生日。

②三教：佛教传入我国后，称儒、道、释为"三教"。

③鉴虚：唐代僧人。俗姓薛，河东（治今山西永济）人。慧敏有口给。
居京师，多结交显贵内侍，复识宪宗于潜邸，颇得亲信。宪宗即位，
鉴虚势力渐大，干预朝政，收受贿赂，御史薛存诚劾之，终被杖杀。

④赵需：唐汲郡（今属河南）人。代宗大历六年（771）进士。德宗
贞元元年（785）为补阙，时帝欲用吉州长史卢杞为饶州刺史，赵
需等上疏卢杞奸恶不可用，德宗纳之。历水部、左司郎中。官至
兵部郎中。贞元十二年（796）四月，德宗生日，受诏与徐岱等与
僧道讲论，儒者以赵需为第一。

⑤覃延：当为谭延。唐代僧人。郄惟素：唐代道士。

⑥玄元皇帝：即老子李耳。唐朝皇帝为李姓，自认老子为远祖。唐
高宗于乾封元年（666）二月追号为"太上玄元皇帝"。玄宗天宝
二年（743）正月加尊号"大圣祖"三字，天宝八载（749）六月又
加尊号为"圣祖大道玄元皇帝"。

⑦文宣王：即孔子。唐玄宗开元二十七年（739），追谥孔子为文宣王。

⑧释迦如来：即佛祖释迦牟尼，佛教创始人。本名乔达摩·悉达多，
成佛后被尊称为释迦牟尼，意为"释迦族的圣人"。

⑨今皇帝陛下，是南赡部洲之圣人：是说德宗皇帝是当今天下的圣
人。南赡部洲，又译为南阎浮提、南阎浮洲等，为佛教传说中的四
大部洲之一。《阿毗昙论》："有赡部树，生此洲……北临水上，于
树下水底，南岸下，有赡部。"《阿含经》亦曰："南面有洲，名阎浮
提，其地纵广七千由旬，北阔南狭。"在佛典中，"南赡部洲"也用
以指称人类所生存的这个世界。《地藏经》："南阎浮提众生，起心
动念，无不是业，无不是罪。"此处当指唐王朝。

**【译文】**

唐德宗生日那天,在内殿讲论儒、道、释三教,以僧人鉴虚与韦渠牟对论,许孟容与赵需对论,僧人谭延与道士都惟素对论。众人都谈论结束,鉴虚说:"各位论者向陛下奏陈说:玄元皇帝老子,是天下的圣人;文宣王孔子,是从古至今的圣人;释迦牟尼,是西方世界的圣人;当今皇帝陛下,是大唐王朝的圣人。臣请求讲论陛下所作的《赐新罗铭》。"鉴虚说完,德宗脸上露出了欣喜的神色。

751.德宗降诞日①,三教讲论。儒者第一赵需,第二许孟容,第三韦渠牟,与僧覃延嘲谑,因此承恩也②。渠牟荐一崔阡③,拜谕德④,为侍书于东宫⑤。东宫,顺宗也⑥。阡触事面墙⑦,对东宫曰:"臣山野人,不识朝典,见陛下合称臣否?"东宫曰:"卿是宫僚⑧,自合知也。"

**【注释】**

①德宗降诞日:本条采录自《刘宾客嘉话录》。

②承恩:蒙受恩泽。

③崔阡:唐德宗时人。曾任率更寺主簿、东宫侍书。

④谕德:官名。即太子左右谕德。唐高宗龙朔二年(662)置,左谕德隶左春坊,右谕德隶右春坊,各置一人,掌侍从太子,讽赞规谏。

⑤侍书:官名。即皇太子侍书。唐朝始置,为辅导皇太子读书习文的教官。

⑥顺宗:即唐顺宗李诵。德宗之子。初封宣王,德宗建中元年(780)立为太子。曾与王叔文议论宫市之弊及民间疾苦。善隶书。贞元二十一年(805)即位,登基后任用王叔文等人变法,触犯了宦官和节度使的利益,同年被迫禅位给皇太子李纯,自称太上皇。

在位仅八月。次年驾崩,葬丰陵。庙号顺宗,谥至德大圣大安孝皇帝。

⑦触事:遇事。

⑧宫僚:东宫官僚的省称,即东宫官,辅导太子与侍候太子的大小官员的总称。

**【译文】**

唐德宗生日当天,讲论儒、道、释三教。通习儒家的人第一是赵需,第二是许孟容,第三是韦渠牟,他们和僧人谭延调笑戏谑,因此受到皇帝的恩宠。韦渠牟向德宗推荐了一个叫崔阡的人,德宗封他为谕德,让他在东宫做太子侍书。东宫,就是后来的唐顺宗。崔阡遇事时常常面对墙壁,对太子说:"我是一个山野粗人,不懂得朝廷的典章规矩,见到陛下时我是不是应当称臣呢?"太子说:"你是太子属官,自己应该知道。"


752.李丞相泌谓德宗曰①:"肃宗师臣,岂不呼陛下为崀郎②?"案③:崀字,字书无之,疑误。圣颜不悦。泌曰:"陛下天宝元年生,向外言改年之由,或以弘农得宝④,此乃谬也。以陛下此年降诞,故玄宗帝以天降之宝,因改年号为天宝也。"圣颜然后大悦。又韦渠牟曾为道士及僧,德宗问:"卿从道门,本师复是谁⑤?"渠牟曰:"臣师李仙师⑥,仙师师张果老先生⑦。肃宗皇帝师李仙师为仙帝,臣道合为陛下师。由迹微官卑⑧,故不足为陛下师。"渠牟亦效李相泌之对也。


**【注释】**

①李丞相泌谓德宗曰:本条采录自《刘宾客嘉话录》。

②崀郎:据周勋初《校证》,《永乐大典》引文此二字作"岂(tiáo)郎",当据改。

③案：据周勋初《校证》，此案语乃《四库全书》馆臣所加。

④弘农：郡名。北魏置，治所北陕（今河南三门峡）。后避魏献文帝拓跋弘讳，改称恒农郡。

⑤本师：老师，传授自己学业或技能的人。

⑥李仙师：道士，生平未详。

⑦张果老：唐代道士张果的俗称，传说中的道教八仙之一。相传久居中条山，唐武则天时已数百岁。玄宗召入宫中，待遇甚厚，问治道神仙事，语秘不传。常倒骑白驴，日行数万里，休息时将白驴折叠，藏在巾箱中，骑时喷水，即还原成驴。

⑧迹微：此处指身份低微。

**【译文】**

丞相李泌对唐德宗说："肃宗皇帝尊我为太师，我难道不应该称呼陛下为恖郎（当为岢郎）吗？"案：恖字，字书中没有，怀疑有讹误。德宗听了很不高兴。李泌说："陛下您是天宝元年出生的，当时朝廷向外传言改年号的缘由，有人说是因为这一年在弘农郡得到了一个宝物，这是讹传。其实是因为陛下在这一年出生，所以玄宗皇帝认为您是上天降临的宝贝，所以才改年号为天宝的。"德宗皇帝听了非常高兴。另外，韦渠牟曾经做过道士和僧人，德宗问他："你做道士，传授你道业的老师又是谁？"韦渠牟答道："我师从李仙师，李仙师师从张果老先生。肃宗皇帝师从李仙师成为仙帝，臣按照辈分应该是陛下的老师。只是由于我身份低贱、官职卑微，所以不能做您的老师。"韦渠牟的回答也效仿丞相李泌的对答。

753. 赵涓为监察御史①。时禁中失火，火发处与东宫相近，代宗疑之。涓为巡使②，俾令即讯。涓因历墙匾③，按据迹状，乃上直中官遗火所致也④。既奏，代宗称赏。德宗时在东宫，常感涓究理详明。及刺衢州，年考既深，与观察使韩滉不相得，滉奏免涓官。德宗见名，谓宰相曰："岂非永泰初御史赵涓乎？"对曰："然。"即日拜尚书左丞。

### 【注释】

①赵涓为监察御史：本条采录自《谭宾录》。赵涓，唐冀州（今河北冀州）人。玄宗天宝初举进士，初为鄄城尉，历任监察御史、检校兵部郎中，兼侍御史、给事中、太常少卿，出为衢州刺史。德宗时拜尚书左丞，知吏部选。卒赠户部尚书。

②巡使：官名。唐时御史台左右巡使的省称，由御史台御史兼任。祭祀朝会时，掌察百官、正仪法、纠违失。

③壖（ruán）：宫城的外墙。囿：古代帝王养禽兽的园林。

④上直：上班，当值。

### 【译文】

赵涓曾任监察御史。当时宫内失火，起火的地方离东宫很近，代宗怀疑有人故意为之。赵涓任巡使，代宗下令立刻查询失火的原因。于是赵涓将宫城内外及囿苑都检查了一遍，依据迹象，最终发现是当值的中官遗落的火种引起的。赵涓向代宗奏报后，代宗赞赏了他。唐德宗当时还是东宫太子，经常感叹赵涓对事理的推究详细明白。等到赵涓任衢州刺史，因为年龄大资历深，与观察使韩滉意见不一致，韩滉上奏想要罢免赵涓的官。德宗看见赵涓的名字，对宰相说："这难道不是永泰初年那个监察御史赵涓吗？"宰相说："就是他。"赵涓当天就拜为尚书左丞。

754.司徒郑贞公①，每在方镇，公厅陈设、器用无不精备②，宴犒未尝刻薄③。其平居奉身过于俭素④，中外婚嫁甚多⑤，礼物皆经处画⑥。公与其宗叔太子太傅纲居昭国坊⑦。太傅第在南，出自南祖⑧；司徒第在北，出自北祖：时人谓之

"南郑相""北郑相"。司徒堂兄文宪公⑨,前后相德宗,亦谓之"大郑相""小郑相"焉。

【注释】

①司徒郑贞公:本条采录自《因话录·商部》。司徒郑贞公,即郑馀庆,因其谥曰"贞",故称。

②公厅:官衙。

③刻薄:克扣,刻剥。

④奉身:养身,守身。

⑤中外:朝廷内外。

⑥处画:计议,谋划。

⑦公与其宗叔太子太傅纲居昭国坊:原书此句作"公与其宗叔太子太傅绷俱住招国"。"纲"乃"绷"之讹,当据改。宗叔,同族的叔叔。太子太傅,职官名。太子六傅之一,职掌辅导太子。太子执弟子之礼,太傅不臣,以示尊重。唐朝太子太傅为从一品官。

⑧南祖:分居在南边的祖先。

⑨文宪公:即郑珣瑜,因其谥曰"文宪",故称。

【译文】

司徒郑馀庆在方镇做官之时,官衙内的陈设、器用无一不精心准备,举办宴会犒赏将士时也从不刻薄。他平素对自己却过于俭朴,朝廷内外婚嫁之事很多,送的礼物都经过慎重的谋划。郑馀庆和他的族叔太子太傅郑绷都居住在昭国坊。郑绷的宅第在南边,出自分居在南边的祖先;郑馀庆的宅第在北边,出自分居在北边的祖先:当时人们称他们为"南郑相""北郑相"。郑馀庆的堂兄文宪公郑珣瑜,与郑馀庆先后做过德宗朝的宰相,也被称为"大郑相""小郑相"。

755.德宗西幸①,所乘马,一号神智骢②,一号如意骝③。

【注释】

①德宗西幸:本条采录自《杜阳杂编》。

②神智骢(cōng):马名。唐德宗的坐骑。骢,毛色青白相间的马。

③如意骝(liú):马名。唐德宗的坐骑。骝,黑鬃黑尾巴的红马。亦泛称骏马。

【译文】

唐德宗巡幸西边时,乘坐的马,一匹叫神智骢,一匹叫如意骝。

756.王承昇有妹①,国色,德宗纳之,不恋宫室。德宗曰:"穷相女子②。"乃出之。敕其母兄不得嫁进士朝官,任配军将亲情③。后适元士会④,以流落终。

【注释】

①王承昇有妹:本条采录自《刘宾客嘉话录》。王承昇,唐朝中期人,生平未详。《类说》引文"王承昇"作"王昇"。

②穷相:贫贱的相貌,小家子气。

③亲情:亲事,婚嫁之事。

④元士会:唐德宗时人,生平未详。

【译文】

王承昇有个妹妹,生得国色天香,德宗就将她纳入宫中,但她却不喜欢住在帝王宫殿内。德宗说:"你真是个天生贫贱的命。"于是将她逐出宫。并且命令她的母亲和哥哥以后不能让她嫁给进士和朝中官员,随意婚配给军将成亲。后来嫁给了元士会,最终流落到外地,穷困失意。

757.颜鲁公尝得方士名药服之①,虽老,气力壮健如年三四十人。至奉使李希烈②,春秋七十五矣。临行,告人曰:

“吾之死，固为贼所杀必矣。且元载所得药方，亦与吾同，但载贪甚，等是死，而载不如吾。吾得死于忠耶！”于是命取席固圜其身③，挺立一跃而出。又立两藤倚子相背④，以两手握其倚处，悬足点空，不至地三二寸，数千百下。又手按床东南隅，跳至西北者，亦不啻五六⑤。乃曰：“既如此，疾焉得死吾耶？异日幸得归骨来秦⑥，吾侄女为裴郧妻者⑦，〔原注〕⑧郧，即鲁公之亲表侄。此女最仁孝，及吾小青衣翦彩者⑨，颇善承事。是时汝必与二人同启吾棺，知有异于常人之死尔！如穆护⑩，〔原注〕穆护，即鲁公男硕之小名也⑪。天性之道，难言至此。”至蔡州⑫，责希烈反逆无状，竟不敢以面目相见，亦不敢以兵刃相恐，潜命献食者馈空器而已。翌日，贼令官翌来缢之⑬。鲁公曰：“老夫受箓及服药，皆有所得。若断吭⑭，道家所忌。今赠使人一黄金带。吾死之后，但割吾他支节为吾吭血以给之⑮，死无所恨。”且曰：“使人悟慧如此，不事明天子，反事逆贼，何所图也？”官翌从其言。至明年，希烈死，蔡帅陈仙奇奉鲁公丧归京⑯。犹子颜岘实从柳常侍与裴氏女及翦彩同迎丧于镇国仁寺⑰。咸遵遗旨，启棺如生。〔原注〕柳制鲁公挽歌词曰：“杀身终不恨，归丧遂如生。”

**【注释】**

①颜鲁公尝得方士名药服之：本条采录自《戎幕闲谈》。方士，方术之士。泛指从事医、卜、星、相类职业的人。

②奉使：奉命出使。这里指讨伐。

③固圜（huán）：固定围绕。圜，围绕。

④倚子：即椅子。椅，宋以前多写作"倚"。

⑤不啻（chì）：不止，不只。

⑥异日：犹来日，以后。归骨：犹归葬。

⑦裴鄏：唐人，生平未详。

⑧原注：此为《戎幕闲谈》之原注。下"原注"同。

⑨青衣：古代指婢女。

⑩穆护：亦作"牧户"，汉人对祆教（拜火教）教士的称呼，波斯语的音译。《旧唐书·武宗纪》："勒大秦穆护、祆三千余人还俗，不杂中华之风。"

⑪硕：即颜硕，颜真卿之子，官至秘书省正字。

⑫蔡州：州名。东魏置，治所在新蔡（今河南新蔡）。北齐废。隋大业初改溱州置，治所在汝阳（今河南汝阳）。后改汝阳郡。唐初改置豫州，代宗宝应元年（762）改为蔡州。唐中叶藩镇李希烈、吴元济等先后割据于此。

⑬官翌：唐人，生平未详。

⑭断吭（háng）：割断喉咙。吭，喉咙。

⑮支节：指四肢。绐（dài）：欺骗，哄骗。

⑯陈仙奇：相州临漳（今河北临漳）人。唐朝藩镇将领。起于行伍，忠诚果毅。初随节度使李希烈征战四方。李希烈反叛后，陈仙奇设计毒杀之，归顺朝廷，拜开府仪同三司、御史中丞，封临漳郡王。后又拜检校工部尚书、蔡州刺史、充淮西节度使。德宗贞元二年（786），为淮西兵马使吴少诚所杀，赠太子太保。

⑰犹子：指侄子。颜岘实：颜真卿侄子，生平未详。柳常侍：即柳登，字成伯，唐蒲州河东（今山西永济）人。少嗜学，博涉群书。年六十余始仕。德宗贞元初，迎颜真卿丧于镇国仁寺，累官至膳部郎中。宪宗元和初，为大理少卿，奉诏与许孟容等七人集《元和删定制敕》三十卷。再迁右庶子，改秘书监，不拜，以右散骑常侍致

仕。卒赠工部尚书。

## 【译文】

颜真卿曾经得到方士的名药并服用了它，因此他虽然年老，但体力健壮就像三四十岁的人。等到颜真卿奉命讨伐李希烈的时候，已经七十五岁了。临行前，他对人说："我要是死了，一定是被叛贼杀害的。况且元载获得的药方，也和我的相同，但元载太贪心，同样是死，而元载就比不上我。我得为国家尽忠而死。"于是他命人拿来席子固定围绕在身体周围，站直身体向前一跃就跳出去了。又让人放置了两把背对着的藤条椅子，用两只手握住椅背，让双脚悬空，距离地面二三寸，这样的动作可以做成百上千次。他还用手按在床的东南角，就能跳到床的西北角，这样的动作也可以做不止五六次。于是他说："既然这样，疾病怎么能让我死呢？以后我死了希望有幸能够归葬秦地，我的侄女是裴郾的妻子，[原注] 郾，就是颜真卿的亲表侄。这个女孩子最仁孝，还有我的小婢女翦彩，都很擅长料理家事。到时候你一定要和她们二人一起打开我的棺材，知道我的死和别人不一样！至于穆护，[原注] 穆护，是颜真卿的儿子颜硕的小名。天性之道，很难和他说到这些。"到了蔡州，他谴责李希烈反叛罪大不可言状，李希烈始终没敢和颜真卿相见，也不敢贸然出兵恐吓，只是偷偷地让献食者送来空的食器罢了。第二天，叛贼命令官翌将颜真卿勒死。颜真卿说："我接受了道教的符箓，服用了术士的丹药，两个方面都有所收获。如果你割断我的喉咙，这是道家所忌讳的。现在我送给你一条黄金丝带。我死了之后，你只割我其他的四肢作为我喉咙的血拿去欺骗他，这样我死了也就没什么遗憾了。"接着他又说："你这样聪明的一个人，不效忠开明的天子，反而效忠逆贼，到底图什么？"官翌听从了他的话。到了第二年，李希烈死了，蔡州的统帅陈仙奇奉命将颜真卿的棺椁运回京城安葬。颜真卿的侄子颜岘实随从散骑常侍柳登和颜真卿的侄女裴氏以及婢女翦彩一同在镇国仁寺迎丧。一切都遵从颜真卿的遗愿，打开他的棺材好像活着的时候一样。[原注] 柳登给颜真卿写了挽词，其中有两句说:"杀身终不恨,归丧遂如生。"

758.颜真卿为平原太守①,立三碑,皆自撰书。其一立于郡门内,纪同时台省擢授诸郡者十余人②。其一立于郭门之西③,纪颜氏:曹魏时颜裴、高齐颜之推④,俱为平原太守,至真卿,凡三典兹郡。其一是《东方朔庙碑》。镌刻既毕,属禄山乱,未之立也。及真卿南渡,蕃寇陷城,州人埋匿此碑。河朔克平⑤,别驾吴子晁⑥,好事者也,掘碑使立于庙所。其二碑求得旧文,买石镌勒⑦,树之郡门。时颜任抚州⑧,子晁拓三碑本寄之。颜经艰难,对之怆然,曰:"碑者,往年一时之事,何期大贤再为修立,非所望也。"即日专使赍书至平原致谢⑨。子晁后至相州刺史兼御史大夫。

**【注释】**

①颜真卿为平原太守:本条采录自《封氏闻见记·修复》。平原,古郡名。西汉高帝置。治平原(今山东平原)。东汉、魏晋时,或为郡,或为国。隋大业及唐至德时,改德州为平原郡。

②同时:犹当时,那时。台省:官署名。汉代尚书台在宫禁之中,其时称禁中为省中,故称台省。唐时也称尚书省、御史台为台省。

③郭门:外城的门。

④颜裴:人名。据周勋初《校证》,当作"颜斐","裴"乃误字。颜斐,字文林,济北(今山东长清)人。三国时曹魏官员。少有才学,曹操征其为太子洗马。魏文帝即位,转黄门侍郎,后出任京兆太守。在任期间劝课农植,兴建教育,风化大行。后迁为平原太守,吏民啼泣遮道挽留,颜斐亦因感念过度,病卒于道中。颜之推:字介,祖籍琅邪临沂(今山东临沂)。南北朝至隋大臣。博览群

书,词情典丽。历仕梁、北齐、北周、隋四朝,入北齐历任中书舍人、赵州共曹参军、黄门侍郎等职,官至平原太守。约卒于隋文帝开皇十年(590)以后。著述甚丰,今存《颜氏家训》《冤魂志》两种。

⑤河朔:古代泛指黄河以北的地区。

⑥别驾:官名。西汉始置,又称别驾从事史,为州刺史的佐官,因随刺史巡行视察时另乘传车,故称为"别驾"。吴子晁:唐人,生平未详。曾官别驾。

⑦镌勒:在金石上雕刻文字。多用于表彰人物的功业、事迹。

⑧抚州:州名。隋文帝开皇九年(589)以临川郡改置,炀帝大业初又改临川郡。唐高祖武德五年(622)复为抚州,治所在临川(今江西临川西)。

⑨赍(jī)书:送信。

## 【译文】

颜真卿任平原太守时,立了三块石碑,都是他自己撰写刊刻的。其中一块立在平原郡的内城门内,记录了当时被朝廷提升到各郡任职的十几个人。其中一块立在了外城门西,记载颜氏官员:曹魏时期的颜斐、北齐时期的颜之推,都做过平原太守,到颜真卿,颜氏一共三人在平原郡任职。另外一块是《东方朔庙碑》。刚刚镌刻完毕,正值安禄山叛乱,没有来得及竖立。等到颜真卿南渡,平原郡被吐蕃贼寇攻陷,当地人把这块碑埋藏了起来。河朔地区平定后,别驾吴子晁是个热心的人,他挖出这块碑把它立在寺庙之中。至于其他的两块碑,吴子晁找到原文,重新买来石头将文字雕刻在上面,并树立在平原郡的城门边上。当时颜真卿在抚州任职,吴子晁拓印了三块石碑的内容寄给了他。颜真卿刚刚经历了战乱之苦,面对三块碑的拓片神情悲伤,他说:"刻这三块石碑,是当年临时起意做的一件事情,哪里期待有才德的贤人再次将它们修立呢,从来没有指望过。"当天,颜真卿就专门派人送信到平原郡向吴子晁致谢。吴子晁后来官至相州刺史兼御史大夫。

759.天宝初①，有范氏尼者，知人休咎②，颜鲁公妻党之亲也③。鲁公尉醴泉日，诣范问曰："某欲就制科试，乞师姨一言④。"范尼曰："颜郎事必成。自后一两月朝拜，但半月内慎勿与国外人争竞，恐有谴谪⑤。"鲁公曰："官阶尽五品，身着绯衫，带银鱼，儿子得补斋郎⑥，其望满矣。"范尼指座上紫丝布食单曰⑦："颜郎衫色如此，其功业名节皆称是。过七十⑧，已后不须苦问。"鲁公再三穷诘，范曰："颜郎聪明过人，问事不必到底。"逾日大酺。鲁公制科高第⑨，授长安尉，迁监察御史。因押班⑩，责武班中喧哗者，命小吏录奏次⑪，即哥舒翰也。翰恃有新破石壁城功⑫，泣诉明皇，坐鲁公轻侮功臣，贬蒲州掾⑬。及鲁公为太子太师，使蔡，叹曰："范师之言，吾命悬于贼庭必矣！"

**【注释】**

①天宝初：本条采录自《戎幕闲谈》。《太平广记》亦引录此条。

②休咎：吉与凶，善与恶。

③妻党：妻族，妻子的娘家亲族。

④师姨：意为比丘尼，即女性僧人。清梁章钜《称谓录·翻译名义》云："比丘尼称阿姨，亦称师姨。"

⑤谴谪：官吏因犯罪而遭贬谪。

⑥斋郎：官名。掌宗庙、社稷、祭祀的小吏。魏始置，属太常。唐、宋以后承袭。

⑦食单：吃饭时铺在地上供摆食品的布单子。

⑧过七十：《太平广记》引文此句上尚有一"寿"字，当据补。

⑨逾日大酺（pú）。鲁公制科高第：《太平广记》引文此二句作"逾

月大酺。鲁公是日登制科高等"，当据改。大酺，大宴饮。

⑩押班：百官朝会时的领班，管理百官朝会位次。唐制，凡朝会奏事，以监察御史二人任其事。

⑪录奏次：按次序记录并上奏。次，等次，顺序。

⑫石壁城：《太平广记》引文作"石堡城"，当据改。石堡城，古城名。唐筑，在今青海湟源西南哈城东石城山大方台。形势险要，为唐与吐蕃争夺的军事要地，也是唐与吐蕃的交通要冲。唐先后于此置振武军、神武军及天威军，吐蕃称之为铁仞城。

⑬蒲州：州府名。北周明帝三年（558）改泰州置，治蒲坂。隋改河东。武德三年（620）移置河东县（今山西永济）。玄宗开元时曾升为河中府，旋仍为蒲州。乾元三年（760）又升为河中府，属河东道。掾（yuàn）：本义为佐助，后为副官佐官署属员的通称。

## 【译文】

唐玄宗天宝初年，有一个姓范的尼姑，能够预测人的吉凶，她是颜真卿妻子的同族亲戚。颜真卿任醴泉县尉时，去拜访范氏并问道："我想去参加制科考试，请求师姨给我预测一下。"范氏说："你参加制科考试一定能够成功。从现在以后的一两个月一定能入朝做官，只是入朝半个月内注意不要和外族人争执，恐怕因此会被贬谪。"颜真卿说："我的官阶能够达到五品，穿上绯色官服，佩戴银鱼符袋，儿子能够补上个斋郎，我就心满意足了。"范氏指着座位上紫色丝布做的餐布说："你的官服颜色会和这块布一样，所有的功业名声也都与此相称。寿数会超过七十岁，以后的事就不需要苦苦追问了。"颜真卿再三追问，范氏说："你聪明过人，询问事情不必刨根问底。"过了一个月，正逢宫中大宴，颜真卿科举考试高中，被授官长安尉，升任监察御史。由于担任押班，颜真卿斥责了武官班中大声喧哗的人，并让小吏按次序记录上奏，这个大声喧哗的人就是哥舒翰。哥舒翰仗着新近攻破石堡城有功，就哭着向唐玄宗告状，唐玄宗判颜真卿轻侮功臣的罪名，将他贬为蒲州掾。等到颜真卿做了太子太师后,奉命出使蔡州,才感叹道:"范师姨的话说得不错,我的命必定操在贼人之手啊!"

760.建中初<sup>①</sup>,关播为给事中尉<sup>②</sup>。以诸司甲库皆是胥吏所掌<sup>③</sup>,为弊颇久,因播议,用士人知之<sup>④</sup>,谓之"掌库"。

**【注释】**

①建中初:本条采录自《大唐传载》。建中,唐德宗李适年号(780—783)。

②关播:字务元,唐卫州汲县(今河南卫辉)人。玄宗天宝末进士。初为淮南节度使邓景山从事。善言物理,尤精佛学。代宗大历中,为河南府兵曹,政声颇著。德宗建中年间,历迁给事中、吏部侍郎、中书侍郎、同平章事等。后罢相,送咸安公主嫁回纥。以太子少帅致仕。卒赠太子太保。给事中尉:原书无"尉"字,当据删。《旧唐书·关播传》:"(建中)二年七月,迁播给事中。旧例,诸司甲库,皆是胥吏掌知,为弊颇久,播始建议并以士人知之,至今称当。"

③诸司甲库:指众官署储存文书档案的仓库。胥吏:小吏。

④士人:士大夫,儒生。

**【译文】**

唐德宗建中初年,关播任给事中。由于各官署收藏文书档案的仓库都由小吏掌管,长期存在弊端,于是关播提出建议,让文官来担任,称为"掌库"。

761.兴元中,有知马者曰李幼清<sup>①</sup>,暇日常取适于马肆<sup>②</sup>。有致悍马于肆者,结锁交络其头<sup>③</sup>,二力士以木末支其颐④，三四辈执挝而从之⑤，马气色如将噬，有不可驭之状。幼清逼而察之，讯于主者，且曰："马之恶，无不具也。将货焉，唯其所酬耳。"幼清以二万易之，马主尚惭其多。既而聚观者数百辈，讶幼清之决也。幼清曰："此马气色骏异⑥，体骨德度非凡马⑦。是必主者不知马，俾杂驽辈槽栈⑧，陷败狼籍，刷涤不时，刍秣不适⑨，蹄啮蹂奋⑩，骞破唐突⑪，志性郁塞，终不可久，无所顾赖⑫，发而为狂躁，则无不为也。"既晡⑬，观者少间，乃别市一新络头⑭。幼清自持，徐徐而前，语之曰："尔材性不为人知，吾为汝易是锁，结杂秽之物。"马弭耳引首⑮。幼清自负其知，乃汤沐剪饰，别其皂栈⑯，异其刍秣。数日而神气一小变，逾月而大变。志性如君子，步骤如俊乂⑰，嘶如龙，顾如凤，乃天下之骏乘也。

【注释】

①李幼清：唐德宗朝人。善相马，生平未详。

②取适：寻求中意者。马肆：买卖马等牲畜的市场。

③交络：犹交织。

④木耒（lěi）：古代称犁上的木把。颐：面颊，腮。

⑤挝（zhuā）：马鞭。

⑥骏异：优异，非比寻常。

⑦德度：道德气度。

⑧驽辈：即驽马，劣马。槽栈：马槽和马栈。马栈，养马的木棚。

⑨刍秣（chú mò）：饲养牛马的草料。

⑩蹄啮（niè）：踢咬。蹂奋：践踏，摧残。

⑪唐突：冒犯，亵渎。

⑫顾赖：期望和依赖。

⑬晡（bū）：申时，即午后三点至五点。

⑭络头：马笼头。

⑮弭耳：犹帖耳。指驯服、安顺的样子。

⑯皂栈：亦作"卓栈"。马厩。皂，食槽。

⑰步骤：指步伐，行走。俊乂（yì）：亦作"俊艾"，才德出众的人。这里形容马的姿态。

**【译文】**

　　唐德宗兴元年间，有一个擅长相马的人叫李幼清，他闲暇的时间常常去马市寻求中意的马。一天，有人把一匹凶悍的马拉到马市，这匹马的头上用交织的马笼头锁着，两个大力士用木把支着马的面部，三四个人拿着马鞭在后面跟着，马的神色好像要咬人，有一种不可驾驭的气势。李幼清走近观察这匹马，并询问马主人这匹马的情况，马的主人说："马的所有恶行，这匹马没有不具备的。我要卖掉它，只求换点钱就行。"李幼清用两万钱买了下来，马的主人还惭愧李幼清给的钱多了。不一会儿，围观的群众有几百人，都对李幼清的决定感到惊讶。李幼清说："这匹马的气色非比寻常，从体态骨骼及气度上来看也不是普通的马。这一定是马的主人不懂马，让它和其他劣马混杂在一起吃住，让它身陷脏乱不堪的境地，对它的洗刷不及时，喂它的饲料也不合适，其他的劣马还用蹄踢它，用嘴咬它，践踏冒犯它，它的性情郁滞不畅，这样肯定不能长久，因为没有期望和依赖，所以马就会狂躁，什么行为就都会出现。"申时过后，围观的人稍微少了一些，李幼清就另外给马买了一个新的马笼头。李幼清自己牵着马，慢慢向前走，并对马说道："你的才能禀性没有人懂，我给你解了这把锁，去掉那些污秽的东西。"这匹马帖耳伸头，一副驯服的样子。李幼清觉得这匹马能听懂他说的话，就为它洗澡修饰，并将它安排在另外的马厩，吃的马料也与普通的马不同。几日后这匹马的神情气质有了小的变化，一个月后它气质大变。性情像个君子，步伐出众，叫声如龙，顾盼如凤，是天底下难得的一匹骏马。

762.嗣曹王皋有巧思[1]，精于器用。为荆州节度使，有羁旅士，持二羯鼓棬谒皋[2]。皋见棬，曰："此至宝也！"指钢匀之状[3]，宾佐皆莫晓[4]。皋曰："诸公未必信。"命取食柈[5]，自选其极平者，遂量重二棬于柈心，油注棬中，满不浸漏，其吻合无际。皋曰："此必开元中供御棬。不然，无以至此。"问其所自，客曰："某先人在黔中[6]，得于高力士之家。"众服其识。宾府潜问客："宜偿几何？"答曰："不过二百五缗[7]。"及遗财帛器物，其直果称焉。张敦素《夷坚录》云[8]："宗正卿李琬善羯鼓[9]，有士子以双铁棬卖之，还二十缗，其人怏怏[10]，琬复资之。客有怪其厚价，琬乃取一盘底至平者，以二棬重重安盘中，灌水其中，曾无泄漏。琬曰：'至精所至，其贵在兹。'"某案：南卓郎中《羯鼓录》但云李卿妙于羯鼓[11]，不言有得棬事，则敦素之记非耶？

**【注释】**

①嗣曹王皋有巧思：本条采录自《羯鼓录》。曹王皋，即李皋，字子兰。唐太宗李世民五世孙。唐玄宗天宝十一载（752）嗣封曹王。历任都水使者、秘书少监、温州长史、衡州刺史、湖南观察使、荆南节度使等。所至有善政，颇有功绩。卒赠右仆射，谥号"成"。

②羯鼓棬（quān）：指固定鼓面的环状松紧调节装置。棬在羯鼓制作过程中的作用至关重要。

③钢匀：坚牢致密。

④宾佐：指在官衙署中供职的佐吏和幕僚。

⑤食柈（pán）：即食盘。柈，古同"盘"，盘子。

⑥黔中：道名。即黔中道。治黔州（今重庆彭水）。唐开元二十一年（733）置，为开元十五道之一。

⑦缗（mín）：古代计量单位。用于成串的铜钱，每串一千文。

⑧张敦素《夷坚录》：赵与时《宾退录》卷八引洪迈《夷坚志序》曰："昔以'夷坚'志吾书，谓与前人诸书不相袭，后得唐华原尉张慎素《夷坚录》，亦取《列子》之说，喜其与己合。"张敦素，一作张慎素，唐人，生平未详，《夷坚录》，唐代文言杂记小说集。原书已佚。

⑨宗正卿：官名。秦始皇始置宗正，为九卿之一。历代多沿置。南朝梁以来称宗正卿。唐高宗龙朔二年（662）改名司宗卿，咸亨元年（670）复故。掌皇室宗族事务及谱牒属籍，由宗室充任。李琬：唐玄宗李隆基第六子。初名嗣玄，始王甄（一作郹），改名潕，又封荣王。授京兆牧，遥领陇右节度使。后改名琬。安禄山反，诏为征讨元帅。风格秀整，素有雅望。卒赠靖恭太子。

⑩怏怏：不服气或闷闷不乐的神情。

⑪南卓：字昭嗣。初游学于吴、楚十余年。唐文宗大和二年（828）中贤良方正、能直言极谏科。官左拾遗时，因上谏贬为松滋县令。又任洛阳令，后为婺、蔡二州刺史。大中年间，官黔南观察使。善诗文，亦通音乐。著有《羯鼓录》等。

**【译文】**

曹王李皋心思灵巧，精通各种器具古玩。他在出任荆州节度使期间，有一位羁旅文士，拿着两个羯鼓棬来拜访李皋。李皋见到棬，便说："这是最珍贵的宝物！"接着，他指出这两个棬做工坚牢致密，在座的宾佐们都不知道其中的奥秘。李皋说："各位未必相信我说的话。"于是他命人取来食盘，亲自选择盘底最平整的盘子，将两个羯鼓棬重叠放在了食盘中间，然后往棬中倒油，直到注满为止，棬中的油一点也没有渗漏出来，说明棬与食盘完全相合没有缝隙。李皋说："这一定是开元年间供皇帝使用的羯鼓楗。不然的话，不可能做工这么好。"就询问那位文士这两个楗的来历，文士回答说："这是当年我的祖先在黔中道时，从高力士家中得到的。"在座的众人都佩服李皋的见识。宾佐们私下问文士："这两个羯鼓楗应该价值多少钱？"文士回答说："不超过二百五十缗。"等到李皋送给这位文士金钱布帛及器物后，这些东西的价值果然和文士所说的价值相当。张敦素《夷坚录》中说："宗正卿李琬擅长羯鼓，有一名文士将一对双铁楗卖给他，得到了二十缗，那个文士很不高兴，李琬就又给了他财物。有客人奇怪出价太高，李琬就拿来一个盘底非常平整的盘子，将两个羯鼓楗重叠放盘子中央，然后往楗内灌水，竟没有一点渗漏。李琬说：'它的最精妙之处就在这里，也是它昂贵的原因。'"我的案语：郎中南卓的《羯鼓录》只提到了李皋擅长羯鼓，没提到他得到羯鼓楗的事，难道张敦素的记载是错的？

763.宋沇为太常丞①，每言诸悬钟磬亡坠至多，补之者又乖律吕②。忽因于光宅佛寺待漏③，闻塔上铎声，倾听久之。朝回，复止寺舍④，问寺主僧曰："上人塔上铎⑤，皆知所自乎？"曰："不能知之。"曰："某闻有一是近制⑥。某请一人循铃索历扣以辨之，可乎？"初，僧难⑦，后许。乃扣而辨焉。寺众即言："往往无风自摇，洋洋有声，非此也耶？"沇曰："是也。必因祠祭考本悬钟而应也⑧。"因求摘取而观之，曰："此姑洗编钟耳⑨。"且请独缀于僧庭。归太常，令乐人与僧同临之；约其时彼扣本乐悬⑩，此果应之，遂购而获。又曾送客至通化门⑪，逢度支运乘。驻马俄顷，忽草草揖客别，乃随乘至左藏门⑫，认一铃，亦言编钟也。他人但见镕铸独工，不与众者埒⑬，莫知其余。及配悬，音形皆合其度，异乎！

**【注释】**

①宋沇为太常丞：本条采录自《羯鼓录》。太常丞，官名。秦汉有奉常丞，汉景帝时改为太常丞。历代沿置，唐太常寺置二人，掌判本寺日常事务及陵庙礼仪等。

②律吕：乐律的统称。古代乐律有阳律、阴律各六，合为十二律。

③光宅佛寺：即光宅寺。在唐都长安城光宅坊横街之北，今陕西西安。待漏：即待漏院。百官等待早朝临时休息之所。

④止：原书此字作"至"，当据改。

⑤上人：对僧侣的尊称。

⑥某闻有一是近制：原书作"其间有一是古制"，当据改。

⑦初，僧难：原书作"僧初难"，当据改。

⑧祠祭：祭祀。

⑨姑洗：钟名。《左传·定公四年》"分康叔以大路、少帛、綪茷、旃旌、大吕"句下，唐孔颖达疏："周铸无射，鲁铸林钟，皆以律名名钟。知此大吕、沽（姑）洗，皆钟名也。其声与此律相应，故以律名焉。"

⑩乐悬：亦作"乐县"。指悬挂的钟磬类乐器。

⑪通化门：城门名。唐长安外郭城东面偏北门。隋初建。唐肃宗至德二载（757）改名达礼门，后又复其原称。门上建有楼观，门有三门洞。故址在今陕西西安东郊。

⑫左藏门：左藏库的大门。左藏，唐朝国库之一，亦称左藏库，以其在左方，故称。位于长安城内，主要接纳贮藏全国各地转输中央的赋调钱币布帛等物，由太府寺下属的左藏署管理，官吏有左藏署令、丞、府史、监事等。

⑬埒（liè）：等同，并立。

**【译文】**

宋沇任太常丞后，经常说各处悬挂的编钟和石磬遗失的很多，补上新的又和总体的音律不和谐。忽然有一天他在光宅佛寺待漏院等待上朝时,听到了塔上铃铎的响声,听了很久。早朝归来,他又回到光宅佛寺的僧舍,问寺中的主僧说:"请问高僧塔上悬挂的铃铎,都知道是从哪里得来的吗?"僧人答:"不知道。"宋沇说:"我听着其中有一个铃铎是古代制作的。请让我一个人沿着铃的绳索,挨着扣动几下辨听一下可以吗?"主僧起初犹豫,后来答应了他的要求。于是宋沇扣动铃铎听音辨识。寺内僧人纷纷说道:"塔上的铃铎常常没有风时自己摇动,发出的响声非常好听,不像你扣动发出的这种声音。"宋沇说:"是这样的。一定是祭祀祖庙扣动悬挂的编钟时,这边寺塔上有相同音律的编钟发出响声共鸣。"于是他请求摘下塔上的铃铎观察一下,并对僧人说:"这个是姑洗编钟。"并且请求单独将它取下来放在寺院里。宋沇回到太常寺,让乐工和僧人一块亲临现场观看;约定好时间,太常寺那边扣动悬挂的编钟,寺院中的这个姑洗编钟果然应和,于是将它从寺院买了回来。又有一次,宋沇曾送客到通化门,遇到度支乘坐的车驾。停下马不一会儿,他忽然匆忙与客人告别,跟着度支的车驾来到左藏门,认出来一个铜铃,也说这只铜铃是遗失的编钟。别人只觉得这只铃铛铸造的技艺很独特,与众不同,别的就看不出来了。等到配悬在原有的编钟上,才看出来不论是声音还是外形都符合标准,太神奇了!

764. 贞元中①,张茂宗尚义章公主②。赠郑国公主,谥为贞穆③,有司择日策命④。唐已来,公主即有追封者,未有加谥者,公主追谥,自此始也⑤。

**【注释】**

①贞元中:本条采录自《大唐传载》。贞元,唐德宗李适年号(785—805)。

②张茂宗:唐朝官吏。初以门荫入仕,拜光禄少卿同正。贞元十三年(797),尚唐德宗女义章公主,拜驸马都尉。积官闲厩使,后授

左金吾卫大将军,授检校工部尚书,为兖州刺史、御史大夫。以左龙武统军卒。义章公主:唐德宗之女。初封义章公主,后下嫁张茂宗。不久薨于大明宫玉清殿。德宗伤悼爱女,为之辍朝七日。贞元十五年(799),追册郑国公主,谥曰庄穆。

③谥赠贞穆:原书作"谥为庄穆",当据改。《新唐书·诸帝公主·德宗十一女传》亦为"庄穆":"郑国庄穆公主,始封义章。下嫁张孝忠子茂宗。薨,加赠及谥。"

④策命:以策书封官授爵。

⑤公主追谥,自此始也:据《四库全书总目·子部小说家类·大唐传载提要》:"惟称贞元中郑国、韩国二公主加谥为公主追谥之始,而不知高祖女平阳昭公主有谥已在前。"

**【译文】**

唐德宗贞元年间,张茂宗迎娶了义章公主。公主薨世后,德宗追赠其为郑国公主,谥号为庄穆,有关部门择日策命。唐朝自开国以来,公主即便有被追封的,也没有加封谥号的人,公主被加封谥号,就是从义章公主开始的。

765.贞元十二年六月乙丑①,始以窦文场为左神策护中尉②,霍仙鸣为右神策护中尉③;某月④,又以张尚进为神武中护军⑤,左右辟仗使之始也⑥。

**【注释】**

①贞元十二年六月乙丑:本条采录自《大唐传载》。

②始以窦文场为左神策护中尉:原书此句"护"下尚有一"军"字,当据补,下句同。窦文场,唐宦官。初隶东宫,事太子李适(德宗)。建中四年(783),泾原兵变,德宗逃奉天(今陕西乾县),与霍仙鸣率宦官及亲王左右从奔。兴元初,德宗忌宿将难制,使其

监神策左厢兵马使。贞元十二年（796），任左神策护军中尉，以
帅禁军。累官骠骑大将军。左神策护中尉，与下文"右神策护中
尉"均为官名。合称两中尉。以宦官为之，为禁军最高统兵官，
权倾天下，皇帝废立，多出其可否。

③霍仙鸣：唐宦官。初与窦文场并事太子李适（德宗）。泾原兵变，
德宗逃奔奉天，与窦文场率宦官及左右百人以从，由是得宠。贞
元十二年（796），为右神策护军中尉，以帅禁军。后得暴病卒。

④某月：原书作"某日"，当据改。《资治通鉴·唐纪·德宗贞元十二
年》记载："六月，乙丑，以监句当左神策窦文场、监句当右神策霍
仙鸣皆为护军中尉，监左神威军使张尚进、监右神威军使焦希望
皆为中护军。"

⑤张尚进：唐德宗朝宦官，生平未详。曾任神武中护军。

⑥辟仗使：官名。唐宪宗元和中置，以宦官充任，监视刑赏，负责监
察、警卫。

**【译文】**

唐德宗贞元十二年六月乙丑，德宗开始让宦官窦文场任左神策护
军中尉，宦官霍仙鸣任右神策护军中尉；某日，又让张尚进担任神武中护
军，左右辟仗使的任命是从德宗朝开始的。

766.贞元中，贾全为杭州①，于西湖造亭，为"贾公亭"，
未五六十年废。案②：卷五一条："杭州房琯为盐官令，于县内凿池
构亭，曰'房公亭'，后废。"全与此条相类，当是编辑者以贾全事误
作房琯，而王谠采据各书，遂两著之。今无可参校，亦姑并存。

**【注释】**

①贾全：唐长乐（今属福建）人。唐代宗大历四年（769）进士及第。
后在越州，与严维、鲍防、吕渭等三十余人联句，编为《大历年浙

东联唱集》一卷。德宗建中末，任咸阳令兼监察御史。贞元间官户部员外郎。贞元十八年（802），自常州刺史迁浙东观察使。永贞元年（805）卒于任。杭州：隋开皇中置州。治钱塘（今杭州）。

②案：据周勋初《校证》，此案语为《四库全书》馆臣所加。

**【译文】**

唐德宗贞元年间，贾全在杭州做官时，在西湖边上建了个亭子，名叫"贾公亭"，建成没过五六十年就废弃了。案：卷五十一条："杭州刺史房琯担任盐官令时，在县城中开凿水池建造亭子，叫作'房公亭'，后来被废弃。"完全与这一条故事类似，应该是编辑之人把贾全的事迹误认为是房琯的，而王谠采集依据各类书籍，把两个故事都记载了。如今没有可以参校的依据，也姑且一并保留。

767.贞元中，郎中史牟为榷盐使①。有表生二人自鄜来谒②，其母仍使子赍一青盐枕以奉牟，牟封枕付库，杖杀二表生。

**【注释】**

①史牟：唐德宗时人。贞元四年（788），举贤良方正能直言极谏科及第，曾任郎中。榷盐使：官名。贞元十六年（800）置。掌食盐专卖、查禁私盐或征收盐税事。

②表生：妻子同前夫所生的子女。鄜（fū）：即鄜州。西魏废帝三年（554）以北华州改置，治所在杏城（今陕西黄陵）。隋大业三年（607）移治洛交县，改为鄜城郡。唐武德元年（618）复名鄜州，仍治洛交县。

**【译文】**

唐德宗贞元年间，郎中史牟任榷盐使。有妻子同前夫所生的两个孩子从鄜州来拜见他，他们的继母还让带了一个青盐枕送给史牟，史牟将枕头封好上交给府库，然后用杖刑杀了那两个人。

768.德宗非时召拜吴凑为京兆尹①，便令赴上。疾驱②，请客至府③，已列筵矣。或问："何速？"吏曰："两市日有礼席④，举铛釜而取之⑤，故三五百人之馔，常可立办。"

**【注释】**

①德宗非时召拜吴凑为京兆尹：本条采录自《国史补·京兆府筵馔》，《永乐大典》亦有载。非时，不在正常、适当或规定的时间内。吴凑：濮州濮阳（今河南濮阳）人。以代宗章敬皇后之弟授太子詹事、开府仪同三司，封濮阳郡公。转左金吾卫大将军。元载专权，代宗求计于吴凑，遂共除元载及其党羽。德宗即位，出任福州刺史、福建观察使。为政勤俭，体察下情。贞元十四年（798）任京兆尹，裁抑官市，削减官人，节省朝廷开支，明断疑难案件。又于长安官街植槐，百姓颂之。卒赠尚书左仆射。

②疾驱：原书与《永乐大典》引文句首均有"凑"字，当据补。

③请：原书与《永乐大典》引文均作"诸"。

④两市：唐长安城中东市、西市的合称。隋名东市曰都会，西市曰利人。

⑤铛（chēng）釜：泛指盛食物的器具。铛，烙饼或做菜用的平底浅锅。釜，古代的一种锅。

**【译文】**

唐德宗在非正常时间拜吴凑任京兆尹，并下令让他立刻赴任。吴凑驾车疾行前往府衙，他与各位宾客到达府衙时，宴席已经准备好了。有人问："怎么会这么迅速？"府中的小官说："东西两市每天都备有礼席，拿着锅具直接去取现成的就行，所以三五百人的饮食，经常能立刻就办好。"

769.韩皋自中书舍人除御史丞①。西省故事②：阁老改官③，则词头送以次舍人④。是时吕渭草敕，皋忧恐，问曰："仆有何命？"渭不告，皋劫之曰："与公俱左降⑤。"乃告之。皋又欲诉宰相⑥，渭执之，夺其靴笏⑦，恟恟至午后三刻乃止⑧。

【注释】

①韩皋自中书舍人除御史丞：本条采录自《国史补·韩皋劫吕渭》，《太平广记》亦有载。御史丞，原书与《太平广记》引文均作"御史中丞"，当据改。

②西省：中书省的别称。《南史·王韶之传》："晋帝自孝武以来，常居内殿，武官主书于中通呈，以省官一人管诏诰，住西省，因谓之西省郎。"故事：先例，旧日的典章制度。

③阁老：唐时中书省官名。为中书六舍人中资格最老、威望最隆者。负责处理本省杂务。《新唐书·百官志·中书省》："以久次者一人为阁老，判本省杂事。"

④词头：撰拟诏敕时的摘由或提要。

⑤左降：降职，贬官。

⑥皋又欲诉宰相：原书与《太平广记》引文"诉"下尚有一"于"字，当据补。

⑦靴笏（hù）：靴与笏。古代官员在朝觐或其他正式场合用。五代马缟《中华古今注·靴笏》："靴者，盖古西胡也……笏者，记其忽忘之心。"

⑧恟恟（xiōng）：喧扰的样子。

【译文】

　　韩皋由中书舍人改任御史中丞。依照中书省惯例：阁老改任其他官职，要将改任诏命的提要送给年资在阁老之下的中书舍人。当时吕渭根据这份提要拟出诏令，韩皋心中惶恐，问吕渭说："我被任命什么职位？"吕渭没有告诉他，韩皋威胁吕渭说："我和你都会被贬官。"吕渭这才告诉了他。韩皋又想去宰相面前哭诉，吕渭拽着他，夺走了他的朝靴和上朝用的笏板，两人一直争吵喧闹到午后三刻才停止。

770.德宗复京师①，赐勋臣第宅妓乐②。李令为首③，浑侍中次之④。

**【注释】**

①德宗复京师：本条采录自《国史补·李令勋臣首》。本条与下771、
　772、773条原合为一条，本书依原书分列。

②勋臣：功臣。

③李令：指中书令李晟，因其于贞元三年（787）进拜太尉、中书令，
　故称。

④浑侍中：即浑瑊（jiān），因其曾任侍中，故称。

**【译文】**

德宗回到京城，赏赐功臣宅第及妓乐。中书令李晟得到的赏赐最多，侍中浑瑊紧随其后。

771.马司徒面斥李怀光①，德宗正色曰："惟卿不合斥人。"惶恐而退。李令闻之，请全军自备资粮以讨凶逆②，因此李、马不平。

**【注释】**

①马司徒面斥李怀光：本条采录自《国史补·马燧雪怀光》。《说郛》
　亦有载。马司徒，即马燧，因其唐德宗贞元年间曾官授司徒，故称。
　斥：原书与各本引文此字均作"雪"，当据改。雪，洗刷，昭雪。

②资粮：粮食。泛指钱粮。

【译文】

司徒马燧在皇帝面前为李怀光洗刷罪行,唐德宗严肃地说:"只有你不应该替人洗刷罪行。"马燧内心惶恐地退出去。中书令李晟听说后,请求让全军自己筹备钱粮讨伐逆贼,为此李怀光、马燧二人愤愤不平。

772.李令常为制将<sup>①</sup>,至西川<sup>②</sup>,与张延赏有隙。及延赏作相,二勋臣在朝,德宗尝令韩晋公和解<sup>③</sup>。宴乐则宰臣尽在,而太常教坊音乐皆至<sup>④</sup>,恩赐酒馔,相望于路。

【注释】

①李令常为制将:本条采录自《国史补·和解二勋臣》。制将,节制军队的将帅。用以泛称出征军队的统领官。

②西川:唐方镇名。剑南西川节度使的简称。唐肃宗至德二载(757)分剑南节度使西部地置。治成都府(今四川成都)。

③韩晋公:即韩滉。唐德宗贞元二年(786)封晋国公,世称"韩晋公"。

④太常:即太常寺。

【译文】

中书令李晟经常任出征军队的统领官,他到西川后,和张延赏有嫌隙。等到张延赏为相,两位功臣同时在朝,唐德宗曾经让晋国公韩滉帮助他俩重归于好。饮宴作乐时重臣们都在,太常寺和教坊的舞乐都准备就绪,德宗赏赐了美酒佳肴,李晟和张延赏二人在队列中互相对望。

773.张、李二家<sup>①</sup>,日出无音乐之声,金吾必奏<sup>②</sup>。俄顷,有中使来问:"大臣今日何不举乐<sup>③</sup>?"

**【注释】**

①张、李二家：本条采录自《国史补·李马不举乐》。张、李，原书作"李、马"。二书所指不同。《国史补》指李晟、马燧，王谠乃改指张延赏、李晟。

②金吾：官名。负责皇帝大臣警卫、仪仗及治安等。

③大臣：此指官职尊贵之臣。举乐：奏乐。

**【译文】**

张延赏、李晟两家，太阳升起之后如果听不到演奏音乐的声音，金吾卫必定会上奏。不一会儿，就会有宫中内官来询问："大臣家中今天为什么不奏乐呢？"

774.韩晋公闻德宗在奉天①，以夹练囊缄茶末②，使步以进③。又发军食，尝自负米一石登舟，大将以下皆运④。一日之中，积载数万斛⑤。后大修石头五城，召补迎驾子弟，时论疑之⑥。

**【注释】**

①韩晋公闻德宗在奉天：本条采录自《国史补·韩滉自负米》。本条与下775条原合为一条，本书依原书分列。奉天，古县名。即今陕西乾县。

②夹：双层。练囊：指用一种白色的绢做成的口袋。

③使步以进：派脚力快的人进呈给德宗。步，健步，善于行走，脚步快而有力的人。

④"又发军食"几句：《新唐书·韩滉传》："始，漕船临江，滉顾僚吏曰：'天子蒙尘，臣下之耻也。'乃自举一囊，将佐争负之。"

⑤斛（hú）：古量器名，亦是容量单位。一斛本为十斗，后来改为五斗。

⑥“后大修石头五城”几句:《旧唐书·韩滉传》:“然自关中多难,滉即于所部闭关梁,筑石头五城,自京口至玉山,禁马牛出境,……时滉以国家多难,恐有永嘉渡江之事,以为备预,以迎銮驾,亦申儆自守也。”《资治通鉴·唐纪·德宗兴元元年》载李泌保韩滉事,于此有详论。

**【译文】**

晋国公韩滉听闻德宗在奉天县,就用双层的白绢口袋密封好茶叶末,派脚力快的人进呈给德宗。又分发军用粮食,他曾经自己背着一石米登船,大将以下的人也都扛运。一天之内,就装载了几万斛米粮。后来韩滉又大肆修筑石头五城,并下令补充迎接御驾的兵卒,当时的舆论对他的这些行为有所怀疑。

775.张凤翔镒闻难[①],尽出所有衣服,并其家钿钗枕镜[②],列于小厅,将献行在[③]。俄顷,后院火起,妻女出,而镒从判官田承窦得出[④],匿村舍中,数日稍定。会镒家知之[⑤],走告军中,计议迎镒,遂遇害。

**【注释】**

①张凤翔镒闻难:本条采录自《国史补·张凤翔被害》。《旧唐书·张镒传》曰:“德宗将幸奉天,镒窃知之,将迎銮驾,具财货服用献行在。”《新唐书·张镒传》亦曰:“帝幸奉天,镒罄家赀将自献行在。”张凤翔镒(yì),即凤翔陇右节度使张镒,字季权,一字公度,唐吴郡(今属江苏)人。初以父荫起家左卫兵曹参军。后授大理评事,累迁殿中侍御史。肃宗乾元初,以执法不肯论华原令卢枞死罪,贬抚州司户参军。代宗大历初年,出为濠州刺史。德宗建中二年(781),拜中书侍郎、同平章事,成为宰相。因受排挤,出

任凤翔、陇右节度使。建中四年（783），为牙将李楚琳作乱杀害。

②家：原书"家"下尚有一"人"字，当据补。钿钗：花钿、金钗等妇女首饰。

③行在：即"行在所"。指皇帝所至之地。

④妻女出，而镒从判官田承宴得出：原书作"妻女出而投镒，镒遂与判官由水窦得出"。周勋初《校正》注曰："此处疑王谠误读原书而妄改。《旧唐书》记作'镒夜缒而走，判官齐映自水窦出。'"

⑤镒家知之：原书作"镒家僮先知之"。

**【译文】**

凤翔陇右节度使张镒听说唐德宗赴奉天避难，就拿出了家中所有的衣服，以及家人的钗钿首饰、枕头、镜子等物品，摆放在小厅中，准备前往奉天进献。不一会儿，他家后院起火，妻子和女儿都出去了，张镒跟着判官从水道中逃出，藏在农家房舍之中，几日后才安定下来。刚好张镒的家僮知道他的行踪，就去向叛军禀报，叛军商议让张镒投降，于是张镒就被杀害。

776.德宗幸奉天①，朱泚自率兵至于城下。有西湖寺僧陷在贼中②，性甚机巧，教泚造攻城云梯，其高九十余尺③，上施板屋楼橹④，可以下瞰城中。浑中令、李司徒奏曰："贼锋既盛，云梯又壮。纵之，恐不能御；及其尚远，请以锐兵挫之。"遂出师五千，束缊居后⑤，约战酣而燎。风逆，不能举火，二公酹酒祝之⑥，词气慷慨，士百其勇。须臾风回，举火纵之，鼓噪而进⑦，梯遂荡尽。德宗御城楼以观，众呼万岁。

**【注释】**

①德宗幸奉天：本条采录自《剧谈录·浑令公李西平爇朱泚云梯》。

②西湖寺：原书作"西明寺"，当据改。《资治通鉴·唐纪·德宗建中
　　四年》叙此，曰："使西明寺僧法坚造攻具，毁佛寺以为梯冲。"胡
　　三省注曰："西明寺，在长安城中延康坊，本隋杨素宅也。梯，云
　　梯。冲，冲车。"

③其高九十余尺：《资治通鉴·唐纪·德宗建中四年》叙此曰"高广
　　各数丈"。

④板屋：用木板搭盖的房屋。楼橹：古代军中用以瞭望、攻守的无
　　顶盖的高台，建于地面或车、船之上。《三国志·吴书·朱然传》：
　　"真等起土山，凿地道，立楼橹。"

⑤束缊（yùn）：亦作"束蕴"。捆扎乱麻为火把。

⑥酹（lèi）酒：以酒浇地，表示祭奠。古代宴会往往行此仪式。

⑦鼓噪：古代指出战时擂鼓呐喊。

**【译文】**

　　唐德宗避难奉天县之时，叛贼朱泚亲自率兵到奉天城下。有一个西明寺的僧人身陷贼寇手中，他心性聪慧灵巧，教朱泚制造攻城的云梯，高度有九十多尺，上面建造板屋和无顶盖的高台，可以俯瞰奉天城内的情况。中书令浑瑊、司徒李晟上奏说："叛贼的锋芒正盛，攻城的云梯也十分坚固。如果放任他们靠近城边，恐怕无法抵御；在他们距离城门还远的时候，请求派出精锐的士卒挫败他们。"于是率领军队五千，将捆扎好的乱麻放在后面，约定等到战斗激烈的时候点火燃烧。因为是逆风，不能点火，浑瑊、李晟二人以酒浇地，祭奠祝祷，祷辞慷慨激昂，将士们的士气增加了百倍。不一会儿风向回转，唐军点燃火把，敲响战鼓进攻，叛贼的云梯全部焚烧化为灰烬。德宗亲临城楼观战，众人看到此情此景，城内城外都高呼万岁。

　　777.朱泚陷京师①，天子幸梁洋②，乔琳侍从③。至蝥屋南谷口④，奏德宗曰："臣为陛下仙游寺出家以禳灾⑤。"上甚

喜,惜其去,不能阻,乃听之。至仙游不逾月,入京师持杯乞丐<sup>⑥</sup>。人有布施者,琳戏之曰:"尚有常施。"后反为泚作吏部尚书,知选事<sup>⑦</sup>。有选人通官,云"不稳便",又戏云:"只公此选得稳便否<sup>⑧</sup>?"泚败,上亲点逆人簿,至琳。上曰:"与卿平昔分深,盩厔相舍,甚欲赦卿,其如法何? 持杯判官选,言犹在耳。当时戏谈时<sup>⑨</sup>,朕于尔时惶惶也<sup>⑩</sup>。"左右喝琳付法<sup>⑪</sup>。

**【注释】**

①朱泚陷京师:本条采录自《芝田录》。《类说》亦有载。

②天子幸梁洋:《类说》引文此句作"德宗播迁"。据改。

③乔琳:唐并州太原(今山西太原)人。少孤贫志学,以文词称。玄宗天宝初年进士及第,累授兴平县尉,迁监察御史。好谈谐,颇无礼检,与同院御史毕耀互相告讦,坐贬巴州员外司户。后起为南郭县令,累迁大理少卿、国子祭酒等。唐德宗继位后,授御史大夫、同平章事,成为宰相。因年高耳疾罢相,迁工部尚书。朱泚之乱时,随从唐德宗出幸奉天,迁吏部尚书。以年老难行为由,削发为僧。后为朱泚所虏,授吏部尚书。朱泚败亡后,坐罪处斩。

④盩厔(zhōu zhì):县名。西汉武帝置。治所即今陕西周至东。

⑤仙游寺:寺名。故址在今陕西周至城南。隋开皇十八年(598),隋文帝杨坚在此建仙游宫避暑,后为安置佛舍利,改名仙游寺。唐宣宗大中年间扩建,以黑河为界分为南北两寺,黑河南岸为仙游寺,又称南寺。禳(ráng)灾:谓禳除灾祸。

⑥乞丐(gài):乞求。丐,同"丏",乞求。

⑦选事:考选举士,铨选职官之事。

⑧"有选人通官"几句:《旧唐书》本传此数句作:"选人前请曰:'所注某官不稳便。'琳谓之曰:'足下谓此选竟稳便乎?'"稳便:恰

当，稳妥。

⑨当时戏谈时：《类说》引文作"当卿戏谈之时"。"时"当为"卿"字之误，当据改。

⑩惶惶：恐惧不安的样子。

⑪付法：谓交付法司论罪。

**【译文】**

朱泚攻陷京城，唐德宗流离迁徙，吏部尚书乔琳随行。到了盩厔县南谷口，乔琳上奏德宗说："臣愿意在仙游寺出家为陛下禳除灾祸。"德宗很欣慰，为他的离开感到惋惜，但又无法劝阻，只好同意了他的做法。乔琳到仙游寺不到一个月，就回到京城拿着钵盂乞讨。有人给他施舍钱财，乔琳开玩笑说："还有人施舍我。"后来乔琳反而做了叛贼朱泚的吏部尚书，掌管铨选职官之事。有一个候选的官员想要做官，他说以前的官"不稳妥"，乔琳又戏谑地说："难道你觉得这次选官就稳妥了吗？"后来朱泚溃败，德宗亲自查对叛臣的名册，走到乔琳面前。德宗对他说："昔日朕和你情分深厚，在盩厔你却离朕而去，朕本来很想赦免你，但是如果这样又将法置于何处？你替叛贼选拔官员时说的话好像还在耳边回响。当你戏谈之时，是朕最惶恐不安的时候。"德宗身边的人呵斥乔琳，并将他交付法司论罪。

778. 李相国揆①，以进士调集在京师②，闻宣平坊王生善筮③，往问之。王每以锱五百决一局④，而来者甚多，自辰及酉，有未筮而空返者。揆持一缣晨往⑤，生为之开卦，曰："君非文字之选乎？当河南道一尉。"揆负才与门籍⑥，不宜为此，颇怏而去。生曰："君无怏怏，自此数月，当拜左拾遗。前事固不准也。"揆怒未解。生曰："若事验后，一过我。"揆以书判不中第⑦，补汴州陈留尉⑧。以生之言有征，复诣之。生于几下取一卷书以授之，曰："君除拾遗，可视此书。不尔，当有大咎⑨。"得而藏之。既至陈留，时采访使倪若水以揆才品族望⑩，留假府职。会郡有事，须上请，择与中朝通者，无如揆，乃请行。关中郡府上书⑪，姓李皆先谒宗正璆⑫。适遇上尊号，璆请为表三通，以次上之。明皇召璆曰："百官上表，无如卿者。"璆顿首谢曰："此非臣所为，是臣从子陈留尉揆所为。"乃召揆。时揆寓于远房卢氏姑之舍⑬。子弟闻召，且未敢出，及知上意，欲以推择⑭，遂出。既见，命宰臣试文词。时陈黄门为题目三篇：其一曰《紫丝盛露囊赋》，二曰《答吐蕃书》，三曰《代南越献白孔雀表》。既封，请曰："前二首无所恨，后一首或有所疑，愿得详之。"乃许涂八字旁注。翌日，授左拾遗。旬余，乃发王生书，三篇皆在其中，而涂注者亦如之。遽往宣平里访王生，不复见矣。

**【注释】**

①李相国揆：本条采录自《前定录》，题作《李相国揆》。

②调集：调选迁转。

③宣平坊：唐都长安外郭城坊里之一，或称宣政坊。万年县领。《长安县》载其范围南北长三百五十步，东西宽六百五十步。故址在今西安城南郊。筮：卜筮。古代用蓍草占卦。

④镪（qiǎng）：钱串，引申为成串的钱。后多指银子或银锭。

⑤缣（jiān）：细密的绢。

⑥门籍：指门第与身份。

⑦书判：指书法和文理。

⑧汴州：州名。北周宣帝改梁州置。治所浚仪县（今河南开封西

北）。隋文帝大业初废。义宁元年（617）复置。唐玄宗天宝元年（742），改名为陈留郡。肃宗乾元元年（758），复为汴州。陈留：县名。秦置，治所即今河南开封陈留。

⑨大咎：非常的灾祸。

⑩倪若水：字子泉，唐恒州藁城（今河北藁城）人。早年进士及第，起仕咸阳丞，累迁为剑南道黜陟使。玄宗开元初年，授中书舍人、尚书右丞，出任汴州刺史，在任大兴儒学，立学馆。四年（716），上书谏玄宗采集异鸟，受到褒奖。入拜户部侍郎。七年（719），授尚书右丞，卒于任上。

⑪关中：原书此二字作"开元中"。

⑫姓李皆先谒宗正璆（qiú）：原书作"姓李皆先谒宗正。时李璆为宗长。"李璆，唐朝宗室，唐高宗李治之孙。早年受父亲李素节株连，坐罪流放，囚禁于雷州。玄宗开元初年，册封嗣泽王。十二年（724），削王爵，降为郢国公、宗正卿同正员，进封襄信郡王。历迁宗正卿、光禄卿、殿中监。为人友悌聪敏，提拔宗室子弟。天宝九载（750），卒于任上。

⑬远房：原书作"怀远坊"。怀远坊为唐都长安外郭城坊里之一，紧邻西市，取"怀柔远夷"之意，是长安城内胡人的聚集地。在西市之南，长安县领。《长安志》载此坊南北长三百五十步，东西宽六百五十步。故址在今西安城郊西南一带。

⑭推择：推举选拔。

**【译文】**

宰相李揆当年考中进士，在京城等待调选迁转，他听说宣平坊的王生擅长占卜，就前去询问自己的前程。王生每占卜一次，要收五百吊钱，来找他占卜的人很多，从辰时到酉时，仍然有没排上号空跑一趟的人。李揆拿着一匹细密的绢，一大早就去了，王生为他占卜，说："你难道不是文字的人选吗？应该会成为河南道的一个县尉。"李揆自负才华出众门第显赫，认为自己不应该只当一个县尉，很生气就要离开。王生说："你不要不高兴，从做县尉几个月以后，你就会官拜左拾遗。将来的事本来就说不准。"李揆的怒气还是没有缓解。王生说："如果事情和我说的一样，一定再来拜访我。"李揆因为书法和文理没能中举，被补任汴州陈留县尉。他认为王生的话确实应验了，就再次去拜访王生。王生从几案下面拿出一卷书给李揆，说："你当了拾遗后，才可以看这本书。不然的话，会有大的灾祸。"李揆拿到这卷书就藏了起来。到了陈留之后，当时的采访使倪若水因为李揆有才华，又出身名门望族，便将他留在府中担任官职。恰逢陈留郡有事，需要向朝廷奏报，想找一个和朝中有交往的人，没有比李揆更合适的人，于是就让李揆去了。唐玄宗开元年间，各郡府向朝廷呈报文书，李姓的官员都要先拜访宗正卿李璆。正好赶上朝廷百官为玄宗上尊号，李璆请李揆代他起草三篇向皇帝上报的奏表，并依次向朝廷呈报。唐玄宗召见李璆说："百官上报的奏表，没有能赶上你的。"李璆叩头谢恩说："这三篇奏表不是我写的，是我的侄子陈留尉李揆所写。"于是玄宗下令召见李揆。当时李揆正寄居在怀远坊姓卢的姑母家中。家中年轻的后辈听闻诏令，都不敢出门，等到知晓皇帝的旨意，是想推举选拔李揆，于是才敢出门。见到李揆后，玄宗命宰相考察李揆的文词。当时陈黄门出了三篇题目：一篇是《紫丝盛露囊赋》，另一篇是《答吐蕃书》，还有一篇是《代南越献白孔雀表》。等到写完封缄好后，李揆请求说："前两篇没有什么遗憾，最后一篇还有疑虑的地方，希望能写得再详细明白一些。"于是准许他拆封，修改八个字，李揆又在旁边作了注解。第二天，李揆被封为左拾遗。十几天后，李揆才打开王生留给他的书卷，三篇文章都在里面，并且涂注的地方也一模一样。他立即赶往宣平坊拜访王生，但王生已经不知去向。

779.德宗时，杨炎、卢杞为宰相，皆奸邪用事①，树立朋党②，以至天子播迁③，宗社几覆④。德宗惩辅相之失，自是除拜命令⑤，不专委于中书。凡奏拟用人，十阻其七。贞元以后，宰相备位而已⑥。每择官，再三审覆⑦，事多中辍⑧。贞元三年八月，中书省无舍人，每有诏敕，宰相追他官为之。及兵部侍郎陆贽知政事⑨，以上艰于选用，乃上疏论之。

**【注释】**

①用事：当权执政。

②朋党：为私利而勾结在一起的集团、宗派。

③播迁：迁徙，流离。

④宗社：宗庙与社稷的合称。古代用以指国家。

⑤除拜：免除旧职，授予新官位。

⑥备位：充数，凑数。

⑦审覆：审察。

⑧中辍：中止，中断。

⑨陆贽：字敬舆，苏州嘉兴（今属浙江）人。唐朝宰相。少孤，有才学。年十八登进士第，授华州郑县尉。后以书判拔萃，选授渭南县主簿，迁为监察御史。德宗即位，召为翰林学士，转祠部员外郎。在德宗避乱于奉天和梁州时，他辅佐左右，被视为"内相"，又迁为谏议大夫。内乱平定后，转为中书舍人。贞元七年（791），罢翰林学士，拜兵部侍郎。次年，召为中书侍郎，同平章事。后为户部侍郎、判度支裴延龄所谮，于十年冬罢相，次年贬为忠州别驾。卒赠兵部尚书，谥曰宣。

**【译文】**

德宗朝时，杨炎、卢杞担任宰相，多任用奸邪之人当权执政，结党营私，导致德宗皇帝流离迁徙，宗庙社稷几乎被倾覆。德宗为了惩罚宰相的失职，从此以后官员的任免，不再专门委任中书省。凡是中书省奏报拟定的用人名单，十人中就会驳回七人。贞元以后，宰相就成了一个凑数的官职。每次选拔官员，德宗都要再三审察，且大多都会中途停止。贞元三年八月，中书省没有中书舍人，每当有诏令时，宰相都会另外委托其他官员去做。等到兵部侍郎陆贽掌管政事时，认为皇上在选用官员方面遇到困境，就上奏疏谈论这件事情。

780. 卢杞除虢州刺史[①]，有奏："虢州有官猪数千，常为人患。"德宗曰："可移沙苑[②]。"杞对曰："同州岂非陛下百姓[③]？为患一也。臣谓无用之物，与人食之为便。"德宗叹曰："卿理虢州，而忧他郡百姓，宰相才也！"由是有意作相[④]。

**【注释】**

①卢杞除虢（guó）州刺史：本条采录自《国史补·卢杞论官猪》。虢州，州名。隋文帝开皇三年（583）置，治卢氏（今属河南卢氏）。大业初废。唐武德元年复置。唐太宗贞观中移治弘农（今河南灵宝）。

②沙苑：地名。一名沙阜，亦名沙海。在陕西大荔南洛河、渭河之间。东西八十里，南北三十里，俗名之沙苑。西魏大统三年（537），宇文泰大败高欢于此。地多沙草，宜畜牧。唐于此置牧监。杜甫曾两至其地，有《沙苑行》《留花门》二诗。唐末废。

③同州：州名。西魏废帝三年（554）改华州置，治武乡，隋改名冯翊，今陕西大荔。隋炀帝大业三年（607）废。唐高祖武德元年（618）复置。治所冯翊。

④由是有意作相：原书此句作"由是属意于杞，悉听其奏"。《新唐书·奸臣下·卢杞传》曰："（卢杞）为虢州刺史。奏言虢有官豕三千为民患，德宗曰：'徙之沙苑。'杞曰：'同州亦陛下百姓，臣谓食之便。'帝曰：'守虢而忧它州，宰相材也。'诏以豕赐贫民，遂有

意柄任矣。"

**【译文】**

卢杞官拜虢州刺史,一天他上奏说:"虢州有数千头官猪,经常给百姓带来灾祸。"德宗说:"可以将猪移到沙苑。"卢杞奏对说:"同州的百姓难道不是陛下的百姓吗?官猪到了那里带来的祸患是一样的。臣觉得官猪是没有什么用处的东西,让百姓吃了它们便是。"德宗感叹道:"你治理虢州,却担心其他郡县的百姓,是个当宰相的人才啊!"于是有意让他担任宰相。

781.裴延龄恃恩轻躁①,班列惧之②,惟顾少连不避。延龄尝画一雕,群鸟噪之,以献。上知众怒③,益信之,而竟不大用。

**【注释】**

①裴延龄恃恩轻躁:本条采录自《国史补·裴延龄画雕》。《太平广记》亦有载。轻躁,轻率浮躁。

②班列:指朝廷或朝官。

③上:《太平广记》引文此字作"德宗"。

**【译文】**

裴延龄自恃圣宠为人轻率浮躁,朝官们都很惧怕他,只有顾少连一点也不回避。裴延龄曾经画了一只雕,画中群鸟在一旁喧叫,他把这幅画献给了德宗皇帝。德宗知道众人都怨恨惧怕裴延龄,看到这幅画后更加相信了,于是终究没有重用他。

782.相国窦参之败①,给事中窦申配流②。德宗曰:"吾闻申欲至人家,则鹊喜③。"遂赐死。

**【注释】**

①相国窦参之败：本条采录自《国史补·窦申号鹊喜》。本条与下783条原合为一条，本书据原书分列。窦参，字时中，唐京兆兴平（今陕西兴平）人。参习法令，果于决断。历任大理司直、监察御史、刑部郎中、侍御史知杂等。审理案件不避权贵，举劾无所回忌，为德宗器重，后迁中书侍郎、同平章事，领度支、盐铁使。自此多用亲党，恃权贪利。后被贬谪，赐死于路。

②窦申：唐洛阳（今河南洛阳）人。窦参族子。累迁至京兆少尹，转给事中。窦参特爱之，及窦参为相，而窦申屡泄机密，后因毁陆贽考贡举不实，被德宗贬为道州司马。陆贽为相后，窦申配流岭南。后窦参赐死，窦申也被杖杀。配流：将罪犯发配流放到偏远地方。亦作"流配"。

③吾闻申欲至人家，则鹊喜：原书此二句作"吾闻申欲至，人家谓之鹊喜"。《资治通鉴·唐纪·德宗贞元八年》叙此，曰："申招权受赂，时人谓之'喜鹊'。"胡三省注曰："窦参每迁除朝士，先与申议，申因先报其人，以招权纳赂。时人谓之'喜鹊'者，以人家有喜事，鹊必先噪于门庭以报之也。"周勋初认为，"王谠乃以为窦申至人家果有鹊噪，视譬喻为事实，误甚。"

**【译文】**

宰相窦参败落后，给事中窦申也被发配流放。唐德宗说："我听说窦申要去别人家中，这家的门庭就会有喜鹊鸣叫。"于是就赐他自尽。

783.窦参贞元壬申三月①，居光福里第，月夜闲步中庭，有宠妾上清者曰②："今欲启事。郎须到堂前，方敢言。"窦亟上堂，上清曰："庭树上有人，请为避之。"窦公曰："陆贽久欲倾夺吾权位，有人在庭树上，吾死之将至。具奏与不奏,皆受祸,必窜死于道路③。汝,辈流中不可多得,身死破家,汝定为宫婢。圣君如顾问④,当为我辞。"上清泣曰:"诚如是,死生以之。"窦公下阶,大呼:"树上人应是陆贽使来,能全老夫性命,敢不厚报!"其人遂下,乃衣缞服者⑤,曰:"家有大丧,贫甚,不办葬礼。伏知相公推心济物⑥,所以卜夜而来⑦。"参曰:"某磬所有,当封绢千匹而已⑧,方具修家庙赀⑨,今以为赠。"其人曰:"请左右赍所赐绢,掷于墙外,某于街中俟之。"参依其言。翌日,执金吾先奏之⑩。德宗怒曰:"卿交通节将⑪,蓄养侠刺。位崇台鼎⑫,更欲何求!"参顿首曰:"臣起自布衣小才,官已至贵,皆陛下奖拔,实不因人。今不幸至此,乃仇人所为尔!"中使下殿,宣:"卿且归私第,候进止⑬。"越月,贬郴州别驾⑭。会宣武节度刘士宁通好于郴州⑮,观察使上闻。德宗曰:"交通节度将,信而有征⑯。"乃流参于骧州⑰,以籍其家。未达流所,诏赐自尽。

**【注释】**

①窦参贞元壬申三月:本条采录自《常侍言旨》。《太平广记》亦有载。"窦"字原阙,据周勋初《校证》补。贞元壬申,即唐德宗贞元八年(792)。

②上清:唐德宗朝丞相窦参的宠妾,窦参落败后入宫为婢,生平未详。

③窜死:贬逐而死。

④圣君:此指唐德宗。顾问:询问。

⑤缞(cuī)服:粗麻布制成的丧服。

⑥推心:以诚相待。济物:犹济人。

⑦卜夜:选择夜晚。卜,选择。

⑧当封：《太平广记》引文此二字作"堂封"，当据改。堂封，宰相的封邑。《新唐书·源乾曜传》："时议者言：'国执政所以同休戚，不崇异无以责功。'帝乃诏中书门下共食实户三百，堂封自此始。"

⑨赀：同"资"。资费，钱财。

⑩执金吾：官名。秦置中尉，汉武帝太初元年（前104）改称执金吾，掌京师巡察。三国时复称中尉，晋以后废。唐朝有左右金吾卫。

⑪交通：勾结串通。节将：持节的大将。这里指节度使。

⑫台鼎：古称三公或宰相为台鼎，言其职位重要，如星之有三台，鼎之有三足。语本东汉蔡邕《太尉汝南李公碑》："天垂三台，地建五岳，降生我哲，应鼎之足。"

⑬进止：进退。这里指意旨，命令。

⑭郴（chēn）州：州名。隋文帝开皇九年（589）置郴州，治郴县（今湖南郴州）。大业中，改称桂阳郡。唐高祖武德四年（621），复为郴州。

⑮宣武：唐方镇名。唐德宗建中二年（781）置。治宋州（今河南商丘）。兴元元年（784），移治汴州。管汴、宋、亳、颍四州。僖宗中和三年（883），朱全忠任藩帅，后即以此为根据地，兼并中原诸镇，建立后梁。移宣武军于宋州。后唐时改为归德军。刘士宁：唐滑州匡城（今属河南）人。宣武节度使刘玄佐嫡子。德宗贞元年间任左金吾卫将军，嗣节度。淫乱残忍，常杀人，为将士所苦。因受部将李万荣驱逐，被斥置郴州，后不知所终。

⑯信而有征：可靠而且有证据。信，确实，可信。征，征验，证据。

⑰驩（huān）州：州名。唐高祖武德五年（622）置，治所在安人县（今越南义安省演州西安城）。太宗贞观元年（627）改为演州，后移驩州。玄宗天宝元年（742）改置日南郡，肃宗乾元元年（758）复改为驩州。后废。

**【译文】**

　　唐德宗贞元八年三月,丞相窦参居住在光福里的宅第中,一次月夜在庭院中散步,有个叫上清的宠妾告诉他说:"我现在有事情要告诉您。必须走到堂前,我才敢说。"窦参急忙上堂,上清说:"庭院的树上有一个人,请您避开他。"窦参说:"陆贽早就想夺取我的权位了,现在有人出现在庭院的树上,我的死期就要到了。这件事无论是否向皇上奏明,都会遭受灾祸,我一定会被流放并死于贬逐途中。你,是同辈中不可多得的人。我死后家业败落,你一定会被充为宫婢。到时候陛下如果问起来,你要替我好好解释。"上清哭着说:"如果真的会这样,我不管生死都会尽力去做。"窦参走下台阶,大声高呼:"树上的人应该是陆贽派来的吧,如果能够保全老夫的性命,定当厚报!"树上的人于是便下来,原来是一个穿着丧服的人,他说:"家中老人去世,非常贫困,不能操办葬礼。我知道相爷您向来诚心待人且乐善好施,所以就选择在夜晚来了。"窦参说:"我倾尽家中所有,只有封邑里的一千匹丝绢而已,是刚刚准备的修建家庙的资费,现在就赠送给你。"那个人说:"请让你身边的人带着赠送的丝绢,扔到墙外,我到外面的大街上等着。"窦参听从了他的话。第二日,执金吾首先将这件事上奏了皇帝。德宗听后愤怒地说:"你竟然和藩镇的大将勾结串通,畜养侠士刺客。你已经身居宰相高位,还想谋求什么!"窦参叩头答道:"臣起自平民之家,才能平庸,如今官位已经极为尊贵,所有这些都是陛下的奖赏提拔,实在不是凭借了他人。现在不幸到了这种地步,确实是仇人所为!"内官走下殿,宣旨说:"你暂且回到你的宅第,听候旨意。"一个月后,窦参被贬为郴州别驾。正赶上宣武节度使刘士宁在郴州与窦参交好,当地观察使将这件事奏报给皇帝。德宗说:"勾结串通节度使,确凿而有证据。"于是就将窦参流放到驩州,并查抄了他的家。窦参还没到达流放地,德宗又下诏赐他自尽。

　　上清果隶掖庭[①]。后数年,善应对,能煎茶[②],在帝左右。德宗曰："宫内人数不少，汝最了事。从何得至此？"上清对曰："妾本故宰相窦参女奴。窦参家破填宫③，得侍上。"德宗曰："窦某罪不止养侠刺，亦甚有赃物，前纳官银器至多。"上清流泣而言曰④："窦参自御史丞⑤，历度支、户部、盐铁三使，至宰相，首尾六年，月入数十万。前后非时赏赐甚厚。乃者郴州所送纳官赃物⑥，皆是恩赐。当部录日，妾在郴州，亲见州县希赟意旨，尽刮去所进银器上刻藩镇官衔姓名，诬为赃物。乞陛下验之。"于是宣索窦参没官银器⑦，覆其刻处，皆如上清言。德宗又问蓄养侠刺事，上清曰："本实无。此悉是陆贽陷害，使人为之。"德宗怒陆曰："者獠奴⑧！我脱却伊绿衫便与紫着⑨，又常唤伊作陆九。我任使窦参⑩，方称意次，须教我枉杀却。及至权入伊手，其为软弱，甚于泥团。"乃下诏雪参。时裴延龄探知陆贽恩衰，恣行媒孽⑪，竟受谴不回。后上清特敕度为道士，终嫁为金忠义妻⑫。世以陆贽门生多位显者，不敢说，故此事绝无人知。

**【注释】**

①掖庭：亦作"掖廷"，宫中旁舍，妃嫔居住的地方。

②煎茶：煮茶，烹茶。

③填宫：指古代犯官家属没入宫廷。

④流泣：《太平广记》引文作"流涕"，当据改。

⑤御史丞：《太平广记》引文作"御史中丞"，当据改。

⑥乃者：从前，往日。

⑦没官：没收入官。

⑧者：据周勋初《校证》，《考异》引文此字作"这"。二字通用。《太

平广记》引文作"老"。獠奴：骂人的话。犹野兽，畜生。

⑨绿衫：绿色衣服。唐制，官三品以上服紫，四五品以上服绯，六七品服绿，八九品服青。故也常用来表示官位卑微。紫着：即着紫袍。紫色朝服为高官所服。

⑩任使：差遣，任用。

⑪媒糵：原指酵母和酒曲。媒，酒母；糵，曲糵。比喻挑拨是非，陷人于罪。

⑫金忠义：唐时新罗国人。巧捷过人，画迹精妙，见幸于唐顺宗。宪宗元和中，以机巧通权幸，擢少府监。后吏部员外郎韦贯之劾其污朝籍，遂罢其职。

## 【译文】

上清果然成了宫掖的婢女。几年之后，因为上清善于应对，又能煎茶，侍奉在德宗身旁。德宗对她说："宫内的婢女人数不少，只有你最懂事。你是从什么地方到这里来的？"上清回答说："妾本来是已故宰相窦参家中的女奴。窦参家败后我被充入宫中，才得以侍奉陛下。"德宗说："窦参的罪名不止是豢养刺客侠士，更有贪污赃物，以前没收家产时，银器非常多。"上清流着眼泪说："窦参从任御史中丞起，历任度支、户部、盐铁三使，一直到担任宰相，前后一共六年时间，每月收入数十万。前前后后朝廷随时的赏赐也很丰厚。当初郴州送来由官府收纳的赃物，全都是朝廷赏赐的。当初吏部登记入册时，我就在郴州，亲眼看见州县的官员迎合陆贽的旨意，全部刮掉进献银器上刻着的藩镇官衔和姓名，诬陷为窦参的贪赃之物。乞请陛下重新查验。"于是德宗宣旨要来窦参没收入官的银器，将银器的底朝上反过来看上面刻字的地方，全都像上清说的一样。德宗又询问窦参豢养刺客侠士的事情，上清说："本来就是没有的事。这都是陆贽的构陷，是他指使人做的。"德宗非常愤怒，他怒斥陆贽说："这个獠奴！我把他从穿绿衫的低微小官提拔为穿紫衣的高官，还经常称呼他陆九。我任用窦参，刚好合我心意，却教我错杀了他。等到权力都集中在他的手中,他却软弱无能,连一团泥都不如。"于是下诏为窦参平反昭雪。当时裴延龄打探得知陆贽不再受皇帝恩宠,便极力教唆别人趁机诬陷,陆贽终于遭贬被逐,终身没有再回到京城。后来上清被德宗特意下旨让她度为道士,最后嫁给了金忠义为妻。世人因为陆贽的弟子门生多官居高位,不敢谈论这件事,所以这件事完全没有人知道。

784.裴佶常话①:少时姑夫为朝官,有清望。佶至其居,会退朝,浩叹曰②:"崔昭何人③,众口称美!此必行货赂者也④。如此,安得不乱?"言未讫,门者报曰:"寿州崔使君候⑤。"姑夫怒,呵门者,将鞭之。良久,束带强出⑥。须臾,命茶甚急,又命馔,又令秣马,饭仆。佶曰⑦:"前何倨⑧,后何恭?"及入门,有喜色,揖佶而曰:"憩外舍。"未下阶,出怀中一纸,乃赠官绅千匹⑨。

**【注释】**

①裴佶(jí)常话:本条采录自《国史补·崔昭行贿事》。《太平广记》亦有载。

②浩叹:长叹,大声叹息。

③崔昭:唐博陵(今属河北)人。安禄山反,崔昭客游陈州,召集骁勇,挫其锋。代宗大历初年,历任台州、寿州刺史及京兆尹等职。五年(770),为宣歙观察使。十一年(776),移镇浙东。德宗建中年间,为江西观察使。

④货赂:以财货贿赂。

⑤寿州:州名。隋文帝开皇九年(589)置,治所寿春县(今安徽寿县)。炀帝大业三年(607),改为淮南郡。唐高祖武德三年(620),复为寿州。崔使君:即崔昭。使君,对官吏、长官的尊称。

⑥束带：整饰衣服，表示端庄。

⑦佶：《太平广记》引文下尚有一"姑"字，当据补。

⑧倨：傲慢。

⑨赠官绹（shī）千匹：原书"赠"上有"昭"字。绹，绢的别称。

【译文】

裴佶常讲这样一件事：他小时候姑父在朝中为官，有着清高的声望。一次，裴佶来到姑父家，正好碰到他下朝回家，只听姑父感叹说："崔昭是什么人，众人都对他交口称赞！这个人一定是用财货贿赂别人了。像他这样，国家怎能不混乱？"姑父的话还没说完，守门人通报说："寿州使君崔昭在门口等候拜见。"裴佶的姑父大怒，呵斥了守门人，还准备用鞭子惩罚他。过了很久，才整理好衣服勉强出门接见崔昭。不一会儿，裴佶的姑父急着命人奉茶，又命人准备食物，还让人喂马，又让崔昭的仆人吃饭。裴佶的姑姑说："前面那么傲慢，后面为什么这么恭敬呢？"等到走进屋，裴佶的姑父面露喜色，挥手对裴佶说："你去外舍休息。"裴佶出屋还没走下台阶，回头看见姑父从怀中掏出一张纸，上面写着：崔昭赠送官绹一千匹。

785.李司徒勉为开封县尉①，特善捕贼。时有不良试公之宽猛②，乃潜纳人贿，俾公知之。公召告吏卒曰："有纳其贿者，我皆知之。任公等自陈首③，不得过三日，过则异椽相见④。"其纳贿不良故逾限，而忻然自赍其椽⑤。公令取石灰棘刺置于中⑥，令不良入，命取钉钉之，送汴河讫。乃请见廉使⑦，廉使叹赏久之。后公为大梁节度使⑧，人问公曰："今有官人如此⑨，如何待之？"公曰："即打腿。"

**【注释】**

①李司徒勉为开封县尉：本条采录自《刘宾客嘉话录》。开封，古县名。本战国魏邑。秦始置县，治所在今河南开封。

②不良：即"捉不良"。唐代缉捕盗贼的吏卒，犹后世的捕快。宽猛：宽大与严厉。

③陈首：自首认罪。

④舁櫬（yú chèn）：载棺以随，表示决死或有罪当死。舁，抬。櫬，棺材。

⑤忻（xīn）然：喜悦、愉快的样子。

⑥棘刺：泛指动植物体表的针状物。

⑦廉使：官名。唐时观察使、宋元廉访使以及后世按察使的通称。

⑧大梁：古地名。战国魏都。在今河南开封西北。

⑨官人：官署的差役。

**【译文】**

司徒李勉任开封县尉的时候，特别擅长捉捕盗贼。当时有"捉不良"想要试探他执法的宽严，就偷偷收取别人的贿赂，并让李勉知道。李勉昭告吏卒说："你们之中有人接受了他人的贿赂，我都已经知道了。现在让你们自首认罪，不能超过三天，超过了就抬着棺材来见我。"那个接受贿赂的"捉不良"故意超过期限，然后高高兴兴地自己带着棺材来了。李勉让人将石灰和带刺的荆条放进棺材里，让"捉不良"躺进去，并命人用钉子将棺材封死，送到汴河扔进了水里。之后李勉去见廉使，廉使对他的做法赞赏不已。后来李勉做了大梁节度使，有人问他说："现在有官吏敢这么做，你怎么对付他们呢？"李勉说："立刻打断他们的腿。"

786.卢舍人群、卢给事弘正相友善①。群清瘦古淡②，未尝言朝市③；弘正魁梧富贵，未尝言山水。群日饮高卧④，制诏多就宅草之；弘正未尝在假告⑤，有宾客皆就省相见⑥。

一日雪中，群在假，弘正将欲入省，因过群。群方道服<sup>⑦</sup>，于南垣茅亭望山雪<sup>⑧</sup>，促命延入。群曰："卢六卢六！曾莫顾我，何也？"弘正曰："月限向满，家食相仍<sup>⑨</sup>，且诣宰府<sup>⑩</sup>，以求外任。"群曰："奔走权门，所不忍视，腊酒一壶<sup>⑪</sup>，能共醉否？"弘正曰："切欲诣省。"群又呼侍儿曰："卢六待去，早来药糜宜匀越器中<sup>⑫</sup>，我与给事公对食。"弘正曰："不可，今旦犯冷，已买血蒜羹餐矣<sup>⑬</sup>！"

**【注释】**

①卢舍人群、卢给事弘正相友善：本条采录自《阙史·路舍人友卢给事》。《太平广记》亦有载。卢舍人群，原书此四字作"路舍人群"，当据改。《太平广记》引文作"中书舍人路群"。路舍人群，即路群。字正夫，唐魏州冠氏（今山东冠县）人。进士及第，又中书判拔萃科，通经学，善属文。唐穆宗初自监察御史累迁至兵部郎中。文宗大和二年（828），擢任谏议大夫，充侍读学士。五年（831），拜中书舍人、翰林学士承旨等职。为人纯正，虽历居高位，但未尝以势位自矜。卢给事弘正，即卢弘正。字子强，卢纶之子。唐宪宗元和末年进士及第。初任节度使掌书记。入朝为监察御史、侍御史。德宗大中初，官户部侍郎、盐铁转运使，迁兵部尚书，出任徐州刺史、武宁军节度使、徐泗濠观察使，政绩卓著。后调任汴州刺史、宣武军节度、宋亳颍观察等使、检校兵部尚书。

②古淡：古朴淡雅。

③朝市：此处指朝廷。

④高卧：安卧，悠闲地躺着。

⑤假告：指告假，请假。

⑥省：古官署名。此处指中书省。

⑦道服：士庶男子所着便服。制如长袍，因领子和袖口等处缘以黑边，与道袍相似，故名。

⑧垣（yuán）：矮墙，墙。

⑨家食：赋闲，不食公家俸禄。《周易·大畜》："大畜，利贞，不家食，吉。利涉大川。"孔颖达疏："'不家食，吉'者，已有大畜之资，当须养瞻贤人，不使贤人在家自食，如此，乃吉也。"相仍：依然，仍旧。

⑩宰府：官署名。宰相府的简称。为宰相办公的场所。

⑪腊酒：腊月酿制的酒。

⑫药糜：药粥。糜，粥。越器：指越窑所产的青瓷器。因臣下不得用之，又有秘色磁器之称。

⑬已买血蒜羹餐矣：原书此句作"'已市血食之加蒜者餐矣。'时人闻之，以为路之高雅，卢之俊达，各尽其性"。血蒜羹，用禽畜的血加大蒜煮成的羹，食之可使身体发热。

**【译文】**

中书舍人路群、给事中卢弘正交好。路群清瘦古雅，从不谈论朝廷之事；卢弘正魁梧富贵，从不谈山论水。路群每天都想着安闲无事，起草皇帝的诏令也多在家中完成；卢弘正从不休假，有宾客拜访都到省府见面。一天正在下雪，路群在休假，卢弘正准备要前往省府，就顺路去拜访路群。路群正穿着便服，在南墙的茅亭中观赏山中雪景，听说卢弘正来了，立即叫人请进来。路群说："卢六卢六，你竟然从未来看过我，这是为什么呢？"卢弘正说："一个月的期限马上就要到了，仍然赋闲在家，我准备去拜访宰相，请求到外地去做官。"路群说："在权贵豪门之间奔走，是我不想看到的，现在我这儿有一壶腊酒，跟我一起喝个大醉怎么样？"卢弘正说："我急着要去省府。"路群就又喊仆人说："卢六要走了，快点将药粥盛在越窑所产的青瓷器中端上来，我和他共同进食。"卢弘正说："不行，今天天气寒冷，已经买血蒜羹吃过了。"

787.刘太真为《陈少游行状》<sup>①</sup>，比之齐桓、晋文，时议喧腾<sup>②</sup>。后坐贡院用情<sup>③</sup>，追责前事，贬信州刺史<sup>④</sup>。

**【注释】**

①刘太真为《陈少游行状》：本条采录自《国史补·行状比桓文》。陈少游，唐博州博平（今山东高唐）人。幼习老庄，善讲经，博引清辩。后补渝州南平令，有政声。代宗宝应中，累迁侍御史、回纥粮料使，加检校职方员外郎，历晋郑二州刺史、泽潞节度副使。德宗建中初，奏请本道两税钱千文增二百，盐斗加百钱，以资朝廷军用。加平章事。泾原兵变，少游掠取汴东两税钱八百万缗，密附李希烈、李纳。及希烈败，事发，忧惧死。赠太尉。行状：文体名。专指记述死者世系、籍贯、生卒和生平概略的文章。也称状、行述。

②比之齐桓、晋文，时议喧腾：《旧唐书·刘太真传》曰："常叙少游勋绩，拟之桓、文，大招物论。"《新唐书·刘太真传》亦曰："淮南陈少游表为掌书记，尝以少游拟桓、文，为义士所訾。"齐桓，即齐桓公，姜姓，名小白，春秋五霸之首。晋文：即晋文公，姬姓，名重耳，晋献公之子。文治武功卓著，是春秋五霸之一，与齐桓公并称"齐桓晋文"。

③贡院：科举考试的场所。唐朝始置。玄宗开元二十四年（736），移吏部试于礼部，置专门考场，全称为礼部贡院。又称贡部。用情：徇私情。

④信州：州名。唐肃宗乾元元年（758）置。治所上饶县（今江西上饶）。

**【译文】**

刘太真写了一篇《陈少游行状》，将陈少游比作齐桓公和晋文公，在当时引得众人议论纷纷。后来刘太真在贡院任职时为人徇私情，朝廷追究他以前的事，贬他为信州刺史。

788.韦太尉之在西川①,凡军士将有婚嫁,则以熟锦衣给其夫②,以银泥衣给其妻③,又各给钱一万,死丧称是。精训练,待之如敬客④。极其聚敛⑤,军府浸盛⑥,而民困矣!晚年终至刘辟之乱,天下讥之⑦。

【注释】

①韦太尉之在西川:本条采录自《国史补·韦太尉设教》。韦太尉,即韦皋,因其曾任检校太尉,故称。

②熟锦:精制的锦缎。

③银泥衣:银泥涂饰的衣服。银泥,一种用银粉调成的颜料,用以涂饰衣物和面部。

④精训练,待之如敬客:《新唐书·韦皋传》:"善抚士,至虽婚嫁皆厚资之,婿给锦衣,女给银涂衣,赐各万钱,死丧者称是。"

⑤聚敛:搜刮财货。

⑥浸盛:逐渐兴盛,富足。

⑦晚年终至刘辟之乱,天下讥之:《旧唐书·韦皋传》:"皋在蜀二十一年,重赋敛以事月进,卒致蜀土虚竭,时论非之。"刘辟之乱,唐代刘辟反叛朝廷之事。唐永贞元年(805)十一月,宪宗授刘辟为西川节度副使,知节度使事。求兼领三川,朝廷不许,即发兵围东川节度副使李康于梓州,欲以其同党卢文若为东川节度使。唐宪宗任命左神策行营节度使高崇文将步骑为前军,与神策京西行营马使李元奕、山南西道节度使严砺同讨刘辟。五月,刘辟筑城反击,为崇文所败。

【译文】

太尉韦皋任西川节度使时,凡是军士将吏有嫁娶的,就赠给丈夫锦缎制成的衣服,赠给妻子银泥涂饰的衣裙,再给男女各一万钱,办丧事也采取这种办法。训练兵士也是这样,对待军士就像对待客人一样尊敬。但是韦皋在任期间极力搜刮百姓钱财,军中府库逐渐富足,而老百姓的日子却越来越贫困!到了晚年最终导致刘辟作乱,被天下人讥笑。

789.刘辟初有心疾①,人自外至,辄辟而吞之②。同府崔佐特硕大③,辟据地而吞④,背裂血流。独卢文若至不吞,故后自惑⑤。

**【注释】**

①刘辟初有心疾:本条采录自《国史补·刘辟为乱阶》。心疾,劳思、忧愤等引起的疾病。

②辄辟而吞之:原书此句作"辄如吞噬之状"。

③崔佐:唐德宗贞元时任剑南西川节度使判官。硕大:高大。

④据地:用手按着地面。

⑤独卢文若至不吞,故后自惑:原书句下尚有"为乱"二字。《旧唐书·刘辟传》曰:"初,辟尝病,见诸问疾者来,皆以手据地,倒行入辟口,辟因碟裂食之;惟卢文若至,则如平常。故尤与文若厚,竟以同恶俱赤族,不其怪与!"《新唐书·刘辟传》同。

**【译文】**

刘辟最初患有心疾,有人从外面来,刘辟就会犯要吞噬人一样的毛病。同府为官的崔佐身形高大,每次看到他,刘辟就用手按着地面吞噬,后背裂开血流不止。唯独卢文若来的时候刘辟不会犯吞噬的毛病,所以后来他和文若交情深厚并一起犯上作乱。

790.国子司业韦聿者①,皋之兄也。朝中以为戏弄②。或言九宫休咎③,聿曰:"我家白方常在西南④,二十年矣!"

**【注释】**

①国子司业韦聿者：本条采录自《国史补·韦聿白方语》。本条与下791条原合为一条，本书据原书分列。国子司业，官名。隋大业三年（607）国子监始置，为国子监副长官，佐祭酒以掌学政，训导生徒。韦聿，唐京兆杜陵（今陕西西安）人。韦皋之兄。玄宗天宝中，以门荫入仕，补南陵尉。后为扬州录事参军，累官至秘书郎兼殿中侍御史、检校祠部员外郎。俄迁卫尉少卿、国子司业。

②戏弄：轻侮捉弄。

③九宫：中国古代术数家所指的九个方位。以离、艮、兑、乾、巽、震、坤、坎八卦之宫，加上中央，合为九宫。

④白方：当指韦皋。德宗时拜剑南西川节度使，治蜀二十一年，蜀人安之。按"九宫格"的说法，一白，二黑，三碧，四绿，五黄，六白，七赤，八白，九紫，再者，按阴阳观，白为阳，黑为阴。代表西南方的坤九宫数为二，本为黑色，但根据易理的"变通"观，阴可变阳，在九宫中因应而变，二黑方的坤也可以变为白方。这里韦聿是不论别人对于九宫休咎怎么解释，他只是说我家韦皋在西南二十年，那里就是我家的白方。

**【译文】**

国子监司业韦聿，是韦皋的兄长。朝中之人都把他当作戏弄的对象。有人谈论九宫的吉凶福祸，韦聿说："我家白方常在西南，有二十年了！"

791.权相为舍人①，以门望自处②，常戏同僚曰："未尝以科第为资。"郑云逵谑曰③："更有一人。"遽问："谁？"答曰："韦聿。"满座皆笑。

**【注释】**

①权相为舍人：本条采录自《国史补·耻科第为资》。权相，指权德舆。

②门望：旧指门第郡望。

③郑云逵：唐荥阳（今属河南）人。代宗大历初年进士及第。为人敢直言。入朱泚幕府，为掌书记、检校祠部员外郎。后贬为平州参军。朱滔时，复辟为判官，及朱滔助田悦为逆，云逵遂弃官自归，擢为谏议大夫。宪宗元和元年（806），拜右金吾卫大将军，又改京兆尹。

**【译文】**

宰相权德舆任中书舍人时，以门第郡望自居，经常和同僚开玩笑说："我从来没有把科举中第作为谈资。"郑云逵也开玩笑说："还有一个人也是如此。"权德舆急忙问道："是谁？"郑云逵回答说："韦聿。"在座的人都笑了起来。

792. 汴州相国寺①，言佛像有流汗。刘玄佐遽命驾，自持金帛以施。日中，其妻亦至。明日，复起斋场②。由是将吏商贾，奔走道路，如恐不及。因令官为簿书③，以籍所入。十日，乃闭寺门，曰："汗止矣！"所得盖钜万④，计以赡军。

**【注释】**

①汴州相国寺：本条采录自《国史补·汴州佛流汗》。相国寺，寺院名。故址在今河南开封内。本名建国寺，北齐天保六年（555）建。唐睿宗为相王时重建，改名相国寺。宋时称大相国寺。

②斋场：斋祭的道场。

③簿书：记录财物出纳的册籍。犹今言账簿。

④钜（jù）万：形容为数极多。《汉书·食货志》："庶人之富者累钜万，而贫者食糟糠。"颜师古注："钜，大也。大万，谓万万也。"

**【译文】**

汴州的相国寺内，传言说寺中有佛像在流汗。刘玄佐急忙下令前往，自己带着黄金和丝帛作为布施的香火钱。中午，他的妻子也来了。第二天，又建了斋祭的道场。于是不管是文武官员还是市井商人，都争先恐后地赶到相国寺布施祭拜，唯恐自己赶不上。刘玄佐便让官吏拿来簿书，将人们布施的财物记录到簿册上。十天之后，他关闭了相国寺的大门，并说："佛像不再流汗了！"十天以来，布施所得的财物有钜万之多，刘玄佐打算将这些财物充作军费。

793.崔膺性狂①，张建封爱其文，引为客，随建封行营②。夜中大叫惊军，军士皆怒，欲食其肉，建封藏之。明日置宴，监军曰③："某与尚书约，彼此不得相违。"建封曰："唯。"监军曰："某有请，请崔膺。"建封曰："如约。"逡巡④，建封又曰："某有请，亦请崔膺。"坐中皆笑，乃得免。

**【注释】**

①崔膺性狂：本条采录自《国史补·崔膺性狂率》。崔膺，唐博陵（今河北定州）人。德宗贞元年间，曾为徐泗濠节度使张建封门客。曾游扬州，与诗人李涉交善。性狂率，工诗文。现存诗二首。狂，原书此字下尚有一"率"字。

②行营：移营，指行军。

③监军：官名。即监军使，代表皇帝至前线监督军队将帅。西汉武帝时置监军使者，东汉、魏、晋沿置。隋朝以御史为监军使，唐朝初年因袭之，开元二十年（732）以后，皆以宦官充任，诸藩镇军中均置之。

④逡巡：顷刻之间。

**【译文】**

崔膺性格狂放不羁，张建封欣赏他的文采，接纳他为宾佐，崔膺随同张建封行军。一天晚上,他睡到半夜忽然大叫,惊动了军营,士兵们都很生气,想杀了他吃肉,张建封把崔膺藏了起来。第二天置办宴席,监军使对张建封说:"我和尚书你约定一件事,你我都不能违背。"张建封说:"好。"监军使说:"我要请一个人,请的人是崔膺。"张建封说:"一定遵守约定。"片刻之后,张建封又说:"我也要请一个人,请的人也是崔膺。"在座的人都笑了起来,崔膺才得以赦免。

794.李实为司农卿①,督责官租②。萧祐居丧③,输不及期④,实怒,召至,租车亦至,得不罪。会有赐与,当谢状⑤,秉笔者有故未至,实乃曰:"召衣齐衰者⑥。"祐至,立为草状,实大喜,延英面荐⑦。德宗令问丧期,屈指以待。及释服日⑧,以处士拜拾遗⑨。祐有文学⑩,喜书画,好弹琴,其拔擢乃偶然耳。

**【注释】**

①李实为司农卿:本条采录自《国史补·李实荐萧祐》。《太平广记》亦有载。李实,唐宗室,道王元庆玄孙。以门荫入仕。累迁山南东道节度使李皋判官,继为留后,因克扣军资被士卒逐归京师。德宗贞元十九年(803),任京兆尹,恃宠横暴,排挤异己。聚敛进奉,官民同苦其暴。顺宗时,贬通州长史。百姓欢呼,争执瓦石击之。后遇赦移虢州,卒于道。司农卿:官名。汉置大司农,其长官为卿,即司农卿,为汉朝九卿之一。掌钱谷金帛诸货币等事。北齐改大司农为司农寺,其长官仍称卿,其后隋、唐皆沿置。

②官租:政府征收的租税。

③萧祐:《新唐书》作"萧祐"。字祐之,祖籍兰陵(今山东苍山)。少孤贫,耿介苦学。德宗贞元中,自处士征拜左拾遗。宪宗元和

初，为监察御史。后入朝为考功郎中，迁兵部郎中。穆宗长庆中，累迁虢州刺史、太常少卿。文宗大和元年（827），任谏议大夫，转桂管观察使。卒赠右散骑常侍。为人闲淡，博雅好古，善鼓琴赋诗，尤精书画。

④输：交出，缴纳。

⑤当谢状：此句原书与《太平广记》引文均作"当为谢状"，当据补。

⑥齐衰：丧服的一种。次于最重的斩衰。以粗麻布制成，因其缉边缝齐，故称"齐衰"。

⑦延英：即延英殿。唐代官殿名。在延英门内。

⑧释服：除去丧服。即除丧。

⑨处士：有才学而隐居不做官的人。

⑩祐有文学：《旧唐书·萧祐传》记载："祐闲澹贞退，善鼓琴赋诗，书画尽妙，游心林壑，啸咏终日，而名人高士，多与之游。"

## 【译文】

李实任司农卿，负责督察政府的租税。萧祐正在居丧期，没有按时缴纳租税，李实非常生气，召萧祐前来，运送租税的车辆也和萧祐一起到了，李实才没有追究萧祐的罪责。正赶上皇帝对李实有赏赐，应当立即上表谢恩，执笔写上表的人有事没来，李实就说："叫那个穿着丧服的人来。"萧祐来了以后，立即为李实草拟了一篇文书，李实非常高兴，在延英殿当面向唐德宗引荐萧祐。德宗让人问他服丧的期限，数着手指计算时间等待。等到萧祐脱去丧服的第二天，德宗就将他由处士官拜为拾遗。萧祐有文才，喜好书画，擅长弹琴，他被提拔纯属偶然。


795.郑云逵与王彦伯邻<sup>①</sup>，尝有客求医，误造云逵，诊曰："热风<sup>②</sup>。"客又请药方，云逵曰："药方即不如东家王供奉<sup>③</sup>。"客惊而去。自是京城目乖宜者为"热风"<sup>④</sup>。

**【注释】**

①郑云逵与王彦伯邻：本条采录自《国史补·误造郑云逵》。王彦伯，荆州（今湖北江陵）人。唐代医生、道士。善医术，常以煮药散发救济贫民，服者无不病愈。尤精于脉，以之断生死，少有不中者。

②热风：中医病症名。由风邪挟热所致的一种病。《云笈七签·金丹》："右五味搅和令调，以枣肉和为丸，如大麻子许，每食后一丸，去心忪、热风鬼气。"

③王供奉：即王彦伯。供奉，指以某种技艺被召入内廷任职的人。

④乖宜：失当。

**【译文】**

郑云逵和王彦伯是邻居，曾经有客人求医问药，误访到了郑云逵家中，郑云逵诊断说："你患有热风病。"客人又向他请求治疗的药方，郑云逵说："我的药方比不上我家东边的王供奉。"客人吃惊地离开了。从此京城之中将行为失当的人称为"热风"。

796. 王仲舒为郎中①，与马逢友善②。每责逢曰："贫不可堪，何不求碑志相救？"逢笑曰："适见人家走马呼医，立可得也③。"

**【注释】**

①王仲舒为郎中：本条采录自《国史补·求碑志救贫》。王仲舒，字弘中，唐并州祁（今山西太原）人。少好学，工诗文。长于制诰。德宗贞元中，登贤良方正、能直言极谏科，拜左拾遗。迁右补阙，进礼部、考功、吏部三员外郎。宪宗元和初年，召为吏部员外郎，五年（810）迁职方郎中、知制诰。历峡、婺、苏三州刺史，所至皆有善政。十五年（820）召拜中书舍人，六月授江西观察使。卒后谥成。

②马逢：郡望扶风茂陵（今陕西兴平）人。博学工诗。德宗贞元五

年（789）举进士第，官佐镇戎幕府。贞元二十年（804）任鳌屋尉，转咸阳尉。宪宗元和六年（811）授试大理评事，充京兆观察支度使。八年（813）前后，以殿中侍御史充荆南节度使从事。

③适见人家走马呼医，立可得也：原书作"适有人走马呼医，立可待否"。

**【译文】**

王仲舒任郎中的时候，和马逢交好。每次见到马逢都会责备他说："你穷得快过不下去了，为什么不去给人写碑记谋生呢？"马逢笑着说："刚才看到有人骑着快马找医生，我马上就可以写碑记了。"

797.许尚书孟容与宋济为布衣交①。及许知举②，宋不中第。放榜后，许自愧，累请人致意，兼令门生就见③，宋乃谒许。深谢之。因置酒，酣，乃曰："某今年为国家取卿相④。"时有姚嗣及第⑤，数日卒。乃起慰许曰："邦国不幸，姚令公薨谢⑥。"

**【注释】**

①许尚书孟容与宋济为布衣交：本条采录自《卢氏杂说》。《太平广记》亦有载。布衣交，即贫贱之交。古代劳役之人穿布衣，故以布衣指代劳动者及平民。

②知举：职事名。唐前期，京城科举考试由吏部考功员外郎主持。玄宗开元二十四年（736）后改由礼部侍郎主持，亦有特派他官主持者，称"知礼部贡举"或"知礼部选事"，简称"知礼部举""知贡举"等。事毕即罢。

③门生：科举时代及第者对主考官自称门生。

④卿相：指执政的大臣。

⑤姚嗣及第：《太平广记》引文此句作"姚嗣卿及第后"。

⑥令公：对中书令的尊称。中唐以后，节度使多加中书令，使用渐滥。薨谢：薨殂，去世。

【译文】

　　尚书许孟容和宋济是贫贱之交。等到许孟容主持科举考试，宋济却没有中第。放榜以后，许孟容自感愧对宋济，多次请人前去问候，还让自己的门生去拜见他，宋济才去拜访许孟容。许孟容向宋济表达了深深的歉意。之后，便安排酒席请宋济喝酒，酒喝到高兴的时候，许孟容才说："我今年为国家选拔执政大臣。"当时有个叫姚嗣的人考中进士，几天后就死了。于是宋济起身安慰许孟容说："这是国家的不幸，让姚令公英年早逝。"

　　798.郑昈性通脱①，与诸甥侄谈笑无间。曾被飘瓦所击②，头血淋漓，两玉簪俱碎。家人惶遽来视③，外甥王某在后至，曰："二十舅，今日头璧俱碎。"昈大叫曰："我不痛！"裹伤命酒④，酣饮尽兴。

【注释】

①郑昈（hù）性通脱：本条采录自《封氏闻见记·欢狎》。郑昈，唐荥阳（今河南荥阳）人。玄宗开元中登进士第，授郾城尉。累历河南采访支使、浚仪主簿、大理评事。天宝年间任岭南经略使判官、光化尉。安禄山反，率众击杀附和者，迁登州司马，转长史。入为太子左赞善大夫，改屯田员外郎，转太子中允。代宗宝应、广德间为武宁节度判官，改沂州刺史。入为卫尉少卿。官终滁州刺史。通脱，旷达洒脱，不拘小节。

②飘瓦：坠落的瓦片。

③惶遽：惊恐慌张。

④裹伤：包扎伤口。

## 【译文】

郑旷性格旷达洒脱，不拘小节，和外甥、子侄辈说说笑笑没有隔阂。郑旷曾经被一块坠落的瓦片击中，头上鲜血直流，两支玉簪都被砸碎了。家人惊慌地前来探视，外甥王某从后面赶来说："二十舅，你今日这是头和玉簪都碎了啊。"郑旷大声喊叫说："我一点都不觉得疼！"他包扎好伤口就让人准备酒，尽情畅饮起来。

799.顾况从辟①，与府公相失②，揖出幕，况曰："某梦口与鼻争高下。口曰：'我谈今古是非，尔何能居我上？'鼻曰：'饮食非我不能辨。'眼谓鼻曰：'我近鉴豪端③，远察天际，惟我当先。'又谓眉曰：'尔有何功，居我上？'眉曰：'我虽无用，亦如世有宾客，何益主人？无即不成礼仪；若无眉，成何面目？'"府公悟其讥，待之如初。又旧说：顾况与韦夏卿饮酒，时金气已残④，夏卿请席征秋后意，或曰"寒蝉鸣"，或曰"班姬扇⑤"，而况云"马尾"，众哂之，曰："此非在秋后乎⑥？"

## 【注释】

①从辟：接受征召。

②府公：六朝时称王府僚属之主。唐、五代时，官府幕僚沿旧习，称节度使、观察使为府公。后亦泛称府、州级的长官。相失：不和睦，有分歧。

③豪端：毫毛的末端。比喻细微之物。豪，通"毫"。

④金气：秋气。

⑤班姬扇：亦作"班女扇"。汉成帝妃班婕妤失宠后，作《团扇》诗

（亦称《怨歌行》），以秋扇见弃自喻。后以"班女扇"比喻失宠者或废弃之物。班姬，即班倢伃，西汉女文学家。班固祖姑。少有才学，成帝时被选入宫，立为倢伃。作品今存《自悼赋》《捣素赋》《怨歌行》三篇，写她在宫中的苦闷心情。

⑥秋：周勋初《校证》注曰："'鞦'之谐音。'鞦'为'鞧'之异体，乃马后部之革带。"

## 【译文】

　　顾况接受征召到幕府任职，和节度使不和睦，于是他便准备告别离开幕府，顾况说："我梦见嘴和鼻子争论高下。嘴说：'我可以谈论古今是非，你怎么能高居我之上？'鼻子说：'饮食没有我就不能辨别气味。'眼睛对鼻子说：'我近处可以辨别毫毛的末端，远处可以遥望天边，只有我应当在上面。'又对眉毛说：'你有什么功劳，位居我的上面？'眉毛说：'我虽然没有什么大的用处，就像人世间有客人，对主人有什么好处呢？没有客人就不能行宾主之间的礼仪；如果没有眉毛，哪里会形成人的面目？'"节度使领悟了他旁敲侧击的批评，待他还如当初一样。又有旧的传闻说：顾况和韦夏卿一起喝酒，当时秋气已经衰败了，韦夏卿向席间众人征求能够表达秋后的意象，有人说"寒蝉鸣"，有人说"班姬扇"，而顾况却说"马尾"，众人都讥笑他，顾况说："马尾不是在'鞦'的后面吗？"

　　800.郎中故事<sup>①</sup>：吏部郎中二厅，先南曹，次废置<sup>②</sup>。刑部分两赋<sup>③</sup>，其制尚矣<sup>④</sup>。

## 【注释】

①郎中故事：本条采录自《国史补·郎官分判制》。《太平广记》亦有载。本条与下801至804原合为一条，本书据原书分列。郎中，原文与《太平广记》引文此二字均作"郎官"，当据改。

②"吏部郎中二厅"几句：此处文字有阙误。原书与《太平广记》引

文均作"礼部郎中二厅,先小铨,次格式。员外郎二厅,先南曹,次废置",当据改。南曹,官署名。又称选院,隶尚书省。唐高宗总章二年(669)置,由于位于选曹之南,故称之南曹。由兵部、吏部员外郎各一人判之,掌检勘选人出身、以及是否合当年选格等事。凡选人文书有伪误及格式有误者,即被驳落,不得授官。

③刑部分两赋:此处文字有阙误。原书与《太平广记》引文均作"刑部分四覆,户部分两赋",当据改。两赋,此处指田赋和贡赋。

④尚:古远,久远。

**【译文】**

郎官旧例:礼部郎中有两个办公大厅,遇有掌选时先根据资格条件选授,再考察官吏处事的法度。员外郎也有两个办公衙署,先让吏部属官南曹铨选,再决定去留。刑部分刑部、都官、比部、司门四司,户部按职务性质可分两赋:田赋、贡赋。这种制度已经很久远了。


801.旧说①:吏部为"南省舍人"②,考功、度支为"振行"③,比部得廊下食④,以饭从者,号曰"比盘"⑤。二十四曹呼左右司为"都公"⑥,省中语曰:"后行祠、屯⑦,不博中行都、门⑧;中行刑部⑨,不博前行驾、库⑩。"


**【注释】**

①旧说:本条采录自《国史补·叙诸曹题目》。《太平广记》《近事会元》《类说》等亦有载。

②吏部为"南省舍人":此句文字有阙误。原书与《太平广记》《近事会元》引文此句均作"吏部为'省眼',礼部为'南省舍人'",当据改。

③振行:唐时考功、度支的别称。

④比部：官署名。尚书省刑部四曹之一，掌勾会内外赋敛、经费、俸禄、公廨、勋赐、赃赎、徒役课程、逋欠之物及军资、器械、和籴、屯收所入等事。魏晋南北朝尚书有比部曹，南朝宋时掌法制，北齐时隶属都官。隋朝初年称比部侍郎，为隶属刑部四曹之一，隋炀帝时改称比部郎。唐高祖武德中称比部郎中，置一员，从五品上阶，员外郎一员，从六品上阶。廊下食：皇帝赏赐百官臣僚的饭食。唐制，每日常朝百官，退朝后皇帝赐食于廊下，谓之廊餐、廊下祭、常食，亦谓廊下食。

⑤比盘：唐代对刑部比部司的别称。

⑥二十四曹：唐代尚书省六部"二十四司"的别称。尚书省六部各辖四司，共二十四司，即吏部之吏部、司封、司勋、考功；户部之户部、度支、金部、仓部；礼部之礼部、祠部、膳部、主客；兵部之兵部、职方、驾部、库部；刑部之刑部、都官、比部、司门；工部之工部、屯田、虞部、水部。都公：唐时尚书省左、右司郎中、员外郎的尊称，因左、右司别称都司得名。

⑦后行祠、屯：唐时尚书省六部以工部、礼部为后行。后行祠、屯指礼部祠部司与工部屯田司。后行，唐尚书省六部分为三等，即前行、中行、后行。

⑧不博：不比，比不上。中行都、门：唐时尚书省六部以户部、刑部为中行。中行都、门指刑部都官司与司门司。

⑨中行刑部：据周勋初《校证》，此句原书作"下行刑、户"。《太平广记》引文作"中行礼部"，汪绍楹校："明抄本'部'作'户'。"《类说》引文作"中行刑、户"。当以后说为是。

⑩前行驾、库：唐时尚书省六部以兵部、吏部为前行。前行驾、库指兵部的驾部司和库部司。

## 【译文】

过去的说法认为：吏部是尚书省的"省眼"，礼部被称作尚书省的

"舍人"，吏部下设的考功司、度支司称为"振行"，比部司的官员被赏赐在廊下就食，其他陪同一起吃饭的官员，叫作"比盘"。尚书省六部二十四司衙署的官员之间，相互称为"都公"，尚书省内有这样的说法："后行礼部的祠部司和工部的屯田司，比不上中行刑部的都官司和司门司；中行的刑部和户部，比不上前行兵部的驾部司和库部司。"

802.故事①：度支②，郎中判入，员外判出，侍郎总统押案而已③。乾元已后始为使额④。

**【注释】**

①故事：本条采录自《国史补·度支判出入》。《太平广记》亦有载。故事，旧例，旧日的制度。

②度支：原书与《太平广记》引文此二字下均有"案"字。

③总统：总揽，总管。押案：即签字画押。

④乾元：原书与《太平广记》引文均作"贞元"。《资治通鉴·唐纪·肃宗至德元年》"寻加（第五）琦山南等五道度支使"句下，胡三省注曰："度支使始此。宋白曰：故事，度支案，郎中判入，员外判出，侍郎总统押案而已，官衔不言专判度支。开元已后，时事多故，遂有他官来判者，乃曰度支使，或曰判度支，或曰知度支事，或曰勾当度支使，虽名称不同，其事一也。"据此可知，"乾元""贞元"均误，当为"开元"。使额：度支使的员额。

**【译文】**

旧日的制度：度支衙门，郎中主管财政的收入，员外郎主管财政的支出，由侍郎总管签字画押。唐玄宗开元以后开始设置度支使的员额。

803.郎官当直①，发敕为重②。水部员外刘约直宿③，会河内系囚配流岭表④，夜发敕符⑤，直宿令史又不更事⑥，惟下岭表,不下河北⑦。旬月后,本州闻后⑧,约遂出官。

**【注释】**

①郎官当直:本条采录自《国史补·当直夜发敕》,《太平广记》亦载。当直,值班。

②发敕:又称"发日敕"。唐代诏旨形式之一。凡增减官员、废置州县、征发兵马、除免官爵、授六品以下官等用之。

③刘约:字思绚,唐幽州昌平(今北京昌平)人。穆宗长庆初,总以幽州归朝,约授齐州刺史。迁棣州刺史。文宗开成初,累迁至德州刺史、沧景节度副使。三年(838),检校尚书,为沧州节度使,在镇六年。武宗会昌五年(845),徙天平节度使。宣宗即位,移镇宣武,未至,暴卒。直宿:值夜。

④河内:原书与《太平广记》均作"河北",当据改。系囚:在押的囚犯。岭表:地区名。即岭南、岭外。指五岭以南地区,相当今广东、广西二省及越南北部一带。唐曾在此设方镇,玄宗开元二十一年(733)置岭南五府经略讨击使,为玄宗时边防十节度经略使之一。肃宗至德元载(756)置岭南节度使,治所在广州(今广东广州)。

⑤敕符:古时朝廷用以传达命令、调兵遣将的凭证。

⑥更事:经历世事。

⑦河北:地区名。泛指今黄河下游以北,阴山、燕山山脉以南,太行山以东地区。唐太宗贞观初置河北道。玄宗开元二十一年(733),置河北道采访处置使。治所魏州(今河北大名)。

⑧本州闻后:原书与《太平广记》引文此句均作"本州闻奏",当据改。

**【译文】**

郎官值班之时,其中最重要的职责就是发布皇帝的诏令。水部员外郎刘约值夜班时,正赶上河北向岭南地区发配流放在押的囚犯,半夜发布皇帝的诏令,值班的下级令史没有经历过这种事,只将敕令发给了岭南,没有发给河北。一个月后,河北的官员听说后向皇帝奏报了这件事,刘约被贬离开京城到外地做官。

804.贞元末<sup>①</sup>,有郎官四人,自行军司马赐紫而登郎署<sup>②</sup>,省中谑为"四君子"。

**【注释】**

①贞元末:本条采录自《国史补·省中四军紫》。

②行军司马:职官名。三国魏元帝咸熙元年(264)始置,职务相当于军谘祭酒。唐时为节度行军司马的省称,多以掌军事实权者充任,为节度使之候选,号称"储帅"。《资治通鉴·唐纪·唐德宗贞元十二年八月丙子》:"以汝州刺史陆长源为宣武行军司马。……初,上不欲生代节度使,常自择行军司马以为储帅。"胡三省注:"行军司马,掌弼戎政,居则习蒐狩,有役则申战守之法,器械、粮备、军籍、赐予皆专焉。"郎署:官署名。隋、唐时对六部所属二十四司的别称。

**【译文】**

唐德宗贞元末年,有四个郎官,从行军司马一职被加赐紫服,而得以到宫中的郎署任职,宫内的人戏称他们为"四君子"。

805.郎士元诗句清绝<sup>①</sup>,轻薄好为剧语<sup>②</sup>,每云:"郭令公不入琴<sup>③</sup>,马镇西不入茶<sup>④</sup>,田承嗣不入朝。"马知此,语之曰:"郎中言燧不入茶,请左顾为设也<sup>⑤</sup>。"即依期而往。时豪家食次<sup>⑥</sup>,起羊肉一斤,层布于巨胡饼<sup>⑦</sup>,隔中以椒豉,润以酥<sup>⑧</sup>,入炉迫之,候肉半熟食之,呼为"古楼子"。马晨起啖古楼子以伫，士元至，马喉干如窑，即命急烹茶，各啜二十余瓯⑨。士元已老，虚冷腹胀，屡辞，马辄曰："'马镇西不入茶'，何遽辞也？"如此又七瓯。士元固辞而起，及马，气液俱下⑩。因病数旬，马乃遗绢二百匹。

**【注释】**

①郎士元：字君胄，唐中山（今河北定州）人。玄宗天宝十五载（756）登进士第，授校书郎。安史之乱中，避难江南。唐代宗宝应元年（762）补渭南尉。后历任拾遗、郢州刺史，入朝为郎中。工诗，多酬赠送别之作，诗风清丽闲雅，以五律见长。清绝：清雅至极。

②剧语：戏谑之语。

③郭令公：即郭子仪。

④马镇西：由下文"郎中言燧不入茶"可知，马镇西当即马燧。

⑤左顾：犹言枉顾，屈驾。谢人拜访的谦辞。《汉书·淮阳宪王钦传》："子高乃幸左顾存恤。"颜师古注："左顾，犹言枉顾也。"

⑥食次：就食之时。

⑦层布：一层一层地铺开。胡饼：带有胡麻的烧饼。原从西域传至北方少数民族，汉朝传入中原，魏晋时期已在汉族社会普遍流行。

⑧酥：酥油，又称酪，用牛羊奶制成的食物。

⑨瓯：杯子。

⑩气液俱下：唐代俗语。即屁滚尿流。

**【译文】**

郎士元诗文词句清雅，为人轻薄并喜欢说戏谑之语，他经常说："郭子仪不懂琴，马燧不喝茶，田承嗣不上朝。"马燧知道后，对郎士元说："郎中说我不喝茶，请屈驾来我家喝茶吧。"郎士元就按约定好的日期前往。当时豪门富贵之家就食之时，用一斤羊肉，一层一层地铺在巨大的胡饼上面，中间撒上胡椒和豆豉，抹上酥油，放进炉子里烤，等到羊肉半熟的时候拿出来吃，这种食物被称为"古楼子"。马燧早上吃了古楼子等着郎士元，郎士元到的时候，马燧的喉咙里干得就像烧过瓦的窑，他立刻让人烹茶，两个人各自喝了二十多杯。郎士元年纪大了，茶喝多了肠胃虚冷，肚子也涨，多次向马燧辞别，马燧就说："你不是说'马镇西不入茶'吗，怎么能急着告辞呢？"这样又喝了七杯。郎士元坚决告辞起身离开，刚到马前，就屁滚尿流。因此病了几十天，马燧为此送给郎士元二百匹绢致歉。

806. 贞元初①，穆宁为和州刺史②，其子故宛陵尚书及给事列侍宁前③。时穆家法最峻，宁命诸子直馔④，稍不如意，则杖之。诸子至直日，必探求珍异，罗列鼎俎⑤，或不中意，未尝免笞箠⑥。一日，给事直馔，鼎前有熊白及鹿脩⑦，曰："白肥而修瘠，相滋其宜乎？"遂试以白裹修改进，宁果再饭。宛陵诸季视之⑧，喜形于色，曰："非惟免笞，兼当受赏。"宁饭讫，曰："今日谁直？可与杖俱来。有此佳味，奚进之晚？"

**【注释】**

①贞元初：本条采录自《资暇集·熊白咶》。

②和州：州名。唐高祖武德三年（620），改隋历阳郡为和州。治所历阳（今安徽和县）。

③宛陵尚书：即穆赞，穆宁之子，曾官宣州刺史、御史中丞，充宣歙观察使等，卒赠工部尚书。宛陵，古县名。汉初置。治今安徽宣州。

给事：即穆质，穆宁次子，尝官给事中。

④直馔:轮流侍奉饮食。

⑤鼎俎(zǔ):鼎和俎。鼎为古代的烹饪器,俎为割肉用的砧板。此处指割和烹的用具。

⑥笞箠(chī chuí):亦作"笞棰"。以竹木之类的棍条抽打。

⑦熊白:熊背上的脂肪。色白,故名。为珍贵美味。鹿脯:风干的鹿肉。脯,干肉。

⑧诸季:原书此二字上尚有"与"字,当据补。

**【译文】**

唐德宗贞元初年,穆宁任和州刺史,他的儿子原宛陵尚书穆赞和给事中穆质侍奉在穆宁跟前。当时穆宁的家法最为严苛,他让儿子们轮流侍奉饮食,稍有不合心意的地方,就会杖打他们。儿子们到了自己负责侍奉饮食的当天,必定探求奇珍异食,摆上鼎和俎,有时不合穆宁的心意,也避免不了被棍条抽打。有一天,给事中穆质负责侍奉饮食,看到鼎前放着熊白和风干的鹿肉,就说:"肥腻的熊白和干肉两种食物搭配,放在一起能吃吗?"于是他尝试着用熊白裹着风干的鹿肉来改进吃法,穆宁果然吃了两碗饭。穆赞和他的弟弟看到后,都喜形于色,说:"这次不但能免于挨打,还应该受到夸赞。"穆宁吃完饭,说:"今天是谁负责饮食?可以拿着棍杖一起来。有这种美味,为什么这么晚才进献给我?"

807.宝应中①,员外郎窦庭芝分司东都②,敬事卜者葫芦生,言吉凶多中,往来甚频。一日,入门甚叹惋,庭芝问之,曰:"君家大祸将至,举族恐无遗类③。"庭芝惶恐,问所以避之者。云:"非遇黄中君、鬼谷子④,不可救。然黄中君难见,但见鬼谷子,当无患矣。"具说形貌服饰,令浃旬求之⑤。于是窦与兄弟群从泊妻子奴仆⑥,晓夕求访于洛下⑦。时李邺侯居忧于河清县⑧,骑驴入洛,至中桥南,遇大尹避道⑨,驴惊逸而走,径入庭芝所居,与仆者共造其门。值车马将出,忽见邺侯,皆惊视之。俄有人出云:"此是分司窦员外宅,所失驴收在马厩,请客入座,员外尝愿修谒⑩。"如此者数四。不获已⑪,就其第。庭芝出,降阶而拜⑫,延接殷勤⑬,遂至信宿⑭。至于妻孥⑮,咸备家人之礼。数日告去,赠送甚厚,但云:"贵达之日,愿以一家为托。"邺侯居于河清,信使旁午于道⑯。[原注]庭芝初与邺侯相值⑰,葫芦生遽至其家,云:"既遇此人,无复忧矣!"及朱泚之乱,庭芝方为陕府观察,德宗幸奉天,遂降。贼平,德宗首命诛之。邺侯自南岳征回⑱,因第贼臣罪状,请庭芝减死。上不许,云:"卿以为宁王姻党乎?"[原注]庭芝姊为宁王妃。邺侯具白以旧事,上乃原其罪。邺侯始奏,上密使中官夜乘传陕州问之⑲,与庭芝云符合。德宗曰:"黄中君,盖我也;谓卿为鬼谷子,何也?"[原注]或云:李氏之先君灵城⑳,在清谷前、浊谷后,恐以此言之。

**【注释】**

①宝应中:本条采录自《剧谈录·李邺侯救窦庭芝》。宝应,唐代宗李豫的年号(762—763)。

②窦庭芝:唐中期人。曾任东都留守、陕府太守等。

③遗类:指留存的人。

④黄中君:天子的别称。鬼谷子:战国时期齐国人,一说为楚国人。为纵横家苏秦、张仪之师,隐居于鬼谷,故称为"鬼谷先生"。其学说从黄老"心术"出发,演变为"揣摩""捭阖"之术,用以论世御事,为战国纵横之士所宗。

⑤浃(jiā)旬:一旬,十天。

⑥群从：指堂兄弟及诸子侄。

⑦晓夕：犹日夜。洛下：指洛阳城。

⑧李邺侯：即李泌，唐朝宰相。因其被封为邺县侯，故称。居忧：指居父母之丧。河清县：唐先天元年（712）置，属洛阳（后属河南府）。治所在今河南济源西南。大顺初移治柏崖（今河南孟津）。

⑨大尹：唐时对府尹的别称。避道：旧时礼节，遇尊长于道，避退一旁，以示敬畏。

⑩修谒：进见（地位或辈分高的人）。

⑪不获已：犹言不得已。

⑫降阶：走下台阶，以示恭敬。

⑬延接：引见接纳，接待。

⑭信宿：连宿两夜。

⑮妻孥（nú）：妻子与儿女。

⑯旁（bàng）午：纵横交错，纷繁。《汉书·霍光传》：“受玺以来二十七日，使者旁午，持节诏诸官署征发。”颜师古注：“一纵一横为旁午，犹言交横也。”

⑰相值：犹相遇。

⑱南岳：即今湖南衡山的古称。《史记·封禅书》：“五月，巡狩至南岳。南岳，衡山也。”。

⑲乘传：指乘坐驿站的马车。

⑳灵茔：指坟茔，坟墓。

**【译文】**

唐代宗宝应年间，员外郎窦庭芝分管东都洛阳，窦庭芝很敬重擅长占卜的葫芦生，这个人谈论吉凶大都说得很准，窦庭芝和他往来十分频繁。有一天，葫芦生进门就惋惜地叹气，窦庭芝问他，他说：“你家里将有大祸降临，全族恐怕都没有幸存者。”窦庭芝听了非常害怕，问他怎样才能避免。葫芦生说：“除非遇到黄中君、鬼谷子，否则不能获救。然而黄中君很难见到，只要见到鬼谷子，应该就没有忧患了。"葫芦生向窦庭芝详细陈说了鬼谷子的形貌和服饰，并让他十天之内找到。于是窦庭芝和兄弟、堂兄弟以至妻儿、奴仆，日夜在洛阳城寻访鬼谷子的踪迹。当时邺侯李泌正在河清县为父母居丧，他骑驴进入洛阳城，走到中桥的南面，遇上长官的车马经过避让道路，他骑的驴受惊逃走，直接走进了窦庭芝的家中，李泌便和仆人一起去造访窦庭芝。正好遇上窦家的车马将要外出，忽然看到李泌，大家都吃惊地看着他。不一会儿有人出来说："这是分管洛阳的窦员外的家宅，您丢失的驴收在马厩，请客人进来坐，员外希望进见您。"如此这样寒暄了多次。不得已，李泌便来到窦庭芝的宅第。窦庭芝出来，走下台阶拜见李泌，十分殷勤地招待他，李泌在窦庭芝家住了两宿。窦庭芝的妻儿，都以家人的礼节拜见李泌。几日后李泌告辞离开，窦庭芝赠送的礼物非常丰厚，只是说："您显贵通达之日，希望能够将我全家托付给您。"李泌居住在河清县时，使者往还不断。［原注］窦庭芝最初和李泌相遇，葫芦生急忙赶到他的家中，说："既然已经遇到了这个人，就不用再担心什么了！"等到朱泚叛乱的时候，窦庭芝正任陕州观察使，唐德宗避难奉天县，窦庭芝就投降了朱泚。平定叛乱后，唐德宗首先下令杀了窦庭芝。李泌从南岳出征回朝，他评定叛降臣子的罪状，并请求皇上减免窦庭芝的死罪。德宗没有应允，对李泌说："你是因为窦庭芝是宁王的姻亲才替他求情吗？"［原注］窦庭芝的姐姐是宁王的妃子。李泌将之前葫芦生给窦庭芝说的话详细告诉了德宗，德宗这才原谅了窦庭芝的罪过。李泌一开始上奏的时候，德宗便暗中派中官连夜去陕州核查，和窦庭芝说的都符合。唐德宗说："黄中君，大概就是我；但称呼你为鬼谷子，是为什么呢？"［原注］有人说：李氏的先祖坟茔，在清谷的前面，浊谷的后面，恐怕是根据这个来说的。

808.窦相易直①，幼时名秘。家贫，就业田里②，其师事老叟有道术，而人不知。一日，忽风雪暴至，学童皆不果归③，宿于漏屋下。天寒,争近火,唯窦相寝于榻。夜深方觉,叟抚公令起,曰:"窦秘,君后为人臣,贵寿之极,勉自爱也!"及德宗幸奉天,易直方举进士,亦随驾西行。乘一蹇驴至开远门④,路隘,门将阖⑤,公惧势不可进,闻一人叱驴,兼箠其后,得疾驰而出。顾见一黑衣卒呼曰:"秀才!他日莫忘闾倩⑥。"及拜相,访得其子,提挈⑦,累至大官。

**【注释】**

①窦相易直:本条采录自《因话录·羽部》。窦相易直,即窦易直,字宗玄,唐京兆(今陕西西安)人。明经及第,初为校书郎。宪宗元和年间,历任御史中丞、京兆尹、宣州刺史等。穆宗长庆二年(822)入为吏部侍郎,后改户部,兼御史大夫,判度支。以本官同平章事(唐代宰相名号之一),后改门下侍郎,册封晋阳郡公。文宗大和二年(828)罢相,出任山南东道节度使,尚书左仆射等。卒赠司徒,谥曰"恭惠"。

②就业:求学。田里:泛指乡间,民间。

③不果:不成,不能。

④蹇驴:跛行驽弱的驴子。蹇,跛行,行走困难。开远门:又称安远门。唐长安外郭城西面偏北的一门。隋初建,故址在今陕西西安西郊大土门村。

⑤阖:关闭。

⑥闾倩:人名,生平未详。

⑦提挈:提拔,照顾。

**【译文】**

宰相窦易直,儿时名叫窦秘。家中贫寒,在乡里求学,他拜一个具有道术的老人为师,却没有人知道。有一天,忽然暴风雪来临,学童们都不能回家,晚上住在学堂破漏的屋子里。因为天气寒冷,学童们都争着靠近火堆取暖,只有窦易直躺在床榻上。半夜里大家刚睡着,老人抚摸着窦易直让他起来,说:"窦秘,你今后会入朝为官,享尽富贵长寿,希望你勤奋刻苦,自重自爱。"等到唐德宗避难奉天,窦易直刚刚考中进士,也跟着御驾西行。他骑着一头跛驴来到开远门,道路狭窄,城门马上就要关闭,窦易直担心这样下去自己势必进不了城,忽然听见有个人大声呵斥他的驴,同时捶打驴的后背,驴便飞奔出了人群。窦易直回头看见一个穿着黑色衣服的士卒向他高声喊道:"秀才! 日后别忘了一个叫间倩的人。"等到窦易直拜相后,他找到了那个人的儿子,提拔照顾他,直到做了大官。

809.赵璟、卢迈二相①,皆吉州旅客人②,人呼赵七、卢三。赵相自微而著,盖为是姚广女婿③。姚与独孤问俗善④,因托之,得作湖南判官,累授官至监察⑤。萧复相代问俗为潭州⑥,有人又荐于萧,萧留为判官,至侍御史。萧人,主留务⑦。有美声,闻于德宗,遂兼中丞,为湖南廉使。及李泌入相,不知之,俄而除替。璟既罢任,遂入京。李玄素知璟湖南政事多善⑧,意甚慕之。璟闲居慕静,深巷杜门不出⑨,玄素访之甚频。玄素乃是泌相之从弟也,璟因其相访,引玄素于青龙寺⑩,谓之曰:"赵璟亦自有官职⑪,誓不敢怨他人也。非偶然耳,盖得于日者焉⑫。"遂同访之,问玄素年命⑬,谓之曰:"公亦富贵人也。"玄素因自负,亦不言于泌相兄也。德宗忽记得璟,赐拜给事中。泌相不测其由。会有和戎使事⑭,出新相关播为大使,张荐、张式为判官⑮,泌因乃奏璟为副使。未至西蕃,右丞有阙,宰相上名,德宗曰："赵璟堪为此官。"进拜右丞。不数月,迁尚书左丞平章事⑯。五年,薨于位。此乃吉州旅人赵七郎之变化也。

## 【注释】

①赵璟、卢迈二相:本条采录自《刘宾客嘉话录》,《太平广记》亦有载。赵璟,新、旧《唐书》均作赵憬。赵憬,字退翁,唐天水陇西(今属甘肃)人。少好学,志行修洁。宝应中,代宗拟建泰、建二陵,憬褐衣上疏,请遵俭制,士林叹美。德宗建中初,擢水部员外郎、湖南观察使。贞元四年(788),以御史中丞充和亲副使送咸安公主降回纥。还,拜尚书左丞。八年(792),与陆贽并拜中书侍郎、同中书门下平章事。卒赠太子太傅。卢迈:字子玄,范阳郡涿县(今河北涿州)。明经及第,历太子正字、蓝田尉。又授河南主簿,充集贤校理。朝臣荐其文行,迁右补阙、侍御史、刑部吏部员外郎。自求江南外职,授滁州刺史。入为司门郎中,迁右谏议大夫,转给事中,迁尚书右丞。德宗贞元九年(793),以本官同平章事,进中书侍郎。后以太子宾客致仕。卒赠太子太傅。

②吉州旅客:《太平广记》引文作"吉州人"。原书与《太平广记》引文均误。关于赵憬,《旧唐书》记为天水陇西人,《新唐书》记作渭州陇西人。又《旧唐书·卢迈传》云卢迈是范阳人,《新唐书·卢迈传》云是河南人。《旧唐书》以郡望言,《新唐书》则以籍贯言,均未言及吉州。吉州,隋开皇十年(590)置州。唐治庐陵(今吉安)。

③姚广:唐人,生平未详。《太平广记》引文作"姚旷"。

④独孤问俗:唐河南洛阳人。玄宗天宝末,曾任安禄山幕府。肃宗上元间,任明州刺史。代宗宝应初,授检校秘书监、扬州大都督司马。后迁寿州刺史。代宗大历中,迁御史中丞、鄂州刺史、鄂岳团练观察使。移潭州刺史、湖南观察使,卒赠太子太保。

⑤累授:《太平广记》引文作"累奏",当据改。

⑥萧复相:《太平广记》引文作"萧相复"。当据改。《旧唐书·萧复传》曰:"大历十四年,自常州刺史为潭州刺史、湖南观察使。"萧复,字履初,唐南兰陵(今江苏常州)人。玄宗朝宰相萧嵩之孙。初以门荫为官门郎。代宗时,历任常、潭二州刺史、湖南观察使,又拜兵部侍郎。因护驾奉天,拜吏部尚书、平章事。后坐郜国公主亲累,废居饶州。潭州:隋开皇九年(589),改湘州为潭州。治长沙。

⑦留务:指留守、留台等所掌的政务。

⑧李玄素:李泌从弟,生平未详。

⑨杜门:闭门。

⑩青龙寺:又称灵感寺、观音寺、护国寺。故址在今陕西西安东南。始建于隋文帝开皇二年(582),初名灵感寺,高宗龙朔二年(662)修复为观音寺,睿宗景云二年(711)改名青龙寺。为佛教密宗之根本道场,也是唐代传播佛教密宗的主要寺院之一。

⑪有:《太平广记》引文"有"上尚有一"合"字,当据补。

⑫日者:古时以占候卜筮为业的人。

⑬年命:年寿命运。

⑭和戎:犹和亲。指封建王朝与边境少数民族统治者结亲交好。

⑮张荐:字孝举,唐深州陆泽(今河北深州)人。笃志好学,尤精史传。代宗大历中,任左右御率府兵曹参军、史馆修撰。德宗兴元元年(784),擢拜左拾遗。贞元四年(788),转殿中侍御史,从刑部尚书关播送咸安公主入回纥和亲。十一年(795),拜谏议大夫,改秘书少监。同年因持节使回纥,册拜毗伽怀信可汗,还转秘书监。后迁工部侍郎,兼御史大夫,充入吐蕃吊祭使。卒谥宪。张式:唐邓州南阳(今河南南阳)人。进士及第。累官左司员外郎、户部郎中。德宗贞元九年(793),为驾部郎中、知制诰,出拜虢州刺史。后授河南尹、水陆转运使。

⑯尚书左丞平章事：官名。唐朝罢尚书令，玄宗开元以后，仆射、尚书亦渐成名誉职务，尚书省政务实由左、右丞主持，实权反在仆射之上。或有加"同平章事"衔成为宰相，入政事堂议政者。

**【译文】**

赵璟、卢迈两位丞相，都是客居吉州的人，当地百姓都称呼他们为赵七、卢三。宰相赵璟从平民升为高官，大概是做了姚旷女婿的缘故。姚旷和独孤问俗交好，因此将赵璟托付给了独孤问俗，赵璟才得以任湖南判官，又不断授官直至为监察。后宰相萧复代替独孤问俗担任潭州刺史，又有人将赵璟推荐给萧复，萧复把赵璟留任为判官，后又升任为侍御史。萧复入京后，赵璟主持留守事务。由于赵璟政绩突出，名声很好，德宗知道后，于是让他兼任御史中丞，并充任湖南观察使。等到李泌入朝任宰相，不知道这些情况，不久就将他替换罢免了。赵璟罢官后，于是到京城居住。李玄素知道赵璟主持湖南政事时做了很多好事，心中十分仰慕他。赵璟闲居在家喜欢安静，整天呆在深巷闭门不出，李玄素频繁地拜访他。李玄素是宰相李泌的表弟，赵璟由于李玄素多次拜访，便带他来到青龙寺，对他说："我赵璟也应该有个职位，虽然现在闲居在家，但我发誓不敢怨天尤人。目前这种状况不是偶然，或许跟命运有关。"于是和李玄素同游青龙寺，询问李玄素的年寿命运，僧人说："他也是富贵之人。"李玄素因为自负，也没有把这些告诉兄长李泌。唐德宗忽然记起了赵璟，就官拜他为给事中。宰相李泌不清楚其中的缘由。恰好有去回纥和亲的差事，任新宰相关播为和亲大使，张荐、张式任判官，李泌于是上奏让赵璟任副使。还没到回纥，尚书右丞的职位空缺，宰相提出候选人的名单，德宗说："赵璟能够担任此官。"于是赵璟进入内阁官拜尚书右丞。不过几个月，升任尚书左丞平章事。五年后，在任上去世。这就是旅居吉州的赵七郎的生平经历。

810.苗晋卿困于科举①。一年，似得复落。春时，携酒乘驴出都门，藉草而眠。既觉，有老父坐于旁，因以余杯饮之。老父愧谢曰："郎君萦悒耶②？要知前事乎？"晋卿曰："某应举已久，有一第乎？"曰："大有事，但问之。"苗曰："某久穷，羡一郡，宁可及乎？"曰："更向上。""廉察乎？"曰："更向上。"苗乘酒，遂曰："将相乎？"曰："更向上。"苗怒而不信，因扬言曰："将相更向上，天子也？"老父曰："真者不得，假者即得。"苗以为怪诞，揖之而去。后果为将相。及德宗崩，摄冢宰三日③。

**【注释】**

①苗晋卿困于科举：本条采录自《幽闲鼓吹》。

②萦悒（yì）：充满忧愁。悒，忧愁，不安。

③冢宰：官名。亦称"太宰"或"宰"。西周始置，为百官之首，总理全国政务，辅佐国王治理天下。秦汉以后俗称宰相或吏部尚书为冢宰。

**【译文】**

苗晋卿在科举考试方面很不顺利。有一年，眼看要考中了，结果还是落了榜。春天的时候，他带着酒骑着驴出了都城门，在城门外喝多之后就在草上睡着了。睡醒后，他发现有位老人坐在自己旁边，趁着他睡觉把壶中剩余的酒喝光了。老人惭愧地道歉说："你的心里很郁闷吧？想知道前程的事吗？"苗晋卿说："我参加科举考试很多年了，有一天能中第吗？"老人说："大有希望，你尽管问。"苗晋卿说："我家贫困已久，非常羡慕州郡的长官，能做到这个位置吗？"老翁说："比这个还要高。"苗晋卿又问："能做到廉察使吗？"老翁说："比这个还要高。"苗晋卿趁着酒意，接着问道："难道能封将拜相？"老翁说："比这个还要高。"苗晋卿很生气，根本不相信老翁的话，于是大声说："比将相更高的，就是天子，难道我能做天子不成？"老翁说："真的做不了，假的还是会做几天的。"苗晋卿认为他的话荒诞至极，就向老人拱手离开了。后来苗晋卿果然做了宰相。等到德宗驾崩的时候，作为百官之首摄政三天。

811.司空曾为杨丞相炎判官<sup>①</sup>，故卢新州见忌<sup>②</sup>，欲出之。公见桑道茂<sup>③</sup>，道茂曰："年内出官。"官名遗忘。福寿果然。

【注释】

①司空曾为杨丞相炎判官：本条采录自《剧谈录》。《太平广记》亦有载。司空，《太平广记》引文作"司徒杜佑"，当据改。

②卢新州：即卢杞，因其于唐德宗建中四年（783）被贬为新州司马，故称。

③桑道茂：唐朝道士。出身贫寒，精于阴阳五行之术。代宗时待诏翰林。德宗建中四年（783），被朱泚逼为大秦政权官吏。兴元元年（784），李晟收复京师时被捕，不久遇赦。约卒于同年。

【译文】

司徒杜佑曾任丞相杨炎的判官，因此被卢杞所忌恨，他就想离开京城到外地做官。杜佑见到桑道茂，桑道茂对他说："一年内你就会离开京城到外地做官。"官名遗忘了。但他的福寿果如桑道茂所言。

812.卢华州<sup>①</sup>，予之堂舅氏也<sup>②</sup>。尝于元载宅门，见一人频至其门，上下瞻顾<sup>③</sup>。卢疑其人，乃邀以归，且问"元相何如"？曰："新相将出，旧者须去。吾已见新相矣，一人绯，一人紫；一人街西住，一人街东住：皆惨服也<sup>④</sup>。然二人皆身小而不知姓名。"不经旬日，王、元二相下狱<sup>⑤</sup>。德宗以刘晏为门下⑥，杨炎为中书，外皆传说必定，疑其言不中。时国舅吴凑见王、元事讫，因贺德宗而启之，曰："新相欲用谁人？"德宗曰："刘、杨。"凑不语。上曰："五舅意如何？言之无妨。"吴曰："二人俱曾用也，行当可见。陛下何不用后来俊杰？"上曰："为谁？"吴乃奏常衮及某乙⑦。翌日并用，拜二人为相，以代王、元，果如其说。绯紫、短小，街之东西，无不验者。

**【注释】**

①卢华州：本条采录自《刘宾客嘉话录》。卢华州，即卢徵，唐范阳（今河北涿州）人。少涉猎书记。初从刘晏、元琇，累授殿中侍御史。刘晏获罪，卢徵被贬珍州司户。德宗兴元中，为京兆司录等。元琇获罪，坐贬为秀州长史。贞元八年（792），拜同州刺史，不久转华州刺史。为求高位，大力搜括，以结权贵。

②予之堂舅氏也：此句中的"予"当指刘禹锡。据权德舆《祭卢华州文》，唐德宗贞元九年（793）刘禹锡进士及第，十一年（795）再登科，时卢徵任华州刺史。舅氏，舅父。

③瞻顾：打量。

④缌服：丧服。指守丧一年、九月、五月所穿的丧服。

⑤王、元二相：即宰相王缙、元载。

⑥以：原书作"将用"，当据改。

⑦某乙：自称的代词。

**【译文】**

华州刺史卢徵，是刘禹锡的堂舅。他曾在宰相元载的宅第门前，看见一个人多次来到元载家门口，上下打量。卢徵怀疑这个人，就把他邀请到自己家中，并且问他"宰相元载怎么样"？那个人回答说："新的宰相将要出现,旧的就必须离开。我已经见到新宰相了,一个人穿绯服,一个人穿紫服;一个住在街道西边,一个住在街道东边:两个人都穿着丧服。然而两个人都身材矮小不知姓名。"不过十天,王缙、元载两位宰相就被逮捕下狱。唐德宗准备任用刘晏掌管门下省,杨炎掌管中书省,外界都传说新宰相一定是这二人,卢微怀疑那个人的话没有说中。当时国舅吴凑见王缙、元载二人的事已经处理完,于是就恭贺德宗并询问说:"新宰相想要用什么人?"德宗说:"刘晏、杨炎二人。"吴凑没有说话。德宗说:"舅舅意下如何? 但说无妨。"吴凑说:"他们两个人都是陛下曾经用过的人,品行处事都已经知道了。陛下为什么不重用后起的杰出人才呢?"德宗说:"是谁?"吴凑于是向德宗推荐了常衮和他自己。第二天德宗一起重用,拜二人为宰相,代替王缙和元载,果然和那个人说的一样。新任宰相一个穿绯服,一个穿紫服,身材矮小,分别住在一条街的东西两边,没有一句不应验的。

813.桑道茂之门有一妪①,无所知,大开卜肆②。自桑而卜回者,必曰:"妪于桑门卖卜③,必有异也。"筮毕必来覆之。桑言休,则妪言咎;桑言咎,则妪言休。厥后中否,妪、桑各半。

**【注释】**

①桑道茂之门有一妪:本条采录自《资暇集·卜则妪》。桑道茂,唐朝道士。精于阴阳五行之术。

②卜肆:卜筮者所设的店铺或摊子。也就是占卜铺,盛于唐朝。

③卖卜:以占卜谋生。

**【译文】**

桑道茂的门口有一个老妇人,没有人知道她是从哪里来的,在桑道茂的门口开了一间占卜的店铺。从桑道茂家中占卜回去的人，必定都说："老妇在桑道茂家门口以占卜谋生，一定有神异之处。"于是人们在桑道茂家占卜完之后一定会去老妇那里重新卜卦。桑道茂说是吉兆，老妇就说是凶兆；桑道茂说是凶兆，老妇就说是吉兆。从那以后占卜的中与不中，桑道茂和老妇各占一半。

814.长安风俗①：贞元侈于游宴，其后或侈于书法、图画，或侈于博奕②，或侈于卜咒③，或侈于服食④，各有自也。

**【注释】**

①长安风俗：本条采录自《国史补·叙风俗所侈》。

②博奕：指局戏、围棋、赌博等游戏。语出《论语·阳货》："饱食终日，无所用心，难矣哉！不有博奕者乎？为之，犹贤乎已。"朱熹《集注》："博，局戏；奕，围棋。"

③卜咒：占卜和咒术。

④服食：服用丹药。道家养生术之一。

**【译文】**

长安的风俗：唐德宗贞元年间人们耽于交游宴饮，后来有的沉迷于书法、绘画，有的沉迷围棋、赌博等游戏，有的沉迷占卜和咒术，有的沉迷服用丹药以求长生，都各自有其来处。

815.顺宗时，五坊鹰犬恣横①，州县不能制。多于民间张罝罘②，或有误伤一鸟雀者，必多得金帛乃止，时谓"供奉鸟雀"。

**【注释】**

①五坊：官署名。唐置，掌养鹰犬等，以供皇帝狩猎之用。五坊为雕坊、鹘坊、鹞坊、鹰坊、狗坊，隶殿中省闲厩使。恣横：放纵专横。

②罝罦（jū fú）：泛指捕兽和捕鸟的网。

**【译文】**

唐顺宗时期，为皇帝饲养猎鹰猎犬的五坊官员放纵专横，各地州县不能管制。他们多在民间张网捕捉鸟雀，如果有人误伤一只鸟雀，一定要花费很多金银财帛才能了事，当时人们称为"供奉鸟雀"。

816. 刘禹锡为屯田员外郎①，且夕有腾超之势②。知一僧有术数③，寓直日邀至省④。方欲问命，报韦秀才在门外⑤，不得已见之，令僧坐帘下。韦献卷已，略省之，意色颇倦，韦觉告去。僧吁叹良久，曰："某欲言，员外心不惬⑥，如何？员外后迁，乃本曹郎中也。然须待适来韦秀才知印处置⑦。"禹锡大怒，揖出之。不旬日，贬官。韦乃处厚相，二十余年，在中书。禹锡转为屯田郎中⑧。

**【注释】**

①刘禹锡为屯田员外郎：本条采录自《幽闲鼓吹》。屯田员外郎，官名。尚书省工部屯田副长官。隋文帝开皇六年（586）始置，炀帝大业三年（607）改置承务郎。唐高祖武德三年（620）复旧。唐制工部第二司屯田设郎中一人，从五品上；员外郎一人，从六品上。掌天下屯田之政令，及文武官之职田、公廨田。

②腾超：升迁，提升。

③术数：推断人事吉凶祸福的方术，如占候、卜筮、星命等。

④寓直：泛称夜间于官署值班。

⑤韦秀才：即韦处厚。

⑥不惬：不乐意，不称心。

⑦知印：主持用印。《资治通鉴·后晋纪·后晋高祖天福四年》："八月，辛丑，以冯道守司徒兼侍中。壬寅，诏中书知印止委上相，由是事无巨细，悉委于道。"胡三省注："旧制：凡宰臣更日知印。"

⑧禹锡转为屯田郎中：《旧唐书·刘禹锡传》作"拜主客郎中"。

**【译文】**

刘禹锡任屯田员外郎的时候，有很快就被提升的势头。他知道有一位僧人通晓推测人的命运的方术，在当值的那天晚上就将僧人邀请到官署。刘禹锡刚准备询问自己的官运，有人通报说秀才韦处厚在门外等候求见，刘禹锡不得已接见了他，让僧人坐在帘幕后面等候。韦处厚送上自己的文卷后，刘禹锡粗略地看了一下，神情看起来很疲倦，韦处厚发觉后就告辞离开了。僧人叹息良久，说："我要说的话，员外内心一定不乐意，怎么办呢？员外以后升迁的官职，就是你现在所在职位的郎中正职。但是还必须等待刚才来的这位韦秀才掌权以后才能安排你。"刘禹锡大怒，拱手请僧人离开了。不到十天，刘禹锡就被贬官。韦秀才就是后来的宰相韦处厚，以后二十多年，韦处厚一直任中书令。韦处厚将刘禹锡转为屯田郎中。

817.韦崖州执谊自幼不喜闻岭南州县①。拜相日，出外舍，一见《州郡图》，迟回不敢看②。良久，临起误视，乃《崖州图》。后竟贬于此③。

**【注释】**

①韦崖州执谊自幼不喜闻岭南州县：本条采录自《大唐传载》。韦崖州执谊，即韦执谊，因其被贬崖州司户，故称。崖州，州名。南朝梁置，在今儋州西北。隋废。唐高祖武德四年（621）复置。治

所在舍城（今海南琼山东南）。玄宗天宝元年（742），改称珠崖郡。肃宗乾元元年（758），复称崖州。

②迟回：犹豫不定。

③后竟贬于此：《新唐书·韦执谊传》曰："始未显时，不喜人言岭南州县。既为郎，尝诣职方观图，至岭南辄瞑目，命左右撤去。及为相，所坐堂有图，不就省。既易旬，试观之，崖州图也，以为不祥，恶之。果贬死。"

**【译文】**

崖州司户韦执谊从小就不喜欢听岭南州县的名字。他官拜宰相的那天，从外舍出来，看到一幅《州郡图》，犹豫着不敢看。很久之后，韦执谊将要起身时不小心看了一眼，原来是《崖州图》。后来他竟然被贬到那里。

818.裴晋公度少时羁寓洛中①，尝乘驴入皇城，上天津桥。时淮西用兵已数年矣②。有二老人傍桥柱立，相语云："蔡州用兵日久，征发正困于人③，未知何时得平定？"忽睹裴公，惊愕而退。有仆携书囊后行，相去稍远，闻老人云："适忧蔡州未平，须待此人为将。"既归，其仆白之，裴曰："见我龙钟④，相戏尔！"其秋，东府乡荐⑤，明年登第。及为相，请讨伐淮西，遂平。后守洛时，对客每话天津桥老人事。

**【注释】**

①裴晋公度少时羁寓洛中：本条采录自《剧谈录·裴晋公天津桥遇老人》。少时，原书此二字作"微时"，当据改。羁寓，寄居，旅居。洛中，即洛阳。

②淮西用兵：指淮西藩镇吴元济叛乱之事。淮西，唐方镇名。淮南西

道的省称。肃宗至德元载（756）置，治所在颖川郡（今河南许昌）。代宗大历八年（773）移治蔡州（今河南汝南），十一年（776）移治汴州（今河南开封）。十四年（779）还治蔡州，号为淮宁军。德宗贞元十四年（798）改号彰义军，宪宗元和十二年（817）复为淮西节度使。

③征发：旧时指政府征调人力或物资。

④龙钟：衰老的样子，年迈。

⑤东府：唐宋时指丞相府。乡荐：唐宋应试进士，由州县荐举，称"乡荐"。

**【译文】**

晋公裴度年轻未显贵时旅居洛阳，曾经骑着驴进京城，上了天津桥。当时淮西的战事已经好几年了。有两位老人靠着桥柱站立，互相说道："蔡州的战事已经很久了，官府的征调给老百姓带来很大的困难，不知道什么时候才能平定？"忽然他们看见了裴度，非常吃惊，连忙离开了。裴度的仆人背着书囊在后面走，相隔有一段距离，听见老人说："刚才忧虑蔡州战事不能平定，要平定，必须等到这个人担任将领。"回到家中，仆人将老人的话告诉了裴度，裴度说："他们看到我年纪大了，戏弄我罢了！"那年秋天，裴度由州县举荐，参加了丞相府举行的进士考试，第二年就科举中第。等到担任宰相，裴度请求亲自带兵讨伐淮西叛乱，淮西的战事才得以彻底平定。后来裴度镇守洛阳时，和客人谈话还经常说起天津桥那两个老人的事。

819. 裴中令应举①，诣葫芦生问命。未之许，谓无科级之分②。试日，排高上门③，人马拥并④。见一妇人，类贾客之妻⑤，从女奴皆衣服鲜洁，挈一合⑥，以紫帕封。女奴力倦，置于门阃⑦。门辟，失妇人所在，合复在阃傍。公以衫裾卫之<sup>⑧</sup>,意为他人所购,冀其主复至。举人悉集,公独在门,日晏终不去<sup>⑨</sup>。久之,妇人方悲号,公诘其冤抑<sup>⑩</sup>,以状答曰:"夫犯刑宪<sup>⑪</sup>,其案已圆在朝夕。某家素丰,蓄一宝带<sup>⑫</sup>,会有能救护者,与数万缗,至罗锦<sup>⑬</sup>,悉不取,唯须此带。今早晨亲遣女使更持送,忽失所在,吾夫不免矣!"公识其主,即以予之。妇人再拜,泣谢而去。试不及,免罢一举。他日复访葫芦生,生见公,惊曰:"君非去年相遇者耶?君将来及第,兼位极人臣,盖近有阴德<sup>⑭</sup>。"

**【注释】**

①裴中令应举:本条采录自《芝田录》。《类说》亦有载。裴中令,即裴度。

②科级:科第。

③排高上门:《类说》引文作"入安上门"。安上门,城门名。唐长安皇城南面偏东门。建于隋初。唐肃宗至德三载(758)正月,改称光天门。后复其原名。门址约在今西安城正南门处。

④拥并:拥挤。

⑤贾客:商人。

⑥挈:用手提着。一合:一个盒子。合,通"盒"。

⑦门阒(niè):古代竖立在大门中部形成中门的两根木柱。

⑧衫裾:短衫和裙子,亦泛指衣服。

⑨日晏:天色已晚。

⑩冤抑:犹冤屈。

⑪刑宪:即刑法。宪,法令。

⑫宝带:束在衣服腰部饰有珍宝的带子。多用于帝王、后妃及官员贵族等。

⑬罗锦：有花纹的丝绸。亦泛指精美的丝织品。

⑭阴德：暗中积下仁义道德。

【译文】

中书令裴度当年参加科举考试时，去拜访葫芦生询问自己的命运。葫芦生没有给他肯定的答复，只说没有科第的名分。应试当天，进入安上门后，人马拥挤。裴度看见一个妇人，像是商人之妻，还有一个随从她的女仆，二人都衣着光鲜亮丽，女仆手里提着一个盒子，用紫色的手帕覆盖着。女仆累了，就把盒子放在了门柱旁。后来门开了，看不到那个妇人的身影了，但是盒子还放在门柱旁边。裴度用衣服将盒子保护起来，害怕被别人拿走，盼望盒子的主人再回来。应试的举子们都到齐了，只有裴度还站在大门口，一直到天黑也没有离开。过了很久，裴度才听见那个妇人失声痛哭，裴度问她有什么冤情，妇人拿出诉状回答说："我的丈夫犯了刑法，他的案子很快就要审判。我家境平素比较殷实，收藏了一条宝带，恰巧有一个能够救护我丈夫的人，我给他几万钱，还有精美的丝织品，他都不要，只要这条宝带。今天早晨我亲自派侍女带着宝带送给他，没想到忽然之间就丢了，我的丈夫死罪难免了！"裴度认识这个盒子的主人，当即就把它还给了她。妇人朝裴度拜了两拜，哭着感谢他，然后离开了。裴度没能赶上考试，就取消了这次科举的资格。后来有一天裴度再次去拜访葫芦生，葫芦生看见他，吃惊地说："你不是去年见过的那个人吗？你将来会考中科举，还会位极人臣，大约是近日积了阴德的缘故。"

820.裴晋公为盗所伤①，隶人王义扞刃死之②，乃自为文以祭之，厚给妻孥③。是岁进士为《王义传》者甚众。

【注释】

①裴晋公为盗所伤：本条采录自《国史补·晋公祭王义》。《南部新

书》亦载此事。

②隶人：仆人。扞（hàn）刃：用身体抵御刀刃。扞，抵御，抵挡。

③妻孥（nú）：妻子与儿女。

**【译文】**

　　晋国公裴度被盗贼所伤，仆人王义用身体抵御刀刃因此被杀，裴度亲自写了祭文来祭悼他，并厚赏他的妻儿。这年进士中写《王义传》的人很多。

　　821.皇甫湜气貌刚质①，性褊直②。为尚书郎，乘酒使气，忤同列；及醒，不自适③，求分务洛都。值洛中仍岁乏食④，正郎滞曹不迁，俸甚微，困悴甚⑤。尝因积雪，门无辙迹，厨突无烟⑥。裴晋公保厘洛宅⑦，人有以为言者，由是辟为留府从事，公常优容之⑧。先是，公讨淮西日，恩赐钜万，贮于集贤私第。公素奉佛，因尽舍所得，再修福先寺⑨。既成，将请白居易为碑。湜曰："近舍湜而远征白，信获戾于门下矣⑩！"公曰："初不敢以仰烦⑪，虑为大手笔见拒⑫，是所愿也。"因请斗酒而归，独饮其半，乘醉挥毫，立就。又明日，挈本以献。文思高古⑬，字复怪僻。公寻绎久之⑭，叹曰："木玄虚、郭景纯《江》《海》之流也⑮！"［原注］⑯其碑在寺西北廊玉石轞院⑰，洛中人家往往有本。命小将以车马缯彩器玩约千余缗酬之⑱。湜省书，掷于地，面叱小将曰："寄谢侍中，何相待之薄也！湜之文，非常流之文也⑲。曾与顾况为《集序》外，未尝造次许人者⑳；请制此碑，盖受恩深厚耳！其词约三千余字，每字三匹绢㉑，更减五分钱不得。"小校具以白㉒，公笑曰："真不羁之才。"立遣依数酬之。［原注］其字共三千二百五十有四，计送绢九千七百六十有二。后寺之老僧曰师约者,细为人说,其数亦同。自居守府及湜里第<sup>㉓</sup>,辇负相属<sup>㉔</sup>,洛人聚观之。湜褊急之性<sup>㉕</sup>,独异于人。尝为蜂螫手指,因大躁忿,命奴仆及里中小儿,箕敛蜂窠,以厚价购之。顷之,聚于庭,则命以砧臼绞取其汁<sup>㉖</sup>,以涂所痛。又其子松,尝录诗数首,字小误,大骂跃呼,取杖不及,齿啮其臂,血流及肘。

## 【注释】

①皇甫湜气貌刚质:本条采录自《阙史·裴晋公大度(皇甫郎中褊急附)》。

②褊(biǎn)直:褊急孤直。

③自适:自我调适,自得其乐。

④仍岁:连年,多年。乏食:食用不足。

⑤困悴:贫困愁苦。

⑥厨突:厨房的烟囱。

⑦保厘:治理安定。厘,治理。

⑧优容:宽待,宽容。

⑨福先寺:唐古寺名。位于唐神都洛阳积德坊内,故址在今洛阳瀍河区唐寺门村。原为武则天为其母杨氏所立太原寺,天授二年(691)改名为福先寺。

⑩获戾:得罪,获罪。

⑪仰烦:劳烦,打扰。

⑫大手笔:称工于文辞有大成就的人。

⑬高古:高雅古朴。

⑭寻绎:推究探索。

⑮木玄虚:即木华。字玄虚,广川(今河北枣强)人。西晋文学家。曾任太傅杨骏府主簿。有文藻,作品仅存《海赋》一篇。《江》

《海》：即郭璞的《江赋》与木华的《海赋》。

⑯原注：此是高彦休自注。下同。

⑰玉：原作"王"，据周勋初《校证》改。

⑱缯（zēng）彩：亦作"缯采"。彩色缯帛。

⑲常流：凡庸之辈，平常的人物。

⑳造次：轻率，随便。

㉑匹：原作"四"，据周勋初《校证》改。

㉒小校：军官名。低级军官或军卒。

㉓里第：指里中宅第，私宅。

㉔辇负相属：车运肩挑，连续不断。辇，车辇。负，背负，用肩挑。相属，相继，连续不断。

㉕褊急：度量狭小，性情急躁。

㉖砧臼：砧板和石臼。泛指捣碎用具。

**【译文】**

皇甫湜气貌刚强质朴，性情褊急孤直。他任尚书郎的时候，有一次喝醉酒使气，冒犯了同僚；等到酒醒之后，又不能自我排遣，于是请求到东都洛阳任职。正值洛阳连年食用不足，皇甫湜又长时间滞留在那里不能升迁，俸禄很低，生活十分困顿贫苦。曾经因为多日积雪，皇甫湜的家门前没有车辆经过的痕迹，厨房的烟囱里也没有炊烟升起。当时，裴度任东都留守，在洛阳实施保民安政的政治措施，有人跟他说起皇甫湜的境况，因此裴度将皇甫湜征辟为留府从事，常常对他宽待有加。早年，裴度征讨淮西叛乱的时候，朝廷赏赐给他巨多的财物，裴度都贮藏在集贤坊的私宅之中。裴度平日信奉佛教，便将这些私藏的财物全部施舍给福先寺，让僧侣重新修建寺庙。福先寺修建完成后，准备请白居易为寺院撰写碑文。皇甫湜说："舍弃距离近的皇甫湜而去寻求距离远的白居易，看来我确实是得罪了您啊！"裴度说："最初不敢劳烦您，担心被您这个工于文辞的大家拒绝，现在您愿意撰写碑文，这也是我所希望的。"于是皇甫湜要了一斗酒回家，独自喝了一半，趁着酒意挥笔撰写碑文，一气呵成。第二天，皇甫湜拿着文稿献给裴度。皇甫湜文思高雅古朴，用字也险怪偏僻。裴度反复玩味了许久，感叹道："真是木华、郭璞《海赋》《江赋》一类的名作啊！"[原注]碑刻在寺院西北边走廊玉石辒院里，洛阳人家往往有拓本。裴度让小将用车马拉着彩色缯帛和器物文玩约价值一千余缗的酬劳去酬谢皇甫湜。皇甫湜看过裴度的书信后，将其扔在地上，当面斥责小将说："替我感谢并转告侍中，问他为何这样薄待我？我皇甫湜的文章，不是凡庸之辈。我除了曾经为顾况作《集序》之外，没有轻易答应过第二个人；侍中请我撰写这篇碑文，都是因为我受恩深厚。这篇碑文大概三千多字，每个字三匹绢，哪怕少五分钱都不行。"小将回去将皇甫湜的话详细告诉了裴度，裴度笑着说："真是个狂放不羁的人才。"立刻派人按照皇甫湜提出的酬金数额支付给他。[原注]碑文共有三千二百五十四个字，总计送绢九千七百六十二匹。后来寺院一个叫师约的老僧，详细跟人讲过，也是这个数。从裴度居住的府邸到皇甫湜的私宅，运载绢的车辆连续不断，洛阳百姓都走出家门围观这一盛况。皇甫湜度量狭小且性情急躁，和其他人大为不同。皇甫湜曾经被蜜蜂蜇伤手指，于是非常愤怒，命奴仆和邻里小孩儿，用簸箕聚集蜂巢，他用高价买来。不一会儿，院子里就聚满了收集来的蜂巢，他命人用砧板和石臼捣碎，用布绞取出汁液，涂在痛患处。还有一次，皇甫湜的儿子皇甫松，曾经抄录了几首诗，其中有些字词小错误，皇甫湜就跳起来对儿子呼号大骂，他来不及拿棍子打，就用牙咬儿子的手臂，血都流到了胳膊肘上。

822.李汧公镇宣武①，好琴书。自造琴，取新旧桐材扣之，合律者裁而胶缀。所蓄二琴殊绝，其名"响泉""韵磬"者也②。性不喜俗间声音，有二宠奴，号秀奴、七七，善琴筝与歌，时遣奏之。有撰琴谱。兵部员外郎约③，汧公之子也。

以近属宰相子④，而有德量，多材艺，不迩声色，善接引人物⑤，而不好俗谈。晨起，草裹头⑥，对客蘙容⑦，便过一日。多蓄古器，在润州尝得古铁一片⑧，击之清越⑨。养一猿，名山公，常与相随。尝月夜独泛江，登金山⑩，击铁鼓琴，猿必啸和。高陆令赵偉夫人韦氏⑪，即兵部之姨妹也。说汧公徐夫人生二子，中年于徐夫人小乖⑫，及兵部生，情好复初，而君于诸子中宝爱悬隔⑬。在官所俸禄⑭，付与从子，一不问数，唯给奉崔氏、元氏二孀姊。元氏亦有美行，祭酒华阴公为之传⑮。君初至金陵，于李锜坐，屡赞招隐寺之美⑯。一日，锜宴于寺中，明日谓君曰："十郎常夸招隐寺，昨游宴细看，何殊州中？"君笑曰："某所赏者疏野耳⑰！若远山将翠幕遮⑱，古松用彩物裹，腥膻浼鹿蹄泉⑲，音乐乱山鸟声，此则实不如在叔父大厅也。"锜大笑。性又嗜茶，能自煎，曰："茶须缓火炙，活火煎。"活火，谓炭火之有焰者也。客至，不限瓯数，竟日执茶器不倦。尝奉使行至陕州石硖县东⑳，爱渠水，留旬日，忘发。

**【注释】**

①李汧（qiān）公镇宣武：本条采录自《因话录·商部》。李汧公，即李勉。因其于唐代宗大历十年（775）封汧国公，故称。

②所蓄二琴殊绝，其名"响泉""韵磬"者也：《新唐书·宗室宰相·李勉传》曰："善鼓琴，有所自制，天下宝之。乐家传响泉、韵磬，勉所爱者。"唐李绰《尚书故实》亦曰："李汧公取桐孙之精者，杂缀为之，谓之百纳琴。用蜗壳为徽，其间三面尤绝异。通谓之响泉、韵磬，弦一上可十年不断。"

③兵部员外郎约：即李约，字存博，李勉之子。唐宪宗元和年间，任兵部员外郎，与主客员外郎张谂相知。后弃官归隐。

④近属：血统关系较近的亲属。

⑤接引：接待，招待。

⑥裹头：裹扎头巾，包头。

⑦蹙容：原书作"蹙融"。蹙融乃博弈之戏。

⑧润州：州名。隋文帝开皇十五年（595）置。治今江苏镇江。

⑨清越：形容声音清脆悠扬。

⑩金山：在江苏镇江西北侧。

⑪高陆令赵俭夫人韦氏：原书作"伯父高陵府君夫人韦氏"。周勋初《校证》曰："作'高陆'者误。"当据改。

⑫小乖：稍有不和。

⑬宝爱：珍爱。悬隔：相差很大。

⑭在官所俸禄：原书作"在官所得俸禄"，当据补。

⑮祭酒华阴公：原书作"弘农公"。即杨凭，虢州弘农（今河南灵宝）人。故称弘农公。

⑯招隐寺：古寺名。在润州丹徒（今江苏镇江）招隐山上，始建于南朝宋景平元年（432），原为戴颙私宅。戴颙去世后，其女矢志不嫁，舍宅为寺，遂名招隐寺。唐宋以来，寺庙几经兴废。

⑰疏野：犹旷野。

⑱翠幕：比喻苍翠浓荫的林木。

⑲腥膻：难闻的腥味。涴（wò）：污，弄脏。鹿跲（bó）泉：泉水名。

⑳石硖（xiá）县：即唐陕州硖石县。唐玄宗贞观十四年（640）改崤县置，治今河南陕州东南石门。《新唐书·地理志二》："本崤，义宁二年省，武德元年复置。贞观十四年移治峡石坞，因更名。"

## 【译文】

汧国公李勉镇守宣武，爱好弹琴和书法。他能自己造琴，取来新老桐木轻敲,符合音律的就将其裁断并用胶粘合。李勉收藏的两把琴特别高绝,名为"响泉"和"韵磬"。李勉不喜世俗的音乐,他有两个宠爱的乐奴,名叫秀奴和七七,擅长弹奏琴筝和唱歌,李勉经常让她们奏唱乐曲。李勉有一首自己撰写的琴谱。兵部员外郎李约,是李勉的儿子。李约作为宗室宰相的儿子,有德行雅量,且多才多艺,不近声色。他擅长待人接物,却不喜欢世俗的攀谈。早晨起床,李约随意裹扎好头巾,和前来的客人对坐玩蹙融等博弈之戏,一天时间就过去了。李约收藏了很多古玩器物,他曾在润州获得一片古铁,敲击这块古铁就会发出清脆悠扬的乐音。李约还养了一只猿猴,名叫山公,这只猿猴经常和他相伴。李约曾经在月夜独自泛舟江中,攀登金山,他击铁弹琴,那只猿猴一定会长啸来应和他。高陵县令赵修的夫人韦氏,是李约妻子的妹妹。她说汧国公李勉的夫人徐氏生了两个儿子,中年时期李勉曾与徐夫人不太和睦,等李约出生后,才感情好得跟最初一样,而且李勉对自己这些儿子的喜爱程度差别很大。做官所得的俸禄,李勉都会交给侄子,从来不过问数目,只供养崔氏、元氏两位寡居的姐姐。元氏也是一位有美好品行的人,祭酒弘农公杨凭给她写过传记。李勉刚到金陵,和李锜座谈,多次盛赞招隐寺的美景。后来有一天,李锜在寺中宴饮,第二天对李勉说:"十郎经常夸赞招隐寺,昨日游玩宴饮之时仔细看了,与州县的美景有什么不同呢?"李勉笑着说:"我所欣赏的不过是周围旷野的美景罢了!如果远处的山峰遮挡了苍翠浓荫的林木,千年之松用彩绸包裹,膻腥之物污染了鹿蹄泉,音乐扰乱了山林中的鸟叫声,这样的话确实不如在叔父的大厅之中了。"李锜大笑。李勉还爱好饮茶,并能自己煎茶,他说:"茶需要用慢火炙烤,再用有焰的炭火煎煮。"活火,就是有焰的炭火。客人来访,从来不限喝茶的杯数,一整天拿着茶器也不觉得厌倦。李勉曾经奉命出使,走到陕州石硖县的东边,因为喜爱那里的渠水,停留了十天,都忘记了上路。

823.李锜之擒也①,侍婢一人随之。裂帛自书管榷之功②,言为张子良所卖③。教侍婢曰:"结之于带。吾若从容奏对,当为宰相,扬、益节度;不得,受极刑矣。我死,汝必入禁中。上问汝,当以此进。"及锜伏法,京师大雾,三日不解。宪宗得帛书,颇疑其冤,内出黄衣一袭赐锜子④,敕京兆收葬。

【注释】

①李锜之擒也:本条采录自《国史补·李锜裂襟书》。李锜,唐宗室后裔。初任凤翔府参军,贞元初年升为宗正少卿,旋出任润州刺史。以奇宝进献,德宗宠之。遂专掌榷酒、漕运大权,并募私兵。镇海军恢复后,又任节度使。宪宗即位后,欲以李元素代之,遂叛。旋被张子良俘获,至京被斩。

②裂帛:撕裂缯帛。管榷(què):古代指官府对盐、铁、酒等的专卖。

③张子良:又名张奉国,人称张中丞。唐南阳西鄂(今属河南)人。宪宗元和初为润州兵马使、御史中丞。二年(807)擒获叛乱的浙西节度使李锜。以功升检校工部尚书、左金吾将军,封南阳郡王,赐名奉国。终左骁卫上将军。

④内出黄衣一袭赐锜子:原书此句作"内出黄衣二袭赐锜及子"。《新唐书·叛臣·李锜传》曰:"帝出黄衣二袭,葬以庶人礼。"

【译文】

李锜被擒以后,有个侍婢跟着他。一天夜里李锜撕开缯帛书写自己在盐、铁等专卖方面的功劳,并说自己是被张子良出卖的。写完之后他对侍婢说:"你将这封帛书绑在衣带上。我如果有机会当堂申辩,就会成为宰相,或者扬州、益州的节度使;如果不能申辩,就会遭受极刑。我死了之后,你一定会被发配宫中。如果皇上问你,你就把这份帛书进献给皇上。"等到李锜被处死，京城大雾弥漫，连续三天也没有消散。唐宪宗得到了李锜写的帛书，怀疑李锜的案子有冤情，于是拿出一袭黄衣赐给了李锜的儿子，并下令让京兆府收敛安葬李锜的尸体。

824.孝明郑太后[①]，润州人也，本姓尔朱氏[②]。相者言其当生天子。李锜据浙西反，纳之。锜诛后，入掖庭，为郭太后侍儿[③]。宪宗皇帝幸之，生宣宗。即位，尊为太后。懿宗立，尊为太皇太后。又七年崩，以郭太后配飨[④]，出祭别庙[⑤]。

**【注释】**

①孝明郑太后：本条采录自《东观奏记》。孝明郑太后，即孝明皇后郑氏，唐宪宗皇后，润州丹阳（今江苏丹阳）人。唐宣宗、安平公主的生母。宪宗元和初年为李锜侍妾，李锜被杀，郑氏以叛臣眷属的身份没入宫廷，侍奉宪宗懿安皇后郭氏，为宪宗幸，生宣宗。宣宗即位，尊郑氏为皇太后。懿宗立，尊其为太皇太后。咸通六年（865）崩，上谥曰孝明，葬于景陵外园。

②本姓尔朱氏：原书作"本姓朱氏"。《新唐书·后妃传下》载："宪宗孝明皇后郑氏，丹杨人，或言本尔朱氏。元和初，李锜反，有相者言后当生天子。锜闻，纳为侍人。锜诛，没入掖廷，侍懿安后。宪宗幸之，生宣宗。"

③郭太后：即懿安皇后郭氏。唐宪宗李纯皇后，唐穆宗李恒生母。出身太原郭氏。唐穆宗即位，尊为皇太后。一生历经唐朝七代皇帝，五朝居于太后之尊。唐宣宗大中二年（848）去世，谥曰懿安皇太后，陪葬于景陵。

④配飨：亦作"配享"。合祭，祔祀。多指在帝王宗庙的祔祀。

⑤别庙：指太庙之外另立的庙。

**【译文】**

孝明太后郑氏,是润州人,本姓尔朱氏。看相的人说她将来会生下天子。当时李锜占据浙西后谋反,将她纳为侍妾。李锜兵败被杀后,郑氏以叛臣眷属的身份没入宫庭,成了郭太后的侍婢。唐宪宗宠幸了她,生下了唐宣宗。宣宗即位后,尊她为太后。唐懿宗即位后,尊其为太皇太后。又过了七年孝明太后驾崩,懿宗让郭太后配享祔祀,在太庙之外另立庙宇祭祀孝明太后。

825.段相文昌①,少寓江陵②,甚贫窭③。每听曾口寺斋钟动④,诣寺求食。寺僧厌之,乃斋后扣钟,冀其来不逮食。后登台辅⑤,出镇荆南⑥,题诗曰:"曾遇阇梨饭后钟⑦。"文昌晚贵,以金莲花盆盛水濯足,徐相商以书规之,文昌曰:"人生几何,要酬平生不足也!"[原注]⑧或曰,此诗是王相播事。

**【注释】**

①段相文昌:本条采录自《北梦琐言·段相踏金莲》。《诗话总龟》亦有载。

②江陵:唐府名。唐肃宗上元元年(760)升荆州为江陵府,号南都。治今湖北江陵。

③贫窭(jù):贫寒,贫穷。

④曾口寺:佛寺名。在南朝宋南郡江陵县。

⑤台辅:指宰相。言其位列三公,职居宰辅。

⑥荆南:方镇名。唐肃宗上元初,置荆南节度使。治江陵府(今湖北江陵)。

⑦阇(shé)梨:佛家语。阿阇梨的省称。意谓高僧,导师。亦泛指僧。

⑧原注:原书注文作"或云王播相公未遇题《扬州佛寺》诗,及荆南

人云是段相,亦两存之"。《诗话总龟》注文曰:"《古今诗话》载此诗,是唐相王播题《扬州佛寺》,有全篇,云:'上堂已了各西东,惭愧阇梨饭后钟。三十年前尘扑面,而今始得碧纱笼。'今言段文昌,乃江陵人所传误。"

**【译文】**

宰相段文昌,年轻时旅居江陵,生活十分贫寒。每次听到曾口寺斋房的钟声响起,就到寺中请求给一碗饭吃。寺庙里的僧人都很讨厌他,于是僧人们等到吃完斋饭以后才敲钟,希望他来晚了吃不到饭。后来段文昌身居宰相之位,镇守荆南一带的地方,到曾口寺题诗说:"曾遇阇梨饭后钟。"段文昌晚年富贵,他用金莲花水盆盛水洗脚,宰相徐商知道后写信规劝他,段文昌说:"人生能活多少年纪,要尽力弥补往常生活中的不足。"[原注]有人说,这首诗说的是宰相王播的事迹。

826.文昌少孤,寓居广陵之瓜洲①,家贫力学。夏月访亲知于城中②,不遇,饥甚,于路中拾得一钱,道旁买瓜,置于袖中。至一宅,门阒然③,入其厩内,以瓜就马槽破之。方啗次,老仆闻击槽声,跃出,责以擅入厩;惊惧,弃之而出。镇淮海④,常对宾客说之。在中书厅事,地衣皆锦绣⑤,诸公多撤去,而文昌每令整饬方践履⑥。同列或劝之,文昌曰:"吾非不知,常恨少贫太甚,聊以自慰尔。"

**【注释】**

①瓜洲:古代长江中沙洲。在今江苏扬州邗江区南。又作瓜州、瓜步浦、瓜步尾、瓜步、瓜步沙尾等。因其形类"瓜"字,故名。唐中叶后与北岸陆地相连,为淮南运河入江口。

②亲知:亲戚朋友。

③阒（qù）然：形容寂静的样子。

④淮海：即唐五代方镇淮南。唐肃宗至德元载（756）置，治所在今江苏扬州。

⑤地衣：铺在地上的纺织品。即地毯。

⑥整饬（chì）：整顿使有条理。践履：行走。

**【译文】**

段文昌少年丧父，寄居在广陵郡瓜洲县，因为家中贫困一直努力读书。有一年夏天段文昌来到城中探访亲友，没有见到亲友，他非常饥饿，在路上捡到了一枚铜钱，就去路边买了一个瓜，藏在了袖子里。他来到一户宅院的门口，看到门内寂静无人，就走进马厩之内，就着马槽打开了瓜。段文昌正准备吃瓜，一位老仆人听见敲击马槽的声音，跑了出来，他责骂段文昌擅自闯入他家的马厩；段文昌又惊又怕，丢下瓜就逃走了。后来他镇守淮海时，经常对宾客谈起这件事。段文昌在中书省办公时，地毯都是精美的丝织品制成的，各位同僚大都把地毯撤掉，但段文昌每次都会让人将地毯铺整齐才会在上面行走。同僚中有人劝他别太奢侈，段文昌说："我不是不知道，只是经常遗憾自己年轻时太贫困了，姑且用这种方式安慰自己罢了。"

827.元和中①，有老卒推倒《平淮西碑》②，官司针其项③，又以枷击守狱者。宪宗怒，命缚来杀之。既至京，上曰："小卒何故毁大臣所撰碑？"卒曰："乞一言而死。碑文中有不了语，又击杀陛下狱卒，所愿于闻奏。文中美裴度，不还李愬功④，是以不平。"上命释缚赐酒食，敕翰林学士段文昌别撰。案⑤：愬妻入诉禁中，乃命段文昌撰文，其时碑尚未立，安得推倒？

**【注释】**

①元和中:本条采录自《芝田录》。《类说》亦有载。元和,唐宪宗李
纯的年号(806—820)。

②《平淮西碑》:又名韩碑。由唐代文学家韩愈撰文,记述唐宪宗元和
十二年(817)裴度平定淮西藩镇吴元济反叛事。

③官司:官府。

④不还李愬功:《类说》引文此句作"不述李愬力"。据文意,"还"
系"述"之误。"力"当为"功"之残损,当据改。

⑤案:此案语乃王谠自述。

**【译文】**

唐宪宗元和年间,有一位老兵推倒了韩愈撰写的《平淮西碑》,官府
用针扎他的脖子,他就又用枷锁攻击看守他的狱卒。唐宪宗听说后大
怒,命人将他绑来准备杀了他。到达京城之后,宪宗问道:"你一个小小
士卒为什么要毁坏大臣所撰的碑文?"这位老兵说:"乞求陛下让我说一
句话再杀我。碑文中有没有说出来的话,我又击杀陛下的狱卒,就是希望
将这些话告知您。碑文中大肆赞美裴度,却没有称述李愬的功绩,我因此
感到不平。"宪宗命人为老兵松绑并赐给他酒食,并下令让当时的翰林学
士段文昌重新撰写碑文。案:李愬的妻子入宫诉说实情,宪宗才令段文
昌撰写碑文,当时这块碑还没有树立,老兵怎么能推倒呢?

828.于襄阳云①:"今之方面②,权胜于列国诸侯远矣。
且顿押一字,转牒天下③,皆供给承禀④;列国止于我疆而
已,不亦胜乎!"

**【注释】**

①于襄阳:即于頔(dí),因其曾任襄阳大都督,故称。

②方面:指独当一面的职责。

③转牒：转递书札。

④承禀：奉命。

【译文】

襄阳大都督于顿说："现在我担任的职位，权力远远胜过各国诸侯。只要我于顿写下一个字，就会转递书札到天下各地，所有人都会奉命供我所需；各国也只是止步于我国的边疆罢了，这难道不也是一种胜利吗！"

829. 于司空以乐曲有《想夫怜》①，其名不雅，将改之，客笑曰："南朝相府曾有瑞莲②，故歌曰'相府莲'，自是后人语讹。"乃不改。古解题曰："《相府莲》者，王俭为南齐相③，一时所辟皆才名之士，时人以入俭府为入莲花池，谓如红莲映绿水，今号'莲幕'者自俭始④。其后语讹为《想夫怜》，亦名之丑尔。"又有《簇拍相府莲》。《乐苑》曰⑤："《想夫怜》，羽调曲也。"白居易诗曰："玉管朱弦莫急催，客厅歌送十分杯；长爱夫怜第二句，倩君重唱夕阳开⑥。"王维右丞词云"秦川一半夕阳开"是也⑦。"夜闻邻妇泣，切切有余哀。即问缘何事，征人战未回⑧。"《簇拍相府莲》："莫以今时宠，宁忘旧日恩。看花满眼泪，不共楚王言。闺烛无人影，罗屏有梦魂。近来音耗绝，终日望应门⑨。"

【注释】

①于司空以乐曲有《想夫怜》：本条采录自《国史补·曲名想夫怜》。于司空，即于顿。

②南朝：指中国古代南北朝时期，占据江南地区的宋、齐、梁、陈四朝的总称。因四朝建都于建康，即今南京，故后人或借指南京。瑞

莲：象征吉祥之莲。多指双头或并蒂莲。

③王俭：字仲宝，琅琊临沂（今山东临沂）人。刘宋时起家秘书郎，
尚宋明帝女阳羡公主，拜驸马都尉，迁太子舍人。泰始末，超迁秘
书丞，表求校录坟典，依汉刘歆《七略》，撰《七志》四十卷。升明
三年（479），封齐公。齐高帝代宋，改封南昌县公，迁左仆射。后
以本官加太子詹事。武帝永明元年（483），进号卫军将军，参掌
选事。历官国子祭酒、太子少傅、吏部尚书，加开府仪同三司，后
改领中书监。

④莲幕：本指南朝齐王俭的府第。据《南史·庾杲之传》载，南齐王
俭任卫将军时，领朝政，官高德重，其僚属多名士。时人将其府第
比作莲花池，将入王俭幕府称为入莲幕。后世遂以"莲幕"为幕
府的美称。

⑤《乐苑》：五代陈游著，已佚。从《乐府诗集》转引的内容来看，当
是一部研究乐曲及乐器的著作。

⑥"玉管朱弦莫急催"几句：语出白居易《听歌六绝句·想夫怜》一
诗，表达了诗人送别友人时依依不舍的心情。十分杯，指满满一
杯酒。倩，请，央求。

⑦秦川一半夕阳开：语出王维《和太常韦主簿五郎温汤寓目》一诗，
前两句是："汉主离宫接露台，秦川一半夕阳开。"是说皇帝都城
外一座连接着露台的宫殿，在夕阳的照射下，阴影遮住了八百里
秦川的一半。

⑧"夜闻邻妇泣"几句：语出《杂曲歌辞·相府莲》一诗，表达了夜
晚悲泣的"邻妇"对久战未归的征人的思念。

⑨"莫以今时宠"几句：语出《杂曲歌辞·簇拍相府莲》一诗，诗中
塑造了一位忍受屈辱却在默默反抗的妇女形象，表达了诗人不
愿与腐朽的统治者同流合污的心声。一说诗的前四句出自王维
《息夫人》一诗。

## 【译文】

司空于頔认为乐曲《想夫怜》的名字不够雅致,想要改换曲名,有位客人笑着说:"南朝宰相府里曾有吉祥的莲花,所以歌曲名为'相府莲',后人以讹传讹成了现在的曲名。"于是于頔就不改了。这个乐曲名下有古人的解题说:"乐曲《相府莲》,王俭任南朝齐宰相时,他所征辟的官员都是有才名的人,当时的人们认为进入王俭的幕府就是进入了莲花池,说是如同红莲映照着绿水,现在所说的'莲幕'一词也是从王俭开始的。后来讹传成《想夫怜》,也是丑化了这个曲名。"又有一首乐曲名叫《簇拍相府莲》。《乐苑》说:"《想夫怜》,是羽调的乐曲。"白居易诗中说道:"玉管朱弦莫急催,客厅歌送十分杯;长爱夫怜第二句,倩君重唱夕阳开。"其中的"夕阳开"就是右丞王维诗中的那句"秦川一半夕阳开"。"夜闻邻妇泣,切切有余哀。即问缘何事,征人战未回。"《簇拍相府莲》写道:"莫以今时宠,宁忘旧日恩。看花满眼泪,不共楚王言。闺烛无人影,罗屏有梦魂。近来音耗绝,终日望应门。"

830.卫侍郎次公在吏部[①],避嫌,宗从皆不注拟[②]。有从子申甫[③],自江淮来调选[④],因告主吏曰:"但得官,便出城。即可矣。"遂馆申甫于别第[⑤]。未几,拨江南令,将出城,为次公老仆所遇,不得已,见次公。次公诘其由,申甫以实对。次公曰:"今年所注,不省有汝姓名[⑥]。"验其签名,则次公署之也。乃召主吏,贷其罪以问之[⑦]。吏曰:"凡所取押,皆冒。"次公叹曰:"某虑不及此!"遂遣赴官。

## 【注释】

①卫侍郎次公:即卫次公,字从周,唐河东安邑(今属山西)人。有才气,善弹琴。弱冠举进士。王叔文掌权外廷之时,与郑絪制衡

于内廷，并参与立储。宪宗立，诏拜宰相，因谏罢征淮蔡之兵，遂出为淮南节度使、检校工部尚书，又兼扬州大都督府长史、御史大夫。元和十三年（818），诏归朝廷，病卒于途。追赠太子少保，谥曰敬。

②宗从：同宗的族人，本家。多指从祖、伯叔或兄弟辈。注拟：选官制度。唐朝应举合格者及候选的官员，由吏部依据其德行、才能，较其优劣而拟定官职，称为注拟。

③从子申甫：即卫申甫，唐代人。卫次公侄子，生平未详。

④调选：选官调职。

⑤别第：正宅以外的宅邸。

⑥不省：不知道，不了解。

⑦贷：宽恕，饶恕。

【译文】

侍郎卫次公在吏部做官时，为了避嫌，同宗的族人都不会为他们选官。卫次公有个侄子叫卫申甫，从江淮一带来京城参加选官调职，他便告诉主管官吏说："只要定了官职，我就出城。这样就可以了。"于是主管官吏让卫申甫住在其他地方。没过多久，卫申甫被调配为江南令，将要出城时，被卫次公家的老仆人遇见了，卫申甫不得已，就去拜见了卫次公。卫次公诘问他来京城的缘由，申甫如实对答。卫次公说："今年所选的官中，不知道有你的名字。"命人查验署名，就是卫次公的署名。于是召来主管官吏，宽恕了他的罪过并且询问原因。官吏说："凡是取来的文书上的签押，都假冒你的署名。"卫次公叹息道："我没有考虑到这些啊！"于是让卫申甫去任职了。

831.王智兴以使侍中罢镇归京<sup>①</sup>，亲情有以选事求嘱<sup>②</sup>，智兴固不肯应。选人恳请，遂致一衔与吏部侍郎<sup>③</sup>。吏部印尾状云："选人名衔谨领讫。"智兴曰："不知侍中亦有用处。"

**【注释】**

①王智兴以使侍中罢镇归京：本条采录自《卢氏杂说》。《太平广记》
亦有载。

②亲情：亲戚。选事：考选举士，铨选职官之事。

③遂致一衔与吏部侍郎：《太平广记》引文此句作"遂请致一函与吏
部侍郎。""衔"为"函"之误，当据改。

**【译文】**

王智兴以节度使侍中的身份从方镇罢官回到京城，亲戚中有人请
求他帮助选官，王智兴坚决不肯答应。候选官员一再恳请他，于是王智
兴就写了一封信给吏部侍郎。不久，吏部侍郎在一份文书的末尾写道：
"候选官员的官衔已经领取完毕。"王智兴说："没想到侍中这个官衔也
有用处。"

832.崔相群之镇徐州①，尝以《焦氏易林》自筮②，遇
《乾》之《大畜》③，其繇曰④："曲束法书⑤，藏在兰台⑥。虽遭
乱溃⑦，独不遇灾。"及经王智兴之变，果除秘书监。

**【注释】**

①崔相群之镇徐州：本条采录自《因话录·羽部》。《续前定录》亦
叙此事。崔相群，即崔群，字敦诗。德宗贞元八年（792）进士及
第，十年（794）中贤良方正能言极谏科，授秘书省校书郎。宪宗
即位，拜翰林学士，迁礼部侍郎、知贡举。拜中书侍郎、同平章事。
穆宗即位，征拜吏部侍郎，数日改御史大夫，后出任徐州节度使，
被节度副使王智兴驱逐，入为秘书监，分司东都。文宗时，官至吏

部尚书,封清河县公。卒赠司空。

②《焦氏易林》:又名《易林》,四卷。一般认为为西汉焦延寿所撰。以一卦演为六十四卦,又变为四千零九十六卦,各系繇辞,皆四言韵语,以占验吉凶。自筮:自己用蓍草占卜。

③《大畜》:《周易》卦名。即《大畜卦》,六十四卦之一,乾下艮上。《周易·大畜》:"大畜,利贞,不家食,吉。"孔颖达疏:"谓之大畜者,乾健上进,艮止在上,止而畜之,能畜止刚健,故曰大畜。"后因用为延揽贤士之典。

④繇(zhòu):通"籀",占卜的文辞。

⑤法书:指法典一类的书籍。

⑥兰台:本为汉朝宫内藏书之所,由御史中丞掌管。魏、晋、南朝宋因称御史台为兰台。唐高宗龙朔二年(662)改秘书省为兰台,咸亨元年(670)复故。

⑦乱溃:犹言纷纷溃散逃奔。

【译文】

宰相崔群镇守徐州之时,曾经用《焦氏易林》为自己占卜,卦象是乾卦变成"大畜"卦,其中的繇辞说:"法典一类的书籍捆绑起来,都收藏在宫廷藏书之处。虽然会遭遇祸乱,但不会遇见灾祸。"等到经历了王智兴的变乱,果然官拜秘书监。

833.元和十五年,太常少卿李建知举①,放进士二十九人。时崔嘏舍人与施肩吾同榜②。肩吾寒进③。为嘏瞽一目,曲江宴赋诗,肩吾云:"去古成叚,著虫为蝦。二十九人及第,五十七眼看花。"

【注释】

①知举:职事名。"知贡举"的省称。主持科举考试的官员。唐前

期,京城科举考试由吏部考功员外郎主持;开元二十四年(736)后改由礼部侍郎主持,亦有特派他官主持者,称"知礼部贡举"或"知礼部选事",简称"知礼部举""知贡举"等。事毕即罢。

②崔嘏(gǔ):字乾锡。登进士第,中贤良方正、能直言极谏科。历任邢州刺史、考功郎中、中书舍人。宣宗大中二年(848)遇李德裕贬谪,因不尽书其过,贬端州刺史。施肩吾:字希圣,号栖真子、华阳真人。唐睦州分水(今浙江桐庐)人。曾寓居吴兴、常州武进,故亦称吴兴人或常州人。早存隐居之情,曾居四明山学道求仙。宪宗元和十五年(820)登进士第。因自伤孤寒,深惧仕途险恶,遂不干禄即离京东归。酷好道教神仙之术。

③寒进:谓出身寒微的求取功名者。

**【译文】**

唐宪宗元和十五年,太常寺少卿李建主持科举考试,选拔进士二十九人。当时中书舍人崔嘏和施肩吾同在一榜。施肩吾出身寒微。因为崔嘏一只眼瞎了,曲江宴会上众人作诗,施肩吾说:"去掉'古'字成'叚',加上'虫'字成'蝦',二十九人进士及第,五十七只眼睛看花。"


834.裴坦为职方郎中、知制诰①,裴相休以坦非才,不称,力拒之,不能得。命既行,坦至政事堂谒谢丞相②。故事:谢毕便于本院上事③,宰臣送之,施一榻压角坐④。而坦巡谒执政⑤,至休多输感激⑥,休曰:"此乃首台谬选⑦,非休力也。"立命肩舆便出,不与之坐。两阁老吏云:"自有中书,未有此事。"人为坦耻之。至坦知贡举,擢休子宏上第⑧,时人称欲盖而彰⑨。

**【注释】**

①裴坦为职方郎中、知制诰：本条采录自《东观奏记》。《南部新书》
亦载此事。裴坦，字知进，唐河东闻喜（今山西闻喜）人。进士及
第，入宣歙观察幕府，拜左拾遗、史馆修撰等。宰相令狐绹当国，
授职方郎中、知制诰，历任中书舍人、权知吏部贡举、谏议大夫、华
州刺史。僖宗乾符元年（874），召为中书侍郎、同中书门下平章
事。职方郎中，官名。隋文帝曾置职方侍郎，炀帝改职方郎。唐
高祖武德三年（620）始置为郎中，员一人，从五品上，为尚书省兵
部职方司长官。掌天下地图、城隍、镇戍、烽候等事。高宗龙朔二
年（662）曾改司城大夫，咸亨元年（670）复旧。知制诰，掌管起
草诰命之意，后用作官名。唐初以中书舍人为之，掌外制。其后
亦有以他官代行其职者，则称某官知制诰。开元末，改翰林供奉
为学士院，翰林入院一岁，则迁知制诰，专掌内命，典司诏诰。

②政事堂：唐朝宰相议事、处理政务的场所。始于唐高祖武德年间，
初为宰相临时议政之所，设于门下省。高宗永淳二年（683）前后
迁至中书省。玄宗开元十一年（723）改称中书门下，同时列置
吏、枢机、兵、户、刑礼五房，分曹以主众务，遂成为宰相专门办公
的机构。谒谢：进见拜谢。

③上事：指处理政事。

④施一榻压角坐：《新唐书·裴坦传》曰："故事，舍人初诣省视事，
四丞相送之，施一榻堂上，压角而坐。"压角，亦作"押角"。唐
制，中书、门下两省官上事日，宰相临焉，四相共坐一床，各据一
角，谓之押角。

⑤巡谒：到各处去拜见。

⑥输：表示，表达。

⑦首台：指宰相。《新唐书》本传作"令狐丞相"，指令狐绹。

⑧上第：上等，即考试中的优等。

⑨欲盖而彰：犹欲盖弥彰。想掩盖坏事的真相，结果反而更明显地暴露出来。彰，明显。

【译文】

裴坦要担任职方郎中和知制诰时，宰相裴休认为他没有什么才华，配不上所担任的职位，极力阻止这个任命，但没能成功。对裴坦的任命颁布后，裴坦来到政事堂拜谢丞相。依照先例：拜谢完毕后就在政事堂院内处理政事，宰臣们送他，并让他坐在床榻的一角。而裴坦到各处去拜见主管事务的官员，到了裴休这里说了很多感激的话，裴休说："这是令狐宰相误选的，不是我的功劳。"并立即坐上肩舆离开了，不愿和裴坦座谈。两阁年纪大的官吏说："自从设立中书省，从未见过这种事。"大家都为裴坦感到耻辱。等到裴坦主持科举考试，他提拔裴休的儿子裴宏为进士中的第一等，当时人们都说这是欲盖弥彰。

835.刘虚白与太平裴坦相知①。坦知举，虚白就试，因投诗曰："三十年前此夜中，一般灯烛一般风。不知人世能多许，犹着麻衣待至公②。"坦感之，与及第。

【注释】

①刘虚白：唐竟陵（今湖北钟祥）人。文宗开成末年，与裴坦同处学习。累试不第。懿宗咸通元年（860），裴坦以中书舍人权知礼部贡举，刘虚白犹是举子，试杂文日，于帘前献一绝句，即于此年登进士第。性嗜酒，有诗云："知道醉乡无户税，任他荒却下丹田。"后不知所终。太平：指裴坦任宰相时所居的太平里。裴坦性简俭，时称"太平宰相"。

②"三十年前此夜中"几句：语出刘虚白《献主文》一诗。追忆了二人三十多年的友谊。麻衣，唐宋举子、士人取得功名前所穿的麻织衣服。

**【译文】**

　　刘虚白和裴坦是相互了解的知心朋友。裴坦主管科举考试，刘虚白参加应试，于是他写了首诗给裴坦说："三十年前此夜中，一般灯烛一般风。不知人世能多许，犹着麻衣待至公。"裴坦十分感动，让刘虚白考试中第。

　　836.安邑李相公吉甫①，初自省郎为信州刺史②。时吴武陵郎中③，贵溪人也，将欲赴举，以哀情告州牧；赠布帛数端。吴以轻鲜④，以书让焉，其词唐突，不存桑梓之分⑤，并却其礼，李公不悦。妻谏曰："小儿方求成人，何得与举子相忤？"遂与米二百斛，李公果憾之。元和二年，崔侍郎邠重知贡举，酷搜江湖之士。初春，将放二十七人及第，持名来呈相府。才见首座李公⑥，公问："吴武陵及第否？"主司恐是旧知，遽言及第，其榜尚在怀袖。忽报中使宣口敕⑦，且揖礼部从容，遂注武陵姓字呈李公，公谓曰："吴武陵至粗人，何以当科第？"礼部曰："吴武陵德行未闻，文笔乃堪采录。名已上榜，不可却也。"相府不能移，唯唯而从之。吴君不附国庠⑧，名第在于榜末。是日，既集省门⑨，谓同年曰："不期崔侍郎今年倒排榜也。"观者皆讶焉。

**【注释】**

①安邑李相公吉甫：本条采录自《云谿友议·因嫌进》。安邑，即李吉甫京城长安宅第所在的安邑里。坊里名。唐都长安外郭城坊里之一。属万年县。北邻东市，西邻亲仁坊，东邻靖恭坊，南邻宣平坊。四面各开一坊门，中有十字大街。坊址在今西安南郊友谊

东路东祭台村。

②省郎：官名。隋唐时期对尚书省所属诸司郎官的统称。信州：州
　名。唐肃宗乾元元年（758）置。治所上饶（今江西上饶）。

③吴武陵：初名侃。唐信州贵溪（今属江西）人。唐宪宗元和二年
　（807）进士，拜翰林学士。元和三年（808），因得罪权贵李吉甫
　流放永州，与贬为永州司马的柳宗元过从甚密。元和七年（812）
　遇赦北还。敬宗宝历元年（825），充桂管观察使李渤副使。文宗
　大和元年（827）官太学博士，后出为忠州刺史，改韶州刺史。以
　贪赃贬潘（一作播）州司户参军。

④轻鲜：微薄。

⑤桑梓：桑树和梓树。古时住宅旁常栽种桑树以养蚕，种梓树以制
　作器具。后因以借指故乡。语出《诗经·小雅·小弁》："维桑与
　梓，必恭敬止。"朱熹集传："桑梓父母所植。"

⑥首座：指宰相。

⑦口敕：帝王口头的诏令。

⑧国庠：国家开设的学校，太学。

⑨省门：尚书省官署的门。唐宋由尚书省礼部举行科举考试，放榜
　即在省门。

【译文】

　　住在安邑里的宰相李吉甫，最初从省郎出任信州刺史。当时郎中吴
武陵是信州贵溪人，想要入京参加科举考试，他将自己悲伤的情绪告诉
了信州长官李吉甫；李吉甫赠送给他几匹布帛。吴武陵认为这些赏赐微
薄，就写了一封书信责问，其中的言辞多有冒犯之处，没有一点家乡的情
分，并拒绝了李吉甫赠送的礼物，这让李吉甫非常不高兴。李吉甫的妻
子劝谏说："他一个年轻人正好有事求我们，你何必与一个举子计较呢？"
于是赠给吴武陵二百斛米，但是李吉甫心中终究对他非常不满意。元和
二年，礼部侍郎崔邠重新担任科举考试的主考官，极力搜集民间品学兼

优的士子。初春,将要放榜登第的二十七名士子,崔郔拿着他们的名册来相府呈报。刚见到宰相李吉甫,李吉甫就问道:"吴武陵进士登第了吗?"崔郔担心吴武陵和李吉甫是老相识,赶忙回答说考中了,有他名字的榜单还在自己的袖子里。忽然有人传报宫中内官来宣读皇帝口头的诏令,顺便向崔郔作揖行礼,于是崔郔将吴武陵的姓名和字号写下来呈给了李吉甫,李吉甫说:"吴武陵是一个非常粗俗的人,凭什么让他科举中试?"崔郔说:"吴武陵的德行不清楚,但是从文笔来看还是可以录用的。他的名字已经在榜单之上,不能删掉。"李吉甫见不能更改,只好顺从了。吴武陵不是太学生出身,所以科举考试中试的名次在榜单最后。放榜这一天,中第的进士们都聚集在礼部衙门,吴武陵对同榜中进士的人说:"没有料到崔侍郎今年会倒着排榜单。"一同观榜的人都感到十分惊讶。

837. 永宁王二十、光福王八二相①,皆出于先安邑李丞相之门②。安邑薨于位,一王素服受慰,一王则不然,中有变色③,是谁过欤? 又曰:"李安邑之为淮海也,树置裴光德④,及去则除授不同。"李再入相,对宪宗曰:"臣路逢中人送节与吴少阳⑤,不胜愤愤。"圣颜赪然⑥。翌日,罢李丞相蕃为太子詹事⑦,盖与节是蕃之谋也。又论:征元济时馈运使皆不得其人⑧,数日,罢光德为太子宾客⑨;主馈运者,裴之所除也。刘禹锡曰:"宰相皆用此势,自公孙弘始而增稳妙焉⑩。但看其《传》,当自知之。萧曹之时⑪,未有斯作。"

**【注释】**

①永宁王二十、光福王八二相:本条采录自《刘宾客嘉话录》。永宁,指王涯京城长安宅第所在的永宁里。坊里名。唐朝长安外郭城

坊里之一。属万年县。西界启夏门街,东邻宣平坊,北邻亲仁坊,南邻永崇坊。四面各开一坊门,中有十字大街。坊内多达官贵人宅第。坊址在今西安城南雁塔路中段西安矿院与鲁家村一带。王二十,即王涯,因其在家族兄弟中排行二十,故称。光福:指王播京城长安宅第所在的光福里。街坊名。一名光福坊。在唐都长安外郭城内,朱雀门大街以东、安上门街以西的自北而南第四坊。故址相当今陕西体育场一带。王八,即王播,因其在家族兄弟中排行第八,故称。

②安邑李丞相:指丞相李吉甫。安邑为李吉甫京城宅第所在的安邑里。

③变色:改变脸色。此处指政治立场的改变。

④树置:扶植,培植。裴光德:即裴垍(jì)。光德,指裴垍京城宅第所在的光德坊。街坊名。在唐京长安外郭城内。故址即今西安西南郊西北工业大学所在地。

⑤中人:指宦官。吴少阳:沧州清池(今河北沧州)人。唐藩镇将领。交好淮西节度使吴少诚,后惧少诚加害,出任申州刺史。宪宗元和四年(809)少诚死,遂自为留后,不久被任为彰义军节度使。在镇五年,独占寿州茶利,广蓄军资。元和九年(814)卒于任上,其子吴元济自称留后。

⑥赪(chēng)然:羞愧脸红的样子。此处指感到尴尬。

⑦李丞相蕃:即李蕃,字叔翰,唐赵郡(今河北赵县)人。李固言从兄。少好学,年四十余未仕,读书扬州,困于自给。德宗贞元末任右司员外郎。宪宗元和初,任吏部员外郎,迁吏部郎中。太子詹事:官名。秦始置,西汉沿置,掌太子宫诸事,总领太子宫众官。唐置詹事府,以詹事一人掌东宫内外众事,纠弹非违,总判府事。以少詹事一人辅佐之。

⑧元济:即吴元济。唐淮西节度使吴少阳之子。唐朝藩镇将帅。后因反叛被杀。馈运使:官名。负责运送粮食。

⑨太子宾客：官名。唐高宗显庆元年（656）始置四人，隶东宫，掌侍从规谏，赞相礼仪，以朝中元老重臣兼任之。

⑩公孙弘：字季，又字次卿，齐地菑川薛（今山东滕州）人。出身贫寒，曾放牧为生。汉武帝时被征为博士。十年之中，从待诏金马门擢升为三公之首，封平津侯。先后被任为左内史（左冯翊）、御史大夫、丞相。身行俭约，然对与其有隙者，往往暗中陷害。

⑪萧曹：汉高祖时丞相萧何与曹参的合称。

**【译文】**

住在永宁里的王涯和光福里的王播二位宰相，都出于住在安邑里的前任丞相李吉甫门下。李吉甫在任上去世，二王中其中一位穿着素服去吊唁，另一位则没有这样做，中途改变了政治立场，这是谁的过错呢？又有人说："李吉甫在淮海为官期间，大力扶植裴垍，等到离开后拜官授职就不相同了。"李吉甫再次拜相，对唐宪宗说："臣在路上碰到宦官送别节度使吴少阳，心中非常气愤。"宪宗的脸色很尴尬。第二天，唐宪宗罢免丞相李蕃为太子詹事，大概是认为送别节度使吴少阳是李蕃的谋划。又有人议论说：征讨吴元济时负责运送粮草的官员都不称心，过了几天，宪宗就罢免宰相裴垍为太子宾客；原因是负责运送粮草的官员，是裴垍除授的。刘禹锡说："历代的宰相们都用这种权谋，从公孙弘开始这种计谋的使用就很普遍了。只要看他们的《传》，就能从中知道。萧何和曹参的时候，还没有这样的做法。"

838.刘禹锡守连州①，替高霞寓②，后入为羽林将军③。案④：《唐书·高霞寓传》：霞寓由归州刺史入为右卫大将军⑤，与刘禹锡之守连州无涉⑥，疑有脱误。自京附书，曰："以承眷⑦，辄请自代矣。"公曰："感。然有一话：曾有老妪山行，见一兽，如大虫，羸然踥步而不进⑧，若伤其足者。妪因即之，而虎举前足以示妪,妪看之,乃有芒刺在掌下,因为拔之。俄而奋迅阚吼⑨,别妪而去,似愧其恩者。及归,翌日,自外掷麋鹿狐兔至于庭者,日无阙焉。妪登垣视之⑩,乃前伤虎也,因为亲族具言其事,而心异之。一旦,忽掷一死人,血肉狼藉,乃被村人凶者呵捕,云'杀人'。妪具说其由,始得释缚。乃登垣,伺其虎至而语之,曰:'感则感矣;叩头大王,已后更莫抛人来也!'"

## 【注释】

①刘禹锡守连州:本条采录自《刘宾客嘉话录》。连州,州名。隋文帝开皇十年(590)置,治桂阳县(即今广东连州)。炀帝大业初,改为熙平郡。唐高祖武德四年(621),复名连州。仍治于桂阳县。

②高霞寓:唐幽州范阳(今河北涿州)人。早年投靠长武城使高崇文。宪宗元和元年(806)随崇文讨刘辟,以功擢任彭州刺史。刘辟平,代崇文为长武城使,封感义郡王。十年(815),受命讨吴元济,兵败被贬归州刺史。穆宗长庆元年(821),任邠宁节度使。屡为右卫大将军、左龙武大将军等。

③羽林将军:官名。唐置左右羽林军、大将军各一人,正三品;将军,各三人,从三品;掌统北衙禁兵,督摄左右厢飞骑仪仗。遇有大朝会,则负责周卫阶陛;皇帝外出巡幸,则夹驰道为内仗。

④案:据周勋初《校证》,此案语当是《永乐大典》编者所加。

⑤归州:州名。唐高祖武德二年(619)置。治所秭归(今湖北秭归)。右卫大将军:官名。禁军将领。西晋武帝时,置左、右卫大将军各一人,掌宿卫禁军,轮流宿值。南北朝沿置。隋禁军扩充为十六卫,左、右卫大将军为其首。唐左、右卫置上将军各一人,从二品;大将军各一人,正三品;将军各二人,从三品。掌番上府

　　兵五十府,奉行宫廷禁卫的法令。

⑥无涉:无关,没有牵连。

⑦承眷:蒙受照顾。

⑧羸(léi)然:瘦弱的样子。跬步:举步,迈步。

⑨奋迅:形容鸟飞或兽跑迅疾而有气势。阚(hǎn)吼:吼叫。

⑩登垣:登上矮墙。垣,矮墙,墙。

**【译文】**

　　刘禹锡镇守连州,替代了高霞寓的职位,后高寓霞入朝任羽林将军。案:《唐书·高霞寓传》:高霞寓从归州刺史入朝为右卫大将军,和刘禹锡镇守连州没有联系,疑似有脱误的文字。他从京城写信给刘禹锡说:"承蒙你的照顾,就请你自代吧。"刘禹锡回信说:"很感动。然而有这样一个故事:曾经有一个老妇在山中行走,碰见了一头野兽,这只野兽像老虎,看起来很瘦弱,迈步行走很困难,好像是脚受了伤。老妇便走到老虎跟前,老虎举起前足给老妇看,老妇看时,发现原来有草木上的小刺扎进了老虎的脚掌,于是就给它拔了出来。不久老虎吼叫着,告别老妇疾速飞奔而去,好像对老妇救它的恩情感到愧疚。等到老妇回家,第二天,便有麋鹿、狐狸和兔子等从外面扔进老妇的院子,之后每天都这样。老妇登上矮墙去看,原来是之前那只受伤的老虎,于是她跟亲族详细说了这件事,而心里对老虎的这种行为感到惊异。一天早上,老虎忽然扔进来一个死人,血肉模糊,于是老妇就被村里的人认为是凶手而将她呵斥拘捕,说她杀了人。老妇详细地说明了其中缘由,才被释放。回家后老妇登上矮墙,等老虎再来时对它说:'感动归感动;我给大王你叩头了,以后再不要投掷死人给我了!'"

　　839.刘禹锡曰①:"史氏所贵著作起居注②,橐笔于螭首之下③,人君言动皆书之,君臣启沃皆记之④,后付史氏记之,故事也。今起居惟写除目⑤,著作局可张雀罗⑥,不亦倒置乎？"

**【注释】**

①刘禹锡曰：本条采录自《刘宾客嘉话录》。

②史氏：史家，史官。起居注：皇帝的言行录。两汉时由宫内修撰。魏晋以下设有著作郎起居舍人、起居郎等职，以编撰起居注。唐宋记注最详，凡朝廷命令赦宥、礼乐法度、赏罚除授、群臣进对、祭祀宴享、四时气候、户口增减、州县废置等事，皆以事系日，以日系月，以月系年，每季为卷，送付史馆。

③橐（tuó）笔：古代书史小吏，手持橐橐，簪笔于头，侍立于帝王大臣左右，以备随时记事，称持橐簪笔，简称"橐笔"。语出《汉书·赵充国传》："卬家将军，以为安世本持橐簪笔，事孝武帝数十年。"颜师古注引张晏曰："橐，契囊也。近臣负橐簪笔，从备顾问，或有所纪也。"螭（chī）首：亦作螭头。古代彝器、碑额、庭柱、殿阶及印章上的螭龙头像纹饰。

④启沃：语出《尚书·说命》："启乃心，沃朕心。"孔颖达疏："当开汝心所有，以灌沃我心，欲令以彼所见，教己未知故也。"后因以"启沃"谓竭诚开导、辅佐君王。

⑤除目：除授官职的文书。犹今之任免名单。

⑥著作局：官署名。汉时有著作东观，以他官兼领。三国魏太和中，始置著作郎，专掌国史。历代沿置。唐武德四年（621），改称著作局。著作郎掌修撰碑志、祭文、祝文等。张雀罗：即门可罗雀。常用以形容门庭冷落。

**【译文】**

刘禹锡说："史官所看重的著作是记录皇帝言行的起居注，书史小吏持橐簪笔站在绘有螭首的殿前，君王的言行举止都要记录下来，臣子竭诚开导、辅佐君王的事都会记录其中，然后交给史官修撰，这是旧日的制度。现在的起居注只记载除授官职的文书,著作局门前冷清得都能张网捕雀了,这难道不是本末倒置吗?"

840.刘禹锡曰<sup>①</sup>:"大抵诸物须酷好则无不佳,有好骑者必蓄好马,有好瑟者必善弹<sup>②</sup>。皆好而别之,不必富贵而亦获之。"韦绚曰:"蔡邕焦尾<sup>③</sup>,王戎牙筹<sup>④</sup>,若不酷好,岂可得哉!"

**【注释】**

①刘禹锡曰:本条采录自《刘宾客嘉话录》。

②有:原作"曰",据周勋初《校证》改。瑟:弦乐器,似琴。长近三米,古有五十根弦,后为二十五根或十六根弦,平放演奏。

③焦尾:琴名。东汉蔡邕以桐木制成的名琴。因桐木尾端有烧焦的痕迹,故称为"焦尾琴"。《后汉书·蔡邕传》:"吴人有烧桐以爨者,邕闻火烈之声,知其良木,因请而裁为琴,果有美音,而其尾犹焦,故时人名曰'焦尾琴'焉。"

④王戎:字濬冲,西晋琅邪临沂(今山东临沂)人。好清谈,为"竹林七贤"之一。幼而颖悟,神形秀彻。初袭父爵,辟相国掾。历散骑常侍、河东太守、荆州刺史。不久迁豫州刺史,加建威将军。因受诏伐吴有功,进爵安丰县侯。后迁光禄勋、吏部尚书,以母忧去职。性好兴利,积实聚钱,每自执牙筹,昼夜计算,为时人所讥。牙筹:计算钱财的象牙筹码。

**【译文】**

刘禹锡说:"大概各种物品须酷爱才能得到佳品,喜欢骑马的人一定会畜养好马,喜欢瑟的人一定擅长弹奏。都是因为喜爱才能辨别它们,不一定是因为有钱有地位才能获得。"韦绚说:"东汉蔡邕的焦尾琴,王戎的牙筹,如果不是酷爱,怎么能得到呢?"

841.刘禹锡云①:"韩十八愈直是太轻薄②。谓李二十六程曰③:'某与丞相崔大群同年往还④,直是聪明过人。'李曰:'何处是过人者?'韩曰:'共愈往还二十余年,不曾过愈论著文章,此是敏慧过人也。'"

**【注释】**

①刘禹锡云:本条采录自《刘宾客嘉话录》。

②韩十八愈:即韩愈。十八是家族中兄弟的排行。

③李二十六程:即李程。二十六是家族中兄弟的排行。

④崔大群:即崔群。往还:交游,交往。

**【译文】**

刘禹锡说:"韩愈真是非常肤浅的人。他曾对李程说:'我与丞相崔群同榜中进士且交往多年,他真是聪明过人。'李程说:'崔群什么地方超过一般人?'韩愈说:'他和我交往二十多年,从来没有责难过我的论著文章,这就是他聪慧过人的地方。'"

842.韩十八初贬之制①,席十八舍人为之词②,曰:"早登科第,亦有声名。"席既物故③,友人曰:"席无令子弟④,岂有病阴毒伤寒而与不洁吃耶⑤?"韩曰:"席十八吃不洁太迟。"人问曰:"何也?"曰:"出语不是当⑥。"盖忿其责词云"亦有声名"耳。

**【注释】**

①韩十八初贬之制：本条采录自《刘宾客嘉话录》。《太平广记》亦有载。

②席十八舍人：即席夔。字梧川，唐襄州襄阳（今湖北襄阳）人。德宗贞元十年（794）进士及第，十二年（796）博学宏词及第，二十年（804）官渭南县尉。宪宗元和中，官至中书舍人。能诗，与韩愈、白居易为友。

③物故：亡故，去世。

④令：好的，善的。

⑤阴毒伤寒：指阴寒蕴结于里，以手足逆冷、指甲青色、体冷、脉沉细而微等为常见症的伤寒证候。

⑥不是当：原书此三字作"不是"，《太平广记》引文作"不当"。

**【译文】**

韩愈初次被贬的文书上，中书舍人席夔在上面写了这样的话，说："早年就登科及第，也算是有声望。"席夔去世后，他的朋友说："席夔没有好的子弟，难道他患了阴毒伤寒的病症，还给他吃不干净的东西吗？"韩愈说："席夔吃不干净的东西太晚了。"有人问他："什么意思？"韩愈说："席夔说话不恰当。"大概是怨恨席夔的那句责备之词"也算是有声望"吧。


843.韩退之有二妾①，一曰绛桃，一曰柳枝，皆能歌舞。初使王庭凑②，至寿阳驿③，绝句云："风光欲动别长安，春半边城特地寒。不见园花兼巷柳，马头惟有月团团④。"盖有所属也。柳枝后逾垣遁去，家人追获。及镇州初归⑤，诗曰："别来杨柳街头树，摆弄春风只欲飞。还有小园桃李在，留花不放待郎归⑥。"自是专宠绛桃矣。

**【注释】**

①韩退之：即韩愈，字退之。

②王庭凑：一作王廷凑。唐藩镇将领。回纥族。初为都知兵马使。穆宗长庆元年（821），杀节度使田弘正，自称留后，又取冀州，进围深州。穆宗发诸道兵马进讨，屡为所败，被迫授其节度使之职。后又与朱克融、史宪诚连衡谋叛，朝廷诛之不果。文宗大和三年（829）遣使到京请罪，朝廷赦之，授检校司徒、成德军节度使。

③寿阳：县名。隋文帝开皇十年（590）置。治今山西寿阳。唐初改名受阳县。太宗贞观十一年（637），复为寿阳县。

④"风光欲动别长安"几句：语出韩愈《夕次寿阳驿题吴郎中诗后》一诗。穆宗长庆年间，韩愈被任命为宣慰使，出使镇州安抚叛乱衙将王庭凑。韩愈日夜兼程，到达寿阳驿时写下了这首诗。诗的意思是说，春光欲动时告别长安，春天已经过半了，边城还很寒冷。看不见园中的桃花、巷间的柳树，从马头上望过去，只有圆圆的月亮挂在天边。特地，特别，格外。园花兼巷柳，暗指韩愈的两个侍妾绛桃和柳枝。团团，形容圆的样子。

⑤镇州：州名。原名恒州，隋末义宁元年（617）置。治石邑（今河北石家庄）。唐高祖武德四年（621）徙治真定（今河北正定）。宪宗元和十五年（820），因避唐穆宗之名而改称镇州。

⑥"别来杨柳街头树"几句：语出韩愈《镇州初归》一诗。诗的意思是说，久别归来，巷间街头的杨柳树，在春风的摆弄之下只想高飞。幸好还有小园中的桃李树，留着花苞不开放等待情郎的归来。杨柳街头树、小园桃李，分别指韩愈的两个侍妾柳枝和绛桃。

**【译文】**

韩愈有两个侍妾，一个叫绛桃，一个叫柳枝，都擅长唱歌跳舞。当初韩愈出使镇州安抚王庭凑时，到了寿阳驿站，写了一首七言绝句说："风光欲动别长安，春半边城特地寒。不见园花兼巷柳，马头惟有月团团。"

大概是心有所属。侍妾柳枝后来翻墙逃走，被家里人追到抓回来了。等到从镇州归来，韩愈又写了一首诗说："别来杨柳街头树，摆弄春风只欲飞。还有小园桃李在，留花不放待郎归。"从此以后韩愈就专宠侍妾绛桃了。

844.元和中①，郎吏数人省中纵酒话平生②，各言爱尚及憎怕者。或言爱图画及博奕，或怕妄与③。工部员外汝南周愿独云④："爱宣州观察使⑤，怕大虫⑥。"

**【注释】**

①元和中：本条采录自《大唐传载》。《太平广记》亦有载。

②纵酒：开怀畅饮。平生：指平素的志趣、情谊等。

③妄与：原书与《太平广记》引文此二字下均有"佞"字，当据补。

④汝南：郡名。西汉高帝四年（前203）置。治今河南上蔡。后治所屡有变更。隋大业及唐天宝、至德时，又曾分别改蔡州、豫州为汝南郡。

⑤宣州：州名。隋文帝开皇九年（589）改南豫州置。治所在宣城（今安徽宣州）。炀帝大业初改置宣城郡。唐高祖武德三年（620）复置宣州。

⑥大虫：指老虎。

**【译文】**

唐宪宗元和年间，几位郎官在宫禁之中开怀畅饮并谈论各人平素的志趣等，各自诉说自己喜爱崇尚和憎恶害怕的事。有人说自己喜欢绘画和博奕，有人说自己害怕不法和奸邪。只有工部员外郎汝南周愿说："喜欢宣州观察使的职位，害怕老虎。"

845.初①,百官早朝,必立马建福望仙门外②,宰相则于光宅车坊③,以避风雨。元和初,始置待漏院④。

**【注释】**

①初:本条采录自《国史补·百官待漏院》。

②建福望仙门:即建福门和望仙门,均为唐都长安大明宫宫门。唐代文武百官通常由望仙门和建福门入宫。凡宰相入朝,翼卫人员抵建福门而止。唐宪宗元和元年(806),在建福门外建置百官待漏院。入朝之前,百官在此小憩,等候宫门开启。故址在今西安北郊含元殿村附近大明宫遗址。望仙门与建福门对称而设。

③光宅车坊:即光宅坊。街坊名。在唐都长安外郭城内,大明宫建福门正南第一坊。故址相当今西安北郊二马路与劳动西路一带。

④待漏院:又称"待漏"或"待班阁子"。唐宪宗时始置,为宫廷内供百官等待上朝的场所。

**【译文】**

最初,百官早朝之时,必须将马停留在大明宫的建福门和望仙门外,宰相的车马则停在光宅坊内,用来躲避风雨。元和初年,才设置待漏院。

846.元和末①,有敕申明父子兄弟无同省之嫌②。自是杨於陵任尚书,其子侄兄弟分曹者③,亦有数人。

**【注释】**

①元和末:本条采录自《国史补·申明同省敕》。

②同省:同一个官署衙门。

③分曹:分部门。

**【译文】**

唐宪宗元和末年,皇帝下诏申明父子兄弟不必避嫌在同一官署衙门任职。从这之后杨於陵任尚书，他的子侄兄弟在尚书省不同部门任职的，也有好几个人。

847.沙陀本突厥余种<sup>①</sup>。元和中，三千人归顺，隶京西，节度使范希朝主之<sup>②</sup>。弓马雄勇<sup>③</sup>，冠于诸蕃<sup>④</sup>。

**【注释】**

①沙陀：西突厥别部，又作沙陀突厥。源于西突厥处月部，唐初处月部散居于今新疆准噶尔盆地东南，唐高宗永徽四年（653）置金满、沙陀二州。贞元中依附吐蕃，曾一度助吐蕃攻扰唐朝。元和三年（808）投归唐朝，被安置于盐州，后迁置于河东。后沙陀军因助唐削藩，对抗吐蕃、回鹘、党项等有功，唐擢沙陀族朱邪执宜之孙李克用为河东节度使。

②隶：附属，属于。

③弓马：骑射，武事。

④诸蕃：指边疆各少数民族。

**【译文】**

沙陀本来是突厥残余的一个部族。唐宪宗元和年间，沙陀部族三千人归顺大唐，隶属于京西，节度使范希朝主管他们。沙陀人骑射勇猛威武，在边疆各少数民族中位居第一。

848.进士何儒亮<sup>①</sup>，自外方至京师，将谒从叔<sup>②</sup>，误造郎中赵需宅<sup>③</sup>，自云同房<sup>④</sup>。会冬<sup>⑤</sup>，需欲家宴，挥霍之际，既是同房，便入宴<sup>⑥</sup>。姑姊妹尽在列。儒亮馔彻徐出<sup>⑦</sup>。细察，乃何氏子，需笑而遣之。某按：此事是赵赞侍郎与何文哲尚书<sup>⑧</sup>。相与邻居时，俱侍御史，水部赵郎中需方应举，自江淮来，投刺于赞⑨，误造何侍御第。何，武臣也，以需进士，称犹子谒之⑩，大喜，因召入宅。不数日，值元日⑪，骨肉皆在坐，文哲因谓需曰："侄之名宜改之。且'何需'，似涉戏于姓也。"需乃以本氏告，文哲大愧，乃厚遣之而促去。需之孙项，前国学明经；文哲侄孙继，为杭之戎吏⑫，皆说之相符，而并无儒亮之说。《国史补》所记乃误耶⑬？

## 【注释】

①进士何儒亮：本条采录自《国史补·何儒亮访叔》。《太平广记》亦有载。何儒亮，唐德宗建中、贞元之际，曾与孟简同应进士试。其后行迹无考。事见《文苑英华》。《全唐诗》存诗一首。

②从叔：父亲的堂弟。

③赵需：唐汲郡天水（今甘肃天水）人。代宗大历六年（771），进士及第。德宗时为谏官，历兵部郎中。贞元元年（785），诏复用卢杞为饶州刺史，赵需等极言卢杞奸恶倾覆不当用，入对刚直，德宗纳之。十二年（796），为兵部郎中。德宗诞辰日，受诏与徐岱等与僧道讲论，儒者以赵需为第一。

④同房：指宗族中同一分支。

⑤会冬：原书与《太平广记》引文此二字下均有"至"字，当据补。

⑥便入宴：原书与《太平广记》引文均作"便令引入就宴"，当据补。

⑦馔（zhuàn）彻：撤去食物，表示饮食已毕。

⑧赵赞：唐河东（今属山西）人。德宗建中初，为中书舍人、知贡举。建中三年（782），卢杞荐为户部侍郎、判度支。奏言分置汴东、西水陆运两税盐铁事。并奏请两都、江陵、成都、扬、汴、苏、洪等州置常平轻重本钱，皆从之。虽巧结聚敛，朝廷用度终不能给。后贬为播州司马。何文哲：文宗大和元年（827），自左神策军将军、知军

事,出为鄜坊丹延节度使。

⑨投刺:投递名帖。

⑩犹子:晚辈自称。

⑪元日:节日名,农历正月初一。

⑫戎吏:武官。

⑬《国史补》:又称《唐国史补》,唐代李肇撰。记载唐开元至长庆间
　　事,内容涉及当时的社会风俗、朝野轶事及典章制度等,是唐人笔
　　记小说中比较重要的一种。

**【译文】**

　　进士何儒亮,从外地来到京城长安,将要去拜访他的堂叔,却误入
了郎中赵需的家,自我介绍说是同宗。当时正值冬至,赵需正准备举行
家宴,宴会十分豪奢,既然是同宗,就让人招呼他一起入席。赵需家中的
姑姑姐妹全都在宴席上。何儒亮吃完饭慢慢地走出来。赵需仔细察看,
才发现他竟然是何家人,就笑着让他走了。李肇按:这件事讲的应该是
侍郎赵赞和尚书何文哲。他们二人做邻居时,都是侍御史,水部郎中赵
需刚刚参加科举考试,从江淮一带而来,他准备投递名帖拜访赵赞,却误
入了侍御史何文哲的家。何文哲是武臣,觉得赵需是进士,又声称是他
的侄子来拜访他,非常高兴,于是就让他进了家门。过了没几天,正赶上
元日,家中子弟都在,何文哲于是对赵需说:"侄子你的名字应该改一下。
况且'何需'二字,跟姓氏连起来好像闹着玩似的。"赵需这才告诉何文
哲自己本姓赵,何文哲很尴尬,就送给他丰厚的礼物并催促他离开了。
赵需的孙子赵顼,是前朝国学明经出身;何文哲的侄孙何继,是杭州的武
官,都与前边说的人物相符合,并没有提到何儒亮。难道李肇《国史补》
的记载有错误吗?

　　849.西蜀官妓曰薛涛者①,辩慧知诗②。尝有黎州刺史
[原注]失姓名。作《千字文令》③,带禽鱼鸟兽,乃曰:"有虞

陶唐④。"坐客忍笑不罚。至薛涛云："佐时阿衡⑤。"其人谓语中无鱼鸟，请罚。薛笑曰："'衡'字尚有小鱼子；使君'有虞陶唐'，都无一鱼。"宾客大笑，刺史初不知觉。

**【注释】**

①官妓：唐宋时，凡在官府登记注册的娼户，官府有公私筵宴，随时听点祗应，谓之官妓。薛涛：字洪度，长安（今陕西西安）人。唐代乐伎、诗人。知音律，工诗文，有才情，与鱼玄机、李冶、刘采春并称唐代四大女诗人。德宗贞元元年（785）韦皋镇蜀，召薛涛侑酒赋诗，遂入乐籍。五年坐事罚赴松州，献诗获归，遂脱乐籍，居浣花溪。宪宗元和二年（807）武元衡镇蜀，奏为校书郎，格于旧例，未授，时号女校书。晚年迁居碧鸡坊。

②辩慧：聪明而富于辩才。

③黎州：州名。北周天和三年（568）置。治所汉源（今四川汉源）。隋炀帝大业三年（607）废。唐武则天大足元年（701），复置黎州，因地在故沈黎郡而得名，为剑南道西境防戍要地。

④有虞陶唐：语出南朝梁周兴嗣编纂的《千字文》："始制文字，乃服衣裳。推位让国，有虞陶唐。"有虞，古部族名。传说舜曾为有虞氏首领，故称虞舜，又称有虞氏。陶唐，即唐尧。尧初居于陶，后封于唐，为唐侯。故陶唐亦为尧之代称。

⑤佐时阿衡：语出《千字文》："磻溪伊尹，佐时阿衡。"佐时，谓辅佐当世之君治理国家。阿衡，商代官名。保师之官。相传伊尹曾任此职，辅佐商汤，主持朝政，商朝人遂以阿衡代指伊尹。《诗经·商颂·长发》："实维阿衡，实左右商王。"毛传："阿衡，伊尹也。"

**【译文】**

西蜀的官妓中有一个叫薛涛的，聪明才辩且擅长作诗。曾经有一位黎州刺史 [原注] 姓名已经丢失。作《千字文酒令》，要求句中带有飞禽、虫鱼和鸟兽一类的字眼,就说道:"有虞陶唐。"在座的客人忍住笑没有罚他。到了薛涛这里,她说道:"佐时阿衡。"有人说她的语句中没有提到鱼虫飞鸟,要罚她喝酒。薛涛笑着说:"'衡'字之中尚且有一个小小的鱼字;长官的那句'有虞陶唐',连一个鱼字也没有。"宾客哈哈大笑,只有那位刺史刚开始没有领会。

850.白太傅与元相国友善①,以诗道著名②,时号"元白"。其集内有诗说元相公云:"相看掩泪应无说,离别伤心事岂知? 想得咸阳原上树,已抽三丈白杨枝③。"洎自撰墓志,云与刘梦得为诗友,殊不言元相公,时人疑其隙终也④。

【注释】

①白太傅与元相国友善:本条采录自《北梦琐言·白太傅墓铭》。《太平广记》引文此句作"白少傅居易与元相国稹友善"。白太傅,此处即白居易。据新旧《唐书》之《白居易传》,白居易官至太子少傅,此句中"太傅"二字当系讹误。元相国,即元稹,因其于唐穆宗长庆二年(822)由工部侍郎拜相,故称。

②诗道:作诗的规律和方法。

③"相看掩泪应无说"几句:语出白居易《览卢子蒙侍御旧诗多与微之唱和感今伤昔因赠子蒙题于卷后》一诗,原诗后四句作:"相看掩泪情难说,别有伤心事岂知? 闻道咸阳坟上树,已抽三丈白杨枝。"这首诗表达了白居易对亡友元稹的深切思念。意思是说,如果能够见面都会掩面流泪说不出话来,离别后的伤心事哪里知道? 料想咸阳元稹墓地上的杨树,如今已经长出了三丈高的枝条。

④"洎自撰墓志"几句:陈振松《白文公年谱》开成三年戊午:"按,

此非墓志语，乃《醉饮传》中语，时元之亡久矣。其言与僧如满为空门友，韦楚为山水友，皇甫朗之为酒友，皆一时见在人，则其于诗友自不应复及死者。……‘掩泪’‘伤心’之句，旨意甚哀，而或者臆度疑似，乃有‘隙终’之论，小人之不乐成人之美如是哉！”刘梦得，即刘禹锡，字梦得。隙终，指最终有了嫌隙，没能始终保持友情。

**【译文】**

太子少傅白居易和宰相元稹交好，二人以“诗道”闻名于世，当时并称为“元白”。白居易的诗集中有首诗思念元稹说：“相看掩泪应无说，离别伤心事岂知？想得咸阳原上树，已抽三丈白杨枝。”到白居易自己撰写墓志铭时，说自己和刘禹锡是诗友，完全不提宰相元稹，当时的人们怀疑二人最终有了嫌隙，没能始终保持友情。

851.李贺为韩文公所知①，名闻搢绅②。时元相稹以明经擢第③，亦善诗，愿与贺交。诣贺，贺还刺，曰：“明经及第，何事看李贺？”元恨之④。制策登科⑤。及为礼部郎中，因议贺父名晋肃⑥，不合应进士⑦，竟以轻薄为众所排。文公惜之，为著《讳辩》⑧，竟不能上。

**【注释】**

①李贺为韩文公所知：本条采录自《剧谈录·元相国谒李贺》。《太平广记》亦有载。韩文公，即韩愈，因其谥号为“文”，故称韩文公。

②搢绅：官员朝会时的一种装束，束大带而插笏板。后用以代指官吏、士大夫。绅，古代仕宦者和儒者围于腰际的大带。

③擢（zhuó）第：登第，及第。

④元恨之：原书此句作“惭愤而退”。王士禛《古夫于亭杂录》曰：

"案：元稹第既非迟暮，于贺亦称前辈，讵容执贽造门，反遭轻薄？小说之不根如此。"另据朱自清《李贺年谱》，元稹明经擢第时，李贺才四岁。事之不实，无需详辩。

⑤制策：皇帝有事书之于策（竹简）以问臣下，称为"制策"。汉武帝元光元年（前134）诏贤良，各"受策察问，咸以书对"，董仲舒、公孙弘等都先后对策。后为科举考试所采用，成为国家取士的科目之一。

⑥贺父名晋肃：这里指唐宗室后裔李贺之父李晋肃，早年在洛阳，有才华。唐代宗大历年间，曾任边塞从事。唐德宗贞元八年（792），迁官河南陕县县令。曾倡明礼治，修复邵伯废祠，并为该祠刻石立碑。

⑦应进士：原书下尚有一"举"字，当据补。

⑧《讳辩》：韩愈的一篇论辩文，是对避讳问题的申辩。据说当年李贺因父名晋肃，晋、进同音，为避父讳，被阻挠"应进士之举"。韩愈对此十分愤慨，于是写下这篇文章来申辩此事。

**【译文】**

李贺被韩愈所赏识，在士大夫中的名望和声誉很高。当时宰相元稹凭借明经及第，也擅长作诗，希望和李贺结交。元稹去拜访李贺，李贺退还他的名帖说："你一个考中明经科的人，有什么事来见李贺呢？"元稹因此而怨恨李贺。后来元稹再应试制策登科。等到他任礼部郎中，就谈论说李贺的父亲名"晋肃"，因为"晋""进"同音，所以李贺不应该参加科举进士，李贺最终也因为性格轻薄被众人所排斥。韩愈爱惜他的才学，曾写《讳辩》为他申辩，然而李贺最终没能登第。

852.长庆初①，李尚书绛议置郎官十人，分判南曹②，吏人不便。旬日出为东都留守③。自是选曹成状④，常亦速毕⑤。

**【注释】**

①长庆初：本条采录自《国史补·郎官判南曹》。长庆，唐穆宗李恒年号（821—824）。

②分判：分离。南曹：官署名。又称选院，隶尚书省。唐高宗总章二年（669）置，由于位于选曹之南，故称之南曹。由兵部、吏部员外郎各一人判之，掌检勘选人出身、以及是否合当年选格等事。凡选人文书有伪误及格式有误者，即被驳落，不得授官。《新唐书·韩滉传》："三迁吏部员外郎。性强直，明吏事，莅南曹五年，簿最详致。"

③旬日：原作"后"，据《永乐大典》引文校改。

④选曹：官署名。唐时为吏部的别称，主铨选官吏事。《资治通鉴·唐纪·唐德宗贞元八年五月》："开元中，起居、遗补、御史等官，犹并列于选曹。"胡三省注："言起居郎、舍人、拾遗、补阙及御史，皆由吏部奏拟。"

⑤亦：原为"得"，据《永乐大典》引文校改。

**【译文】**

唐穆宗长庆初年，吏部尚书李绛商议增置郎官十人，从南曹分离出来另设衙署，官吏们觉得很不方便。十天之后李绛出任东都留守。从此以后铨选官吏成了一种常态，往往也很快就处理完毕。

853. 山甫以石留黄济人嗜欲①，多暴死者②。其徒盛言山甫与陶贞白同坛受箓以神之③。长庆二年，卒于余干④。江西观察使王仲舒遍告人：山甫老病而死速朽，无少异于人者。

**【注释】**

①山甫以石留黄济人嗜欲：本条采录自《国史补·韦山甫服饵》。《绀珠集》亦有载。山甫，原书与各本引文"山甫"上均有"韦"字，当

据补。韦山甫,唐代道士,生平未详。石留黄,亦作"石硫黄"。即硫黄。

②暴死:突然死亡。

③盛言:极力申说。陶贞白:指陶弘景。因其谥曰贞白先生,故称。

④余干:县名。西汉置,属豫章郡。东汉迄唐因之。唐时属饶州。故治即今江西余干。

**【译文】**

韦山甫用石硫黄帮助人们贪图享受身体感官方面的欲望,服用石硫黄后突然死亡的人很多。他的弟子极力申说韦山甫和陶弘景在同一个神坛接受符箓来神化他。唐穆宗长庆二年,韦山甫在余干县去世。江西观察使王仲舒到处跟人说:韦山甫是因为年老病死的,身体很快就腐朽了,没有一点与普通人不同的地方。

854.令狐楚镇东平①,绹侍行②。尝送亲郊外逆旅中③。时久旱,绹因问民间疾苦。有老父曰:"天旱,盗贼且起。"复曰:"今风不鸣条,雨不破块④。"绹以相反诘之⑤,答曰:"自某日不雨,至于是月,岂非不破块乎?赋税征迫,贩妻鬻子⑥,不给,继以桑枝,岂非不鸣条乎?"

**【注释】**

①令狐楚镇东平:本条采录自《玉泉笔端》。《说郛》亦有载。

②绹:即令狐绹。令狐楚之子。

③逆旅:客舍,旅馆。

④风不鸣条,雨不破块:和风轻拂,没有大风吹响树枝;时雨调匀,没有暴雨伤害农田。语出汉王充《论衡·是应》:"儒者论太平瑞应,皆言气物卓异……关梁不闭,道无虏掠,风不鸣条,雨不破块,

五日一风，十日一雨。"后因以"风不鸣条，雨不破块"比喻社会安定，世事太平。

⑤绚以相反诘之：《说郛》引文此句作"绚以其言前后相反诘之"。

⑥贩妻鬻（yù）子：买卖妻子和儿女。鬻，卖。

【译文】

令狐楚镇守东平时，他的儿子令狐绚随侍身边。令狐绚曾经到郊外的旅馆为亲友送行。当时长时间干旱，令狐绚便询问民间百姓的疾苦。有一位老翁说："天气大旱，盗贼就要兴起了。"又说："如今没有大风吹响树枝，也没有暴雨伤害农田。"令狐绚因为老翁前后说的话意思相反就责问他，老翁回答说："自从某天不下雨后，一直到这个月，难道不是雨水没有伤害农田吗？朝廷的赋税征收得非常急迫，老百姓只能贩卖妻子儿女，如果还不够的话，就用桑树枝条充数，难道不是树枝不发出声响了吗？"

855.镇州王庭凑始生①，尝有鸠数十只，朝集庭树，暮集檐下，里人骆德播异之②。及长，骈胁③，善《阴符经》《鬼谷子》。初仕军中，曾使河阳④，道中被酒⑤，寝于路傍。忽有一人，荷策而过⑥，熟视之，曰："贵当列土⑦，非常人也！"从者告之。庭凑驰数里追及，致敬而问。自云："济源骆山人也⑧。向见君鼻中之气，左如龙，右如虎；龙虎交王，应在今秋。〔原注〕⑨一云："吾相人未有如此者。"子孙相继，满一百年。"又云："家之庭合有大树，树及于堂，是其兆也。"是年，庭凑为三军所立⑩。归省别墅，而庭树婆娑，阴已合矣⑪。

**【注释】**

①镇州王庭凑始生：本条采录自《北梦琐言·骆山人告王庭凑》。《太平广记》亦有载。王庭凑，回纥族，世隶安东都护府。穆宗时，在成德节度使王承宗部下任兵马使。后谋夺兵权，杀成德军节度使田弘正，自称留后、知兵马使，割据一方。与幽州朱克融、史宪诚并力对抗朝廷。穆宗遣兵征讨，连连失利，后被迫任其为成德军节度使。文宗时，助沧州李同捷求袭父职为节度使。朝廷为笼络之，加授其为太子太傅、太原郡公。

②里人：同里的人，同乡。骆德播：唐代道士，生平未详。

③骈胁：肋骨密排相连，宛如一骨。

④河阳：县名。春秋时晋邑，汉置县。北齐废。隋开皇时复置，唐因之，治今河南孟县。

⑤被酒：被人强加而多饮酒，犹中酒。

⑥荷策：背着书策。策，古代用竹片或木片记事著书，成编的叫作策。

⑦列土：分封土地。

⑧济源：县名。隋文帝开皇十六年（596）置，因地处济水之源得名。治今河南济源。属河内郡。

⑨原注：原书与《太平广记》引文均无此二字。

⑩三军：军队的统称。古时天子六军，诸侯大国三军。如春秋时，晋设中军、上军、下军；楚称中军、左军、右军。三军各设将、佐，而以中军将为三军的统帅。

⑪"归省别墅"几句：《新唐书·王庭凑传》曰："及害弘正，而树适庇寝。自凑讫镕，凡百年。"别墅，本宅外另建的园林住宅。《晋书·谢安传》："安遂命驾出山墅，亲朋毕集，方与玄围棋赌别墅。"婆娑，形容枝叶茂盛的样子。

**【译文】**

镇州的王庭凑刚刚出生的时候，曾经有几十只鸠鸟早上聚集在庭院的树上，晚上又聚集在屋檐下，同乡人骆德播感到很奇怪。等到王庭凑长大，他的肋骨密排相连，精通《阴符经》《鬼谷子》一类的书。王庭凑起初在军队任职，曾经出使河阳，路途中因为被人灌醉酒，倒在路边睡觉。忽然有一个人，背着书策经过，他仔细观察王庭凑，说："这个人将来会大富大贵，能够被分封土地，绝对不是一般人。"王庭凑醒来后，身边的侍从将这件事告诉了他。王庭凑骑马跑了好几里路追上那个人，向他致敬后便询问刚才的事。那个人说："我是济源骆山人。刚才看见你鼻孔里的气息，左边如龙，右边如虎；龙虎之气相交为王，你被封王的日子应该就在今年秋天。[原注]另外一种说法是："我看过面相的人没有像你这样的。"以后子孙代代相继，会持续一百年。"又说："你家庭院中应该有一棵大树，树冠已经延伸到堂前，这就是征兆。"这一年，王庭凑就被立为三军统帅。他回到别墅探望父母的时候，庭院中的大树枝叶茂盛，树荫已经完全笼罩房舍。

856. 田令既为王庭凑所害①，天子召其子布于泾州②，与之发哀③，授魏博之节④。布乃尽出妓乐，舍鹰犬⑤，哭曰："吾不回矣！"次魏郊三十里，跣行被发而入⑥。后知力不可执，密为遗表，伏剑而死⑦。

**【注释】**

①田令既为王庭凑所害：本条采录自《国史补·田孝公自杀》。田令，即田弘正，因其曾兼任中书令，故称"田令"。唐平州卢龙（今河北卢龙）人。本名兴，字安道。宪宗元和七年（812），为兵马使，赐名弘正。被众拥立为节度使。十年至十三年（815—818），相继平定叛臣吴元济及李师道的叛乱。十五年（820），转任成德军节度使，次年并家属、将吏三百余人被原成德军兵马使

王庭凑所杀。赠太尉,谥忠愍。

②其子布:即田布,字敦礼,田弘正之子。弘正任魏博节度使,使总亲兵。朝廷讨淮西,田布率部助战有功,入为左金吾卫将军、河阳节度使。穆宗长庆元年(821),徙泾原节度使。田弘正被叛将王庭凑所杀,朝廷以田布为魏博节度使,使讨王庭凑。田布至镇,因将士不肯为朝廷出力,引刀自杀。田布善于勤民,宽赋劝穑,人皆安之。泾(jīng)州:州名。北魏神䴥三年(430)置,治所在临泾县(今甘肃镇原东南)。后移治安定郡安定县(今甘肃泾川)。唐初改名泾州。

③发哀:举办丧祭,治丧。

④魏博:唐方镇名。代宗广德元年(763),为收抚安禄山、史思明余众而设置的河北三镇之一。治所魏州(今河北大名)。

⑤鹰犬:田猎时追捕禽兽的鹰和犬。

⑥跣(xiǎn)行:赤脚行走。

⑦"后知力不可执"几句:新旧《唐书》之《田布传》均有记载。遗表,谓古代大臣临终前所写的章表,于卒后上奏。

【译文】

中书令田弘正已经被王庭凑杀害,穆宗皇帝让他的儿子田布到泾州,为田弘正发丧,并授予田布魏博节度使一职。田布打发了所有的舞乐歌妓,舍弃了打猎用的鹰和狗,哭着说:"我回不来了!"他到距离魏博三十里的郊外临时驻扎,光着脚、披散着头发进了魏博。后来田布知道自己的实力不能执掌大局,就秘密写了一封奏表,用剑自杀而死。

857.长庆中,京城妇人首饰,有以金碧珠翠;笄栉步摇①,无不具美②,谓之"百不知"③。妇人去眉,以丹紫三四横约于目上下④,谓之"血晕妆"⑤。

**【注释】**

①笄（jī）：古代盘头发或别住帽子用的簪子。引申为女子可以插笄的年龄，即成年。后因称女子年满十五为及笄。栉（zhì）：梳子、篦子等梳头发的用具。步摇：也称"珠松""簧"。一种女性首饰。在簪钗上附缀用金银珠玉做成花枝等形状的饰物，走路时随身体的移动而摇曳，故称"步摇"。始于战国时期，后代沿用，流行于唐五代时。战国楚宋玉《风赋》："主人之女，垂珠步摇。"汉刘熙《释名·释首饰》："步摇，上有垂珠，步则摇也。"

②具美：完美。

③百不知：唐穆宗长庆年间，京城长安妇女中流行的一种首饰。

④丹紫：紫红色。

⑤血晕妆：唐时妇人的一种面妆。

**【译文】**

唐穆宗长庆年间，京城妇女头上的饰品，有用黄金碧玉珍珠翡翠制成的。无论是笄、栉还是步摇，工艺都非常完美，被称为"百不知"。妇女们还除去眉毛，用紫红色的胭脂在眼睛上下画三四道横，被称为"血晕妆"。

858. 宝历中①，敬宗皇帝欲幸骊山②，时谏者至多，上意不决。拾遗张权舆伏紫宸殿下③，叩头谏曰："昔周幽王幸骊山④，为戎所杀；秦始皇葬骊山⑤，国亡；明皇帝宫骊山⑥，而禄山乱；先皇帝幸骊山⑦，而享年不长⑧。"帝曰："骊山若此之凶耶？我宜往以验彼言。"后数日，自骊山回，语亲幸曰⑨："叩头者之言，安足信哉！"

## 【注释】

①宝历中：本条采录自《樊川文集·与人论谏书》。宝历，唐敬宗李湛年号（825—827）。

②敬宗皇帝：唐敬宗李湛（809—827），陇西成纪（今甘肃秦安）人。唐穆宗李恒长子。在位期间礼遇朝臣，耽于玩乐，好游宴，不喜理政。宝历三年（827），为宦官刘克明等所杀，年仅十七岁，谥号睿武昭愍孝皇帝，庙号敬宗，葬于庄陵。

③张权舆：唐朝大臣。穆宗长庆年间，依附宰相李逢吉，与李训等并称"八关十六子"，为李逢吉收受贿赂。敬宗即位时，又作谶言以诋毁裴度，阻止其入朝。又参与制造武昭冤狱。

④周幽王：周宣王之子。在位期间沉湎酒色，不理国事，任用虢石父为执政，残酷剥削人民。又废申后而立褒姒，废太子宜臼改立褒姒之子伯服，逼迫宜臼逃亡申。他向申索取宜臼不得，遂兴兵伐申，为申后之父申侯联合缯、犬戎攻杀于骊山之下。谥幽。

⑤秦始皇：嬴姓，名政。他采纳李斯等消灭六国的计谋，统一全国，建立了中国历史上第一个封建专制中央集权国家。对外北击匈奴，南征百越，修筑长城。焚书坑儒，大兴徭役，修建阿房宫、骊山墓。晚年，求仙梦想长生，苛政虐民。前210年，东巡途中驾崩于邢台沙丘。

⑥明皇帝：即唐玄宗李隆基，因其谥号至道大圣大明孝皇帝，故称明皇帝。

⑦先皇帝：即唐穆宗李恒。

⑧享年：敬辞，享有的寿数。

⑨亲幸：指受到帝王宠爱的人。

## 【译文】

　　唐敬宗宝历年间，敬宗皇帝想要游幸骊山，当时进谏反对的人非常多，敬宗皇帝始终没有决断。左拾遗张权舆跪在紫宸殿下，叩头进谏说：

"从前周幽王巡幸骊山,被犬戎所杀;秦始皇葬在骊山,秦国二世而亡;唐明皇在骊山上建造行宫,安禄山叛乱;先皇帝穆宗巡幸骊山,而年寿不长。"唐敬宗说:"骊山真的有那么凶险吗? 我应该亲自前往去验证一下你说的那些话。"后来过了几天,敬宗从骊山回来,对身边宠爱的亲信说:"那个叩头劝谏我不要去骊山的人的话,怎么能相信呢!"

859.文宗在藩邸①,好读书。王邸无《礼记》《春秋》《史记》《周易》《尚书》《毛诗》《论语》②;虽有,少成部帙③。宫中内官得《周易》一部,密献。上即位后,捧以随辇。及朝廷无事,览书目,间取书便殿读之④。乃诏兵部尚书王起、礼部尚书许康佐为侍讲学士⑤,中书舍人柳公权为侍读学士⑥。每有疑义,召学士入便殿,顾问讨论,率以为常⑦,时谓"三侍学士",恩宠异等。于是康佐进《春秋列国经传》六十卷,上善之。问康佐曰:"吴人伐越,获俘以为阍⑧,使守舟;余祭观舟⑨,阍以戈杀之。阍是何人? 杀吴子,复是何人?"康佐迟疑久之⑩,对曰:"《春秋》义奥,臣穷究未精,不敢遽解。"上笑而释卷⑪。

**【注释】**

①文宗在藩邸:本条采录自《补国史》。文宗,即唐文宗李昂。唐穆宗之子,唐敬宗之弟。敬宗宝历三年(827),为宦官王守澄等拥立。在位初年,励精图治,放出宫女三千余人,释放五坊鹰犬,并省冗员,重用宠臣李训、郑注等人,后发动甘露之变,企图消灭宦官势力,事败遭软禁。开成五年(840)抑郁而亡,葬章陵(在今陕西富平西北),庙号文宗,谥元圣昭献孝皇帝。藩邸,唐时王府的别称。

②《礼记》：亦称《小戴礼记》。成书于汉代，相传为西汉礼学家戴圣所编，内容主要为先秦的礼制，是一部儒家礼论的论文汇编。《春秋》：中国古代第一部编年体史书。相传孔子据鲁史修订而成。所记起于鲁隐公元年，止于鲁哀公十四年，凡二百四十二年。叙事极简，用字寓褒贬。《史记》：原名《太史公书》。西汉司马迁著。中国历史上第一部纪传体通史。全书包括十二本纪、三十世家、七十列传、十表、八书共一百三十篇。记事起自传说中的黄帝，迄于汉武帝太初年间，共三千年左右。《周易》：简称《易》。包括《经》《传》两部分。《经》包括六十四卦和每卦的卦象、卦辞、爻辞，作为占卜之用。《传》包含解释卦辞和爻辞的七种文辞，共十篇，统称《十翼》。《周易》用阴阳概念描述事物的变化原理，阐述了阴阳对立与自然社会万物演变的关系，含有朴素辩证法的观点。《尚书》：中国第一部记言体史书。保存了商周特别是西周初期的一些重要史料，被视为封建社会的政治哲学经典。《毛诗》：相传为汉初学者毛亨、毛苌所传，也即流传于世的《诗经》。东汉经学家郑玄曾为《毛传》作《笺》。至唐代，《毛传》和《郑笺》成为官方承认的《诗经》注释依据，受到后世推崇。《论语》：一部语录体散文集。由孔子的弟子和再传弟子编纂而成，集中体现了孔子的政治主张、伦理思想、道德观念及教育原则等。

③部帙（zhì）：指书籍、卷册。帙，包书的布套。

④便殿：正殿以外的别殿。皇帝休息、游宴的地方。

⑤侍讲学士：官名。唐玄宗开元初年始置，为集贤殿书院学士之一，以他官兼，后置于翰林院。以为皇帝讲论经史、备问应对为职。

⑥侍读学士：官名。唐玄宗开元初年置，为集贤殿书院学士之一。掌为皇帝讲读经史、备问应对等。后置于翰林学士院。

⑦率以为常：指成为经常的事。

⑧阍：守门人。

⑨余祭：即吴王余祭，吴王寿梦之子，诸樊之弟。春秋时吴国国君。《左传》谓鲁襄公二十八年（前545），齐大夫庆封惧齐景公诛，先奔鲁，继而奔吴，封以朱方为采邑。次年派兵伐越，俘越人，使其看门守舟。后观舟时，被守舟人所杀。

⑩康佐迟疑久之：据《新唐书·许康佐传》，文宗读《春秋》至"阍弑吴子余祭"，问："阍何人邪？"康佐以中官方强，不敢对，帝嬉笑罢。

⑪释卷：放下书卷。

## 【译文】

　　唐文宗在做藩王的时候，爱好读书。王府里没有《礼记》《春秋》《史记》《周易》《尚书》《毛诗》《论语》等这些书；即使有，很多也不成册。宫中的宦官得到一部《周易》，偷偷地进献给文宗。文宗即位后，出行坐步辇时也随身带着这部书。等到朝中无事时，文宗便会阅览书目，有时还会取书到别殿去读。文宗皇帝下诏兵部尚书王起、礼部尚书许康佐为侍讲学士，中书舍人柳公权为侍读学士。他每次读书有疑问时，就会召这些学士进入别殿，向他们咨询并进行讨论，成为了经常的事，当时人称他们为"三侍学士"，恩宠不同于常人。在这一时期许康佐进献了《春秋列国经传》六十卷，文宗十分喜欢。问许康佐说："文中提到吴国人进攻越国，抓到了越国的俘虏，让他做守门人，派他看守船只。吴王余祭来看船，看门人用兵器杀了吴王。看门人是什么人？杀死吴王的，又是什么人？"许康佐迟疑了很久，回答说："《春秋》语义深奥，臣研究得不精深，不敢仓促地做解释。"文宗笑着放下了书卷。

　　860.郑注以方术进①，举引朋党，荐《周易》博士李训②，召入内署，为侍讲《周易》学士。敏捷有口辩，涉猎五经③，言及《左氏》④，以探上意。上幸蓬莱殿阅书⑤，召训问曰："康佐所进《春秋列国经传》，朕览之久矣。战国时事，历历明白⑥。朕曾问康佐:吴人伐越,获俘以为阍,杀吴子余祭;康佐云'穷究未精',卿谓如何?"训曰:"吴人伐越获俘,俘即罪人,如今之所谓生口也⑦。不杀,下蚕室肉刑⑧,古谓之阍寺⑨,即今之中使也。吴子,是国君长。余祭,名也。使中使主守舟楫,余祭往观之,为中使所杀。"上嗟叹。训曰:"君不近刑臣⑩;近刑臣,即轻死之道也⑪。吴子远贤良,亲刑臣,而有斯祸。鲁史书之,以垂鉴戒。"上曰:"左右密近刑臣多矣,余祭之祸,安得不虑?"训曰:"陛下睿圣⑫,留意于未萌⑬。若欲去泰去甚⑭,臣愿遵圣算。累圣知之而不能远⑮,恶之而不能去,睿旨如此,天下幸甚!"时郑注任工部尚书、侍讲学士,乃与训斥逐贤良,阴构奸蠹⑯,遂有甘露之事⑰。

## 【注释】

①郑注以方术进:本条采录自《补国史》。

②博士:官名。起源于战国,秦、汉时设置。因其掌通古今,以备咨诣,为学术顾问的性质。

③五经:指《周易》《尚书》《诗经》《礼记》《春秋》五部经典。汉时定为五经,为儒家讲学的重要典籍。

④《左氏》:即《左传》,又称《左氏春秋》。

⑤蓬莱殿:宫殿名。在唐都长安城大明宫内。遗址在今西安城北。

⑥历历:清晰的样子。

⑦生口:指俘虏。

⑧蚕室:狱名。受宫刑者所居之室。男性犯人被阉割生殖器后畏风惧冷,须居于密封之暖室,如养蚕之室,故名。肉刑:残害肉体的刑罚。古指墨、劓、剕、宫、大辟等,后亦用以泛指对受审者肉体上

　　的处罚。

⑨阍（hūn）寺：指宦官。

⑩刑臣：古时指受过宫刑的阉人。即宦官、太监。

⑪轻死：以死事为轻，不怕死。

⑫睿圣：明智通达，德才超凡。古代多用作对帝王的颂词。

⑬未萌：指事情发生以前。

⑭去泰去甚：意为适可而止，不可过分。泰、甚，过分。语出《老子》："天下神器不可为也。为者败之，执者失之……是以圣人去甚、去奢、去泰。"

⑮累圣：称历代君主。

⑯奸蠹：行为不法的坏人。

⑰甘露之事：亦称"甘露之变"。唐文宗时宦官专政，大和九年（835），宰相李训等密谋诛除宦官，埋伏甲兵于厅内，诈言后院甘露降，请皇帝观看，藉此引宦官入厅。结果为宦官仇士良察觉，李训等反被杀，史称为"甘露之变"。

## 【译文】

　　郑注因为擅长方术得以进宫，他推举引荐与自己同一立场的朋党，推荐了《周易》博士李训，文宗召他进入内署，成为侍讲《周易》的学士。李训才思敏捷，能言善辩，泛读"五经"，有一次他故意谈及《左传》，来窥探文宗的心意。文宗去蓬莱阁观书，召见李训询问他说："许康佐进献的《春秋列国经传》，朕阅读很久了。战国时期发生的事，清楚明白。朕曾经问过许康佐：吴国人进攻越国，将捕获的俘虏作为看门人，派他去看守船只，结果他杀了吴王余祭；这段话怎么理解，许康佐说他'研究得不精深'，你认为如何？"李训说："吴国人攻打越国获得俘虏，俘虏就是罪人，就是如今所谓的'生口'。不杀他们，将他们关进蚕室施以肉刑，古代称为宦官，也就是今天的中使。吴王，是吴国的国君。余祭，是他的名字。让宦官去看守船只，吴王余祭前往观看，被宦官所杀。"文宗感叹不已。

李训说:"君王不能亲近宦官;亲近宦官,就是以死事为轻。吴王远离贤良之臣,亲近宦官,才有了这样的祸患。鲁国的史官记载下来,就是为了垂诫后世君主。"文宗说:"我身边亲近的宦官太多了,余祭的祸患,我怎么能不忧虑呢?"李训说:"陛下明智通达,才德超凡,能够在事情未发生时留心。如果想要适可而止,臣愿意听从您的谋算。历代的君主知道宦官危险却不能疏远,厌恶他们却不能根除,现在您的意旨如此英明,是天下百姓的幸运!"当时郑注任工部尚书、侍讲学士,就和李训一起驱逐排斥贤良之臣,暗中勾结奸佞之人,于是就有了后来的甘露之变。

　　861. 蓝田县尉直弘文馆柳珪①,擢为右拾遗、弘文直学士②,给事中萧俶、郑裔绰驳还制③,曰:"陛下悬爵位,本待贤良;今命浇浮④,恐非惩劝⑤。柳珪居家不禀义方⑥,奉国岂尽忠节⑦?"刑部尚书柳仲郢诣东上阁门进表,称:"子珪才器庸劣,不当玷居谏垣⑧;若诬以不孝,即非其实。"太子少师柳公权亦讼侵毁之枉⑨。上令免珪官,家居修省⑩。贞元、元和已来,士林家礼法⑪,推韩滉、韩皋、柳公绰、柳仲郢,一旦子称不孝,为士叹之。

**【注释】**

①蓝田县尉直弘文馆柳珪:本条采录自《东观奏记》。弘文馆,官署名。唐高祖武德四年(621)置修文馆于门下省。九年(626),太宗改名弘文馆。聚书二十余万卷。置学士,掌校正图籍,教授生徒。凡朝廷制度沿革、礼仪轻重,皆参议详定。唐中宗神龙元年(705)避太子李弘名讳,改曰昭文馆。玄宗开元七年(719)仍改弘文馆。柳珪,字郊玄,一字镇方,唐京兆华原(今陕西耀州)人。兵部尚书柳公绰孙,柳仲郢子。宣宗大中五年(851)登进士第,

　　不久为杜悰辟为剑南西川安抚巡官。历蓝田尉、直弘文馆，迁右拾遗，官终卫尉少卿。

②直学士：官名。唐玄宗开元十三年（725）置集贤殿书院，并置学士员。凡五品以上官充任者为学士，六品以下称直学士，均以他官担任，掌撰集文章，校理经籍。

③还制：指古代谏官规谏、纠正皇帝制书中的违误过失。

④浇浮：浇薄。也指浮薄不忠厚的人。

⑤惩劝："惩恶劝善"的省称。

⑥义方：原谓行事所应遵行的义理规范。后多用以指家教，做人的正道。

⑦奉国：献身为国。

⑧玷（diàn）：白玉上面的斑点，亦用以比喻人的缺点、过失。谏垣（yuán）：指谏官官署。

⑨太子少师：官名。西晋时置，位在太子少傅之上，为太子的教导之官，历代多有沿置。唐朝与太子少傅、少保并称东宫三少。无人则阙。

⑩修省：修身反省。

⑪士林：指士大夫阶层。

**【译文】**

　　蓝田县尉兼弘文馆职务的柳珪，被提拔为右拾遗、弘文馆直学士，给事中萧傲、郑裔绰对不符合规定的诏书进行了驳回，并说："陛下空挂着爵位，本应该留待贤良之臣；如今却任命一些浮薄不忠厚的人，这恐怕不是在惩罚邪恶，劝勉向善。柳珪居家不秉持做人子的孝道，侍奉国家又怎么会尽忠守节呢？"刑部尚书柳仲郢前往东上阁门向皇帝进表，说："我的儿子柳珪才能平庸，不应该身处谏官官署；但如果是诬告他不孝顺，这并不是事实。"太子少师柳公权也上表申诉对柳珪声誉不合理的侵害。皇帝下令免去柳珪的官职，让他居家修身反省。贞元、元和以来，士大夫之家的礼法,首推韩滉、韩皋父子和柳公绰、柳仲郢父子,一旦有谁家的子女被说不孝顺,士大夫都会为之感叹不已。

862.韦温迁右丞<sup>①</sup>。文宗时,姚勖按大狱<sup>②</sup>,帝以为能,擢职方员外郎<sup>③</sup>。温上言:"郎官清选<sup>④</sup>,不可赏能吏<sup>⑤</sup>。"帝问故,杨嗣复对曰:"勖,名臣后,治行无疵。若吏才干而不入清选,他日孰肯当剧事者<sup>⑥</sup>? 此衰晋风<sup>⑦</sup>,不可以法。"

【注释】

①韦温:字弘育,唐京兆万年(今陕西西安)人。司空韦绶之子。举明经进士,授奉礼郎,迁校书郎。文宗大和初,自监察御史迁礼部员外郎,转考功员外郎、太常少卿等。耿直,喜进谏。大和五年(831),谏文宗用宦官营治太庙。后多有谏奏,誉满朝野。武宗时召拜迁吏部侍郎,不久以事得罪李德舆,出为宣州观察使。会昌五年(845)去世,赠工部尚书。

②姚勖(xù):字斯勤,唐陕州硖石(今河南三门峡)人。唐朝宰相、梁国公姚崇之后。唐穆宗长庆初年,登进士第,选授右司御率府仓曹参军。文宗朝历任监察御史,佐盐铁务,迁谏议大夫。改任湖州、常州二州刺史,深得宰相李德裕赏识。武宗会昌三年(843),任尚书左司部郎中,升任吏部郎中。后李德裕被谮逐,家无资,病无汤剂,姚勖数次馈饷候问。官终夔王傅。大狱:重大的案件。

③职方员外郎:官名。隋文帝开皇六年(586)始置,炀帝大业三年(607)改职方承务郎。唐高祖武德三年(620)复置为员外郎。为尚书省兵部职方司副长官,与郎中共掌天下地图、城隍、镇戌、烽堠等事。高宗龙朔二年(662)曾改司域员外郎,咸亨元年(670)复旧。

④清选:挑选,精选。也指精选出来的人才。

⑤能吏:有才能的官吏。

⑥剧事:艰巨、繁杂的事务。

⑦晋风:指晋代颓废的官场风气。

**【译文】**

　　韦温升任为尚书右丞。唐文宗在位时,姚勖查验了一起重大案件,文宗认为他很有才能,就提拔他为职方员外郎。韦温上书说:"郎官都是精选出来的人才,不可以赐予有才能的官吏。"文宗询问其中的缘由,杨嗣复回答说:"姚勖是名臣之后,只是政绩上没有瑕疵。如果官吏有才干却不能成为精心挑选的人才,以后谁还会为朝廷处理艰巨、繁杂的事务?这种败坏官场风气的做法,不可以效仿。"

　　863. 太和三年①,左拾遗舒元褒等奏中丞温造凌供奉官事②:"今月四日,左补阙李虞仲与温造街中相逢③,造怒不回避,遂擒李虞仲祗奉人④,笞其背者。臣等谨按国朝故事:供奉官街中,除宰相外,无所回避。"

**【注释】**

①太和:亦作"大和",唐文宗李昂的年号(829—835)。

②舒元褒:唐婺州东阳(今属浙江)人。登进士第,又中贤良方正能直言极谏科。敬宗宝历(825—827)中,与薛廷老等同为拾遗,谏敬宗不应大兴土木、劳民伤财。官至司封员外郎。温造:字简舆,唐河内(今河南沁阳)人。性情刚烈自负。历德宗、顺宗、宪宗、穆宗、敬宗、文宗、武宗、宣宗八朝为官。少嗜读书,隐居王屋山。唐穆宗长庆元年(821),授京兆府司录参军,后历任殿中侍御史、起居舍人、左司郎中等职。唐文宗即位,屡迁御史中丞、尚书

右丞、山南东道节度使、兵部侍郎、东都留守等。八年（834）召拜御史大夫，九年（835）去世，获赠右仆射。供奉官：侍奉皇帝左右的近臣。唐朝指侍中、中书令、左右散骑常侍、黄门侍郎、中书侍郎、谏议大夫、给事中、中书舍人、起居郎、起居舍人、通事舍人、补阙、拾遗等官。《旧唐书·职官二》："两省自侍中、中书令已下，尽名供奉官。"

③左补阙：官名。唐武后垂拱元年（685）置，取国政有过失而补正之意。左补阙二人隶门下省，右补阙二人隶中书省，掌供奉讽谏，扈从乘舆。又置内供奉，无员数之限，选有才干者授之，不拘官资，待遇同于正官。李虞仲：字见之，唐赵郡（今河北赵县）人。父端，有诗名。宪宗元和元年（806）登进士第，又以制策登科，授弘文馆校书郎。穆宗长庆年间为西川节度判官，转兵部员外郎，迁司勋郎中。敬宗宝历元年（825）以兵部郎中知制诰，进中书舍人。文宗大和中历任华州刺史、尚书左丞、兵部侍郎、吏部侍郎等。简俭寡欲，立性方雅，时望归重。工诗。

④祇奉：敬奉。

**【译文】**

唐文宗太和三年，左拾遗舒元褒等人上奏疏弹劾御史中丞温造欺凌供奉官一事，并说："这个月初四，左补阙李虞仲和温造在街上相遇，因为李虞仲见到他没有回避，温造非常愤怒，就擒拿了李虞仲身边侍奉的人，并用鞭子抽打他的背部。臣等只是按照国朝之前的旧例：供奉官在街上，除了宰相以外，不用回避任何人。"

864.陈夷行，字周道。文宗时，仙韶乐工尉迟璋授王府率①，右拾遗李涧直当衙论奏②。郑覃、杨嗣复嫌以细故③，谓涧直近名④。夷行曰："谏官当衙，正须论宰相得失，彼贱工安足言？然亦不可置不用。"帝即徙璋。

**【注释】**

①仙韶:即仙韶曲。唐代法曲的别称。因文宗时乐伎住处叫仙韶院而得名。《新唐书·礼乐志》:"文宗好雅乐,诏太常卿冯定采开元雅乐制云韶法曲及霓裳羽衣舞曲。云韶乐有玉磬四虡,琴、瑟、筑、箫、麑、篪、跋膝、笙、竽皆一,……自是臣下功高者,辄赐之。乐成,改法曲为仙韶曲。"尉迟璋:唐朝官吏。西域于阗人。文宗时任仙韶院副使。开成五年(840),为仇士良所杀。王府率:官名。唐朝设置,为亲王府属官。《旧唐书·陈夷行传》:"王府率是六品杂官。"

②李泂直:晚唐官吏。曾任右拾遗。

③细故:细小而不值得计较的事。

④近名:好名,追求名誉。

**【译文】**

陈夷行,字周道。唐文宗在位时,精通仙韶曲的乐工尉迟璋被任命为王府率,右拾遗李泂直当即在府衙上奏陈自己的意见。郑覃、杨嗣复认为这件事细小不值得计较,并说李泂直有好名邀誉之心。陈夷行说:"谏官在衙署里办公,只需议论宰相的得失,那个低贱的乐工哪里值得为他说话?然而也不能闲置他不用。"唐文宗就将尉迟璋派往别处。

865.新昌李相绅性暴不礼士①。镇宣武,有士人遇于中道,不避,乃为前驺所拘②。绅命鞫之③,乃宗室也。答款曰④:"勤政楼前⑤,尚容缓步;开封桥上⑥,不许徐行。汴州岂大于帝都⑦?尚书未尊于天子。"公览之,失色,使逸去⑧。

**【注释】**

①新昌:即新昌宅。李绅任宰相时居住的宅第,故称新昌李相绅。

②前驺（zōu）：指古代官吏出行时在前边开路的侍役。

③鞫（jū）：审问。

④答款：谓对答审问和诚心服罪。

⑤勤政楼：楼阁名。勤政务本楼的简称。唐玄宗用以处理朝政、举行国家重大典礼的地方。建于开元八年（720），位于长安兴庆宫西南角，西面题曰"花萼相辉之楼"，南面题曰"勤政务本之楼"，因称"勤政楼"。故址在今西安兴庆宫公园内。

⑥开封桥：桥名。始建于唐德宗建中年间，在今河南开封。

⑦汴州：州名。北周宣帝改梁州置，治所浚仪县（今河南开封西北）。

⑧逸去：犹逃走。

## 【译文】

新昌宅宰相李绅性情粗暴不礼贤下士。他镇守宣武的时候，有一位士子在路上和他相遇，没来得及避开，就被为李绅开路的侍役拘拿了。李绅命人审问，才知道他是皇族宗室子弟。这位士人对答审问说："天子的勤政楼前，还容许慢步行走；李大人的开封桥上，竟然不许缓步而行。汴州难道比京城还大？尚书的官位没有天子尊贵吧。"李绅看后，大惊失色，赶快放他离开。


866.武翊黄①，府送为解头②，及第为状头③，宏词为敕头④，时谓"武三头"，冠于一时。后惑于滕嬖薛荔⑤，苦其冢妇卢氏⑥。虽新昌李相绅以同年蔽之，而众论不容，终至流窜⑦。

## 【注释】

①武翊黄：唐河南缑氏（今河南偃师）人。宰相武元衡之子。应进士试，京兆府以解头荐送。宪宗元和元年（806），以状头登进士第。后试宏词，又为敕头。时称为"武氏三头"。入仕后于文宗大和年间官至大理卿。晚年为美色所惑，为时论不容，终致流落

他乡。善书法,尤工楷书。

②解头:科举时代,称乡试第一名为解头,又称"解元"。

③状头:即状元。

④宏词:即博学宏词科,又作弘辞科,为唐朝制举科目之一。《新唐书·选举志下》:"凡试判登科谓之'入等',甚拙者谓之'蓝缕'。选未满而试文三篇,谓之'宏辞';试判三条,谓之'拔萃'。中者即授官。"敕头:即状元。清梁章钜辑《称谓录·敕头》引宋代洪皓《松漠纪闻续》曰:"金人科举,至秋尽集诸路举人于燕,名曰会试。凡六人取一,榜首曰敕头,亦曰状元。"

⑤媵嬖(yìng bì):宠妾。薛荔:武翊黄宠妾,生平未详。

⑥冢妇:嫡长子之妻。

⑦流窜:到处乱跑。

【译文】

武翊黄,在州府举行的乡试中为解头,进士考试中第是状头,宏词制科考试中为敕头,时人称他为"武三头",在当时首屈一指。后来被宠妾薛荔所迷惑,虐待嫡长子的妻子卢氏。即便新昌宰相李绅因为和武翊黄是同榜进士而庇护他,但还是被众人的舆论所不容,终致流落他乡。

867.王并州璠①,自河南尹拜右丞相②。除目才到③,少尹侯继有宴④,以书邀之。王判后云:"新命虽闻⑤,旧衔尚在,遽为招命⑥,堪入《笑林》⑦。"洛中以为口实⑧。故事:少尹与大尹游宴礼隔⑨。虽除官,亦当俟正敕也⑩。

【注释】

①王并州璠(fán):本条采录自《因话录·徵部》。王并州璠,即王璠,字鲁玉,唐京兆万年(今陕西西安)人。进士及第,登宏辞科。

元和中，入朝为监察御史，再迁起居舍人。穆宗长庆中，累历员外郎，以职方郎中知制诰。敬宗宝历元年（825），转御史中丞。文宗大和中，历河南尹、京兆尹，迁户部尚书，判度支。李训将诛宦官，授王璠太原节度使。李训败，王璠遭斩，家无少长皆死。

②河南尹：官名。东汉设。掌京都洛阳地区行政。地位高于一般郡守，秩二千石。《晋书·职官志》："郡皆置太守，河南郡京师所在，则曰尹。"

③除目：除授官职的文书。

④少尹：官名。尹的副职。唐初，京兆等府置治中，后改称司马，又改称少尹，为州府副长官。后为州县辅佐官如县丞、典史、吏目、巡检之类的别称。侯继：唐德宗贞元八年（792）进士。王璠为河南尹，辟侯继为参谋官。韩愈尝赠以诗。

⑤新命：新被任命。亦指新的任命，多指提升。

⑥招命：召唤，征召。

⑦《笑林》：三国魏邯郸淳撰。原集已佚，今本存二十余则，为后人所辑。所记均为俳谐故事，是我国古代最早的笑话专辑。

⑧口实：指话柄，谈笑的资料。

⑨大尹：唐时对府县行政长官的称呼。这里指河南尹王璠。

⑩正敕：正式敕命。

**【译文】**

并州王璠，从河南尹被提拔为尚书右丞相。除授官职的文书刚到，少尹侯继有宴会，写信邀请他。王璠看完书信后说："新的任命虽然听说了，但旧的官衔还在，现在匆忙被他召唤，都可以写进《笑林》了。"洛阳的百姓将这件事当作谈资。以往的惯例：少尹和大尹游宴时礼节上是有阻隔的。即使已经被拜官，也要等待正式的敕命。

868.王沐①，王涯之再从弟也②。家于江南，老且穷。

以涯作相,骑驴至京师,三十日始得见涯③,所望不过一簿尉耳④。而涯见其潦倒,无推引意⑤。太和九年秋,沐干涯之嬖奴⑥,导以所欲,涯始一召,许以微官处之⑦。自是旦夕造涯。及涯诛,仇士良收捕涯家族时,沐方在涯宅,以王氏之宗同坐⑧。

**【注释】**

①王沐:本条采录自《杜阳杂编》。《太平广记》亦有载。王沐,唐德宗贞元年间曾任明州(今浙江宁波)刺史。

②再从弟:同曾祖而年少于己者。

③三十日始得见涯:原书此句作"经三十余月,始得一见涯于门屏"。《太平广记》引文亦作"三十日"。《资治通鉴·唐纪·文宗太和九年》叙此,曰:"留长安二岁余,始得一见。"

④簿尉:主簿和县尉。泛指地方官府佐理官员。

⑤推引:推荐引进。

⑥嬖(bì)奴:得宠的奴仆。

⑦微官:小官。

⑧同坐:谓同为一事获罪。

**【译文】**

王沐,是王涯同曾祖的远方堂弟。家住江南,年老贫困。他知道王涯做了宰相,就骑着驴来到京城,三十天后才见到王涯,他所期望的不过是做一个小小的主簿或县尉。但是王涯见他贫困潦倒,没有推荐引进的意思。文宗太和九年的秋天,王沐贿赂王涯身边得宠的奴仆,让奴仆替自己说话,王涯这才召见了他,答应给他一个小官去做。从此以后,王沐早晚都去王涯家里等候消息。等到王涯被杀,仇士良前来收捕王涯家族的人时,王沐刚好在王涯家里,就被当作王氏的宗亲被同罪连坐。

869.舒守谦即元舆之宗①,十年居元舆舍,未尝一日有间。至于车服饮馔,亦无异等。元舆谓之从子,取明经及第②,历秘书郎③。及持相印,许列清曹命之④。无何,忽以非过怒守谦,朔旦伏谒⑤,皆不得见,僮仆皆拒之。守谦乃辞往江南,元舆亦不问。翌日,出长安,咨嗟自失⑥。行及昭应⑦,闻元舆之祸。[原注]时宰相收捕家族,不问亲疏皆戮。论者以王、舒福祸之异,皆若分定焉⑧。

### 【注释】

①舒守谦即元舆之宗:本条采录自《杜阳杂编》。《太平广记》亦有载。《太平广记》引文此句作"舒元谦,元舆之族"。《资治通鉴·唐纪·文宗太和九年》叙此,曰:"舒元舆有族子守谦"。据此,当以"守谦"为是。舒守谦,舒元舆之侄,生平未详。

②取:原书"取"上有一"荐"字,当据补。

③秘书郎:官名。东汉始置,掌东观校书。后世沿袭。南朝梁称秘书郎中,隋复称秘书郎。唐高宗龙朔二年(662),改称兰台郎。咸亨元年(670),复旧。掌经籍、图书等事。

④清曹:清要的官署。

⑤朔旦:古历法术语。专指每年正月初一开始的时刻,也泛指旧历每月初一。伏谒:谒见尊者,伏地通姓名。

⑥咨嗟:叹息。自失:心意若失,茫然无措。

⑦昭应:县名。唐玄宗天宝七年(748),以会昌县改名,治所即今陕西临潼。

⑧分定:本分所定,命中注定。

### 【译文】

舒守谦是舒元舆的宗亲,十年间住在舒元舆家中,从来没有过嫌隙。

至于出行的车马、穿的衣服和日常饮食,也和家人没有区别。舒元舆称他是自己的侄子,推荐舒守谦考取了明经科进士,做官做到秘书郎。等到舒元舆当上宰相,便承诺让舒守谦在清要的官署任职。没过多久,舒元舆忽然因为一点小错过度对舒守谦发怒,正月初一伏地谒见长辈时,舒守谦仍然没能见到他,舒元舆家中的奴仆也都拒绝舒守谦。于是,舒守谦就辞了京城的官职准备前往江南,舒元舆也没有过问。第二天,舒守谦出了长安城,感慨万千,怅然若失。他走到昭应城时,听说舒元舆遭到了灾祸。[原注]当时宰相犯罪要查抄收捕全家族,不管亲疏都要被杀。谈论这件事的人认为王沐、舒守谦二人福祸的不同,都好像是命中注定的。

870.大和初①,京师有轻薄徒,取贡士姓名②,以义理编饰为词③,号为"举人露布"④。九年冬,就戮者多是儒士。

**【注释】**

①大和初:本条采录自《因话录·羽部》。

②贡士:古代诸侯或州郡向朝廷推荐的人才称贡士。

③义理:指讲儒家经义的学问。

④露布:不缄封的文书。《文心雕龙·檄移》:"露布者,露版不封,布诸视听也。"后用于军事,相当于讨伐檄文或公布捷报。在唐朝为奏章之一种。

**【译文】**

唐文宗大和初年,京城里有一些轻佻浮薄之人,选取贡士的姓名,用儒家的经义编饰捏造成文辞,号称"举人露布"。大和九年冬天,被杀的大多是儒士。

871.李瓒①,故相宗闵之子。自桂州失守,贬昭州司户②，后量移卫州刺史③；给事中柳韬疏之④，复贬。韬始与瓒相善，瓒先达而弃韬。瓒既重为所贬，性强躁，愤且死。郑舍人谷之父⑤，瓒座主也⑥，乃为书曰："与谷，受恩；未谷，极苦⑦。"累十点，笔落而卒。案⑧：此条末数语难解，疑有脱误。

## 【注释】

①李瓒：本条采录自《玉泉笔端》。

②自桂州失守，贬昭州司户：《旧唐书·李宗闵传》曰："（瓒）出为桂管观察使。御军无政，为卒所逐，贬死。"桂州，州名。南朝梁天监六年（507）置桂州于苍梧、郁林之境，因桂江得名。大同六年（540）移治始安（唐改名临桂，今桂林）。昭州，州名。别名平乐郡。原名乐州，唐高祖武德四年（621），于始安郡之平乐县置。太宗贞观八年（634），改称昭州。治所平乐县（今广西平乐）。司户，官名。即司户参军的省称。府、州属官。掌户口、籍帐、婚嫁、田宅、杂徭、道路诸事。汉、魏以来有户曹掾，为郡之佐吏，主民户。北齐诸州置户曹参军，隋朝罢郡置州，遂改称司户参军。唐制，在府称户曹参军，在州称司户参军。

③量移：多指官吏因罪远谪，遇赦酌情调迁近处任职。卫州：州名。北周宣政元年（578）置，治枋头城（今河南浚县西南）。隋大业初改为汲郡。唐高祖武德元年（618）复为卫州。

④柳韬：字藏用。唐河东解县（今山西运城）人。柳璟之子。登进士第。僖宗乾符四年（877），官右谏议大夫。迁给事中，除左散骑常侍。乾符六年（879），授浙东观察使，以赃贿免官。

⑤郑舍人谷：即郑谷，字守愚，唐袁州宜春（今江西宜春）人。幼聪颖，及冠，屡举进士不第。僖宗光启三年（887）登进士第。昭宗景福二年（893）授京兆府鄠县尉。乾宁元年（894），兼摄府署，寻迁右拾遗。四年（897），拜都官郎中，世称"郑都官"，又以《鹧

鸪》诗得名,时称"郑鹧鸪"。

⑥座主:唐五代时,进士称主试官为座主。

⑦"与谷"几句:周勋初《校证》注曰:"此处似用《论语·宪问》'邦有道,谷'之意。'谷'指仕途俸禄。《永乐大典》引文作'受恩未报,苦极'。"

⑧案:此案语原阙,本书据周勋初《校证》补。又注曰:"此案语当是《永乐大典》编者或《四库全书》馆臣所加。"

【译文】

　　李瓒,是前宰相李宗闵的儿子。自从桂州失守后,李瓒被贬为昭州司户,后来中途遇赦改任距离京城较近的卫州刺史;由于给事中柳韬的离间,李瓒再次被贬。柳韬刚开始和李瓒交好,李瓒先被举荐做官后就背弃了柳韬。李瓒再次被贬之后,性情强横又急躁,愤怒地快要死了。舍人郑谷的父亲,是李瓒考进士时的主考官,李瓒就写信给他说:"给予仕途俸禄,就是接受朝廷的恩德;没有仕途俸禄,生活就会非常贫苦。"他连续点了十个点,放下笔就去世了。案:这一条末尾的几句难以理解,怀疑有脱误。


　　872.李司徒程善谑①。为夏口日②,有客辞焉,相留住三两日,客曰:"业已行矣,舟船已在汉口。"曰:"此汉口不足信。"又因与堂弟居守相石投盘饮酒③,居守误收骰子④,纠者罚之,司徒曰:"汝向忙闹时把堂印将去⑤,又何辞焉?"饮家谓重四为堂印⑥,盖讥居守大和九年冬朝廷有事之际而登庸也⑦。又与石话服食⑧,云:"汝服钟乳否⑨?"曰:"近服,甚觉得力。"司徒曰:"吾一不得乳力。"盖讥其作相日无急难之效也。又尝于街西游宴,贪在博局⑩,时已昏黑,从者迭报云:"鼓动⑪。"司徒应声曰:"靴!靴!"其意谑鼓动似受慰之声以吊客，"靴""靴"答之，连声索靴，言欲速去也。又在夏口时，官园纳苎头而余者分给将校⑫，其主将报之，军将谢苎头，司徒手拍头云："著他了也。"然后传语："此苎头不必谢也！"

**【注释】**

①李司徒程善谑：本条采录自《刘宾客嘉话录》。此句原书作"李二十六丈丞相善谑"。《太平广记》引文作"李二十六丞相程善谑"，且句首有"唐刘禹锡云"五字。

②夏口：古城名。三国吴黄武二年（223）筑，在今湖北武汉黄鹤山上。因与江北之夏口相对，故名。临江背山，形势险要，历代为战争要地。

③居守：官名。留守的别称。

④骰子：一种用于游戏或赌博的骨制器具。

⑤堂印：骰子掷双重四称为堂印。

⑥重四：此处谐音"重事"，指重大事件。

⑦登庸：选拔任用。

⑧服食：服用丹药。道家养生术之一。

⑨钟乳：即"钟乳石"。矿物名。常见于石灰岩山洞中，呈圆柱形或圆锥形，系含碳酸钙的水溶液在滴下的过程中水分逐渐蒸发凝结而成。

⑩博局：棋盘。

⑪鼓动：更鼓响动。暗指天黑了。

⑫苎（zhù）头：指用苎麻的叶子混合米粉制作的团子，亦称"绿苎头团子"。

**【译文】**

检校司徒李程喜欢开玩笑。他在夏口的时候，有一个客人来辞行，他留人家再住两三天，客人说："已经决定出发了，船已经停在汉口了。"李程说："这个汉子说的话不能相信。"又因为和堂弟东都留守李石投飞盘喝酒，期间留守李石误收了一个骰子，酒令官要惩罚他，李程说："刚才你在忙闹的时候将堂印都拿走了，这还推脱什么呢？"饮酒的人称骰子掷双重四为堂印，李程大概是在嘲弄留守李石在文宗大和九年的冬天朝廷有重大事情的时候被选拔任用。李程又和李石谈论服用丹药养生的事，他问李石说："你服用钟乳石吗？"李石回答说："近日正在服用，感觉身体很有力气。"李程说："我从来没有得到过钟乳石的帮助。"大概是在讥讽李石做宰相时没有解救危难的功绩。李程又曾经在街西参加宴会，因为贪恋棋盘，当时天已经黑了，随从的人连续禀报他说："更鼓响了。"李程应声回答说："靴子！靴子！"意在戏谑鼓声响动好像是接受吊客安慰的声音，用"靴""靴"回答他，一声接一声地找寻靴子，是说想要快速离开。还有一次在夏口的时候，官园里除上贡朝廷的苎头外，李程把剩下的苎头都分给了军官，军中统帅禀报说，将领们都感谢苎头，李程拍着自己的脑袋说："记在它上面了啊。"然后传话说："这个'苎头'不必谢！"

873.徐晦嗜酒<sup>①</sup>，沈传师善餐<sup>②</sup>。杨嗣复云："徐家肺，沈家脾，其安稳耶？"

【注释】

①徐晦嗜酒：本条采录自《大唐传载》。徐晦，字大章，唐福建晋江徐仓（今属福建）人。进士及第，再登贤良方正制科，初授栎阳县尉。历任福建观察使、工部侍郎、兵部侍郎，迁太子宾客，分司东都。性情耿直，居官清严，为人称道。晚年因嗜酒失明，以礼部尚书致仕。

②沈传师：字子言，唐吴县（今江苏苏州）人。有才行，工《春秋》，精楷书。德宗贞元末年进士及第，为礼部侍郎权德舆门生，誉称

颜子。又登制科乙第,授太子校书郎,进左拾遗、左补阙兼史馆修撰,充翰林学士。穆宗立,迁中书舍人,转湖南观察使。敬宗宝历二年(826),入为尚书右丞。文宗大和中,出为江西观察使,转宣歙观察使。官终吏部侍郎。为人恬退,吏治严明,参与编撰《宪宗实录》)。

**【译文】**

徐晦酷爱喝酒,沈传师擅长饮食。杨嗣复说:"徐晦的肺,沈传师的脾胃,还安好吗?"

874.杜悰通贵日久①,门下有术士李生者,甚异。悰任四川节度②,马植罢黔中③,方赴阙,李一见,谓悰曰:"受相公恩久,思以报答。今有所报矣!黔中马中丞,非常人也,相公当厚遇之。"悰未之信。他日,又谓悰曰:"相公将有祸,非马中丞不能救,乞厚结之。"悰始惊,乃用其言。发日,厚币赠之;乃令邸吏为植于阙下买宅④,为生之费无阙焉。寻除光禄卿⑤,报状至蜀,悰谓李曰:"贵人赴阙作光禄勋矣。"李曰:"姑待之。"稍进大理卿,迁刑部侍郎,充盐铁使,悰始信之。未几拜相。懿安皇太后崩。悰,懿安子婿也⑥。忽内榜子索检责宰相元载故事⑦,植谕旨⑧,延英力营救⑨。植素能回上意⑩,事遂止。

**【注释】**

①杜悰通贵日久:本条采录自《东观奏记》。

②四川:原书此二字作"西川",当据改。

③马植:字存之,唐扶风郡(今陕西凤翔)人。唐宪宗元和十四年(819)中进士,又登制策科。善文辞,习吏事,历官大理卿等职。

宣宗时，为当政者白敏中引为户部侍郎，同中书门下平章事。又迁中书侍郎兼礼部尚书。后随白敏中贬罢，任宣武军节度使。黔中：道名。唐玄宗开元二十一年（733）分江南道置，为开元十五道之一。治黔州（今重庆彭水）。

④邸吏：唐时诸道知进奏官别称。即古代地方驻京办事机构的官吏。因进奏官多由藩镇派驻京师之吏，故有此称。阙下：借指京城。

⑤光禄卿：官名。光禄寺长官，掌祠祭酒醴、朝会宴享、宫廷膳食诸事。北齐始称光禄寺，置卿、少卿。隋唐沿置。唐高宗龙朔二年（662），改称司宰寺，咸亨中复称光禄寺，置卿一员。

⑥子婿：女婿。

⑦榜子：告示，启事。

⑧谕旨：晓谕帝旨。

⑨延英：即延英殿。唐都长安大明宫便殿之一，建于唐贞观中。位于紫宸殿以西，麟德殿以东。自唐代宗大历十四年（779）六月起，延英殿成为皇帝召见宰臣、商讨政事的主要殿堂，称作"延英召对"。

⑩植素能回上意：原书此句作"植素辨博，能回上意"。

## 【译文】

杜悰通达显贵已经很长时间了，他的门下有一位术士叫李生，非常神异。杜悰任西川节度使时，马植被罢免在黔中道的职务，当时正赶赴京城，路经西川。李生一看见他，就对杜悰说："我受您的恩情已经很久了，一直想要报答您。今天终于有机会了！黔中道的中丞马植，不是一般人，您应当厚待他。"杜悰并没有相信他的话。有一天，李生又对杜悰说："您将要有灾祸，只有马中丞能够救您，恳求您一定要厚待他并与他结交。"杜悰这才开始害怕，就采纳了李生的话。马植出发那天，杜悰送给马植丰厚的礼物；还让驻京办事机构的官吏在京城给马植买了宅院，这样马植在京城维持生计的一切费用都不缺了。不久马植授任光禄卿，消息传到蜀地，杜悰对李生说："你说的那个贵人到京城做光禄卿了。"李生说："姑且再等等。"稍后，马植升任大理寺卿，继而又升任刑部侍郎，并充任盐铁使，杜悰这才相信了李生的话。不久，马植升任宰相。这时，懿安皇太后郭氏驾崩。杜悰，是懿安皇太后的女婿。忽然有一天，皇上下旨要效仿当年宰相元载的旧例，索查追究杜悰并将他治罪。马植知道皇上的旨意后，在延英殿设法营救杜悰。马植凭着广博的学识，能够准确理解并回应皇上的心意，这件事才平息下来。

875.杜邠公悰尝与同列言<sup>①</sup>，平生不称意有三：其一为澧州刺史<sup>②</sup>；其二贬司农卿<sup>③</sup>；其三自西川移镇广陵<sup>④</sup>，舟次瞿塘遇风<sup>⑤</sup>，侍者惊废，渴甚，自泼茶饮。后镇荆南，诸院姊妹多在渚宫寄寓<sup>⑥</sup>，相国未尝拯济<sup>⑦</sup>，节腊一无沾遗<sup>⑧</sup>。有乘肩舆至府门诟骂者，亦不省问。所莅方镇，不理狱讼。在凤翔洎西川<sup>⑨</sup>，系囚无轻重，任其殍殨<sup>⑩</sup>。人有从剑门得漆器文书，乃成都具狱案牍也<sup>⑪</sup>。

**【注释】**

①杜邠公悰尝与同列言：本条采录自《北梦琐言·杜邠公不恤亲戚》，《南部新书》亦载此事。杜邠公悰，即邠国公杜悰，因其被封邠国公，故称。

②澧（lǐ）州：州名。隋开皇九年（589）置，治澧阳县（今湖南澧县东南）。唐武德四年（621），改为澧州。

③司农卿：官名。司农寺长官，九卿之一。掌藉田供进耒耜及国家仓储诸事，隋朝改称司农寺，唐龙朔二年（662）改称司稼寺，咸亨初年复称司农寺。置卿一员，从三品上阶，少卿二员，从四品上阶。

④广陵：郡名。东汉建武十八年（42）置，治所广陵县（今江苏扬

州)。三国魏移郡治淮阴,东晋还治广陵,辖境渐小。南朝宋元嘉
八年(431)改置为南兖州。唐天宝元年(742)又改称广陵郡,治
所江都(今江苏扬州)。

⑤瞿塘:即瞿塘峡。又称夔峡。西起重庆奉节东的白帝城,东至巫
山大宁河口,长约八公里,为长江三峡之一。是三峡中最短、最
窄而又最雄伟的峡谷,两岸岩壁高峙,江水怒激,号称"天堑",有
"瞿塘天下雄"之称。

⑥渚(zhǔ)宫:宫名。春秋时楚成王修筑。故址在今湖北江陵城区
内。后世遂以此为江陵城的别称。

⑦拯济:救助,救济。

⑧节腊:节日及腊月祭祀。

⑨凤翔:方镇名。唐肃宗上元元年(760)置,名兴凤陇节度使,亦称
西京节度使。德宗建中四年(783)更号保义军。贞元中改为观
察使,治凤翔(今陕西凤翔)。

⑩殍殕(piǎo bó):饿死。

⑪案牍:公事文书。

**【译文】**

邠国公杜悰曾经对同僚说,自己平生不如意有三件事:第一是做过
澧州刺史;第二是被贬为司农卿;第三是从西川节度使转为广陵节度使
时,船停驻在瞿塘峡遇到了大风,侍从吓坏了,杜悰十分口渴,就自己倒
水煮茶喝。后来镇守荆南时,家族中各院姐妹大多寄居在江陵一带,自
己作为宰相没有接济过她们,过节和腊月祭祀时也没有给过她们一点好
处或馈赠。有人坐着肩舆来到府第门前当众辱骂,也没有前去探望问
候。所到的方镇,从来不处理诉讼案件。从凤翔到西川,关押的囚犯不
论罪名轻重,任由他们饿死。有人从剑门得到装在漆器里的文书,原来
是杜悰在成都时据以定罪的全部案卷和公事文书。

876.欧阳琳父衮①，亦中进士。琳与弟玭同在场屋②，苦其贫匮，每诣先达，刺辄同幅③，时人称之。杜邠公在岐下，以子裔休同年谒之④。惊尝以事怪琳，客或有为琳释解者，且言："琳，衮之子。"惊不答，久之，曰："某自淮南赴阙，舟次龟山⑤，风不可进，因策杖登岸徐步。适见一僧，方修道。前曰：'雪山和尚弟子教化⑥。'某谓之曰：'何言弟子，饶你和尚也。'"

**【注释】**

①欧阳琳父衮：即欧阳衮。字希甫，晚唐福州闽县（今福建闽侯）人。曾赴京都长安应举，数次皆不中。后与诗人项斯以诗相知。于唐敬宗宝历元年（825）进士及第，官至侍御史。有二子琳、玭，皆登进士第，以诗赋传家。

②玭（pín）：欧阳玭，欧阳衮之子。唐懿宗咸通十年（869），擢进士第，后终于幕府掌书记任。今存诗五首。场屋：科举时代试士的场所。

③刺：即投刺。投递名帖。

④裔休：即杜裔休。字徽之，唐京兆万年（今陕西西安）人。杜惊之子。懿宗时历任翰林学士、给事中，加司勋员外郎。十三年（872），贬为端州司马。

⑤龟山：山名。曾名翼际山、鲁山、大别山。位于湖北武汉汉阳区汉水汇入长江处南岸，与武昌之蛇山隔江对峙。古为军事要地，因形似浮龟得名。

⑥教化：行乞，乞讨。

**【译文】**

欧阳琳的父亲欧阳衮，也考中了进士。欧阳琳和弟弟欧阳玭同时参加科考,知道弟弟贫穷匮乏,每次拜访达官贵人,就将自己与弟弟的名字放在同一张名帖上投递,当时的人们都称颂他的这一做法。邻国公杜悰在岐下时,因为儿子杜裔休和欧阳琳是同榜进士就去见他。杜悰曾经因为一些事怪罪欧阳琳,在座的客人中有人替欧阳琳解释,并说:"欧阳琳,是欧阳衮的儿子。"杜悰没有回答,很久之后,他说:"我从淮南赶赴京城时,船临时停在龟山,当时风很大船不能行进,于是我拄杖上岸慢慢行走。正好碰见一个僧人,他正在修道。僧人看到我上前说:'雪山和尚的弟子在行乞。'我对僧人说:'说什么弟子,即使你是和尚又怎样。'"

877.开成中①,有龙复本者②,无目善听揣骨言休咎③;象简、竹笏④,以手循之,必知官禄年寿。宋祁补阙有时名⑤,搢绅靡不倾属⑥,时永乐萧相寊亦居谏官⑦,同日诣之,授以所持笏。复本听萧笏良久,置于案上,曰:"宰相笏。"次至宋笏,曰:"长官笏。"祁不乐。月余,同列于中书,候见宰相。时李卫公方秉政⑧,未见闲,伫立谈谑。顷之,丞相出。宋以手板障面,笑未已。李公目之,谓左右曰:"宋补阙笑某何事?"闻者为忧之。数日,出为河清县令⑨,岁余死。其后萧公自浙西观察使入判户部,顷之,为宰相。

**【注释】**

①开成中:本条采录自《剧谈录·龙待诏相笏》。开成,唐文宗李昂年号(836—840)。

②龙复本:唐文宗时人。双目失明,擅长揣骨听笏。凡有象简竹笏,以手捻之,必知官禄年寿。传说文宗开成时,达官缙绅之士,多往试之。

③听:原书此字后有一"声"字,当据补。揣骨:旧时相术的一种。揣

摸人的骨骼,据其高低、大小、长短等以推断人的贫富、智愚、贵贱、寿夭。

④象简:即象笏,象牙制成的手板。明代以前一至五品的高官所执。竹笏:古代大臣入朝时所执的竹制手板。

⑤宋祁(yuán):字次都。文宗大和四年(830)状元及第。与杜牧、许浑友善。开成三年(838)官右拾遗。有识人之智。武宗会昌中,迁补阙,因得罪宰相李德裕,出为河清县令。岁余,卒贬所。

⑥倾属:亦作“倾瞩”。倾心向往。

⑦永乐:即永乐坊。唐都长安外郭城坊里之一。万年县领。《旧唐书·裴度传》称平乐坊。萧寘(zhì):即宰相萧寘,唐南兰陵(今江苏常州)人。萧复之孙。曾得宣宗信任,和韦贯之一道常被宣宗询问政事,二人多次领旨草拟诏书。宣宗大中五年(851),自兵部员外郎充翰林学士。后迁户部侍郎、同中书门下平章事。十年(856),出为浙西观察使。不久,又为中书侍郎。次年,知政事。一生无显功。

⑧李卫公:即李德裕,封卫国公。

⑨河清:即清河县。唐玄宗先天二年(713)置,故址在今河南孟县西南。武宗会昌三年(843)隶属孟州,寻还属河南府。后废,咸通年间复置,仍治于孟县西南。

## 【译文】

　　唐文宗开成年间,有一个叫龙复本的人,双目失明,擅长用听声音和揣摸人的骨骼的方法,推断人的吉凶福祸;凡是所持的象牙手板、竹手板,他只需用手摸一遍,必定准确知道这个人的官禄和年寿。补阙宋祁在当时很有名望,士大夫没有不倾慕他的,当时住在永乐坊的宰相萧寘也是谏官,二人同日去拜访龙复本,将自己拿的笏板给了他。龙复本拿着萧寘的笏板听了很久,之后把笏板放在桌案上,说:“这是宰相的笏板。”接着到了宋祁的笏板,龙复本说:“这是长官的笏板。”宋祁很不高兴。过了一个多月，宋祁和萧寘同时升任中书省，一同等候宰相的接见。当时卫国公李德裕刚任宰相掌管朝政大权，没有空闲，二人就站着谈笑。不一会儿，宰相李德裕走了出来。宋祁刚好用手板挡着脸，笑声还未停。李德裕看着他，对身边的人说："宋补阙因为什么事笑我？"听到的人都为宋祁感到担忧。几天后，宋祁被贬为清河县令，一年多就死了。后来萧寘从浙西观察使升任户部侍郎，不久，升任为宰相。

878.文宗时<sup>①</sup>，有沙门能改塔。履险若平<sup>②</sup>。换塔杪一柱<sup>③</sup>，人以为神。上闻之曰："塔固当人功所建，然当时匠者岂亦有神？"沙门后果以妖妄伏法<sup>④</sup>。

**【注释】**

①文宗时：本条采录自《因话录·官部》。

②履险若平：又作"履险若夷"。走险路如行平地，比喻不畏困难或本领高强。

③塔杪（miǎo）：塔尖。杪，树枝的细梢。

④妖妄：指妖术，旁门左道。

**【译文】**

唐文宗时，有一个僧人能够改换塔顶。走险路如行平地。改换一个塔尖只需要一根柱子，人们都认为他是个神人。文宗听到后说："塔本来就是人力建造的，如果这样说，那么当时的工匠难道也都是神人？"那个僧人最后果然因使用妖术犯法被杀。

879.卢尚书弘宣与弟衢州简辞同在京师<sup>①</sup>。一日，衢州早出，尚书问："有何除改<sup>②</sup>？"答曰："无大除改，唯皮遹叔蜀中刺史<sup>③</sup>。"尚书不知皮是遹叔姓，谓是宗人，曰："我弥当家[④],没处得‘卢皮遐’来。”衢州为辨之,皆大笑。

**【注释】**

①卢尚书弘宣与弟衢州简辞同在京师:本条采录自《因话录·谐戏附》。卢尚书弘宣,即卢弘宣,曾任工部尚书。衢州简辞,即卢简辞,卢弘宣之弟。曾因坐事自太仆卿出为衢州刺史,故称。衢州,唐高祖武德四年(621)置州,以境内有三衢山得名。治信安(懿宗咸通中改名西安,今衢州)。

②除改:免除现职,改任他职。《资治通鉴·唐纪·唐宪宗元和十四年》:“弘正闻之,笑曰:‘是闻除改,登即行矣,何能为哉!’”胡三省注:“除改,谓除书改授他镇。”

③皮遐叔:登进士第。刚柔不合时。受蜀聘为幕府,官至刺史。

④我弥:即我们。唐人口语。当家:犹云本家或自家。

**【译文】**

尚书卢弘宣和弟弟卢简辞一同在京城做官。一天,卢简辞早早出门,卢弘宣问道:“有什么人要免除现职,改任他职吗?”卢简辞说:“没有大的变动,只有皮遐叔调任为蜀中刺史。”卢弘宣不知道“皮”是遐叔的姓氏,还以为是同族之人,就说:“我们本家,没听说哪里有一个叫‘卢皮遐’的叔叔。”卢简辞给他解释之后,二人都大笑起来。

# 卷七

## 【题解】

本卷记事起自唐武宗,终于唐昭宗,共一百一十八条,是对晚唐六十多年间君臣逸事及世态人情的记述。

本卷涉及的帝王主要有唐武宗李炎、唐宣宗李忱、唐懿宗李漼、唐僖宗李儇以及唐昭宗李晔。晚唐时期,藩镇拥兵自重,各据一方,朝堂之上的宦官手握军政大权,皇帝的废立生死均掌握在宦官手中。在朝政日衰、内忧外患的形势下,这一时期也有一些帝王希望能够力挽狂澜,恢复大唐王朝昔日的辉煌,唐武宗和唐宣宗就是其中的代表。唐武宗在位期间,倚重宰相李德裕,澄清吏治,发展经济,同时致力于削弱宦官、藩镇以及僧侣地主的势力,对外则击败回鹘的进攻,保卫了北疆的安全,使唐朝一度出现史称"会昌中兴"的局面。唐宣宗恭谨节俭,明察沉断,在位期间勤于政事,整顿吏治,限制宗室和宦官,并重用唐宪宗时期大臣的子孙,为死于"甘露之变"中的大臣平反,努力平定内乱,对外击败吐蕃的侵扰并收复河湟地区,创造了史称"大中之治"的安定局面,宣宗皇帝亦因此被百姓称作"小太宗"。相较武宗、宣宗的励精图治和社会的相对安定,懿宗、僖宗和昭宗时期的政局则完全陷入了混乱,农民起义大举爆发,大唐王朝最终走向分崩离析。

本卷对上述几位帝王逸事的记述以宣宗为最多,从卷中的相关记述可以看到，宣宗皇帝在位期间生活节俭，他关心科举，敬重宰臣，"语及政事，终日忘倦"，并时常"微行人间，采听舆论，以观选士之得失"（第909条）。同时，他还击败吐蕃的侵扰（第930条），平定越人仇甫等的叛乱（第951条），重用有才之士（第917、918条等）及前朝有功之臣的子孙（第911、912条），罢黜自宪宗以来便盘踞朝廷、威胁朝政的以李德裕为代表的李党势力（第897条等），重新启用被贬黜到岭南的牛党官员牛僧孺、李宗闵、崔珙（第914条）等，所有这些都反映了他对政事的操劳和对时局的担忧，也表现了他想要挽救唐王朝的良苦用心。除此之外，本卷也记述了宣宗皇帝日常生活的其他方面，如唐宣宗与轩辕集等有道术之人的往来（第946、947条），对唐宣宗高超的射箭和打马球技术（第915条）及其精通音律（第948条）等的记述，不一而举。

宣宗之外，本卷也有多条记述了唐懿宗即位前后的史事，其中有他即位前"晕出入"的谶言（第954条）、"咸通"年号的由来（第955条），以及咸通年间百姓生活的艰难（第967条）和朝政的乱象（第968、970、971、972条）等，特别是有关懿宗登基的记述最引人深思，"宣宗崩，内官定策立懿宗，入中书商议，命宰臣署状"等语，反映了唐朝末年宦官对朝政的把持；"但是李氏子孙，内大臣立定，外大臣即北面事之，安有是非之说"（第953条）等语，则体现了唐末朝臣对手握军政大权的宦官的忌惮和迁就。

唐代末年，政治腐败，内忧外患，朝臣之间的党派之争变得更加激烈，大臣之间的意气之争也使不少忠良之士无端遭贬或丧命。本卷对大臣的记述主要表现在朝政日非的政治环境下的诸种乱象，其中对李德裕的记述最多。李德裕历仕宪宗、穆宗、敬宗、文宗、武宗五朝，曾两度为相，特别是在武宗朝任宰相期间，他外破回纥，内平泽潞，功绩显赫，被拜为太尉，封卫国公。宣宗皇帝即位后，李德裕因位高权重，独断专行，"性孤峭、嫉朋党"（第914条），不久被贬崖州司户，于大中三年（849）在崖州去世。本卷对李德裕的记述涉及他为官生活的多个方面，其中有李德裕与李宗闵由最初"相善"到位高后"相倾"的恩怨（第884条）；有李德裕执政期间对牛党官员的排挤和打压（第914条）；有宣宗初即位时对他的忌惮（第897条）；有他自认为"万里汲水"，以常州惠山泉煮茶的怪癖；也有"以己非科第，常嫉进士"而排斥进士的乖张（第889条）；还有他把控科举选士，让知贡举的王起录取卢肇、丁稜、姚鹄等人（第902条）的记述等。所有这些条目结合起来，一个位高权重、结党营私、独断专行、行为乖张的权臣形象便跃然纸上。李德裕之外，本卷对宣宗朝宰相令狐绹的记述也有不少。令狐绹大中四年（850）拜相，颇受宣宗器重，宣宗曾夜半召其问对含春亭，"尽蜡烛一炬，方许归院"，并特赐以帝王专用的"金莲炬送之"（第917条）。然而在政局动荡的晚唐王朝，担任宰相十年的令狐绹并没有做出很大的成就，本卷更多记述了他对家人的放纵和对权术的玩弄。他的儿子令狐滈依仗父权进士及第，"势倾天下"，时称"白衣宰相"（第937条）；因为令狐之姓少，令狐绹便对"宗族有归投者，多慰荐之"，致使进士温庭筠发出"自从元老登庸后，天下诸'胡'悉带'令'"的嘲戏之言（第936条），所有这些都反映了令狐绹的以权谋私。

本卷对唐末其他大臣的记述也都打上了晚唐社会世风日下的时代烙印。其中有大臣之间排挤打压、玩弄权术的：宣宗时，吴居中因得皇帝恩赐丰厚，终遭擅权之人的诬陷而被杀（第952条）；懿宗咸通末年，宰相杨收、路岩二人玩弄权术、买卖官职，同为宰相的曹确、徐商却有职无权（第972条）；驸马韦保衡任宰相时因"颇弄权势"终致灾祸降临（第993条）。也有反映唐末社会科举乱象的：裴筠与萧楚公女儿成亲不久便进士登第，引发文士的讥讽（第989条）；出身贫寒的秦韬玉参加科考本来已在中选名单，却最终被拿下（第990条）。还有表现以权谋私打击报复的：崔沆反对宰相卢携提拔堂弟卢隐而招致卢携报复（第964条）；路岩任宰相后，便向皇上进言赐死了曾经调侃他的同师门的崔雍（第971条）；宰相路岩因为郑畋起草的诏书不合他意，便将郑畋调为同州刺史

（第979条）等。还有表现权宦失势后的悲凉以及品行卑劣之人恩将仇报的：李德裕被贬崖州并最终死于崖州的悲凉（第894条）；当年受李德裕恩遇的甘露寺和尚允躬，在李德裕被贬后的落井下石、背弃恩义（第893条）。除此之外，还有表现晚唐文人或崇信佛教（第906条写白居易信奉佛教），或恃才好色（第898条、第901条写杜牧的纵情歌舞声色，第900条写杜牧之子杜晦辞的好色），或背弃承诺终致弃用（第921条写进士冯涓泄露与老师杜审权的谈话），或表现文人的诙谐嘲戏（第944条写韦楚老的诙谐之语，第963条写崔昭符对睡在书箱旁的皮日休的嘲戏）以及道术之人的神异行为（第945、946条）等等，不再详述。

　　本卷也有不少内容记述了唐末的社会现实和民风民俗，主要表现在以下几个方面：第一，记述了京城长安的豪华宅第以及这些宅第主人的频繁更换。如第881至第883条就是对李吉甫安邑宅和牛僧孺新昌宅的记述，其中"玉碗""玉杯""破无复全"以及"金杯""金盏""伤尚可再制"等的描述，就影射了贞元、元和年间"牛李党争"中豪华宅第主人的频繁更替。第892条则写先属韦楚老、后归李德裕的平泉庄"台榭百余所，四方奇花异草与松石"的美丽与奢华，以及李德裕败落后庄中奇石"各为洛阳城族有力者取去"，致使庄园破败的憾事，饱含着强烈的人世变迁的感慨。第二，记述了唐朝多种制度的产生和变革。如"御史不闻摄他官，自武宗始"制度的产生（第905条），对"太常卿上日，庭设九部乐，尽一时之盛"惯例的陈述（第923条），休假期间通事舍人也要在官署听候命令制度的形成（第924条）以及唐宣宗时期三馆学士不避台臣制度的实施（第935条）等。第三，通过谶语、谣谚等表达对唐末民生多艰、兵祸频发、晚唐王朝覆灭等的预言。唐懿宗咸通初年，民间传唱的谣谚"勿鸡言，送汝树上去；勿鸭言，送汝水中去""勿笑父母不认汝"等预示了"男女多栖于木，咸为所漂者，父母观之不能救"的惨状（第967条）。唐僖宗时期，因改年号"光启"而广为流传的俗谚"军中名'血'为'光'，又字体'户口负戈'为'启'，其未宁乎"，则是对"未久乱作，长安复陷"的预言（第977条）。至于唐末饮席之间流行的《上行杯》《望远行》《下次据》等酒令曲（第995条）、妇人的"拔丛"发髻（第997条）以及这一时期读书人"衣色尚黑"的习俗（第996条）等，都是对兵乱将起、晚唐王朝即将覆灭的预言。

总的来说，本卷对唐末六十多年间君臣逸事及世态人情的记述，真实地再现了晚唐乱世的人生百态，具有非常珍贵的史料价值。

## 补遗 起武宗，至昭宗。

880.武宗时①，李卫公尝奏处士王龟有志业②，堪为谏官。上曰："龟是谁子？"对曰："王起之子。"上曰："凡言处士者，当是山野之人；王龟父为大僚③，岂不自合有官？"

【注释】

①武宗时：本条采录自《因话录·官部》。

②李卫公：指李德裕，宰相李吉甫之子。以功进爵卫国公，故称。处士：本指有才德而隐居不仕的人，后亦泛指未做过官的士人。王龟：字大年。性高简，博知书传。不乐仕进，少以诗酒琴书自适。唐武宗时征为左拾遗。宣宗即位，历任右补阙、侍御史、宣歙团练观察副使、祠部郎中、史馆修撰等职。懿宗咸通中，入为兵部郎中，寻知制诰。咸通后期，改太常少卿，不久检校右散骑常侍、同州刺史。官终浙东观察使。

③大僚：大官。

【译文】

唐武宗时，李德裕曾上书说处士王龟有志向，可以胜任谏官的职位。皇上说："王龟是谁的儿子？"回答说："王起的儿子。"皇上说："但凡说是处士的人,应当是山野之人;王龟的父亲是大官,难道不是本该就有官位吗?"

881.李吉甫安邑宅①,及牛僧孺新昌宅。泓师号李宅为"玉杯"②,牛宅为"金杯";玉一破无复全,金或伤尚可再制。牛宅本将作大匠康骞宅③,骞自辨冈阜形势④,谓其宅当出宰相,每命相有案,骞必延颈望之⑤。宅竟为牛相所得。

**【注释】**

①李吉甫安邑宅:本条采录自《卢氏杂说》。

②泓师:唐代僧人。齐安(今广东恩平)人。中宗神龙年间,游于京师。简傲自持,罕于言语。颇善历象、占卜、地理等方伎之术。据记载,泓师极善葬法,每行视山原,即绘成图;又为人占相,未尝差谬。时号为国师。

③牛宅本将作大匠康骞宅:《太平广记》卷二百六十"康骞"条,即引录康骞冀命相事,文出《明皇杂录》,有注曰:"今新昌里西北牛相第,即骞宅也。"《新唐书·牛仙客传》亦载此事。将作大匠,官名。秦始置,称将作少府。西汉景帝时,改称将作大匠,职掌宫室、宗庙、陵寝及其他土木营建。

④冈阜:山丘。

⑤延颈:伸长脖子远望,表示殷切盼望。《文选·曹操〈苦寒行〉》:"延颈长叹息,远行多所怀。"

**【译文】**

李吉甫有安邑宅,及牛僧孺有新昌宅。僧人泓师称李吉甫的宅第为"玉杯",称牛僧孺的宅第为"金杯";玉石碎了就没办法再恢复完整,黄金损坏了还可以重新铸造。牛僧孺的新昌宅本来是将作大匠康骞的宅第,当年康骞自己辨识山丘的地势,说这个宅第应会出宰相,后来朝廷每次任命宰相,康謷必定殷切观望。这个宅子最终被宰相牛僧孺得到。

882.李卫公宅在安邑<sup>①</sup>,桑道茂谓之"玉碗"。韦相宅在新昌北街<sup>②</sup>,谓之"金杯"。

**【注释】**

①李卫公宅在安邑:本条采录自《剧谈录·李相国宅》。本条与下883条原合为一条,本书据原书分列。

②韦相宅在新昌北街:原书此句作"又新昌北街牛相国宅,即玄宗朝将作监康謷旧第。"此句中的"韦"当为"牛"之误,当据改。

**【译文】**

卫国公李德裕的宅第在安邑,方士桑道茂称这座宅第为"玉碗"。宰相牛僧孺的宅第在新昌北街,桑道茂称之为"金杯"。

883.《卢氏杂记》<sup>①</sup>:泓师云:"长安永宁坊东南是金盏地<sup>②</sup>,安邑里西是玉杯地。"后永宁为王锷宅<sup>③</sup>,安邑为马燧宅。后入官,王宅赐袁弘及史宪诚等<sup>④</sup>,所谓"金盏破而成";马燧宅为奉诚园<sup>⑤</sup>,所谓"玉杯破而不完"矣。

**【注释】**

①《卢氏杂记》:本条采录自《卢氏杂说》。《卢氏杂记》,亦名《卢氏杂说》。唐代文言笔记小说集。所记多为中唐时期的公卿言行,轶闻琐事。

②金盏:即金杯。

③王锷:字昆吾,唐太原(今山西太原)人。早年任湖南团练营将,历迁鸿胪少卿、广州刺史、御史大夫、岭南节度使等。广收财利,

交赂权臣,迁刑部尚书。后迁检校兵部尚书、淮南副节度使、司空。宪宗元和二年(807),迁左仆射、河中节度、兼太子太傅、加同平章事等。获赠太尉,谥号"魏",后世称其为"王魏公"。

④袁弘及史宪诚等:《太平广记》引文作"韩弘及史宪诚、李载义等。"周勋初案曰:"此当作'韩弘',《旧唐书》卷一百五十六、《新唐书》卷一百五十八有传,作'袁弘'或'韩令弘'者均误。"韩弘,唐滑州匡城(今河南长垣)人。早年举明经科不中,遂弃文从武。初任汴州州掾。后历任大理评事、都知兵马使等职。德宗贞元十五年(799)被拥立为节度留后,因勤于政事,忠于朝廷,累授检校左仆射、司空。宪宗即位后,加同平章事。淮西平定后,加授侍中,封许国公。官终司徒、中书令,卒赠太尉。史宪诚,唐中期藩镇。穆宗长庆二年(822),任中军兵马使,不肯从节度使田布讨王廷凑,倡言当行"河朔旧事",致军心动摇。田布自杀后,将士即拥之为帅。后将士作乱,其被杀。

⑤奉诚园:园名。在唐都长安城东市之南、安邑坊内。本为唐司徒马燧旧宅,马燧死,其子马畅将园中大杏赠宦官窦文场,文场以进德宗。德宗以为未尝见,颇怪马畅,派宦官往封其树。马畅惧,因献其宅,废为奉诚园。顺宗复赐马畅,后为中官所侵夺。见唐冯翊子《桂苑丛谈·史遗》。后亦用为盛衰无常的典实。

## 【译文】

《卢氏杂记》:僧人泓师说:"长安永宁坊东南边是金盏地,安邑里西边是玉杯地。"后来,永宁坊东南成了王锷的宅第,安邑里西边成了马燧的宅第。再后来这两座宅第都没入官府,王锷的宅第赐给了唐中期藩镇将领韩弘、史宪诚等,这就是泓师所说的"金盏破损了可以修复";马燧的宅第被废为奉诚园,这就是泓师所说的"玉杯破了不可能再完整"。

884.李卫公在淮扬①,李宗闵在湖州拜宾客分司。卫公惧，遣专使致信好，宗闵不受，取路江西而过。顷之，卫公入相，过洛，宗闵忧惧，求厚善者致书，乞一见，欲自解。复书曰："怨即不怨，见即无端。"初，卫公与宗闵早相善，中外致力，后位高，稍稍相倾。及宗闵在位，卫公为兵部尚书，次当大用，宗闵沮之②，未效，卫公知而忧之。京兆尹杜惊即宗闵党。一日，见宗闵，曰："何慼慼也？"宗闵曰："君揣我何念？"杜曰："非大戎乎③？"曰："是也，何以相救？"曰："某即有策，顾相公不能用。"曰："请言之。"杜曰："大戎有词学而不由科第，至今怏怏④。若令知贡举，必喜。"宗闵默然，曰："更思其次。"曰："与御史大夫，亦可平治慊恨⑤。"宗闵曰："此即得。"惊再三与约，遂诣安邑第。卫公迎之曰："安得访此寂寞？"对曰："靖安相公有意旨⑥，令某传达。"遂言亚相之拜⑦。卫公惊喜垂涕，曰："大门官⑧，小子岂敢当此荐拔？"寄谢重叠。其后宗闵复与杨虞卿议之⑨，其事遂格⑩。

**【注释】**

①李卫公在淮扬：本条采录自《幽闲鼓吹》。

②沮：阻止。

③大戎：唐代兵部尚书的别称。《资治通鉴·唐纪》叙此，胡三省注曰："兵部掌戎政，尚书其长也。故惊隐语谓之'大戎'。"

④怏怏：因不平或不满而闷闷不乐。

⑤慊恨：怨恨，遗憾。

⑥靖安相公：即李宗闵。《资治通鉴·唐纪》叙此，胡三省注曰："李宗闵盖居靖安坊，因以称之。"

⑦亚相：御史大夫的别称。秦汉时，御史大夫为丞相之副，丞相缺

人,常以之递升,故唐以后有此别称。

⑧大门官:唐指御史大夫。《资治通鉴·唐纪》叙此,胡三省注曰:"唐制:大朝会,御史大夫帅其属正百官之班序,迟明列于两观,故以为大门官。"

⑨杨虞卿:字师皋,唐虢州弘农(今河南灵宝)人。进士及第,又中博学宏词科,授校书郎。宪宗元和末,累官至监察御史。穆宗立,迁侍御史,再转为吏部员外郎、史馆修撰。文宗大和年间历任弘文馆学士、给事中、工部侍郎,迁京兆尹等职。后为郑注、李训所构,贬虔州司马,再贬虔州司户参军,卒于任上。

⑩格:阻止,搁置。

## 【译文】

卫国公李德裕在淮扬任职,李宗闵在湖州官拜太子宾客,分管淮扬。李德裕很害怕,派专门的使者写信问好,李宗闵没有接受,并且选取经由江西的道路经过。不久,李德裕入朝任宰相,经过洛阳,李宗闵忧虑害怕,请求交情深厚的人给李德裕写信,乞求拜见李德裕,想要为之前自己的行为做解释。李德裕回信说:"怨恨倒没什么怨恨的,见面倒也没什么理由。"当初,李德裕与李宗闵早年就彼此交好,对朝廷和地方的事也都很尽力,后来官位高了,就逐渐相互排挤。等到李宗闵任宰相,李德裕任兵部尚书,按照等第应当委以重任,由于李宗闵的阻挠,没能重用,李德裕知道后很忧虑。当时京兆尹杜悰也是李宗闵一派。一天,杜悰拜见李宗闵,问他:"为什么一副忧愁的样子?"李宗闵说:"你猜一下我忧愁什么?"杜悰说:"不就是兵部尚书李德裕的事吗?"李宗闵回答说:"是这个事。怎么才能补救?"杜悰说:"我有一个策略,只怕宰相您不愿意用。"李宗闵说:"请说说看。"杜悰说:"李德裕有词章之学,但却不是科举出身,到现在还有遗憾。如果你让他主持科举考试,他必定非常高兴。"李宗闵沉默不语,他说:"再想一个主意。"杜悰说:"那就让他任御史大夫,这样也可以消除他的怨恨。"李宗闵说:"这个马上可以实现。"杜悰多

次和李宗闵商约,然后就去李德裕安邑的宅第拜访。李德裕迎接他说:
"你怎么到我这个落寞之地探访?"杜悰回答说:"宰相李宗闵有意愿,让
我来向您传达。"于是就说了要拜李德裕为御史大夫的事。李德裕听了
又惊又喜,高兴地直掉泪,说:"御史大夫,我怎么能担当这样的推荐和提
拔?"多次向杜悰传达他的谢意。这之后,李宗闵又和杨虞卿商议,提拔
李德裕为御史大夫的事就被搁置了。

885.元和已来,宰相有两李少师,故以所居别之。永宁
少师固言,性狷急①,不为士大夫所称;靖安少师者,宗闵也②。

**【注释】**

①狷急:性情急躁。

②靖安少师者,宗闵也:《南部新书》卷己曰:"近俗以权臣所居坊呼
之:安邑,李吉甫也;靖安,李宗闵也;驿坊,韦澳也;乐和,李景让
也;靖恭、修行,二杨也。皆放此。"

**【译文】**

唐宪宗元和以来,宰相中有两个李姓的人都曾任太子少师,所以以
住的地方区别他们。住在永宁坊的太子少师李固言,性格急躁,不被士
大夫所称道;住在靖安坊的太子少师,是李宗闵。

886.李卫公性简俭①,不好声妓,往往经旬不饮酒,但
好奇功名。在中书,不饮京城水,茶汤悉用常州惠山泉,时
谓之"水递"。有相知僧允躬白公曰②:"公迹并伊、皋③,但
有末节尚损盛德。万里汲水,无乃劳乎?"公曰:"大凡末世
浅俗,安有不嗜不欲者? 舍此即物外世网,岂可萦系? 然弟
子于世,无常人嗜欲:不求货殖,不逐声色,无长夜之欢,未

尝大醉。和尚又不许饮水,无乃虐乎? 若敬从上人之命,即止水后,诛求聚敛,广畜姬侍,坐于钟鼓之间,使家败而身疾,又如之何?"允躬曰:"公不晓此意。公博识多闻,止知常州有惠山寺,不知脚下有惠山寺井泉。"公曰:"何也?"曰:"公见极南物极北有,即此义也。苏州所产,与汧、雍同④;陇岂无吴县耶? 所出蒲鱼菰鳖既同,彼人又能效苏之织纴,其他不可遍举。京中昊天观厨后井⑤,俗传与惠山泉脉相通。"因取诸流水,与昊天水、惠山水称量,唯惠山与昊天等。公遂罢取惠山水。

**【注释】**

①李卫公性简俭:本条采录自《芝田录》。

②允躬:唐代僧人。与李德裕相知,俗姓及生平均不详。

③迹:通"绩",指功绩。伊、皋:即伊尹和皋陶。伊尹,商代名相。
　　皋陶,舜之大臣,掌刑狱之事。后常并称,用以喻指良相贤臣。

④汧、雍:汧山与雍山的并称。《史记·货殖列传》:"关中自汧、雍以
　　东至河、华,膏壤沃野千里。"

⑤昊天观:道观名。在唐都长安外郭城内保宁坊,尽一坊之地。唐
　　太宗贞观初年为晋王宅。高宗显庆元年(656),为太宗追福而建
　　昊天观。开元二十五年(737),唐玄宗为已故武惠妃立祠庙于昊
　　天观之南。

**【译文】**

　　卫国公李德裕性格简俭,不喜欢歌舞女色,经常十几天不喝酒,但喜欢标新立异,追求功名。李德裕在中书省任职时,不喝京城的水,茶汤都用常州惠山的泉水,当时人称之为"水递"。有一位知交僧人允躬对他说:"你的功绩可以与伊尹和皋陶比肩,有一些小节却还在减损您高尚的

品德。您从极远的地方打水，岂不是太辛苦费力了？"李德裕说："大凡后世的粗俗之人，哪里有不追求肉体感官享受的？舍弃这些就超脱了世俗生活的种种束缚，怎么可以被牵绊？然而我生活在人世间，没有普通人所追求的欲望：不追求财物，不接近歌舞女色，不会彻夜寻欢作乐，也从来没有喝得酩酊大醉。和尚你现在又不允许我喝水，岂不是太苛刻了吗？如果我听从你的命令，立即停止取水，然后诛杀敲诈、搜刮财货，广畜侍妾，沉迷于声色之中，让家庭破败身患疾病，又怎么样呢？"僧人允躬说："你没有明白我的意思。你见多识广，只知道常州有惠山寺，而不知道你的脚下就有惠山寺井中的泉水。"李德裕说："为什么这么说呢？"僧人允躬说："您看最南边的东西最北边也有，就是这个意思。苏州出产的东西，与汧山与雍山的东西相同；陇州难道没有吴县吗？这里出产的蒲鱼荫鳖既然与苏州相同，这里的人又可以效仿苏州人织作布帛，其他的不再一一列举。京城中昊天观厨房后的井水，传说与惠山寺泉水的泉脉是相通的。"于是李德裕派人取来各个地方的泉水，与昊天观的泉水、惠山寺的泉水一起进行称量，发现只有惠山寺的泉水与昊天观的泉水重量相等。于是李德裕就不再到惠山寺去取水。

887.李卫公颇升寒素[①]。旧府解有等第[②]，卫公既贬，崔少保龟从在省[③]，子殷梦为府解元[④]。广文诸生为诗曰："省司府局正绸缪，殷梦元知作解头。三百孤寒齐下泪，一时南望李崖州[⑤]。"卢渥司徒以府元为第五人[⑥]，自此废等第。

**【注释】**

①寒素：指门第卑微、地位低下的人。

②府解：唐代府州贡举士子会试于京师称为府解。五代王定保《唐摭言·争解元》："高贞公郇就府解后，时试官别出题目曰《沙洲

独鸟赋》。郢援笔而成。"

③崔少保龟从：即崔龟从，字玄告，一作元吉，唐清河（今河北清河）人。宪宗元和十二年（817）进士及第，授右拾遗。文宗大和初迁太常博士。长于礼学，精通历代沿革。累转考功郎中、知制诰、中书舍人等。宣宗大中四年（850），擢为中书侍郎、同平章事，兼吏部尚书，监修国史。后罢为宣武军节度使。

④子殷梦：即崔龟从之子崔殷梦。字济川，唐清河（今河北清河）人。懿宗咸通八年（867）十月，任司勋员外郎，为吏部宏词科考官。

⑤"省司府局正绸缪"几句：这首诗出自广文馆诸生，反映了李德裕被贬后，门第寒微的广文诸生焦虑不安的心情。绸缪，紧密缠缚的样子。解头，即解元。李崖州，即李德裕。因其被贬为崖州刺史，故称。

⑥府元：科举时代府试第一名。

## 【译文】

卫国公李德裕很注意提拔门第寒微之人。以前府州选拔入京考试的士子是分名次等级的，李德裕被贬后，少保崔龟从在中书省主持科举考试，他的儿子崔殷梦是府试第一名。广文馆的各位儒生写诗说："省司府局正绸缪，殷梦元知作解头。三百孤寒齐下泪，一时南望李崖州。"司徒卢渥以府试第一排在会试的第五名，从此废除了名次等级。

888.周瞻举进士①，谒李卫公，月余未得见。阍者曰："公讳'吉'②，君姓中有之。公每见名纸③，即颦蹙④。"瞻俟公归，突出肩舆前，讼曰："君讳偏傍，则赵壹之后数不至'三'⑤，贾山之家语不言'出'⑥，谢石之子何以立碑⑦？李牧之男岂合书姓⑧？"卫公遂入。论者谓两失之。

**【注释】**

①周瞻：唐朝官吏，生平未详。

②公讳"吉"：李德裕之父名李吉甫，故曰讳"吉"。

③名纸：名片。宋孔平仲《孔氏谈苑·名刺门状》："古者未有纸，削竹木以书姓名，故谓之刺；后以纸书，故谓之名纸。"

④颦蹙（pín cù）：皱眉头。

⑤赵壹：字元叔，汉阳西县（今甘肃天水）人。东汉辞赋家。恃才傲物。灵帝光和元年（178），授郡上计吏。桓灵之世，遭遇党锢之祸，屡屡得罪，几致于死。幸得友人相助，幸免于难。从此回归田园，谢绝朝廷征召。

⑥贾山：西汉颍川（今河南禹州）人。幼涉猎书传，尝为灌婴从骑。文帝时，言治乱之道，名曰《至言》。其后，文帝下铸钱令，贾山又上书谏阻，言多激切，然终不加罚。

⑦谢石：字石奴，陈郡阳夏（今河南太康）人。谢安之弟。东晋大臣。起家秘书郎，累迁尚书仆射。孝武帝太元四年（379），以御前秦军有功，封兴平县伯。八年（383），以将军、假节、征讨大都督，与谢玄等破苻坚于淝水，迁中军将军、尚书令，进封南康郡公。追赠司空，谥曰襄。

⑧李牧：赵国柏仁（今河北隆尧）人。战国时期赵国名将、军事家。前期在赵国北部边境抗击匈奴；后期以抵御秦国为主，因大败秦军，进封武安君。公元前228年，赵王中秦离间之计，听信谗言夺了李牧的兵权，并将其杀害，不久赵国灭亡。

**【译文】**

　　周瞻参加科举考试，去拜见卫国公李德裕，一个多月没能见到。守门人说："卫公避讳'吉'字，你的姓中就有这个字。卫公每次看到你的名片就皱眉头。"周瞻在门外等待李德裕回来，突然出现在他的轿子前，并争辩说："您避讳字的偏旁，那么赵壹的后代就数不到'三'，贾山的家人就不能说'出'字,谢石的儿子还怎么给他立墓碑？李牧的儿子怎么敢写自己的姓？"李德裕听了就进去了。谈论这件事的人认为周瞻在科举和做人两方面都有失误。

889.李卫公德裕以己非科第[①],常嫉进士。及为丞相,权要束手[②]。或曰:德裕初为某处从事时,同院有李评事者[③],进士也,与德裕官同。有举子投卷[④],误与德裕;举子即悟,复请之曰:"文轴当与及第李评事,非公也。"由是德裕多排斥之。

**【注释】**

①李卫公德裕以己非科第:本条采录自《玉泉笔端》。

②权要:权贵。

③评事:官名。唐大理寺评事的省称。掌出使推狱事,从八品下。《新唐书·百官志》:"司直六人,从六品上;评事八人,从八品下。掌出使推按。凡承制推讯长吏,当停务禁锢者,请鱼书以往。录事二人。"

④投卷:唐代科举考试前,考生为及第向达官贵人或者社会名流投献作品,称为"投卷"或"行卷"。

**【译文】**

卫国公李德裕因为自己不是科举出身,常嫉妒进士出身的人。等到他做了宰相,进士出身的权贵便被排挤失去了权力。有人说:李德裕早先在某地任从事时,同院的李评事是进士出身,跟李德裕官阶相同。当时有一个举人拿自己的文卷投献李评事,但是误送给李德裕;读书人明白过来,就请求讨回,说:"我的文卷应该送给进士李评事,不是给您的。"因此李德裕经常排斥进士出身的人。

890.李德裕自金陵追入朝,且欲大用。虑为人所先,且欲急行。至平泉别墅,一夕秉烛周游,不暇久留。及南贬,有甘露寺僧允躬者记其行事①,空言无行实②。尽仇怨假托为之。

**【注释】**

①行事:往事。

②行实:指实在的事务或行为。

**【译文】**

李德裕从金陵急赶着入朝,想要被朝廷重用。他担心被别人抢先,因此就想快速赶路。到了平泉别墅,晚上点着蜡烛到各处游览了一下,没有时间长久停留。等他被贬到南方,有一个叫允躬的甘露寺和尚记录他的往事,都是空泛而不切实际的言论,没有实在的事务或行为。这些内容全都是允躬假冒怨恨李德裕的人写的。

891.平泉庄在洛城三十里①,卉木台榭甚佳。有虚槛②,引泉水,萦回穿凿,像巴峡洞庭十二峰九派③,迄于海门。有巨鱼胁骨一条,长二丈五尺,其上刻云:"会昌二年海州送到。"在东南隅。平泉,即征士韦楚老拾遗别墅④。楚老风韵高邈,好山水。卫公为丞相,以白衣擢升谏官⑤。后归平泉,造门访之,楚老避于山谷。卫公题诗云:"昔日征黄绮,余惭在凤池。今来招隐逸,恨不见琼枝⑥。"

**【注释】**

①平泉庄在洛城三十里:本条采录自《剧谈录·李相国宅》。本条与下892条原合为一条,本书据原书分列。在,原书此字作"去",当

据改。《资治通鉴·唐纪·昭宣帝天祐二年》胡三省注引康骈亦曰："平泉庄去洛城三十里。"

②虚槛：栏杆。

③巴峡：长江三峡之一。长江东流至湖北巴东县西，巴山临江而峙，此段峡谷即称巴峡。位于巫峡之东、夷陵之西。水流湍急，险滩林立，尤以西边的黄牛滩最为惊险。十二峰：指川、鄂边境巫山的十二座峰。峰名分别为：望霞、翠屏、朝云、松峦、集仙、聚鹤、净坛、上升、起云、飞凤、登龙、圣泉。九派：长江在湖北、江西一带有很多支流，因以九派称这一带的长江。

④韦楚老：字寿朋。唐朝官吏。穆宗长庆四年（824）登进士第。文宗大和末、开成初，官拾遗。后辞官游历金陵、襄阳等地。楚老有诗名。辛文房评其曰"工诗，气既沉雄，语亦豪健。众作古乐府居多"（《唐才子传》卷六）。

⑤白衣：指平民。古时未做官的穿白衣，故称。又称布衣。亦指无功名无官职的人。

⑥"昔日征黄绮"几句：语出李德裕《访韦楚老不遇》诗，诗中表达了李德裕寻访韦楚老而没能见到他的遗憾。黄绮，汉初商山四皓中夏黄公、绮里季的合称。这里借指韦楚老。凤池，即凤凰池，禁苑中池沼。魏晋南北朝时于禁苑设中书省，掌管机要，故称中书省为"凤凰池"。唐代宰相称同中书门下平章事，故多以"凤凰池"指宰相职位。琼枝，传说中的玉树，此处用以比喻贤才。

## 【译文】

平泉庄距离洛城三十里，那里草木楼台非常美丽。有一道栏杆，沿着泉水，盘旋往复，沿途开凿出像巴峡、洞庭湖、巫山十二峰以及长江支流一样的景观，最后到达内河通海之处。有一条大鱼的肋骨，长二丈五尺，上面刻着："会昌二年海州送到。"在平泉庄的东南角。平泉，是曾任官拾遗的隐士韦楚老的别墅。韦楚老风姿超逸，喜好山水。卫国公李德裕任宰相时，把他从一介布衣升任为谏官。后来韦楚老归隐平泉，李德裕登门造访，楚老躲避于山谷之中不见。李德裕写诗说："昔日征黄绮，余惭在凤池。今来招隐逸，恨不见琼枝。"

892. 平泉庄周围十余里①，台榭百余所，四方奇花异草与松石，靡不置其后。石上皆刻"支遁"二字②，后为人取去。其所传雁翅桧、珠子柏、莲房玉蕊等，仅有存者。［原注］③桧叶婆娑，如鸿雁之翅。柏实皆如珠子，丛生叶上，香闻数十步。莲房玉蕊，每跗萼之上④，花分五朵，而实同其一房也。怪石名品甚众，各为洛阳城族有力者取去。有礼星石、狮子石，好事者传玩之。［原注］礼星石，从广一丈，厚尺余，上有斗极之象。狮子石，高三四尺，孔窍千万，递相通贯，如狮子，首、尾、眼、鼻皆全。

**【注释】**

①平泉庄周围十余里：本条采录自《贾氏谈录》。平泉，原阙，据周勋初《校证》补。

②支遁：原书"支遁"二字作"有道"，与《类说》引文同，当据改。

③原注：此注释为张泊自注。下同。

④跗萼：花萼与子房。亦借指花朵。

**【译文】**

平泉庄周围十几里，亭台楼榭有一百多座，四方的奇花异草与松树奇石，全都布置在亭台楼榭的后面。石头上都刻着"有道"两个字，后来这些石头都被人运走了。平泉庄中传出的草木雁翅桧、珠子柏、莲房玉蕊等，是仅存的几种。［原注］雁翅桧的叶子随风舞动，好像鸿雁的翅膀。柏树的果实都像珍珠，聚集生长在柏叶之上，香气几十步以内都能闻到。莲蓬和花苞，常有花朵在上面绽放，每个花萼上有五朵花，而所结果实同在一个莲房。平泉庄中的怪石有名的品种很多，后来都被洛阳城家族中有权势的人运走了。其中有礼星石、狮子石，好事者传递观赏。[原注]礼星石，长宽各一丈，厚一尺有余，石上有似北斗星的纹理。狮子石，高三四尺，有孔洞成千上万，相互贯通，像一头狮子，头、尾巴、眼睛、鼻子一应俱全。

893.李卫公历三朝，大权出门下者多矣。及南窜①，怨嫌并集②。途中感愤，有"十五余年车马客③，无人相送到崖州"之句。又书称"天下穷人，物情所弃"。镇浙西，甘露寺僧允躬颇受知。允躬迫于物议④，不得已送至谪所。及归作书，言天厌神怒，百祸皆作，金币为鳄鱼所溺，室宇为天火所焚。谈者藉以传布，由允躬背恩所致。卫公既殁，子煜自象州武仙尉量移郴州郴尉⑤，亦死贬所。刘相邺为谏官，先世受恩，独上疏请复官爵，乞归葬。卫公门人，惟蹇士能报其德⑥。

【注释】
①南窜：即李德裕被贬崖州事，因崖州在南方，故称。
②怨嫌：怨恨不满，嫌隙。
③车马客：指贵客。
④物议：众人的议论，多指非议。
⑤煜：当为"烨"字之讹。量移：多指官吏因罪远谪，遇赦酌情调迁近处任职。
⑥蹇（jiǎn）士：指忠直之士。

【译文】
卫国公李德裕历仕三朝，出自他门下的权要官员很多。等到他被贬崖州，朝中对他的怨恨全都聚集在了一起。李德裕被贬途中非常愤慨，写下了"十五余年车马客，无人相送到崖州"的诗句。又写道"天下不得志之人，为世态人情所摒弃"。当年他镇守浙西时，甘露寺和尚允躬很受李德裕的知遇。李德裕被贬后，允躬被众人的议论所逼迫，不得已送李德裕到贬谪的地方。等到他回来作书，就说李德裕的所作所为是民怨沸腾，人神共愤，各种灾祸同时出现，金币被鳄鱼沉入水中，房屋被天火所焚烧。谈论的人就靠着允躬所写到处传播，都是由于允躬的背弃恩义所导致的。李德裕去世后，他的儿子李烨从象州武仙尉被调迁为郴州郴尉，也在被贬的地方去世。宰相刘邺当时任谏官，他的先人曾受李德裕的恩惠，唯独他向朝廷上书请求恢复李德裕的官爵，并请求将李德裕的灵柩运回家乡埋葬。李德裕的门人，只有忠直之士才能报答他的恩德。

894. 李卫公在珠崖郡，北亭谓之望阙亭。公每登临，未尝不北睇悲咽。题诗云："独上江亭望帝京，鸟飞犹是半年程。碧山也恐人归去，百匝千遭绕郡城①。"又郡有一古寺，公因步游之，至一老禅院。坐久，见其内壁挂十余葫芦，指曰："中有药物乎？弟子颇足疲，愿得以救。"僧叹曰："此非药也，皆人骸灰耳！此太尉当朝时②，为私憾黜于此者③。贫道悯之，因收其骸焚之，以贮其灰，俟其子孙来访耳！"公怅然如失，返步心痛。是夜卒。

## 【注释】

①"独上江亭望帝京"几句：语出李德裕《登崖州城作》一诗，是说我独自一人登上江亭遥望帝京，这是连鸟儿也要飞上半年的路程。连绵的青山似乎也担心我要回去，百转千回层层围住这崖州郡城。诗中透露了诗人对君国的深深依恋之情，包孕着无限的忧郁与感伤。百匝千遭，形容山重叠连绵。

②太尉：指李德裕，因其在武宗朝被拜为太尉，故称。

③私憾：私人间的恩怨。

**【译文】**

卫国公李德裕在珠崖郡时，郡城北面有一座亭子称为望阙亭。李德裕每次登上亭子远望，没有不面向北边悲泣哽咽的。他写了一首诗说："独上江亭望帝京，鸟飞犹是半年程。碧山也恐人归去，百匝千遭绕郡城。"珠崖郡还有一座古寺，李德裕步行到寺中游赏，来到一座古老的禅院。在那里坐了很久，他看见禅院内墙挂了十几个葫芦，就指着这些葫芦说："这里面有药吗？我的腿脚太疲累了，希望能够得到医治。"寺院的和尚叹息道："这些葫芦里面不是药，全都是人的骨灰。这些人都是李德裕当政的时候，因为私人的恩怨贬黜到这里的。贫僧怜悯他们，于是就收取他们的骸骨焚烧，用葫芦把骨灰储存起来，等待他们的子孙来求访。"李德裕听了心情沮丧，好像丢失了什么东西一样，他步行返回时心痛不已。这天晚上就去世了。


895.陇西李胶①，年少持才俊，历尚书郎。李太尉称之，欲处之两掖②。江夏卢相判大计③，白中书，欲取员外郎李胶权盐使，太尉不答，卢不敢再请胶。太尉曰："某不识此人，亦无因缘④，但见风仪标品⑤，欲与谏议大夫。何为有此事？"卢曰："某亦不识，但以要地嘱论⑥。"因于袖中出文，乃仇士良书也。太尉归戒阍者，此人来不要通。后竟坐他罪，出为峡内郡丞。


**【注释】**

①李胶：唐人，生平未详。

②两掖：唐时门下省、中书省两省的合称。门下省别称东掖，中书省别称西掖。

③江夏卢相:指卢商,字为臣,唐范阳(今河北涿州)人。宪宗元和
进士,又登书判拔萃科。文宗开成年间,历任苏州刺史、刑部侍
郎,转京兆尹。武宗会昌三年(843),任户部侍郎,判度支,兼供
军使。后以功加检校礼部尚书、剑南东川节度使。宣宗即位,入
为兵部侍郎,寻以本官同平章事,封范阳郡开国公。德宗大中初
以户部尚书致仕。大计:官吏每三年一次的考绩。《周礼·天官
冢宰·太宰》:"三岁,则大计群吏之治,而诛赏之。"郑玄注引郑
司农曰:"三载考绩。"

④因缘:指关系。

⑤风仪:比喻英俊的姿容。标品:高品,上乘。

⑥要地:枢要地位,显要地位。此处指居于显要地位的人。

**【译文】**

陇西人李胶,年轻时就才能出众,任尚书郎。太尉李德裕很赏识他,
想要调任他到门下或中书省。江夏人卢商当时主持评定官员三年一次
的考绩,他禀告宰相,想要调任员外郎李胶掌管盐使司,太尉李德裕没
有答应,卢商没有敢再请求调任李胶。李德裕说:"我不认识这个人,和
他也没有关系,只是看他姿容英俊品行高尚,想让他任谏议大夫。为什
么会有这样的事情?"卢商说:"我也不认识他,只是因为权要之人的嘱
托。"于是他从袖子中拿出文书,原来是宦官仇士良所写。李德裕回去
告诫守门的人说,李胶来访不要通报。后来李胶终究因为连坐而获罪,
出任峡内郡丞。

896.李卫公性简傲①,多独居。阅览之倦,即效攻作厄
器②,其自修琴阮③。唯与中书舍人裴璟相见④,亦中表也。
多访裴以外事。裴坡下送客还,公问:"今日有何新事?"
曰:"今日坡下郎官集,送苏湖郡守,有饮饯。见一郎官,不

容一同列，满坐嗤讶⑤。"公曰："谁？"曰："仓部郎中崔骈作酒录事⑥，不容仓部员外白敏中。"公问："不容有由乎？"曰："白员外后至，崔下四筹⑦：三，白不敢辞；其一，遣自请罪名从命。崔曰：'也用到处出头出脑？'白委顿而回⑧，去兼不叙别。"卫公不悦。遣马屈白员外至，曰："公在员外，艺誉时称，久欲荐引。今翰林有阙，三两日行出⑨。"寻以本官充学士。出崔为申州，又徙邢、洛、汾三州，后以疾废洛下⑩。

**【注释】**

①简傲：高傲，傲慢。

②庀（pǐ）：具备，备办。

③琴阮：即阮琴。古乐器。相传阮咸所制。形似月琴。

④裴璟：唐朝官吏。谏议大夫裴虬之孙，河南少尹裴复之子。曾任朝议大夫、行尚书考功员外郎，赐绯鱼袋。

⑤嗤讶：嗤笑惊讶。

⑥崔骈：生平未详。

⑦筹：签筹。这里指酒筹。饮酒时用以记数或行令的筹子。

⑧委顿：颓丧，疲困。

⑨三两日：形容时间很短。

⑩洛下：洛阳城。

**【译文】**

　　卫国公李德裕性格傲慢，大多时间一个人独处。在阅览书籍困倦的时候，他也会学习备办一些器具，自己修理阮琴。他只和中书舍人裴璟见面，两个人也是中表兄弟。很多时候他从裴璟那里探问朝政以外的事情。有一次，裴璟到坡下送别客人回来，李德裕问他："今天有什么新鲜事？"裴璟说："今天坡下郎官们聚集在一起，送别苏湖郡守，饮酒饯行。

其中一个郎官,不能接纳另外一个同僚,在座的人都感到可笑和惊讶。"李德裕说:"是谁?"裴璟回答说:"仓部郎中崔骈掌管酒令,容不下仓部员外郎白敏中。"李德裕问:"容不下有缘由吗?"裴璟说:"白员外后到,崔骈给他下了四个签筹;三个,白敏中没有推辞;另外一个,请他自认罪名再罚一杯。崔骈还说:'你也用得着到处出头出脑?'白敏中颓丧地回去了,离开时都没有与郡守话别。"李德裕听了很不高兴。派人牵马去接白员外,白敏中来了后,李德裕说:"你任仓部员外郎,能力和名誉都很受人们的称颂,想举荐你很久了。现在翰林院有空缺,你很快就能前往任职。"不久,白敏中以本官充任翰林学士。出崔骈到申州任职,后又徙邢、洛、汾三州,后来崔骈因为生病被废黜洛下。

897.宣宗即位于太极殿①。时宰臣李德裕行册礼,及退,上谓宫侍曰:"适行近我者非太尉耶? 此人每顾我,使我毛发森竖②。"后二日,遂出为荆南节度③。

**【注释】**

①宣宗即位于太极殿:本条采录自《贞陵遗事》。

②毛发森竖:汗毛和头发都竖立起来。形容愤怒或极度恐惧、紧张的样子。森竖,因恐怖而毛发耸立。

③出为荆南节度:《资治通鉴·唐纪·武宗会昌六年三月丁卯》叙此事,四月壬申,"以门下侍郎、同平章政事李德裕同平章事,充荆南节度使"。

**【译文】**

唐宣宗在太极殿登基。当时的宰相李德裕主持册封大礼,等到册封礼结束李德裕退下后,宣宗对宫中侍从说:"刚才主持册封、离我很近的莫非是太尉李德裕吗? 这个人每次看我,都让我毛发耸立,极度恐惧。"两天之后,李德裕就被调任荆南节度使。

898.杜牧少登第①,恃才,喜酒色。初辟淮南牛僧孺
幕,夜即游妓舍。厢虞候不敢禁②,常以榜子申僧孺③,僧孺
不怪。逾年,因朔望起居④,公留诸从事从容⑤,谓牧曰:"风
声妇人若有顾盼者⑥,可取置之所居,不可夜中独游。或昏
夜不虞⑦,奈何?"牧初拒讳⑧,僧孺顾左右取一箧至,其间榜
子百余,皆厢司所申,牧乃愧谢。

**【注释】**

①杜牧少登第:本条与下899、900条原合为一条,本书据原书分列。

②厢:唐中叶以后军队编制的名称。虞候:官名。西魏始置,隋为
　东宫禁卫官,掌侦察、巡逻。唐代后期有都虞候,为军中执法的
　长官。

③榜子:即奏折。

④朔望:朔日和望日。旧历每月的初一和十五。亦指每逢朔望朝谒
　之礼。起居:问安,问好。

⑤从事:官名。唐时为地方州县佐吏的通称。从容:唐人俗语。即
　恳谈畅叙。

⑥风声妇人:指营伎。顾盼:指相貌。

⑦昏夜:黑夜。不虞:指意料不到的事。

⑧拒讳:拒不承认,隐瞒。

**【译文】**

杜牧年轻时就进士及第,恃才傲物,喜好美酒和美女。当初杜牧任
淮南节度使牛僧孺幕僚时,晚上就到妓院游逛。军队的都虞候不敢禁止
他,经常用奏折的形式向牛僧孺申诉,牛僧孺也不觉得奇怪。过了一年,
因为朔望朝谒之礼,幕僚前来问安,牛僧孺就留各位僚属畅叙,对杜牧
说:"营伎当中如果有长相漂亮的,你可以把她安置在你的住所,不能晚

上独自游逛。如果在黑夜发生预想不到的事情,怎么办呢?"杜牧起初拒不承认,牛僧孺回头让身边的人拿一个盒子来,里面装的奏折有一百多本,都是军队官吏的申诉。杜牧这才惭愧地道歉。

899.杜牧①,太师佑之孙,有名当世。临终又为诗诲其二子曹师等②。曹师,名晦辞;曹师弟,名德祥③。晦辞终淮南节度判官。德祥,昭宗时为礼部侍郎,知贡举,亦有名声。

**【注释】**

①杜牧:本条采录自《金华子》。杜,原阙,据周勋初《校证》补。

②曹师:即杜晦辞,字行之,小名曹师。杜牧子。唐京兆万年(今陕西西安)人。历官左补阙、吏部员外郎。僖宗乾符初,为浙西节度从事。罢职后,退隐阳羡别墅。乾符末,淮南节度使刘瞻辟为判官,终于任。

③德祥:即杜德祥,字应之。杜牧子。历任考功员外郎、集贤殿学士、工部郎中、知制诰等职。唐昭宗天复元年(901),任礼部侍郎、知贡举,甚有声望。

**【译文】**

杜牧是太师杜佑的孙子,在当时很有名望。杜牧临死的时候写诗教诲他的两个儿子曹师等人。曹师,名叫杜晦辞;曹师的弟弟,名叫杜德祥。杜晦辞官终淮南节度使判官。杜德祥在唐昭宗时任礼部侍郎,主持进士考试,也很有名望。

900.杜晦辞自吏部员外郎入浙西赵隐幕①,王郢叛②,赵相以抚御失宜致仕③,晦辞罢。时北门李相蔚在淮南④,辟为判官,晦辞辞不就,隐居于阳羡别墅,时论称之。永宁刘相邺在淮西⑤,辟为判官,方应召。晦辞亦好色,赴淮南,路经常州,李赡给事为郡守⑥,晦辞于坐间与官妓朱良别⑦,因掩袂大哭。赡曰:"此风声贱人,员外何必如此?"乃以步辇随而遗之。晦辞饮散,不及易服,步归舟中,以告其妻。妻不妒忌,亦许之。

## 【注释】

①杜晦辞自吏部员外郎入浙西赵隐幕:本条采录自《金华子》。杜,原阙,据周勋初《校证》补。赵隐,字大隐。唐京兆奉天(今陕西乾县)人。少孤贫,为布衣。宣宗大中三年(849),进士登第,累迁郡守、河南尹。懿宗咸通末,进同中书门下平章事,迁中书侍郎,赐天水郡开国伯,食邑七百户。居相位,不以权位自高。僖宗初,罢为镇海军节度使。广明初年为吏部尚书,累加尚书左仆射。

②王郢:唐末浙江农民起义领袖之一。原为浙西狼山镇遏使,因申诉浙西节度使克扣衣粮无效,发动起义,不久攻克苏州、常州二州。拒绝朝廷的招降。僖宗乾符四年(877)设计诱捉温州刺史鲁寔,并连克台州等地,朝廷派宋皓、裴琚等率大军镇压,不久朱实叛变投降。王郢率军坚持斗争,后在明州被刘巨容战败杀死。

③抚御:犹抚驭。安抚和控制。

④北门:唐时翰林院的别称。宋叶梦得《石林燕语》曰:"唐翰林院在银台之北。乾封以后,刘祎之、元万顷之徒,时宣召草制其间,因名'北门学士'。今学士院在枢密之后……而后门北向,与集英相直,因榜曰'北门'。……亦以存故事也。"

⑤淮西:原书作"淮南"。《新唐书·刘邺传》亦言"邺为淮南节度使"。

⑥李赡:唐代官吏。李汉之子,进士出身。

⑦朱良：原书作"朱娘"。《说郛》引文亦作"朱娘"，似以"朱娘"为是。

【译文】

杜晦辞从吏部员外郎入浙西节度使赵隐幕府。王郢叛乱，赵隐因为安抚控制不当而辞官，杜晦辞也被罢官。当时翰林学士、宰相李蔚在淮南任节度使，征拜杜晦辞为判官，杜晦辞推辞没有就职，隐居在阳羡别墅，当时的舆论都称颂他。后来永宁人、宰相刘邺在淮西任节度使，征拜他为判官，他才接受征召。杜晦辞也喜好美色，他在赶赴淮南的路上，经过常州，当时给事李赡任郡守，杜晦辞在席间与官妓朱娘辞别，还用衣袖遮面大声哭泣。李赡说："这是官妓，员外何必这样？"于是就用步辇抬着朱娘送给了他。杜晦辞在酒席散场后，没来得及换衣服，步行回到船中，把这件事告诉了他妻子。杜晦辞的妻子不妒忌，也答应了他。

901.杜舍人牧①，恃才名，颇纵声色。尝自言有鉴别之能。闻吴兴郡有佳色，罢宛陵幕，往观焉。使君闻其言，迎待颇厚。至郡旬日，继以酺饮，睨官妓曰②："未称所传也。"将离郡去，使君敬请所欲，曰："愿泛彩舟，许人纵视，得以寓目。"使君甚悦。择日大具戏舟讴棹较捷之乐③，以鲜华相尚。牧循泛肆目④，意一无所得。及暮将散，忽于曲岸见里妇携幼女⑤，年方十余岁。牧悦之，召至与语。牧曰："今未带去，第存晚期耳！"遂赠罗缬一箧为质。妇辞曰："他日无状，或恐为所累。"牧曰："不然。余今西行，求典此郡。汝待我十年，不来而后嫁。"遂书于纸而别。后十四年始出刺湖州。临郡三日，即命访之。女嫁已三载，有子二人矣。牧召母及女诘问，即出留书示之。乃曰："其辞也直。"因赠诗曰："自是寻春去较迟，不须惆怅怨芳时。狂风落尽深红色，绿叶成阴子满枝⑥。"

**【注释】**

①杜舍人牧：本条采录自《阙史·杜紫微牧湖州》。

②睨：斜着眼睛看。

③讴棹：亦作"棹讴"，指摇桨行船所唱之歌。较捷：谓比赛胜负。后晋高彦休《唐阙史·杜舍人牧湖州》："择日大具戏舟，讴棹较捷之乐，以鲜华夸尚，得人纵观，两岸如堵。"

④肆目：谓竭尽眼力仔细看。

⑤里妇：泛指平民妇女。

⑥"自是寻春去较迟"几句：语出杜牧《叹花》诗，意思是说只遗憾自己寻访春色去得太晚，不必满怀惆怅埋怨花开得太早。狂风吹落了深红的花朵，现在绿叶繁茂果实已缀满枝头。诗中表现了诗人在浪漫生活不如意时的一种惆怅懊丧之情。

**【译文】**

舍人杜牧，仗着自己的才名，时常纵情于歌舞女色。他曾经说自己有辨别美色的能力。听说吴兴郡有容貌漂亮的女子，就辞去在宛陵幕府的职务，前往吴兴郡观看。吴兴郡的郡守听了他的话，非常热情地接待他。到吴兴郡十天，杜牧每天尽情喝酒，斜眼看着官妓说："这里女子的容貌和坊间流传的不相称。"于是准备离开吴兴郡，郡守恭敬地询问他还有什么想做的事，杜牧说："我希望乘着装饰华丽的船泛游于水上，允许百姓随意观看，让我也看看她们。"郡守很高兴。挑选好日子大肆举办戏舟竞渡、行船唱歌的游乐活动，因鲜艳华丽引人注目。杜牧沿着船前行的方向仔细观看，和他料想的一样毫无收获。等到傍晚游赏将要结束的时候，他忽然在弯曲的河岸看到一个平民妇女带着一个小女孩，年龄才十多岁。杜牧很喜欢她，就把这个妇女和女孩叫来交谈。杜牧说："今天我不会带她走，只想等到再晚一些时候。"于是给她们赠送一筐丝罗衣料作为担保。妇女推辞说:"将来没有根据,我担心被你的这些东西牵累。"杜牧说:"不会这样的。我现在到西边去,请求到吴兴郡为官。你等我十年,到时候我如果不来你就嫁了她。"于是将这些内容写在纸上就离开了。十四年后杜牧才出任湖州刺史。到郡的第三天,他就派人寻访这个女孩子。女孩已经出嫁三年,有了两个孩子。杜牧叫来妇人和女孩责问她们,妇人就拿出杜牧当年所写的文字给他看。杜牧就说:"你们的言辞很坦率。"于是就写赠诗说:"自是寻春去较迟,不须惆怅怨芳时。狂风落尽深红色,绿叶成阴子满枝。"

902.王起知举①,将入贡院②,请德裕所欲。德裕曰:"安问所欲?借如卢肇、丁稜、姚颉③,不可在去流内也④。"起从之。

**【注释】**

①王起知举:本条采录自《玉泉笔端》。《太平广记》引录《玉泉笔端》此条题作《卢肇》。

②贡院:科举考试的场所。唐朝始置。玄宗开元二十四年(736),移吏部试于礼部,置专门考场,全称为礼部贡院。又称贡部。

③丁稜:字子威。唐武宗会昌三年(843),以宰相李德裕举荐,登进士第。是年,王起再知贡举,华州刺史周墀以诗寄贺,起赋诗酬答,丁稜与诸同年皆有和诗。今存诗二首。姚颉:原书及《太平广记》引文均作"姚鹄"。《唐诗纪事》《能改斋漫录》均叙此事,亦作"姚鹄",当据改。姚鹄,字居云,唐蜀郡(今四川)人。早年隐居蜀中,常出入好士公卿之幕。武宗会昌三年(843),登进士第。懿宗咸通十一年(870),累官至台州刺史。元辛文房谓其"吏才文价,俱不甚超"(《唐才子传》)。胡震亨称其诗如"入河残日雕西尽""雪坛当醮月孤明"等为"清拔不可多得"(《唐音癸签》)。

④流内：隋时对九品至一品官的通称。与流外相对而言。唐宋沿
　　袭此制。一般来说，流内官大多是有实际职权的职事官。《通
　　典·职官》："隋置九品，品各有从。自四品以下，每品分为上下，
　　凡三十阶，自太师始焉，谓之流内。流内自此始焉……大唐自流
　　内以上并因隋制。"

【译文】

　　王起主持科举考试，将进入贡院之时，他请问李德裕有什么想法。
李德裕说："怎么问我有什么想法？例如像卢肇、丁稜、姚鹄这样的人，不
能让他们没有实际职权。"王起听从了李德裕的建议，录取了他们。

　　903.进士放榜讫①，则群谒宰相。其道启词者出状
元②，举止尤宜精审③。时卢肇、丁稜及第。肇有故，次乃至
稜。口讷，貌寝陋。迨引见，连曰④："稜等登……"盖言"登
科"而卒莫能成语，左右莫不大笑。后为人所谯，云："先辈
善弹筝⑤。"讳曰："无有。"曰："诸公谒宰相日，先辈献艺，
云'稜等登，稜等登。'"

【注释】

　①进士放榜讫：本条采录自《玉泉笔端》。原书此句作"卢肇、丁稜
　　之及第也；先是，放榜讫"。
　②启词：致词。
　③精审：精密周详。
　④迨引见，连曰：原书作"及引见，则俯而致词。意本言稜等登科，
　　而稜赧然发汗，鞠躬移时，乃曰"。
　⑤先辈：唐代同时考中进士的人相互敬称先辈。唐李肇《唐国史
　　补》卷下："得第谓之'前进士'，互相推敬谓之'先辈'。"

## 【译文】

进士考试放榜完毕，所有登第的人要一同去拜见宰相。要由状元向宰相致词，言谈举止尤其应该严谨周详。当时卢肇、丁稜中了进士。卢肇为状元，因为有事不能出席。第二名就是丁稜，该由他来致词。丁稜口吃，容貌也很丑陋。等到被引见看到宰相，连声说："稜等登……"他大概要说"登科"但最终没能说出后面的话来，旁边的人都大笑不止。后来就被人取笑，说："听说先辈擅长弹奏筝。"丁稜有所避忌地说："没有这样的事。"那人说："众进士拜见宰相的那天，先辈献才艺，说'稜等登，稜等登'。"

904. 李蟾、王铎①，进士同年也，蟾常恐铎先大用。及路岩出镇，蟾益失势；铎柔弱易制，中官贪之，先用铎焉②。蟾知之，挈酒一壶，谓铎曰："公将登庸矣③，吾恐不可及也。愿先事少接左右。"铎妻疑置鸩，使婢言之。蟾惊曰："吾岂鸩者？"即命大白满引而去④。

## 【注释】

①李蟾、王铎：本条采录自《玉泉笔端》。王铎，字昭范，祖籍太原（今山西太原），后迁居扬州（今属江苏），王炎之子。唐武宗会昌元年（841），进士及第。宣宗大中初，历任监察御史、右补阙、集贤殿直学士。懿宗咸通十二年（871），升任礼部尚书、同平章事，后加门下侍郎、尚书左仆射。僖宗乾符初，出为汴州刺史、宣武军节度使，召拜右仆射、同平章事。乾符六年（879），出任荆南节度使，受封晋国公。

②中官贪之，先用铎焉：原书此二句作"中官爱焉。洎韦保衡将欲大拜，不能先于恩地，将命铎焉"。中官，指宫内、朝内之官。

③登庸：选拔任用。《尚书·尧典》："帝曰：畴咨若时登庸。"孔传：
　　"畴，谁。庸，用也。谁能咸熙庶绩，顺是事者，将登用之。"

④大白：大酒杯。汉刘向《说苑·善说》："魏文侯与大夫饮酒，使公
　　乘不仁为觞政，曰：'饮不嚼者，浮以大白。'"

【译文】

　　李蟾与王铎同年中进士，李蟾经常担心王铎先被重用。等到路岩出
任镇使，李蟾更加失去了优势；王铎性格柔顺容易领导，朝廷的官员都很
喜欢他，就准备先重用王铎。李蟾知道后，提着一壶酒到王铎家，对王铎
说："你将要被选拔任用了，我恐怕不能赶上你了。希望事先稍微接触一
下你身边的人。"王铎妻子怀疑他在酒中下了鸩毒，派女仆给王铎传话。
李蟾惊讶地说道："我哪里是在酒中下毒的人呢？"就让人拿来一个大酒
杯，自己斟满，喝完离开了。


　　905.御史府有大夫、中丞，杂事者，总台纲也①。侍御
史、殿中侍御史，有内外弹、四推、太仓、左藏库、左右巡②，
皆负重事也。不常备，有兼领者。监察使有祠祭使、馆驿
使③，与六察为八④，分务东都，又常一二巡因⑤，监决案覆⑥，
诸道不法事皆监察；亦不常备，亦有兼领事者。御史不闻摄
他官，自武宗始。


【注释】

①台纲：唐时御史中丞的别称。《全唐文·白居易〈薛存诚除御史中
　　丞制〉》："况副相方缺，台纲是领，纠正百官，尔得专之。……可御
　　史中丞，余如故。"

②内外弹：官名。内弹案与外弹案的合称。四推：也称四推御史。
　　唐宋时御史、殿中侍御史的执掌与分工。太仓：即太仓令。掌国

家粮食储备,管理朝廷粮仓,为治粟内史属官。左藏库:即左藏库使。属诸司正使阶列。唐玄宗朝,已有殿中侍御史为监左藏库使。位次于内藏库使。左右巡:唐时以御史台殿中侍御史分知两京城内左、右巡,或以御史中丞充左、右巡使。合称两巡御史。

③祠祭使:唐开元末,玄宗尊崇道教,好神仙,广修祠坛,特设祠祭使,作为祭祀老子及诸神的专使。每有祭典,便焚烧纸钱,祈祷福祐。代宗时废。馆驿使:唐肃宗乾元元年(758)始置馆驿使,常以监察御史充任,察考馆驿得失,以行黜陟。宪宗元和年间改由宦官充任。

④六察:即六察官。唐时专察尚书省六部的监察御史的总称。

⑤因:此字《南部新书》作"囚",当据改。

⑥监决:犹监斩。

**【译文】**

御史府有御史大夫、御史中丞,管理各类繁杂的事务,总长官为御史中丞。侍御史、殿中侍御史有内外弹官、四推御史、太仓令、左藏库使、左右巡使等属官,都承担着重任。这些职位不是常规配备,有的职位是兼任的。监察使有祠祭使、馆驿使等属官,和分察六部的官员一共是八个职位,分司东都事务;还会经常设置一两个审察囚犯的官员,监斩审查案件,各个部门违法的事情都由他们监察;这些职位也不是常规配备,也有的职位是兼任的。没有听说御史代理其他官职的情况,这一制度是从唐武宗时开始的。

906.圣善寺银佛①,天宝乱,为贼将截一耳。后少傅白公奉佛②,用银三铤添补③,然不及旧者。会昌拆寺,命中贵人毁像④,收银送内库。中人以白公所添铸,比旧耳少银数十两,遂诣白公索余银,恐涉隐没故也⑤。

**【注释】**

①圣善寺银佛：本条采录自《尚书故实》。

②少傅白公：即白居易，因其曾官太子少傅，故称。

③铤（dìng）：古同"锭"，熔铸成条块等固定形状的金银，其重数两至数十两不等。

④中贵人：指帝王所宠幸的内臣、宦官。

⑤隐没：吞没，贪污。

**【译文】**

　　圣善寺有一尊银制佛像，天宝年间安史之乱中，被叛贼的将领藏去了一只耳朵。后来太子少傅白居易信奉佛教，用三铤银子将佛像所缺的耳朵补上了，但还是赶不上佛像原来的耳朵。唐武宗会昌年间朝廷要拆毁佛寺，命内臣毁坏佛像，并把银两送归内库。内臣认为白居易填补的耳朵，比原来的耳朵少了几十两银子，于是就拜访白居易并索要所缺的银两，这恐怕是关涉银两被贪污的缘故。

　　907. 京师贵牡丹①，佛宇、道观多游览者。慈恩浴室院有花两丛，每开及五六百朵。僧恩振说②：会昌中朝士数人，同游僧舍。时东廊院有白花可爱，皆叹云："世之所见者，但浅深紫而已，竟未见深红者。"老僧笑曰："安得无之？但诸贤未见尔！"众于是访之，经宿不去。僧方言曰："诸君好尚如此，贫道安得藏之？但未知不漏于人否？"众皆许之。僧乃自开一房，其间施设幡像③，有板壁遮以幕。后于幕下启关，至一院，小堂甚华洁，柏木为轩庑栏槛④。有殷红牡丹一丛，婆娑数百朵。初日照辉，朝露半晞。众共嗟赏，及暮而去。僧曰："予栽培二十年，偶出语示人，自今未知能存否？"后有数少年诣僧，邀至曲江看花，藉草而坐⑤，弟子奔走报：

有数十人入院掘花，不可禁。坐中相视而笑。及归至寺，见以大畚盛之而去。少年徐谓僧曰："知有名花，宅中咸欲一看，不敢豫请，盖恐难舍。已留金三十两、蜀茶二斤，以为报矣！"

**【注释】**

①京师贵牡丹：本条采录自《剧谈录·慈恩寺牡丹》。

②恩振：唐朝慈恩寺僧人，生平未详。

③幡像：指绘在幡上的佛像。

④轩庑：高堂下的回廊。《晋书·食货志》："车如流水，马若飞龙，照映轩庑，光华前载。"

⑤藉草而坐：指坐在草地上。藉，垫，衬。

**【译文】**

唐朝京城崇尚牡丹，佛寺、道观游览观赏的人很多。慈恩寺浴室院有两丛牡丹花，每年盛开的时候多达五六百朵。僧人恩振说："武宗会昌年间几位朝廷官员一同游赏慈恩寺。当时东廊院有盛开着的白色牡丹花，非常好看，大家都感叹说：'现在我们所看到的牡丹花，只是浅紫色和深紫色，从来没有看到过深红色的牡丹花。'老僧笑着说：'怎么能说没有呢？只是你们没见过罢了！'大家于是去寻找，一个晚上都不离开。老僧才说道：'各位如此喜好崇尚，我怎么能藏起来呢？只是不知道你们会不会把这个消息泄露给别人？'大家都许诺说不会。老僧这才亲自打开了一间房门，这间房中陈设着幡像，有木隔板作为帐幕遮挡。后来老僧在帐幕下打开门闩，来到一个小院，院子非常干净整洁，有柏木为回廊栏杆。院中有一丛深红的牡丹，开着几百朵花，在阳光的照耀下非常美丽，花朵上的露水还没有干。众人一起赞赏了一天，到了晚上才离开。僧人说："我栽培了二十年，偶然说出来带人来看，从现在开始不知道还能留住么？"后来过了几天，有几个年轻人来寺庙拜访老僧，并邀请他到曲江池看花，大家正在草地上坐着的时候，老僧的弟子跑来报告：说突然有几十人进到院子里掘花，没办法阻拦。坐在草地上的几个年轻人相视而笑。等到老僧赶回寺院，发现牡丹花被人用大畚箕装着挖走了。这时几个年轻人才缓缓对老僧说道："知道你有名花，我们的家人也都想看看，但不敢事先向您请求，担心你舍不得。我们已经留下黄金三十两，蜀茶二斤，作为赠花的回报！"

908.宣宗在藩邸时，为武宗所薄，将中害者非一①。一日，宣召打球，欲图之。中官奏：疮痍遍体，腥秽不可近。上命舁置殿下②，果如所奏，遂释之。武宗尝梦为虎所逐，命京兆、同、华格虎以进。至宣宗即位，本命在寅③，于属为虎。

**【注释】**

①中害：中伤，伤害。

②舁（yú）：抬，扛。

③本命：指人的生年干支。《三国志·魏书·管辂传》："又吾本命在寅，加月食夜生。"

**【译文】**

唐宣宗在藩王府时，被唐武宗所轻视，不止一次想要中伤他。有一天，皇帝召见他进宫打球，想要设法对付他。宦官禀告说：宣宗浑身都是疮痍，散发着腥臭不能靠近。皇上命令将他抬到大殿之中，果真和宦官奏报的一样，于是就释放了他。唐武宗曾经梦见自己被一只老虎追逐，就命令京兆、同、华等地的郡守打虎进献。等到唐宣宗即位，宣宗的生年干支在寅时，属相是虎。

909.宣宗即位①。宫中每欲行幸，先以龙脑、郁金藉地②,上并禁止。每上殿,与学士从容,未尝不论儒学。颇留意于贡举,于殿柱题乡贡进士。或宰臣出镇,赐诗遣之。凡欲对公卿,必整容貌,更衣盥手,然后方出。语及政事,终日忘倦。章表有不欲左右见者,率皆焚爇③。倡优伎乐,终日嬉戏,上未尝顾笑,赐赉甚薄。有时微行人间④,采听舆论⑤,以观选士之得失。

**【注释】**

①宣宗即位:本条采录自《杜阳杂编》。

②龙脑:香料名。以龙脑香树干中树膏制成的一种结晶体,莹白如冰,故也俗称冰片,也称梅片。郁金:多年生草本植物,姜科,中医以块根入药。古人亦用作香料。

③焚爇(ruò):犹焚烧。爇,烧。

④微行:旧时谓帝王或有权势者隐匿身份,易服出行或私访。《史记·秦始皇本纪》:"始皇为微行咸阳。"裴骃《集解》引张晏曰:"若微贱之所为,故曰微行也。"

⑤采听:探听。舆论:公众的言论。

**【译文】**

唐宣宗登基做皇帝。以前,皇帝在宫中每次想要宠幸嫔妃,先要用龙脑和郁金等香料铺地,宣宗全都制止了这种做法。唐宣宗每次上朝,都会和翰林学士畅叙,没有不谈论儒家思想教义的。宣宗也很关心科举考试,他在大殿的柱子上题写"乡贡进士"几个字。有时候宰臣外出镇守,宣宗就赐诗差遣他们。凡是要和三公九卿对谈,宣宗一定端正容貌,更衣洗手,然后才出来相见。说到国家的政务,就整天忘了疲倦。有不想让身边人看到的章表,他全都烧掉。娼妓、优伶以及歌舞艺人,整天表演戏乐,宣宗皇帝从不观看也不说笑,赏赐给他们的东西也很少。有时候宣宗到民间微服私访，探听公众的言论，来探察选拔人才的得失。

910.宣宗时<sup>①</sup>，越守进女乐，有绝色。上初悦之。数日，锡予盈积<sup>②</sup>。忽晨兴不乐<sup>③</sup>，曰："明皇帝只一杨妃，天下至今未平，我岂敢忘?"召诣前曰："应留汝不得。"左右奏，可以放还。上曰："放还我必思之，可赐酖一杯<sup>④</sup>。"

**【注释】**

①宣宗时：本条采录自《续贞陵遗事》。

②锡：通"赐"，赏赐。盈积：充塞，堆满。

③晨兴：早起。

④酖（zhèn）：毒酒。

**【译文】**

唐宣宗时，越地郡守进献专事歌舞的女姬乐队，其中有一个女子容貌极美。宣宗刚开始非常喜欢她。过了几天，赏赐给她的东西就堆满了房间。忽然有一天宣宗早上起来不高兴了，说："唐明皇只有一个宠爱的杨贵妃，天下到现在还没有太平，我怎么敢忘了呢?"于是叫她到跟前说："本应要留你，现在不能留了。"身边的人奏报说，可以放她回去。宣宗皇帝说："放她回去我一定会想她，可以赐给她一杯鸩酒。"

911.宣宗多追录宪宗卿相子孙<sup>①</sup>。裴谂<sup>②</sup>，度之子，为学士，加承旨<sup>③</sup>。上幸翰林，谂寓直，便中谢<sup>④</sup>。上曰："加官之喜，不与妻子相面<sup>⑤</sup>，得否? 便放卿归。"谂降阶蹈谢<sup>⑥</sup>。却召，上以御盘内果实赐之，谂即以衫袖跪受。上顾一宫嫔，取领下小帛，裹以赐谂。

**【注释】**

①宣宗多追录宪宗卿相子孙：本条采录自《东观奏记》。追录，追溯以往，加以录用。

②裴谂（shěn）：唐河东闻喜（今山西闻喜）人。裴度之子，以父荫累官考功员外郎。历官翰林学士、兵部侍郎、太子少师、上柱国、封河东郡公。黄巢入长安，僖宗出逃，裴谂等拒不受官，被杀。

③加承旨：原书作"一日，加承旨"。《新唐书·裴谂传》曰："为翰林学士，累迁工部侍郎，诏加承旨。"《资治通鉴》系此事于卷二百四十八《唐纪》六十四宣宗大中二年，曰："翰林学士裴谂，度之子也。上幸翰林，面除承旨。"承旨，官名。秉承皇帝旨意，宣布政令。唐宪宗元和元年（806），任命郑絪为翰林学士承旨，凡朝廷机要大事，无不预闻，位诸学士之上。后又有殿前承旨、枢密院承旨等。

④中谢：臣僚受职或受赏后入朝谢恩。

⑤相面：彼此见面，会见。

⑥蹈谢：即舞蹈谢恩。舞蹈，指臣子朝见君王时的礼仪之一。

**【译文】**

唐宣宗大量追加录用宪宗时期卿相的子孙。裴谂是裴度的儿子，任翰林学士，后加官翰林承旨。宣宗皇帝巡幸翰林院，裴谂正在官署当值，宣宗当面加任他为翰林承旨，裴谂就向宣宗谢恩。皇上说："升迁官职的喜悦，不能和妻子儿女见面庆贺，怎么能行呢？我这就给你放假回家。"裴谂走下台阶向皇上谢恩。刚退下就被宣宗叫回来，皇上把御盘里的果实赐给了裴谂，裴谂就用上衣的袖子跪着接受了。宣宗回头看到一个宫女，就取下宫女衣领下面的小块丝帛，将果实包好赐给裴谂。

912.宣宗读《元和实录》①，见故江西观察使韦丹政事卓异，问宰臣："孰为丹后。"周墀曰："臣近任江西，见丹行事②，遗爱余风③，至今在人。其子宙，见任河阳观察判官。"
上曰："速与好官。"御史府闻之，奏为御史④。

**【注释】**

①宣宗读《元和实录》：本条采录自《东观奏记》。

②行事：行为，事迹。《史记·孙子吴起列传》："吴起《兵法》，世多
　　有，故弗论，论其行事所施设者。"

③遗爱：指留于后世而被人追怀的德行、恩惠、贡献等。

④御史：原书作"侍御史"，当据改。

**【译文】**

　　唐宣宗读《元和实录》，看到已故的江西观察使韦丹政绩卓著，就问
宰相："谁是韦丹的后人。"周墀说："臣最近任江西观察使，听说了韦丹
的事迹，他留下的风尚教化，至今还在民间流传。他的儿子韦宙，被任命
为河阳观察判官。"皇上说："尽快给他安排一个好的职位。"御史府听说
这件事，就奏请任韦宙为侍御史。

　　913.宣宗时加赠故楚州刺史、赠尚书工部侍郎李德修
为礼部尚书①。德修，吉甫长子。吉甫薨，太常谥曰"简"②。
度支郎中张仲方以宪宗好用兵③，吉甫居辅弼之任④，不得
为"简"。仲方贬开州司马。宝历中，方征谏议大夫。德修
不欲同立朝，连牧舒、湖、楚三州。时吉甫少子德裕任荆南
节度使、检校司徒平章事。上即位，推恩德裕⑤，当追赠祖、
父；乞回赠其兄，故有是命。

**【注释】**

①宣宗时加赠故楚州刺史、赠尚书工部侍郎李德修为礼部尚书：本

条采录自《东观奏记》。李德修,唐赵郡(今河北赵县)人。李吉甫之子,李德裕之兄。敬宗宝历年间任膳部员外郎。参与牛李党争,因不愿与张仲方同朝为官,出任舒州、湖州、楚州刺史。

②太常:官名。秦置奉常,汉景帝时改称太常。为九卿之一,掌宗庙礼仪,兼掌选试博士。

③张仲方:字靖之,唐韶州始兴(今广东始兴)人。德宗贞元初年,进士及第,授集贤校理。宪宗元和初,任仓部员外郎,后因议论宰相李吉甫谥号,而激怒宪宗,被贬。敬宗即位,授谏议大夫。甘露之变后,任京兆尹,仅月余而罢。文宗大和年间,累官银青光禄大夫、上柱国,封曲江县开国伯。官终秘书监。

④辅弼:辅佐君主的人。后多指宰相。

⑤推恩:帝王对臣属推广封赠,以示恩典。

【译文】

　　唐宣宗时追赠已去世的楚州刺史、尚书工部侍郎李德修为礼部尚书。李德修是李吉甫的长子。李吉甫去世,掌管朝廷宗庙礼仪的太常寺卿给他加谥号为"简"。度支郎中张仲方认为唐宪宗喜欢使用武力,李吉甫位居宰相有辅佐之责,谥号不能用"简"。张仲方因此被贬为开州司马。唐敬宗宝历年间,才征拜张仲方为谏议大夫。李德修不想和张仲方同在朝廷做官,他连任舒、湖、楚三州刺史。当时李吉甫的小儿子李德裕任荆南节度使、检校司徒平章事。唐宣宗即位,对李德裕推广封赠,以示恩典。朝廷本来要追封李德裕的祖父和父亲,李德裕乞请把对祖父和父亲的追封转授给他的兄长,因此才有了这个追封的诏命。

　　914.武宗任李德裕①。德裕虽丞相子,文学过人,性孤峭②,嫉朋党,挤牛僧孺、李宗闵、崔珙于岭外③;杨嗣复、贞穆李公珏以会昌初册立事,亦七年岭表④。宣宗即位,岭南五相,同日迁北。

**【注释】**

①武宗任李德裕：本条采录自《东观奏记》。

②孤峭：比喻品性孤傲，不与众人和同。

③崔珙：唐博陵安平（今河北安平）人。性格威重，尤精吏术。以书判拔萃高等，累佐使府。文宗大和间，累擢岭南节度使。开成初，加检校兵部尚书，历检校吏部尚书、京兆尹。武宗会昌初，累迁户部侍郎，以本官同平章事。会昌中，崔铉为相，以宿怨劾贬恩州司马。宣宗即位，召为太子宾客，出为凤翔节度使，卒于官。

④杨嗣复、贞穆李公珏以会昌初册立事，亦七年岭表：《资治通鉴·唐纪·文宗开成五年》曰："初，上（武宗）之立非宰相意，故杨嗣复、李珏相继罢去。"又，武宗会昌元年，出杨嗣复为湖南观察使，李珏为桂管观察使，不久"遣中使就潭、桂州诛嗣复及珏"，李德裕力谏乃免，更贬嗣复为湖州刺史，李珏为昭州刺史。李珏，死后获赠司空，谥号"贞穆"。

**【译文】**

唐武宗重用李德裕。李德裕虽然是丞相李吉甫之子，但文才过人，性格孤傲，痛恨那些争夺权利、互相勾结的朋党，他排挤牛僧孺、李宗闵、崔珙，将他们贬到岭外；杨嗣复、贞穆公李珏在武宗会昌初年因为册立太子的事，也被贬岭表七年。唐宣宗即位，被贬岭南的五位宰相，在同一天被升迁召回朝廷。

915.宣宗弧矢击鞠①，皆尽其妙。所御马，衔勒之外②，不加雕饰，而马尤矫捷；每持鞠杖，乘势奔跃，运鞠于空中，连击至数百，而马驰不止，迅若流电。二军老手③，咸服其能。

**【注释】**

①弧矢：弓箭。击鞠：亦称打球或击球。古代马球运动，盛行于唐。

唐皇甫枚《三水小牍》卷上："乃退处于三川之上,以击鞠飞觞为事,遨游于南邻北里间。"

②衔勒:马嚼口和马络头。

③二军:马球分两队进行比赛,因这项运动是来源于军队的运动项目,所以就用"二军"来指称比赛的两支球队。

**【译文】**

唐宣宗射箭和打马球,都能穷尽其中的精妙。他所乘的马,除了马勒和辔头,没有任何雕饰,但马却更加矫健敏捷;宣宗经常拿着鞠杖,趁着有利的形势奔跑跳跃,将球带到空中,接连击打几百次,而马奔跑不停,迅速如闪电一般。就是专业比赛打马球的富有经验的老手,都叹服他的技能。

916.《清夜游西园图》者①,晋顾长康所画②。有梁朝诸王跋尾处,云:"图上若干人,并食天厨③。"唐贞观中,褚河南装背④,题处具在。其图本张维素家收得⑤,传至相国张公弘靖。元和中,准宣索并钟元常写《道德经》同进入内⑥。〔原注〕时张镇并州。《进图表》,李太尉卫公作。后中贵人崔潭峻自禁中将出⑦,复流传人间。维素子周封⑧,前泾州从事⑨,秩满在京,一日,有人将此图求售,周封惊异之,遽以绢数匹赎得。经年,忽闻款关甚急⑩,问之,见数人同称仇中尉传语评事⑪:知《清夜图》在宅,计闲居家贫,请以绢三百匹易之。周封惮其逼胁,遽以图授使人⑫。明日果赍绢至。后方知诈伪,乃是一豪士求江淮海盐院,时王涯判盐铁,酷好书画,谓此人曰:"为余访得此图,当遂公所请。"因为计取之耳。及十家事起⑬,后落在一粉铺家。未几,为郭侍郎家阍者以钱三百市之<sup>⑭</sup>，以献郭公。郭公卒，又流传至令狐相家<sup>⑮</sup>。宣宗一日尝问相国有何名画，相国具以图对，复进入内。

## 【注释】

① 《清夜游西园图》者：本条采录自《尚书故实》。

② 顾长康：即顾恺之，字长康，小字虎头，晋陵无锡（今江苏无锡）人。东晋画家、绘画理论家、诗人。顾恺之博学多才，先后为桓温、殷仲堪参军，安帝义熙初转散骑常侍，卒于官。为人好谐谑，人多爱狎之。俗称其有"三绝"：才绝，画绝，痴绝。谢安深重之，以为苍生以来未之有。

③ 并食天厨：原书此句下有注曰："语出诸子书，检寻未得。"

④ 褚河南：即褚遂良，因其官至右仆射、河南公，故史称褚河南。装背：装裱书画。

⑤ 其图本张维素家收得：原书此句下有注曰："维素，从申之子。"张维素，亦作张惟素，唐吴县（今江苏苏州）人。德宗建中二年（781）进士及第。贞元十九年（803）任右补阙，历官司勋员外郎、司封、吏部郎中、吏部侍郎。十一年（816）官给事中。十五年（820）为左散骑常侍，韩愈曾举其代任国子祭酒。穆宗初，谏幸骊山。官至工部侍郎。

⑥ 宣索：皇帝下旨，向有司索取钱财用物。犹索取。锺元常：即锺繇，字元常，颍川长社（今河南长葛）人。三国魏大臣，书法家。东汉末，举孝廉，历任尚书郎、黄门侍郎、尚书仆射。后得丞相曹操信任，出任司隶校尉，镇守关中，功勋卓著。曹魏建立后，拜廷尉卿，升为太尉。明帝时，迁太傅。善书，尤长于楷、隶。

⑦ 崔潭峻：唐朝宦官，生卒年及籍贯均不详。宪宗元和年间，历任内常侍、申光蔡等州监军。干预朝政。

⑧维素子周封：即张周封，生平未详，著有《华阳风俗录》。与段成式、李商隐为好友。

⑨前：原作"自"，据周勋初《校证》改。

⑩款关：叩门。

⑪仇中尉：即仇士良，唐朝宦官。因其在唐文宗时期曾任右神策军中尉，故称。评事：官职名。唐时大理寺评的省称。掌出使推狱事。从八品下。

⑫使人：犹使者，出使之人。此处指传话的评事。

⑬十家：指唐文宗大和年间"甘露之变"中被宦官灭族的十家，即李训、郑注、王涯、王璠、罗立言、郭行余、贾𫗧、舒元舆、李孝本、韩约等十人之亲属。

⑭郭侍郎：原书下注有"承嘏"二字。郭承嘏，字复卿，唐华州郑县（今陕西华州）人。郭子仪曾孙。幼秀异，通《五经》。宪宗元和年间擢进士第。累迁起居舍人、谏议大夫，文宗以郑注为太仆卿，承嘏极论其非，迁给事中、刑部侍郎。及卒，家无余财。

⑮令狐相：即令狐绹。因其在宣宗大中年间曾任宰相，故称。

## 【译文】

《清夜游西园图》，是晋代顾恺之画的。上面有梁朝各王所题的跋文，说："图上若干人，并食天厨。"唐朝贞观年间，河南公褚遂良装裱此画，他所作的题识也都在上面。这幅画原本由张维素家收藏，后来传到相国公张弘靖的手中。到了唐宪宗元和年间，朝廷下旨将这幅画与三国大书法家钟繇所写的《道德经》一同征入宫廷。［原注］当时张弘靖镇守并州。《进表图》，太尉、卫国公李德裕作。后来这幅画被宦官崔潭峻从宫中带出，又流传到民间。张维素的儿子张周封，此前任泾州从事，任职期满在京城的时候，有一天，遇到一个人拿着这幅画出售，张周封很惊异，立刻用几匹绢把它赎了回来。过了一年，忽然有人很着急地登门造访，询问是什么事，来的几个人都说是替宦官仇士良传话的评事，说仇士良知道这幅《清夜图》在张周封家中,考虑到张周封在家闲居,家境贫困,愿出三百匹绢来换这幅画。张周封害怕被他逼迫威胁,急忙把这画交给来人带走。第二天真有人给他送来三百匹绢。后来他才知道是假冒的,买主不是仇士良,而是一个富豪之士,这个人正在谋求江淮海盐院的一个职位,当时丞相王涯兼任盐铁使,酷爱书画,他跟这个富豪说:"你帮我得到《清夜游西园图》,我就满足你的请求。"因而,这人就设计骗买了张周封珍藏的这幅画。等到"甘露之变",王涯等十余家被灭族,这画流落到了一个售卖脂粉的店铺。不久,被侍郎郭承嘏家的守门人用三百钱买去,把它献给郭承嘏。郭承嘏去世后,这幅画又流落到了宰相令狐绹家。有一天,唐宣宗问相国令狐绹家里有什么名画,令狐绹就拿这幅画回答,这样,这幅画又一次进入了宫廷。

917.宣宗将命令狐绹为相①,夜半幸含春亭召对,尽蜡烛一炬,方许归院,仍赐金莲炬送之②。院吏忽见金莲蜡烛,惊报院中曰:"驾来矣!"俄然绹至。院吏谓绹曰:"金莲花引驾烛③,学士用之,得安否?"顷刻有丞相之命。

**【注释】**

①宣宗将命令狐绹为相:本条采录自《东观奏记》。

②金莲炬:亦作"金莲华炬",金饰莲花形灯炬,古代多为皇帝专用。《新唐书·令狐绹传》:"(绹)夜对禁中,烛尽,帝以乘舆、金莲华炬送还,院吏望见,以为天子来。及绹至,皆惊。俄同中书门下平章事。"后亦用以形容天子对臣子的特殊礼遇。

③引驾烛:原书"引"上有"乃"字,当据补。

**【译文】**

唐宣宗将要任命令狐绹为宰相,他半夜巡幸含春亭召见令狐绹,让他回答有关政事、经义等方面的问题。一直到一根蜡烛燃烧完了,才允许令狐绹回翰林院,还赏赐金饰的莲花形灯炬送他。翰林院的官吏忽然看见金饰的莲花灯炬,吃惊地禀报翰林院官员说:"皇上来了。"一会儿令狐绹到了。翰林院官吏对令狐绹说:"金饰莲花形灯炬是导引皇上的蜡烛,学士您现在用了,能安心吗?"不久,任命令狐绹为宰相的诏令就到了。

918.宣宗以左拾遗郑言为太常博士<sup>①</sup>,郑朗自御史大夫为相<sup>②</sup>。朗先为浙西观察使,左拾遗郑言实居幕中。朗议:以谏官论时政得失,动关宰辅,请移言为博士。至大中二年<sup>③</sup>,崔慎由自户部侍郎秉政,复以左拾遗杜蔚为太常博士<sup>④</sup>;蔚亦慎由旧寮,遂为故事。

**【注释】**

①宣宗以左拾遗郑言为太常博士:本条采录自《东观奏记》。郑言,字垂之。唐武宗会昌四年(844)甲子科状元及第,入仕后为浙西观察使王式从事。宣宗大中年间入朝,任左拾遗、太常寺博士、修撰官等职。懿宗咸通年间加礼部郎中、知制诰,充翰林院学士,转授工部侍郎、户部侍郎。后不知所终。

②郑朗:字有融,唐郑州荥泽(今河南郑州)人。文宗时宰相郑覃之弟。唐穆宗长庆元年(821)登进士第,始辟山南柳公绰幕府,入迁右拾遗。文宗开成中,擢起居郎,累迁谏议大夫,为侍讲学士。武宗会昌年间,历任华州刺史、御史中丞、户部侍郎。宣宗时进义武、宣武二节度使。后以礼部尚书同中书门下平章事,加中书侍郎、集贤殿大学士,修国史。大中十年(856)以病辞位,进加右仆射。

③大中二年:原书作"大中十一年"。周勋初案:"《新唐书·宰相表

下》记大中十年‘十二月壬辰，户部侍郎判户部事崔慎由为工部
　尚书、同中书门下平章事’。本书、原书均有误。”
④杜蔚：字日彰，唐京兆（今陕西西安）人。杜审权弟。进士出身。
　宣宗大中十一年（857），自左拾遗迁太常博士。又官司勋员外
　郎、郎中。

【译文】

　　唐宣宗任命左拾遗郑言为太常博士，郑朗从御史大夫升任为宰相。起先郑朗任浙西观察使时，左拾遗郑言在郑朗幕府任职。郑朗评议说：因为谏官评论时政得失，他们的言行关乎宰相，请求调任郑言为太常博士。到唐宣宗大中十年，崔慎由从户部侍郎升任宰相，也将左拾遗杜蔚任命为太常博士；杜蔚也是崔慎由以前的同僚，不能由宰相的同僚任谏官就成为例行的事。


　　919.崔相慎由廉察浙西①，左目生赘肉，欲蔽瞳人②。医久无验。闻扬州有穆生善医眼，托淮南判官杨收召之③。收书报云：“穆生性粗疏，恐不可信。有谭简者④，用心精审，胜穆生远甚。”遂致以来。既见，白崔曰：“此立可去。但能安神不挠⑤，独断于中，则必效矣。”崔曰：“如约，虽妻子必不使知闻。”又曰：“须用天日晴明，亭午于静室疗之，始无忧矣。”问崔饮多少？曰：“饮虽不多，亦可引满。”谭生大喜。是日，崔引谭生于宅北楼，惟一小竖在⑥，更无人知者。谭生请崔饮酒，以刀圭去赘⑦，以绛帛拭血，傅以药，遣报妻子知。后数日，征诏至金陵。及作相，谭生已卒。


【注释】
①崔相慎由廉察浙西：本条采录自《因话录·羽部》。廉察，唐以来

对观察使或职权与之相当的官员的简称。唐赵璘《因话录·角部》："姚仆射南仲廉察陕郊。"

②瞳人：指瞳孔，也泛指眼珠。

③杨收：字藏之，唐同州冯翊（今陕西大荔）人。少孤，善属文，号为神童。武宗会昌初年（841）进士及第，初任淮南节度推官。懿宗咸通时累擢中书舍人、翰林学士承旨，以中书侍郎同平章事。因击退南蛮军有功，进尚书右仆射。居相位，门吏童奴倚以为奸，常收受贿赂，于咸通八年（867）罢相，出为宣歙观察使。后受驸马韦保衡打压，贬端州司马，长流驩州，坐罪赐死。

④谭简：唐人，生平未详。

⑤安神不挠：即神情安定无所改变。挠，弯曲，改变。

⑥小竖：小僮仆。

⑦刀圭：古时量取药末的用具，形如刀，尾端尖锐，中间下凹。后亦称药物、医术为"刀圭"。

**【译文】**

宰相崔慎由任浙西观察使时，左眼睛上长了一个赘疣，都要遮住眼珠子了。医治了很久也没有效果。崔慎由听说扬州有一位姓穆的医生擅长医治眼病，就托付淮南节度判官杨收请他来。杨收回信说："姓穆的医生性格粗疏马虎，恐怕不能胜任。有一位叫谭简的人，认真谨慎，比那个姓穆的医生强很多。"于是就请谭简来医治。谭简见到崔慎由，对他说："这个赘疣马上就能去除。只是需要你安定心神不动摇，自己在内心独立做决断，就一定能奏效。"崔慎由说："一定遵守约定，即使是我的妻子也一定不让她知道。"谭简又说："必须在天气晴朗的时候，中午在安静的房间治疗，这样才没有忧患。"谭简接着问崔慎由酒量大不大？崔慎由说："酒量虽然不大，但也可以喝一大杯。"谭简听了非常高兴。这天，崔慎由带着谭简来到他家的北楼，只有一个小僮仆在身边，再没有其他人知道。谭简请崔慎由喝酒，他用刀圭去除了赘疣，用红色的丝帛擦拭血迹，再敷上药膏，然后派人报告崔慎由的妻子让她知道。过了几天，崔慎由就被征召到金陵任职。等到崔慎由任宰相，谭简已经去世。

920.大中三年，李褒侍郎知举，试《尧仁如天赋》。宿州李使君弟渎不识题①，讯同铺②，或曰："止于'尧之如天'耳！"渎不悟，乃为句曰，"云攒八彩之眉③，电闪重瞳之目④。"赋成将写，以字数不足，忧甚。同辈绐之曰⑤："但一联下添一'者也'，当足矣。"褒览之大笑。

**【注释】**

①李使君弟渎：即李渎，唐朝官吏。本名李光硕，陇西郡公、灵武节度使李玄礼之子。曾任洛阳尉、检校吏部尚书、陇西县男等。

②同铺：唐时科举考试同号者的互称。

③八彩之眉：即八彩眉。典出汉孔鲋《孔丛子·居卫》："昔尧身修十尺，眉乃八彩。"后因以"八彩眉"指命世圣人或帝王之眉。

④重瞳之目：即重瞳目、重瞳子。相传虞舜为重瞳子，后亦用以比喻像舜一样的圣明天子。

⑤绐（dài）：欺诈，哄骗。

**【译文】**

唐宣宗大中三年，礼部侍郎李褒主持科举考试，考试题目为《尧仁如天赋》。宿州李使君的弟弟李渎不懂题目的意思，就讯问同号的考生，有人说："只不过是要表达出'尧之如天'罢了！"李渎不理解，就写下赋句说："云攒八彩之眉，电闪重瞳之目。"赋写出来要誊抄的时候，因为字数不够，李渎很是担心。一起参加考试的考生哄骗他说："只要在每一联下面加一个'者'字，应当足够了。"李褒读了李渎的赋哈哈大笑。

921.大中四年①，进士冯涓登第②，榜中文誉最高③。是岁新罗国起楼，厚赍金帛，奏请撰记，时人荣之。初官京兆参军，恩地即杜相审权也④。杜有江西之拜，制书未行⑤，先召长乐公密话⑥，垂延辟之命⑦，欲以南昌笺奏任之⑧，戒令勿泄。长乐公拜谢，辞出宅，速鞭而归。于通衢遇友人郑賨⑨，见其喜形于色，驻马恳诘，长乐遽以恩地之辞告之。荥阳寻捧刺京兆门谒贺，具言得于冯先辈也。京兆嗟愤，而鄙其浅露。洎制下开幕⑩，冯不预焉。心绪忧疑，莫知所以。廉车发日⑪，自灞桥乘肩舆，门生咸在，长乐拜别，京兆公长揖冯曰："勉旃⑫！"由是嚣浮之誉⑬，遍于搢绅，竟不通显。中间又涉交通中贵⑭，愈招清议⑮。官工部郎中、眉州刺史，仕蜀，至御史大夫。

**【注释】**

①大中四年：本条采录自《北梦琐言·杜审权斥冯涓》。

②冯涓：字信之，唐婺州东阳（今浙江东阳）人，一说信都（今河北冀州）人。进士及第，又登博学宏词科，授京兆府参军。以时危世乱，隐居商山十年。僖宗乾符时任祠部郎中。中和元年（881）擢眉州刺史，适为兵阻，困西川重围中，未至任，遂于成都墨池灌园自给。昭宗景福年间，王建辟为西川节度判官。后仕前蜀，官终御史大夫。涓性滑稽，语多讥诮。善文，尤工于章奏。

③文誉：工于为文的声誉。

④恩地：唐时对座主的别称，即知贡举官。唐李商隐《为举人上翰林萧侍郎启》："倘蒙犹枉铅华，更施丹臒，俾其恩地不在他门。"冯浩笺注："唐人称师门为恩地。"

⑤制书：唐时本称"诏书"，武后时因避讳改称"制书"。凡行大赏罚，授大官爵，改革旧政，宽赦降敕用之；由中书舍人起草。又有"慰劳制书"，用于褒奖贤能、慰劳勤勉等。

⑥长乐公：即冯涓。

⑦延辟：引荐征用。

⑧笺奏：书札，奏章。

⑨郑賨（cóng）：字贡华，晚唐吴（今江苏苏州）人。僖宗乾符四年（877）进士及第。时刘覃父邺为淮南节度使，賨谄事之，以求任职淮南幕，时人颇鄙之。昭宗天祐中，为西京留守判官、左谏议大夫。哀帝天祐三年（906），贬崖州司户，寻赐死。颇有文学，尤善楷书。

⑩洎（jì）：及，到。

⑪廉车：唐时观察使的别称。地方长吏。次于节度使或由节度使兼。

⑫勉旃（zhān）：努力。多于劝勉时用之。旃，语助词，之焉的合音字。

⑬嚣浮：虚浮不实在。

⑭交通：攀附，勾结。

⑮清议：对时政的议论，社会舆论。

## 【译文】

唐宣宗大中四年，冯涓考中进士，在榜所有的人中要数他的文章声誉最高。这一年新罗国修建大楼，赠送了许多金银绸缎，冯涓向皇帝奏请后写了文章，当时的人们都称赞他。冯涓最初官任京兆参军，他的老师是宰相杜审权。杜审权将要被派往江西任节度使，皇帝的诏令未下之前，杜审权先召来冯涓密谈，他很在意这次被征荐的诏命，想要表奏皇帝去南昌任职，并告诫冯涓千万不要把这件事泄漏出去。冯涓恭敬地表示感谢，然后辞别杜审权出门，快马而归。在回去的大路上，遇见了友人郑賨，郑賨见他喜形于色，便停住马恳切地追问他有什么好事，冯涓立刻就把老师杜审权的话告诉了他。不久，荥阳令便拿着名帖到京兆府来拜访祝贺，并详细言说这件事是从冯先辈那里得到的。杜审权一听十分气愤,非常鄙视冯涓的浅薄。等到诏书下来开建幕府时,杜审权没有让冯涓参加。冯涓心情很郁闷,不知道什么原因。杜审权启程的那天,从灞桥乘坐轿子,当时他的门生都在,冯涓前来行礼告别。杜审权拱手对冯涓道:"还是多努力吧。"由此冯涓轻浮的名声,在士大夫之间便传开了,他终究没能通达显贵。后来又涉及攀附宫内宦官一事,更招致人们对他的指责议论。冯涓官工部郎中、眉州刺史,后来在前蜀任职,官至御史大夫。

922.崔郸中丞为京尹①,三司使永达亭子宴丞郎②,崔乘醉突饮。夏侯孜为户部使,问曰:"尹曾任给、舍否③?"崔曰:"无。"孜曰:"若不历给、舍,尹不合冲丞郎宴。"命酒纠下筹进罚爵④,取三大器满饮之,良久方起。笞引马前军将至死。寻出为宾客分司。

**【注释】**

①崔郸中丞为京尹:本条采录自《卢氏杂说》。《太平广记》《说郛》《永乐大典》《南部新书》等均有载。

②三司使:唐以御史大夫、中书舍人、给事中各一人为三司使,推勘重大案件。《新唐书·百官志》:"凡冤而无告者,三司诘之。三司,谓御史大夫、中书、门下也。"永达亭子:各书"永"上均有"在"字,当据补。

③给、舍:即给事中和中书舍人。

④酒纠:古代人们饮宴时劝酒、监酒令的人。罚爵:古代罚酒的酒器。

**【译文】**

中丞崔郸任京兆尹时,一次,三司使在永达亭宴请丞相,崔郸乘着酒醉突然使劲喝酒。当时夏侯孜任户部使,问他说:"崔京尹你曾经担任过给事中与中书舍人吗?"崔郸回答说:"没有。"夏侯孜说:"如果没有担任过给事中与中书舍人，京兆尹就不应该冲撞这次宴请丞相的宴会。"于是，他叫监酒人过来让崔郢吃罚酒，监酒人拿来三只大酒杯，罚崔郢喝下这三大杯酒。崔郢喝完过了好久才站起来。他鞭打并驱使马前的士卒，直到他们筋疲力尽将要死亡。不久，崔郢就出任宾客分司。

923.太常卿封敖于私第上事①。御史弹奏②，左迁国子祭酒③。故事：太常卿上日④，庭设九部乐⑤，尽一时之盛。敖欲便于观阅，遂就私第视事。

**【注释】**

①太常卿封敖于私第上事：本条采录自《东观奏记》。上事，上任视事的省称。指处理公务。唐李肇《唐国史补》卷下："中书门下官并于西省上事，以便礼仪。"

②弹奏：犹弹劾奏闻。

③左迁：降官，贬职。

④上日：朔日，即农历每月初一。

⑤九部乐：又称"九部伎"。隋唐宫廷宴乐，用于朝会大典与宴享。隋开皇初设七部乐，大业中增康国乐、疏勒乐成九部乐，并将清商乐列为首部，改国乐为西凉乐。唐高祖武德初，去天竺、文康（即礼毕），增燕乐和扶南，仍为九部。

**【译文】**

太常卿封敖在自己的私宅处理公务。御史向朝廷弹劾奏闻，封敖被贬为国子祭酒。按照先例：太常卿每月初一处理政事的时候，庭院就会演奏宫廷的九部宴乐，一时极尽兴盛。封敖为便于观赏，于是就在自己的私宅处理政事。

924.大中十二年七月十四日退朝①,宰相夏侯孜独到衙门。以御史大夫李景让为检校吏部尚书,充剑南西川节度使。时中元休假②,通事舍人无在馆者③。麻案既出④,孜受麻毕,乃召当直舍人冯图宣之⑤,捧麻皆两省胥吏⑥。自此始令通事舍人休澣亦在馆⑦。

**【注释】**

①大中十二年七月十四日退朝:本条采录自《东观奏记》。

②中元:古代传统节日"三元"之一。指农历七月十五,旧时道观于此日作斋醮,僧寺作盂兰盆会,民俗亦有祭祀亡故亲人等活动,称中元节,也称"鬼节"。

③通事舍人:官名。魏初置中书通事舍人。历代沿置。唐改称通事舍人,掌通奏、引纳、辞见、承旨、宣劳,皆以善辞令者为之,隶中书省。

④麻案:即麻制。唐宋委任宰执大臣的诏命,因写在白麻纸上,故称。

⑤冯图:字昌之,唐婺州东阳(今浙江东阳)人。冯宿之子。登进士第,又中博学宏词制策。累迁吏部员外郎。宣宗大中年间,官至户部侍郎、判度支。

⑥两省:中书省和门下省的合称,为唐代最高国务机构。《新唐书·权德舆传》:"始,德舆知制诰,而徐岱给事中,高郢为舍人。居数岁,岱卒,郢知礼部,德舆独直两省,数旬一还舍。"胥吏:旧时官府中办理文书的小官吏。

⑦休澣(huàn):亦作"休浣"。指官吏按例休假。在馆:原书"在馆"下尚有"候命"二字。

**【译文】**

唐宣宗大中十二年七月十四日退朝后,宰相夏侯孜独自一人来到衙署。将御史大夫李景让任命为检校吏部尚书,充任剑南西川节度使。当时中元节放假休息,通事舍人没有在衙署的。诏书写成后,夏侯孜受理完毕,就叫来值班的舍人冯图宣读诏令,捧呈诏令的都是中书省和门下省的小官吏。从这开始让通事舍人按例休假时也在馆署听候命令。

925.李景让为御史大夫。初,大夫不旬月<sup>①</sup>,多拜丞相。台中故事:以百日内他人拜相为"辱台"。景让未旬,除剑南节度使。未几,请致仕。客有劝之曰:"仆射廉洁,纵薄于富贵,岂不为诸郎谋耶?"笑曰:"李景让儿讵饿死乎<sup>②</sup>?"退居洛中,门无杂宾。李琢罢浙西<sup>③</sup>,谒景让,且下马,不肯见;方去,命人劚其马台云<sup>④</sup>。

**【注释】**

①旬月:十个月。

②讵(jù):文言副词。难道,岂。表示反问。

③李琢:唐京兆(今陕西西安)人。李听子。以门荫累擢义昌、平卢、镇海三镇节度使。居官无显功,以此不为士大夫所称。封上柱国、陇西郡开国公。宣宗大中年间,任安南经略使。为官贪暴,虐待夷民,激起夷人叛乱,交州被攻克,为此免职。不久起任寿州团练使。僖宗广明元年(880),拜检校尚书右仆射、蔚朔等州招讨、都统、行营节度使,率军征讨李克用。后因事贬任刺史。

④劚(zhú):砍削。马台:方便上下马用的石凳或石台,旧时高门大户多放置在大门左右两侧。

**【译文】**

李景让任御史大夫。当初,御史大夫在任不到十个月,大多就被升任为宰相。御史台旧例:如果任命御史大夫百日内而改由他人拜相,则视为御史台之耻,称为"辱台"。李景让任御史大夫不到十天,就被征拜为剑南节度使。不久,李景让请求辞官退休。宾客中有人劝他说:"仆射您廉正清白,不追求富贵功名,难道就不为您的儿子们考虑?"李景让笑着说:"难道我李景让的儿子还能饿死吗?"李景让退居洛阳,家中没有杂乱的宾客。李琢被罢免浙西节度使后,来拜谒李景让,都要下马了,李景让不肯见他;李琢刚离开,李景让就让人去砍门口的下马台。

926.温庭筠字飞卿①,彦博之裔孙②。文章与李商隐齐名,时号"温、李"。连举进士,不中。宣宗时,谪为随县尉。制曰:"放骚人于湘浦③,移贾谊于长沙。"舍人裴坦之词,世以为笑④。

**【注释】**

①温庭筠字飞卿:本条采录自《东观奏记》。

②彦博:即温彦博,字大临,并州祁县(今山西祁县)人。隋开皇末,为州牧所荐,授文林郎。后从幽州总管罗艺归唐,高祖武德初累官中书侍郎。武德八年(625),突厥入侵,从右卫大将军张公谨征讨,兵败被俘。太宗即位,始得释还朝,官至中书令,进封虞国公。贞观十年(636),进尚书右仆射。死后陪葬昭陵。裔孙:远代子孙。

③骚人:屈原作《离骚》,因称屈原为骚人。后也泛指诗人或文人。这里指温庭筠。

④世以为笑:此句原书作"制中自引'骚人''长沙'之事。君子讥之"。

**【译文】**

温庭筠字飞卿,是温彦博的远代子孙。他的文章与李商隐齐名,当时号为"温、李"。温庭筠连续几年被推举参加进士考试,都没有考中。唐宣宗时,他被贬为随县尉。皇帝的诏书说:"放骚人于湘浦,移贾谊于长沙。"这是中书舍人裴坦的言词,天下人都认为很可笑。

927. 僧从诲住安国寺[①],道行高洁[②],兼工诗,以文章应制[③]。宣宗每择剧韵令赋[④],诲亦多称旨[⑤]。累年供奉,望方袍之赐[⑥],以耀法门[⑦]。上两召至殿上,谓之曰:"朕不惜一副紫袈裟,但师头耳稍薄[⑧],恐不胜耳!"竟不赐,悒悒而卒[⑨]。

**【注释】**

①僧从诲住安国寺:本条采录自《东观奏记》。从诲,唐安国寺僧人,生平未详。

②道行:僧道修行的功夫。

③应制:古时指奉皇帝之命而写作诗文。主要功能在于娱帝王、颂升平、美风俗。

④剧韵:犹险韵。《梁书·昭明太子萧统传》:"每游宴祖道,赋诗至十数韵。或命作剧韵赋之,皆属思便成,无所点易。"

⑤称旨:符合上意。

⑥方袍:僧人所穿的袈裟。因平摊为方形,故称。

⑦法门:佛教语。指修行者入道的门径。亦泛指佛门。

⑧头耳:比喻福分。

⑨悒悒(yì):忧愁郁闷的样子。

**【译文】**

僧人从诲住在安国寺,道行高洁,同时擅长作诗,也应皇帝之命写作诗文。唐宣宗经常选择险韵让他赋诗,从诲也大多能符合上意。从诲连续多年供养寺中,希望能得到皇帝赏赐的袈裟,来光耀佛门。皇上两次把他召到大殿上,对他说:"朕不是舍不得一幅紫袈裟,只是大师你的福分有点浅,我担心你承受不起。"最终也没有赐给他袈裟,从诲忧愁郁闷,不久就去世了。

928.南卓郎中与李修古中外兄弟①。修古性迂僻②,卓常轻之。修古得许州从事,奏官敕下,许帅方大谯,递到开角,有卓与修古书。修古执书,喜白帅曰:"某与南二十三表兄弟平生相轻,今日某为尚书幕客,遂与某书。"及开缄云:"即日卓老不死③,生见李修古除目④。"帅视书大笑。

**【注释】**

①南卓郎中与李修古中外兄弟:本条采录自《卢氏杂说》。李修古,唐人,生平未详。

②迂僻:迂诞怪僻,不合情理。

③即日:当天,当日。

④除目:除授官吏的文书。指任免名单。

**【译文】**

郎中南卓与李修古是亲表兄弟。李修古性格迂腐怪僻,南卓平常轻视他。李修古被授为许州从事,奏事官传下诏书,许州的长官正在宴请宾客,传送的文书到了打开后,其中附有南卓写给李修古的信。李修古拿着信,高兴地对许州长官说:"我与南卓为表兄弟,从来都是互相轻视,今日我成为尚书的宾幕,他就给我写信。"等到打开信一看,信中写道:"今天我南卓老而未死,有幸活着看到了除授李修古官职的文书。"许州长官拿过信来一看,哈哈大笑。

929.诸葛武侯相蜀①,制蛮蜑侵汉界②。自吐蕃西至东,接夷陵境③,七百余年不复侵轶④。自大中蜀守任人不当,有喻士珍者,受朝廷高爵,而与蛮蜑习之,频为奸宄⑤。使蛮用五千人,日开辟川路,由此致南诏,扰攘西蜀——蜀于是凶荒穷困⑥,人民相食——由沐浴川通蛮陬也⑦。

【注释】

①诸葛武侯:即诸葛亮,因其谥曰忠武侯,故称。

②蛮蜑(dàn):又写作蛮蜒。蛮和蜒均指南方各民族。古代对南方地区少数民族的一种歧视性的泛指。

③夷陵:郡名。隋炀帝大业三年(607),以峡州改置。治所夷陵县(今湖北宜昌西北)。唐高祖武德二年(619)复故名,玄宗天宝初,改称夷陵郡。肃宗乾元初,又称峡州。

④侵轶:亦作"侵佚"。侵犯袭击,越权行事。

⑤"有喻士珍者"几句:《新唐书·南蛮·南诏传》曰:"(咸通)五年,南诏回掠巂州以摇西南,西川节度使萧邺率属蛮鬼主邀南诏大度河,败之。明年,复来攻。会刺史喻士珍贪狯,阴掠两林东蛮口缚卖之,以易蛮金,故开门降,南诏尽杀戍卒,而士珍遂臣于蛮。"喻士珍,唐朝官吏。宣宗时为巂州刺史。大中六年(852)南诏攻州城,开门降,称臣于南诏,戍卒尽为南诏所杀。奸宄(guǐ),违法作乱的事情。

⑥扰攘:吵闹混乱的暴动,纷乱。

⑦陬(zōu):边远偏僻的地方。

【译文】

忠武侯诸葛亮在蜀汉任丞相时,抵制蛮蜑入侵蜀汉边境。从吐蕃的西边到东边,与夷陵接壤的地方,七百多年没有再遭侵袭。从唐宣宗大中年间开始,蜀郡太守用人不当,有一个叫喻士珍的人,接受朝廷的高官厚禄,却与蛮蟇有染,频繁地做一些违法乱纪的事情。他让蛮夷用五千人,每天开辟通往蜀川的道路,并由此招致南诏的入侵,使得西蜀纷乱暴动——蜀郡在这一时期闹饥荒,人民生活贫困,到了人吃人的地步——从沐浴川到蛮蟇偏僻的地方。

930.大中初①,吐蕃扰边。宣宗欲讨伐,延英问宰臣,白敏中奏"宜兴师",请为都统。领兵数万,阵于平川。以生骑数千②,伏山谷为奇兵。有蕃将服绯茸裘,宝装带,乘白马,出入骁锐③。兵未交,至阵前者数四,频来挑战。敏中诫士无得应之。有潞州小将,善射,跃马弯弧而前,连发,两中其颈,搏而杀之,取其服带,夺马而还。蕃兵大呼,士众鼓而前,追奔将及黑山,获马驼辎重不可胜计,降者数千人。自此复得河湟故地。宣宗见捷书,云:"我知敏中必破贼。"

**【注释】**

①大中初:本条采录自《剧谈录·李朱崖知白令公》。

②生骑:精锐的骑兵。

③骁锐:勇猛敏捷。

**【译文】**

唐宣宗大中初年,吐蕃侵扰边境。宣宗想要出兵攻打,就在延英殿询问宰相,白敏中奏报说"应该起兵",并请求任征讨部队的统帅。他率领数万兵马,在开阔的平地摆开阵势。并派出几千名精锐骑兵,埋伏在山谷中作为出敌不意进击的奇兵。吐蕃阵营中有一个头目,穿着红色的毛皮大衣,扎着镶珠宝的腰带,骑着一匹白马,出入阵营勇猛敏捷。两军还未交战,他便四次骑马冲到阵前,频频向唐朝军队挑衅。白敏中告诫兵将不能随便应战。军队中有一员潞州小将,擅长射箭,他骑马弯弓冲到阵前，连续发射，其中两箭射中了那个吐蕃头目的脖子，小将上前与吐蕃头目搏斗并杀了他，取走头目的衣服和腰带，夺了他的白马回归自己的队伍。吐蕃兵将惊得大呼小叫，唐朝的将士受到鼓舞，全都奋勇向前，追逐奔逃的吐蕃将士一直到黑山脚下，缴获的马匹、骆驼和军用物资多得无法统计，投降的敌人有几千人。从此收复了被吐蕃侵占的河湟故地。宣宗皇帝看到报捷的军书，说："我知道白敏中一定能打败贼寇。"

931. 白敏中初入邠州幕府，罢游同州，谒幕府李凤侍御①。久不出见，曰："谁谓雀无角，何以穿我屋②？"坐客皆非之。后为相，凤除官过中书，曰："此官人顷相遇同州，今日犹作常调等色③。"

**【注释】**

①李凤：唐朝官吏，生平未详。

②谁谓雀无角，何以穿我屋：语出《诗经·召南·行露》："谁谓雀无角，何以穿我屋？谁谓女无家，何以速我狱？虽速我狱，室家不足！"意思是谁说麻雀没有嘴，怎么啄穿了我的房屋？这里是讥讽白敏中算什么鸟，也来见我。

③常调等色：按常规迁选官吏。等，等级。色，服色，也与等级相关。这里是讽刺李凤不如自己迁升得快。

**【译文】**

白敏中刚刚进入邠州幕府，就辞官到同州游玩，去拜谒同州幕府侍御史李凤。李凤很久没有出来见他，说："谁谓雀无角，何以穿我屋？"在座的宾客都批评他。后来白敏中任宰相，李凤授官经过中书省，白敏中说："这位长官以前与我在同州相遇，今天还是按部就班选调的官职！"

932.白敏中守司空兼门下侍郎①,充邠宁行营都统,讨南山、平夏党项②。发日,以禁军三百人从。敏中请依裴度讨淮西故事,开幕择廷臣充大吏③,上允之。乃以左谏议大夫孙景昌为左庶子、行军司马④,驾部郎中、知制诰蒋某为右庶子、节度副使⑤,驾部员外郎李旬为节度判官⑥,户部员外郎李元为都统掌记⑦,将军冉旷、陈君从为左右虞候⑧。

**【注释】**

①白敏中守司空兼门下侍郎:本条采录自《东观奏记》。

②讨南山、平夏党项:《资治通鉴·唐纪·宣宗大中五年春》载此事,胡三省注曰:"党项居庆州者,号东山部;居夏州者,号平夏部;其窜居南山者,为南山党项。赵珣《聚米图经》:党项部落在银、夏以北,居川泽者,谓之平夏党项;在安、盐以南,居山谷者,谓之南山党项。"

③充大吏:原书作"不阻大吏"。《资治通鉴·唐纪·宣宗大中五年春二月壬戌》叙此作"敏中请用裴度故事,择廷臣为将佐"。周勋初注曰:"本书似误。择廷臣量才录用,即不阻大吏之谓。"

④孙景昌:原书作"孙商"。《资治通鉴》作"孙景商",当以"孙景商"为是。孙景商,字安诗,唐乐安(今属山东)人。幼奇卓,举动与凡儿异。文宗大和二年(828)进士及第,历任监察御史、殿中侍御史,入尚书省为度支员外郎。因行事有违宰相李德裕,贬为温州刺史,移滁州刺史。宣宗大中年间,历任左庶子兼御史中丞、给事中、京兆尹、刑部侍郎等。

⑤蒋某:《藕香零拾》本《东观奏记》"某"下注曰:"名与庭裕私讳同"。《小石山房丛书》本《东观奏记》亦作"蒋庭裕"。《资治通鉴》则作"蒋伸",似以"蒋伸"为是。蒋伸,字大直,唐常州义兴

（今江苏宜兴）人。进士及第。宣宗大中二年（848），以右补阙为史馆修撰，转中书舍人，召入翰林学士。九年（855），为翰林承旨学士。十年（856），转兵部侍郎，判户部，宣宗素信爱之，常咨以天下得失。十二年（858），以本官同平章事。懿宗咸通二年（861），出镇河中。四年（863），徙镇宣武。以太子太傅致仕。卒赠太尉。

⑥李旬：原书作"李苟"，似以"李苟"为是。李苟，唐陇西成纪（今属甘肃）人。以文学德行进为戎曹郎。宣宗大中年间为史馆修撰，与韦澳等修成《续唐历》二十二卷。懿宗咸通初为楚州刺史、兼御史中丞。咸通四年（863），自左散骑常侍迁检校工部尚书、滑州刺史、义成军节度、郑滑观察使等。

⑦李元：本名李长荣。唐宗室。德宗贞元四年（788），自右神策将军转河阳三城怀州团练使，赐名元。十五年（799），迁潞州长史、昭义军节度、泽潞磁邢洺观察使。唐宣宗大中年间，白敏中镇邠宁，任其为都统掌记。

⑧冉旿（hù）：唐宣宗时人。宣宗大中年间，白敏中镇邠宁，任为都虞候。陈君从：唐定州（今属河北）人。亦为白敏中都虞候。五年（851），自邠州刺史迁鄜坊节度使、塞门行营使。

## 【译文】

白敏中任司空兼门下侍郎，并充任邠宁行营都统，讨伐居于南山、夏州的党项。军队出发那天，白敏中让禁卫军三百人随从。他还请求按照裴度当年讨伐淮西叛军的旧例，开建幕府挑选朝廷大臣出任统帅的佐吏，宣宗皇帝答应了他的请求。于是白敏中就以左谏议大夫孙景商为左庶子、行军司马，以驾部郎中、知制诰蒋伸为右庶子、节度副使，以驾部员外郎李苟为节度判官，户部员外郎李元为都统掌记，将军冉旿、陈君从为左右虞候。

933.白相敏中欲取前进士侯温为婿①。其妻曰："公既姓白，又以侯氏子为婿，人必呼为'白侯'。"敏中遂止。敏中始婚也，已朱衣矣②，尝戏其妻为接脚夫人③。安用此④？

**【注释】**

①白相敏中欲取前进士侯温为婿：本条采录自《玉泉笔端》。侯温，唐朝官吏。进士及第，曾任睦州刺史。

②朱衣：指唐宋四、五品官员所穿的绯服。

③接脚夫人：戏称续娶之妻。这是沿寡妇在先夫家招夫称"接脚"而言。

④安用此：《太平广记》引此句作"又妻出，辄导之以马。妻既憾其言，每出，必命撤其马，曰：'吾接脚夫人，安用马也？'"此句文字似有脱讹。当以《太平广记》录文为是。

**【译文】**

宰相白敏中打算把女儿嫁给前进士侯温。他的妻子说："你姓白，再找个侯家的儿子做女婿，人家一定会叫'白侯'。"白敏中就打消了这个念头。白敏中刚结婚时，已经是穿着绯衣的四、五品官员，他曾戏弄妻子为接脚夫人。怎么能用这样的称呼呢？

934.万寿公主①，宣宗之女。将嫁，命择良婿。郑颢，宰相子，状元及第，有声名，待婚卢氏。宰臣白敏中奏选尚②，颢深衔之③。大中五年，敏中免相，为邠宁行营都统。将行，奏曰："顷者公主下嫁，责臣选婿。时郑颢赴婚楚州，行次郑州，臣堂帖追回④，上副圣念。颢不乐为国婚，衔臣入骨髓。臣在中书，颢无如臣何，自此必媒蘖臣短⑤，死无种矣⑥！"上曰："卿何言之晚耶？"因命左右，殿中取一柿木小函,扃钥甚固⑦,谓敏中曰:"此是颢说卿文字,便以赐卿。若听其言,不任卿久矣!"大中十二年,敏中任荆南节度使,暇日与前进士在销忧阁追感上恩,泣话此事,尽以此函中文字示之。

**【注释】**

①万寿公主:本条采录自《东观奏记》。

②选尚:凡世族子弟娶公主、长公主、大长公主为妻,称"选尚",或省称"尚"。缘其婚配皇帝亲女、姐妹、姑姑,纯属遴选,攀上,故有此称。

③衔:怀在心里。此处指怀恨在心。

④堂帖:唐时宰相所下判事的文书。帖由政事堂出,故谓之堂帖。唐李肇《唐国史补》卷下:"宰相判四方之事有堂案,处分百司有堂帖。"

⑤媒蘖:亦作"媒糵"。构陷、挑拨是非。媒,酒母;蘖,曲蘖。

⑥无种:犹言没有后代。

⑦扃钥:关闭,锁闭。

**【译文】**

万寿公主是唐宣宗的女儿。到了出嫁的年龄,宣宗命人挑选良婿人选。郑颢是宰相的儿子,科举考试以第一名的成绩登进士第,有很好的声名,正等着和卢氏结婚。宰相白敏中上书选中郑颢作为公主的配偶,郑颢非常痛恨他。宣宗大中五年,白敏中罢免了宰相职位,任为邠宁行营统帅。将要出发的时候,白敏中向宣宗奏报说:"过去万寿公主出嫁,陛下责成我挑选女婿。当时郑颢正在奔赴楚州成婚的路上,途中在郑州暂停,我签押文书把他追回来,以满足皇上的心意。郑颢不愿意与皇室通婚,恨臣深入骨髓。我在中书省任职,郑颢拿我没办法,从现在开始他一定会诬陷我,我将被定死罪并灭族。"皇上说:"你为什么这么晚才说?"于是命身边的人从大殿中拿来一个柽木小盒,盒子锁得很牢固,宣宗对白敏中说:"这是郑颢上书弹劾你的文字,现在就把它赐给你。如果我听他的话,早就不任用你了。"大中十二年,白敏中任荆南节度使,空闲的日子里,他就和前进士在销忧阁追念宣宗的恩典,哭着谈论这件事,并把盒子中的文字全都拿给他看。

935.宣宗时<sup>①</sup>,御史冯缄三院退入台<sup>②</sup>,路逢集贤校理杨收,不为之却;缄为朝长,[原注]台中故事,三院退朝入台,一人谓之朝长<sup>③</sup>。取收仆笞之。集贤大学士马植奏论:"开元中幸丽正殿赐酒,大学士张说、学士副知院事徐坚以下十八人<sup>④</sup>,不知先举酒者。说奏:'学士以德行相先<sup>⑤</sup>,非其员吏<sup>⑥</sup>。'遂十八爵一时举酒。今冯缄笞收仆,是笞植仆隶一般,请黜之。"御史中丞令狐绹,又引故事论救<sup>⑦</sup>,上两释之,始著令:三馆学士不避行台<sup>⑧</sup>。

**【注释】**

①宣宗时:本条采录自《东观奏记》。

②冯缄:字宗之,唐婺州东阳(今浙江东阳)人。进士及第,知名于时。僖宗乾符初年,历任京兆、河南尹。三院:唐制,御史台设三院:台院,置侍御史;殿院,置殿中侍御史;察院,置监察御史。

③朝长:唐制称御史台三院(台院、殿院、察院)退朝入台时其中为长的一人。

④徐坚:字元固,唐湖州长城(今浙江长兴)人,徙居冯翊(今陕西大荔)。少好学,遍览经史。举进士,累授太子文学。中宗神龙中,历任给事中,刑部、礼部侍郎。睿宗即位,授太子右庶子,兼崇

文馆学士,进封东海郡公。迁右散骑常侍,拜黄门侍郎。出为绛州刺史。玄宗开元中,入为秘书监,转国子祭酒、右散骑常侍、集贤院学士副知院事等。加光禄大夫。

⑤相先:互相逊让。

⑥其员吏:原书作"具员吏",当据改。具员,官制用语。唐太宗贞观故事:除拜京常参官及外官五品以上,中书门下皆立簿书记其课绩、功赏,以为迁授之资,谓之具员;安史之乱后,此法遂废,德宗建中三年(782)后复振。后亦用以泛指唐朝五品以上官员。

⑦论救:谓上书皇帝论事救人。

⑧三馆:唐有弘文(亦称昭文)、集贤、史馆三馆,负责藏书、校书、修史等事项。行台:唐时某道行台尚书省、尚书令的通称。高祖武德初,因征战指挥之需而设,九年(626)罢。《旧唐书·职官志》一:"武德初,以诸道军务事繁,分置行台尚书省。其陕东道大行台尚书省,令一人。……诸道行台尚书省,令一人。"此处指御史台的官员。

## 【译文】

唐宣宗时,御史台三院侍御史冯缄退朝入台,在路上遇到了集贤校理杨收,杨收没有给冯缄让路;冯缄为朝长,[原注]御史台旧日的制度,三院大夫退朝入台,其中为长的一人称作朝长。他将杨收的仆人叫来打了一顿。集贤大学士马植向朝廷上书辩论说:"开元中玄宗皇帝巡幸丽正殿给大臣赐酒,大学士张说、学士副知院事徐坚以下十八人,不知道谁先举杯。张说向玄宗奏报说:'学士凭借德行互相逊让,不是靠立簿书记录他们的课绩、功赏。'于是十八个人同时举起酒杯。现在冯缄鞭打杨收的仆人,这就和鞭打我马植的仆人一样,请求罢免冯缄。"御史中丞令狐绹,又征引旧例上书宣宗为冯缄出头。宣宗将冯缄、杨收一并赦免,并从此下令:三馆学士不需要避让行台大臣。

936.令狐绹以姓氏少,宗族有归投者①,多慰荐之②。繇是远近趋走③,至有胡氏添"令"者。进士温庭筠戏为词曰:"自从元老登庸后④,天下诸'胡'悉带'令'。"

**【注释】**

①归投:投奔,归顺。

②慰荐:犹推荐。

③繇是:于是。繇,通"由"。

④元老:唐时宰相的尊称。唐李肇《唐国史补》卷下:"宰相相呼为元老,或曰堂老。"登庸:选拔任用。

**【译文】**

令狐绹因为本姓人少,所以同族中有来投奔他的人,大都推荐任用。于是同族中不论远近都争相来投靠他,以至于有姓"胡"在前面添上"令"的人。进士温庭筠戏谑说:"自从令狐绹任宰相后,天下姓'胡'的人都带'令'。"

937.令狐绹罢相①。其子滈进士②,在父未罢相前拔解及第③。谏议大夫崔瑄上疏④:"滈弄父权,势倾天下。举人文卷须十月送纳⑤,岂可父为宰相,滈私干有司?请下御史推勘⑥。"疏留中不出⑦。

**【注释】**

①令狐绹罢相:本条采录自《北梦琐言·令狐滈预拔文解》。

②进士:此二字原书作"应进士举",当据补。

③拔解:唐时科举进士科考试中,各地举人不经外府考试而直接送礼部应试者称拔解。唐李肇《唐国史补》卷下:"京兆府考而升

者,谓之'等第'。外府不试而贡者,谓之'拔解'。"

④崔瑄:字右玉,唐清河武城(今山东武城)人。宣宗大中二年(848),进士及第,授阳翟县令。入直史馆,预修《续唐历》,迁左补阙。历任户部员外郎、谏议大夫。咸通四年(863),出为宣歙观察使,不知所终。

⑤十月:原书下尚有"前"字,当据补。

⑥推勘:审问,考察。

⑦留中:指君主将臣下送来的奏章留置宫中,不批示,不交办。《史记·三王世家》:"四月癸未,奏未央宫,留中不下。"

【译文】

令狐绹被罢免宰相职位。他的儿子令狐滈参加进士考试及第,是在父亲令狐绹未罢相前被直接送到京师礼部参加的考试。谏议大夫崔瑄上奏疏说:"令狐滈玩弄他父亲的权势,势倾天下。举人的文卷必须在考试前十个月送交,怎么能够因为父亲是宰相,令狐滈就可以私自向主管部门谋取利益? 请求下令让御史台审问考察。"宣宗将崔瑄的奏疏留置在宫中没有交办。

938.邕州蔡大夫京者①,故令狐相公楚镇滑台之日,因道场中见于僧中,令京挈瓶钵②。彭阳公曰③:"此子眉目疏秀,进退不慑,惜其卑幼④,可以劝学乎?"师从之,乃得陪相国子弟。后以进士举上第,寻又学究登科⑤,而作尉畿服⑥。既为御史,覆狱淮南⑦,李相绅忧悸而已,颇得绣衣之称⑧。谪居澧州,为厉员外立所辱⑨。稍迁抚州刺史,作诗责商山四老⑩:"秦末家家思逐鹿,商山四皓独忘机。如何须发霜相似,更出深山定是非⑪。"及假节邕、交⑫,道经湖口,零陵郑太守史与京同年⑬,远以酒乐相迟。坐有琼枝者⑭,郑君之所爱，蔡强夺之，郑莫之竞。邕、交所为，多如此，为德义者见鄙。行泊《中兴颂》所，黾勉不前⑮，题篇久之，似有怅怅之思。才到邕南，制御失律⑯，伏法湘川。论者以妄责四皓，而欲买山于浯溪之间，不徒言哉⑰！诗曰："停桡积水中，举目孤烟外；借问浯溪人，谁家有山卖⑱？"

## 【注释】

① 邕州蔡大夫京者：本条采录自《云谿友议·买山谶》。《唐诗纪事·蔡京》亦载。蔡大夫京，即蔡京，早年为僧，令狐楚镇滑台，令其还俗。唐文宗开成元年（827）登进士第。武宗会昌三年（843）登学究科，授畿县尉。迁监察御史、殿中侍御史。宣宗大中二年（848），贬澧州司马。后转抚、饶二州刺史。懿宗即位，入为太子左庶子。后以检校左散骑常侍、御史大夫充岭南西道节度使。因统御无方，为军士所逐。贬崖州司户，不肯到任，敕令自尽。

② 瓶钵：僧人出行所带的食具。瓶盛水，钵盛饭。

③ 彭阳公：即令狐楚，因其受封彭阳郡公，故称。

④ 卑幼：指晚辈，年龄幼小者。

⑤ 学究：科举考试的科目名。唐代取士，明经一科有"学究一经"的科目。

⑥ 畿服：指京师附近地区。

⑦ 覆狱：审查狱案。

⑧ 绣衣：官名。亦作"绣衣直指""绣衣御史"。汉武帝天汉二年（前99），各地起义不断，使光禄大夫范昆及曾任九卿的张德等穿绣衣，持节及虎符，兴兵镇压，因有此号。后因称此等特派官员为"绣衣直指"。绣衣，表示地位尊贵，后亦称"秀衣使者"。"绣衣直指"本由侍御史充任，故亦称"绣衣御史"。

⑨厉员外立：原书"立"作"玄"，《唐诗纪事》亦作"玄"，当据改。
　厉玄，唐文宗大和二年（828）登进士第。官监察御史、员外郎。
　宣宗大中六年（852），任睦州刺史。工诗，与诗人姚合、贾岛、马
　戴、顾非熊等有唱和。

⑩商山四老：亦称商山四皓、商山四公等。指秦末东园公、绮里季、
　夏黄公、甪里先生，避秦乱，隐商山，年皆八十有余，须眉皓白，时
　称商山四皓。后亦用以指称有名望的隐士。

⑪"秦末家家思逐鹿"几句：语出蔡京《责商山四皓》，表现了诗人
　对商山四皓的批评，指责他们不该出山帮助太子刘盈。诗的后两
　句指四皓在须发皓白之时，出商山佐太子刘盈之事。逐鹿，语出
　《史记·淮阴侯列传》："秦失其鹿，天下共逐之，于是高材疾足者
　先得焉。"裴骃《集解》引张晏曰："以鹿喻帝位也。"后因以"逐
　鹿"喻争夺统治权。忘机，消除机巧之心。常用以指甘于淡泊，
　与世无争。

⑫假节：暂授以符节。汉末与魏晋南北朝时，中央或地方军政长官
　往往加使持节、持节或假节的称号，以表示权力的大小。三者中，
　假节为下，唯有杀犯军令者之权。

⑬郑太守史：即郑史，字惟直，唐宜春（今江西宜春）人。诗人郑谷
　之父。文宗开成元年（836）举进士第，任国子博士。懿宗咸通三
　年（862），任永州刺史。今存诗三首。

⑭琼枝：官妓，生平未详。后亦用"琼枝"指称美女。

⑮黾（mǐn）勉：勉力，尽力。原书"黾勉不前"句下有注曰："地名，在
　浯溪。"

⑯制御：支配，控制。失律：军行无纪律。《周易·经需传·师》："师出
　以律，失律，凶也。"后用以指战事失利。

⑰徒言：指空话，说空话。

⑱"停桡（ráo）积水中"几句：语出蔡京《假节邕交道由浯溪》，诗中

所写为诗人被任命为岭南西道节度使时行进路上的见闻和感受。桡,桨;楫。浯溪,水名。在湖南祁阳县西南。唐代诗人元结卜居于此,筑台建亭,台曰峿台,亭曰吾亭,与浯溪并称"三吾"。

**【译文】**

御史大夫蔡京是邕州人,早在宰相令狐楚镇守滑台的时候,因去和尚做法事的道场,在众多僧人中看见了他,当时蔡京受命提着瓶钵。彭阳郡公令狐楚说:"这个年轻人眉目疏朗清秀,举止大方不畏惧,只可惜他年龄还小,可以鼓励他勤学吗?"僧师听从了令狐楚的建议,蔡京才得以陪同宰相的子弟一起学习。后来他在科举考试中得中状元,不久又登学究科,被任命为畿服尉。在担任御史后,蔡京审查淮南狱案,使得宰相李绅因忧惧而心惊胆战,很得人心,被称为"绣衣御史"。后来贬为澧州刺史,被员外郎厉玄欺辱。不久蔡京升任抚州刺史,他写诗指责商山四皓说:"秦末家家思逐鹿,商山四皓独忘机。如何须发霜相似,更出深山定是非。"等到蔡京出任邕、交二州刺史,途经湖口,零陵太守郑史和蔡京是同榜进士,他在距离零陵很远的地方设酒乐相迎。当时座中有一位名叫琼枝的官妓,是郑史喜欢的人,被蔡京强行要走,郑史没办法和他竞争。蔡京在邕、交地区的作为,大多像这样,被有道德信义的人所轻视。船行进停泊在浯溪颜真卿书刻《大唐中兴颂》摩崖的地方,蔡京勉力让船停止不再前行,他下船题写了诗并在摩崖前长久站立,似乎有一种失意、惆怅的情绪。蔡京刚到邕南地区,就失于控制,行军全无纪律,在湘川地区因犯罪被处死。谈论这件事的人认为蔡京对商山四皓妄加指责,而他自己还想要在浯溪买山,这不是说空话吗!蔡京写诗说:"停桡积水中,举目孤烟外;借问浯溪人,谁家有山卖?"

939.卢司空钧为郎官①,守衢州。有进士赍谒②,公开卷阅其文十余篇,皆公所制也。语曰:"君何许得此文?"对曰:"某苦心夏课所为③。"公云:"此文乃某所为,尚能自诵。"客乃伏,言:"某得此文,不知姓名,不悟员外撰述者。"

**【注释】**

①卢司空钧为郎官:本条采录自《芝田录》。

②赍谒:持物以求见。

③夏课:唐代举子,落第后寄居京师过夏,课读为文,谓之"夏课"。其间所作诗文亦称"夏课"。五代王定保《唐摭言·述进士》:"退而肄业,谓之'过夏'。执业以出,谓之'夏课'。"

**【译文】**

司空卢钧任郎官,出守衢州。有一位进士带着礼物来拜谒他,卢钧打开文卷阅读进士的文章,读了十多篇,都是卢钧自己所作的。他对进士说:"你在哪里得到的这些文章?"进士回答说:"这些文章是我科举考试落第后寄居京师苦心钻研所写的。"卢钧说:"这些文章是我写的,到现在我还能背下来。"来客这才低头承认,说:"我拿到这些文章,不知道作者的姓名,没想到员外您就是这些文章的作者。"

940.卢象安仁①,李藩侍郎门生,性简易。尝与同年生在藩座。久之,象起更衣②,藩谓门生辈本风③,言讫象适至,闻藩言,即拱曰:"是! 不敢。"藩与门生不觉失笑。宣宗尝微行,遇象妻肩舆,左右皆走避,上即撤舆观之,大笑而去。时人盛传象妻丑。

**【注释】**

①卢象:唐朝官吏。字安仁,宣宗大中十二年(858)登进士第,曾任校书郎等职。

②更衣:婉辞。指上厕所。

③本风:原来的风习。

**【译文】**

卢象字安仁,是礼部侍郎李藩的门人,性情疏略平易。卢象曾经和同榜中进士的人在李藩座前。时间久了,卢象起身去上厕所,李藩对门生们说都随意自在一些,说完卢象刚好回来,听到李藩的话,就拱手说:"是! 不敢。"李藩和其他门生不由得笑了起来。唐宣宗曾经微服私访,遇到卢象妻子坐着轿子,看到皇上,抬轿子的人都避开了,皇上就除去轿子看她,大笑着离开了。当时人都盛传卢象的妻子相貌丑陋。

941.大中十二年,李藩侍郎下崔相沆、长安令卢象同年。上巳日期集①,卢称疾不至。沆忽于曲道遇象,侧席帽②,映一毡车以避。沆时主罚,因举词曰:"低垂席帽,遥映毡车。白日在天,不识同年之面;青云得路③,可知异日之心④。"时人比之崔蝎、施肩吾⑤。

**【注释】**

①上巳:旧时节日名。汉以前以农历三月上旬巳日为"上巳";魏晋以后,定为三月三日,不必取巳日。期集:定期的聚会。特指唐宋时进士及第后按惯例聚集游宴。

②席帽:用藤草编织成的帽子。形似毡笠,四缘垂下,可蔽日遮颜。唐、宋时,尚未显贵的读书人都戴这种帽子。

③青云得路:比喻人仕途得意,步步高升。

④异日:犹来日,以后。

⑤时人比之崔蝎、施肩吾:《唐语林》第833条曰:"元和十五年,太常少卿李建知举,放进士二十九人。时崔蝎舍人与施肩吾同榜。肩吾寒进。为蝎瞽一目,曲江宴赋诗,肩吾云:'去古成段,著虫为

虾。二十九人及第，五十七眼看花。'"此处用以类比崔沆对卢象
的嘲讽。

## 【译文】

唐宣宗大中十二年，礼部侍郎李藩的门人宰相崔沆、长安令卢象是
同榜进士。这一年上巳节定期聚会，卢象声称自己生病没去。崔沆却忽
然在弯曲小路上碰见了卢象，他侧带着席帽，隐藏在以毛毡为篷的车子
中躲避崔沆。当时崔沆主持宴席中的罚赏，于是他发感慨之词说："将席
帽低低地垂下来，远远地隐藏在毛毡车中。光天化日之下，不认识同榜
进士；仕途得意，可以知道他日后的心思。"当时人将崔沆对卢象的嘲讽
比作崔嘏、施肩吾。

942.相国韦公宙善治生①。江陵府东有别业②，良田
美产，最号膏腴，而积稻如坻，皆为滞穗。大中初，除广州
节度。上以番禺珠翠之地③，垂贪泉之戒④，京兆从容奏对：
"江陵庄积谷尚有七十堆，宙无所贪。"上曰："此可谓之'足
谷翁'也⑤。"

## 【注释】

①相国韦公宙善治生：本条采录自《北梦琐言·韦宙相足谷翁》。
相国，官名。战国赵武灵王时始置。秦时与丞相并置，同为辅佐
皇帝之最高官职。三国魏、西晋、南朝宋等皆有设置，南朝齐以为
赠官。东魏末高洋、北周末杨坚、隋末李渊皆曾为之，权重位隆。
唐以后相国成为任宰相者之尊称。韦公宙，即韦宙，京兆万年
（今陕西西安）人。以荫入官。初辟河阳幕府，宣宗召拜侍御史，
三迁度支郎中。政绩殊异，蛮俗为之迁改，累迁岭南节度使，以干
济闻，官至左仆射同平章事。懿宗咸通中卒。治生，经营家业，谋

生计。

②别业：即别墅。为本宅外另建的园林游憩处所。

③番禺：县名。秦朝置，属南海郡。故治即今广东广州。东汉置交州，领七郡，三国吴立广州，皆以番禺为治所。西晋、南朝、隋、唐因之。

④贪泉之戒：典出《晋书·良吏传·吴隐之》，据载，晋吴隐之操守清廉，为广州刺史，未至州二十里，地名石门，有水曰贪泉，相传饮此水者，即廉士亦贪。隐之酌而饮之，因赋诗曰："古人云此水，一歃怀千金；试使夷齐饮，终当不易心。"及在州，清操愈厉。贪泉，水泉名。在唐岭南道广州城（今广州）西三十里处。

⑤足谷翁：唐相国韦宙善于经营，积谷如山，皇帝因称其为"足谷翁"。后因以"足谷翁"指富翁。

**【译文】**

宰相韦宙善于经营家业。他在江陵府东边建有供游憩的别墅，还有肥沃的田地、丰盛的物产，是当地人所称最为肥沃的土地，盛产的稻谷堆积如山，都是积聚多年的稻穗。唐宣宗大中初年，韦宙官拜广州节度使，宣宗因为番禺为盛产珍珠和翡翠之地，以贪泉的典故告诫他不要贪污，京兆尹在旁边不慌不忙地向皇上奏报说："韦宙江陵的田庄堆积的稻谷还有七十堆，他不会贪污。"皇上说："这样就可以称他为'足谷翁'了。"


943. 崔侍郎安潜崇奉释氏①，鲜茹荤血，唯于刑辟常自躬亲②，僧人犯罪，未尝屈法③。于厅前虑囚④，必恻恻以尽其情⑤；有大辟者⑥，俾先示以判语⑦，赐以酒食而付法⑧。镇西川三年，唯多蔬食⑨。宴诸司，以面及蒟蒻之类染作颜色⑩，用象豚肩、羊臑脍炙之属⑪，皆逼真也。时人比于梁武⑫。而频于使宅堂前弄傀儡子⑬，军人百姓穿宅观看，一无禁止。而中壶预政<sup>⑭</sup>，以玷盛德。

## 【注释】

①崔侍郎安潜崇奉释氏：本条采录自《北梦琐言·崔侍中省刑狱》。崔侍郎安潜，即崔安潜。字进之，唐清河武城（今山东武城）人。宣宗大中三年（849）擢进士第。累迁江西观察使、许州刺史、忠武军节度观察等使。僖宗乾符初迁成都尹、剑南西川节度使，颇有政绩。广明元年（880），入为吏部尚书，因得罪宰相卢携，贬为太子宾客，分司东都。后僖宗避乱剑南，召为太子少师。昭宗龙纪元年（889），诏拜平卢节度使。累迁太子太傅，卒谥贞孝。侍郎，原书此二字作"侍中"。《新唐书·崔安潜传》云僖宗时崔安潜任"检校太师兼侍中"。又云"安潜于吏事尤长，虽位将相，阅具狱，未尝不身听之"。当以"侍中"为是。

②刑辟：刑法，刑律。

③屈法：谓放宽刑法。

④虑囚：审察记录囚犯的罪状，检查囚犯的活动表现。前、后汉书作录囚，唐朝称虑囚。虑，通"录"。《汉书·隽不疑传》："每行县录囚徒还。"唐颜师古注曰："省录之，知其情状有冤滞与不也。今云'虑囚'，本录声之去者耳。"

⑤恤恻：怜悯同情。

⑥大辟：古代五刑之一，谓死刑。《尚书·吕刑》："大辟疑赦，其罚千锾。"孔传："大辟，死刑也。"孔颖达疏："《释诂》云：辟，罪也。死是罪之大者，故谓死刑为大辟。"

⑦判语：犹今之判决书。

⑧付法：谓交付法司论罪。

⑨蔬食：以菜为主的粗食。

⑩蒟蒻（jǔ ruò）：即魔芋。唐段成式《酉阳杂俎·草篇》："蒟蒻，根

大如椀。至秋,叶滴露,随滴生苗。"

⑪豚肩:即猪腿。羊臑(nào):指羊的前肢。

⑫梁武:即南朝梁武帝萧衍。在位期间,以帝王身份积极参与和扶
　持佛教活动。在他的支持下,梁代寺庙林立。

⑬傀儡子:即傀儡戏。

⑭中壸(kǔn):犹中宫。皇后的住处。壸,宫内巷舍间道。借指皇
　后。后亦泛称妻室。《新唐书·宪宗十八女传》:"礼始中壸,行天
　下,王化之美也。"

**【译文】**

　　侍郎崔安潜信仰佛教,很少吃荤腥,唯独对刑律之事经常亲自去办,
和尚中有人犯法,也从来不会放宽刑罚。他在官署大厅审察囚犯的罪
状,必定会尽其所能表达他的同情和怜悯;有判处死刑的人,他先让狱
吏把判决书拿给犯人看,赏赐给他酒食然后再付法。崔安潜镇守西川三
年,大多时间以蔬菜为食。在宴请众官吏的时候,用面粉和魔芋等食材
烘染制成各色食品,做成像猪腿、羊臑一样的美味佳肴,都像真的一样。
当时人把他比作梁武帝萧衍。他还经常在节度使宅第的厅堂前表演傀
儡戏,军人和当地百姓都到宅第来观看,他也完全不禁止。只是他的妻
子干预政事,有损他高尚的品德。


　　944.韦楚老①,李宗闵之门生。自左拾遗辞官东归②,
居于金陵。常乘驴经市中,貌陋而服衣布袍,群儿陋之。指
画自言曰③:"上不属天,下不属地,中不累人,可谓大韦楚
老。"群儿皆笑。与杜牧同年生④,情好相得。初以谏官赴
征,值牧分司东都,以诗送。及卒,又以诗哭之。

**【注释】**

①韦楚老：本条采录自《金华子》。

②东归：指回故乡。因汉唐皆都长安，中原、江南人士辞官返里多言东归。

③指画：用手指示意。《墨子·明鬼》："昔夏王桀，贵为天子，富有天下，有勇力之人，推哆大戏，生列兕虎，指画杀人。"

④同年生：科举时代称同榜考中者为同年生，亦称同年、同甲。

**【译文】**

韦楚老是李宗闵的门生。他从左拾遗任上辞官回乡，住在金陵。经常骑着驴经过集市，相貌丑陋且穿着布制长袍，一群小孩儿看到都认为他很丑陋。他用手指着自己说："我上不属于天，下不属于地，中没有累及他人，这就是德高望重的韦楚老。"小孩儿们听了都笑他。韦楚老和杜牧是同榜进士，两个人性情爱好很是投合。当初他以谏官赴任，正好碰上杜牧分管东都洛阳，就写诗相送。等到杜牧去世，韦楚老又写诗来哀悼他。

945.李相回①，旧名躔，累举未第。尝之洛桥，有二术士：一卜者，一筮者。乃先访筮者曰："某欲改名赴举，如何？"筮者曰："改名甚善。不改，终不成事。"乃访卜者邹先生，曰："此行慎勿易，名将远布矣。然成遂之后②，二十年间，名字终当改矣。今则已应天象，异时方测余言。"将行，又戒之曰："郎中必享荣名，后当重任。引接后来③，勿以白衣为隙④，必为深累。"长庆二年及第。至武宗登极，与上同名，始改为回。从辛丑至庚申，二十年矣，乃曰："筮短龟长⑤，邹生之言中矣！"李公既为丞郎，永兴魏相为给事⑥。因省会⑦，魏公曰："昔求府解⑧，侍郎为试官，送一百二人，独小生不蒙一解。今日还忝金章⑨，厕诸公之列。"坐上皆惊。李曰："君今脱却紫衫，称魏秀才，仆为试官，依前不送。何得以旧事相让？"李寻为独坐⑩，三台肃畏，而升相府。当时台官真拜者少。后数年间，魏亦自同州入相。宣宗时，李丞相有九江、临川之行⑪，跋涉江湖，喟然而叹曰："不遵洛桥先生之戒，吾自取尤焉⑫。"

**【注释】**

①李相回：本条采录自《云谿友议·龟长证》。

②成遂：成功，达到目的。

③引接：推荐提拔。

④白衣：古代平民着白衣，因以称未仕者为白衣。

⑤筮短龟长：筮占所言理短，龟卜所言理长。谓蓍草占卜不如龟甲灵验。筮、龟，古代占卜吉凶的两种方法。《左传·僖公四年》："初，晋献公欲以骊姬为夫人，卜之不吉，筮之吉。公曰从筮，卜人曰：'筮短龟长，不如从长。'"杜预注："物生而后有象，象而后有滋，滋而后有数，龟象筮数，故象长数短。"孔颖达疏："卜人欲令公舍筮从卜，故曰筮短龟长，……卜筮实无长短。"

⑥永兴魏相：原书作"永兴魏相公薯"。《太平广记》引录此条亦作"魏薯"。

⑦省会：会晤，相见。

⑧府解：唐代府州贡举士子会试于京师称为府解。

⑨金章：古代高级官员的官服。此处代指高级官员。

⑩独坐：指御史中丞。语出《后汉书·宣秉传》："光武特诏御史中丞与司隶校尉、尚书令会同并专席而坐，故京师号曰'三独坐'。"唐人遂以"独坐"为御史中丞的别称。

⑪宣宗时,李丞相有九江、临川之行:《太平广记》引文作"而回累被
　贬谪"。

⑫取尤:招致怨恨。

## 【译文】

　　宰相李回,原名李躔,多次参加科举考试都没有考中。李回当年曾经到洛桥,那里有两位方术之士:他们一个用龟甲占卜,一个用蓍草占卜。李回就先问用蓍草占卜的人说:"我想改个名字参加科举,怎么样?"筮者回答说:"改名字很好。如果不改名字,你始终考不上。"又问用龟甲占卜的邹先生,邹先生说:"你这次参加科举考试,切记不要改名,你这个名字将要传扬到很远的地方。然而考中之后,二十年间,你的名字最终还得更改。现在你已经应了天象,到时候才能测出我的话是否灵验。"李回临走时,邹先生又告诫他说:"你这次去一定会荣列金榜,以后必定担当重任。但是你担当重任后,不要跟不是科举出身的人闹矛盾,闹矛盾后一定会招致很大的祸害。"唐穆宗长庆二年,李回进士及第。到武宗即位当皇帝时,因为与武宗同名,才改名叫李回。从辛丑到庚申,一共是二十年,李回到这时才说:"蓍草占卜不如龟甲灵验,果然被邹先生说中了。"后来李回任丞郎,永兴魏謩当任给事中。一次,三省在一起会晤,魏謩对李回说:"当年我在京都参加会试,李侍郎任考试官。进京来应试的举子共一百零二人,唯独我你一道试题也没有考问过。现在我还是身居高位,跟诸位在一起就座。"魏謩的这番话,让在座的大臣都很吃惊。李回说:"现在就请你脱去紫袍官服,改称魏秀才,我做考试官马上再考考你。如果你考得不合格,照旧不选送你。你怎么能用过去的事情来责难我?"不久李回任御史中丞。三台的官员们都畏惧他,后又升任宰相。当时御史台的官员征拜宰相的人很少。后来又过了几年,魏謩也由同州刺史升任宰相。唐宣宗时,李回被贬到九江、临川一带,跋涉奔波在朝外,怅然感叹说:"不遵守洛桥邹先生的告诫,我是自己招致的怨恨。"

946.广州监军吴德鄘离京师[1],病脚蹒跚,三载归,足病复平。宣宗问之,遂为上说罗浮山人轩辕集之医[2]。上闻之,驿召集赴京师。既至,馆于南山亭院,外庭不得见也[3]。谏官屡以为言,上曰:"轩辕道人口不干世事,勿以为忧。"留岁余放归。授朝散大夫、广州司马,集不受。

**【注释】**

①广州监军吴德鄘离京师:本条采录自《东观奏记》。吴德鄘,字遵众,唐京兆(今陕西西安)人。宪宗时授将仕郎。穆宗长庆中迁朝议郎。敬宗立,任朝散大夫。武宗会昌中,迁中散大夫,转内省勾官。宣宗大中年间,任内仆令,迁通议大夫,赐紫绶金龟,除监岭南节度兵马兼市舶使,封开国子,加银青光禄大夫,进封濮阳县开国公。懿宗咸通中,改监荆南节度兵马,后移监宣武军节度兵马。

②轩辕集:晚唐时道士。武宗时以山人进。宣宗即位后流岭南,居罗浮山。世称罗浮山人、轩辕先生。大中十一年(857),下诏征其入京。至长安,宣宗问其长生之术及治国之要。留居月余,即坚辞归山,拜广州司马,不受。后仍居罗浮山。

③外庭:亦作外廷,对内廷、禁中而言。国君听政的地方。此处借指朝臣。

**【译文】**

广州监军吴德鄘离京赴任的时候,他的脚患病,走路蹒跚,等到三年任满回京时,他的脚病已经痊愈。唐宣宗问他,吴德鄘就说是罗浮山人轩辕集给他医治的。皇上听了,便通过驿使召令轩辕集赶赴京城。轩辕集到京师后,住在南山亭院,朝臣见不到他。谏官为此多次向皇上进言,宣宗说:"轩辕道人从不谈论人间俗事,不要担心他。"轩辕集在京师留住了一年多,宣宗就放他回去了。任命他为朝散大夫、广州司马,轩辕集坚决不接受。

947.罗浮山轩辕集①，莫知何许人，有道术。宣宗召至京师。初若偶然，后皆可验。舍于禁中，往往以竹桐叶满手，再三挼之②，成铜钱。或散发箕踞③，久之用气上攻，其发条直如植。忽思归海上，上置酒内殿，召坐。上曰："先生道高，不乐喧杂，今不可留矣！朕虽天下主，在位十余年，兢慄不暇④。今海内小康矣，所不知者寿耳。"集曰："陛下五十年天子。"上喜。及帝崩，寿五十。

**【注释】**

①罗浮山轩辕集：本条采录自《大中遗事》。

②挼（ruó）：两手揉搓。

③箕踞：一种轻慢、不拘礼节的坐姿。即随意张开两腿坐着，形似簸箕。

④兢慄：战栗，恐惧。

**【译文】**

居住在罗浮山的轩辕集，不知道是什么地方的人，有法术。唐宣宗将他征召到京师。起初好像很偶然的事，后来都得到应验。轩辕集住在皇宫之中，经常在手中抓满桐树叶，反复揉搓，就变成了铜钱。有时候他披散着头发张开两腿坐着，形似簸箕，并长时间用真气上攻，他的头发就像树木一样直立。后来他忽然想回到海上去，宣宗在大殿内摆下酒宴，召他前来就座。皇上说："先生法术高明，不喜欢喧闹嘈杂，现在不能再留你了！我虽然是一国之君，在位十几年了，但还是战战兢兢如履薄冰，没有闲暇的时间。现在国内百姓富裕安乐，只是不知道我的年寿。"轩辕集说："陛下您是五十年的天子。"宣宗听了非常高兴。等到宣宗驾崩，刚好年寿五十。

948.旧制①:三二岁,必于春时内殿赐宴宰辅及百官②,备太常诸乐,设鱼龙曼衍之戏③,连三日,抵暮方罢。宣宗妙于音律,每赐宴前,必制新曲,俾宫婢习之。至日,出数百人,衣以珠翠缇绣④,分行列队,连袂而歌,其声清怨,殆不类人间。其曲有曰《播皇猷》者,率高冠方履,褒衣博带⑤,趋赴俯仰⑥,皆合规矩;有曰《葱岭西》者,士女踏歌为队,其词大率言葱岭之士⑦,乐河湟故地⑧,归国而复为唐民也;有《霓裳曲》者,率皆执幡节⑨,被羽服,飘然有翔云飞鹤之势。如是者数十曲。教坊曲工遂写其曲奏于外⑩,往往传于人间。

**【注释】**

①旧制:本条采录自《贞陵遗事》。

②内殿:又称燕朝,乃帝王起居生活之所。称其为"内",以别于帝王接受百官朝拜奏事之所,非亲近之臣、要臣难得入内。

③鱼龙曼衍:亦作"曼衍鱼龙"。原指各种杂戏同时演出,后也用以比喻事物的离奇变幻。语出《汉书·西域传赞》:"设酒池肉林以飨四夷之客,作巴俞都卢、海中砀极、漫衍鱼龙、角抵之戏以观视之。"鱼龙,古代百戏节目。曼衍,也作"漫衍""曼延",巨兽名。古代仿以为百戏节目。

④缇绣:赤缯与文绣。指高贵丝织的衣服。

⑤褒衣博带:指着宽袍,系阔带,亦指古代儒生的装束。有时也用以指文人。语出《汉书·隽不疑传》:"佩环玦,褒衣博带,盛服至门上谒。"褒衣,宽大的衣服。博带,大带。

⑥趋赴:指行步之进退。俯仰:低头和抬头。泛指一举一动。

⑦葱岭:古代对今帕米尔高原及昆仑山、喀喇昆仑山西部诸山的统

称，为古代东方和西方陆路交通的要道。汉属西域都护统辖。唐
开元中安西都护府在此设葱岭守捉。

⑧河湟：黄河与湟水的并称。亦指河、湟两水之间的地区。

⑨幡节：幡旌麾节。

⑩教坊：官署名。掌乐工、俳优、杂技等。唐高祖武德以后在宫中设
内教坊，掌教习音乐，其官属太常寺。玄宗开元二年（714），移内
教坊于蓬莱宫之侧，复于长安设左右教坊，以宦官为教坊使，不隶
太常寺，专掌俗乐，以备岁时宴享演奏。

**【译文】**

唐朝已有的制度：每两三年，春天时朝廷必定会在内殿赐宴辅政大
臣及文武百官，准备宗庙礼仪方面的乐舞，并陈设各种杂戏的演出，接连
三天，到第三天的傍晚才结束。唐宣宗精通音律，每次在赐宴之前，他一
定会制作新的乐曲，让宫中的侍女练习。等到赐宴那天，就会出来几百
人，穿戴着珍珠翡翠及高贵衣服，分行列队，携手唱歌，她们的歌声凄清
幽怨，完全不同于人间的乐曲。宣宗制作的乐曲中有一首叫《播皇猷》，
所有的演出者戴高帽、穿方鞋，着宽袍、系宽带，他们行进和俯仰的动作，
都符合标准；还有一首叫做《葱岭西》的乐曲，演出时青年男女边唱歌边
用脚踏地作为节奏，形成队列进行表演，乐曲的歌词大都描述的是葱岭
一带的士民，演奏的音乐也来自河湟地区，讲述他们回到葱岭河湟再次
成为大唐子民的故事；另有一首叫《霓裳曲》的乐曲，表演的人都拿着
幡旌麾节，穿着道士的衣服，舞步轻盈摇摆，有一种仙鹤飞翔在云间的态
势。像这样的乐曲有几十首。教坊的乐工就抄写这些乐曲在宫外演奏，
往往在民间流传。

949.相国李公福①，庭有槐一本，抽三枝，直过堂舍屋
脊，一枝不及。相国同堂昆季三人②：曰石、曰程，皆登宰
相；惟福一人，历镇使相而已③。

**【注释】**

①相国李公福：本条采录自《北梦琐言·李氏瑞槐》。

②同堂昆季：谓同一祖父的兄弟。同堂，谓同一祖父。长为昆，幼为季。

③使相：官名。唐中期以后，凡节度使加上侍中、中书令、同平章事官衔者称使相。多不预朝政，是一种高级荣誉称号。《文献通考·职官考·节度使》："使相者是以侍中、中书令、平章事加节度使之谓也。自唐至宋皆有之，而事体微不同。唐则多以同平章事加节度使之立勋劳而久任者，盖将而宠以相之名也。宋则多以节度使加平章事之有德望而罢政者，盖相而宠以将之名也。合而言之，盖位兼将相，品极文武之称。"

**【译文】**

　　宰相李福宅第的庭院有一株槐树，长出三根枝条，其中两枝超过房屋的屋脊，还有一枝没超过。李福同一祖父的兄弟有三人：一个叫李石，一个叫李程，都荣登宰相之位；只有李福一人，历任使相而已。


　　950.大中十二年①，宣州将康全泰噪逐观察使郑熏，乃以宋州刺史温璋治其罪。时萧寘为浙西观察使，与宣州接连，遂擢用武臣李琢代寘，建镇海军节度使，以张掎角之势②。兵罢后，或言琢虚立官健名目③，广占衣粮自入。宣宗命监察御史杨载往④，按覆军籍⑤，无一人虚者。载还奏之，谤者始不胜。

**【注释】**

①大中十二年：本条采录自《东观奏记》。

②掎角之势：指夹攻敌人的形势。掎角，形容夹击或牵制敌人。语出《左传·襄公十四年》："譬如捕鹿，晋人角之，诸戎掎之，与晋

踏之。"

③官健:唐初实行府兵制,士兵自备武器资粮,后逐渐改为官府供给,故称官健。在官府使士兵健壮之意。名目:指姓名。

④杨载:唐朝官吏。曾官监察御史、刑部郎中等。

⑤按覆:指古代对案件的审查核实。按,审讯,查验;覆,批复。军籍:军人的名册。

**【译文】**

唐宣宗大中十二年,宣州都将康全泰引兵作乱,驱逐其观察使郑薰,还让宋州刺史温璋治他的罪。当时萧寘任浙西观察使,浙西与宣州接连,于是朝廷就升任武将李琢代替萧寘,设立镇海军节度使,扩大兵力从而造成牵制宣州的局势。叛乱平定之后,有人说李琢虚设士兵名目,大量霸占衣服粮食据为己有。唐宣宗命监察御史杨载前往,审核登记军人的簿册,发现没有虚设一个人。杨载返回京师向皇上奏报,毁谤李琢的人终究没有得逞。

951.越人仇甫①,聚众攻陷剡县、诸暨等县。宣宗用王式为浙东观察使,以武宁军健卒二千人送之。王生擒仇甫以献,斩于东市②。

**【注释】**

①越人仇甫:本条采录自《东观奏记》。仇甫,亦作裘甫,浙东(今属浙江)人。唐末浙东起义军首领。宣宗大中十三年(859),发动农民起义,克象山(今属浙江),屡败官军。次年(860),陷剡县,设伏于三溪,大破官军,威震浙东,仇甫自称天下都知兵马使,改元罗平,铸印天平。懿宗即位,命王式率军进讨,仇甫兵败被擒,于长安被杀。

②东市:刑场。汉代在京都长安东市处决判死刑的犯人。后遂以

"东市"指枭首弃市之刑场。《晋书·宣帝纪》:"公居伊周之任,挟天子,杖天威,孰敢不从? 舍此而欲就东市,岂不痛哉!"

【译文】

越人仇甫,聚集众人攻陷了剡县、诸暨等县。唐宣宗任用王式为浙东观察使,让武宁军两千健壮军卒护送他。王式活捉了仇甫献给朝廷,宣宗下令在刑场斩杀了他。

952.宣宗时①,吴居中恩泽甚厚②。有谋于术者,欲败其事,术者令书上尊号于袜③。有告者,上召至,视之信然,居中弃市④。

【注释】

①宣宗时:本条采录自《东观奏记》。

②吴居中:唐宣宗时人,生平未详。

③尊号:皇帝生前的尊崇褒美称号,始于唐武则天时期。其后有的皇帝死后也有尊号,多为一大串赞美之词。据司马光《司马文正集·请不受尊号札子》载,唐以前,天子尊称皇帝,嗣位皇帝尊称前帝为太上皇,前皇后为皇太后、太皇太后,无其他称号。

④弃市:古代在闹市执行死刑,陈尸街头示众,称弃市。语出《礼记·王制》:"刑人于市,与众弃之。"

【译文】

唐宣宗时,皇帝给予吴居中的恩赏非常丰厚。有一个精通权术的人,想要败坏皇帝对他的恩泽,就让人在吴居中的袜子上写上宣宗的尊号。然后让人去告发他,宣宗召吴居中进宫,看到袜子上的字信以为真,吴居中就被处以死刑。

953.宣宗崩,内官定策立懿宗<sup>①</sup>,入中书商议<sup>②</sup>,命宰臣署状<sup>③</sup>。宰相将有不同者,夏侯孜曰:"三十年前,外大臣得与禁中事<sup>④</sup>;三十年以来,外大臣固不得知。但是李氏子孙,内大臣立定,外大臣即北面事之,安有是非之说?"遂率同列署状<sup>⑤</sup>。

**【注释】**

①内官:这里指宦官,太监。策立:古代取得皇位或确立太子、皇后都须发布诏策文书,因谓取得皇位、确立太子等为"策立"。

②中书:官署名。唐代中书省的省称,掌朝廷军国大计。

③署状:即签署委状。

④外大臣:即朝臣,与大内的宦官称内臣相对。

⑤同列:同僚。亦指地位相同者。

**【译文】**

唐宣宗驾崩,国君身边的宦官商定策立唐懿宗,交中书省商议,并下令让宰相签署委状。当时宰相中有持不同意见的人,夏侯孜说:"三十年前,宫外朝臣能够参与宫内的事务;三十年以来,宫外朝臣本来就不知道宫内的事情。只要是李氏子孙,宫内臣僚(指宦官)商议决定,朝臣北面侍奉就可以了,怎么还有同意和不同意的说法?"于是就带领同僚签署委状。

954.大中末<sup>①</sup>,京城小儿叠布蘸水,向日张之,谓之"晕出入<sup>②</sup>。"案<sup>③</sup>:"晕出入",苏鹗《杜阳杂编》作"揿晕"。懿宗自郓王即位,晕之言应矣。

**【注释】**

①大中末:本条采录自《杜阳杂编》。

②晕:原书此字作"捰晕"。周勋初案:"'捰晕'乃'来郓'之谐音。"《旧唐书·懿宗本纪》载此事作"拔晕"。

③案:据周勋初《校证》,此案语当是《永乐大典》编者或《四库全书》馆臣所加。

**【译文】**

唐宣宗大中末年,京城小孩儿把布折叠起来蘸上水,然后向着太阳张开,称之为"晕出入"。案:"晕出入",苏鹗《杜阳杂编》作"捰晕"。唐懿宗从郓王即位登基做皇帝,小孩儿有关"晕"的话语应验了。

955.宣宗制《泰边陲》曲①,其辞云:"海岳晏咸通②。"上即位③,而年号"咸通"。

**【注释】**

①宣宗制《泰边陲》曲:本条采录自《杜阳杂编》。

②海岳晏咸通:《旧唐书·懿宗本纪》曰:"宣宗制《泰边陲乐曲词》有'海岳晏咸通'之句。"

③上:即懿宗皇帝。

**【译文】**

唐宣宗制作乐曲《泰边陲》,歌词中有一句说:"海岳晏咸通。"等到唐懿宗登基做皇帝,年号就是"咸通"。

956.懿宗祠南郊①。旧例:青城御幄前设彩楼②,命仆寺辈作乐③,上登楼以观,众呼万岁。起居郎李璋上疏请罢,事不行④。

**【注释】**

①南郊：本指都邑南城外的地区。封建王朝每年冬至日，在圜丘祭天，因地在南郊，也称南郊大祀。

②御幄：古代指皇帝外出时临时居住的幄帐。

③仆寺：即太子仆寺，官署名。秦朝始置，汉沿置不变，掌太子宫车马。隋唐沿置。唐太子仆寺置仆一人为长官，掌车舆骑乘、仪仗、丧葬等事，下属有丞、主簿、录事等官。

④起居郎李璋上疏请罢，事不行：《新唐书·李璋传》："旧制，设次郊丘，太仆盘车载乐，召群臣临观，璋奏罢之。"

**【译文】**

唐懿宗到京城南郊行祭天大礼。按照原来的制度：要在青城皇帝的幄帐前架设彩楼，命太子仆寺的乐工们演奏乐曲，皇上登上彩楼观看，大家高呼万岁。起居郎李璋上奏疏请求取消，这项议程就没有进行。

957.懿宗尝幸左军①，见观音像，礼之，而像陷地四尺。问左右，对曰："陛下，中国之天子②；菩萨，地上之道人。"上悦之。

**【注释】**

①懿宗尝幸左军：本条采录自《北梦琐言·同昌公主事》。左军，唐时左神策军的省称。

②中国：犹国家，朝廷。《礼记·檀弓》："今之大夫交政于中国，虽欲勿哭，焉得而弗哭。"

**【译文】**

唐懿宗曾经巡幸左神策军，看到一尊观音菩萨像，就去礼拜，而观音像陷入地下四尺。懿宗问身边的人，回答说："陛下，您是一国的天子；菩萨，则是地上的道人。"懿宗听了非常高兴。

958. 滑州城<sup>①</sup>，北枕河堤，常有沦垫之患<sup>②</sup>。贞元中，贾丞相耽凿八角井于城隅，以镇河水。咸通初，刺史李橦以其事上闻<sup>③</sup>，立贾公祠，命从事韦岫纪其事<sup>④</sup>。

**【注释】**

①滑州城：本条采录自《贾氏谈录》。

②沦垫：指淹没。

③李橦：晚唐人，生平未详。

④韦岫：字伯起，唐京兆万年（今陕西西安）人。韦宙之弟。僖宗乾符二年（875），由库部郎中任为泗州刺史，后又任福建观察使。

**【译文】**

滑州城北面挨着河堤，经常有被淹没的危险。唐德宗贞元年间，丞相贾耽在城角开凿了一口八角井，用来抑制河水。懿宗咸通初年，刺史李橦将这件事上书朝廷，朝廷诏令在滑州建立贾公祠，并命从事韦岫记录这件事。

959. 政平坊安国观<sup>①</sup>，明皇时玉真公主所建<sup>②</sup>。门楼高九十尺，而柱端无斜。殿南有精思院，琢玉为天尊老君之像，叶法善、罗公远、张果先生并图形于壁<sup>③</sup>。院南池引御渠水注之，叠石像蓬莱、方丈、瀛洲三山。女冠多上阳宫人<sup>④</sup>。其东与国学相接。咸通中，有书生云："尝闻山池内步虚笙磬之音<sup>⑤</sup>。"卢尚书有诗云<sup>⑥</sup>："夕照纱窗起暗尘，青松绕殿不知春。闲看白首诵经者，半是宫中歌舞人<sup>⑦</sup>。"

**【注释】**

①政平坊安国观：本条采录自《剧谈录·老君庙画》。

②玉真公主：字持盈，唐睿宗李旦之女，唐玄宗李隆基同母妹，母为窦德妃。初封崇昌县主。景云元年（710），进封昌隆公主。景云二年（711），改封玉真公主。太极元年（712），与金仙公主俱为道士。睿宗为之造观，料功甚多。不久进号为上清玄都大洞三景师。玄宗天宝二年（743），屡请去公主号，罢邑司，玄宗乃许。代宗宝应元年（762），卒于东玉阳山仙姑顶。

③叶法善：字道元，号太素，罗浮真人，唐括州括苍（今浙江丽水）人。其家三代为道士，得传阴阳、占繇、符箓、摄养之术。曾数次召入禁中，高宗、武后、中宗皆礼敬之。固辞爵位，求为道士。其后五十年间，常往来名山。玄宗先天二年（713），拜鸿胪卿，封越国公，仍为道士，住长安景龙观，尊宠尤甚。开元八年（720）卒，年一百零七岁。玄宗为其亲撰碑铭。

④女冠：亦称"女黄冠"，女道士。

⑤步虚：道士唱经礼赞。唐李白《题随州紫阳先生壁》诗："喘息餐妙气，步虚吟真声。"王琦注引《异苑》："陈思王游山，忽闻空里诵经声，清远遒亮，解音者则而写之，为神仙声。道士效之，作步虚声。"

⑥卢尚书：唐朝官吏，名已无考。

⑦"夕照纱窗起暗尘"几句：语出卢尚书《题安国观》，诗中揭露了上阳宫女一旦"红颜暗老白发新"，只有出家为道，有力地鞭挞了封建制度对妇女的压迫。

**【译文】**

东都洛阳政平坊的安国观，是唐玄宗时期玉真公主所建。安国观的门楼高九十尺，而柱顶上没有斗拱。观内大殿南面有一座精思院，院内有用玉石雕琢的天尊老君的雕像，道士叶法善、罗公远、张果先生的画像都画在墙壁之上。精思院南边的池水是从流经宫苑的河道引进来的，池中用石头垒砌了类似蓬莱、方丈、瀛洲的三座石山。观内的女道士大多数是上阳宫人。安国观的东边与国学相连接。懿宗咸通年间，有一个书生说:"曾经听到山池中道士唱经礼赞以及演奏笙磬的声音。"卢尚书写诗说:"夕照纱窗起暗尘,青松绕殿不知春。闲看白首诵经者,半是宫中歌舞人。"

960.薛能尚书镇郓州<sup>①</sup>,见举进士者必加异礼。李勋尚书先德为衙前将校<sup>②</sup>,八座方为客司小弟子<sup>③</sup>,亦负文藻,潜慕进修,因舍归田里。未逾岁,服麻衣,执所业于元戎<sup>④</sup>,左右具白其行止,不请引见。元戎曰:"此子慕善。才与不才<sup>⑤</sup>,安可拒耶?"命召之人。见其人质清秀,复览其文卷,深器重之。乃出邮巡职牒一通与八座先德<sup>⑥</sup>,俾罢职司闲居<sup>⑦</sup>,恐妨令子进修尔<sup>⑧</sup>。果策名第,扬历清显<sup>⑨</sup>,出为郓州节度也。

**【注释】**

①薛能尚书镇郓州:本条采录自《北梦琐言·李勋尚书发愤》。

②李勋:唐朝官吏。进士及第,曾任尚书。先德:称别人的父亲为先德。

③八座:封建王朝八种高级官员的尊称。座,也作"坐"。历朝制度不一,所指不同。唐时为尚书左仆射、尚书右仆射及尚书省吏部、户部、礼部、兵部、刑部、工部尚书的总名。后世文学作品多用以指称尚书之类的高官。此处当指薛能。客司:吏员名。即主客司,掌招待宾客。

④元戎:主将,统帅。此处当指李勋之父。

⑤才与不才:是说介于有才与不才之间。即比上不足,比下有余。

⑥邮巡:指馆驿巡察官。职牒:道教道士修道行法的凭证。此处指官职的委任状。

⑦职司：职务，职位。

⑧令子：犹言佳儿，贤郎。多用于称美他人之子。

⑨扬历：显扬贤者居官的治绩。后多指仕宦的经历。

**【译文】**

尚书薛能镇守郓州，见到进士出身的人一定会给予特殊的礼遇。尚书李勋的父亲任衔前军的统帅，薛能当时刚任掌管招待宾客的小吏，他自负有文采，内心向往进德修业，于是就辞官回到乡里。不到一年，他穿着麻布衣服，拿着自己的文章来找李勋的父亲，统帅身边的人详细禀报了薛能的行止，并请求不要见他。统帅说："这个年轻人一心向好。能力比上不足比下有余，怎么能够拒绝见他呢？"于是命令召他进见。统帅见薛能俊美不俗，又看了他的文卷，就非常器重他。于是下委任状给薛能的父亲，让他出任馆驿的巡察官，让薛能罢职闲居，担心妨碍薛能进德修业。果然不久薛能就进士登第，后来他仕宦显达，被任命为郓州节度使。

961.沈宣词尝为丽水令①。自言家大梁时②，厩常列骏马数十，而意常不足。咸通六年，客有马求售，洁白而毛鬣类朱，甚异之，酬以五十万，客许而直未及给，遽为将校王公遂所买③。他日，谒公遂，问向时马，公遂曰："竟未尝乘。"因引出，至则奋眄④，殆不可跨，公遂怒捶之，又仆，度终不可禁⑤。翌日，令诸子乘之，亦如是；诸仆乘，亦如是，因求前所直售宣词。宣词得之，复如是。会魏帅李公蔚市贡马⑥，前后至者皆不可。公阅马，一阅遂售之。后入飞龙⑦，上最爱宠，为当时名马。

**【注释】**

①沈宣词：唐人，生平未详。

②大梁：古地名。战国魏都城。在今河南开封西北。隋唐以后，又通称今开封为大梁。

③王公遂：唐人，生平未详。

④奋眄（miǎn）：举头斜视，不驯服的样子。

⑤禁：牵制，约束。引申为驯服。

⑥贡马：向皇帝进贡的马。

⑦飞龙：马厩名。饲养御马。

**【译文】**

　　沈宣词曾任丽水县令。他自己说家在大梁的时候，家中马厩里曾经有骏马几十匹，然而中意的常常很少。咸通六年，宾客中有人要出售马，这匹马通体洁白，只是颈上的鬣鬃有点近似红色，沈宣词觉得很惊奇，于是准备给宾客酬金五十万，宾客答应把马卖给他，但是沈宣词还没来得及把钱给他，马很快就被将校王公遂买走了。过了几天，沈宣词去拜见王公遂，问起先前的那匹马，公遂说："我还没有骑过。"于是将马牵出，马举头斜视，一副不能驯服的样子，几乎无法骑跨，王公遂生气地捶打马，又让马去驾车，按常规终究没能驯服。第二天，王公遂让几个儿子去骑这匹马，还是和昨天一样；又让众家仆去骑，也是一样，于是王公遂按照之前的价格将马卖给沈宣词。宣词得到马以后，情况也和王公遂一样。恰好魏帅李公蔚在街市买贡马，前后来的马都不合他的心意。李公蔚看到这匹马，一眼看中，就把它买了下来。后来这匹马进了飞龙厩，是皇上最喜爱的马，成了当时的名马。

　　962.咸通十年停贡举。前一年，日者言①：己丑年无文柄②，值"至仁"必当重振；明年上加尊号，内有"至仁"两字，韩褒为补阙③，上疏请复之。夏侯孜谓杨元翼云④："李九丈行不得事⑤，我行之。"九丈即卫公也。

**【注释】**

①日者：古时以占候卜筮为业的人。

②文柄：主持考试、评定文章、录取文士的权柄。

③韩褒：唐末官吏，生平未详。

④夏侯孜：字好学，谯（今安徽亳州）人。唐朝中后期大臣。敬宗宝历二年（826）进士及第，历任谏议大夫、御史中丞、尚书右丞、上柱国、诸道盐铁转运使等职，封谯郡侯。杨元翼：晚唐官吏，生平未详。

⑤李九丈行不得事：唐武宗会昌年间，李德裕曾建议罢进士试，未果。《新唐书·选举志上》云："武宗即位，宰相德裕尤恶进士……至是，德裕奏：'国家设科取士，而附党背公，自为门生。自今一见有司而止，其期集、参谒、曲江题名皆罢。'……然进士科当唐之晚节，尤为浮薄，世所共患也。"李九丈，即唐武宗时的宰相李德裕，被封为卫国公。李九丈，即唐武宗时的宰相李德裕，因排行第九，故名"九丈"。被封为卫国公。

**【译文】**

唐懿宗咸通十年暂停科举考试。前一年，占卜的人说：己丑年没有科举考试，碰到"至仁"一定会重新恢复；第二年懿宗皇帝加尊号，其中有"至仁"两个字，当时韩褒任补阙，向朝廷上奏疏请求恢复科考。夏侯孜对杨元翼说："李德裕没能做成的事，我做成了。"九丈即卫国公李德裕。

963. 皮日休①，郑尚书愚门生。春闱内宴于曲江②，醉寝别榻，衣囊书笥③，罗列旁侧，率皆新饰。同年崔昭符④，镣之子⑤，素易日休。亦醉。更衣，见日休卧；疑他相知也，就视，乃日休，曰："勿呼之，渠方宗会矣⑥！"以囊笥皆皮也。时人以为口实⑦。

**【注释】**

①皮日休：本条采录自《玉泉笔端》。《太平广记》亦载，题作《崔昭符》。

②春闱：此二字原书与《太平广记》引文均作"春关"，当据改。春关，唐宋时举进士，登记入选，谓之春关。发放的凭证，亦称春关。

③书笥（sì）：书箱。

④崔昭符：字子信，唐清河（今河北清河）人。宰相崔昭纬兄。懿宗咸通八年（867）进士及第。乾符中，历司勋员外郎。昭宗朝，官至礼部尚书。

⑤镣：即崔镣，字润中，唐清河人。崔昭符之父，曾任鄂州观察使、河南尹。

⑥渠：方言。指代他。

⑦口实：指话柄，谈资。

**【译文】**

皮日休，是尚书郑愚的门生。他考中进士在曲江参加宴会，喝醉后就睡在床铺外的地方，装衣服的行囊和书箱，都堆在旁边，这些都是他新置的。同科进士崔昭符，是崔镣的儿子，他向来轻视皮日休。这天他也喝醉了。去上厕所时，看见了正在睡觉的皮日休，怀疑是以前的知交，就靠近去看，原来是皮日休，就说："不要叫他了，他正与家人相会呢。"因为衣囊书箱都是皮制的。当时的人们把此事当作谈资传开了。

964.卢隐、李峭①，皆王铎门生，时议皆以衽席不修②，屡黜辱③。隐从兄携，少相狎，志欲引用。及携为丞相，除右司员外郎。时崔沆方为吏部侍郎，谒携于私第，携欣然而出。沆曰："卢员外入省，时议未息；今复除纠司员外郎④，省中所不敢从，他曹惟相公命⑤。"携大怒驰去，曰："舍弟极屈，即当上陈矣！"隐即放出。沆乃谒告⑥，携即时替沆官。

沆谓人曰："吾见丞郎出省郎<sup>⑦</sup>，未见省郎出丞郎。"隐初自太常博士除水部员外郎，为右丞李景温抑焉<sup>⑧</sup>，迨右司之命，景温弟景庄复右辖<sup>⑨</sup>，又抑之。是时谏官有陈疏者。携曰："谏官似狗，一狗吠，辄一时有声。"

**【注释】**

①卢隐、李峭：本条采录自《玉泉笔端》。卢隐，唐僖宗时宰相卢携之从弟，生平未详。李峭，唐僖宗时人。王铎门生，生平未详。

②衽席不修：谓生活上不加检点。语本《周书·皇后传序》："太祖创基，修衽席以俭约；高祖嗣历，节情欲于矫枉。"

③黜辱：贬斥受辱，贬斥侮辱。

④纠司员外郎：唐尚书省左、右司员外郎别称。以其职兼纠察都省稽违事而得名。

⑤他曹：其他的职位。曹，管某事的官职。

⑥谒告：请假。

⑦丞郎：唐时尚书左右丞与六部尚书、侍郎的合称。尚书在左右丞之上，也称丞郎。省郎：唐时尚书所属诸省司郎中、员外郎的通称。

⑧隐初自太常博士除水部员外郎，为右丞李景温抑焉：《新唐书·李景温传》曰："累迁尚书右丞。卢携当国，弟隐骤博士迁水部员外郎，材下资浅，人疾其冒，无敢绳，景让不许赴省。时故事久废，景温既举职，人皆韪其正。"李景温，字德己，祖籍并州文水（今山西文水东）。唐朝官吏。历任谏议大夫、福建观察使、华州（治今陕西华县）刺史。以政绩升尚书右丞。僖宗时，博士卢隐以其兄卢携故升水部员外郎，时人无敢言者，景温极力阻其赴任，故知名于当时。

⑨右辖：唐宋时尚书右丞的别称。左右丞管辖尚书省事，故右丞称

右辖。

**【译文】**

卢隐、李峭,都是滑州节度使王铎的门生,当时的舆论都认为他们生活不检点,多次贬斥侮辱。卢隐的堂兄是卢携,两个人从小就很亲近,卢携立志将来会引荐任用他。等到卢携做了宰相,就任命卢隐为右司员外郎。当时崔沆刚好任吏部侍郎,他到卢携家里去拜谒,卢携高兴地出来迎接崔沆。崔沆说:"卢员外进入尚书省,舆论还没停息;现在又升任纠司员外郎,尚书省不能听从你的任命,其他职位都听从你的意见。"卢携非常愤怒地把他赶走了,他说:"我的弟弟非常冤屈,他应该向朝廷上奏。"卢隐最终被调派京师之外任职。崔沆就请了假,卢携马上任用别人接替了崔沆的官职。崔沆对别人说:"我只见过尚书省的官员出任省郎的,没有见过省郎出任尚书省的。"卢隐最初由太常博士任命为水部员外郎,被尚书右丞李景温阻止;等到他任右司员外郎时,李景温的弟弟李景庄又任尚书右丞,又一次阻止他。当时谏官中也有上奏疏陈述不同意见的人。卢携说:"谏官就像狗,一只狗叫,一时就都跟着叫。"

965.李谱者①,珏之子。自淮南赴举,路经蒲津,谒崔公铉。铉以子妻之,而性忌妒。谱,宰相子,怀不平,多争竞。铉忽召谱让之,谱初犹端笏②,既忿,即横手板曰:"谱及第不干丈人③,官职不干丈人。"语未卒,铉掩耳而去。其妻竟怨愤而卒。

**【注释】**

①李谱:字昌之,唐赵郡赞皇(今河北赞皇)人。曾任校书郎,娶崔铉女。

②端笏:双手执笏板,指臣子上朝言事。笏为手板,有事书于上,以

备遗忘。

③不干：不相干，没关系。

**【译文】**

李谱是李珏的儿子。当年他从淮南赶赴京城参加科举考试，路过蒲津，去拜访崔铉。崔铉把自己的女儿嫁给了他，崔铉的女儿性格忌妒。李谱是宰相的儿子，内心很不满意，很多时候就和她争执。有一天，崔铉忽然叫来李谱责备他，李谱起初还双手执笏板，后来生气了，就把笏板横着拿在手上说："我进士及第与丈人没关系，所任官职也和丈人不相干。"他的话还没有说完，崔铉就捂着耳朵离开了。李谱的妻子最终怨愤而死。

966.毕诚家本寒微①。咸通初，其舅向为太湖县伍伯②，诚深耻之，常使人讽令解役，为除官。反复数四，竟不从命。乃特除选人杨载为太湖令③。诚延之相第，嘱为舅除其猥籍④，津送入京⑤。杨令到任，具达诚意。伍伯曰："某贱人也，岂有外甥为宰相耶？"杨坚勉之，乃曰："某每岁秋夏征租，享六十千事例钱⑥，苟无败阙⑦，终身优足。不审相公欲致何官耶？"杨乃具以闻诚。诚亦然其说，竟不夺其志也。又王蜀伪相庾传素⑧，与其从弟凝绩⑨，曾宰蜀州唐兴县。郎吏有杨会者⑩，微有才用，庾氏昆弟深念之。洎迭秉蜀政，欲为杨会除长马以酬之⑪。会曰："某之吏役，远近皆知，忝冒为官，宁掩人口？岂可将数千家供待⑫，而博一虚名长马乎？"后虽假职名，止除检校官，竟不舍县役，亦毕舅之次也。案：此条采自孙光宪《北梦琐言》，杨会非懿宗时人，原附毕诚之舅事后，今仍其旧。

**【注释】**

①毕诚家本寒微:本条采录自《北梦琐言·毕舅知分》。

②伍伯:地方官府的兵卒差役。汉以来,官员出行以伍伯作舆卫前
　　导,后将行刑的役卒也称为伍伯。晋崔豹《古今注·舆服》:"伍
　　伯,一伍之伯也。五人曰伍,五长为伯,故称伍伯。"

③选人:唐代称候补、候选的官员。后沿用之。杨载:唐人,生平未详。

④猥籍:微贱的名籍。

⑤津送:照料护送。

⑥事例钱:按例付给的薪给。

⑦败阙:犹过失。

⑧王蜀:王指王建,蜀指在东西二川所建的国号,历时十八年(907—
　　925),史称前蜀。庾传素:起家蜀州刺史,累官至左仆射,兼中书
　　侍郎、同平章事。前蜀亡,降后唐,授刺史。

⑨凝绩:即庾凝绩,庾传素从弟。

⑩杨会:唐人,生平未详。

⑪长马:长史、司马的并称。

⑫供待:犹供奉,招待。

**【译文】**

　　毕诚家原本贫寒。唐懿宗咸通初年,他的舅舅只是太湖县的伍长,
毕诚深以为耻,常常派人委婉地劝舅舅辞去差事,准备给他授予官职。
反复劝了多次,舅舅最终也没听他的。于是毕诚就特别任命候选官杨载
为太湖县令。毕诚把杨载邀请到宰相府,嘱咐他替舅舅解除卑贱的身
份,并护送入京。杨载到任后,详细转达了毕诚的意图。伍长说:"我是
一个卑微的人,怎么会有外甥当宰相?"杨载一再劝他,他就说:"我每年
秋夏征收租税,都能享受六十千的事例钱,如果没有过失,一辈子就很富
足了,不明白宰相要给我什么官职?"于是杨载就详细地把这些告诉了
毕诚。毕诚也认为舅舅说得对,终于没有再勉强他。另外前蜀伪宰相庾

传素和他的堂弟庾凝绩，曾任蜀州唐兴县宰。当时有个叫杨会的郎吏，稍微有点才干，庾氏兄弟就牢牢地记住了他。等到二人轮流掌管蜀国政权时，就想任杨会为长史或者司马来酬谢他。杨会说："我的这份差使，远近人都知道，滥竽充数去做官，怎么能堵住人家的嘴呢？我又怎么能用几千家的供待，来换得一个长史或者司马的虚名？"之后杨会虽然被授予了官职，但也只是任检校官，最终也没有放弃县役之职。杨会也是和毕诚舅舅同样的人。案：本条采自孙光宪《北梦琐言》。杨会不是唐懿宗时期人，原来附在毕诚的舅舅事迹之后，现在照旧不变。

967.咸通初，洛中谣曰："勿鸡言，送汝树上去；勿鸭言，送汝水中去。"又曰："勿笑父母不认汝。"及李纳为河南尹，是年大水，纳观水于魏王堤上①，波势浸盛，虑其覆溺②，于是策马而回。时人语曰："昔瓠子将坏③，而王尊不去④；洛水未至，而李纳已回。"是时男女多栖于木，咸为所漂者，父母观之不能救。

**【注释】**

①"及李纳为河南尹"几句：《新唐书·李讷传》：'召为河南尹。时久雨，洛暴涨，讷行水魏王堤，惧漂汩，疾驰去，水遂大毁民庐。议者薄其材。'"李纳，新、旧《唐书》作"李讷"，当据改。李讷，字敦正，进士及第，迁中书舍人，为浙东观察使。性疏下，为下所逐，贬朗州刺史。召为河南尹。三次任华州刺史，历兵部尚书、检校尚书右仆射。以太子太傅卒。魏王堤，在今河南洛阳旧城西南。唐时洛水过皇城端门，经尚善、旌善坊北，南溢为池，贞观中赐魏王泰，有堤隔洛水。

②覆溺：沉没。

③瓠子：古河堤名。在今河南濮阳西南。汉武帝元光三年（前132）
　黄河于此决入瓠子河。《史记·孝武帝本纪》："还至瓠子，自临塞
　决河，留二日，沉祠而去。"裴骃《集解》："服虔曰：'瓠子，堤名。'
　苏林曰：'在鄄城以南，濮阳以北。'"

④王尊：字子赣，涿郡高阳（今河北高阳）人。西汉末年大臣。历任
　安定太守、益州刺史、光禄大夫、京兆尹等。廉洁奉公，不畏权势，
　多次被诬免官。与曾任京兆尹的王章、王骏齐名，号称"三王"。
　任东郡太守时，黄河泛滥，民众纷纷奔走躲避水灾。王尊不为所
　动，仍坚持抗灾，吏民嘉其勇节，复还守堤。

**【译文】**

　　唐懿宗咸通初年，洛阳有首民谣说："不要像鸡一样说话，不然送你
到树上去；不要像鸭一样说话，不然送你到水中去。"又说："不要笑话父
母不认识你。"等到李讷任河南尹，这一年发大水，李讷到魏王堤上察看
汛情，看到洪水的水势逐渐变大，他担心堤岸被淹没，于是就驱马回去
了。当时人说："过去瓠子河堤将要崩塌，但王尊坚持抗灾，没有离开；现
在洛水还没有来，但李讷已经回去了。"当时男女大多寄居在树木之上，
都被大水冲走了，父母看到了也不能解救。

　　968.咸通中①，有司天历生胡某②，以老还江南。后辟
郡掾曹，辞不赴，归居建业。卢符宝者③，亦知名士也。尝
问："近年宰相不满四人，岂非三台有异乎？"曰："非三台
也，乃紫微受灾耳！自今十余年未可备④。苟有之，即不免
大祸。"后路岩、于琮、王铎、韦保衡、杨收、刘邺、卢携相次
拜⑤，后不免⑥。

**【注释】**

①咸通中：本条采录自《金华子》。本条与下969条原合为一条，本书据原书分列。

②司天历生：亦作"司天台历生"。官名，掌管有关天象的事务。隋置太史监。唐肃宗乾元元年（758）改太史监为司天台，初设历生四十一人，后改为五十五人。

③卢符宝：晚唐官吏，生平未详。

④乃紫微受灾耳！自今十余年未可备：此二句原书作"'紫微星受灾乎？'曰：'此十余年内，数或可备。'"紫微，亦作"紫薇"。唐玄宗开元元年（713），改中书省为紫微省，中书舍人为紫微舍人。

⑤相次：依为次第，相继。

⑥后不免：原书作"其后皆不免，惟于公惊赖长公主保护，获全于遣中耳"。《新唐书·豆卢琢传》载此事曰："初，咸通中，有治历者工言祸福，或问：'比宰相多不至四五，谓何？'答曰：'紫微方灾，然其人又将不免。'后杨收、韦保衡、路岩、卢携、刘邺、于琮、琢与沆，皆不得终云。"

**【译文】**

唐懿宗咸通年间，有一位司天台历生胡某，因为年老回江南。后来被征拜为郡掾曹，他推辞没有赴任，而是回到建业定居。卢符宝，也是当时一位很有声名的人。他曾经问胡某："近几年宰相都不满四人，难道不是三台有什么异常情况吗？"胡某回答说："不是三台的问题，是中书省将会遭受灾祸！从现在起十几年不可备全宰相的人数。如果备全了，就免不了遭受灾祸。"后来路岩、于琮、王铎、韦保衡、杨收、刘邺、卢携相继拜为宰相，但都没能免受灾祸。

969.池州李常侍宽①，守江南数郡，皆请卢符宝为判官。及守陵阳，信子弟之谮，疏不召。卢忿，谓人曰："李公面部所无者三：无子、无宅、无冢。"时有龙公满禅师②，李氏所敬也，于坐难之曰："今李氏子弟皆长成，何言无子？"卢曰："非承家令器。"又曰："今土墙甲第③，花竹犹不知其数，何言无宅？"卢曰："是王行立宅④，李氏安得歌笑于其间？"时桂林大夫即常侍兄⑤，同营别业于金陵，甲第之盛，冠于邑下，人皆号为"土墙李家宅"。江南宫城西街内，石井栏在通衢中者⑥，即宅内厅前井也。自创宅，即令家人王行立看守⑦，仅数十年矣，故卢君有此言。座客闻之，莫不笑。及池阳寇起，宽死，将归葬新林，为贼所邀⑧，舟人尽见杀，棺柩不知所在。诸子悉无成立。世乱，王行立独守其宅，竟死其中。

**【注释】**

①池州李常侍宽：本条采录自《金华子》。李常侍宽，即李宽，又名宽中，字裕卿。唐朝官吏。曾官常侍、陵阳太守等。

②龙公满：唐代有名的禅师，生平未详。

③甲第：指豪门贵族的宅第。

④王行立：唐人，生平未详。

⑤大夫：官名。多系朝廷要职或顾问。唐亦有御史大夫、谏大夫等官。

⑥通衢：四通八达的道路。

⑦家人：旧称仆人。

⑧邀：拦截。

**【译文】**

池州常侍李宽，镇守江南几个郡时，都请卢符宝任判官。等到镇守陵阳，他听信子弟的谗言，就疏远了卢符宝没再召任他。卢符宝很气愤，对人说："从李宽的面相来看，他没有的东西有三样：没有子女、没有宅第、没有坟墓。"当时有一位名叫龙公满的禅师，是李宽所敬重的人，在座席间责问卢符宝说:"现在李家子弟都长大成人了,你怎么能说无子?"卢符宝说:"都不是继承家业的优秀人才。"龙公满禅师又说:"现在李宽在土墙的宅第,花竹成林,数不胜数,怎么能说没有宅第?"卢符宝说:"这是王行立的宅第,李氏怎么能够在其中歌笑?"当时桂林大夫是李宽的哥哥,他和李宽一样在金陵建造园林别墅,宅第的繁盛,在当地地位居第一,当时人都称为"土墙李家宅"。江南宫城西街中,四通八达道路中的石井栏,就是李家宅第内厅前的井。自从建造了这座宅第,李宽就让仆人王行立看守,将近几十年的时间,所以卢符宝有这样的说法。当时在座的客人听到这些话,没有不发笑的。等到池阳贼寇叛乱,李宽去世,将归葬新林,路上被贼寇拦截,船上的人都被杀害,装着李宽尸体的棺材不知道去了哪里。李宽的儿子们都没有成才的。世道混乱,王行立独自看守李家的宅第,最终死在宅第之中。

970.路岩镇剑南[1],出开远门街,恣为瓦石所击[2],故京兆尹温璋诸子之党也。初,李蟾举薛能,岩取于省部,权京兆尹事[3],至是谓能曰:"临行劳以瓦砾相饯。"能徐举筯曰:"故事:宰相出镇,府司无发人防守者[4]。"岩甚惭。

**【注释】**

①路岩镇剑南:本条采录自《玉泉笔端》,《太平广记》亦有辑录,题作《路岩》。

②恣:通"佚",更迭,轮番。

③"初"几句:原书作"岩以薛能自尚书郎权京兆尹府事,李蟾之举也"。京兆尹,掌治京师。

④府司无发人防守者:《资治通鉴·唐纪·懿宗咸通十二年》载此事曰:"府司无例发人防卫。"胡三省注曰:"府司,谓京兆府所司。"

**【译文】**

　　路岩外出镇守剑南，从开远门所在的街道出行，被轮番飞来的瓦石击中，是原京兆尹温璋儿子们的党羽所为。当初，李蟾举荐了薛能，路岩从省部选取薛能，让他主持京兆尹的事务，到这时，路岩对薛能说："临行时还劳驾别人用砖头瓦片为我饯行。"薛能慢慢举起笏板说："往日的制度：宰相外出镇守，京兆府不会派人守卫。"路岩听了很惭愧。

　　971.路相岩与崔雍同在崔相铉幕①。雍恃己名声，因醉，抚岩背曰："路子路子！争得共崔雍同恩门②？"岩恨之。岩为丞相。会和州不守，有石琼者讼之③，乃赐雍死。

**【注释】**

　　①崔雍：字顺中，唐博陵（今属河北）人。曾任起居郎、和州刺史等职。懿宗咸通十年（869），因暗通庞勋事发，为宰相路岩弹劾，被赐死。

　　②争得：怎么能。恩门：恩府，师门。

　　③石琼：唐朝后期将领。曾任乌江县（今安徽和县乌江）行官，后被崔雍所杀。

**【译文】**

　　宰相路岩和崔雍曾经同在宰相崔铉的幕府。崔雍仗着自己的名声，借着醉酒，拍着路岩的背说："路子路子！怎么能和我崔雍出自同一师门？"路岩听了怀恨在心。后来路岩任宰相。刚好碰上和州没能守住，有一个叫石琼的人谴责和州刺史崔雍的过失，于是路岩就让皇帝赐死了崔雍。

　　972.咸通末，曹相确、杨相收、徐相商、路相岩同为宰相①。杨、路以弄权卖官，曹、徐但备员而已②。长安谣曰：

"'确''确'无论事,钱财总被'收'。'商'人都不管,货'赂'几时休③?"

**【注释】**

①曹相确:即曹确。字刚中,唐河南(今河南洛阳)人。文宗开成二年(837)登进士第,历聘藩府。后入朝为侍御史,以工部员外郎知制诰,转郎中,拜中书舍人,赐金紫,权知河南尹事。入为兵部侍郎。懿宗咸通五年(864),以本官同平章事,加中书侍郎、监修国史。精儒术,器识谨重,动循法度。僖宗即位,崔彦昭奏逐之,死于岭表。

②备员:充数,凑数。谓居官有职无权或无所作为。《史记·秦始皇本纪》:"博士虽七十人,特备员弗用。"

③"'确''确'无论事"几句:这几句民谣是对当时四位丞相的评价,是说曹确、徐商有职无权,无所作为;杨收、路岩玩弄权术,收受贿赂无休无止。

**【译文】**

唐懿宗咸通末年,曹确、杨收、徐商、路岩同时任宰相。杨收、路岩二人玩弄权术、买卖官职,曹确、徐商只是凑数罢了。当时长安民谣唱道:"'确''确'无论事,钱财总被'收'。'商'人都不管,货'赂'几时休?"

973.僖宗好蹴球、斗鸭为乐①,自以能于步打②,谓俳优石野猪曰③:"朕若步打进士④,当得状元。"野猪对曰:"或遇尧、舜、禹、汤作礼部侍郎,陛下不免且落第。"帝大笑。

**【注释】**

①僖宗好蹴球、斗鸭为乐:本条采录自《北梦琐言·宣宗称进士》。

②步打：又作"步打球"，古代一种球类游戏。比赛时分两队，以下
　　端弯曲的木棍徒步击球入门分胜负。本为军中戏，唐时盛行宫
　　中，类似今天的曲棍球。

③石野猪：唐僖宗时期的滑稽杂耍艺人，生平未详。

④若：原书此字下尚有"作"字，当据补。

**【译文】**

　　唐僖宗喜欢以蹴球、斗鸭取乐，自认为擅长步打球，他曾经对滑稽艺
人石野猪说："朝廷如果把步打球作为考核取士的科目，我一定可以成为
状元！"石野猪回答说："如果您遇上尧、舜、禹、汤作礼部侍郎负责考核，
那陛下您就不免要落榜了。"唐僖宗听了大笑。

　　974.黄寇入京①，郭妃不食②，奔赴行在③，乞食于都城，
时人嗟之④。

**【注释】**

①黄寇入京：本条采录自《北梦琐言·同昌公主事》。本条与下975
　　条原合为一条，本书据原书分列。黄寇，指黄巢。

②不食：原书作"不及"，当据改。

③行在：也作"行在所"。旧时帝王巡幸所居之地。

④乞食于都城，时人嗟之：《新唐书·后妃传下》曰："（郭淑妃）遂流
　　落间里，不知所终。"

**【译文】**

　　贼寇黄巢攻入京城，郭淑妃没来得及和皇帝一起出行，她只身赶往
皇帝所居的地方，在都城乞讨食物，当时人都为之叹息。

　　975.僖宗幸蜀，御座是明皇幸蜀故物；又异御座人李再

忠<sup>①</sup>，经明皇时供奉<sup>②</sup>，时以为异。［原注］案<sup>③</sup>：广明元年，上距天宝将百年，此说甚妄。

**【注释】**

①舁（yú）：抬，扛。李再忠：唐人，生平未详。

②供奉：职事名。唐时通称在皇帝左右供职者为供奉或供奉官。

③案：据周勋初注，"此案语置于原注下，当是王谠所加。"

**【译文】**

唐僖宗巡幸蜀地，皇帝的宝座是玄宗皇帝当年巡幸蜀地的旧物；还有抬出皇帝宝座的人李再忠，他是唐明皇时的供奉官，当时人觉得很惊异。［原注］案：广明元年，距离天宝年间将近一百年，这种说法很荒谬。

976.僖宗入蜀。太史历本不及江东<sup>①</sup>，而市有印货者<sup>②</sup>，每差互朔晦<sup>③</sup>，货者各征节候<sup>④</sup>，因争执。里人拘而送公<sup>⑤</sup>，执政曰："尔非争月之大小尽乎<sup>⑥</sup>？同行经纪<sup>⑦</sup>，一日半日，殊是小事。"遂叱去。而不知阴阳之历，吉凶是择，所误于众多矣。

**【注释】**

①太史：官名。西周、春秋时有太史之官，掌起草文书，策命诸侯卿大夫，记载史事、天文历法，兼管国家典籍。秦汉时设太史令，地位渐低。魏晋以后太史令仅掌天文历法。隋设太史监，唐改为太史局，均以太史令为长官。唐朝太史局曾多次改名，太史令亦随官署名的改变而变化。历本：日历，历书。

②印货：指刊印发卖。

③差互：交错，错杂。朔晦：朔日和晦日。旧历每月初一日和最末一日。

④各征节候：指各自征引时令物候以佐证自己历本的正确。

⑤里人：同里的人，同乡。

⑥月之大小尽：指月的大尽和小尽。农历大尽每月三十日，小尽每月二十九日。唐韩鄂《岁华纪丽·晦日》"大酺小尽"条注："月有小尽，有大尽。三十日为大尽，二十九日为小尽。"

⑦同行：从业相同的人。经纪：经营买卖。

**【译文】**

唐僖宗来到蜀地。太史局的历本没有带到江东地区，当时民间有私自刊印历本出售的，朔日和晦日经常错杂，刊印历本的人各自征引时令物候来佐证自己历本的正确，于是就各持己见地争论。同乡将他们扣押并送到官府，主持官吏说："你们竭力争论的不就是月份的大尽小尽吗？同行业的人经营买卖，一天半天的时间，完全是小事一桩。"于是大声呵斥让他们离开。这个官吏不知道历法中的阳历和阴历，不懂得选择吉凶宜忌，对百姓的误导太大了。

977.僖宗幸蜀回，改元光启①。俗谚云："军中名'血'为'光'，又字体'户口负戈'为'启'②，其未宁乎？"俄而未久乱作，长安复陷。

**【注释】**

①改元：指皇帝改用新年号纪年。

②启：古字形为"启"。所以说"户口负戈"为"启"。戈，古代的主要兵器，代表战争。

**【译文】**

唐僖宗巡幸蜀地回到京城，改年号为光启。民间流传谚语说："军队中将'血'称为'光'，又'启'字的形体是'户口负戈'，怎么能安宁呢？"不久动乱再次发生，长安又一次沦陷。

978.昇州上元县前有古浮图①,尝有僧指云:"为此,无县丞正位②。"询之,自唐初并无县丞,诸司注授③,勾留在京④,纵有赴任者,不月余必卒。唯广明中,有丞张逊⑤,到任才月余,节度周宝追命上府筑夹城讫⑥,归县未久,与令争竞,移为睦州遂安尉。

**【注释】**

①浮图:亦作"浮屠",佛塔。

②县丞:官名。战国始置,掌文书及刑狱、仓廪,为县令辅佐之官。隋唐各置一人(赤县置二人),通判县事。正位:正式登位,就职。

③注授:指职官铨选时的登记、授受。

④勾留:因事停留,逗留。

⑤张逊:唐人。昭宗乾宁初为山阴令。董昌反,署置百官,召张逊知御史台,张逊不从,被害。

⑥周宝:字上珪,唐平州卢龙(今河北卢龙)人。武宗会昌时隶右神策军,历良原镇使,因善击球,擢金吾将军,以球丧一目。黄巢据宣、歙,徙宝镇海军节度使兼南面招讨使。僖宗中和二年(882)进平章事,兼天下租庸副使,封汝南郡王。京师陷,募兵号"后楼都",以子玙统之。四年(884)为高骈所图,奔常州。钱镠围常州,杀之。上府:上级官署,上司。夹城:两边筑有高墙的通道。

**【译文】**

昇州上元县前面有一座古老的佛塔,曾经有一位僧人指着佛塔说:"因为这座佛塔,上元县没有正式就职的县丞。"查考这件事,从唐代初年上元县就没有县丞,众官吏授受官职后,大都在京城逗留,即便有到上元县赴任的人,不出一个多月一定会去世。只有广明年间,张逊被任命为上元县县丞,到任才一个多月,节度使周宝命令张逊作为上司负责修筑两边有高墙的通道直到工程结束，张逊回到上元县不久，与县令互相争胜，于是调任张逊为睦州遂安尉。

979.刘瞻自丞相出镇荆南①。郑畋为翰林承旨②，草制云③："居数亩之宫，仍非己有；却四方之赂，惟畏人知。"路岩谓畋曰："侍郎乃表荐刘相也！"出为同州刺史④。

**【注释】**

①刘瞻自丞相出镇荆南：本条采录自《中朝故事》。

②郑畋：字台文，唐荥阳（今属河南）人。武宗会昌元年（841）举进士第。懿宗咸通五年（864），任刑部员外郎，转万年令。九年（868），被宰相刘瞻荐为翰林学士，转户部郎中，寻加知制诰，俄迁中书舍人、户部侍郎。后刘瞻罢相，被贬梧州刺史。僖宗立，以右散骑常侍召还，后历任兵部、吏部侍郎，兼礼部尚书与集贤殿大学士，封荥阳郡侯。中和元年（881），因抵御黄巢起义军有功，授检校尚书左仆射、同平章事。

③草制：草拟制书。制书，皇帝诏令的一种，由知制诰起草。

④同州刺史：原书作"梧州刺史"，当据改。《资治通鉴·唐纪·懿宗咸通十一年》载此事曰："岩谓畋曰：'侍郎乃表荐刘相也！'坐贬梧州刺史。"

**【译文】**

刘瞻从丞相任上外出镇守荆南。郑畋任翰林承旨，草拟制书说："住几亩大小的房屋，仍然不是自己所有的；拒绝全国各地的贿赂，只担心被人知道。"路岩对郑畋说："侍郎你这是上表推荐宰相刘瞻。"于是调任他外出任梧州刺史。

980.郑相畋与卢相携外兄弟<sup>①</sup>，同在中书。后因议政喧竞<sup>②</sup>，扑碎砚<sup>③</sup>。王侍中铎笑之，曰："不意中书有瓦解之事<sup>④</sup>！"

**【注释】**

①郑相畋与卢相携外兄弟：吴淑《事类赋注·什物部·砚·卢携怒以相投》注引此文，云出《唐书》。外兄弟，指表兄弟。

②喧竞：喧闹争竞。

③扑碎砚：《事类赋注》引述此条此句作"卢拂衣而起，掷砚相投也"。

④瓦解：比喻崩溃或分裂、分离。

**【译文】**

宰相郑畋和宰相卢携是表兄弟，同在中书省任职。后来因为议论政事竞争，以致相互扑打摔碎了砚台。侍中王铎嘲笑这件事，说："没想到中书省竟然有瓦解这样的事情。"

981.太尉韦昭度<sup>①</sup>，旧族名人，位非忝窃<sup>②</sup>，而沙门僧澈潜荐之中禁<sup>③</sup>，一二时相皆因之大拜。悟达国师知玄乃澈之师<sup>④</sup>，世常鄙之<sup>⑤</sup>。诸相在西川行在<sup>⑥</sup>，每谒悟达，皆申跪礼，国师揖之，请于僧澈处吃茶。后韦掌武伐成都<sup>⑦</sup>，田军容致书曰<sup>⑧</sup>："伏以太尉相公<sup>⑨</sup>：顷因和尚，方始登庸。在中书则开铺卖官，居翰林则倩人把笔<sup>⑩</sup>。"盖谓此也。

**【注释】**

①太尉韦昭度：本条采录自《北梦琐言·田军容檄韦太尉》。

②忝窃：谦言辱居其位或愧得其名。

③僧澈：唐朝僧人，生平未详。

④知玄：字后觉，俗姓陈，眉州洪雅（今属四川）人。唐朝僧人。年

十五,讲道于蜀,时号陈菩萨。文宗时,至长安住资圣寺,敷演经论,为僧俗所仰。武宗会昌年间灭佛时,离长安南归。宣宗大中初,复归长安,住宝应寺,署为三教首座。大中八年(854),归蜀住彭州丹景山。僖宗广明二年(881)春,诏其赴成都行在,与谈悟觉成佛之义。赐号悟达国师。玄,原作"元",据周勋初《校证》改。

⑤世:原书此字无,当据删。

⑥行在:行在所。天子巡行所到的地方。

⑦韦掌武:指韦昭度。

⑧田军容致书:原书作"田军容致檄书"。田军容,即田令孜,本姓陈,字仲则,唐蜀郡(今属四川)人。懿宗咸通中,入内侍省为宦官。僖宗即位,擢为左神策军中尉,掌朝政,权倾一时。黄巢起义军攻克长安,他挟僖宗逃往成都,升任左金吾卫上将军,封晋国公。光启元年(885)返长安,旋与河中节度使王重荣争收安邑、解县两地盐课,引起冲突,王重荣与李克用逼长安,他再度挟僖宗出奔。光启二年(886)自任西川监军使,赴成都。后被割据西川的王建所杀。

⑨相公:原为对宰相的尊称。

⑩倩人:谓请托别人。古代请人替自己做事称倩。把笔:执笔。借指书写,写作。

**【译文】**

　　太尉韦昭度是世族中有名望的人,他的地位不是徒有虚名,而和尚僧澈却暗中推荐他到禁中,当时有一两个当朝宰相也是靠着僧澈才拜相的。悟达国师知玄是僧澈的师父,他经常鄙视僧澈的做法。众宰相在西川行在所,每次拜谒悟达国师,都用下跪的礼节,国师则对他们拱手行礼,并请他们到僧澈的住处喝茶。后来韦昭度围攻成都,军容田令孜传下檄书说:"太尉官拜宰相:当时靠和尚的推荐才被选拔任用的。在中书省时就开店铺卖售官位,在翰林院时就请托别人执笔。"大概说的就是这些。

982.卢澄为李司空蔚淮南从事<sup>①</sup>，因酒席请一舞妓解籍<sup>②</sup>，公不许，澄怒，词多不逊。公笑曰："昔之狂司马，今也憨从事。"澄索彩具<sup>③</sup>，蔚与赌贵兆，曰："彩大者，秉大柄<sup>④</sup>。"澄掷之得十一，席上皆失声。公徐掷之，得堂印<sup>⑤</sup>。澄托醉而起。后数月，澄入南省<sup>⑥</sup>；不数年，蔚入相。

**【注释】**

①卢澄：唐朝末年大臣。僖宗乾符三年（876），由职方员外郎改任兵部员外郎。

②解籍：旧指歌妓脱离乐籍从良。

③彩具：指赌具。

④大柄：指握以治事的大权。《礼记·礼运》："是故礼者，君之大柄也，所以别嫌明微，傧鬼神，考制度，别仁义，所以治政安君也。"郑玄注："柄，所操以治事。"

⑤堂印：本指宰相居政事堂所用的官印。骰子掷双重四亦称为堂印，此处暗指李蔚将要位居宰相，执掌相印。

⑥南省：官署名。尚书省的别称。唐中书、门下、尚书三省均在大内之南，而尚书省更在中书、门下二省之南，故称南省，或称南府。

**【译文】**

卢澄任淮南司空李蔚从事时，在酒席上请求为一名舞妓脱离乐籍从良，李蔚没有答应，卢澄很愤怒，说话非常无礼。李蔚笑着说："过去是狂傲的卢司马，今天是痴憨的卢从事。"卢澄拿来赌具，李蔚和他赌显贵的征兆，并说："彩头大的一方，执掌大权。"卢澄掷骰子得到十一，座席上的人都不敢说话了。李蔚从容地抛掷骰子，得到了双重四的堂印。卢澄假借醉酒站了起来。后来几个月，卢澄进入了尚书省；不到几年，李蔚入朝成为宰相。

983.翰林学士孙棨《北里志》云①:"郑举举巧谈谐②,常有名贤醵宴③。乾符中,状元孙偓颇惑之④,与同年数人多至其舍,他人或不尽预。同年卢嗣业诉醵罚钱⑤,致诗状元曰:'未识都知面,频输复分钱。苦心亲笔砚,得志助花钿。徒步求秋赋,持杯给暮馈。力微多谢病,非不奉同年⑥。'嗣业,同年非旧知,又力穷不遵醵罚,故有此诗。曲内妓之头角者为都知⑦,举举、降真是也⑧。曲中一席四镮⑨,见烛即倍,新郎更倍,故曰'复分钱'。一日,同年宴,举举有疾,不来,令同年李深之为酒纠⑩。状元吟曰:'南行忽见李深之,手舞如风令不疑。任你风流兼酝藉,天生不似郑都知⑪。'"

## 【注释】

①翰林学士孙棨(qǐ)《北里志》云:本条采录自《北里志·郑举举》。孙棨,字文威,自号"无为子",唐博州武水(今山东聊城)人。僖宗时,频随计吏入京,屡试不第,时游北里狭邪。广明后,身经世乱,感慨良多,遂于中和四年,追忆往事,撰成《北里志》。昭宗时,擢侍御史,历中书舍人。《北里志》,全书一卷,成书于唐僖宗中和四年(884),记载中和以前长安城北平康里的歌妓生活及文士风流逸事,故名《北里志》。书中反映了当时士人生活的一个侧面,有少数条目也反映了歌妓们的痛苦和对爱情的追求,并保存了一些文士和歌妓的诗歌作品,为晚唐文学之重要背景资料。

②郑举举:唐长安名妓。性格豪放,口才出众,颇具大将风度,以善于快刀斩乱麻处理尴尬场面著称。后因年华渐老、性情傲僻而隐退。谈谐:说笑。

③醵(jù)宴:聚集宴会。

④孙偓:字龙光,唐武邑(今属河北)人。僖宗乾符五年(878)登进

士第。曾任右补阙、长水县令,累官京兆尹。昭宗时迁户部侍郎同中书门下平章事,后又充集贤殿大学士,兼判户部事。不久兼礼部尚书、行营节度诸军都统招讨处置使等。四年(897),罢相。

⑤卢嗣业:字子通,卢纶之孙。族望范阳(今河北涿州),后徙为河中蒲州(今山西永济)人。僖宗乾符五年(878)登进士第,累辟使府。广明初,以长安尉直昭文馆。历左拾遗、右补阙。后王铎征兵收两京,征辟卢嗣业为都统判官、检校礼部郎中。

⑥"未识都知面"几句:语出卢嗣业《致孙状元诉酿罚钱》一诗,诗的意思是说:"我和郑举举未曾见面,却连连输去了加倍的酒钱。费尽心思写诗作文,取得功名后再添助酒妓们的首饰金华钿。无车无马徒步而去参加科举考试,端起酒杯去筹措晚餐的粥馆。财力困乏只有告病不赴宴,并非不想奉陪诸位及第的同年。"诗中表达了诗人对文士花费大量钱物醉心于歌妓的批评和谴责。都知,指歌妓中艺色杰出者。此处指郑举举。复分钱,指加倍付给歌妓的酒钱。秋赋,犹秋贡。馆(zhān),厚粥,稠粥。谢病,因病告归。

⑦头角:指出众,优胜。

⑧降真:原书作"绛真",当据改。

⑨四镮(huán):四贯钱,即四千钱。

⑩李深之:唐人,生平未详。酒纠:酒宴中主掌酒令奖罚的人。

⑪"南行忽见李深之"几句:语出刘崇鲁《席上吟》一诗,诗的意思是说南行的路上忽然见到了李深之,手舞轻盈如风出令不迟疑。纵使你深之风流又含蓄,天生却不如酒妓郑都知。诗歌表达了诗人对郑举举的赞美。郑都知,指郑举举。

**【译文】**

翰林学士孙棨撰写的《北里志》说:"酒妓郑举举诙谐善谈,经常有名人贤士到她所在的妓馆里会宴。唐僖宗乾符年间,状元郎孙偓非常迷恋她,与同年进士及第的几个人多次到郑举举所在的妓馆,孙偓到来后郑举举对其他客人就不全接待了。和孙偓同榜中进士的卢嗣业,诉说自己多次会宴行酒令输钱的事,并写诗给孙偓说:‘未识都知面,频输复分钱。苦心亲笔砚,得志助花钿。徒步求秋赋,持杯给幕馈。力微多谢病,非不奉同年。’卢嗣业与孙偓是同榜进士但没有老交情,又因财力耗尽无法提供酒宴的花费,所以写了这首诗。街区内妓院中才色最优的妓女称为都知,举举和绛真都算得上都知。妓院里办一席酒要四贯钱,夜晚加倍,新郎初夜再加倍,因此说‘复分钱’。一天,孙偓与同年们又来妓院会宴,郑举举有病,没有出来陪客,大家便推荐同年李深之做主掌酒令奖罚的人。状元郎孙偓吟诗说:‘南行忽见李深之,手舞如风令不疑。任你风流兼酝藉,天生不似郑都知。’”

984.杜让能,丞相审权之子;韦相保衡,审权之甥。保衡少不为让能所礼。保衡为相,让能久不中第。及登科,审权愤其沉厄<sup>①</sup>,以一子出身奏监察御史<sup>②</sup>。

**【注释】**

①沉厄:指长时间的阻挠、压制。

②出身:指科举考试中选者的身份、资格,后亦指学历。韩愈《赠张童子序》:“有司者总州府之所升而考试之,加察详焉,第其可进者,以名上于天子而藏之属之吏部,岁不及二百人,谓之出身。”

**【译文】**

杜让能,是丞相杜审权的儿子;宰相韦保衡,是杜审权的外甥。韦保衡年轻的时候不被杜让能礼遇。后来韦保衡任宰相,杜让能很长时间不能进士及第。等到登进士科,杜审权怨恨韦保衡长时间的阻挠和压制,便以一名科举考试中选者的身份向监察御史上书。

985.崔相沆知贡举,得崔瀣①。时榜中同姓,瀣最为沆知。谭者称②:"座主门生,沆瀣一气③。"

**【注释】**

①崔瀣(xiè):唐人,生平未详。

②谭者:指谈论此事的人。谭,通"谈"。

③沆瀣一气:比喻气味相投的人互相交结。沆瀣,夜间的水气,露水。此处指崔沆和崔瀣。一气,此二字《艺文类聚》引文作"一家"。《全唐诗·崔沆放榜时人语》亦作"一家"。

**【译文】**

宰相崔沆任科举考试的主考官,录取了一位叫崔瀣的考生。当时考中进士的崔瀣与崔沆同姓,而且崔瀣最受崔沆赏识。谈论这件事的人声称:"主试官和自己的门生,沆瀣一气。"

986.许棠初试进士①,与薛能、陆肱齐名②。薛擢第,尉盩厔;肱下第,游太原。棠并以诗送之。棠登第,薛已自京尹出镇徐州,陆亦出守南康,招棠为倅③。初,高侍郎湜知举④,棠纳卷⑤,览其诗云:"退鹢已经三十载,登龙仅见一千人⑥。"乃曰:"世复有屈于许棠者乎?"永临刘相,以其子希同年⑦,留为淮南馆驿官,令和韵,棠嗜诗不通;南海仆射时为副使知府事⑧,笑谓人曰:"相公令许棠和韵,可谓虐人也!"

**【注释】**

①许棠初试进士:本条与下987条原合为一条,本书据原书分列。

②陆肱:其先居吴郡嘉兴(今属浙江),后为吴兴(今属浙江)人。唐宣宗大中九年(855)进士,后为振武从事。懿宗咸通六年

（865），由振武从事试平判入等。曾任江夏县尉。僖宗乾符时，历虔州、湖州刺史。陆肱能诗，与诗人李频、郑谷、许棠等友善。其为虔州刺史时，特辟许棠为郡从事。又尝任湖州刺史。尤工赋，以《春赋》得名。

③倅（cuì）：副官。

④高侍郎湜：即高湜。字澄之，同州（治今陕西大荔）人。进士出身。懿宗咸通末年，为礼部郎中，兼史官修撰。咸通年间，以中书舍人知礼部贡举，为礼部侍郎。后出为昭义节度使。唐僖宗乾符二年（875），为乱兵所逐。官至右谏议大夫。

⑤纳卷：科举考试用语。又称"公卷""省卷"。指应举者于考前向主考官呈送自己的诗文。始行于唐玄宗天宝元年（742），时令应举者自通所工诗笔，使主考官知其所长，然后依常式考核。

⑥退鹢已经三十载，登龙仅见一千人：语出许棠《献独孤尚书》一诗，这两句诗是说身处逆境已经三十年了，一朝进士登第只见榜上有一千人。退鹢，退飞之鹢。语本《左传·僖公十六年》："六鹢退飞过宋都。"杜预注："鹢，水鸟，高飞遇风而退，宋人以为灾。"此处借喻自己身处逆境。登龙，即登龙门，古代称科举时代进士及第为"登龙门"。

⑦子希：即宰相刘邺之子刘希，字至颜，生平未详。

⑧南海仆射：即郑愚。因其在黄巢平后，出镇南海，终尚书左仆射，故称。

## 【译文】

许棠初次参加进士考试，与薛能、陆肱名望相等。薛能进士及第，任盩厔尉；陆肱没有考中，就去太原游历。许棠都写诗为他们送行。许棠进士登第后，薛能已经从京兆尹任上出镇徐州，陆肱也出镇南康，就叫许棠任副官。当初，侍郎高湜主持科举考试，许棠向主考官呈送了自己的诗文，高湜看到其中两句诗说："退鹢已经三十载，登龙仅见一千人。"就说："当今世上还有让许棠屈服的人吗？"宰相刘邺，因为许棠和他儿子刘希是同榜进士，就留许棠在淮南驿馆任职，让许棠应和他人的诗作，许棠喜欢诗歌，但不懂写诗；尚书左仆射郑愚当时为副使知府事，笑着对人说："宰相刘邺让许棠应和他人作诗，可以说是对他的虐待。"

987.许棠常言于人曰①："往者未成事，年渐衰暮，行卷达官门下②，身疲且重，上马极难。自喜得第来筋骨轻健，揽辔升降，犹愈于少年。则知一名，乃孤进之还丹③。"

**【注释】**

①许棠常言于人曰：本条采录自《金华子》。

②行卷：唐代习尚，应举者在考试前把所作诗文写成卷轴，投送朝中显贵以传扬美名，称为行卷。

③孤进：特别求取上进，谓非常出色。还丹：道家合九转丹与朱砂再次提炼而成的仙丹。自称服后可以即刻成仙。

**【译文】**

许棠曾经对人说："过去科举考试没有考中时，感觉自己年渐衰老，到显贵的官吏门前呈送自己的诗文，身体疲惫且步履沉重，连上马都觉得非常困难。自从喜得进士中第以来，筋骨都觉得轻便灵活了，骑上马挽住马缰绳登高趋下，比年轻人还要厉害。于是知道这一功名，才是求取上进的仙丹。"

988.华郁①，三衢人，早游田令孜门，擢进士第，历正郎金紫②。李瑞③，曲江人，亦受知于令孜，擢进士第，又为令孜宾佐④。俱为孔鲁公所嫌⑤。文德中，与郁俱陷刑网⑥。

**【注释】**

①华郁:本条采录自《唐摭言·恶得及第》。华郁,唐人,生平未详。原书作"黄郁"。

②正郎:唐时为尚书省六部诸司郎中的通称。金紫:金印紫绶的省称。汉相国、丞相皆金印紫绶。魏晋以来,左右光禄大夫,皆银章青绶,其重者,诏加金章紫绶,则谓之金紫光禄大夫。《旧五代史·晋高祖纪》:"翰林学士、都官郎中、知制诰李慎仪改中书舍人,仍赐金紫。"

③李瑞:唐人,生平未详。

④宾佐:官名。泛指主官之僚佐。

⑤孔鲁公:即孔纬,字化文,唐鲁郡曲阜(今山东曲阜)人。宣宗大中十三年(859)登进士第,历观察判官、翰林学士,转考功郎中、知制诰,拜中书舍人。僖宗乾符中,历户部、兵部、吏部三侍郎。广明元年(880),从僖宗奔成都,后改兵部侍郎、同中书门下平章事,进位司徒,封鲁国公。卒赠太尉。

⑥刑网:犹法网。比喻严密的法律条规。

**【译文】**

华郁是三衢人,早年在田令孜门下学习,登进士科后,历任尚书省诸司郎中、金紫光禄大夫。李瑞是曲江人,也很得田令孜的赏识,进士及第后,又任田令孜的僚佐。华郁和李瑞二人都被鲁国公孔纬所嫌弃。唐僖宗文德年间,李瑞和华郁都因犯罪而陷入法网中。

989.裴筠婚萧楚公女①,言定未几,便擢进士。罗隐以一绝刺之,略曰:"细看月轮还有意,信知青桂近嫦娥②。"

**【注释】**

①裴筠婚萧楚公女:本条采录自《唐摭言·误掇恶名》。裴筠,唐末

官吏。曾任朝议郎、尚书司勋郎中、上柱国，赐绯鱼袋。萧楚公，
即萧遘（gòu），字得圣，唐兰陵（今山东兰陵）人。开元宰相萧嵩
五代孙。僖宗乾符初，充翰林学士，拜中书舍人，累迁户部侍郎、
翰林承旨。僖宗中和元年（881），拜同中书门下平章事，监修国
史。在相位五年，累兼尚书右仆射，封楚国公。时藩镇骄横，莫能
制。帝奔凤翔，朱玫立襄王李煴为嗣，召萧遘作册文，萧遘以疾苦
辞，罢为太子太保。光启三年（887）赐死，时人哀之。

②细看月轮还有意，信知青桂近嫦娥：语出罗隐《句》诗，这两句诗
以青桂喻指裴筠，以嫦娥喻指萧遘之女。科举时代称考试中举为
"蟾宫折桂"，这里讽刺裴筠考中进士是由于裙带关系。月轮，泛
指月亮。青桂，指桂树。桂树常绿，故称。

**【译文】**

裴筠将与楚国公萧遘的女儿成亲，订婚没多久，就考中了进士。罗
隐写了一首绝句讽刺他，其中两句大概说："细看月轮还有意，信知青桂
近嫦娥。"

990.秦韬玉应进士举①，出于单素②，屡为有司所斥。
京兆尹杨损奏复等列③。时在选中。明日将出榜，其夕忽叩
试院门，大声曰："大尹有帖！"试官沈光发之④，曰："闻解榜
内有人⑤，曾与路岩作文书者，仰落下⑥。"光以韬玉为问，损
判曰："正是此。"

**【注释】**

①秦韬玉：字中明，唐京兆长安（今陕西西安）人。少有词藻，工歌
吟，长七律，却累举不第，后谄附宦官田令孜。中和二年（882），
特敕赐进士及第。历任工部侍郎、神策军判官。

②出于单素：指出身贫寒。单素，素色的粗布短衣。

③杨损：字子默，唐虢州弘农（今河南灵宝）人。杨嗣复子。懿宗咸通中以荫补蓝田尉，入为殿中侍御史。因忤逆宰相路岩，出按狱黔中。路岩罢相，召拜给事中，迁京兆尹。与宰相卢携不和，出为陕虢观察使。后改青州刺史。徙天平军节度使，未赴任而卒。

④沈光：号云梦子，唐吴兴（今浙江湖州）人。懿宗咸通二年（861）至任城，作《李白酒楼记》。七年（866）登进士第。僖宗乾符五年（878），以监察御史为福建观察使韦岫从事，历官侍御史。与罗隐、郑谷等为友。

⑤解榜：唐宋时解试中试的榜文。

⑥仰：旧时下行公文用语。表命令。

【译文】

秦韬玉参加科举考试，因为家境贫寒，多次被主管官吏所黜免。京兆尹杨损上奏疏重新分等级。当时秦韬玉在中选者的名单之中。第二天将要贴出榜单，这天傍晚忽然有人敲科举考试院的大门，大声说："长官有文书！"主持考试的官员沈光打开文书，上面写道："听说榜文中有个曾经给路岩写过文书的人，切望将他拿下。"沈光就拿秦韬玉向杨损询问，杨损判定说："正是这个人。"

991.方干貌陋唇缺①，味嗜鱼鲊②，性多讥戏③。萧中丞典杭③，军倅吴杰患眸子赤④；会宴于城楼饮，促召杰，杰至，目为风掠，不堪其苦。宪笑命近座女伶裂红巾方寸帖脸，以障风⑤。干时在席，因为令戏杰曰："一盏酒，《一捻盐》⑥，止见门前悬箔，何处眼上垂帘？"杰还之曰："一盏酒，一胾鲊⑦，止见半臂着襕⑧，何处口唇开袴？"一席绝倒。尔后人多目干为"方开袴"。

**【注释】**

①鱼鲊（zhǎ）：腌鱼，糟鱼。鲊，一种腌制鱼。

②讥戏：讥讽戏谑。

③萧中丞：当为萧宪。唐末官吏，生平未详。

④吴杰：唐人。约武宗会昌、宣宗大中间任杭州军倅。患红眼，为方干所嘲，吴杰作诗反讥方干裂唇。《全唐诗补编·续拾》卷三四收录此诗。

⑤风：原作"风掠"，据周勋初《校证》，删"掠"字。

⑥一捻盐：民间俗曲之名。《教坊记》所录曲名中有记载。

⑦脔（luán）：切成小片的肉。

⑧半臂：一种对襟短袖上衣。半臂之名最早见于唐，由唐前的半襦发展而来，唐初为宫中女侍之服，初唐晚期流行于民间，成为民众的一种常服。襕（lán）：古代一种上下衣相连的服装。

**【译文】**

　　方干相貌丑陋嘴唇缺损，特别喜欢吃腌制鱼，性格戏谑。中丞萧宪任杭州的地方长官，军队副官吴杰患了红眼病；刚好碰上萧宪在城楼设宴聚饮，就赶紧叫来吴杰，吴杰到来后，因为眼睛被风吹，疼得忍受不了。萧宪笑着让坐在近处的女伶撕了方寸大小的红巾让他贴在脸上，用来挡风。当时方干也在座，于是写了一首小令戏弄吴杰说："一盏酒，《一捻盐》，止见门前悬箔，何处眼上垂帘？"吴杰回他说："一盏酒，一脔鲊，止见半臂着襕，何处口唇开袴？"整席的人听了都笑得前俯后仰。这之后人们多称方干为"方开袴"。

　　992.罗给事隐、顾博士云①，俱受知于相国令狐公②。顾虽醝商子③，而风韵详整。罗，钱塘人，乡音乖刺④。相国子弟每有宴会，顾独预之。丰韵谈谐，不辨寒素之子也⑤。顾赋为时所称，而切于成名。尝有启事⑥，陈于所知，只望丙科尽处⑦，竟列名于尾科之前也⑧。罗既频不得意⑨，未免怨望，意为贵子弟所排，契阔东归⑩。黄寇事平，朝贤意欲召之。韦贻范沮之⑪，曰："某与之同舟而载，虽未相识，舟人告云：'此有朝官。'罗曰：'是何朝官！我脚夹笔，可以敌得数辈。'必若登科通籍⑫，吾徒为秕糠也⑬。"由是不果召。

**【注释】**

①罗给事隐、顾博士云：本条采录自《北梦琐言·罗顾升降》。顾博士云，即顾云，字垂象，一字士龙，唐池州秋浦（今安徽贵池）人。出身盐商家庭。早年急于成名，尝赴长安等地干谒。与诗人郑谷、罗隐等多有交往，与罗隐同受知于令狐绹。懿宗咸通十五年（874），登进士第。僖宗乾符间，以试秘书省校书郎入高骈淮南幕府，为行营都招讨判官。光启三年（887），高骈被叛将杀害，顾云退隐，闭门著书。昭宗大顺中，为宰相杜让能荐举入朝，为太常博士，与卢知猷、陆希声等人分修宣、懿、僖三朝实录。书成，加虞部员外郎。著述颇丰。

②令狐公：这里指令狐绹。太尉令狐楚之子。

③醝（cuó）商：盐商。

④乖剌：违背，不和谐。

⑤寒素：门第卑微又无高官贵爵的家庭。顾云之父为盐商，因唐朝商人地位卑贱，故称寒素。

⑥启事：陈述事情的书函。启，书函。

⑦丙科：汉代用考试取士，分甲、乙、丙诸科。丙科，成绩低劣。《汉书·儒林传》："岁课甲科四十人为郎中，乙科二十人为太子舍人，丙科四十人补文学掌故云。"

⑧尾科：亦作"末科"，谓科举考试及第的最下等。

⑨得意：指及第。唐刘氏（或云赵氏）《闻夫杜羔登第》诗："良人得意正年少，今夜醉眠何处楼。"

⑩契阔：辛苦，劳苦。

⑪韦贻范：字垂宪，唐末京兆万年（今陕西西安）人。曾官至宰相，后坐事贬通州刺史。昭宗天复元年（901），闻唐昭宗在凤翔，奔赴行在，迁给事中。由李茂贞荐，擢升工部侍郎、同中书门下平章事，复为宰相，判度支。在位期间依附权臣，恣骜不恭，数月后免官，不久病死。

⑫通籍：指初做官，意谓朝中已有了名籍。

⑬秕糠：秕子和糠，均属糟粕。比喻没有价值的东西。

**【译文】**

给事中罗隐、博士顾云两人，都为宰相令狐绹赏识。顾云虽然是盐商的儿子，但是风度安详严整。罗隐是钱塘人，说话乡音重，做事又不合宜。令狐绹的子侄们每次举行宴会，顾云都是一个人去参加。顾云风流倜傥，挥洒谈笑，没人能看得出他是一个地位卑贱的商贾人家的儿子。顾云的赋为当时人所称道，而他想要成就功名的心情很迫切。他曾经在给朋友的信里，述说了他的想法，并说只希望自己科举考试成绩在第三等级，最后名字排在榜末之前就可以。罗隐多次未能及第，就不免心怀怨恨，认为自己被那些显贵子弟所排挤，于是一路劳苦回到家乡。黄巢之乱被平定后，朝中贤达官员想要召他入朝。韦贻范从中作梗，说："我和他曾经一起坐船，虽然互相不认识，但船主告诉他：'船上有朝官。'而罗隐却说：'这是什么朝官！我用脚夹着笔，就能匹敌他们好几个人。'如果这样的人也登科做官，咱们这些朝臣都成了没用的秕糠了。"因此果然没有召他。

993.驸马韦保衡为相，颇弄权势。及将败，长安小儿竞彩戏，谓之"打围"①。不旬日余，韦祸及。

**【注释】**

①打围:谐音"打韦"。

**【译文】**

驸马韦保衡任宰相,非常善于玩弄权势。等到他将要败落时,长安城中的小孩儿玩一种比赛胜负的彩色纸牌游戏,并将这种游戏称为"打围"。过了十多天,韦保衡的灾祸就到了。

994.大中十二年①,李卫公谪崖州。历宣、懿两朝无宗相②。至乾符二年,李蔚为相,俄罢去。历乾符、广明、中和、光启、文德、龙纪、大顺、景福、乾宁,悉无宗相,而宗室陵迟尤甚③,居官者不过郡县长,处乡里者或为里胥④。

**【注释】**

①大中十二年:本条采录自《岚斋集》。《侯鲭录》亦引录此条。此句《侯鲭录》引文作"大中二年",当据改。《资治通鉴·唐纪·宣宗大中元年冬十二月戊午》载此曰:"贬太子少保、分司李德裕为潮州司马。"又大中二年秋九月甲子亦载:"再贬潮州司马李德裕为崖州司户。"

②宗相:与帝王同宗族的宰相。

③陵迟:衰落,衰败。《诗经·王风·大车》序:"《大车》,刺周大夫也。礼义陵迟,男女淫奔,故陈古以刺今大夫。"孔颖达疏:"陵迟,犹陂陁,言礼义废坏之意也。"

④里胥:吏名。地方小吏的总称。

**【译文】**

唐宣宗大中二年,卫国公李德裕被贬崖州司马。历经宣宗、懿宗两朝没有与帝王同宗族的宰相。到僖宗乾符二年,李蔚任宰相,不久就被罢免。历经乾符、广明、中和、光启、文德、龙纪、大顺、景福、乾宁,都没有与帝王同宗族的宰相，而皇室宗族衰败得更加厉害，做官的人官位不超过郡、县的长官，住在乡里的还有人任里长。

995.唐末饮席之间，多以《上行杯》《望远行》拽盏为主①，《下次据》副之。既而僖宗西行，后方镇多为下位者所据，此其验也。

**【注释】**

①《上行杯》《望远行》：与下文《下次据》均为流行于晚唐歌舞筵席的酒令曲，常配合巡酒、奏乐等节目。"上行杯""望远行"，从曲词来看，行令时还有邀舞的内容。"下次据"指依次为令主，亦即按特定方式轮番持令，是产生于军中的酒令。拽盏：抛杯，扔杯。为流行于晚唐的行酒令，类似现今的击鼓传花。

**【译文】**

唐代末年酒席饮宴之间，大多以《上行杯》《望远行》等抛杯酒令为主，以《下次据》为次。不久唐僖宗西行入蜀，后来镇守一方的军事长官多被地位低贱的人所占据，这就是上述行酒令的证验。

996.唐末士人之衣色尚黑，故有紫绿，有墨紫。迨兵起，士庶之衣俱皂①，此其谶也。

**【注释】**

①士庶：士人与庶民。亦泛指人民、百姓。皂：黑色。

**【译文】**

唐代末年读书人衣服的颜色崇尚黑色，因此有紫绿色，有墨紫色。等到战乱发生，百姓的衣服都是黑色，这就是预兆。

997.唐末妇人梳髻,谓"拔丛"①;以乱发为胎②,垂障于目。解者云:"群众之计,目睹其乱发也。"

**【注释】**

①拔丛:唐代妇女发髻的名称。

②胎:事物的根源或初基。

**【译文】**

唐朝末年妇女梳的发髻,称作"拔丛";就是用乱发作为初基,垂下来遮挡在眼睛前面。解释这种发型的人说:"民众的想法,就是要亲眼看见动乱的发生。"

# 卷八

## 【题解】

本卷共八十二条。所记条目均没有明确年代，从内容来看，主要是对名物制度、丧葬仪式、民情风俗等的陈述与考辨，具体来说，主要表现在以下几个方面：

第一是对唐代官场一些官职职责、职官名称以及特定称谓的陈述与考辨。如御史台三院官员的名称及职责（第1005条），唐朝各类御史的名称、职责（第1006条）以及唐代节度使的发展历程（第1009条）等。除此之外，还有不少条目是对官场一些特定称谓的阐述和考辨，如对"压角"（第999条）、"棘卿"（第1000条）、"官衔"（第1002条）、"公衙"（第1003条）、"卤簿"（第1004条）、"伏豹"（第1007条）、"爆直"（第1008条）、"露布"（第1010条）等称谓进行考辨。

第二是对唐代科举制度多方面的关注。如自隋朝以来明经、进士两科考试的发展（第1027条）、帖经考试方式和考试规则的变化（第1028条）以及制科考试的方式（第1029条）等，也讲到唐中宗神龙元年以来主持科考的主考官姓名和他们主持科考的次数（第1031条）等。另有个别条目，也对进士登第后拜谒主考官这一恶习进行了批判："春官氏选士得其人，止供职业耳，而俊造之士以经术待聘，获采拔于有司，则朝廷与春官氏皆何恩于举子？今使谢之，则与选士之旨，岂不异乎？"（第1030

条）。

第三是对唐代丧葬习俗及丧葬仪式等的记述。如第1018条写在佛教的影响下祭奠方式的转变；第1019条记述了丧葬仪式中为兄弟行杖周礼的准则；第1020条通过《礼记》中有关除丧仪式的记载，说明"今俗释服多用昏时"是不合礼仪的。第1021条是对亲人去世大殓后第三天礼仪的陈述。第1022条则是基于《世说新语》《晋书·桓玄传》等典籍中的相关记述，对"忌日请假，非古也"进行的说明。

第四是对名物的陈述与考辨。其中讲到朝廷百官所在各个机构镶嵌在墙上的"壁记"（第1001条），墓碑的由来、不同历史时期墓碑的发展和立碑制度等情况的说明（第1013条、1014条等），还谈到建安郡建安县大勤墟砚形石的由来（第1047条）、轻纱名为"冷子"的缘由（第1048条）、风炉子命名的由来（第1050条）、茶拓子的由来（第1051条），以及对"蔷薇"与"枚槐"（第1055条）、"毕罗"与"馄饨"（第1066条）、"星货铺"与"星火铺"（第1067条）等各种名物的考辨。而对于蜀地和江东原来没有兔子和鸽子的原因（第1042条）以及不同地区因为水质不同而形成不同产业（第1041条）的叙述等，则是就物产而言的。

第五是对唐代民风民俗的述写。如民间盛行的戲融（第1024条）、长行（第1025条）等游戏的玩法和由来，唐代不同时期盛行的行酒令（第1073至第1075条），唐代民间的七夕习俗（第1061条），始于唐明皇并逐渐奢华的路祭（第1017条）等。除此之外，也展现了唐代东南地区四通八达的水上通道及水上商贸往来的繁盛局面（第1043条、第1044条），唐代著名的寺庙名画（第1035条）以及东都归德坊南街卢言旧宅西壁上的名画（第1036条）等，不再详述。


## 补遗 无时代。

998.宓牺氏以农官[①]，神农以火[②]，黄帝以云[③]，少昊以鸟④,颛顼而名以民事⑤。又以五行为官名⑥。卨作司徒⑦,敬敷五教⑧;禹作司空⑨,以平水土;周则以天、地、春、夏、秋、冬为官名。伏以古者命官,以天地、四气、五行、云龙为号者⑩,皆上禀天时,下达人事,见圣人垂意⑪,未有不及于惠民也。后代不究深旨,率尔命官,仆射、侍中,尤为不可。秦有侍中、仆射,其初且非官名,唯供奉左右,是其职业。侍中,当西汉掌乘舆服⑫,下至亵器、虎子之类⑬;虎子,溺器也。

**【注释】**

①宓牺氏以农官:本条采录自《刊误·侍中仆射官号》。宓牺氏以农官,此句原书作"宓羲氏以龙名官",当据改。语本《春秋左传·昭公十七年》郯子之语:"大皥氏以龙纪,故为龙师而龙名。"大皥氏,即宓牺氏之祖。《春秋左传诂》引服虔云:"大皥以龙名官,春官为青龙氏,夏官为赤龙氏,秋官为白龙氏,冬官为黑龙氏,中官为黄龙氏。"农,当作"龙"。

②神农以火:语本《春秋左传·昭公十七年》郯子之语:"炎帝氏以火纪,故为火师而火名。"《春秋左传诂》引服虔云:"炎帝以火名官,春官为大火,夏官为鹑火,秋官为西火,冬官为北火,中官为中火。"神农,也称炎帝。

③黄帝以云:语本《春秋左传·昭公十七年》郯子之语:"昔者黄帝氏以云纪,故为云师而云名。"《春秋左传诂》引服虔云:"黄帝受命,得景云之瑞,故以云纪事。黄帝以云名官,盖春官为青云氏,夏官为缙云氏,秋官为白云氏,冬官为黑云氏,中官为黄云氏。"

④少昊以鸟:语本《春秋左传·昭公十七年》郯子之语:"我高祖少皞挚之立也,凤鸟适至,故纪于鸟,为鸟师而鸟名。凤鸟氏,历正也;玄鸟氏,司分者也;伯赵氏,司至者也;青鸟氏,司启者也;祝

鸠氏,司徒也;鸤鸠氏,司马也;鹛鸠氏,司空也……"

⑤颛顼而名以民事:语本《春秋左传·昭公十七年》郑子之语:"自颛顼以来,为民师而命以民事。"《春秋左传诂》引服虔云:"自颛顼以来,天子之号以其地,百官之纪以其事。"

⑥以五行为官名:服虔《周礼正义序》:"春官为木正,夏官为火正,秋官为金正,冬官为水正,中官为土正。"五行,古代称构成各种物质的水、火、木、金、土五种元素。始见于《尚书·洪范》:"五行:一曰水,二曰火,三曰木,四曰金,五曰土。水曰润下,火曰炎上,木曰曲直,金曰从革,土爰稼穑。润下作咸,炎上作苦,曲直作酸,从革作辛,稼穑作甘。"后经春秋和两汉的发展,在相生相克思维的基础上,又附之于阴阳、四时、五方、五德等元素,形成了一套完整的五行系统模型。

⑦卨(xiè):"契"的古字,传说中的商代始祖。相传因助大禹治水有功而封于商。《史记·殷本纪》:"殷契,母曰简狄,有娀氏之女,为帝喾次妃。三人行浴,见玄鸟堕其卵,简狄取吞之,因孕生契。"又《诗经·商颂·玄鸟》:"天命玄鸟,降而生商。"司徒:官名。相传少昊始置,唐虞因之。少昊氏以鸟名官,而祝鸠氏为司徒。尧时舜为司徒。舜摄帝位,命契为司徒,掌教化人民。

⑧敬敷五教:指对百姓进行五种伦理道德教育。《尚书·舜典》:"帝曰:契,百姓不亲,五品不逊,汝作司徒,敬敷五教,在宽。"孔颖达疏:"帝又呼契曰:往者天下百姓不相亲睦,家内尊卑五品不能和顺,汝作司徒之官,谨敬布其五常之教,务在于宽。"敬敷,恭敬地布施教化。五教,五常之教,指父义、母慈、兄友、弟恭、子孝五种伦理道德的教育。

⑨禹:传说夏代第一位君主。接受舜的禅让成为天子,史称夏禹,又称夏后氏。司空:官名。相传少昊始置,唐虞因之。少昊氏以鸟名官,而鸣鸠氏为司空。《尚书·舜典》记舜所设九官之一为司

空,由禹担任,"平水土",也就是主管水利。《周礼》司空为六官之"冬官",掌土木水利建设。

⑩ 四气:指春、夏、秋、冬四时的温、热、冷、寒之气。《礼记·乐记》:"奋至德之光,动四气之和,以著万物之理。"孔颖达疏:"动四气之和者,谓感动四时之气,序之和平,使阴阳顺序也。"

⑪ 见:通"现",显现,显露。垂意:关怀,关心。

⑫ 乘舆:皇帝车驾,泛指皇帝用的器物。汉蔡邕《独断》卷上:"天子车马、衣服、器械、百物曰乘舆。"后用作皇帝的代称。服:原书作"服御",当据补。服御,亦作"服驭",指服饰车马器用之类。

⑬ 亵(xiè)器:溲便之器。《周礼·玉府》:"掌王之燕衣服、衽、席、床、第,凡亵器。"郑玄注引郑司农曰:"亵器,清器,虎子之属。"虎子:便壶。因形作伏虎状,故名。多以陶、瓷、漆或铜制作,汉代王室贵族亦有以玉为之者。汉、魏、南北朝古墓中常以虎子为随葬品。孙诒让《周礼正义》:"虎子,盛溺器,亦汉时俗语。"

## 【译文】

宓牺氏以龙命名官职,神农以火命名官职,黄帝以云命名官职,少昊以鸟命名官职,从颛顼开始以分管民事的性质命名官职。又以金、木、水、火、土五种物质为官名。契任司徒,对百姓进行父义、母慈、兄友、弟恭、子孝五种伦理道德的教育;禹任司空,掌管土木、水利建设;周朝则用天、地、春、夏、秋、冬为官名。古代命名官职,以天地、四气、五行、云龙作为名号,全都向上禀受天道运行的规律,向下通晓人间世事,显现圣人的关心,没有不惠及老百姓的。后世的人们没有探究其中的深意,轻率地命名官职,仆射、侍中这两个官职的命名,尤其不合适。秦朝就有了侍中、仆射,这两个名称最初并不是官名,只是侍奉在皇帝身边,这是他们从事的工作。侍中,在西汉时掌管皇帝的服饰车马器用之类,下到溲便之器、虎子之类的器物;虎子,就是便壶。

武帝以孔安国为侍中①，以其儒者，特许掌御唾壶，朝廷荣之。班固云："侍中，本丞相吏也，五人来往殿内奏事，故曰'侍中。'"又仆射者，射音夜，尤寡其义。在秦有周青臣②，孔衍注云③："仆射，小官扶左右者也。"亦曰："卫令仆射，守门之夫。"在汉为武士门仆射，在宫则曰宫门仆射、永巷仆射：盖言"仆御"④，执射之夫也，如今宦竖之首耳⑤。皆因权幸⑥，渐峻官名。开元元年，改左右仆射为左右丞相，是官号之不正也。又则天宠侍御者张昌宗，其官号曰"控鹤监"⑦。向使五王未复唐德⑧，则"控鹤"亦沾丞相之名也。

**【注释】**

①孔安国：字子国，西汉鲁国（今山东曲阜）人。孔子后裔，治《尚书》。武帝时，任博士。后为谏大夫，官至临淮太守。曾得孔子宅壁中所藏古文《尚书》，并为之作《传》，成为"尚书古文学"的开创者。

②周青臣：秦朝人。曾任仆射。秦始皇三十四年（前213）置酒咸阳宫时，极力称颂秦始皇之功德。博士淳于越斥其"面谀""非忠臣"。以此引起李斯焚书之议。

③孔衍：字舒元，晋代鲁国（今山东曲阜）人。孔子二十二世孙。西晋末，避乱渡江，为司马睿安东参军，专掌记室。元帝即位，授中书郎、太子中庶子。与王敦有隙，出为广陵太守。孔衍以博览著称，凡所撰述，百余万言，今大多散佚。

④盖：原作"尽"，据周勋初《校证》改。仆御：驾驭车马。《列子·汤问》："来丹遂适卫，见孔周，执仆御之礼，请先纳妻子，后言所欲。"

⑤宦竖：对宦官的鄙称。语出汉司马迁《报任少卿书》："夫以中才之人，事有关于宦竖，莫不伤气，而况于慷慨之士乎？"

⑥权幸：有权势而得到帝王宠爱的奸佞之人。

⑦控鹤监：官署名。武则天圣历二年（699）置，多安置其嬖宠之人，并用才能文学之士侍奉宴乐，长官为监，置一员，有丞、主簿等官，并置内供奉六员。因张昌宗、张易之兄弟均为官署中成员，故称。

⑧五王：指唐代神龙政变中的五位功臣，分别是张柬之、敬晖、崔玄晖、桓彦范、袁恕已五人。神龙元年（705），张柬之等五人发动政变，诛杀张易之、张昌宗，逼迫武则天退位，重立中宗为帝，复国号唐，因功皆封郡王。

【译文】

汉武帝任孔安国为侍中，因为他是通晓儒学的人，特别许可他掌管皇帝的痰盂器皿，朝廷大臣都认为很荣耀。班固说："侍中，本来是丞相身边的官吏，五个人一起来往于皇宫大殿奏疏政事，因此叫做'侍中'。"又仆射，射读音为夜，尤其缺乏实际意义。秦朝有仆射周青臣。孔衍做注说："仆射，小官，是辅佐在皇帝身边的人。"又说："卫令仆射，是守门的人。"在汉代为武士门仆射，在皇宫叫做宫门仆射、永巷仆射：大概是说"驾驭车马"，手握弓箭的人，好像现在宦官的首领。都是因为这些奸佞之人受皇帝宠爱，才逐渐抬高了这一官名。开元元年，唐玄宗改左右仆射为左右丞相，这是官职名称不准确的用法。又武则天宠爱侍从张昌宗，将他的官名称作"控鹤监"。假如张柬之等五位郡王不能恢复唐朝，那么"控鹤"也会沾上丞相的名号。

999.两省官上事日①，宰相临焉。上事者设床几②，面南而坐，判三道案③。宰相别施一床，连上事官床，南坐于西隅，谓之"压角"。自常侍而下，以南为上，差舛相承④，实乖礼敬⑤。曷不为丞相设位于众官之南，常侍、谏议、给事、舍人循次而坐于丞相之下？尊卑有序，足以为仪。"压角"之来，莫究其始。《开元礼》及累朝典故并无其文。习俗因循，莫近于理。今请去"压角"，以释众疑。

**【注释】**

①两省官上事日：本条采录自《刊误·压角》。两省，唐宋时门下省与中书省合称两省。

②床几：指坐具。

③三道：指国体、人事、直言。《汉书·晁错传》："选贤良明于国家之大体，通于人事之终始，及能直言极谏者，各有人数，将以匡朕之不逮。二三大夫之行当此三道。"颜师古注引张晏曰："三道，国体、人事、直言也。"

④差舛：这里指交错，错落。

⑤礼敬：以合于礼仪的举动表示尊崇。

**【译文】**

门下省和中书省的官员处理公务的日子，宰相就会亲临现场。处理公务的官员设立床几，面向南而坐，评判国体、人事、直言等方面的议题。宰相另设床几，与处理公务官员的床几相连，面朝南坐在西边的角落，称之为"压角"。从常侍以下的官员，将南面作为上座，错落着先后递相而坐，这实在是有违礼仪。为什么不给丞相在众官吏的南面设立一张床几，常侍、谏议、给事、舍人依次坐在丞相的下面？尊卑高低井然有序，足够作为礼仪法度。"压角"的由来，无法探究它的起源。《开元礼》及各朝的典制掌故中也没有关于它的记载。民间流传的习俗轻率随便，不合义理。现在请求舍弃"压角"的制度，来解除大众的疑惑。

1000.凡言九寺①，皆曰"棘卿"。《周礼》"三槐九棘"②：槐者，怀也；上佐天子，怀来四夷。棘者，言其赤心以奉其君，皆三公九卿之任也③。唐世惟大理得言棘卿，他寺则否。九寺皆树棘木，大理则于棘下讯鞫其罪④，所谓"大司寇听刑于棘木之下"⑤。

【注释】

①凡言九寺：本条采录自《刊误·九寺皆为棘卿》。九寺，即九卿之官署。唐朝分掌具体事务的中央机构，以太常寺、光禄寺、卫尉寺、宗正寺、太仆寺、大理寺、鸿胪寺、司农寺、大府寺为九寺。

②三槐九棘：原指古代天子在外朝种槐与棘，会见群臣时，三公面向三槐而立，其余群臣立于左右九棘之下，以区分名位。后用以指称三公九卿。语出《周礼·秋官·朝士》："朝士，掌建邦外朝之法。左九棘，孤卿大夫位焉，群士在其后；右九棘，公侯伯子男位焉，群吏在其后；面三槐，三公位焉，州长众庶在其后。"

③三公九卿：官职名。历代所指不同，泛指中央政府的高级官职。

④大理：大理寺卿。掌刑狱之事。讯鞫（jū）：亦作"讯鞠"。审讯，审问。

⑤大司寇：官名。亦称司寇。始设于周代，为六卿之一。隶属于秋官，主管国家刑法，以佐王正邦国；并负责审断诸侯、卿、大夫、庶民的狱讼工作。后世除北周外，均不设此官，但习惯上以大司寇为刑部尚书的别称。《周礼·秋官·大司寇》："大司寇之职，掌建邦之三典，以佐王刑邦国，诘四方……以五刑纠万民……以圜土聚教罢民；凡害人者，置之圜土而施职事焉，以明刑耻之。……凡诸侯之狱讼，以邦典定之；凡卿、大夫之狱讼，以邦法断之；凡庶民之狱讼，以邦成弊之。"

【译文】

凡是说到九卿之官署，都说"棘卿"。《周礼》"三槐九棘"：槐，即怀；在上辅佐天子，招来四方少数民族。棘，是说用一颗丹心侍奉国君，都是三公九卿的职务。唐朝唯独大理寺卿称得上棘卿，其他寺卿则不行。九卿的官署都种植棘木，大理寺卿就在棘木下审讯罪犯，就是所说的"大司寇在棘木之下听理刑狱"。

1001.朝廷百司诸厅皆有壁记①，叙官秩创置及迁授始末②。原其作意，盖欲著前政履历③，而发将来健羡焉④。故为记之体，贵其说事详雅，不为苟饰，而近时作记，多措浮词，褒美人才，抑扬功阀⑤，殊失记事之本意。韦氏《两京记》云⑥："郎官盛写壁记⑦，以纪当厅前后迁除出入，寖以成俗⑧。"然则壁记之起，当自国朝已来，始自台省⑨，遂流郡邑耳。

【注释】

①朝廷百司诸厅皆有壁记：本条采录自《封氏闻见记·壁记》。百司，朝廷大臣、王公以下百官的总称。壁记，嵌在墙上的碑记。

②官秩：官位，指官职的等级。

③前政：前人的政绩。亦谓前任官员。

④健羡：非常仰慕，非常羡慕。

⑤抑扬：谓称扬。功阀：功劳。

⑥韦氏《两京记》：指韦述《两京新记》。韦述，唐京兆万年（今陕西西安）人。幼时博览群书，通晓经史。中宗景龙二年（708）举进士第。玄宗开元五年（717），授栎阳尉，累迁右补阙、集贤院直学士、起居舍人。十八年（730），兼知史官事，转屯田员外郎、吏部郎中。天宝初年，历太子左、右庶子。九载（750），迁工部侍郎，封方城县侯。十五载（756），安禄山叛军入长安，受伪官。安史之乱平后，流放渝州。

⑦郎官：唐、五代以下尚书省诸司郎中、员外郎或六部诸司郎中、员

外郎的通称。《旧唐书·韦澳附从子虚舟传》："季弟虚舟,亦以举孝廉,自御史累至户部、司勋、左司郎中……入为刑部侍郎。……父子兄弟更践郎署,时称'郎官家'。"

⑧寖:通"寖",逐渐。

⑨台省:官署名。汉代尚书台在宫禁之中,其时称禁中为省中,故称台省。唐代尚书省称中台,门下省称东台,中书省称西台。三省统称为台省。

**【译文】**

　　朝廷百官所在的各个机构都有嵌在墙上的碑记,用以记述官职的创建以及各官职官员迁升的首尾经过。最初制作壁记的本意,大概是想显扬前人的政绩履历,从而表现出后世官吏对前人政绩的仰慕。因此壁记的文章风格,贵在记述事件要周详雅正,不作轻率随便的夸饰,但近期创作的壁记,大多运用虚饰浮夸的言词,嘉奖赞美人的才能,称扬他们的功劳,完全失去了记述事实的本来意图。韦述《两京新记》说:"侍郎、员外等广泛书写壁记,用来记录所在机构前后官职的升迁除授以及外任入迁,逐渐成为固有的习俗。"这样看来壁记的起源,应当自本朝以来,从尚书省、门下省、中书省开始,后来就流传到了府县。

　　1002.官衔之名①,盖兴近代。当时选曹补授②,须存资历,闻奏之时,先具旧官名品于前,次书拟官于后,使新旧相衔不断,故曰"官衔",亦曰"头衔"。所以名为"衔"者,言如人口衔物,取其连续之意。又如马之有衔以制其首,前马已进,后马续来,相次不绝者,古人谓之"衔尾相续"③,即其义也。

**【注释】**

①官衔之名：本条采录自《封氏闻见记·官衔》。官衔，官员的职位。旧时官吏的封号、品级及历任官职，统称为官衔。

②当时选曹补授：原书此句作"当是选曹补受"，当据之改"时"为"是"。选曹，官署名。即选部。主铨选官吏事。

③衔尾相续：即前后相连接。衔，马嚼子。尾，马尾。《汉书·匈奴传》："如遇险阻，衔尾相随。"颜师古注："衔，马衔也；尾，马尾也。言前后单行，不得并驱。"

**【译文】**

官衔的名称，大概兴起于近代。在那个时候选曹补任官职，须要保存官员的资格和履历，向朝廷禀奏的时候，先要在前面写出官员原来官职的名位品级，接着在后面写上拟任的官职，这样使得新旧职位前后连接不中断，所以叫做"官衔"，也叫作"头衔"。命名为"衔"的原因，是说就像人用嘴咬住东西，取的就是连续不断的意思。又好像马有嚼子是用来限制头马一样，前面的马前进，后面的马跟续而来，相继不断，古人称之为"衔尾相续"，就是官衔的意思。

1003.近代通谓府庭为公衙①，公衙即古之公朝也②。字本作"牙"，《诗》曰："祈父，予王之爪牙③。"祈父，司马，掌武备。象猛兽，以爪牙为卫，故军前大旗谓"牙旗"④，出师则有"建牙""祃牙"之事⑤。是军中听号令，必至牙旗之下，称与府朝无异。近俗尚武，是以通呼"公府"为"公牙"，"府门"为"牙门"，字称讹变，转而为"衙"。《汉书·地理志》冯翊有衙县⑥，春秋时彭衙之地⑦，非公府之名。或云：公门外刻木为牙，立于门侧，以象兽牙；军将之行，置牙竿首，悬旗于上，其义一也。

## 【注释】

①近代通谓府庭为公衙:本条采录自《封氏闻见记·公牙》。府庭,
衙门,公堂。

②公朝:古代官吏在朝廷的治事之所。亦借指朝廷。

③祈父,予王之爪牙:语出《诗经·小雅·祈父》,是说祈父,我们是
君王的卫士。祈父,周代执掌封畿兵马的高级官员,即司马。爪
牙,保卫国王的虎士,是对武臣的比喻。

④牙旗:旗竿上饰有象牙的大旗。多为主将主帅所建,亦用作仪仗。

⑤建牙:古时出征建立军旗,称为建牙。《晋书·姚兴载记》:"于是尽
赦囚徒,散布帛数万匹赐其将士,建牙誓众,将赴长安。"祃(mà)
牙:指古时出兵举行祭旗的仪式。

⑥冯翊:郡名。西汉时的左冯翊。三国魏改置冯翊郡。后曾改为同
州。治今陕西大荔。

⑦彭衙:古邑名。在今陕西白水东北南彭衙村、北彭衙村。春秋秦
邑。《史记·秦本纪》:秦晋两国"战于彭衙"。汉于此置衙县。

## 【译文】

　　近代通称衙门为公衙,公衙就是古代官吏在朝廷的治事之所。"衙"字本作"牙",《诗经·小雅·祈父》:"祈父,予王之爪牙。"祈父就是司马,掌管国家的军事设施和武装力量。好像凶猛的野兽,用尖爪和利牙作为防护,所以军队前的大旗称作"牙旗",出兵则有"建牙""祃牙"等祭旗的仪式。这样军队中听从号召、发布命令,一定到牙旗的下面,被认为和在官署没有两样。近世崇尚勇武,因此通称"公府"为"公牙","府门"为"牙门",字的形体读音讹误变异,变化而成为"衙"。《汉书·地理志》冯翊郡有衙县,是春秋时期的彭衙,不是官署的名称。有人说:官署的门外将木头雕刻成牙齿形状,立在门边,来象征野兽的牙齿;军队中将领出行,将象征兽牙的木雕置于旗杆的顶端,再在上面悬挂旗帜,这也是其中的一个意思。

1004. 舆驾行幸①，羽仪导从②，谓之"卤簿"③。自秦汉以来始有其名。蔡邕《独断》所载卤簿④，有"小驾""大驾""法驾"之异⑤，而不详卤簿之义。按字书："卤，大楯也。"字亦作"樐"，又作"卤"，音义皆同。以甲为之，所以捍敌。贾谊《过秦论》云："伏尸百万，流血漂卤"是也⑥。甲楯有先后部伍之次⑦，皆著之簿籍⑧。天子出，则案次道从⑨，故谓之"卤簿"耳。仪卫具五兵⑩，今不言他兵，独以甲楯为名者，行道之时，甲楯居外，余兵在内，但言"卤簿"，是举凡也。南朝御史中丞、建康令俱有卤簿，人臣仪卫亦得同于君上，则卤簿之名不容别于他义也。又百官从驾，谓之"扈从"⑪。盖臣下侍从至尊，各供所职，犹仆御扈养以从上⑫，故谓之"扈从"耳。《上林赋》云："扈从横行。"颜监释云⑬："谓跋扈纵恣而行也⑭。"据颜此解，乃读"从"为"放纵"之纵，不取"行从"之义，所未详也。

**【注释】**

① 舆驾行幸：本条采录自《封氏闻见记·卤簿》。舆驾，皇帝乘坐的车驾。亦借指皇帝。

② 羽仪：以鸟羽为饰的旌旗仪仗。《南齐书·东昏侯纪》："帝乌帽裤褶，备羽仪，登南掖门临望。"后亦用以指帝王卫队。导从：古时帝王、贵族、官僚出行时，前驱者称导，后随者称从，因谓之导从。

③ 卤簿：古代帝王出行时扈从的仪仗队。出行目的不同，仪卫之繁简亦各有别。天子的卤簿分为大驾、法驾、小驾三种。唐制四品以上皆给卤簿。汉蔡邕《独断》卷下："天子出，车驾次第谓之卤簿。"

④《独断》：是汉代蔡邕撰写的一本记述资料，记录汉高祖至汉灵帝

时期礼乐、舆服制度及诸帝世次，兼及前代。

⑤有"小驾""大驾""法驾"之异：帝王出行车驾，依出行目的不同，其规模有大驾、法驾、小驾之别。大驾，公卿奉引，太仆御、大将军参乘，属车八十一乘。蔡邕《独断》："大驾则公卿奉引，大将军参乘，太仆御，属车八十一乘，备千乘万骑。"小驾，太仆奉引，奉车郎御，常侍陪乘，属车十二乘。《后汉书·舆服志》："行祠天郊以法驾，祠地、明堂省什三，祠宗庙尤省，谓之小驾。"法驾，皇帝乘金根车，驾六马。有五时副车，皆驾四马，侍中参乘，属车三十六乘。

⑥伏尸百万，流血漂卤：语出贾谊《过秦论》，是说倒下的尸体数以百万计，死者流出的鲜血可以让大盾牌漂浮起来。

⑦甲楯：亦作"甲盾"。盔甲和盾牌。《左传·襄公二十五年》："赋车籍马，赋车兵、徒兵、甲楯之数。"

⑧簿籍：登记、书写所用的册籍。如户口簿、军队名册、账簿等。

⑨道从：前导后卫。晋葛洪《神仙传·麻姑》："宴毕，方平、麻姑命驾升天而去，箫鼓道从如初焉。"道，先导，引导。

⑩五兵：五种兵器，说法不一。《周礼·夏官司马·司兵》："掌五兵五盾。"郑玄注引郑司农云："五兵者，戈、殳、戟、酋矛、夷矛。"《春秋穀梁传·庄公二十五年》："天子救日，置五麾，陈五兵五鼓。"范宁注："五兵：矛、戟、钺、楯、弓矢。"《汉书·吾丘寿王传》："古者作五兵。"颜师古注："五兵，谓矛、戟、弓、剑、戈。"

⑪扈从：古代帝王或官吏出巡时护驾随从人员。

⑫仆御：驾车马者。扈养：马夫、炊事等仆从人员。《春秋公羊传·宣公十二年》："南郢之与郑，相去数千里，诸大夫死者数人，厮役扈养死者数百人。"何休注："养马者曰扈，炊烹者曰养。"

⑬颜监：即颜师古，因其官至秘书监，故称。

⑭跋扈：骄横，强暴。纵恣：亦作"纵姿"，肆意放纵。

**【译文】**

　　皇帝出行,卫队仪仗前后引导护从,称作"卤簿"。从秦汉以来开始有这个名称。蔡邕《独断》所记载的扈从仪仗,有"小驾""大驾""法驾"的不同,但没有详细记载扈从仪仗的具体内容。依照字书:"卤,就是大楯。""卤"字亦作"橹",又作"卤",读音和意思都相同。大楯用甲制作,用来抵御敌军。贾谊《过秦论》说"伏尸百万,流血漂卤"的"卤"说的就是大楯。盔甲和盾牌有前后部曲行伍的等次,全都编写在军队的名册之中。皇帝出行,就按照次序前导后卫,所以称作"卤簿"。仪仗与卫士具备五种兵器,现在不说其他兵器,唯独以盔甲盾牌作为名称,是因为行走在路上的时候,盔甲盾牌在外面,其他的兵器在里面,只说"卤簿",是举其大要。南朝的御史中丞、建康令都有卤簿,臣子的仪仗和卫士也能够与君主的相同,那么卤簿的名称不允许有其他意思。又百官随从皇上出行,称作"扈从"。大概是臣下随从伺候皇上,各自担任自己的职责,好像马夫、炊事等仆从人员随从皇上一样,所以称作"扈从"。《上林赋》说:"扈从横行。"颜师古解释说:"谓跋扈纵恣而行也。"根据颜师古的这一解释,就应当读"从"为"放纵"的"纵",不取"同行随从"的意思,不清楚这一解释的原因。

　　**1005.** 御史台三院①:一曰台院②,其僚曰侍御史,众呼为"端公"。见宰相及台长③,则曰"某姓侍御"。知杂事谓之"杂端"④。见台长,则曰"知杂侍御"。虽他官高秩兼之,其侍御号不改。见宰相,则曰"知杂某姓某官"。台院非知杂者,俗号"散端"⑤。二曰殿院,其僚曰殿中侍御史,众呼为"侍御"。见宰相及台长、杂端,则曰"某姓殿中"。最新入,知右巡⑥;已次,知左巡:号"两巡使"。所主繁剧⑦,及迁向上,则又入推,益为烦劳。惟其中间,则入清

闲。故台中谚曰："免巡未推，只得自如。"言其闲适也。厅
有壁画，小山水甚工，云是吴道子真迹。三曰察院，其僚曰
监察御史，众呼亦曰"侍御史"⑧。见宰相及台长、杂端，则
曰"某姓监察"。若三院同见台长，则通曰"三院侍御"。
而主簿纪其所行之事。每公堂食会，杂事不至，则无所检
辖⑨，唯相揖而已。杂事至，则尽用宪府之礼⑩。杂端在南
榻，主簿在北榻，两院则分坐。虽举匕箸，皆绝谭笑。食毕，
则主簿持黄卷揖曰⑪："请举事⑫。"于是台院长白杂端曰：
"举事。"[原注]⑬欲上堂，三院长各于食堂之南廊下，先白杂端云：
"合举事。"则举曰："某姓侍御史[原注]有同姓者，则以第行别
之⑭。有某过，请准条。"主簿书之。其两院皆仿此。

### 【注释】

①御史台三院：本条采录自《因话录·徵部》。御史台，官署名。汉
朝御史的官署称御史府，或称御史大夫寺。东汉以后称御史台，
亦称兰台、宪台。此后多沿称御史台。唐朝御史台设御史大夫一
人，御史中丞二人，其属有三院：台院、殿院和察院。唐武则天光
宅元年（684）分御史台为左、右，称左、右肃政台。左台专掌监
察京师百官，右台按察诸州。中宗神龙年间（705—707）复称左、
右御史台。睿宗延和元年（712）以后废右台。

②台院：官署名。唐朝御史台下属三院，侍御史所隶属的称台院，殿
中侍御史所隶属的称殿院，监察御史所隶属的为察院。

③台长：古时御史台的长官。一般指御史大夫。

④杂端：职事名。唐御史台以侍御史中年资最久者一人知杂事，处
理台内日常事务，谓之杂端，也称台端。

⑤散端：唐时台院侍御史的通称，以区别于知杂侍御史。

⑥知右巡：官名。与下文"知左巡"合称"知左右巡"。唐时由殿中侍御史兼，掌西、东京城内巡察不法事。

⑦繁剧：谓事务繁琐沉重。

⑧侍御史：原书作"侍御"，"史"字当删。

⑨检辖：拘束。

⑩宪府：官署名。御史台的别称。

⑪黄卷：指记录官吏功过，考核能否称职的专门文书。杜甫《遣闷奉呈严公二十韵》："黄卷真如律，青袍也自公。"仇兆鳌注引《唐会要》："天宝四载十一月，敕御史依旧置黄卷，书阙失，每岁委知杂御史长官比类能否，送中书门下，改转日褒贬。"

⑫举事：言事。此指公布某人的错误。举，称，言说。

⑬原注：此乃赵璘自注，下同。

⑭第行：犹行第。家族内同辈人的排行次第。

## 【译文】

御史台三院：一是台院，台院的官员叫侍御史，大家称呼他们为"端公"。拜见宰相和御史台的长官，就说"某姓侍御"。掌管杂事的，称为"杂端"。拜见御史台的长官，就说"知杂侍御"。即便是其他高爵位的官员兼任，侍御的称号也不会改变。拜见宰相，就说"知杂某姓某官"。台院中知杂事之外的，俗称为"散端"。二是殿院，殿院的官员叫殿中侍御史，大家称呼他为"侍御"。拜见宰相和御史台的长官及掌管杂事的侍御史，就说"某姓殿中"。最新晋升的属员知右巡，继而知左巡：号称"两巡使"。他们主管的事务繁琐沉重，等到向高位升迁，就又升任知推，事务也就更加烦恼伤神。唯独居于知巡和知推之间的属官，工作就清净悠闲。所以御史台中有句谚语说："免去知巡未任知推，就能行动自由不受拘束。"说的就是这一工作的清闲安适。殿院厅堂中有一幅壁画，是一幅小山水画，非常精致，说是著名画家吴道子的原作。三是察院，察院的官员是监察御史，大家也称呼他们为"侍御史"。拜见宰相和御史台长官及掌管杂事的侍御史，就说"某姓监察"。如果三院的长官同时拜见御史台的长官，就通称为"三院侍御"。主管文书、办理事务的主簿记录他们各自办理的事务。每次在官署厅堂相聚进食，掌管杂事的侍御史不来，就不用拘束，大家只要相互行拱手礼就可以了。如果掌管杂事的侍御史来了，就会用御史台的全套礼节。掌管杂事的侍御史坐在南边，主管文书、办理事务的主簿坐在北边，其他两院的侍御则分别就坐。即便拿起羹匙和筷子吃饭，都杜绝说笑。用餐结束，主簿就手拿黄卷行拱手礼说："请求举事。"这时台院的长官对主管杂事的侍御史说："举事。"［原注］将要进入厅堂，三院的长官各自在食堂的南走廊下，先对主管杂事的侍御史言事说："应该举事。"主管杂事的侍御史就言事说："某姓侍御史［原注］有姓氏相同的，就按照其家族内同辈人的排行次第进行区别。有某种过错，请按规则办事。"主簿记录下来，其他两院也都照此行事。

若举时差错，则最小殿中举院长，则最小侍御史举殿院长；又错，则向上人递举。杂端失笑，则三院皆笑，谓之"烘堂"①，悉免罚矣。凡见黄卷罚直②，遇赦悉免。台长到诸院，凡官吏有所罚，亦悉免。御史历三院虽至美，而月满殿中推鞫之劳③，惮于转两院，以向下侍御史便领推也，多不愿为，以此台中以"殿中转西院"为戏诅之词④。每出入行步，侍御史在柱里，殿、察两院在柱外；有时殿中入柱里，则共咍之曰⑤："著［原注］直略反。去也⑥。"三院御史主簿有事白端公，就其厅。若有中路白事，谓之"篸端"⑦，有罚。殿中有免巡⑧，遇正知巡者假故，则向上人又权知，谓之"蘸巡"⑨。台官有亲爱除拜及喜庆之事，则谒院长、杂端、台长，谓之"取贺"⑩。凡此皆因胥徒走卒之言⑪，遂成故事。察院每上堂了各报,诸御史皆入立于南廊,便服靸鞋⑫,以俟院长。立定,院长方出,相揖而序行。至殿院门,揖殿中,又序行;至食堂前,揖侍御史。

**【注释】**

①烘堂:本指御史公堂会食时举座大笑。后泛指满座皆大笑。唐李肇《唐国史补》卷下:"御史故事:……凡上堂绝言笑,有不可忍,杂端大笑,则合座皆笑,谓之'烘堂'。烘堂不罚。"

②罚直:犹罚款。

③推鞫(jū):亦作"推鞫"。审讯,审问。

④西院:原书作"两院",当据改。

⑤哈(hāi):笑。

⑥著去也:升官了。侍御史为从六品,殿中御史为从七品下。殿中走到侍御史所走廊柱内,所以被戏称为升官。著,位次。

⑦篸(zān)端:唐代口语,三院御史主簿在半道向侍御史禀告公务,称为"篸端"。

⑧有:原书作"已",当据改。

⑨蘸巡:唐代口语。殿院知巡因事休假,由上级属官代掌其职位,称为蘸巡。

⑩取贺:唐代口语。御史台官员有关系亲密之人除授官职或者有值得庆贺的事,拜谒侍御台长官及侍御史,称为"取贺"。

⑪胥徒:指在官府中供役使的人。语本《周礼·天官冢宰·叙官》:"胥,十有二人,徒,百有二十人。"郑玄注:"此民给徭役者,若今卫士矣。胥,读如谞,谓其有才知,为什长。"走卒:供使唤奔走的隶卒、差役。

⑫靸(sǎ)鞋:无跟之鞋,即拖鞋。

**【译文】**

如果检举时出差错,排行最末的殿中侍御史就检举台院的长官,台院排行最末的侍御史检举殿院的长官;如果又出差错,就进呈上级属官递相检举。掌管杂事的侍御史忍不住发笑,则三院的人都跟着大笑,称作"烘堂",全部免除处罚。凡是见于黄卷的罚款,遇到大赦全部免除处罚。御史台的长官到各院,凡是各院官吏要受处罚的,也全部获免。御史在三院都任过职虽然是一件非常美好的事,但月底殿中侍御史审讯太辛劳,其他两院害怕被转加任务,因为在下位的侍御史会领到处理刑狱的事务,很多人都不愿意做,因此御史台就用"殿中转两院"作为戏谑诅咒的言词。每次出入御史台行走,侍御史在廊柱的里侧,殿院、察院两院的侍御史在廊柱的外侧;有时殿中侍御史走到廊柱的里侧,大家就一起笑他说:"升官啦。"三院御史的主簿有事向台院的长官侍御史禀告,就要去台院的办事处。如果有在半道上禀告公务的,就称之为"篸端",会被处罚。殿中侍御史有时可暂时免除巡视的职责,遇到正在任的知巡因事休假,就由上级属官代掌他的职位,称之为"蘸巡"。御史台的官员有关系亲密的人除授官职或者有值得庆贺和高兴的事,就拜谒台院的长官、掌管杂事的侍御史、御史台的长官,称之为"取贺"。所有这些通过官府衙役、差役的口语传播,就成了典故。察院的长官每次来公堂决断各个部门的诉讼案件,众御史全都站立在南边的回廊,穿日常的衣服和拖鞋,等候察院的院长。全部站定之后,察院的院长才出来,他与众御史互相行拱手礼并按位次前行。走到殿院的门口,就向殿中侍御史行拱手礼,再按位次前行;到会食的公堂前,向台院的长官侍御史行拱手礼。

凡入门至食,凡数揖。祗揖者<sup>①</sup>,古之肃拜也<sup>②</sup>。台中无不揖,其酒无起谢之礼,但云"揖酒"而已。酒取合敬,故恐烦却揖<sup>③</sup>。往往自台拜他官,执事亦误作"台揖",人皆笑之。每赴朝序行,至待漏院偃息,则有"卧揖"<sup>④</sup>;马上则有

"马揖"。凡院长在厅院内,御史欲往他院,必先白,决罚又先白⑤。察院有都厅⑥,院长在本厅,诸人皆会话于都厅。[原注]御史初上,后遇杂端上堂,则举三愆九失仪⑦,缘是新人,欲并罚也。未遇杂端上堂,其犯旧条并不罚。察院南院,会昌初监察御史郑路所葺⑧。礼察厅谓之"松厅",南有古松也。刑察厅,谓之"魇厅",寝于此多魇。兵察常主院中,茶必市蜀之佳者,贮于陶器,以防暑湿,御史躬亲缄启,故谓之"茶瓶厅"。吏察主院中入朝人次第名籍,谓之"朝簿厅"。吏察之上,则馆驿使。馆驿使之上,则监察使⑨。同僚之冠也,谓之院长。台中敬长,三院皆有长。察院风彩尤峻。凡三院御史初拜,未朝谢,先谒院长;辞疾不见,则不得谢及上矣。[原注]诸家《御史台记》多载当时御史事迹、戏笑之言,故事甚略。台中有仪注⑩,后渐遗阙。虽有板榜⑪,亦但录一时要节,自此转磨灭矣。

## 【注释】

① 祗(zhī)揖:即作揖问安之意。这里指见面时同对方行肃拜之礼。

② 肃拜:古代直身肃容而微下手以拜的礼节,略同于后代的"揖拜"礼,为九拜之一。语出《周礼·春官宗伯·大祝》,郑玄注曰:"肃拜,但俯下手,今时撎是也。"

③ 故恐烦却揖:原书作"以恐烦却损",周勋初《校证》此句下注曰:"似以原书为是。"

④ 卧揖:唐代大臣入朝前在"待漏院"休息偃卧,见人则拱手为礼,谓之"卧揖"。

⑤ 决罚:判决处罚。

⑥ 都厅:办公大厅。

⑦三愆：三种过失。语出《论语·季氏》："孔子曰：侍于君子有三愆：言未及之而言，谓之躁；言及之而不言，谓之隐；未见颜色而言，谓之瞽。"

⑧郑路：唐代官吏，武宗会昌年间曾任监察御史。

⑨监察使：原书句下复有"监察使"三字，当据补。

⑩仪注：制度，仪节。南朝梁沈约《议乘舆升殿疏》："正会仪注，御出乘舆至太极殿前，纳舄升阶。"

⑪板榜：泛指文书。板，文书，簿册。榜，文书，告示。

## 【译文】

大凡进入大门到公堂进食，总共要行数次拱手礼。祗揖就是古代直身肃容微下手拜的肃拜礼。御史台中的官员没有不行肃拜礼的，会食喝酒时不用行起身致谢的礼仪，只说"揖酒"而已。大家端着酒杯，表达对彼此的尊敬和谢意，所以害怕打扰而作揖。御史往往从御史台拜揖其他官员，主管的官员也错误地行"台揖礼"，大家都笑话他。每次前往朝见按品级高低依次行走，到待漏院歇息，就有"卧揖"；马上则有"马揖"。但凡御史台长官在本院办事处，御史要前往其他院，必须先要向他禀告，判决处罚也要先向他禀告。察院有一个总办公厅，院长在本厅的办公厅，众人都在总办公厅谈话。[原注]御史刚到办公厅，如果遇到主管杂事的侍御史来到厅堂，就要按三愆九失仪检举错误，因为是新来的人员，还会一并进行惩罚。如果遇不到主管杂事的侍御史来到厅堂，他所触犯的旧条例就不用受到处罚。察院的南院，唐武宗会昌初年由监察御史郑路整修。礼察厅称作"松厅"，因为厅的南面有一棵古老的松树。刑察厅称作"魇厅"，因为睡在这里的人大多会梦魇。兵察主管院中日常事务，茶必须是买自蜀地的上品，储存在陶器之中，防止炎热潮湿，由御史亲自开启，所以称作"茶瓶厅"。吏察主管察院中入朝官员的次序和名册，称作"朝簿厅"。吏察的上级属官，就是馆驿使。馆驿使的上级属官，就是监察使。监察使是殿院属官中职位最高的人，称为院长。御史台敬重长官，三院都有长官，察院院长的声威名望尤其高。但凡三院御史刚刚任命，在没有上朝谢恩之前，先要拜谒所在院的院长；如果院长称病推辞不见，就不能到朝廷向皇上谢恩。[原注]各家《御史台记》多记载当时御史的事迹及他们戏笑的话语，旧日的制度则记载得较为简略。御史台原有的制度，后来逐渐散佚、脱漏。虽然有文书，也只记录一个时期的主要事项，而各种制度从此逐渐丢弃并最终消失湮灭。

1006. 御史主弹奏不法①，肃清内外。唐兴，宰辅多自宪司登钧轴②，故谓御史为宰相。杜鸿渐拜授之日，朝野倾羡。监察御史振举百司纲纪，名曰"入品宰相"。高宗朝，王本立、余衍始为御史里行③，则天更置内供奉及员外试御史④，有台使、里使⑤，皆未正名也。其里行员外试者，俗名为"合口椒"，言最有毒；监察为"开口椒"，言稍毒散；殿中为"萝卜"，亦谓"生姜"，言虽辛辣而不能为患；侍御史谓之"掐毒"⑥，言如蜂虿去其芒刺也⑦。御史多以清苦介直获进，居常敝服羸马⑧，至于殿庭⑨。开元末，宰相以御史权重，遂制弹奏者先咨中丞、大夫，皆通许，又于中书、门下通状先白⑩，然后得奏。自是御史不得特奏，威权大减。天宝中，宰相任人，不专清白。朝为清介，暮易其守，顺情希旨⑪，纲维稍紊。御史罗希奭猜毒⑫，吉温颇苛细⑬，时称"罗钳吉网，望风气慑"。开元已前，诸节制并无宪官⑭，自张守珪为幽州节度，加御史大夫，幕府始带宪官⑮，由是方面威权益重。游宦之士，至以朝廷为闲地⑯，谓幕府为要津⑰。迁腾倏忽⑱，坐致郎省⑲，弹劾之职，遂不复举。

## 【注释】

① 御史主弹奏不法：本条采录自《封氏闻见记·风宪》。本条与下1007条原合为一条，本书据原书分列。弹奏，弹劾奏闻。

② 钧轴：钧，制陶器时所用的转轮。轴，贯穿车轮中心，用以控制车轮运转的圆木。后亦用以比喻秉持要政的人。

③ 王本立：唐高宗龙朔年间任定襄县尉、监察御史，咸亨中任考功郎中，累官至户部尚书。余衎（kàn）：唐高宗时曾任御史里行。御史里行：官名。侍御史里行使、殿中侍御史里行使、监察御史里行使的通称。以资浅者充御史，带"里行使"之名。所谓"里行"，是指品阶较低，但因需要而权命为殿中侍御史或监察御史，并各加"里行"之名，以与正官殿中侍御史、监察御史相区别。《新唐书·百官志三》："（开元七年）又置御史里行使：侍御史里行使、殿中里行使、监察里行使，以未为正官，无员。"

④ 内供奉：职事名。即内廷御前供职侍奉。凡带"内供奉"均为非正员。《大唐六典·门下省》载，拾遗、补阙"才可则登，不拘阶叙。亦置内供奉，无员数，资望俸禄，并如正官"。员外试御史：官名。是指以试职身份在御史台工作的正员以外的御史。

⑤ 台使：唐时指未正名的监察御史。里使：即里行。

⑥ 掐毒：唐代对侍御史的俗称。

⑦ 蜂虿（chài）：蜂和虿，都是有毒刺的螫虫。

⑧ 敝服赢（léi）马：穿着破旧的衣服，骑着瘦弱的马。形容生活清廉简朴。

⑨ 殿庭：指朝廷。

⑩ 通状：旧时下级呈送上级的一种公文。

⑪ 希旨：亦作"希指"，谓迎合皇帝意旨。

⑫ 罗希奭：唐杭州（今属浙江）人。唐玄宗天宝初年，以舅父为李林甫之婿，得居门下，从御史台主簿迁至殿中侍御史。与吉温同以

治狱酷虐闻名,号为"罗钳吉网"。李林甫死,出为始安太守。天宝十四载(755),吉温贬端溪,至始安,为罗希奭所留。杨国忠听闻,贬其为海康员外尉。不久遣使杖杀。猜毒:猜忌狠毒。

⑬吉温:唐洛州河南(今河南洛阳)人。个性阴诡,善于谄媚。以毒刑逼供、结案迅速为李林甫激赏,引居门下。擢户部郎中兼侍御史,结交安禄山和杨国忠,安禄山领河东节度使,荐为副使。杨国忠当权,引为御史中丞、兼京畿关内采访处置使。后期逐渐失势,后坐罪免官,死于狱中。

⑭节制:唐时节度使的别称。宪官:唐时御史台官的别称。因掌持刑宪典章,故称。

⑮幕府:即军府,军幕。此指节度使。

⑯闲地:闲散的官位。

⑰要津:要路。指显要的职位、地位。

⑱迁腾:指官职连连升迁。

⑲坐致:轻易达到,轻易获得。郎省:唐时尚书省六部尚书二十四司郎官,皆隶尚书省,故别称尚书省为郎省。

## 【译文】

御史掌管弹劾奏闻不合法度的行为,使朝廷内外安定太平、法纪严明。唐朝建立,宰相多由御史升任并秉持要政,所以称御史为宰相。杜鸿渐授予宰相职位的那天,朝廷与民间都倾心美慕。监察御史整顿百官法度纲纪,被称作"入品宰相"。唐高宗朝,王立本、余衍开始任御史里行,武则天时又设立内供奉及员外试御史,还有台使、里使,都没有得到正确的命名。其中里行员外试御史,通称"合口椒",是说他们的言语最为恶毒;监察御史被称为"开口椒",指他们的言语稍显恶毒但很散乱;殿中御史被称为"萝卜",亦称作"生姜",指他们的言语虽然尖刻但不会成为祸害;侍御史称为"掐毒",指他们的言语就像有毒刺的螫虫被拔去了刺。御史大多因为生活清贫、耿介正直而获得提拔,平时穿着旧衣服骑着瘦马,到朝廷上也一样。唐玄宗开元末年,宰相因为御史权力过大,于是就规定弹劾闻奏的御史先要咨询御史中丞、御史大夫,御史中丞和御史大夫都允许后,还要在中书省、门下省呈送公文预先禀告,然后才能奏闻。从此以后御史不能直接给皇上上奏疏,威势和权力大大减弱。天宝年间,宰相委用人,不只看人品行的纯洁。很多官员早上还清正耿直,晚上就改变了他奉行的操守,顺从人情,迎合君上的意旨,于是国家的法度逐渐变得混乱。御史罗希奭猜忌狠毒,吉温又很苛求细枝末节,当时人称这两个人是"罗钳吉网,望风气慑"。开元以前,各地节度使并没有御史台,从张守珪任幽州节度使,加任御史大夫,节度使开始有了御史的加官,自此地方节度使的权力和威势更大。那时外出求官的人,甚至于认为在朝廷所任都是闲散的官位,认为在幕府所任才是显要的职位。转眼之间官职连连升迁,轻易就做到尚书省的官位,御史弹劾奏闻的职责,于是就不再起用。

1007.御史旧例<sup>①</sup>:初入台,陪直二十五日,节假五日,谓之"伏豹<sup>②</sup>",亦曰"豹直"。百司州县初授官陪直者,皆有此名。杜易简解"伏豹"之义云<sup>③</sup>:"宿直者,离家独宿,人情所贵。其人初蒙策拜<sup>④</sup>,故以此相处。伏豹者,言众官皆出,此人独留,如伏藏之豹,伺候待搏,故云'伏豹'耳。"韩琬则解为"爆直"<sup>⑤</sup>,言如烧竹,遇节则爆。余以为南山赤豹<sup>⑥</sup>,爱其毛体,每雪霜雨雾,诸禽兽皆出取食,唯赤豹深藏不出,古人以喻贤者隐居避世。鲍明远《赋》云<sup>⑦</sup>:"岂若南山赤豹,避雨雾而深藏<sup>⑧</sup>。"此言"伏豹""豹直"者,盖取不出之意。初官陪直,已有"伏豹"之名,何必以遇节而比烧竹之"爆"也?杜说虽不甚明,粗得其意;韩则疏矣。

**【注释】**

①御史旧例：本条采录自《封氏闻见记·豹直》。

②伏豹：亦作"豹直"。唐代称官吏遇节假日留署值班为"伏豹"。

③杜易简：唐襄州襄阳（今湖北襄阳）人。杜审言族兄。九岁能文，博学有高名。登进士第，补渭南县尉。高宗咸亨初官殿中侍御史、司封员外郎，改考功员外郎。以近吏部侍郎裴行俭朋党，高宗恶其朋党，贬开州司马。

④策拜：谓帝王以策书命官。

⑤韩琬：字茂贞，唐邓州南阳（今属河南）人。高宗朝贺州司马韩思彦子。擢进士第。武周天册万岁年间举文艺优长科。长安间为高邮主簿。中宗神龙三年（707），自亳州司户，再举贤良方正科。拜监察御史。睿宗景云初上书言事。出监河北军，兼按察使。玄宗开元中，迁殿中侍御史，坐事贬官。后任宋州司马，进其所著《续史记》《南征记》《御史台记》。

⑥南山赤豹：同"南山雾豹""南山玄豹"，语出《列女传·贤明传·陶答子妻》："妾闻南山有玄豹，雾雨七日而不下食者，何也？欲以泽其毛而成文章也，故藏而远害。"后因以"南山雾豹"指隐居伏处，退藏避害的人。

⑦鲍明远：即鲍照，字明远。远祖本上党（今山西长治一带）人，后迁于东海（今山东郯城一带）。南朝宋文学家，与颜延之、谢灵运并称"元嘉三大家"。鲍照家境贫困，元嘉十六年（439），因献诗言志被刘义庆擢为临川国侍郎，又先后入刘义季（宋文帝之弟）和刘濬幕府。大明五年（461），出任刘子顼（孝武帝第七子）前军参军，故世称"鲍参军"。泰始二年（466），刘子顼起兵反宋明帝刘彧失败被杀，鲍照于乱军中遇害。

⑧岂若南山赤豹，避雨雾而深藏：语出鲍照《飞蛾赋》："岂效南山之文豹，避雾雨而岩藏。"

## 【译文】

御史台的惯例：刚进入御史台任职，要在岗值班二十五天，节假日五天，称作"伏豹"，也叫做"豹直"。百官在州县刚授予官职在岗值班的，都有这个称呼。杜易简解释"伏豹"的意思说："夜间值班的官员，离开家人独自居住，从人情来说应该被珍视。这个值班的官员最初承蒙帝王以策书命官，因此用这种方式相处。伏豹，是说众官员都离开官署，就值班的这位官员独自留在官署，好像潜藏的豹子，等待时机准备搏斗，所以称作'伏豹'。"韩琬则将"豹直"解释为"爆直"，是说好像燃烧竹竿，火遇到竹节就会猛然炸裂。我认为南山上的赤豹，爱惜它的毛色和身体，每当遇到霜雪雨雾天气，各种禽兽都会出去寻找食物，只有赤豹潜藏在洞穴中不出去，古人用以比喻贤德的人隐居避世。鲍照的《赋》说："哪像南山的赤豹，为躲避雨雾而深藏不出。"这里说"伏豹""豹直"，大概取深藏不出的意思。初任的职官在岗值班，已经有"伏豹"的称呼，又何必比喻为燃烧竹节的爆裂呢？杜易简的说法虽然不是很明确，但大致理解了其中的意思；韩琬的解释距离本意就远了。

1008.新官并宿本署[①]，曰"爆直"，金作"爆"迸之字。惠郎中实云[②]："合作虎'豹'字。"言豹性洁，善服气[③]，虽雪雨霜雾[④]，伏而不出，虑污其身。

## 【注释】

①新官并宿本署：本条采录自《资暇集·豹直》。

②惠郎中实：即惠实，唐人。

③服气：又称"食气""行气"。道教方术名词。即通过服内外之气以控制呼吸，以少出多入为要，可去疾安形、养生治病、延年益寿。

④虽：通"唯"，语首助词。

## 【译文】

新任官员在官署值夜班,称作"爆直",都写作"爆逛"的"爆"字。郎中惠实说:"应当作虎'豹'的'豹'字。"说豹子本性喜欢干净,善于行气,天降雨雪霜雾,它便潜伏在洞穴不出去,担心弄脏身体。

1009.唐制十八道节度①,其后号九节度。其后河朔三镇②,及四凶、二竖之乱③,可考大略。明皇天宝元年,置十节度经略使以备边:曰安西,曰北庭,曰河西,以备西边;曰朔方,曰河东,曰范阳,以备北边;曰平卢,以备东边;曰陇右,曰剑南,以备西边;曰岭南五府经略,以备南边。节度之立,其初固止于沿边十道耳。自安禄山之乱,则内地始置九节度以讨之,曰:朔方郭子仪,淮西鲁炅④,兴平李奂⑤,滑濮许叔冀⑥,镇西李嗣业⑦,郑蔡李广琛⑧,河东李光弼,泽潞王思礼⑨,河南崔光远⑩。内地之置节度,其初犹止于九道耳。自朱氏之倡乱中原也⑪,则自国门之外,皆方镇矣。盖其先也,欲以方镇御四夷,而其后也,则以方镇御方镇。十道既已兆乱,则内地必置九道,以除其乱;九道又兆乱,则关外近郡又不得不置矣⑫。

## 【注释】

①节度:唐时节度使的省称。

②河朔三镇:又称"河北三镇"。方镇名。唐平安史之乱后,黄河以北成德、魏博、卢龙三个藩镇的合称。代宗宝应元年(762)至广德元年(763)设置。三镇辖地当今北京及河北大部、天津海河以北地区。

③四凶：当指后文割据一方称王的朱滔、田悦、王武俊、李纳四人。二竖：当指后文僭越帝位的李希烈、朱泚二人。

④鲁炅：唐幽州蓟县（今天津蓟州）人。略通书史。天宝六载（747），为陇右节度使哥舒翰别奏，以破吐蕃功迁右领军大将军同正员。安禄山反，寻为山南节度使，兵败退保南阳。肃宗至德二载（757），率众突围至襄阳。不久拜御史大夫，襄、邓十州节度使。乾元元年（758），与九节度同围安庆绪于相州，明年（759）与史思明战于安阳河北，因王师溃败，仰药而死。

⑤李奂（chuò）：当作"李奂"。《册府元龟·将帅部》作"兴平节度李奂"。《资治通鉴·唐纪·肃宗乾元元年》叙此，亦作"兴平李奂"。李奂，唐宗室后裔。玄宗天宝中，历衢、黄二州刺史，兼防御使，袭封济北郡王。天宝十四载（755），守河间郡，为史思明部攻陷，俘送东京。肃宗乾元元年（758），为商州刺史、兴平节度使。二年（759），兼豫、许、汝等州节度使。移镇剑南东川。

⑥许叔冀：唐安州安陆（今湖北安陆）人。平卢节度使许钦淡之子。玄宗天宝末，官灵昌郡太守。安史之乱起，宰相房琯用为河南都知兵马、兼御史大夫。肃宗至德二载（757），跟随郭子仪围攻邺城，兵败而归。后史思明寇汴州，叔冀出降，授燕国中书令，终为仆固怀恩所擒，免官释放，不知所终。

⑦李嗣业：字嗣业，唐京兆高陵（今陕西高陵）人。力大无穷，每逢出战，必身先士卒。历任右威卫将军、右金吾大将军、疏勒镇使，玄宗天宝十二载（753），加骠骑大将军。安史之乱中，同郭子仪、仆固怀恩应诏平叛，加四镇、伊西、北庭行军兵马使。以收复长安、东都功封虢国公、北庭行营节度使。肃宗乾元二年（759），围攻相州时，中流矢而卒，追封武威郡王，谥号忠勇。

⑧李广琛：唐朝名将。唐玄宗开元二十三年（735），"智谋将帅"科登第（武状元）。曾任瓜州刺史、宣州刺史、郑蔡节度使等。

⑨王思礼:唐营州(今辽宁朝阳)高句丽人。少习戎旅,持法严整。事陇右节度使哥舒翰,以拔石堡城功授关西兵马使兼河源军使。后封云麾将军,历授金城太守、开府仪同三司、元帅府军都将等。肃宗至德二载(757)迁户部尚书,封霍国公。乾元二年(759),相州大战,唐军溃,独思礼、李光弼全军而还。迁太原尹、河东节度使、御史大夫等。卒后获赠太尉,谥号武烈。

⑩崔光远:唐博陵(今河北定州)人。少历仕州县。安史之乱时,授西京留守采访使,迁御史大夫、京兆尹。安禄山攻入长安,授京兆少尹,不久率百余人逃至灵武,肃宗擢其为御史大夫。平定叛乱后,拜礼部尚书,封邺国公。后出任剑南节度使,讨平段子璋叛乱。因不能禁止其部下摽掠,坐事论罪。唐肃宗上元二年(761),忧恚而卒。

⑪朱氏之倡乱中原:指唐德宗建中年间(781—786)的朱泚之乱,也称泾原兵变。

⑫关外:地区名。秦、汉、唐等定都今陕西省的王朝,称函谷关或潼关以西近畿之地为关内,又称函谷关或潼关以东地区为关外。近郡:此处指邻近京城之郡。

**【译文】**

　　唐朝设置十八道节度使,之后有了九节度使的名号。在这之后河朔地区的三个藩镇势力,以及以凶狠贪婪著称被称作"四凶"的朝臣、安禄山、史思明发动的安史之乱,都可以探求节度使发展的概略。唐玄宗天宝元年(742),设置了十个节度经略使用以守边:安西、北庭、河西,用以防守西部边境;朔方、河东、范阳,用以防守北部边境;平卢,用以防守东部边境;陇右、剑南,用以防守西部边境;岭南五府经略,用以防守南部边境。节度使的建立,最初本来只有边境沿线的十道。从安禄山发动叛乱开始,就在内地开始设置九个节度使来讨伐他,分别是:朔方郭子仪,鲁炅淮西,兴平李奂,滑濮许叔冀,镇西李嗣业,郑蔡李广琛,河东李光弼,

泽潞王思礼,河南崔光远。内地设置节度使,最初还只有九道。自从朱
泚兵乱中原,就从国都的城门之外,都是手握重权的藩镇。大概最先设
置节度使,是想用手握重权的军事长官来抵御周边的少数民族,但是到
后来,就用一方的藩镇来抵御另一方的藩镇。边境的十道节度使既然已
经显露出了动乱的征兆,那么内地就必须设置九道节度使,用以消除他
们的叛乱;内地的九道节度使又出现了动乱的征兆,那么潼关以东地区
及临近京城的郡又不得不设置节度使了。

　　至代宗广德元年,以田承嗣为魏博节度,李怀仙为卢龙
节度,李宝臣为成德节度①,是谓河北三镇,各有其地。其
风俗犷戾②,过于蛮貊③,吾知其河北之地,非复朝廷有矣。
至于大历九年,相推戴而谓之四王:朱滔称冀王,田悦称魏
王④,王武俊称赵王⑤,李纳称齐王。李希烈又以淮西称帝,
朱泚又以关中称帝。裂土假王者"四凶",滔天僭帝者"二
竖",纷纷籍籍⑥,不知其几也。盖唐之乱,非藩镇无以平
之,而亦藩镇有以乱之。其初跋扈陆梁者⑦,必得藩镇而后
可以戡定其祸乱⑧,而其后戡定祸乱者,亦足以称祸而致乱。
故其所以去唐之乱者,藩镇也;而所以致唐之乱者,亦藩镇
也。试以其一二论之。安氏之乱,怀恩平之也;而留三镇以
遗患者,亦一怀恩也。将兵至京师,冒雨寒而来,姚令言之
功也⑨;而所以迎朱泚而趋京师者,亦一令言也。擒子期破
田悦者⑩,李宝臣之功,而释承嗣以为己资者,亦宝臣也。卒
至于终唐之世,莫敢谁何者,由三镇始也。

## 【注释】

①李宝臣：唐朝藩镇将领。又名张忠志、安忠志。原为范阳（今北京附近）奚族人。初为安禄山部将。安史之乱平后，献恒、赵等五州，归顺朝廷，授开府仪同三司、检校礼部尚书，任恒州刺史、成德节度使。赐姓名为李宝臣，封赵国公。代宗大历十年（775），奏伐田承嗣，为朝廷所派官侮辱，转而与田承嗣勾结。德宗即位，拜司空，兼太子太傅。

②犷戾：凶暴而乖张。

③蛮貊：古代称南北少数民族。亦泛指四方各少数民族。

④田悦：唐平州卢龙（今河北卢龙）人。魏博节度使田承嗣之侄。骁勇善战。田承嗣死后继任节度使。唐德宗建中二年（781），与成德李惟岳、淄青李纳合谋反叛，后得朱滔、王武俊援助，立为魏王。后兵败归顺朝廷。兴元元年（784），任检校尚书右仆射，封济阳郡王。不久被堂弟田绪杀害。

⑤王武俊：字元英，唐契丹怒皆部落人。善骑射。为恒州刺史李宝臣部将，因劝李宝臣率五州归降，擢任成德军先锋兵马使。德宗建中三年（782），因不得节度，遂谋叛，自称王，国号赵。兴元元年（784），又自削伪国号，接受德宗所封琅邪郡王及检校兵部尚书、成德军兼幽州、卢龙两道节度使等职号。终检校太尉兼中书令，帝宠之甚厚。

⑥纷纷籍籍：形容纷乱众多的样子。籍籍，纵横交错。唐韩愈《读荀》：“纷纷籍籍相乱，六经与百家之说错杂。”

⑦陆梁：嚣张，猖獗。《后汉书·皇甫规传》：“后先零诸种陆梁，覆没营坞。”

⑧戡（kān）定：平定。

⑨姚令言：唐河中府（今山西永济）人。早年应征入伍，屡立战功，授衙前兵马使、太常卿兼御史中丞。德宗建中元年（780），拜御

史大夫、四镇北庭行营泾原节度使。建中四年（783），淮西李希烈叛乱，姚令言奉命率兵赴救。后泾原兵至京城求赏不得，既而哗变，拥朱泚为主，令言任贼侍中，残害宗室，围攻奉天。后兵败被杀。

⑩子期：即卢子期，田承嗣部将。唐代宗大历十年（775），田承嗣遣卢子期攻取洺州，寻又寇磁州，李宝臣与李承昭大破卢子期于清水，擒卢子期送京师，斩之。

## 【译文】

到唐代宗广德元年，任命田承嗣为魏博节度使，李怀仙为卢龙节度使，李宝臣为成德节度使，这就是所说的河北三镇，他们各有自己镇守的地域。河北三镇相沿积久形成凶暴乖张的风气，凶暴程度超过了四方落后部族，我知道他们所在的河北地区，不再为朝廷所有。到了唐代宗大历九年，他们互相拥戴并称为四王：朱滔称冀王，田悦称魏王，王武俊称赵王，李纳称齐王。李希烈又凭借淮西之地称帝，朱泚也凭借关中之地称帝。割据土地假立为王的"四凶"，罪大恶极、僭越帝位的"二竖"，纷乱众多，不知道有多少人。大概唐朝的叛乱，没有藩镇无法平定，但也是藩镇导致了叛乱的发生。起初骄横嚣张的人，一定得依靠藩镇才能平定他们的祸乱，但之后平定了祸乱的人，又足以因平定灾祸的功绩而导致祸乱。所以用来平定唐朝叛乱的，是藩镇；但引起唐朝发生叛乱的，也是藩镇。让我们尝试通过一两个事例来讨论这种现象。安禄山的叛乱，是仆固怀恩平定的；但保留河北三镇留下祸患的人，也是同一个仆固怀恩。率兵到京师赴救，顶着大雨寒风而来，是姚令言的功劳；但迎接朱泚来到京城称帝的人，也是同一个姚令言。当年擒拿卢子期打败田悦，是李宝臣的功劳；但释放田承嗣作为自己依靠的人，也是李宝臣。一直到唐朝灭亡，没有谁敢把他们怎么样，这都是从任命河北三镇节度使开始的。

1010.露布①，捷书之别名也。诸军破贼，则以帛书建诸竿上，兵部谓之"露布"。盖自汉以来有其名。所以露布者②，谓不封检③，露而宣布，欲四方之速闻也。亦谓之"露板"。魏晋奏事，云"有警急，辄露板插羽"是也。宋时沈璞为盱眙太守④，与臧质固拒魏军⑤，军退，质谓璞城主，使自上露板。后魏韩显宗大破齐军⑥，不作露布，高祖怪而问之，对曰："顷间诸将⑦，获贼二三，驴马⑧，皆为露布，臣每哂之。近虽仰凭威灵，得摧丑竖，斩擒不多，脱复高曳长缣，虚张功捷，尤而效之⑨，其罪弥甚。所以敛毫卷帛⑩，解上而已。"然则露布、露板，古今通名也。隋文帝诏太常卿奇章公撰宣露布仪⑪。开皇九年平陈，元帅晋王以驲上露布⑫，兵部请依新礼："集百官及四方客使于朝堂，内史令称有诏⑬，在位者皆拜；宣露布讫，蹈舞者三⑭，又拜。郡县皆同。"唐因其礼。然露布大抵皆张皇国威，广谈帝德，动逾数千字，其能体要不烦者，鲜矣。

**【注释】**

①露布：本条采录自《封氏闻见记·露布》。

②所以露布者：原书"所以"下有"名"字，当据补。

③封检：指加盖印记的封口。

④沈璞：字道真，南朝宋吴兴武康（今浙江湖州）人。沈约之父。好学善文。童孺时，文帝召见之，奇其应对。初为南平王左常侍，后为扬州主簿。辅范晔行州事，在职八年，州大治。累迁盱眙太守，与臧质抵抗魏军。后迁淮南太守。及孝武帝立，沈璞因迟迟不向孝武帝投诚，被杀。

⑤臧质：字含文，东莞莒县（今山东莒县）人。南朝宋官吏。初为中

军行参军,涉猎史籍,善言兵谋,深得宋文帝信任。元嘉二十七年(450)率军据守盱眙,北魏数万军围攻三旬,死伤万余人,而终不能克,以功迁雍州刺史。孝武帝即位,封始兴郡王,迁江州刺史。据功自傲,举兵反,兵败被杀。

⑥韩显宗:字茂亲,北魏昌黎棘城(今辽宁义县)人。孝文帝太和初,举秀才,除著作佐郎,后兼中书侍郎。多次上书孝文帝论及军政大事,为孝文帝采纳。太和二十一年(497)为右军府长史,有战功,上表颇自矜伐,被免官,后病亡。追赐章武男。

⑦间:原书《封氏闻见记》作"闻",当据改。

⑧驴马:原书同。《魏书·韩显宗传》二字下尚有"数匹"二字,当据补。

⑨尤而效之:指明知其为错误而有意仿效之。尤,过失,错误。效,仿效。

⑩敛毫:指停笔。

⑪奇章公:指牛弘。字里仁,隋安定鹑觚(今甘肃灵台)人。北周时,任散骑侍郎、内史下大夫,授仪同大将军,袭封临泾公。隋文帝即位后,授散骑常侍、秘书监,进爵奇章郡公。开皇三年(583)拜礼部尚书,奉敕修撰《五礼》。炀帝大业时,历上大将军、右光禄大夫。

⑫晋王:杨广。初封雁门郡公。开皇元年(581)册立为晋王,后即位为隋炀帝。驲(rì):指古代驿站专用的车,后亦指驿马。

⑬内史令:官名。隋朝内史省长官,置二员,正三品,炀帝大业十二年(616)改名内书令。唐高祖武德元年(618)复名内史令,三年(620)改中书令。

⑭蹈舞:犹舞蹈。臣下朝贺时对皇帝表示敬意的一种仪节。

## 【译文】

露布,是军事捷报的别称。各路大军打败贼寇,就把写在绢帛上的文书挂在竹竿之上，兵部称之为"露布"。大概从汉代以来就有这个名称。之所以称为露布的原因，是说不在封口加盖印记，公开告诉大家，想让各处的人都能够很快听到。也称作"露板"。魏晋时期向皇帝奏陈事情，说"有危急的事情，就在露板插上羽毛"就是这个了。刘宋时期沈璞任盱眙太守，他和臧质坚决抵抗北魏军队，北魏军队退去之后，臧质说沈璞是一城之主，让他自己制作露板上奏。后来北魏韩显宗大破北齐军队，却没有制作露布，魏高祖觉得很奇怪就问他，韩显宗回答说："过去听说各位将领仅虏获贼寇两三人，驴马几匹，就都做露布，我每每讥笑这样的行为。最近虽然仰仗声威，得以摧败可恶的贼寇，但斩获的贼寇人数不多，如果再轻率地高挂长绢，夸大破敌的战功，明知是错误的做法还有意仿效，这样罪过就更大了。因此我停笔并卷起绢帛不做露布，只是将战利品交给皇上就可以了。"虽然如此，露布、露板，是古今通用的名称。隋文帝曾下诏让太常卿牛弘撰写并宣示露布的仪程。开皇九年平定陈国后，元帅晋王杨广用驿车送上露布，兵部请求依照新的仪程进行露布的宣示："聚集众官吏及各国来使在朝堂之上，内史令称有皇帝诏令，在朝堂的大臣全部跪拜；宣读露布完毕，众大臣多次行蹈舞礼，并再次跪拜。郡县都用相同的礼仪。"唐朝因袭了隋朝的礼仪。但露布上的内容大多为显扬国威，高谈帝王的盛德，动不动就超过几千字，能够切实简要不烦冗的露布，就很少了。

1011.古者阉尹擅权专制者多矣①，其间不无忠孝，亦存编简②。唐自安史以来，兵难洊臻③，天子播越④，亲卫戎柄，皆付大阉⑤，鱼朝恩、窦文场乃其魁也。尔后置左右军、十二卫⑥，观军容、处置、枢密、宣徽四院使⑦，拟于四相也。十六宫使⑧，皆宦者为之，分卿寺之职⑨，朝廷班行备员而已⑩。供奉官紫衣入侍⑪，后军容使杨复恭偗具襕笏宣导⑫，自复恭改作也。严遵美⑬，内谒之最良也⑭。尝典戎⑮。唐末致仕于蜀郡，鄙叟庸夫⑯，时得亲狎⑰。其子仕蜀，至阁门使⑱。曾为一僧致紫袈裟⑲，僧来感谢之，书记所谢之语于掌中。方属炎天，手汗模糊，文字莫辨。折腰而趋，流汗喘乏，只云："伏以军容……"寂无所道，抵视掌心良久，云："貌寝人微，凡事无能。"严曰："不敢，不敢。"退而大咍⑳。严公物故㉑，蜀朝册命赠，给事中窦雍坚不承命㉒。虽偏霸之世㉓，亦不苟且，士人多之。

**【注释】**

①古者阉尹擅权专制者多矣：本条采录自《北梦琐言·内官改创职事》。阉尹，管领阉人的官，亦泛指宦官。《吕氏春秋·仲冬纪十一》："是月也，命阉尹，申宫令，审门闾，谨房室，必重闭。"高诱注："阉，宫官；尹，正也。"

②编简：书籍，史册。

③洊（jiàn）臻：重至，接连到来。

④播越：逃亡，流离失所。《后汉书·袁术传》："天子播越，宫庙焚毁。"李贤注："播，迁也。越，逸也。言失其所居。"

⑤大阉：指握大权的宦官。

⑥左右军：即左右英武军，唐禁军名。肃宗至德二载（757）置。选择善骑射者置衔前射生手千人，称为"供奉射生官""殿前射生""射生军"。十二卫：官署名。隋初置有十二府，后扩充改置为十六卫，其中左右备身、左右监门不领府兵，其余领府兵的合称十二卫。唐沿隋制，名称有所变动，领府兵的十二卫是左右卫、左右骁卫、左右武卫、左右威卫、左右领军卫、左右金吾卫。左右监门卫、左右千牛卫不领府兵。皆置大将军、将军等官统领之。

⑦观军容：即观军容宣慰处置使。唐肃宗乾元元年（758）置，为监视出征将帅的最高军事职务，以宦官充任。后习惯上以"军容"作为对掌权宦官的尊称。处置：即处置使。唐玄宗以后，采访、观察、都统等使加"处置"，赋予处理、决断权。开元二十二年（734）初置采访处置使，肃宗乾元元年（758）改为观察处置使。同年，肃宗另置都统处置使，总诸道兵马。枢密：即枢密使。枢密院长官。唐代宗永泰元年（765）始设内枢密使，以宦官充任，掌承受表奏，出纳帝命。后权任渐重，以致干预朝政，废立君主。宣徽：即宣徽使。唐宪宗元和中置，以宦官充任，渐为宣徽院长官，总领官内诸司使及内侍名籍，掌其迁补、郊祀、朝会、宴享、供帐，检视内外进奉名物。

⑧十六宫：亦作"十六宅"。唐玄宗开元年间，于长安外郭城朱雀大街东（今西安长缨西路一带）修缮大宅，分十院，号为"十王宅"，当时居住了庆王琮、忠王亨等十王，后来信王瑝、义王玼等六王亦居于此，就有了"十六宅"的称谓。均由宦官管理。

⑨卿寺：南朝以下对诸寺卿、少卿的别称。《宋书·礼志五》："若署诸卿寺位兼府职者，虽三品，而卿寺为卑。"

⑩班行：朝会时入朝列班的文武官员。备员：充数，凑数。谓居官有职无权或无所作为。《史记·秦始皇本纪》："博士虽七十人，特备员弗用。"

⑪供奉官：指侍奉皇帝左右的近臣。唐朝指侍中、中书令、左右散骑常侍、黄门侍郎、中书侍郎、谏议大夫、给事中、中书舍人、起居郎、起居舍人、通事舍人、补阙、拾遗等官。紫衣：南北朝以后，紫衣为贵官公服，唐宋时规定为一至三品官所用。故有朱紫、金紫之称。

⑫杨复恭：字子恪，本姓林氏，为宦官杨玄翼养子，闽（今属福建）人。自幼入内侍省，粗通文墨，常监诸镇兵。因参与镇压庞勋起义有

功,升任宣徽使,旋为枢密使。因与田令孜不和,下迁飞龙使。僖宗自蜀还京,复其官,时内外经略之制,皆出其手,授观军容使,封魏国公,加金吾大将军,专典禁兵。唐昭宗大顺二年(891)被解除兵权,后在逃亡途中被杀。襕笏(lán hù):穿襕袍,执手板。古代官吏朝会时的服饰。

⑬严遵美:唐朝宦官。以忠谨称。历左军容使,后从昭宗至凤翔,求致仕。归隐青城山,年八十余卒。

⑭内谒:即内谒者。掌内外传旨通报之事,多由宦官担任。隋为内侍省属官。唐沿隋制,内谒者监掌内传宣,凡命妇入宫则引入并奏闻。

⑮典戎:统率军队。

⑯鄙叟庸夫:指社会下层的普通百姓。

⑰亲狎:亲近狎昵。

⑱阁门使:官名。唐朝制度,正殿朝会,文武百官从东西上阁门进入殿庭。唐朝末年始置阁门使,掌供奉乘舆,朝会游幸,大宴引赞,引接文武官员及少数民族、外国使者朝见辞谢,纠弹失仪等事。

⑲紫袈裟:僧人的特殊服饰,多由皇帝赏赐,在大法会或朝见皇帝时穿着。

⑳咍(hāi):嗤笑,讥笑。

㉑物故:亡故,去世。

㉒窦雍:唐末五代时人。少负清节高名,历官给事中。内侍监严遵美去世,例有册赠,朝廷命窦雍主之。窦雍以任宦官册赠使为耻,坚决不肯承命,时论称之。

㉓偏霸:指地方割据称霸。

## 【译文】

古代宦官独断专权的很多,他们中间不乏忠孝两全的,也有载入史册的好官。唐朝从安史之乱以来,战乱接连不断,皇帝流亡宫外,亲兵近卫、国家军政大权，都交给手握大权的宦官，鱼朝恩、窦文场就是其中最为突出的代表。此后设置了左右英武军和统领禁军的十二卫，观军容使、处置使、枢密使、宣徽使四位院使，他们的权威可以跟四位宰相相比。十六宫的宫使，也都是宦官担任，他们分担了诸寺卿、少卿的职分，朝廷中的文武官员则成了有职无权的人。供奉官身穿紫衣入朝奉侍，后来军容使杨复恭让人穿着襕袍、执手板进行传呼引导，这些就是从杨复恭开始更改的。严遵美，是内谒官中最贤良的人。他也曾经统率军队。唐代末年在蜀郡辞官退休，下层社会的普通百姓，经常和他亲近狎昵。他的养子在蜀郡为官，官至阁门使。严遵美曾经为一位和尚搞到象征尊崇的紫袈裟，和尚来向他致谢，把致谢的话写在手掌中。当时正值天气炎热，手中出汗，使得手掌中的文字模糊，不能分辨。和尚弯腰快走，流汗气喘，只说："伏以军容……"然后就静默不再说话，长时间注视自己的手掌心，说："容貌丑陋地位低贱，所有的事都没有什么作为。"严遵美说："不敢，不敢。"和尚退下后他哈哈大笑。严遵美在蜀郡去世，朝廷依例以册书对其追加封赠，给事中窦雍坚决不受命。即使是处在地方割据称霸的时代，窦雍也绝不苟且，当时的人都称赞他。

1012. 邹山<sup>①</sup>，古之峄山，始皇刻碑处，文字分明。始皇乘羊车以上，其路犹存。案：此地，春秋时邾文公卜迁于绎者也<sup>②</sup>。始皇刻石纪功，其文李斯小篆<sup>③</sup>。后魏太武帝登山<sup>④</sup>，使人排倒之。然历代摹拓以为楷则<sup>⑤</sup>，邑人疲于供命<sup>⑥</sup>，聚薪其下，因野火焚之，由是残缺，不堪摹写，然由上官求请<sup>⑦</sup>，行李登陟<sup>⑧</sup>，人吏转益劳弊。有县宰取旧文勒于石碑之上，凡成数片，置之县廨<sup>⑨</sup>，须则拓取。自是山下之人，邑中之吏，得以息<sup>⑩</sup>。今人间有《峄山碑》，皆新刻之碑也。其文云："刻此乐石。"学者不晓"乐石"之意，颜师古谓取泗滨磬石作此碑<sup>⑪</sup>。始皇于琅琊、会稽诸山刻石,皆无此意,唯《峄山碑》有之,故知然也。

**【注释】**

①邹山:本条采录自《封氏闻见记·峄山》。邹山,即邹峄山。亦作驺泽山、邾峄山。即今山东邹城东南峄山。

②邾(zhū)文公:春秋时邾国国君。曹姓,名籧篨(qú chú),在位五十二年,曾三次迁都,最后迁至绎(今山东邹城)。据《左传·文公十三年》记载,"邾文公卜迁于绎"。卜迁:指占卜以确定迁移(国都、居地、墓地等)地址。

③李斯:楚国上蔡(今河南上蔡)人。秦朝著名政治家。曾从荀卿学。后入秦,初为秦相吕不韦舍人,旋任长史,拜客卿,助秦始皇完成统一大业。秦统一后,秦始皇任李斯为相。他主张废除分封制,建立郡县制,禁止私学、废《诗》《书》,以法为教,以吏为师,以小篆为标准,统一文字。始皇帝死后,他与赵高矫诏逼迫太子扶苏自杀,立少子胡亥为帝。后被赵高构陷,腰斩于咸阳,并夷三族。

④后魏太武帝:即北魏皇帝拓跋焘,一名佛狸,代郡平城(今山西大同)人。明元帝长子,鲜卑族。初封为泰平王,拜相国,加大将军。在位期间心怀"廓定四表,混一戎华"之志,亲自率军征战,统一北方地区。在治国方面,大力改善民生,改定律令,重用汉臣,改革官制,宣传礼义,崇尚儒学,推动了鲜卑族汉化发展。但在执政末期,执法严苛,诛戮无辜过多。正平二年(452),为中常侍宗爱所杀,追封太武皇帝,庙号世祖。

⑤摹拓:拓印碑刻金石等。楷则:法式,楷模。

⑥疲于供命:指疲于奔走应付。

⑦由:此字原书作"犹",当据改。

⑧行李:唐时称官府导从的人。《旧唐书·温造传》:"臣闻元和、长

庆中,中丞行李不过半坊,今乃远至两坊,谓之'笼街喝道'。但以崇高自大,不思僭拟之嫌。若不纠绳,实亏彝典。"

⑨县廨:即古代郡县长官办公的地方,亦作"县衙""县府"。

⑩息:原书作"休息",当据补。

⑪泗滨磬石:亦作"泗滨之磬""泗滨浮磬",是说泗水岸边出产的玉石可以制作磬。语出《尚书·禹贡》:"海、岱及淮惟徐州。……厥贡惟土五色。……泗滨浮磬。"

**【译文】**

邹山,就是古代的峄山,秦始皇在石碑上刻字的地方,碑上的文字至今还清晰明了。当年秦始皇乘着羊车上山,他上山的路至今还保留着。案:峄山这个地方,就是春秋时期邾国国君邾文公"卜迁于绎"的地方。秦始皇在石碑上刻字记述功勋,这些文字是李斯书写的小篆。北魏太武帝拓跋焘登上峄山,让人推倒了石碑。但是历代拓印的碑刻都以这块石碑为法式,邑中官民疲于应付差事,他们在石碑下聚集柴禾,利用野火焚烧石碑,因此石碑残缺,不能再拓印摹写,但还是有高官请求希望摹写,导从人员带领他们上山,百姓与胥吏辗转往返更加劳累疲弊。有一位县令取旧文重新刻在石碑上,总共刻成几片,放在县衙,有人需要就来拓印。从这以后山下的百姓,邑中的官民,才得以休息。现在社会上流传有《峄山碑》,都是后来新刻的石碑。碑上有文字说:"刻此乐石。"求学的人不知道"乐石"的意思,颜师古说取泗水边上的磬石刻成这块石碑。秦始皇在琅琊、会稽各山的刻石,都没有这个意思,只有《峄山碑》有,因此知道就是这个原因。

1013.墓前碑碣①,未详所起。案《仪礼》:庙中有碑,所以系牲,并视日景。《礼记》云:"公室视丰碑,三家视桓楹②。"丰碑、桓楹,天子、诸侯葬时下棺之柱,其上有孔,以穿绋索③,悬棺而下,取其安审,事毕即闭圹中④。臣子或书君父勋阀于碑上⑤，后又立之于隧口⑥，故谓之"神道碑"，言神灵之道也⑦。古碑上往往有孔，是贯绛之遗象。前汉碑甚少，后汉蔡邕、崔瑗之徒⑧，多为人立碑；魏晋之后，其流浸盛⑨。碣亦碑之类也。《周礼》："凡金玉锡石，楬而玺之⑩。"注云："楬，如今题署物⑪。"《汉书》云："瘗寺前，揭著其姓名⑫。"注云："楬，椓杙也⑬，椓杙于瘗处而书死者之姓名。楬音揭。"然则物有标榜，皆谓之"楬"。郭景纯《江赋》云："峨眉为泉扬之楬⑭。"又变为"碣"。《说文》云："碣，特立石也。"据此则从木、从石两体皆通。隋之制：五品以上立碑，螭首龟趺⑮，上不得过四尺，载在《丧葬令》。近代碑碣稍众，有力之家多辇金帛以祈作者。虽人子罔极之心⑯，顺情虚饰，遂成风俗。蔡邕云："吾为人作碑多矣，唯郭有道无愧词⑰。"隋文帝子齐王攸薨⑱，僚佐请立碑，帝曰："欲求名，一卷史书足矣；若不能，徒为后人作镇石耳。"诚哉是言！

**【注释】**

①墓前碑碣：本条采录自《封氏闻见录·碑碣》。

②公室视丰碑，三家视桓楹：语出《礼记·檀弓下》，是说鲁公下葬规格比照天子用丰碑，三家大夫下葬规格比照诸侯用桓楹。公室，春秋战国时诸侯及其家族，也指诸侯国君的政权。此特指鲁公。丰碑，古代天子下葬时用以下棺的工具。用大木斫成，形如石碑，树立在椁的前后及两旁。碑上有孔，穿索悬棺以入墓穴。三家，此处指孟孙、叔孙、季孙三家大夫。桓楹，古代诸侯下葬时下棺所植的大柱子。柱上有孔，穿索悬棺以入墓穴。

③绛（lǜ）索：粗绳索。

④圹（kuàng）：墓穴。

⑤君父：特称天子。勋阀：功臣门第。阀，世家大族。《新唐书·循吏传序》："若将相大臣兼以勋阀著者，各见本篇，不列于兹。"

⑥隧口：墓道的入口处。

⑦神灵：魂魄。《大戴礼记补注·曾子天圆》："阳之精气曰神，阴之精气曰灵。神灵者，品物之本也。"孔广森补注："神为魂，灵为魄。"

⑧崔瑗：字子玉，涿郡安平（今河北安平）人。东汉书法家、文学家。少锐志好学，后师从贾逵，精通天文、历数之学。与马融、张衡交好，年四十余始为郡吏。后辟为车骑将军阎显府掾。阎显诛，坐罪免官。后任汲令，迁济北相。崔瑗精于文辞，著有《南阳文学官志》《叹辞》及赋、碑、铭等作。

⑨浸盛：逐渐兴盛，逐渐强盛。

⑩凡金玉锡石，楬（jié）而玺之：语出《周礼·秋官·职金》，是说但凡收到贡入的金玉锡石，都要标记好恶等级数量，并盖上印章。楬，做标记用的小木桩。引申为标明。

⑪题署：在官室楹联或其他器物上题字、签名。

⑫瘗（yì）寺前，揭著其姓名：语出《汉书·尹赏传》："瘗寺门桓东，楬著其姓名。"揭，当为楬。

⑬楬，椓杙（zhuó yì）也：此二句原书注："名楬，杙也。"椓杙，谓捶钉系牲口的木桩。

⑭峨眉为泉扬之楬：语出郭璞《江赋》"峨眉为泉阳之楬"，当据改。泉阳，传说中的地名。当在长江沿岸。

⑮螭（chī）首龟趺（fū）：螭龙的头像和龟形的底座。多借指墓碑。

⑯罔极：无穷尽，后称父母之恩无穷为罔极。

⑰郭有道：即郭泰，字林宗，太原介休（今山西介休）人。东汉名士。出身寒微，少时师从屈伯彦，博通群书，擅长言论。与李膺等交游，名重洛阳。初被太常赵典举有道，故世称"郭有道"。官府辟

召,均不应命。后闭门教授,弟子达千人。建宁元年(168),太傅陈蕃、大将军窦武谋诛宦官,事败被杀,郭泰为国惜才,哀恸不止,次年卒于家。

⑱齐王攸:当为秦王俊事,见《隋书·文四子传》。"徒为人作镇石"等语亦见于此传。杨俊,字阿祇,弘农华阴(今陕西华阴)人。隋文帝杨坚第三子,隋炀帝杨广同母弟。仁恕慈爱,崇敬佛教。开皇元年(581),封为秦王。先后任河南道行台尚书令、山南道行台尚书令、扬州总管、并州总管等。后因奢纵而免官。开皇二十年(600)去世,谥号为孝。

## 【译文】

坟墓前的碑碣,不知道起源于何时。案《仪礼》:寺庙中有丰碑,用来栓系牲畜,并观察日影的朝向和长短变化。《礼记》说:"鲁公参照天子用丰碑,三家大夫参照诸侯用桓楹。"丰碑、桓楹,是帝王、诸侯下葬时下棺所立的柱子,上面有孔,用来穿大绳,把棺材悬起来慢慢向下放,并选取最合适的位置固定,棺材放好后就将丰碑、桓楹一起封闭在墓穴之中。大臣有时会将帝王的功绩写在丰碑之上,然后又树立在墓道入口处,所以称之为"神道碑",说是魂魄之路。古代的墓碑上常常有孔,这是前代丰碑、桓楹打孔穿绳的遗留迹象。前汉的墓碑很少,后汉蔡邕、崔瑗等人,给人立了很多墓碑;魏晋以后,这一风气就逐渐兴盛。碣也是碑的一种。《周礼》说:"凡是收到的金玉锡石等赋税,就做上标记,并加盖印章。"郑玄注说:"楬,就像今天在宫室楣联或其他器物上题字、签名的物品。"《汉书》说:"埋在寺庙前,并题写死者的姓名。"颜师古注说:"楬,捶钉木桩,在埋东西的地方捶钉木桩并写上死者的姓名。楬,读音为揭。"既然这样,凡是上面题写文字作为标志的木牌,都可以称为"楬"。郭璞《江赋》说:"峨眉为泉阳之楬。"楬后来又改为"碣"。《说文》云:"碣,特立石也。"根据这个解释,那么从木、从石两个字都通。隋朝的制度:官职五品以上才可以立碑,碑额雕刻有螭龙的头像,碑底有龟形的底座,地面以上不能高过四尺,都记载在《丧葬令》中。近代以来碑碣的数量逐渐增多,有财力的家族大都送金钱和布帛来请写作碑文的人。虽然表现了人子对于父母的无穷哀思,但在合情的同时也表现出浮夸粉饰的一面,并逐渐成为一种风气。蔡邕说:"我替人写作碑文很多,只有郭泰的碑文没有让我感到内心有愧的言辞。"隋文帝的儿子秦王杨俊去世,属官请求为他立碑,隋文帝说:"想要求名,一卷史书就足够了;如果不能,就是立了墓碑,也白白给后人拿来作为压东西的石块。"确实是这样啊!

1014.石碑皆有圆空①。盖碑者,悲也,本墟墓间物②。每一墓有四焉。初葬,穿绳于孔以下棺,乃古悬窆之礼③。《礼》曰:"公室视丰碑,三家视桓楹。"人因就纪其德,由是遂有碑表④。数十年前,时有树德政碑⑤,亦制圆空,不知根本甚矣。后有悟之者,遂改焉。

【注释】

①石碑皆有圆空:本条采录自《尚书故实》。原书此句作"古碑皆有圆空",下有注曰:"音孔。"

②墟墓:丘墓,墓地。

③悬窆(biǎn):指丧葬。窆,窆石,古代用以引绳以下棺的石柱。

④碑表:即墓表。

⑤德政碑:旧时为颂扬官吏政绩而立的碑石。《南史·萧恭传》:"恭至州,政绩有声,百姓请于城南立碑颂德,诏许焉,名为德政碑。"

【译文】

石碑都有一个圆形的孔。碑就是悲,本来是墓地中的物品。每一座墓有四个石碑。起初下葬时,在石碑的圆孔中穿绳索下棺,这就是古代丧葬的礼仪。《礼记》说:"鲁公参照天子用丰碑,三家大夫参照诸侯用桓楹。"于是人们就在石碑上记录死者的功德,从此就有了碑表。几十年以前,当时有人树立颂扬官吏政绩的德政碑,也在碑上制作圆孔,这是完全不知道石碑上圆孔最初的用途所致。后来有人知道了这一点,就做了更改。

1015.人道尚右①,以右为尊。礼先宾客,故西让客,主人在东,盖自卑也②。后人或以东让客,非礼也。盖缘见所在地,所主在东,俗有东行南头之戏,此乃贵其为一方一境之主也。《记》曰:"天子无客礼,莫敢为主焉。故君适其臣,升自阼阶③,不敢有其室也。"注:"明飨君,非也④。"唐之方镇及刺史,入本部,于令长已下⑤,礼绝宾主,犹近君臣。至于藩镇经管内支郡⑥,则俱是古南面诸侯,但以使职监临⑦,如台省之官至外地耳。既通宴飨,则异君臣,而用古天子升阶之仪⑧,非礼也。

**【注释】**

①人道尚右:本条采录自《因话录·徵部》。人道,为人之道。指社会中要求人们遵循的道德规范。《周易·系辞下》:"有天道焉,有人道焉。"

②自卑:犹自谦。《礼记·表记》:"是故君子虽自卑,而民敬尊之。"

③阼(zuò)阶:古时指东面的台阶,是主人迎接客人之处。古代殿前两阶,无中间道,宾主相见,主人立东阶,宾客自西阶升降。《仪礼·士冠礼》:"主人玄端爵韠,立于阼阶下,直东序,西面。"郑玄注:"阼,犹酢也,东阶所以答酢宾客也。"

④明飨君,非也:此为《礼记·郊特牲》郑玄注"明飨君非礼也",当据之补"礼"字。是说公开宴请君主,不符合礼节。

⑤令长：秦汉时治万户以上县者为令，不足万户者为长。后因以"令长"泛指县令。

⑥支郡：即分郡。唐、五代设方镇，内辖几州不等，其中任何一州皆为方镇分郡，故有此称。

⑦使职：指没有固定品阶的实职官位，如节度使等。监临：监察临视。

⑧阶：原书此字上尚有"阼"字，当据补。

**【译文】**

为人之道尚右，以右为尊。依礼宾客为先，所以礼让宾客到西边，主人在东边，是自谦的表现。后来也有人礼让宾客到东边的，这是不符合礼节的。大概因为人们相见的地方，主人在东边，民间有向东方行进身右为南的游戏，这是看重他作为一个地方的主人。《礼记·郊特牲》说："天子在四海之内都不需要遵循客人的礼仪，因为普天之下，莫非王臣，没有哪个人敢当天子的主人。因此国君到臣子家里去，臣子要请国君从东边的台阶升堂，以表明臣子不敢自以为是这个家的主人。"郑玄注说："公开宴请君主，不符合礼节。"唐朝镇守一方的军事长官和刺史，在本人管辖的区域，对于县令以下的官员，在礼节上不能以宾主论，更近似于君主与臣下的关系。至于藩镇管理本区域内的几个州，他们都相当于古代南面而坐的诸侯，但仅是以节度使的身份监察临视，就好像朝廷御史台、中书省等官员到外地视察一样。设宴绘客，就要和君臣的礼节有所不同，如果用古代天子从东边台阶升堂的礼仪，是不符合礼法的。

1016.近代风俗①，人子在膝下②，每生日有酒食之事；孤露之后③，不宜复以为欢会。梁孝元帝少时④，每以载诞之辰辄设斋讲经⑤，洎阮修容殁后⑥，此事亦绝少⑦。太宗曾以降诞日感泣⑧。中宗常以降诞日宴侍臣内庭，与学士联句柏梁体诗⑨。然则唐以来，此日皆有宴会。开元十七年，丞相张说奏以八月端午降诞日为千秋节⑩，又改为天长节。肃宗因之，诞日为地平天成节⑪。代宗虽不为节，犹受四方进献。德宗即位，诏公卿议，吏部尚书颜真卿奏："准《礼经》及历代帝王无降诞日，唯开元中始为之。复推本意：以为节者，喜圣寿无疆之庆⑫，天下咸贺，故号节；若千秋万岁之后⑬，尚存此日以为节假，恐乖本意。"于是敕停之。

**【注释】**

①近代风俗：本条采录自《封氏闻见记·降诞》。

②膝下：指父母的身边。

③孤露：孤单无所荫庇。指丧父，丧母，或父母双亡。

④梁孝元帝：即萧绎，字世诚，号金楼子，南兰陵郡兰陵（今江苏常州）人。梁武帝之子。天监十三年（514）封湘东王，镇江陵。太清元年（547）为荆州刺史。侯景之乱平息后，在江陵即位。承圣三年（554），江陵被西魏军围困，他仍讲《老子》于龙兴殿，百官戎服从听，城陷，将藏书十四万卷全部焚毁，叹道："读万卷书，犹有今日！"被魏人所杀。追尊为元帝，庙号世祖。

⑤载诞之辰：即诞辰，生日（多用于所尊敬的人）。

⑥阮修容：南朝梁武帝妃。即阮令嬴，本姓石，会稽余姚（今浙江余姚）人。原为南朝齐始安王萧遥光姬妾。萧衍（梁武帝）定建康，纳为采女。天监七年（508）生萧绎，拜修容，赐姓阮。后随萧绎出藩江州。大同六年（540）卒于江州。萧绎即位，追崇为文宣太后。

⑦绝少：原书"绝"下无"少"字，当据改。

⑧降诞日：生日。

⑨联句：旧时作诗的一种方式。由两人或多人各作一句或几句，合而成篇。旧传始于汉武帝和诸臣合作的《柏梁诗》。柏梁体诗：

又称"柏梁台体""柏梁台诗",每句七言,都押平声韵,全篇不换韵。柏梁体是七言诗的先河。据说汉武帝筑柏梁台,与群臣联句赋诗,句句用韵,故称之为柏梁体。

⑩端午:此处泛指农历每月初五日。宋洪迈《容斋随笔·八月端午》:"唐玄宗以八月五日生,以其日为千秋节。张说《上大衍历序》云:'谨以开元十六年八月端午赤光照室之夜献之。'《唐类表》有宋璟《请以八月五日为千秋节表》云:'月惟仲秋,日在端午。'然则凡月之五日,皆可称端午也。"千秋节:唐玄宗开元十七年(729),百官以八月五日为唐玄宗诞辰日,定此日为"千秋节"。其日玄宗会同百官聚于兴庆宫勤政务本楼,观赏乐舞、杂技等表演,场面极为盛大奢侈。天宝七载(748)改为"天长节"。安史之乱后,盛况渐衰,至宪宗元和二年(807)停止举行。《新唐书·礼乐志十二》:"千秋节者,玄宗以八月五日生,因以其日名节,而君臣共为荒乐,当时流俗多传其事以为盛。"

⑪地平天成:原指大禹治水成功而使天之生物得以有成,后常比喻一切安排妥帖。《尚书·大禹谟》:"地平天成,六府三事允治,万世永赖,时乃功。"平,治平。

⑫圣寿无疆:亦作"万寿无疆",谓千秋万世,无疆无界,永远生存。旧时常用以祝颂帝王。庆:福气,福分。

⑬千秋万岁:讳称帝王死亡。《史记·梁孝王世家》:"上与梁王燕饮,尝从容言曰:'千秋万岁后,传于王。'"

**【译文】**

近代风俗,子女在父母身边,每年生日就会置办酒食庆祝;父母去世后,就不适合再在生日时举行欢乐的聚会。梁元帝萧绎年轻的时候,每到生日就备办素斋并讲说经义,自从他的母亲阮修容去世后,这件事也就停止了。唐太宗曾经在生日这天因感恩父母而落泪。唐中宗曾经在生日这天在皇宫内赐宴给近臣,并与翰林学士用柏梁体联句做诗。自从唐朝建立以来，皇帝生日这天都有宴会。唐玄宗开元十七年，丞相张说上奏疏将八月五日皇帝生日这天定为千秋节，后来又改为天长节。唐肃宗因袭了这一传统，将生日这天定为地平天成节。唐代宗虽然没有将生日设定成节日，还是在这天接受全国各地进献的礼品。唐德宗即位后，诏令三公九卿商议这个事情，吏部尚书颜真卿上奏说："依据《礼经》及历代帝王都没有生日庆贺来看，将生日作为节日庆贺是从唐玄宗开元年间才开始的。又推究这件事的本意：将生日作为节日，是为皇帝长寿之福而高兴，全国上下都庆祝，所以称为节日；如果帝王去世之后，还留存这天作为节日，恐怕违背了最初的旨意。"于是德宗敕令这一天停止庆贺。

1017.明皇朝①，海内殷赡②，送葬者或当冲设祭③，张施帏幕，有假花、假果、粉人、粉帐之属④。然大不过方丈，室高不逾数尺，识者犹或非之。丧乱以来，此风大扇⑤，祭盘帐幕⑥，高至九十尺⑦，用床三四百张，雕镂饰画，穷极技巧，馔具牲牢⑧，复居其外。大历中，太原节度辛云京葬日⑨，诸道节度使使人修祭。范阳祭盘最为高大，刻木为尉迟鄂公与突厥斗将之戏⑩，机关动作，不异于生。祭讫，灵车欲过，使者请曰："对数未尽。"又停车，设项羽与汉祖会鸿门之象⑪，良久乃毕。缞绖者皆手擘布幕⑫，辍哭观戏。事毕，孝子传语与使人："祭盘大好，赏马两匹。"滑州节度令狐母亡⑬，邻境致祭，昭义节度初于淇门载船桄以充幕柱，至时嫌短，特于卫州大河船上取长桄代之。及昭义节度薛公薨⑭，归葬绛州，诸方并管内县涂阳城南设祭⑮，每半里一祭，至漳河二十余里，连延相次。大者费千余贯，小者三四百贯，互相窥觇⑯，竞为新奇。柩车暂过，皆为弃物矣。盖自开辟至今，莫祭鬼神，未有如斯之盛者也。

## 【注释】

①明皇朝：本条采录自《封氏闻见记·道祭》。

②殷赡：富足。

③当冲：在道路的冲要处。

④粉人：指用面粉制作的人偶。帐：原书作"粻"，当据改。粻，粮食。

⑤扇：通"煽"。炽盛。

⑥祭盘：古代举行路祭所设的祭台，用作供陈祭品。唐大历年间盛行一种路祭送葬仪式，送葬人在灵车行经的道旁搭建露天祭台，内陈设祭品及诸种戏剧人物的塑像。

⑦九十：原书作"八九十"，当据补。

⑧馔具：陈设食物的器具，餐具。《孔子家语·致思》："吾非以馔具之为厚，以其食厚而我思焉。"牲牢：犹牲畜。《诗经·小雅·瓠叶》序："上弃礼而不能行，虽有牲牢饔饩，不肯用也。"郑玄笺："牛羊豕为牲，系养者曰牢。"

⑨辛云京：字京畟，唐兰州金城（今甘肃兰州）人。客居京兆（治今陕西西安），世为将门。有胆略，累建勋劳，积功迁特进、太常卿。曾以锐卒四千破史思明于相州（今河南安阳）。因功授开府仪同三司，加代州都督、镇北兵马使。后授太原尹，治理有功，加检校尚书左仆射、同中书门下平章事。大历三年（768）检校右仆射。卒后，代宗痛惜流涕，追赠太尉，谥号忠献。《新唐书·辛云京传》载："及葬，命中使吊祠，时将相祭者至七十余幄，丧车移晷乃得去。"

⑩尉迟鄂公：即尉迟敬德，因其唐太宗贞观十一年（637）拜鄂国公，故称。斗将：指古代出阵挑战和应战的将领。

⑪汉祖：原书作"汉高祖"，当据之补"高"字。汉高祖，即刘邦，沛县丰邑中阳里（今江苏徐州丰县）人。汉朝开国皇帝。初为泗水

亭长。秦二世元年（前209）九月起兵于沛反秦。公元前202年，打败项羽，统一天下，称帝于汜水之阳，建都长安。前195年驾崩于长安，谥号高皇帝，庙号太祖，葬于长陵。

⑫缞绖（cuī dié）：以粗麻制成的丧服。缞，披在胸前的麻布条，服三年之丧者用之。绖，为系于头上或腰间之麻带。

⑬令狐：即令狐彰，字伯扬，祖籍京兆富平（今属陕西）。初随范阳节度使安禄山，屡立军功，迁左卫郎将。安史之乱时归顺唐朝，肃宗诏拜滑亳、魏博节度使。累迁开府仪同三司、御史大夫、检校右仆射，封霍国公、检校尚书右仆射。卒于任上，追赠太傅。

⑭薛公：即薛嵩，本名薛尹，唐绛州龙门（今山西河津）人。右威卫大将军薛仁贵之孙。臂力过人，擅长骑射。玄宗开元中为范阳节度使，安史之乱时为安禄山部将。后为史朝义守相州。兵败后，率领四州（相、卫、洺、邢）军民归顺朝廷。次年，被任为相、卫等州节度使。代宗大历初，封高平郡王，号其军为昭义。大历七年（772）去世，追赠太保。

⑮归葬绛州，诸方并管内县涂阳城南设祭：此二句原书作"绛、忻诸方并管内滏阳城南设祭"。据周勋初《校证》注，"此处除当据原书改'涂阳'为'滏阳'外，其余文字当以本书为是。盖薛嵩祖籍绛州，归葬之时，灵榇将由漳水而下，故于滏阳城南设祭也。"葬，原阙，据周勋初《校证》补。

⑯窥觇（chān）：暗中察看，探察。

【译文】

唐明皇时期，国内富足，送葬的人有时会在道路的冲要处陈设祭品，他们张设帷幕，陈列人造花、人造水果、面粉制作的人偶以及面食之类的物品。但是设祭的地方最大不超过一丈见方，帷幕的高度不超过几尺，有见识的人尚且还非议这种做法。安史之乱以来，这种风气更加兴盛，举行路祭所设的祭台和帷幕，高度达八九十尺，用床三四百张，全都雕刻装饰描画,工艺极其精巧,陈设食物的器具和祭品,放在祭台的外面。唐代宗大历年间,太原节度使辛云京出殡的时候,各道节度使都派人前来祭祀。其中范阳的祭台最为高大,上面用木头雕刻成尉迟敬德与突厥将领表演对战的木偶戏,设置机关控制动作,和活人没有两样。祭拜完毕,灵车要走的时候,使者请求说:"木偶戏是成双的还没有表演完毕。"于是又让灵车停下来,表演了项羽与汉高祖刘邦鸿门宴的场景,很长时间才结束。服丧的人用手分开幕布,停止哭灵而观看木偶戏表演。表演结束后,孝子传话给节度使派来的使者:"祭台太好了,赏赐良马两匹。"滑州节度使令狐彰的母亲去世,相邻州的节度使都前来祭祀,昭义节度使起初从淇门运来船上的桅杆充当帷幕的幕柱,桅杆运到后又嫌太短,特地从卫州大河船上运来长桅代替桅杆作为幕柱。等到昭义节度使薛嵩去世,尸体要运回绛州埋葬,各方节度使及昭义下辖各县都在滏阳城南陈设祭品,每半里路设一个祭台,到漳河二十多里路,绵延相续。大的祭台耗费一千多贯钱,小的祭台三四百贯钱,大家互相探察,竞相制作新奇的祭台。运载灵柩的车经过后,这些祭台都成为废弃之物了。大概从天地开辟以来至今,祭奠死者和神灵的风气,从来没有像现在这样兴盛。

1018.俗间凶疏①,本叙时序朔望②,以表远感之怀,此合于情理。至有叙经斋七日③,此出释教④,不当形于书疏⑤。

**【注释】**

①俗间:世间。凶:即凶礼。此处特指丧礼。《资治通鉴·梁纪·梁武帝太清元年》:"丁酉,东魏主为丞相欢举哀,服缌缞,凶礼依汉霍光故事,赠相国、齐王,备九锡殊礼。"

②时序:节候,时节。

③斋七:旧时人死亡后每七天做法事,至七七止。

④释教：指佛教。

⑤书疏：奏疏，信札。《史记·袁盎晁错列传》："且陛下从代来，每朝，郎官上书疏，未尝不止辇受其言。"

**【译文】**

世间丧礼的文书，原本依据时节或者农历每月初一、十五进行祭奠，来表达对离世亲人的思念之情，这种行为符合人情事理。至于有人死后每隔七天进行一次法事的祭奠方式，这种做法出自佛教，不应当表现在丧礼文书之中。

1019.准礼①：父在，为所生母②；父为嫡子；夫为妻；皆杖周③。自《周礼》已降，至于《开元礼》④，及唐史二百六十年，并无有易斯议，未闻为兄弟杖者。自离乱已后，武臣为弟始行周杖之礼⑤，是宾佐不能以礼正之，致其谬误也。乾宁三年九月⑥，行吊于名士之家，睹其弟为兄杖，门人知旧来，无有言其乖礼者，实虑日久浸以为是。自今后，士子好礼者，于服式之中⑦，慎而行之。

**【注释】**

①准礼：本条采录自《刊误·杖周议》。

②父在，为所生母：此二句原书作"父在，为母，为所生母"，当据补。

③杖周：谓居丧持杖周年。杖，居丧时所用的竹杖。

④《开元礼》：即《大唐开元礼》，是唐玄宗朝官修的一部礼仪著作。成书于开元二十年（732），共一百五十卷。正文分吉礼、凶礼、军礼、宾礼、嘉礼等五礼。

⑤武臣为弟始行周杖之礼：原书作"武臣为兄弟始行杖周之礼"，当据此校正。

⑥乾宁三年九月:原书"乾"上尚有"予"字,当据补。

⑦服式:此处指服丧的方式。

**【译文】**

依据周礼:父亲在世,子女为嫡母,为生身母亲;父亲为正妻所生的儿子;丈夫为妻子,在他们去世后都要居丧持杖周年。自从《周礼》以来,到《大唐开元礼》,以至唐代二百六十年的历史,都没有更改这个礼法,没有听说给去世的兄弟持杖的。从安史之乱以后,武将才为自己去世的兄弟行持杖周年礼节,这是由于宾佐不能依据礼法来纠正他们,导致服丧方式的错误。我在唐昭宗乾宁三年(896)九月,到名士家中进行吊唁,亲眼看到他的弟弟为去世的兄长持杖,他的门生和老朋友来到,没有人指出这种行为有违礼法,实在担忧时间长了逐渐被人们认为是正确的做法。从今以后,爱好礼法的士大夫在服丧方式上,要谨慎行事。

1020.今俗释服多用昏时①,非礼也。按《戴礼》:"鲁人有朝祥而暮歌者,子路笑之②。"夫子虽抑子路云③:"三年之丧,亦已久矣。"而复曰:"逾月则其善。"明知月晦之朝④,去缟从吉也⑤,明日则逾月矣,故夫子怪其不待明日而歌。今之免服准式给晦日假者⑥,盖以朝既从吉,使竟是日吉服⑦,尽与亲宾相见,遍示礼终,至明日复参公务,无乐不为之义。又礼书皆云:前一夕除某物,废某物。又曰"夙兴"云云,知前夕除废,为明晨之渐。凡曰释服,悉宜从朝矣。[原注]⑧今在脱服假内⑨,反不见宾友也。《礼》云"大丧不避涕泣而见人"者⑩,言既不行求见人,人来求之⑪,不避涕泣,以表至哀无饰。今世卒哭之后⑫,朔望时节,辞不见宾客,非也。若尊高居丧⑬,吊者以是日客多,不敢求见,遽自退去,宜矣,非所以辞也。

**【注释】**

①今俗释服多用昏时：本条采录自《资暇集·朝祥》。释服，脱去丧服。指除丧。

②鲁人有朝祥而暮歌者，子路笑之：语出《礼记·檀弓上》。孔颖达疏："祥，谓二十五月大祥。歌哭不同日，故仲由笑之也。"朝祥，早晨行祥祭。

③抑：阻止。

④月晦：谓月尽，多指农历每月最后一日。《吕氏春秋·季秋纪·精通》："月也者，群阴之本也。月望则蚌蛤实，群阴盈；月晦则蚌蛤虚，群阴亏。"

⑤从吉：谓居丧毕，脱去丧服，穿上吉服；或丧期内因有嫁娶庆贺或吉祭之礼暂易吉服。

⑥免服：古代丧服。《左传·僖公十五年》："使以免服衰绖逆。"杜预注："免、衰绖，遭丧之服。"

⑦吉服：古代祭祀时所着之服。祭祀为吉礼，故称。《周礼·春官宗伯·司服》："王之吉服，祀昊天、上帝，则服大裘而冕，祀五帝亦如之。"后亦用以泛指礼服。

⑧原注：此是李匡文自注。

⑨脱服：脱去丧服。指服丧期满。

⑩大丧不避涕泣而见人：语出《礼记·杂记下》："唯父母之丧，不辟涕泣而见人。"大丧，父母的丧事。《春秋公羊传·宣公元年》："古者臣有大丧，则君三年不呼其门。"

⑪求：此字原书作"见"，此处似误。

⑫卒哭：古代丧礼。自死者死日起，哀至则哭，昼夜无时，百日行卒哭之祭后，改为朝夕哭。《仪礼·既夕礼》："三虞卒哭。"郑玄注：

"卒哭,三虞之后祭名。始朝夕之间,哀至则哭,至此祭,止也。朝夕哭而已。"

⑬尊高:此处指身份地位高贵的人。

**【译文】**

当今风俗除去丧服大多是在服丧满三年后这一天的黄昏时分,这是不符合礼仪的。按《礼记·檀弓下》:"鲁国有一个早上行祥祭礼晚上就唱歌的人,子路笑话他除去丧服就唱歌。"孔子虽然阻止子路说:"三年的服丧期,也够长久的了。"但他又说:"如果能过这个月再除去丧服就更好。"可以明确知道这个月最后一天的早上,脱去白色的丧服换上吉服,第二天就过这个月了,所以孔子责怪他没有等到第二天再唱歌。现在除丧服的规则是给服丧者服丧满三年后当月的最后一天假期,因为早上已经换上了吉服,因此就让他这一整天都穿吉服,然后与所有的亲戚宾客见面,一一告诉他们服丧期满,到第二天就可以参加公务活动了,意思是说自己可以做高兴的事了。又礼书都说:前一天晚上清除某种东西,废弃某种东西。又说"早起"等等,就知道前一天晚上清除废弃的东西,会给第二天早上带来影响。凡是说到除去丧服,全都应该从早上开始。[原注]现在在服丧期满的假期内,反而不能会见宾客朋友。《礼记·杂记下》说"父母丧事期间会见客人时不用避开他们哭泣",是说父母丧事期间不会出去见客,如果客人来求见,不用避开客人哭泣,以表达极度悲伤而不加掩饰的情感。当今风俗行卒哭礼之后,每月初一和十五的时候,推辞不见客人,这是不符合礼节的。如果是身份地位高贵的人服丧,前来吊唁的人因为这一天客人太多,不敢请求相见,吊唁后很快自己离开,这是合适的,不是推辞不见客。

1021.三日成服①,圣人之制。世有至五日者,非也。

**【注释】**

①三日成服：本条采录自《资暇集·成服》。成服，即穿孝衣。按古礼大殓后一日成服。以辈分亲疏分为五等，斩衰、齐衰、大功、小功以及缌麻。出了五服者，只服袒免服。《礼记·奔丧》曰："唯父母之丧，见星而行，见星而舍。若未得行，则成服而后行。"又，同卷亦曰："三日成服，拜宾送宾皆如初。"

**【译文】**

通常在人去世大殓后第三天，亲属要按照与死者关系的亲疏穿上符合各自身份的丧服，这是圣人制定的礼仪制度。当今也有在人去世大殓后第五天，亲属按照与死者关系的亲疏穿上符合各自身份丧服的情况，这是不符合礼仪的。

1022.忌日请假①，非古也。《世说》云②："忌日惟不饮酒作乐。会稽王世子将以忌日送客至新亭③，主人欲作乐，王便起去，持弹往卫洗马墓弹鸟④。"《晋书》又载：桓玄"忌日与宾客游宴，惟至时一哭而已⑤。"此前代忌日无假之证也。沈约《答庾光禄书》云⑥："忌日制忌⑦，应是晋、宋之间，其事未久。未至假前，止是不为宴乐，本自不封闭⑧，如今世自处者。居丧再周之内，每至忌日，哭临受吊，无不见人之义。而除服之后⑨，乃不见人，实由世人以忌日不乐，而不能竟日兴感以对宾客，或弛懈，故过自屏晦⑩，不与外接。设假之由，实在于此。"颜延之⑪："忌日感慕，故不接外宾，不理庶务。不能悲怆自居，何限于深藏也。世人或端坐奥室⑫，不妨言笑，迫有急卒，宁无尽见之理？其不知礼意乎！"

## 【注释】

①忌日请假：本条采录自《封氏闻见记·忌日》。忌日，旧指父母及其他亲属逝世的日子。因禁忌饮酒、作乐等事，故称。

②《世说》：今本《世说新语》无此处文字，已佚。残文今见《艺文类聚》《太平御览》，但均不及《封氏闻见记》所载完整。

③会稽王世子：即司马元显。东晋宗室，晋简文帝司马昱之孙。司马道子世子。十六岁时拜征虏将军，以平定"王恭之乱"之功，授中书令、中领军。隆安三年（399），代父掌权，拜后将军、尚书令、扬州刺史。元兴元年（402），自为骠骑大将军、征讨大都督、都督十八州诸军事，兴兵讨伐桓玄。未几兵败，为桓玄所杀。义熙初，追谥曰忠。

④卫洗马：即卫玠，因其官至太子洗马，故称。

⑤忌日与宾客游宴，惟至时一哭而已：语出《晋书·桓玄传》。"时"，《晋书》作"亡时"，当据补。

⑥沈约：字休文，吴兴武康（今浙江德清）人。幼孤贫，笃志好学，遂博通经籍。南朝宋时为尚书度支郎，迁郢州外兵参军。南齐时，任太子家令、司徒右长史、黄门侍郎等职。梁武帝萧衍即位，授尚书仆射，封建昌县侯，官至尚书令、太子少傅等。

⑦制忌：原书无"忌"，赵贞信据秦本《封氏闻见记》补入"假"字，当据之改"忌"作"假"。

⑧自不：原书作"不自"，当据改。

⑨除服：脱去丧服。谓不再守孝。

⑩屏晦：退避不出。屏，退避，隐退。晦，掩蔽，隐藏。

⑪颜延之：原书作"颜之推亦云"，下文为《颜氏家训·风操》中的内容，当据改。

⑫奥室：内室，深宅。《后汉书·梁冀传》："堂寝皆有阴阳奥室，连房洞户。"

## 【译文】

在父母及其他亲属逝世的日子请求休假，不是古代的制度。《世说新语》说："忌日不能喝酒作乐。会稽王世子司马元显在忌日到新亭送别客人，送别的人想要取乐，司马元显便起身离开，拿着弹弓到太子洗马卫玠的墓前打鸟。"《晋书·桓玄传》又记载：桓玄"忌日与客人游乐宴饮，只有到亲人去世的时间哭一场就罢了。"这是前代忌日没有休假的证据。沈约《答庾光禄书》说："忌日规定休假，应该开始于晋、宋之际，时间不是很长。在没有制定休假制度以前，只是要求不能饮宴取乐，本来不用自己隔绝，像现代独居的人们一样。守丧两年的时间里，每到忌日，就到灵前举哀接受他人吊唁，没有不与人相见的意思。但是在脱去丧服不再守孝之后，到了忌日就不与人相见，这实在是因为普通人认为忌日不能取乐，因此也就不能整日伤感来接待宾客，或者放松身心，所以就自己退避不出，不和外面的人相见。制定休假的原因，确实就在这里。"颜之推在《颜氏家训·风操》中也说："忌日有说不尽的感念和思慕，所以这个日子不接待宾客，不处理各种事务。如果不能做到悲伤独处，又何必限制自己并隐藏起来呢！世人有的端坐在深宅之中，并不妨碍他说说笑笑，一旦有紧急的事发生，难道就没有彻底了解事物的行为和反应吗？这种人不懂得礼经的意义。"

1023.李匡乂云①："《晋书》称阮咸善琵琶②，是即是矣③。"按《周书》云④："武帝弹琵琶⑤，后梁宣帝起舞⑥，谓武帝曰：'陛下既弹五弦琴⑦，臣何敢不同百兽舞？'"则周武帝所弹，乃是今之五弦。可知前代凡此类，总号琵琶尔。又按《风俗通》云："以手批把⑧，谓之琵琶。"自拨弹已后，惟今四弦始专琵琶之名。因依而言，则刘𫗧所云⑨："贞观中，裴洛儿始弃拨⑩，用手以抚琵琶。"是又不知故事者之言也。

又因此而征之，五弦之号，即出于后梁宣帝之语也。而今阮氏琵琶，正以手抚，反不能占琵琶之名，失本义矣。

**【注释】**

①李匡乂云：本条采录自《资暇集·阮咸》。原书无此句，当是王谠所加。李匡乂，当为李匡文。

②阮咸：字仲容，陈留尉氏（今属河南）人。阮籍之侄。与阮籍并称"大小阮"，与嵇康、阮籍、山涛、向秀、刘伶、王戎并称"竹林七贤"。为人放诞，不拘礼节。官至始平太守。善弹琵琶，精通音律，著有《律议》。

③是即是矣：原书作"此即是也"。

④周书：原书作"后周书"。此处所引见《周书·萧詧（chá）传》，原文"何敢不同百兽"乃其子明帝萧岿所言。

⑤武帝：即南北朝时北周武帝宇文邕。字祢突，代郡武川（今内蒙古武川）人。鲜卑族。宇文泰之子。武成二年（560）即位。天和七年（572），杀权臣宇文护，始亲政。屡次下诏放免奴婢杂户，减轻赋役，改革府兵制，禁断佛道等政策，加强君主集权。建德六年（577），灭北齐。次年欲北击突厥。病卒于进军途中。谥曰武帝。庙号高祖。

⑥后梁宣帝：即萧詧，字理孙，南兰陵（今江苏常州）人。昭明太子萧统第三子，南朝后梁开国皇帝。中大通三年（531），加封岳阳郡王，任会稽太守，迁雍州刺史等职。侯景之乱后，梁元帝建都江陵，他献出襄阳，请为西魏附庸。承圣三年（554），西魏大将军杨忠攻破江陵。梁元帝被杀，萧詧正式即位，史称后梁。大定八年（562），驾崩，谥号宣皇帝，葬于平陵。

⑦五弦琴：古乐器名。《礼记·乐记》："昔者舜作五弦之琴，以歌《南风》。"孔颖达疏："五弦，谓无文武二弦，惟宫商等之五弦也。"

⑧批把：即琵琶。推手前曰批，引手却曰把，因以为名。汉应劭《风俗通·声音·批把》："谨按：此近世乐家所作，不知谁也。以手批把，因以为名。"《风俗通》说这种乐器为四弦。

⑨刘悚（sù）所云：文中所引见刘悚《隋唐嘉话》。刘悚，字鼎卿，徐州彭城（今江苏徐州）人。刘知几次子。进士及第，博学多才，著作颇丰。天宝初年，历官河南共曹参军、集贤殿学士，兼修国史，官终右补阙。

⑩裴洛儿：即裴神符，一作路儿、赂儿。西域疏勒（今新疆喀什）人。唐太宗贞观年间著名音乐家。能作曲，擅长五弦琵琶。经他革新后，可用手指代替木棒拨琴，称"掐琵琶"。裴，原作"悲"，据周勋初《校证》改。

## 【译文】

李匡文说："《晋书·阮咸传》称阮咸善弹琵琶，这一记载是正确的。"按《周书·萧詧传》云："周武帝宇文邕弹奏琵琶，后梁宣帝萧詧起身而舞，对周武帝说：'陛下既然弹奏的是五弦琴，臣怎敢不像群兽一样起舞？'"周武帝当时所弹奏的，就是今天的五弦琴。由此可知前朝凡是这类乐器，总称为琵琶。又按《风俗通》云："用手批把，就称之为琵琶。"自从用拨子弹奏以后，今天只有四弦琴开始独有琵琶之名。依据这一说法，那么刘悚《隋唐嘉话》中所说："唐太宗贞观年间，裴洛儿才弃用拨子，用手来弹琵琶。"这又是不知道前代典故的言语了。又依据这一说法进行探究，五弦琴的称号，就出自后梁宣帝萧詧之口。今天人们所说的阮咸琵琶，正是用手弹奏的，反而不能占据琵琶的名号，这是失去了琵琶本来的意义。


1024. 今有奕局①，共取一道②，人行五棋，谓之"蹙融"③。"融"宜作"戎"，此戏生于黄帝蹙鞠④，意在军戎也，殊非"圆融"之义。庾元规著《座右方》所言"蹙戎"⑤，是也。

**【注释】**

①今有奕局:本条采录自《资暇集·蹙融》。奕局,亦作"弈局",棋局,棋盘。

②一道:棋盘上的一个落子点。

③蹙融:亦作"蹙戎"。古代弈戏之一。汉时称"格五"。唐段成式《酉阳杂俎续集·贬误》:"小戏中,于弈局一枰,各布五子,角迟速,名'蹙融'。"

④蹙鞠(cù jū):踢球。古代一种足球活动,起源于战国,盛行于唐代。蹙,通"蹴"。

⑤庾元规著《座右方》:根据《隋书·经籍志》以及《旧唐书·经籍志》《新唐书·艺文志》,《座右方》当为庾元威撰。庾元威,南朝梁人。精于书道。

**【译文】**

现在有一种棋局,两个人共同争夺棋盘上的一个落子点,每人摆五个棋子,称之为"蹙融"。"融"应该作"戎",这种弈戏产生于黄帝时代的踢球运动,意思是在军队中进行的一项活动,实在不是"圆融"的意思。庾元规(应为庾元威)所著《座右方》中所说的"蹙戎",是正确的说法。

1025.今之博戏①,长行最盛②。其具有局有子,黑、黄各十有五③,掷采之头有二④。其法生于握槊⑤,变于双陆⑥。天后梦双陆不胜,狄公言"宫中无子"是也⑦。后人新意,长行出焉。又有小双陆、围透、大点、小点、游谈、凤翼之名,然无如长行。鉴险易者,喻时事焉;适变通者,方《易》象焉。王公大臣,颇或耽玩,至于废庆吊⑧,忘寝食。闾里用之,于是强名争胜,谓之"撩零"⑨;假借分画,谓之"囊家"⑩。囊家什一而取,谓之"子头"⑪。有通宵而战者,有破产而输者。中世工者<sup>⑫</sup>,有浑镐、崔师本<sup>⑬</sup>。围棋次于长行,其中世工者,韦延扈、杨芃<sup>⑭</sup>。弹棋鲜有为之,中世工者,有吉达、高越首出焉<sup>⑮</sup>。

**【注释】**

①今之博戏:本条采录自《国史补·叙博长行戏》。本条与下1026条原合为一条,本书据原书分列。博戏,古代的一种棋戏。《史记·货殖列传》:"博戏驰逐,斗鸡走狗。"

②长行:即长行局。古代的一种博戏,盛行于唐。

③黑、黄各十有五:原书此句句首尚有"子有"二字,当据补。

④采:赌博时博具呈现的花色。

⑤握槊:古时类似双陆的一种博戏。传自天竺(今印度),盛于南北朝、隋、唐。《魏书·术艺传·范宁儿》:"赵国李幼序、洛阳丘何奴并工握槊。此盖胡戏,近入中国,云胡王有弟一人遇罪,将杀之,弟从狱中为此戏以上之,意言孤则易死也。"

⑥双陆:亦称"双鹿""双六"。古代的一种博戏。传自印度,盛于南北朝。明谢肇淛《五杂俎·人部》:"双陆一名握槊……曰双陆者,子随骰行,若得双六则无不胜也。又名'长行',又名'波罗塞戏'。其法以先归宫为胜,亦有任人打子,布满他宫,使之无所归者,谓之'无梁',不成则反负矣。其胜负全在骰子,而行止之间,贵善用之。其制有北双陆、广州双陆,南番、东夷之异。《事始》以为陈思王制,不知何据。"

⑦狄公言"宫中无子":暗喻宫中没有立太子。《新唐书·狄仁杰传》亦叙此事。

⑧庆吊:庆贺与吊慰。亦指喜事与丧事。《史记·苏秦列传》:"苏秦见齐王,再拜,俯而庆,仰而吊,齐王曰:'是何庆吊相随之速也?'"

⑨撩零:赌博争胜。

⑩囊家：设赌局抽头取利者。

⑪子头：古代博戏从中抽取的头钱。

⑫中世：中期，中叶。

⑬浑镐：唐铁勒浑部人。浑瑊次子。喜游士大夫，在官有政声。历邓、唐二州刺史，有政誉。宪宗元和中奉命出讨王承宗叛乱，授义武军节度使，为乱军所袭，大败而还，贬韶州刺史。崔师本：唐人，曾任洛阳令。

⑭韦延庀、杨芄（wán）：唐人，二人生平均未详。原书与《太平广记》引《刘宾客嘉话录》，均作"韦延祐、杨芄"。《学津讨原》本于"韦延祐"下注曰："一本作'韦庀'。"周勋初认为延祐或是韦庀之字。

⑮吉达、高越：唐人，二人生平均未详。

## 【译文】

现在的棋类游戏，长行局最为盛行。这种游戏有棋盘有棋子，棋子分黑、黄两种颜色，各有十五枚，掷彩的骰子有两枚。这种游戏的玩法是由握槊、双陆演变而来的。天后武则天一次梦见玩双陆没有获胜，梁国公狄仁杰给她解梦暗喻宫中没有立太子。以后的人另出新意，才创造出长行局这种游戏。又有小双陆、围透、大点、小点、游谈、凤翼等种类，然而都不如长行局。明察吉凶的人，用它来晓喻时事；应变通达的人，通过《易经》的象来预测世风的变化。王公大臣们，有很多人都沉溺在长行局中，以致到了一些庆典、丧事都不去参加，吃饭睡觉都顾不上的程度。里巷平民也玩这种游戏，他们争强斗胜，被说成是"撩零"；那些凭借安排赌局而抽取钱财谋利的人，被称为"囊家"。囊家抽取所赢钱物的十分之一，称为"子头"。有的人通宵达旦进行这种赌博，有的人输得倾家荡产。唐中期玩长行局的高手中，有浑镐、崔师本。玩围棋的仅次于长行，唐中期玩围棋的高手中，有韦延祐、杨芄。弹棋这种博戏很少有人玩，唐中期玩弹棋的高手中，有吉达、高越为第一。

1026.贞元中<sup>①</sup>,董叔儒进博局<sup>②</sup>,并《经》一卷。颇有新意,不行于世。

**【注释】**

①贞元中:本条采录自《国史补·董叔儒博经》。

②董叔儒:唐人,生平未详。博局:棋盘。引申为棋类游戏。

**【译文】**

唐德宗贞元年间,董叔儒进献了一种棋,还有关于如何玩这种棋的《经》书一卷。这种棋的玩法很有新意,可惜没有流传下来。

1027.隋置明经、进士科<sup>①</sup>,唐承隋,置秀才、明法、明字、明算<sup>②</sup>,并前六科。主司则以考功郎中,后以考功员外郎。士人所趋,明经、进士二科而已。及大足元年,置拔萃<sup>③</sup>,始于崔翘<sup>④</sup>。开元十九年,置宏词<sup>⑤</sup>,始于郑昕<sup>⑥</sup>。开元二十四年,置平判入等<sup>⑦</sup>,始于颜真卿。是年,考功员外郎李昂摘进士李权章句之疵<sup>⑧</sup>,榜于通衢,权摘昂诗句之失,由是世难其事,乃命礼部侍郎主之。后有左补阙薛邕<sup>⑨</sup>,中书舍人达奚珣、李韦、李麟、姚子彦、张蒙、高郢、权德舆、卫次公、张弘靖、于允躬、韦贯之、李逢吉、李程、庾承宣、贾𫗧、沈珣、杜审权、李璠、裴恒、王铎、李蔚、赵骘、郑愚<sup>⑩</sup>,太常少卿李建,尚书萧昕,仆射王起,常侍萧倣,黄门侍郎许孟容、郑颢,刑部侍郎崔枢,户部侍郎韦昭度杂主之,而弘靖不以进士显。

**【注释】**

①明经、进士科：隋、唐时期科举取士的科目名称。以经义取者为明经，以诗赋取者为进士。《新唐书·选举志上》："其科之目，有秀才，有明经，有俊士，有进士，有明法，有明字，有明算。"

②秀才：汉时开始与孝廉并为举士的科名，东汉时避光武帝讳改称"茂才"。唐初曾与明经、进士并设为举士科目，旋停废。后唐宋间凡应举者皆称秀才，明清则称入府州县学生员为秀才。明法：汉、唐、宋各代察举人才及科举取士的科目名称。汉建元初令郡察人材，设四科，其三曰明习法令，为明法的开始。唐宋科举都有明法科，主要考试关于法令的知识。《新唐书·选举志上》："凡明法，试律七条、令三条，全通为甲第，通八为乙第。"明字：又称明书。唐代科举取士的科目名称。考书学，先口试，通过后再笔试《说文》《字林》二十条，通十八为及第。明算：唐代科举取士的科目名称。考算学，试《九章算经》《海岛算经》《孙子算经》《五曹算经》《张丘建算经》《夏侯阳算经》《周髀算经》《五经算经》等内容。

③拔萃：唐代考选官员的科目之一。选官有一定年限，期限未满，试判三条，合格入官者谓之拔萃。《新唐书·选举志下》："选未满而试文三篇，谓之宏辞，试判三条，谓之拔萃，中者即授官。"

④崔翘：唐齐州全节（今山东济南）人。崔融之子。武后大足元年（701），登拔萃科。开元二年（714），复登良才异等科。累迁司封员外郎、考功郎中、中书舍人。后擢礼部侍郎，三知贡举。转大理卿。天宝初，任滑州刺史，转河南太守、河南道采访处置使，入为尚书右丞、迁左丞。七载（748），为礼部尚书、东都留守，封清河公。卒谥成。

⑤宏词：即博学宏词科，亦作"宏辞科"。为唐代制举科目之一，为选拔特殊人材而设。吏部考选进士及第者的科目，考中后即授官

职。玄宗开元十九年(731)首开博学宏词科,郑昉、陶翰及第。《新唐书·选举志下》:“凡试判登科谓之‘入等’,甚拙者谓之‘蓝缕’。选未满而试文三篇,谓之‘宏辞’。”

⑥郑昕:应为“郑昉”。“昕”字误。唐玄宗时人。登博学宏词科,生平未详。

⑦平判入等:唐代吏部铨选试判的一个重要科目。指平选试判成绩达到“入等”的标准。试判是唐时吏部铨选官吏的方法。考察官吏审定文字的能力以断定其文理是否优长。

⑧李昂:郡望陇西成纪(今甘肃秦安),约生于武后时。开元二年(714)状元及第。九年(721)登拔萃科。曾任考功员外郎。二十四年(736)知贡举,为举人所讼,后改任礼部侍郎知举、吏部郎中。以文辞著称,其《戚夫人楚舞歌》为时人传诵。李权:唐宗室。淮安王李神通曾孙,李孟单之子。进士出身。

⑨薛邕:字公和,唐河中宝鼎(今山西永济)人。玄宗开元四年(716),进士及第,累迁左拾遗。肃宗至德二载(757),授检校礼部员外郎,主持科举考试。代宗大历二年(767),出任礼部侍郎、集贤殿学士、上柱国,册封汾阳县开国子。累迁宣歙观察使尚书左丞。

⑩中书舍人:掌题草、传宣诏令,参与机密。达奚珣:复姓达奚,唐河南洛阳(今属河南)人。鲜卑族。累迁中书舍人,拜礼、吏二部侍郎、河南尹、上柱国等,封南阳县子。抵御安史叛军失败后被俘,受伪职。肃宗至德二载(757),坐罪处死。李韦:据史料记载,唐玄宗天宝九载(750)知贡举者为“李暐”,当据改。李麟:唐朝宗室。祖籍陇西(今属甘肃),太宗从孙。早年以门荫入仕,历任京兆府户曹、考功员外郎、谏议大夫、兵部侍郎等职。安史之乱中随唐玄宗入蜀。至德二载(757)拜相,授同平章事,后升任刑部尚书、同中书门下三品,封褒国公。后因得罪权贵,被罢为太子少傅。姚子彦:字伯英,其先冯翊莲勺(今陕西渭南)人。后徙家河

东（今属山西）。初举进士，又举词藻。授右拾遗，累迁殿中侍御史、礼部郎中、知制诰、中书舍人等。天宝十四载（755），宣慰江东、淮南。肃宗时，再拜中书舍人，曾两知贡举。又任礼部侍郎、左散骑常侍等。张蒙：当作"张濛"。唐河南洛阳（今属河南）人，郡望范阳（今河北涿州）。张说之孙。德宗贞元二年（786）任库部郎中、知制诰，四年（788）行中书舍人，五年（789）授礼部侍郎，六年（790）知贡举。能诗。于允躬：一作于尹躬。唐京兆长安（今属陕西）人。代宗大历中登进士第。宪宗元和二年（807）任中书舍人，六年（811）以中书舍人、礼部侍郎知贡举。贾悚：唐河南（今河南洛阳）人。进士及第，又登制策甲科。累迁至库部郎中。后出为华州刺史。文宗大和元年（827），入为太常少卿，历礼部侍郎、京兆尹、浙西观察使。大和九年（835），拜中书侍郎、同平章事，封姑臧男。后加集贤殿学士、监修国史。沈珣：据本书卷一所注，"珣"当为"询"，当据改。

**【译文】**

　　隋朝设立明经、进士两科，唐朝承袭隋朝，设立秀才、明法、明字、明算，与前面的两科合在一起就是六科。主考官是考功郎中，后来是考功员外郎。但读书人所追求的，是明经、进士两科罢了。到武则天大足元年，设立了拔萃科，是从崔翘登拔萃科开始的。唐玄宗开元十九年，设立宏词科，是从郑昉登宏词科开始的。开元二十四年，设立平判入等科，是从颜真卿登平判入等科开始的。这一年，考功员外郎李昂摘取了进士李权诗文章句中的错误，并张贴到大路上，李权也摘取李昂诗文中的错误，因此世人认为主持科举是件困难的事，于是就命礼部侍郎主持科举考试。后来有左补阙薛邕，中书舍人达奚珣、李昕、李麟、姚子彦、张濛、高郢、权德舆、卫次公、张弘靖、于允躬、韦贯之、李逢吉、李程、庾承宣、贾悚、沈询、杜审权、李璠、裴恒、王铎、李蔚、赵骘、郑愚，太常少卿李建，尚书萧昕，仆射王起，常侍萧倣，黄门侍郎许孟容、郑显，刑部侍郎崔枢，户部侍郎韦昭度等众多官员主持科考,张弘靖不是通过进士及第而显贵的。

　　1028.唐朝初<sup>①</sup>,明经取通两经,先帖文<sup>②</sup>,乃案章疏试墨策十道<sup>③</sup>;秀才试方略策三道<sup>④</sup>;进士时务策五道<sup>⑤</sup>。考功员外郎职当考试。其后举人惮于方略之科,为秀才者殆绝,而多趋明经、进士。高宗时,进士特难其选。龙朔中,敕左史董思恭与考功员外郎权原崇同试贡举<sup>⑥</sup>。思恭吴士轻脱,泄进士问目,三司推<sup>⑦</sup>,赃污狼藉,命西朝堂斩决<sup>⑧</sup>。告变,免死除名,流梧州。开耀元年,员外郎刘思立以进士惟试时务策<sup>⑨</sup>,恐复伤肤浅,请加试杂文两道,并帖小经<sup>⑩</sup>。明皇时,士子殷盛,每岁进士到省者常不减千余人。在馆诸生更相造诣,互结朋党,以相倾夺,号之为"棚",推声望者为"棚头"<sup>⑪</sup>。权门贵盛,无不走也,以此荧惑主司视听<sup>⑫</sup>。其不第者率多喧讼,考功不能御。开元二十四年冬,遂移贡举属于礼部,侍郎姚奕颇振纲纪焉<sup>⑬</sup>。后明经停墨策,试口义<sup>⑭</sup>,并时务策三道。进士改贴大经,加《论语》。自是举司帖经,多有聱牙、孤绝、例拔、筑注之目<sup>⑮</sup>。文士多于经不精,至有白首举场者,故进士以帖经为大厄。

**【注释】**

①唐朝初:本条采录自《封氏闻见记·贡举》。

②帖文:亦作"帖经"。唐代科举考试的一种方法。《通典·选举三》:"帖经者,以所习经掩其两端,中间开唯一行,裁纸为帖,凡帖三字,随时增损,可否不一,或得四、得五、得六者为通。"

③墨策:谓科举时用书面形式策对。

④方略策:科举考试中应试的有关治国方略的策文。唐李林甫《大唐
　　六典·尚书工部》:"其秀才试方略策五条,文、理俱高者为上上。"

⑤时务策:即论时务的策文。据唐封演《封氏闻见记·贡举》及
　　《新唐书·选举志上》记载,唐代科举考试,凡明经,先试帖文,然
　　后口试经义,答时务策三道;凡进士,试时务策五道,帖一大经,
　　经、策全通者为甲第。

⑥董思恭:唐苏州吴(今江苏吴县)人。初为右史,知考功举事,坐
　　事放逐岭南,卒。其所著篇咏,甚为时人所重。权原崇:唐人。曾
　　任考功员外郎。

⑦三司:唐时朝堂按狱之御史大夫、中书、门下三司的合称。《资治
　　通鉴·唐纪·唐代宗大历十四年六月》:"诏:'天下冤滞,州府
　　不为理,听诣三司使,以中丞、舍人、给事中各一人,日于朝堂受
　　词。'"胡三省注:"所谓三司使,即御史中丞、中书省舍人、门下省
　　给事中也。三人者,各以一司官来朝堂受词,故谓之三司。"

⑧西朝堂:隋唐之际,王世充一度称帝,命令听取百姓呼号,要求东
　　朝堂纳直谏,西朝堂纳冤抑。后因以"西朝堂"为犯人申冤及判
　　决之所。

⑨刘思立:唐宋州宁陵(今河南商丘宁陵镇)人。历任侍御史、考功
　　员外郎,知贡举。奏请明经科加试帖经,进士试杂文二篇,通文律
　　者然后试策。唐代明经帖、进士杂文自思立始。

⑩小经:卷数少的经书。唐朝在学校和科举考试中,依文字的多少
　　将经书分为大、中、小三种。《新唐书·选举志上》:"凡《礼记》
　　《春秋左氏传》为大经,《诗》《周礼》《仪礼》为中经,《易》《尚书》
　　《春秋公羊传》《穀梁传》为小经。"

⑪棚头:朋党首领。

⑫荧惑:炫惑,迷惑。

⑬姚奕:唐陕州硖石(今河南三门峡)人。姚崇之子。玄宗开元中

为睢阳（今商丘）太守，召授太仆卿。开元末为礼部侍郎、尚书右
丞。天宝初坐从子姚闳事，贬为永阳太守。

⑭口义：科举考试时，对举人当面问答的一种考试方式。与"墨义"
相对。《新唐书·选举志上》："元和二年……明经停口义，复试墨
义十条。"

⑮聱牙：形容文词艰涩难读。孤绝：即孤经绝句。无可比附的单
条经文和截断的文句。唐宋科举往往以此试士，是当时的一种
流弊。《新唐书·杨瑒传》："瑒奏：'有司帖试明经，不质大义，乃
取年头、月尾、孤经、绝句。'"例拔：原书作"倒拔"，当据改。《通
典》："上抵其注，下余一二字，使寻之难知，谓之'倒拔'。"

## 【译文】

唐朝初年，明经科考试录取精通两门经书的人，先以"帖经"的方式
考试，然后才根据进呈的言事文书用书面形式考十道题；秀才科考有关
治国方略的策文三道；进士科考论时务的策文五道。考功员外郎主持考
试。后来举人惧怕有关治国方略的考试，因此参加秀才科考试的人几乎
没有了，大多数人都争相参加明经、进士二科的考试。唐高宗时，进士考
试的选拔特别困难。龙朔年间，诏令左史董思恭与考功员外郎权原崇共
同主持科举考试。董思恭是吴地人，为人轻佻，泄露了进士考试的试题，
主理刑狱的三司官员审问下来，发现董思恭贪污受贿，名声败坏，命令在
西朝堂执行死刑。后来诉告发生变故，免去了董思恭的死刑，被判流放
梧州。开耀元年，员外郎刘思立认为进士考试只考论时务的策文，恐怕
还是太过浅薄，请求增加杂文试题两道，以及帖小经的考试。唐玄宗时
期，读书人众多，每年到京城参加考试的经常不少于一千多人。住在驿
馆的众考生相互拜访，结为朋党，以至于相互竞争，被称为"棚"，他们推
选有声望的人做"棚头"。高贵显赫的权贵豪门，没有不去走访的，他们
通过这些行径来迷惑主考官的耳目。那些没有考中进士的考生大多喧
闹聚讼，主持考试的考功员外郎不能弹压。开元二十四年冬天，朝廷就

将科举考试的职权归属礼部,礼部侍郎姚奕对科举考试的法度有很大的调整。后来明经科考试停止了书面形式的策对,改为口头答述经义的考试形式,并增加论时务的试题三道。进士科考试改用贴大经的形式,增加《论语》。从此科举试官对帖经的考试,就有了文词艰涩、孤经绝句、倒拔、筑注等多种命题名目。当时的读书人大多对经书的学习不精,以至有头发白了还参加科举考试的人,所以参加进士科考试的人认为帖经考试是最大的困难。

　　天宝初,达奚珣、李岩相次知贡举。进士声名高而帖落者,时或试诗放过①,谓之“赎帖”②。十一年,杨国忠初知选事③,进士孙季卿曾谒国忠④,言礼部帖经之弊:“举人有实材者,帖经既落,不得试文;若先试杂文⑤,然后帖经,则无遗才矣。”国忠然之。无何,有敕进士先试帖,然仍前后开一行⑥,是岁收人有倍常岁。又旧例:试杂文者,一诗一赋,或兼试颂论,而题目多为隐僻。策问五道,旧例:三道为时务策,一道为方略,一道为征事⑦;近者方略之中或有异同,大抵非精究博赡之才⑧,难以应乎兹选矣。故当代以进士登科为“登龙门”,解褐多拜清紧⑨,十数年间拟迹庙堂⑩。轻薄为之语曰:“及第进士,俯视中、黄郎;落第进士,揖蒲、华长马⑪。”又云:“进士初擢第,头上七尺焰光。”好事者纪其姓名,自神龙以来迄于兹,名曰《进士登科记》,亦所以示前良⑫,发起后进也。宝应二年,杨绾为礼部侍郎⑬,奏:举人不先德行,率多浮薄,请依乡举里选。于是诏天下举秀才孝廉,而考试章条渐加繁密,至于升进德行,未之能也。其后应此科者益少,遂罢之,复为明经、进士。

## 【注释】

①试诗:指科举考试中的命题限韵赋诗。

②赎帖:唐代用试诗来弥补试帖落选的一种考试方式。

③选事:考选举士,铨选职官之事。

④孙季卿:唐玄宗时人。进士,生平未详。

⑤杂文:唐宋时科举考试项目之一。《新唐书·选举志上》:"乃诏自今明经试帖粗十得六以上,进士试杂文二篇,通文律者然后试策。"

⑥然:原书此字作"进",赵贞信据天一阁本《封氏闻见记》改作"经",并移至上句,当据改。前后开一行:在所帖经文那一行前后各显露出一行文字,以降低帖经难度。

⑦征事:古代试士"策问"内容之一。

⑧博赡:渊博,丰富。

⑨解褐:脱去粗布衣服,犹言入仕。清紧:指清要的官职。

⑩拟迹:揣度足迹。

⑪轻薄为之语曰:"及第进士,俯视中、黄郎;落第进士,揖蒲、华长马":周勋初《校证》注曰:王鸣盛《十七史商榷》卷八一《偏重进士立法之弊》引《封氏闻见记》此文,曰:"此段似有误。'揖'上疑脱'平'字,'马'字疑衍。及第进士,俯视中书、黄门两省郎官;落第尚可再举,一得即躐清要,故平揖近畿蒲州、华州之令长也。其立法之弊如此。"勋初案:王氏释'俯视中、黄郎'说诚是,而释"揖蒲、华长马"则尚须深考。"长马"或系当时某一军职之俗称,见《北梦琐言·毕舅知分》(蜀杨会附),亦即本书卷七966条。

⑫示:原书此字前尚有"昭"字,当据补。

⑬杨绾:字公权,唐华州华阴(今陕西华阴)人。天宝年间登进士第,授太子正字。后又登博学宏词科第一,升任右拾遗。安史之乱中,肃宗即位灵武,杨绾冒险投奔,历任起居舍人、知制诰,后为

中书舍人，任礼部侍郎等职。代宗诛杀元载，拜其为中书侍郎、同中书门下平章事。大历十二年（777）病逝，获赠司徒，谥号文简。

**【译文】**

唐玄宗天宝初年，达奚珣、李岩相继主持科举考试。进士科考试中有些声名高但在帖经考试中落选的人，有时也会通过命题限韵赋诗的考试方式让他们通过，称作"赎帖"。天宝十一载，杨国忠刚刚主持考选举士，铨选职官的事务，进士孙季卿曾经拜谒杨国忠，并对他讲了礼部实施的帖经考试的弊端："举人中有真才实学的人，如果在帖经考试中落选，就没有机会参加考试策论；如果先考试杂文，然后再进行帖经考试，这样就不会遗漏人才了。"杨国忠认为他说得对。没过多久，朝廷诏令进士科先进行帖经考试，但以所帖经文那一行前后各多露出一行文字的方式降低考试难度，这一年录取的人数是常年的两倍。又以前的条例：参加杂文考试的人，要进行一首诗一篇赋的创作，有时还兼试颂论等文体，且题目大多偏僻。策问的五道题，以前的条例：三道为论时务的对策，一道为有关治国方略的策文，还有一道是与"策问"内容相关的题目；近代有关治国的方略策和时务策或许有不同之处，大概不是精心研究的学识渊博之士，很难应付这些选题。所以当代人都把进士登科称为"登龙门"，考中进士入仕的人大多会被拜授清要的官职，十几年间就可以在朝廷中登上高位。轻薄的人写了下面的话说："一旦进士登第，就会俯视中书、黄门两省侍郎；进士落第，也可平揖近畿蒲州、华州的长马。"又说："刚刚登第的进士，头上有七尺的光华。"多事的人记录了登第进士的姓名，从唐中宗神龙年间以来一直到现在，并命名为《进士登科记》，也具有宣示前贤，启发后辈的作用。唐代宗宝应二年，杨绾为礼部侍郎，他向朝廷上奏疏说：举人如果不先进行道德和品行的考核，大多就不诚实而且轻薄，请求从乡里选拔的人才中推选有道德和品行的人。于是朝廷下诏全国推举参加秀才科考试的人要孝顺廉正，科考的章程也更加众多密集，至于通过德行科登第任职，是没有可能的。从这之后，参加秀才科考试的人就更少了，于是就停止了这科的考试，重新改为明经、进士两科。

1029.唐制①：常举人之外，又有制科，搜扬拔擢②，名目甚众。则天广收才彦，起家或拜中书舍人、员外郎③，次拾遗、补阙。明皇尤加精选，下无滞才。然制举出身，名望虽美，犹居进士之下。仕宦自进士而历清贵④，有八俊者⑤：一曰进士出身、制策不入；二曰校书、正字不入；三曰畿尉不入；四曰监察御史、殿中丞不入；五曰拾遗、补阙不入；六曰员外郎、郎中不入；七曰中书舍人、给事中不入；八曰中书侍郎、中书令不入。言此八者，尤加俊捷，直登宰相，不要历绾余官也。朋僚迁拜⑥，或以此更相讥弄。举人应及第者⑦，关检无籍者⑧，不得与第。陈章甫制策登科⑨，吏部放榜，章甫上书："昨见榜云：'户部报无籍者。'昔傅说无姓，商后置于盐梅之地⑩；屠羊隐名，楚王延以三旌之位⑪，未闻征籍也。范雎改姓易名为张禄先生⑫，秦用之霸；张良为韩报仇⑬，变姓名而游下邳，汉高用之为相。则知籍者，所以计赋耳，本防群小，不约贤路⑭。若人有大才，不可以籍弃之；苟无良德，虽籍何为？"所司不能夺，特咨执政收之。常举外，复有通五经、明一史，及献文章并著述之辈，或附中书考试⑮，亦同制举。

【注释】
①唐制：本条采录自《封氏闻见记·制科》。
②搜扬：访求举拔。
③起家：旧指被征召出任官职。

④清贵：此处指高贵显要的官职。

⑤八俊：此处指仕宦者的八种捷径。

⑥迁拜：指授与递升新的官职。

⑦举人应及第者：原书此句句首尚有"旧"字，当据补。句末无"者"字，当据删。

⑧关检：审核检查。

⑨陈章甫：江陵（今属湖北）人。唐散文家。曾长期隐居嵩山。唐玄宗开元年间进士，官至太常博士。因无意仕宦，乃辞归林泉。今存其文三篇。

⑩昔傅说无姓，商后置于盐梅之地：此指武丁举傅说为相之事。语见《尚书·说命》。傅说，商朝武丁时著名政治家、军事家。辅佐商王武丁安邦治国，成就了历史上"武丁中兴"的盛世。传说傅说初为傅岩筑墙之奴隶。武丁梦得圣人，名说，求于野，乃于傅岩求得，举以为相，国大治。商后，指商代君主武丁。勤于政事，任用傅说、甘盘、祖己等贤能之人辅政，励精图治，使商朝政治、经济、军事、文化得到空前发展，史称"武丁盛世"。盐梅，盐和梅子。盐味咸，梅味酸，均为调味所需。亦喻指国家所需的贤才。《尚书·说命下》："若作和羹，尔惟盐梅。"孔传："盐咸梅醋，羹须咸醋以和之。"

⑪屠羊隐名，楚王延以三旌之位：语出《庄子·让王篇》。屠羊，即屠羊说，春秋时期楚国人。名说，以屠羊为业，故称。吴伐楚，屠羊说随楚昭王出逃，后昭王复国，欲赏之，屠羊说坚辞不受。楚王，指楚昭王。名珍，楚平王之子。春秋后期楚国国君。楚昭王十年（前506），因郢都被伍子胥所率吴军攻破，出奔。以申包胥求得秦援师，遂归。后复为吴败，迁都于鄀。吴王夫差攻陈时，往援，死于军中。谥昭。三旌，指公、侯、伯三公。《庄子·让王篇》："子綦为我延之以三旌之位。"陆德明《释文》："三旌，三公位也。

司马本作三珪。"

⑫范雎：也叫范且，字叔，战国时人。初为魏大夫须贾家臣，因事为须贾所诬，被魏相魏齐派人笞击侮辱。后化名张禄入秦。秦昭王任为相，封应侯。他主张论功行赏，远交近攻。长平之战后，因亲信郑安平降赵，他谢病归相印，不久即死。

⑬张良：字子房。本为韩国贵族。秦灭韩后，结交刺客刺秦始皇未遂，变易姓名，亡匿下邳。陈胜起义后，聚众百余人归刘邦，从此成为刘邦主要谋士，与韩信、萧何并称"汉初三杰"。后封留侯，谥曰文成。

⑭贤路：指贤人仕进之路。

⑮或附中书考试：原书此句作"或付本司，或付中书考试。"当据改。

## 【译文】

唐朝的科举制度：除参加常科考试的人之外，还有制科考试，访求举拔，名目众多。武则天广泛征召才子贤士，征召后初次授予的官职就有中书舍人、员外郎，其次有拾遗、补阙等。唐明皇更加精心挑选，以至于天下没有遗留的人才了。然而制科出身的人，名望虽然很好，还是位居进士之下。官场上出身进士的人出任的是高贵显要的职位，仕宦者有八种捷径：一是不具有进士身份、制科身份的人不能进入；二是不在校书郎、正字职位的不能进入；三是不在畿县县尉职位的不能进入；四是不是监察御史、殿中丞的不能进入；五是不在拾遗、补阙职位的不能进入；六是不任员外郎、郎中的不能进入；七是不任中书舍人、给事中的不能进入；八是不任中书侍郎、中书令的不能进入。是说这八种途径升迁更加快捷，可以直接升任宰相的职位，而不需要遍任其他的官职。同僚升任新的官职，有人因此相互讥笑嘲弄。被推举参加科考进士及第的人，审核检查到没有户籍，就不能准予登第。陈章甫通过制策登第，吏部公布录取名单，陈章甫上奏书说："昨天看见录取的榜单上说：'户部上报没有户籍的人。'从前傅说没有姓，商王武丁当作贤才来重用；屠羊说隐藏姓名,楚昭王邀请他担任三公的职位,没有听说验证户籍的。范雎改变姓氏更名为张禄先生,秦昭王重用他成就霸业;张良为韩国报仇,改变姓名游历下邳,汉高祖刘邦任用他成为宰相。可知户籍,是用来计算赋税的,从根本上是预防那些行为卑劣的小人的,不能用来约束贤人的仕进之路。如果一个人有卓越的才干,就不应该因为没有户籍而弃用他;如果一个人没有优良的品德,那么要户籍有什么用呢?"主管官吏没有办法反驳他,特意咨询执掌政事的人后录取了他。除了参加常科考试之外,还有精通《诗》、《书》、《礼》、《易》、《春秋》五经、懂一门史书,以及进献文章并撰写书籍的人,有的交给中书省考试,考试的形式和制举相同。

1030.春官氏每岁选升进士三十人[①],以备将相之任。是日,自状元已下,同诣座主宅,座主立于庭。一一而进曰:"某外氏某家[②]。"或曰"甥",或曰"弟"。又曰:"某大外氏某家[③]。"又曰:"外大外氏某家[④]。"或曰"重表弟[⑤]",或曰"表甥孙[⑥]"。又有同宗座主宜为侄,而反为叔。言叙既毕,拜礼得申。予辄议曰:"春官氏选士得其人,止供职业耳,而俊造之士以经术待聘[⑦],获采拔于有司,则朝廷与春官氏皆何恩于举子?今使谢之,则与选士之旨,岂不异乎?至有海东之子,岭峤之人,皆与华族叙中表[⑧],从使拜首而已[⑨]。论诸事体[⑩],又何有哉?"

**【注释】**

①春官氏每岁选升进士三十人:本条采录自《刊误·座主当门生拜礼》。本条与下1031条原合为一条,本书据原书分列。春官氏,礼部的别称。

②外氏：指外祖父。

③大外氏：即太外氏，指父亲的外祖父。

④外大外氏：指母亲的外祖父。

⑤重表弟：指表弟的表弟。

⑥表甥孙：表姊妹之孙。

⑦俊造：指才智杰出的人。语出《礼记·王制》："司徒论选士之秀者而升之学，曰俊士。升于司徒者不征于乡，升于学者不征于司徒，曰造士。"

⑧华族：高门贵族。中表：指与祖父（祖母）、父亲（母亲）兄弟姐妹的子女的亲戚关系。

⑨拜首：亦作"拜手"。古代的一种跪拜礼。跪后两手拱合到地，俯头至手。《尚书·太甲》："伊尹拜手稽首。"孔传："拜手，首至手。"

⑩事体：事理，道理。

## 【译文】

礼部每年选录进士三十人，作为将相的后备人员。发榜这天，自状元以下的所有新晋进士，都要一同前往主考官家中拜谒，主考官站在庭院。众进士逐一上前介绍自己，有人说："我的外祖父与您同姓。"有的称呼自己是主考官的"外甥"，有的称呼自己是主考官的"表弟"。还有人介绍自己说："我父亲的外祖父和您同姓。"又有人介绍自己说："我母亲的外祖父和您同姓。"还有人称呼自己是主考官的"重表弟"，也有人称呼自己是主考官的"表甥孙"。又有和主考官同宗应该称主考官为侄子的，却反过来叫主考官叔叔。言谈结束后，就行拜谢礼表达对主考官的敬意。我就评论这种现象说："礼部选拔人才并得到合适的人选，只是让他们担任某种职务罢了，而才智杰出的人凭借经术等待聘用，获得有关部门的提拔任用，那么朝廷与礼部对这些登第进士都有什么恩情呢？现在却让他们前往主考官家中谢恩，这和选拔人才的旨意，难道不是背离的吗？至于有辽东、五岭地区的士子，也都和高门贵族攀扯亲戚关系，跟随众人行跪拜礼罢了。从道理上讲，有什么道理呢?"

　　1031. 神龙元年已来，累为主司者：房光庭再<sup>①</sup>，太极元年、开元元年。裴耀卿再，开元五年、六年。李纳四，开元七年、八年、九年、十年。严挺之三，开元十四年、十五年、十六年。裴敦复再<sup>②</sup>，开元十九年、二十年。孙逖再<sup>③</sup>，开元二十二年、二十三年。已前，并考功员外郎。姚奕再，开元二十四年、二十五年，始命春官小宗伯主之<sup>④</sup>。崔翘三，开元二十七年、二十八年、二十九年。达奚珣四，天宝二年、三年、四年、五年。李岩三，天宝六年、七载、八载。李麟再，天宝十载、十一载。阳浼再<sup>⑤</sup>，天宝十二载、十五载。裴士淹再，至德二年、三年。姚子彦再，乾元三年、上元二年。萧昕再，宝应二年、贞元三年。薛邕四，大历二年、三年、四年、五年。张渭三<sup>⑥</sup>，大历六年、七年、八年。蒋涣再<sup>⑦</sup>，大历九年、十年。常衮三，大历十年、十一年、十二年。潘炎再<sup>⑧</sup>，大历十三年、十四年。鲍防三，兴元二年，贞元元年、二年。刘太真再，贞元四年、五年。顾少连再，贞元十年、十四年。吕渭三，贞元十一年、十二年、十三年。权德舆三，贞元十八年、十九年，二十年停举，永贞元年。崔邠再，元和元年、二年。韦贯之再，元和八年、九年。庾承宣再，元和十年、十一年。王起四，长庆二年、三年，会昌三年、四年。杨嗣复再，宝历元年、二年。崔郾再，大和元年、二年。郑浣再<sup>⑨</sup>，大和三年、四年。贾𫗧再，大和五年、六年。高锴再<sup>⑩</sup>，开成元年、二年。柳景再<sup>⑪</sup>，开成五年、会昌元年。陈商再，会昌五年、六年。郑颢再,大中十年、十三年。

【注释】

① 房光庭:唐人。仁孝友悌,尤重义气。曾官考功员外郎,与薛昭友善。薛昭坐流放而匿之,事发后出为磁州刺史。

② 裴敦复:字敦复,唐河东闻喜(今山西闻喜)人。玄宗开元十二年(724),举堪任将帅科登第。历任考功员外郎、中书舍人、河南尹,迁御史大夫、持节江南东道宣抚招讨处置使、上柱国等,赐紫金鱼袋。因击杀海贼有功,迁刑部尚书。后因得罪权相李林甫,出任岭南五府经略使,转淄川太守。

③ 孙逖:唐潞州涉县(今属河北)人。学穷百家,善属文。玄宗开元年间举哲人奇士科,授山阴尉。后又举贤良方正科,再登文藻宏丽科,授右拾遗,迁起居舍人。开元二十年(732),入为考功员外郎、集贤院修撰,知贡举二年,选拔杜鸿渐、颜真卿、李华、萧颖士等人。二十四年(736),迁中书舍人。天宝三载(744),权判刑部侍郎,迁太子詹事。卒赠尚书右仆射,谥号为文。

④ 春官:唐时官署名。掌邦国礼仪。武则天光宅元年(684)至中宗神龙元年(705)曾改礼部为春官,后"春官"遂为礼部的别称。小宗伯:官名。《周礼·春官》有小宗伯,为大宗伯的副职,佐大宗伯掌国家礼制、祭祀等事。北周春官府也有小宗伯二人。隋以后称礼部侍郎为小宗伯,也称少宗伯。

⑤ 阳浟:唐人。生平未详。

⑥ 张渭:唐代诗人。生平未详。

⑦ 蒋涣:唐常州义兴(今江苏宜兴)人。玄宗朝登进士第,历官吏部员外郎、郎中。天宝末,官给事中。代宗永泰初,历鸿胪卿、右散骑常侍,迁工部侍郎。大历三年(768),转尚书左丞,出为华州刺史,充镇国军节度使。七年(772),任检校礼部尚书,兼御史大

夫、东都留守,后兼知东都贡举,官终礼部尚书。

⑧潘炎:刘晏婿。唐朝大臣。代宗大历(766—779)末,官右庶子。为宰相元载所恶,久不迁。元载诛,进礼部侍郎,以病免。刘晏获罪,坐贬澧州司马。

⑨郑浣:本名涵,避文宗讳改。唐郑州荥阳(今河南荥阳)人。郑余庆之子。德宗贞元十年(794)进士,累迁右补阙。敢直言,无所讳。迁起居舍人、考功员外郎、左仆射,时余庆为仆射,避讳改国子监博士、史馆修撰、中书舍人。文宗即位,擢翰林侍讲学士,命撰《经史要录》二十卷。文宗大和二年(828)任礼部侍郎。开成元年(836)入为尚书左丞,后出为山南西道节度使。

⑩高锴:字弱金,唐朝官吏。宪宗元和九年(814)登进士第,又擢宏辞科。累迁吏部员外郎。文宗时历任谏议大夫、中书舍人、礼部贡举、礼部侍郎、吏部侍郎。后出为鄂州刺史、御史大夫、鄂岳观察使,转河南尹。

⑪柳景:唐人。生平未详。

## 【译文】

唐中宗神龙元年以来,连续任科举主试官的人有:房光庭两次,分别是唐睿宗太极元年、唐玄宗开元元年。裴耀卿两次,分别是开元五年、六年。李纳四次,分别是开元七年、八年、九年、十年。严挺之三次,分别是开元十四年、十五年、十六年。裴敦复两次,分别是开元十九年、二十年。孙逖两次,分别是开元二十二年、二十三年。以前,主考官都是考功员外郎。姚奕两次,开元二十四年、二十五年,这时开始任命礼部侍郎主持科举考试。崔翘三次,分别是开元二十七年、二十八年、二十九年。达奚珣四次,分别是唐玄宗天宝二年、三载、四载、五载。李岩三次,分别是天宝六载、七载、八载。李麟两次,分别是天宝十载、十一载。阳浣两次,分别是天宝十二载、十五载。裴士淹两次,分别是唐肃宗至德二载、三载。姚子彦两次,分别是唐肃宗乾元三年、上元二年。萧昕两次,分别是唐代宗宝应二年、唐德宗贞元三年。薛邕四次,分别是唐代宗大历二年、三年、四年、五年。张渭三次,分别是大历六年、七年、八年。蒋涣两次,分别是大历九年、十年。常衮三次,分别是大历十年、十一年、十二年。潘炎两次,分别是大历十三年、十四年。鲍防三次,分别是唐德宗兴元二年、贞元元年、二年。刘太真两次,分别是贞元四年、五年。顾少连两次,分别是贞元十年、十四年。吕渭三次,分别是贞元十一年、十二年、十三年。权德舆三次,分别是贞元十八年、十九年,二十年停考,唐顺宗永贞元年。崔邠两次,分别是唐宪宗元和元年、二年。韦贯之两次,分别是元和八年、九年。庾承宣两次,分别是元和十年、十一年。王起四次,分别是唐穆宗长庆二年、三年、唐武宗会昌三年、四年。杨嗣复两次,分别是唐敬宗宝历元年、二年。崔郾两次,分别是唐文宗大和元年、二年。郑浣两次,分别是大和三年、四年。贾𫗧两次,分别是大和五年、六年。高锴两次,分别是唐文宗开成元年、二年。柳景两次,分别是开成五年、唐武宗会昌元年。陈商两次,分别是会昌五年、六年。郑颢两次,分别是唐宣宗大中十年、十三年。

1032.董生言①:日常右转,星常左转。大凡不满三万②,日行周二十八舍、三百六十五度③。然必有差,约八十年差一度。自汉文三年甲子冬至④,日在斗二十二度⑤,至唐兴元元年甲子冬至,日在斗九度,九百六十一年,差十三度矣。

**【注释】**

①董生言:本条采录自《国史补·董和通乾论》。董生,即董和。本名纯,因避宪宗李纯之讳,改之。善历算。裴胄为荆南节度使时,招于馆中,著《通乾论》十五卷。

②三万:原书"三万"下尚有"年"字,当据补。

③二十八舍：又称“二十八宿”。中国古代天文学划分的星空区域。因日月五星运动于黄道、赤道附近，古人遂将黄赤道附近的星空划分为二十八个区域，称“二十八舍”。“舍”“宿”就是日月五星停留的地方。大致月亮每天走一舍，土星每年移动一舍。木星十二年、太阳十二月走完二十八舍。

④甲子：干支名。甲，十天干（甲、乙、丙、丁、戊、己、庚、辛、壬、癸）之首。子，十二地支（子、丑、寅、卯、辰、巳、午、未、申、酉、戌、亥）之首。十天干与十二地支相配，成六十之数，周而复始，主要用以纪年和纪日。

⑤斗：特指北斗星。《诗经·小雅·大东》：“维北有斗。”

**【译文】**

董和说：太阳常年向右转动，星星常年向左转动。大凡不到三万年，太阳运行一周天要经过二十八星宿、三百六十五度。但必定会有偏离，大约八十年差一度。从汉文帝三年的甲子冬至，太阳在北斗星方向二十二度，到唐德宗兴元元年的甲子冬至，太阳在北斗星方向九度，九百六十一年，偏离了十三度。

　　1033.含元殿①，凿龙首冈以为址，彤墀釦砌②，高五十余尺。左右立栖凤、翔鸾二阙，龙尾道出于阙前③，倚栏下视，南山如在掌中。殿去五门二里④，每元朔朝会⑤，禁军御杖宿于殿庭⑥。金甲葆戈，杂以绮绣；文武缨佩，蕃夷酋长皆序立⑦。仰观玉座，若在霄汉⑧。

**【注释】**

①含元殿：本条采录自《剧谈录·含元殿》。含元殿，唐京城长安大明宫的正殿，本名蓬莱宫。遗址在今陕西西安。建于唐高宗龙朔

三年（663），毁于僖宗光启二年（886），其间逢元旦、冬至，皇帝大多在这里举行朝贺活动。

②彤墀（chí）：即丹墀。指古时宫殿前的石阶，因其以红色涂饰，故名丹墀。钿（kòu）砌：亦作"钿切"。指用金玉镶嵌的台阶。《后汉书·班彪传》："于是玄墀钿切，玉阶彤庭。"

③龙尾道：唐京城长安大明宫含元殿前的甬道。自上望下，宛如龙尾下垂，故名。《新唐书·逆臣传·安禄山传》："每过朝堂龙尾道，南北睥睨，久乃去。"

④五门：古代宫廷设有五门，自外而内为皋门、库门、雉门、应门、路门。《周礼·天官冢宰·阍人》："阍人掌守王宫之中门之禁。"汉郑玄注："郑司农云：'王有五门，外曰皋门，二曰雉门，三曰库门，四曰应门，五曰路门。路门一曰毕门。'玄谓雉门，三门也。"后亦用以泛指宫城之门。

⑤元朔：一年的第一个朔日，即正月初一日。

⑥御杖：即"御仗"。帝王的仪仗，亦指执掌皇帝仪仗的禁卫卫士及武官。杖，通"仗"。殿庭：指宫殿阶前的平地。

⑦蕃夷：旧时中原人对外族或异国人的统称。蕃，通"番"。酋长：部落的首领。序立：按品阶站立。唐李翱《劝河南尹复故事书》："司录入院，诸官于堂上序立，司录揖，然后坐。"

⑧霄汉：天河。亦借指天空。

**【译文】**

含元殿，凿平龙首冈作为大殿的基址，殿前红色的石阶用金玉镶嵌，高五十多尺。大殿左右树立着栖凤和翔鸾两座宫阙，龙尾道在宫阙前伸出，靠着栏杆向下观望，终南山好像在手掌之中。大殿距离宫门两里路，每年正月初一，诸侯、臣属及外国使者朝见天子时，皇宫的禁卫军和帝王的仪仗就在含元殿阶前的平地上过夜。那时候金饰的铠甲、车盖以及兵器，夹杂在五彩华丽的丝织品之中；穿着官服佩戴饰物的文臣武将，以及外国的酋长都按品阶站立。抬头仰望皇帝的御座，就好像在天空中一样。

1034.太湖中有禹庙。山僧云："禹导吴江以泄具区<sup>①</sup>，会诸侯于此。"

**【注释】**

①吴江：吴淞江的别称。又名松陵江、松江等，是太湖最大的支流。
　　具区：即太湖。又名震泽、笠泽。位于今江苏吴县西南，跨江苏、浙江二省。

**【译文】**

太湖中有一座大禹庙。住在山寺的僧人说："大禹疏通吴淞江以排出太湖的水，并在此会合诸侯。"

1035.西明寺、慈恩寺多古画<sup>①</sup>。慈恩塔前壁有"湿耳狮子趺心花"，为时所重。圣善、敬爱两寺<sup>②</sup>，亦有古画。圣善寺木塔院多郑广文画并书<sup>③</sup>，敬爱寺山亭院有画雉尾若丹砂子，上有进士房增题名处<sup>④</sup>。后有人题曰："姚家新婿是房郎，未解芳颜意欲狂。见说正调穿泪箭，莫教射破寺家墙<sup>⑤</sup>。"西北角有病龙院，并吴生画<sup>⑥</sup>。

**【注释】**

①西明寺、慈恩寺多古画：本条采录自《卢氏杂说》。西明寺，寺院名。在唐长安城延寿坊西南隅。曾为隋杨素宅，唐万春公主和魏王李泰宅。唐高宗显庆元年（656）立为寺，玄奘曾移居此寺译经。宣宗大中六年（852），改为福寿寺。慈恩寺，唐代寺院名。一称"大慈恩寺"。在陕西长安东南曲江北。原名无漏寺，隋建。

唐高祖武德初废。太宗贞观二十二年（648）十二月，太子李治为缅怀其母文德皇后，于此建慈恩寺。竣工不久，迎请从印度取经归来的玄奘法师移驻本寺翻译佛经。

②圣善：即圣善寺。唐西京长安（今陕西西安）、东都洛阳（今河南洛阳）均建有圣善寺。长安圣善寺本名普光寺，631年唐太宗为太子李承乾所建，706年唐中宗为亡母武后追福，将其改建，更名为圣善寺。故址在今西安铁塔寺街。敬爱：即敬爱寺。在唐东都洛阳建春门外，故址在今河南洛阳旧城东南。唐张彦远《历代名画记》卷三载，敬爱寺是中宗皇帝为高宗、武后置。

③郑广文：唐朝著名文学家、书画家。以诗书画俱佳，唐玄宗曾亲题"郑虔三绝"，但仕途坎坷，屡遭贬谪，长滞下僚。

④敬爱寺山亭院有画雉尾若丹砂子，上有进士房增题名处：《太平广记》引此条此句作"敬爱山亭院有雉尾若真，砂子上有进士房鲁题名处"。房增，当据《太平广记》引文改为"房鲁"。房鲁，字咏归，房玄龄五世孙房阶之子，进士及第，仕历未详。

⑤"姚家新婿是房郎"几句：语出唐无名氏《题房鲁题名后》。这首诗是说姚家新姑爷是姓房的男子，不知道新娘的容颜就心驰神摇。听说他正在调试穿羽箭，不要让他的箭穿破寺院的墙。泪，《太平广记》引文作"羽"，当据改。

⑥吴生：即吴道子。

**【译文】**

西明寺、慈恩寺内有许多名画。慈恩塔前壁有"湿耳狮子跌心花"，被当时人所看重。圣善寺和敬爱寺两寺中，也有古人作的画。圣善寺的木塔院中，多是郑广文的绘画与题字；敬爱寺山亭院中画上的野鸡尾羽像红色的丹砂，上面有进士房鲁的题名。后来有人题诗说："姚家新婿是房郎，未解芳颜意欲狂。见说正调穿泪（羽）箭，莫教射破寺家墙。"寺的西北角有病龙院和吴道子绘制的壁画。

1036.卢言旧宅在东都归德坊南街①。厅屋是杏木梁，西壁有韦冕郎中画马六匹②。

**【注释】**

①卢言旧宅在东都归德坊南街：本条采录自《卢氏杂说》。卢言，唐洛阳（今属河南）人。文宗开成二年（837），为驾部员外郎，曾与白居易、刘禹锡等被禊于洛滨。后历户部郎中、考功郎中。宣宗大中二年（848），为大理卿，奉诏重审吴湘案，偏袒牛党，致李德裕坐贬崖州。撰《兵部尚书卢纶碑》，著笔记小说《卢氏杂说》一卷。

②韦冕：《太平广记》引此条作"韦旻"。《新唐书·宰相世系表》也有对"韦旻"的记载，当据改。

**【译文】**

卢言的旧宅在东都洛阳归德坊南街。厅堂是杏木房梁，西墙壁上有郎中韦旻画的六匹马。

1037.兖州邹县峄山①，南面半腹②，东西长数十步③。其处生桐，相传以为《禹贡》"峄阳孤桐"者也④。土人云：此桐所以异于常桐者，诸山皆发地土多⑤，惟此山大石攒倚⑥，石间周回⑦，皆通人行，山中空虚，故桐木响绝，以是珍而入贡也。按《汉书·地理志》，下邳县西有葛峄山，古之峄阳下邳者是矣⑧。

**【注释】**

①兖州邹县峄山：本条采录自《封氏闻见记·峄山》。本条与下1038条原合为一条，本书据原书分列。

②半腹：半腰，指山巅与山麓间的部分。

③东西长数十步：原书此句下尚有"广数步"一句，当据补。

④峄阳孤桐：峄山南坡所生的特异梧桐，古代以为是制琴的上好材料。语出《尚书·禹贡》："羽畎夏翟，峄阳孤桐。"孔传："峄山之阳，特生桐，中琴瑟。"

⑤发地：谓地表土壤疏松。

⑥攒倚：密集紧靠。

⑦周回：周围。

⑧"按《汉书·地理志》"几句：《汉书·地理志》："下邳"二字下颜师古注曰：葛峄山在西，古文以为峄阳。"

**【译文】**

兖州邹县峄山，南边的半山腰，东西长几十步，宽几步。这里生长着桐树，相传认为这就是《尚书·禹贡》中所记载的"峄阳孤桐"。当地的居民说：这里生长的桐树之所以不同于普通的桐树，是因为各山土多且地表土壤疏松，只有这座山巨大的石头密集紧靠，石头的周围，都是人们穿行的道路，山中虚空，所以这里生长的桐木发出的声音非常绝妙，因此也就显得珍贵并成为向朝廷进献的贡品。按《汉书·地理志》，下邳县西面有葛峄山，就是古书中所说的峄阳下邳。

1038. 关西西风则雨①，东风则晴，皆以为常候。夫九州之地，洛阳为土中，风雨之所交也。今关西西风则雨，关东东风则雨②，是风气各自其方而来③，交于土中，阴阳和则雨成。

**【注释】**

①关西西风则雨：本条采录自《封氏闻见记·西风则雨》。关西，指函谷关或潼关以西的地区。

②关东：指函谷关或潼关以东的地区。唐代亦指洛阳。唐骆宾王《畴昔篇》："忽闻驿使发关东，传道天波万里通。"陈熙晋注："显庆二年，置东都。则天改为神都。唐都关内，故以洛城为关东。"

③风气：指空气和由空气流动而生的风。《文选·宋玉〈风赋〉》："其所托者，然则风气殊焉。"吕向注："虽同托户穴，其于清浊亦殊矣。"

**【译文】**

关西地区刮西风就会下雨，刮东风就会放晴，都被认为是固定的物候。全国各地，洛阳是四方的中心，是风雨交会的地方。现在关西地区刮西风就会下雨，关东地区刮东风就会下雨，这是风气各自从其产生的方向吹来，在中土洛阳交会，阴阳和合就会下雨。

1039.相里汤阴县北有羑里城①，周回可三百余步。其中平实，高于城外地丈余，北开一门，相传文王演《易》之所。曹子建《诘纣文》云②："崇侯何功③，乃用为辅？西伯何辜④，囚之囹圄？囹圄既成，负土既盈。兴立炮烙⑤，贼害忠贞。"观此意，见文王所囚之地，纣使负土实此城也。未详子建所据。今按：此东顿邱、临黄诸县多有古小城，周一里⑥，或一二百步，其中皆实。郭缘生《述征记》云⑦："彭城东有稻城⑧，云是崇侯冢。自淮迄于河上，城而实中谓之'稻'，邱垄可阻谓之'固'⑨。"然则城小而实，皆古人因依立冢以为保固。子建所云"负土既盈"，或承流俗之传耳。

**【注释】**

①相里汤阴县北有羑（yǒu）里城：本条采录自《封氏闻见记·羑里城》。相里，原书作"相州"，当据改。

②曹子建：即曹植，字子建，沛国谯县（今安徽亳州）人。曹操之子。

汉魏间诗人。幼兼习文武，善属文。建安十六年（211）封平原
侯。曹丕即位，受猜忌。文帝黄初三年（222），封鄄城王。次年，
徙封雍丘王。明帝太和六年（232），徙封陈王。郁郁寡欢。疾
发，卒。年四十一。谥思，后人习称"陈思王"。

③崇侯：名虎，封于崇（今河北嵩县）。商朝诸侯。商纣暴虐，周文
王不满，他曾谮告于纣，纣因之囚文王于羑里（今河南汤阴）。文
王获释回国后，举兵伐崇，崇侯被杀。

④西伯：本指西方诸侯之长。因商王任命周文王为西伯，后专指周
文王。《孟子·离娄上》："吾闻西伯善养老者。"焦循《正义》："西
伯，即文王也。纣命为西方诸侯之长，得专征伐，故称西伯。"

⑤炮烙：亦作"炮格"。相传是殷纣王所用的一种酷刑。

⑥周一里：原书此句上尚有"或"字，当据补。

⑦郭缘生：晋人，生平未详。《述征记》：晋郭缘生撰。《隋书·经籍
志》《旧唐书·经籍志》均有著录，记述作者跟随刘裕北伐慕容燕，
西征姚秦的沿途所见。原书已佚，佚文多见古书征引。

⑧秅（dù）城：即垞城。在今江苏铜山县北。《魏书·显祖献文帝
纪》载，天安元年（466）诏尉元救彭城，"尉元军次于秅"。即此。

⑨邱垅：坟墓。

【译文】

相州汤阴县北面有一座羑里城，环绕一周大约三百多步。城中平
实，地势比城外高出一丈多，北面开一道门，相传这里是周文王推演《周
易》的地方。曹植的《诘纣文》说："崇侯虎有什么功劳，竟然用作辅臣？
西伯有什么罪过，被囚禁在监狱之中？监狱建成时，背土也填满了。设
立炮烙之刑，残害忠贞贤臣。"看曹植的意思，可见周文王被囚禁的地
方，是殷纣王让人背土填满的这座城。不知道曹子建依据的是什么。今
按：这一地区东边顿邱、临黄各县大都有这种古代小城，有的方圆一里，
有的一二百步，城中都是填满的。郭缘生《述征记》说："彭城东边有一

座秠城，据说是崇侯虎的墓冢。从淮河沿岸到黄河边，城中堆塞满实称为‘秠’，坟墓成为阻隔称为‘固’。"既然这样，那么满实的小城，都是古人依托险要之地建造坟墓并以之作为防御工事。曹子建所说"负土既盈"，有可能是承袭了世间流传的说法。

1040.晋文王欲修九龙堰①，阮步兵举锄掘地②，得古承水铜龙六枚③，堰遂成。水历堨东注④，谓之千金渠。晋世又广功焉。石人东肋下文云⑤："泰始七年六月二十三日大水⑥，荡坏三堨，今改为堨，更于西开泄，名曰伐〔原注〕一作代。龙渠。增高千金之旧一丈四尺，若五龙。岁久复坏，可转于西更开三堨。二渠合用二十三万五千六百九十八功⑦。以其年十月二十二日起作，功重人少，到八年四月二十日毕。"伐龙渠，即九龙渠也。元魏修复故堨，朝廷太和中造石渠于水上⑧。按桥西门之南颊文，称晋元康二年十一月二日毕⑨。汉司空王梁为河南⑩，将引穀水以溉京都⑪，渠成而水下流。后张纯堰洛而通漕⑫，是渠今引洛水，盖纯之创也。

**【注释】**

①晋文王欲修九龙堰：周勋初《校证》注曰："本条不知原出何书。"北魏郦道元《水经注》亦载此事，只是文字与本条出入较大。晋文王，即司马昭，字子上，河内温县（今河南温县）人。司马懿之子，西晋王朝的奠基人之一。早年随父抗蜀，多有战功。甘露五年（260），杀曹髦，立曹奂为帝。景元四年（263），发兵灭蜀汉，称晋公，后为晋王。死后数月，其子司马炎代魏称帝，建立晋朝，追尊为文帝，庙号太祖。

②阮步兵：即阮籍，因其曾任步兵校尉，故世称阮步兵。

③承水:古水名。在今河南郑州南。

④堨(è):堰,堤坝。

⑤石人:石雕人像。多置于墓道旁。

⑥泰始七年:指公元271年。泰始即晋武帝司马炎年号(265—274)。

⑦功:指土木营造之事。

⑧太和:北魏孝文帝元宏年号(477—479)。

⑨元康二年:指公元292年。元康即晋惠帝司马衷年号(291—299)。

⑩王梁:字君严,渔阳(今北京密云)人。东汉名将。初为郡吏,太守彭宠以梁守狐奴令,拜偏将军。以拔邯郸功,赐爵关内侯。刘秀即位,历任野王令、大司空、河南尹、济南太守,先后被封为武强侯、阜成侯。

⑪穀水:古水名。即今河南洛河支流涧水及其上游渑池县南渑水。

⑫张纯:字伯仁,京兆杜陵(今陕西西安)人。东汉大臣。建武初年袭封富平县侯。五年(29),拜太中大夫,率颍川突骑镇抚荆、徐、扬州,督运粮草。后又领兵屯田南阳,迁五官中郎将,改封武始侯。敦谨守约,迁虎贲中郎将。历任太仆卿、大司空。二十四年(48),开阳渠,引洛水为漕,百姓得其利。中元元年(56),跟随光武帝东巡泰山,授御史大夫,病逝于任上,谥号为节。

## 【译文】

晋文帝司马昭想要修建九龙堰,阮籍举起锄头挖地,挖出了古承水中的六枚铜龙,九龙堰就筑成了。水流经过围堰向东流注,称之为千金渠。晋代又在此扩大工程。围堰东头立着一个石雕人像,人像的肋下有文字说:"晋武帝泰始七年六月二十三日发大水,冲毁了三座堤堰,现在改建堤堰,改从西面开渠排水,名叫伐[原注]一作"代"。龙渠。千金渠在原来的高度上增加一丈四尺,好像五条龙。如果年岁长了渠又破损,可以移到西面再修建三座堤堰。两条渠共用二十三万五千六百九十八功。从泰始七年十月二十二日起开始动工,因工程浩大,人力缺少,到八年四月二十日完工。"伐龙渠,就是九龙渠。北魏时期修复了原来的堤堰,朝廷于北魏孝文帝太和年间在古承水的上游修建石渠。根据桥西门南侧的文字,称晋惠帝元康二年十一月二日完工。汉代司空王梁任河南尹,他导引榖水以便灌溉京师的土地,渠修成后引榖水向下流淌。后来张纯在洛水修建堤堰让漕运通行,这条水渠到现在延引洛水,大概就是张纯的首创。

1041.凡造物由水①,水由土。故江东宜绫纱②,宜纸,镜水之故也。蜀人织锦初成,必濯于江,然后文采焕发。郑人以荥水酿酒,近邑与远郊美数倍③。齐人以阿井煎胶④,其井比旁井重数倍。

**【注释】**

①凡造物由水:本条采录自《国史补·造物由水土》。《太平御览》引《国史补》作《重水》。

②绫纱:一种薄如蝉翼的纱布料。古时用以制作女子的衣物。

③近邑与远郊美数倍:此句《太平广记》引文作"近邑水重,斤两与远郊数倍",当据补,而《太平广记》亦当据本书与原书补一"美"字。

④阿井:井名。在今山东阳谷东北阿城镇。井水清冽甘美,用以煮胶,称为阿胶。北魏郦道元《水经注·河水》:"大城北门内西侧皋上,有大井,其巨若轮,深六七丈,岁尝煮胶以贡天府。《本草》所谓阿胶也。故世俗有阿井之名。"

**【译文】**

凡是制造物品都需要水,水质由于地质的不同而不同。所以江东地区适宜纺织绫纱,适宜造纸,这都是因为镜水的缘故。蜀地人在锦缎织成后，一定要拿到江水中洗濯，这样织锦上的花纹和色彩才能光彩焕发。郑地的人们用荥水酿酒，距离城镇近的荥水，与远郊的荥水相比，酿的酒味道要醇美好几倍。齐地人用阿井中的水煮胶，这口井中的水就比附近的井水重几倍。

　　1042.蜀土旧无兔、鸽①。隋开皇中，荀秀镇益州②，命左右赍兔、鸽而往。今蜀中鸽尚稀而兔已众。戴祚《西征记》云③："开封县东二佛寺，余至此始见鸽，大小如鸠，戏时两两相对。"祚，江东人，晋末从刘裕西征姚泓④，至开封县始识鸽。江东旧亦无鸽⑤。梁武时，侯景围台城⑥，军士熏鼠捕鸽而食。数月之后，殿屋鼠鸽皆尽。然则江东有鸽，亦当自北赍往耳。

【注释】

①蜀土旧无兔、鸽：本条采录自《封氏闻见记·蜀无兔鸽》。

②荀秀：隋朝人，生平未详。

③戴祚：字延之，江东（今江苏长江下游）人。晋、宋间散文家。官西戎主簿。曾从刘裕西征姚秦。著有《西征记》《甄异传》等。

④刘裕：字德舆，小名寄奴。祖籍彭城（今江苏徐州），东晋时迁京口（今江苏镇江）。南朝宋开国君主。自幼家贫，后投身北府军为将。自晋安帝隆安三年（399）起，因屡立战功，得以总掌东晋军政大权，官拜相国，封宋王。永初元年（420），代晋自立，定都建康，国号"宋"。在位期间崇尚俭素，抑制世家大族，实行土断，整顿吏治，省并侨州、郡、县，加强了中央集权。卒谥武，庙号高祖。姚泓：字元子，京兆长安（今陕西西安）人。十六国时期后秦君主。永和二年（417），刘裕率军伐后秦，姚泓出城投降，后秦灭

亡。后被刘裕斩首于建康。

⑤江东旧亦无鸽：原书此句句首尚有一"则"字，当据补。

⑥侯景：字万景，南北朝时魏怀朔镇（今内蒙古固阳西南）人。剽悍好武，擅长骑射。初为镇功曹史，不久投靠大将军尔朱荣，后归顺东魏权臣高欢。太清元年（547），投降梁武帝，拜使持节、大将军，册封河南王。太清二年（548），发动叛乱，攻破建康，囚杀梁武帝父子。大宝二年（551），篡梁自立，国号为汉。梁元帝自江陵出兵讨伐，败逃被杀。

**【译文】**

蜀地原来没有兔子和鸽子。隋文帝开皇年间，荀秀镇守益州，命令身边的人运送兔、鸽到蜀地。现在蜀地之中鸽子还是很少，但兔子已经很多。戴祚《西征记》说："开封县东边有两座佛寺，我到这里才第一次见到鸽子，大小和鸠鸟一样，嬉戏时两只鸽子彼此相对。"戴祚是江东人，东晋末年跟随刘裕到西部讨伐姚泓，到开封县才认识鸽子。这就说明江东原来也没有鸽子。南朝梁武帝时，侯景叛乱，包围台城，城中的军士熏老鼠、捉鸽子吃。几个月之后，房前屋后的老鼠和鸽子全都被吃完了。这样看来，江东地区有鸽子，也应该是从北方运送过来的。

1043.凡东南郡邑无不通水①，故天下货利②，舟楫居多。转运使岁运米二百万石以输关中③，皆自通济渠入河也④。淮南篙工不能入黄河⑤。蜀之三峡，陕之三门，闽越之恶溪⑥，南康赣石⑦，皆绝险之处，自有本土人为工。大抵峡路峻急，故曰"朝离白帝，暮宿江陵"。四月、五月尤险，故曰："滟滪大如马⑧，瞿唐不可下⑨；滟滪大如牛，瞿唐不可留；滟滪大如幞⑩，瞿唐不可触。"扬子、钱塘二江，则乘两潮发棹。舟船之盛，尽于江西，编蒲为帆，大者八十余幅。自白沙溯流而上，常待东北风，谓之"信风"⑪。七月、八月有上信⑫，三月有鸟信⑬，五月麦信⑭。暴风之候，有抛车云⑮，舟人必祭婆官而事僧伽⑯。江湖语曰："水不载万。"言大船不过八九千石。大历、贞元间，有俞大娘航船最大⑰，居者养生送死婚嫁悉在其间。开巷为圃，操驾之工数百。南至江西，北至淮南，岁一往来，其利甚大，此则不啻载万也。洪、鄂水居颇多，与一屋殆相半⑱。凡大船必为富商所有，奏声乐，役奴婢，以据船楼之下⑲。

**【注释】**

①凡东南郡邑无不通水：本条采录自《国史补·叙舟楫之利》。本条与下1044条原合为一条，本书据原书分列。

②货利：货物财利。《尚书·仲虺之诰》："惟王不迩声色，不殖货利。"孔传："殖，生也。不生资货财利，言不贪也。"

③转运使：官名。唐置。掌货物运送及押解，主要是供办粮饷，以供军需。不常置，依职权大小，具体称谓也不同。如"都转运使""南面转运使""北面转运使"等。

④通济渠入河：原书"河"下有"而至"二字。又，"通济渠"下有注曰："即汴河也。"

⑤篙工：撑篙的船夫。

⑥恶溪：一作恶水。古水名。即今广东韩江及其上游梅江。唐韩愈《潮州刺史谢上表》："过海口，下恶水。"

⑦赣石：在今江西赣州至万安赣江中，石碛险阻。《陈书·高祖纪》："南康赣石，旧有二十四滩。滩多巨石，行旅者以为难。"

⑧滟滪（yù）：即滟滪堆。长江瞿塘峡口的险滩。在重庆奉节东。

⑨瞿唐：亦作瞿唐峡、瞿塘峡。为长江三峡之首。也称夔峡。西起

重庆奉节白帝城,东至巫山大溪。两岸悬崖壁立,江流湍急,山势险峻,号称西蜀门户;峡口有夔门和滟滪堆。

⑩襆（fú）：用以覆盖或包裹衣物等的布单、巾帕。

⑪信风：随时令变化,定期定向而至的风。

⑫上信：指七、八月东北信风。

⑬鸟信：江淮船户称农历三月的东北风为鸟信。

⑭麦信：江淮间指农历五月的信风。

⑮抛车云：此三字李厚注引文作"炮车云",当据改。炮车云,亦作"礮车云"。一种突然涌起预示暴风即将到来的乌云,即砧状积雨云。宋叶适《中大夫直敷文阁两浙运副赵公墓志铭》："虏使张汝方暮发京口,礮车云上,风挟浪成山,且覆且号。"

⑯婆官：指传说中的风神孟婆。唐元稹《和乐天重题别东楼》："鼓催潮户凌晨击,笛赛婆官彻夜吹。"僧伽：西域名僧。俗姓何,龙朔初入唐,于泗州建寺,后居荐福寺。世称其为观音大士化身。

⑰俞大娘：唐代富商,生平未详。

⑱一屋：原书作"邑屋",当据改。邑屋,邑里的房舍,村舍。《汉书·游侠传·郭解》："居邑屋不见敬,是吾德不修也,彼何辜！"颜师古注："邑屋,犹今人言村舍、巷舍也。"

⑲船楼：船上操舵之室。亦指后舱室。因高起如楼,故称。

## 【译文】

凡是东南地区的郡邑没有不通水路的,所以全国各地的货物,靠船只运送的占大多数。转运使每年运送大米两百万石到关中地区,都是从通济渠进入黄河的。淮南地区撑篙的船夫不能进入黄河。蜀地的三峡,陕地三门峡,闽越的恶水,南康赣江中的巨石,都是极险之处,自然由本地人作船工。大概因为峡谷中的航道水流湍急,所以说"早上离开白帝城,晚上住在江陵"。四月、五月尤其危险,所以说："滟滪大如马,瞿唐不可下;滟滪大如牛,瞿唐不可留;滟滪大如襆,瞿唐不可触。"扬子、钱塘二江，则乘着早晚两次的涨潮开船。船只的众多，在江西达到极限，人们编制蒲草作为船帆，大的八十多幅。从白沙江逆流而上，经常需要等候东北风，称为"信风"。七月、八月的东北信风叫做上信，三月的叫做鸟信，五月的叫做麦信。暴风雨的季节，还会出现炮车云，这时船上的人们一定会祭祀风神孟婆和被称作观音大士化身的僧伽。江湖的航运中有句话说："行驶在水中的船装载量不能超过一万石。"是说大的船只装载量不能超过八九千石。大历、贞元年间，有位叫俞大娘的富商航船最大，船员的生老病死以及婚嫁都在船上进行。她的船上可以开辟住宅，种植花果蔬菜，驾驶船只的船工就有几百人。南边到达江西，北面到达淮南，一年往来一次，获得的利润非常大，这种船装载不下一万石。洪、鄂两地的人们在船上居住的很多，和邑里的房舍差不多各占一半。凡是大船一定为富商所有，富商们在船上演奏音乐，使唤奴婢，并让他们住在大船后舱室的下面。

　　1044.海舶①，外国船也，每岁至广州、安邑。师子国船最大②，梯上下数丈③，皆积百货。至则本道辐辏④，都邑为喧阗⑤。有番长为主人⑥，市舶使籍其名物⑦，纳船脚⑧。禁珍异，商有以欺诈入牢狱者。船发海路，必养白鸽为信，船没则鸽归。

**【注释】**

①海舶：本条采录自《国史补·狮子国海舶》。

②师子国：今斯里兰卡的古称。又称执师子国。晋法显《佛国记》："昼夜十四日，到师子国……其国在大洲上，东西五十由延，南北三十由延。左右小洲乃有百数，其间相去或十里、二十里、或二百里，皆统属大洲。"

③梯上下数丈：原书"梯"下尚有一"而"字，当据补。

④本道：本地道府。道，古代行政区划名。唐白行简《李娃传》："有灵芝产于倚庐，一穗三秀，本道上闻。"辐辏：原书作"奏报"，当据改。

⑤喧阗：亦作"喧填""喧嗔"。喧哗，热闹。

⑥番长：亦作"蕃长"。唐宋时广州、扬州等地外商入口贸易，设蕃坊以供聚居，其掌理公务者，名曰"蕃长"。

⑦市舶使：官名。唐代在广州、安南等地设市舶使，掌检查出入海港船舶、征收商税、收购政府专卖品等事。《新唐书·柳泽传》："开元中，转殿中侍御史，监岭南选。时市舶使、右威卫中郎将周庆立造奇器以进。"名物：名目与物产。

⑧船脚：水脚。水运的费用。

【译文】

海舶，特指外国船，每年到达广州、安邑。师子国的船最大，搭梯子上下要几丈高，船上都堆积着各种货物。船到达后就向本地道府报告，这座城市也会因为外国船的到来而变得热闹。掌理公务的番长作为主人接待船商，市舶使登记船上物品的名目，收缴水运的费用。船上禁止运送珍贵奇异的物品，船商中就有因欺诈而进入监狱的人。船从海上的航道出发，一定要饲养白鸽作为信使，如果船沉没了白鸽就会飞回来。


1045.龙门人皆言善于悬水接水①，上下如神，然寒食拜扫必于河滨②，终于水死也③。


【注释】

①龙门人皆言善于悬水接水：本条采录自《国史补·龙门人善游》。《太平广记》引此文题作"龙门"。此句原书及《太平广记》引文均作"龙门人皆言善游，于悬水接水"。悬水，类似瀑布的特别湍急的水流。

②寒食：节日名。在农历清明前一日或二日。相传春秋时晋文公辜
　负其功臣介之推。介之推愤而隐于绵山，文公悔悟，烧山逼令其
　出仕，介之推抱树焚死。民众同情介之推的遭遇，相约于其忌日
　禁火冷食，以为悼念。以后相沿成俗，谓之寒食。

③终于水死也：原书与《太平广记》引文均作"终为水溺死也"。

**【译文】**

　龙门人都说他们善于游泳，能够在湍急的水流中接水，上下自如像神
仙一样，而且寒食节祭扫，也一定要在河边，但还是有人最后被水淹死。

　　1046.海上居人①，时见飞楼如结构之状②，甚壮丽者；
太原以北晨行，则烟霭之中睹城阙状③，如女墙雉堞者④：皆
《天官书》所谓蜃也⑤。

**【注释】**

①海上居人：本条采录自《国史补·天官所书气》。本条与下1047
　原合为一条，本书据原书分列。

②飞楼：高楼。结构：连结构架，以成屋舍。晋葛洪《抱朴子外篇·勖
　学卷》："文梓干云，而不可名台榭者，未加班输之结构也。"

③烟霭：烟雾，云气。城阙：宫阙。

④女墙雉堞（zhì dié）：古代城墙上呈凹凸形的短墙。此处泛指城墙
　上的短墙。

⑤《天官书》所谓蜃也：原书此句作"《天官书》所说气也"。《史记·天
　官书》曰："海旁蜃气象楼台，广野气成宫阙然。云气各象其山川
　人民所聚积。"

**【译文】**

　住在海上的人，有时会在海中看见高楼屋舍的样子，非常壮丽；在太
原以北的早晨行走，就能在云气中看到宫阙的样子，好像城墙上的短墙：

这都是《天官书》中所说的海市蜃楼的景象。

1047.建安郡建安县有大勤墟,中有石,无小大悉如砚形。旧说此墟人有好学而于义理不能疾晓[1],常自咎顽愚,每盛夏烈暑,乃肉袒以自负[2]。后因雷雨,空中有人谓曰:"念尔恳诚,吾令尔墟内石大小俱成砚,苟用者,义理速解,以旌尔志。"雨止视之,果然。今俗谓之"孔砚"。

**【注释】**

①义理:指讲求儒家经义的学问。

②肉袒:去衣露体。表示虔诚惶惧,甘愿请罪受罚。《礼记·郊特牲》:"君再拜稽首,肉袒亲割,敬之至也。"

**【译文】**

建安郡建安县有个地方叫大勤墟,这里有很多石头,无论大小全都像砚台的形状。以前有人说这大勤墟中有一个人喜欢学习,但对儒家的经义却不能很快理解,所以经常自责顽劣愚钝,每到盛夏酷暑的时候,他就去衣露体来表示自我惩罚。后来借着雷电降雨,空中有人对他说:"顾念你诚恳,我让你所在墟中的石头不论大小全都变成砚台,如果使用它们,儒家的经义你很快就能理解,以此来表扬你的志向。"雨停了之后去看,石头果然全变成砚台的形状。今人称这些石砚为"孔砚"。

1048.轻纱[1],夏中用者名为"冷子",取其似蕉叶之轻健而名之[2]。

**【注释】**

①轻纱:本条采录自《刘宾客嘉话录》。《太平广记》引此条作《杂戏》。

本条与下1049条原合为一条,本书据原书分列。

②蕉叶:《太平广记》引文"蕉叶"作"蕉葛",当据改。蕉葛,即蕉布。晋嵇含《南方草木状·甘蕉》:"一种大如藕,子长六七寸,形正方,少甘,最下也,其茎解散如丝,以灰练之,可纺绩为绤綌,谓之蕉葛。"又,《文选·左思〈吴都赋〉》:"蕉葛升越,弱于罗纨。"刘逵注:"蕉葛,葛之细者。"轻健:轻盈结实。

**【译文】**

轻纱,夏天使用它的人称作"冷子",就是因为轻纱像蕉布一样轻盈结实才这样称呼的。

## 1049.林邑献火珠①,云得于罗刹国②。

**【注释】**

①林邑:南海古国名。故地在今越南中南部。秦称林邑,隋称林邑国,唐至德以后改称环王。五代、后周时期改称占城、占婆。火珠:即火齐珠。《旧唐书·南蛮西南蛮传·林邑》:"(贞观)四年,其王范头黎遣使献火珠,大如鸡卵,圆白皎洁,光照数尺,状如水精,正午向日,以艾承之,即火燃。"

②罗刹国:传说中的海上恶鬼之国。唐刘𬤊《隋唐嘉话》卷中:"贞观初,林邑献火珠,状如水精。云得于罗刹国。其人朱发黑身,兽牙鹰爪也。"后遂以"堕罗刹国"比喻遭遇厄运。

**【译文】**

林邑国进献火齐珠,说是从罗刹国得来的。

## 1050.风炉子①,以周绕通风也②。一说形象烽火③,名"烽炉子"。

**【注释】**

①风炉子：本条采录自《资暇集·风炉子》。风炉为唐时一种专用于煮茶的小型炉子。形如古鼎，有三足两耳，炉内有厅，可放置炭火，炉身下腹有三孔窗孔，用于通风。唐陆羽《茶经·器》："风炉，以铜铁铸之，如古鼎形，厚三分，缘阔九分。"

②周绕：周围，四周。

③烽火：古时边防报警的烟火。

**【译文】**

风炉子，是因为四周通风而命名。还有一种说法认为风炉的外形像古时边防报警的烽火，所以称作"烽炉子"。

1051.茶拓子①，始建中蜀相崔宁之女②，以茶杯无衬，病其熨手，取碟子承之。既啜，杯倾，乃以蜡环碟中央，其杯遂定。即命工以漆环代蜡。宁善之，为制名，遂行于世。其后传者，更环其底，以为百状焉③。〔原注〕④贞元初，青、郓犹绘为碟形，以衬茶碗，别为一家之样。后人多云拓子⑤，非也。蜀相即升平崔家。

**【注释】**

①茶拓子：本条采录自《资暇集·茶托子》。茶拓子，即茶托，一种放置茶盏的托盘。

②崔宁：唐卫州（今河南汲县）人。喜纵横事，落魄客剑南。代宗宝应初任利州刺史，转汉州，宰相杜鸿渐荐诸朝，因授成都尹，历西川节度使，在蜀十余年，大历末入朝，迁司空、平章事。宰相杨炎与其有嫌，劝德宗罢之，后为灵州大都督。朱泚反，行反间署为中书令，受卢杞等诬陷，帝使人缢杀之。

③以为百状焉：原书此句作"愈新其制，以至百状焉"。

④原注：此是李匡文自注。

⑤后人多云拓子：原书此句作"今人多云'托子'始此"，当据之补"始此"二字。

**【译文】**

茶拓子的使用，始于唐德宗建中年间蜀相崔宁的女儿，因为茶杯没有托盘，她担心烫手，就拿碟子托着。但是喝茶的时候，杯子就会偏斜，于是就在碟子中间设置了蜡环，这样杯子就固定了。随即她又让工匠用漆环代替蜡环。崔宁觉得这种创意很好，给这种茶具定了名称，于是茶托就流行于世。后来传承的人，更是围绕茶托的底部进行创新，以呈现出各种不同的形制。[原注]唐德宗贞元初年，青、郓等地还描画为碟形，用来衬托茶碗，呈现出别是一家的独特样式。后人多称"拓子"始于此，这是错误的。蜀相即升平崔宁家。

　　1052.元和中①，酌酒犹用樽杓②，所以丞相高公有"斟酌"之誉③。数千人一樽一杓④，挹酒而散，了无所遗。其后稍用注子⑤，形若罃⑥，而盖、嘴、柄皆具。大和九年后，中贵人恶其名犯郑注⑦，乃去柄安系，若茗瓶而小异，名曰"偏提"，时亦以为便，且言柄有碍而屡倾侧。

**【注释】**

①元和中：本条采录自《资暇集·注子偏题》。《绀珠集·刘冯事始》亦叙此事。

②樽杓（zūn sháo）：指饮酒之器。

③丞相高公：指高郢。

④千：原书作"十"，似以原书为是，当据改。

⑤注子：古代酒壶。金属或瓷制成，可坐入注碗中。始于晚唐，盛行
　　于宋元时期。

⑥罃（yīng）：一种长颈汲瓶。

⑦中贵人：指显贵的侍从宦官。此处当指仇士良。

【译文】

　　唐宪宗元和年间，斟酒还是用樽杓，因此丞相高郢有"斟酌"的美
誉。几十人喝酒使用一樽一杓，舀酒分给大家，完全没有遗漏。后来逐
渐使用一种叫注子的酒壶，形状像一种长颈汲瓶，且壶盖、壶嘴、壶柄一
应俱全。唐文宗大和九年后，宦官仇士良讨厌这个酒壶名冒犯了郑注的
名讳，就去除手柄安上系绳，形状像茶瓶但稍有不同，名叫"偏提"，当时
人认为这种酒壶也很便利，还说酒壶带柄有所妨碍且会屡屡偏斜。


　　1053.被袋非古制①，不知何时起也，比者远游行则
用②。大和九年，以十家之累，士人被窜谪③，人皆不自保，
常虞仓卒之遗④，每出私第，咸备四时服用。旧以纽革为腰
囊⑤，置于殿乘⑥，至是服用既繁，乃以被袋易之。大中以
来，吴人亦结丝为之，或有饷遗⑦，豪徒玩而不用。


【注释】

①被袋非古制：本条采录自《资暇集·被袋》。被袋，放置被褥等东
　　西的行李袋，也称被囊。

②比者：近来。

③窜谪：贬官放逐。

④虞：忧虑。仓卒：突然，猝不及防。

⑤纽革：皮绳，皮带。腰囊：即腰袋，腰包。

⑥殿乘：上朝时乘坐的车辆。

⑦饷遗：馈赠。

**【译文】**

使用被袋不是古代就有的制度，不知道从什么时候开始的，近来远游的人出行就使用它。唐文宗大和九年，因甘露之变中被宦官灭族的十个家族的牵累，士大夫被贬官放逐，人们都不能保全自己，经常忧虑突然间就会被调遣，所以每次从私宅出门，都会准备一年四季的衣服用品。以前用皮带做成腰袋，放在每天上朝乘坐的车辆之上，到现在因为衣服用品繁多，就用被袋替换了腰袋。唐宣宗大中年间以来，吴地的人们也用丝线编织被袋，有时候还会用于馈赠，富豪之辈将被袋作为玩赏之物但不会用来装衣服器物。

1054.都堂南门道中有古槐①，垂阴至广②。相传夜深闻丝竹之音③，省中即有入相者，俗谓之"音声树"。

**【注释】**

①都堂南门道中有古槐：本条采录自《因话录·徵部》。都堂，指尚书省大堂。唐时尚书省署居中，东有吏、户、礼三部，西有兵、刑、工三部，尚书省的左右仆射总辖各部，称为都省，其总办公处称为都堂。

②垂阴：亦作"垂荫"。树木枝叶覆盖形成阴影。亦指树木枝叶覆盖的阴影。

③丝竹之音：指音乐的声音。丝竹，弦乐和管乐，泛指音乐。

**【译文】**

尚书省大堂南门的路上有一棵古老的槐树，树木枝叶覆盖形成的树阴非常广阔。相传深夜如果在这里听到音乐的声音，尚书省中就有人官拜宰相，世人称这棵树为"音声树"。

1055.丛有似蔷薇而异①,其花叶稍大者,时人谓之"枚槐",[原注]②音环。实语讹强名也③,当呼为"梅槐"。"槐"在灰部韵,音回④。按《江陵记》云"洪亭村下有梅槐村",当因梅与槐合生,遂以名之。今似蔷薇者,得非分枝条而滋演哉? 至今叶形尚处梅、槐之间,可取此为证,且未见"枚槐"之义也。正使便为"玫瑰"字⑤,岂百花中独珍是,取象于玫瑰耶? [原注]玫瑰之瑰,音回,不音傀。其音傀者,是琼瑰。字书有证。

**【注释】**

①丛有似蔷薇而异:本条采录自《资暇集·梅槐》。

②原注:此注原阙,据《永乐大典》引文补。据周勋初《校证》,此是王谠自注,下同。

③强名:勉强称做。语出《老子》:"吾不知其名,字之曰道,强为之名曰大。"

④"槐"在灰部韵,音回:此二句原阙,据《永乐大典》引文补。

⑤正使:纵使,即使。

**【译文】**

丛生在一起有点像蔷薇但又有所不同,花叶比蔷薇稍微大一点的花木,当时人称作"枚槐",[原注]音环。这实在是因为言语讹误而勉强的称呼,应当称作"梅槐"。"槐"在灰部韵,读音为回。根据《江陵记》中所说"洪亭村下面有个梅槐村",应当是因为梅与槐生长在一起,于是就以梅槐命名。现在与蔷薇相似的,应该是由分权的枝条繁衍生长的吧? 到现在梅槐叶子的外形还处在梅花叶子和槐树叶子之间,可以拿这个作凭证,更何况没有看到"枚槐"的意思。纵使写作"玫瑰"二字,难道百花中唯独看重这种花,只是因为它的构造和玫瑰相似吗? [原注]玫瑰的"瑰",读音为回,不读傀。读为"傀"的,是琼瑰。字书上有凭据。

1056.豆有红而圆长[①]，其首乌者，举世呼为"相思子"，非也，"甘草子"也。相思子即红豆之异名也。其木斜斫之则有文，可为弹博局及琵琶槽[②]。其树也，大株而白枝，叶似槐，其花与皂荚花无殊。其子若蘱豆[③]，处于甲中，通身皆红。李善云"其实赤如珊瑚"是也。

**【注释】**

①豆有红而圆长：本条采录自《资暇集·相思子》。本条与下1057条原合为一条，本书据原书分列。

②博局：棋盘。琵琶槽：琵琶上架弦的格子。亦指琵琶。

③蘱（biǎn）豆：即扁豆。一年生草本。花白或紫色；荚扁平短大，淡绿、红或紫色；种子扁椭圆形，呈黑褐、茶褐或白色。嫩荚或种子可作蔬菜。白色种子、种皮和花可入药。

**【译文】**

有一种通体红色、形状圆长、前端黑色的豆子，天下人都称作"相思子"，这是不对的，其实它是"甘草子"。相思子是红豆的另外一种称呼。相思子的枝条斜着砍就会有纹路，可以用来制造棋盘和琵琶上架弦的格子。相思子的植株，枝干很大而且是白色的，叶子像槐树叶，它的花和皂荚花没有区别。它的果实像扁豆，长在豆荚之中，通体都是红色的。李善注说"它的果实红如珊瑚"是正确的。

1057.又言[①]：甘草非国老之药者[②]，乃南方藤名也。其丛似蔷薇而无刺，叶似夜合而黄细，其花浅紫而蕊黄，其实亦居甲中。以条叶俱甘，故谓之"甘草藤"，土人但呼为"甘草"而已[③]。出在潮阳，而南漳亦有。

**【注释】**

①又言：本条采录自《资暇集·甘草》。

②国老之药：即甘草。南朝医学家陶弘景将甘草尊为"国老之药"，并言："此草最为众药之主，经方少有不用者，犹如香中有沉香也。国老，即帝师之称。"把甘草推崇为药之帝师，其原因正如李时珍在《本草纲目·草部》中所释："诸药中甘草为君，治七十二种乳石毒，解一千二百般草木毒，调和众药有功，故有'国老'之号。"

③土人：土著，本地人。

**【译文】**

又说：此处的甘草不是陶弘景所说的国老之药，而是南方一种木本蔓生植物的名称。这种蔓生植物丛集生长，像蔷薇花木但枝条上没有刺，叶子像夜合花的叶子但颜色发黄形状细长，它的花是浅紫色，长着黄色花蕊，它的果实也长在豆荚之中。因为这种蔓生植物的枝叶都是甜的，所以称作"甘草藤"，当地人只称作"甘草"罢了。这种植物生长在潮阳，南漳地区也有。

1058.雄麻有花①，而雌者结实，欲识麻之雌雄，以此辨之。

**【注释】**

①雄麻：大麻的雄株，只开雄花，不结果实，称"枲麻"。

**【译文】**

大麻的雄株会开花，但结果实的却是雌株，想要识别大麻的雄株和雌株，凭借这一点就可以分辨。

1059.江东有吐蚊鸟①，夏则夜鸣，吐蚊于芦荻中，湖水尤甚。

**【注释】**

①江东有吐蚊鸟：本条采录自《国史补·江东吐蚊鸟》。江东，地区
　名。唐玄宗开元二十一年（733）分江南道为江南东道与江南西
　道。江南东道治苏州，简称为江东道。吐蚊鸟，水鸟名。又名蚊
　母鸟。唐刘恂《岭表录异》卷中：“蚊母鸟，形如青鹢，嘴大而长，
　于池塘捕鱼而食。每叫一声，则有蚊蚋飞出其口，俗云采其翎为
　扇，可辟蚊子。亦呼为吐蚊鸟。”

**【译文】**

江东地区有吐蚊鸟，夏天时就会在夜晚鸣叫，并将蚊子吐在芦荻之
中，湖水中更多。


　　1060.《月令》①：出土牛②，以示农耕之早晚，谓为国之
大计，不失农时。故圣人急于养民③，务成东作④。今天下州
郡，立春制一大牛，饰以文彩，即以彩杖鞭之⑤，既而破之，
各持其土以祈丰稔，不亦乖乎？


**【注释】**

①《月令》：本条采录自《刊误·出土牛》。《月令》，《礼记》篇名。
　主要记述每年农历十二个月的时令及相关事物与活动，是研究战
　国秦汉时期农业生产和有关时令风尚的重要文献资料。

②土牛：用泥土制的牛。古代在农历十二月出土牛以除阴气。后
　来，立春时造土牛以劝农耕，象征春耕开始。《礼记·月令》：“（季
　冬之月）命有司大难，旁磔，出土牛，以送寒气。”孙希旦《集解》：
　“出土牛者，牛为土畜，又以土作之，土能胜水，故于旁磔之时，出
　之于九门之外，以禳除阴气也。”

③圣人：古时对天子的敬称。此处指舜。

④务成东作：致力于春耕成功。务，致力，从事。东作，谓春耕。《尚
　　书·尧典》："寅宾出日，平秩东作。"孔传："岁起于东，而始就耕，
　　谓之东作。"
⑤彩杖：用彩绸装饰的木杖。宋代风俗，立春前一日，开封、祥符两
　　县，置土制春牛于府前，是日绝早，府县官员以彩杖鞭打春牛，以
　　示劝农，谓之打春。

**【译文】**

《月令》：抬出用泥土制的牛，用以宣示农耕的早晚，被称为国之大
计，不耽误农时。所以圣人急切地想要养育人民，就致力于春耕。现在
全国的州郡，立春时就会制作一头很大的土牛，用华美的色彩进行装
饰，随后就用彩绸装饰的木杖鞭打土牛，不久又砸烂它，人们都拿砸烂
的土用以祈祷丰收，不也很乖谬吗？


1061.七夕者①，七月七日夜。《荆楚岁时记》②："七夕，
妇人穿七孔针，设瓜果于庭以乞巧③。"今人乃以七月六日
夜为之，至明晓望于彩缕，以冀织女遗丝，乃是七"晓"，非
"夕"也。又取六夜穿七窍针，益谬矣。今贵家或连二宵陈
乞巧之具，此不过苟悦童稚而已。


**【注释】**

①七夕：节日名。民间传说，牛郎织女每年农历七月初七的夜晚在
　　天河相会。旧俗，妇女此夜在庭院中进行乞巧活动。
②《荆楚岁时记》：书名。南朝梁宗懔撰，是记载古代荆楚地区岁
　　时、节令、风物故事的笔记体文集。
③乞巧：旧俗，妇女在七夕之夜必备陈瓜果、鲜花、胭脂于庭中，向天
　　祭拜，以期拥有姣美的面貌；并对月引线穿针，以期双手灵巧，称

为"乞巧"。《荆楚岁时记》:"是夕,人家妇女结彩缕,穿七孔针,或以金、银、鍮石为针,陈几筵酒脯瓜果于庭中以乞巧,有喜子网于瓜上,则以为符应。"

**【译文】**

七夕,就是农历七月七日夜晚。《荆楚岁时记》说:"七月七日夜晚,妇女穿七孔针,在庭院陈列瓜果来乞巧。"今人就在农历七月六日的晚上做这件事,到第二天早上去看彩色丝线,希望有织女的遗留丝线,这是七"晓",而不是七"夕"。又在农历初六夜里穿七孔针,这种行为更加荒谬。当今富贵人家有时接连两个晚上陈列乞巧的用具,这不过是暂且取悦儿童罢了。

1062.唐世谒见尊者[①],皆曰:"谨祇候起居[②]。"起居者,动止也,理固不乖。近者复云"谨起居某官",则"动止某官",其义何在?相承斯误,曾不经心[③]。

**【注释】**

①唐世谒见尊者:本条采录自《刊误·起居》。

②祇候:恭候。

③经心:留心,在意。

**【译文】**

唐代拜见辈分或者地位高的人,都说:"谨恭候起居。"起居的意思,是动静,按道理本来不错。但近来又有"谨起居某官"的说法,那么"动止某官"的意思是什么呢?大家递相沿袭这种错误,从不留意。

1063.终军请长缨[①],世多云将系单于。按本传云:"南越与汉和亲,乃遣军使越说其王,欲令入朝比内诸侯[②]。自请愿受长缨，必羁南越王而致之阙下。"若系单于，乃贾谊之事。按班固云③："谊欲试属国④，施五饵三表以系单于⑤。"乃贾谊之事也⑥。又陈思王《表》云⑦："贾谊弱冠求试属国⑧，请系单于之颈，而制其命。"

## 【注释】

①终军请长缨：本条采录自《资暇集·请长缨》。终军，字子云，西汉济南（今山东章丘）人。少好学，博学善为文，年十八选为博士弟子。至长安上书评论国事，武帝拜为谒者给事中。后迁谏大夫。元鼎四年（前113），奉命出使南越，劝说南越王归汉。次年，为南越相吕嘉所杀。时年仅二十余岁，世称"终童"。长缨，指捕缚敌人的长绳。《汉书·终军传》："军自请：'愿受长缨，必羁南越王而致之阙下。'"

②内诸侯：汉朝版图内所分封的诸侯王、列侯，与作为藩臣的周边少数民族或邻国相对而言。

③班固：原书作"班赞"。此处所引为《汉书·贾谊传赞》。

④属国：官名。典属国的省称。掌汉周边少数民族酋长或国王率部降者。《汉书·百官公卿表》上："典属国，秦官，掌蛮夷降者。武帝元狩三年，昆邪王降，复增属国，置都尉、丞、侯、千人。"

⑤五饵三表：西汉贾谊陈献的使单于依附于汉的手段。《汉书·贾谊传》："及欲试属国，施五饵三表以系单于。"颜师古注曰："贾谊《书》谓爱人之状，好人之技，仁道也；信为大操，常义也；爱好有实，已诺可期，十死一生，彼将必至：此三表也。赐之盛服车乘以坏其目；赐之盛食珍味以坏其口；赐之音乐妇人以坏其耳；赐之高堂邃宇府库奴婢以坏其腹；于来降者，上以召幸之，相娱乐，亲酌而手食之，以坏其心：此五饵也。"

⑥乃贾谊之事也：原书此句作"且非以长缨系之也"。

⑦陈思王《表》：指曹植《求自试表》。

⑧弱冠：古时以男子二十岁为成人，初加冠，因体犹未壮，故称弱冠。

**【译文】**

终军向汉武帝请求长缨，世人多说终军想要捆缚单于。根据《汉书·终军传》记载："南越国与汉朝和亲，武帝就派终军出使南越国劝说南越国国王，想要让他入朝和内地的诸侯一样。终军自愿请求希望能得到长缨，并说一定捆缚南越国国王将他带回朝廷。"如果说捕缚单于，那是贾谊的事迹。根据班固《汉书·贾谊传赞》的记载："贾谊想要任典属国一职，施行五饵、三表的政策使单于归附于汉。"这是贾谊的事迹。并且不是用长绳去捆缚。又曹植《求自试表》说："贾谊二十岁请求任典属国，并请求用绳索系在单于的脖子上，从而掌控匈奴的命运。"

1064. 有人检陆法言《切韵》①，见其音字，遂云："此吴儿直是翻字太辟②。"不知法言是河南陆，非吴郡也③。

**【注释】**

①有人检陆法言《切韵》：本条采录自《因话录·徵部》。陆法言，名词，以字行，隋魏郡临漳（今河北临漳）人。隋文帝时任承奉郎，因父陆爽获罪而株连去职。精韵学。与刘臻等编撰的《切韵》是中国韵学的重要文献，成为唐、宋人编撰韵书的基础。《切韵》，成书于隋文帝仁寿元年（601）。共五卷，分193韵：平声54韵，上声51韵，去声56韵，入声32韵。唐代初年被定为官韵。增订本甚多。《切韵》原书已失传，其所反映的语音系统因《广韵》等增订本而完整地流传下来。

②吴儿：对吴人的蔑称。直是：真是。

③不知法言是河南陆，非吴郡也：《隋书·陆爽传》云法言是"魏郡

临漳人也"。《苏氏演义》卷上曰："陆法言著《切韵》，时俗不晓其韵之清浊，皆以法言为吴人而为吴音也。……盖陆氏者，本江南之大姓，时人皆以法言为士龙、士衡之族，此大误也。法言本代北人，世为部落大人，号步陆孤氏，后魏孝文帝改为陆氏，及迁都洛阳，乃下令曰：'从我入洛阳，皆以河南洛阳为望也'。"

**【译文】**

有人查看陆法言的《切韵》，看到书中的读音和文字，就说："这个吴儿真是成倍地增加太多生僻的字。"他不知道陆法言是河南陆氏，而不是吴郡陆氏。

1065.又有书生读经书甚精熟①，不知近代事，因说骆宾王，遂云："某识其孙李少府者，兄弟太多。"意谓"骆宾"是诸王封号也②。

**【注释】**

①又有书生读经书甚精熟：本条采录自《因话录·徵部》。经书，指《易经》《尚书》《诗经》《周礼》《仪礼》《礼记》《春秋》《论语》《孝经》等儒家典籍，是研究我国古代文化和儒家思想的重要资料。

②封号：古时帝王封授的爵位或称号。

**【译文】**

又有一个读书人研读儒家经典非常精湛熟练，但不太了解近代的事情，于是在谈到骆宾王时，就说："我认识他的孙子李少府，他的兄弟太多了。"他的意思是说"骆宾"就是唐代各王的一个封号。

1066.毕罗者①，蕃中毕氏、罗氏好食此味②，今字从"食"，非也。馄饨，以其象混沌之形③，不可直书"混沌"，从"食"可矣。至如不托④，言旧未有刀扣之时⑤，皆掌拓烹之⑥，刀扣既具，乃云"不托"，今俗字作"馎饦（bó tuō）"，非也。［原注］⑦元和中，有奸僧鉴虚者，以羊之六腑特造一味，传之于今。时人不得其名，遂以其号目之，曰"鉴虚"。后俗字多作"餰饇"，率多此类。

**【注释】**

①毕罗者：本条采录自《资暇集·毕罗》。本条与下1067原合为一条，本书据原书分列。毕罗，一种有馅的食品。

②蕃中：指吐蕃国中。

③混沌：古代传说中指世界开辟前元气未分、模糊一团的状态。

④不托：即汤面。因唐时做汤面用刀在案上切面，取代以前用手托，故名。《新五代史·李茂贞传》："朕与六宫皆一日食粥，一日食不托。"

⑤刀扣：原书作"刀机"，当据改。下同。刀机，亦作"刀几"，指切肉用的刀和几案。

⑥拓：原书作"托"，当据改。

⑦原注：此处当是李匡文自注。

**【译文】**

毕罗，就是吐蕃国中毕氏和罗氏两个家族喜欢吃的一种美味食品，现在这两个字都从"食"，这是不对的。馄饨，因为它是一种形状像混沌的食品，不能直接写成"混沌"，从"食"字是对的。至于像"不托"这种面食，是说原来没有刀和几案的时候，人们都是用手掌托着放进锅里烹煮，刀和几案出现后，才称作"不托"，现在通行的字形作"馎饦"，这是不对的。［原注］宪宗元和年间，有一个叫鉴虚的奸诈僧人，用羊的六腑特别加工制作了一道菜，一直流传到今天。当时人不知道这道菜的名称，就用制作者的名字命名，称作"鉴虚"。后来通行的写法多作"餰饇"，大抵都是这样的错误。

1067. 肆有以筐以筥①，或倚或垂，以鬻鲜物者，曰"星货铺"，言其列货丛杂如星之繁。今俗呼"星火铺"，误也。

**【注释】**

①肆有以筐以筥（jǔ）：本条采录自《资暇集·星货》。肆，铺子，商店。筥，圆形的竹筐。《诗经·召南·采苹》："于以盛之，维筐及筥。"毛传："方曰筐，圆曰筥。"

**【译文】**

店铺中有用方形或圆形的筐盛装，有的靠着有的挂着，用来售卖新鲜的物品，被称作"星货铺"，是说店铺中陈列的货物多而杂乱，像天空中的星星一样繁多。现在世人称作"星火铺"，这是错误的说法。

1068. 襄州汉高祖庙①，本为交甫解佩于汉皋之义②，今为高祖，误。

**【注释】**

①襄州汉高祖庙：本条采录自《大唐传载》。汉高祖庙，原书作"汉皋庙"。

②交甫解佩于汉皋：语出《文选·郭璞〈江赋〉》："感交甫之丧佩。"李善注引《韩诗内传》："郑交甫遵彼汉皋台下，遇二女，与言曰：'愿请子之佩。'二女与交甫，交甫受而怀之，超然而去。十步循探之，即亡矣。回顾二女，亦即亡矣。"后遂用为男女相爱、赠答表意的典故。汉皋，山名。在今湖北襄阳西北。

**【译文】**

襄州有一座汉高祖庙，这里本来要显示郑交甫在汉皋台下遇二女解赠佩饰的意义，现在变成了汉高祖庙，这是错误的。

1069.每岁有司行祀典者①,不可胜纪②。一乡一里③,必有祀庙。南中有泉④,流出山洞,常带树叶⑤,好事者目为"流桂泉"。后人乃立为汉高祖之神⑥,尸而祝之⑦。又号为伍员庙者,必五分其髯,谓"五髭须"⑧。

**【注释】**

①每岁有司行祀典者:本条采录自《国史补·叙祠庙之弊》。本条与下1070条原合为一条,本书据原书分列。祀典,祭祀的礼仪。

②不可胜纪:亦作"不可胜记"。不能逐一记述,极言其多。《汉书·公孙弘卜式等传赞》:"汉之得人,于兹为盛,儒雅则公孙弘、董仲舒、兒宽……受遗则霍光、金日磾,其余不可胜纪。"

③一乡一里:即乡里。周制,王及诸侯国都郊内置乡,民众聚居之处曰里。因以"乡里"泛指乡民聚居的基层单位。

④南中:泛指南方,南部地区。

⑤树叶:此原书作"桂叶",当据改。

⑥后人乃立为汉高祖之神:原书此句作"乃立栋宇,为汉高帝之神"。周勋初《校证》注曰:"高祖刘姓,与'流'谐音,故此处为立栋宇。"

⑦尸而祝之:指祭祀。《庄子·逍遥游》:"庖人虽不治庖,尸祝不越樽俎而代之矣。"郭象注:"庖人尸祝,各安其所司。"成玄英疏:"尸者,太庙中神主也。祝者,则今太常太祝是也。执祭版对尸而祝之,故谓之尸祝也。"

⑧谓"五髭须":伍员,字子胥,故此处谐音而附会为"五髭须"。

**【译文】**

每年有关部门举行的祭祀礼仪,多到不能逐一记述。民众聚居的地方,必定有祭祀的庙宇。南部地区有一眼泉水,从山洞中流出,水中常常带着桂树的叶子，热心的人将这眼泉水取名叫"流桂泉"。后来人们就在泉边建了一座庙宇，里面供奉着汉高祖刘邦的神像，而且每年举行祭祀的礼仪。还有被称作伍子胥庙的，里面供奉的神像胡须必定被分为五绺，称作"五髭须"。

1070.江南有驿官①，以干事自任②，白刺史曰："驿中已理，请一阅之。"初至为酒库，诸酝毕熟，其外画神，问："何也？"曰："杜康③。"刺史曰："公有余也。"一室曰茶库也，诸茗毕贮，复有神，问："何也？"曰："陆鸿渐④。"刺史益喜。又一室菹库⑤，诸菹毕备，复有神，问："何也？"曰："蔡伯喈⑥。"刺史笑曰："不须置此。"

**【注释】**

①江南有驿官：本条采录自《国史补·菹库蔡伯喈》。江南，《太平广记》引文作"江西"。

②干事：专门负责某项具体事务的人员。

③杜康：传说为最早造酒的人。

④陆鸿渐：即陆羽，字鸿渐，自号竟陵子、东岗子。唐朝复州竟陵（今湖北天门）人。幼孤，少为伶人。后太守李齐物教以诗书，始为士人。肃宗至德元载（756）避乱居湖州，与皎然为忘年交。代宗大历中为湖州刺史颜真卿幕客。德宗贞元初居信州上饶，后赴湖南幕，未几，又入岭南节度使李复幕。八年（792），府罢归江南，约卒于贞元末。陆羽著述甚多，于茶道尤精，晚年著《茶经》。

⑤菹（zū）：同"葅"。酸菜，腌菜。

⑥蔡伯喈（jiē）：即蔡邕（yōng），字伯喈，陈留圉（今河南杞县）人。东汉文人。少博学，好辞章，善音乐、书法。灵帝时召任郎中，校

书于东观,迁为议郎。灵帝死,董卓为司空,征蔡邕为祭酒,举高第,迁尚书。初平元年(190),拜左中郎将,从献帝迁都长安,封高阳乡侯。后因与董卓同党,死于狱中。周勋初《校证》曰:"此处取其为'菜百佳'之谐音。"

**【译文】**

江南地区有一个驿站的官吏,把专门负责驿站的具体事务作为自己的责任,他禀告刺史说:"驿站内已经打理好了,请您逐一检阅。"刺史先到酒库,各种酒全都酿成,酒库外画一神像,刺史问:"这是什么人?"回答说:"酒祖杜康。"刺史说:"还是你别具匠心。"接着走进一间叫做茶库的房间,各种茶叶全都贮存在那里,房间里又有一幅神像,刺史问:"这是什么人?"回答说:"茶圣陆羽。"刺史更加高兴。又来到一间贮藏腌菜的房间,各种腌菜全都备齐,房间里也有一幅神像,刺史问:"这是什么人?"回答说:"东汉蔡伯喈。"刺史笑着说:"蔡邕的像没必要挂在这里。"

1071.吴主孙皓每宴群臣①,皆令尽醉。韦昭饮酒不多②,皓密赐茶茗以代饮酒。晋时谢安诣陆纳③,无所供办④,设茶果而已。案:此古人亦饮茶耳,但不如今之溺之甚⑤。穷日尽夜⑥,殆成风俗。

**【注释】**

①吴主孙皓每宴群臣:本条采录自《封氏闻见记·饮茶》。孙皓,字元宗,吴郡富春县(今浙江富阳)人。吴大帝孙权之孙,东吴末代皇帝。执政初期,施行明政,后沉溺酒色,专于杀戮,昏庸暴虐。天纪四年(280),东吴被西晋攻灭。孙皓投降,被封为归命侯。后死于洛阳。

②韦昭:亦作韦曜。字弘嗣,吴郡云阳(今江苏丹阳)人。三国时东吴学者。少时好学,善属文。早年曾任丞相掾、尚书郎、太子中庶

子、黄门侍郎、太史令等职。孙皓即位后,韦昭受封高陵亭侯,迁中书仆射、侍中,领左国史。因多次忤旨,渐见责怒。凤凰二年(273),终被下狱赐死。

③陆纳:字祖言,东晋吴郡吴县(今江苏苏州)人。累迁黄门侍郎、本州别驾、尚书吏部郎,出为吴兴太守。宁康初,征拜左民尚书,领州大中正。孝武帝讲孝经,为侍讲。迁太常、吏部尚书,加奉车都尉、卫将军。以清俭见闻。太元十四年(389),拜尚书令。二十年(395),除左光禄大夫,未拜而卒。

④供办:指措办之物。

⑤今之:此二字原书作"今人",当据改。

⑥穷日尽夜:亦作"尽日穷夜"。是说从早到晚,通宵达旦。穷,尽。尽,完。

## 【译文】

东吴末代皇帝孙皓每次宴请群臣,都命令必须全部喝醉。韦昭不能喝太多酒,孙皓就私下赏赐茶水来代替喝酒。东晋时期谢安去拜访陆纳,陆纳没有可以措办的东西,就只摆设了茶和水果。案:从上述两件事情来看,古人也喝茶,只是不像现在人沉迷其中这么厉害。大家从早到晚,通宵达旦,喝茶几乎成了一种风俗。


1072.军中有透剑门伎①。大宴日,庭中设幄数十步,若廊宇者,而编剑刃为榱栋之状②。其人乘小马至门,审度端直,鞭马而过,玎然闻剑动之声③,既过而人马无伤。宣武军有小将善此伎,每犒军则为之,所获赏止于三四匹帛而已。一日,主者误漏其名,此人忿恨,诉于所管大将,得复召入。呈伎之际,极为调审④。入数步,忽风起马惊,触剑而死。

**【注释】**

①军中有透剑门伎：本条采录自《因话录·羽部》。透剑门，唐时军中杂技名。骑士迅速通过插有利刃的狭窄通道，而人马无伤。

②榱（cuī）栋：椽子和栋梁。

③琤（chēng）然：声音清脆的样子。

④调审：谓计算审慎而精确。

**【译文】**

军队中有表演透剑门杂技的艺人。在举行盛宴的时候，会在庭院中设置几十步的帐幕，好像有走廊的房舍，再用剑刃编排成屋椽及栋梁的形状。表演杂技的艺人骑着小马来到门前，揣度正直的路线，然后用鞭子驱赶马通过，能听到剑动的清脆的声音，通过后人马毫无损伤。宣武军中有一名小将擅长这门技艺，每次军中盛宴宾客就会让他表演，获得的赏赐只有三四匹布帛罢了。一天，主持宴会的人遗漏了他的名字，这个人很愤恨，到军中主将面前申诉，得以重新召他进去表演。在表演杂技的时候，他非常认真而精确地计算。刚进去几步，忽然起风马受到了惊吓，这名小将碰到剑上就死了。

1073.壁州刺史邓宏庆①，饮酒至"平""索""看""精"四字。酒令之设②，本骰子、"卷白波"律令③。自后闻以"鞍马""香球"或《调笑》抛打时上酒④，"招""摇"之号。其后"平""索""看""精"四字与律令全废，多以"瞻相""下次据"上酒，绝人罕通者⑤；"下次掘"一曲子打三曲，此出于军中邠善师酒令，闻于世。案：此条文义难解，疑有脱误⑥。

**【注释】**

①邓宏庆：唐人，生平未详，曾任壁州刺史。

②酒令：宴会中助酒兴的一种游戏。推一人为酒令官，违令或依令
　　该饮的都要饮酒。

③骰（tóu）子：这里指以掷骰子劝饮的骰子令。骰子本为一种赌
　　具。卷白波：古代酒令名。这一酒令在唐朝非常流行，李白、白居
　　易等人的诗中均有提及。唐李匡文《资暇集》卷下："饮酒之《卷
　　白波》，义当何起？按：东汉既擒白波贼，戮之如卷席，故酒席仿
　　之，以快人情气也。"律令：此指酒令。

④调笑：唐曲名。唐白居易《代书诗一百韵寄微之》："打嫌《调笑易》，
　　饮讶《卷波》迟。"自注："抛打曲有《调笑》，饮酒有《卷白波》。"

⑤绝人：过人。

⑥此条文义难解，疑有脱误：此案语原阙，据周勋初《校证》补注，此
　　案语当是《四库全书》馆臣所加。"然此条文义之所以难解，乃由
　　唐代习俗及民间口语隔阂所致，未必纯是文字脱误之故"。

【译文】

　　壁州刺史邓宏庆，喝酒一定要用"平""索""看""精"四个字作为
酒令。酒令的设置，来源于用骰子、"卷白波"酒令。后来听到"鞍马"
"香球"或者抛打曲《调笑》等酒令时就斟酒，还有以"招""摇"作为酒
令口号的。这之后"平""索""看""精"四字令和其他酒令全都废除
了，人们多以"瞻相""下次据"作为酒令斟酒，因为太过高妙很少有人精
通；"下次掘"令则采用"一曲打三曲"的方法，这是出自军中邹善师的酒
令，在社会上非常流行。案：这条文字的意思难以理解，怀疑有脱漏和讹误。

　　1074.饮坐作令①，有不误而饮罚爵者②，皆曰"虫伤旱
潦"③。推其由，盖以为不偶之义④。"虫伤"宜为"虫霜"，
盖言农田水旱之害。呼曲子名，则"下兵"为"下平"，"阁
罗凤"为"阎罗凤"。著词则"河内王"为"河奈王"，"樯竿

上"为"长竿上"。如斯之语甚多。

**【注释】**

①饮坐作令：本条采录自《资暇集·虫霜旱潦》。饮坐，入座宴饮。

②误：原书此字作"悟"，当据改。

③旱潦：久未降雨和雨水过多两种天灾。

④不偶：引申为命运不好。

**【译文】**

入座宴饮就要行酒令，有不能领悟酒令而被罚喝酒的人，都说"虫伤旱潦"。推究其中的原由，大概是认为运气不好的意思。"虫伤"应该是"虫霜"，大概说的是农田的水旱灾害。称呼曲子的名称，就将"下兵"称为"下平"，"阎罗凤"称为"阎罗凤"。作词则将"河内王"称为"河奈王"，"樯竿上"称为"长竿上"。像这样的话语很多。

1075.唐人酒令①：白乐天诗："鞍马呼教住，骰槃喝遣输，长驱'波卷白'，连掷采盛卢②。"[原注]③骰盘、卷白波、莫走、鞍马，皆当时酒令。予按皇甫松所著《醉乡日月》三卷④，载骰子令云⑤：聚十只骰子齐掷，自出手，六人依采饮焉。堂印，本采人劝合席；碧油⑥，劝掷外三人。骰子聚于一处，谓之"酒星"⑦，依采聚散。骰子令中，改易不过三章，次改鞍马令，不过一章。又有旗幡令、闪擘令、抛打令。今人不复晓其法矣，唯优伶家犹用手打令以为戏云。

**【注释】**

①唐人酒令：本条采录自《容斋续笔·唐人酒令》，《宾退录》引此而有详论。

② "鞍马呼教住"几句：语出白居易《东南行一百韵寄通州元九侍御澧州李十一舍人》一诗。这几句表现了行酒令者激昂亢进的情绪和酒场的热闹场景，其中"鞍马""骰槃""波卷白"均是行酒令。呼教住，与下文"喝遣输"对仗，均为使某人某物如何之意。骰槃，掷骰子用的器皿。盛卢，原书作"成卢"，当据改。成卢，语出《晋书·刘毅传》，东晋时，刘毅和刘裕同人赌博，刘毅掷得"雉"，拉起衣服绕床大叫：我不是不能掷"卢"，我是不想要。刘裕讨厌他，说"我来替你掷'卢'"，说着把五子掷出，四子转定，只有一子未定，刘裕大声呼叫"卢"！果然成了"卢"。后因以"成卢"指赌博获胜。

③ 原注：指白居易诗自注。

④ 皇甫松：字子奇，自号檀栾子，唐睦州新安（今浙江淳安）人。工部侍郎皇甫湜之子，宰相牛僧孺的外甥。工诗词，亦擅文，然终生未登进士第。《新唐书·艺文志》著录皇甫松《醉乡日月》三卷。其词今存二十余首，见于《花间集》《唐五代词》。

⑤ 骰子令：古代民间饮酒时一种助兴取乐的游戏。谓以掷骰子劝饮。唐皇甫松《醉乡日月·骰子令》："大凡初筵，皆先用骰子，盖欲微酣，然后迤逦入令。"

⑥ 碧油：骰子掷三枚均为六点为碧油。

⑦ 酒星：旧时行酒令掷骰子游戏的术语。

### 【译文】

唐朝人的酒令：白居易诗说："鞍马呼教住，骰槃喝遣输，长驱'波卷白'，连掷采盛卢。"[原注]骰盘、卷白波、莫走、鞍马，都是当时的行酒令。我依照皇甫松所著《醉乡日月》三卷，其中记载的骰子令游戏规则说：集中十个骰子一起掷出，掷出后六个人按照骰子上的点数来喝酒。掷出堂印时，酒令官就会让举座之人都饮酒一杯，所谓"碧油"，是说十枚骰子中有三枚都是六点。骰子全部聚集在一处时，称作"酒星"，全都依据点数的聚散。在骰子令的游戏中,改动不能超过三次,接着改为鞍马令,改动不能超过一次。还有旗幡令、闪厣(yè)令、抛打令。今人对这些酒令已经完全不了解,只有优伶家还有用手打令作为饮酒游戏的。

1076. 有齿鞋匠与乐工居隔壁①。齿鞋者母卒未殓,乐工理声不辍。匠者怒,因相诟成讼②。乐工曰:"此某业也。苟不为,衣与食且废。"执政判曰③:"此本业,安可丧辍? 他日乐工有丧事,亦任尔齿鞋不辍。"

**【注释】**

①齿鞋匠:制作木屐的匠人。古时木屐底部有齿。乐工:歌舞演奏艺人。

②相诟:互相诋毁,互相辱骂。

③执政:主管某一事务的人。犹执事。《左传·昭公十六年》:"孔张后至,立于客间。执政御之,适客后。"杜预注:"掌位列者。"

**【译文】**

有一个制作木屐的匠人与一个乐工住隔壁。制作木屐的匠人的母亲去世还没有入殓,乐工在隔壁不停地弹奏音乐。制作木屐的匠人很生气,于是相互辱骂最终到官府打官司。乐工说:"这就是我的工作。如果我不做,就没有钱吃饭穿衣了。"主事官吏判决说:"这本来就是人家的工作,怎么能够因为你家有丧事而停下来? 将来乐工家里有丧事,也任由你制作木屐不要停止。"

1077. 初①,诙谐自贺知章,轻薄自祖咏②,颖语自贺兰广、郑涉③。其后咏字有萧昕④,寓言有李纾⑤,隐语有张著⑥,机警有李舟、张彧⑦,歇后有姚岘、孙叔羽⑧,讹语影带有李直方、独孤申叔⑨,题目人有曹著⑩。

**【注释】**

①初:本条采录自《国史补·诙谐等所自》。

②祖咏:唐洛阳(今河南洛阳)人。少有文名,擅长诗歌创作,其诗多写山水景物。与王维、储光曦等友善。玄宗开元十二年(724),进士及第,长期未授官。后入仕,又遭迁谪,仕途落拓,后归隐汝水一带。

③颗(hùn)语:即"诨语",指诙谐逗趣的话,如同戏剧中的插科打诨之语。贺兰广:唐玄宗天宝时人。生平未详。郑涉:唐人。生平未详。

④咏字:谜面为韵语的字谜。

⑤寓言:指有所寄托的话。李纾:字仲舒。唐朝官吏。天宝末,拜秘书省校书郎。大历初,得吏部侍郎李季卿推荐,为左补阙,累迁司封员外郎、知制诰,改中书舍人。

⑥张著:字处晦,唐代深州陆泽(今河北深州)人。张鷟之孙,张荐之兄。在当时以隐语诙谐著称。曾任并曹参军、剡尉、监察御史等职。参加鲍防、严维主持的"浙东联唱"和颜真卿、皎然主持的"浙西联唱",著有《翰林盛事》一卷。

⑦李舟:字公受,陇西(今属甘肃)人。唐朝诗人。幼聪颖,有文学,高志气。曾为弘文馆校书郎,历任尚书郎、监察御史、殿中侍御史等职。张彧(yù):唐贝州清河(今属河北)人。李晟婿。代宗大历年间历任朝议郎、秘书省著作郎、左卫仓曹参军等职。德宗朝官剑州刺史、检校户部郎中,假京兆少尹,入为刑部侍郎。

⑧姚岘:唐人。官陕虢观察使于頔参军,因不堪于頔暴虐,自沉于河。孙叔羽:唐德宗时人,生平未详。

⑨讔语影带:即假言影射。李直方:世居长安,为唐宗室。唐德宗贞

元元年（785）登贤良方正、能直言极谏科。独孤申叔：德宗校书、
魏国宪穆公主门下客。时公主恣横不法，宪宗幽之于禁中，驸马
王士平亦幽于私第。独孤申叔等为公主作《团雪》《散雪》等曲，
诉游离异地之苦。宪宗怒，贬独孤申叔。

⑩题目：即品评，品题。曹著：德宗贞元年间进士及第，仕历未详。

**【译文】**

唐代初年，幽默风趣的人是贺知章，轻佻随便的人是祖咏，插科打诨
的人是贺兰广、郑涉。后来擅长说字谜的人有萧昕，说寓言的人有李纾，
善于说隐语的人有张著，言辞机警的人有李舟、张彧，擅长歇后语的人有
姚岘、孙叔羽，善于用假言影射的人有李直方、独孤申叔，善于品评的人
有曹著。

1078.有王某云①：往岁任同州，见御史出案回，止州
驿，经宿不发。忽追杂案，又取印历②，锁驿甚急，一州大
扰。有老吏窃笑，乃因庖人以通宪胥③，许百缣为赠。翌日
未明，御史启驿门，尽还案牍④，乘马而去。

**【注释】**

①有王某云：本条采录自《国史补·御史扰同州》。《太平广记》亦
　引录此条，题作《同州御史》。

②印历：印纸历子的省称。唐宋时外任官员赴任时，朝廷发给印有
　各种项目的记录册，由官员于任上填写，作为考核其政绩的根据，
　称"印纸历子"。

③宪胥：此处指御史手下的小吏。

④案牍：案卷文书。

**【译文】**

有一位王姓官员说：他过去在同州任职时，亲眼看到监察御史从京

城外出巡察州县回京,停在同州的驿馆,住了一夜也没走。忽然,监察御史向州衙署索要各种各样的案卷,又要印纸历子,并紧急锁上了驿站的大门,使得整州的人们不得安宁,受到很大的惊扰。有一个年老的官吏偷笑,他借厨师的关系和监察御史手下的小吏通融好了,许诺赠送他一百匹黄色的丝绢。第二天天还没亮,监察御史就打开驿站大门,归还了全部的案卷文书,骑马离开了。

1079.起居舍人韦绶以心疾废①,校书郎李播亦以心疾废②。播常疑遇毒,锁井而饮。散骑常侍李益少有疑病③,亦心疾也。夫心者,灵府也,为物所中,终身不痊。多思虑,多疑惑,乃疾之本也。

**【注释】**

①起居舍人韦绶以心疾废:本条采录自《国史补·韦李皆心疾》。韦绶,字子章,唐京兆万年(今陕西西安)人。德宗建中末,起家为长安尉。宪宗元和中,改职方郎中。时穆宗为太子,韦绶入侍读,迁谏议大夫。穆宗立,以师友之恩,召为尚书右丞,兼集贤院学士,甚承恩顾。寻转礼部尚书,判集贤院事。官终检校户部尚书、山南西道节度使。心疾,劳思、忧愤等引起的疾病。春秋秦医和所谓六疾之一。亦指心脏病。《左传·昭公元年》:"晦淫惑疾,明淫心疾。"杜预注:"思虑烦多,心劳生疾。"

②李播:字子烈,郡望赵郡(今河北赵县)。中唐文人。宪宗元和时登进士第。授校书郎,又为大理评事。一度以心疾废。文宗开成初,累迁至金部员外郎,旋以郎中分司东都。开成三年(838)春,调任蕲州刺史。武宗会昌初,入朝为尚书比部郎中。五年(840),出为杭州刺史。才名早著,曾与白居易、刘禹锡、杜牧相唱和。

③散骑常侍李益少有疑病:《旧唐书·李益传》曰:"少有痴病,而多

猜忌，防闲妻妾，过为苛酷，而有散灰扃户之谭闻于时，故时谓妒痴为‘李益疾’。”《新唐书·李益传》同。

**【译文】**

　　起居舍人韦绶因为患心病被罢官，校书郎李播也因为心病被废置不用。李播经常怀疑有人要投毒害他，所以就给喝水的井上了锁。散骑常侍李益从小就有多疑的病症，也是心病。心是灵府，如果被外物中伤，终其一生都不能痊愈。思虑太多，疑心太重，是这种疾病发生的根本。

# 辑佚

　　1080. 唐建中初①，士人韦生移家汝州，中路逢一僧，因与连镳②，言论颇洽。日将夕，僧指路歧曰③：“此数里是贫道兰若④，郎君能垂顾乎？”士人许之，因令家口先行，僧即处分从者供帐具食⑤。行十余里，不至，韦生问之，即指一处林烟曰：“此是矣。”及至，又前进。日已昏夜，韦生疑之。素善弹，乃密于靴中取张卸弹⑥，怀铜丸十余，方责僧曰：“弟子有程期⑦，适偶贪上人清论，勉副相邀。今已行二十里，不至，何也？”僧但言且行是。僧前行百余步，韦生知其盗也，乃弹之僧⑧，正中其脑。僧初若不觉，凡五发中之，僧始扪中处，徐曰：“郎君莫恶作剧。”韦生知无可奈何，亦不复弹。良久，至一庄墅。数十人列火炬出迎。僧延韦生坐一厅中，笑云：“郎君勿忧。”因问左右：“夫人下处如法无⑨？”复曰：“郎君且自慰安之，即就此也。”韦生见妻女别在一处，供帐甚盛。相顾涕泣。即就僧，僧前执韦生手曰：“贫道，盗也，本无好意。不知郎君艺若此，非贫道亦不支也。今日固无他,幸不疑耳。适来贫道所中郎君弹悉在。"
乃举手搦脑后⑩,五丸坠焉。

**【注释】**

①唐建中初:本条采录自《酉阳杂俎》。本条至1102条为"辑佚"部分,这部分原阙,本书据周勋初《校证》补。

②连镳(biāo):谓并骑同行。镳,马嚼子,马勒。

③路歧:亦作"路岐",岔路。

④兰若:梵语"阿兰若"的省称,指寺庙。

⑤处分:处理,安排。供帐:亦作"供张"。陈设供宴会用的帷帐、用具、饮食等物。具食:准备食物。

⑥取张卸弹:指拿出弹弓和弹子。取、卸都是拿取的意思。

⑦程期:期限。

⑧僧:原书无此字,当据删。

⑨下处:临时歇息的地方。如法:得法,适宜。

⑩搦(nuò):搦取,按压。

**【译文】**

唐德宗建中初年,读书人韦生举家迁往汝州,中途遇到一位僧人,便和他并辔而行,两个人谈论得十分投机。天快黑时,僧人指着一个岔路说:"离这里几里地是我住的寺庙,您能不能到那里去住一宿?"韦生答应了他,便叫家人先走,僧人就安排他的随从先走,回去准备食宿用品。走了十余里,还没到,韦生问僧人,僧人就指着一片树林说:"这里就是。"等到了那片树林,又往前走了。这时,天已经昏黑了,韦生有点怀疑。他平常擅长射弹弓,于是便悄悄地从靴中取出弹弓和弹子,放进怀中十多粒铜丸。这才责备僧人说:"我的行程是有期限的,方才一时贪恋您清雅的言论,便应邀而来。现在已经走了二十里路,还不到,这是为什么?"僧人只说往前走就是。僧人又往前走了一百多步,韦生看出他是一个大盗，便拿出弹弓射僧人，正好打中他的脑袋。僧人起初像没发现似的，韦生打中五发后，僧人才用手去摸打中的地方，缓缓说道："先生你不要恶作剧。"韦生也知道无可奈何，就不再打了。又走了好长一段时间，到了一处庄园。几十人打着火把出来迎接。僧人请韦生到一个厅堂坐下，笑着说："郎君不用担心。"于是问左右的人："夫人的住处已经安排好了吗？"又说："郎君姑且自己去安慰家人，然后再到这里来。"韦生看到妻子子女住在另一处，饮食用具安排得很好。夫妇互相看着都哭了。韦生马上又去见僧人，僧人上前拉着韦生的手说："我是个大盗，本来不怀好意。不知郎君你有这么高的武艺，如果不是我，别人是承受不了的。现在没别的事，幸好你没有怀疑我。方才我中郎君的弹丸都在这里。"说着举手一按脑后，五个弹丸便落下来。

　　有顷布筵，具蒸犊，犊上扎刀子十余，以齑饼环之①。揖韦生就座，复曰："贫道有义弟数人，欲令谒见。"言已，朱衣巨带者五六辈列于阶下。僧呼曰："拜郎君！汝等向遇郎君，即成齑粉矣②！"食毕，僧曰："贫道久为此业，今向迟暮③，欲改前非，不幸有一子，技过老僧，欲请郎君为老僧断之。"乃呼飞飞出参郎君。飞飞年才十六七，碧衣长袖，皮肉如腊。僧曰："向后堂侍郎君。"僧乃授韦一剑及五丸，且曰："乞郎君尽艺杀之，无为老僧累也。"引韦入一堂中，乃反锁之。堂中四隅，明灯而已。飞飞当堂执一短鞭。韦引弹，意必中，丸已敲落④。不觉跃在梁上，循壁虚蹑，捷若猱玃⑤。弹丸尽，不复中，韦乃运剑逐之，飞飞倏忽逗闪⑥，去韦身不尺，韦断其鞭数节，竟不能伤。僧久乃开门，问韦："与老僧除得害乎？"韦具言之。僧怅然，顾飞飞曰："郎君证成汝为贼也,知复如何?"僧终夕与韦论剑及弧矢之事⑦。天将晓,僧送韦路口,赠绢百匹。垂泣而别。

**【注释】**

①齑(jī)饼:切碎的饼。

②齑粉:粉末。此处犹言粉身碎骨。

③迟暮:年老。

④丸已敲落:此处指弹丸被打落。

⑤猱玃(náo jué):泛指猿猴。

⑥逗闪:躲闪。

⑦弧矢:弓箭。

**【译文】**

过了一会儿,开始布置筵席,准备的食物是蒸熟的小牛,小牛上插着十几把刀子,周围摆着切碎的饼。僧人请韦生就座,又说:"我有几个结义弟兄,想让他们拜见你。"话刚说完,有五六个穿着红色衣服腰里束着宽带的人站在台阶下。僧人喊道:"拜郎君!你们若是先前遇到郎君,早就粉身碎骨了。"吃完饭,僧人说:"我干这一行很久了,现在已经老了,很想痛改前非,不幸的是我有一个儿子,他的技艺超过我,我想请郎君为我除掉他。"于是便叫儿子飞飞出来拜见韦生。飞飞才十六七岁,穿着绿色的长袖衣服,皮肤蜡黄。僧人对儿子说:"你到后堂去等候郎君。"僧人于是给韦生一把剑和五颗弹丸,并且说:"求郎君使出所有的武艺杀了他,不要让他成为老僧我今后的累赘。"他引导韦生进入一个堂屋后,便反锁了堂屋的门。堂中只在四个角落点了灯。飞飞拿一根短鞭站在堂屋中间。韦生拉开弹弓,心想一定能打中,但是弹丸射出就被飞飞打落。没有料到飞飞竟跳到梁上去了,沿着墙壁腾空行走,像猿猴一样敏捷。弹丸打光了,也没打中他,韦生又拿剑追他,飞飞急速躲闪,距离韦生不到一尺,韦生把飞飞的鞭子断成数节,却终究不能伤着飞飞。时间过去很久，僧人才打开门，问韦生："你为老僧除害了吗？"韦生把方才的经过详细告诉了他。僧人很失望，回头对飞飞说："韦生证明你非得做贼了，还能怎么办呢？"僧人和韦生一整夜都在谈论剑术和弓箭之事。天要亮时，僧人把韦生送到路口，并赠给他绢布一百匹。二人垂泪而别。

1081.商则任廪丘尉<sup>①</sup>，为性廉谨<sup>②</sup>。县令、丞多贪浊，因宴会，以次舞。令、丞舞讫，劝则，则把手回身而已，令问其故，则曰："长官动手<sup>③</sup>，赞府亦动手<sup>④</sup>，唯有一个更动手，百姓何容活耶？"人皆大笑。嘲曰："令、丞但动手<sup>⑤</sup>，县尉只回身，因贫为刺史，得与属贫人。"

**【注释】**

①商则：唐人，字里世次不详，曾任廪丘县尉。清廉谨慎。曾在宴会上嘲讽令、丞之贪。

②廉谨：清廉谨慎。

③长官：唐宋时百姓对县令的俗称。

④赞府：官名。郡县丞别号。主劝课农桑，征督赋税，编造户籍等。《南齐书·高逸传·宗尚之》："宋末，刺史武陵王辟赞府，豫章王辟别驾，并不就。"

⑤但：此字《锦绣万花谷》作"俱"，当据改。

**【译文】**

商则任廪丘县尉，本性廉洁谨慎。廪丘县的县令、县丞大多贪污，有一次趁着会聚宴饮，在座的人依次跳舞。县令和县丞跳完之后，就鼓动商则跳舞，商则仅仅举起手转过身就结束了，县令问他原因，商则说："县令动手了，县丞也动手了，如果再有一个也动手，老百姓还怎么活命？"在座的人都哈哈大笑。后来人们嘲笑说："令、丞俱动手，县尉只回身，因贫为刺史,得与属贫人。"

1082.信州一窭士①。有人乞州图②,因浣染为裙③,墨迹不落。会邻邀之,出数妓,设酒。良久,一婢惊报云:"君子误烧裙④。"其人遽问所损处,婢曰:"正烧着大云寺门楼。"

**【注释】**

①窭(jù)士:贫穷的人。

②乞:《说郛》引文"乞"下尚有"与"字,当据补。乞与,给与。

③浣染:洗染。

④君子:《说郛》引文作"娘子",当据改。

**【译文】**

信州有一个贫穷的人。有人给了他一块印有州地图的布,他洗染之后做成裙子,上面的墨迹没有脱落。有一次碰上邻居邀请他,来了几个歌妓助兴,并置办了酒食。过了很久,一个婢女惊慌地报告说:"娘子不小心烧着了您的裙子。"这个人赶忙问烧坏了哪个地方,婢女说:"正好烧着了大云寺的门楼。"

1083.李福妻裴忌妒①。福镇滑台,有以女奴献者。福曰:"吾官至节度使,指使者不过奴隶,夫人得无甚乎?"裴曰:"未知公所欲者。"福指所献奴,裴许诺。福赂左右:"夫人沐发,必来告。"既告,福乃佯为腹痛,促召女奴;既往,左右亦以白裴。裴遽出发盆中,趻问所苦②。福业以病为言③,即若不可忍状,裴乃以药小便中进之④。明日,监军、从事来问候,福具告之,大笑。

**【注释】**

①李福妻裴忌妒：本条采录自《玉泉笔端》。

②跣（xiǎn）：光着脚。

③业以：亦作"业已"，已经。

④以药小便中：原书此句作"以药投儿溺中"。

**【译文】**

李福的妻子裴氏生性忌妒。李福镇守滑台期间，有人献给他一个女奴。一天，李福对妻子说："我的官职已经升到节度使了，但我所使唤的人却只有几个奴仆，夫人这样对我是不是有点过分了？"裴氏说："不知道你想要谁。"李福就指别人献给他的那个女奴，裴氏答应了他。李福贿赂妻子身边的人说："夫人洗头时，一定来报告我。"不久果然有人来报告"夫人正在洗头"，李福就佯装肚子疼，急忙召那个女奴侍候；女奴便去了，裴氏身边的人也把李福肚子疼的消息告诉了她。裴氏信以为真，急忙把头发从盆里拿出来，光着脚就去问李福哪里疼。李福既然已经自称有病，就装出疼得好像忍受不了的样子，裴氏就把药放到小孩的尿中，让他喝了下去。第二天，衙门里的监军、从事等都来问候，李福便把昨天的事情详细告诉了他们，听到的人无不捧腹大笑。

1084.御史大夫李季卿宣慰江南①，至临淮。或言常伯熊善茶者②，李公请之。伯熊着黄衫、乌纱帽，手执茶器，口诵茶名，区别指点，左右刮目。茶熟，李公为啜两杯。至江外，又召陆鸿渐。渐身衣野服③，随茶具而入。既坐，敷摊如伯熊故事④。公心鄙之。茶毕，令奴子取钱三十文酬前茶博士⑤。鸿渐久游江介，通狎胜流⑥，至此羞愧，复著《毁茶论》。

**【注释】**

①御史大夫李季卿宣慰江南：本条采录自《封氏闻见记·饮茶》。李季卿，唐宗室。祖籍陇西成纪（今属甘肃）。唐朝工部侍郎李适之子。先举明经，后应制举，中博学宏词科。起仕京兆府鄠县尉。肃宗朝迁中书舍人，以事贬通州别驾。代宗即位，自通州征为京兆少尹。以吏部侍郎兼御史大夫宣慰河南、江淮，颇有政绩。卒赠礼部尚书。宣慰，谓大臣代表皇帝视察某一地区，宣扬政令，安抚百姓。

②常伯熊：唐人，善煮茶。生平未详。

③渐：原书"渐"上尚有一"鸿"字，当据补。野服：村野平民的衣服。

④敷摊：铺开，摊开。

⑤前：原书作"煎"，当据改。

⑥通狎：指亲近交往。胜流：犹名流。指有名望的才俊之士。

**【译文】**

御史大夫李季卿到江南地区宣扬政令、安抚百姓，来到临淮。有人说常伯熊精于茶道，李季卿就请他前来。伯熊穿着黄色长衫，戴着乌纱帽，手中拿着煮茶的器具，口中念着茶叶的名字，分别评说，李季卿身边的人都对他刮目相看。茶煮好后，李季卿接连喝了两杯。等到了江外，他又叫来了陆鸿渐。陆鸿渐穿着村野平民的衣服，带着茶具进来。坐下之后，陆鸿渐摊开茶具，煮茶的过程和常伯熊如出一辙。李季卿从心底鄙视他。煮完茶之后，李季卿让身边的奴仆拿三十文钱给煎茶博士陆鸿渐作为酬谢。陆鸿渐长时间游走在沿江一带，交往的都是有名望的才俊之士，因为这件事他觉得很羞愧，就又写了《毁茶论》。

1085.令狐相绹，每朝廷大事，一取决于子滈，如元载之伯和①，李吉甫之德裕。

【注释】

①伯和：即元伯和，唐凤翔岐山（今陕西岐山）人。元载之子。始任
　校书郎，后官至秘书丞。时元载任宰相多年，权倾四海，伯和兄弟
　得肆其志，唯以聚敛财货、征求音乐为事。后任扬州兵曹参军。
　大历十二年（777），元载得罪，伯和连坐被诛。

【译文】

令狐绹任宰相期间，每每朝廷有大事，全都由他的儿子令狐滈决定，
就像元载的儿子元伯和，李吉甫的儿子李德裕。


1086.士人初登荣进①，迁除②，尉贺欢宴③，谓之"烧尾
宴"。尝有虎，变为人，惟尾不化，须焚除乃得成人。以蒙
初授，如虎得为人，本尾犹在。一云：新羊入群，诸羊所触，
不相亲附，火烧其尾则定。


【注释】

①士人初登荣进：本条采录自《封氏闻见记·烧尾》。荣进，荣升
　高位。
②迁除：谓官吏的升迁除授。
③尉贺欢宴：原书此句作"朋僚慰贺，必盛置酒馔音乐以展欢宴"。
　"尉"当为"慰"字之误。

【译文】

读书人初次荣登高位，升迁除授新职位，亲朋好友前来祝贺慰问，一
定会准备酒食音乐来表示欢乐的气氛，称之为"烧尾宴"。说是曾经有
一只老虎，变成了人，只有尾巴没有变化，必须用火烧除才能成为人。因
为是第一次授予官阶，就好像老虎变成人时，原来的尾巴还在。还有一
种说法：新羊进入羊群，被众羊抵触，不和它亲近，用火烧焦羊的尾巴才

会被羊群接纳。

1087.人家有小虫①,至微而向甚②,细寻之,卒不可见,谓之"窃虫"云。有此者不祥。此虫大如胡麻③,如鼠负④,有两头,白色,振其头则有声。窗壁暗黑处多有之。拾遗孟昌朝贬贺州⑤,作《窃虫赋》,比之鬼,似不识此意⑥。

**【注释】**

①人家有小虫:本条采录自《封氏闻见记·窃虫》。

②向:此字原书作"响",当据改。

③胡麻:即芝麻。相传汉张骞得其种于西域,故名。

④鼠负:虫名。又名鼠妇。《尔雅·释虫》:"蟠,鼠负。"郭璞注:"瓮器底虫。"

⑤孟昌朝:原书作"孟匡朝",当据改。孟匡朝,玄宗开元二十六年(738)任翰林供奉。迁左拾遗。天宝二年(743),因试判失准,贬贺州,作《窃虫赋》。又曾任御史、左司员外郎。

⑥意:原书作"虫"。

**【译文】**

有人家中有一种小虫,虫子特别小但发出的声响很大,仔细寻找它,始终看不到,称之为"窃虫"。家中有这种小虫被认为是不祥的征兆。这种虫子像胡麻粒那么大,形状像鼠妇,长着两个头,身体是白色的,摇动头部就会发出声响。窗户和墙壁黑暗的地方多有它。拾遗孟匡朝被贬贺州,写了一篇《窃虫赋》,他把窃虫比作鬼,好似不了解这种虫子。

1088.有人患应病①,问医官苏澄②,澄云:"古无此方。吾选《本草》③,尽天下药物,试将读之。"每发一声,腹中辄应;惟至一药,再三无声。澄因处方,以此药为主,其疾自除。

**【注释】**

①有人患应病:本条采录自《隋唐嘉话》。应病,唐时传说中的一种怪病,患者说话,体内即有应声。唐张鷟《朝野佥载》:"洛州有士人患应病,语即喉中应之。"

②苏澄:唐人。精通医术,生平未详。

③吾选:此二字原书作"吾所撰",《酉阳杂俎》引文同。

**【译文】**

有一个人患有应声病,他到医官苏澄那里询问病情,苏澄说:"自古以来没有治应声病的药方。我撰写的医书《本草》,搜罗全天下的药物,可以说是非常完备了,你试着读读这部书中的药物。"那个人读的时候,每发一声,腹内就有声音相应;唯独到了一味药,再三发声,腹内也没有声音回应。于是苏澄就以这味药为主开了药方,病人服用后,应声病很快就治愈了。

1089.杜河南兼聚书万卷①,每卷后题云:"请俸写来手自校②,汝曹读之知圣道③,坠之鬻之为不孝④。"

**【注释】**

①杜河南兼聚书万卷:本条采录自《大唐传载》。杜河南兼,即杜兼,字处弘,唐京兆(今陕西西安)人。性浮险,尚豪侈。德宗建中元年(780)进士及第。后累佐使府。贞元十六年(800),任濠州刺史。顺宗永贞元年(805),拜苏州刺史,未及行,改吏部郎中。迁给事中,出为商州刺史、河南尹。

②请俸:指支取薪给。

③汝曹:你辈,你们。

④坠之鬻之为不孝：原书此句作"鬻及借人为不孝"。《新唐书·杜
　　兼传》曰："家聚书至万卷，署其末，以坠鬻为不孝戒子孙云。"

**【译文】**

河南尹杜兼家中聚书万卷，他在每卷书后都题写说："花钱请人抄写
我亲手校对的书，你们读它是为了知晓圣人的道理，抛弃它卖了它都是
不孝。"

1090.李远为杭州刺史①，嗜啖绿头鸭。贵客经过，无
他馈饷②，相厚者乃绿头鸭一对而已③。

**【注释】**

①李远：字求古，一作承古，唐夔州云阴（今重庆云阳）人。文宗大
　　和五年（831）登进士第。武宗会昌初年，官司门员外郎。宣宗大
　　中时期，历司勋员外郎、岳州刺史、杭州刺史等。治绩卓著，颇有
　　政声。后历官忠州、建州、江州刺史，终御史中丞。李远善为文，
　　尤工于诗。常与杜牧、许浑、李商隐、温庭筠等交游，与许浑齐名，
　　时号"浑诗远赋"。

②馈饷：馈赠。

③相厚：彼此交情深厚。

**【译文】**

李远任杭州刺史时，特别喜欢吃绿头鸭。尊贵的客人经过杭州，没
有别的东西馈赠，彼此交情深厚的人就送一对绿头鸭而已。

1091.文宗以前无门状①。自李卫公贵盛，百官无以希
取其意②，以旧刺［原注］③即今之名纸。留其御候起居④，号为
门状。

**【注释】**

①文宗以前无门状：本条采录自《资暇集·门状》。门状，犹拜帖，又称名帖。宋孔平仲《孔氏谈苑·名刺门状》：“古者未有纸，削竹木以书姓名，故谓之‘刺’。后以纸书，故谓之‘名纸’。唐李德裕为相贵盛，人务加礼，改具衔候起居之状，谓之‘门状’。”

②希取：迎合，迎奉。

③原注：《类说》卷三十二引此条无此二字，据周勋初《校证》补，此为李匡文自注。

④以旧刺留其御候起居：原书此句作“以为旧刺轻，相扇留具衔，候起居状”，当据之校正。

**【译文】**

唐文宗以前没有名帖。自从卫国公李德裕高贵显赫，众官吏没有办法迎奉他的心意，认为原来的拜帖［原注］就是今天的名纸。太随便，就写上自己的职位及起居状，并称之为门状。

1092.王彦伯医既著①，列三四灶，煮药于庭。老幼塞门来请②。彦伯指曰：“热者饮此，寒者饮此，风者、气者饮此。”皆饮而去。

**【注释】**

①王彦伯医既著：本条采录自《国史补·王彦伯视疾》。王彦伯，荆州（今湖北江陵）人。唐代医生，道士。善医术，常煮药散发救济贫民，服者无不病愈。

②塞门：谓门户阻塞。形容登门之人众多。

**【译文】**

王彦伯医术既已卓著，就在庭院中陈设三四个炉灶，煮上各种药。男女老少都上门前来讨药。王彦伯指着锅中的药说：“患热病的人服用这个,患寒病的人服用这个,患风邪病、气病的人服用这个。"大家喝完药就离开了。

1093.陆肱,宣宗时除刺史。有录事参军,颇尚修洁①。肱召问曰:"录事参军有几?"对曰:"有三。下等懦政虐刑②,贪财鬻狱③,即惧太守出。"

**【注释】**

①修洁:品行高洁。

②虐刑:残酷的刑罚。

③鬻狱:指受贿而枉断官司。

**【译文】**

陆肱在唐宣宗时官拜刺史。有一位录事参军,品行很是高洁。陆肱叫来他问道:"任录事参军的有几等?"回答说:"有三等。下等的在政事方面软弱却滥用酷刑,还因贪财受贿而妄断官司,就是惧怕太守来巡查。"

1094.赵璧弹五弦琴①,人问其术,璧曰:"吾之五弦也②,始则心驱之,中则神遇之,终则天随之。方吾浩然③,眼如耳,如鼻④,不知五弦之为璧,璧之为五弦也。"

**【注释】**

①赵璧弹五弦琴:本条采录自《国史补·赵璧说五弦》。赵璧,中唐时期著名的五弦琴演奏家。

②之:原书此字下尚有一"于"字,当据补。

③浩然:形容广阔盛大的样子。

④如:原书此字上尚有一"目"字,当据补。

**【译文】**

赵璧弹奏五弦琴，有人问他弹琴的技巧，赵璧说："我弹奏五弦琴，一开始是发自内心的憧憬，到中间就是精神上的相遇，最后则成为天然的随顺。每当这时我的内心就很开阔，我的眼睛就像我的耳朵，也像我的鼻子，我不知道五弦琴是赵璧，还是赵璧就是五弦琴。"

### 1095.韩会与名辈号"四夔"①，会首而善歌妙绝。

**【注释】**

①韩会与名辈号"四夔"：本条采录自《国史补·韩会歌妙绝》。韩会，唐河南河阳（今河南孟州）人。韩愈堂兄。代宗永泰年间，与名士卢东美、崔造、张正则四人同寄居上元，均自言有王佑之才，号"四夔"。元载当国，韩会以有"文学才望"为元载所青睐，任起居舍人。后受元载案牵累，被贬韶州。四夔，《新唐书·崔造传》曰："崔造，字玄宰，深州安平人。永泰中，与韩会、卢东美、张正则三人友善，居上元，好言当世事，皆自谓王佐才，故号'四夔'。"

**【译文】**

韩会与当时的名士卢东美、崔造、张正则号称"四夔"。韩会居于"四夔"之首，他喜欢唱歌，歌声精妙绝伦。

### 1096.周郑客唐衢有文学①，老而无成。善哭，发声哀切②，闻者泣下。常游太原，遇享军，酒酣乃哭。满座不乐，主人为罢。

**【注释】**

①周郑客唐衢有文学：本条采录自《国史补·唐衢唯善哭》。唐衢，

唐朝寒士。以感怀诗和善哭著称。屡举进士不第,尝游历太原
(今山西太原)。白居易为其赋诗一首,称"所悲忠与义,悲甚则
哭之"。

②哀切:悲痛,痛切。

【译文】

旅居于周、郑之地的唐衢很有文才,但到老了也没有什么建树。他
擅长哭唱,每当他哭唱的时候,声音凄切哀婉,听到的人无不因此落泪。
唐衢曾经在太原一带游玩,赶上宴请部队的官兵,等到酒兴正浓,唐衢便
哭唱起来。在座的人都很伤心,主人只好撤了宴席。

1097.陈谏强记①。染人岁籍所染绫帛②,寻丈尺寸③,
为簿合围,谏泛览,悉记之④。

【注释】

①陈谏强记:本条采录自《国史补·陈谏阅染簿》。陈谏,唐朝官吏。
　郡望颍川(今河南许昌)。代宗大历间为刘晏属吏。德宗贞元二
　十一年(805)任仓部郎中、判度支,与王叔文等善,参与永贞革
　新。后出为河中少尹。宪宗即位后,贬台州司马,除封州刺史,后
　改循州刺史。穆宗长庆元年(821),除道州刺史。强记,记忆力
　特别强大。

②染人:官名。隶殿中省尚衣局,掌管为御服染色等事。《周礼·天官
　冢宰·染人》:"染人,掌染丝帛。"

③寻丈尺寸:泛指绫帛的长度。

④悉记之:《新唐书·陈谏传》曰:"谏警敏,尝览染署岁簿,悉能言
　其尺寸。所治,一阅籍,终身不忘。"

【译文】

陈谏的记忆力特别好。染人每年登记所染丝绢,记录寻、丈、尺、寸

等数据,登记簿子从四面把陈谏围在中间,陈谏大致阅读一遍,就全都记住了。

1098.卢昂主福建盐铁①,有瑟瑟枕②,大如斗。宪宗召市人估其直③,或云"至宝无价",或云"美石",非真瑟瑟。

**【注释】**

①卢昂主福建盐铁:本条采录自《国史补·卢昂瑟瑟枕》。原书此句下尚有"赃罪大发"。卢昂,唐幽州范阳人,字子皋。明经登第,拜陕州参军,迁至鄠县令。自郎将贬为邓州司马,后因功擢随州刺史。官至澧州刺史。

②瑟瑟枕:碧玉制的枕头。《新唐书·卢简辞传》:"福建盐铁院官卢昂坐赃,简辞穷按,乃得金床、瑟瑟枕大如斗。敬宗曰:'禁中无此,昂为吏可知矣。'"

③宪宗:此处当为敬宗。见上一条《新唐书·卢简辞传》。《旧唐书·卢简辞传》亦曰:"福建盐铁院官卢昂坐赃三十万,简辞按之,于其家得金床、瑟瑟枕大如斗。昭愍见之曰:'此宫中所无,而卢昂为吏可知也。'"昭愍即敬宗。市人:市肆中人,商人。

**【译文】**

卢昂主管福建盐铁。他贪赃的罪行被揭发后,在他家中抄出一只碧玉制的枕头,有斗那么大。唐敬宗召见珠宝商人来评估这只碧玉枕的价值,有的珠宝商说是"无价之宝",有人说是"美石",不是真的碧玉。

1099.崔殷梦知举,吏部尚书归仁晦托弟仁泽①,殷梦唯唯而已②。无何③,仁晦复诣托之,至于三四。殷梦敛色端笏,曰:"某见进表让此官矣。"仁晦始悟己姓,殷梦讳也④。

**【注释】**

①归仁晦：唐苏州吴郡（今江苏苏州）人。文宗时兴元尹归融之子。进士及第。僖宗乾符三年（876），为吏部尚书。又官给事中。仁泽：即归仁泽。归仁晦之弟。僖宗乾符元年（874）状元及第，历官列曹尚书、观察使、礼部侍郎。

②唯唯：恭敬地应答声。

③无何：不多时，不久。

④殷梦讳也：据《新唐书·宰相世系表》，崔殷梦之父名为崔龟从，"龟""归"声谐，故崔殷梦以为家讳。

**【译文】**

崔殷梦主持科举考试，吏部尚书归仁晦向他托付自己的弟弟归仁泽，崔殷梦恭敬地应答。不久，归仁晦再次拜见崔殷梦向他拜托这件事，一共去了三四次。最后崔殷梦敛容正色手持笏板，说："我将向朝廷上奏疏辞让这个职位。"归仁晦才明白自己的姓氏，是崔殷梦避忌的家讳。

1100.高宗朝改门下省为东台①，中书为西台，尚书省为文昌台，故御史台呼南台。南朝同②。武后朝，御史有左、右肃政之号③，当时亦谓之左台、右台，则宪府未曾有东台、西台之称，惟俗间呼在京为西台，东都为东台。李栖筠为御史大夫，后人不名者，呼为"西台"，不知出何故事，岂以其名上有"栖"字故邪？赵璘历祠部郎，同舍多以祠曹为目④，璘因质之曰："祠部⑤，改后唯有职祠、司禋二号⑥，无祠曹之名。"为以后汉疏宠辟司徒府⑦，转为辞曹，掌天下狱讼，其平决无不厌伏⑧；又晋朝荆州人为羊祜讳嫌名⑨，改户曹为祠曹，故误呼耳。

**【注释】**

①高宗朝改门下省为东台：本条采录自《因话录·徵部》。

②南朝同：原书此句作双行夹注"南朝同也"。似是。

③左、右肃政：唐武则天光宅元年（684），改御史台为左肃政台，专察在京百司及诸军旅。另置右肃政台，专察京畿内外及州县文武官。大夫为其长官，下仍设中丞、侍御史、殿中侍御史、监察御史等官。中宗神龙元年（705）改为左、右御史台。

④同舍：指同僚。祠曹：祠部机构。隋唐时属礼部。

⑤祠部：官署名。礼部四曹之一，掌祠祀、享祭、天文、漏刻、国忌、庙讳、卜筮、医药、僧尼等事。三国魏尚书始置祠部郎，掌礼制，晋以后历朝沿置。北魏称祠部曹，掌礼乐。隋唐为祠部，隶礼部，置祠部郎中一员，从五品上阶，员外郎一员，从六品上阶。

⑥司禋：唐官署名。高宗龙朔二年（662），改六部所属各司名称，以礼部所属祠部为司禋，祠部郎中亦改称司禋大夫。

⑦疏宠：后汉时人，生平未详。

⑧平决：判断处理。厌伏：折服。

⑨羊祐：当为"羊祜"之误。羊祜，字叔子，泰山南城（今山东费县西南）人。魏、晋间政治家、文学家。蔡邕外孙。曹魏时任中书侍郎、给事中、秘书监等职，持身正直。西晋建立后，累官尚书右仆射，卫将军，封钜平侯。泰始五年（269），出任车骑将军、开府仪同三司，都督荆州诸军事，坐镇襄阳。善抚士卒，重信义，深得军民之心。卒赠侍中、太傅，谥号为"成"。嫌名：与人姓名字音相近的字。古礼臣子避君父名讳时，不讳声音相近的字。后世讳法加严，讳同字亦讳嫌名。《礼记·曲礼》："礼不讳嫌名。"郑玄注："嫌名，谓音声相近，若禹与雨，丘与区也。"

**【译文】**

唐高宗朝改门下省为东台，中书省为西台，尚书省为文昌台，所以御史台被称作南台。南朝时也是如此。武后朝，御史有左、右肃政台之称，当时亦称作左台、右台，御史台从来没有过东台、西台的称呼，只有民间称呼在京城长安的御史台为西台，在东都洛阳的御史台为东台。李栖筠任御史大夫，后来不直呼其名的人，都称他为"西台"，不知道出于哪个旧的典章制度，难道是因为他的名字中有一个"栖"字的缘故吗？赵璘任祠部郎中，同僚大多称祠部为祠曹，于是赵璘诘问他们说："祠部，改名后只有职祠、司禋两种称呼，没有祠曹的名称。"是因为后汉疏宠被皇帝召见授官司徒府，后来转任辞曹，掌管天下狱讼事，他对案件的判断和处理没有不让人折服的；又因为西晋时期荆州人羊祜为避自己的名讳，改户曹为祠曹，所以错误地称呼为祠曹。

1101.武宗王才人有宠[①]。帝身长大，才人亦类。帝每从禽作乐[②]，才人必从。常令才人与帝同装束。苑中射猎，帝与才人南北走马，左右有奏事者，往往误奏于才人前，帝以为乐。帝好道术，召天下方士殆尽。五年秋，王才人谓宣徽使曰[③]："圣人日日对药炉，服神丹，言我取不死。今身上变差事，道士称换骨皆如此，某独为忧也。"宣徽使固求变见状，才人忍泪不敢语。外人虽未知帝得疾，但讶稀畋猎也。明年正月，不御紫宸殿，不开延英门向百日，中外始公言帝病。顷刻无才人见，卧起益酸痛，饮食益辛苦。一日，帝熟顾才人曰："吾气息奄微，情虑杳杳[④]，将不久矣！顾以别汝。"对曰："陛下春秋鼎盛[⑤]，又尝服不死药，圣寿必无疆，何忽出不祥语？"帝曰："吾于汝且同外庭臣耶？恶用作形迹意[⑥]！脱不如汝所对，而千秋万岁，何以报我？"才人欲恸，恐惊帝，乃曰："帝若忽厌四海，妾当同日死。"帝哽咽，闭目不喘息者少顷,忽曰:"诚如汝言,当何为?"曰:"妾止于缢。"帝引手取巾授才人曰:"以此!以此!"帝遂向壁不语。后数日,帝疾亟。才人久侍帝,归寝,浓妆洁服如常日,乃尽取服玩与内家⑦,持帝所授巾至前,见帝已崩,自缢而绝。宣宗即位,赠贵妃,命与端陵同日时掩⑧。其圹在端陵柏城内西南⑨。又有名才人随灵驾行慢城内⑩,每夕望端陵焚钱帛衣物,风吹火燔所止。

**【注释】**

①武宗王才人有宠:本条采录自蔡京《王贵妃传》。

②从禽:追逐禽兽。谓田猎。

③宣徽使:掌管内廷事务,如祭祀、朝会、宴享、供帐等。

④杳杳:隐约,依稀。

⑤春秋鼎盛:称颂人年富力强。春秋,指年龄。鼎盛,正当兴盛的时候。

⑥形迹:拘礼,客套。南唐刘崇远《金华子杂编》卷上:"此风声妇人,员外如要,但言之,何用形迹?"

⑦内家:指宫女。

⑧端陵:唐武宗李炎的陵墓。位于今陕西三原境内。

⑨柏城:指皇陵。古代帝、后陵寝周围筑墙,列植柏树,故称。

⑩慢:用同"漫",指到处,随意。城:指前文柏城,即皇陵。

**【译文】**

唐武宗后宫的王才人很受武宗宠爱。武宗身材高大,王才人也是如此。武宗经常以打猎为乐,每次王才人必定随从。武宗经常让王才人的装束打扮和自己相同。到苑中打猎时,武宗和王才人分别从南北两个方向骑马飞奔,皇帝身边有奏报政事的人,经常错误地到王才人面前禀奏,武宗以此为乐趣。武宗喜好道家的法术,他几乎将全天下的方术之士都召到朝廷。五年后的秋天，王才人对宣徽使说："皇上天天对着煎药的火炉，服食道士所炼的丹药，说他要长生不死。但是现在皇上的身体变得很差，道士说长生不死前要脱胎换骨都是这样，只有我为皇上的身体担忧。"宣徽使坚决请求要看皇上现在变成什么样子，王才人强忍泪水不敢说话。宫外的人虽然不知道皇上生病了，只是惊奇皇上很少打猎了。第二年正月，皇上没有驾临紫宸殿，不开延英门将近一百天，朝廷内外的人才开始公开谈论皇上的病情。武宗片刻之间见不到王才人，寝卧起身就更加酸疼，吃喝也更加辛苦。一天，唐武宗注目细看王才人说："我气息微弱，情思断断续续，将不久于人世了。看看你和你告别。"王才人回答说："陛下正当壮年，又曾经服用长生不死之药，一定长寿无限，怎么忽然说出这样不祥的话语？"唐武宗说："我对你能等同和朝臣的关系吗？哪用说这样客套的话呢！倘若不像你说的那样，那我去世后，你用什么报答我？"王才人悲痛欲哭，但又担心吓到皇上，就说："陛下如果忽然嫌弃世间离开，臣妾就同一天也追随陛下而死。"武宗哽咽了，他闭上眼睛休息了一会儿，忽然说："果真像你所说，到时候你怎么做？"王才人说："臣妾就自缢而死。"武宗伸手拿了一块长巾给才人说："就用这个！就用这个！"说完，武宗就将头转向墙壁不再说话。后来过了几天，武宗的病情更加危重。王才人长时间侍奉武宗，她回到寝宫，像平日一样画上浓妆，穿好干净衣服，并将所有的服饰器用玩好之物全部给了宫女，然后拿着武宗给她的长巾来到武宗床前，她看到武宗已经驾崩，于是就自缢而死。唐宣宗即位后，追赠王才人为贵妃，命令将王才人与武宗在端陵同一天同一时间掩棺下葬。王才人的墓穴在皇陵端陵的西南角。又有一名才人跟随武宗的灵柩来到皇陵，就在皇陵中随意行走。每天傍晚她都会朝着端陵的方向焚烧纸钱、布帛和衣物，风把焚烧的东西吹到哪里，她就停留在哪里。

　　1102.武宁节度使康季荣不恤军士[①]，部曲噪而逐之[②]，投于岭外。上以直金吾大将军田牟曾为徐州③，有政声，开延英召对，再命往镇。

**【注释】**

①武宁节度使康季荣不恤军士：本条采录自《东观奏记》。康季荣，唐朝后期将领。历任泾原节度使、光禄大夫、守左领军卫大将军、上柱国、检校尚书右仆射等职，封会稽县开国公。宣宗大中年间曾率军收复吐蕃占领的原州等地。

②部曲：借指军队。

③直金吾大将军田牟：原书此句作"左金吾大将军"，当据改。《资治通鉴·唐纪·宣宗大中十三年四月》载此事亦作"左金吾大将军"。田牟，田弘正之子。为神策大将军。文宗开成间，累迁鄜坊节度使，再徙天平、武宁，官至检校尚书左仆射。

**【译文】**

武宁节度使康季荣不体恤兵士，军队发生哗变驱逐他，将他放逐到岭外。皇上因为左金吾大将军田牟曾经任徐州刺史，有政绩优异的声誉，就在延英殿召见他回答有关政事、经济等方面的问题，然后再派他前往武宁任职。

# 中华经典名著
## 全本全注全译丛书
### （已出书目）

| | |
|---|---|
| 读通鉴论 | 素书 |
| 宋论 | 新书 |
| 文史通义 | 淮南子 |
| 老子 | 九章算术（附海岛算经） |
| 道德经 | 新序 |
| 帛书老子 | 说苑 |
| 鹖冠子 | 列仙传 |
| 黄帝四经·关尹子·尸子 | 盐铁论 |
| 孙子兵法 | 法言 |
| 墨子 | 方言 |
| 管子 | 白虎通义 |
| 孔子家语 | 论衡 |
| 曾子·子思子·孔丛子 | 潜夫论 |
| 吴子·司马法 | 政论·昌言 |
| 商君书 | 风俗通义 |
| 慎子·太白阴经 | 申鉴·中论 |
| 列子 | 太平经 |
| 鬼谷子 | 伤寒论 |
| 庄子 | 周易参同契 |
| 公孙龙子（外三种） | 人物志 |
| 荀子 | 博物志 |
| 六韬 | 抱朴子内篇 |
| 吕氏春秋 | 抱朴子外篇 |
| 韩非子 | 西京杂记 |
| 山海经 | 神仙传 |
| 黄帝内经 | 搜神记 |